ALISON TYLER • THOMAS ROCHE

Heiße Spiele nur für sie
Heiße Spiele nur für ihn

Buch

»Es mag ja sein, dass das Spiel mit Lebensmitteln ein alter Hut ist. Alles schon von vorne bis hinten durchexerziert. Bis ins kleinste Detail. Aber ich muss ganz offen gestehen, dass mich das nicht im Geringsten interessiert. Die schönsten Dinge sind eben mitunter bereits oft ausprobiert und durchgeführt worden. Ist der Einsatz von Schlagsahne abgegriffen? Vielleicht schon – aber vielleicht auch nicht. Womöglich überfällt jeden Liebhaber gelegentlich das Verlangen, einmal ein unanständiger Küchenchef zu sein, und zwar in einer Küche, in der keinerlei Regeln gelten. Oder mit einem ganz besonderen Gericht eins zu werden – einer gediegenen Hauptspeise, einer ganz speziellen Delikatesse, an der man sich gütlich tun kann.

In genau so einer Verfassung befinde ich mich heute Abend. Ich verspüre dies Brennende, gierige Verlangen, mit meinen Händen und meinem Mund und deinem sinnlichen Körper zu spielen. Ich brenne darauf, dich in ein köstliches Naschwerk zu verwandeln …«

Erotische Lektüre für sie, erotische Lektüre für ihn – und für beide prickelnd, frivol, verführerisch. Zweimal dreißig Kurzgeschichten voll Raffinesse, Abenteuer und Sinnlichkeit, die ihr wie ihm einzigartige Momente der Lust bereiten.

Autoren

Das Autorenpaar Alison Tyler und Thomas Roche gelten als Garanten für hocherotische Geschichten der Sonderklasse. Bei Blanvalet sind ihre erotischen Verführungen auch jeweils nur für sie und nur für ihn lieferbar.

Alison Tyler • Thomas Roche

Heiße Spiele nur für sie
Heiße Spiele nur für ihn

Erotische Verführungen

Deutsch von Bärbel Arnold
und Tanja Handels

blanvalet

Die beiden Originalausgaben erschienen 2003 unter den Titeln
»Hers. 30 Erotic Tales Written Just For Her« und
»His. 30 Erotic Tales Written Just For Him«
bei Pretty Things Press, Point Reyes, Kanada.

Für Tracy TR

Für Sam AT

FSC
Mixed Sources
Product group from well-managed
forests and other controlled sources

Cert no. GFA-COC-1223
www.fsc.org

Verlagsgruppe Random House FSC-DEU-0100
Das für dieses Buch verwendete FSC-zertifizierte Papier
Holmen Book Cream liefert Holmen Paper, Hallstavic, Schweden.

2. Auflage
Taschenbuchausgabe September 2007 bei Blanvalet, einem
Unternehmen der Verlagsgruppe Random House GmbH, München.

Umschlaggestaltung: HildenDesign, München
Umschlagillustration: © Sydney Shaffer/Digital Vision/Getty Images
lf · Herstellung: Heidrun Nawrot
Satz: Buch-Werkstatt GmbH, Bad Aibling
Druck und Einband: GGP Media GmbH, Pößneck
Printed in Germany
ISBN: 978-3-442-36758-0

www.blanvalet.de

Inhalt

Nur für sie

Nur für ihn

Heiße Spiele nur für sie

Leidenschaftliche Mädchen sollen mit Bedacht lieben,
da sie wahrscheinlich doch nicht bleiben;
niemand kann einen Kuss in Worte fassen;
Zeilen können trügen.

Fulke Greville, Lord Brooke

Vorwort

Ich habe Alison Tyler nie persönlich kennen gelernt, aber ich bin mir sicher, dass sie eine Frau ist, der ich nie eine Absage erteilen könnte. Als sie mich kürzlich bat, das Vorwort für ihr neues Buch zu schreiben, fühlte ich mich ungeheuer geschmeichelt – und sagte sofort zu. Ms. Tyler und Thomas Roche bieten in diesem Gemeinschaftswerk eine Sammlung lebendiger, anregender und reizender Kurzgeschichten, die, oberflächlich betrachtet, auf die weibliche Leserin zielen. Allerdings werden auch die meisten Männer Spaß beim Lesen der Geschichten haben. Offen gesagt, scheint mir diese Sammlung von Kurzgeschichten für jeden geeignet, der über einen gesunden Appetit auf Sex verfügt – und den haben wir doch hoffentlich fast alle.

Um Ihren Appetit zu stillen, sollten Sie unbedingt »Heiße Spiele« kosten, eine Sammlung erotischer Geschichten, bei denen Ihnen das Wasser im Munde zusammenlaufen wird. Es kommen jede Menge glaubwürdige, wenn auch oft umtriebige und ein wenig ungezügelte Charaktere vor, die sich gelegentlich in ungewöhnlichen Situationen wiederfinden. Überdies ist es in der Regel ihre Leidenschaft, die diese Leute in etliche ungewöhnliche Situationen hineinschlittern lässt. Infolge dessen wird das Gewöhnliche – einfache alltägliche Dinge, Objekte, Ereignisse und Schauplätze – in diesen

Geschichten ständig zum Außergewöhnlichen. Die Autoren scheinen suggerieren zu wollen, dass nichts sehr lange gewöhnlich bleibt, wenn man sein Leben mit Leidenschaft lebt. Und dies ist eine äußerst ermutigende Sicht der Dinge, die vielleicht auch den Beifall unserer Vorfahren gefunden hätte – das Leben und die Freiheit zu genießen und sich der Leidenschaft hinzugeben.

Die Geschichten sind in vielerlei Hinsicht spannend und humorvoll, sie sprudeln nur so vor Begierde und Verlangen und beinhalten eine Vielfalt weiterer Gefühle und Sehnsüchte. Genau genommen hat diese anregende Sammlung erotischer Kurzgeschichten für jeden etwas zu bieten, und das ist vor allem der ungehemmten Fantasie und der ungezügelten Kreativität der beiden Autoren zu verdanken. Durchgängig stehen vor allem Liebe, Sex und überwältigende Orgasmen im Vordergrund, wie das bei guten erotischen Geschichten auch sein sollte. Schließlich braucht jede gute Geschichte einen Höhepunkt.

Ich habe »Heiße Spiele« wirklich mit großem Vergnügen gelesen und es ziemlich hart gefunden – wenn Sie das Wortspiel bitte entschuldigen wollen –, das Buch aus der Hand zu legen. Ich empfehle Ihnen, die Geschichten zu lesen, wenn Sie allein sind – oder vielleicht noch besser, wenn Sie sich mit jemandem ins Bett kuscheln, den Sie wirklich mögen. Sie sollten sich beim Lesen unbedingt zurücklehnen, sich entspannen und das stimulierende Werk zweier Meister, die ihr Handwerk verstehen, in vollen Zügen genießen.

Mike Ostrowski
Korrespondent des *Playboy Magazins*

Seite zehn des Handbuchs für Angestellte

»Wir sollten aufhören«, sagst du in deinem typischen zuckersüßen, ein wenig selbstgefälligen Ton. »Wirklich, ich meine es ernst.« Der verschmitzte Blick in deinen wunderschönen großen Augen lässt nicht den geringsten Zweifel zu, welche Antwort du von mir erwartest. Ich brauche keine weiteren Belehrungen, aber du fährst trotzdem fort. »Es verstößt gegen die Vorschriften«, fügst du hinzu und starrst auf den Boden, als wärst du von deinem eigenen ungezügelten Verhalten schockiert.

»Was verstößt gegen die Vorschriften?«, frage ich sanft. »Das hier?«

»O ja«, stellst du klar und tust plötzlich so, als würdest du dich zieren. »Es ist nicht in Ordnung, absolut nicht.«

Ich drücke dich jetzt gegen die Wand deines Büros, sodass deine Handflächen flach auf der Holzvertäfelung liegen. Dann schiebe ich deinen kurzen schwarzen Rock über deine üppigen Hüften. Ich lasse mir Zeit, denn ich will diesen Anblick in Ruhe auskosten.

»Oder das?«, hauche ich, meinen Mund an deinen Hals gedrückt und bereit, zärtlich zuzubeißen. Du spürst meinen heißen Atem auf deiner Haut, und das lässt dich erbeben.

»Ja, genau das«, beharrst du. »Es ist einfach absolut inakzeptabel.«

»Ah«, seufze ich. »Ich glaube, ich verstehe. Du willst mir sagen, dass ich das hier nicht tun sollte ...« Während ich rede, schiebe ich sanft dein fliederfarbenes Satinhöschen zur Seite. Ich liebe dieses Höschen. Der schwarze Spitzensaum törnt mich total an, und die Art, wie es sich perfekt und wie angegossen um deinen Po schmiegt, treibt mich regelrecht zum Wahnsinn. Ich weiß genau, dass du das Höschen nur für mich angezogen hast, und das macht mich noch härter als ich sowieso schon bin. Die Vorstellung, dass du deine gesamte Kollektion an lasziven Dessous durchgesehen und dich dann für dieses scharfe Stück entschieden hast, bereitet mir echte Wonne.

Manchmal gönne ich mir den Spaß, dein Höschen heimlich in meiner Jackentasche verschwinden zu lassen und später mit nach Hause zu nehmen, um damit zu spielen. Doch an diesem Nachmittag ziehe ich es dir nicht aus; ich schiebe den glatten, geschmeidigen Stoff nur ein wenig zur Seite, was meine Fingerspitzen sofort dazu verleitet, auf deiner Klitoris eine kleine Melodie anzustimmen. Für einen Augenblick gelingt es mir, dass du deine Coolness vergisst. Das Streich- und Klopfspiel meiner Finger lässt deinen Atem stocken, als dich die erste Woge der Lust überkommt.

Jetzt ist es mit deiner Beherrschung vorbei, oder? Meine Finger sind glänzend nass, als ich mich aufrichte und vor dir stehe, dir in die Augen sehe und deine Säfte von meinen Fingerspitzen lecke.

»Oh, mein Gott!«, stöhnst du. Der Anblick lässt deinen ganzen Körper erbeben, und du kannst nichts dagegen tun. Es bereitet dir ein unbeschreibliches Vergnügen, mir zuzusehen, nicht wahr? Mir zuzusehen, wie ich deinen süßen Nektar schlecke.

»Und *das* soll ebenfalls nicht in Ordnung sein?«, frage ich und lange erneut unter deinen Rock, um meine Fingerspitzen mit frischem Nachschub von deinem honigsüßen Saft zu benetzen. Das erste Naschen hat meinen Appetit geweckt.

»Doch, nicht aufhören!«

Dein Wunsch sei mir Befehl. Ich halte dich mit einer Hand fest, damit du mir nicht entgleitest, dringe tief mit meinen Fingern in deine süße Möse ein und beschere dir einen erstklassigen Fingerfick. Ich will, dass du reif und bereit für mich bist, wenn ich meinen Schwanz raushole. Aber erst einmal musst du so gut wie möglich geschmiert werden, denn ich werde dich hart durchvögeln. Härter, als du es dir im Moment vorstellen kannst. Ich werde dich so gegen die Wand rammen, dass dir Hören und Sehen vergeht und du dein kokettes Gehabe schlagartig vergisst. Und ebenso vergisst, mich mit deinen Schlafzimmeraugen zu becircen. Oder sollte ich sie besser »Sitzungszimmeraugen« nennen?

»Ich weiß nicht«, sage ich, während ich auf die Knie gehe und mein Gesicht direkt vor deiner Möse positioniere. Ich atme tief ein und genieße den Geruch deines Geschlechts. Der Duft macht mich ganz schwindelig vor Begierde. »Wenn Angestellte nicht miteinander anbandeln dürfen, dann solltest du mich vermutlich nicht deine Möse lecken lassen.«

»Hör auf damit!«, weist du mich eilig zurecht.

»Was soll das heißen?«, ziehe ich dich auf. »Willst du etwa andeuten, dass wir auf die Vorschriften pfeifen sollen? Das wäre der übrigen Belegschaft gegenüber nicht fair, meinst du nicht auch?«

»Ich sage nur ...«, setzt du an, doch du kannst deinen Gedanken nicht zu Ende führen, weil meine Zunge sich bereits durch deine nasse Spalte schlängelt und dich auf süße Weise verwöhnt. Ich weiß, wie ich es dir am besten besorge. Ich kenne die kleinen Tricks, auf die du so stehst. Ich lasse meine Zunge ein paar Mal geschmeidig um deine Klitoris kreisen, achte aber darauf, das winzige heiße Juwel nicht zu berühren. Vorerst belasse ich es bei dem sanften Umkreisen. Ganz langsam. Und dann, als du gerade denkst, dass du sterben musst, wenn ich dich nicht sofort berühre, wo es dich so verzweifelt verlangt, lasse ich meine Zunge wie mit einem langen Pinselstrich über deine Klitoris gleiten. Du verkrallst dich bebend in meinem Haar und bist bereits so erregt, dass du dir mit Sicherheit schon ausmalst, wie herrlich es sein wird, wenn ich dich kommen lasse. Aber ich lasse dich nicht. Noch nicht. Stattdessen setzt meine Zunge ihre langsamen, trägen Kreisbewegungen fort, die dich in den Wahnsinn treiben und in dir das Verlangen wecken, dich auf dem Plüschteppich auszustrecken und dich stundenlang von mir lecken zu lassen.

»Sag mal«, hauche ich gegen deine empfindlichste Stelle, »was steht hierzu eigentlich auf Seite zehn?«

»Gar nichts«, flüsterst du, und es klingt mehr wie ein Flehen. Dabei warst du diejenige, die davon angefangen hat. Vergiss das nicht, wenn du dir gleich auf die Lippe beißen musst, um deine Lustschreie zu unterdrücken. Du warst diejenige, die das Handbuch aufgeschlagen und mit einem leuchtenden zitronengelben Textmarker die zahlreichen Vorschriften markiert hat, gegen die wir verstoßen.

Ich merke jetzt, dass du gefährlich kurz davor bist zu kommen. Deshalb richte ich mich auf und presse mich an dich. So ficke ich dich am liebsten, von hinten im Stehen, aber erst einmal lasse ich dich meinen Schwanz nur durch meine Hose spüren. Du sollst genau spüren, wie erregt ich bin. Wie bereit ich für dich bin. Als du erneut wimmerst, reiße ich meinen Hosenschlitz auf und hole meine Rute heraus. Du bist in einer perfekten Position – mit gewölbtem Rücken, ideal, um mich zu empfangen. Ich greife nach deiner schwarzen Mähne und ziehe deinen Kopf nach hinten, damit ich dein Gesicht sehen kann, während ich in dich hineingleite. Dieser erste tiefe Stoß ist unvergleichlich. Was für ein erhabenes Gefühl, zu spüren, wie dein Körper mich aufnimmt und umschlingt!

Oh, mein Gott, bist du hinreißend! Als ich in dich eindringe, werden deine Augen erst riesengroß und bekommen dann einen entrückten Blick, als ob du gerade an einem fernen wunderbaren Ort gelandet wärst. Diesem exotischen Ort mit dem Namen »Ich bin kurz davor zu kommen«. Wir kennen uns an diesem Ort beide bestens aus. Und heute werde ich dich sogar an einen noch schöneren Ort entführen – auf eine tropische Insel namens »Wir kommen gemeinsam«.

Draußen im Großraumbüro höre ich die hektisch vor sich hin arbeitenden Sekretärinnen. Ich höre ihre Stimmen und das Geklapper ihrer flinken Finger auf den Tastaturen. Ihr Geschnatter an den Telefonen. Ich höre die tiefen, schroffen Stimmen verschiedener Angestellter, die an unserem Zimmer vorbeihasten. Alle sind in Hektik. Jeder braucht irgendetwas. Doch uns wird niemand stören. Darüber mache ich mir nicht die geringsten Sorgen. Offiziell führen wir beide ein Dienstgespräch – ein wichtiges Gespräch unter vier Augen. Deshalb können wir uns Zeit lassen.

Zeit für all das, was ich mit dir vorhabe. Und das ist eine Menge. Dich heftig stoßen. Dich kräftig durchvögeln. Dich an den Rand des Wahnsinns treiben, weil du keinen Mucks von dir geben darfst. Du darfst nicht laut sein.

Ich will dich eingestimmt und fügsam; entspannt und bereit für das, was als Nächstes kommt. Denn für mich ist die Sache klar, Baby – wenn wir schon gegen die Vorschriften verstoßen, können wir es auch gleich richtig tun. Ich meine, richtig zur Sache kommen. Findest du nicht auch?

Ein bisschen angeschlagen

Unmittelbar nach der Suppe merke ich, dass du unter deinem Cocktailkleid fast nichts anhast. Für deinen Oberkörper war mir das sowieso klar, unter diesem Kleid trägst du nie einen BH. Gerade das macht dieses Kleid so sexy. Selbst für den knappsten BH ist es ein bisschen zu tief ausgeschnitten, und gleichzeitig ist der Stoff nicht dick genug, um die Spitzen deiner Nippel unter dem hauchdünnen Gewebe zu verbergen. Es ist durchaus dezent, aber für eine vornehme Abendgesellschaft wie diese doch ziemlich gewagt. Ich weiß genau, warum du es angezogen hast. Den ganzen Abend konnte ich die Augen nicht von deinen Brüsten abwenden, von dem Anblick deiner sanft gegen den Stoff gerichteten Nippel. Und das ist dir natürlich nicht entgangen, woraufhin sie sich noch deutlicher unter dem Kleid abzeichnen.

Was den Slip angeht, erfahre ich Näheres, als du unter dem Tisch nach meiner Hand fasst. Zuerst halte ich das lediglich für eine zärtliche Geste, doch dann führst du sie in deinen Schoß. Du rutschst auf deinem Stuhl ein wenig vor und lehnst dich leicht zurück, sodass deine Oberschenkel sicher unter der herabhängenden Tischdecke verborgen sind. Anschließend umfasst du meine Hand und platzierst sie zwischen deinen Beinen, direkt an den Satinbändern deiner

Strapse und den hauchdünnen Spitzenrändern deiner Strümpfe. Dann führst du sie behutsam höher.

Zuerst sträube ich mich, schließlich muss mein Hirn erst einmal verarbeiten, was du da tust. Doch als du beharrlich weitermachst, gebe ich meinen Widerstand auf und lasse dich meine Hand unter dein Kleid führen. Im nächsten Moment überkommt mich ein Rausch der Gefühle. Ich ertaste deine weiche rasierte Möse, die schon ganz nass und weit geöffnet ist. Du entwindest meiner Hand einen einzelnen Finger und drängst ihn in dich hinein. Dabei lachst du über einen Witz, der gerade am anderen Ende des Tischs erzählt wird – als ob du deinen erregten Seufzer überspielen wolltest, der dir entweicht, als mein Finger in dich eindringt.

Dann ziehst du meine Hand zwischen deinen Beinen hervor, führst unsere ineinander verschlungenen Finger beiläufig an deinen Mund und küsst sie. So wie du es auch sonst jederzeit machen würdest, ohne dich darum zu scheren, dass wir beim Austausch unserer Liebesbekundungen beobachtet werden.

Diesmal jedoch fährt deine Zunge meinen Mittelfinger hinauf, umschleckt meine Fingerspitze und kostet deinen Saft. Ich bin ziemlich sicher, dass es niemand sieht, und wenn doch, würde diese lüsterne Geste bestimmt missbilligt. Ich allerdings registriere sie sehr wohl. Dann beugst du dich zu mir herüber und küsst mich auf den Mund, ganz kurz, deine Zunge öffnet meine Lippen nur einen winzigen Spalt. Du schmeckst scharf und durchdringend.

Als du meine Hand schließlich loslässt und deine eigene zurückziehst, macht sie einen kurzen Umweg über meinen Schoß und stellt fest, dass ich so hart bin wie du feucht.

»Entschuldige mich bitte«, sagst du. »Ich bin gleich zurück.«

Du verschwindest auf dem Flur hinter uns, und einer unser langjährigen Freunde, der uns direkt gegenüber sitzt, wirft mir einen besorgten Blick zu.

»Geht es ihr nicht gut?«, fragt er.

»Keine Ahnung«, erwidere ich. »Am besten sehe ich mal nach.«

Ich entschuldige mich ebenfalls und drehe mich schnell um, um meinen Ständer zu verbergen. Als sich ein allgemeines besorgtes Gemurmel erhebt, zucke ich mit den Achseln und sage: »Sie hat sich schon den ganzen Tag etwas unwohl gefühlt. Vielleicht hat sie sich irgendwas eingefangen. Ich sehe lieber mal nach, ob sie in Ordnung ist.«

Ich steige die Treppen hinauf, und während ich mich dir nähere, pocht mein Schwanz in meiner Hose. Es ist, als ob ich dich riechen könnte, den Duft deiner unbändigen Lust, der sich mit dem durchdringenden Aroma deiner Möse vermischt, das ich noch auf den Lippen habe. Ich stürme hinauf zur Toilette. Die Tür ist verschlossen.

»Schatz?«, rufe ich besorgt, vor allem für die Ohren der unten Sitzenden. Dann öffne ich die Tür und gehe hinein.

Du sitzt mit dem Rücken an den großen Spiegel gelehnt und mit weit gespreizten Oberschenkeln auf dem Waschtisch, dein Kleid liegt in einem zerknüllten Knäuel neben dir. Ich bin in Windeseile bei dir, küsse dich gierig, während sich unsere Zungen ineinander verschlingen und meine Hand deine Möse findet, die nicht nur nass ist, sondern einem Wasserfall gleicht. Ich lasse zwei Finger in dich hineingleiten, während du durch meine Hose meinen Schwanz umfasst, an meinem Gürtel zerrst und ihn schließlich aufkriegst. Bevor ich meinen Schwanz deinem Griff entwinden kann, ist er bereits in deinen Händen, doch dann sinke ich vor dir nieder, stütze mich auf ein Knie und vergrabe mein

Gesicht zwischen deinen gespreizten Beinen. Zum Glück hast du den Ventilator angemacht, sodass dein unkontrolliertes Gekeuche übertönt wird, das dir entweicht, als meine Zunge zwischen deine geschwollenen Schamlippen gleitet und deine harte Klitoris umspielt.

Plötzlich klopft es an der Tür.

»Bist du okay?«, ertönt eine Frauenstimme.

»Alles klar«, erwiderst du mit vor Erregung heiserer Stimme. »Ich brauche nur noch eine Minute.«

Wir hören sie weggehen, und ich bin sofort wieder bei der Sache. Meine Zunge drängt in dich, und mein Daumen massiert deine Klitoris, während deine Finger wild durch mein Haar streichen. Ich lasse einen Finger in dich gleiten, dann noch einen und drücke kräftig deinen G-Punkt, während sich meine Zunge zu deiner Klitoris vortastet und gierig an ihr saugt.

Du hast meine Krawatte zu fassen gekriegt und ziehst mich mit Nachdruck hoch. Gleichzeitig lässt du dich selber von dem Waschtisch gleiten, drehst dich um und beugst dich vornüber. Dann zerrst du mich näher heran, langst hinter dich und umfasst meinen steifen Schwanz. Ich bin in dir, noch bevor ich dir meine Finger tief in den Mund schiebe und gegen deine Zunge drücke, während ich meinen eigenen Mund schwer atmend gegen deinen Nacken presse und ihn mit neckischen Bissen liebkose. Ich spüre, wie sich dein Körper jedes Mal verkrampft, wenn du versuchst, nicht laut aufzustöhnen, während ich dich von hinten rhythmisch stoße. Mit meinen von deinem Speichel glitschigen Fingern greife ich in dein sorgfältig frisiertes Haar, halte deinen Kopf fest und beiße dir in die Schulter, während ich mit der anderen Hand behutsam deine Nippel massiere. Und dann, als ich spüre, wie du dich dem Gipfel näherst, lange ich hinab und arbeite mich mit meinen Fingern in die Höhle vor, etwas oberhalb von meinem in dich eindringenden Schwanz, genau dahin, wo deine Klitoris mit jedem Stoß verzweifelt pocht und erbebt. Es ist so weit, unser verbotenes Treiben hat uns beide so schnell so scharf gemacht, dass uns so gut wie nichts mehr zurückhalten kann. Du explodierst zuerst; die Muskeln deiner Möse umklammern meinen Schwanz mit unkontrollierten rhythmischen Zuckungen, und nur eine Sekunde später komme auch ich in dir und erbebe vor Erlösung.

Danach bleibt fast keine Zeit mehr für Küsse, doch für einige reicht es doch, während du meine Finger sauber leckst. Ich spritze mir ein bisschen kaltes Wasser ins Gesicht und vergewissere mich, dass es von der Anstrengung, dich zu vögeln, nicht zu gerötet ist. Die Toilettenspülung übertönt ein paar Stöhngeräusche, die uns entweichen, als wir uns noch ein letztes Mal eng aneinander drücken, bevor wir das Bad verlassen.

Ich ziehe mir den Reißverschluss hoch, schließe den Gürtel und lasse dich zurück, damit du dich in Ruhe anziehen kannst. Dann eile ich die Treppe hinunter und komme genau passend zum Hauptgang.

»Geht es ihr gut?«, fragen alle besorgt im Chor.

Gut ist stark untertrieben, würde ich am liebsten antworten, schaffe es aber, mich zurückzuhalten.

»Alles in Ordnung«, erwidere ich. »Sie kommt gleich wieder herunter. Sie ist nur ein bisschen angeschlagen.«

Mehr

Was für ein verdammt hartes Training! Ich hatte Gewichte gestemmt, bis meine Arme und Beine sich wie Wackelpudding anfühlten. Manchmal, wenn mir extrem viele Dinge im Kopf herumspuken, versuche ich meine Gedanken durch hartes Fitnesstraining auszuschalten. Glauben Sie mir, es funktioniert. Ich quäle mich ab, bis ich mich nicht mehr daran erinnere, welche Probleme mir das Leben schwer gemacht haben. In diesem Zustand weiß ich nur noch, dass ich absolut ausgepowert bin und alles aus mir herausgeholt habe. Das ist ein verdammt gutes Gefühl. Nach so einem Training fühle ich mich absolut rein. Heute hatte ich mich getriezt, bis ich fix und fertig war.

Jetzt versuchte ich, unter dem harten Strahl der heißen Dusche wieder zu Kräften zu kommen. Das Wasser prasselte wie ein Kieselsteinregen auf meine Haut. Ich stand mit nach unten gebeugtem Kopf da, atmete tief und langsam durch, und während ich mich unter dem Strahl aalte, drifteten meine Gedanken plötzlich zu der Frau, die mich gerade durch die Hölle geschickt hatte.

Du warst neu im Klub, aber als Trainerin hattest du offenbar bereits Erfahrung. Mit deinem panterartigen schlanken Körper und deinem Drang, die mit dir trainierenden Leute dazu zu bringen, ihre vorgefassten Grenzen zu durchbrechen, hast du mich an mein absolutes Limit getrieben. Das erweckte in mir lustvolle Gedanken. Schon dein Anblick hat mich ganz schön erregt, das stimmt. Aber welcher Mann würde bei deinem fantastischen Aussehen nicht ins Träumen geraten? Allerdings hätte ich dir nicht zugetraut, dass du mich auf so eine Weise anpacken würdest. Ich hätte niemals gedacht, dass du mich genauso hart rannehmen würdest, wie ein männlicher Trainer das könnte.

Aber du hast mich geschafft – und wie! Und jetzt, während der Strahl der Dusche auf mich hinabregnete, hast du mich auf eine vollkommen andere Art heiß werden lassen. Ich konnte nicht umhin, mich zu fragen, ob deine grauen Augen wohl genauso eisern und unerschütterlich bleiben, wenn du einen Liebhaber zu etwas erotischeren Körperbewegungen anstachelst. Meine Fantasie ging mit mir durch, und ich langte mit einer Hand zwischen meine Beine und umfasste meinen Schwanz. Plötzlich wusste ich genau, was ich wollte. Ich wollte mir schnell einen runterholen, mich ein bisschen für das harte Training belohnen. Genau in dem Augenblick sah ich durch die Dunstschwaden, dass jemand direkt vor der Duschtür stand.

Ich drehte hastig den Hahn zu und warf einen Blick in den Umkleideraum. Zu meiner Überraschung und riesigen Freude warst du es ... und auch noch nackt.

»He ...«, stammelte ich, doch weiter kam ich nicht. Du hast mich angegrinst, bist zu mir in die Duschkabine gestiegen und hast das Wasser wieder angedreht. »Was machst du denn?«, versuchte ich einen zweiten Anlauf, auch wenn das ganz offensichtlich war. Wie es aussah, war meine persönliche Trainerin dabei, mich mit der edlen, vom Fitnessstudio bereitgestellten, nach Hafermehl duftenden Seife einzuschäumen. Ich starrte dich ehrfürchtig an, als du das Stück erst über meinen kräftigen Brustkorb und dann über meinen flachen Bauch gleiten ließt und dich schließlich auf den Porzellanboden der Dusche gekniet und das Stück Seife zwischen meine Beine gepresst hast. Mein Gott, fühlte sich das herrlich an! Du hast das harte Stück Seife fest über meinen Schwanz gerieben, immer rauf und wieder runter. Ich verlor beinahe das Gleichgewicht; um nicht umzukippen, musste ich mich mit beiden Händen an der Duschwand abstützen.

»Gefällt dir das?«, hast du mich gefragt.

Ich nickte und schloss die Augen, während der heiße Wasserstrahl auf uns niederprasselte und deine geübten Finger das Stück Seife ersetzten.

»Sieh mir zu!«, hast du mich aufgefordert. »Ich mag es, wenn man mir zusieht.« Ich öffnete die Augen und sah zu dir hinunter.

Du hattest ganz kurze, gerade bis an die Fingerspitzen reichende Nägel, und sie waren mit einem glänzenden türkisblauen Nagellack lackiert. Die Farbe glich dem Blau des tiefen Wassers im klubeigenen Swimmingpool. Ich starrte dich an, wie du mit der einen Hand meinen Schwanz umfasst und mit der anderen sanft meine Eier geknetet hast. Deine Nägel schillerten auf meiner Haut wie Juwelen. Du kamst näher und hast mich mit geöffnetem Mund geleckt und geküsst. Ich spürte deine nasse Zunge. Dann hast du mich tief in den Mund genommen und deinen Kopf rhythmisch vor und zurück bewegt. Dabei kitzeltest du mich mit deinem kurzen schwarzen Haar.

»Oh, ja, das ist gut«, stöhnte ich. Ich wusste nicht mehr, wie mir geschah. Ich war im siebten Himmel.

Du hast deine Zunge mit extremer Finesse an meiner Latte entlanggleiten lassen, und ich bekam so weiche Knie, dass ich mich mit aller Kraft zusammenreißen musste, um nicht zusammenzusacken. Und, Mann, du warst wirklich verdammt gut, verzaubertest mich mit deinen kundigen Fingern, Lippen und deiner Zunge und entführtest mich dahin, wohin ich mich sehnte. Während das Wasser auf mich niederprasselte und dein nasser Mund mich umschloss, fühlte ich mich, als wäre ich an einem paradiesischen Ort gelandet, an dem Träume tatsächlich wahr werden.

Schließlich durchzuckten mich die Wellen meines Orgasmus. Du rührtest dich nicht, sondern hast meinen Saft geschluckt wie ein Profi. Ich brauchte ein paar Sekunden, um wieder zu mir zu kommen, und währenddessen hast du dich hingehockt und zu mir aufgesehen. Dein Gesicht strahlte Zufriedenheit aus, als ob du stolz warst, deine Sache gut gemacht zu haben. Ich starrte dich mit glasigen Augen an, doch deine hübsche Figur nahm ich dennoch bewundernd zur Kenntnis. Wasser rann über deinen Körper, und du sahst aus, als ob du gerade nackt durch den Regen gelaufen wärst. Du warst schlank, doch zugleich kurvenreich und hattest kleine Brüste, genau passend, um sie mit den Händen zu umfassen. Du sahst so bezaubernd aus, dass ich am liebsten auf die Knie gefallen wäre und dich in meine Arme geschlossen hätte. Um ein Haar wäre das ohnehin passiert, denn meine Beine drohten jeden Augenblick nachzugeben.

Doch du hast mir nicht viel Zeit zum Verschnaufen gelassen. Du wolltest mehr, wolltest ebenfalls auf deine Kosten kommen. Du hast die Duschkabine verlassen und mir bedeutet, dir zu folgen. Wir steuerten zielstrebig das Sofa in der Umkleide an, doch bevor wir weitermachten, sah ich dich mit hochgezogenen Augenbrauen an. »Und was ist, wenn …«, begann ich. Immerhin waren wir in der Männerumkleide, und auch wenn an diesem Nachmittag nicht viel los war, war es doch nicht gerade unwahrscheinlich, dass uns ausgerechnet im falschen Moment jemand überraschen würde.

»Ich habe ein Schild an die Tür gehängt«, beruhigtest du mich. »Mit der Aufschrift: ›Vorübergehend geschlossen. Bitte benutzen Sie die Umkleide im 1. Stock.‹« Dieses Problems entledigt, ließen wir uns in der Neunundsechziger-Position auf dem Sofa nieder. Dein Mund ging schon wieder zu Werke, und du saugtest dich hungrig an mir fest, während ich deine Klitoris leckte und dich näher an mich heranzog. Wir lagen wohlig umschlungen da, noch nass vom Duschen und heiß von unseren sanften Berührungen, und ließen uns Zeit. Ich ging mit großer Bedachtsamkeit vor, leckte und berührte deinen samtigen Venushügel mit äußerster Zärtlichkeit und drang hin und wieder mit meiner Zunge in deine Möse ein, um dich stöhnen zu hören.

Du hast dich meinem Stil angepasst, auf die gleiche Weise mit meinem Schwanz gespielt, wie ich dich verwöhnte. Doch dann intensivierte ich unser Liebesspiel durch eine neue Variante. Ich drang zuerst mit einem Finger in dich ein, nahm dann einen zweiten hinzu, und schließlich kreuzte ich meine Finger blitzschnell, sodass du dich schön ausgefüllt fühltest.

»Mehr«, verlangtest du, halb stöhnend, halb seufzend.

Ich führte schnell einen dritten Finger in dich ein und schließlich einen vierten. Mein Gott, warst du gierig. Du hast mich regelrecht verschlungen, während ich meine Hand vor und zurück gleiten ließ, die Innenwände deiner Möse massierte und tief in dich eindrang. Du hast deinen Kopf zurückgeworfen und gejapst: »Oh, das ist so verdammt gut! Hör nicht auf! Bitte hör nicht auf!«

Plötzlich hast du dich gekrümmt, und vibrierende Wellen durchzuckten deinen Körper. Ich enttäuschte dich nicht und ließ nicht von dir ab, bis die letzten Wogen verebbt waren und du auf das Sofa zurücksankst und an die Decke sahst.

Und was jetzt? fragte ich mich. Was soll hiernach noch kommen?

In diesem Augenblick stießt du das eine Wort hervor, das uns wieder neu in Schwung brachte. Das Wort, mit dem du mich nach jeder Übung im Gewichteraum angefeuert hast:

»Mehr!«

In der passenden Stimmung

Wenn ich in der passenden Stimmung bin, kann mich alles scharf machen. Und damit meine ich im wörtlichen Sinne wirklich alles. Der Klang eines tropfenden Wasserhahns erinnert mich dann an eines unserer glitschigen Wasserspiele von früher, als wir von oben bis unten eingeseift zusammen unter der Dusche standen und du mich, nackt und nass, aufmunternd angelächelt hast, während ich die Rasiercreme auf deinen Beinen verrieben und dich für die Rasur vorbereitet habe. Ich habe ganz behutsam an deinen Waden angefangen und mich langsam, aber unaufhaltsam hochgearbeitet zu deinen Schenkeln, bis ich schließlich deine Schamlippen erreichte …

Oder mir steigt der Geruch einer auf dem Herd köchelnden Tomatensauce in die Nase, und der eindringliche Oreganoduft erinnert mich an unser erotisches Abenteuer auf dem verlassenen Flur in Tony's Restaurant, das mit einem schlichten Kuss begann und schnell zu einer ungestümen Fummelei ausartete, meine Hände unter deinem Kleid und dein Mund an meinem Ohr, in das du mir gierig Anweisungen keuchtest. Wir wollten gerade in der dunklen Ecke des Flurs übereinander herfallen, doch dann hörten wir einen anderen Restaurantgast auf uns zukommen und mussten auf den Parkplatz flüchten, und zwar verdammt schnell.

An diesem Nachmittag ist es weder ein Klang noch ein Duft, sondern es ist ein visueller Anreiz, der mich in Wallung bringt, oder, schlicht und einfach gesagt, eine Zeitschrift.

Und es ist einzig und allein deine Schuld.

Du hast dein Modemagazin zufällig auf einer Seite mit Werbung für ein glitschig aussehendes Haargel aufgeschlagen gelassen, und mir fällt vor allem der Slogan ins Auge: *Sexy. Nass. Heiß.* Vermutlich ist es nicht nur die geschickte Wortkombination, die meine Aufmerksamkeit erregt. Zum Teil macht den Reiz sicher auch das blonde Biest mit dem wuselig-strubbeligen Haarschnitt und dem dicken schwarzen Eyeliner aus, das mich so aufdringlich anstarrt. Dir steht so ein Eyeliner auch gut. Rock'n'Roll-Eyeliner, wie ihn Joan Jett oder Shirley Manson benutzen.

Obwohl ich eigentlich eine Million Dinge zu erledigen hätte, schaffe ich es nicht, das Zimmer zu verlassen. Stattdessen verspüre ich den unwiderstehlichen Drang, an deinem blassrosafarbenen Schminktisch zu stehen und die Zeitschrift durchzublättern. Für eine Millisekunde fällt mir ein gewagter roter Push-up-BH ins Auge – ich stelle mir dich in diesem Spitzendessous vor und male mir aus, wie deine hübschen Brüste über den Rand der Halbschalen quellen. Ich mag es, wenn du betont weibliche Unterwäsche trägst, vor allem unter Outfits, die dies gar nicht erwarten lassen. Zum Beispiel unter einem Overall oder einem T-Shirt, wenn wir das Auto waschen. Wenn wir reingehen und uns umziehen und ich sehe, dass du unter deiner lässigen Kluft die aufreizendsten Stücke trägst, die nichts verbergen und nur darauf warten, dass ich sie dir ausziehe, dann …

Nach einem kurzen Moment blättere ich weiter und stoße auf eine an junge Mädchen gerichtete Anzeige für eine Kosmetikserie mit Erdbeer- und Papayaextrakten, die in mir sofort eine neue Fantasie entfacht: Ich sehe uns beide am Strand, dich in deinem superknappen schwarzen Bikini und darauf wartend, dass ich dich von Kopf bis Fuß mit Öl einreibe. Ich wünschte, ich hätte jetzt eine Flasche Öl zur Hand, damit ich sie mir über meinen Schwanz gießen, ihn einölen und mir vor dem Foto von der tropischen Insel genüsslich einen runterholen könnte – Hängematte, Meer, Sonne und du in meinem Kopf, meine süße Sommermieze.

Mann, bin ich hart, und das nur, weil du dein Frauenmagazin offen für mich hast liegen lassen. Ist das nicht völlig verrückt? Als mir bewusst wird, dass ich mich von deiner Modezeitschrift antörnen lasse, als wäre sie ein Pornoheft, bin ich ein wenig schockiert – aber was soll's!

Ich werfe einen Blick auf die Uhr und stelle fest, dass du in weniger als einer halben Stunde nach Hause kommst. Was du wohl denken würdest, wenn du mich dabei ertapptest, dass ich mich an diesem Hochglanzmagazin aufgeile. Natürlich würdest du mich aufziehen, aber wahrscheinlich würdest du direkt mit einsteigen. Mit diesen Gedanken öffne ich meinen Hosenschlitz und fange an, mich zu streicheln. Ich fühle mich gleich wohler und gehe mit der Zeitschrift zum Bett hinüber und lege mich hin. Während ich mit einer Hand schnell wie ein hin- und herschwingender Kolben meinen Schwanz massiere, blättere ich mit der anderen weiter durch die Seiten.

Jetzt habe ich eine Jeans-Anzeige vor mir. Ich glaube zumindest, dass es Werbung für Jeans ist. Auf dem Bild schmiegt sich ein Mann an eine sinnliche Brünette, die einen BH trägt und ansonsten fast nichts anhat. Wo sind nur die Jeans? Ah, jetzt sehe ich sie. Am äußersten Rand des Fotos, ganz unten auf der Seite, kann man gerade noch den Einstieg in ihre Jeans erkennen, ein blaues Denimknäuel auf dem Boden. Das kommt mir sehr gelegen. Ohne Hose gefällt mir das Model viel besser, aber das, vermute ich, ist wahrscheinlich genau die Botschaft der Werbung – kauf diese Jeans, und dein Mann wird dich vögeln.

Du musst dir natürlich nichts kaufen, damit ich Lust habe, dich zu vögeln. Ob nackt, ob angezogen, ob in Jeans oder in Spitze – wann immer ich dich sehe und wie immer du gerade aussiehst, will ich dich.

Wo also bist du? Wenn du jetzt hier wärst, würde ich dir eine Geschichte erzählen. Ich würde dir ein Bild aus deiner Zeitschrift zeigen und dir die Fantasiesituation genauso beschreiben, wie ich sie vor Augen habe. Deine Jeans liegen ausgezogen in einer Ecke des Zimmers, und du entledigst dich vor meinen Augen langsam deiner Bluse, deines BHs und deines Slips. Ich vergleiche dich nicht mit dem Model, Baby. Für mich bist du viel attraktiver als sie. Ich benutze die Fotos nur als Ausgangspunkt – als eine Art Sprungbrett, von dem aus man in eine neue Fantasiewelt frischer Bilder eintaucht.

Sieh da, jetzt sind wir wieder am Strand. Wie oft die Werbung Strandmotive benutzt! Diesmal ist es eine Werbung für Parfüm, und das Mädchen auf dem Foto hat langes schwarzes, lockiges Haar und wirft sich übermütig in die Brandung. Dabei würde ich dir auch gerne zusehen. Wie du von Kopf bis Fuß nass und sandig wirst, während ich dich fotografiere. Wie die Wellen sanft gegen deine Haut schlagen und du mich dich anschließend abtrocknen und mit meinem Körper wärmen lässt.

Und was haben wir da? Das Motiv einer Spirituosenwerbung, das Mädchen schüttelt einen silberfarbenen pistolenkugelförmigen Martini-Shaker. Es hat seine schmale, pinkfarbene Zunge rausgestreckt, leckt sich die Oberlippe und hat das Kinn in einer unglaublich sinnlichen Weise leicht nach unten geneigt. Ich liebe es, dir zuzusehen, wenn du Martinis zubereitest. Beim Schütteln schwingen deine Hüften im Rhythmus mit, und es macht mir jedes Mal wieder klar, warum James Bond seine Drinks geschüttelt bevorzugt und nicht gerührt. Irgendwie ist dieser Hüftschwung total sexy. Dabei legst du es gar nicht darauf an, mich verrückt zu machen, es ist lediglich ein glücklicher Nebeneffekt. Deine Martinis sind wirklich spitze, und das weißt du auch.

Oh, sieh da ... noch eine Alkoholwerbung. Diese verdorbenen Werbedesigner – was haben sie sich eigentlich dabei gedacht? Auf dem Foto sind diesmal zwei Mädchen und ein Typ, die sich alle zusammen auf einer roten Ledergarnitur räkeln. Die Szenerie ist von Kerzen beleuchtet und die Stimmung extrem verführerisch. Aber wer bändelt hier mit wem an? Es handelt sich nicht etwa um eine von diesen altbackenen Wodkawerbungen, denn auf diesem Foto rückt das eine Mädchen ganz nah an das andere heran. Will die Herstellerfirma uns damit sagen, dass das Trinken ihres Alkohols ihren Kunden einen flotten Dreier beschert? Keine üble Vorstellung.

Ich stelle mir uns beide vor, wie wir mit dem süßeren der beiden Models auf der Ledergarnitur hocken. Mit der Rothaarigen. Komm, stell den Drink ab, denke ich ... und lass es uns auf dem Tisch treiben!

Zwei Seiten weiter stoße ich auf eine kleine Kokette in einer Korsage und mit einem Tuch um die Hüften. Ihr Haar hat sie zu einem lockeren Knoten hoch gesteckt wie eine Frau aus den 1890er-Jahren, ihren zierlichen Hals schmückt ein eng anliegendes Halsband. Sie hat jedes nur erdenkliche Make-up aufgetragen und ist deutlich stärker geschminkt, als ich es normalerweise mag – doch ihr steht es ausgezeichnet.

Ich stelle mir dich so aufgedonnert vor wie dieses Model und komme zu dem Schluss, dass mir die Vorstellung durchaus gefällt. Die glänzenden dunklen Lippen in einem Rot, das danach schreit, dass du von mir gevögelt werden willst. Dein zu dem lockeren Knoten hoch gestecktes Haar löst sich nach und nach, als ich dich von hinten nehme. Das Outfit würde dir mit Sicherheit auch stehen – davon muss ich vollends überzeugt sein, denn ich bin kurz davor zu kommen.

Aber das ist nur allzu verständlich, finden Sie nicht auch? Schließlich bin ich in der passenden Stimmung.

Und wenn ich in der passenden Stimmung bin, kann mich alles scharf machen.

String-Bikini

Dein Bikini ist ein winziger Fummel, und dafür habe ich durchaus Verständnis. Schließlich stehst du auf nahtlose Bräune. Doch mit diesem kleinen Fetzen übertreibst du es, selbst für deine Verhältnisse. Im Schritt besteht das Höschen nur aus einem lächerlichen Stofffetzen, einem schmalen Streifen, der nahezu alles offenbarte, gäbe es kein Karnaubawachs. Am Po hat er lediglich einen String, der locker zwischen deinen runden Backen hin und her gleitet.

Das Oberteil ist die Krönung; es offenbart beinahe alles. Schließlich bist du ausgesprochen vollbusig und hast dich für einen Bikini entschieden, der dir ein paar Größen zu klein ist. Das Top spannt über deinen vollen Brüsten und bringt die festen Knospen deiner aufgerichteten Nippel zum Vorschein. Ich frage mich, was dir wohl gerade durch den Kopf geht, während du da ausgestreckt auf deinem Handtuch liegst, dein wallendes blondes Haar auf dem Rasen ausgebreitet und die Augen hinter deiner Sonnenbrille versteckt. Eigentlich ist es ein Wunder, dass dich nicht die gesamte Nachbarschaft für eine schamlose Exhibitionistin hält, aber wer weiß, vielleicht tut sie das ja.

Und dann ist dieser skandalöse Bikini auch noch weiß. Was wiederum heißt, dass er noch durchsichtiger wird, wenn du schwitzt, was eigentlich immer der Fall ist, wenn du dich an so brütend heißen Tagen wie heute in die Sonne legst. Durch den spärlichen Stoff sehe ich die geschwollenen Lippen deiner Möse schimmern, und auch die Konturen deiner Brüste werden kaum verdeckt. Törnt es dich an, dich so zu präsentieren?

Ich weiß, dass es dich antörnt. Es muss so sein. Warum solltest du dich sonst so zur Schau stellen?

Ich hocke allein am offenen Wohnzimmerfenster und habe mein starkes Fernglas auf dich gerichtet. Du liegst auf dem Rücken, und ich lasse meine Augen über die glänzenden Hügel deines mit Sonnenöl eingeriebenen und von der Sonne aufgeheizten Körpers und über deinen glatten flachen Bauch wandern. Mein Blick streicht über die glatten Rundungen deiner Oberschenkel und deiner vollen Brüste. Das Oberteil deines Bikinis ist so knapp, dass ich beinahe deine Nippel sehen kann, die, während ich dich ansehe, immer härter zu werden scheinen. Fast so hart wie mein Schwanz.

Du rollst auf die Seite und hockst dich auf alle viere. Für einen Augenblick zeigt dein Po in meine Richtung, und ich sehe, dass der winzige Stofffetzen in deinem Schritt verrutscht ist. Ich erhasche einen kurzen Blick auf deine entblößte Möse, bis du den Stoff wieder zurechtrückst. Zu sehen, wie der verrutschte Streifen Stoff deine geheimsten Stellen offenbart, bringt meinen Schwanz vor Begierde zum Pochen, erst recht, wenn du dich dabei auch noch auf Händen und Knien hockend nach vorn beugst, als ob du mich einladen wolltest.

Ich greife in meine Shorts, umfasse meinen Schwanz und fange an, mir mit der einen Hand einen runterzuholen, während ich mit der anderen das Fernglas halte, damit mir nicht entgeht, wie du es dir erneut auf dem Bauch auf dem Handtuch bequem machst und mir deinen hübschen Hintern in all seiner Pracht präsentierst.

Du langst hinter dich und öffnest dein Oberteil. Es fällt

von dir ab, und du presst deine Brüste auf das Handtuch und verbirgst deine Nippel, um wenigstens den Anschein eines vorhandenen Schamgefühls zu erwecken. Doch als du dein Gewicht ein wenig verlagerst, sehe ich die ganze Schönheit deiner entblößten Nippel. Sie stehen vor Erregung aufrecht und krönen die Spitzen deiner vollen Brüste. Ich bewege meine Hand schneller.

Du wirfst jetzt einen Blick über deine Schulter, hin zu dem Fenster, an dem ich mit meinem Fernglas sitze. Wenn ich schnell genug reagiert hätte, hätte ich vielleicht schnell weggesehen, aber dafür ist es nun zu spät. Also sitze ich einfach da und massiere, während du mich ansiehst, meinen Schwanz.

Dein Gesichtsausdruck steigert meine Erregung sogar noch.

Ich beobachte, wie deine Hand an dir herunterwandert, sich deine Hüften ganz leicht heben und du ein wenig die Beine spreizt. Ich glaube, meinen Augen nicht zu trauen. Deine Hand bahnt sich einen Weg unter deinen Körper, ertastet die obere Kante deines String-Tangas – und verschwindet darunter.

Deine angehobenen Hüften gestatten mir einen perfekten Blick auf deine Möse. Ich sehe, wie sich deine Finger vorarbeiten und den Schritt deines Tangas ausbeulen, während du dich liebkost. Durch den hauchdünnen Stoff sehe ich, wie du die Lippen deiner Möse spreizt und deine erwartungsvolle Öffnung offenbarst. Du dringst mit zwei Fingern in dich ein, und dein Körper erbebt, als du sie vor- und zurückgleiten lässt.

Dann gleiten deine Finger heraus, und du massierst deine Klitoris. Du hast deine Hüften jetzt noch etwas weiter angehoben – die perfekte Stellung, um von hinten gevögelt zu werden. Dass der Schritt deines Höschens verrutscht ist und deine Scham vollkommen entblößt, interessiert dich nicht im Geringsten; du massierst dich immer schneller und heftiger. Im ständigen Wechsel reibst du deine Möse und stößt zwei Finger in sie hinein. Du onanierst nach allen Regeln der Kunst, vögelst dich sozusagen selbst. Dabei wiegt dein Hintern im Einklang mit deinen Fingerstößen vor und zurück.

Jetzt ist auch deine andere Hand unter dir verschwunden, und du wölbst deinen Rücken und umfasst eine deiner Brüste. Du knetest deinen Nippel und reibst immer fester. Du siehst mich jetzt nicht mehr an, aber du weißt, dass ich dir zusehe. Dein Hintern hebt und senkt sich im Einklang mit deinen Fingerstößen, und du hast ihn jetzt so hoch gehoben, dass ich an der Spitze deiner vollen Titte einen harten Nippel sehe, während du den Nippel deiner anderen Titte gnadenlos knetest. Deine Hüften schwingen vor und zurück, während deine Finger in dich eindringen und wieder hinausgleiten. Dein Körper glänzt in der Sonne, und auf dir bilden sich die ersten glitzernden Schweißperlen.

Während ich dich beobachte, massiere ich meinen Schwanz immer schneller. Am liebsten würde ich dir jetzt Gesellschaft leisten, diesen dünnen Stofffetzen zur Seite zerren und mit meinem Schwanz in dich eindringen, in deine nasse, auf mich wartende Möse, so, wie du es haben willst. Ich weiß, dass du stöhnend danach lechzen und dich nach hinten gegen meinen Schwanz drängen würdest. Du würdest dich so lange von mir vögeln lassen, bis du kämst, bis ich in dir explodierte.

Stattdessen massiere ich weiter meinen Schwanz. Ich bin kurz davor zu kommen, während du dich in der Sonne windest. Dir ist inzwischen alles egal. Du stemmst dich auf die Knie hoch und drehst dich um. Dann liegst du erneut auf dem Rücken, deine Brüste komplett freigelegt und nackt und noch schamloser zur Schau gestellt als in dem viel zu knappen Bikinioberteil. Eine Hand steckt im Schritt deines Tangas tief in deiner Möse, die andere liebkost deine Klitoris.

Und dann kommst du. Dein Kopf schwingt so heftig vor und zurück, dass dir beinahe die Sonnenbrille von der Nase fliegt. Deine blonde Mähne weht in alle Himmelsrichtungen. Während ich mich an deinem Höhepunkt ergötze, spüre ich, wie mein Schwanz explodiert. Mein Samen ergießt sich in meine Hand und hinterlässt einen Fleck auf meinen Shorts. Du lässt dich entspannt auf dein Handtuch zurücksinken, und ich weiß, dass du heftig gekommen bist – wunderbar heftig, genauso, wie du es magst.

Du hockst dich wieder auf die Knie, rückst deine Sonnenbrille zurecht und hebst das Bikinioberteil auf.

Dann erhebst du dich und kommst auf mich zu.

Ich mache mir nicht die Mühe, das Fernglas wegzulegen. Ich bleibe einfach mit meinem nassen Fleck auf der Hose am Fenster sitzen, während du mit nackten Brüsten und immer noch aufgerichteten Nippeln an mir vorbeigehst. Du würdigst mich keines Blickes, wirkst hinter deiner Sonnenbrille eiskalt. Du gehst zur Haustür und kommst rein.

»Hast du vergessen, was ich dir gesagt habe?«, seufze ich, als du vor mir stehst. Du beugst dich zu mir herunter und küsst mich. Deine Lippen schmecken salzig von deinem Schweiß und bitter von der Sonnenlotion. »Du solltest diesen Bikini nicht im Garten tragen. Wer weiß, was für ein Perverser dich beobachtet?«

Du setzt dich auf meinen Schoß, und die Spuren von Öl und Schweiß auf deinen Schenkeln vermischen sich mit meinem Sperma.

»Genau darauf habe ich es angelegt«, entgegnest du und küsst mich erneut zärtlich.

Ausgesperrt

Eigentlich klang der Vorschlag, einen Trip zum Mammoth Mountain zu machen, nach einer guten Idee. Er entsprang der Zuvorkommenheit meines reichen und großzügigen besten Freundes, dessen Vorlieben ich teile und der über alle möglichen angenehmen Dinge der Zerstreuung verfügt und mir für das lange Wochenende eine Luxusbleibe zum Ausspannen anbot. »Da kriegst du dein Drehbuch auf jeden Fall fertig«, beschwor er mich und reichte mir die Schlüssel zu seinem Zufluchtsort im Naturpark Mammoth Mountain. »Und anschließend fährst du die gekennzeichneten Pisten runter und reagierst deine Aggressionen ab.«

»Fahren?«, fragte ich.

»Außerhalb der Saison kannst du mit einem Mountainbike die Skipiste runterbrettern.«

»Ich besitze überhaupt kein Fahrrad«, entgegnete ich.

»Alles, was du brauchst, findest du in meinem Haus«, versicherte er mir. »Mann, du hast wirklich mal eine Pause verdient. Und glaub mir, es wird dir an nichts fehlen, ich habe an alles gedacht …«

Ich seufzte und starrte den Schlüsselring in meiner Hand an.

»Im Ernst«, redete er weiter auf mich ein. »In der Stadt kriegst du deine Arbeit nie fertig. Dort gibt es einfach zu viele Ablenkungen, um sich vernünftig konzentrieren zu können. Sobald du erst mal aus der Stadt bist, hast du den Kopf frei, glaub mir! Nutze die Anfahrt, um deine Gedanken zu sammeln, fahr den Berg rauf und entspann dich! Du wirst sehen, dann hast du dein Skript in null Komma nichts fertig.«

Und so fing alles an. Ich setzte mich in meinen ziegelroten Jeep und fuhr hinauf in die Berge zu dem gediegenen Zufluchtsörtchen. Kaum hatte ich Marlons wunderschönes Holzhaus erreicht, dachte ich, dass er vielleicht Recht gehabt hatte. Vielleicht lag meine lange Schreibblockade tatsächlich am Stadtlärm – und an meinen Mitbewohnern. Ständig lockte die Versuchung, am Strand zu joggen, noch einen Kaffee trinken zu gehen oder auf ein Bier in der Firehouse Bar an der Main Street vorbeizuschauen. Jetzt würde ich mich endlich konzentrieren können. Ich musste den Entwurf nur noch ein allerletztes Mal überarbeiten, bevor ich das verdammte Drehbuch endlich meinem Agenten schicken konnte.

Am ersten Tag quollen die Worte nur so aus mir hervor. Vielleicht lag es an der frischen Bergluft, jedenfalls waren meine Gedanken noch nie so klar und präzise gewesen. Den ganzen Samstag verbrachte ich vor meinem Laptop, gönnte mir hin und wieder eine kurze Pause, um hinauszugehen und einen Blick auf die imposanten Berge zu werfen. Anschließend setzte ich mich wieder hin und gewöhnte mich allmählich an den vertrauten Rhythmus meiner Finger, die auf der Tastatur klimperten.

Gegen vier Uhr nachmittags hörte ich nebenan ein Auto in die Einfahrt biegen. Einigermaßen neugierig und den Anlass als willkommene Entschuldigung nehmend, mich ein bisschen zu strecken, ging ich ans Fenster und spähte durch die makellosen weißen Vorhänge, als du gerade aus dem Wagen stiegst. Mann, sahst du toll aus in deinem Outfit! Dafür, dass Sommer war, herrschte ein merkwürdiges Wetter. Die Luft war recht kühl, doch der Himmel war blau und wolkenlos. Obwohl du mit deinen legeren indigoblauen Jeans und deinem weiß abgesetzten fuchsiafarbenen Anorak dick eingemummelt warst, konnte ich erkennen, dass du groß und langbeinig warst. Ich beobachtete, wie du deine Wochenendeinkäufe aus dem Auto ludst, und wartete, ob du zu mir aufblicken würdest, doch das tatst du nicht. Offenbar hattest du noch nicht gemerkt, dass ich dich beobachtete.

Nach einer Weile ging ich zurück an meinen Computer. Ich starrte die Tastatur an, ohne etwas zu sehen, mein Hirn streikte, und meine Gedanken drehten eine Warteschleife. Dann wurde mir bewusst, dass ich einen weiteren Blick auf dich werfen musste. Ich ging zurück ans Fenster. Du warst immer noch am Ausladen. Ich erhaschte einen Blick auf dein hübsches Gesicht und deine vollen Lippen und wünschte, ich hätte auch deine Augen sehen können, doch sie waren hinter den verspiegelten Gläsern deiner Fliegersonnenbrille verborgen.

Ich musste all meine Willenskraft zusammennehmen, um mich zurück an den Schreibtisch zu zwingen. Diesmal konzentrierte ich mich mit aller Mühe auf die letzte Zeile, doch ich musste feststellen, dass ich völlig unfähig war, einen klaren Gedanken zu fassen. Ich versuchte mich zusammenzureißen und zu erinnern, wo ich stehen geblieben war – hatte ich die Seite auf dem Bildschirm schon zu Ende redigiert, oder hatte ich gerade erst mit ihr angefangen? Meine Gedanken kreisten nur um dich. Dein Anblick hatte sich in mein Hirn gebrannt und wollte nicht verschwinden. Machtest du wie ich einen Kurzurlaub in der Nachsaison, oder lebtest du das ganze Jahr hier draußen in den Bergen?

Ich ging erneut ans Fenster und spähte hinaus, um zu sehen, was du gerade tatst. Diesmal hast du mich direkt angesehen.

Mein Gott, ich fühlte mich wie Spanner. Es war ganz offensichtlich, dass ich nur ans Fenster getreten war, um dich zu beobachten, doch nachdem du mich nun ertappt hattest, hatte ich keine Ahnung, wie ich mich verhalten sollte. Sollte ich mich schnell hinter den Vorhang zurückziehen? Oder winken? Was soll man in so einer Situation tun, wenn man nicht wie ein kompletter Idiot aussehen will?

Du beantwortetest all diese Fragen, die mir Kopf herumgingen, indem du mir ein breites, strahlendes Lächeln zuwarfst. Dann gingst du zu Marlons Haustür und bedeutetest mir mit einer Hand, dass ich dich reinlassen sollte. Ich stürmte die Treppe hinab, um dir zu öffnen. Was konntest du von mir wollen? Ich konnte es kaum erwarten, es herauszufinden.

»Sie werden es kaum glauben«, hast du mich begrüßt und dich an mir vorbei in den Flur gedrängt, bevor du dich mit einem Seufzer der Erleichterung deines Winteranoraks entledigt hast. Darunter kam ein enger schwarzer Rollkragenpullover zum Vorschein, und ich sah dein dunkles Haar, das dir über die Schultern fiel. Anschließend gingst du schnurstracks die Treppe hoch, als ob du die Besitzerin des Hauses wärest.

»Ich habe meinen Haustürschlüssel verloren«, erklärtest du und hast dich in einen von Marlons Sessel voller Sachen fallen lassen. »Und um den Schlüsseldienst zu bestellen, ist es schon zu spät.«

»Sind Schlüsseldienste nicht rund um die Uhr in Bereitschaft?«

»Nicht außerhalb der Saison«, entgegnetest du mit einem

Seufzer. »Ich kann von Glück sagen, dass sie überhaupt am Wochenende arbeiten, aber ich bin bis mindestens neun Uhr morgen Früh ausgesperrt.«

Ich sah zu, wie du deine Stiefel abstreiftest und deine Füße auf den Couchtisch legtest. »Sie haben doch nichts dagegen, oder?«, hast du mich gefragt.

Ich hatte nichts dagegen.

»Ich bin eine Freundin von Marlon«, hast du dann erklärt. »Und ich war wirklich froh zu sehen, dass jemand hier ist. Sonst hätte ich mir ein Motelzimmer nehmen müssen, und das einzige Motel, das außerhalb der Saison geöffnet hat, ist eine ziemliche Absteige.«

Da saß ich nun, ein Drehbuchautor, und hatte nicht die geringste Dialogidee, um mit jemandem wie dir Konversation zu betreiben. Meine Zunge war wie festgeklebt. Du hingegen schienst dich absolut behaglich zu fühlen und ließt nicht den geringsten Zweifel daran aufkommen, dass du vorhattest, den Abend in Marlons Hütte zu verbringen. Als ich dich weiter anstarrte, legtest du den Kopf auf die Seite und bedachtest mich mit einem weiteren einnehmenden Lächeln.

»Vielleicht könnten Sie meine Einkaufstüten hochholen«, schlugst du vor. »Dann kann ich uns ein Abendessen kochen, als kleines Dankeschön für Ihre Gastfreundschaft sozusagen.«

Glücklich, etwas Sinnvolleres zu tun zu haben, als einfach nur dazustehen und dich anzugaffen, ging ich hinaus und holte die Tüten mit den Lebensmitteln. Ich brachte sie die Treppen hoch in Marlons riesige Küche und stellte beim Auspacken fest, dass du für ein Abendessen mit zwei Personen eingekauft hattest. Zwei Steaks, zwei große Kartoffeln, eine Flasche Rotwein und ein leckeres knuspriges Brot. Hattest du noch jemanden erwartet? Es sah nicht danach aus.

Mir lagen alle möglichen Fragen auf der Zunge, aber ich sagte nichts. Du sahst müde aus und schienst es dir bequem gemacht zu haben, also kümmerte ich mich mit deiner Zustimmung um das Essen. Wir unterhielten uns durch die offene Durchreiche zwischen der Küche und dem Wohnzimmer. Als ich die Steaks briet, hast du im Kamin ein Feuer entzündet und den Wein geöffnet. Die Stimmung war sehr heimelig und angenehm – ganz anders als mein hochbeschleunigtes Leben zu Hause. Ich konnte mich nicht daran erinnern, mich je so wohl gefühlt zu haben, erst recht nicht mit einer Unbekannten. Einer bezaubernden Unbekannten wie dir.

Als ich den Tisch deckte, erhobst du dich aus deinem Sessel und umarmtest mich von hinten. Und das war's dann mit dem Essen. Wir liebten uns vor dem Kaminfeuer auf dem weichen Teppich, der speziell für diesen Zweck dort zu liegen schien. Du sahst einfach umwerfend aus, dein langes lockiges Haar umschmeichelte deine Schultern und deine Brüste, während du zu mir aufblicktest. Nackt warst du noch schöner als in deinem Freizeit-Outfit. Du bist für mich eine jener Frauen, die am besten nie etwas anhaben sollten. Deine hinreißende Figur raubte mir regelrecht den Atem. Die perfekt sitzende schwarze Hose und der geschmeidige Seidenpullover standen dir hervorragend, doch jetzt, als du alle Hüllen hattest fallen lassen, warst du die Verkörperung schöner weiblicher Kurven und üppiger Sinnlichkeit.

Ich fragte mich, wie wir so schnell dieses Stadium tiefer, inniger Vertrautheit erreicht hatten, in dem du mir alles, was du wolltest, einfach direkt ins Gesicht sagtest. Warum ich selber dieses Stadium so schnell erreichte, stand für mich außer Frage. Mein Gott, du bist einfach unglaublich. So sexy. So gierig.

Ich spürte, wie ich durch dich in Urlaubsstimmung kam. In diese Stimmung, die einen dazu hinreißt, mit einer Unbekannten die verdorbensten Dinge zu tun, weil man weiß, dass man so etwas zu Hause niemals tun würde. Und es war eine gute Stimmung, das muss ich zugeben. Da war nichts, was uns irgendeine Zurückhaltung auferlegt hätte. Ich nahm dich in die Arme und ließ dich auf meinen Schwanz niedersinken, sodass du mit dem Gesicht zu mir gewandt auf mir saßt, deine Beine über meinen und deine Arme um meinen Nacken geschlungen.

»So mag ich es«, sagtest du sanft. »Dir in die Augen zu sehen und dabei deinen Schwanz in mir zu spüren.«

Bei dem Wort »Schwanz« erbebte dieser in dir, als ob er sich direkt angesprochen fühlte. Du sprachst mit Bedacht und betontest jedes einzelne Wort.

»Du füllst mich aus«, hast du gesagt. »Du bist so hart. Und so tief in mir.«

Der Geruch deines Körpers war betörend. Intensiv und mild zugleich. Ich sog ihn gierig ein, mein Gesicht an deinen Hals gepresst, und drang noch tiefer in dich ein. Hinter uns knisterte das Feuer, und die flackernden Flammen reflektierten auf unserer Haut. Ich war so erregt wie noch nie. Ein kräftiger Energiestrom ging von dir auf mich über, und du hattest die ganze Zeit die Augen offen. Du warst kurz davor zu kommen, und das trieb meine Erregung auf die Spitze.

Meine Hände waren in ständiger Bewegung, da ich mich nicht entscheiden konnte, wo ich sie verweilen lassen wollte. Ich wollte deine Brüste umfassen und mit den Daumen deine harten Nippel massieren. Doch im nächsten Augenblick drängte es mich, deine Klitoris zu stimulieren, damit du auf deine Kosten kamst und ich dich auf den Gipfel führen konnte, wie du es wolltest.

Als du kamst, sah ich jede einzelne Phase deines Orgasmus dich durchströmen. Dass es so weit war, erkannte ich an der Art, wie du die Lippen nach hinten zogst, wie deine Atmung sich änderte und du mich noch enger in dir aufnahmst. Ich hielt dich während deines ganzen Höhepunkts fest, dann drehte ich dich um, sodass du mit abgewandtem Gesicht auf Händen und Knien vor mir hocktest, und vögelte dich von hinten. Ich vögelte einfach drauflos.

Dann explodierte auch ich, und die Erlösung ließ mich abheben. Zu kommen und anschließend an deinem warmen, nackten Körper zu lehnen, zu spüren, wie sich unsere Haut zärtlich berührte – ich war völlig entrückt und von allem, was ich bisher kannte, eine Million Meilen weit entfernt. Du holtest mich behutsam in die Wirklichkeit zurück. Die Art, wie du dich auf die Seite rolltest und mich einfach nur anlächeltest – jeder Augenblick mit dir war relaxed und ungezwungen. Keinerlei Anspannung. Nichts schien geplant.

Das Abendessen haben wir letztendlich nicht angerührt. Wir haben uns einfach nur auf dem Teppich geliebt, und am nächsten Morgen hast du den Schlüsseldienst angerufen und bist rausgegangen, um zu warten. Genau in dem Moment klingelte das Telefon.

»Genießt du deinen Kurztrip?«, fragte Marlon.

»Ich habe deine Nachbarin kennen gelernt«, erzählte ich ihm.

»Kennen gelernt?«, wiederholte er meine Worte, und sein Tonfall verriet, dass er etwas wusste, was er nicht aussprach.

»Ja«, entgegnete ich. »Könnte es sein, dass du auch schon ihre Bekanntschaft gemacht hast?«

»Hat sie erzählt, dass sie ihren Haustürschlüssel verloren hat?«, fragte er mit einem Lachen.

»Sieh an! Woher weißt du das?«

»Das ist ihre bevorzugte Masche«, erwiderte er. »Jedenfalls wenn sie in der passenden Stimmung ist. Sie hat mir erzählt, dass sie dies Wochenende hinauf in die Berge fahren wollte. Ich dachte, dass ihr beiden euch vielleicht prächtig verstehen würdet. Du hast auf mich den Eindruck gemacht, als könntest du eine anregende Erfrischung gebrauchen.«

Und in dem Augenblick wurde mir klar, dass Marlon tatsächlich an *alles* gedacht hatte.

Heiße Spiele

Wir sollten nicht hier drin sein, stelle ich klar. Es ist zwei Uhr morgens, und die Anlage ist schon seit zehn Uhr geschlossen. Aber das beeindruckt dich nicht im Geringsten; du kommst mit deinem Gesicht ganz nah an mich heran, liebkost meine Wange und zischst »Pssst«.

Was dir an diesem Apartmenthaus am besten gefallen hat, war die Sauna. Du warst bereit, dafür einen Aufschlag zu zahlen, sogar noch einen Zusatzaufschlag für die Erlaubnis, den kleinen Pool und des Warmwasserbeckens benutzen zu dürfen. Die Sauna hilft dir, dich nach einem langen Arbeitstag zu entspannen. Und du bist wild entschlossen, sie voll und ganz auszukosten, das muss ich schon sagen, obwohl ich kaum glaube, dass du im Moment unbedingt auf Entspannung aus bist.

Nicht, dass ich ernsthaft eine Grundsatzdiskussion vom Zaun brechen wollte – ich stelle nur das Offensichtliche fest, damit mir unser Tun nicht ganz so ungehörig vorkommt. Doch als ich sehe, wie du deinen Schlüssel in das Schloss der Metallpforte steckst, kommt es mir extrem ungehörig vor. Du bist in deinen nagelneuen schwarzen Bikini geschlüpft, der hinten extrem knapp ist und auch vorne so gut wie nichts verbirgt. Du trägst ihn zum ersten Mal. Ich habe dir im Kaufhaus bei der Auswahl geholfen, wobei ich verstohlen in die Umkleidekabine geschlüpft bin, damit es dir erspart blieb, in diesem fast nichts bedeckenden Fetzen Stoff vor aller Augen umherzuspazieren. Ich habe unsere gemeinsame Wahl enthusiastisch begrüßt – und jetzt gefällt mir der kleine Fummel sogar noch besser.

Um die Taille hast du dir ein knallbuntes Hawaii-Badetuch geschlagen, das einladend von deinen Hüften herabhängt. Ein leichtes Zupfen würde genügen, den lockeren Knoten zu lösen, und das Tuch würde deine Beine hinabgleiten und dich nackt dastehen lassen, abgesehen von dem winzigen schwarzen Stofffetzen natürlich. Ich kann die Augen nicht von den Rundungen deiner Hüften abwenden, die das Badehandtuch vergeblich zu verhüllen versucht. Wie gebannt starre ich auf die kleine Wölbung über deinem Po, wo sich auf deiner weißen Haut ein dunkles Tattoo abzeichnet, und beobachte fasziniert, wie das bunte Handtuch deine Waden umschmeichelt. Dein dunkles Haar umtanzt aufreizend deine nackten Schultern. Als du vorsichtig die Metallpforte aufschiebst, damit die abgenutzten Scharniere nicht so verräterisch laut quietschen, lange ich nach dir und küsse deinen Nacken. Das Quietschen hallt leise durch die Swimmingpool-Anlage.

»Du bist wunderschön«, flüstere ich, meine Lippen auf deinen Nacken gepresst.

»Pssst«, weist du mich zurecht. »Die Mieter aus dem dritten Stock können uns sehen. Warte, bis wir drin sind!«

Da ich nie besonders sportlich war, besitze ich keine Badehose. Stattdessen trage ich Boxershorts mit einigermaßen langen Beinen, die als Badehose durchgehen können, wenn man nicht so genau hinsieht. Doch ich spüre bereits, wie die Spitze meines Schwanzes vorwitzig durch den Schlitz lugt, und als ich merke, wie ich noch härter werde, verlagere ich unbehaglich das Gewicht von einem Bein auf das andere. Als du dich durch die Pforte zwängst, rutscht das Handtuch von deinen Hüften und gleitet verführerisch zu Boden. Du bückst dich, um es aufzuheben, und die Art und Weise, wie dein Hintern sich unter der Andeutung eines Bikinihöschens wölbt, versetzt mich in schieres Entzücken. Dann hältst du mir die Pforte auf, und ich folge dir in die nach Chlor riechende Anlage. Du schließt die Pforte ganz langsam wieder, und sie rastet mit einem leisen Klicken ein, das von den Wänden des Apartmenthauses zurückhallt.

»Ich habe den Ofen schon vor einiger Zeit angemacht«, flüsterst du. »Inzwischen müsste es angenehm heiß sein.«

Mit diesen Worten führst du mich zu der hölzernen Saunatür und ziehst sie behutsam auf. Von innen strömt uns ein heißer Lufthauch entgegen. Du knipst das Licht an und gehst hinein.

»Kann man das Licht nicht von draußen sehen?«, zische ich.

»Schon möglich«, erwiderst du und bedeutest mir, dir zu folgen. »Aber ich will, dass du alles siehst.«

Wir schließen hinter uns die Tür, und ich spüre die Hitze angenehm auf meiner Haut. Du breitest dein Handtuch auf der untersten Bank aus, und ich lasse mich nieder. Bevor ich mich versehe, sitzt du auf meinem Schoß.

»Spürst du die Hitze?«, seufzt du und lachst leise. »Ich spüre ganz deutlich, wie ich immer heißer werde.«

Du lässt dich mit dem ganzen Gewicht deines Körpers nach hinten fallen und wendest den Kopf so, dass du mich küssen kannst. Unsere Lippen berühren sich, und ich schmecke deine Zunge, die sich in meinen Mund vorschlängelt. Ich spüre, wie mein Schwanz jetzt knallhart wird und gegen deinen fast nackten Hintern drückt. Du rutschst auf meinem

Ständer hin und her, und als unsere Münder voneinander ablassen und ich mich vorbeuge und deinen Hals küsse, schmecke ich schon das Salz deines Schweißes.

Ich fasse nach deinen Brüsten.

»Noch nicht«, stellst du klar und schlägst meine Hand neckisch weg. »Bleib einfach eine Minute ruhig sitzen! Ich will, dass du schön aufgeheizt bist.«

Es ist pure Folter, mit dir auf meinem Schoß einfach nur dazusitzen, während dein Hintern gegen meinen Ständer drückt und mir bei meinem rhythmischen Einatmen der betörende Duft deines Körpers in die Nase steigt und sich mit dem Rotholzaroma vermischt.

»Du hast den Ofen ganz schön hoch gestellt«, flüstere ich, schon ziemlich kurzatmig und unbehaglich.

»Pssst«, entgegnest du. »Konzentriere dich auf das, was du fühlst!«

Und das tue ich, während sich auf meinem ganzen Körper Schweißperlen bilden. Meine Boxershorts sind schon völlig durchnässt vom Schweiß und einem winzigen Sehnsuchtstropfen, den dein hin- und herrutschender Hintern meinem harten Schwanz entlockt hat. Und als ob das noch nicht genug wäre, hebt und senkt sich dein Körper beim tiefen Einatmen der kochend heißen Luft, und ich spüre die sinnlichen Kurven deiner Schultern und deines Rückens aufreizend an meiner Brust entlangreiben. Deine Haut glänzt im Licht, und alles in mir verlangt danach, meine Hände von oben bis unten über dich gleiten zu lassen – doch ich halte mich zurück und warte auf dein Startzeichen.

»Mein Gott, jetzt bin ich wirklich verdammt heiß«, stöhnst du leise und rutschst von meinem Schoß. Du drehst dich zu mir um, und meine Augen verzehren deinen schweißnassen, glänzenden Körper. Es macht mich ganz verrückt, wie das nasse Bikinioberteil hauteng an deinen Brüsten klebt und deine aufgerichteten Nippel sich schamlos unter dem hauchdünnen Stoff abzeichnen, um von mir bewundert zu werden und mir zu verraten, wie heiß du tatsächlich bist. Du ziehst langsam die Körbchen herunter, befreist deine Brüste aus dem engen Stoffkorsett und liebkost dabei deine Nippel. Dann beugst du dich zu mir vor, stellst ein Knie auf die Holzbank und führst einen der Nippel an meine geöffneten Lippen.

»Nicht anfassen!«, flüsterst du, als du hinter dir meine Hände an dir hochfahren und deinen Hintern umfassen spürst. »Nur lecken!«

Ich nehme deinen Nippel in den Mund und lasse mir einzelne Schweißtröpfchen auf der Zunge zergehen. Ich sauge sanft, und du stöhnst, wirfst die Schultern zurück und biegst deinen Körper nach hinten durch, sodass ich nur noch deinen Nippel berühre. Ich koste gierig von deinem Schweiß, als ob ich keine andere Nahrung bekäme, und drücke meine Hände fest auf das Strandhandtuch, um dem unbändigen Drang zu widerstehen, deinen Fuß zu liebkosen. Dein Nippel wird in meinem Mund immer härter, und je intensiver meine Zunge deine pralle Knospe umspielt, desto lauter wird dein Stöhnen.

»Fass hinter mich!«, forderst du mich auf. »Und öffne das Oberteil!«

Ich tue, wie du mich geheißen hast, und öffne behutsam den Verschluss. Da es ein trägerloses Oberteil ist, fällt das durchnässte, elastische Stückchen Stoff im gleichen Augenblick schlaff auf meinen Schoß. Du wischst es mit einer schnellen Handbewegung zur Seite.

Ich sauge weiter an deinem Nippel, während die Rundungen deiner Brüste, die du sanft vor- und zurückschwingen lässt, gegen mein Gesicht drücken und du mir gleichzeitig spielerisch auch den anderen Nippel in den Mund führst. Deine Brüste sind glatt, aber nicht glitschig; das nasse Oberteil hat bisher all deinen Schweiß absorbiert. Doch nach einer Weile läuft dir der Schweiß aus deinem Gesicht, von deinem Hals und von den Schultern in Rinnsalen herunter und erreicht deine Brüste.

Dann plötzlich scheint der Damm, der deine Begierde zurückgehalten hat, zu brechen, und du rutschst nach vorne, sodass unsere Oberkörper sich jetzt berühren. Von der ersten Berührung an ist es ein unbeschreibliches Gefühl; wir sind so glitschig, dass die normale Körperreibung nahezu inexistent ist. Dein Körper gleitet vollkommen widerstandslos an meinem entlang, wie bei einem skurrilen, von einem besonders gewieften Studenten durchgeführten Physikexperiment. Ich stöhne sanft auf, als deine Nippel meinen Brustkorb kitzeln und du dich an mir hinabgleiten lässt, bis dein Gesicht über meinen Bauch streicht und du den Schweiß von meiner nassen Haut leckst.

Meine inzwischen völlig durchnässten Boxershorts öffnen sich wie von selbst, und mein steiler Schwanz flutscht durch den Schlitz. Du nimmst ihn in den Mund und leckst ihn von oben bis unten, dann streifst du meine Hose über meinen Hintern, wobei von meinem Schwanz eine eigenartig verdunstende Dampfwolke aufsteigt. Ich erhebe mich gerade so weit, dass du mir die Shorts herunterziehen kannst, und mein Schwanz flutscht zurück durch den Schlitz, als du sie mir bis zu den Fußknöcheln herunterstreifst. Dann widmest du dich wieder meinem prallen Ständer, umklammerst ihn gierig mit deinem Mund, wobei deine schweißnassen Brüste über meine Oberschenkel glitschen. Als ich immer heftiger stöhne, lässt du von meinem Schwanz ab, und bevor ich weiß, wie mir geschieht, stehst du vornübergebeugt vor mir, drückst dich an mich, und wir sind inzwischen beide so in Schweiß gebadet, dass ihn nicht einmal unsere aneinander reibenden Körper wegzuwischen vermögen.

»Zieh mir das Unterteil aus!«, weist du mich an. »Aber ohne mich zu berühren.«

Ich streife behutsam das nasse Bikinihöschen über deinen Hintern; es fällt von alleine auf deine Knöchel, und du beförderst es mit einem Fußtritt zur Seite. Im nächsten Augenblick bist du auf mir, stützt dich mit den Knien auf dem Badehandtuch ab, drückst deinen schweißgebadeten Körper mit gespreizten Beinen an mich, hebst deine Möse und suchst die Spitze meines Schwanzes.

Deine Möse trieft noch heftiger als der Rest deines Körpers. Mein Schwanz gleitet problemlos in dich hinein und entlockt deinen Lippen ein Stöhnen. Du drückst dich an mich, und dein Schweiß regnet auf mich nieder wie eine heiße Dusche. Deine Hüften heben und senken sich, während du auf meinem Schwanz hoch und runter gleitest und dich zu mir vorbeugst und deine Lippen auf meinen Mund drückst. Beim Küssen rinnt uns der Schweiß über die Lippen und vermischt sich zu einer salzig-scharfen Mixtur. Dein Stöhnen wird immer lauter, während du mich reitest, und du kommst so schnell, dass ich es gar nicht gemerkt hätte, wenn du nicht mitten in deinem wilden Ritt keuchen würdest: »Ich komme ... ich komme ... ich komme!« Ich hebe meine Hüften und dränge mich dir entgegen, in jeden einzelnen Stoß alle meine Kraft legend, und spüre die Kontraktionen deiner Möse, die meinen Schwanz fest umklammert. Dann ziehe ich dich kraftvoll an mich heran, spüre völlig entrückt deine schweißnassen Brüste an meiner Haut und komme ebenfalls. Ich ergieße mich in dir, und mein Stöhnen erreicht das gleiche Ausmaß wie deins. Allmählich drosselst du deine Reitbewegungen, bis du schließlich zum Stillstand kommst und schwer auf mir hocken bleibst.

In diesem Moment registriere ich neben dem Rotholzaroma und dem Duft deines Körpers den Geruch von Qualm. Ich blicke hinüber zu dem Ofen und sehe dein Bikiniunterteil oben auf den rot glühenden Steinen liegen. Träge Rauchkringel steigen in die heiße Luft auf.

»Oh nein!«, seufzt du und erhebst dich von meinem Schwanz. Dann gehst du zum Ofen und pickst das Bikinihöschen vorsichtig von den Steinen. »Oje«, sagst du und lässt das ruinierte Stück auf den Boden fallen. Von deinem Bikiniunterteil ist nur noch ein halb verbranntes, halb geschmolzenes Synthetikstoffknäuel übrig. Du setzt dich, nackt wie du bist, auf meinen Schoß und siehst betrübt auf die Überreste deines neuen Bikinis hinab.

»Also gut«, sagst du. »Dann muss ich dem Kaufhaus wohl einen weiteren Besuch abstatten. Ob wohl auch feuersichere Bikinis hergestellt werden?«

»Das glaube ich kaum«, erwidere ich.

Du drehst dich um und küsst mich.

»Egal. Hast du Lust auf ein Nacktbad im Pool?«

Die Schuhe

Es sind die Schuhe. Das steht außer Frage. Kein Zweifel möglich. Diese verführerischen, sexy knallroten Lacklederschuhe mit der Knöchelschnalle haben mich an den Rand des Wahnsinns getrieben. Ich übertreibe nicht. Ich bin härter als ein Tischbein, und das alles, weil du auf Shoppingtour gegangen bist und deinem Faible für schöne Schuhe gefrönt und damit meiner kleinen schmutzigen Leidenschaft neue Nahrung zugeführt hast. Ich bin nämlich Schuhfetischist.

Wer hätte je gedacht, dass ein Paar Schuhe so viel Macht über einen gefestigten, willensstarken Mann wie mich haben kann? Die Frage ist leicht zu beantworten. *Du.* Denn du kennst mich. Du weißt alles über meine Schwäche, nicht wahr? Du weißt, bis zu welchem Grad du mich provozieren kannst, bevor ich die Kontrolle verliere.

Dabei bin ich gar nicht so leicht aus der Fassung zu bringen. Jedenfalls reizt mich längst nicht alles. Kurze Rüschenkleidchen lassen mich völlig kalt. Teure Dessous sind in meinen Augen nichts als Geldverschwendung. Oberbekleidung und raffinierte Unterwäsche interessieren mich nicht im Geringsten. Schuhe hingegen wühlen mich auf. Schuhe sind etwas anderes. Schuhe sind magisch.

Diese Schuhe bringen meine Welt zum Erbeben, und zwar total.

Allein schon die Schnalle, die deinen Knöchel umschließt und diese gewagte Schuhkreation an Ort und Stelle hält! Die Schnalle selbst ist ein Kunstwerk. Sie ist beinahe so dick wie ein Hundehalsband und aus kräftigem Leder, über das ich im Geiste meine Fingerspitzen streichen lasse. Ich male mir aus, dies zu tun, während sich die Schuhe an deinen Füßen befinden, stelle mir vor, an beiden Seiten der Schnalle deine Haut zu streicheln und dich erschauern zu lassen.

Ich habe keine Ahnung, was dir durch den Kopf geht, wenn ich auf dem Boden hocke und deine Schuhe und Füße anbete. Bist du genauso erregt wie ich, wenn ich diesen verrückten Fetischismus auslebe? Es kann gar nicht anders sein, denn du erfüllst mir jeden Wunsch, verwöhnst mich bis zum Gehtnichtmehr. Immer wieder kaufst du dir diese Schuhe. Diese unanständigen, indiskreten Schuhe … und in den Schuhen stecken diese süßen, hübschen Füße. Aber bei ihnen sind wir noch nicht angelangt. Oh nein! Deine Füße müssen noch eine ganze Weile warten. Wir sind immer noch bei den Schuhen.

Lassen Sie mich noch ein Wort über die Absätze dieser Schuhe verlieren – oh, mein Gott! Spitze hohe Absätze, die den Schuh zu einem kleinen Bogen krümmen und – ach, herrje, ich drehe gleich durch. Es ist wirklich absolut unglaublich. Wie ein einfaches Paar Schuhe imstande ist, jemandes ganze Persönlichkeit in ihren Bann zu ziehen. Die Absätze dieser Schuhe sind so hoch, dass du darin eine ganz andere Haltung annehmen wirst. Du wirst gehen wie eine Königin, in deiner typischen überheblich hochmütigen Art. Oder wie eine Stripperin. Ich kann mir sehr gut vorstellen, wie selbstbewusst du dich in deinem Körper fühlst, wenn du solche Schuhe trägst und ansonsten nichts. Du bist ein Wunder, das man auskosten muss.

Jetzt weißt du Bescheid. Jetzt habe ich reinen Tisch gemacht und mich offenbart. Aber wahrscheinlich warst du sowieso längst im Bilde, so, wie ich mich immer an deine Fersen hefte, wenn du darangehst, deinem Outfit den letzten Schliff zu verpassen, inständig hoffend, dass du eins von meinen Lieblingsbabys aus dem Regal holst. Denn ich bin wählerisch und stehe auf ganz bestimmte Schuhe. Und auf dich natürlich. Auf dich in diesen Schuhen. Ich sehe nichts als die Schuhe. Sie stehen in der Tür und warten darauf, dass ich imstande bin, auf dich zuzugehen. Mit jagendem Herzen. Und pochenden Adern.

Oh, meine Süße! Ich verliere die Kontrolle über mich, wenn du ein Paar deiner hinreißenden hochhackigen Schuhe trägst. Dann steht mir der Sinn nur nach einem: dich in die Arme zu nehmen, ausgestreckt vor mir hinzulegen und dich, beginnend mit den Zehen, körperaufwärts zu liebkosen, und wenn ich oben angelangt bin, den gleichen Weg zurück. So sollte es sein. Anders geht es gar nicht, vor allem nicht mit diesen neuen roten Schuhen. Du wirst sie die ganze Zeit anbehalten. Ich weiß, dass du das tun wirst. Du musst sie für mich anbehalten. Ich werde dich in jeder Hinsicht belohnen, wenn du die Schuhe anlässt.

Ich gehöre nicht zu den Leuten, die etwas auf die aktuellen Modetrends geben. Ich habe keine Ahnung, ob diese Schuhe dieses Jahr in sind oder letztes Jahr angesagt waren. Doch als ich sie heute Nachmittag zum ersten Mal in dem Karton gesehen habe, eingekuschelt in das weiße Seidenpapier, wusste ich sofort, dass du sie heute Abend tragen musst.

Es war Begierde auf den ersten Blick.

Was ich an deinem Schrank zu suchen hatte? Warum ich in deinen Schuhkartons herumgeschnüffelt habe? Das weißt du sehr genau – du musst es einfach wissen. Warum – wenn nicht, um mich in Versuchung zu führen – hättest du sonst von deinen Schuhen Polaroidfotos gemacht und sie außen an die Schuhkartons geklebt? Für mich sind diese Bilder besser als jeder mittelmäßige Porno. Ich sehe die Fotos von den Schuhen, von jedem einzelnen einzigartigen Paar, und will auf der Stelle sämtliche Kartons öffnen, mein Gesicht an das Leder schmiegen und mich an dem Geruch der Schuhe und dem Geruch deines Körpers ergötzen. Als ich heute dieses neue Paar entdeckt habe, habe ich mich gefühlt wie ein kleines Kind, das im Juli die Wohnung nach Weihnachtsgeschenken durchstöbert. Aber so war es nicht – ehrlich. Ich war nicht auf einem meiner Schuhraubzüge, bei denen ich all deine Paare um mich herum im Kreis aufstelle und sie eines nach dem anderen streichle. Nein, diesmal war ich wirklich unschuldig; ich habe lediglich hinten in den Schrank gelangt, um meinen alten schwarzen Gürtel herauszuholen, weil mein neuer gerissen war, und dabei habe ich die neuen roten Schuhe entdeckt.

Gestern waren sie mit Sicherheit noch nicht da. Das hätte ich gemerkt, daran besteht nicht der geringste Zweifel.

Ich sah das Foto, griff nach dem Karton und holte ihn aus dem Schrank. Und dann – zack! Ich war sofort knallhart. Ich ließ meine Finger über die glänzende Lederoberfläche gleiten und dachte an deine anbetungswürdigen Füße und malte mir aus, wie sie sich in die tiefe Senke des Schuhinneren schmiegen. Ich musste mich aufs Bett setzen, um mich zu sammeln. Die Schuhe und den Karton fest umklammernd, ließ ich meine Hand in das raschelnde weiße Seidenpapier gleiten und fand die anderen Polaroidfotos, die du geschossen hattest. Sie zeigten nicht nur die neuen Schuhe, sondern deine Füße in eben diesen Schuhen. Du wolltest mich aufstacheln, habe ich Recht? Ich griff zum Hörer und hinterließ dir eine Nachricht auf dem Anrufbeantworter.

»Die Schuhe. Die roten. Heute Abend.«

Jetzt warte ich auf dich und weiß intuitiv, dass du mich nicht enttäuschen wirst. Und was vielleicht noch wichtiger ist – ich weiß, dass du diese göttlichen Exemplare nicht nur für dich, sondern auch für mich gekauft hast. Denn du kennst mich. Du weißt genau, wie ich dich verwöhne, wenn deine hübschen Füße in solchen Schuhen stecken. Ich lasse dich kommen, dass dir Hören und Sehen vergeht.

Wenn meine Zunge und Finger ihr anfängliches Interesse an den Schuhen gestillt haben, widme ich mich mit der gleichen Intensität und Begierde deiner Klitoris. Aus Erfahrung weiß ich, dass du längst triefend nass bist, wenn ich mich zu deiner Spalte vorgearbeitet habe, und in meinen Armen vor Erregung zitterst und bebst.

Du stehst mir in nichts nach, habe ich Recht? Du bist ebenfalls eine Schuhfetischistin. Und was ich dir zu bieten habe, nimmst du genauso gerne entgegen, wie ich es gebe.

Verehrung. Anbetung. Deine Füße gebieten es, diese Schuhe verdienen es.

Ich gehe jetzt im Zimmer auf und ab. Kannst du dir das vorstellen? Ich warte und platze vor Spannung, stelle mir in allen Einzelheiten vor, wie es sein wird. Ich kann mich kaum noch beherrschen. Warum brauchst du so lange?

Als du schließlich rufst, dass du bereit bist, ist es beinahe um mich geschehen. Ich öffne mit zitternden Händen die Tür und sehe dich ausgestreckt auf dem Bett, die Polaroidkamera neben dir, die Beine gekreuzt, und – verdammt, das gibt's doch gar nicht – mit nichts am Leib außer diesen wundervollen roten Schuhen. Ich bringe ein Wimmern hervor, das mit meiner normalen Stimme nichts zu tun hat, sinke auf dem Teppich auf die Knie und nähere mein Gesicht dem Himmel. Denn das ist es für mich. Der Himmel auf Erden.

Ich lecke von unten nach oben, ganz langsam, denn ich

will nichts überstürzen. Ich fahre mit meiner Zunge an deinem Spann entlang, schiebe sie unter deine Wölbung, und du windest dich und quietschst. Es kitzelt, nicht wahr? Aber schön, habe ich Recht? Es ist herrlich, absolut perfekt.

Der Geruch des Leders macht es mir schwer, die Ruhe zu bewahren. Das berauschende Aroma neuer Schuhe bringt mich schier um den Verstand. Wenn wir zusammen in einem Kaufhaus sind und du mich in die Abteilung für Damenschuhe entführst, kann ich meinen Ständer manchmal kaum verbergen. All diese herrlichen Schuhe! Und alle so schön aufgereiht. Und dazu diese bezaubernden kleinen Spiegel auf dem Boden – als ob die Schuhe sich selber betrachten wollten. Mein Gott, wenn ich einen Schuhladen besäße, würden es die Leute bei mir ständig auf dem Boden treiben. Eine permanente Schuhorgie. Kannst du dir das vorstellen?

Ja, ich weiß, dass du es kannst. Denn du hebst jetzt deine Hüften und windest dich auf der Matratze, während ich meine Zunge über die empfindsame Wölbung deines Fußknöchels fahren lasse und dabei das Lederriemchen streife. Und dann verwöhne ich dich kurz dort mit der Zunge, wo du es im Augenblick am meisten brauchst – schließlich hast du mich ebenso zuvorkommend behandelt. Ich fahre schnell zu deiner Spalte hoch und lecke mit hastigen, gierigen Zungenschlägen deine Klitoris – und sieh an, was haben wir denn da? Deine Klitoris ist schon mächtig angeschwollen und bereit. Du bist erregt, Sweetheart, und zwar auf das Äußerste. Du bist von Sekunde zu Sekunde nasser geworden, habe ich Recht? Du bist bereit für mich. Bereit für das, was ich mit dir vorhabe. Einige Minuten befriedige ich deine Wünsche, lecke und schlecke deine empfindlichste Stelle und beiße dich sogar zärtlich, bevor ich mich wieder nach unten begebe und nun an einen Punkt gelange, an dem ich einen deiner Schuhe öffnen muss. Ihn dir vom Fuß streifen und mir hastig vor das Gesicht pressen muss, um besser daran riechen zu können. In dem Moment sehe ich, wie sehr du mich liebst – du hattest eine Pediküre. Deine Zehennägel glänzen in einem herrlichen Kandisapfelrot.

Oh, mein Gott! Oh, Baby!

Ich presse meinen Schwanz gegen deinen Spann und inhaliere den Duft deines Schuhs. Ich bin im Rausch. Ich verliere jede Kontrolle. Ich werde jeden Moment kommen, merke ich, und dann werde ich ein bisschen abkühlen, und wir machen es noch einmal gründlich. Seitdem ich diese liebreizenden Schuhe heute Nachmittag entdeckt habe, bin ich nur noch geil. So begierig, dass ich es kaum noch erwarten kann. Wenn du also nichts dagegen hast, würde ich mir gern einen runterholen, mit diesem Schuh in der Hand deinen Fuß benetzen. Erst meine Bedürfnisse befriedigen und mich danach in aller Ruhe deinen widmen.

Diese Schuhe. Mein Gott, diese unglaublichen Schuhe. Sie sind so wunderbar. Wer hätte das gedacht? Diese Farbe und dieses Design – einfach einzigartig! Und dann diese Schnalle! Oh, diese Schnalle! Ich bin kurz davor zu explodieren. Aber ich brauche noch mehr. Ich drücke den Schuh gegen meinen Schwanz, lasse mein Gesicht noch einmal zu deiner nassen Spalte hinaufwandern und lecke die Kuppe deiner Klitoris, während mir der betörende Duft deiner Schuhe noch in der Nase haftet. Und dann sprichst du die Worte, die mir den Rest geben.

»Morgen«, säuselst du, »gibt es einen Schuh-Ausverkauf. Stilettos. Wollen wir zusammen hingehen? Hättest du Lust, mein Schatz?«

Ich bringe kaum eine Antwort hervor. Du kennst mich zu gut.

Unbehelligt von neugierigen Blicken

Ich beobachte dich während des gesamten Essens. Du bist mit deinen Freundinnen da, und ihr seid heute Abend ziemlich aufgekratzt. Irgendeine von euch hat etwas Wichtiges zu feiern. Ich weiß nicht genau, was. Eine Beförderung vielleicht? Eine Verlobung? Eine Auslandsreise? Ihr vier trinkt ansprechend dekorierte pastellfarbene Cocktails und macht die männlichen Restaurantbesucher vor Lust und Begierde ganz wild. Wie? Ganz einfach. Ihr scheint für keinen von uns Augen zu haben. Ihr seid voll und ganz mit euch selbst beschäftigt. Und das macht euch verdammt sexy. Zumindest in meinen Augen.

Von euch vieren gefällst du mir bei weitem am besten. Dein Gesicht hat etwas Besonderes. Du hast dunkle Augen, langes schwarzes Haar und helle Haut. Außerdem hast du dich nicht so aufgedonnert wie deine Freundinnen. Klar, du trägst ebenfalls festliche Kleidung, aber keine hautengen Glitzerfummel. Du siehst elegant aus, und das gefällt mir. Vor allem weil ich das Gefühl habe, dass sich hinter deinem eleganten Äußeren ein rebellischer Kern verbirgt. Wie ich darauf komme, ohne dich zu kennen?

Ganz einfach. Du erregst den ganzen Abend meine Aufmerksamkeit. Nicht aufdringlich und auch nicht oft. Nur gelegentlich, wenn ich eine weitere Runde Drinks serviere oder du mich fragst, ob ich euch nicht allen einen Nachtisch spendieren wolle. Deine Freundinnen flirten mit mir, was das Zeug hält. Du hingegen lächelst mich ruhig und entspannt an, und deshalb fällst du mir ins Auge. Deinen Freundinnen will ich eigentlich gar keine Runde spendieren, aber ich tue es trotzdem, weil ich dir einen Drink ausgeben will. Ob ihnen die Schlagsahne oder der Schokoladenkuchen schmecken, ist mir völlig egal, aber ich möchte, dass du davon kostest.

Als du aufstehst, das Restaurant durchquerst und die Treppe zum öffentlichen Telefon hinaufsteigst, folge ich dir. Ich weiß nicht, warum. Nichts an deinem Verhalten bedeutet mir, dass ich dir folgen soll. Doch als ich oben bin, sehe ich dich auf mich warten. Du telefonierst nicht. Wir sind allein, und du kommst auf mich zu, schlingst deine Arme um meinen Hals, ziehst mich zu dir herunter und küsst mich.

Deine Lippen auf meinem Mund erregen mich. Ich habe sofort einen knallharten Ständer. Offenbar spürst du mein hartes Ding, denn du lässt mich los, kicherst einmal tief und verführerisch und streichst mit der Hand über die Ausbuchtung in meiner Hose.

Mach das noch einmal, möchte ich dich bitten. *Geh runter auf die Knie, und mach es noch einmal mit dem Mund. Los, mach schon!*

Wir haben nicht viel Zeit, das ist mir klar. Die Gäste an den anderen Tischen werden Ausschau nach mir und ihren Bestellungen halten, und irgendwann werden dich auch deine Freundinnen vermissen. Sie sind zwar längst nicht mehr nüchtern, doch irgendwann werden sie deinen leeren Stuhl bemerken. Aber wir haben genug Zeit, uns zu küssen – so leidenschaftlich und begierig, wie ich es noch nie zuvor erlebt habe. Ich spüre deine warmen, nassen Lippen auf meinem Mund und deinen eng an mich gepressten hinreißenden Körper. Ich hebe dich hoch, packe dich an den Hüften und wiege dich hin und her, damit du spürst, wie sehr ich danach lechze, in dir zu sein.

Ich will dich so sehr.

Du lachst noch einmal so wie eben und reibst deinen Körper an mir. Wir sind nach wie vor angezogen, aber ich habe das Gefühl, genau zu wissen, wie es wäre, dich zu ficken. Wie gut es wäre. Ich sehe dein zerzaustes Haar und deine erröteten Wangen genau vor mir. Ich setze dich für einen Augenblick ab, fasse unter deinen Rock, schiebe deinen Slip zur Seite, lasse meine Finger einmal durch deine Schamlippen fahren und führe sie dann an meine eigenen Lippen. Du siehst zu, wie ich deine Säfte von meinen Fingerspitzen lecke, und das lässt dich aufseufzen und deine Augen noch dunkler leuchten. Ach, was würde ich dafür geben, auf die Knie sinken und dein Höschen zur Seite schieben zu können und deine süße Möse zu vernaschen, während du gegen die Wand gelehnt dastehst und dich an meinen Schultern festklammerst, um nicht zusammenzusacken!

Wie du wohl stöhnst, wenn du kommst? Ob du vor Wonne schreist oder irgendwelche sinnlosen Worte stammelst? Oder ob du von der leisen und sanften Sorte bist und glückselig vor dich hingurrst? Ich bin beinahe so weit, dich auf der Stelle zu ficken, einfach alles um mich herum zu vergessen und es dir zu besorgen …

Plötzlich höre ich Schritte auf der Treppe. Ich stelle mich schützend vor dich und richte meine Kleidung. Du tust so, als wolltest du telefonieren, wirfst Münzen ein und nimmst den Hörer von der Gabel. Völlig benommen eile ich die Treppe hinunter und widme mich erneut meinem Job. Indem ich mich voll und ganz darauf konzentriere, meine Arbeit aufzuholen, gelingt es mir, meine Selbstbeherrschung wiederzugewinnen. Meine Erektion lässt nach, und ich schaffe es, die Rechnung an euren Tisch zu bringen, ohne über meine eigenen Füße zu stolpern.

Deine Freundinnen scheinen absolut nichts mitzukriegen. Du nimmst die Rechnung und sagst: »Heute Abend bin ich dran.« Wieso habe ich das Gefühl, dass du nur mich ansprichst? Deine Begleiterinnen erheben Widerspruch, den sie jedoch nicht ernst meinen. Sie lassen dich die Zeche ohne weitere Diskussion bezahlen; offenbar seid ihr gut befreundet, sodass es sich über längere Zeit die Waage hält, wenn mal die eine und mal die andere bezahlt. Du hast etwas vor, das sehe ich deinem Gesicht an. Was du nicht weißt, ist, dass auch ich etwas im Schilde führe. Es erwartet dich nämlich eine Überraschung – ich habe dafür gesorgt, dass eure gesamte Rechnung aufs Haus geht.

Ich sehe dich den Mund öffnen und ansetzen, etwas zu deinen Freundinnen zu sagen, doch dann schüttelst du den Kopf, als ob du dich gerade für ein anderes Vorgehen entschieden hättest. Du nimmst dein Portmonee und steuerst die Theke an. »Ich gehe Geld wechseln«, rufst du deinen Freundinnen zu. Ich beobachte dich, aber ich komme dir nicht näher. Deine Freundinnen suchen ihre Sachen zusammen, schlüpfen in ihre Blazer und schütteln ihr langes Haar. Du gibst dir erkennbar Mühe, mich die ganze Zeit nicht ein einziges Mal anzusehen. Ich warte, bis der Hilfskellner euren Tisch abgeräumt hat, und gehe dann langsam zurück zu deinem Platz.

Dort erwartet mich ebenfalls eine Überraschung. Ich öffne die Vinylmappe, in der die Rechnung mit der Bemerkung »Gratis« steckt. Unten am Rand steht in deiner gleichmäßigen Handschrift »Danke«. Es folgen dein Name, deine Telefonnummer und noch einmal die Worte »Heute Abend bin *ich* dran«.

Den Rest des Abends denke ich nur noch an meinen Feierabend und daran, wie es sein wird, wenn ich in dich eindringe – unbehelligt von neugierigen Blicken.

Dieser Neuwagengeruch

Du warst diejenige, die mich ermutigt hat, es zu kaufen; vielleicht hätte ich mich darüber wundern sollen. Allerdings drängte es mich sowieso nach einem neuen Auto, es war diese typisch amerikanische Sehnsucht nach dem Geruch eines neuen Wagens. Doch als wir uns in die Schalensitze gleiten lassen, bist du diejenige, die darauf zu sprechen kommt.

»Ich liebe diesen Geruch«, sagst du. »Wie kriegen sie es nur hin, dass neue Autos immer so riechen?«

»Vielleicht mit Hilfe irgendeines Parfüms, das sie in Detroit herstellen?«

»Aber dieses Auto wurde in Deutschland produziert.«

»Womit meine Theorie hinfällig ist.«

Beim Losfahren will ich am liebsten schon auf dem Hof des Autohändlers voll auf die Tube drücken, aber ich kann mich gerade noch zurückhalten. Doch als wir auf den Highway biegen, kann ich nicht mehr widerstehen und drücke das Gaspedal voll durch.

»Nur zu, Cowboy«, ermunterst du mich mit einem Lächeln. »Dieser flotte Schlitten unter deinem Hintern gehört dir.«

Ich blicke zu dir hinüber, und die Art, wie dein weißes Sommerkleid deinen schlanken Körper umhüllt, erregt mich. Ich sehe deinen BH-Träger und in deinem Ausschnitt einen durchschimmernden Hauch von Spitze und bekomme augenblicklich Lust, dir das Kleid auszuziehen und dich im Nachmittagslicht unseres Apartments zu lieben. Danach steht mir an Sonntagen immer der Sinn, aber dies ist ein besonderer Sonntag. Ich habe dir eine Spritztour in meinem nagelneuen Auto versprochen.

Auf der Autobahn beschleunige ich auf achtzig Meilen pro Stunde und überhole alle möglichen Geländewagen, Sportflitzer und dahintuckernde alte, limousinenähnliche Kutschen. Die einwandfreie Straßenlage meines neuen Wagens und wie er reibungslos und glatt dahinbraust, entlockt dir ein verzücktes Gurren. Als ich die Ausfahrt auf den Highway in die Berge nehme, gibt es nicht einmal die Andeutung eines Schlingerns oder Wackelns.

»Du hast zu viele Werbespots für Sportwagen gesehen«, stellst du mit einem Lächeln fest und genießt mit glänzenden Augen die Szenerie. »Du kennst doch sicher den alten Spruch aus der Werbung.«

»Welchen meinst du? Die Dummen sterben nie aus?«

»Achtung! Kurvenreiche Strecke.«

Dies ist meine Lieblingsstraße für meine Motorradtouren, die Kurven sind eng, aber gleichmäßig, und der weite Blick über das dicht bewaldete Tal ist für mich einer der schönsten Panoramablicke überhaupt. Ich nehme die Kurven mit hoher Geschwindigkeit, bis ich sehe, dass du dich mit aller Kraft an den Rändern deines Sitz festklammerst und starr geradeaus blickst.

»Entschuldige«, sage ich und nehme den Fuß ein wenig vom Gas. »Ich fahre etwas langsamer.«

»Bitte tu das nicht«, forderst du mich auf.

Ich lächle und gebe noch ein bisschen mehr Gas.

Wir haben die Fenster heruntergelassen, und der Duft von

Pinien zieht zu uns hinein – doch er überlagert nicht den Neuwagengeruch, dessen eindringliches Aroma sich auf eigenartige Weise mit dem Duft der Natur vermischt. Die gleichmäßigen Kurven und das Schnurren meines neuen Wagens laden mich ein, das Leben in tiefen Zügen zu genießen.

In diesem Moment spüre ich plötzlich deine Hand in meinem Schoß.

»Ich muss dir ein Geheimnis über mich anvertrauen.«

»Was du nicht sagst.«

Deine Hand knetet sanft meinen Schritt. Ich spüre, wie ich in meiner Jeans hart werde. Als wir vorübergehend ein Stück gerade Strecke passieren, blicke ich zu dir hinüber und sehe, wie deine Nippel sanft gegen den Stoff deines weißen Sommerkleides drücken und sich deutlich abzeichnen.

»Es ist dieser Neuwagengeruch. Er macht mich ganz scharf.«

Inzwischen bin ich vollkommen hart, mein Schwanz pulsiert unter deinen streichelnden Fingern.

»Du glaubst mir wohl nicht.«

»Aber natürlich«, versichere ich dir.

Du seufzt betrübt. »Ich glaube nicht, dass du mir glaubst.«

Du nimmst deine Hand von meinem Schwanz und ziehst sie zu dir zurück. Da ich mich jetzt wieder auf die Kurven konzentrieren muss, kann ich nur verstohlen zur Seite blicken und sehe aus dem Augenwinkel, wie du den Saum deines weißen Sommerkleides hochziehst und die Fingerspitzen an beiden Seiten unter die Ränder deines Slips gleiten lässt. Dann streifst du ihn herunter, ziehst ihn aus und wirfst ihn beiläufig aus dem Fenster.

Dein Kleid ist immer noch fast bis zu deiner Taille hochgeschoben. Aus dem Augenwinkel sehe ich dir fasziniert zu. Du spreizt die Beine ein wenig, lässt deine Hand zwischen sie fahren und streichelst dich, wodurch du mir den Blick auf deine Möse versperrst. Du lässt einen Finger in dich gleiten und dann noch einen zweiten. Schließlich ziehst du sie wieder heraus, beugst dich zu mir herüber und führst deine Hand an meine Lippen.

»Siehst du? Ich habe die Wahrheit gesagt.«

Deine Fingerspitzen umkreisen meine Lippen, hinterlassen eine nasse Spur und gleiten schließlich in meinen Mund. Ich schmecke deine Möse, sie schmeckt scharf, köstlich und erotisch. Ich atme tief ein, während ich fehlerfrei die Kurven nehme und der Geschmack deiner feuchten Liebesspalte mich dazu anregt, noch mehr auf die Tube zu drücken.

»Du glaubst mir immer noch nicht«, seufzt du.

»Aber doch, ich glaube dir.«

»Nein, das tust du nicht«, stellst du klar und umfasst mein Handgelenk. »Bist du nicht froh, dass du einen Automatikwagen gekauft hast?«, fragst du, legst meine Hand zwischen deine Beine und führst meine Finger in dich. Jetzt bin ich ganz sicher, dass du die Wahrheit gesagt hast – nicht dass ich auch nur den geringsten Zweifel gehabt hätte. Du bist so nass, dass ich deinen Saft aus dir rinnen und meine Hand benetzen spüre. Schließlich ziehst du meine Finger wieder aus dir heraus, führst sie an meine Lippen und schiebst sie mir in den Mund, sodass ich ein weiteres Mal ausgiebig von dir kosten kann.

»Mit den Augen immer schön auf der Straße bleiben«, stellst du klar und öffnest deinen Sitzgurt.

Ich will dich auffordern, sofort aufzuhören, will dir eine Lektion über die Sicherheit auf Autobahnen erteilen und über die Risiken, die damit verbunden sind, hinterm Steuer auf einer Bergstraße bei sechzig Meilen pro Stunde einen geblasen zu kriegen. Doch selbst wenn ich mit deinem Kopf auf meinem Schoß sprechen könnte, würde ich kein Wort herausbringen, da es mich alle Mühe kostet, mich auf die Straße zu konzentrieren und, das Lenkrad fest umklammert, durch jede einzelne Kurve zu arbeiten.

Du öffnest meinen Gürtel und knöpfst meine Jeans auf. Ich bin bereits knallhart, viel härter als ich dachte. Deine Lippen umschließen die Spitze meines Schwanzes, und dein Kopf beginnt sich auf und nieder zu bewegen, wobei deine Zunge lebhaft meine Schwanzspitze umspielt.

»Am besten treibst du es nicht so weit, dass ich komme«, sage ich heiser.

»Keine Sorge«, erwiderst du, und ich spüre deinen warmen Atem auf meinem feuchten Schwanz. »Es gibt nur einen Ort, an dem du kommen wirst.« Mit diesen Worten widmest du dich mit deinem gierigen, hungrigen Mund erneut meinem Schwanz, wobei du im Gleichklang mit den Kurven sanft hin- und herschwingst. Deine Zunge fühlt sich auf meiner Haut ganz heiß an, und ich spüre, wie meine Schwanzspitze sanft deinen Rachen kitzelt, während deine Finger den unteren Teil meines Knochens umfassen und ihn heftig reiben. Ich muss mich zwingen, meine Augen weit aufzureißen, um nicht der Versuchung zu erliegen, sie einfach zu schließen und mich stöhnend meiner Lust hinzugeben – was angesichts der Umstände eine extrem schlechte Idee wäre.

»Fahr die Fenster hoch«, verlangst du und lässt deine Lippen für einen Moment über meiner Schwanzspitze schweben. »Ich will dich riechen.«

Das ist einer der zahlreichen Vorzüge dieses Modells: Elektronische Fensterverriegelung mit Bedienung an der Fahrerseite. Die Fenster gleiten mit einem kaum hörbaren Surren hoch, und du holst tief Luft. »Mmm«, seufzt du. »Es riecht nach Schwanz und neuem Auto. Wer hätte gedacht, dass die beiden Gerüche so gut zusammenpassen?«

Dann verschlingst du mich wieder, voller Inbrunst nach dem harten Ständer in deinem Mund gierend. Dein Kleid ist immer noch hochgezogen, und als ich auf einem geraden Straßenabschnitt zu dir hinunterblicke, sehe ich die einladenden Kurven deines Hinterns und den darüber spannenden dünnen weißen Stoff.

Das ist mehr, als ich verkraften kann. Ich steuere den Standstreifen an und lasse den neuen Wagen ausrollen, bis er zum Stehen kommt.

Du blickst von meinem Schoß zu mir auf, deine Lippen glänzen. »Was ist los, Liebling?«, fragst du. »Wolltest du nicht unser neues Auto ausprobieren?«

»In der Tat«, erwidere ich und betätige den Hebel, um den verstellbaren Sitz in Liegeposition zu bringen.

Wenn du nur ein kleines bisschen größer wärst, würde es nicht gehen, aber daran denke ich nicht, als ich nach dir lange und deine Taille umfasse. Stattdessen denke ich daran, wie gut du dich auf mir anfühlen wirst und wie hart ich für dich bin. Ich ziehe dich auf mich, und du legst deine gespreizten Beine um meine Taille, doch eines deiner Knie ist unbequem in dem Raum zwischen Sitz und Handbremse eingezwängt, die ich vergessen habe zu ziehen. Ich hole es nach und verschaffe dir damit die paar Zentimeter zusätzlichen Raum, die du benötigst, um es dir auf mir bequem machen zu können.

Inzwischen bist du noch nasser als vorhin, als ich dich mit den Fingern berührt habe; die Spitze meines Schwanzes bahnt sich so glatt zwischen deinen Schamlippen ihren Weg, dass ich es kaum spüre. Doch als sie den Eingang zu deiner Liebeshöhle aufdrückt und du dich auf mir hinabsenkst und meinen Schwanz in dir aufnimmst, spüre ich alles – und wie. Ich spüre es mit einer solchen Intensität, dass ich meinen Kopf zurückwerfe und aufstöhne.

»Liebst du nicht auch diesen Neuwagengeruch?«, fragst du mich, deinen Kopf in meine Nackenbeuge gepresst. Dein Haar tanzt um mein Gesicht, es duftet nach Rosen und weiblichem Schweiß.

»Das Einzige, was ich rieche, bist du«, seufze ich und atme tief ein.

Du drängst dich mir entgegen, und mein Schwanz dringt noch tiefer in dich ein, während sich deine Hüften zusehends im Gleichklang mit meinen bewegen. Ich habe nicht ganz die Wahrheit gesagt – in der Hitze des dicht verschlossenen Wagens kann ich alles riechen: dich, mich und den Geruch des neuen Autos. Meine Hüften heben sich von dem Sitz, als du nach unten langst und deine Klitoris berührst.

»Oh«, keuchst du. »Oh, mein Gott …«

Du bist so erregt, wie ich dich seit Wochen nicht erlebt habe. Während du mit einem Finger deine Klitoris umkreist, langst du mit der anderen Hand nach oben und streifst dir die Träger deines Sommerkleides und deines BHs von den Schultern. Dann zerrst du beides bis zur Taille herunter, ziehst deine Hand wieder hervor und widmest dich erneut deiner Klitoris. Du drückst mir deine Brüste ins Gesicht, und ich küsse sie gierig, sauge deinen Nippel in meinen Mund und spüre den Druck deiner Hand, die deine Klitoris massiert.

»Ja«, keuchst du. »Genau so …«

Dann kommst du mit aller Gewalt. Die Kontraktionen deiner Möse bedeuten mir, noch tiefer in dich einzudringen. Während du dich über mich stemmst und mir eindrucksvoll die Stärke deiner Oberschenkelmuskeln demonstrierst, flüsterst du: »Fick mich!«, und das tue ich. Meine Hüften heben und senken sich immer schneller meinem eigenen Höhepunkt entgegen. Als es so weit ist, stöhnst du noch lauter auf als bei deinem eigenen Orgasmus; deine Hüften bewegen sich im Rhythmus zu meinen Stößen, bis sich mein ganzer Körper strafft und kurz darauf erlöst entspannt. Du kuschelst dich wieder auf mich, und mein Schwanz tief in dir erschlafft allmählich.

Du küsst meinen Hals und fährst mit deiner Zunge über meine Haut. Dann holst du ganz tief Luft und saugst den Neuwagengeruch in dich ein.

»Wenn wir das noch ein paar Mal wiederholen«, seufzt du, »wird er nicht mehr wie ein neues Auto riechen.«

»Damit kann ich leben«, entgegne ich.

Du siehst auf mich hinab, ein breites Lächeln erhellt dein schweißgebadetes Gesicht, und deine Augen tanzen vor Erregung.

»Ich auch«, stellst du klar.

Junge Dame in der Bredouille

»Und was ist mit diesem Höschen?«, frage ich und streiche mit der Hand über den smaragdgrünen Samtslip in der Form eines Schmetterlings. »Gefällt es dir?«

Du nickst und bist angesichts der riesigen Auswahl an dekadenten Utensilien verwirrt und überfordert. Ich verstehe deine Ehrfurcht, denn das Angebot hier ist wirklich unglaublich. Selbst ein kundiger Damenunterwäscheexperte wäre bei diesem Anblick sprachlos. Schließlich habe ich dich in den traumhaft schönsten Dessous-Shop Kaliforniens entführt. Das Ambiente ist absolut exklusiv. Um überhaupt eingelassen zu werden, muss man einen Mitgliedsbeitrag zahlen und einen Ausweis vorzeigen. Alle Artikel des umfangreichen Sortiments werden an Wänden präsentiert, die mit rotem Satin verziert sind. Leder und Spitze. Knallige Farben und Pailletten. Federn. Schnüre. Vinyl. Seide. Falls du dir in deiner Fantasie irgendwelche reizvollen Dessous ausgemalt hast – hier werden deine Träume mit Sicherheit wahr. Jemand anderes hat den gleichen Traum gehabt, die gleiche Vorstellung von reizvollen Dessous, nur dass aus diesen Fantasien tatsächliche Kreationen wurden, die hier zum Verkauf angeboten werden.

»Kaufen hier Stripperinnen ein?«, fragst du mich und deutest auf zwei atemberaubend schöne Mädchen, die gerade die Artikel an der gegenüber liegenden Wand ins Visier nehmen.

»Hier kaufen *alle*«, erwidere ich und zeige auf ein raffiniertes Bustier, das ich dir schenken will.

»Tatsächlich?« Die Vorstellung lässt dich erröten. Du bist ein normales Mädchen, ein Baumwollschlüpfertyp, und das ist auch gut so. Ich mag es, wie du dich anziehst. Und ich mag es, dass deine gesamte Unterwäscheschublade eine Hommage an die Schlichtheit ist. Klare Linien und mit Bedacht ausgewählte Farben.

Doch ich habe eine Vision, und ich muss sie verwirklichen.

»Dies hier«, sage ich und deute auf das Teil, das mir gefällt.

Die Verkäuferinnen tragen die angebotenen Artikel zur Schau. Die Dame, die uns bedient, hat rote Vinylstiefel an, die bis zu den Oberschenkeln reichen, glitzernde Hotpants und eine schwarze Lederweste, unter der sie nichts trägt als ihre vollen, runden, nackten Brüste. Seufzend folgst du mir zu den Umkleidekabinen, und als die Verkäuferin in meine Richtung sieht und den Kopf schüttelt, wirfst du mir einen leicht verängstigten Blick zu. Ich darf nicht mitkommen, sondern muss auf dem Plüschsofa warten. Warten und daran denken, was du gerade anprobierst. Diese Vorschrift hat ihre offensichtlichen Gründe. Wenn die Männer ihre Frauen in die Umkleiden begleiten dürften, würde dort gevögelt, was das Zeug hält. Dieser Ort schreit geradezu nach Sex. Wer würde sich nicht gern davonstehlen und es inmitten eines Haufens gewagter Dessous treiben?

Die Verkäuferin braucht eine Weile, um dich in die Korsage zu zwängen. Von meinem Platz aus kann ich euer Gespräch in der Kabine mithören. Offenbar hilft dir die rothaarige Verkaufsmieze bei jeder einzelnen Öse. Sie weist dich an, die Luft anzuhalten, und ich tue es dir gleich und versuche mir vorzustellen, wie du in der Korsage aussehen wirst. Ich sehe dich so klar vor mir, als wäre ich mit dir in der Umkleidekabine: deine nach oben gedrückten Brüste, die wie zwei runde feste Bälle über dem Rand der eng anliegenden Korsage hervorquellen und beinahe aussehen wie die Brüste einer anderen. Wie die eines Models in einer Zeitschrift. Es dauert nicht mehr lange, bis du verwandelt bist, und ich weiß, dass dir die Veränderung gefallen wird. Doch wie sehr sie dir tatsächlich gefällt, weiß ich erst, als ich dein Gesicht sehe.

»Wie schön«, seufzt du und nickst. »Das nehmen wir.«

Ich lächle und freue mich, dass du meine Vorliebe für reizvolle Dessous teilst. Als du dich ebenfalls lächelnd in die Umkleidekabine zurückziehen und wieder in die Kleidung schlüpfen willst, in der du gekommen bist, schüttle ich den Kopf. Ich habe andere Pläne. »Nein. Wir nehmen es. Aber lass es gleich an.«

Du siehst mich fragend an, doch die Verkäuferin versteht mich perfekt: »Ihr kommt nicht mehr bis nach Hause«, flüstert sie dir strahlend ins Ohr, bevor sie die Registrierkasse ansteuert. »Keine Sorge, Honey, ihr wärt nicht die Ersten, die in dem kleinen Durchgang hinter unserem Haus verschwinden …«

Du nimmst deine Handtasche und deine Bluse und wartest neben mir, während ich bezahle. Als du versuchst, doch in deine Bluse zu schlüpfen, nehme ich sie dir aus der Hand. »Nein«, stelle ich klar. »Du begleitest mich so, wie du bist. Du siehst aus wie eine …«

»Stripperin«, murmelst du, doch die Verkäuferin korrigiert dich und sagt: »wie eine Prinzessin«.

»Genau«, stimme ich ihr zu. »Wie eine Prinzessin. Eine Märchenprinzessin.«

»Und du bist …«, beginnst du.

»Der Prinz«, fällt dir die Verkäuferin ins Wort und beendet den Satz. Im Geiste höre ich dich sagen: »ein total geiler Bock« oder »ein steiler Knochen«, doch du musst es gar nicht laut aussprechen. Es steht dir in den Augen geschrieben, und als du deinen Blick senkst, siehst du es auch im Schritt meiner Hose. Ich ziehe dich am Handgelenk aus dem Hintereingang auf den großen Parkplatz, und ich weiß genau, dass du glaubst, dass die Verkäuferin Recht hatte und ich dich gleich hier an Ort und Stelle ficken werde, doch du liegst falsch.

»Du siehst wirklich aus wie eine Prinzessin«, stelle ich fest, als ich dir ins Auto helfe. Während ich mich hinter das Steuer setze, füge ich hinzu: »Oder wie eine junge Dame, die in die Bredouille geraten wird.«

Deine Wangen erglühen auf der Stelle in einem satten Kirschrot, und ich lasse dich während unserer Fahrt nach Hause über meine Worte nachgrübeln. In unserer Wohnung angekommen, führe ich dich sofort ins Schlafzimmer, lege dich wortlos auf das Bett und fessele dich. Ab diesem Moment nehme ich mir Zeit und lasse es ganz langsam und gemächlich angehen. Auf dem gesamten Nachhauseweg hatte ich nichts anderes im Sinn, als dich zu ficken. Und, zugegeben, in dem Dessous-Geschäft habe ich auch die ganze Zeit an nichts anderes gedacht. Doch jetzt, da ich dich genau da habe, wo ich dich haben will, brauche ich meine Zeit. Ich löse vorsichtig deinen Pferdeschwanz, nehme die Spange aus deinem Haar und lasse deine langen Locken über deine Schultern fallen. Dann streife ich dir die Slipper von den Füßen und ziehe deine Jeans herunter, sodass du nichts weiter am Leib hast als deine neue Korsage und einen deiner weißen Standard-Slips.

Oh, du siehst einfach hinreißend aus! Irgendwie wusste

ich, dass dieses Outfit dir perfekt stehen würde – diese verträumte, altmodische schwarze Korsage auf deiner sanften blassen Haut. Dein langes offenes Haar, das in weichen Wellen deine Schultern umschmeichelt! Und dann dieser Blick in deinen Augen, dieser verlangende Blick, während du erwartungsvoll ausharrst, in welche missliche Lage ich dich bringen werde.

In eine sehr süße, keine Sorge, mein Darling, dich erwartet eine Bredouille der angenehmsten Art.

Immer noch schweigend ziehe ich dich näher zu mir heran und lege dich über meinen Schoß. Du weißt, was jetzt kommt. Eine Sekunde, bevor ich dein Höschen herunterziehe, stöhnst du auf. Bist du nicht gerne mein ungezogenes Mädchen? Die Frage lässt sich einfach beantworten: doch, doch, doch! Heute, mit dir in dieser prachtvollen Aufmachung, in dieser ungewöhnlichen Verkleidung, komme ich mir vor, als spielten wir in einem Theaterstück. Du bist die Prinzessin, die die Erniedrigung einer Tracht Prügel über sich ergehen lassen muss, bevor ihr Prinz sich um sie kümmern kann. Als meine Hand auf deinen nackten Po klatscht und einen brennenden Abdruck hinterlässt, bist du in der Tat eine junge Dame in der Bredouille. Noch ein Klaps. Du hast eine Haut, die leicht errötet. Ich liebe es, dein Hinterteil erröten zu lassen und dich bei jedem Klatsch so süß aufstöhnen zu hören.

Normalerweise würde ich dir eine viel längere und heftigere Tracht verpassen als heute Nachmittag. Aber normalerweise bin ich auch nicht so aufgegeilt und kann es mir erlauben, mir Zeit zu lassen. Doch heute höre ich nach nur zehn Schlägen auf. Irgendwie hat dieses Spiel eine noch intensivere Wirkung, wenn du in der Korsage steckst. Ich weiß nicht warum, aber es ist so.

Ich lege dich erneut auf die Matratze – deine Handgelenke sind immer noch über deinem Kopf aneinander gefesselt – und nehme dich. Ich besteige dich und ficke dich. Und schon beim ersten Stoß merke ich, dass du genauso bereit bist wie ich. Der gesamte Shopping-Trip war ein dekadentes Vorspiel, und jetzt, da ich in deine nassen Säfte eintauche, weiß ich, dass ich dich so erregt habe, dass du vor Verlangen geradezu wahnsinnig bist. Das Auswählen der verführerischen Korsage, das Anprobieren, die Tracht Prügel – all das hat dich ganz verrückt gemacht.

Mein Schwanz gleitet vor und zurück, und du krümmst dich, um mich noch tiefer in dir aufzunehmen. Dann führe ich meine Hand zwischen uns, ertaste deine Klitoris und knete die kleine Perle sanft mit den Fingern, während ich dich weiter ficke. Du stöhnst und schüttelst dein Haar, sodass deine Locken dir über das Gesicht fallen. Plötzlich hältst du inne. Deine Augen sind jetzt wieder klar, und du starrst mich an. Du kommst eine Sekunde vor mir, und ich lasse mich von den Wellen deines Orgasmus mitreißen, bis ich selber in dir explodiere.

Während ich dir die Handschellen abnehme und dir sanft die Gelenke massiere, grinst du mich an und sagst, bereits vor Scham errötend: »Ich habe in dem Laden noch etwas entdeckt.«

»Ach, ja?«

»Dieses Bustier der lustigen Witwe«, entgegnest du. »Die Verkäuferin meinte, es würde mir sehr gut stehen …« In dem Moment weiß ich, dass wir bald wieder einen Ausflug in das Dessousgeschäft machen werden und du neben deiner Standardkollektion an schwarzen, hautfarbenen und weißen Dessous auch ein paar farbige Prachtexemplare ansammeln wirst.

Mit größter Wahrscheinlichkeit

Unter einer Zuschauertribüne sieht die Welt ganz anders aus. Das Sonnenlicht wird gebrochen und erzeugt interessante Schatten, die als dunkle Streifen über helle nackte Haut streichen. Unter einer Zuschauertribüne riecht das Gras feucht und nass. Der Duft der Natur unterscheidet sich nur in einer winzigen Nuance von dem Geruch nach Sex.

Es war unter der Zuschauertribüne, wo ich dich auf unserem zehnjährigen College-Wiedertreffen fand. Als ich mich unter die weiß getünchten Bretter gleiten ließ, hattest du bereits gewartet. Wir hatten schließlich eine seit langem bestehende Verabredung, nicht wahr? Wir wollten uns zu exakt dieser Uhrzeit an exakt diesem Datum treffen ... und da warst du. Du hattest mich nicht versetzt. Und du warst genauso bereit wie ich.

Nach nicht einmal einer Sekunde warst du in meinen Armen. Deine Lippen schmiegten sich weich und warm auf meinen Mund. Ich küsste dich sanft, arbeitete mich mit meinem Mund langsam zu deinem Hals vor, sog deinen Duft ein und ließ meine Lippen noch weiter an dir herunterwandern. Ich spürte dein Grinsen, aber ich hatte keine Ahnung, was dich so erheiterte. Doch im nächsten Augenblick lüfteten meine Finger dein Geheimnis: Unter deinem eleganten schwarzen Kaschmir-Trenchcoat kam dein Cheerleader-Outfit hervor.

»Es passt dir noch?«, fragte ich, sah zu dir auf, wie du da standst, knöpfte den Mantel ganz auf und breitete ihn auf dem Gras aus. Dann langte ich nach dir und bedeutete dir, es dir auf deinem fußknöchellangen Mantel bequem zu machen. »Es passt immer noch wie angegossen«, beantwortete ich mir selbst meine Frage, während ich dich in deinem zinnoberroten Trikot mit unserem Mannschaftslogo auf der Brust und diesem rot-weiß gestreiften kurzen Röckchen eingehend betrachtete.

Obwohl du in diesem Outfit total scharf aussahst, konnte ich es nicht erwarten, dich auszuziehen. In Sekundenschnelle war das Trikot über deinen Kopf gestreift und zur Seite geworfen, sodass du oben bis auf deinen weißen Baumwoll-BH nackt warst. Den Rock ließ ich dir an, schlug jedoch vorne die Falten um. Dann beugte ich mich herab und drückte meinen Mund gegen deine slipverhüllte Möse.

»So süß«, murmelte ich und leckte dich durch die Barriere dieses Kleidungsstücks hindurch. »Mein Gott, was bist du süß!« Dann hörte ich auf zu reden und konzentrierte mich auf mein eigentliches Anliegen: dich unter der Zuschauertribüne kommen zu lassen. Das war das einzige Ziel, das ich im Sinn hatte. Dass die anderen uns auf dem Klassentreffen womöglich vermissen würden, kümmerte uns nicht im Geringsten. Wir hatten weit wichtigere Dinge zu tun.

»Ich habe mich schon seit Jahren danach gesehnt, das hier mit dir zu tun«, gestand ich dir, schob deinen kleinen Rock vollends zur Seite und vergrub mein Gesicht zwischen deinen Schenkeln.

»Mehr. Erzähl mir mehr!«

»Ich habe nie vergessen, wie du schmeckst, und habe mich danach gesehnt, es dir mit der Zunge zu besorgen, deine

Schamlippen zu lecken und deinen Kitzler zwischen deine Schamlippen zu nehmen und zu kneten.«

»Los!«, hast du mich angefleht und mir verlangend deinen Unterleib entgegengedrängt. »Los, mach es! Bitte! Sofort!«

Im nächsten Augenblick war ich auf dir und rückte dich in die bestmögliche Position. Wir waren wie zwei Jugendliche, so ungeduldig und so begierig. So brachten wir den ganzen Nachmittag auf dem smaragdgrünen Grasteppich zu, und schließlich streifte ich dir auch deinen Slip ab, sodass ich mein Gesicht gegen deine nackte Möse pressen konnte.

Du stöhntest und bäumtest dich auf, als du meine Zunge auf deiner nackten Haut spürtest. Ein Energieschub durchströmte dich. Ein Energieschub der Lust. Ich habe bis heute keine Ahnung, wie du es geschafft hast, nicht zu schreien. So weit ich mich erinnere, hast du immer geschrien …

Wann immer einer unserer jeweiligen Zimmergenossen gerade nicht da war, nutzten wir die sturmfreie Bude, entledigten uns in aller Hast unserer Kleidung und kosteten die wertvollen Minuten bestmöglich aus, so knapp unsere Zeit auch bemessen sein mochte. Wir waren wirklich kreativ, nicht wahr? Und dann erst das eine Mal im Duschraum, nach dem Spiel. Mein Gott, du hattest wirklich Nerven, das muss ich sagen. Oh, ich erinnere mich noch genau.

Ich erinnere mich noch an alles. Wie du nach der Schule weggegangen bist, um etwas von der Welt zu sehen. Exakt deine Worte. Erst das Friedenskorps. Dann hattest du einen Job bei der UNO. Und schließlich hast du dich in alle möglichen Abenteuer gestürzt, über die du mich in E-Mails und Briefen aus den entlegensten Winkeln der Welt auf dem Laufenden gehalten hast. »Ist das nicht verrückt?«, sagten alle. Schließlich warst du immer die perfekte College-Studentin.

Perfekt in jeder Hinsicht, wirklich. Vorsitzende deiner Studentinnenvereinigung. Und Cheerleader, Himmelherrgott! Niemand hat geglaubt, dass du etwas in der Birne hast, war es nicht so? Aber du hast es ihnen allen gezeigt und alles durchgezogen, was du dir vorgenommen hattest.

Und ich? Ich habe den vorgezeichneten Weg eingeschlagen, bin zurück in meine Heimatstadt gegangen, in das Familienunternehmen eingestiegen und habe dich vermisst. Anfangs war mir das gar nicht so bewusst. Das ist die Wahrheit. Ich habe mich immer gefreut, von dir zu hören, habe ansonsten meine Zeit mit meinen Kumpels und dieser und jener gelegentlichen Freundin zugebracht, doch nach einer sehr persönlichen E-Mail von dir wurde mir schließlich klar, dass ich eigentlich immer nur auf dich gewartet hatte.

Und dann ist mir unsere alte Verabredung eingefallen – dass wir uns hier wiedertreffen wollten. Nach zehn Jahren, egal ob bei Regen oder Sonnenschein.

Und jetzt bedeutetest du mir im Licht der späten Nachmittagssonne, meine Position ein wenig zu verändern, damit du erwidern konntest, was ich dir zwischen deinen Beinen bescherte. Ich befreite in Windeseile meinen Schwanz aus meiner Hose und brachte ihn in Position, sodass er sich mit seiner makellos runden knolligen Spitze vor dir aufrichtete und mit dieser einfachen Geste darum flehte, von dir gelutscht zu werden. Du hattest Erbarmen mit mir und erfülltest meine Fantasien sofort. Zu spüren, wie sich dein nasser Mund um meinen harten Liebesknochen legte, ließ mich regelrecht explodieren. Nichts hatte sich je so gut angefühlt wie das. Nichts, seitdem wir uns das letzte Mal in der gleichen Position gegenseitig verwöhnt hatten. Aufeinander hin- und herrutschend und -gleitend. Mädchen, du verstehst dein Handwerk wirklich. Und das war schon immer so.

Deinen heißen weichen Mund auf meiner Rute zu spüren, war wie die Erfüllung eines feuchten Traums. Ich bemühte mich, den Gipfel der Erregung nicht zu schnell zu erklimmen, und versuchte, an irgendetwas Langweiliges zu denken, damit unser Liebesspiel nicht viel zu schnell beendet wäre. Ich wollte diesen Nachmittag endlos in die Länge ziehen.

Also dachte ich an alte Zeiten. Ob sich die Dinge nie ändern?

Damals in der Schule haben wir das gleiche beliebte Spielchen gespielt, das in allen High Schools gang und gäbe ist, und versucht, uns auszumalen, was wohl aus jedem Einzelnen wird, wenn wir die Geborgenheit des Colleges verlassen und in die reale Welt hinaustreten würden. Bei mir wurde es für sehr wahrscheinlich gehalten, dass ich erfolgreich sein würde. Aber erfolgreich wobei? Ich hatte nie auch nur die leisesten Vorstellungen. Du hingegen hattest konkrete Ziele vor Augen. Und als du für dich beschlossen hattest, was du wolltest, hast du deine Ziele unnachgiebig verfolgt. Jetzt, zehn Jahre später, hattest du erreicht, was du dir vorgenommen hattest. Woanders allerdings. Aber nun warst du zurück. Nur für diesen einen Abend? Oder doch für mehr?

Mein felsenharter Ständer ragte dir entgegen, als wir unsere Position änderten, sodass wir einander wieder unsere Gesichter zuwandten. Ich küsste dich leidenschaftlich, strich dir liebevoll über das Gesicht, hielt zärtlich dein Kinn, und das war der Moment, in dem ich dir meine Geheimnisse anvertraute. Jene Geheimnisse, die einem nur über die Lippen kommen, wenn man sehr erregt ist.

»Ich habe dich vermisst«, gestand ich. »Wirklich vermisst.«

Du hast nicht geantwortet. Stattdessen hast du dich einfach nur vorgebeugt und mich mit meiner kräftigen Brust und meinem kraftvollen Körper erneut zu dir hinabgezogen. Ich strich dir deine glänzenden dunklen Haare aus den Augen, stützte mich auf einen Arm und sah auf dich hinab.

»Hast du an mich gedacht?«

»Ja. O Gott, und wie!«

»Erzähl mir, an was du gedacht hast!«

»An das hier«, flüstertest du. »Ich hatte totale Entzugserscheinungen.«

Ich mochte die Art, wie du das sagtest, mit deinem typischen Strahlen, denn ich konnte deinem Problem Linderung verschaffen. »Dann lass mich dir geben, was du so vermisst hast«, sagte ich und verlagerte meine Position ein wenig, sodass ich in dich hineingleiten konnte. Das Gefühl war spontan umwerfend und überwältigend.

Wir waren draußen. Nichts hielt uns zurück. Weit und breit niemand, um den wir uns hätten Gedanken machen müssen. Ich ließ völlig los, fickte dich voller Hingabe und Leidenschaft und lauschte deinem Flehen, noch härter und schneller zuzustoßen.

»Damals in der Schule haben sie sich ganz schön geirrt«, murmelte ich. Es fiel mir verdammt schwer zu sprechen, doch ich versuchte mein Bestes. »Man hätte mir nicht voraussagen sollen, mit größter Wahrscheinlichkeit erfolgreich zu werden …«

»Was meinst du damit?«, haktest du nach.

»Man hätte mir voraussagen sollen, mit größter Wahrscheinlichkeit zu kommen …«, erwiderte ich, und in dem Moment, in dem ich dies sage, tat ich genau das, und nur Sekunden später kamst auch du ausgiebig und heftig auf meinem pochenden Schwanz. Ich drückte dich fest an mich, so eng, wie es nur irgend ging. Alte und neue Zeiten vermischten sich in freudiger Glückseligkeit.

Klebrig süß

Es mag ja sein, dass das Spiel mit Lebensmitteln ein alter Hut ist. Alles schon von vorne bis hinten durchexerziert. Bis ins kleinste Detail. Aber ich muss ganz offen gestehen, dass mich das nicht im Geringsten interessiert. Die schönsten Dinge sind eben mitunter bereits von der breiten Masse ausprobiert und durchgeführt worden. Ist der Einsatz von Schlagsahne abgegriffen? Vielleicht schon – aber vielleicht auch nicht. Womöglich überfällt jeden Liebhaber gelegentlich das Verlangen, einmal ein unanständiger Küchenchef zu sein, und zwar in einer Küche, in der keinerlei Regeln gelten. Oder mit einem ganz besonderen Gericht eins zu werden – einer gediegenen Hauptspeise, einer ganz besonderen Delikatesse, an der man sich gütlich tun kann.

In genau so einer Verfassung befinde ich mich heute Abend. Ich verspüre dieses brennende, gierige Verlangen, mit meinen Händen und meinem Mund und deinem sinnlichen Körper zu spielen. Ich brenne darauf, dich in ein köstliches Naschwerk zu verwandeln. Womit ich überhaupt nicht sagen will, dass du nicht auch ohne mein Zutun köstlich wärst, denn das bist du. Extrem süß. Prachtvoll und samtweich. Du bist mein weitaus bevorzugtes Aphrodisiakum. Noch besser als Austern. Besser als Schokolade. Und dennoch ... hin und wieder verlangt es mich nach meinem Spiel mit Lebensmitteln.

Ich mache aus meinen Gelüsten kein großes Geheimnis und versuche meine Leidenschaft für das Spiel in der Küche auch gar nicht zu verbergen. Aber ich halte mich während des ganzen Abends zurück. Denn obwohl ich genau weiß, was ich tun will, lege ich es darauf an, dass du mein Begehren von allein entdeckst. Und du brauchst auch nicht allzu lange. Als du den Kühlschrank öffnest, musst du nicht Miss Marple sein, um auf Anhieb zu erkennen, wonach mir der Sinn steht. Inmitten des üppigen Vorrats an gesundem Gemüse, das sich auf den Ablageböden stapelt – Zucchinis, Gurken, sonnengereifte Tomaten und frisches Basilikum –, fällt dir die rot-weiße Spritzdose mit der Fertigschlagsahne ins Auge.

»Ist das dein Ernst?«, murmelst du und langst bereits nach der kalten Dose. »Danach steht dir also heute Abend der Sinn?«

»Ja«, erwidere ich mit einem Nicken, und nachdem du es nun weißt, kann ich mich nicht mehr zurückhalten. Zu deiner Überraschung schiebe ich mich an dir vorbei, schnappe mir die Dose und schüttele sie ein paar Mal kräftig, damit die Sahne schaumig wird.

»Zum Dessert?«, fragst du. »Mit Beeren? Oder auf Eis?«

Du nimmst mich auf den Arm. Es kann nicht anders sein.

»Auf dir …«, erkläre ich. »Ich bin hungrig auf dich …«

Als du mich mit großen Augen anlächelst, weiß ich, dass ich richtig gelegen habe. Dir sitzt der Schalk im Nacken, und du ziehst mich ständig auf, weil du genau weißt, dass du mich voll und ganz in deiner Gewalt hast. Wenn du mir freie Hand lässt, werde ich dich auf die göttlichste und dekadenteste Weise verwöhnen, die du dir nur vorstellen kannst.

»Hier?«, murmelst du.

Ich nicke. Genau hier. Mitten in der Küche. Mit der runden gläsernen Kugel über unseren Köpfen und umgeben vom Duft reifer Früchte. Während ich dich ausziehe, fällt kein Wort. Lediglich deine Augen fixieren mich und folgen aufmerksam meinen Handbewegungen, als ich dir dein kobaltblaues Baumwollkleid über den Kopf streife und dich anschließend deines einfachen glänzenden BHs und deines Slips entledige. Dann fordere ich dich auf, dich hinzulegen, genau hier, auf den kalten Linoleumboden, und du folgst meiner Aufforderung. Keine Fragen. Keine Einwände. Ich schiebe dir ein zusammengelegtes Geschirrhandtuch unter den Kopf und betrachte dich einen Moment, wie du angesichts des kalten Bodens ein wenig bibberst. Ich habe die Heizung voll aufgedreht und weiß, dass du dich in null Komma nichts an das eigenartige Gefühl des kalten Bodens in deinem Rücken gewöhnt haben wirst. Außerdem habe ich sowieso vor, dich die Umgebung völlig vergessen zu lassen.

Als ich nach den Bananen lange, starrst du mich an.

»Du willst es mir doch nicht etwa damit besorgen!«, stellst du kichernd fest.

Nein. Das habe ich nicht vor. Aber genauso wenig will ich dich in irgendeinen durchschnittlichen Eisbecher verwandeln. Was wäre daran kreativ? Nein, ich will aus dir ein perfekt arrangiertes, reich dekoriertes, zum Träumen und Naschen verleitendes Bananensplit machen. Bananensplit – müssen Sie verstehen – ist ein sexuell außerordentlich anregendes Dessert. Da sind zum einen natürlich die Bananen mit ihrer einzigartigen, sehr leicht die Fantasie anregenden Form. Aber ebenfalls nicht zu vergessen ist die Garnierung: Schlagsahne, Schokostreusel und Maraschinokirschen – mein ganz persönlicher Favorit.

Unter deiner intensiven Beobachtung gehe ich an die Arbeit. Ich schäle die reifste Banane, schneide sie in Scheiben und lege sie auf deine Nippel und in einer Linie längs über deinen Bauch bis hinab zu deinen Schamlippen. Sie bilden eine Art essbare Straßenkarte, die mir den Weg dahin weist, wo ich heute Abend landen will. Anschließend lange ich nach der Schlagsahne. Ich ziele mit der Dose und bespritze dich, wobei du jedes Mal, wenn der kalte Sahneschaum deine Haut berührt, aufkreischst. Mein Gott, wie süß das aussieht, fast ein bisschen wie Spitze oder der gerüschte Zickzacksaum eines schicken Kleides. Ich zeichne Linien und Muster und übertreibe es vielleicht ein bisschen mit der Sahne, doch ich kann mich nicht zurückhalten.

Als Nächstes bestreue ich dich von oben bis unten mit Schokostreuseln. Sie sehen ein bisschen aus wie Sommersprossen, und ich verwende sie großzügig. Die Sahne rinnt bereits an dir herab, weshalb du dich bemühst, dich möglichst wenig zu bewegen und deine Position in der Mitte des Bodens beizubehalten. Du weißt nicht, ob du mich ansprechen sollst, während ich in meine Kochkunst vertieft bin. Das sehe ich dir an. Deine Augen folgen mir, als ich etwas Schokoladensirup heiß mache und ihn wieder und immer wieder probiere, bis er schließlich die perfekte Temperatur hat und ich ihn auf deine nackte Haut träufele. Du stöhnst auf, als du spürst, wie er klebrig und süß über deine Rippen und deinen Bauch rinnt und in die Einbuchtung zwischen deinen Schlüsselbeinknochen, wo ich dich so gerne küsse.

Und als Nächstes? Maraschinokirschen natürlich. Aber als Erstes brauche ich eine kleine Stärkung. Eine kleine Belohnung für meine harte Arbeit. Und ich weiß, dass auch du eine kleine Verwöhnung brauchst. Ich beuge mich herab und esse die Bananenscheiben von deinen Schamlippen. Du windest dich vor Erregung und flehst mich an, weiterzumachen und dich zum Kommen zu bringen. Du warst so gut, Baby.

So ruhig und geduldig und hast mich mit dir – und auf dir – spielen lassen, hast mich dich dekorieren lassen. Ich sollte also wirklich Erbarmen mit dir haben und dich endlich auf den Gipfel der Lust bringen, nicht wahr?

Ja, das sollte ich – aber noch nicht jetzt.

Jetzt führe ich ein paar tiefrote Kirschen in dein köstliches Honigtöpfchen ein und lasse die Stängel herausgucken. Du spannst deine Muskeln an, und als ich vorsichtig an den Stängeln ziehe, umfasst du die Kirschen noch enger und stöhnst auf, so erregt dich dieses kleine Tauziehen in deiner Möse. Ich lasse dich das Spiel gewinnen, lasse die Kirschen in dir und fange stattdessen oben an, gierig darauf, die traumhafteste Kreation, die ich je hinbekommen habe, endlich zu verzehren.

Hungrig und nach dir lechzend schlecke ich die Sahne von deinen Brüsten, nasche von den mit Schokosirup und -streuseln garnierten Bananenscheibchen und arbeite mich erneut zu deiner Möse vor. Diesmal ziehe ich die Kirschen an den Stängeln mit den Zähnen heraus und verleibe sie mir eine nach der anderen ein. Während meiner Kreationsphase musstest du dich die ganze Zeit gedulden, und jetzt lechzt du förmlich nach Erlösung, doch ich bin noch nicht fertig. Schließlich ist da noch die Schokoladensauce.

Du weißt doch, Baby. Was ist schließlich ein Bananensplit ohne den heißen Fondant?

»Oh, mein Gott!«, stöhnst du, als ich deine Beine weit spreize und anfange, dir den immer noch warmen Sirup auf deine Schamlippen zu löffeln. Die Schokolade verfließt auf deiner Haut zu Mustern und verwandelt dich in ein Stück moderne – und essbare – Kunst.

Nach jedem Löffel schlecke ich dich sauber, oder jedenfalls fast sauber, und träufele dann eine weitere Portion des glitschigen Sirups auf deinen Körper. Die klebrige Schokolade bahnt sich ihren Weg zwischen deine Schamlippen, und du flehst mich an, es dir zu besorgen. Ich kann es dir nicht mehr verwehren. Nicht so klebrig und schmierig, wie du bist. Du bist bereit, und zwar für alles. Für meine Zunge, meine Finger, meinen Schwanz.

Der Boden gleicht einem schmierigen Brei aus diversen Ingredienzien, doch das kümmert uns nicht im Geringsten. Ich schlecke und sauge die Schokolade aus der Spalte zwischen deinen Beinen. Du bist beinahe wahnsinnig vor Erregung, und ich lasse meine Finger in dich gleiten und nuckele gleichzeitig an deiner Klitoris.

»Mehr«, wimmerst du. »Mehr, bitte …«

Ich sauge und schlürfe den Schokoladensirup von dir, fahre mit meiner hin- und herschnalzenden Zunge zwischen deine geöffneten Schamlippen, um jeden einzelnen Tropfen auszukosten, bis du schließlich erbebst, deine Hüften in einem wilden Rhythmus auf den Küchenboden schlagen und du kommst – so klebrig und süß wie nichts, das ich je in meinem Leben gekostet habe.

Fremde in einem Bus

Seit meiner letzten ernsthaften Liebesbeziehung waren zwei Jahre vergangen, seit meinem letzten Orgasmus, den ich einer richtigen Partnerin aus Fleisch und Blut verdankte und nicht meiner schwieligen Hand, sechs Monate, und ich war kurz davor zu verzweifeln. Wirklich zu verzweifeln. Normalerweise kann ich meine Begierde unter Kontrolle halten. Ich gehe mit meiner Sexualität um wie mit einem Thermostat: Ich stelle sie je nach Bedarf an oder aus. Diese Fähigkeit kommt mit dem Alter und der zunehmenden Erfahrung. Wenn mir nach einer schnellen Erleichterung zumute ist, bediene ich mich einfach meiner Hand. Meiner Hand und eines Spritzers teuren Öls.

Doch plötzlich war etwas passiert. Ich erblickte dich eines Morgens im Bus auf dem Weg zur Arbeit, und ab diesem Augenblick gingst du mir nicht mehr aus dem Kopf. Das Gefühl schlug ein wie eine Bombe, als ob sich ein Fotonegativ in mein Gehirn eingebrannt hätte, sodass ich dich jedes Mal vor mir sah, wenn ich die Augen schloss. Zum ersten Mal in meinem Leben konnte ich masturbieren, so viel ich wollte, ohne meine blühenden erotischen Fantasien unter Kontrolle halten zu können. Was ich nicht alles mit dir machen – oder, besser gesagt, dir bescheren – wollte! Vor meinem inneren Auge lief nonstop ein Film ab, der nicht jugendfrei war. Ein

Film, in dem wir zwei uns irgendwo, ganz egal wo, trafen und fickten. Einfach nur fickten, was das Zeug hielt. In meinen Tagträumen warst du mit der gleichen ungezügelten Libido gesegnet wie ich, und du bestandst darauf, von mir genommen zu werden. Richtig genommen zu werden. Das erste Mal sowieso. Schnell und heftig, sodass wir die Ekstase des ersten Miteinandervögelns aus dem Weg geräumt hatten und unser Tempo anschließend verlangsamen und uns ausgiebig andauerndem Sex hingeben konnten.

Doch trotz all dieser höchst erotischen Fantasien, die in meinem Kopf herumspukten, schaffte ich es nicht, mir einen runterzuholen. Ich rieb meinen Schwanz stundenlang, wie es mir schien, doch die erleichternde Explosion kam einfach nicht. Ich versuchte es mit allen Tricks und Raffinessen, nahm einen Seidenschal hinzu, mit dem ich meine Eier liebkoste, während ich mit der anderen Hand wichste. Ich fettete meine Handfläche mit einer Lotion ein und massierte meinen Ständer nach allen Regeln der Kunst, ließ meine Faust immer wieder auf und nieder gehen. Doch es geschah nichts, absolut nichts. Das war eine vollkommen neue Erfahrung für mich. Bisher war mir immer alles gelungen, was ich in Angriff genommen hatte. Ich bin in sämtlichen Aspekten des Lebens ein Typ, der cool bleibt und nicht die Fassung verliert.

Du hattest meine Welt aus den Angeln gehoben, ohne dir dessen auch nur im Geringsten bewusst zu sein. Mein ganzes Leben drehte sich nur noch um dich.

Ich hielt mir sämtliche Fakten vor Augen und kam zu dem Schluss, dass ich dich wieder finden musste. Es ging gar nicht anders. Doch wie sollte ich dich finden? Ich bin nicht der Typ, der in der lokalen Wochenzeitung unter der Rubrik »Ich vermisse dich« eine Anzeige aufgibt.

Du: *eine zauberhafte, irrsinnig tolle Frau im Bus.*

Ich: *ein geiler Bock, der dich unbedingt treffen will. Um dich zu ficken. Um deine cremefarbenen Schenkel zu spreizen und dich zu lecken und zu lecken und zu lecken. Ich will dich kosten, will dich vernaschen. Ich will dich an eine Wand pressen und mit meinem Schwanz in dich eindringen. Und wenn ich fertig bin, will ich wieder von vorn anfangen.*

Super, das käme bestimmt großartig bei dir an und würde dich sicher nicht die Bohne abschrecken. Nein, es musste eine bessere Möglichkeit geben. Am Ende kam ich zu dem Schluss, dass es nur einen Erfolg versprechenden Weg gab, dich zu finden: Ich musste deiner Route folgen. Also fuhr ich so lange mit dem Bus hin und her, bis der Fahrer es allem Anschein nach mit der Angst zu tun bekam, was man ihm nicht verdenken kann, denn ich bin von ziemlich Furcht einflößender Statur. Ich bin einen Meter fünfundachtzig groß, habe stählerne Muskeln und einen Borstenschnitt, der mein schwarzes Haar nur erahnen lässt. An meinem vierten Tag, den ich von morgens bis spät abends in einem der städtischen Busse zugebracht hatte, stiegst du zu. Du trugst Leder, wie beim letzten Mal, und hattest dein langes blondes Haar zu zwei festen Zöpfen geflochten. Ich nahm alles an dir zur Kenntnis: deinen beerenfarbenen Lippenstift, den Kajalstrich, der deine dunklen Augen umrahmte, deine Brüste, die sich verführerisch unter deinem einfachen T-Shirt und dem offenen Sweater abzeichneten, und deinen Hintern, der in diese enge Lederhose eingezwängt war.

Ich steuerte den freien Sitzplatz neben dir an, blieb stehen, sah zu dir hinab und fragte dich: »Sind Sie frei?«

Du blicktest zu mir auf, und in deinen Augen glaubte ich ein kurzes Funkeln des Wiedererkennens zu sehen. »Sie meinen, ob *dieser Platz* frei ist?«, korrigiertest du mich. Dann hast du mit leicht geöffneten Lippen auf meine Antwort gewartet. Ich schüttelte energisch den Kopf und wiederholte meine Frage.

»Sind *Sie* frei?«

Zu dem Zeitpunkt hattest du es noch in der Hand, den Lauf unseres gemeinsamen Schicksals zu ändern. Du hättest weggehen oder dich beim Busfahrer beschweren können, dass ich dich belästige, oder du hättest die Schnur ziehen und signalisieren können, dass du aussteigen wolltest. Ich wäre dir nicht gefolgt. Glaub mir, ich hätte mich meinem Schicksal gefügt und mein Leben weitergelebt. Irgendwann wäre ich über dich hinweggekommen, da bin ich sicher. Doch so lange deine Antwort in der Luft hing, hatte ich noch eine Chance.

Zu meiner Freude erglühten deine Wangen vor Verlegenheit in einem perfekten Hellrosa, und du senktest die Augen. Von dem Moment an wusste ich, dass du mir gehörst. Allerdings musste ich deine Antwort hören. Ich wartete, bis du schließlich leise und mit leicht erregter, leicht verhaltener Stimme hauchtest: »Ja, ich bin noch frei.«

Kein Wunder, dass du ein bisschen besorgt warst. Schließlich war ich für dich ein Fremder. Jemand, mit dem du noch nie im Leben etwas zu tun gehabt hattest. Und du musst von Anfang an an meinem Blick erkannt haben, dass ich etwas von dir wollte. Und zwar mehr als nur den freien Platz neben dir. Dass ich dringend und unbedingt etwas von dir wollte.

»Gut«, entgegnete ich und ließ mich auf dem freien Platz nieder.

Ich spürte die Hitze deines Körpers, der meinen jetzt berührte. Du siehst verdammt gut aus in dieser Lederhose, und das weißt du auch. Ich weiß es. Das Leder durch meine Levi's zu spüren, brachte mich beinahe um den Verstand. Ich wollte nur noch eins: zum Schuss kommen. Aber es war nicht nur das Leder; es war auch die Tatsache, dass ich, seitdem ich dich zum ersten Mal gesehen hatte, nur noch von dir geträumt hatte – bei Tag und bei Nacht. Doch irgendwie schaffte ich es, mich zurückzuhalten. Ich atmete tief durch, genoss den Duft deines Parfüms. So saßen wir, Oberschenkel an Oberschenkel gepresst, nebeneinander, während der Bus diverse Haltestellen anfuhr und immer wieder stoppte. Ich spürte, wie dein Körper bebte, und als ich einen Blick aus dem Fenster warf, sah ich in der Scheibe unser Spiegelbild. Du hattest die Augen geschlossen, und dein Gesicht strahlte vor Glückseligkeit.

Du fühltest das Gleiche wie ich, das wurde mir in dem Moment klar. Du warst genauso erregt von mir wie ich von dir. Nachdem daran kein Zweifel mehr bestand, nahm ich dein Handgelenk und fühlte mit dem Daumen deinen Puls. Du hast gezittert, die Augen geöffnet und mich angesehen. Mehr Ermutigung brauchte ich nicht.

Ich nahm hastig deine Hand und presste sie gegen die enorme Beule in meiner Hose. Du bekamst vor Verlangen große feuchte Augen und streicheltest durch das dicke steife Denim-Gewebe meinen Schwanz. Meine Rückenmuskeln spannten sich, und ich hüstelte, um mein Stöhnen zu verbergen. Immerhin saßen wir nach wie vor in einem öffentlichen Bus. Doch daran hast du keinen Gedanken verschwendet. Du hast dir unauffällig deine Strickjacke von der Schulter gestreift und sie über unseren Schößen ausgebreitet. Unter dem weichen Mohär deiner Jacke öffnetest du meinen Reißverschluss, langtest hinein und umfasstest meinen Schwanz.

Ungezogenes Mädchen, dachte ich. So ein unanständiges, unartiges Ding. Kaum merkt es, was es will, da greift es auch schon zu. Ich grinste, als ich spürte, wie deine Fingerspitzen an meinem Knochen entlangwanderten. Wir waren ein Paar. Ein Paar, das alles um sich herum vergessen hatte und sich um nichts mehr kümmerte, sich keinerlei Zurückhaltung mehr auferlegte.

Du stießt einen Seufzer aus, als deine Hand meine Haut berührte und deine Finger erst über meinen Schwanz fuhren und dann die zarte Haut an meinem Bauch streichelten. Die Berührung jagte mir einen wohligen Schauer über den Rücken, und das reichte schon beinahe, dass ich kam. Meine eigene Hand begann indessen, den Schritt deiner Lederhose zu erkunden. Die entsetzten Blicke der anderen Fahrgäste interessierten uns nicht. Ich widmete meine ganze Aufmerksamkeit einzig und allein dir, bis der Busfahrer uns schreiend aufforderte, sofort auszusteigen, und damit drohte, die Polizei zu rufen. Ich folgte seiner Aufforderung ohne zu zögern.

Ich zog dich hinter mir aus der Tür und die Straße hinunter bis zu einer meiner Lieblingsgassen. Zu meiner großen Freude wusstest du, was ich von dir wollte, ohne dass ich auch nur ein einziges Wort verlieren musste. Du legtest deine Hände flach an die Ziegelsteinmauer vor dir und ließt mich dich von hinten ausziehen. Ich streifte erst deine Lederhose über deine schlanken Schenkel, dann dein gewagtes rotes Höschen und begann, deine Möse zu massieren. Bevor ich mit meinem Schwanz in dich eindrang, machte ich deine Spalte mit meiner Spucke noch nasser. Als ich in dich stieß, stöhntest du nicht, sondern spanntest deinen Körper an, als bestünde er aus einem einzigen langen harten Muskel.

Ich presste meine Lippen an deinen Nacken und flüsterte: »Ich habe seit Jahren nicht gevögelt.«

»Zögere es heraus!«, erwidertest du, und deine Stimme klang für jemanden in deiner Position ziemlich energisch. Anstatt ans Herauszögern zu denken, sorgte ich dafür, dass du diesen Ritt nie vergessen würdest; ich glitt mit meinem Knüppel in dich rein und wieder raus wie ein gut geschmierter Kolben und wurde mit jedem meiner kräftigen Stöße noch glitschiger und nasser. Ich vögelte dich, bis du nicht mehr warten konntest. Du nahmst eine Hand von der Mauer, schobst sie zwischen deine Beine und massiertest deine Klitoris, und zwar nicht gerade sanft.

Das gefiel mir. Ich muss sagen – das gefiel mir sogar sehr. Du hattest die Zügel in der Hand – obwohl deine Position dazu eigentlich gar nicht angetan war.

Du behieltst die Hand zwischen deinen Beinen, ließt deine Finger in wilden Kreisen um deine empfindlichste Stelle rotieren, während ich unentwegt in dich hinein und wieder hinaus glitt, bis ich merkte, dass ich kurz davor war zu kommen. Ich erbebte und begann zu stöhnen, und in dem Augenblick gabst auch du jeden Widerstand auf. Wir kamen gleichzeitig, und deine kontrahierende Möse umklammerte meinen Schwanz wie eine samtene Faust. Es war schnell gegangen, aber so hatte es sein sollen. Unser Verlangen war gestillt. Ich konnte es kaum erwarten, dich noch einmal zu nehmen, diesmal mit mehr Ausdauer, doch die Fortsetzung sollte bei mir zu Hause stattfinden.

Du bliebst noch ein paar Sekunden so stehen, dein hübscher halbnackter Körper der Sonne und den neugierigen Blicken all derer ausgesetzt, die zufällig die Einmündung der kleinen Gasse passierten. Offenbar brauchtest du Zeit, wieder zu dir zu kommen und deine Fassung zurückzugewinnen. Schließlich zogst du deinen Slip und deine Lederhose hoch und drehtest dich, während du den Reißverschluss und den Knopf zumachtest, zu mir um.

»Du *weißt* es«, sagtest du mit hochgezogenen Augenbrauen.

»Du musst es wissen, habe ich Recht?«

»Was soll ich wissen?«, hakte ich nach und sah dir direkt in die Augen.

»Ich war in dem Bus, um dich zu suchen. Als ich dich da sitzen sah, wäre mir beinahe das Herz stehen geblieben.«

»Du machst Witze.« Ich konnte es nicht fassen.

»Ich bin eine Woche Bus gefahren, um dich zu finden.«

Unglaublich! Vermutlich waren wir zu unterschiedlichen Zeiten mit unterschiedlichen Linien unterwegs gewesen und hatten die Stadt durchkämmt – auf der Suche nach einer Fremden beziehungsweise einem Fremden.

»Ich habe dich neulich gesehen, und mir ist aufgefallen, wie du mich angestarrt hast. Danach bist du mir nicht mehr aus dem Kopf gegangen.« Du nahmst mich bei der Hand und zogst mich zur Straße, konntest es kaum erwarten, dich den nächsten sinnlichen Freuden mit mir hinzugeben.

Diesmal pfiffen wir auf den Bus.

Wir nahmen ein Taxi.

Fahrernummer 84

Per Luftlinie ist es von Tribeca bis zur Upper West Side ziemlich weit, doch morgens um vier herrscht so gut wie kein Verkehr – selbst Samstagnacht nicht.

Wir waren in einem dieser exklusiven Klubs in Tribeca tanzen, in diesem Klub, der dir so gut gefällt. Beim Tanzen wirst du immer ganz scharf; es törnt dich unglaublich an. Vielleicht ist das der Grund, weshalb du nicht mehr warten kannst.

Oder liegt es vielleicht daran, dass wir auf eine dieser ganz seltenen New Yorker Raritäten gestoßen sind – eine Taxifahrerin? Anstatt uns wie ihre männlichen Kollegen anzubrummen und über Politik, den Verkehr oder das Wetter zu faseln, fragt sie uns mit melodischer Stimme: »Wo darf ich Sie hinbringen?«

Auf der Rückbank ist reichlich Platz, doch du kuschelst dich eng an mich. In deinem hautengen knappen schwarzen Kleid wirkt dein Körper sehr geschmeidig. Dann lehnst du dich zurück und küsst mich.

»Ecke zehnte und 77.«, erwidere ich und füge mit einem Lächeln hinzu: »Und drücken Sie bitte ein bisschen auf die Tube!«

»Sie haben zu viele Krimis gelesen«, entgegnet sie mit einem leicht süffisanten Grinsen. Sie muss etwa Mitte zwanzig sein, wahrscheinlich ist sie Studentin. Sie hat langes blondes Haar und schöne Augen, die sie unter einer tief ins Gesicht gezogenen Yankeekappe verbirgt. »Waren Sie tanzen?«

In diesem Moment hast du bereits dein schwarzes Kleid hochgeschoben und langst darunter. Ich sehe mit weit aufgerissenen Augen an dir herab und will dich fragen, was du da tust, doch da ich dich gut genug kenne, spüre ich instinktiv, dass dich nichts mehr stoppen wird – also kann ich die Fahrt genauso gut genießen.

»Ja«, erwidere ich. »Wir waren tanzen.«

Dein Tanga gleitet geschmeidig über deine Schenkel und deine Fußknöchel. Du streifst deine flachen Tanzschuhe ab und stopfst deinen Slip in die Tasche meiner Anzughose.

»Tribeca ist zurzeit absolut angesagt«, stellt die Taxifahrerin fest und mustert mich im Rückspiegel. »Es gibt da eine Menge guter Discos und Tanzbars.« Ich sehe das Profil ihres Gesichts und dass sie lächelt; es ist ein strahlendes, verführerisches Lächeln, und in den folgenden fünf Sekunden versuche ich herauszufinden, ob sie wohl weiß, was hinter ihr vorgeht. »In der Gegend hat sich wirklich etwas getan.«

»Oh«, stöhne ich leise auf, als du nach meinem Schwanz fasst. »Da hat sich wirklich was getan.«

Inzwischen hast du dich hinter dem Vordersitz auf den Boden gleiten lassen und kniest zwischen meinen Beinen. Wohl wissend, dass jeder Einwand zwecklos ist, spreize ich sie weit auseinander, damit du ausreichend Platz hast.

»Yeah«, fahre ich kurzatmig fort, während deine Hand die schnell wachsende Ausbuchtung in meiner Hose umfasst. »Es gibt nichts Schöneres als eine durchtanzte Nacht.« Ich schlucke nervös, als du mit meinem Gürtel und meiner Hose kurzen Prozess machst und dich offenbar überhaupt nicht darum scherst, ob die Fahrerin das verräterische Aufschnappen meiner Gürtelschnalle und das unverkennbare Geräusch des sich öffnenden Reißverschlusses registriert.

»Stimmt«, bestätigt sie. »Tanzen ist wirklich toll. Von oben bis unten in Schweiß zu baden. Und all die Körper, die sich an einen drücken ...« Bei diesen Worten bricht sie in mädchenhaftes Gekicher aus, ein Verhalten, das ich nie und nimmer von einem Taxifahrer erwarten würde, ganz egal welchen Geschlechts. »Und? Haben Sie jemand Interessantes getroffen?«

Deine Lippen senken sich auf meinen harten Schwanz, gleiten geschmeidig an ihm hinab, während deine Zunge die Unterseite meines Liebesknochens umspielt. Das Sprechen fällt mir jetzt ziemlich schwer, doch mit Mühe schaffe ich es, die Unterhaltung fortzusetzen. »Na ja, wissen Sie«, krächze ich, »meine Frau und ich ... also, wir waren gar nicht darauf aus, jemanden zu treffen. Wir wollten nur ... tanzen.«

»Miteinander«, sagt sie und dreht sich zu mir um, als das Taxi vorübergehend halten muss.

»Genau«, entgegne ich, während dein magischer Mund meinen Schwanz verzaubert. »Miteinander.«

»Kann ich gut verstehen. Tanzt Ihre Frau gerne?«

Mein Schwanz flutscht aus deinem Mund. »Und wie«, antwortest du zwischen meinen Beinen, wobei dir ein leises Schlürfen entweicht, als du dir die Lippen leckst. »Ich liebe es zu tanzen.«

Für einen Moment fürchte ich, dass die Taxifahrerin sich nach hinten lehnt und einen Blick über den Sitz wirft, doch stattdessen dreht sie sich wieder nach vorne und tritt aufs Gas, was deinem Mund, der sich langsam auf meinem harten Schwanz hebt und senkt, einen einzigartigen Gravitationsschub verleiht. Inzwischen muss ich mich mit aller Kraft zusammenreißen, nicht zu stöhnen, als die Taxifahrerin unbeirrt fortfährt und erzählt, dass sie ebenfalls gerne tanzt.

»Wenn ich tanzen gehe, ziehe ich mich am liebsten richtig sexy an«, sagt sie, dreht sich erneut kurz zu mir um und lächelt mich an. »Bei der Arbeit kann ich mir das ja unmöglich erlauben, deshalb donnere ich mich für meine Tanzklubbesuche immer so richtig auf.«

Inzwischen hast du mir meine Hose bis zu den Fußknöcheln heruntergezogen, und dein Mund verwöhnt meine Eier. »Ach, tatsächlich«, entgegne ich mit fast zugeschnürter Kehle, weil mich das Sprechen solche Anstrengung kostet. »Was tragen Sie denn zum Tanzen am liebsten?«

»Etwas in der Art wie Ihre Frau.« Bei diesen Worten sieht sie sich erneut um und blickt mich mit dunklen, geheimnisvollen Augen an. »Apropos – wo ist sie überhaupt?«

»Ich glaube, sie ist eingeschlafen«, murmele ich. »Sie hat in dem Klub ein bisschen viel getrunken.«

»Sieht ganz danach aus. Aber ich denke, es besteht kein Grund, jetzt aufzuhören.«

Mir klingeln die Ohren, als mir klar wird, dass sie ohne jeden Zweifel genau weiß, was hinter ihr vorgeht. Doch wir tun weiterhin so, als ob nichts wäre, selbst als du den Wink verstehst und auf meinen Schoß hinaufgekrochen kommst – dein Gesicht mir zugewandt.

»Irgendwie ist es sehr erregend, sich für einen Tanzabend so richtig sexy herauszuputzen«, fährt die Taxifahrerin fort, während du meinen von deiner Spucke glitschigen Schwanz in die Hand nimmst und an die Öffnung deiner Möse führst. In diesem Moment dreht sich die Taxifahrerin zu uns um. »Oh, entschuldigen Sie, lenke ich Sie ab?«

Du stöhnst leise auf, als du es dir auf mir bequem machst; mein Schwanz ist tief in dir. Du lässt dich auf mich sacken, und deine Hüften beginnen mit ihren typischen Mahlbewegungen, bei denen sie sich kaum rühren, aber doch beinahe mehr Reibung erzeugen, als ich ertragen kann. Du weißt, wie du mich zum Kommen bringst – aber, und das ist noch wichtiger, du weißt vor allem, wie du selber am besten kommst, weshalb deine Hand eng zwischen unseren Körpern eingekeilt ist und deine Klitoris reibt.

»Wenn ich so ein Kleid trage wie Ihre Frau, kann ich natürlich kaum noch etwas darunter anziehen. Es liegt ja so eng an, dass sich der Slip abzeichnen würde. Deshalb ziehe ich unter so einem Kleid nur einen winzigen knappen Tanga an. Sie auch?«

Sie blickt erneut über ihre Schulter und tut so, als würde sie nicht sehen, dass du auf mir hockst und mich reitest, mich leidenschaftlich küsst und mit rhythmischen Bewegungen auf meinem Schwanz auf- und nieder gleitest.

»Ja«, erwiderst du mit einem leisen Stöhnen. »Ich trage manchmal sogar gar nichts darunter.«

Sie kichert und wendet sich wieder der Straße zu. »Ich auch nicht«, gesteht sie. »Ich wollte es Ihnen eigentlich nicht auf die Nase binden, aber manchmal trage ich schon deshalb nichts unter meinem Kleid, damit es später schneller geht.«

»Ja«, stöhnst du. »Oh, mein Gott ... es geht wirklich schneller ...«

Ich spüre, dass du kurz davor bist zu kommen. Wir haben die belebten Straßen hinter uns gelassen und brausen mit halsbrecherischer Geschwindigkeit die Eighth Avenue entlang. Es ist beinahe so, als ob die Taxifahrerin sich ein Wettrennen mit uns lieferte und es darauf anlegte, uns zu unserem Ziel zu bringen, bevor wir fertig sind. Aber mit deiner Hand an deiner Klitoris bist du im Handumdrehen so weit und versuchst dein Stöhnen, als du schließlich kommst, gar nicht mehr zu kaschieren. Dein Körper drängt sich mit aller Gewalt gegen mich, deine Hüften heben und senken sich immer schneller, du stöhnst laut und genussvoll auf, wirfst deinen Kopf zurück und keuchst: »O ja, o ja, o ja …«

In diesem Moment komme auch ich, dränge meinen Schwanz unter dem vollen Einsatz meiner Hüftmuskulatur tief in dich hinein, während du mich mit deinen weichen Schenkeln umklammerst. Ich bin nicht ganz so laut wie du, aber unsere Fahrerin spielt ohnehin längst nicht mehr die Ahnungslose. Ich umarme dich fest und bedecke deinen Hals mit Küssen, während mein Orgasmus abebbt.

Als ich die Augen öffne, sehe ich, dass die Fahrerin sich auf ihrem Sitz umgedreht hat und uns mit untergeschlagenen Beinen zusieht – ganz offen und schamlos.

»Wir sind da«, sagt sie.

Du gleitest von mir, und mein Schwanz flutscht aus dir, nass und schlaff. Ich lange nach meiner Hose, ziehe sie mir hoch und nehme meine Brieftasche zur Hand.

»Was bin ich Ihnen schuldig?«, frage ich und laufe rot an.

»Oh, sehen Sie nur!«, erwidert die Fahrerin. »Ich habe ganz vergessen, das Taxameter einzuschalten. Lassen Sie uns einfach sagen, dass wir quitt sind.«

»Danke«, entgegne ich, während du die Fahrerin anlächelst und aussteigst.

»Fahrernummer vierundachtzig«, sagt sie und reicht mir mit einem Lächeln eine Visitenkarte. »Ich arbeite immer freitags und samstags.«

Sie lächelt immer noch. Ihre Yankeekappe hat sie abgenommen, und im Schein der Straßenlaternen sehe ich ihre schönen Augen blitzen. Dann dreht sie sich um und legt den Gang ein.

»Aber beim nächsten Mal sollten Sie nicht davon ausgehen, dass ich Sie umsonst fahre.«

Ich steige aus und folge dir schnell zur Tür unseres Apartmenthauses.

Der Blick von ganz oben

Wir waren an diesem Abend zu dritt. Drei Liebeshungrige, die ihr Festmahl kaum erwarten konnten. Wir warteten nicht etwa auf ein erstklassiges Gourmetmenü, nein, wir waren hungrig aufeinander. Obwohl der Raum bereits von einer unglaublichen erotischen Hitze aufgeheizt wurde, war die Situation irgendwie ungewöhnlich und anders. Um ehrlich zu sein – ich war absolut entzückt, wie förmlich es in unserem Wohnzimmer zuging, wie unschuldig wir dasaßen. Wenn es gelaufen wäre wie bei den anderen Liebespartys, an denen ich teilgenommen hatte, wären wir einfach übereinander hergefallen, hätten uns auf den Boden geworfen und uns aufeinander gestapelt, einer auf den anderen und noch einer obendrauf. Eine feuchte, verschwitzte Pyramide erregter Liebeshungriger. Bisher hatte ich geglaubt, dass so eine Party von nichts getoppt werden konnte, doch an diesem Abend wurde ich eines Besseren belehrt. Du warst schüchtern, irgendwie verlegen und unglaublich unsicher. Du schienst nicht zu wissen, ob du den Mumm für einen Dreier aufbringen würdest.

Das stimmt nicht ganz, oder? Du wusstest sehr wohl, dass du dich trauen würdest und dass du es wolltest, doch du warst noch zurückhaltend und alles andere als abgebrüht. Du konntest dich nicht einfach auf uns stürzen; du musstest es ganz langsam angehen lassen, erst einmal die Stimmung testen. Du musstest dich in Millimeterschritten auf uns einstellen.

Und so ist es schließlich dazu gekommen …

Wir spielten ein Spiel, und das Spiel hieß: Enthülle alles. Jeder von uns musste ein Geheimnis erzählen, das er noch nie zuvor jemandem anvertraut hatte. Audrey war als Erste dran. Ich war überrascht, dass sie überhaupt noch irgendwelche Geheimnisse auf Lager hatte. Sie ist ein offenes Buch, und da ich seit fünf Jahren mit ihr die Wohnung teile, dachte ich eigentlich, alles über sie zu wissen. Ich bildete mir ganz schön was ein. Doch Audrey schaffte es, mich mit einem einzigen Satz sprachlos zu machen. Sie sah erst dich an, dann mich und sagte: »Ich war dreiundzwanzig, als ich meine Unschuld verlor.«

Mann, das schlug bei mir ein wie eine Bombe. Heute kennt Audrey nämlich keine Grenzen. Sie ist eine Frau, die den Stier bei den Hörnern packt und normalerweise immer kriegt, was sie will. Ob Mann oder Frau, Freund oder Feind. Als sie meine hochgezogenen Augenbrauen sah, zuckte sie nur mit den Achseln. »Ich habe auf die wahre Liebe gewartet«, erklärte sie, »und das war auch gut so. Es war sogar großartig. Aber sie hat nicht lange angehalten.«

Danach war ich an der Reihe. Ich nippte an meinem Wein und sah dich an. Ich wusste, was ich sagen wollte. Ich wollte sagen, dass du mich antörnst – aber das war, verdammt noch mal, kein Geheimnis, oder? Ich wollte sogar noch weiter gehen, wollte sagen, dass ich dich mochte, sogar sehr. Aber das wusstest du vielleicht auch schon. Also erzählte ich die Geschichte von dem Mädchen, das ich beim Internet-Surfen kennen gelernt und das sich als Typ entpuppt hatte. Audrey, das kleine Luder, konnte nicht mehr aufhören, sich kaputtzulachen. Sie kannte die Geschichte eigentlich schon, doch das nicht ganz unbedeutende Detail, dass das Mädchen sich als Typ entpuppt hatte, hatte ich bislang für mich behalten.

»Wann hast du das herausgefunden?«, fragte sie prustend.

»Was geht dich das an?«, entgegnete ich, und das brachte auch dich zum Lachen. Als wir deine Stimme hörten, drehten wir uns beide zu dir um und sahen dich an. Plötzlich machte sich in unserem Wohnzimmer eine lähmende Stille breit. Denn jetzt warst du dran, und Audrey und ich lechzten wie zwei hungrige Löwen nach deinem Geheimnis. Es war klar, dass wir es beide auf dich abgesehen hatten. Audrey hatte diesem Tag, genauso wie ich, seit einer Ewigkeit entgegengefiebert. Wir hatten geflirtet und uns geneckt, wir waren durch die Kneipen gezogen und hatten unter dem Tisch miteinander gefüßelt. Und jetzt war es so weit. Es sollte passieren …

»Ich weiß nicht, wie …« Du hieltst inne, senktest den Blick, und dann sahst du Audrey an. Ich wartete, denn ich wollte, dass du mich ansahst. Doch den Gefallen tatst du mir nicht.

»Entspann dich«, redete Audrey dir leise zu. »Wir sind doch unter Freunden. Alles, was du sagst, bleibt unter uns.«

»Ich weiß nicht, wie man es mit dem Mund macht«, beendetest du hastig deinen Satz. Wie schüchtern du klangst.

»Tatsächlich nicht?« Jetzt war Audrey in ihrem Element. Der Gedanke schien sie zu entzücken. Denn in dieser Hinsicht ist Audrey in meinen Augen eine echte Expertin.

»Nein.«

»Ich werde es dir beibringen«, bot Audrey sofort an. Deine Augen weiteten sich. Was sagte sie da? Wir verstanden nicht recht, was sie meinte.

»Ich bringe es dir bei«, erklärte sie. »Dafür sind Freundinnen doch da.«

»Wie meinst du das?«, flüstertest du.

»Ich zeige dir, wie man einen Schwanz lutscht.«

Bei diesen Worten sahst du deine hübsche blonde beste Freundin an, als ob sie vollkommen den Verstand verloren hätte. Dann ließt du deinen Blick zum Schritt ihrer schicken ausgeblichenen Levi's 501 hinabwandern. Audrey folgte deinem Blick und verstand sofort, was du dachtest. »Nicht an mir, du Dummerchen«, wies sie dich zurecht. »An ihm.«

Sie deutete in meine Richtung, und ich wurde sofort hart. Ich meine, noch härter, denn ich hatte schon den ganzen Abend einen Ständer. In meinem Kopf waren wir drei schon längst zu jener feuchten Pyramide zusammengeschmolzen, die ich anfangs erwähnte. Du oben und Audrey unten. Oder anders herum. Oder ich oben und ihr beiden unter mir. Ein einziges Schieben und Gleiten, ein feuchtes Freudenfest, eine Schweiß treibende Fummelei. Eine perfekte Orgie, bei der jeder bekam, was er sich schon immer erträumt hatte. Und was mich anging, so wollte ich vor allem dich.

Audrey nahm jetzt deine Hand, drückte deine Fingerspitzen und fragte dich: »Bist du bereit, Baby?«

Als du nichts erwidertest, sah sie dich an, ihre verblüffend grünen Augen weit aufgerissen. »Du *magst* meinen Mitbewohner doch, oder etwa nicht?«

Die Frage ließ dich vor Scham erröten, und dafür liebte ich dich. Wie viele unschuldige Mädchen gab es wohl noch in L.A.? Drei? Eines davon warst definitiv du. Und dazu auch noch das hübscheste und verführerischste, das ich je gesehen hatte. Ich wartete gespannt auf deine Antwort. Mochtest du mich? Oder etwa nicht? Ich dachte schon, dass du mich mochtest, schließlich hattest du auf der letzten Urlaubsparty, die

Audrey und ich in unserem kleinen Bungalow gegeben hatten, heftig mit mir geflirtet. Und du hattest immer einen Vorwand gefunden, dich in meinem Zimmer aufzuhalten, obwohl du eigentlich vor allem mit Audrey befreundet bist. Wenn du mich nicht gemocht hättest, hättest du dich bestimmt nicht auf meinem Bett herumgeräkelt und über jedes auch nur erdenkliche Thema mit mir geredet. Warum hättest du dich sonst so ins Zeug gelegt, mich besser kennen zu lernen?

War dir vielleicht entgangen, dass ich mich in dich verknallt hatte? Du siehst mich manchmal mit meinen Verabredungen, den Filmsternchen und all den anderen Leuten aus der Filmbranche, aber soll ich dir etwas verraten? Für mich bist du von allen die Heißeste.

»Warum beginnen wir meine Lektion nicht mit einer Banane?«, fragtest du und wickeltest eine deiner karamellfarbenen Locken um deine Fingerspitzen.

»Bananen brechen durch«, stellte Audrey klar. »Du willst doch nicht ersticken. Wenn überhaupt, können wir mit einer Gurke versuchen, dich auf das entscheidende Ereignis vorzubereiten …«

Bevor du etwas einwenden konntest, verschwand Audrey bereits in der Küche. Jetzt waren nur noch du und ich im Wohnzimmer, und ich hatte den Eindruck, dass du mich ansehen und mit mir reden wolltest, doch du spieltest nur mit deinem Haar und starrtest auf deine Hände. Sieh mal, Baby, ich wusste genau Bescheid, wusste, dass du und Audrey schon oft darüber geredet hatten, wie es wäre, einen Dreier auszuprobieren, und dass sogar du diejenige warst, die das Thema zum ersten Mal aufgebracht hatte. Ziemlich naiv, ja. Doch diese Gelüste schlummerten schon lange in dir, ist es nicht so? Und du wusstest, dass du bei uns in guten Händen wärst.

Wir hörten Audrey den Kühlschrank durchsuchen, und als sie zurückkam, hatte sie eine schlanke Zucchini in der Hand. »Wir haben keine Gurken mehr. Dann muss eben eine Zucchini herhalten.« Du saßt da, starrtest das Gemüse an und musstest plötzlich loslachen. Das Ganze war ein einziges Affentheater. In Wirklichkeit wolltest du nichts anderes, als es mir mit dem Mund zu besorgen, und ich wollte nichts anderes, als es dir mit dem Mund zu besorgen, doch stattdessen hocktest du da mit einer Zucchini im Schoß. Was, zum Teufel, sollte dieser Unfug?

»Pass auf!«, begann Audrey. »Die richtige Atmung ist das Wichtigste. Sonst geht das Ding nicht tief genug rein. Bevor du die Zucchini in deinen Hals gleiten lässt, musst du tief ausatmen …«

Ihre Anweisungen erinnerten mich an die Videokassette, nach der sie ihre Yogaübungen macht. *Atme nicht den Atem, sondern lass deinen Atem das Atmen für dich übernehmen.* Du versuchtest, aus dieser lächerlichen Situation das Beste zu machen, und führtest dir das eine Ende der Zucchini in den Mund. Ich unterdrückte einen Seufzer und sah zu, wie die glitschige Zucchini immer weiter in dich hineinglitt. Auf ein Stück Gemüse war ich noch nie eifersüchtig gewesen, aber es gibt wohl für alles ein erstes Mal. Audrey schien ganz vergessen zu haben, dass ich auch noch im Raum war, und fuhr unbeirrt mit ihren nicht jugendfreien Belehrungen fort. »Beim Rausziehen ausatmen, dann bist du bereit, wenn er erneut in dich hineingleitet.«

Zu ihren Worten schobst du die glatte Gemüsestange erneut in deinen Rachen, und ich sah zu, wie du zögernd versuchtest, sie ganz tief hineinzuschieben. Dann zogst du die Zucchini schnell wieder heraus.

»Es fühlt sich komisch an«, stelltest du fest.

»Du brauchst einen echten Schwanz, das ist alles«, versicherte Audrey dir. »Aber keine Angst, ich bleibe an deiner Seite. Was du in so einer Situation brauchst, ist der Beistand einer erfahrenen Oralsex-Expertin.« Du starrtest hinab auf die achtlos in deinem Schoß liegende glitschige Zucchini. »Jemandem einen zu blasen, ist keine große Kunst«, fuhr Audrey fort. »Die kleinen Tricks lernst du wie von selbst, und damit wächst auch dein Selbstbewusstsein. Du weißt doch, dass er zärtlich zu dir ist. Umfass einfach immer die Wurzel seines Schwanzes, dann hast du die Zügel in der Hand. Und wenn er dir zu schnell wird, kannst du ihn problemlos rausholen.«

»Selbstverständlich«, beruhigte ich dich, froh, endlich wieder in das Gespräch einbezogen zu werden. »Du bestimmst das Tempo.«

Dein Gesicht war genauso knallrot wie dein Kleid, und du konntest mir nicht in die Augen sehen, egal, was ich auch sagte. Ich grinste vor mich hin, als Audrey mit ihrem gelenkigen Körper auf die Lehne meines Sessels glitt und mir etwas ins Ohr flüsterte. Bestimmt konntest du ein paar Wortfetzen mithören. »Keine Jungfrau, fühlt sich einfach nicht ganz wohl bei der ganzen Sache.« Und dann sahst du wieder hinab auf deine Hände.

Einen Augenblick später setzte ich mich neben dich. »Möchtest du es wirklich lernen?«, fragte ich dich.

Du nicktest.

»Dann kann dir nichts Besseres passieren, als mit Freunden zu üben.« Die ganze Situation war absolut lächerlich, und ich versuchte gar nicht erst, mein breites Grinsen zu unterdrücken. Eine willige Nymphe war im Begriff, mir einen zu blasen. Oder klarer ausgedrückt – ein Mädchen, das ich wirklich sehr, sehr gern mochte, wollte meinen knochenharten Ständer mit seinem hübschen, rosig glänzenden Mund vernaschen. Und als Krönung des Ganzen wurden während der gesamten Nummer auch noch Instruktionen von mir erwartet. »Doch als Erstes möchte ich, dass Audrey dir hilft, ein wenig lockerer zu werden«, sagte ich, und noch während ich sprach, ging deine unanständige beste Freundin zwischen deinen Schenkeln auf dem Boden in Position und liftete den Saum deines Kleids. Audrey weiß wirklich in jeder Situation das Richtige zu tun. Sie machte sich daran, dich durch eine kleine Mund-zu-Möse-Liebkosung ein bisschen zu entspannen und dich auf deine Fellatio-Lektion vorzubereiten.

Kaum spürtest du ihren warmen Atem auf deinem Höschen, seufztest du süß auf. Im gleichen Augenblick nahm ich deine Hand und legte sie in den Schritt meiner Jeans. Wir begannen von Anfang an. Du zogst ganz langsam den Reißverschluss herunter, öffnetest den Schlitz und brachtest den riesigen Turm meiner Erektion zum Vorschein. Das ist keine Angeberei. Mein Ding war wirklich riesig. Ich war zu dem Zeitpunkt schon länger knochenhart, als ich es ertragen konnte. Der bloße Gedanke daran, dass deine süßen Lippen sich gleich um meinen Schwanz legen würden, ließ mich beinahe explodieren. Und als deine Hände jetzt am Schritt meiner Jeans herumfingerten, war ich so groß wie noch nie zuvor.

Audrey hatte ihren Mund inzwischen durch dein Höschen auf deine Möse gedrückt. Das erkannte ich daran, dass deine Wangen noch rosiger glühten und deine Augen warm und sanft glänzten. Du warst jetzt definitiv dabei, dich zu entspannen. Nicht schlecht, sich derart verwöhnen zu lassen, oder? Genau das schien dir gerade durch den Kopf zu gehen. Du seufztest einmal kurz auf, drehtest deinen Kopf, öffnetest deinen zauberhaften Mund und umschlosst mit den Lippen die Spitze meines hartes Gliedes.

Nässe. Das war meine erste spontane Empfindung. Wunderbare angenehme Nässe. Warme Nässe. Oh, für eine Anfängerin stelltest du dich ziemlich geschickt an. Oder warst du vielleicht gar keine Anfängerin? Diese Frage ging mir durch den Kopf, als du wie eine Könnerin der Länge nach mit der Zunge über meinen Schwanz fuhrst. Hattest du uns womöglich die ganze Zeit etwas vorgemacht? Und nur so getan, als wärst du ein süßes, schüchternes, naives kleines Ding, obwohl du es in Wirklichkeit faustdick hinter den Ohren hattest? Ich hatte weder die Zeit noch das dringende Bedürfnis nachzufragen, sondern lobte dich einfach für dein Geschick.

»So ist es richtig«, sagte ich und fuhr mit den Händen durch deine hellbraunen Locken. »Entspann dich, und nimm ihn tief in dir auf! Das Entscheidende ist, dass du absolut relaxed bist, und vergiss nicht zu atmen …«

Du lecktest die Haut meines Schwanzes und führtest meinen langen Knüppel noch tiefer in deinen Rachen. Während du mich immer ungestümer nahmst, verwöhnte Audrey dich weiter zwischen den Beinen. Ich hörte sie leise schlürfen und saugen und merkte, wie erregt du bereits warst, denn du küsstest mich jetzt mit noch mehr Leidenschaft und Begeisterung. Du ließt deine Zunge um meine Schwanzwurzel wirbeln, umschlosst mit den Lippen meine Eichel und saugtest mit aller Kraft.

»Ist es schön, was Audrey mit dir macht?«, fragte ich dich leise, und du hieltst gerade lange genug inne, um zustimmend zu stöhnen. Dein Stöhnen brachte mich regelrecht zum Vibrieren, und ich musste mich an deinen Schultern festkrallen, um Halt zu finden. Wäre ich nicht ein Meister der Selbstbeherrschung, wäre ich auf der Stelle gekommen. Doch ich zögerte es heraus, denn ich wusste, dass es noch lange nicht vorbei war und besser und besser und besser werden würde.

Während Audrey mit ihrer Zungenspitze weiter schmutzige Kunststücke an deiner Klitoris vollführte, eifertest du ihr nach und verwöhntest die Spitze meines Schwanzes auf die gleiche Weise. Ich hatte es von Anfang an geahnt. Du imitiertest alles, was Audrey machte, und ich dankte ihr im Stillen für das Geschenk, das sie uns beiden damit bescherte. Als sie ihre Hände ins Spiel brachte und deine Hüften wiegte und anhob, umfasstest du zärtlich meine Eier und streicheltest sie.

»Oh, ja«, stöhnte ich. »Ganz vorsichtig. Ja, so ist es gut.«

Du tatst, wie ich dich geheißen hatte, also fuhr ich fort: »Vielleicht kannst du sie ganz sachte mit den Fingernägeln kraulen«, schlug ich vor, und du erfülltest mir auch diesen Wunsch sofort. Deine Berührung hatte etwas Magisches, sie war federleicht, geradezu perfekt, und ich begann mit den Stoßbewegungen in deinem Mund. Doch du wolltest es langsam angehen lassen, also folgtest du Audreys Belehrungen. Du hast deine Hand auf meine Schenkel gelegt und mich gebremst. Du gabst das Tempo vor, und ich musste mich zwingen, deine Regeln zu akzeptieren.

Doch während Audrey unbeirrt weiter an deiner Pflaume schleckte und naschte, legte ich jetzt meine Hand auf deinen Hals und streichelte ihn sanft. »Entspann dich«, flüsterte ich. »Entspann dich, und lass es geschehen. Wenn du einen kurzen Rückzieher machen möchtest, ist das kein Problem.«

Meinen Anweisungen folgend, öffnetest du den Mund, und ich spürte, wie mein Schwanz ein bisschen tiefer in deine Kehle glitt. Ich konnte nicht anders, als den Rhythmus zu beschleunigen, und drang mit jedem Stoß, mit jedem Hinein- und Hinausgleiten ein Stück weiter in dich hinein. Es war, als würde ich in voller Gänze durch dich hindurchvögeln, und dieser Gedanke törnte mich noch mehr an. Wir waren alle drei ernsthaft bei der Sache und in ständiger Bewegung. Ich hörte Audrey geräuschvoll an dir saugen und lecken und es dir mit aller Heftigkeit besorgen. Meine Erregung war kaum noch zu bändigen, und ich stöhnte laut. Du reagiertest sofort, indem du deine Finger hinter meine Eier wandern ließt, diese magische, überaus empfindsame Stelle zärtlich streicheltest und deine tanzenden Fingerspitzen ein wenig fester gegen meine empfindliche Haut drücktest.

Wo hattest du denn diesen Trick gelernt? Was, Baby? Woher kennst du diese magische Stelle? Mir ging erneut durch den Kopf, dass du mehr Erfahrung hattest, als du vorgabst, aber das störte mich nicht. Wenn es dir Freude bereitete, die Rolle des Grünschnabels zu spielen, wenn dich das glücklich machte, war ich mehr als bereit, meine Rolle in deinem Spiel zu übernehmen.

Ich half dir nach wie vor. Ich war kurz davor zu kommen und drang immer tiefer in deinen Rachen ein. Du musstest deine Position verlagern, um es dir bequemer zu machen, bist von Audrey weggerutscht, hast dich mit mir zugewandtem Gesicht auf allen vieren auf das Sofa gehockt und dich erneut über meinen Schwanz hergemacht.

Audrey setzte sich sofort hinter dich, und in dem Spiegel an der gegenüber liegenden Wand konnte ich zusehen, wie sie dir dein Höschen über deine Schenkel und Füße streifte und sich in eine Position begab, die es ihr erlaubte, weiter deine Möse zu vernaschen. Während sie dich umgehend zum Kommen brachte, explodierte auch ich. Ich stöhnte immer lauter und atmete immer heftiger. Ich umklammerte deine Schultern, krallte mich an dir fest und schleuderte meinen Saft tief in deine Kehle. Du saugtest weiter, bis der letzte Tropfen versiegt war, und dann glitt ich langsam aus deinem Mund und sank zurück ins Sofa.

Du entwandest dich Audrey und strecktest dich neben mir aus. Als du dir mit der Zunge über die Oberlippe fuhrst, hätte ich schon wieder kommen können. Es war, als ob du noch einmal genussvoll von mir kosten würdest, und ich kann mir nichts vorstellen, was derart sexy ist wie dieser Anblick.

»Siehst du?«, murmelte ich und strich dir das Haar aus den Augen. »Jetzt bist auch du eine Expertin im Blasen.«

Du hast mich angesehen, dann deinen Blick auf deine grünäugige Freundin gerichtet, deren Mund noch von deinen eigenen erotischen Säften glänzte. »Höchste Zeit, die Freuden zu teilen«, stelltest du an mich gewandt fest, und wir langten nach Audrey und legten sie ausgestreckt auf das Sofa …

Und jetzt, kleine Miss »Ich-weiß-nicht-wie-man-es-mit-dem-Mund-macht«, wusstest du ganz genau, was du wolltest. Dank deines neu erwachten Selbstbewusstseins hattest du alles voll unter Kontrolle. Du ließt Audrey die Beine spreizen und machtest dich sofort über die geschwollene Knospe ihrer Klitoris her und saugtest, was das Zeug hielt. Zwischendurch ließt du deine Zunge mit langen saftigen Strichen durch ihre feuchte Spalte fahren. Du warst wild und gierig, und ich lehnte mich auf dem Sofa zurück und sah zu, wie du es Audrey besorgtest.

Audrey war baff. Es hatte sie erregt, dich zum Kommen zu bringen, doch ihrem Gesicht war anzusehen, dass sie nicht damit gerechnet hatte, dass du ihr den Gefallen erwidern würdest, jedenfalls nicht so schnell und nicht so gut. Ich hätte sie eines Besseren belehren können, schließlich hatte ich in deinen Händen – oder, besser gesagt, in deinem Mund – gerade die erquicklichste Erfahrung meines Lebens gemacht, sodass ich Audrey hätte prophezeien können, welche Wonne sie erwartete. Doch ich zog es vor, den stillen Beobachter zu spielen und das Schauspiel aus nächster Nähe zu betrachten.

Was für ein schönes Bild ihr zwei abgabt! Audrey war sofort in Ekstase. Ihr blondes Haar umrahmte ihr Gesicht, und ihre Lippen formten sich zu einem perfekten »O«, als deine Zunge in sie hineinglitt. Du legtest es darauf an, sie nach allen Regeln der Kunst zu verwöhnen. Du umfasstest ihre Hüften, ließt deine Finger langsam hinunterwandern und öffnetest ihre Schamlippen. Ich sah deinen feuchten, glänzenden Mund und deine hin- und herwirbelnde Zunge, die Audreys empfindlichste Stelle liebkoste. Ich wusste, dass sie bald kommen würde, und auf einmal hielt mich nichts mehr; ich wollte wieder mitmischen.

Ich beeilte mich, hinter dich zu kommen, und hob dein Kleid. Dein hinreißender Hintern wartete schon auf mich, und ich streichelte ihn einmal zärtlich, um dich meine Absichten wissen zu lassen. Der Seufzer, der dir in Audreys Schoß entwich, verriet mir, dass du bereit warst. Behutsam spreizte ich von hinten deine Schenkel und drang in dich ein. Mein Schwanz war noch nass von deinem Mund, und jetzt vermischte sich diese Nässe mit den Säften deiner Möse. Mein Gott, warst du erregt! Und wie nass du warst – genauso angeheizt wie ich. Mein Knochen war knüppelhart und bereit. Ich glitt tief in dich hinein und entlockte dir ein erneutes Stöhnen.

Audrey schien unser Treiben zu gefallen. Jedes Mal, wenn du lustvoll in ihre Möse seufztest, tat sie es dir gleich und stöhnte ebenfalls auf. Dein Stöhnen schien sich durch ihren

Körper fortzupflanzen und sie unheimlich anzutörnen. Es war mir mehr als ein Vergnügen, meiner Mitbewohnerin zu ihrem Höhepunkt zu verhelfen, indem ich dafür sorgte, dass du kontinuierlich weiter in ihre Möse stöhntest. Die Vorstellung gefiel mir. Ich griff in dein langes Haar, hielt dich fest und vögelte dich. Mein Schwanz drang tief in dich ein, glitt wieder raus, drang wieder hinein, bis du vollkommen versiegelt warst, und dann zog ich ihn so weit hinaus, bis nur noch meine Eichel in dir war.

»Oh, ja«, stöhntest du, die Worte in die Länge ziehend, und Audrey flüsterte ebenfalls »Ohhhhh, jaaaaa«. Wir drei waren auf so göttliche Weise miteinander verbunden, dass ich spürte, als Audrey kam. Ich ließ eine Hand unter dich gleiten und stimulierte deine Klitoris, während ich selber kurz davor war zu explodieren. Im nächsten Augenblick kamen wir alle gleichzeitig. Wir heizten uns mit unserem Stöhnen und unter Einsatz unserer Körper gegenseitig an, bis wir das höchste, überhaupt nur denkbare Niveau der Erregung erreichten.

Wir hatten den Gipfel erklommen.

Der Couchgast

Seitdem wir Schluss gemacht haben, schlafe ich auf der Couch. Das geht jetzt schon zwei volle Monate so. Ich dachte an unseren Jahrestag und feierte ihn allein mit einem Gläschen ihres besten Cognacs auf meiner Couch.

Ein, zwei Wochen verbringe ich hier als Couchgast, aber mit Ende zwanzig brauchen Freunde ihre Privatsphäre offenbar dringender als im ersten Vierteljahrhundert ihres Lebens. Jedenfalls hatte ich schnell keine Adresse mehr, wo ich unterschlüpfen konnte, und sie lud mich ein, wieder zurückzukommen. Offenbar genoss sie es diebisch, dass ich wieder bei ihr angekrochen kam. All meine Sachen waren noch in der Wohnung, weshalb sie sich genötigt fühlte, komplexe und irgendwie unberechenbare Regeln für den Zutritt zu »ihrem Schlafzimmer« aufzustellen, jenes Schlafzimmers, das jahrelang unser gemeinsames gewesen war. Schließlich bog sie mir bei, das Zimmer, verdammt noch mal, überhaupt nicht mehr zu betreten.

Doch das reichte nicht.

Vor etwa zwei Wochen kam sie zu dem Schluss, dass sie »ihren eigenen Raum« brauche, und verfrachtete all meine Sachen in großen Haufen und Pappkisten ins Wohnzimmer. Offiziell bin ich auf der Suche nach einer neuen Bleibe, aber auf dem Wohnungsmarkt sieht es zurzeit ziemlich schlecht aus. Außerdem will ich, glaube ich, im Moment noch gar nicht wirklich ausziehen.

Das freut sie. Sie bildet sich ein, ich mache mir Hoffnungen, dass wir wieder zusammenkommen. Sie denkt, dass ich immer noch an ihr hänge.

Doch das tue ich nicht – nicht im Geringsten.

Ihr beide wart keine wirklichen Freundinnen, ihr kanntet euch nur vom College und seid euch zufällig just in dem Moment in die Arme gelaufen, als sie für das zur Straße hinausgehende Schlafzimmer der großen viktorianischen Wohnung einen neuen Untermieter suchte.

Ich gebe es nur ungern zu, aber ich habe mich schon in dich verknallt, als sie und ich anfingen, uns in unserer Beziehung zu langweilen. Ich plauderte gerne noch ein bisschen mit dir, wenn sie schon ins Bett gegangen war und du noch in deinem Fitnessoutfit, in Tank-Top und Shorts, am Tisch saßt, um eine Tasse Kräutertee oder irgendetwas anderes zu trinken und die Zeitung zu lesen. Ich fand Vorwände, um mit dir über deine Arbeit, deine Kurse und dein sonstiges Leben zu reden. Ich habe es sogar geschafft, ein paar Fragen über deine Freunde einzuflechten und dich mit diesen Typen aufzuziehen, die du bei jenen drei Gelegenheiten mit nach Hause gebracht und denen du in deinem Bett nie mehr als einen kurzen Gastauftritt gestattet hast. Kurze Gastauftritte allerdings, die meine Fantasie ausgiebig beflügelt haben.

Du hast noch nicht viel Erfahrung mit Männern, ein Umstand, den ich absolut unverständlich finde. Es ist mir unbegreiflich, dass nicht ständig irgendwelche Typen hinter dir her sind und mit dir ausgehen wollen. Du bist zweifellos hübsch und hast einen Körper, von dem ich nie die Augen abwenden konnte, wenn wir zusammensaßen und uns unterhielten, dein hauchdünnes schweißnasses Tank-Top auf deinen kleinen Brüsten klebte und deine Shorts ein bisschen zu eng saßen, als dass sie die Konturen deines Körpers angemessen hätten verhüllen können. Aber du bist schüchtern, vermute ich, und deshalb bist du Single und warst die meiste Zeit deines Erwachsenendaseins solo, wenn man von ein paar vereinzelten sporadischen Beziehungen hier und da absieht. Es fällt mir schwer, es zu glauben, aber bisher hat sich dich noch keiner geschnappt.

Ich wollte dich schnappen, sogar damals schon. Und es waren nicht die Probleme mit ihr, die in mir diesen Drang auslösten. Du warst mir sofort aufgefallen, als sie uns miteinander bekannt gemacht hat, und ich hatte enorme Schwierigkeiten, meine Augen von dir abzuwenden. Hin und wieder bedachte ich dich in der Wohnung mit verstohlenen Blicken und spürte meinen Puls rasen, wenn ich sah, dass du die Badezimmertür einen Spalt weit offen stehen ließt, während du unter der Dusche standst – diese verflixte Tür, die nie richtig schließt. Die Duschtür ist aus klarem Glas, und ich sehnte mich so danach, sie aufzustoßen und dich anzusehen, deinen hinreißenden schlanken Körper auf mich wirken zu lassen.

Aber es ist verdammt hart, wenn man so eine Freundin hat wie sie. Auch ohne die Gegenwart einer heißen Mitbewohnerin war sie krankhaft eifersüchtig. Sie hat mir wegen irgendwelcher Tussis Szenen gemacht, die mir überhaupt nichts bedeutet haben, Mädchen, die mich nicht einmal angemacht hätten, wenn sie scharf auf mich gewesen wären. Sie hat mich ständig damit genervt, ob ich diese Mädchen attraktiv fände, ob ich sie hübscher fände als sie selber, ob ich mit ihnen ficken wolle. Ich habe gebetsmühlenartig geantwortet: »nein, nein, nein«, und bin dazu übergegangen, auf den Boden zu blicken und mich nicht mehr umzusehen, wenn wir zusammen ausgegangen sind. Ich habe es mir zu Eigen gemacht, ihr ständig zu versichern, dass ich keine der Frauen vögeln wolle, die uns auf der Straße begegneten, und auch nicht irgendeine ihrer Freundinnen. Ich versicherte ihr, dass ich von all diesen Frauen keine Einzige auch nur ansatzweise attraktiv fände. Mitunter war das natürlich gelogen, aber letztendlich habe ich die Lügen wohl irgendwann selber geglaubt, vermute ich.

Deinetwegen hat sie nie irgendwelche Fragen gestellt, und ich habe keine Ahnung, was ich geantwortet hätte. Vermutlich ist sie tatsächlich völlig ahnungslos. Sie hält dich für ihre unscheinbare Mitbewohnerin und für völlig unfähig, ihr auf dem Feld der Liebe das Wasser zu reichen. Vielleicht bin ich ihr gegenüber ein bisschen ungnädig, weil ich von dem ganzen Zeug umgeben bin, das sie mir im Wohnzimmer vor die Füße geworfen hat – aber ich glaube wirklich, dass sie in dieser Hinsicht wahrnehmungsgestört ist.

Sie hat nie registriert, wie ich dich angesehen habe oder bewusst nicht angesehen habe, wenn sie dabei war. Sie hat nie mitgekriegt, wie ich den Blick gesenkt und meine Augen von deinen Brüsten abgewendet habe, wenn du etwas eng Anliegendes trugst, und es ist ihr völlig entgangen, wie aufgeregt ich war, wenn du plötzlich unerwartet, nur in ein knappes Handtuch gehüllt, durch das Wohnzimmer geschossen kamst. Und wie ich mich abgemüht habe, möglichst locker zu erscheinen, wenn wir uns alle zusammen unterhalten haben und wie ich immer den großmütigen, zuvorkommenden Freund gespielt habe, ohne jemals erkennen zu lassen, dass ich mich eigentlich eher mit dir unterhalten habe als mit ihr.

Doch jetzt ist das alles aus und vorbei. Die Illusion einer monogamen Beziehung muss nicht mehr aufrechterhalten werden. Da ist nur noch das allmählich schwindende Bedürfnis, die Form zu wahren, das immer schwächer werdende Verlangen, sich richtig zu verhalten. Und bald ist es so weit, dass mich das alles überhaupt nicht mehr interessiert.

Das beunruhigt mich, denn sie schläft direkt neben dir, auf der anderen Seite einer so dünnen Wand, dass ich weiß, dass du uns gehört haben musst. Du musst jedes einzelne Detail gehört haben, und das weiß ich deshalb so genau, weil ich dich bei den wenigen Malen ebenfalls gehört habe, als du dir einen Typen mit nach Hause gebracht hast. Ich habe dir fasziniert zugehört und verzweifelt versucht, nicht hart zu werden, während sie und ich reglos nebeneinander im Bett lagen und sie abfällige Kommentare gemurmelt hat, dass du eine unglaubliche Schlampe seist, ein Miststück, dem die Befriedigung der eigenen Lust wichtiger sei als der ruhige Nachtschlaf seiner Mitbewohner.

Es tut mir Leid, aber so hat sie sich wirklich ausgedrückt. Ich habe nur mit den Achseln gezuckt und die Augen zugemacht, denn wenn ich nach ihr gelangt und sie angefasst und geküsst hätte und hart geworden wäre und sie genommen hätte, während dein anonymer Liebhaber es mit dir trieb, hätte sie mit Sicherheit gemerkt, dass ich einzig und allein vom Belauschen deines Liebesspiels scharf geworden war. Sie hätte gemerkt, dass ich jedem Laut, der deinen Lippen entwich, gebannt lauschte und jedem Quietschen der Bettfedern und jedem Rumsen, wenn das Kopfteil deines Bettes gegen die Wand krachte. Ich hörte die wilde Stoßerei, hörte dich lauter stöhnen, als sie je gestöhnt hat, hörte dich schon fast dem Schluchzen nahe keuchen: »ich komme«, so laut, dass sie und ich es glasklar hören konnten. Und schließlich hörte ich deine immer schrilleren, drängenden Schreie und so intensive Orgasmen, dass mich das bloße Zuhören beinahe schmerzte, während sie das Ganze mit einem abfälligen »igitt« begleitete und den Kopf schüttelte.

Ich hörte sie kaum, so gebannt lauschte ich dir und malte mir dich unter oder auf deinem Liebhaber aus und wie du es voller Leidenschaft mit ihm triebst. Ich malte mir aus, in welcher Stellung sich dein nackter Körper ihm entgegendrängte, sah im Geiste deinen Gesichtsausdruck, als du kamst, sah, wie die Wogen deines Orgasmus sich auftürmten und auf dem Gipfel der Erregung deinen Körper durchzuckten, während er dich rhythmisch stieß.

Und ich fragte mich, ob ich es dir auch so besorgen konnte.

»Ich schlafe jetzt«, teilte ich ihr schließlich mit, rollte mich auf den Bauch und verbarg meinen anschwellenden Schwanz.

Der Grundriss dieses alten viktorianischen Hauses ist in gewisser Hinsicht ein wenig eigenartig. Das nach vorne hinausgehende Schlafzimmer geht vom Wohnzimmer ab und liegt genau gegenüber dem einzigen Badezimmer. Du stehst immer früh auf, um es für dich zu haben. Ich stelle mich dann immer schlafend.

Du schläfst nackt; das weiß ich. Selbst während der kalten Jahreszeit, und wahrscheinlich ist das der Grund, weshalb du offenbar immer die Heizung anlässt. Ich weiß es nicht mit absoluter Gewissheit, aber ich habe einmal einen Blick auf dich erhascht, und zwar kurz nach deinem Einzug, als die Tür zu deinem Schlafzimmer, vom Winter verzogen, mitten in einer Dezembernacht von alleine aufgegangen ist. Du lagst ausgestreckt auf deinem Bett, die Heizung war voll aufgedreht, und die Hitze strömte so intensiv aus deinem Zimmer ins Wohnzimmer, dass ich sie regelrecht spüren konnte. Und da, in der trockenen Hitze im Halbdunkel, lagst du splitternackt auf deiner Matratze und glänztest vor Schweiß. Das Laken hatte sich direkt unterhalb deiner Hüften um dich gewickelt und verhüllte nur ganz dürftig die Spalte deines schlanken Pos vor meinem Blick. Die Kurven deiner Hüften faszinierten mich, und meine Augen nahmen dich von oben bis unten ins Visier. Du lagst auf dem Bauch, weshalb ich deine Brüste nicht sehen konnte – nur die violinenartige Krümmung deines Rückens und deiner Schultern, deine locker über dem Kopf ausgestreckten Arme und die etwas kuriose Stellung deines Hinterns, der sich unter dem schweißnassen Laken, das an dir klebte und unter dem sich deine Figur abzeichnete, leicht wölbte und ein wenig hervorlugte.

Deine Beine waren leicht gespreizt.

Mein Atem ging schneller und heftiger, als ich mir einbildete, dass diese einladende Position mir galt, und ich spürte meinen Schwanz hart werden. Ich wollte in dein Schlafzimmer huschen, diese widerspenstige Tür schließen und vorsichtig das Laken von deinem Körper ziehen. Es schmerzte fast, an deine Möse zu denken, die sich da unter der einladenden Kurve deines Hinterns entblößt zwischen deinen Beinen präsentierte. Und es schmerzte tatsächlich, mir auszumalen, wie ich mir mit meinem Gesicht unter dir einen Weg bahne, deine Möse mit meinem Mund umschließe und dich vernasche, dich zum Stöhnen und zum Kommen bringe, bis du mich schließlich nur noch anflehen würdest, dich zu ficken und deinen Hintern anheben und mir bedeuten würdest, in dich einzudringen.

Es schmerzte so sehr, dass meine Hände zitterten, als ich die Tür so leise wie möglich zuzog und mich wieder hinlegte.

Die Tür quietschte beim Zuziehen, und ich sah dich zusammenzucken und dich umdrehen. Du setztest dich aufrecht hin, und dein dunkles Haar wogte, als du den Kopf umdrehtest.

»Was ist los?«, hörte ich dich fragen.

»Die Tür ist aufgegangen«, rief ich zurück.

»Oh«, erwidertest du verschlafen. »Ich muss sie endlich mal in Ordnung bringen.«

Ich wusste nicht, ob ich dafür beten sollte, dass du dies tatsächlich tatst oder dafür, dass du sie so ließest, wie sie war. Mein hart werdender Schwanz war für die eine Lösung. Meine Freundin eher für die andere.

Wenn du morgens aufstehst, gehst du als Erstes verschlafen ins Badezimmer, wobei du dich länger im Wohnzimmer aufhältst, als du es tun würdest, wenn ich mich nicht schlafend stellen würde. Durch die engen Schlitze meiner fast geschlossenen Augen sehe ich deinen Hintern, wenn du die Arme über den Kopf streckst und sich der untere Teil deines T-Shirts ein wenig hebt und den Blick auf deinen weißen Slip freigibt, der deinen wohl geformten Po umschmiegt. Inzwischen ist es so weit gekommen, dass ich diesen Moment jeden Morgen herbeisehne und länger auf meiner Couch liegen bleibe, als ich es sonst tun würde, da ich bei dem Verkehrslärm nicht besonders gut schlafen kann. Ich liege da, sehe zu, wie du dich streckst, betrachte deinen Körper und sehne mich nach dem Moment, wenn du dich umdrehst. Deine Nippel zeichnen sich unter den abgetragenen T-Shirts, die du manchmal anziehst, deutlich ab; ich wünschte dann immer, ich könnte die Augen öffnen, um sie noch deutlicher zu sehen. Stattdessen bewundere ich sie durch den verschwommenen Schleier meiner Wimpern und täusche das langsame, regelmäßige Atmen eines Schlafenden vor.

Normalerweise streckst du dich kurz, gehst ins Bad und stellst dich direkt unter die Dusche. Der nächste Blick ist mir dann erst zehn Minuten später vergönnt, wenn du, in ein feuchtes, direkt über deinen Nippeln umgeschlagenes Handtuch gehüllt, aus dem Bad kommst und mit scherenartigen Schritten das Wohnzimmer durchschreitest, ohne dir dessen bewusst zu sein, dass ich deine Beine betrachte, sie begierig mit den Augen verzehre und mich frage, wie sie sich wohl anfühlen würden, wenn sie um mein Gesicht, meine Schenkel, meine Hüften geschlungen wären.

Doch manchmal läuft das morgendliche Ritual auch anders.

Es ist nicht nur einmal passiert, und das beunruhigt mich. Zweimal ist es passiert, als du in deinem T-Shirt und deinem Slip dastandst und dachtest, ich würde schlafen. Zwei Mal, als du in ein Handtuch gehüllt warst und das Wasser von deinem dunklen Haar auf den Hartholzfußboden tropfte.

Und einmal, als du mich mit offenen Augen ertappt hast und dir ohne jeden Zweifel bewusst warst, dass ich dich beobachtete.

Du standst da und sahst mich an. Du hast mich betrachtet, wie ich vermeintlich schlief, meine sich im vorgetäuschten Schlaf hebende und senkende Brust gemustert. Deine Augen strichen von oben bis unten über meinen Körper, verharrten liebevoll auf meinem Gesicht.

Und jenes eine Mal, als du realisiertest, dass meine Augen offen waren, sahst du mir ins Gesicht und hieltst meinem Blick stand.

Und du lächeltest.

Ich habe dich nie auf diesen Vorfall angesprochen. Ob du wusstest, wie sehr ich dich begehrte? Ich kann mir absolut nicht vorstellen, dass es dir entgangen sein könnte. Du bist das Herrlichste, was die Welt zu bieten hat. Ich kann mir nicht vorstellen, dass es irgendeinen Mann gibt, der dich sieht und dich *nicht* begehrt.

Aber wir haben nie darüber gesprochen. Der Vorfall liegt jetzt eine Woche zurück, und seitdem bin ich, was meine Zurückhaltung angeht, nachlässig geworden, bedenke dich mit sehnsüchtigen Blicken, wenn wir uns unterhalten, nachdem sie ins Bett gegangen ist, bevor sie aufgestanden ist oder wenn sie mit ihren Freundinnen zum Tanzen ausgegangen ist, um »ihre Fühler auszustrecken«, wie sie es ausdrückt. Nachlässig geworden, drücke ich mich vor deiner Tür herum und versuche das verzogene Ding dazu zu bringen, von alleine aufzugehen und mir den Blick auf deinen Körper zu offenbaren, wie du ausgestreckt und nackt auf deinem Bett liegst, diesmal auf dem Rücken und mit gespreizten Beinen, offenen Augen, leicht geöffneten Lippen, über dem Kopf ausgestreckten Armen, nach hinten gebogenem Rücken, aufgerichteten Brüsten, und mich heranwinkst. Nachlässig geworden, kriege ich einen Ständer, wenn ich dich duschen höre und mir vorstelle, wie das heiße Wasser deinen nackten Körper liebkost, so wie ich ihn am liebsten auch liebkosen würde.

Sie kriegt das alles nicht mit. Jedenfalls bin ich ziemlich sicher, dass ihr Verhalten nicht auf Gleichgültigkeit beruht, denn ihre finsteren Kommentare verraten mir, dass sie immer noch ausflippen würde, wenn sie mitbekäme, dass ich eine andere Frau attraktiv fände. Trotzdem schafft sie es, meine offensichtlichen Gefühle für dich völlig zu ignorieren, vermutlich, weil sie mich sowieso nie ansieht und es irgendwie einrichtet, sich meistens spürbar abwesend zu machen, wenn ich zu Hause bin. Sie spricht mich so gut wie nie an, doch wenn wir beide zu Hause sind, scheint sie sich mit aller Entschlossenheit verpflichtet zu fühlen, in Unterwäsche um mich herumzuscharwenzeln – und manchmal sogar oben ohne; das heißt, sie legt diese lockere Unbeschwertheit gegenüber Nacktheit an den Tag, die eine langjährige Beziehung mit sich bringt und die mir inzwischen so völlig deplatziert erscheint. Sie versucht immer wieder klarzustellen, dass es ihr egal ist, ob ich hingucke, doch wie es scheint, ist es ihr ganz und gar nicht egal – sie legt es vielmehr darauf an, dass ich hingucke, weil sie mich auf diese Weise leiden lassen will. Sobald ich die Augen abwende, wenn sie spärlich bekleidet vor mir steht und mit mir redet, ist sie regelrecht beleidigt. Doch meistens redet sie gar nicht mit mir, und dann reduziert sich unsere Interaktion auf ein einsilbiges Gegrunze.

Mit dir spricht sie nach wie vor. Sie redet mit dir, als wärst du ihre Schwester, und ihr beide wart während der ganzen Zeit, seitdem sie und ich miteinander Schluss gemacht haben, immer nett zueinander. Sie lädt dich ein mitzukommen, wenn sie mit ihren Freundinnen tanzen geht; vermutlich denkt sie, dass du es auch nötig hast, mal deine Fühler auszustrecken. Bisher hast du ihre Einladungen immer ausgeschlagen. Ich habe auch schon zufällig mitgehört, wie sie dir von den Typen erzählt hat, die sie neuerdings kennen lernt, flüchtige Bekanntschaften, mit denen sie schnell im Bett landet und Sex hat, der mich, wie ich einmal mit anhören musste, aussehen lässt »wie einen siebzigjährigen Greis, der seine Viagra verloren hat«.

Seltsamerweise verletzte es mich überhaupt nicht, dass sie so schäbig über mich herzog. Es machte mich auch nicht eifersüchtig, dass sie so schnell schon wieder mit irgendwelchen Typen herumvögelte, die sie beim Fühlerausstrecken in Bars und Klubs aufgabelte, während sie ihre neue Freiheit von mir feierte. Es war mir scheißegal, dass sie dir gegenüber herumlästerte, was für ein miserabler Liebhaber ich sei, und abfällige Bemerkungen über die Maße meiner Ausstattung machte. Es ließ mich alles völlig kalt.

Was mich keineswegs kalt ließ, war, dass du, als du mich das nächste Mal sahst, rot anliefst und an mir herabsahst, beinahe unfähig, mit mir zu reden. Und was mich auch nicht kalt ließ, war die Vorstellung, dass du den Unsinn womöglich geglaubt haben könntest. Und zwar bestimmt nicht, weil es mich schert, was andere Leute über mich denken.

Aber es könnte dich dazu bringen, es nicht mit mir treiben zu wollen. Nicht dass ich es etwa tatsächlich mit dir treiben *würde* – natürlich nicht, das käme überhaupt nicht in Frage. Es wäre ganz und gar niederträchtig und rücksichtslos gegenüber ihren Gefühlen. Mit irgendwelchen Fremden zu schlafen, die man in zufällig einer Bar aufgegabelt hat, ist eine Sache, aber es mit ihrer Mitbewohnerin zu treiben? Undenkbar!

Aber das ist auch gar nicht der Punkt, denn ich will gar nicht, dass du es wirklich mit mir treibst oder es auch nur in Erwägung ziehst.

Ich will nur, dass *du* es willst.

Und ich beschäftige mich viel Zeit mit der Frage, *ob* du es willst.

Ich schäme mich zutiefst, dass ich es getan habe, denn es scheint so indiskret. Bisher hätte ich mich nie zu so etwas hinreißen lassen, aber ich war allein, fühlte mich verletzt und wurde von der Frage umgetrieben, wo du warst. Flirtetest du mit irgendeinem Typen herum? Würdest du ihn womöglich mit nach Hause bringen und es vor meinen Ohren mit ihm treiben?

Ich ging in dein Zimmer. Dort konnte ich dich riechen, diesen einzigartigen Geruch, den jeder Mensch verströmt wie ein ureigenes Erkennungsmerkmal. Er berauschte mich. Oder vielleicht suchte ich auch nur eine Entschuldigung.

Ich beugte mich über dein Bett, sog deinen Duft ein und fuhr mit meinen Fingerspitzen über die Stelle, an der dein nackter Körper gelegen und wo er seinen Abdruck hinterlassen hatte. Ich streichelte das Laken und die Decke in dem Bewusstsein, dass sie deinen Körper umschmeichelt hatten.

Dein Vibrator steckte unter dem Laken; ein langer magischer Stab mit knolligem Kopf, tief in deinem Bett versteckt. Ich zog ihn hervor, betrachtete ihn und holte tief Luft. Ich stellte mir dich ausgestreckt auf dem Bett vor, wie du den Kopf des Vibrators zwischen deinen gespreizten Beinen an deine Klitoris drückst, deine Hüften im Schnellgang kreisen lässt, dein nackter Körper sich windet und wie sich dein Gesicht vor Konzentration und Verzückung verzieht, während du dich deinem Orgasmus näherst.

Ich hielt ihn mir vors Gesicht und schnupperte an ihm.

Er roch nach dir. Nach dir, wie ich dich noch nie zuvor gerochen hatte.

Er roch nach deiner Möse.

Mit zitternden Händen schob ich den Vibrator zurück unter das Laken, unfähig, mir die Zeit zu nehmen, mich zu vergewissern, ob ich ihn wieder genau so hingelegt hatte wie du. Ich war nicht einmal sicher, ob ich es überhaupt wusste.

Ich verließ schnell dein Zimmer und versuchte diesen Geruch zu vergessen. Doch es war unmöglich, er setzte sich in meinem Hirn fest, haftete in meiner Nase und betörte mich. Erst recht, wenn ich auf meiner Couch lag und dich durch die Schlitze meiner fast geschlossenen Augen durchs Wohnzimmer streichen sah.

Es ist Samstagabend. Sie ist wieder aus, mit ihren Freundinnen. Du bist in deinem Zimmer, hast die Tür geschlossen und telefonierst. Ich bin im Wohnzimmer und habe es mir auf meiner Couch gemütlich gemacht, der Couch, die mein Zuhause geworden ist. Ich sehe Fernsehen und lausche deiner Stimme, die neben dem Fernsehton irgendwie fern und melodisch klingt.

Schließlich kommst du aus deinem Zimmer. Du trägst ein kurzes T-Shirt und enge schwarze Shorts. Ich versuche, dich nicht anzusehen. Du durchquerst das Wohnzimmer und bringst ein gekichertes »'tschuldigung« hervor, als du auf Zehenspitzen vor dem Fernseher hertänzelst und mir den Blick nimmst. Ich lächle und nicke. An der Tür zum Badezimmer verharrst du einen Moment und siehst zu mir zurück. Ich lächle etwas deutlicher. Du erwiderst mein Lächeln. Einen Augenblick lang bilde ich mir ein, dich erröten zu sehen.

Mein Schwanz regt sich. Ich starre die geschlossene Badezimmertür an und stelle mir vor, wie du dich da drinnen über das Waschbecken beugst und dir das Gesicht wäschst. Ich frage mich, ob du unter deinen Shorts etwas anhast. Nach dem kurzen Blick zu urteilen, den ich erhascht habe, sah es nicht danach aus. Ich erinnere mich an den Geruch, der an deinem Vibrator haftete, und mein Schwanz macht sich noch deutlicher bemerkbar.

Dann kommst du aus dem Badezimmer. Unter deinem engen T-Shirt zeichnen sich die Nippel deiner kleinen Brüste deutlich ab. Du trägst keinen BH. Meine Augen streifen schnell über die Konturen deines Oberkörpers und über deinen glatten Bauch, der unter dem Saum deines kurzen T-Shirts hervorlugt. Unter deinen knallengen Shorts zeichnen sich die Konturen deines Schritts ab. Du bist barfuß, und selbst deine Füße machen mich an.

Du kommst zur Couch und setzt dich neben mich.

»Was läuft denn?«, fragst du.

»Nichts Besonderes«, erwidere ich und zappe durch die Programme.

»Hängst du nur ein bisschen herum?«

»Genau«, bestätige ich.

»Die ist ja süß«, stellst du fest.

»Hä? Wer?«

»Diese Schauspielerin. Wie heißt sie noch mal?«

Ich wende mich zu dir um und sehe dich an. Mein Gott, du siehst wirklich hinreißend aus. Du streichst dir deine dunklen Haare aus den Augen und lächelst. Dann leckst du dir die Lippen, diese schmalen Lippen, die ich mir schon so oft zu küssen gewünscht habe.

»Keine Ahnung«, erwidere ich.

Wir starren beide auf den Bildschirm und hängen nun gemeinsam vor der Glotze herum. Du sitzt so nah bei mir, dass ich dich riechen kann, diesen Duft, der mir bei meinem heimlichen Besuch in deinem Zimmer so köstlich in die Nase gestiegen ist, und es macht mich schier verrückt zu wissen, dass irgendwo da unten an dir dieser Geruch verborgen ist, den ich auf deinem Vibrator kennen gelernt habe. Ich hole tief Luft. Du starrst stur auf den Bildschirm. Ich versuche es dir gleichzutun, doch es will mir einfach nicht gelingen. Ich streife dich immer wieder mit Blicken und betrachte im Schein des flimmernden Fernsehers dein Gesicht.

»Ihr beiden habt euch hin und wieder Pornos angesehen«, sagst du plötzlich wie aus heiterem Himmel.

Mir fallen beinahe die Ohren ab. Meine Brust verengt sich.

»Äh«, stammle ich, »ja, gelegentlich.«

»Den einen, den ihr ausgeliehen habt, habe ich mir auch angesehen.«

»Welchen?«

»Verbotene irgendwas.«

Ich hole erneut tief Luft und zwinge mich mit aller Gewalt, dich nicht anzusehen. Diesmal gelingt es mir. Ich merke, wie mein Gesicht heiß wird. Kochend heiß.

»Und? Hat er dir gefallen?«

»Ja«, erwiderst du. »Und wie!«

Eine stechende Nervosität durchzuckt meinen Magen. »Hast du ihn dir alleine angesehen?«

»Schon möglich«, sagst du.

»Du hast ihn dir zusammen mit einem Typen angesehen, habe ich Recht?«

»Weißt du, was mir am besten gefallen hat? Die Szene, in der sie es mit ihrem Mitbewohner getrieben hat. Das war richtig scharf.«

Du wendest dich zu mir um, auf deinem Gesicht ist der Hauch eines Lächelns zu erahnen. Mein Schwanz ist inzwischen knallhart, und mein Atem geht schnell, als ich deinen Blick erwidere.

»An die Szene erinnere ich mich gar nicht«, stelle ich klar.

»Hm«, murmelst du. »Vielleicht kann ich dir zeigen, wie sie es gemacht haben.«

Und das ist es. Für einen Moment hängen deine Worte in der Luft. Meine Wangen glühen regelrecht, während du auf den Bildschirm starrst.

»Also, wie sieht's aus?«, fragst du.

»Äh«, bringe ich hervor, »wie sieht was aus?«

»Du weißt schon.«

Ich denke kurz nach.

»Es würde sie vollkommen fertig machen«, stelle ich schließlich fest.

Du lachst. »Hm, da hast du wohl Recht.«

»Aber trotzdem«, fahre ich wie ein Idiot fort, »es klingt verlockend.«

Ich kann es kaum glauben, dass wir tatsächlich darüber diskutieren. Du wirfst dich mir regelrecht an den Hals, und ich diskutiere herum, anstatt sofort zur Tat zu schreiten. Ich sehe dich erschrocken an. Meine ganze Lust auf dich hat sich in Luft aufgelöst, so pocht mir das Herz und so machen mir die Schuldgefühle zu schaffen, die mich durchströmen.

Du lächelst.

»Scheiß drauf!«, sage ich schließlich und mache mich über dich her.

Dein Mund schmeckt nach Wodka, und ich komme mir blöd vor, dass ich nicht registriert habe, dass du ein bisschen betrunken bist. Doch dann verfliegt auch dies Gefühl, und ich spüre nur noch deine Zunge in meinem Mund und den Druck deines Körpers, der sich mir entgegendrängt, als ich dich auf die Couch hinabdrücke. Wir küssen uns leidenschaftlich, und ich umarme dich, während du vor wonnigem Erstaunen aufstöhnst. Du fühlst meinen Ständer an deinem Oberschenkel und reibst dich an ihm, lässt deine Hände zu meinem Kreuz hinabgleiten und ziehst mich noch fester an dich heran.

»Macht es dir gar nichts aus, dass sie stinksauer sein wird?«, flüsterst du, als ich dazu übergehe, deinen Hals mit Küssen zu bedecken.

»Nein«, lüge ich und fahre mit meinen Fingerspitzen über deinen Bauch.

Dein gegen mich drängender Körper fühlt sich unglaublich an; dein Geruch steigt mir in die Nase. Wir küssen uns lange und winden und aalen uns auf der Couch. Der Fernseher dudelt unbeachtet weiter vor sich hin, bis ich spüre, dass deine Hand hinten in meine Hose fährt.

Ich taste nach der Fernbedienung, finde sie und schalte den Fernseher aus. Du beginnst, mir meine Hose herunterzustreifen.

Mein steifer Schwanz schnellt wippend hervor. Du legst mich auf den Rücken, lässt dich auf mir herabgleiten und senkst deinen Kopf auf meinen Schwanz, als ob du ihn schon immer gewollt hättest. Deine Lippen umschließen seine Spitze, und du saugst ihn tief in deinen Mund, wobei deine Zunge schlängelnd über seine Unterseite fährt. Ich stöhne und sehe auf dein hübsches Gesicht hinab, während du mich lutschst. Deine Hände wandern meinen Körper hinauf und liebkosen meine Brust, während du mich vollkommen in deinem Mund aufnimmst.

Als du hochkommst, um Luft zu holen, siehst du mich mit glänzenden Lippen und schnell atmend an.

»Lass uns in mein Schlafzimmer gehen!«, sagst du.

Ich muss mir meine Hose hochziehen, um überhaupt gehen zu können. Du nimmst mich bei der Hand und führst mich in dein Zimmer, als ob ich freiwillig nicht mitkommen würde.

Wir schließen hinter uns die Tür, und ich drücke sie fest zu, damit sie bloß nicht wieder von alleine aufgeht. Dann stehen wir verlegen da und sehen einander an.

Im nächsten Moment kreuzt du die Arme, umfasst den unteren Rand deines T-Shirts, ziehst es dir mit einer geschmeidigen Bewegung über den Kopf und lässt es in die Zimmerecke segeln. Ich stehe einfach nur da und starre fasziniert deine Brüste an.

Dann fasse ich nach meiner eigenen Kleidung und entledige mich schnell meiner Hose und meines T-Shirts. Du pellst dich aus deinen engen Shorts, und wir betrachten einander nackt. Deine Augen nehmen meinen Körper von oben bis unten ins Visier. Mein Schwanz steht steil aufgerichtet und zeigt auf dich.

Als wir gegenseitig unsere nackten Körper berühren, scheint mir zum ersten Mal mit aller Klarheit bewusst zu werden, dass es wirklich passieren wird, und diese Erkenntnis jagt einen heftigen Impuls durch meinen Körper. Ich trage dich auf dein Bett, lege dich mit dem Rücken auf deine Decke und sauge deinen Geruch ein, während ich deine Brüste küsse und mit meiner Zunge hinunterfahre zu deinem Bauch. Du spreizt deine Beine weit, und deine glatten Schenkel kommen mir sehr vertraut vor, so oft habe ich sie schon betrachtet. Ich lecke mich weiter zu deiner Möse vor und koste von dir; du schmeckst intensiv und köstlich. Du stöhnst auf, als meine Zunge deine Schamlippen umspielt, sich zwischen ihnen hindurchzwängt zum Eingang deiner Liebesspalte und dann hinaufwandert zu deiner Klitoris. Als ich sie mit Nachdruck lecke, reagierst du heftiger als mit einem Stöhnen. Du hebst deine Hüften, drängst dich mir entgegen, reibst deine Möse an meinem Gesicht und umfasst bebend meinen Kopf. Ich lecke dich gierig weiter, und jede Kostprobe steigert meinen Appetit. Meine Hände wandern hinauf zu deinen Brüsten, und ich streichele mit den Handflächen deine harten Nippel. Du bäumst dich auf und drängst dich mir mit aller Kraft entgegen. Ich lege noch einen Gang zu, dein krauses kurzes Schamhaar kitzelt meine Nase. Ich drücke meine Zunge noch fester in dich hinein und lecke dich noch tiefer, woraufhin deinen geöffneten Lippen ein noch lauteres Stöhnen entweicht.

»Fick mich«, forderst du mich auf.

Ich fahre mit meiner Zunge wieder hinauf zu deinem

Mund, küsse dich und spüre deine eigene gierige Zunge von dir selber kosten. Du drückst deinen Rücken durch, drängst dich mir entgegen und bedeutest meinem Schwanz, dich zu beglücken. Du führst ihn mit der Hand an deine Möse und schiebst ihn sanft zwischen deine Schamlippen. Ich dringe in dich ein und spüre, wie sich dein Körper anspannt, als deine enge Höhle meinen Schwanz aufnimmt und fest umschließt. Ich registriere, wie nass du bist, wie laut du stöhnst und wie tief sich deine Finger in meinen Pobacken vergraben. Du ziehst mich fest an dich und flüsterst mir ins Ohr: »Du fühlst dich gut an«, während die harten Spitzen deiner Nippel gegen meine Brust drücken.

Ich beginne dich zu ficken, erst ganz langsam, dann im gleichen Rhythmus, in dem du mir deinen Unterleib entgegenstößt. Obwohl sie für mich Neuland ist, fühlt sich deine Möse merkwürdig vertraut an und irgendwie beinahe unangenehm eng. Es fühlt sich an, als ob du all deine Muskeln anspannst und darauf aus wärst, mich noch enger zu umschließen und meinen Schwanz mit maximalem Druck zu melken. Ich erhöhe das Tempo, und deine Hüftstöße werden ebenfalls schneller und bewegen sich im Gleichklang mit mir, während ich dir ins Ohr keuche. Zunächst sind deine Stöße gleichmäßig und verraten mir, dass du einfach nur vögeln, aber noch nicht kommen willst. Ich achte auch gar nicht so sehr darauf, weil es sich einfach so verdammt gut anfühlt, in dir hin- und herzugleiten. Doch dann wird dein Wimmern leiser, die Stöße deiner Hüften nachdrücklicher, du presst dich noch enger an mich, und dein flüsternd gestöhntes »Fick mich! Fick mich!« klingt zunehmend drängender. Du bist kurz davor. Ich spüre deinen Venushügel, lasse meine Hüften in langsamen Mahlbewegungen kreisen und drücke sie gegen die Seiten deiner Möse. Daraufhin entweicht deinem geöffneten Mund ein langes, tiefes Stöhnen, dein Atem haucht mir warm und feucht ans Ohr, und du reibst deinen Oberkörper an mir. Deine Brüste sind hinreißend, und ich beuge mich herab und sauge an ihnen, während ich dich ficke. In diesem Moment keuchst du, verkrallst dich in meinem Haar und flehst mich an weiterzumachen.

Du bist jetzt kurz davor zu kommen, sehr kurz davor. Ich hatte ja keine Ahnung, dass deine Nippel so empfindlich sind; zu fühlen, wie du dich unter mir windest, während ich sie lecke, lässt in mir eine Flut von Erinnerungen aufsteigen – Erinnerungen an dich, in engen T-Shirts, dünnen Unterhemden und ohne BH auf dem Weg zum Badezimmer. Und dann wird mir schlagartig bewusst, dass ich in dir bin, dass ich genau die Möse ficke, die ich so angehimmelt habe, zwischen den Schenkeln hin- und hergleite, von denen ich mir so lange gewünscht habe, dass sie sich für mich spreizen. Und ich realisiere, dass meine Hände genau die festen Pobacken umfassen, die sich mir so oft in engen Shorts entgegengestreckt haben und die ich durch die Schlitze meiner fast geschlossenen Augen im Slip bewundert habe. Ich packe deinen Hintern fester und stoße noch heftiger zu. Einer deiner Nippel steckt in meinem Mund, und ich sauge, was das Zeug hält, als du aufhörst, mich flehend zu bitten weiterzumachen, sondern dazu übergehst, mich schreiend zu drängen.

Und dann passiert es. Wie von selbst, wie im Kino. Mein Schwanz pocht, und im gleichen Moment spüre ich, wie sich die Muskeln deiner Möse zusammenziehen, und dann folgt dieser eingefrorene Moment der Stille, bevor du aufschreist und ich in dir explodiere und wir gleichzeitig kommen und unsere Orgasmen miteinander verschmelzen.

Als wir erschöpft und keuchend erlahmen, löst sich alle Erregung und Anspannung schlagartig auf, und ich streichele dir durchs Haar und atme deinen Geruch ein.

»Sie wird wirklich stinksauer sein«, sagst du.

»Scheiß drauf!«, entgegne ich und mache mich erneut daran, deine Brüste zu küssen.

Es ist nach Mitternacht, als ich die Tür deines Zimmers öffne, nackt, von den langen Stunden des Fickens noch ganz trunken, und mein Schwanz getränkt mit den Säften deiner Möse.

Sie ist da. Sie hockt im Wohnzimmer auf der Couch und starrt mich mit wutverzerrtem Gesicht an. Sie trägt ihr knappes schwarzes Kleid, ihre hochhackigen Schuhe und hat die Arme vor der Brust verschränkt.

Sie sagt kein Wort, starrt mich nur an.

Ich starre lange wortlos zurück, dann seufze ich betrübt und schüttele den Kopf.

Sie sieht weg.

Ich glaube, es ist wieder die Zeit für einen Couchgast gekommen, denke ich. *Aber diesmal nicht für mich.*

Ich schließe die Tür und komme zurück ins Bett.

Geburtstagskönigin

Du hattest uns vier eingeladen, dich an deinem Geburtstag in eines der teuersten Restaurants der Stadt auszuführen. Es war wirklich ein kluger Schachzug von dir, selber den Rahmen zu bestimmen, deine eigene Party auszurichten und für nichts bezahlen zu müssen. Einige Leute hätten es vielleicht für etwas dreist gehalten, aber ich hatte wirklich keine Einwände, zumal ich schon immer einmal das Innere dieser kuppelartigen Trattoria kennen lernen wollte. Doch je weiter der Abend fortschritt, desto mehr schwand meine Begeisterung für deine Idee.

Wir beide kennen uns schon lange, seit der High School. Vielleicht ist das der Grund, weshalb ich schon immer ein bisschen nachsichtig mit dir gewesen bin. Ich kenne deine Vergangenheit, weiß alles über dich. Ich kenne deine Geheimnisse und deine besten und deine schlechtesten Seiten. Normalerweise gleichen sich diese Seiten aus. Doch heute Abend erscheint es mir, als hättest du dich definitiv dazu entschieden, die Geburtstagskönigin zu spielen und hättest uns nur die Rolle deiner ergebensten Diener zugedacht. Du hast den teuersten Champagner der Karte bestellt und ein Glas nach dem anderen heruntergekippt, während wir anderen dir dabei in einer Art sprachloser Ehrfurcht zusahen. Nun gut, dies ist Teil deines Charmes. Du nimmst nie ein Blatt vor den Mund, was vielleicht mit deinem Beruf zu tun. Als Anwältin brauchst du ein ausgeprägtes Selbstbewusstsein, aber betrunken ... erreichten deine Anmaßungen albtraumhafte Qualitäten. Mit deinen hochgesteckten Locken und deinen glänzenden blauen Augen sahst du aus wie einer der Engel auf dem Gemälde hinter dir an der Wand. Doch deine Zunge war einzig und allein vom Teufel beeinflusst, denn du riebst jedem von uns ohne Unterlass unsere jeweiligen Schwächen unter die Nase.

Die anderen drei tranken auch, wenn auch nicht so schnell wie du, und ließen deine Lästerei dementsprechend mit etwas abgestumpfter Empfindsamkeit über sich ergehen. Ich als Fahrer hingegen hatte deine Schimpfkanonade stocknüchtern zu ertragen. Der Abend war lang und unerfreulich. Als er endlich vorbei war, fuhr ich meine Freunde nach Hause und nahm dich, gut verschnürt und bewusstlos, mit zu mir.

Am nächsten Morgen fandst du dich in meinem Bett wieder. Gefesselt an meine Bettpfosten. Deine verschlafenen Augen müssen entsetzt gewesen sein, als du sie um halb elf aufschlugst. Du lagst auf dem Bauch auf meinem Satinlaken und warst völlig nackt. Als ich das Zimmer betrat, hast du auf dem Kissen vorsichtig den Kopf umgewendet.

»Was ...?«, brachtest du hervor, spanntest die Armmuskeln an und versuchtest sie von den Fesseln zu befreien. Doch das würde dir nicht gelingen. Was Knoten angeht, bin ich ziemlich geschickt.

»Dein Geburtstag ist vorbei, Baby«, säuselte ich mit zuckersüßer Stimme, »aber ich bin gestern gar nicht dazu gekommen, dir eine ordentliche Geburtstagstracht Prügel zu verpassen. Und eins kann ich dir sagen, ich hätte es wirklich gerne getan. Sehr gerne sogar ...« Ich grinste dich an, um dir zu erkennen zu geben, dass ich die Situation, obwohl ich es durchaus ernst meinte, mit großem Humor sah. »Ich hätte dich am liebsten direkt im City Restaurant übers Knie gelegt, dir deinen süßen Rock bis über die Hüften hochgeschoben und dir deinen hinreißenden Hintern versohlt. Und wenn du noch lange so weitergeredet hättest, hätte nicht mehr viel gefehlt, und ich hätte es definitiv getan.«

Du schlosst die Augen und öffnetest sie wieder. Offenbar wolltest du herausfinden, ob du träumtest oder einer alkoholbedingten Halluzination erlegen warst. Als dir klar war, dass du definitiv nicht träumtest, flüstertest du: »Das meinst du nicht im Ernst, oder?«

Ich zeigte dir das Paddel in meiner Hand und hielt es dir ganz nah vors Gesicht, damit du es dir genau ansehen konntest. Heute muss ich zugeben, dass ich nur auf die passende Gelegenheit gewartet und das Paddel extra dafür aufbewahrt hatte. Jetzt war die passende Gelegenheit gekommen. »Du hast dich gestern Abend benommen wie ein verzogenes Blag, und wir mussten auch noch die Rechnung bezahlen. Aber jetzt bist du an der Reihe zu zahlen, und zwar mit deiner Haut.«

Du schlucktest schwer und versuchtest einen süßen, liebenswerten Gesichtsausdruck aufzusetzen. Dann setztest du zum Sprechen an und sagtest hoffnungsvoll: »Also ehrlich, du machst wohl Witze. Du musst ...«

Du kannst mir nichts vormachen. Wir hatten es früher bereits kräftig miteinander getrieben. In Mexiko. Und an jenem Morgen am Strand von Santa Monica. Wir beide passen zueinander. Ich schob meine Hand in die Spalte zwischen deinen Beinen und stellte fest, dass du nass warst. Triefend nass, mein kleines Püppchen. Damit wusste ich, was ich wissen musste.

»Bist du bereit?«, fragte ich und eröffnete dir eine Rückzugsmöglichkeit. Wenn du geschrien oder verlangt hättest, dich sofort loszubinden, hätte ich es getan. Doch du protestiertest nicht. Ein süßer, angedeuteter Hauch von Schamesröte huschte über dein Gesicht, und du hast dein Kinn gesenkt und genickt.

»Dann sag es.«

»Ich bin bereit«, flüstertest du.

Daraufhin verpasste ich dir den ersten Schlag. Ich traf beide Pobacken, und auf deiner blassen Haut zeichnete sich ein roter Abdruck ab. Du warst von Kopf bis Fuß sonnengebräunt, aber an der Stelle saß sonst dein Badeanzug. Dir stockte der Atem, und deine Augen blitzten wild auf, weil du mit aller Kraft versuchtest, dich zu beherrschen. Du wusstest, dass du dich mit deiner lockeren Zunge bereits genug in die Bredouille gebracht hattest. Wenn du jetzt irgendwelche Taktlosigkeiten von dir geben würdest, würde ich dich möglicherweise etwas härter anpacken.

»Du bist achtundzwanzig geworden«, stellte ich nüchtern fest. »Das war der erste Schlag. Siebenundzwanzig stehen dir noch bevor.«

Jetzt wusstest du, dass ich es ernst meinte; du spanntest immer noch deine Armmuskeln an. Ich verpasste dir zwei weitere schnelle Schläge, auf jede Pobacke einen, damit du wusstest, dass es zur Sache ging. Ich machte keine Witze. Dann stellte ich ein Knie auf das Bett, setzte meine Tracht fort und ließ die Schläge erst auf deine linke, dann auf deine rechte Pobacke regnen und heizte dich auf die köstlichste, vorzüglichste Weise auf. Als ich auf deinen Wangen Tränen sah, hielt ich inne. Ich mochte deine Tränen. Du hast inzwischen fast demütig gemurmelt: »War ich gestern Abend wirklich so ein Miststück?«

»Denk nach!«, erwiderte ich. »Dann fällt dir alles wieder ein.«

Du schlosst die Augen, während ich dir die letzten Schläge verpasste, und atmetest heftig, als ich zum Ende kam.

»Achtundzwanzig«, sagte ich, stellte mich neben dich und legte eine Hand auf deinen Hintern, um zu tasten, wie warm er sich anfühlte. Du beantwortetest meine Berührung mit einem Seufzen, und ich ließ meine Finger erneut zwischen deinen Pobacken zu deiner Möse herunterfahren, die (wie ich es vermutet hatte) noch nasser triefte als vor meiner Züchtigung. Der klare Glanz deiner Lust zierte die Innenseiten deiner Oberschenkel.

»Ich war ... ich war gestern Abend furchtbar«, hast du gestanden und dir das Gesicht auf meinem Kissen getrocknet. »Stimmt's?«

»Unerträglich«, bestätigte ich, löste deine Fesseln und massierte deine Handgelenke und deine Fußknöchel. Du verharrtest in der gleichen Position mit angehobenem Hintern. »Die anderen waren ebenfalls betrunken. Sie dürften sich nicht an allzu viel erinnern. Aber du kennst mich schon ewig, Baby. Was du da erzählt hast ...«

Ich stellte mich hinter dich und hob das Paddel erneut. »Und noch einen, damit du auf den Geschmack kommst«, sagte ich. »Erinnerst du dich an deine Worte?«

Du nicktest und verharrtest entschlossen in deiner Position, diesmal ohne Fesseln und aus freien Stücken. Der letzte Schlag saß, und du schriest auf, so sehr brannte dein Hintern. Dann fasstest du dich, drehtest dich vorsichtig auf die Seite, sahst mich an und riebst dir mit einer Hand dein Gesäß.

»So bin ich schon lange nicht mehr bestraft worden«, sagtest du mit unterwürfigem, demütigem Blick.

»Zu lange«, stellte ich klar und wartete.

Du erhobst dich, kamst in meine Arme und umarmtest mich. »Ich habe dich vermisst.« Dein Haar streichelte sanft meine Wangen. Ich spürte meine Willenskraft dahinschmelzen. Dann umarmte ich dich ebenfalls, streichelte deinen Rücken und hob schließlich dein Kinn und küsste dich.

»Ich dich auch, Baby«, sagte ich sanft. »Ich dich auch.«

Tief gesunken und schmutzig

Jeder hat das Potenzial. Das möchte ich zu meiner bescheidenen – und vielleicht nicht ganz glaubwürdigen – Verteidigung sagen. Jeder hat das Potenzial, sich selbst auf nicht vorhersehbare Weise zu überraschen. Sie halten sich womöglich für einen guten Menschen. Von Grund auf ehrlich. Vielleicht leben Sie mit dieser fest in Ihrem Hirn verankerten Vorstellung. Sollten Sie jedoch in die richtige (oder falsche) Situation geraten, wären auch Sie im Stande, sich selbst zum Narren zu halten.

Glauben Sie mir. Ich weiß es. Denn genau das ist mir passiert. Ich hielt mich für einen guten, anständigen Menschen, dachte, dass ich zu den Typen gehöre, auf die man sich verlassen kann. Ehrlich und hart arbeitend. Ein Freund fürs Leben.

Und dann traf ich dich.

Eigentlich war es äußerst unwahrscheinlich, dass du mir gefallen würdest. Ich meine, wirklich gefallen. Oberflächlich hättest du es mir schon antun können. Du hättest es jedem angetan. Ich hätte mir auch den Wunsch zugestehen können, dich zu vögeln oder eine leidenschaftliche Nacht mit dir zu verbringen und mein Leben dann weiterzuleben. Wer käme bei deinem Anblick nicht auf solche Gedanken? Schließlich siehst du unglaublich gut aus, so gut, dass die Leute sich auf der Straße nach dir umsehen. Doch du spieltest nicht in der gleichen Liga wie ich. Das meinten jedenfalls meine Freunde. Du kamst nicht aus der Wirtschaft, hattest kein Verständnis für das Leben, das ich führte. Nein, du arbeitetest abends in einer angesagten Bar und maltest tagsüber beunruhigende Porträts.

Doch selbst wenn ich mir all das aus dem Kopf geschlagen hätte – ich war vergeben, war in festen Händen.

Und trotzdem fiel ich. Fiel hart und schnell und tief und schmutzig. Fiel mit dir auf den Rücksitz meines Autos, fiel auf den Boden deiner Wohnung. Fiel so tief, dass ich nicht mehr aufsehen konnte. Und ich muss sagen, es gefiel mir. Es gefiel mir sogar verdammt gut. Wenn man es gewohnt ist, immer etepetete zu sein – immer wohl erzogen und freundlich und jedes Mal zuvorkommend »bitte« und »danke« zu sagen, dann weiß man nicht, was es heißt, verkommen zu sein.

Aber wem sage ich das.

Du weißt, was es heißt, schmutzig und verkommen zu sein. Du weißt alles darüber.

Und ich jetzt auch. Und was soll ich jetzt verdammt noch mal tun?

In meinem Kopf ertönt ein silberhelles Klingeln, und ich schließe die Augen. Das Klingeln hört sofort auf, und anstelle der Glöckchen höre ich deine rauchige Stimme. »Ja?«

»Hi«, bringe ich mit bebender Stimme hervor. »Hast du viel zu tun?«

»Nein, Baby, was gibt's?«

Ich zögere, lege meinen Finger neben den »Verbindung trennen«-Knopf und frage mich: *»Was tue ich? Was, zum Teufel, ist bloß in mich gefahren?«*

»Nichts Besonderes«, lüge ich. »Wollte nur ein bisschen mit dir reden.«

»Wie kommst du mit deiner Wie-heißt-sie-noch-mal klar?«

»Gut.« Ich muss schlucken. »Na ja, sagen wir mal, es ist okay.«

»Klingt super, Baby«, entgegnest du, und in deiner Stimme schwingt eine gehörige Portion Sarkasmus mit. Ich höre, wie du ein Streichholz anreißt und dir eine Zigarette anzündest und stelle mir vor, dir gegenüber in deinem dunklen Studio zu sitzen und dich zu beobachten, wie du Rauchkringel an die rot angestrahlte Decke bläst. Ich stelle mir vor …

Du ziehst an deiner Zigarette und fragst: »Wenn alles gut ist – warum rufst du mich dann an?«

Peinliches Schweigen an meinem Ende der Leitung. In meinem Kopf zischt es: *»Gar nichts ist gut. Alles läuft falsch. Alles …«*

»Ist ja auch egal«, schnurrst du in die versteinerte Stille. Deine Stimme klingt tröstend weich, doch zugleich insistierend. »Was hast du auf dem Herzen?«

Dein Studio befindet sich in Hollywood, und die Neonreklame von dem Klub unter deinem Apartment fällt in deine Räume. Wenn du nackt auf dem Boden liegst, flackert das rote Neonlicht über deinen Körper und wirft einen hellen Schein auf deine blasse Haut. Ich mag es, dir gegenüber zu stehen und dich zu beobachten. Ich mag es, dich zu beobachten, wenn du dich berührst. Das ist sogar mein Lieblingspart. Zuzusehen, wie du dich antörnst, das Vorspiel sozusagen. Darüber geht gar nichts. Zuzusehen, wie deine Finger immer nasser werden, während sie deine Klitoris massieren. Damit kennst du dich bestens aus. Und wie du dich auskennst! Du weißt genau, wie du deine Perle zwischen Daumen und Zeigefinger nehmen musst. Oder sie ganz behutsam mit vier Fingern auf einmal zu streifen und mit einem Stöhnen die Hüften von dem gestrichenen Betonboden zu heben.

Ich sehe dir zu, so lange ich es irgend aushalten kann, und dann ersetze ich deine Finger durch meinen Mund – presse meine gierigen, hungrigen Lippen auf dich. Auf deine Möse.

»Komm schon! Spuck es aus!«

Und genau das würde ich jetzt am liebsten tun. Alles ausspucken. Über dir stehen, die Hand an meinem Schwanz und mir so schnell wie ein ratternder Kolben einen runterholen, während du weiter deine empfindlichste Stelle massierst, bis wir beide gleichzeitig kommen. Es sich Seite an Seite zu besorgen, hat für mich diesen schmutzigen, verkommenen Beigeschmack, den ich brauche. Das Sich-gegenseitig-Beobachten.

»Nun sag schon!«, drängst du mich, und schließlich finde ich meine Stimme wieder.

»Wir haben eine stabile Beziehung«, sage ich. »Das meint zumindest sie.« Oh, zum Teufel, was bin ich für ein mieser Schuft! Ich habe mich zu der Art Mann entpuppt, vor dem Mütter ihrer Töchter warnen. »Aber wenn wir im Bett sind …«

»… und ficken«, wirfst du ein.

»Wenn wir im Bett sind …«, wiederhole ich, denn sie und ich ficken nicht.

»Denkst du an mich?«

»Nur so kriege ich …«

»… einen hoch.« Eine Feststellung. Keine Frage.

»Genau.«

»Was tue ich? Was stellst du dir vor?«

Ich muss schwer schlucken. Wie soll ich etwas aussprechen, an das ich nicht einmal denken kann, ohne mich zu schämen? »Meine Freundin und ich – wir machen es im Dunkeln, alle Lichter müssen ausgeschaltet sein. Vorher putzt sie sich die Zähne … und danach rennt sie sofort ins Bad und duscht. Sie kann gar nicht schnell genug unter die Dusche kommen. Sie ist so verdammt sauber.« Ich sage das, als ob es sich um ein schlimmes Schimpfwort handelte. *Sauber*.

»Und du brauchst es heftig, grob und schmutzig. Du willst das Licht an haben, damit du die Spuren siehst. Und du dachtest, es würde auf dich abfärben, wenn du mit einem ordentlichen Mädchen zusammen bist, nicht wahr?«

Ich nicke. Können Sie sich das vorstellen? Genau das hatte ich geglaubt. Aber es hat nicht funktioniert. Anstatt sauber und gesittet zu werden, beschmutze ich meine Freundin allein schon dadurch, dass ich mit ihr zusammen bin. Ich brandmarke sie mit meinen schmutzigen Gelüsten, mit der Unreinheit meines Verlangens.

»Du lechzt mal wieder nach einem richtig unanständigen Mädchen, habe ich Recht?«, fragst du. Deine Stimme hallt in meinem Kopf wider, geht mir direkt ins Blut und trifft mich ins Herz. »Du willst alles, was damit einhergeht. Die langen Nächte. Die Klubszene. Das Gefühl, nass und mit dem Duft von Sex auf der Haut einzuschlafen. Ans Duschen danach keinen Gedanken zu verschwenden. Nicht einmal am nächsten Morgen. Dich noch beim Kaffeeholen an dem Duft zu erfreuen. In einem Café an einer Theke anzustehen und auf den Espresso zu warten und zu wissen, dass du nach Sex riechst.«

Ich bin hart. Allein durch die Art, wie du redest. Und weil ich daran denken muss, wie gut wir zusammengepasst haben. Weil mir die schmutzigen Spielchen in den Sinn kommen, an denen wir uns erfreut haben. Ich weiß, warum wir uns getrennt haben. Ich weiß es ganz genau. Doch jetzt denke ich daran, wie wir zusammen in eine Bar gegangen sind und du sichergestellt hast, dass ich dich am Ende des Abends mindestens einen anderen Mann habe küssen sehen. Oder sogar mehrere andere Männer. Wie du dafür gesorgt hast, dass ich danach gierte, dich auf der Stelle zu ficken, wenn wir nach Hause kamen. Oder schon bevor wir zu Hause ankamen. An die Seite meines Lasters gepresst. Oder hinter einem Restaurant, mit einer Mülltonne im Rücken. Dein Körper war alles, was ich brauchte. Etwas anderes interessierte mich nicht. Egal wo wir waren.

Weißt du, ich dachte, mit einer anderen wäre es einfacher. Was für eine schwachsinnige Vorstellung! Ich hatte geglaubt, dass mein Hirn dann nicht mehr so gelähmt wäre und ich die ganze verdammte Zeit immer nur an das Eine denken würde. Dass es mir nicht viel ausmachen würde, nicht mehr mit dir zusammen zu sein. Und ich mir nicht mehr ständig den Kopf darüber zerbrechen müsste, wo du dich gerade herumtriebst oder was du gerade machtest.

»Du willst mich«, sagst du.

Es macht mich so verdammt hart, wenn ich deine Stimme höre. Meine ganz private 0190-Nummer. Meine eigene schmutzige Droge. Ich will, dass du dich auf den Boden legst und zu mir aufsiehst. Auf deinen kalten Betonboden. Ich will die halb fertigen Gemälde an den Wänden. Die, die mit dem Gesicht zur Wand gedreht sind, weil du dich gerade über sie ärgerst. Ich will die überquellenden Aschenbecher und die teure Flasche Wodka im Gefrierfach. Ich will das Gefühl, sicher zu sein, dass sich in deinem Kühlschrank nichts Gutes für mich befindet. Nichts auch nur annähernd Gesundes. Aber dass ich die Tür öffnen könnte und mir jede Menge dekadente Speisen ins Auge springen würden, auf die ich sofort Heißhunger bekäme. Leckere dunkle Pralinen. Überreste chinesischen Essens von unserer nächtlichen Schlemmerei.

Aber in Wirklichkeit will ich nur dich. Will, dass du mich nur mit deiner tief geschnittenen Jeans und einem knappen Tank-Top bekleidet von der Tür aus ansiehst. Mich ansiehst und genau weißt, was ich von dir will. Und dann möchte ich deinen Platz unten auf dem Boden einnehmen, und du sollst an der Wand lehnen und mir zusehen. Wenn ich kurz davor bin zu explodieren, will ich den Absatz deines Stilettos auf meiner Schulter spüren. Er soll mich runterdrücken, und ich will vom Neonlicht geblendet werden.

»Wenn du dich *wirklich* gut benimmst, blase ich dir vielleicht einen. Das ist es doch, was du willst, nicht wahr? Genau das brauchst du. Ich lutsche dir einen, dass dir Hören und Sehen vergeht. Du weiß ja, wie ich es liebe zu schlucken.«

Meine Freundin mag das gar nicht. Ich darf nicht einmal das Wort »Oralsex« in den Mund nehmen, dann verzieht sie schon das Gesicht. Bei dir hingegen – mein Gott, dein Mund …

»Ist das okay, Baby?«, fragst du. »Du erinnerst dich doch.«

Ich nicke, doch du kannst mich nicht sehen. Ich rolle auf die Seite und starre mich im Spiegel unserer Kleiderschranktür an. Ich sehe jemanden, der nicht ganz da ist; ich sehe ihn verschwommen, und er verbleicht immer mehr, bis er ganz verschwindet.

»Ich will wiederhaben, was wir hatten«, bringe ich hervor.

»Es gibt kein Zurück«, entgegnest du selbstgefällig.

Ich höre den Schlüssel meiner neuen Freundin in der Wohnungstür. Sie schließt auf, und während sie mich zurück in die Realität holt, treibt sie mich weiter von dir weg. Ich sage leise: »Bitte, ich muss dich sehen«, doch die Verbindung ist tot, und du bist weg. Sie geht über den Flur und steuert unser Schlafzimmer an.

Ich lege auf und sehe aus dem Fenster.

Ich sehe, wie sich der Türknauf dreht.

Doch ich bin nicht mehr da.

Nach französischer Art geschnitten

Du trägst nie reizvolle Dessous. Nicht dass du irgendetwas dagegen hättest, du trägst einfach keine. Deine Unterwäsche ist vor allem praktisch: baumwollene Unterhosen, Sport-BHs oder hin und wieder ein Paar Boxershorts. Ich habe noch nie etwas aus Spitze deinen wunderschönen schlanken Körper zieren sehen, noch nie einen Wonderbra diese festen Brüste umschmeicheln sehen oder deine Pussy in einem französisch geschnittenen Slip bewundern können, wenn wir uns ausziehen, um uns bettfertig zu machen oder uns zu lieben. Im Grunde begegnest du allem ausgeprägt Weiblichen mit Unbehagen, doch deine reizvolle Androgynie kommt vor allem in der Kleiderfrage deutlich zum Ausdruck. Du schläfst in meinen abgetragenen Batik-T-Shirts, die dir bei deiner kleinen Statur bis fast an die Knie reichen, und ich bin nicht einmal sicher, ob du mit dem Wort »Seidenstrümpfe« oder »Strapse« überhaupt irgendetwas anfangen kannst.

Es macht natürlich alles Sinn. Du bist ein naturbewusstes Mädchen. Kein Fleisch, nur Tofu, Gemüse und allenfalls ganz selten mal eine Scheibe Lachs. Keine Drogen, höchstens mal ein paar Züge von einem Joint, wenn du gerade mitten in deiner einmal jährlich aufkommenden Partyphase bist. Kein Kaffee, nur Kräutertee, den du, ganz selten, wenn du dich mal richtig schlecht fühlst, mit einem Klacks Honig süßt. Keine Schokolade, allenfalls ein paar Johannisbrotschnipsel mit Nüssen und Beeren, und jede Hand voll dieses Studentenfutters genussvoll ausgekostet. Reizvolle Dessous zu tragen, wäre für dich in etwa so ungewöhnlich wie es für eine französische Hure völlig abnormal wäre, Odwalla zu trinken und eine Hand voll Chlorophyll-Superenergiebringer-Tabletten einzuwerfen.

Deshalb bin ich völlig perplex, als ich den weißen Spitzentanga erblicke, der über dem Bund deiner Wandershorts hervorlugt. Ich kann die Augen nicht mehr von ihm wenden, während ich mich bemühe, auf dem schwierigen Pfad mit dir Schritt zu halten. Anfangs will ich es dir sagen, will mich von hinten an dich heranpirschen und dir ins Ohr flüstern, dass ich es registriert habe. Doch ich denke daran, wie du mir am Beginn unserer Wanderung einen Vortrag über das Tragen von praktischer Unterwäsche gehalten und deinen Gürtel extra eng geschnallt hast, damit er bloß nicht über deine Hüften rutscht. Ich weiß, dass es einen Grund dafür geben muss, dass du deine Grundregel gebrochen hast, und irgendetwas sagt mir, dass ich diesen Grund schon noch herausfinden werde.

Wir nähern uns jetzt dem Gipfel, jenem abgelegenen Fleckchen, von dem aus sich das Golden Gate, wie du mir erzählt hast, unter einem ausbreitet wie ein impressionistisches Tableau. Ich folge dir, und in meiner Hose kribbelt mein Schwanz und gibt mir zu verstehen, dass er im Begriff ist, sich aufzurichten, und unbedingt zum Leben erweckt werden will, während meine Augen wie gebannt deinen französisch geschnittenen Spitzentanga fixieren.

Es passiert schließlich, als du anhältst und dich bückst, um einen Pinienzapfen aufzuheben.

»Guck mal«, sagst du. »Er ist rundum perfekt.« Du erfreust dich wie ein Kind an dem Pinienzapfen – sie sind die Samen der Nadelbäume, wobei ihre Fortpflanzungsfähigkeit normalerweise nicht eine solche Wirkung auf mich hat. Doch in diesem Augenblick bringt der Zapfen meinen Schwanz dazu, schnell und spürbar anzuschwellen und hart zu werden, sodass ich mein Gewicht verlagern und meine Jockey-Unterhose zurechtrücken muss.

Denn als du dich bückst, erhasche ich einen Blick unter dein Top – und sehe tief in deinem Ausschnitt die Spur von Spitze, einen tief ausgeschnittenen BH, der deine hinreißenden Brüste hält.

»Zwickt dich irgendetwas?«, fragst du mich lächelnd und siehst zu mir auf. Du stehst immer noch vornübergebeugt da und liebkost den phallischen Zapfen in einer anzüglichen Geste.

»Überhaupt nicht«, erwidere ich.

»Zu schade aber auch«, entgegnest du, wirfst den Zapfen neben den Pfad und sprintest übertrieben los, wobei deine Hüften heftiger hin- und herwippen, als es ein Wander-Guide durchgehen lassen würde.

Schon ziemlich außer Atem, jogge ich hinter dir her.

Wir erreichen die Felsen schweißgebadet, und dein Tank-Top ist so durchgeschwitzt, dass ich die Träger deines BHs durchschimmern sehe, als du deinen Rucksack von den Schultern streifst, was mich nur noch mehr erregt. Ich folge dir das letzte Wegstück hinaus auf das Plateau aus Felsen und Sand, das nur spärlich mit etwas Gestrüpp bewachsen ist.

»Ist es nicht großartig?«, fragst du und beschreibst mit der Hand einen weiten Bogen über die sich zu unseren Füßen präsentierende Brücke, den Ozean und die Bucht. Du bückst dich und durchstöberst deinen Rucksack; dabei schiebt sich der Tanga noch höher, und deine Wander-Shorts rutschen noch weiter herunter, sodass ich die Kurven deines Hinterns erkennen kann.

»Großartig«, bestätige ich.

Du nimmst die Picknickdecke heraus und breitest sie auf dem trockenen braunen Gras aus. Dann kramst du zwei Plastikweinbecher hervor, platzierst die zum Schutz vor der Hitze in ein Tuch gehüllte Lunchbox auf den Rand der Decke und streckst dich in der noch tief stehenden Morgensonne aus.

»Es ist furchtbar heiß«, seufzt du. »Findest du nicht auch?«

»Brütend heiß«, bestätige ich und geselle mich zu dir.

»Es gibt nur eine Möglichkeit, sich ein bisschen abzukühlen«, stellst du klar und langst nach deiner Gürtelschnalle.

Ich halte inne und sehe zu, wie du den Gürtel öffnest und dir die Shorts über deine glatten, sonnengebräunten Beine streifst. Der knappe Tanga, den du trägst, sitzt so tief, dass der obere Rand deines blonden Schamhaars herauslugt. Vorne auf dem winzigen Stoffdreieck prangt ein von Spitze gesäumtes pinkes Herz.

Du entledigst dich deiner Wanderschuhe, streifst dir die Socken von den Füßen und greifst nach deinem schweißnassen Top, um es dir auszuziehen. Als du es dir über den Kopf ziehst, sehe ich, dass dein BH zu dem Tanga passt, ein ausgesprochen femininer Push-up, der deine kleinen Brüste zwei Körbchengrößen üppiger erscheinen lässt. Die Körbchen sind so tief ausgeschnitten, dass sie gerade noch deine Nippel bedecken, die ganz hart geworden sind und sich unter dem transparenten Hauch von Spitze deutlich abzeichnen. Die Körbchen werden von zwei pinken Herzen geziert, die perfekt zu dem Herz auf deiner Möse passen.

»Ich mag es, mich in der Natur auszuziehen«, erklärst du lächelnd, als du siehst, wie ich deinen in Spitzendessous gehüllten Körper mit meinen Augen verzehre. »Geht es dir nicht auch so?«

Ich verstehe den Wink, entledige mich meines Rucksacks, ziehe mir mein verschwitztes T-Shirt aus, streife mir die Wanderschuhe von den Füßen und ziehe mir meine Wander-Shorts und meine Unterhose auf einmal herunter. Deine Augen fixieren meinen steifen Schwanz, der leicht geneigt auf dich zeigt – wie ein lockender Finger, der dich verführen will, zu mir zu kommen.

Doch mir ist klar, dass ich derjenige bin, der zu dir kommt. Du liegst ausgestreckt auf der Decke, räkelst dich genüsslich und rollst dich von einer Seite auf die andere, sodass ich abwechselnd den superschmalen, zwischen deinen Pobacken hin- und hergleitenden Stoffstreifen und den winzig kleinen herzverzierten Fetzen Spitze bewundern kann, der deine Möse ziert. Du lächelst mich kokett an.

»Als du gestern dein Nickerchen gehalten hast, war ich shoppen«, sagst du. »Ich weiß auch nicht, was mich da überkommen hat.«

Ich geselle mich zu dir auf die Decke, küsse dich auf den Mund und spüre, wie sich deine Zunge drängend einen Weg zwischen meinen Lippen hindurch bahnt. Meine Hände finden deine Nippel, spüren, wie sie unter meiner Berührung noch härter werden. Zu fühlen, wie sie durch den hauchdünnen Stoff dieses extrem femininen Spitzenfummels drücken, erregt mich mehr, als ich gedacht hätte. Deine Finger legen sich um meinen harten Schwanz, und du setzt mit einem Lächeln zum Sprechen an.

»Ich bin hungrig«, flüsterst du. »Hast du auch Hunger?«

»Ich sterbe vor Hunger«, knurre ich.

»Gut«, entgegnest du und rollst dich auf die Seite von mir weg. Ich lange nach dir und betaste deinen Hintern. Der ungewohnte Anblick deines Spitzentangas auf deiner sonnengebräunten Haut fasziniert mich.

Du öffnest den Reißverschluss der Lunchbox und nimmst ein kleines Plastiktütchen heraus, das mit einer Kondensschicht überzogen ist. Dann rollst dich wieder zu mir herum, drehst mich auf den Rücken und hockst dich auf mich.

»Sag aaaaaah!«, forderst du mich auf. »Und schließ deine Augen!«

Ich schließe sie und öffne den Mund. Der eiskalte Happen, den ich im nächsten Moment zwischen den Zähnen spüre, lässt mich erschaudern. Ich beiße zu und schmecke Zartbitterschokolade, die du dir eigentlich nie erlaubst, sowie den Geschmack von Erdbeeren.

»Oh!«, murmele ich mit vollem Mund.

»Psst«, weist du mich zurecht. »Nur probieren! Und lass die Augen zu!«

Ich lasse mir die Köstlichkeit auf der Zunge zergehen und genieße den reifen, anregenden Geschmack. Ich höre dich kauen, und dann küsst du mich; deine Lippen schmecken nach Schokolade und Erdbeeren. »Nicht die Augen aufmachen!«, befiehlst du lachend.

Ich spüre dich erneut in die Lunchbox langen. Dann schiebst du mir etwas kaltes, kleines Rundes in den Mund, und als ich zubeiße, schmecke ich den unglaublich leckeren Saft einer gezuckerten Kirsche. Du gibst mir einen leidenschaftlichen Zungenkuss und schleckst in meinem Mund an der zuckersüßen Leckerei.

»Und jetzt noch eine letzte Überraschung«, sagst du. »Richte dich ein bisschen auf und halte die Augen schön geschlossen!«

Ich höre, wie ein Schraubverschluss geöffnet und mit einem leisen Gurgeln eine Flüssigkeit eingeschenkt wird. Du hältst mir den Rand des Plastikweinbechers an den Mund, legst mir deine freie Hand auf den Hinterkopf und hilfst mir beim Trinken. Mein Mund füllt sich mit Rotwein, der mir warm auf die Brust tropft, und im gleichen Moment erkenne ich den aromatischen Geschmack – Merlot.

»Wie ungeschickt!«, sagst du, beugst dich zu mir runter und leckst mir den vergossenen Wein von der Brust. Deine Zunge verharrt auf mir und wandert hinauf zu meinem Hals und weiter zu meinem Mund. Dann küsst du mich. Du schmeckst nach süßer Schokolade, Früchten und Wein. Du nimmst selber einen Schluck und kuschelst dich auf mich, wobei der weiche Stoff deines Spitzen-BHs mein Gesicht streichelt und sich von dem Rotweinrest, der mir noch auf den Lippen haftet, dunkel verfärbt.

»Ich hätte auch eine Zigarre mitgebracht«, sagst du. »Aber ich glaube, das wäre dann doch zu viel des Guten gewesen.«

Ich bin überwältigt; ich muss dich haben. Mein Mund findet durch die Spitze hindurch deinen Nippel, beißt neckisch zu und saugt an ihm. Du keuchst leise, als ich mit der Zunge gekonnt den Stoff herunterschiebe und deine glatte aufgerichtete Knospe freilege. Dann umfasse ich deinen Hintern und bringe dich zum Aufstöhnen, indem ich den schmalen Streifen Spitze, der deinen Schritt bedeckt, zur Seite schiebe.

»Wenn ich gewusst hätte, dass Schokolade und Wein eine derartige Wirkung auf dich haben«, seufzt du, während ich dich auf meinem Schwanz positioniere, »hätte ich dir diese Mischung schon vor Monaten verabreicht.«

Dann redest du nicht mehr, sondern stöhnst nur noch, als

sich die Spitze meines Schwanzes ihren Weg zwischen deine Schamlippen bahnt und du dich voller Begierde auf mich hinabgleiten lässt und mein Schwanz deine Möse ausfüllt, während mein Mund deinen Nippel liebkost. Die Spitze deines BHs umschmeichelt auf eigenartige, erotische Weise meine Wange – doch das ist nicht der Grund, weshalb ich dich will, und es ist auch nicht die Schokolade oder der Wein, was mich so betört. Es ist das Gefühl, wie deine Möse meinen Schwanz umschlingt, und die Begierde, mit der du dich ihm entgegendrängst, damit er tief in dich eindringt.

Als ich deine Pobacken umfasse und dich auf den Rücken rolle, kippt der Weinbecher um und hinterlässt auf der Decke einen dunklen Fleck. Doch wir halten nicht inne, nicht einmal, als auch noch die Flasche umkippt und der Merlot unter dir eine Lache bildet. Deine Beine heben sich wie von allein auf meine Schultern, ich dringe noch tiefer in dich ein, lange nach der umgekippten Flasche und leere sie auf deinen Brüsten.

»Mein neuer BH«, keuchst du, nur für einen ganz kurzen Moment fähig, deine Sorge vorzutäuschen, denn im nächsten Moment erreicht mein Schwanz deine tiefste Stelle, und du drängst dich mir mit weit geöffneten Schamlippen entgegen. Ich lecke Rotwein von deinen Brüsten, während du mich eng umklammerst, deine Hände wild durch mein Haar fahren und unsere Körper bei jedem begierigen Stoß aneinander klatschen. Als du kurz davor bist zu kommen, habe ich inzwischen nach dem Plastiktütchen gelangt und eine weitere Praline herausgefischt.

»Mach den Mund auf und sag aaah!«, fordere ich dich auf und öffne deine Lippen gerade weit genug mit dem Daumen, um die köstliche Praline auf deine Zunge gleiten lassen zu können. Du beißt nicht ab, sondern nimmst sie ganz entgegen und genießt sie mit geschlossenen Augen. Ich werde wohl nie erfahren, ob du tatsächlich genau in dem Moment kommst, in dem du die Schokolade schmeckst, denn du bist eine der Frauen, die so heftig und so lange kommen, dass es schlichtweg unmöglich ist, den Zeitpunkt deines Orgasmus genau zu bestimmen. Doch dein sich windender Körper und dein durchgedrückter Rücken verraten mir, dass es so weit ist. Ich stoße härter zu, während du kaust und die Praline mit einem schweren und genussvollen Stöhnen herunterschluckst.

Dann schließe ich meine Augen fest. Ich bin kurz davor, in dir zu explodieren. Eigentlich hätte ich es mir ja denken können – doch ich habe alles um mich herum vergessen.

Irgendwie hast du es geschafft, ohne auch nur eine Sekunde unseres Liebesspiels zu versäumen und ohne die geringste Beeinträchtigung deiner eigenen Wonne, nach dem Plastiktütchen zu langen und ihm eine Zitronencremepraline zu entnehmen, wobei dir beim Öffnen sämtliche Pralinen herausgefallen sind und sich auf deinem Bauch verstreut haben. Deine Finger stopfen mir eine Praline in den Mund, und ich schmecke sie im gleichen Moment, in dem ich komme, und mein Orgasmus und der süße Geschmack verschmelzen miteinander, während ich tief in dich hineinstoße und spüre, wie ich im Inneren deines Körpers von dir umklammert werde.

Als du deine Beine von meinen Schultern nimmst und ich deine warmen Schenkel an meinen Seiten spüre, lege ich mich auf dich und spüre die zermatschten Pralinen zwischen uns, deren köstlicher Brei unsere Körper bedeckt.

Ich lecke dir die Schokolade von den Brüsten und verspüre nur den Hauch eines Bedauerns, als ich deinen ruinierten BH sehe. Du öffnest ihn, entwindest dich ihm, langst an dir herunter, streifst deinen Tanga ab und siehst ihn missbilligend an, denn die Schokolade und der Wein sind an dir heruntergelaufen und haben das pinke Herz mit den Spuren unserer Lasterhaftigkeit befleckt.

Dann wirfst du deine neuen Dessous ins Unterholz, wo sie irgendein glücklicher Wanderer finden und sich seine Gedanken machen kann. Du lächelst mich an und siehst mit deinen wein- und schokoladeverschmierten Brüsten irgendwie noch lasziver aus als mit den knappen Spitzendessous.

»Als ob ich es nicht gewusst hätte!«, seufzt du. »Ich hätte mir den Fummel von dieser Dessousverkäuferin nie und nimmer aufschwatzen lassen sollen. Und habe ich es dir nicht schon immer gesagt? Schokolade und Wein sind schmutzige Laster.« Du kuschelst dich noch enger an mich, und wir reiben unsere von dem Gemisch des Wein-Schokoladenbreis und den Säften unserer Ausschweifungen über und über glitschige Haut genüsslich aneinander.

Und als ich dich küsse, schmecke ich beides. Es schmeckt süß, wie du, und ein bisschen verboten.

Der Handwerker

Als wir wegen der Handwerkerarbeiten in dein Haus kommen, weiß ich schon am ersten Tag genau, was du tun wirst. Vielleicht weiß ich es sogar, bevor du es selber weißt. Bevor du realisierst, wie dieses Spiel der Leidenschaft sich entwickelt. Eigentlich ist es ganz einfach. Mir ist von Anfang an klar, dass du einen von uns dreien auswählen wirst. Nur einen. Findest du nicht auch, dass du dich glücklich schätzen kannst, so eine Auswahl zu haben? In meinem Kopf steht bereits fest, für wen du dich entscheiden wirst: Einer von unserem Trio ist zu jung. Der andere ist viel zu sehr in seine Arbeit vertieft, als dass er dich überhaupt registrieren würde – trotz deiner schönen graugrünen Augen und deines vollen Kussmundes. Nicht einmal die Art, wie du dich bewegst, scheint ihm aufzufallen; dein aufreizender Gang und diese spezielle Art, in der du selbst mit hohen Absätzen umher. schreitest. Aber der Dritte bin ich. *Ich* bin derjenige, der dich auf Schritt und Tritt mit Blicken verfolgt, derjenige, der mit den Augen zwinkert und leise in sich hineinlacht, wenn du versuchst, mit uns über die Bauarbeiten zu reden. Du magst über alles Mögliche eine Menge wissen, über Werkzeuge aus vorgeschichtlicher Zeit oder über Koryphäen aus der Politik, aber wenn es um Smalltalk über die Arbeit auf einer Baustelle geht, bist du eine absolute Niete.

Doch das stört mich nicht im Geringsten. Denn am Ende des Tages werde ich derjenige sein, dem es bestimmt ist, dich abzuschleppen, dich auszuziehen und dich über einen Holzbock zu legen. Mann, du siehst wirklich hinreißend aus, ich kann gar nicht aufhören, dich zu bewundern. Als Erstes muss ich deine Handgelenke mit meinem Hosengürtel zusammenbinden. Und dann ist es an der Zeit, dich zu vögeln – anfangs nicht mit meinem Schwanz, sondern mit meinem Schraubenzieher. Der glatte, abgerundete Griff in dir, der metallene Teil kühl in meiner Hand.

Siehst du? Ich weiß alles über dich. Ich habe gesehen, wie du mich bei der Arbeit beobachtet hast. Und du hattest nicht nur mich im Visier, sondern auch meine Werkzeugkiste. Dein Interesse daran war ziemlich augenfällig, denn du fingst jedes Mal an zu stottern und über deine Worte zu stolpern, wenn ich nach den verschiedenen Instrumenten in meiner schweren Werkzeugkiste griff.

Ich mag es, wie du meine Werkzeuge ansiehst. Deine Wangen glühen erhitzt, wenn ich über die verschiedenen Geräte streiche. Du willst das schwere Gewicht in dir spüren. Du willst, dass ich dich mit jedem dieser bunten Plastikgriffe ficke. Sie sind viel verführerischer als Sexartikel. Sehr viel verführerischer. Denn meine Werkzeuge sind praktische Gegenstände. Keine künstlichen Attrappen oder Plastikdildos, die wie Männerschwänze aussehen sollen. Meine Werkzeuge sind echt. Das ist der Unterschied. Deshalb stehst du so auf sie.

Ich habe richtig gelegen. Als du mich bittest, nach Feierabend noch ein bisschen länger zu bleiben, um noch etwas zu reparieren, nur eine kleine Sache, an die du vorher nicht gedacht hattest, weiß ich, dass ich richtig gelegen habe. Ich trage meine Kiste in dein Schlafzimmer, wohl wissend, dass dort weder ein Scharnier quietscht noch ein Fenster klemmt. Ich beobachte dich und weiß genau, was passieren wird, als ob ich diesen Film schon einmal gesehen hätte. Habe ich aber nicht. Es ist völliges Neuland für mich zuzusehen, wie du dich ausziehst, die Beine spreizt und mich mit den Augen anflehst zu tun, was ich zu tun habe.

Ich greife schnell nach meinem Lieblingswerkzeug. Dem schönen Schraubenzieher, dem Prachtstück in meiner Werkzeugkiste. Ja, er ist wirklich ein Prachtstück. Ich muss es ja wohl wissen, oder? Er ist so kunstvoll gearbeitet, so glatt und geschmeidig. Ich mache genau das, wovon ich geträumt habe, seit ich dich zum ersten Mal gesehen habe. Ich spreize mit meinen leicht schwieligen Fingern deine Schamlippen und führe das Werkzeug in dich ein. Der Griff verschwindet in deiner glitschigen Möse.

Oh, mein Gott, Baby! Wie dein Blick sich verändert! Deine Augen werden ausdruckslos und matt und starren unerschrocken ins Leere, während ich den Schraubenzieher in dir bewege. Du umfasst ihn mit den Muskeln deiner Möse, das spüre ich. Du willst mehr. Ich schiebe ihn vor und zurück, und du stöhnst. Dann ziehe ich ihn fast ganz hinaus, und du flehst mich an, dich weiter mit meinem Werkzeug zu vögeln.

Kein Problem. Ich kann dir alles geben, was du brauchst. Ich stoße dich weiter mit dem Schraubenzieher, und meine Fingerspitzen sind schon ganz nass von deinen Säften. Du hebst deine Hüften vom Bett, kommst mir entgegen, hilfst mir. Ich kann mir nur ausmalen, wie herrlich sich das anfühlen muss. Wie der kühle runde Plastikgriff sich dick und glatt in deine Möse schmiegt. Ich habe noch nie eine so nasse Frau gesehen. Wie lange hast du hiervon schon geträumt? Ich frage dich nicht. Wahrscheinlich genauso lange wie ich. Habe ich Recht?

Dann siehst du mir in die Augen, und mir ist klar, dass du jetzt mehr willst. Jetzt willst du mich.

Das ist in Ordnung. Ich bin für dich bereit. Ich kann alles, was du willst, in Ordnung bringen.

Wirklich alles.

Mit fünf Sinnen

Ich höre ein Knarren, und die Tür geht auf. Als Nächstes höre ich Schritte nackter Füße, aber ich glaube, auch das Trippeln hochhackiger Schuhe auf dem Teppich in unserem Wohnzimmer wahrzunehmen. Ich liege auf dem Sofa, die Hände rechts und links neben mir in den weichen Veloursamt gepresst, und atme tief ein. Eine Mischung verschiedener Parfüms und weiblicher Körper steigt mir in die Nase. Ich starre lauschend in die Dunkelheit und warte auf das nächste Zeichen.

Das Erste, was ich spüre, sind Lippen auf meinem Mund, die mich küssen. Ein zarter, sanfter Kuss, ein vertrauter Geschmack. Ich spüre deine weiche Wange an meinem Gesicht und deine Fingerspitzen über meine Brust bis zum Rand meiner Boxershorts hinabwandern. Auf einmal bist du weg, und ich werde erneut geküsst, diesmal von einer anderen Frau, und ich schmecke ihren unvertrauten Geschmack, während ihre Zunge ganz sanft über meine Lippen fährt. Ihre Hand liebkost zuerst meine Wange und dann meinen Hals. Dann küsst mich wieder eine andere, diesmal mit einer forscheren, ungestümeren Zunge, die tief in meinen Mund eindringt. Sie küsst mich gierig und nagt zärtlich an meiner Unterlippe. Dann in rascher Folge zwei weitere Frauenmünder; einer auf meinen Lippen und der andere an meinem Ohr, wo mich eine Zungenspitze kitzelt. Ich weiß nicht, ob ich vier oder fünf gezählt habe, und vermutlich ist es auch ganz egal, da ich es sowieso nie erfahren werde.

Dann ertönt Musik, eine langsame, sinnliche Trancemusik, die unter die Haut geht und einen Hauch von dunkler Erotik verbreitet. Ich spüre einen Körper neben mir, dann Schenkel, einen links, einen rechts. Sie besteigt mich.

Ihre nackten Brüste streifen mein Gesicht, ihre festen Nippel kitzeln meine Lippen und öffnen sie sanft. Während sie mich erklimmt wie eine geschmeidige Katze, wiegt sie ihren Körper im Takt zur Musik und streichelt mein Gesicht. Sie lässt sich ganz langsam hinabsinken auf meinen Schoß, und ich spüre durch meine Boxershorts hindurch ihre Möse gegen meinen Schritt pressen. Ich glaube, sie trägt einen String-Tanga. Mein Schwanz wird hart wie ein Knochen und bringt meine Shorts beinahe zum Platzen.

Die Musik wird lauter und feuriger. Die Frau auf mir tanzt jetzt immer wilder, schwingt heftig vor und zurück, ihre Möse fest gegen meinen Schritt gepresst. Ich höre Geflüster und über die Musik hinweg entferntes Gekicher. Ihr seid zu fünft, da bin ich mir inzwischen sicher.

Dann spüre ich, wie sich eine von euch über die Sofalehne beugt und mich seitlich auf den Hals küsst. Ich atme tief ein und erkenne an deinem Duft, dass du es bist. Im gleichen Moment beugt sich die Frau, die auf mir tanzt, vor, und ich höre – oder spüre ich es? –, wie ihr beiden euch küsst.

Sie greift in meinen Schritt, berührt meinen Schwanz und streichelt ihn behutsam durch den dünnen, feuchten Stoff meiner Boxershorts. Ihre Finger umschließen ihn mit festem Griff und kneten ihn sanft.

Oder sind es doch deine Finger? Das ist das Schöne, Beängstigende an der Sache. Ich werde es nie erfahren.

»Eine Frau auf seinem Schoß tanzen zu spüren, ist un-

glaublich sexy«, habe ich dir gestanden. »Irgendwie ist es total erotisch, wenn man sich nicht berühren kann.«

»Aber du kannst immerhin alles sehen«, entgegnetest du.

»Ja, man kann ... sehen, riechen und mit dem Rest seines Körpers fühlen. Man kann die Tänzerin atmen und mit einem reden hören. Man kann sie sogar kosten.«

»Kosten?«

»Ja«, sagte ich. »Manchmal küssen sie einen.«

»Aber nicht in den Klubs«, widersprachst du. »Oder wird in Klubs etwa geküsst?«

»Normalerweise nicht«, erwiderte ich. »Aber es gibt Ausnahmen, hin und wieder verstößt mal eine gegen die Regeln. Dafür muss man dann aber ein dickes Trinkgeld springen lassen.«

»Findest du das besonders erotisch?«

»Unglaublich.«

»Und wenn du nicht in einem Klub wärst – wenn zum Beispiel eine Frau zu Hause für dich tanzen würde?«

»Mit den gleichen Regeln?«

»Na ja«, entgegnetest du mit einem süffisanten Lächeln, »ich denke, zu Hause könnte man es mit den Regeln, was das Schmecken und Kosten angeht, ein bisschen lockerer halten. Aber berühren ist verboten.«

Ich grinste. »Ich glaube, das wäre total erotisch.«

»Fändest du es auch erotisch, wenn du nichts sehen könntest? Wenn du zum Beispiel die Augen verbunden hättest?«

»Ja«, erwiderte ich. »Ich glaube, das wäre irrsinnig geil und erotisch.«

»Weil du dann all deine fünf Sinne zum Einsatz bringen müsstest?«

Ich lachte. »Vier«, stellte ich klar. »Ich hätte doch nur noch vier.«

Du hast mich schelmisch, ja geradezu frech, angegrinst, als führtest du etwas im Schilde.

»Nein, du hättest fünf. Du könntest dir ja ausmalen, wie sie aussieht, wenn sie auf deinem Schoß tanzt.«

»Stimmt«, entgegnete ich. »Das könnte ich.«

»Ich weiß doch, wie gern du deine Fantasie mit dir durchgehen lässt«, sagtest du und streicheltest mein Gesicht. »Ich glaube, das Größte für dich wäre, wenn mehrere Frauen auf deinem Schoß tanzen würden und du nie wüsstest, welche dich gerade berührt. Wenn du vielleicht nicht einmal wüsstest, wer sie sind und wie sie aussehen.«

Ich musterte dich argwöhnisch. »Warum willst du das eigentlich alles wissen?«

»Ach, nur so«, hast du mit einem koketten Grinsen erwidert. »Du hast doch bald Geburtstag ...«

Sie dreht sich auf meinem Schoß um und setzt sich mit gespreizten Beinen auf meinen Schwanz. Ich spüre den String ihres Tangas an der Wurzel meines Knochens. Sie drückt ihre glatten, prallen Pobacken auf mich nieder und rutscht im Takt der Musik hin und her.

Ich hätte nicht im Traum gedacht, dass es derart unglaublich sein könnte, von ihren Arschbacken massiert zu werden. Sie lehnt sich zurück, legt ihren nackten Rücken auf meine nackte Brust und reibt mit den Schultern mein Gesicht. Sie bedeckt mich mit ihrer Haut, mein Gesicht versinkt in ihrem Geruch. Sie greift nach hinten und liebkost meine Wangen. Ich höre sie schwer atmen, während sie auf mir hin- und herrutscht und passend zur Musik mal leise, mal laut aufseufzt. Ich höre, wie ihr miteinander flüstert und kichert. Offenbar beansprucht diese erste Tänzerin den ganzen Spaß für sich selber.

Sie erhebt sich jetzt von meinem Schoß, und ich spüre einen anderen Körper. Die Brüste der Neuen streifen mein Gesicht. Sie trägt ein Oberteil aus Spitze, und ihre Brüste sind voller und schwerer als die ihrer Vorgängerin. Die Spitze fühlt sich auf meinen Lippen rau an, vor allem da, wo der Stoff über ihren durchdrückenden Nippeln spannt. Sie riecht anders, blumiger, stärker parfümiert. Ich spüre den Druck eines kräftigeren Materials an meinem Schwanz, höre das Knirschen von Leder; sie trägt einen ledernen String-Tanga oder vielleicht auch lederne Hotpants.

Sie hebt ihr Spitzentop hoch und lässt ihre nackten Titten über mein Gesicht streichen. Ich sauge ihren Duft ein, öffne ein wenig die Lippen und lasse meine Zunge herausfahren, um sie zu kosten. Sie schmeckt salzig, aber irgendwie auch süß. Sie schiebt einen ihrer Nippel zwischen meine Lippen, und ich sauge vorsichtig, während sie sich mit ihrer Möse meinem Schwanz entgegendrängt. Ich stöhne leise, doch ihr Nippel in meinem Mund dämpft das Geräusch. Als sie sich vorbeugt, nehme ich ihr Haar zunächst gar nicht zur Kenntnis, doch als sie ihren Kopf an meinem Gesicht reibt, registriere ich ihren kurzen Flaum; sie muss aussehen wie eine süße kleine Elfe. Ist das etwa deine Freundin Shauna, frage ich mich, oder ist sie irgendeine Tänzerin, die du für den heutigen Abend engagiert hast? Aber würde mich eine Tänzerin so an ihren Brüsten saugen lassen? Und Shauna? Dann spüre ich ihre Hotpants, in denen sich ihre heiße Möse verbirgt, sich mir noch kräftiger entgegendrängen, und in dem Moment fällt mir ein, wie sexy Shauna in ihrem kleinen Lederoutfit aussah, als wir uns neulich alle für einen Discoabend aufgedonnert haben. Sie windet sich auf mir, und ich spüre ihren nackten Oberkörper auf mir, während sie mir ihr Spitzenoberteil durch das Gesicht streicht. Ich sauge ihren Duft ganz tief ein. Schließlich streift sie sich den Spitzenfummel über den Kopf und wirft ihn beiseite. Dann küsst sie mich, und ich spüre, wie sich ihre Zunge einen Weg zwischen meine Lippen bahnt. Ab diesem Moment lasse ich alles geschehen, es ist mir völlig egal, ob es Shauna ist oder eine vollkommen Unbekannte, vielleicht eine Studentin, die sich gerade zweihundert Dollar pro Stunde verdient. Ich nehme nur noch ihre warme, weiche, geschmeidige Zunge in meinem Mund wahr. Und ihre nackten Brüste, die sanft über meinen Oberkörper streichen und deren Nippel hart und verlockend sind. Als sie zu mir hochrutscht und die Nippel in meinen Mund gleiten lässt, empfinde ich sie auf meiner Zunge als so köstlich wie nichts anderes auf der Welt.

Schließlich gleitet sie von mir herunter, und ich spüre andere Finger, die zärtlich über meinen Bauch streichen, in meine Boxershorts fahren, meinen Schwanz umfassen und ihn streicheln. Das musst du sein, habe ich Recht? Du würdest doch niemals zulassen, dass eine andere Frau – ob Freundin oder Stripperin – direkt meinen Schwanz berührt, oder? Doch als sich Lippen auf meinen Mund pressen und ich das salzige Aroma einer Frauenzunge schmecke, weiß ich, dass du es doch nicht bist – die Frau küsst vollkommen anders als du. Während sie meinen Schwanz massiert, tanzt sie zu der Musik und reibt sich an mir. Sie trägt nichts weiter als ein knappes Top, das sie über ihre Brüste gezogen hat, und als sie ihre Hand aus meiner Hose zieht und sich mit gespreizten Beinen auf meinen Schritt setzt, spüre ich durch meine Boxershorts hindurch die Nässe ihrer auf meinem Schwanz hin- und herreibenden nackten Möse. Ich höre mich selbst unkontrolliert stöhnen; die Berührung einer nackten Möse fühlt sich selbst durch den hauchdünnen Stoff meiner Boxershorts so gut an, dass ich fürchte, auf der Stelle zu kommen. Sie presst sich mit aller Kraft auf meinen Ständer, rutscht wie wild auf mir hin und her, beugt sich zurück und liebkost mein Gesicht, wobei ihr langes Haar meine Schultern umschmeichelt. Es ist so lang, dass es meine Brust kitzelt; es reicht ihr beinahe bis zum Hintern. Bist du es, Monique? Deine Freundin aus dem Büro, mit der du einmal nach der Arbeit in einer Bar herumgemacht hast? Ich atme tief ein, rieche einen Hauch von Hibiskusshampoo und eine winzige Spur scharfen, moschusartigen weiblichen Schweißes. Sie bewegt sich zur Musik, und ich will am liebsten nach unten greifen, meinen Schwanz herausholen und in sie eindringen. Doch die Regeln lauten anders, und ich würde nie gegen sie verstoßen – denn dann würde diese Tortur auf der Stelle enden, und es ist schließlich die wunderbarste Tortur, die ich je erlebt habe, eine Tortur für alle fünf Sinne.

Monique – oder wer auch immer – steigt jetzt von mir herunter, und ich spüre, wie sich eine andere Frau auf meinen Schoß setzt. Sie ist zierlicher und hat sehr kleine Brüste, mit denen sie meine Lippen kitzelt. Ihre Nippel sind außergewöhnlich groß und hart, und es erregt mich ungemein, diese neue Geschmacksnuance zu kosten, die sich nur einen Hauch von dem Aroma ihrer Vorgängerin unterscheidet. Ich versuche mir vorzustellen, wie sie aussieht, und gehe im Geiste dein Adressbuch mit deinen abenteuerlustigen Freundinnen durch, doch im Grunde weiß ich die ganze Zeit, dass ich sie wahrscheinlich nicht kenne. Ob sie hübsch ist? Egal, denn das Gefühl ihrer Nippel in meinem Mund elektrisiert mich, und ein Spannungsstoß durchzuckt meinen Schwanz. Ich bin mir im Klaren, dass ich nie erfahren werde, wie hübsch sie ist. Ich sauge sanft an ihren Nippeln, während sie sich auf mich setzt und ihren Schritt an meinem reibt. Sie trägt Shorts, vielleicht aus Spandexfaser, aber sie sind so hauteng, dass ich die Lippen ihrer Möse selbst durch meine Boxershorts hindurch an meinem Schwanz spüre. Ich schnuppere an ihr und erkenne den Duft von Sandelholz, der sich mit dem Geruch weiblicher Begierde und dem eher scharfen Aroma ihrer Möse vermischt. Sie schwingt herum und setzt sich mit mir zugewandtem Rücken auf meinen Schritt, ihren kleinen schlanken Po fest auf meinen Schwanz gedrückt. Sie langt nach hinten und zieht vorsichtig ihre Pobacken auseinander, damit mein Schwanz dazwischengleiten kann; meine Eichel flutscht aus meinen Boxershorts hervor und massiert sie durch ihr Spandex-Höschen. Als sie sich zurücklehnt und sanft zum Takt der Musik hin- und herschwingt, streichelt ihr langes lockiges Haar mein Gesicht. Es riecht leicht süßlich und exotisch nach dem Rauch von Nelkenzigaretten, und als sie sich erhebt und weggeht, vermisse ich den Duft.

Dann lässt sich erneut eine andere Frau auf mir nieder; sie kommt mir nicht bekannt vor. Der ganz vom Schweiß aufgeheizte Raum riecht nach dem intensiven und strengen Geruch von Sex. Die Frau küsst mich ungestüm. Ihre Zunge dringt tief in mich ein, ihre üppigen Brüste, deren Nippel ganz hart sind, pressen sich fest an meinen Brustkorb. Sie reibt ihre Möse auf meinem Schwanz, und sie ist so nass, dass ich sie vorne durch meine Boxershorts triefen spüre. Sie ist nackt – und zwar splitternackt, nicht wie meine vorherigen Peinigerinnen, die alle noch irgendwelche knappen Stofffetzen am Leib hatten. Ihre Küsse sind forscher als deine, drängender und unnachgiebiger. Sie ist so salzig, dass ich beinahe das Gefühl habe, Blut zu schmecken, und sie riecht so intensiv nach Sex, dass jedes andere Parfüm an ihrem Körper eine Verschwendung wäre. Als sie in meine Hose greift und meinen Schwanz umfasst, nimmt sie mich derartig heftig, dass ich beinahe komme.

Doch sie kennt sich mit Männerkörpern gut genug aus und hält mich davon ab, sofort zu explodieren. Sie manövriert meinen Schwanz geschickt durch den Schlitz meiner Boxershorts, und was sie dann macht, schockiert mich.

Ich spüre, wie ihre Möse die Spitze meines Schwanzes umfasst. Bestimmt meint sie es nicht ernst, oder? Du würdest doch niemals zulassen, dass es eine andere Frau mit mir treibt. Oder etwa doch?

Sie hockt sich auf mich und zwängt meinen Schwanz tief in sich hinein.

Sie stöhnt laut auf, und ich erkenne die Stimme sofort. Sie lässt ihre Hüften mahlend auf mir hin- und hergleiten und presst meinen Schwanz in die Tiefen ihrer Möse. Dann umschlingt sie mich mit ihren Armen und zieht mich näher an sich heran. Ihre Lippen finden meinen Mund, ihre forsche Zunge dringt tief in mich ein. Sie reitet mich jetzt so wild und verzweifelt und mit einer Leidenschaft, die du noch nie an den Tag gelegt hast. Sie fickt mich zu *ihrem* Vergnügen, und wenn ich in ihr komme, so ist das nur ein Beiprodukt ihrer Lustbefriedigung. Ihr Stöhnen und Seufzen wird lauter und nähert sich dem Höhepunkt.

Ich will mich beherrschen und sie zuerst kommen lassen. Doch ich muss mich gar nicht zurückhalten, denn sie kommt so schnell, dass ich regelrecht überrascht bin, als sie nach mir greift und mich eng an sich presst. Die Explosion der Lust lähmt ihre Hüften vorübergehend, und sie erstarrt für einen Augenblick. Dann legt sie wieder los, lässt ihren Körper auf meinem Schwanz auf- und niedergleiten und den Saft ihrer Lust auf meine Boxershorts triefen. Es dauert nur einen Moment, bis auch ich komme, mein Hintern sich vom Sofa hebt und mein Mund sich öffnet und einen ekstatischen Schrei ausstößt.

Sie bedeckt mein ganzes Gesicht mit Küssen, vertrauten Küssen, und jetzt erkenne ich auch den Geruch. Keine Ahnung, warum ich ihn nicht sofort erkannt habe. Meine einzige Erklärung dafür ist, dass ihr fünf – oder vier oder sechs oder sieben – meine fünf Sinne derart sensibilisiert habt, dass ich in dem mir vertrauten Duft deiner Möse ganz neue Duftnoten gerochen habe, die mir bisher entgangen waren.

Als du dich von mir erhebst, ist mein Schwanz glitschig und nass von meinem Erguss und dem Saft deiner Möse. Du seufzt und flüsterst mir ins Ohr, die Augenbinde noch aufzubehalten. Ich höre Getuschel und Gekicher. Vertraute Stimmen, fremde Stimmen – wer weiß das schon? Bei meinen nun aufs Äußerste geschärften Sinnen fühle ich mich bei jedem Geräusch verzaubert und in die Irre geleitet.

Ich höre Schritte. Ihr verlasst alle den Raum. Erst als die Tür hinter euch ins Schloss fällt, hole ich tief Luft, nehme die Augenbinde ab und blinzele ins Licht.

Die Kleidung der Tänzerinnen, einschließlich der Schuhe, liegt in einem Haufen auf dem Beistelltisch. Also müssen sie diesen Raum alle nackt verlassen haben – und das stimmt mich nachdenklich. Habe ich wirklich dein Stöhnen wiedererkannt und deine Möse und deinen Orgasmus gespürt? Oder hat sich doch eine andere Frau auf mich gesetzt und es mit mir getrieben, während du dabei zugesehen, sie gelenkt und dich daran erfreut hast, wie ich in einem Taumel der Wahrnehmung meiner fünf Sinne schwelgte?

Das ist das Schöne an dem Ganzen.

Ich werde es nie erfahren.

Körperschnäpse

Du kommst in einem Morgenrock an die Tür – in einem Morgenrock und nicht viel mehr als diesem. Vielleicht trägst du auch gar nichts darunter; es würde mich nicht wundern, wenn du unter diesem sexy Gewand völlig nackt wärst, und selbst mit dem Morgenrock bist du so gut wie unbekleidet. Im Grunde ist es gar kein richtiger Morgenrock. Ich kenne dieses leichte, aufreizende Kleidungsstück gar nicht. Als wir noch zusammen waren, hast du eher auf Frottee gestanden und auf Sweatshirts und T-Shirts.

Es ist ein winziger Fummel aus weißem Satin, im Ausschnitt mit einer Spitzenleiste verziert und hauteng – allerdings nicht durchsichtig. Unter dem Stoff zeichnen sich die Rundungen deiner Brüste ab, und du trägst keine Schuhe.

»Hi«, begrüßt du mich und bist weniger überrascht, als ich es erwartet hätte.

»Tut mir Leid«, entgegne ich. »Ich wollte dich nicht wecken.«

»Ich habe noch nicht geschlafen«, stellst du klar. »Ich habe gelesen. Was gibt's?« Du musterst mich mit einem gewissen Ausdruck des Missfallens, und in diesem Moment wird mir klar, dass ich einen Fehler begangen habe.

»Ich … ich war zufällig in der Gegend«, lüge ich. »Da dachte ich, ich schaue mal vorbei, vielleicht auf einen

Drink, aber, wie ich sehe, liegst du schon im Bett. Ich gehe wieder.«

Du zuckst mit den Achseln. »Nein. Red keinen Unsinn. Ich wollte noch nicht schlafen gehen. Komm rein!«

»Hast du Lust auf einen Drink?«

Du siehst mich misstrauisch an, und ich schwöre, dass deine Augen mich abschätzend taxieren, als ob du dich zu erinnern versuchst, wie mein Körper unter meiner Kleidung aussieht.

»Jedenfalls habe ich keine Lust, mich wieder anzuziehen.«

»Kein Problem«, entgegne ich. »Ich verschwinde wieder.«

Du lächelst. »Nein. Komm rein!«

Ich betrete deine Wohnung, und der Geruch, der mir in die Nase steigt, ist mir so lebhaft in Erinnerung, dass es mich beinahe umhaut. Jeder Mensch hat eine ganz eigene Duftmarke, und wenn sie einem so vertraut ist wie dein Geruch mir, ist es manchmal fast ein bisschen beängstigend, was er in einem auszulösen vermag. Du duftest nach Zimmerpflanzen – Farn, Blumen und Kaktus –, vermischt mit dem Geruch nach Lavendel, Badeprodukten, Bodyöl und Handseife. Neben diesem Duftgemisch steigt mir dein verführerisches Parfüm in die Nase, das du manchmal benutzt, wenn du ausgehst, und zu meiner Überraschung ist dieser letzte Geruch viel stärker, als ich erwartet hätte.

Meine Vermutung wird bestätigt, als ich mitten im Wohnzimmer dein achtlos hingeworfenes schwarzes Kleid sehe und daneben zusammengeknüllte Strapse, einen Tangaslip, einen BH und auf beiden Seiten zwei identische Häuflein aufgerollter Netzstrümpfe. Wie es aussieht, warst du aus und bist früh nach Hause gekommen, vielleicht aus einem Klub – immerhin ist es bereits Mitternacht.

»Ich hätte gar nicht erwartet, dich zu Hause anzutreffen«,

stelle ich fest, hole tief Luft und jongliere in meiner Erinnerung mit den mir bekannten Düften.

»Nun bin ich aber da«, entgegnest du. »Ich habe Corona, Budweiser und Blackened Voodoo Lager da.«

»Voodoo«, sage ich.

»Es ist aber schon ein Jahr alt.«

»Okay, dann Corona.«

»Das ist *zwei* Jahre alt.«

»Äh …«

»Eigentlich sollte ich wissen, dass du nicht auf Budweiser stehst.«

»Ist schon okay.«

»Na gut«, seufzt du und verziehst die Lippen. »Aber du kennst mich ja. Ich habe auch Tequila da.«

»Hast du auch Limonen?«

Du verdrehst die Augen. »Was für eine Frage!«

»Okay«, sage ich mit einem Lächeln. »Klingt verlockend.«

Ich lasse mich auf deinem kleinen S-förmigen Sofa nieder, der einzigen Sitzgelegenheit in deinem winzigen Wohnzimmer. Ich genieße deinen Duft und stelle erstaunt fest, dass mir neben dem Gemisch aus Lavendel, Farn und Parfüm dieser unverkennbare Duft in die Nase steigt, den ich so geliebt habe, ohne ihm jedoch je einen Namen gegeben zu haben – denn er trägt deinen Namen, es ist der Duft deines Körpers, der Duft deiner Begierde. Vielleicht ist es auch eher der Duft *meiner* Begierde, denn ihn in der Nase zu haben, lässt mich dich noch heftiger begehren, als ich es sowieso schon tue. Ich frage mich kurz, ob du immer noch so schmeckst wie früher.

Du kommst mit einer Flasche Cuervo, einem Budweiser, einer Hand voll Limonen und einem Messer in der Hand zurück. Unter den Gürtel deines kleinen weißen Morgenmantels hast du eine Dose Morton's Kochsalz geschoben. Ihr Gewicht hat den Gürtel ein kleines bisschen geöffnet, sodass der Morgenmantel ein wenig über die Rundungen deiner Brüste gerutscht ist und sie so weit freigelegt hat, dass ich beinahe deine Nippel sehen kann. Ich bemühe mich mit aller Kraft, nicht hinzusehen, doch vergeblich. Ich kann den Blick nicht abwenden. Meine Augen wandern über deine Titten, und ich erinnere mich daran, wie herrlich sie sich auf meinem Körper und auf meinem Gesicht angefühlt haben.

»Ich habe keine Schnapsgläser«, sagst du. »Ich hoffe, du hast nichts gegen einen kleinen Speichelaustausch.«

»Natürlich nicht«, stelle ich klar.

Du viertelst eine Limone und streust dir etwas Salz auf die Hand. Dann hältst du mir die Hand hin. Ich sehe dich fragend an, und du deutest mit einem Nicken auf das kleine Salzhäuflein. Also beuge ich mich vor und lecke dir das Salz von der Hand, wobei sich der Salzgeschmack mit dem vertrauten Geschmack von dir vermischt. Du reichst mir die Tequilaflasche, und ich nehme einen Schluck. Gleichzeitig schiebst du mir ein Stück Limone in den Mund, und ich sauge es aus. Der Geschmack erinnert mich an damals; ich habe keinen Tequila mehr getrunken, seitdem ich dich das letzte Mal ganz nah bei mir gerochen habe. Du lächelst.

»Körperschnäpse, weißt du noch?«

»Für mich klang ›Körperschnäpse‹ immer so, als ob es sich um etwas sehr Laszives handeln müsste«, stelle ich fest.

Du strahlst mich an. »Das kann es auch durchaus sein«, entgegnest du. »Wenn du willst, dass es das ist. An den Part solltest du dich eigentlich auch noch erinnern. Ich meine, *so* lange ist es schließlich noch nicht her.«

Ich nicke und sauge weiter an der Limone.

Du streust dir erneut etwas Salz auf die Hand, leckst es

herunter, trinkst aus der Flasche einen Schluck Tequila und schiebst dir ein Stück Limone in den Mund.

»Also, worüber wolltest du mit mir reden?«, bringst du mit der Limone zwischen den Zähnen hervor.

Ich nehme mein Limonenstück aus dem Mund, lange nach der Tequilaflasche und genehmige mir einen kräftigen Zug, wobei ich immer noch den Salz- und Limonengeschmack auf der Zunge habe. Dann bestreue ich meine Hand mit Salz und halte sie dir hin.

Du nimmst dein Limonenstück kurz heraus, leckst mir das Salz von der Hand, nimmst einen Schluck Tequila, schiebst die Limone wieder zurück in deinen Mund und grinst mich verschmitzt an.

»Du versuchst mich betrunken zu machen«, bringst du hinter der Limone mit gedämpfter Stimme hervor.

Ich betrachte deinen weißen filigranen Satinmorgenmantel, der sich inzwischen fast bis zu deinem Bauchnabel geöffnet hat und mir den Blick auf die Seiten deiner vollen Brüste und auf deinen glatten oberen Bauch freigibt. Du siehst unglaublich aus und mit der Limonenschale, die aus deinem Mund guckt, fast ein bisschen komisch.

»Wie kommst du denn darauf?«

»Na, mitten in der Nacht bei seiner Ex-Freundin hereinzuplatzen und sich Tequila herunterzukippen ist ja wohl nichts anderes als ein Jagdruf nach Beute, oder?«

»Meinst du?« Diesmal streue ich mir das Salz direkt auf die Zunge, nehme einen neuen Schluck und sauge eine weitere Limone. »So weit ich mich erinnere, war das mit dem Tequila deine Idee«, murmele ich mit der Limone im Mund.

»Ich bekenne mich schuldig«, entgegnest du. »Siehst du irgendetwas?«

Ich bin inzwischen leicht betrunken. Meine Augen taxieren deine Brüste. »Im Moment sehe ich in der Tat etwas, das mir gefällt.«

Du siehst an dir herab, hebst den Kopf wieder und lächelst mich an. Dann nimmst du das Limonenstück aus deinem Mund und versuchst vergeblich, deinen Morgenmantel zuzuziehen.

»Siehst du! Es ist doch ein Jagdruf nach Beute.«

Ich bin bereits hart; dein Geruch, der Tequila und der Anblick deines nur spärlich mit weißem Satin bekleideten Körpers haben meine sonst übliche Zurückhaltung sich in Luft auflösen lassen. Ich beuge mich vor, lasse meine Hände unter deinen Morgenmantel gleiten und lege sie auf deine Brüste.

Deine Nippel sind hart, und das kann nicht daran liegen, dass dir kalt ist, denn in deiner Wohnung ist es kuschelig warm.

Als sich der Morgenmantel ganz öffnet, sehe ich, dass du darunter nackt bist. Dein Körper sieht hinreißend aus, so vertraut, so erregend. Ich will dich so dringend, dass es beinahe schmerzt. Ich küsse dich und schmecke neben Salz, Limone und Agave deinen köstlichen Eigengeschmack. Unsere Zungen umspielen einander, und du beugst dich zu mir vor, während meine Hände deine Brüste liebkosen. Du atmest schwer, entweder bist du ein wenig ängstlich oder erregt oder beides. Meine Daumen massieren deine Nippel, und du stöhnst leise auf und drängst dich noch enger an mich. Ich beuge mich herab, lecke deine Nippel einen nach dem anderen und spüre, wie du bei jeder Berührung mit meiner Zunge erbebst.

»Noch einen Schluck Tequila?«, fragst du nervös.

»Gern«, entgegne ich, strecke die Hand aus und schnappe mir die Salzdose. Dann drücke ich dich aufs Sofa hinab, und du lässt es mit weit aufgerissenen Augen und betrunken kichernd geschehen.

Ich bestreue vorsichtig deine Nippel mit Salz, greife nach der Tequilaflasche und lecke.

Als ich den einen Nippel abschlecke, kicherst du und bringst damit beinahe das Salzhäufchen zum Einsturz, das ich auf dem anderen Nippel sorgfältig aufgetürmt habe. Ich nehme einen Schluck, und dabei rieselt Salz auf deinen Bauch.

»Oh, siehst du? Ich habe mir eine Spur gelegt.«

Ich fahre mit der Zunge über deinen Bauch und koste deinen salzigen Schweiß, der mit Mortonss Kochsalz durchsetzt noch salziger schmeckt. Du atmest noch schwerer und windest dich unter den Liebkosungen meiner Zunge. Als ich deinen salzigen Nippel mit meinem Mund umschließe, legst du deine Arme um meinen Kopf und ziehst mich ganz eng an dich, woraufhin ich leicht zubeiße und das Salz abschlecke.

Schließlich hebe ich den Kopf, trinke einen großen Schluck Tequila, schiebe mir ein Limonenstück in den Mund und sehe dich herausfordernd an.

»Bei diesem Spiel können zwei Spieler mitspielen«, stellst du klar. »Zieh dich aus!«

Es ist lange her, dass ich dich diese Worte habe sagen hören, aber ich werde dich nicht nach deinen Beweggründen fragen. An unserer Trunkenheit kann es jedenfalls nicht liegen. *So* viel Tequila haben wir nun auch nicht getrunken. Ich stehe auf, ziehe mich schnell aus und lege meine Sachen in der Sofaecke auf einen Haufen. Deine Augen wandern über meinen steifen Schwanz, und du lächelst.

»Du liebst mich immer noch«, stellst du kichernd fest.

Ich lege mich wieder hin, und du beugst dich über mich

und beträufelst meinen harten Schwanz mit kaltem Limonensaft. Ich schnappe nach Luft.

»Lass es uns mit einem einzigen Kuss machen, sollen wir?«

Du bestreust meinen Schwanz mit Salz, beugst dich mit deinem Mund zu ihm herab und nimmst ihn tief in dir auf. Doch du hörst nicht auf zu lecken, deine Lippen gleiten hoch und runter und bringen mich durch meine Limone hindurch zum Stöhnen. Du besorgst es mir gerade so weit, dass ich beinahe komme; dann richtest du dich auf und nimmst einen Schluck aus der Flasche.

»Zu salzig«, stellst du grinsend fest. »Fehlt noch ein bisschen Saures.« Du schiebst dir ein Stück Limone in den Mund, während ich erneut nach dem Salz lange.

Ich spucke meine Limonenscheibe unappetitlich quer durch deine Wohnung, lege dich erneut auf den Rücken und spreize deine Beine. Ohne dich zu sträuben und ohne zu zögern, lässt du mich deine Schenkel weit öffnen. Dann knie ich mich vor dich und bestreue deine Möse mit Salz.

»Ich hoffe, du hast dich nicht erst kürzlich rasiert«, sage ich und beuge mich wie ein Verhungernder über dich. Der Salzgeschmack überdeckt für einen Moment alles, doch dann geht er in dem intensiven Aroma deiner Möse auf und macht dem brennenden Verlangen meines Schwanzes Platz, das sich sofort bemerkbar macht, als ich anfange, dich zu vernaschen. Obwohl es so lange her ist, schmeckst du so vertraut, und das steigert mein Verlangen noch. Meine Zunge fährt in deine Öffnung und verkostet dich; du schmeckst nass und salzig, besser als Cuervo Gold. Ich drücke meine Zunge auf deine Klitoris und lausche deinem durch die dicke Limonenscheibe dringenden Stöhnen.

»Trink«, forderst du mich auf. »Du verdirbst ja unser Körperschnapsspiel.«

Mein Mund hebt sich gerade einen Fingerbreit von deiner Möse. »Ich habe genug Tequila intus«, stelle ich klar. »Ich trinke keinen Alkohol mehr.«

Dann widme ich mich wieder deiner Möse. Ich drücke meinen Mund kräftig gegen sie und lecke dich gierig, während deine sich hin- und herwindenden Hüften gegen mein Gesicht klatschen. Deine Hände liegen auf meinen Schultern, und ich höre dich meinen Namen erst flüstern, dann stöhnen, dann keuchen, dann ächzen, und es kommt mir nicht einmal in den Sinn, mich zu fragen, wann dir die Limone aus dem Mund gefallen ist. Ich vernasche dich nach allen Regeln der Kunst, lausche, wie du dich dem Orgasmus entgegenstöhnst, und weiß aus jahrelanger Erfahrung, genau im passenden Moment innezuhalten, in dem Moment, in dem du kurz davor bist, aber noch nicht kommst.

»Verdammt«, wimmerst du. »Bitte, lass mich kommen! Ich verabreiche dir so viele Körperschnäpse wie du willst, aber bitte, lass mich kommen!«

Meine Finger gleiten fast wie von selbst in dich, finden deinen G-Punkt und massieren ihn kräftig. Du bettelst förmlich darum, befriedigt zu werden, deine Begierde kennt keine Grenzen mehr. Du stößt mich vom Sofa, besteigst mich und zwingst meinen Kopf mit deinen Schenkeln auf den Boden, während du deine Möse wieder verzweifelt über meinen Mund drängst. Und dann ist dein Mund auf meinem Schwanz – diesmal ohne Salz.

Meine Hände umfassen deine Pobacken, während ich deine Klitoris lecke, und die Spitze meiner Zunge ist ebenso quicklebendig und voller Empfindung wie mein Schwanz, den du kräftig lutschst. Stöhnend hebst und senkst du deine Hüften und reibst deine Möse in meinem Gesicht. Mein Schwanz gleitet in deinen Mund bis hinab zu deiner Kehle, und mit den Händen knetest du meine Eier, während du auf meiner gierig schlagenden Zunge mit hoher Geschwindigkeit dem Orgasmus entgegentreibst. Als du kommst, umfasst du meinen Schwanz und atmest heiß und schwer auf ihm aus, während meine Zunge weiter wild deine Klitoris bearbeitet, bis die Anspannung schließlich aus deinem Körper entweicht und du dich auf mir entspannst. Dein Orgasmus hat dich so erschöpft, dass du zu nichts mehr in der Lage bist, als meinen Schwanz zärtlich zu küssen und deine Zunge träge an ihm rauf- und runterfahren zu lassen.

Ich hebe dich hoch und setze dich aufs Sofa. Dann nehme ich deine Hand und werfe einen Blick Richtung Schlafzimmer.

»Sicher«, sagst du. »Warum nicht? Es ist nur eine etwas andere Art Körperschnaps, oder?«

Wir schaffen es nicht einmal mehr bis zum Bett. Wir landen so hart auf dem Teppichboden, dass ich im ersten Moment fürchte, einen von uns verletzt zu haben. Aber wenn es dir etwas ausgemacht hat, lässt du es dir nicht anmerken. Du spreizt einfach nur die Beine und drängst mich in dich, und deine Möse ist so nass, dass ich mit einem einzigen Stoß in dich eindringe. Wir robben kurz halbherzig Richtung Bett, doch dann geben wir uns ganz den Stößen hin, mit denen ich dich ficke, und dein Rücken krümmt sich, als du zum zweiten Mal kommst, und dann komme auch ich in dir; ein Stöhnen entweicht meinen Lippen, und ich ziehe dich fest an mich und halte dich.

Ich spüre deine Küsse auf meiner Wange und höre, wie sich dein keuchender Atem allmählich wieder normalisiert. Mein Schwanz gleitet aus dir, und ich sehe, dass dein ursprünglich so makelloser weißer Morgenmantel mit Schnaps, Schweiß und Sperma befleckt ist.

»Puh«, seufzt du. »Was Tequila mir doch für Wonnen bescheren kann!«

Früher kam es bei uns nur äußerst selten vor, dass wir uns zweimal hintereinander liebten. Doch als wir ins Bett krabbeln, weiß ich in der gleichen Sekunde, dass es passieren wird. Diesmal vernasche ich dich genüsslich und mit aller Ruhe, endlose Minuten lang, und ich spüre, wie sich mir dein Körper voller Begierde entgegendrängt. Ich koste unser relaxtes Liebesspiel voll aus, denn da ich dich kenne, weiß ich, dass es eher unwahrscheinlich ist, dass du noch einmal kommst. Doch als ich schließlich in dich eindringe – diesmal von hinten, damit ich deine hinreißenden Brüste umfassen kann, die ich so vermisst habe, und damit ich, wie du es so gerne hast, deinen Nacken küssen kann, während ich dich ficke – kommst du fast sofort, ohne dass ich deine Klitoris auch nur berühre. Und trotz meines benebelten Hirns und des leicht kreisenden Schlafzimmers weiß ich, dass es nicht am Tequila liegt.

»Warst du wirklich in der Gegend?«, fragst du mich, während die ersten Sonnenstrahlen durch dein Schlafzimmerfenster fallen.

Ich denke kurz nach.

»Natürlich«, sage ich schließlich.

Du siehst mich argwöhnisch an.

»Kannst du es vielleicht einrichten, am nächsten Wochenende auch wieder in der Gegend zu sein?«

Ich nicke und lächle sanft.

Du kuschelst dich enger mich heran, drückst dein Gesicht an meinen Hals.

»Gut«, stellst du fest. »Ich bin nämlich auf der Suche nach einem neuen Trinkpartner.«

»Aber ich habe es dir doch schon gesagt«, entgegne ich mit einem Lächeln, »ich trinke keinen Alkohol mehr.«

Du kicherst und klingst immer noch ein bisschen beschwipst, obwohl du inzwischen längst wieder nüchtern sein musst.

»Wie schade aber auch«, stellst du fest. »Dann müssen wir uns wohl eine andere Beschäftigung suchen.«

Der Anfang

Ich will von vorne anfangen.

Mit dem schrillen Gebimmel des Weckers, das mich an diesem Morgen durch den Nebel des Tiefschlafs langsam zu Bewusstsein kommen lässt. Dein warmer Körper liegt in Löffelstellung in meinen Armen, und ich will deine Position nicht verändern, um auf die Stop-Taste zu drücken. Du liegst so schön da, so perfekt. Dein Körper ist an mich geschmiegt, dein glänzendes rotes Haar kräuselt sich in kleinen Korkenzieherlöckchen auf meinem Hals und meiner Brust – ein rundum warmer und weicher rothaariger Engel, der völlig unbeeindruckt von dem Wecker gleichmäßig im Rhythmus seiner Träume atmet.

Ich ziehe vorsichtig einen Arm unter dir hervor und stelle den Lärm ab. Dann rücke ich ein wenig von dir ab, damit ich deinen Schlaf auf keinen Fall störe. Ich will nachdenken. Ich will ergründen, wie es zu all dem gekommen ist. Aber ich kann die Augen nicht von dir wenden. Noch nie hat mich eine Frau, die überhaupt nichts tut, derart in den Bann gezogen – eine Frau, die nichts tut als zu schlafen, um genau zu sein.

Du siehst aus wie das Modell auf einem Gemälde eines Präraffaeliten, das ich vor einigen Sommern in Italien gesehen habe – eine Nymphe, die mit geschlossenen Augen und über der Brust gefalteten Händen stromabwärts treibt und über deren Kopf ein Heiligenschein schwebt.

Nach einem kurzen Moment sinke ich zurück in die daunengefüllten Kissen und versuche mir die Ereignisse des zurückliegenden Abends noch einmal vor Augen zu führen. Aber gestern Abend war gar nicht der eigentliche Anfang. Nein, bestimmt nicht. Allerdings ist mir nicht so richtig klar, wann es genau angefangen hat. Das Einzige, was mir absolut bewusst ist, ist der sommerliche Duft, der von deinem sonnengebräunten Körper aufgestiegen ist, als wir uns von der Tür Richtung Bett bewegt haben, und dein weißes Unterkleid mit den schmalen Strapsen, das sich auf meinen Fingerspitzen so leicht und zart angefühlt hat. Ich habe erst den seidenen Stoff liebkost und dann, als wir uns gemeinsam in das warme Nest meines Bettes haben fallen lassen, deine seidenweiche Haut. Aber *das* war bei weitem nicht der Anfang – es war der Höhepunkt. Der Gipfel.

Wie du dich unter mir angefühlt hast, war geradezu unreal – mein Gott, so warm und bereit. Ich habe dir das Unterkleid über deine Hüften geschoben und entdeckt, dass du dich deines Höschens bereits entledigt hattest, während ich mich ausgezogen habe. Ich habe meine Hand zu deiner Möse hinaufgleiten lassen und gefühlt, wie nass du warst. Nass und bereit.

Genau danach hatte ich mich so lange gesehnt, mit dem Mund an der Spalte zwischen deinen Beinen zu sein und meine Zunge über und um deine Klitoris kreisen zu lassen. Du hast gestöhnt, deine Hüften angehoben, um mir zu helfen, und als du meinen Namen gesagt hast, dachte ich, dass ich sofort auf der Matratze kommen würde. Natürlich habe ich dich meinen Namen schon oft sagen hören. Aber noch nie so. Noch nie wie einen lang gezogenen Seufzer aus tiefster Wonne und Lust.

Während du jetzt neben mir schläfst, versuche ich mir jede einzelne Einstellung des lebendigen Films der vergangenen Nacht vor Augen zu rufen. Doch das ist es eigentlich gar nicht, worüber ich nachdenken will. Es trägt nur dazu bei, dass ich schon wieder hart werde. Was ich eigentlich ergründen will, ist, woher du es gewusst hast, wie du es eingefädelt hast, dass wir hier endeten. Also strenge ich mich ein bisschen mehr an und rufe mir in Erinnerung, wie wir uns in einer ähnlichen Umarmung wie jetzt direkt in der Mitte des Klubs unter der verspiegelten Discokugel mit sexy Drehungen über die Tanzfläche bewegt haben. Unter den in allen Regenbogenfarben schillernden Lichtblitzen war ziemlich offensichtlich, was passieren würde, was die Zukunft für uns in petto hatte.

Aber auch *das* war nicht der Anfang.

Vielleicht ist der tatsächliche Beginn der Geschichte jener Tag, an dem ich dich zum ersten Mal gesehen habe, jener Moment, in dem wir einander vorgestellt wurden.

»Hier rüber!«, rief mein Chef und winkte mich in der Kantine an seinen Tisch. »Das ist unser neuer Artdirector«, sagte er und zeigte auf dich. »Ich habe sie gerade herumgeführt.« Dann erzählte er, dass es dein erster Tag sei, du dich mit deinen neuen Kollegen allem Anschein nach gut verstündest und offenbar wüsstest, dich »zu behaupten«. Ich will nicht verhehlen, dass ich kaum fähig war zu sprechen, als es an mir war, etwas zu sagen. Wie betäubt hörte ich ihn meinen Titel erläutern, »Leiter der Reportagenredaktion«. Es war, als ob er in einer fremden Sprache spräche. Ich sah dich, und ich begehrte dich. Wir schüttelten einander die Hände und versuchten einander einzuschätzen.

Freund oder Feind? Verbündeter oder Gegner?

Ich erinnere mich, dass ich deine Hand ein bisschen zu lange gehalten habe, ein paar Augenblicke länger als die vorgesehene Handschüttelzeit, die einem jene innere Uhr vorschreibt, über die offenbar jeder verfügt. Ich erinnere mich auch noch an deinen Gesichtsausdruck, mit dem du mich taxiert hast, und wie du mich dann mit deinen karmesinrot glänzenden Lippen und weit nach oben gezogenen Mundwinkeln angelächelt hast. Ich dachte »eine Rothaarige mit rotem Lippenstift«. Ich bin schon vorher mit Frauen deiner Haarfarbe aus gewesen und bin es leid, es ihnen immer wieder zu sagen. Rothaarige Frauen sollten keinen roten Lippenstift benutzen, oder? Wie kommt es, dass du dir trotz deiner Haarfarbe rote Lippen erlauben kannst? Ich weiß zwar nicht wie, aber irgendwie schaffst du es, sämtliche festgesetzten Regeln zu brechen. Du weißt immer ganz genau, was gut aussieht. Vermutlich liegt es daran, dass du Artdirector bist – oder vielleicht ist es auch so, dass man sich als Artdirector mit Stilfragen einfach auskennt.

Wir waren sofort Freunde, was unter Kollegen eher selten vorkommt und umso außergewöhnlicher ist, als wir auch noch die Geschlechtsbarriere zu überwinden hatten. Doch irgendwie passten unser Sinn für Humor und unsere jeweilige Lebenseinstellung zueinander, und da hat es einfach klick gemacht. Zum Mittag zog es uns nach draußen, um auf den vorderen Stufen unseres Bürohauses Brezeln zu essen, die wir an einem Straßenstand gekauft hatten. Abends zogen wir durch die Bars deiner Wohngegend in West Hollywood oder gingen bei mir in Venice aus. Ich weiß, dass es von Anfang an Gerede gab. Wie viele Frauen und Männer aus dem Kollegenkreis sind schon miteinander befreundet? Solche, die es nicht gleich miteinander treiben, gibt es vermutlich kaum. Aber bei uns war es so. Wir gingen am Wochenende ins Kino, grillten gemeinsam oder sahen uns Spiele der Los Angeles Dodgers an.

Irgendetwas war immer da. Irgendetwas ist immer der Auslöser. Wie der Funke vor dem Entzünden der Flamme oder das Prasseln der Regentropfen auf dem Bürgersteig, bevor ein Unwetter losbricht. Deshalb ist es so schwer für mich, den Anfang von all dem auszumachen, während dein warmer, weicher Körper sich an mich schmiegt. Es scheint irgendwie, als wäre es schon immer so gewesen.

Natürlich gab es *den* Moment, in dem wir von bloßen Freunden zu Liebhabern geworden sind. Im wörtlichen Sinne trug sich dieser Moment in der vergangenen Nacht zu, da haben wir uns zum ersten Mal angefasst und der Fleischeslust gefrönt. Doch ich will es wieder etwas unbestimmter fassen und feststellen, dass ich dich schon seit der Berührung unserer Fingerspitzen bei jenem etwas zu langen Händeschütteln begehrt habe, dass mein Verlangen nach dir geweckt war, als diese stark angemalten Lippen sich bei unserer gegenseitigen Vorstellung zu einem zufriedenen Lächeln hochgezogen haben.

Ich wollte dich von Anfang an.

Gestern Abend waren wir im Lula's, unserer Lieblingsbar, die von unserem Büro in Brentwood nur einen Katzensprung entfernt ist. Wir hatten jeder ein paar Drinks, eiskalte Margaritas und einige Gläschen honigfarbenen Tequila. Dann hast du, offensichtlich vom Alkohol ermutigt, einen neuen Klub erwähnt, der bei dir in der Gegend aufgemacht hat und über den du etwas gelesen hattest. Ich hatte sofort Lust auf eine kleine Abwechslung von den Läden, in denen wir uns sonst immer herumtrieben, und so sprangen wir in meinen silbernen Alfa, kurbelten das Dach herunter und brausten den Wilshire Boulevard entlang in Richtung Santa Monica Boulevard.

Wir fanden ohne Probleme einen Parkplatz, direkt an der Straße, an der auch die Zentrale von Tower Records liegt, und gingen in den Klub. Ich betrachtete dich in dem dämmrigen Licht. Die spiralenförmigen bunten Lichtstrahlen der Disco-Spots zuckten über dein Gesicht und ließen deine goldenen Wolfsaugen flach und mattgelb erscheinen.

»Na los!«, hast du mich gedrängt und sanft in Richtung Theke gezogen. Ich folgte dir langsam und bewegte mich automatisch im Rhythmus der Dancemusik. Die Stimme des Sängers sandte gleichmäßig harmonische Wellen aus, und der hämmernde Takt des Songs verschmolz mit dem pochenden Rauschen meines Bluts in meinen Ohren.

Und dann, an der Bar, als wir vor unseren neuen Drinks saßen, spürte ich plötzlich deine Hand auf meinem Schenkel. Sie lag einfach nur da, und als dich ein markig aussehender Punk zum Tanzen auffordern wollte, schütteltest du den Kopf und sagtest »nein«. Du warst mit mir da. Ich muss gestehen, ich fühlte mich so geehrt, als ob ich auf dem Spielplatz als erstes Kind für die Kickball-Mannschaft gewählt worden wäre. Dann spürte ich noch etwas, eine Enge in meiner Kehle, etwas Hartes zwischen meinen Beinen ... *Sei ehrlich*, ermahnte ich mich selbst. *War dieses drängende Verlangen in deinem Schritt nicht immer da, wenn wir zusammen waren?*

Ich hatte keine Zeit, dieser nagenden inneren Stimme zu antworten. Du nahmst mir mein geeistes Glas aus der Hand, beugtest dich weit zu mir vor und flüstertest: »Willst du mit mir tanzen?« Und dann, nach einer kurzen Pause, mit einem unverkennbaren Verlangen in der Stimme: »Bitte«. Wie sollte ich einer derart säuselnden Stimme etwas abschlagen? Was für einen Wunsch auch immer sie äußerte?

Deine vollen Brüste streiften mich leicht am Arm; deine Finger krabbelten den Ärmel meines grauen Hemdes hinauf und wieder herunter. Dann umfassten deine Fingerspitzen mein Handgelenk, als ob sie meinen Puls fühlten, als ob sie mich zu lesen versuchten, und diese einfache Berührung eröffnete mir eine ganz neue Welt. Das simple Gefühl deiner Finger auf meinen Adern, deiner Finger, die meine Lebenslinien und meine Blutströme lasen, machte mir schlagartig alles klar. Deine Berührung strahlte Energie aus, eine Energie, die ich schon bei unserer ersten Begegnung gespürt hatte. Doch jetzt war der Fluss dieser Energie von dir auf mich und wieder zu dir zurück regelrecht spürbar, und ich erhob mich von meinem Barhocker, bevor mein Hirn sich meiner Körperaktionen überhaupt bewusst war.

Ich nahm deine Hand, und wir gingen zusammen zur Tanzfläche. Ich bemerkte sofort die wohlwollenden Blicke, Blicke von Männern, die dich sehnsüchtig anstarrten. Ich folgte ihren Blicken, die an deinen im Takt zur Musik hin- und herwiegenden Hüften klebten und an deiner roten Mähne, die dich wie ein Feuerring umgab und unter den zuckenden Strahlern ständig die Farbe wechselte.

Rot. Gold. Kupfer.

Deine geschminkten Lippen formten sich zu einem aufmunternden Lächeln, und als das erste langsame Stück gespielt wurde, nahmst du mich in die Arme. Es war ein altes, mir vertrautes Stück, das mir an die Ohren drang, während du dich an mich schmiegtest: D'yer Mak'er von Led Zeppelin.

Der ganze Raum verschwamm vor meinen Augen. Ich konnte zwar noch die anderen Körper um uns herum spüren – die Hitze der neben uns Tanzenden, den Geruch so vieler auf engstem Raum versammelter Frauen –, doch im Geiste war ich mit dir in meiner eigenen Welt. Dich anzusehen, war atemberaubend: die pulsierende Ader in dem Grübchen an deinem Hals, deine geschminkten lächelnden Lippen. Ich hatte Angst, das glänzende Rot auf deinen Lippen zu verschmieren, befürchtete, es in einem plötzlichen Anfall restlos wegzuküssen.

Ich konnte es nicht erwarten, dich nach Hause zu kriegen, ich konnte keinen einzigen Takt länger warten. Ich musste dich küssen. Unsere Münder berührten einander, und im gleichen Augenblick spürte ich pure Wonne. Dein Mund öffnete sich auf meinen Lippen und sog mich begierig auf. Dein Lippenstift schmeckte irgendwie wachsig und verschwand von deinem Mund. Irgendetwas stimmte nicht an dem Geschmack; schmeckte künstlich, aber das Verschwinden der Farbe auf deinen Lippen hatte auch etwas Sexuelles, weil ich bereits dabei war, dich auszuziehen. Indem ich den Lippenstift wegleckte, legte ich die wirkliche, echte Frau frei, die sich unter der gesellschaftlichen Schale befand.

Ich musste bereits an später denken, wie ich dir zärtlich jeden Tupfer Make-up aus deinem Gesicht entfernen würde. Wie ich dich ausziehen, dich waschen, dich vor mir hinlegen und deinen Anblick auf mich wirken lassen würde.

Wir bewegten uns kreisend über die Tanzfläche und umarmten uns immer enger. Dein Atem roch nach Alkohol, doch davon abgesehen stieg mir wieder der reine Duft deines Körpers in die Nase. Dieser Duft, der mir so vertraut war. Als ich dich erneut küsste, wusste ich auf einmal, wie es wäre, von dir zu kosten, mich vor dich zu knien, den Kopf auf deine Schenkel zu legen und tief Luft zu holen und die Wolken deines ganz eigenen Duftes zu inhalieren.

»Ich gehöre dir«, flüstertest du, führtest deine weiche Hand an meine Wange und strichst mir über meine sprießenden Bartstoppeln. Dann hast du mein Gesicht zu dir gedreht, sodass ich dir direkt in die Augen blicken konnte, und mich in dem Moment geküsst, in dem die Worte deinen Mund verlassen hatten. Deine Zunge bahnte sich einen Weg zwischen meine Lippen, und du trankst von mir. Ich umfasste deine schlanke Taille und gab mich ganz dem Kuss hin; mein Hirn war im Leerlauf, jeder Gedanke erloschen wie eine Kerze, die von einem plötzlichen Luftzug ausgeblasen wird.

Zischen. Flackern. Aus.

Deine Küsse waren heiß und rein. Jede deiner Bewegungen ließ erkennen, dass du Besitz von mir ergreifen wolltest: deine Lippen auf meinem Mund, deine Hände in meinem Haar, deine Finger auf meinem Nacken. Ich fühlte mich plötzlich wieder wie ein kribbelnd erregter Teenager, der im verblassenden Licht eines Sommertags dem passenden Zeitpunkt für den ersten Kuss entgegenfiebert.

Dann nahmst du mich bei der Hand – wobei du mich, begleitet von einem Drücken deiner Fingerspitzen, immer noch auf diese liebevolle ermutigende Weise angelächelt hast – und führtest mich durch das Gedränge der tanzenden Paare zu einer der Unisex-Toiletten. In dem Klub hatte jede einzelne Toilette mit dazugehörigem Waschraum einen separaten Eingang, der mit Postern von sexy Filmstars verziert war: Kathleen Turner, Linda Hamilton, Meg Tilly. Ein buntes Gemisch hübscher Gesichter lächelte auf uns hinab. Du wähltest die dritte Tür, zogst mich hinein und drehtest den Knauf um, sodass auf der anderen Seite das Besetzt-Zeichen erschien.

Der Toilettenraum überraschte mich mit seinem in Marmor eingelassenen Waschbecken, dem großen runden Spiegel aus den Zwanzigern und den blau getönten verspiegelten

Wänden. Die Wände und der Spiegel erzeugten eine Mehrfachreflektion, sodass unser Spiegelbild verdoppelt, verdreifacht und bis ins Unendliche vervielfacht wurde. Direkt neben der Tür stand ein hölzerner Kleiderständer, und eine Seite des Raums wurde komplett von einer gepolsterten Bank ausgefüllt.

Während ich den Raum in Augenschein nahm, zogst du dir dein Jerseykleid aus und schmiegtest dich in meine Arme. Von der Tanzfläche her konnten wir immer noch die Musik hören, und im schummerigen Licht unseres privaten Toilettenraums tanzten wir jetzt alleine. Die blau getönten Spiegelwände erzeugten ein mehrfaches Spiegelbild unserer eng umschlungenen, langsam kreisenden Körper, und das Gefühl von nackter Haut auf nackter Haut vermittelte mir dieses überwältigende Gefühl des ersten Kusses.

xxxIch betrachte uns von oben, als ob ich meinen Körper verlassen hätte. Ich öffne die Strapse deines Unterkleidchens und streife dir den winzigen Stofffetzen herunter. Dann bahnt sich mein Mund küssend seinen Weg über den Grat deiner Schultern zu deinem Schlüsselbein, weiter zu deinem Halsgrübchen – deine Brüste lässt er aus –, dann hinab zu deinem Bauch, deinen Hüften, überspringt deine Möse und wandert weiter zu deinen Knien, über deine Wade, deine Fußknöchel, die Spanne deiner Füße bis hin zu deinen Zehen.

Ich küsse dich langsam, verweile ausgiebig an jeder Station meines Weges. Als ich meine Rückreise antrete und mich an dir hochküsse, erbebst du. Ich küsse mit der gleichen Gemächlichkeit und Zärtlichkeit die Beuge deiner Kniekehlen und die empfindliche Haut deiner inneren Schenkel, und dann drücke ich mein Gesicht, ohne deinen Rhythmus zu stören, an deine Möse.

Ich bin sicher, dass man dein Stöhnen bis auf die Tanzfläche hört. Du seufzt so laut, dass bestimmt gleich jemand kommt, um nachzusehen, was los ist. Aber ich mache unbeirrt weiter, sehe nicht einmal zu dir auf, während ich mein Werk fortsetze.

Ich spreize deine Schamlippen und lecke und schlecke deine Klitoris. Gierig, unglaublich gierig. Deine Finger verlieren sich in meinem Haar, wirbeln und spielen auf meinem Kopf. Du flüsterst mit rauer Stimme meinen Namen, wiederholst ihn lauter, als meine kreisende Zunge schneller und heftiger wird.

Nein, wenn ich jetzt zurückdenke, liege ich doch falsch. Ich habe vorhin gelogen. Es hat nicht gestern Abend angefangen. Es hat auch nicht angefangen, als ich dir zum ersten Mal die Hand geschüttelt habe. Es hat bereits angefangen, bevor ich dich überhaupt kennen gelernt habe. Ich habe auf dich gewartet. Das weiß ich jetzt, da dein Körper sich so liebevoll an mich schmiegt. Ich habe auf dich gewartet und du auf mich.

Meine Zunge setzt ihre magischen Kreise fort, bis du kommst. Und dann löst du mich umgehend ab.

Ich betrachte uns erneut. Wie ich am Becken lehne und es mit beiden Händen fest umfasse. Ich bin völlig weg, das verrät dir schon mein keuchender Atem und das Pochen und Hüpfen der Ader in meinem Hals.

Ich bin so high, das ich keinen Laut hervorbringe. Kein Stöhnen. Keinen Seufzer. Ich bin erstarrt, ganz im Bann meiner Gefühle und brenne darauf, dass du es mir besorgst.

Ja, so, genau so. Das kalte Waschbecken, meine Finger,

die sich krampfhaft, geradezu schmerzend in dem Porzellan verkrallen. Und da unten du, mein süßer rothaariger Feger, der mich nach allen Regeln der Kunst aussaugt.

Aber das war gestern Abend. Und jetzt ist es Morgen, und du liegst eingekuschelt wie ein Kätzchen in meinen Armen und atmest in diesem tiefen, gleichmäßigen Rhythmus, der Glückseligkeit bedeutet.

Absolute Glückseligkeit.

Ich streichele dein Haar und lege meine Hand auf deinen Nacken, um deine Wärme zu spüren. Und ich sehe dich lange und intensiv an, und in diesem Moment wird mir klar, dass es völlig egal ist, wann es angefangen hat, sondern einzig und allein zählt, dass es überhaupt angefangen hat.

Im Nachtzug

»Est-ce que je peux partager ce compartiment avec vous?«

Dein Akzent ist so furchtbar, dass ich dich kaum verstehe. Du bist hübsch – unglaublich hübsch sogar, und du siehst sehr französisch aus. Nicht, dass ich wüsste, was »französisch aussehen« eigentlich bedeutet, aber mit Französinnen verbinde ich nun mal einen ganz bestimmten Stil, und du verkörperst ihn – trotz dieses amerikanischen Akzents, der über deine hübschen Lippen kommt, als du nervös die Worte aneinander reihst. Vielleicht ist es das zu enge T-Shirt, das diesen Eindruck bei mir erweckt. Doch dann sehe ich den Ring in deiner Nase und die offensichtlichen Konturen von Ringen an deinen Brustwarzen. Du bist Amerikanerin – daran besteht nicht der geringste Zweifel. Es wäre auch ohne deine schwarz gefärbte Bobfrisur offensichtlich und auch wenn du nicht dieses weiße T-Shirt mit dem Logo der Einstürzenden Neubauten tragen würdest, dessen Aufdruck von der Ausbuchtung deiner vollen Brüste, den festen Knospen deiner Nippel und den Nippelringen etwas verformt ist. Du könntest auch als Deutsche durchgehen, aber dann müsste dein Französisch besser sein. Das kurze schwarze Röckchen, das du trägst, sieht jedenfalls eher nach Europa aus als nach Berkeley – und die schwarzen kniehohen Doc-Martens-Stiefel könnten eher Doc Maartens ausgesprochen werden. Deine Piercings könnten darauf hindeuten, dass du Berlinerin bist.

Aber du bist Amerikanerin – daran zweifele ich keine Sekunde. Du bist jener ganz spezielle amerikanische Reisetyp – ich glaube, man nennt ihn American Eurotrash –, der dem Zauber des Alten Kontinents erlegen ist und den es drängt, good old Europe zu erkunden. Vielleicht in deinem ersten Collegejahr? Oder kurz nach deinem Abschluss? Ich seufze und rufe mir meinen eigenen ersten Europatrip in Erinnerung. Das war vor zwei Jahren, und ich war ausstaffiert mit Tour-d-France-T-Shirts und Nina-Hagen-Buttons. Zu was für Zynikern wir uns doch innerhalb weniger Jahre entpuppen können!

Wir haben gerade den Bahnhof eines kleinen französischen Dorfes verlassen, und deinem schweren Armeerucksack nach zu urteilen, der fast genauso hip aussieht wie dein Röckchen, deine Stiefel und deine Piercings, bist du gerade zugestiegen.

Ich registriere mit gewissem Interesse, dass dein enges T-Shirt hochgerutscht ist und deinen ebenfalls gepiercten Bauchnabel offenbart sowie den Ansatz eines dieser zurzeit angesagten Primitiv-Tattoos: stilisierter schwarzer Efeu, der sich leicht kräuselt und mit Stacheldraht verwoben ist.

»Est-ce que je peux partager ce compartiment avec vous? Vous? Partager? Ce compartiment?«

Du starrst mich sanftmütig und mit weit aufgerissenen Augen an. Ich sehe die Verzweiflung in deinem Blick, die Art, wie du deinen Englisch-Französisch-Sprachführer studierst, und ich sehe, dass dein Parisaufenthalt an dir gezehrt hat – ein paar Juniwochen, in denen dir ständig irgendwelche ignoranten Amerikaner in die Arme gelaufen sind, denen du geholfen hast, Baguettes zu bestellen. Wäre es nicht nach neun Uhr abends, und säßen wir nicht im Nachtzug nach Berlin, und hätte ich nicht einen langen Tag hinter mir, an dem ich mir ständig irgendwelchen Business-Schwachsinn anhören musste, wäre ich wahrscheinlich freundlicher und würde sagen: »Ich spreche Englisch.« Vielleicht hätte ich sogar hinzugefügt, dass ich Amerikaner bin, anstatt einen französischen Akzent vorzutäuschen, was ich gelegentlich tue, wenn mir gerade nicht danach ist, mich zu sehr mit meinen mit schillernden Haiwaiihemden ausstaffierten Landsleuten zu verbrüdern. Ich sehe im Augenblick bestimmt nicht aus wie ein amerikanischer Tourist, denn von dem Interview, das ich in Paris beruflich mit einem unausstehlichen texanischen Ölmillionär geführt habe, der mich zudem wie Dreck behandelt hat, musste ich auf schnellstem Wege zum Bahnhof eilen, um den Zug noch zu erwischen. Ich trage einen teuren Anzug, der von der stundenlangen Zugfahrt schon ziemlich zerknittert ist.

»Oui«, erwidere ich. *»S'il vous plaît, prenez un siège.«*

Du starrst mich an wie ein Reh, das in die grellen Scheinwerfer eines Autos blickt. Deine Augen wandern zwischen deinem Sprachführer und mir hin und her.

»Tut mir Leid«, bringst du schließlich hervor. »Ich spreche kein Französisch. *Parlais vous Anglais?*«

Ich seufze und ringe mit meinem Gewissen. Du bist wirklich süß, doch es ist schon sehr spät, und ich musste im Laufe des Tages bereits so viele Amerikanismen über mich ergehen lassen, dass es mir für heute langt.

»Nein«, stelle ich klar.

»Oh, okay«, murmelst du, lässt dich in dem ansonsten leeren Abteil auf dem Platz mir gegenüber nieder und durchstöberst deine Tasche nach etwas Lesestoff.

Draußen auf dem Gang brennt nur schwaches Licht, aber

wir haben beide unsere Leselampen angeschaltet. Ich hatte meine eigentlich gerade ausknipsen und ein bisschen schlafen wollen, doch jetzt habe ich keine rechte Lust mehr. Zum Teil liegt es sicher an deinem hübschen Gesicht, aus dem sich noch viel mehr machen ließe. Du bist nur ein paar Jahre jünger als ich, aber was dein Auftreten angeht, liegen Welten zwischen uns. Am meisten jedoch hindert mich mein schlechtes Gewissen am Schlafen, weil ich dir vorgegaukelt habe, Franzose zu sein, obwohl du als Alleinreisende mit Sicherheit liebend gerne ein bisschen mit einem Landsmann geplaudert hättest.

Also sitze ich da und tue so, als läse ich eine französische Zeitschrift; dabei schaffe ich es nur, mir die Bilder anzusehen. Ich staune immer wieder, wie viel Nacktheit einem in französischen Publikationen geboten wird. Beim Betrachten der Fotos schlanker französischer Models geht mir durch den Kopf, dass ich während meiner gesamten Dienstreise mit keiner einzigen Frau zusammen gewesen bin – drei Monate Verzicht, Arbeitsüberlastung und Ersatzbefriedigung. Und es bringt mich auch nicht gerade zur Ruhe, dass du dich gerade genussvoll räkelst, als ich von meiner Zeitschrift aufblicke. Dein Rücken ist gekrümmt, dein geschmeidiger Körper in den Sitz gekuschelt, deine Brüste spannen unter dem zu engen T-Shirt, und dein schwarzer BH zeichnet sich unter dem dünnen weißen durchgeschwitzten Stoff ganz deutlich ab. Deine Augen sind geschlossen, und während du dich mit sichtlichem Vergnügen streckst – es sieht beinahe so aus wie eine Yoga-Übung –, nimmt dein Gesicht einen völlig verzückten Ausdruck an, fast so, als gäbst du dich sexuellen Wonnen hin.

Ich kann meinen Blick nicht von dir abwenden, betrachte deinen blassen Bauch und deine raffinierten Tattoos, registriere, dass dein kurzer Rock auf deinen Schenkeln hochgerutscht ist und die Ränder deiner schwarzen Netzstrümpfe und die Strapse offenbart, an denen sie befestigt sind. Sehr punkrockmäßig. Und extrem verführerisch. Deine Knie sind leicht gespreizt, und ich kann ziemlich weit unter deinen Rock sehen. Bestimmt bist du dir nach deinem Spurt, um den Zug nicht zu verpassen, nicht bewusst, dass du dich mir beinahe exhibitionistisch präsentierst. Du gibst dich einfach nur dem herrlichen Gefühl hin, dich endlich strecken und räkeln zu können.

Doch plötzlich öffnest du die Augen und ertappst mich. Ertappst mich dabei, wie ich dich mit Augen verzehre, denn das Verlangen steht mir ohne jeden Zweifel im Gesicht geschrieben.

Doch anstatt mich mit einem missbilligenden Blick zu strafen, lächelst du mich an. Für einen Augenblick erwarte ich, dass du einfach wegsiehst, doch vielleicht überlegst du es dir im letzten Moment anders. Jedenfalls siehst du nicht weg, sondern fixierst mich unbeirrt, selbst dann noch, als ich rot werde, und lässt mich dadurch wissen, dass du dir sehr wohl bewusst bist, dass du mich in Verlegenheit gebracht hast.

»Pardon«, murmele ich und sehe nach unten.

Du antwortest nicht. Stattdessen stehst du auf, beugst dich über deinen Rucksack und breitest den Inhalt auf dem Sitz aus. Vielleicht bilde ich es mir ja nur ein, aber ich glaube, du bückst dich ein bisschen weiter runter als nötig. Diesmal kann ich meinen Blick wirklich nicht von dir wenden – es ist völlig unmöglich, wie ein überwältigender innerer Drang. Du ziehst mich mit dieser für Amerikaner so typischen Nassforschheit in den Bann, dieser Unverfrorenheit, an die ich mich schon so gewöhnt habe – allerdings nicht auf diese Weise. Warum passiert mir so etwas mit Frauen nie zu Hause?

Oh, Gott, du trägst einen Tanga! Als du dich hinunterbeugst, sehe ich unter deinem engen Rock den schmalen Streifen zwischen deinen runden Pobacken. Ich erkenne sogar den oberen Rand: Es ist ein schwarzer Spitzentanga, der allem Anschein nach aus äußerst wenig Stoff besteht.

Sehr europäisch, möchte ich dir am liebsten sagen, doch ich halte meine Zunge im Zaum und beobachte, wie du dich noch tiefer hinunterbeugst, anstatt dich hinzuknien, was es dir ohne jeden Zweifel erleichtern würde, in deinen Rucksack zu langen. Du beugst dich jetzt ganz weit nach vorn, und da dir dein T-Shirt am Rücken hochrutscht, bietet sich mir durch deine leicht gespreizten Beine ein exzellenter Blick auf deine einladend herunterbaumelnden vollen Brüste. Ich hole tief Luft und stelle fest, dass ich dich in dem kleinen Abteil riechen kann – den scharfen Duft weiblichen Schweißes, den Geruch einer Collegestudentin, die seit Wochen unterwegs ist und viele Stunden in Zügen verbracht und an Sex gedacht hat. Der Geruch ist so sexy, dass es mich geradezu schmerzt, ihn einzuatmen. Ich spüre, wie sich in meiner Anzughose mein Schwanz regt, und bedecke meinen Schoß mit der Zeitschrift, während ich dich weiter beobachte, bis du findest, wonach du gesucht hast. Du hältst einen Schminkspiegel in der Hand und hantierst mit ihm herum, während der Zug dich aufreizend vor und zurück schaukelt.

Du trägst Lippenstift auf.

Aber du bist noch nicht mit mir fertig. Du greifst jetzt hinter dich und ziehst eine kleine Show ab, indem du langsam den String deines Tangas zurechtrückst, als ob du fürchtetest, dass ich deine verführerische Unterwäsche noch nicht gesehen hätte. Dann lässt du dich wieder auf deinem Platz nieder und wartest ein paar Sekunden, bevor du erneut zu mir hinübersiehst. Du ertappst mich auch diesmal, aber jetzt sehe ich nicht weg. Du heftest deine Augen auf mich, lächelst mich verschmitzt an und nagst an deiner Fingerspitze. Deine Lippen sind knallrot angemalt, ein Rot, das eine meiner Ex-Freundinnen als »Schwanzlutscherinnen-Rot« bezeichnet hat. Mein Herz pocht wie wild in meiner Brust, und das Atmen fällt mir schwer.

Deine Lippen umschließen deine Fingerspitze, während du an deinem Nagel kaust. Ich kann nicht umhin, dich anzustarren – auch wenn du ein unbedarftes, eingebildetes Mädel bist, das sich seiner Wirkung auf mich gar nicht bewusst ist. Mir ist alles egal. Meine Augen gieren nach dir, lechzen danach, deinen Körper zu verzehren. Wenn mein Gaffen dich stören würde, wärst du längst aus dem Abteil verschwunden.

Also sehe ich dich an und bin so verzaubert von der Art und Weise, wie du an deinem Nagel kaust, dass ich etliche Minuten brauche, bis ich realisiere, was du liest.

Nicht, dass ich das Buch kennen würde, das du in den Händen hältst. Aber ich kenne das Genre. Den Einband ziert eine knapp bekleidete Nymphe, und der etwas zweideutige Titel lautet in etwa »Der Kuss des Fremden« – zweideutig zumindest für amerikanische Leser. Es könnte der Titel einer Romanze sein, aber ich weiß, dass es keine ist. Ich habe selber schon solche Bücher gelesen.

Du liest einen Porno.

Mein Schwanz ist jetzt hart wie ein Knochen, so hart, dass er mir wehtut nach all den Wochen, in denen er schlaff und vernachlässigt herumgehangen hat, während ich mich in Belgien, Frankreich und Deutschland nach einer Beratertätigkeit umgesehen habe. Doch jetzt läuft er erneut zu Bestform auf. Ich spüre, wie er sich mit jedem Pulsschlag mit mehr Blut füllt. Noch nie habe ich eine Frau intensiver begehrt als dich in diesem Augenblick.

Ich tue so, als würde ich meine Zeitschrift lesen, doch jedes der schlanken französischen Models hat auf einmal dein Gesicht, präsentiert sich mir splitternackt und bedeutet mir, mich zu ihm zu gesellen.

Als der Schaffner in unser Abteil kommt, muss ich meine Fahrkarte aus meiner Jacketttasche holen. Dabei rutscht mir die Zeitschrift vom Schoß, und als ich sie wieder aufgehoben habe und aufblicke, sehe ich, dass du auf meinen Schritt starrst. Die verräterische Ausbuchtung unter dem dünnen Stoff meiner Anzughose ist nicht zu übersehen. Dem Schaffner fällt sie ebenfalls auf. Er sieht erst mich an, dann dich, dann wieder mich und zieht die Augenbrauen hoch.

»Merci«, sagt er und gibt mir mein Ticket gelocht zurück.

Du lehnst dich in deinem Sitz zurück und streckst die Beine aus; deine Knie sind jetzt gespreizt. Oh, Gott, ich kann wieder beinahe bis oben unter deinen Rock sehen. Die glatte, samtweiche Haut deiner hellen Oberschenkel weckt in mir den Drang, sofort wieder etwas fallen zu lassen, damit ich eine Ausrede habe, mich erneut zu bücken und einen Blick auf dein Höschen zu werfen – auf deinen Tanga, den winzigen schwarzen Tanga, auf den ich eben schon einmal einen Blick erhascht habe.

Du kaust auf deinem rot lackierten Fingernagel und vertiefst dich in dein Buch, als ob dich jeder einzelne Absatz entzückte. Ich blinzele und versuche den Rückseitentext zu lesen. Alles, was ich entziffern kann, sind ein paar einzelne Satzfetzen: »Vorliebe für eine Tracht Prügel«, »anonyme Fleischeslust«, »unbändige Begierde« und, ganz am Ende, »wird eine schamlose Schlampe«.

Als du über den Rand deines Buches siehst, ertappst du

mich beim Lesen des Rückseitentextes und lächelst mich an. Willst du mich zum Narren halten, oder wartest du, im Sinne des Titels deines Buches, auf den Kuss eines Fremden? Gelähmt von meinem intensiven Verlangen und dem langsamen Geschuckel des Zuges, versuche ich tief durchzuatmen und warte geduldig auf den nächsten Schachzug in unserem Verführungsspiel.

Kurz darauf hält der Zug an. Wir sind an der Grenze. Der Zollbeamte öffnet unser Abteil, und du reichst ihm deinen Pass. Ohne nachzudenken gebe ich ihm meinen ebenfalls.

Als ich erneut zu dir hinübersehe, starrst du mich an, die Mundwinkel zu einem anzüglichen Grinsen verzogen.

»So, so«, murmelst du vor dich hin.

In dem Moment wird mir klar, dass du meinen Pass erkannt hast. Du weißt, dass ich Amerikaner bin, und ich würde am liebsten im Erdboden versinken.

Für ein paar endlose Minuten sitze ich einfach nur da. Mein Gesicht durchläuft verschiedene Rottöne, und ich brauche eine ganze Weile, bis ich realisiere, dass du erneut deine provokative Leseposition eingenommen hast: Du hängst lässig in deinem Sitz und hast die Beine leicht gespreizt, um mich dazu zu verleiten, dich anzusehen. Als du dich streckst, springen mir deine Nippel ins Auge, die sich deutlich unter deinem weißen T-Shirt abzeichnen. Du siehst mir kurz in die Augen und widmest dich wieder deiner Lektüre.

»Ich nehme es Ihnen nicht übel«, sagst du schließlich und seufzt. »Viele amerikanische Mädchen stehen auf Franzosen. Kein Wunder, dass Sie vorgeben, Franzose zu sein, wenn Sie die Chance wittern, ein naives Yankee-Mädel zu becircen. Kann es sein, dass Sie auf Beutezug sind und eine kleine Amerikanerin flachlegen wollen?«

»Also«, beginne ich, doch ich finde nicht die passenden Worte.

Du lachst. »Aber ich glaube, ich kann Ihnen auch nichts mehr vormachen, oder? Sie wissen, was ich lese.«

»Tut mir Leid«, bringe ich hervor. »Es ist nicht, wie Sie denken – ich habe in letzter Zeit einfach nur mit zu vielen Amerikanern zu tun gehabt.«

Du siehst mir tief in die Augen. Dein Lächeln ist hübsch, aber grausam.

»Sie sind ganz schöne Arschlöcher, nicht wahr?«

»Das kann man wohl sagen.«

»Na ja, vielleicht sollte ich mich mit meinem Urteil lieber zurückhalten. Auf Reisen ist jeder ein Arschloch. Ist das nicht so?«

Jetzt ist dein Lächeln entwaffnend, geradezu freundlich.

Ich will mich vorstellen, doch du hebst die Hand.

»Bitte«, bremst du mich. »Ich ziehe es vor, Sie einfach ›Frenchy‹ zu nennen.«

Ich erröte. »Und wie heißen Sie?«

Du siehst mich misstrauisch an.

»Hm … nein, Frenchy, ich glaube, das verrate ich Ihnen nicht. Immerhin sind Sie Amerikaner. Und in Amerika gibt es jede Menge Anmacher, stimmen Sie mir da nicht zu? Und wie mir scheint, gehören Sie zu der eher besessenen Sorte.«

Ich laufe noch röter an, doch du lächelst, rutscht noch tiefer in deinen Sitz und spreizt deine Knie noch ein bisschen weiter auseinander. Jetzt gibt es nichts mehr zu deuteln – ich kann dir mühelos unter den Rock gucken, sehe deutlich den winzigen Fetzen aus schwarzer Spitze, der deine Möse umschmiegt. Ich frage mich, ob du da unten wohl auch gepierct bist. Ich kann meinen Blick nicht mehr von dir wenden, und als du erneut aufsiehst, siehst du, dass ich dir schamlos unter den Rock gaffe. Ein Blick in deine Augen verrät mir, dass es dich nach Sex gelüstet, erst recht, als du auch noch deine Lippen leckst, diese schwanzlutscherinnenroten Lippen.

»Ich sehe nichts Verwerfliches darin, auf Beutezug zu sein und eine kleine Amerikanerin flachlegen zu wollen«, sagst du. »Ich bin sogar selber für mein gelegentliches Jagdfieber bekannt.«

Mehr musst du nicht sagen. Ich stehe auf, gehe zur Tür unseres Abteils und schließe sie. Dann ziehe ich die Vorhänge zu und drehe mich wieder zu dir um. Du bist noch tiefer gerutscht und liegst jetzt mit gespreizten Beinen in deinem Sitz und lächelst mich an.

Ich nehme deinen Rucksack, stelle ihn auf meinen Sitz und nehme neben dir Platz. Du richtest dich auf, wirfst dein Buch auf deinen Rucksack und drehst dich halb zu mir um.

Deine Lippen und deine Zunge schmecken nach Nelkenzigaretten, und als wir uns küssen, dringt deine Zunge tief in meinen Mund ein. Ich schließe dich in meine Arme, und du drückst dich fest an mich, verschmilzt mit mir. Ich spüre die harten Spitzen deiner mit kleinen Metallringen gepiercten Nippel. Deine Brüste wippen sanft gegen meinen Brustkorb, während wir uns gierig küssen. Du legst deine Beine auf meine Oberschenkel, lehnst dich an die Wand des Abteils und ziehst mich näher zu dir heran.

Ich spüre jetzt, wie deine Schenkel meinen Schwanz reiben. Du schiebst deine Hand unter mein Jackett und hilfst mir, es auszuziehen. Ich öffne den Knoten meiner Krawatte, und du ziehst sie mir vom Hals und wirfst sie quer durchs Abteil. Draußen ist es ziemlich warm, und drinnen wird es von Minute zu Minute heißer. Du knöpfst mein Hemd auf, und deine Atmung wird immer schneller.

Ich schiebe dein T-Shirt hoch und sehe, dass dein schwarzer BH heruntergerutscht ist und deine Nippel freigibt. Viel verhüllt das kleine Ding ohnehin nicht – es ist im wörtlichen Sinne ein Halbschalen-BH, der fast nur aus einer schmalen steifen Polsterung besteht, die deine Brüste anheben und voneinander trennen soll. Dabei hättest du das gar nicht nötig. Als ich mit den Fingerspitzen deine Titten streichele, stelle ich fest, dass sie absolut fest sind. Ebenso wenig bräuchtest du die Ringe in deinen Nippeln – ich glaube, sie wären auch ohne die Piercings hart und aufgerichtet. Allerdings muss ich zugeben, dass sie dir eine exotische Aura verleihen, die Aura einer Frau eben, der man im Nachtzug nach Berlin begegnet.

Als ich deine Brüste liebkose, stöhnst du leise auf. Du knöpfst mein Hemd auf und streifst es mir über die Schultern. Es fällt, weich und schlaff von meinem Schweiß, auf den Boden des Abteils. Ich beuge mich vor, meine Lippen finden deine Nippel, und ich zerre die Spitzenkörbchen deines BHs noch weiter herunter, damit ich einen deiner Nippel ganz in den Mund nehmen kann. Meine freie Hand spielt mit dem anderen Nippel, und ich höre dich wimmern, als ich ein bisschen fester zukneife. Deine Hand gleitet erst zwischen deine eigenen Beine und dann an meinen Schritt, wo sie über meinen harten Schwanz streicht, während das Ruckeln des Zuges uns sanft hin und her schaukelt.

Ich öffne den vorderen Verschluss deines BHs und schäle den hauchdünnen Stoff von deinen Brüsten. Du langst herunter, umfasst den Saum deines hautengen T-Shirts, ziehst es dir über den Kopf und wirfst es beiseite. Ich beuge mich vor und küsse dich leidenschaftlich. Unsere Zungen umwirbeln einander, und unsere jetzt nackten Oberkörper gleiten auf einem dünnen Schweißfilm aneinander.

»Haben Sie schon mal eine Unbekannte gefickt?«, fragst du mich im Flüsterton.

»Nein«, erwidere ich. »Ich glaube nicht.«

»Dann tun Sie es gleich zum ersten Mal«, stellst du fest und löst meinen Gürtel.

Jetzt ist es an mir, mich so weit wie möglich in meinem Sitz zurückzulehnen, während du zwischen meinen gespreizten Beinen auf die Knie gehst und mit meiner Gürtelschnalle und meinem Reißverschluss kurzen Prozess machst. Mein Schwanz brennt, seit du das Abteil betreten hast – er brennt vor Verlangen, vor Verlangen nach dir.

Deine schwanzlutscherinnen-roten Lippen senken sich herab auf meinen Schwanz, und du lässt ihn schlürfend in deinem Mund verschwinden und wimmerst dabei leise auf. Du lässt deine Zunge um meine Eichel kreisen und umklammerst mit den Lippen fest den Schaft meines Schwanzes, während dein Kopf sich langsam hebt und senkt und meine Finger durch deine schwarze Bobfrisur fahren. Ich stöhne laut, schere mich nicht darum, ob mich womöglich andere Fahrgäste hören. Die Wände dieser Zugabteile sind bekanntlich sehr dünn, aber ich kann mich einfach nicht zurückhalten, selbst wenn ich es versuchen würde. Du bist eine wahre Künstlerin und vollbringst Unglaubliches mit deinem hübschen Mund – aber vielleicht bist du auch nur so heiß auf mich, dass du nicht anders kannst. Deine Lippen und deine Zunge sind überall; sie gleiten auf meinem Schwanz auf und nieder, umwirbeln seine Spitze, wenn einzelne Sehnsuchtstropfen in deinen Mund träufeln, woraufhin du noch gieriger saugst. Deine Fingerspitzen kneten sanft meine Eier, deine scharfen Nägel spielen mit meiner empfindlichen Haut. Währenddessen wandert deine andere Hand hinauf zu meiner Brust und knetet erst den einen und dann den anderen Nippel, und die ganze Zeit saugst du wie eine Besessene an meinem Schwanz.

Ich bin kurz davor zu kommen – sehr kurz davor sogar. Ich fühle, wie dein Mund meinen Schwanz umschließt und droht, mich auszusaugen und mich ohne Rücksicht auf meine eigene Lust sofort zum Explodieren zu bringen. Du vernaschst mich und nimmst dir, was du willst, egal, ob es dir gegeben werden will oder nicht. Meine Hüften heben und senken sich im Einklang mit deinen Mundbewegungen, und du spürst, dass ich kurz vor einem Orgasmus bin.

Du lässt keuchend und mit sichtlicher Not von mir ab. Deine Zunge und deine Lippen sind immer noch in Bewegung, als ob sie von allein angetrieben würden. Du siehst mich an, dein Lippenstift zur Hälfte in deinem Gesicht verschmiert, die andere Hälfte auf meinem Schwanz.

»Ich will, dass Sie in meinem Mund kommen«, keuchst du. »Aber schaffen Sie es, danach noch einmal hart zu werden?«

»Ich glaube, das ist kein Problem«, entgegne ich, doch ich habe den Satz noch nicht beendet, da bist du schon wieder bei der Sache: Deine Finger umfassen die Wurzel meines Schwanzes, dein Kopf hebt und senkt sich in rasendem Tempo. Ein Nein akzeptierst du nicht. Die festen Saugbewegungen deines Mundes und die Hitze deiner stürmischen Zunge an der Unterseite meiner Eichel treiben mich jetzt unaufhaltsam dem Höhepunkt entgegen. Als mein Hintern sich mit einem heftigen Stoß vom Sitz hebt, weißt du, dass ich so weit bin, und ich höre, wie den Tiefen deiner Kehle ein sehnsüchtiges Stöhnen entweicht, während du gierig und ungeduldig darauf wartest, mit meinem Saft gefüllt zu werden.

Dann spüre ich, wie es mich zum ersten Mal durchzuckt, und du saugst gierig wie eine Verdurstende, als ich in deinem Mund komme. Ein erneutes Zucken, und du saugst genauso heftig und gierig und hast bereits geschluckt, bevor ich überhaupt merke, dass ich fertig bin. Du blickst zu mir auf.

An deinen Lippen kleben noch Spuren von meinem Saft, und deine Augen tanzen und funkeln.

Ein Lächeln huscht über deine Lippen, und du leckst sie genüsslich ab.

»Sie haben den ganzen Abend darauf gestarrt«, flüsterst du. »Mal sehen, ob Sie es wirklich so nötig haben, wie Sie glauben.«

Du stehst auf und siehst in dem gelben Licht des Zugabteils einfach umwerfend aus. Ich beobachte wie verzaubert, wie du deine Finger unter den Gummibund deines Rockes gleiten lässt und ihn dir über deine Hüften schiebst. Als er deine Oberschenkel erreicht, fällt er auf deine Stiefel hinab und offenbart deine Möse, die nur von dem extrem winzigen Tanga verhüllt ist, der mich von Anfang an so aus dem Häuschen gebracht hat. Du hast dich gründlich rasiert – ich sehe nicht die Spur eines Schamhaars.

Du beförderst dein Röckchen mit einem Tritt zur Seite, drehst dich um und bückst dich, damit ich deinen Hintern betasten kann. Du hast dort einige weitere viel sagende Tattoos, unter anderem auf deiner einen Pobacke eine rote Rose und auf der Rückseite deines Oberschenkels eine nackte Gogo-Tänzerin. Ich lange nach deinem Tanga, ziehe ihn runter und rieche im gleichen Moment, in dem der nasse Stoff von dir gleitet, den vollen Duft deiner Möse.

Der Tanga ist vollkommen durchnässt.

Der winzige Stofffetzen landet auf deinen Knöcheln, und du verpasst ihm ebenfalls einen Tritt. Jetzt bist du bis auf deine kniehohen Stiefel nackt, und als du dich auf meinen Schoß hockst, rieche ich deine Möse so intensiv, dass mich ein unglaubliches Verlangen überkommt.

Ich bedeute dir, dich wieder auf deinen Platz zu setzen, auf den Platz, auf dem du mich stundenlang angemacht hast, wo du vielleicht hin- und herüberlegt hast, ob du es mit mir treiben sollst oder nicht. Jetzt sind deine glatten Beine weit und willig auseinander gespreizt, und deine weichen Schenkel laden mich unmissverständlich ein. Ich gehe auf die Knie, schiebe mein Gesicht zwischen deine Beine und spüre deine Möse.

Sie ist nicht nur rasiert – sie ist absolut glatt und seidenweich. *Muss ganz schön schwierig sein, seine Möse in billigen Unterkünften so schön gepflegt und glatt zu erhalten,* geht es mir durch den Kopf. Eine rasierte Möse zu berühren, ist ein völlig neues Feeling für mich, und es erregt mich ungemein, mit meiner Zunge über dein seidenes Fleisch zu fahren. Als ich deine Schamlippen lecke, hältst du die Luft an und atmest dann ganz langsam weiter. Ich öffne mit der Zungenspitze deine Lippen und lege die feste Knospe deines Eingangs frei, der vor Nässe glitzert und danach lechzt, von mir vernascht zu werden.

Meine Zunge findet deine Möse, und ich lecke dich wie ein Verhungernder.

Jetzt stöhnst du – laut und unkontrolliert. Deine Möse ist stark und muskulös, und sie schmeckt streng, aber das macht mich nur umso gieriger. Meine Zunge umspielt deine Öffnung, und ich koste den Saft und registriere, wie unglaublich nass du bist. Vielleicht hast du vorhin gar nicht überlegt, ob du es mit mir treiben sollst oder nicht – vielleicht warst du mit dem festen Entschluss in dieses Abteil gekommen, es auf jeden Fall zu treiben, wen auch immer du antreffen würdest egal, ob Männlein oder Weiblein.

Ich lasse meine Zunge zu deinem Kitzler hinaufwandern und spüre die ungewohnte Wärme von rostfreiem Stahl. Ein kleiner Ring ziert die Kuppe deiner Klitoris – für mich eine völlig neue Erfahrung. Ich sauge deine Klitoris und deinen

Klitorisring in meinen Mund und umspiele sie mit meiner wirbelnden Zungenspitze. Du presst deine Schenkel wie ein Schraubstock um mein Gesicht, und dein nackter Körper windet sich vor Wonne. Meine Hände wandern an dir hinauf und ertasten deine vollen Brüste. Ich nehme deine Nippel zwischen Daumen und Zeigefinger und knete sie, während ich gierig deine Möse vernasche. Ich habe noch nie im Leben etwas derart Leckeres verkostet – und ich kann gar nicht genug bekommen. Ich lasse meine Zunge wieder zu deinem Eingang wandern und spüre, wie deine Säfte beinahe herausströmen, wie sie auf meine Zunge fließen und meinen Durst stillen, so wie mein Saft vorhin deinen Durst gestillt hat.

Ich wende mich erneut deiner Klitoris zu und knete deine Nippel noch ein wenig fester. Dein Stöhnen wird lauter, als ich mich ganz auf deinen gepiercten Kitzler konzentriere. Ich fühle mich wie ein Löwe, der seine Beute verspeist – oder ist es anders herum?

Du stöhnst jetzt wie verrückt, als ob du sehr bald kommen würdest. Deine Hände liegen inzwischen auf meinen, halten sie auf deinen Brüsten, als ob du mir bedeuten wolltest, sie nicht wegzunehmen – oder um mich zu warnen, bloß nicht aufzuhören? Ich knete deine Nippel daraufhin noch kräftiger, und die langsamen Stöße deiner Hüfte, mit denen du deine Möse kraftvoll gegen meinen Mund presst, werden immer schneller, bis ich die einzelnen Stöße gar nicht mehr ausmachen kann und du dich wie wild an mir reibst.

Ich gebe mich ganz deiner köstlichen Möse hin, verliere mich in dem Gefühl, von deinen Schenkeln umschlungen zu sein, und bin derart von den Gerüchen deines Körpers überwältigt, dass ich fast nicht merke, wie hart ich schon wieder bin.

Eigentlich werde ich fast nie hart, wenn ich gerade gekommen bin. Ich habe keine Ahnung, wie viele Minuten vergangen sind, seitdem ich deinen Mund mit meinem Saft gefüllt habe, aber die Tatsache, dass mein Schwanz vor Begierde nach dir schon wieder pocht, zeigt, wie sehr du mich antörnst – aber das war mir sowieso längst klar. Du würdest dich jetzt auf der Stelle von mir ficken lassen, da bin ich sicher. Wenn ich mich aufrichten, deine Beine über meine Schultern legen und in dich eindringen würde, würdest du mich anflehen weiterzumachen. Aber ich bin noch nicht fertig mit dir – ich will jede einzelne Geschmacksnuance, jedes Gefühl, das deine Möse zu bieten hat, auskosten. Deshalb fahre ich ein weiteres Mal mit der Zunge über deine Öffnung und dringe so weit wie nur irgend möglich in dich ein. Du stöhnst noch lauter, und ich spüre, wie du dich windest und versuchst, deine Möse noch kräftiger an mein Gesicht zu pressen.

»Fick mich!«, flehst du mich an. »Fick mich sofort!«

Ich komme mit dem Kopf hoch zu deinem Gesicht, und du küsst mich mit weit geöffnetem Mund, obwohl der Saft deiner Möse mir noch von den Lippen tropft. Du langst nach unten, ertastet, dass ich wieder hart bin, und seufzt erleichtert. Doch du führst meinen Schwanz nicht an deine Möse, steckst ihn nicht in dich hinein. Stattdessen flehst du mich an, dich zu ficken. Du willst gefickt *werden*.

Ich folge deiner Aufforderung und drücke die Spitze meines Schwanzes ohne Zuhilfenahme meiner Hände an deine Möse.

Du bist so nass, dass ich sofort problemlos in dich eindringen könnte. Mein Schwanz findet deinen Eingang ohne die geringste Mühe. Doch ich hebe ihn nur leicht an, drücke ihn gegen deine Klitoris und spüre deinen Ring an meiner Eichel. Deine Hände liegen reglos neben dir, lassen mich die Kontrolle übernehmen. Du siehst zu mir auf, und dein leises Stöhnen klingt fast wie ein Schluchzer der Verzweiflung. Deine Augen sind weit geöffnet, und du siehst aus, als würdest du vor Verlangen nach meinem Schwanz beinahe in Tränen ausbrechen.

»Fick mich!«, wimmerst du. »Bitte! Bitte fick mich jetzt!«

Jetzt kann ich nicht mehr. Eine winzige Verlagerung meiner Hüften genügt, und die Spitze meines Schwanzes gleitet von deiner Klitoris hinunter, zurück zwischen deine Schamlippen und an den geschwollenen Eingang deiner Möse.

Du siehst mich mit flehenden Augen an. Verzweifelt. Gierig.

»Bitte!«, wimmerst du noch einmal. »Bitte fick mich!«

Ich dringe mit einem einzigen Stoß in dich ein, bis es nicht mehr weiter geht. Du reißt die Augen und den Mund weit auf und beginnst zu zittern. Im ersten Moment befürchte ich, dass ich dir wehgetan habe, doch dann schlingst du deine Arme um mich und drückst mich fest an dich, sodass unsere schwitzenden Körper aneinander glitschen und du keine Luft mehr bekommst. Du kommst. Heftig und unkontrolliert. Ich spüre, wie deine Möse den Schaft meines Schwanzes krampfartig umklammert. Ich gleite aus dir heraus und stoße erneut zu. Dein ganzer Körper spannt und krümmt sich, und du presst dich an mich und drängst dich meinen harten Stößen entgegen. Ich ficke dich jetzt mit rhythmischen Stößen, und dein Orgasmus verebbt und geht in ein leises, verzücktes Stöhnen über, während ich unaufhörlich meinen Schwanz weiter in dich hineinstoße und bei jedem Stoß mit der Spitze meines Schwanzes deinen Muttermund berühre.

Als ich aus dir herausgleite, glänzt mein steifer Knochen vom Saft deiner Möse. Das winzige Abteil ist von deinem starken Geruch erfüllt, und ich will dich so lange ficken wie ich kann und in jeder nur erdenklichen Pose.

Unsere Blicke begegnen sich, und du scheinst auf Anhieb zu wissen, warum ich aus dir herausgegangen bin.

»Oh, mein Gott!«, flüsterst du. »Willst du mich von hinten ficken?«

Eigentlich will ich sagen »wenn du möchtest«, doch es ist nicht zu verkennen, dass allein das Aussprechen dieses Satzes deine Erregung noch einmal gesteigert hat. »Du fickst mich von hinten«, flüsterst du. »Wie ein Hund.«

»Amerikanischer können wir es doch nicht treiben, oder?«, entgegne ich.

Du gleitest von deinem Sitz, beugst dich über die Kante und streckst mir deinen Hintern entgegen. Dann spreizt du die Beine und siehst mich über die Schulter an.

»Jetzt, wo du es sagst«, murmelst du. »Französisch haben wir es schon gemacht. Was hältst du von Griechisch?«

Ich sehe dich an. Du ziehst die Augenbrauen hoch und grinst.

»Im Ernst?«, frage ich.

»Ja«, erwiderst du und deutest mit einem Nicken auf deine Tasche. »Das Außenfach.«

Du kniest mit erhobenem Gesäß und gespreizten Beinen vor mir und präsentierst mir prachtvoll deine Möse und deinen Hintern, damit ich mich darüber hermachen kann. Ich entdecke die kleine Flasche mit dem Gleitmittel und wende mich wieder dir zu. Deine Hüften schaukeln im Rhythmus des ruckelnden Zuges langsam vor und zurück, während du darauf wartest, dass mein Schwanz erneut in dich eindringt.

Deine Möse ist nass; sie tropft geradezu vor Verlangen. Ich drücke mich von hinten an dich, und mein Schwanz findet sofort sein Ziel. Diesmal dringe ich ganz sanft in dich ein, und du drängst dich mir entgegen und stöhnst leise. In dieser Position kannst du dich viel besser bewegen; du gleitest rhythmisch auf meinem Schwanz hin und her, reibst deine Möse auf meinem Knochen, während ich die Flasche mit dem Gleitmittel öffne und einen Strahl zwischen deine Pobacken spritze.

Dir stockt der Atem, und dann wimmerst du leise, als ich mit meinem Daumen deinen After ertaste. Ich vögele dich jetzt sanft und rhythmisch, und du hörst auf zurückzustoßen. Du hältst einfach still, lässt mich die Kontrolle übernehmen, lässt mich dich nehmen. Ich reibe vorsichtig deine Poöffnung, bis sie sich ein wenig weitet und mein Daumen fast wie von selbst hineingleitet.

»Oh, Gott, ist das gut!«, stöhnst du.

»Bist du sicher, dass du das willst?«

»Ich erkunde Europa – bis aufs Äußerste«, erwiderst du.

Ich ziehe meinen Schwanz aus deiner Möse und träufele noch etwas zusätzliches Gleitmittel auf meine Eichel. Du langst nach hinten, spreizt deine Pobacken und hältst sie für mich auf. Ich verändere meine Stellung gerade so weit, dass dein Hintereingang sich im passenden Winkel befindet. Dann drücke ich die Spitze meines Schwanzes an deinen After, und beinahe im gleichen Augenblick drängst du dich mir entgegen.

»Ja«, flüsterst du. »Es ist gut.«

Ich dringe mit einem langsamen, glatten Stoß in dich ein. Für einen Augenblick erstarrt dein ganzer Körper, und ich fürchte, dass du es nicht aushältst, dass du die Aufnahmebereitschaft deines Afters überschätzt hast. Doch dann stöhnst du und flüsterst wieder und immer wieder: »Fick mich!«, und ich beginne zuzustoßen und deinen mir hoch entgegengereckten Hintern zu ficken, und es geht mit jedem Stoß besser, weil deine Öffnung sich weitet. Deine Hand ist zwischen deine Beine geglitten und reibt schnell und heftig deine Klitoris. Dein Stöhnen ist jetzt lauter denn je, so törnen dich meine Stöße in deinen Hintern an.

»Ich komme wieder«, keuchst du, und dann spüre ich erneut die krampfartigen Zuckungen, doch diesmal fühlen sie sich anders an, denn diesmal umklammerst und melkst du meinen Schwanz mit deinem After. »Fick mich noch kräftiger!«, keuchst du unter größter Anstrengung, auf dem Höhepunkt deines Orgasmus, und ich ficke dich noch schneller, dringe noch tiefer in dich ein und fülle jeden Zentimeter deiner Poöffnung aus, während sich mit aller Macht mein eigener Orgasmus anbahnt. Als ich explodiere, zuckst du immer noch, und dein nackter Körper bebt und windet sich auf dem Sitz, während du dich mir weiter entgegendrängst. Wogen der Befriedigung durchströmen meinen Körper, während ich tief in deinem Hintern komme.

Als ich aus dir hinausgleite, sinkst du auf den Boden, seufzt und siehst zu mir auf.

»Amerikanische Beute«, wisperst du erschöpft. »Darüber geht nichts.«

Wir liegen eng umschlungen in den Sitzen, als der Zug in irgendeiner Stadt, in der du aussteigen willst, in den Bahnhof rollt. Du löst dich aus meiner Umklammerung, und ich stelle mich schlafend. Abschiede waren mir schon immer unangenehm.

Du kritzelst mir eine Nachricht auf ein Stück Papier und steckst sie unter mein zerknittertes Jackett. Ich lese sie, sobald du die Abteiltür hinter dir zugezogen hast.

Lieber Frenchy,
hier meine Telefonnummer zu Hause in den Staaten – falls du je rüberfliegen solltest. Es ist eine lange Reise, aber viel-

leicht schaffst du es ja irgendwann einmal. Wenn du anrufst, sag meiner Mitbewohnerin einfach, dass du Frenchy bist.

Unterschrieben hast du mit einem Smiley-Gesicht mit Teufelshörnern. Der Name fehlt.

Ich inhaliere die stickige Luft des beengten Abteils und rieche noch einmal all deine verschiedenen Körperpartien.

»Vive le Frenchy«, murmele ich zu mir selbst und lege mich wieder schlafen.

Tief in dir

Du warst von all meinen Freundinnen die Einzige, die ich nach unserer Trennung vermisst habe. Die anderen haben nach ihrem Abschied nicht einmal einen Anflug von Traurigkeit bei mir hinterlassen – und womöglich sagt das ja einiges über die Auswahl meiner Liebschaften aus –, aber du warst mir in all den Jahren immer präsent. Erinnerungen an dich. Bilder von uns beiden. Mir ist völlig klar, warum wir Schluss gemacht haben. Es machte damals eindeutig Sinn. Wir waren viel zu jung, um zusammenzubleiben, das war das einzige Manko an unserer Beziehung. Du hast gesagt, du wolltest dich noch ein bisschen austoben und mehr Erfahrungen sammeln, bevor du dich endgültig bindest. Und ich war viel zu sprunghaft, um dich zum Bleiben zu überreden. Wahrscheinlich ist es gut, dass ich dich habe ziehen lassen. Um unser beider willen. Denn wenn ich dich auf Biegen und Brechen zum Bleiben gebracht hätte, wärst du bestimmt nicht glücklich mit mir geworden. Ich hätte dich vermutlich ins Unglück gestürzt.

Jetzt, da ich in den Dreißigern bin, (belassen wir es einfach bei dieser groben Angabe) ist mir erst klar geworden, wie sehr ich dich tatsächlich geliebt habe. Du warst der perfekte Gegenpart zu meiner ruhigen, stillen Art. Du warst voller Energie, gefühlsbetont, leicht zugänglich für andere

Leute. Ich sehe streng aus, gehe in all meinem Tun bedacht und methodisch vor und bin nur schwer aus der Ruhe zu bringen. Zusammen gaben wir das ideale Paar ab. Du konntest mich dazu bringen, ein bisschen mehr aus mir herauszugehen, ich hingegen habe dir geholfen, dich auf das Wesentliche zu konzentrieren, die Richtung einzuschlagen, in die du wirklich gehen wolltest.

Seit meiner letzten unglücklichen Trennung habe ich viel an dich gedacht und mit dem Gedanken gespielt, ob ich versuchen sollte, dich ausfindig zu machen. Anders als sonst hatte ich diesmal beschlossen, für eine Weile allein zu bleiben. Normalerweise warf ich mich nach einer gescheiterten Beziehung sofort ins Getümmel, um jemand Neues anzubaggern. Ich streifte durch die Tanzklubs, frischte meine Bekanntschaften mit den unzähligen hübschen Barkeeperinnen unserer Stadt auf und ging auf die Piste. Irgendein warmer Körper in meinem Bett war besser als gar nichts, dachte ich. So denken doch im Grunde die meisten Typen, oder?

Seitdem meine Gedanken nur noch um dich kreisten, führte ich eher ein Einsiedlerdasein. Ich ging ins Fitnessstudio, um meine Aggressionen abzutrainieren. Wenn ich zum Abreagieren zusätzlich auch noch den harten Asphalt unter meinen Füßen spüren musste, ging ich Joggen. Und wenn das Bedürfnis nach Sex in mir aufstieg (wie es bei jedem gesunden Mann der Fall ist), lieh ich mir Pornofilme aus. Und da … am allerunwahrscheinlichsten Ort überhaupt, entdeckte ich dich, meine unanständige Ex-Liebe.

Wer hätte das gedacht? Das war meine erste Frage. War es das, was du gemeint hattest, als du damals sagtest, du wolltest losziehen und die Welt erkunden?

Du hast in einem ziemlich geilen Streifen mitgespielt, nicht in einem dieser unsäglichen Rammelfilme, aber es war doch eindeutig ein Porno. Wie immer sahst du hinreißend aus, dein langes honigfarbenes Haar hattest du bis auf Kinnlänge zu einer Bobfrisur gestutzt, und deine weißen Zähne strahlten im Schweinwerferlicht, als du in die Kamera lächeltest, bevor du deinen Mund zur Möse irgendeiner Schlampe herabsenktest. Ich war entzückt. Ich hatte uns damals immer einmal beim Sex filmen wollen, es letztendlich aber nie tatsächlich getan. Und jetzt sah ich dich all diese herrlichen sinnlichen Dinge tun, die wir immer getan hatten, als wir noch zusammen waren – nur, dass du es diesmal mit einer anderen Frau triebst. Wie verdammt beeindruckend es anzusehen war! Meine erste, instinktive Reaktion war falscher Stolz. Ich war drauf und dran, alle meine Kumpels anzurufen und sie zu einer Pornovideo-Session einzuladen – und damit zu prahlen, dass ich mit dir zusammen gewesen war, und jetzt seht sie euch an! Das hätte bei allen schwer Eindruck geschunden.

Doch irgendwie hätte ich mich dir gegenüber untreu gefühlt. Verrückt, nicht wahr? Da ließt du dich nach allen Regeln der Kunst von einer anderen …

Nein, warte. … von zwei anderen Gespielinnen verwöhnen. Man sehe sich das an! Du und die andere Frau – und jetzt gesellt sich auch noch eine dritte zu euch. In dem Moment wäre ich beinahe verrückt geworden.

Was mich wirklich umgehauen hat, war, als du es mit den beiden Ladys auf einmal getrieben hast. Du hattest dir einen Dildo umgeschnallt und ficktest in Missionarsstellung eine Blondine, während dir eine zierliche Asiatin, die ebenfalls einen Dildo umgeschnallt hatte, ihr Ding von hinten reinschob. Dafür gab es keine Worte: meine Ex-Freundin, dieses kesse schlanke Ding, zwischen zwei anderen Schönheiten bei einem »Dreier-Frauen-Sandwich«.

Es war definitiv mehr, als ich ertragen konnte. Meine Ängste und Scheu, dich anzurufen, lösten sich schlagartig in Luft auf. Aber wie sollte ich dich ausfindig machen? Wir hatten seit Jahren nicht miteinander gesprochen. Trotzdem kramte ich mein altes Adressbüchlein hervor und wählte deine alte Nummer, obwohl ich mir kaum vorstellen konnte, Glück zu haben, aber ich hatte keine Ahnung, wo ich sonst anfangen sollte. Zu meiner Freude hatte ich deine Mitbewohnerin an der Strippe, die inzwischen deine Ex-Mitbewohnerin war und mir deine neue Nummer gab. Ich wählte sie mit zitternden Händen und war sicher, nur deinen Anrufbeantworter zu erreichen. Doch stattdessen warst du dran.

Du klangst warm und schläfrig, und ich stellte mir dich mit einem Buch in der Hand ins Bett eingekuschelt vor, neben dir eine dampfende Tasse Tee. Oder vielleicht warst du auch im Wohnzimmer, hast an einem Glas Sherry genippt und dir im Fernsehen irgendeinen alten Schwarzweißfilm angesehen. Oder du warst mit einem Mann im Bett, dessen Schwanz tief in dir steckte, einem Mann mit einer hässlichen Seite, der testen wollte, ob du fähig warst, ein Telefonat zu führen, während du gefickt wurdest. Das war schon eine angenehmere Vorstellung – sie gefiel mir tatsächlich, obwohl ich auf den fiktiven Liebhaber, den ich in meinem Hirn erschaffen hatte, sofort eifersüchtig war.

»Ich habe dich in deinem Filmdebüt gesehen«, sagte ich, ohne meinen Namen zu nennen. Du würdest meine Stimme schon erkennen. Wenn nicht, sollte es eben so sein, dann musste ich in die Röhre gucken. »Nette Szene, als die dritte Frau ins Bild kommt.«

»Hallo! Was für eine Überraschung!«, hast du entgegnet, und ich hörte dir an, dass du lächeltest.

»Wie bist du denn zu so etwas gekommen?«

Es folgte ein kurzes Zögern, als ob du überlegtest, ob ich dein Verhalten womöglich verurteilen wollte. Doch dann kamst du zu dem richtigen Schluss, dass es einfach nur eine Frage der Neugier war. Wer bin ich schließlich, mir ein Urteil über dein Verhalten anzumaßen? Ich habe in der Vergangenheit auch alle möglichen Dinge getan, von denen du weißt und für die du mich verurteilen könntest. Nach einer kurzen Pause hast du kurz aufgelacht und erwidert: »Ich habe es nur dieses eine Mal gemacht. Es war eine Art Mutprobe. Ich wollte wissen, ob ich es könnte, und habe meine Freundinnen zum Mitmachen bewegt, sodass das Ganze nichts Beängstigendes hatte. Gleichzeitig haben wir dabei ein hübsches Sümmchen Geld eingestrichen. Was hast du gedacht, als du den Film gesehen hast?«

»Dass du darin aussiehst wie ein Engel.«

»Was noch?«

»Ich habe mir gewünscht, dass *ich* es in dem Video mit dir treiben würde. Und im richtigen Leben auch.«

»Du hältst es also nicht für unklug von mir, mich für so etwas hergegeben zu haben?«

»Wie kommst du denn darauf?«, entgegnete ich. »Immerhin habe ich dich dank des Films wieder gefunden.«

Du hast geseufzt und in deiner so typischen verträumten Art geflüstert: »Ich vermisse dich.«

Das war es, was ich hören wollte. Ich gestand dir, wie scharf du mich mit deinem Film gemacht hattest, und flehte dich an, dich wieder sehen zu dürfen. Diesmal zögertest du keine Sekunde. Du gabst mir deine Adresse – eine Wohnanlage, die vom Sunset-Boulevard abgeht – und versprachst mir, bei meiner Ankunft bereit zu sein.

Und du warst bereit. Und wie sogar! Du nahmst mich nackt in Empfang und präsentiertest mir mit einer schnellen

Drehung deinen hinreißenden Körper, bevor du mich hereinließt. Dann führtest du mich ohne ein Wort auf den Balkon. Und mit dem Blick auf das unter uns liegende Hollywood und auf die Leuchtreklame all der viel versprechenden Filmsternchen tauchte ich immer wieder mit meinem knallharten Schwanz in dich ein. Du kralltest dich am Geländer fest, während ich es dir besorgte, und gingst auf die Zehenspitzen, um mir den bestmöglichen Zugang von hinten zu gewähren. Du warst absolut nass, und bei jedem Stoß hieß deine Möse meinen Schwanz mit einem einladenden Schmatzen willkommen.

»Ich habe dich auch vermisst«, brachte ich hervor, drückte meine Lippen auf deinen Nacken und atmete tief ein, um einen Hauch deines Duftes zu inhalieren, den Duft deiner Haut unter dem betörenden Aroma von Chanel Nummer fünf. Die Welle deines Geruchs überrollte mich und überschwemmte mich mit Erinnerungen an unsere Zeit vor zwölf Jahren, als wir beide noch viel jünger und sehr viel unbedarfter gewesen waren.

Doch jetzt, während ich die süße samtige Möse meiner bezaubernden Ex vögelte, wurde mir bewusst, dass die lange Zeit unseres Getrenntseins dieses Wiedersehen nur noch himmlischer machte. Dass wir dank unseres Alters eine verbesserte Chance auf eine Neuauflage unserer Beziehung hatten. Das flüsterte ich dir ins Ohr, während du deinen hinreißenden Körper gegen meinen drängtest, deine Hüften sich hoben und senkten und du jetzt selber die Zügel übernahmst und mich ficktest, anstatt dich von mir ficken zu lassen.

O Gott, wie ich das vermisst hatte! Das Zusammenspiel unserer Körper hat schon immer wunderbar funktioniert, nicht wahr? Ich schien perfekt in dich hineinzupassen. Und die Art, wie du meinen Schwanz mit deiner Möse umklammertest und den Druck dann wieder ein wenig gelöst hast, ließ mich genau wissen, wie lange du noch brauchen würdest, um zu kommen. Ich war nie wieder mit einer anderen Frau dermaßen im Einklang.

Ich streichelte deine vollen runden Brüste, während wir es trieben, und wiegte sie in meinen Händen. Mit einem Kribbeln rief ich mir jede einzelne Linie und jede Kurve deines Körpers in Erinnerung. In meiner Fantasie hatte ich mir das hier in den vergangenen zwölf Jahren immer wieder vorgestellt. Es tatsächlich wieder zu tun, war für mich wie die Verwirklichung eines schmutzigen Tagtraumes.

»Oh, ja!«, stimmtest du mir zu, während du auf meinem Schwanz kamst, und dann, während deines Orgasmus immer lauter werdend: »Ja, o ja, ja, o ja!« Ein sündiges Sex-Mantra, das wie ein Echo in das unter uns liegende glitzernde Hollywood hinunterhallte.

»Jaaaaaa!«, schriest du aus vollem Halse, als ich die Zügel wieder übernahm und meinen Schwanz versenkte …

… tief in dir.

Das Ausstellungsstück

Alle redeten über dich. Beginnen wir mit dieser simplen Tatsache. Alle zerrissen sich den Mund über dich, als ob du der nächste Star wärst. Sie wissen schon, was ich meine. Diese wissende Art, in der die Leute Klatsch verbreiten oder Dinge weitertratschen, die sie nur vom Hörensagen kennen.

»Hast du schon von ihr gehört? Ist sie nicht wirklich großartig?«

»Aber ja. Ein neuer Matisse.«

»Tatsächlich? Ich dachte eher Modigliani …«

Und immer in diesem Theaterflüstern, mit geradezu ehrfürchtiger, gedämpfter Stimme. Eine Zeit lang schien es mir so, als ob jedes Mal, wenn ich mich umdrehte, irgendjemand deinen Namen nannte.

»Sie ist einfach großartig«, schwärmten sie. Sie redeten über deine charakteristischen roten Lippen und über deine avantgardistische Art, beim Reden auf deine Gesprächspartner herabzublicken, als stündest du auf einem Podest und wir anderen wären nichts als winzige Ameisen, die auf dem Boden vor dir herumkrabbeln. Künstler, die im Rampenlicht stehen, neigen dazu, sich so zu verhalten wie du. Das ist Teil der Schau. Und Kunstliebhaber und Mäzene, die bereit sind, für ein Kunstwerk das Hundertfache dessen auszugeben, was es wirklich wert ist, scheinen darauf zu stehen, von Künstlern herablassend behandelt zu werden.

Fragen Sie mich nicht, warum das so ist. Ich weiß es nicht. Ich kann nur vermuten, dass es der gleichen unausgesprochenen Regel folgt, nach der die Leute etwas für wertvoller halten, bloß weil es teurer ist. Dabei wissen die meisten von uns, dass dies keineswegs immer der Fall ist. Aber wenn Sie denselben Pullover einmal mit 300 Dollar und einmal mit 30 Dollar auszeichnen, findet sich auf jeden Fall eine Gruppe Frauen, die den für 300 Dollar kauft und unzählige Gründe dafür anführt, warum er von besserer Qualität ist als das identische, billigere Gegenstück.

Ich muss sagen, dass deine Kunst meiner Meinung nach in genau diese Kategorie fiel. Deine Stücke waren durchschnittlich, so weit ich das beurteilen kann. Ein interessierter Sammler hätte etwas in der Art, wie du es machst, an jeder x-beliebigen lokalen Kunstakademie finden können. Doch irgendein tattriger Mäzen hatte beschlossen, dass du eine aufstrebende Künstlerin warst. Und dieser Jemand hatte dir aus eigenen Stücken eine Ausstellung beschert, auf der andere Mäzene umherstrichen wie jene heuchlerischen Schmeichler, die atemlos und in Ehrfurcht erstarrt die neuen Kleider des Kaisers bewundern und mit lauten Ohs und Ahs dicke Schecks über viele tausend Dollar ausstellten.

Okay, vielleicht war ich dir gegenüber voreingenommen. Ich hasse es nun einmal, wenn mir andere Leute erzählen, dass ich irgendetwas großartig finden werde. Wie zum Beispiel den Film *Titanic* – oh, er wird dich umhauen. Wirklich? Ich konnte mir den beknackten Streifen nicht einmal bis zu Ende ansehen. Oder Tartarbeefsteak – wie köstlich! Das musst du unbedingt probieren! Tatsächlich? In meinen Augen sieht es aus wie ein Klumpen rohes Rindfleisch. Dies war also meine Geistesverfassung, mit der ich kam, um dein Werk leibhaftig in Augenschein zu nehmen, anstatt nur die Abdrucke im Katalog zu begutachten.

Auf der Ausstellung konzentrierte sich das Gemurmel der Besucher auf die Feststellung, dass dein Werk anders war. Einzigartig. Dass deine Bilder etwas Neues, bisher noch nie Dagewesenes hätten. Nun gut, ich muss gestehen, dass dies auch mein Interesse geweckt hatte, und so hatte ich als Kunstkritiker einer der angesehensten Zeitungen des Landes (ich werde mich nicht selbst beweihräuchern, indem ich verrate, welche) auf die Einladung hin zugesagt und besuchte die Ausstellung.

Ich hatte dich schon vorher getroffen, und du wirktest auf mich genauso nichts sagend, wie ich dich aufgrund der Klatschgeschichten eingeschätzt hatte. Es ist schon in Ordnung, wenn du jetzt darüber lachst. Ich sage nur, wie ich es damals empfunden habe. Doch als ich durch die Galerie strich und deine Bilder studierte, versuchte ich herauszufinden, was es bloß war, das sie tatsächlich so andersartig machte. Erschrocken fand ich mich plötzlich unter dem gleichen Bann schmeichlerischer Faszination wieder, die ich an den Kunstliebhabern normalerweise so verachtete. Und da war tatsächlich etwas, das in den Reproduktionen, die ich bisher gesehen hatte, nicht zu Tage getreten war, etwas, das die Fotos nicht wiederzugeben vermochten.

Ich ging so nah an eines der Bilder heran, dass ich es beinahe mit der Nase berührte, und genau in diesem Moment spürte ich die Gegenwart eines anderen Körpers. Was Timing angeht, kennst du dich bestens aus; du warst unbeirrt in meine persönliche Sphäre eingedrungen und drücktest deine rubinrot glänzenden Lippen an mein Ohr. Ich spürte deinen kitzelnden Atem, und er jagte mir einen Schauer über den Rücken. Heute muss ich zugeben, dass ich sofort knallhart war und es mich einige Mühe gekostet hat, meine unterkühlte Haltung aufrechtzuerhalten. Mein Nacken versteifte sich, und ich rührte mich nicht, als du flüstertest: »Ich habe ein Geheimnis … soll ich es Ihnen anvertrauen?«

»Ein Geheimnis?«, erwiderte ich. »Warum sollten Sie es mir anvertrauen wollen?«

»Sie wissen schon«, entgegnetest du. »Es ist dieses brennende Verlangen zu beichten …«

Ich wurde noch härter. Heute kann ich es ja sagen. Diese Worte ließen mich härter werden als eine Eisenstange. Ich hätte mich am liebsten umgedreht, dich an mich gerissen und in die Arme genommen, dir in die Augen gestarrt und darauf bestanden, dass du genau das tust: beichten. Ich wollte die ganze Welt der Kunst vergessen, denn dies war genau die Art Gespräch, die meine Libido anstachelte. Doch wir waren in aller Öffentlichkeit und zahllosen Blicken ausgesetzt, weshalb ich einfach nur sagte: »Beichten Sie.«

Und dann nahmst du meine Hand und führtest mich in den hinteren Bereich der Galerie, ins Privatbüro des Galeristen. Du hast die Tür hinter uns geschlossen, bist erneut in meine Sphäre eingedrungen und kamst mir so nah, dass ich mich zusammenreißen musste, um nicht zurückzuweichen.

»Ich mische etwas ganz Besonderes in meine Farben«, erklärtest du. »Eine reine Ingredienz. Die reinste, die es überhaupt gibt.«

Ich spürte eine tiefe Enttäuschung. Aufgrund deines Gebarens in der Galerie hatte ich gehofft, dass du mir etwas über deine sexuellen Vorlieben anvertrauen würdest, vielleicht deine unbändige Lust auf wilden, animalischen Sex mit jedem Kunstjournalisten, der dir über den Weg läuft. Wäre das nicht ein wirklicher Glückstreffer gewesen? Doch so wie die Dinge lagen, nahm ich dich ins Visier und versuchte, in deinen Augen zu lesen, was du mir wohl im Stillen anzuvertrauen gedachtest. Du hattest irgendetwas Besonderes an dir. Vielleicht redeten die Leute deshalb so viel über dich. Du sahst irgendwie anders aus als jede Frau, die ich bisher in meinem Leben gesehen hatte. Du warst weder mit einem Filmstar noch mit irgendeiner anderen Berühmtheit zu vergleichen. Du hattest eine ganz eigene Ausstrahlung.

Dein goldblondes Haar schimmerte merkwürdig unter den Lichtern, und deine Lippen, die in diesem bizarren Rotton geschminkt waren, schürzten sich zu einem bezaubernden Lächeln, welches dein Gesicht in das einer himmlischen Schönheit verwandelte. Während ich dich sprachlos ansah, zogst du dir dein Kleid aus, entledigtest dich deiner Unterwäsche, legtest dich mit gespreizten Beinen auf den Boden und begannst zu masturbieren. Zu meinem riesigen Erstaunen redetest du unbeirrt weiter, während du dich massiertest, deine Finger in dem Spalt zwischen deinen Beinen verschwanden und deine Hüften sich auf dem kalten Marmorboden hoben und senkten.

»Ich mische diese ganz spezielle geheime Substanz in meine Farben. Und irgendwie finden die Leute meine Bilder aus irgendeinem Grund bemerkenswert schön und werden geradezu süchtig danach, sie anzusehen. Meine Bilder haben für ihre Betrachter einen magischen Glanz …«

Und während du redetest, stemmten sich die ganze Zeit deine schlanken Hüften gegen den Boden. Von meinem Aussichtspunkt konnte ich deine rasierten Schamlippen sehen, deren helles Rosa an der Innenseite kräftiger und dunkler wirkte. Deine Finger gingen mit großer Geschwindigkeit zu Werke, und schließlich führtest du zwei von ihnen in dich ein. Das wollte ich am liebsten für dich tun. Nicht mit meinen Fingern, sondern mit meinem Schwanz. Wenn du es mir bedeutet hättest, hätte ich es sofort getan, hätte mich erst zwischen deine Beine gehockt und meine wirbelnde Zunge über die Stelle fahren lassen, von der ich sicher war, dass es sich um deine ziemlich angeschwollene Klitoris handelte. Und dann hätte ich dich flach auf den Rücken gelegt und wäre auf dich gestiegen. Mein Schwanz gierte danach, in deine Möse einzutauchen. Gierte so heftig danach, dass ich es nur schwer ertragen konnte, untätig dazustehen und deiner Vorführung zuzusehen.

Jetzt nahmst du deinen Daumen zur Hilfe, der blitzschnell auf der Stelle kreiste, an der deine Klitoris sein musste. Ich konnte sie jedoch nicht sehen, da dein Daumen mir die Sicht versperrte.

»Haben Sie es auch anderen Leuten erzählt?«, fragte ich leise. Ich wollte dich auf keinen Fall unterbrechen. Du lagst da wie ein Engel auf dem Boden, dein Atem ging inzwischen immer schneller. Ich konnte sehen, dass du dich deinem Höhepunkt nähertest, denn deine Wangen glänzten erhitzt und rosa, und deine Lippen hatten sich geöffnet. Es fiel dir zusehends schwerer, mir beim Sprechen in die Augen zu sehen. Eigentlich konntest du deinen Blick fast gar nicht mehr auf mich richten.

»Nein …«, brachtest du keuchend hervor. Ein dritter Finger gesellte sich zu den beiden, die bereits in dir steckten, und ich vermutete, dass du diese Finger mit deinen inneren Muskeln zusammendrücktest. »Nein … niemand weiß es. Aber Sie …« Du holtest tief Luft. »Sie sind Kunstkritiker. Sie hätten es bestimmt herausgefunden. Oder?«

Ich schüttelte den Kopf, beugte mich zu dir herunter und ließ meine Finger über deinen Körper fahren, strich über deine Rippen, über deinen weichen, glatten Bauch, spreizte mit meinen eigenen Fingern die Lippen deiner Möse und blickte hinein in das wahre Kunstwerk, bewunderte diese geheimnisvollen Farbschattierungen, dieses dunkle tiefe Rosa, diesen unglaublich saftigen vollen Ton.

»Können Sie sich das vorstellen?«, flüstertest du. »Können Sie sich vorstellen, mir zuzusehen, wie ich einen Pinsel in meine Möse tunke … und dann mit ihm über ein fertiges Werk streiche und dadurch diesen geheimnisvollen glänzenden Schein erzeuge?«

Ich schüttelte erneut den Kopf. Doch während du geredet hast, konnte ich genau das sehen.. Ich sah dich genau das tun, was du mir beschrieben hast. Du krümmtest deinen Rücken und erbebtest, und dann kamst du, was ich deshalb ganz genau wusste, weil ich dir half. Künstler sind genauso wie alle anderen Ausübenden der kreativen Berufe: Schauspieler, Sänger, Komiker – sie brauchen immer ein Publikum.

»Werden Sie es enthüllen?«, fragtest du als Nächstes und versuchtest dich zu fassen, doch offensichtlich wogtest du immer noch auf dem Wellenkamm deines Orgasmus. »Werden Sie mich verraten?«

Ich schüttelte wieder den Kopf, immer noch etwas benommen von dieser Show, von dieser Performance. Doch als du dich wieder anzogst und zurückgingst in den Ausstellungsbereich der Galerie, fasste ich dich an den Schultern und zog dich zu mir heran. Diesmal drückte ich meine Lippen an dein Ohr und flüsterte: »Ich würde gerne eines Ihrer Bilder kaufen …«

Dein Gesicht erhellte sich mit einem Lächeln.

»Und zwar würde ich Sie bitten, ein Selbstporträt für mich zu malen.«

Dein Lächeln wurde noch breiter, und du nicktest. »Ich male ein ganz spezielles Bild für Sie«, flüstertest du zurück. »Eins, dass nur für Ihre Augen bestimmt ist.«

Liebesbrief

Mein Baby, mein Darling. Mein grünäugiges Mädchen. Du willst mich, das weiß ich. Die Art, wie du mich anblickst, wenn du glaubst, dass ich es nicht merke! Die Art, wie du mich anstarrst und wie deine Augen intensiv und aufmerksam die Konturen meines Körpers studieren! Keine Sorge, *chica*. Ich nehme dich wahr.

Ich weiß Bescheid.

Wenn du in der passenden Stimmung bist und dir Unanständiges durch den Kopf geht, siehst du mich auf eine ganz besondere Weise an. Dieser Hauch von Schamesröte auf deinen Wangen, wenn du unter deinen langen schwarzen Wimpern hervorlugst! Ich mag diesen Blick, diese Spur von Schuldbewusstsein, und wie deine Wangen rosig-pink anlaufen, wenn ich dich ertappe.

Vielleicht meinst du, dass ich deine geheimsten Wünsche nicht errate. Vielleicht hat außer mir noch nie jemand anders deine Wünsche erkannt. Wahrscheinlich hast du ein paar Andeutungen fallen lassen und versucht, auf subtile Weise klarzustellen, was du magst, jedoch vergebens. Bei mir musst du dir keine Sorgen machen. Mir musst du nichts erklären. Wenn zwei Menschen sich so gut kennen wie wir, ist es eine Leichtigkeit, die Wünsche und Bedürfnisse des anderen zu entschlüsseln, auch die, über die man nicht spricht.

Du willst jemanden, der dir den Hintern versohlt. Kein Problem, das kann ich dir besorgen. Dem Verlangen kann ich ohne weiteres nachkommen. Du willst einen starken, dominanten Mann, der dich über sein robustes Knie legt, dir dein kurzes Röckchen hochschiebt, dein knappes Höschen runterzieht und deinen frechen Hintern versohlt. Keine Sorge, *bella*. Für mich bist du schon nackt. Es ist nichts Verwerfliches an deinen nicht jugendfreien Fantasien, die dir am meisten Freude bereiten, wenn du allein im Bett liegst, deine Finger rasend schnell deine Klitoris reiben und deine Atmung heftig und schnell wird. Es gibt nichts an dir, das mich erschrecken könnte.

Absolut gar nichts.

Du kannst mir alles beichten. Du kannst deine Augen schließen, am Fußende deines Bettes knien und sagen: »Segne mich, Herr, denn ich habe gesündigt …«, und ich höre mir all deine Untaten an und wasche dich von deinen Sünden rein. Sei versichert, dass deine Vergehen gebührend bestraft werden, dass ich dir den Schmerz zufüge, den du brauchst, und die Demütigung, nach der du dich sehnst.

Und dann, wenn dicke Tränen über dein hübsches, gespielt unschuldiges Gesicht kullern, beschere ich dir schier unglaubliche Freuden. Ich überhäufe dich mit mehr Liebe und Zärtlichkeit, als du dir vorstellen kannst und du verdienst. Sobald du deine Bestrafung über dich hast ergehen lassen – wie es sich für ein anständiges beziehungsweise *unanständiges* Mädchen gehört –, sorge ich dafür, dass alles besser wird. Ich bringe deine Möse vor Begierde zum Pochen, und ich sorge dafür, dass dir die Säfte deiner Lust die Schenkel hinunterlaufen.

Beichte mir einfach alles, Darling, und deine Sünden werden dir vergeben.

Entscheidung für das Management

Ich stand im Feinschmeckerladen an, und in meinem Einkaufskorb befand sich nichts außer einer Dose Tomaten und einer Flasche Gin. Dummerweise hatte ich meine Sonnenbrille in der Satteltasche meines Motorrads vergessen, und das war diese Woche in der Werkstatt. Also blinzelte ich und versuchte, dem unangenehm grellen Neonlicht auszuweichen, das in dem Laden brannte. Zuerst nahm ich dich nur verschwommen wahr, eine Frau, die hinter mir in der Schlange stand und ihre Einkäufe auf das Rollband stapelte, einen Artikel nach dem anderen. Ich spürte deine Bewegungen, spürte, dass du mich ansahst, doch an diesem Tag geschah für mich alles im Zeitlupentempo.

Schließlich drehte ich mich zu dir um und sah dich an.

Ich erkannte dich sofort. Du warst die neue Managerin in einem der Filmstudios von Hollywood, und ich dachte das Gleiche, was ich gedacht hatte, als ich zum ersten Mal das Foto von dir gesehen hatte: dass du viel zu hübsch bist für eine Managerin. Das mag sexistisch klingen, aber es ist so. Mein zweiter Gedanke beim Anblick deines Fotos war gewesen, dass ich dich ficken wollte. So, jetzt weißt du es. So denken Typen nun mal. Sie sehen eine hübsche Frau und wollen sie ficken.

Doch bei mir war da noch mehr. Ich sah dein Foto, diese Hochglanzaufnahme in Schwarzweiß, und mir stockte für einen Moment der Atem. Du gefielst mir sehr. Du sahst ganz anders aus als all die Sternchen und die Möchtegernsternchen, als all die Promis und ihr Gefolge. Und du hast dich auch von den wenigen anderen Frauen in deiner Machtliga unterschieden. Du hast nicht im Geringsten so ausgesehen, als würdest du versuchen, deine Führungsposition durch männliches Gehabe zu unterstreichen.

Du sahst aus, als wüsstest du, was du tatst.

Jetzt, da ich dich leibhaftig vor Augen hatte, fand ich meinen ersten Eindruck von dir bestätigt. Zunächst einmal gefiel mir allein die Tatsache, dass du deine Einkäufe selber erledigtest. Und den Artikeln in deinem Einkaufswagen nach zu urteilen, hattest du nicht nur ein paar vergessene Zutaten für irgendein ausgeflipptes Feinschmeckermenü zusammengesucht – du schienst richtiges Essen zu kaufen.

Nachdem ich den Inhalt deines Wagens gründlich in Augenschein genommen hatte, trafen sich unsere Blicke. Deine hellgrünen, dunkel umrandeten Augen waren faszinierend, sogar im kalten Licht des Lebensmittelgeschäfts. Es bestand nicht der geringste Zweifel – du sahst umwerfend aus und warst genau mein Typ. Aber ich war an diesem Tag überhaupt nicht in Stimmung. Ich hatte eine lange Nacht hinter mir und kämpfte mit dem furchtbarsten Kater meines Lebens. Alles, was ich wollte, war, nach Hause zu gehen und mich ins Bett zu legen. Natürlich wollte ich dich kennen lernen, unbedingt sogar. Aber ich wollte dich kennen lernen, wenn ich in Bestform war. Wenn ich bereit war entgegenzunehmen, was auch immer du mir zu bieten hattest. Doch du hast mir keine Chance gelassen, sondern einfach den ersten Schritt getan. Damit hätte ich bei dir rechnen müssen, nicht wahr? Jemand in deiner Position muss es gewohnt sein, sich zu nehmen, was er will.

Du rücktest näher an mich heran, drangst in meine persönliche Sphäre ein. Dann kamst du mit deinen Lippen an mein Ohr und flüstertest: »Tut mir Leid, dass ich Sie so ansehe. Aber Sie haben irgendetwas …«

Das war ein Satz, den man in Hollywood häufiger hörte, ein Satz, mit dem man jungen Sternchen Hoffnung machte, die ins Filmgeschäft einsteigen wollten. In L.A. darf man nie unhöflich sein, weil man immer Gefahr läuft, dass derjenige, dem man ruppig begegnet, der nächste Casting Director ist, vor dem man vorspielt, oder der nächste Produzent, bei dem man auf eine Assistentenstelle hofft. Doch ich fühlte mich an diesem Tag so schlecht, dass mir alles egal war, und entgegnete: »Ich soll irgendetwas haben? Hmmm … ich ahne, was Sie meinen! Ich sehe aus wie ein verkaterter Kerl, der in seinen Tagesklamotten geschlafen hat und von seiner Freundin, diesem Miststück, verlassen wurde!«

Eigentlich hatte ich gedacht, dass dich meine Reaktion abschrecken würde. Doch stattdessen hast du mich so breit angegrinst, dass deine Zähne in dem scheußlichen Neonlicht blitzten, und mich gebeten, auf dich zu warten. Du wolltest nur noch kurz deine Einkäufe bezahlen und dann mit mir reden. Ich mochte deine Art. Du hattest Mumm.

»Ich bin mit dem Taxi hier«, sagte ich. »Mein Stahlross hat letzte Woche den Geist aufgegeben.«

»Ihr Stahlross? Hatten Sie einen Platten?«

Ich konnte mir ein spöttisches Lächeln nicht verkneifen. Was glaubtest du wohl? Dass ich mit einem Fahrrad durch die Gegend strampelte? »Ich habe eine Harley«, stellte ich klar, um gar nicht erst falsche Vermutungen aufkommen zu lassen.

»Ich fahre Sie, wohin Sie wollen.«

Ich drängte mich durch das Menschengetümmel und bezahlte meinen Taxifahrer. Dann wartete ich. Jetzt hattest du mich wirklich neugierig gemacht, noch neugieriger, als mich der Anblick deines Fotos sowieso schon gemacht hatte. Normalerweise sprechen Frauen mich nicht von sich aus an wie du. Ich wirke wahrscheinlich zu schroff, als dass sie auf mich zugehen würden. Die meisten Frauen warten, bis ich den ersten Schritt tue und ein Gespräch beginne. Deshalb also noch einmal – deine Art gefiel mir sehr.

Du kamst mit deiner kleinen Einkaufstasche aus dem Laden und führtest mich zu deinem Jaguar. Als wir eingestiegen waren, nahmst du mich noch einmal ins Visier. »Sie haben irgendetwas …«, murmeltest du zu dir selber, zucktest mit den Schultern und hast lauter hinzugefügt: »Sie erinnern mich an jemanden.«

Bisher warst du diejenige gewesen, die mich unentwegt beeindruckt hatte. Doch jetzt wollte ich dir zeigen, dass auch ich etwas drauf hatte. Ohne ein Wort, ohne jede Vorwarnung, beugte ich mich zu dir herüber und küsste dich – und zwar leidenschaftlich. Mit der einen Hand hielt ich dein Kinn, meinen freien Arm schlang ich um deinen schlanken Körper und zog dich zu mir heran. Als du dich weder sträubtest noch mich zu hindern versuchtest, rückte ich noch näher, knöpfte deine frische weiße Bluse auf und küsste erst deine Schultern, knabberte neckisch an ihnen und widmete mich dann deinen unter Spitzenkörbchen verborgenen Brüsten und deinem flachen, sonnengebräunten Bauch.

Um ehrlich zu sein – ich hätte einfach an Ort und Stelle weitergemacht. Ich hätte so lange weitergemacht, bis du mich in die Schranken gewiesen hättest, doch nach einer Weile sagtest du »warte«, ließt den Wagen an und fuhrst uns in eine nahe gelegene Sackgasse. Dort angekommen, legtest du dich wieder zurück und signalisiertest mir, meine Schuldigkeit zu tun. Doch anstatt deinem Wunsch nachzukommen, öffnete ich die Autotür, stieg aus und sah dich durch die Windschutzscheibe an, bis du ebenfalls ausstiegst und mir folgtest.

Wir befanden uns hinter einigen der stattlichsten Herrenhäuser von Beverley Hills. Die Sackgasse war breiter als so manche Straße mitten in der City, doch sie war, abgesehen von einer einsamen, streunenden Perserkatze, absolut menschenleer. Ich presste deine Hände gegen die Stuckmauer des nächstbesten schlossartigen Gebäudes, atmete tief ein und inhalierte den Duft Glyzinien, die über uns herabhingen. Dann zog ich dich aus und legte jedes Einzelne deiner Kleidungsstücke auf die Haube deines schicken Autos. Du protestiertest nicht, und das gefiel mir.

Ich befreite meinen Schwanz, spuckte mir auf die Finger und befeuchtete ihn von oben bis unten, was, wie ich schnell feststellte, gar nicht nötig gewesen wäre. Deine Möse erwartete mich bereits schön nass, und sie duftete so herrlich wie das hellllilafarbene Blütenmeer, unter dem wir standen. Ich stieß dir meinen Schwanz von hinten zwischen deine Schenkel. Auf diese Weise mache ich es gerne – treibe es wie ein Tier. Ich drang tief in dich ein, umfasste deine Taille und bewegte deinen Körper im Takt meines Herzschlags auf meinem Schwanz hin und her.

Du gabst, während wir es trieben, beinahe keinen einzigen Laut von dir – im Gegensatz zu meiner letzten Ex-Freundin, deren vorgetäuschte Lustschreie unsere Nachbarn nicht nur einmal veranlassten, die Notrufnummer zu wählen. Du warst ungewöhnlich selbstbeherrscht, doch ich spürte trotzdem, als du kurz davor warst zu kommen. Dein Körper erstarrte in meinen Händen, deine Muskeln spannten sich, und deine Haut schien unter den warmen Strahlen der kalifornischen Sonne zu glühen.

Ich liebte den Anblick deines nackten, an mein schwarzes Outfit gepressten Körpers und wie du meine Hose mit deinen Rückstößen ganz nass machtest.

Am meisten aber gefiel mir, dass du nicht wusstest, wer ich war. Wenn ich mich nicht von selbst zu erkennen gab, würdest du es erst am nächsten Morgen beim Lesen des Branchendienstes erfahren. Funktioniert diese Welt nicht immer so? Erst wenn man etwas schwarz auf weiß sieht, hält man es für wahr.

Als du kamst, durchzuckten heftige Schauder deinen Körper, die nach einer Weile langsam verebbten und dich atemlos zurückließen. Du drehtest dich zu mir um, neigtest den Kopf, und deine grünen Augen strahlten vor Glück. Ich stand an dein Auto gelehnt da, sah dich an und wartete, wann der Groschen bei dir fallen würde. Doch du warst in deiner eigenen Welt versunken. Während du dich leise anzogst, wendetest du deine faszinierenden Augen nicht von mir ab. Ich öffnete die Tür deines Wagens, nahm meine Sachen heraus und ging die Sackgasse hinunter.

»Ich fahre Sie nach Hause«, riefst du hinter mir her. »He … !«, und dann folgte eine Pause, in der dir klar wurde, dass du meinen Namen gar nicht kanntest. Ob dir so etwas wohl zum ersten Mal passierte? Ob du es schon jemals mit einem Unbekannten getrieben hattest? Eigentlich schienst du dafür nicht der Typ zu sein, aber wer weiß? Schließlich hattest du mich heute Nachmittag schon einmal ziemlich überrascht. Hattest du womöglich noch weitere derartige Überraschungen auf Lager? Jetzt war ich an der Reihe, dich zu überraschen.

Ich kramte meinen Schlüssel aus meiner Hosentasche hervor und schloss das Hintertor zu meinem Haus auf. »Nicht nötig!«, rief ich prahlerisch zurück, wohl wissend, dass du mir folgen würdest, ich dir eine Bloody Mary servieren würde und wir in aller Ruhe über unsere künftige Zusammenarbeit reden konnten. »Ich bin schon zu Hause.«

Die Regeln des Spiels

Ich sehe dich durch die Eingangslobby schreiten, und du siehst unglaublich aus. Du trägst ein knappes stahlblaues Kleid, das ich noch nie an dir gesehen habe – es ist so eng anliegend, so kurz und so tief ausgeschnitten, dass du aussiehst wie eine Edelhure. Diesem Eindruck tut auch das schwarze Bolerojäckchen keinen Abbruch – es ist genauso eng und betont die Rundungen deiner vollen Brüste in dem hautengen, tief ausgeschnittenen Kleid. Du gibst eine so hinreißende Hure ab, dass ich die Regeln des Spiels beinahe zu erraten meine, doch als du mit einem wissenden Lächeln auf deinen vollen, rot geschminkten Lippen auf mich zugeschlendert kommst, gerate ich vorübergehend wieder ins Schwanken. Du hast eine kleine Perlenkette umgelegt und trägst schwarze, durchsichtige Strümpfe und hochhackige Schuhe.

Jetzt verstehe ich – oder besser gesagt, ich glaube zu verstehen –, warum du mich mit einem Bündel Hundert-Dollar-Scheine und in einem Armani-Anzug herausgeputzt an einem Dienstagabend um zweiundzwanzig Uhr in die Lobby des besten Hotels der Stadt bestellt hast. Vielleicht zu einem späten Abendessen im Hotelrestaurant, das in den Lokalzeitungen vor kurzem ein paar glänzende Kritiken bekommen hat, und anschließend zu einer heiße Orgie in einer Hotelsuite. Die Vorstellung fasziniert mich, obwohl ich mich genauso gerne in deiner Wohnung mit dir getroffen hätte, in der ich den besten Sex meines Lebens hatte. Die bloße Vorstellung bringt meinen Schwanz dazu, sich in meiner Hose zu regen, und zwar noch bevor du dich auf dem Barhocker neben mir niederlässt.

»Ist der Platz noch frei?«, fragst du, nachdem du es dir bequem gemacht hast.

»Ja«, erwidere ich mit einem Lächeln. Ich bin drauf und dran, »Hi« zu sagen, dich zu umarmen und bei deinem Namen zu nennen, doch bevor ich dazu komme, ergreifst du das Wort.

»Ich bin Simone«, stellst du dich vor und hältst mir eine Hand hin, damit ich sie schüttele oder dir einen Handkuss gebe. Im ersten Moment bin ich ziemlich perplex: Das ist überhaupt nicht dein Name. Auch nicht dein zweiter Vorname, oder dein Spitzname oder ein Aliasname – jedenfalls nicht, dass ich wüsste. Doch dann fällt bei mir der Groschen, und mir ist klar, was du vorhast, du kleines ungezogenes Ding.

»Schön Sie kennen zu lernen, äh, Simone«, entgegne ich, nehme deine Hand und gebe dir einen Handkuss. »Ich bin … Mike.«

»Schön *Sie* kennen zu lernen, *Mike.*« Bei dem Namen schiebst du die Lippen verächtlich vor, um mich wissen zu lassen, dass du ihn auch dann sofort als falsch erkannt hättest, wenn wir nicht seit Monaten miteinander schlafen würden. »Sind Sie auch wegen der Tagung in der Stadt?«

Ich ringe nach einer Antwort, denn in diesem Augenblick registriere ich, dass du nicht dein übliches Parfüm aufgetragen hast. Stattdessen riechst du nach irgendeinem teuren, aber zugleich etwas geschmacklosen, anzüglichen, verführerischen Duftwässerchen.

»Genau«, entgegne ich nervös. »Ich bin wegen der Tagung in der Stadt.«

Dein Duft macht mich ganz schwindelig, dein Spiel versetzt mich in höchste Aufregung. Als du auf deinem Barhocker herumrutschst, schiebt sich dein kurzes Kleid ein wenig hoch, und ich sehe, dass du Strapse trägst, die am Spitzenrand deiner Strümpfe befestigt sind. Ich frage mich, was du wohl sonst noch unter dem winzigen Kleid anhast.

»Was darf ich Ihnen servieren?«, fragt die Barkeeperin, ein kesses Mädchen im Collegealter in einer edlen weißen Bluse.

Du siehst mich an und ziehst die Augenbrauen hoch.

»Darf ich Sie zu einem Drink einladen?«, platze ich aufgeregt heraus.

Auf deinem Gesicht macht sich ein bezauberndes, liebenswürdiges Lächeln breit. »Aber gerne. Ich nehme einen Cosmopolitan.«

Natürlich, was auch sonst? denke ich und bestelle mir selbst einen weiteren Johnnie Walker Black pur. Du hast noch nie einen Cosmopolitan bestellt, jedenfalls nicht, solange ich dich kenne, aber was sollte eine Edelhure wohl sonst bestellen?

»Ich liebe den Geschmack von Scotch«, stellst du klar. »Auf den Lippen eines Mannes ist er unglaublich sexy.«

Ich schlucke nervös. Eigentlich sollte alles ganz locker und einfach sein, schließlich ist es alles andere als überraschend, dass du mich ein weiteres Mal zu einem erotischen Abenteuer verführst. Doch ich spüre, wie sich mir die Brust zuschnürt und ich Herzklopfen bekomme, als ob du tatsächlich eine Fremde wärst. Ob es an deinem Geruch liegt? Oder an deinem lasziven Blick, der mir sagt, dass ich nichts weiter als eine Beute für dich bin, die du jagen, fangen und verschlingen willst.

»Arbeiten Sie hier in der Gegend?«, frage ich.

»Könnte man so sagen«, erwiderst du grinsend.

Die Barkeeperin bringt unsere Drinks, und ich bezahle sie auf der Stelle und schiebe ihr als Trinkgeld einen Fünf-Dollar-Schein hin. Sie bedankt sich herzlich und bedenkt uns beide mit einem missbilligenden Blick, wobei sie dich eindeutig länger fixiert, die Hure von Babylon, die dieses edle Hotel in ein zweitklassiges Bordell umfunktioniert.

Ich kippe mir die Hälfte meines Scotchs herunter, während du vorsichtig an deinem Cosmo nippst. »Sie tragen einen eleganten Anzug«, stellst du fest. »Bestimmt hat Ihre Frau Ihnen bei der Auswahl geholfen.«

Ich lache unbehaglich, und diesmal ist es höchstens zur Hälfte gespielt.

»Freundin?«

»Ja«, bestätige ich. »Ich habe eine Freundin.«

»Natürlich«, sagst du und spielst mit den Lippen am Strohhalm deines Cocktails herum. »Bei einem Typen wie Ihnen überrascht mich das gar nicht. Sie kennen ja den Spruch.«

»Welchen Spruch?« Ich kippe mir den Rest meines Scotchs herunter, und die Barkeeperin füllt mein Glas, ohne zu fragen, wieder auf.

»Die Guten sind alle schon vergeben. Ihre Freundin kann sich sehr glücklich schätzen. Sind Sie schon lange zusammen?«

»Fast ein Jahr«, erwidere ich und füge mit einem Grinsen hinzu: »Sie ist großartig, aber sie könnte ein bisschen abenteuerlustiger sein.«

Ich sehe, wie sich deine Augen verengen, und weiß, dass ich die Spielregeln mit dieser simplen Feststellung gebrochen und dich mit der Aussicht auf die Enthüllung streng gehüteter Geheimnisse – wenn auch falscher – am Haken habe und die Angelschnur einholen werde, bevor du es überhaupt mitbekommst.

Doch du bleibst cool und spielst unbeirrt weiter.

»Abenteuerlustiger? Wie soll ich das verstehen, Mike?«

»Sie wissen schon – im Bett.«

»Oh«, entgegnest du und nippst an deinem Drink. »In sexueller Hinsicht abenteuerlustiger.«

»Genau«, bestätige ich. »Ich hoffe, ich habe Sie nicht geschockt.«

Du kicherst und starrst mich mit geschürzten Lippen an.

»Oh nein, Mike«, seufzt du. »Ich glaube kaum, dass Sie mich mit Worten schocken können.«

»Dann bin ich ja erleichtert«, stelle ich fest.

»Was weigert sich Ihre Freundin denn zu tun?«, fragst du. »Was auch immer es ist, ich bin sicher, dass es eine Frau gibt, die Ihnen diesen Wunsch mit größter Freude erfüllen würde.«

»Glauben Sie? Neulich erst wollte ich mich eines Abends vom Kronleuchter herabhängen lassen. Und sie sagte: ›Aber Liebling, denkst du denn gar nicht an die Kaution?‹«

»Tatsächlich?«

Ich nippe an meinem Scotch und lächle dich an.

»Na ja, ich denke, dass alle sexuell potenten Männer wie Sie ein paar Dinge wollen, die ihre Frauen oder Freundinnen nicht mit ihnen machen. Zum Beispiel ist es ja eine allgemein bekannte Tatsache, dass die meisten Männer hin und wieder eine ordentliche Tracht Prügel brauchen.«

»Tatsächlich?«

»Aber ja«, bekräftigst du und schürzt erneut die Lippen. »Man muss ihnen kräftig den Hintern versohlen. Vor allem wenn sie sich als Klugscheißer geben, was gewisse Männer mit großer Regelmäßigkeit tun.«

»Ist das so?«

Du grinst und lachst dann breit. »Wenn ein Mann jedoch selber abenteuerlustig ist, sollte er angemessen belohnt werden, meinen Sie nicht auch? Immerhin stehen einige Frauen sehr darauf, wenn ein Mann von ihnen außergewöhnliche Dinge verlangt. Von Kronleuchtern einmal abgesehen.«

»Solche Frauen gibt es wirklich?«

»Hm.« Deine Zunge umspielt den Strohhalm, und du ziehst mich über den Rand deines Glases hinweg mit den Augen aus.

Die Barkeeperin sieht uns missbilligend an. »Noch einen Cosmo, Ma'am?«

»Bitte«, sage ich. »Sie erlauben doch?«

»Aber gerne. Vielen Dank.« Du lächelst die Barkeeperin an und hauchst ihr einen Kuss zu. Sie errötet und sieht weg.

»Also, was für unanständige Dinge wollen Sie *wirklich* tun, Mike? Die Geschichte mit dem Kronleuchter kaufe ich Ihnen nicht ab. Aber ich bin sicher, dass es etwas richtig Schmutziges gibt, das Sie liebend gerne einmal ausprobieren würden.«

»Nein«, entgegne ich. »Etwas richtig Schmutziges ... da fällt mir nichts ein.«

»Na kommen Sie! Etwas, das Sie sich nicht trauen würden, Ihre Frau zu fragen. Ich meine, Ihre Freundin.«

»Genau, meine Freundin«, bekräftige ich.

»Etwas, von dem Sie glauben, dass sie es nie tun würde.«

»Also, ich weiß nicht.«

»Nun kommen Sie schon!«, drängst du. »Ich bin eine Fremde. Sie können mir alles anvertrauen, ohne dass es je jemand anders zu Ohren kommt. Und kommen Sie mir nicht mit Oralsex oder etwas in der Art – ich bin sicher, dass sich Ihre Freundin auf dem Gebiet bestens auskennt.«

»O ja«, bestätige ich schnell. »Sie ist … unglaublich.«

»Tatsächlich?«, entgegnest du lächelnd. »Sie kann gut blasen?«

Ich sehe mich verstohlen um und vergewissere mich, dass niemand zuhören kann.

»Absolut unglaublich«, bekräftige ich. »Besser als sie hat mir noch keine Frau einen geblasen.«

Du kicherst. »So etwas sollten Sie nicht unbedingt einer Frau auf die Nase binden, die Sie gerade erst kennen gelernt haben, Mike. Sie könnte es als Herausforderung verstehen.«

»Aber es ist so, im Ernst.«

»Nun aber raus mit der Sprache!«, drängst du mich. »Sie wechseln das Thema. Jetzt ist es an der Zeit, die wahren Wünsche zu beichten.«

»Nach Ihnen.«

»Oh, geht es jetzt auf einmal um mich?« Du beugst dich auf deinem Barhocker zur Seite und kommst ganz nah an mich heran. »Sie wollen wirklich meine sexuellen Fantasien hören?«

»Wenn Sie mir Ihre verraten, vertraue ich Ihnen auch meine an.«

Unsere Blicke begegnen sich, und für einen Augenblick ist es beinahe so, als würde ich dich *nicht* kennen, als hätte das komplexe Spiel, das wir spielen, in dir eine ganz neue Frau zum Vorschein gebracht.

»Sind Sie treu, Mike?«

»Meiner Freundin?«

»Ja, wem sonst?«

»Aber ja, absolut«, stelle ich klar.

»Das ist es nämlich, wovon ich träume«, sagst du leise und kommst noch näher an mich heran, damit dich garantiert niemand anders hören kann. »Einen Mann wie Sie kennen zu lernen, einen wirklich ... gut aussehenden, erfolgreichen, attraktiven Mann ...«

»Äh, danke«, werfe ich errötend ein.

»Einen Mann, der nie und nimmer auf die Idee käme fremdzugehen; einen Mann, der absolut zuverlässig ist. Und diesen Mann so scharf zu machen, dass er vor Begierde verrückt wird, die Kontrolle über sich verliert und seine Freundin betrügt, ohne auch nur darüber nachzudenken.«

Ich starre dir mit klopfendem Herzen in die Augen.

»Glauben Sie nicht, dass das geil wäre, Mike?«

»Ich ... ich weiß nicht.«

»Glauben Sie nicht, dass es geil wäre, absolut die Kontrolle über sich zu verlieren, jegliche Hoffnung aufzugeben, der Mann zu bleiben, der Sie eigentlich sein wollen, und sich bedingungslos in einem Hotelzimmer einer Schlampe hinzugeben? Einer Frau, die Sie noch nie zuvor gesehen haben?«

Ich ringe nach Luft, und als ich mir den Rest meines Scotchs herunterkippe, füllt die Barkeeperin das Glas nicht wieder auf. Sie hat sich ans andere Ende der Theke verzogen, poliert Gläser und bedenkt uns dabei mit mürrischen Blicken.

»Doch«, sage ich schließlich, beuge mich zu dir herüber und lege meine Hand auf deinen Rücken. »Vermutlich wäre das tatsächlich ziemlich geil.«

Du seufzt, setzt dich wieder gerade hin, langst hinter dich und schiebst behutsam meine Hand weg. »Es ist natürlich nur eine Fantasie«, stellst du klar und hältst der Barkeeperin dein leeres Glas hin. Sie scheint nicht gerade erfreut, dass du noch einen Drink verlangst, doch sie füllt unsere Gläser auf, und ich werfe einen Zwanzig-Dollar-Schein auf den Tresen. Sie ignoriert ihn.

»Nur eine Fantasie«, wiederholst du betrübt und spielst mit der Zunge am Rand deines Glases herum.

»Es muss ja nicht unbedingt eine Fantasie bleiben«, sage ich.

Du siehst mich erneut an und lächelst.

»Muss es nicht?«

»Nein«, stelle ich klar.

»Aber Sie haben mir doch gerade erst erzählt, dass Sie treu sind. Ich dachte, Sie wären für mich absolut unerreichbar. Ich meine, Sie würden doch nie …«

»Bitte«, falle ich dir ins Wort, »lassen Sie uns ein Zimmer nehmen!«

Du lachst. »Also wirklich, Mike … Sie wollen mir doch nicht etwa weismachen, dass Sie ernsthaft daran denken, Ihre Freundin zu betrügen, oder? Sie haben mir doch eben erst erzählt, dass keine andere Frau so gut bläst wie sie.«

»Das stimmt«, bestätige ich. »Sie ist unglaublich.«

»Und das alles wollen sie für ein paar Stunden in einem Hotelzimmer aufs Spiel setzen – mit einer Frau, die Sie nicht einmal kennen? Sie müssen wohl denken, dass ich es Ihnen noch besser mit dem Mund besorge.«

Mein Schwanz ist inzwischen so hart, dass ich fürchte, kaum zur Rezeption gehen zu können. »Bitte!«, dränge ich. »Ich nehme ein Zimmer. Auf meine Rechnung.«

»Tja, Mike … Leider muss ich mich in einigen Minuten auf den Weg zum Flughafen machen. Ich darf auf keinen Fall meinen Flug verpassen.«

»Bitte!«, flehe ich dich an. »Bitte bleiben Sie! Ich würde Sie liebend gerne ein bisschen besser kennen lernen.«

»Das glaube ich Ihnen aufs Wort«, entgegnest du, rückst noch weiter von mir ab und wendest dich der Barkeeperin zu. Sie ignoriert uns inzwischen komplett.

»Können Sie Ihren Flug nicht umbuchen?«

»Leider nein. Ich habe ein Ticket, das man weder umbuchen noch erstatten lassen kann.«

Du spielst deine Rolle so gut, dass ich dich beinahe wirklich für ein Callgirl halte. Du hast mich am Haken, und in mir macht sich das starke Gefühl breit, dass du es tatsächlich fertig bringst, jeden Moment aus der Tür zu spazieren und mich, keuchend vor Begierde, unbefriedigt und frustriert zurückzulassen. Es ist so kompliziert und vertrackt, dass ich versucht bin, zu lachen. Doch ich tue es nicht, denn das Spiel ist ernst geworden, und mein pochender Schwanz in meiner Hose sagt mir, dass es jetzt, da keiner von uns beiden verlieren will, kein Zurück mehr gibt.

»Ich zahle Ihnen ein neues Flugticket«, sage ich.

Du wendest dich wieder mir zu und drückst den Rücken durch, sodass deine Brüste sich einladend unter dem Stoff deines knappen blauen Kleides abzeichnen. Ich kann deine aufgerichteten Nippel sehen, die mir mehr als deutlich verraten, dass du genauso scharf und willensschwach bist wie ich, und in ihnen erkenne ich die gleiche unbändige Lust, die auch in mir kocht und die dabei ist, mich in eine selbst erzeugte Hölle der Lust und Verdammnis zu führen. Aber mir ist jetzt alles egal. Ich will nur noch dich, will meine Lippen um jeden dieser harten Nippel legen und von ihnen kosten. Will dir dieses knappe blaue Kleid herunterstreifen und dich nackt auf eines dieser weichen teuren Hotelbetten tragen und in ihm einsinken lassen.

»Oh, das kann ich nicht zulassen.«

»Ich zahle den Flug … und Ihr Hotelzimmer.«

»Aber, Mike, Ihnen ist doch wohl klar, dass ich mir kein Zimmer mit Ihnen teilen werde – ich kenne Sie ja kaum.«

»Ich besorge Ihnen ein eigenes Zimmer.« Du bist meine Freundin, aber ich verzehre mich derart vor Verlangen nach dir, dass ich nicht im Traum auf die Idee käme, mir in Erinnerung zu rufen, dass ich dich an jedem x-beliebigen Abend zu Hause haben kann. Ich will dich hier und jetzt, oben in diesem Hotel in einem gemieteten Zimmer.

»Na gut«, sagst du und beugst dich wieder zu mir herüber, legst deine Hand in meinen Schoß und streichst mit den Fingerspitzen über meinen Schwanz. »Was das Extrazimmer angeht, werden wir sehen. Fürs Erste reicht vielleicht ein Zimmer.«

»Wie viel?«

»Wie viel was, Mike?«

»Wie viel kostet der Flug?«

»Fünfhundert Dollar«, sagst du.

»Genau fünfhundert?«

»Ja«, bestätigst du. »Genau fünfhundert. Haben Sie so viel in bar dabei?«

»Ja.«

»Sie haben mich wohl erwartet.«

»Ich besorge uns jetzt ein Zimmer.«

Du kommst noch näher an mich heran, sodass ich deinen süßen Atem in meinem Gesicht spüre. »In Ordnung. Bringen Sie mir einen der Schlüssel, und legen Sie das Geld von innen vor die Tür, wenn Sie im Zimmer sind. Ich komme dann gleich nach.«

»Aber versetzen Sie mich nicht!«, weise ich dich zurecht.

»Aber Mike«, hauchst du leise und bist mir so nah, dass unsere Lippen sich beinahe berühren. »Das würde mir nicht im Traum einfallen.«

Ich weiß, dass alles nur ein Spiel ist; wir haben uns erst gestern Nacht geliebt – zu unserer beiderseitigen überwältigenden Befriedigung. Aber ich fühle mich, als wäre ich inmitten deiner schmutzigsten Fantasie gelandet, auf jenem äußersten Grat, auf dem du schreitest, wenn du dich schlecht fühlst.

Du spielst deine Rolle wirklich gut – besser, als ich es mir je hätte träumen lassen. Das Merkwürdige an der ganzen Sache ist, dass es mich nicht kümmert. Es ist mir völlig egal, dass alles gespielt ist, dass wir in Wahrheit ein Liebespaar sind und du nichts, aber auch gar nichts von einem Callgirl hast. All das ist mir total gleichgültig – das Einzige, was im Moment für mich zählt, ist, dass ich dich haben will, und zwar jetzt und hier, in einem Hotelzimmer, und ich will dich »Simone« nennen und fünfhundert Dollar für die Liebesnacht bezahlen.

Als ich zur Theke zurückkehre, unterhältst du dich angeregt mit der Barkeeperin, die seit meinem Weggang deutlich freundlicher geworden zu sein scheint. Ihr lacht miteinander wie zwei alte Freundinnen.

Ich steuere deinen Barhocker an und drücke dir den Schlüssel in die Hand. Dann beuge ich mich vor, um dich zu küssen, doch du wendest dich ab, sodass mein Kuss auf deiner Wange landet.

Deine Schau ist perfekt. Bisher hat noch kein Geld den Besitzer gewechselt, also bekomme ich keine Gegenleistung. Ich lächle dich an, mein steifer Schwanz pocht in meiner Hose.

»Ich sehe dich dann oben«, flüstere ich.

»Ja, Darling«, entgegnest du. »Ich komme gleich nach.« Du zwinkerst der Barkeeperin zu, die daraufhin errötet.

Beim Öffnen der Tür schlägt mir dieser vertraute Geruch eines frisch gesäuberten Hotelzimmers entgegen. Ich schließe die Tür hinter mir und knipse das Licht neben dem riesigen Bett an. Dann drehe ich die Lampe zur Wand – so ist die Beleuchtung stimmungsvoller.

Ich bin nicht sicher, was ich als Nächstes tun soll – soll ich dich mit einem Drink in der Hand begrüßen? Oder dich in die Arme nehmen, wenn du hereinkommst? Beide Varianten scheinen mir hoffnungslos deplatziert, deshalb entscheide ich mich für die direkteste Begrüßung, die mir einfällt.

Ich ziehe mich aus.

Dann fische ich die fünf Hundertdollarscheine hervor, die du mich angewiesen hast mitzubringen, und lege sie ausgefächert auf die Frisierkommode neben der Tür. Der Geruch des Geldes macht mich noch härter. Mein Schwanz schmerzt geradezu vor Verlangen nach deiner Berührung. Ich betrachte die fünf Geldscheine, gehe zurück zu meiner achtlos hingeworfenen Anzughose und fische meine Brieftasche hervor. Dann entnehme ich ihr sämtliche Zwanziger und lege zehn kreuzweise auf die ausgefächerten Hunderter. Betrachte es als Trinkgeld – in gutem Glauben vorab entrichtet, da ich weiß, dass dies der Fick meines Lebens werden wird.

Ich beschließe, noch schnell unter die Dusche zu springen, wo ich mich nur kurz abbrause und mich nicht groß mit Seife aufhalte. Während ich tropfend zum Bett gehe, trockne ich mich ab. Dann werfe ich das Handtuch in die Ecke und schlage die Decke zurück. Die Laken fühlen sich auf meinem nackten Körper angenehm kühl an; sie liegen schwer und gestärkt auf meinem Schwanz. Jeder Zentimeter meines Körpers kribbelt vor freudiger Erwartung. Mit klopfendem Herzen fiebere ich derAnkunft meiner gut bezahlten Hure entgegen.

Als ich den Schlüssel in der Tür höre, kann ich nicht anders, als mich windend an der Bettdecke zu reiben. In dem Moment denke ich, dass ich dich mit solcher Inbrunst begehre, wie ich in meinem ganzen Leben noch nie eine Frau begehrt habe. Mein Schwanz pocht bei dem Geräusch des sich drehenden Schlüssels.

»Du bist sehr großzügig, Mike«, stellst du fest und lässt

die Geldscheine in deinem Portmonee verschwinden. »So großzügig wie gut aussehend.«

»Danke.«

»Was willst du tun, Mike?«

»Dich lieben.«

Du lachst und hältst dir die Hand vor den Mund, als ob du nicht glauben könntest, was ich da gerade gesagt habe. »Oh, Mike. Das bezweifle ich.«

»Na gut«, entgegne ich. »Ich will dich ficken.«

»Tatsächlich? Ist das alles?«

»Ich will dich rammeln, dass du schreist«, stelle ich klar. »Ich will dich durchficken, was das Zeug hält, und dich so oft kommen lassen, dass du in Tränen ausbrichst.«

Du lächelst. »Darfst du so mit deiner Freundin reden?«

»Sie ermuntert mich sogar dazu.«

»Sie muss ein wirklich unanständiges Mädchen sein. Unanständig und geil.«

»So ist es, Simone. Sie ist absolut geil.«

Du legst dein Portmonee auf die Kommode, streifst dir dein Bolerojäckchen von den Schultern und kommst ans Bett. Das Kleid umspannt deine Brüste, und ich sehe deine vor Erregung aufgerichteten Nippel. Du stellst dich seitlich neben das Bett, beugst dich ein wenig herab und drehst mir den Rücken zu.

»Machst du mir den Reißverschluss auf?«, fragst du mit weicher, verführerischer Stimme.

Ich ziehe den Reißverschluss herunter und enthülle den schmalen Streifen deines Spitzen-BHs. Du gehst ans Fußende des Bettes, streifst dir das Kleid herunter und entblößt Stück für Stück deinen Körper. Mein Gott, du siehst unglaublich aus! Ich will dich immer, wenn ich dir beim Ausziehen zusehe, aber jetzt ist mein Verlangen drängender denn je – ich bin schier verrückt vor Begierde. Dein schwarzer BH ist so tief geschnitten und sitzt so eng, dass deine Brüste herausquellen; deine Nippel haben sich bereits ihren Weg durch die hauchdünnen Spitzenrüschen gebahnt, die die Ränder der Halbschalen zieren. Dein zu dem BH passender Tanga ist extrem knapp und sitzt so tief, dass ich dein Schamhaar sehen könnte, wenn du es nicht sorgfältig zurechtgestutzt hättest. Deine Strapse umrahmen auf köstliche Weise deinen Schritt, und ich registriere, dass du den Tanga über die Strapse gezogen hast.

Du kommst aufs Bett, hockst dich rittlings auf mich und schlägst die Decke zurück. Dann beugst du dich zu mir herunter, drückst deine Brüste auf meinen Oberkörper und küsst meinen Hals.

»Ich will von dir gefickt werden«, flüsterst du. »Wie immer du willst. Heute Nacht gehöre ich dir.«

Ich umarme dich und drücke dich eng an mich. Unsere Lippen berühren sich, deine Zunge schmeckt nach Wodka, Lime und Triple sec. Ich umfasse zärtlich deinen nackten Hintern, und du krümmst deinen Rücken, führst deine Brüste an mein Gesicht und drängst mir dein Hinterteil entgegen. Ich sauge zärtlich an deinen harten Nippeln, während du unter die Decke fasst, meinen Schwanz nimmst, ihn mit deinen schlanken Fingern umfasst und massierst. Du beginnst ihn gierig zu liebkosen, und bevor ich mich versehe, tauchst du unter der zerwühlten Decke ab, und ich spüre deine Lippen heiß und glibberig auf meinem Schwanz. Du nimmst ihn in den Mund, und deine Lippen gleiten auf ihm herab, bis sie beinahe die Wurzel meines Liebesknochens umfassen. Ich lange nach deiner Taille und drehe dich um. Dann streife ich deinen Tanga herunter. Du entwindest dich ihm, und ich sehe, dass du dir das Schamhaar nicht nur zurechtgestutzt hast, sondern völlig rasiert bist. Du drehst dich auf mir um, hockst dich mit gespreizten Beinen auf mein Gesicht und positionierst deine Möse behutsam direkt über meinem Mund. Ich schmecke das intensive moschusartige Aroma, und meine Zunge tastet sich zu deiner Klitoris vor und umspielt sie, während du mit meinem Schwanz im Mund leise stöhnst. Mein Mund saugt sich an deinen Schamlippen fest, deine Hüften mahlen hin und her, und aus deiner auf meinem Gesicht reitenden glatten Möse ergießen sich deine Säfte.

Du nimmst dir Zeit, denn du bist eine Expertin. Natürlich weißt du genau, wie du mich am besten zum Kommen bringst, aber in deiner Rolle weißt du es *jedem* Mann zu besorgen, und es ist ganz offensichtlich, dass du es noch herauszögern willst. Dein Mund bewegt sich genau im richtigen Rhythmus, um mich bis zum Punkt kurz davor zu bringen, um mich immer genau bis an den Rand des Orgasmus zu treiben, während dein Kopf auf meinem Schwanz auf- und niedergleitet. Und dann drosselst du plötzlich völlig unvermittelt das Tempo, lässt meinen Schwanz aus deinem Mund gleiten, kitzelst meine Eichel nur noch mit der äußersten Spitze deiner Zunge und lässt mich ein wenig abkühlen, sodass du meinen harten Liebesknochen so lange vernaschen kannst, wie es dir gefällt. Ich hingegen bin nicht annähernd so großzügig. Ich will, dass du kommst, und zwar sofort, weil ich danach lechze zu spüren, wie du dich auf mir aufbäumst, während deine mahlenden Hüften deine Möse auf meinem Gesicht hin- und herreiben und du brennend vor Begierde meinen Schwanz lutschst. Ich konzentriere mich voll und ganz auf deine Klitoris und lasse meine Zunge nur hin und wieder zu deiner engen Öffnung hinunterfahren, um von deinen fließenden Säften zu kosten. Du bist nass, unglaublich nass – und zwar seit dem ersten Augenblick, in dem meine Lippen deine Möse berührt haben. Deine Bewegungen verraten mir, dass du kurz davor bist; du wirst jeden Augenblick kommen.

Natürlich weiß ich, dass dein Gebaren nicht unbedingt etwas zu sagen hat – eine gute Hure ist schließlich jederzeit im Stande, einen Orgasmus vorzutäuschen, wenn ihr Freier sie vernascht, oder? Ohne Derartiges je erlebt zu haben, koste ich die Gewissheit aus, dass du, selbst wenn du nicht kurz davor wärst zu kommen, so tun würdest als ob – schließlich habe ich eher dafür bezahlt, dass du auf deine Kosten kommst als um meiner eigenen Befriedigung willen, denn so verlangt es mein Ego; mein Ego verlangt, dass du kommst, stöhnend auf meinem Gesicht.

Allerdings weiß ich, dass du mir einen Orgasmus nie und nimmer so gut vortäuschen könntest, dass ich ihn tatsächlich für echt hielte. Ich weiß, dass du nie und nimmer vortäuschen könntest, wie sich dein ganzer Körper auf mir krümmt und windet und wie dein Mund gierig meinen Schwanz verschlingt und nur noch aus einem Paar Lippen besteht, das völlig außer Kontrolle inbrünstig und selbstvergessen zu Werke geht. Du könntest nie und nimmer vortäuschen, wie deine Schenkel mein Gesicht umklammern, wie sich dein Rücken krümmt, dein Atem nur noch gepresst hervorkommt und du auf mir erbebst.

Du könntest mir nie und nimmer etwas vorspielen – es ist einzigartig, wie du kommst.

Oder könntest du es doch?

Aber es ist mir auch egal. Denn jetzt kommst du wirklich, und ich will es. Ich will es unbedingt und sauge, während sich die Wellen deines Orgasmus aufbauen, unaufhörlich an deiner Klitoris und bearbeite sie mit meiner wirbelnden Zunge, bis du schließlich wimmerst: »Ich komme ... ich komme … nicht aufhören«, und dann strafft sich dein Körper, es durchzuckt dich heftig, und du stößt mir deine Möse so kräftig ins Gesicht, dass es mir regelrecht wehtut und ich beinahe ersticke, während deine Hüften wie von Sinnen auf- und niedergehen. Dann lässt du dich auf mich fallen, und mein von deinem Speichel glitschiger Schwanz schiebt sich zwischen deine Brüste und reibt sich an der Spitze deines BHs. Du keuchst verzweifelt und klingst, als ob du jeden Moment in Tränen ausbrächest.

»Oh, mein Gott … oh, mein Gott«, stöhnst du. »Mike, du bist so gut … oh, mein Gott, du kannst so gut lecken … Wo hast du die Kunst gelernt, eine Möse derart zu vernaschen?«

Ich lege meine Hände auf deine Hüften und hebe dich ein wenig an, sodass ich unter dir hervorgleiten kann. Mein harter und glitschiger Schwanz glitzert im Schein der Nachttischlampe und ist für dich bereit.

»Von meiner Freundin«, erwidere ich und gehe hinter dir in Stellung. »Sie ist sehr anspruchsvoll.«

Ohne jedes weitere Vorspiel dringe ich mit einem einzigen Stoß in dich ein, da ich es keine einzige Sekunde länger ertrage, nicht in dir zu sein. Deine Möse ist so nass, dass ich deine Säfte heraustropfen spüre, und sie ist von deinen im Orgasmus kontrahierenden Muskeln so eng, dass ich meinen Schwanz regelrecht hineinzwängen muss. Doch du keuchst, als ich in dich eindringe, und hebst deinen Hintern, drängst dich mir entgegen und schiebst deine enge Möse über meinen Schwanz, bis seine Spitze gegen den vertrauten Gebärmutterhals stößt und deine Schamlippen sich eng um seine Wurzel legen. Oh, mein Gott, es ist unglaublich! Deine Möse brennt so heiß um meinen Schwanz, dass ich das Gefühl habe, jeden Moment Feuer zu fangen, doch das hält mich nicht davon ab, meinen Schwanz fast komplett wieder aus dir herauszuziehen und erneut mit solcher Kraft zuzustoßen, dass dieser eine Stoß deinen ganzen hinreißenden Körper durchzuckt und du deinen Hintern noch höher hebst, dein Gesicht aufs Bett drückst und mit beiden Händen nach hinten langst und deine Schamlippen weit spreizt, um mich noch tiefer in dich eindringen zu lassen.

Ich stoße wieder zu, genauso heftig, deine Beine spreizen sich noch weiter, und deine Füße treten zu und befördern die Kissen in hohem Bogen an die gegenüberliegende Wand des Zimmers. Der nächste Stoß bringt deinen Hintern dazu, sich noch höher zu heben und entlockt deinen Lippen ein bebendes Stöhnen. Du spreizt nach wie vor deine Schamlippen und flehst mich an, noch tiefer in dich einzudringen, dich noch härter zu ficken. Du flüsterst: »Ja … ja … ja … ja … oh, mein Gott, Mike, dein Schwanz ist so groß, er ist so verdammt riesengroß, dass ich es kaum ertragen kann, Mike … oh, mein Gott, er fühlt sich so gut an, so gewaltig … deine Freundin kann sich wirklich glücklich schätzen, Mike, einen Freund mit so einem Riesenschwanz zu haben … oh, mein Gott, er ist so riesig … so verdammt riesengroß in meiner engen nassen Möse …«

Normalerweise würdest du nie mitten im Liebesakt derartige Dinge von dir geben; normalerweise gibst du dich voll und ganz den wonnigen Gefühlen deines Körpers hin, und deine obszönen Äußerungen beschränken sich auf lustvolles Stöhnen und ein Wimmern der Befriedigung, welches mir alles verrät, was ich wissen muss. Doch jetzt gehst du voll und ganz in deiner Rolle auf, und während »Simone« ihren Hintern hebt, um mich anzustacheln, noch tiefer in ihre Möse einzudringen, tut sie mir kund, wie gut bestückt ich bin. Irgendwie erhöht der Klang deiner Stimme beim Hervorkeuchen derartiger Obszönitäten meine Erregung noch, und ich ficke dich noch heftiger und noch schneller, und jedes deiner hervorgebrachten Worte stachelt mich zu noch höheren Leistungen an. Ich weiß, dass ich bald komme, aber ich will, dass meine Hure ebenfalls kommt, auf meinem Schwanz kommt, während ich sie stoße, damit ich spüre, wie die sich zusammenziehenden Muskeln ihrer Möse meinen Liebesknochen eng umschlingen. Ich lange unter dich und ertaste mit den Fingerspitzen deine Klitoris, deren vertraute Konturen mich einladen, sie zu liebkosen. Aber Simone ist eine andere Frau, und so flüsterst du: »Oh, mein Gott ... reib noch kräftiger, Mike, noch kräftiger, reib meine Klitoris noch kräftiger, fick mich härter, fick meine nasse Möse härter mit deinem riesigen dicken Schwanz!« In all der Zeit, die wir zusammen verbracht haben, habe ich dich noch nie Dinge wie »nasse Möse« oder »riesiger dicker Schwanz« sagen hören, und die Schmutzigkeit und Überzogenheit dieser Äußerungen ziehen mich noch tiefer in die Illusion unseres Spiels hinein. Ich beginne deine Klitoris so heftig zu reiben, dass ich fürchte, dir wehzutun, und ich ficke dich so hart, dass ich *weiß*, dass ich dir wehtun werde, wenn ich so weitermache – doch du verlangst nach mehr, drängst dich gegen mich und stachelst mich an, noch leidenschaftlicher zu Werke zu gehen. Deine Hände spreizen schon lange nicht mehr deine Schamlippen, denn es ist ganz offensichtlich, dass ich keiner weiteren Bestärkung bedarf, tief in dich einzudringen. Inzwischen liegen deine Hände flach auf dem Bett, und du stützt dich auf, um dich besser meinem Schwanz entgegendrängen zu können und jedem Einzelnen meiner kraftvollen Stöße mit der gleichen Inbrunst und Heftigkeit zu begegnen. Die Massage deiner Klitoris und das vertraute Reiben meines Schwanzes an deinem G-Punkt haben dich so weit beflügelt, dass du kurz davor bist zu kommen, das weiß ich genau. Und wie vorhin bin ich absolut sicher, dass du es mir nicht vortäuschst.

Du tust mir jedes einzelne Gefühl kund, das deinen Körper durchzuckt. »Ich komme, Mike … oh, mein Gott … ich komme auf deinem riesigen Schwanz, ich komme – du berührst meinen G-Punkt, Mike, du bist tief in mir – fick mich kräftiger, fick mich kräftiger!« Und dann gehen diese obszönen Worte in ein unkontrolliertes ekstatisches Stöhnen über, und ich spüre die Muskeln deiner Möse, die in schnellen Kontraktionen meinen Schwanz umfassen, ihn melken und mir bedeuten, ebenfalls zu kommen, während du dich stöhnend auf meinem Schwanz deinem eigenen Orgasmus hingibst.

Ich kann mich nicht länger zurückhalten. Im Einklang mit den Stößen unserer schweißnassen Körper massieren meine Finger nach wie vor deine Klitoris, ich passe den Rhythmus meiner Hüftbewegungen jetzt meinen eigenen Bedürfnissen an, mache in genau dem passenden Tempo weiter, um selber zum Höhepunkt zu kommen – und nach ein paar wenigen weiteren Stößen ist es so weit, und ich komme, explodiere tief in dir, während ich dich flehen höre: »Komm in mir, Mike, komm in mir, Mike, o ja, mach mich voll mit deinem Saft!« Und so lasse ich es geschehen. Mein ganzer Körper strafft und entspannt sich schließlich erlöst auf dir, und ich sinke auf dich herab. Wir glänzen beide vor Schweiß, und ich küsse deinen Nacken.

»Deine Freundin kann sich wirklich glücklich schätzen«, seufzt du. »Wie heißt sie eigentlich?«

»Simone«, erwidere ich.

Du lachst.

»Was für ein merkwürdiger Zufall aber auch. Dann heißt sie ja genauso wie ich.«

»Ja. Witzig, nicht wahr?«

Am nächsten Morgen erhalte ich um Punkt sieben einen Weckanruf – exakt meine Aufstehzeit, wenn ich zur Arbeit muss.

Du bist verschwunden. Übrig ist nur noch ein schwacher Abdruck von dir, direkt neben mir, wo dein nackter Körper völlig erschöpft zur Ruhe gekommen ist, nachdem wir uns – vor gerade drei Stunden – zum dritten Mal geliebt haben. Auf dem Schreibblock des Hotels finde ich eine Notiz. Sie ist in einer Handschrift geschrieben, die ich nicht kenne. Ein guter Trick.

Wann immer du Gesellschaft suchst, wenn du wieder einmal in der Stadt bist, ruf mich an! Ich hatte eine großartige Nacht. Deine Freundin kann sich sehr glücklich schätzen. Ich hoffe, ihr bleibt noch lange zusammen.

Liebe Grüße
Simone
XXXOOOXXX

Darunter gekritzelt stehen eine Telefonnummer und der Code eines Pagers. Es ist keine deiner üblichen Nummern, weder die deines Dienstpagers, noch die deines Telefons zu Hause noch deine Handynummer.

Unter der Notiz liegt dein knapper Tanga, der noch ganz durchnässt ist von den Säften deiner Möse.

Ich widerstehe den ganzen Tag lang dem Bedürfnis, dich anzurufen, allerdings bin ich ein bisschen überrascht, dass du dich auch nicht bei mir meldest. Doch als ich am Abend von der Arbeit nach Hause komme, registriere ich einen verräterischen Duft in der Luft – deinen Duft, nicht den von Simone. Es ist deine ganz persönliche Duftmarke, jener köstliche

Geruch, der immer noch Stunden, nachdem du bereits weggegangen bist, meine Wohnung erfüllt.

Die Tür zu meinem Schlafzimmer ist verschlossen.

Auf dem Couchtisch liegen ausgefächert fünf Hundertdollarscheine. Auf ihnen liegt ein Bündel Zwanziger, und als ich sie zähle, stelle ich fest, dass es vierhundert Dollar sind, also zehn Zwanziger mehr, als ich dir als Trinkgeld hingelegt habe.

Ich lache in mich hinein und betrachte die geschlossene Schlafzimmertür. Dann stecke ich mir das Geld in die Tasche und löse meinen Krawattenknoten.

Offenbar hast du die Spielregeln geändert und den Einsatz erhöht.

Andererseits waren die Einsätze immer höher als siebenhundert Dollar.

Ich ziehe mich aus und gehe nackt ins Schlafzimmer.

Heiße Spiele nur für ihn

Wasser, Wasser bringt mir her,
Dies Haus von Fleisch – ein Flammenmeer …

Robert Herrick

Vorwort

Kaum etwas birgt so köstlichen Genuss wie eine erotische Fantasie, ein ganz privater Augenblick, in dem Sie von den abwegigsten Dingen träumen oder vergangene sinnliche Momente noch einmal lustvoll durchleben. Fantasien steigern den ohnehin schon wundervollen Reiz der Erwartung, offenbaren Ihnen die unzähligen erotischen Möglichkeiten, die in jeder sexuellen Begegnung verborgen liegen. Fantasien führen Sie an Orte, die nur in Ihrer Vorstellung existieren, und erlauben Ihnen zu sein, wer immer Sie sein wollen, und zu tun, was immer Sie tun wollen, mit einem schier endlosen Reigen von Partnern. Die lustvollen Träume, die durch Ihre Gedanken schwirren, verlocken dazu, sie Ihren erotischen Launen, Ihren Wünschen entsprechend zu gestalten.

Manche der Fantasien, die Sie in diesem Band finden, wirken auf einladende Weise vertraut; andere wiederum zeigen Ihnen etwas ganz Unerwartetes. Sie entdecken die unzähligen Freuden, die Ihnen bevorstehen, wenn eine Freundin Ihnen geheime Sehnsüchte offenbart, und Sie erleben, wie reizvoll es sein kann, wenn die langjährige Geliebte von ihrem erotischsten Traum erzählt. Leidenschaftliche Begegnungen mit verführerischen Fremden an ungewöhnlichen Schauplätzen stehen Ihnen bevor, doch Sie entdecken das Abenteuer auch im Schoß einer vertrauten Umgebung. Sie finden sich inmitten eines verwegenen nächtlichen Dreiers wieder, mit sinnlichen Frauen, die nichts weiter wollen, als Freude zu bereiten, die sich keinerlei Gedanken über Ort oder Zeitpunkt machen, sondern die erotische Gelegenheit beim Schopf ergreifen, sobald sie sich bietet. Sie geben sich dem Reiz einer Affäre hin und genießen jeden einzelnen verbotenen Augenblick. Sie führen verstohlene Gespräche mit einer heimlichen Geliebten und entdecken dabei, dass Wörter manchmal ebenso stimulierend sein können wie Taten.

Auf diesen Seiten werden Sie auch provozierende Erzählungen entdecken, die es wagen, Grenzen zu überschreiten, denn an den Schauplätzen Ihrer dunkelsten Fantasie ist alles erlaubt, die ganze Welt ist Ihre erotische Spielwiese. Erleben Sie die Freiheit, einmal eine neue Spielart auszuprobieren. Besuchen Sie einen Sexklub, und genießen Sie die Reize alter und neuer Liebhaberinnen. Probieren Sie aus, wie es ist, Ihre Liebste lustvoll zu versohlen, und zeigen Sie ihr, wie gut es sich anfühlt, unartig zu sein. Tauschen Sie für eine Nacht die Rollen, und erlauben Sie ihr, ihre männliche Seite zu erkunden. Vergessen Sie alle Hemmungen, unterwerfen Sie sich ihren erotischen Forderungen. All diese köstlichen Möglichkeiten liegen vor Ihnen wie ein sinnliches Festmahl. Sie brauchen nur noch auszuwählen.

Die Erzählerinnen dieser Geschichten sind Ihnen bereits begegnet. Sie sind an ihnen vorbeigegangen, in Bars und Klubs, im Einkaufszentrum oder im Café in der Innenstadt. Lassen Sie sich nicht von Äußerlichkeiten täuschen. Ob diese Frauen nun offen auf der Suche nach sexuellen Abenteuern zu sein scheinen oder süß und unschuldig wirken: In ihren Köpfen findet sich ein Reich erotischer Fantasie, das nur darauf wartet, von Ihnen entdeckt zu werden. Mit ihren glänzend roten Lippen sprechen sie unanständige Dinge aus, und genau so werden sie auch ihre frivolen Fantasien ausleben. Die verlockenden Geschichten in dieser Sammlung sind nur eine kleine Auswahl.

Lassen Sie sich von ihren sinnlichen Stimmen etwas ins Ohr flüstern. Lassen Sie sich von erotischen Wörtern und Träumen verführen. Machen Sie sich ihre Fantasien zu Eigen.

BARBARA PIZIO
VERLAGSLEITERIN, *PENTHOUSE VARIATIONS*

Jeden Freitagabend

Du beobachtest uns, mich und meine Freundin, wie wir zusammen tanzen. Die Musik ist laut und hart, und der Drummer hämmert wie in Trance auf die straff gespannten Häute seines mächtigen Schlagzeugs ein. Die meisten anderen Gäste dieses Rockklubs tanzen genauso wild wie wir. Leuchtende Farben wirbeln vor meinen Augen, während sich die Tanzenden gemeinsam im Takt bewegen: verschwommene Punkte, aufreizend rot, golden glitzernd, gnadenlos schwarz. Nur du sitzt ganz ruhig an einem Tisch in der Ecke, trinkst langsam ein Bier aus der Flasche und beobachtest uns.

Ich merke es schon lange vor Shelly. Ich sehe deinen Blick starrer werden, als ich einen Arm um ihre schmale Taille lege und sie enger an mich ziehe. Sie reagiert sofort, schmiegt ihre süßen Hüften an meine, eine beinahe zufällige Liebkosung. Die Wärme ihres Körpers lässt mich zittern, obwohl wir immer so tanzen. Überall, wo wir auftauchen, haben die Männer ihre Freude an uns. Die Musik macht uns an, der rockige Rhythmus lässt uns an viel heißere Sachen als ans Tanzen denken. Doch es macht uns noch mehr an zu wissen, dass die Männer jede unserer Bewegungen verfolgen. Shelly ist eine ganz helle Blondine, die perfekte Ergänzung zu meinen dunklen Haaren, meinen dunklen Augen. Wir passen ganz einfach zusammen. Körper zu Körper. Haut zu Haut.

Heute Abend trägt Shelly ein dunkelrotes Halterneck-Kleid. Schmale Satinbänder sind unter der Woge ihres langen blonden Haars zusammengebunden und fallen lose über ihren nackten Rücken. Ihre Haut ist sonnengebräunt, bronzefarben und schimmert durch den Glitzerpuder, den sie aufgelegt hat, kurz bevor wir ihre Wohnung verlassen haben. Ich mache mir einen Spaß daraus, meine Finger über den Knoten in ihrem Nacken gleiten zu lassen, als wollte ich die Schnüre aufziehen und ihren schönen Körper enthüllen. Nur einmal ziehen, und man würde alles sehen.

Während ich sie so berühre, wirft sie mir einen kurzen Blick über die Schulter zu. Sie bemerkt den Ausdruck in meinem Gesicht, und ihre unglaublich blauen Augen sagen: »Du unartiges Mädchen …«

Verstohlen schaue ich mich nach dir um und sehe in deinen Augen ein Echo dieser Worte. Stimmt, ich bin ein unartiges Mädchen. Das muss ich ja wohl auch sein, um so mit meiner Freundin zu tanzen. In aller Öffentlichkeit mit ihr zu tanzen, als wollte ich sie gleich hier auf der Tanzfläche flachlegen.

Dein starrer Blick verrät mir genau, was du denkst. Am liebsten würdest du deinen sehnigen Körper zwischen uns drängen und ausprobieren, wie du zu uns passt. Shelly wäre hinter dir, ließe ihre Finger über deinen muskulösen Rücken gleiten, ich wäre vor dir, würde deine breite Brust mit Küssen bedecken und immer weiter nach unten gleiten, würde meine Lippen öffnen und deinen Schwanz in den Mund nehmen. Meine Lippen sind heute glänzend dunkelrot geschminkt. Der klebrige Lipgloss heißt »Triple-X«, deswegen habe ich ihn auch gekauft. Ich sehe die Kussmundspuren vor mir, die ich auf deiner nackten Haut hinterlassen würde. Ich mag es, hinterher die Landkarte der Lust zu betrachten, jeden Kuss mit den Fingern zu berühren, um mich dann noch einmal auf denselben Weg zu machen.

Es macht mich heiß, mir vorzustellen, wie ich dir einen blase. Ich weiß, es würde dir sehr gefallen, wenn ich an deiner harten Rute entlanglecke, nur mit der Zungenspitze. Ich lasse meine Zunge zwischen deine Beine schlüpfen und sie mit einer kleinen Bewegung, flink wie ein Kätzchen, über deine Eier gleiten. Dann komme ich wieder nach oben und setze den ganzen Mund ein. Sauge dich in mich hinein, schlucke dich herunter. Ich kann mit Männern umgehen, ich weiß, wie ich mit meinem Mund alle Erwartungen erfüllen kann. Wenn ich vor einem Mann knie, lasse ich mir Zeit. Ich finde es wahnsinnig aufregend, einen erregten Liebhaber mit dem Mund zu befriedigen, zu sehen, wie sehr ich ihn zum Stöhnen bringen kann, nur durch meine Lippen, meine Zunge und meine Kehle …

Shelly dreht sich jetzt ein wenig, sodass sie direkt vor mir steht. Sie betrachtet mit lüsternem Blick den Bassisten, der mit Tattoos übersät ist, und ich nutze die Gelegenheit, umfasse sie und ziehe sie ganz dicht an mich heran. Sie kümmert sich nicht darum, was die anderen denken könnten, sondern schwenkt ohne Zögern ihre Hüften, und ihr wundervoller Hintern drängt sich eng an die Spalte zwischen meinen Beinen. Ich atme tief ein und rieche den Duft ihres Parfüms. Ich weiß, wie es heißt – ich stand neben ihr in dem noblen Laden in Beverly Hills, als sie es gekauft hat. Aber jetzt stelle ich mir vor, wie sie draußen am Strand duften würde, ihr Körper feucht von exotischem Sonnenöl und einem zarten Schweißfilm nach einem heißen Tag unter der Sonne von Santa Monica. Und ich stelle mir vor, wie sie lang hingestreckt auf meinem Bett aussehen würde, während du dich heftig über ihr bewegst. Zerwühlte weiße Laken. Körper, die miteinander verschmelzen.

»Er schaut her«, flüstere ich, beuge mich vor und drücke meine Lippen an ihren Nacken. »Er schaut her, Shell …«

Sie wendet ein wenig den Kopf, um einen Blick über die Schulter zu werfen. Bald hat sie dich entdeckt und schenkt dir ein aufreizendes Lächeln, klimpert mit ihren dicht getuschten Wimpern, eine wortlose, sinnliche Einladung. Mehr brauchst du nicht als Ermutigung. Die Band dreht weiter auf, heizt uns weiter an. Ohne übermäßige Eile stellst du gelassen die Bierflasche ab und bahnst dir einen Weg durch die Menge. Ebenso langsam löse ich mich von Shelly und lasse dich zwischen uns gleiten. Meine Arme legen sich wie von selbst um deine Hüften, und ich ziehe dich fest an mich. Voller Erregung drücke ich meine Wange an dein schwarzes Hemd und spüre die Wärme deines Körpers. Wir tanzen jetzt nicht mehr zur Musik, zumindest nicht zu der Musik, die die anderen hören. Wir tanzen eine ganz besondere Samba, ineinander verschlungen, ein erhitztes Trio, aneinander gedrängt auf der schwarz-weiß gemusterten Tanzfläche.

Ich wünsche mir, dass wir nackt und allein sind, dann wünsche ich mir, dass wir *hier* nackt sind, auf der Tanzfläche, und vor aller Augen vögeln. Jede Bewegung, jeder Stoß würde von einer Menge lüsterner Zuschauer beobachtet. Du würdest uns beide abwechselnd bearbeiten, aber dabei keine von uns bevorzugen. Zuerst würdest du deinen steifen Schwanz in Shellys Muschi schieben und dich dann umdrehen und in mich eindringen mit deiner Rute, die von ihren Säften noch ganz glitschig wäre. Ich glaube, du wüsstest instinktiv, dass ich es härter mag als Shelly. Bei mir würdest du dich völlig verausgaben und die Zärtlichkeiten für sie aufsparen. Ich will es richtig spüren. Wenn ich gefickt werde, will ich es mit jeder Faser meines Körpers fühlen. Das versuche ich dir zu sagen, indem ich mich beim Tanzen an dir reibe. Ich versuche, dir eine wortlose Botschaft zu schicken.

Als die Musiker vor dem nächsten Set eine Pause machen, nehmen wir drei uns ebenfalls eine Auszeit, gehen rasch in die milde Nacht von Hollywood hinaus. Die hochsommerliche Hitze gibt der dunklen Nachtluft etwas Unwirkliches, als wären wir im Urlaub auf einer paradiesischen Insel, an einem Ort, an dem alles möglich ist.

Shelly geht voran, und wir beide, du und ich, bleiben ein paar Schritte hinter ihr und betrachten sie. Sie hat einen Wahnsinnshintern, mit dem sie jetzt besonders gekonnt wackelt, während sie in ihren aufreizenden Highheels den Bürgersteig entlangstolziert. Shelly weiß, dass wir sie anschauen, also legt sie einen extra Hüftschwung drauf, und ich muss lachen, weil sie so absolut schamlos ist.

Deine warmen Finger verschränken sich mit meinen, und du führst meine Hand an den Reißverschluss deiner Jeans, sodass ich deinen steifen, erwartungsvollen Schwanz spüre. Ich habe das Gefühl, mich kaum noch auf den Beinen halten zu können. Er ist so hart, dass ich es fast nicht mehr erwarten kann. Am liebsten würde ich mich gleich hier auf den rissigen Asphalt knien, meinen Mund öffnen und an deinem Schwanz lutschen, bis er hinten an meinem Gaumen anschlägt. Es ist mir ganz egal, ob ich mir Laufmaschen in den Strümpfen hole oder mich dreckig mache. Ich gebe einen leisen, wimmernden Seufzer von mir, um dir zu zeigen, wie sehr ich es will, doch du schaust mich streng an und schüttelst den Kopf. »Geduld«, murmelst du mir zu, deine ersten Worte an diesem Abend, und ich schlucke schwer und gebe mir Mühe zu warten, bis ich dran bin.

Ich bin heute mit dem Lieferwagen gekommen. Shelly erreicht die Ladefläche als Erste, klettert hinauf und lacht, als sie die zusammengerollte Matratze in der Ecke liegen sieht. Ich habe alle Vorkehrungen getroffen, um dieses erotische Abenteuer so angenehm wie möglich zu gestalten. Shelly löst die Gurte, rollt unser improvisiertes Bett auf der Ladefläche aus, und wir drei machen es uns darauf gemütlich. Über uns sehen wir die Sterne, und goldene Lichter, die Vorboten ferner Klubs, tanzen am Himmel.

Du sitzt in der Mitte der Matratze und wartest, bis Shelly und ich uns rechts und links von dir niedergelassen haben. Alle drei schauen wir nach oben, wie in eine stille Träumerei versunken, doch unsere Hände sind bereits geschäftig dabei, Knöpfe und Reißverschlüsse zu öffnen, Schuhe auszuziehen, Strümpfe und Strapse abzustreifen. Andere Hände helfen mir – deine Hände, Shellys Hände. Ich weiß, dass sie ihre Fingernägel in einem dunklen, tiefen Blau lackiert hat, das wie Neonlicht leuchtet. Ich weiß auch, dass sie am Mittelfinger der linken Hand einen silbernen Ring trägt. Ihre Berührungen sind sanft, aber entschlossen. Deine Hände sind anders. Rauer, stärker beansprucht. Du handelst ohne jedes Zögern, beginnst, den Reißverschluss zu öffnen, der sich von oben bis unten durch mein aufreizendes schwarzes Kleid zieht. Ich erschauere, als die silberfarbenen Metallzähne nachgeben, und plötzlich liege ich nackt da, in meinem offenen Kleid.

Shelly beugt sich über dich, um an mich heranzukommen, und du stöhnst dumpf auf, als ihre nackten Brüste deine Lippen streifen. Während Shelly mich küsst, öffnest du den Mund und beginnst, die Unterseite ihrer Brüste mit deiner Zunge zu reizen. Ihre Lippen auf meinem Mund fühlen sich warm und weich an. Ich strecke die Hand aus, greife in ihr volles Haar, ziehe sie dicht zu mir heran und lasse mich ganz in diesen Kuss hineinfallen. Sofort spüre ich Lust in mir aufsteigen, das Versprechen dessen, was noch kommen wird. Doch ich will mehr, und jetzt kann ich es nicht mehr für mich behalten. »Ich will …«, sage ich, und mehr braucht es nicht. Es ist das Zauberwort, das die Tore unserer Lust aufspringen lässt.

Dann sind wir alle drei nackt. Ich steige auf dich, setze mich rittlings auf deinen fantastischen Körper, hebe mich nach oben, gleite wieder nach unten und finde genau den richtigen Rhythmus. Shelly nutzt deinen Mund für ihre Zwecke: Sie hält ihre Brüste mit den Händen umfasst und schiebt erst die eine, dann die andere rosige Brustwarze zwischen deine bereitwillig geöffneten Lippen. Wir stehen zwar in einer abgelegenen Ecke des Parkplatzes, aber wir sind keineswegs allein. Schließlich befinden wir uns in Los Angeles, und obwohl es spät ist, gehen immer noch viele Paare in den Klubs und Restaurants an dieser breiten Straße ein und aus. Mir gefällt der Gedanke, dass sie uns sehen könnten, wenn sie wollten, nur zufällig in unsere Richtung blicken würden. Ich mochte es schon immer, wenn mir jemand zuschaut, selbst wenn es nur die riesigen, sonnenbebrillten Augen von Angelyne sind, die von dem Plakat auf dem Dach eines nahen Gebäudes auf uns herabsehen.

Während ich dich immer schneller reite, gleitet Shelly nach unten zwischen deine Beine. Ich merke es, als sie anfängt, deine Eier zu lecken – deine Miene verändert sich. Deine Augen blicken einen Moment lang starr, dann werden sie plötzlich ganz weich. Ich stelle mir vor, wie sich Shellys warme Zunge wohl an deinen Eiern anfühlt. Ihr weiches Haar kitzelt meine Haut, während sie dich heftiger bearbeitet. Dein keuchender Atem setzt plötzlich aus, und als ich mich wieder mit den Schenkeln nach oben drücke, weiß ich, dass du gleich kommen wirst. Wir sind nur noch ein winziges Stück von dem befreienden Augenblick entfernt.

Ich beuge mich vor, reibe mich an deinem Körper, so wie ich es brauche, und mein Kitzler reagiert sofort auf diesen neuen Reiz. Als du in mir explodierst, hebst du mich hoch in den Himmel, und einen Augenblick lang glaube ich zu fliegen. Ich will weiter auf dir reiten, weitermachen, bis ich nicht mehr kann, doch kaum bist du gekommen, da stürzt sich Shelly auf mich, zieht mich von dir herunter und wirft mich auf die Matratze. Jetzt ist sie dran. Jetzt will sie alle Aufmerksamkeit, und sie weiß, wie sie das am besten erreichen kann. Erregt bringen wir uns in die Neunundsechziger-Stellung. Ich lecke Shelly, ohne nachzudenken, verliere mich in dem lustvollen Gefühl ihrer heißen Lippen an meiner Möse.

Sie verschmiert ihren Lippenstift auf meiner Haut. Ich spüre die ölige Feuchtigkeit an meinen empfindsamsten Lippen, und dann spüre ich, wie sie den Mund spitzt, um meinen Kitzler nur ganz zart zu reizen. Sie will, dass wir gemeinsam kommen, das spüre ich, ohne dass sie es sagen muss. Und ich weiß auch, dass sie länger braucht, um aufzuholen, und deshalb so sanft mit mir ist. Ich muss mein Verlangen zurückstellen. Am liebsten würde ich mich an ihren Mund pressen und mir holen, was ich brauche. Aber das wäre nicht fair. Also konzentriere ich mich auf Shellys Bedürfnisse und besorge es ihr, lecke und sauge und bewege meine Zunge so, wie sie es braucht, um zum Orgasmus zu kommen. Ich verliere mich in ihrem Duft, in der Welt zwischen ihren Beinen.

Ich höre, wie du anfängst, dir einen runterzuholen. Du kannst nicht anders, als du uns so miteinander spielen siehst, wie zwei geile, rollige Katzen. Ich weiß, dass du auf Shellys Rücken kommen wirst, sobald meine Zunge sie zum Höhepunkt bringt, und diese Vorstellung bringt mich zur Raserei. Das Unanständige daran. Der Gedanke, dass ich nur die Hand auszustrecken brauche, um die dicke, honigartige Flüssigkeit, die Reste deiner Lust, mit den Fingern zu berühren. Als du dich auf Shellys nackte Haut ergießt, seufzt sie auf und presst sich an meinen Mund, heiß und drängend. Ihr süßes Stöhnen hallt in meiner Muschi nach, und ich erreiche den Gipfel ganz kurz nach ihr. Verschlungene Glieder, ein Durcheinander aus Sex.

Hinterher sind wir alle drei ganz verschwitzt. Einfach nur verschwitzt und für kurze Zeit still, während wir hinten auf der Ladefläche mit unseren Kleidern hantieren. Dann strecken wir uns wieder aus, falsch zugeknöpft und nur halb angezogen. Wir liegen eng beieinander und schauen in den nächtlichen Himmel hinauf. »Das war unglaublich heute«, sagst du und drückst uns fest an dich. »Meine beiden Süßen.«

»Man hätte fast glauben können, du kennst uns wirklich nicht«, frotzele ich. Shelly lacht ihr glockenhelles Lachen, dreht sich um und umarmt dich. Denn genau das sagst du immer ... jeden Freitagabend.

Ganz allein

Du sitzt mir auf dem Sofa gegenüber, und das erregt mich viel mehr, als ich mir je hätte träumen lassen. Es erregt mich, weil du mir zuschaust.

Ich trage das kurze Kleid, das dir so gut gefällt. Ich stütze ein Bein auf die Rückenlehne des Sofas, das andere habe ich auf den Boden gestellt. Ich trage kein Höschen, und meine Hand liegt da unten, zwischen meinen gespreizten Beinen.

Ich streichele ganz langsam meine Muschi. Ich bin schon sehr feucht, einfach nur, weil du mir zuschaust. Auf dem Couchtisch neben mir liegt mein Spielzeug; von Zeit zu Zeit sehe ich, wie dein Blick erwartungsvoll dorthin wandert. Ich kann gar nicht glauben, dass ich so etwas Unanständiges tue, dass ich dich zuschauen lasse. Ich kann es nicht glauben, aber trotzdem gefällt es mir.

Ich ziehe den Rock ein bisschen höher und klemme ihn fest, damit du meine Muschi gut sehen kannst. Ich glaube, du merkst erst jetzt, dass ich mich für dich rasiert habe. Du schaust etwas überrascht, und das macht mich gleich noch viel heißer. Dachtest du etwa, ich hätte unsere Unterhaltung von neulich vergessen, als du mir erzählt hast, wie sexy du rasierte Muschis findest? Und jetzt schien mir der richtige Moment dafür zu sein. Ich wollte sichergehen, dass du auch wirklich alles siehst.

Ich fange mit zwei Fingern an. Normalerweise nehme ich zuerst nur einen, aber ich bin schon viel zu geil, als dass mir einer reichen würde. Du schaust mit großen Augen zu, als sie hineingleiten. Ich stöhne ein wenig, winde mich auf dem Sofa, bewege meinen Körper im Takt des Techno-Beats aus der Stereoanlage. Ich schiebe die beiden Finger ganz in mich hinein und reibe mit dem Daumen an meinem Kitzler. Er ist hart, ganz hart, und es fühlt sich wunderbar an, daran zu reiben. Es macht mich so geil, dich anzuschauen, dass ich eigentlich sofort kommen könnte. Aber ich will noch nicht; ich will deinen Blick auf mir genießen und auch noch all die anderen Dinge, die ich tue, wenn ich allein bin.

Ich nehme den Vibrator und halte den tennisballgroßen Kopf an meinen Kitzler. Ich keuche, und meine Muschi zieht sich fester um meine Finger zusammen. Einen Augenblick lang schließe ich die Augen und sehe Sternchen. Als ich sie wieder aufmache, sehe ich, dass du deinen Schwanz mit der Hand umschlossen hältst und sie langsam auf und ab bewegst, während du mir zuschaust. Es ist, als wären wir in einer Peepshow, und ich würde für dich auftreten – und du vielleicht für mich. Dieser Gedanke macht mich noch viel erregter, und ich ziehe die Finger aus meiner Muschi und greife nach dem Spielzeug.

Zuerst nehme ich den kleinsten der drei Dildos. Er gleitet einfach so in mich hinein; ich bin so feucht, dass ich erst einmal gar kein Gleitmittel brauche. Ich drücke den Vibrator fester an meinen Kitzler und bäume mich auf, keuche vor Lust. Du bewegst deine Hand jetzt schneller, wirst immer geiler, weil du merkst, dass ich mich dem Höhepunkt nähere. Ich schaue dir unverwandt in die Augen, während du an deinem Schwanz reibst, und strecke noch einmal die Hand nach den Sachen auf dem Couchtisch aus.

Den mittelgroßen Dildo lasse ich liegen und greife gleich nach dem größten. Ich lege den Vibrator auf meinen Bauch, gerade lange genug, um die Spitze des Dildos mit Gleitmittel einzureiben. Dann stoße ich den Gummischwanz in meine Muschi, und er ist so dick, fühlt sich so gut an in mir, dass ich einen Moment lang glaube zu kommen. Aber nein: Ich bleibe an diesem Punkt, ganz kurz davor, und sehe zu, wie sich deine Hand an deinem Steifen auf und ab bewegt. Ich will, dass du vor mir kommst. Ich weiß selbst nicht, warum – ich will einfach nur deinen Schwanz spritzen sehen, will dein lustvolles Stöhnen hören, bevor ich mich gehen lasse. Wenn ich komme, will ich die Gewissheit haben, dass meine Lust an mir selbst dich auch befriedigt hat, die Gewissheit, dass ich dich nur durch meine Spielereien zum Höhepunkt bringen kann.

»Komm für mich«, sage ich.

»Fick deine Muschi«, sagst du mit einem Seufzer, und das klingt wie Musik in meinen Ohren. Ich bewege den großen Dildo in mir auf und ab und halte dabei den Vibrator fest an meinen Kitzler gepresst. Deine Hand bewegt sich jetzt wie wild, und ich weiß, dass du kurz davor bist zu kommen. Ich muss den Vibrator sanfter bewegen, ihn ganz wegnehmen, denn du machst mich so geil, dass ich fürchte, vor dir fertig zu sein. Dann weiß ich plötzlich, dass es so weit ist. Ich merke es daran, wie du dich windest, wie sich deine Hand verkrampft. Und dann schreist du auf, und dein Saft ergießt sich über deine Hand.

Die Woge reißt mich mit. Ich drücke den Vibrator an meinen Kitzler, bewege den Dildo schneller in mir und komme, noch bevor du fertig bist. Ich wälze mich auf dem Sofa hin und her, und du heizt mich noch weiter an mit deinem lustvollen Stöhnen, während du deinen Schwanz streichelst, der langsam wieder schlaffer wird. Mein Orgasmus hüllt mich völlig ein, und ich lasse mich hineinfallen, spüre die Lust mit jeder Faser meines Körpers. Unsere Blicke treffen sich.

Ich presse die Schenkel fest zusammen und muss den Vibrator ausschalten, um nicht laut loszuschreien. Entspannt gebe ich mich dem Gefühl hin, ausgefüllt und befriedigt zu sein. Ich lächle dich an, so kokett, wie es mir gerade noch möglich ist, weil ich weiß, ich habe den Traum erfüllt, von dem du mir erzählt hast. Ich hatte allerdings nicht damit gerechnet, dass du auch meinen Traum erfüllen würdest.

Aber das trifft sich wunderbar, denn ich habe vor, das wieder zu machen. Wieder und immer wieder. Ganz allein – nur wir zwei.

Ein absolutes Muss

»Im Ernst«, sagte meine Freundin Kate in sachlichem Ton. »Da muss man doch nicht lange überlegen.«

»Wie meinst du das?«

»Der Schnitt ist himmlisch, und die Farbe ist genau das Richtige für dich.« Sie ließ nicht locker und hielt mir das Negligee vor. Ein aufreizendes, spitzenbesetztes Nachthemd aus eisblauer Seide – so etwas hätte ich mir selbst nie ausgesucht. Eigentlich bin ich die Sorte Frau, die im Bett ein T-Shirt und Baumwollunterwäsche trägt. Aber Kate war so beharrlich, also ließ ich sie etwas für mich aussuchen, und jetzt begann ich langsam zu verstehen, warum sie eine Schwäche für schöne Unterwäsche hat.

»Gefällt es dir etwa nicht?«

Ich trug noch meine Straßenkleidung, doch es war ein heißer Nachmittag, an dem man so wenig wie möglich anzieht. Also hatte ich nichts weiter an als ein knappes weißes Top und einen kurzen Rock mit rosafarbenen und weißen Karos. Als Kate mir das Nachthemd vorhielt, spürte ich den weichen Stoff an meiner Haut und empfand das als sehr sinnlich.

»Ein absolutes Muss«, erklärte sie, den Blick in den Spiegel gerichtet. Und in diesem Moment sah ich dich, ein ganzes Stück links von uns, fast schon außerhalb des Spiegelbilds. Doch ich bemerkte deinen Blick, und du sahst, dass ich ihn erwiderte. Mit einem leichten Lächeln zogst du die Augenbrauen hoch wie zu einer stummen Frage, und ich nickte langsam zur Antwort. Ja, sagte ich mit dieser Kopfbewegung. Ja, auf jeden Fall, ja. Ich hätte zu allem Ja gesagt, zu jeder Frage, die deine Augen mir stellten.

»Fein«, sagte Kate, die mein Nicken als Entschluss verstand, das Fähnchen zu kaufen. »Jetzt schau ich mich selber noch mal um. Ich hab mir schließlich auch was Schönes verdient.« Sie merkte gar nicht, dass ich meine Augen nicht von dir lassen konnte, und dann war sie auch schon verschwunden, während du langsam näher kamst. Was hattest du eigentlich in der Damenabteilung verloren? Ich konnte es kaum erwarten, das herauszufinden.

»Hinreißend«, sagtest du leise, und ich schaute auf das Nachthemd in meiner Hand und nickte noch einmal.

»Nein, nicht das«, fuhrst du fort. »Du.«

Ich hätte zu gern etwas Schlaues erwidert, entspannt und gelassen reagiert, aber das gehört leider nicht zu meinen Stärken. Kate ist viel schlagfertiger als ich. Sie kann unglaublich gut flirten, weiß genau, was sie mit ihren Worten und aufreizend zweideutigen Bemerkungen bewirkt. Wenn wir zusammen ausgehen, unterhält Kate die ganze Bar, während ich mich eher auf ein schüchternes Lächeln und Blicke unter meinen langen, dunklen Wimpern hervor beschränke.

Um Zeit zu gewinnen, drehte ich mich vor dem Spiegel, hielt mir das Nachthemd noch einmal vor und spürte, wie meine Erregung wuchs. Weil du mich so angesehen hast. Weil wir zwei Fremde waren, mitten in der erotischsten Abteilung des ganzen Ladens, umgeben von Tangas, Spitzen-BHs und engen Korsagen. Und schließlich wusste ich, was ich tun würde.

»Ganz schön hart …« Ich hielt inne und lächelte über deinen fassungslosen Blick. »Ich meine, es ist hart, sich zu entscheiden, ohne es anzuprobieren.« Ich schaute über die Schulter zu den Umkleidekabinen hinüber, und das genügte dir völlig. Ohne ein weiteres Wort gingst du voraus. Eilig, damit uns niemand bemerkte, liefen wir den Gang entlang. Ich war mir sicher, dass uns niemand gesehen hatte. Es war kaum jemand in der Abteilung, außer Kate, die in einer Ecke mit der Verkäuferin über BHs diskutierte, und einer Frau mittleren Alters, die sich ein Korsett ansah. Sonst niemand. Wer geht schließlich auch an einem Montagnachmittag Unterwäsche kaufen? Zwei allein stehende junge Frauen, die eine ganz besonders langweilige Vertriebstagung schwänzen – und du. Was hast du dort getrieben, zwischen den BHs und Höschen? Wolltest du etwas kaufen, für jemand ganz Besonderen? Oder hattest du mich einfach nur im Vorbeigehen gesehen und beschlossen, mich kennen zu lernen?

Aber eigentlich war das völlig unwichtig. Wichtig war jetzt nur, für uns beide eine Umkleidekabine zu finden – und zwar schnell.

Wir liefen zu der großen Kabine ganz hinten. Du hast dich auf den Hocker gesetzt, gespannt, was jetzt wohl geschehen würde, und es geschah sehr viel – mit mir. In mir veränderte sich etwas, als ich mich aus den leichten Sommerkleidern schälte und fast selbst nicht recht glauben konnte, dass ich das wirklich tat, mich vor einem Wildfremden auszog. Der Gedanke gefiel mir ausgesprochen gut und erregte mich noch mehr. Betont langsam zog ich mein Oberteil aus und zeigte dir, dass ich unter dem dünnen Lycra-Stoff keinen BH trug, dass meine Brüste frei und ungebunden waren. Dann streifte ich die Schuhe ab, öffnete den Reißverschluss meines Rockes und ließ den karierten Stoff zu Boden fallen. Ein kleines Lächeln spielte um meine Lippen, als ich so vor dir stand, fast völlig nackt, und darauf wartete, dass du mir das Negligee reichen würdest.

Doch das hast du nicht getan.

Stattdessen hast du dich hinter mich gestellt, sodass wir uns, wie vorher, beide im Spiegel sehen konnten. Du hast angefangen, ganz sanft meinen Nacken zu küssen, dann immer tiefer und tiefer meinen Rücken hinunter. Deine Hände waren damit beschäftigt, über meine nackten Brüste zu wandern und meine Brustwarzen zu stimulieren, um schließlich nach unten zu gleiten und durch das Höschen hindurch meine Muschi zu berühren.

»Ich muss es anprobieren«, erinnerte ich dich.

Du hast ein wenig geseufzt, weil das unsere Lust weiter verzögern würde, doch dann hast du nach dem Negligee gegriffen und es mir gegeben. Ich streifte das hübsche Etwas über und erschauerte bei dem liebkosenden Gefühl der Seide auf meiner Haut. Jetzt verstand ich genau, was Kate gemeint hatte. Das war etwas völlig anderes als die gute, alte Baumwollunterwäsche. Es fühlte sich an, als würde man sich einen Traum überstreifen.

Einen Moment lang starrtest du mich fassungslos an, als hätte ich mich gerade vor deinen Augen verwandelt. Dann hast du dich auf den Boden der Umkleidekabine gekniet und mir ganz langsam unter dem Nachthemd das Höschen ausgezogen. Ein unglaubliches Gefühl war das, gleichzeitig angezogen und nackt zu sein. Die glatte, kühle Seide streifte kurz über meine nackte Muschi, doch dann hast du mir den zarten Stoff bis zur Hüfte hinaufgezogen und deinen Mund fest an meine Spalte gedrückt.

Fast automatisch legte ich die Hände auf deine Schultern. Ich musste mich an dir festhalten, um nicht das Gleichgewicht zu verlieren. Denn dein Mund – ach, dein wundervoller Mund … von einer Sekunde auf die andere war ich wahnsinnig feucht. Du wusstest genau, wie du es machen, wie du meine Klitoris mit der Zungenspitze kitzeln musstest, um dann die Lippen meiner Muschi zu küssen, sie zusammenzudrücken, sodass sich die Feuchtigkeit über sie ausbreitete. Ich blickte auf, sah mein Spiegelbild und hätte die Frau, die mich da ansah, fast nicht erkannt. Was war das für ein Wesen, diese Verführerin, die es sich in einer Umkleidekabine von einem Wildfremden besorgen ließ? Einem sehr attraktiven Fremden. Und noch dazu einem ausnehmend gut bestückten Fremden, wie ich freudig feststellen konnte, als du dich aufgerichtet und deine Hose geöffnet hast, um mir deinen beeindruckenden Ständer zu präsentieren.

Ich wollte deinen Schwanz in mir spüren, noch nie hatte ich irgendetwas so sehr gewollt. Das Verlangen in mir war wie ein Urschrei. Eigentlich wollte ich dich einfach nur vögeln, aber vorher musste ich dich schmecken. Mein Körper sagte mir, was zu tun war.

Nimm ihn in den Mund, befahl mir mein Kopf. *Tu es, nimm ihn in den Mund.*

Ich ließ mich auf dem Teppich der Kabine auf die Knie sinken, nahm deine Position ein und öffnete den Mund, damit du deinen Schwanz hineinschieben konntest. Ich ließ meine Zunge daran entlanggleiten, freute mich an deiner seidig weichen Haut, dem wundervollen Gefühl deiner Haut an meiner Zunge. Ich badete dich in der Wärme meines Mundes, machte deinen Schwanz ganz nass mit meinem Mund, meinem Saugen. Ich bewegte den Kopf auf und ab, während ich dich bearbeitete. Doch ich war vorsichtig dabei. Schließlich wollte ich nicht, dass du kommst, ohne mir vorher das zu geben, was ich brauchte. Aber ich wollte dir ein wundervolles Gefühl schenken, wollte dich so weit bringen, dass sich deine Gedanken verwirrten und du kaum noch wusstest, wohin.

Als ich deine Hände in meinem Haar spürte, richtete ich mich auf. Ohne dass du etwas zu sagen brauchtest, nahm ich die richtige Stellung ein – meine Lieblingsstellung – und stützte mich mit den Händen am Spiegel ab. Mit gebogenem Rücken reckte ich dir den Hintern entgegen. Es ist absolut großartig, von hinten zu vögeln. An dieser Stellung gefällt mir einfach alles: Der Mann kann dabei völlig die Kontrolle übernehmen und mich mit seinen Händen und seinem ganzen Körper verwöhnen. Du hast sofort begriffen und deine Position eingenommen, das Nachthemd von hinten hochgehoben. Dann hast du meine Hüften gepackt und bist mit einem genussvoll langen Stoß in mich eingedrungen.

Wenn wir allein gewesen wären, in deiner Wohnung oder auch in meiner, ich hätte vor Lust geschrien. Ich konnte den Lustschrei in meinem Kopf hören: Er würde ganz leise und tief anfangen, wie ein Knurren, das immer lauter würde, während du mich ficktest. Aber hier konnte ich nicht schreien, zumindest nicht ohne Folgen. Schließlich waren wir ja an einem öffentlichen Ort. Also senkte ich den Kopf und erbebte, während der stumme Schrei in mir erklang und sein Echo lange in meinem ganzen Körper nachhallte.

Ich hatte diesen Fick wirklich nötig. Aber erst, als wir dabei waren, merkte ich, wie sehr. Ich merkte, dass meinem armen Körper so etwas schon viel zu lange gefehlt hatte. Dass ich Lust genauso dringend brauchte wie Nahrung und ein Dach über dem Kopf. Natürlich bin ich durchaus in der Lage, an meinem Kitzler zu reiben, mich selbst zum Orgasmus zu bringen, indem ich mit den Fingern kleine Kreise beschreibe oder meinen Vibrator auf die höchste Stufe schalte. Aber es ist doch etwas völlig anderes, von einem Mann gefickt zu werden. Es ist so viel befriedigender, gemeinsam mit einem Partner zum Orgasmus zu kommen, als es allein zu tun. Wahrscheinlich hatte Kate mich deshalb in diesen Laden geschleppt. Sie dachte sicher, wenn sie mich mit schöner Spitzenunterwäsche dazu bringen könnte, mich sexy zu fühlen, würde ich mich auch daran erinnern, wie wichtig diese Verbindung zu einem anderen Menschen ist.

Und jetzt erinnerte ich mich tatsächlich daran. Ich spürte die Bewegungen deines kräftigen Körpers. Deine Hände suchten nach der Spalte zwischen meinen Beinen, deine Fingerspitzen streiften leicht über meine Klitoris, liebkosten mich im perfekten Rhythmus. Mit deinen unermüdlich streichelnden Fingern hast du mich zum Höhepunkt geführt, sodass sich meine Muskeln fest um deinen Schwanz schlossen, als ich kam, wild und ungebändigt kam.

Ich sah meine weit aufgerissenen Augen, dann sah ich meine Augenlider flattern, sich beinahe schließen. Ich sah, wie sich meine Lippen öffneten, obwohl kein Ton herauskam, und ließ mich einfach fallen. Hinein in die Lust des Augenblicks und in die Bewegung, bis wir schließlich gemeinsam kamen. Dein Blick traf meinen im Spiegel und hielt ihn fest, während du deinen Schwanz tief in mich hineingestoßen hast. Ich spürte eine unglaublich starke Verbindung, als ich in die Augen eines Fremden sah und mein Körper unter den wundervollsten Empfindungen vibrierte, die ich je verspürt hatte. So fühlte ich mich, als ich kam. So wundervoll, so vollkommen …

»Und?«, fragte Kate, als wir gemeinsam aus der Umkleidekabine kamen. Mit großen Augen starrte sie zuerst auf das zerdrückte Nachthemd in meiner einen Hand und dann auf dich und die Visitenkarte, die du mir in die andere Hand schobst.

»Ein absolutes Muss«, sagte ich und lächelte dich an, damit du wusstest, dass ich dich bald anrufen würde.

Sitzplatz am Gang

Als ich dich zum ersten Mal sehe, sitze ich in der Abflug-Lounge. Ich versuche, nicht zu dir hinzuschauen, aber trotzdem muss ich immer wieder von meiner Zeitschrift aufblicken, während du dir deine Platzreservierung holst, dich dann mir gegenüber hinsetzt und gleich mehrere der breiten, bequemen Sitze in Beschlag nimmst. Du siehst umwerfend aus, bist unglaublich attraktiv in deinem klassischen dunklen Anzug, dem leuchtend blauen Hemd und mit der roten Krawatte. Als du dein Jackett ausziehst und es über die Rückenlehne neben dir hängst, sehe ich, dass das Hemd recht eng sitzt und deine breiten Schultern betont. Ich merke kaum, dass ich dich unverwandt anstarre, dass ich die Augen nicht von deinem Körper lassen kann.

Plötzlich richtest du den Blick auf mich und sagst: »Hallo«. Ich schaue wieder in meine Frauenzeitschrift und lächle ein wenig. Meine Augen offenbaren kaum die Bereitschaft zu einem Flirt. Ich erwidere deine höfliche Begrüßung nicht, du kannst von mir denken, was du willst. Ich bin in meine Gedanken versunken, und die drehen sich darum, dass ich dich will, einfach so, jetzt sofort. Ich will dich küssen, hier in der Abflug-Lounge, will mich auf deinen Schoß setzen und dich küssen, dir die Krawatte abnehmen, dein Hemd aufknöpfen und meine Wange an deinen Körper legen.

Ich lese gerade einen Artikel über den perfekten Blow-Job, darüber, wie man einen Mann vollkommen befriedigt. Das Foto dazu zeigt Brust und Bauch eines Mannes und eine Frau, die ihren offenen Mund an seinem Körper entlang nach unten gleiten lässt. Zwischen seinen gestählten Bauchmuskeln zieht sich eine Linie aus feinen Härchen hinab. Ich lese die Tipps, wie man es am besten machen soll, und stelle mir vor, wie die hübsche Frau auf dem Foto es diesem Wahnsinnstypen besorgt, stelle mir seinen Schwanz vor, der sich jenseits dieser perfekten Bauchmuskeln befindet und schnell steif wird. Dann stelle ich mir vor, wie ich es dir besorge. Meine Brustwarzen richten sich unter der Kostümjacke auf, drängen gegen die Bluse, zusätzlich eingeengt durch den Spitzen-BH. Ich spüre eine unwillkürliche Kontraktion zwischen den Beinen und weiß, dass ich feucht werde.

Ich lese den Artikel zu Ende, dann klappe ich die Zeitschrift zu und strecke mich. Noch einmal lächle ich dich an, und du lächelst zurück. Natürlich schaust du auf meine Brüste, während ich mich strecke, und bemerkst die harten Brustwarzen, die sich durch die Bluse drücken. Das sollte mir eigentlich peinlich sein, aber das Gegenteil ist der Fall. Ich fühle mich geschmeichelt. Ich bin fasziniert. Ich bin erregt. Ich bin feucht.

Scheinbar schüchtern senke ich den Blick, schaue zur Seite, auf der Suche nach der Flughafenuhr, dann auf meine Armbanduhr, und finde immer wieder einen neuen Vorwand, um die Augen durch den Raum schweifen zu lassen und dabei kleine Blicke auf dich zu erhaschen, ohne dass du merkst, dass ich dich anschaue. Ich schließe die Augen und lege den Kopf in den Nacken, aber unter den Lidern hervor sehe ich, wie du meinen Körper mit den Augen verschlingst. Ich denke an die Blow-Job-Tipps. Eigentlich recht banales Zeug, nicht mal von Deep-Throating ist die Rede – und trotzdem: Selbst die grundlegendsten Tipps machen mir jedes Mal Lust darauf. Ich kriege das Bild nicht mehr aus dem Kopf, wie ich zu dir hinübergehe, mich vor dich knie und all die Techniken, die ich gerade gelernt habe, in die Tat umsetze.

Ich schlage die Zeitschrift wieder auf und suche die Stelle, an der ich war. Zu dem Blow-Job-Artikel gehört ein weiterer, der beschreibt, wie eine Frau ihren Mann dazu verführen kann, sie zu lecken. Wieder ein Foto desselben Paares, von der Seite aufgenommen: Der Arm der Frau verdeckt in einer Geste der Ekstase geschickt ihre Brüste, während der Mann seine Zunge über ihren Bauch gleiten lässt.

Das Foto ist unglaublich anzüglich, fast ein bisschen zu provokant für eine solche Zeitschrift. Es lässt der Fantasie kaum noch Raum. Ich weiß genau, was er mit ihr machen wird; vielleicht hat er es ja sogar gleich nach dem Fototermin gemacht. Er ist wirklich der helle Wahnsinn. Ich stelle mir vor, wie sein hübsches Gesicht zwischen ihren Schenkeln verschwindet, wie ihr perfekter Körper sich windet, wenn seine Zunge ihren Kitzler gefunden hat.

Ihr Orgasmus ist intensiv, ihre Hände kneten ihre Brüste, und sie bäumt sich auf und drängt sich heftiger an ihn, drückt sich noch fester an seine Zunge. Ich schaue hoch und sehe, dass du volle, schöne Lippen hast und ein wohl geformtes Kinn mit einem leichten Bartschatten. Ich spüre diese winzigen Stoppeln fast körperlich an meinen Schenkeln, deinen Kopf zwischen meinen gespreizten Beinen, ich spüre die Wärme deiner vollen Lippen, deine Zunge an meinem Kitzler.

Du schaust mich immer noch an, mit forschem, fast schamlosem Blick. Ich weiß ja schon, dass dir meine Brüste besonders aufgefallen sind, aber als ich jetzt nervös die Beine übereinander schlage und die Schenkel fest zusammenpresse, wandern deine Augen auch dorthin. Mein Rock ist heute ein bisschen kürzer als sonst bei Geschäftsterminen, der Saum endet ein paar Zentimeter oberhalb des Knies. Ich bin es gewöhnt, die Blicke von Männern auf mich zu ziehen, aber bisher waren es keine so attraktiven Männer. Keine Männer, bei denen mir die Knie weich wurden, bei denen sich meine Brustwarzen aufrichteten und meine Muschi sich heiß und feucht anfühlte.

Ich muss dich einfach haben. Ich weiß, das geht eigentlich nicht, aber es muss sein. Seltsam, manchmal ist das einfach so.

Eine Durchsage verkündet, dass das Boarding in wenigen Minuten beginnen wird. Ich stehe auf und strecke mich, und ich weiß dabei genau, dass du mich anschaust. Ich lasse die Zeitschrift aufgeschlagen auf meinem Platz liegen. Dann schaue ich dich an und lächle. »Entschuldigen Sie, Sir«, sage ich. »Könnten Sie mein Gepäck kurz im Auge behalten? Ich möchte mich ein bisschen frisch machen, bevor wir an Bord gehen.«

»Aber gern«, erwiderst du, und deine Augen wandern von meinen Brüsten und meinen Beinen zu meinem Gepäck.

»Danke«, sage ich, drehe mich um und gehe. Ich spüre deine Augen auf meinem Hintern, spüre, wie du mich mit den Augen ausziehst. Was glaubst du wohl, was ich unter diesem braven Geschäftskostüm anhabe? Etwas Braves vielleicht?

Ich betrete die Damentoilette und suche mir eine freie Kabine. Als ich den Rock hochziehe, kann ich der Versuchung nicht widerstehen, meinen Stringtanga ein wenig beiseite zu schieben und ganz kurz meine Muschi anzufassen. Ich wusste ja, dass ich feucht bin, aber mir war nicht klar, wie feucht! Dass ich es jetzt weiß, erregt mich noch mehr. Ich ziehe den knappen, cremefarbenen String über die Schenkel nach unten, und mir fällt auf, wie feucht er ist. Richtig durchgeweicht. Ich ziehe ihn aus und stecke ihn in die Tasche. Dann rücke ich meine Strapse zurecht und vergewissere mich, dass die hautfarbenen Strümpfe auch richtig sitzen. Schließlich ziehe ich den Rock wieder herunter und richte dann in aller Ruhe mein Make-up vor dem Spiegel. Der rote Lippenstift ist vielleicht ein bisschen übertrieben, aber ich will ja schließlich nicht riskieren, dass du nicht begreifst. Den Lidschatten lasse ich allerdings weg. Dann ziehe ich die Haarnadeln aus meiner Frisur und lasse mein Haar offen auf die Schultern fallen.

»Danke schön. Ich revanchiere mich gern«, sage ich zu dir, als ich in die Abflug-Lounge zurückgekehrt bin.

»Ach was, das ist schon in Ordnung«, sagst du. »Wir gehen ja gleich an Bord.«

»Aber es macht mir wirklich nichts aus«, beteuere ich entschlossen. »Es ist gleich um die Ecke. Gehen Sie ruhig.«

Was denkst du in diesem Moment wohl? Du glaubst bestimmt, ich bin eine Diebin, eine Flughafen-Betrügerin, die sich jetzt gleich mit deinem Laptop davonmachen wird. Aber du nickst, bedankst dich und gehst in Richtung Toiletten.

Ich schaue mich um. Alle anderen Passagiere sind mit ihrem Gepäck beschäftigt, machen sich bereit, um sofort loszustürzen, sobald das allgemeine Boarding beginnt. Niemand beachtet mich, als ich mich über dein Jackett beuge und rasch etwas in eine Tasche schiebe.

Als du zurückkommst, bedankst du dich noch einmal. Ich nicke nur und reihe mich dann schnell in die Schlange ein. Ich will auf keinen Fall in deiner Nähe sein, wenn wir an Bord gehen. Ein Gespräch würde vielleicht alles zerstören, würde mir womöglich den Mut rauben. Eigentlich bin ich überzeugt davon, dass das passieren würde. Und ich will doch einfach nur, dass du so wundervoll bleibst, so atemberaubend und geheimnisvoll.

Als du schließlich dein Jackett übergezogen und dich in die Schlange gestellt hast, bist du ein ganzes Stück hinter mir. Ich muss mich zwingen, mich nicht nach dir umzudrehen, ein paar Minuten muss ich dir schon geben. Plötzlich denke ich mit Schrecken an alte, angebissene, zerschmolzene Schokoriegel, zerdrückte Kaugummis und uralte Visitenkarten von Leuten, an die ich mich gar nicht mehr erinnern kann. Und daran, dass ich solche Dinge oft in den Taschen meiner Jacken finde, wenn ich sie in die Reinigung bringen will. Aber Frauen haben ja schließlich Handtaschen. Männer greifen bestimmt viel öfter in ihre Jackentaschen.

Ich weiß nicht, wie das im Allgemeinen ist. Ich weiß nur eines: Als ich mit dem Ticket in der Hand auf das Gate zugehe und meinen Koffer wie ein Kinderspielzeug hinter mir herziehe, schaust du mich nicht mehr einfach nur an wie vorhin. Du ziehst mich nicht mehr einfach nur mit den Augen aus wie vorhin. Und als ich ein bisschen nach unten blicke, sehe ich, dass du deine Hand tief in der Jackentasche vergraben hast.

Ich lächle dich an, klimpere mit den Wimpern und fahre mir mit der Zunge über die rot geschminkten Lippen.

Du erwiderst mein Lächeln nicht. Wäre ich etwas unerfahrener, würde ich sogar glauben, du machst ein wütendes Gesicht. Aber das stimmt nicht. Ich erkenne es genauso klar wie die Silhouette eines Liebhabers im Mondlicht. Es ist Lust, reine, rohe, brennende Lust, und als ich den Blick auf deine Lenden richte, merke ich, dass du unbehaglich von einem Fuß auf den anderen trittst. Ich zwinkere dir zu und drehe mich dann um, um der Flugbegleiterin mein Ticket zu geben.

Du sitzt ein paar Reihen hinter mir, und ich bilde mir ein zu fühlen, dass du mich anschaust. Vielleicht siehst du, wie mein Haar über die Sitzlehne fällt, vielleicht betrachtest du die Rundung meiner Schultern, den Bogen meines Arms. Viel mehr kannst du von deinem Platz aus wahrscheinlich nicht sehen.

Wir haben beide einen Sitzplatz am Gang.

Ich blättere in meiner Zeitschrift, lese mir noch einmal die Sextipps durch, die ich ja schon kenne, und der Gedanke, sie in die Tat umzusetzen, erregt mich immer mehr. Ich bin mir sicher, dass du gesehen hast, wo die Zeitschrift aufgeschlagen war, als ich sie auf meinem Platz liegen ließ. Vielleicht hältst du mich ja jetzt für eine Anfängerin? Bestimmt nicht. Obwohl eine Situation wie diese tatsächlich neu für mich ist.

Natürlich bilde ich mir das alles nur ein, aber es hat sehr reale Auswirkungen auf mich. Ich spüre deine Ungeduld, spüre, dass du dich fragst, wann ich wohl etwas unternehmen werde. Ich weiß nicht, ob du ein Gentleman bist; ich habe nicht die geringste Ahnung. Ein Gentleman würde es mir überlassen, den richtigen Zeitpunkt zu wählen. Und das tust du.

Nach etwa einer Stunde Flugzeit, als ich es kaum noch auf meinem Platz aushalte, öffne ich den Sicherheitsgurt, stehe auf, strecke mich und ziehe die Kostümjacke aus. Vor den Toiletten hat sich noch keine Schlange gebildet. Ich sitze zwar näher am vorderen Teil, aber ich gehe nach hinten. Als ich an dir vorbeigehe, spüre ich deine Augen auf meinem Körper. Ich erwidere deinen Blick. Ich weiß jetzt, es wird passieren.

Ich betrete den Toilettenraum, schließe aber nicht ab. Es ist ungeheuer eng hier drin. Ich klappe den Toilettendeckel herunter, setze mich darauf und warte.

Mein ganzer Körper bebt vor Verlangen. Ich will dich. Als sich die Tür öffnet, bleibt mir fast das Herz stehen. Was, wenn es einer der Flugbegleiter ist oder ein anderer Passagier?

Aber du bist es. Du wirfst einen kurzen Blick über die Schulter, um sicherzugehen, dass dich niemand sieht, dann kommst du herein.

Du scheinst etwas sagen zu wollen, aber ich lasse dir keine Gelegenheit dazu. Ich beuge mich vor und drücke dich an die Tür, und du greifst hinter dich, um sie zu verriegeln. Gleich darauf bin ich auch schon dabei, deinen Gürtel zu öffnen, knöpfe deine Hose aus edlem Wollstoff auf und öffne den Reißverschluss. Dabei schaue ich dir unverwandt in die Augen, fasziniert von der nackten Lust, die ich darin sehe.

Du trägst Boxershorts. Durch die Öffnung hole ich deinen Schwanz heraus und nehme ihn in den Mund. Er schmeckt umwerfend, gleichzeitig fremd und vertraut und ein wenig salzig von den Lusttropfen, die ich ihm bereits entlockt habe. Ich nehme ihn so weit wie möglich in den Mund und lasse ihn dann wieder hinausgleiten, um Luft zu holen, lecke mit meiner Zunge rund um die pralle Eichel und liebkose ihn gleichzeitig mit der Hand. Ich spüre, wie deine Finger sanft durch mein offenes Haar streichen. Der Lärm der Triebwerke und der Klimaanlage übertönt dein leises Stöhnen. Ich lasse deinen Schwanz aus meinem Mund gleiten und fahre mit der Zunge daran entlang, befreie deine Eier aus den Shorts, um auch daran lecken zu können. Dann komme ich wieder nach oben und nehme ihn erneut ganz in den Mund, tief hinein, und spüre dich hart und prall in meiner Kehle.

Während ich an dir lutsche, schaue ich mich gründlich in dem kleinen Raum um. Als ich schließlich aufstehe, habe ich schon alles genau geplant. Ich spreize die Beine, stütze mich mit den Knien rechts und links von der Toilette ab und ziehe meinen Rock hoch. Überrascht es dich zu sehen, dass ich Strapse trage? Macht es dich an? Dass ich kein Höschen trage, wusstest du ja bereits, und du hast sicher auch eine Möglichkeit gefunden, daran zu riechen. Es wird dich also nicht überraschen, als du dich hinkniest, mich ein wenig nach hinten schiebst und deinen Kopf zwischen meine Schenkel senkst. Es wird dich nicht überraschen, dass ich unglaublich feucht bin.

Deine Zunge fühlt sich heiß an, und ich kann nicht verhindern, dass ich aufstöhne. Zum Glück sind wir im hinteren Teil des Flugzeugs, in der Nähe der Triebwerke, wo der Lärmpegel am höchsten ist. Mein Keuchen und mein leises Stöhnen gehen darin unter. Ich klammere mich am Waschbecken fest, und du drückst deine Zunge noch fester an meinen Kitzler. Ich bin kurz davor zu kommen, aber ich will erst kommen, wenn du in mir bist.

Ich schiebe dich sanft weg und muss mich dann fest an dich drücken, um mich umzudrehen. Ich ziehe den Rock noch höher, lege meinen Hintern frei – und erlebe eine Überraschung. Du kniest immer noch hinter mir, und jetzt beugst du dich vor, umfasst meine nackten Pobacken, schiebst sie sanft auseinander und lässt deine Zunge dazwischengleiten. Das hat bisher noch niemand mit mir gemacht. Mein Puls rast, als ich spüre, wie deine Zunge meinen dunkelsten Ort erforscht. Meine Muschi beginnt zu pulsieren, als du deine Zunge zwischen meinen Pobacken vergräbst. Für den Bruchteil einer Sekunde habe ich die Befürchtung, dass du mich vielleicht in den Hintern ficken willst – aber dann ist mir auch das egal. Ich will einfach nur mehr. Mehr von deiner Zunge, die an einer Stelle in mich eindringt, an der noch nie eine andere Zunge gewesen ist. Ich presse mich fest ans Waschbecken und spreize die Beine noch weiter. Meine Knie scheuern an der Metallwand.

Du schiebst dich an meinem Körper nach oben, drückst mich noch ein bisschen weiter nach vorn und führst deinen

Schwanz zwischen meine Beine. Ich spüre, wie die Eichel die Lippen meiner Muschi berührt, zwischen ihnen auf und ab gleitet, meinen Kitzler streift. Ich keuche. Schließlich findet dein Schwanz die Pforte, und du dringst sanft in mich ein. Ich spüre, wie die Eichel hineingleitet, als ich mich stärker gegen dich drücke. Um mich herum dreht sich das Flugzeug – sind wir in Turbulenzen geraten, oder liegt es nur an deinem Schwanz, der tief in mich eindringt? Ich werde es nie erfahren, denn im Augenblick spüre ich nur dein Fleisch an meinem und deinen Schwanz, der so tief in mich gleitet wie nur möglich. Schweigend, ein Gegenpol zu meinem unwillkürlichen Stöhnen, beginnst du, mich zu ficken.

Ich muss das Stöhnen ersticken, das in mir aufsteigt, muss mir auf die Lippen beißen, um nicht laut zu schreien. Ich bin so erregt, dass ich mich kaum noch unter Kontrolle habe. Fast habe ich das Gefühl, mir die Knie aufzuschürfen, als ich mich darauf stütze, um mich noch fester an dich zu pressen. Du fickst mich mit schnellen Bewegungen, als wärst du kurz davor zu kommen, als könnte unsere heimliche Nummer jeden Moment vorbei sein. Aber ich bin selbst so kurz davor, dass jetzt praktisch nichts mehr meinen Orgasmus verhindern kann, und als ich mit der Hand an meinen Kitzler fasse, ist nur noch eine kleine Berührung nötig, und ich explodiere. Ich versuche, mein Stöhnen zu unterdrücken, während meine Muschi deinen Schwanz umklammert. Ich bin kaum fertig, da spüre ich, dass auch du mit Lustschreien ringst, und dann fühle ich ein heißes Pulsieren in mir, als du meine Muschi mit deinem Saft überschwemmst.

Über das Waschbecken gebeugt, schaue ich mich nach dir um und sehe die nackte Lust in deinen Augen, die ich bereits kenne.

Du küsst mich nicht, schaust mich nur streng an, als du

deinen Schwanz, der von meinem und deinem Saft ganz verschmiert ist, wieder in der Hose verstaust, den Reißverschluss hochziehst und den Gürtel schließt.

Dann lächelst du, wie in der Abflug-Lounge, als du begonnen hast, mit mir zu flirten. Du steckst die Hand in die Jackentasche und ziehst mein Höschen heraus. »Das brauchen Sie sicher noch«, sagst du.

»Ich glaube nicht«, erwidere ich, nehme es aber trotzdem.

Als du fort bist, lasse ich mir etwas Zeit, um mich wieder zu beruhigen, um die Illusion aufrechtzuerhalten, dass nichts Außergewöhnliches passiert ist.

Ich schaue nicht zu dir hin, während ich zu meinem Platz zurückkehre. Nach der Landung wage ich einen kurzen Blick, den du ungerührt erwiderst. Wir lächeln uns an und schließen uns dann dem langsamen Strom von Menschen an, die den Flughafen verlassen.

In dem Labyrinth aus Gängen und Korridoren verliere ich dich aus den Augen. Erst als ich bereits ein Taxi angehalten und dem Fahrer mein Ziel genannt habe, merke ich, dass in der Tasche meiner Kostümjacke etwas knistert. Ein Flugplan aus einem Reisebüro mit dem Namen des Passagiers und seiner Geschäftsadresse. Und die Abflugzeiten für einen Inlandflug in der nächsten Woche.

Ich sehe, dass der Flugplan auch bereits eine Platzreservierung enthält.

Du hast einen Sitzplatz am Gang.

Eine Gutenachtgeschichte

Ich will ehrlich sein. Eigentlich wollte meine Mitbewohnerin Justine dich unbedingt lesen hören. Sie hatte deinen Namen in der Zeitung angekreuzt, und als ich anfing zu jammern, weil ich nicht mit wollte, wies sie zu Recht auf unzählige Veranstaltungen hin, auf die ich sie geschleppt und bei denen sie sich zu Tode gelangweilt hatte.

»Zwing mich nicht«, bettelte ich. »Ich bin müde.«

Ohne dieser lahmen Entschuldigung Beachtung zu schenken, bestand sie darauf, dass ich mit in die Buchhandlung ein paar Straßen weiter komme. »Er ist sehr intensiv«, sagte sie. »Seine Worte werden dich zum Schmelzen bringen.«

»Na gut«, sagte ich. Der Grund, dass ich schließlich doch mitkam, war keineswegs die Aussicht zu schmelzen. Ich hatte das Autorenfoto hinten auf dem Schutzumschlag gesehen, und obwohl ich wirklich nicht der Typ für Schwärmereien bin, war ich doch äußerst angetan.

Eigentlich kann ich schon mit dem Konzept Autorenlesung nichts anfangen. Ich meine, wozu soll so was gut sein? Warum geht da überhaupt jemand hin? Kurzgeschichten sind dazu da, vom Leser gelesen zu werden – allein und in den eigenen vier Wänden. Zumindest bin ich dieser Ansicht. Literatur ist schließlich etwas anderes als ein Drehbuch: Sie ist nicht als Text für Schauspieler gedacht. Doch als Justine und ich in die Buchhandlung kamen, war es bereits rappelvoll. Die Allgemeinheit schien meine Ansichten also nicht zu teilen. Und das Publikum war offensichtlich der Meinung, dass es etwas Besonderes wäre, dich lesen zu hören.

Justine und ich fanden noch einen Platz ziemlich weit hinten und sahen zu, wie du das Podium betratst. Einen Augenblick lang nahm ich nichts mehr von meiner Umgebung wahr. Ich weiß, dass aus der Ecke mit den Bilderbüchern Kindergeschrei ertönte und dass draußen auf der Straße irgendein Autofahrer rüde die Hupe betätigte – aber ich sah nur dich.

Die Lesung war göttlich. Du bist ein guter Schriftsteller, aber – und das ist bei einem solchen Anlass noch viel wichtiger – du bist vor allem ein guter Darsteller. Die meisten Autoren verlieren sich in ihren eigenen Werken. Entweder sie nuscheln, oder sie lesen viel zu schnell, weil sie unbedingt noch zu einer »richtig guten Stelle« kommen wollen, oder aber sie sind so von sich selbst überzeugt, dass man sie auf den ersten Blick verabscheut. Du warst völlig anders. Es gelang dir, die Zuhörer mit feinsinnigem Witz und sympathischen Scherzen für dich zu gewinnen, und während du gelesen hast, war es so ruhig im Publikum, wie es in einer belebten Buchhandlung mitten in Berkeley nur sein kann. Am Ende bekamst du tosenden Applaus, und dann verkündete eine Frau, der man die Buchhändlerin schon von weitem ansah, du seist gern bereit, deine Bücher zu signieren.

Justine hatte bereits ein Exemplar und reihte sich in die Schlange derer ein, die deinen Namen schwarz auf weiß nach Hause tragen wollten. Ich war immer noch neugierig auf dich, also stellte ich mich neben Justine und tat so, als wollte ich ihr nur Gesellschaft leisten. Es dauerte lange, bis wir schließlich dran waren. Als wir vor dir standen, hast du Justines Buch signiert, aber ich spürte dabei deinen Blick. Ich lächelte dich an, und als du mich fragtest, ob ich auch etwas zum Signieren hätte, schockierte ich Justine zutiefst.

Ich weiß nicht genau, was da über mich gekommen ist. Aber als wärst du ein Rockstar und ich ein wild entschlossenes Groupie, rollte ich den Ärmel meines leichten schwarzen Häkelpullovers hoch und hielt dir die empfindliche Innenseite meines Handgelenks hin. Du hast deine Unterschrift ohne Zögern daraufgesetzt, und ich kicherte wie ein kleines Mädchen und hauchte: »Ich werd mich nie wieder waschen.«

»Das war so was von unmöglich!«, zischte Justine und zog mich mit sich fort. »Wie kannst du nur!«

»Immerhin hab ich ihm nicht die Brust hingehalten«, erwiderte ich. Dann schaute ich auf mein Handgelenk – und las den Namen eines Hotels und eine Zimmernummer. Als ich einen Blick über die Schulter warf, schautest du mir immer noch nach.

Ich musste meinen ganzen Mut zusammennehmen, um tatsächlich in dein Hotel in der Innenstadt zu kommen. Natürlich bin ich eher draufgängerisch, das wirst du sicher gemerkt haben, aber so draufgängerisch nun auch wieder nicht. Ich erzählte Justine nichts davon, sondern sagte ihr nur, ich müsse noch mal weg, und machte mich auf den Weg. Ich setzte mich in die ausgesprochen elegante Bar des ausgesprochen eleganten Hotels, und während ich an einem Glas Wein nippte, versuchte ich, mir über die grundlegende Frage klar zu werden: Gehen oder bleiben? Und so hast du mich vorgefunden. Du hast dich auf den Barhocker neben mir gesetzt und mir die Hand hingestreckt, um dich vorzustellen.

»Ich weiß doch schon, wer du bist«, sagte ich lächelnd, gab dir aber trotzdem die Hand.

»Aber ich weiß nicht, wer du bist …«

Ich habe dir meinen Namen gesagt, und du hast ihn wiederholt, als würde dir sein Klang gefallen.

»Normalerweise mache ich so was nicht …«, begann ich und strich mir mit der freien Hand das Haar aus dem Gesicht.

»Ich auch nicht«, sagtest du und zeigtest auf mein Handgelenk.

»Was machen wir dann?«, fragte ich. »Wenn wir so was beide nicht machen?«

»Vielleicht könnten wir es ja doch machen …«

Und das genügte. Du legtest etwas Geld auf den Tresen, um meinen Wein zu bezahlen, dann gingen wir gemeinsam zu den Fahrstühlen hinüber. Ich spürte, wie nah wir beieinander standen und wie viel näher ich dir gern gewesen wäre. Als der Fahrstuhl kam, warteten wir ungeduldig, bis sechs Leute ausgestiegen waren, und gingen dann hinein. Zu meiner Überraschung waren wir allein. Zu meiner Überraschung, aber auch zu meiner großen Freude.

Der Fahrstuhl fuhr los, und du hast mich so gedreht, dass ich nach draußen schauen konnte. Die gläsernen Aufzüge dieses edlen Hotels sind weltberühmt. Von unserem Aussichtspunkt überblickten wir San Francisco, sahen die strahlenden Lichter und das Verkehrsgewühl unten immer kleiner und unbedeutender werden, je höher wir stiegen. Ich spürte, wie du dich an mich gedrückt hast, dein steifer Schwanz hart an meinem Hintern, und schloss seufzend die Augen. Offenbar konntest du mein transparentes Spiegelbild in der Scheibe sehen, denn du sagtest leise: »Nein, schau hin …«

Bei diesen Worten öffnete ich die Augen wieder, und im selben Moment hast du die Arme um mich gelegt und dich vorgebeugt, um meinen Nacken zu küssen. Ach, wie gut sich das anfühlte. Mehr als gut. Dein warmer Mund auf meiner Haut, deine feuchten Lippen an genau der richtigen Stelle. Mit diesem einen Kuss hast du mir Schauer durch den ganzen Körper gejagt. Ich sah, dass auch mein Gesicht diese Lust widerspiegelte. Sah den violetten Schimmer in meinen Augen und wie sich meine vollen Brüste hoben, als ich tief Luft holte. Du hast mein Kleid nach oben und mein Höschen nach unten geschoben und dann geduldig gewartet, bis ich es ganz ausgezogen hatte. Der zarte Stoff flatterte an meine nackte Haut, und ich seufzte wegen des wunderbaren Gefühls, angezogen und doch nackt zu sein. Unangemessen bekleidet für einen öffentlichen Ort.

Dann spürte ich deinen Schwanz, wie er sich erst an meine Hüfte drückte und dann von hinten in mich hineinglitt. Ich presste die Handflächen an die Scheibe, und du drangst tief in mich ein. Und immer noch bewegten wir uns, stiegen höher und höher …

Der Klang der Fahrstuhlglocke ließ uns innehalten, und du schlangst schnell die Arme um mich, als die Türen aufgingen. Ein älteres Ehepaar kam herein. Beide grüßten freundlich und drückten dann auf den Knopf für ihr Stockwerk.

»Gefällt Ihnen die Aussicht?«, fragte die Frau, ohne zu wissen, dass du immer noch in mir warst.

»Ja, sehr …«, stieß ich hervor.

»Auf welche Etage wollen Sie?«, fragte der Mann.

»Wir machen eine Rundfahrt«, sagtest du, und ich kicherte hilflos. Ich wusste zwar, dass dein Jackett unsere Vereinigung verbarg, aber ich war mir sicher: Wenn die Frau mein Gesicht in der Scheibe sah, würde sie genau wissen, was wir taten. Es konnte gar nicht anders sein. Aber aus irgendeinem Grund merkten sie nichts, stiegen auf ihrer Etage aus und wünschten uns eine »Gute Nacht«. Du hast dich umgedreht und noch einmal auf den Knopf für die oberste Etage gedrückt, und während der ganzen Fahrt hast du mich gefickt, so heftig, dass ich dort beinahe gekommen wäre. In unserem eigenen kleinen Zimmer mit Aussicht. Unserem beweglichen Zimmer mit Aussicht. Als wir schließlich erneut in der obersten Etage ankamen, hast du mein Kleid zurechtgezogen und deine Hose zugeknöpft. Dann gingen wir Hand in Hand in deine Suite.

Drinnen schafften wir es nicht mehr bis zum Bett. Du hast mich gleich an die Wand gedrückt und mich genommen. Ich habe meine Beine um deine Taille geschlungen. Deine Hände haben mich fest gehalten. Mich hochgehoben und dann gleich wieder nach unten gezogen, auf deine stahlharte Rute.

Ich kann dir gar nicht sagen, wie gut sich das angefühlt hat. Wie du mich bearbeitet, mit mir gespielt hast. Nur eines wunderte mich: dass wir schwiegen. Keiner von uns sagte ein Wort. War das nicht merkwürdig bei einem Schriftsteller? Ich hatte keine Ahnung. Ich hatte ja noch nie etwas mit einem Schriftsteller gehabt.

Später, im Bett, stellte ich dir diese quälende Frage. Warum hatten wir kein Wort gesagt?

»Redest du gern?«, hast du mich leise gefragt.

»Ich höre gern zu.«

»Wie wär's dann mit einer Gutenachtgeschichte?«

Ich nickte und sah zu, wie du langsam an meinem Körper hinuntergeglitten bist, dich an der Spalte zwischen meinen Beinen in Position gebracht und begonnen hast, mich dort zu lecken. Ich war noch ganz erschöpft von der ersten Runde, doch mein Körper reagierte sofort und war schon wieder bereit für eine zweite.

Du hast deine Zunge wunderbar kreisen lassen und dann angefangen zu reden. Was du sagtest, spielte eigentlich keine

Rolle. Deine Worte vibrierten an meiner empfindlichsten Stelle, ich krallte beide Hände in das Laken, und mein Körper verkrampfte sich. Du hast mir eine Geschichte nach der anderen erzählt, Geschichten von Sex, Schweiß, Lust und Sünde. Die wunderbarsten Gutenachtgeschichten, die man sich vorstellen kann.

Schmutzig

Eigentlich soll ich dich ja nicht anrufen.

Vielleicht bin ich gerade deshalb so wahnsinnig feucht. Es macht mich an, Dinge zu tun, die ich eigentlich nicht soll. Klingt verrückt, aber ich hatte keine Ahnung von dieser simplen, sündigen Tatsache, bis ich dich getroffen habe. Bis dahin hatte ich mein Leben in dem festen Glauben verbracht, dass sich gutes Benehmen irgendwie auszahlen würde. Ich schüttelte entsetzt den Kopf, wenn ich mitbekam, wie meine Freunde sich den dunkleren Seiten des Lebens zuwandten, und innerlich verurteilte ich sie und freute mich selbstgefällig daran, wie gut ich mich und mein Leben im Griff hatte, so ganz ohne alle Seifenopern-Dramatik.

Jetzt bin ich eines Besseren belehrt. Du hast mir beigebracht, dass böse Mädchen tatsächlich jede Menge Spaß haben. Mir ist das ganz recht, denn ich habe die Grenze längst überschritten. Ein böseres Mädchen als mich kann ich mir nicht mehr vorstellen. Heute Abend fühlt sich mein Höschen klebrig an, es pappt an meinem Körper, und ich spüre die unheilvolle Hitze und Nässe in meinem Zentrum nur allzu genau, obwohl ich weiß, dass ich keine Erleichterung haben kann. Zumindest nicht heute Nacht.

Denn eigentlich sollte ich dich wirklich nicht anrufen. Eigentlich sollte ich im Lebensmittelladen sein und etwas besorgen, das ich heute beim wöchentlichen Großeinkauf vergessen habe. Zumindest war das mein Vorwand. Ein billiger Vorwand, zugegeben, aber etwas Besseres ist mir nicht eingefallen im schummrigen, geilen Nebel meiner nicht mehr jugendfreien Gedanken. *Ich brauche noch Tomatenmark für die Soße. Ohne schmeckt sie nicht so gut. Bin gleich wieder da, Schatz.* Aber »gleich wieder da« heißt eigentlich nicht, dass ich vor der graffitibeschmierten Telefonzelle an der Ecke stehen bleibe, eine silberfarbene Münze einwerfe, aus dem Kopf deine Nummer wähle und dir sage, wie sehr du mir fehlst.

Wie sehr mir dein Schwanz fehlt.

»Sag das noch mal«, forderst du.

»Dein Schwanz«, wiederhole ich wie ferngesteuert. »Mir fehlt dein Schwanz …«

»Sprich weiter. Was vermisst du am meisten?«

»Ich will mich vorbeugen, meine Schenkel spreizen und ihn in mir spüren.«

»Was in dir spüren …?«

»Deinen Schwanz«, wiederholte ich. Ich höre das leise Kichern, das ganz hinten in meiner Kehle sitzt, wo ein noch intakter Teil meiner kritischen Selbstwahrnehmung mir bei diesem unsäglichen Telefonat zuhört. Ich bin immer wieder schockiert von den Wörtern, die wie von selbst über meine Lippen kommen, wenn wir beide telefonieren. Oder wenn wir im Bett sind. Oder draußen, an irgendeinem halbwegs abgeschiedenen Ort, wo wir uns sicher fühlen. Wo wir glauben, verborgen zu sein – obwohl es in Los Angeles im Grunde gar keine Privatsphäre gibt. Irgendjemand sieht einen immer. Aber das hält mich nicht davon ab, schmutzige Sachen zu sagen. Bei dir bin ich obszön, und ich sage Dinge, die ich in meinem anderen Leben niemals sagen würde. In meinem wirklichen Leben, in dem die Leute glauben, ich wäre anständig, nett, lieb und ehrlich. Bei dir sage ich dunklere Dinge, Dinge, die viel tiefer gehen. Wichtiger noch: Ich sage wahre Dinge. Wir brauchen keine falschen Liebenswürdigkeiten, keinen künstlichen Smalltalk. Wir haben keine Lust und keine Zeit, lange zu fackeln. Wenn wir zusammen sind, haben wir nur Zeit zu ficken.

»Wo bist du?«, fragst du, und ich weiß, du hörst den Verkehrslärm von La Brea. Außerdem bin ich mir sicher, dass du dir vorstellen kannst, was für ein Gefühl es ist, dort zu sein, wo ich bin – sowohl in geistiger als auch in körperlicher Hinsicht.

»Das weißt du doch ...«

»Sag's mir.« Der Sadist in dir will es genau wissen. »Sag's mir, mein böses Mädchen. Wo bist du?«

»In einer Telefonzelle.«

»In welcher?«

»In der Straße, in der wir wohnen.«

»*Wir*«, wiederholst du betont. Dieses »Wir«, das sind nicht du und ich, sondern ich und er. »Du willst mir nicht zufällig die Nummer der Telefonzelle sagen?«

Ich antworte nicht. Das muss ich auch nicht. Mir ist klar, was du vorhast. Du willst mich dazu bringen, das alles zu genießen, all die Lügen, die Betrügereien, dass ich mich heimlich wegschleiche, um ein Telefonat zu führen. Wenn ich das schon tue, willst du, dass ich all die Falschheit auch richtig erlebe. Jeden schulderfüllten Augenblick. Jede verstohlene Umarmung. Du hast ja nichts zu verlieren, also kannst du so viele psychologische Spielchen mit mir treiben, wie du willst. Ich habe eigentlich sehr viel zu verlieren, auf irgendeiner abstrakten Ebene. Aber in solchen Augenblicken stelle ich immer wieder erstaunt fest, dass mir das vollkommen egal ist. Jetzt, in diesem Moment, würde ich alles aufgeben, um bei dir zu sein. Aber als ich dir das sage, bist du vorbereitet und hältst sofort dagegen.

»Warum rufst du mich dann nicht von zu Hause aus an? Oder lädst mich zum Essen ein?« Ich stelle mir vor, wie du nackt auf deinem Bett liegst und mit einer Hand deinen Schwanz bearbeitest. Du hast mir schon einmal gesagt, dass du allein durch den Klang meiner Stimme kommen kannst. Ich brauche nicht einmal schmutzige Sachen zu sagen. Ich brauche einfach nur zu reden, irgendetwas zu sagen, und dein Schwanz reagiert darauf. Ich könnte dich zum Orgasmus bringen, indem ich laut aus dem Telefonbuch vorlese oder aus irgendeinem Lexikon, oder indem ich lateinische Lyrik rezitiere. Wir haben diese Art von Verbindung einfach. Die richtige Verbindung mit dem falschen Mann. Oder vielleicht auch mit dem richtigen Mann zum falschen Zeitpunkt.

Du *bist* der Richtige. Der erste, der einzige Mann, der mich je dazu gebracht hat, mich sexy zu fühlen. Mich sexy zu fühlen, wenn ich nackt durch den Raum gehe, wenn ich mich von deinem verschwitzten Körper löse und nach meinen quer im Zimmer verstreuten Kleidern suche. Ich werde feucht, wenn ich an dich denke. Ich rutsche unruhig hin und her und spüre, wie die Erregung wächst. Einfach nur, weil ich an deine Augen denke, wenn du mich anschaust, wenn du mir nicht zu sagen brauchst, was du willst, wenn ich es einfach weiß. Oder daran, wie du mich an den Haaren ziehst, wenn wir vögeln. An deine Faust, die meinen Pferdeschwanz umschließt, fest daran zieht. Mir wehtut. Mich dazu zwingt, den Rücken zu wölben, das Kinn zu heben, mich dazu zwingt, in den Spiegel über deinem Bett zu schauen und mich selbst zu sehen. Zu sehen, wie eine Betrügerin aussieht. Eine Schlampe, ein Flittchen …

»Wie viel Zeit hast du?«, fragst du.

»Nicht genug, um vorbeizukommen.«

»Aber genug, damit ich kommen kann …«

Ich hatte einen Orgasmus, als ich auf dir saß. Als ich mich nach oben gedrückt habe, um deinen Schwanz dann umso tiefer in mich aufzunehmen. Das war mir noch nie passiert, beim Vögeln zu kommen, ohne Hilfe. Ohne die zusätzliche Unterstützung meiner Hand oder der Hand meines Partners an meinem glitschigen Kitzler, ohne Streicheln und Reiben. Ich dachte, ich muss in dich verliebt sein, damit so etwas passieren kann. Aber du hast meine Gedanken erraten und gegrinst und den Kopf geschüttelt. Wir haben eben diese Art von Verbindung.

Diese glühend heiße Verbindung, bei der es nur ums Vögeln geht. Sobald ich dich sehe, will ich mir die Kleider vom Leib reißen und mich vorbeugen. Oder mich hinlegen. Oder mich rittlings auf dich setzen. Ich will dir einen blasen oder meine Beine spreizen, sodass du mich lecken, mit süßen Bewegungen deiner Zunge meinen Kitzler umkreisen kannst. Ich will deinen Schwanz mit der Hand bearbeiten, dir einen runterholen.

Einfach nur mit dir vögeln.

Aber so einfach ist das alles nicht. Ich weiß gar nicht, wie und warum ich in eine solche Situation geraten konnte. In so eine Erwachsenen-Situation, wo von mir erwartet wird, das Richtige zu tun. Ich weiß nur, dass es nicht leicht ist. Ich hätte nie gedacht, dass ich eine solche Grenze überschreiten würde, wie ich sie mit dir überschritten habe. Ich hätte nie gedacht, dass mir all diese tollen Popsongs je etwas sagen würden. »The Dark End of the Street«. »Slip Away«. Sogar »Hurts so Good«! Darin geht es immer nur um dich und mich. Um das, was ich mit dir machen will, und um das, was du mit mir machst.

»Was hast du an?«, willst du wissen, und ich schaue an mir hinunter und werde rot angesichts dieser Selbstvergessenheit, angesichts der Tatsache, dass ich es nicht sofort weiß. Ich denke nur an dich, daran, was du mit mir machen würdest, wenn ich mich heute Abend lang genug wegstehlen könnte, um es dich tun zu lassen. Du würdest schon über mich herfallen, bevor ich deine Wohnungstür hinter mir zugemacht hätte. Du würdest mir die Kleider vom Leib reißen, mich an die weiß verputzte Wand deines Wohnzimmers drücken und mich ficken. Mich von innen heraus erschüttern. Ich würde mich in deine Haut krallen, mit dem Mund Halt suchen an deinen breiten, starken Schultern, dich beißen und meine Spuren auf dir hinterlassen, weil du keine auf mir hinterlassen darfst. Ich würde laut schreien beim Orgasmus. So laut und wild, dass es sich anhören würde, als hätte ich Schmerzen. Lustvolle Schmerzen. Genauso ist es auch.

Mit ihm habe ich das nicht. Er würde mich nicht an den Haaren ziehen. Er würde mich nicht ohrfeigen oder mich so fest in die Brustwarzen kneifen, dass ich aufschreie, wenn mich der Schmerz scharf durchzuckt. Er würde mich nicht übers Knie legen und versohlen oder gewaltsam an den Schultern nach unten drücken, damit ich mich vor ihn knie und ihm einen blase. Selbst wenn ich ihn darum bitten würde, würde er das nicht mit mir machen, sondern mich bloß mit angewiderter Miene fragen, wie ich denn auf so geschmacklose Ideen käme. Genau so hat er mich angeschaut, als ich ihm einmal vorgeschlagen habe, uns für eine Nacht in ein billiges Motel einzumieten und zügellosen Sex zu haben. Genau so hat er mich angeschaut, als ich ihn bat, mich in den Hintern zu ficken. »Bitte«, bettelte ich. »Ich will wissen, wie das ist.«

Das ist alles so furchtbar scheinheilig, weil ihm die Vorstellung an sich keine Probleme bereitet. Ich weiß, dass er solche Dinge schon gemacht hat. Das hat er mir ganz am Anfang erzählt, an dem Punkt unserer Beziehung, wo man einander alles erzählt. Zeig du mir deins, dann zeig ich dir meins. Ich weiß also nur zu gut, dass er irgendein Mädchen in New York in den Hintern gefickt hat. Natürlich ist das lange her, aber er hat es gemacht. Und trotzdem will er es nicht mit mir machen. Es gibt Dinge, die macht man einfach nicht mit der Frau, die man heiraten will. Sagt er. Bestimmte Spielarten fallen seiner Ansicht nach aus, wenn es um die künftige Mutter seiner Kinder geht. Also macht er solche Sachen nicht mit mir.

Du schon.

Du hast keine vorgefassten Meinungen über meine Rolle. Du erwartest kein bestimmtes Verhalten von mir. Wenn ich heute Abend zu dir kommen, mich länger als erwartet davonstehlen würde, würdest du mich erzittern lassen, indem du einfach nur meinen Körper betrachtest. Indem du mich anstarrst, unverwandt, als würdest du dir überlegen, welchen Teil von mir du zuerst verschlingen sollst. Welchen Teil von mir du fesseln oder versohlen oder ficken willst. Welchen Teil du nach vorn beugen oder küssen und auf welchen Teil von mir du kommen willst. Aber schon nach kurzer Zeit hättest du deine Entscheidung getroffen, und ganz egal, wie sie ausfallen würde, sie würde uns beide zum Höhepunkt bringen. Denn du kennst mich. Du kennst mich so wahnsinnig gut, dass ich nicht einmal denken muss, wenn wir zusammen sind. Ich gebe mich einfach in deine Hand und lasse dich die Führung übernehmen, für uns beide.

Und daher weiß ich auch, was du tun würdest, wenn wir fertig wären, zumindest mit der ersten Runde des Abends. Du würdest mich unter die Dusche stellen und alle Sünden von mir abwaschen, dann würdest du mich an die kühlen schwarzen Fliesen drücken und sie gleich wieder in mich hineinvögeln.

Denn ganz tief drinnen wissen wir beide, was er nicht weiß, was er niemals wissen wird: So schmutzig, wie ich bin, werde ich nie mehr sauber.

Ein heißer Waschgang

Manchmal schäme ich mich ja, es zuzugeben. Manchmal fühle ich mich sogar richtig schlecht dabei. Schließlich bin ich eigentlich eine verantwortungsbewusste Frau. Ich mache mir Gedanken über unsere Umwelt. Und ich verwende ja schließlich auch phosphat- und parfümfreies Waschpulver. Aber was ist mit dem Wasser? Dem Strom? Was ist mit der Lärmverschmutzung? Und wenn wir schon dabei sind: Was ist mit dem Dampf, der aus der Garage kommt, sich in der Straße verbreitet und zur globalen Erwärmung beiträgt? Man darf gar nicht darüber nachdenken, was für Schaden Wasserdampf in der Luft unserer Umwelt zufügt.

Das Ganze ist mir unangenehm. Wenigstens manchmal. Gelegentlich. Sehr gelegentlich. Eigentlich relativ selten. Nur von Zeit zu Zeit, wenn ich in einem Anfall von Selbstzweifel meine Waschpraktiken in Frage stelle. Dabei ist das meine einzige ernsthafte Ausschweifung, mein einziger, schamloser Luxus in einem geräumigen Haus voll Teebaumölseife, biologischem Fensterputzmittel, duftstofffreiem Geschirrspülmittel und organischem Abflussreiniger, der nicht wirkt.

Und das ist es, mein einziges, schändliches und schmutziges kleines Geheimnis:

Manchmal lasse ich die Waschmaschine laufen, wenn eigentlich gar nichts schmutzig ist.

Andererseits glaube ich, in meinem Haus ist immer irgendetwas schmutzig. Selbst wenn es nur meine Gedanken sind.

Ich achte immer darauf, die Trommel gleichmäßig zu füllen. Es gibt nichts Schlimmeres, als wenn die Waschmaschine beim Schleudern plötzlich anfängt, »Ka-rumms ka-rumms ka-rumms« zu machen. Innen auf der Tür steht sogar ein Warnhinweis, dass das zu Schäden führen könnte.

Baumwollwäsche ist mir eindeutig am liebsten: Jeans, Sweatshirts, Handtücher. Diese Sachen sind schwer, halten viel Wasser und verleihen der Maschine dieses ganz besondere Vibrato. Das Dumme ist nur, dass es sich um eine recht moderne Maschine handelt, die gut isoliert ist. Das Metall wird also nie richtig heiß, und wenn ich bei sechzig Grad wasche, bringt mir das gar nichts. Ich liebe es, die Wärme an meinem Körper zu spüren, also muss ich meine Baumwollsachen kochen. Das hat zur Folge, dass ich kaum noch Kleider habe. Meine Jeans sind grundsätzlich zu eng, und meine Baumwollhöschen fransen schon nach ein paar Monaten aus und fallen auseinander.

Aber das ist es mir wert. Dafür kann ich fühlen, wie die Maschine unter mir immer heißer wird, kann die warme Liebkosung des glatten weißen Metalls spüren. Aber eigentlich geht es nicht um die Wärme, die ist nur ein angenehmer Nebeneffekt. Es geht um die Bewegung. Bei einem Waschgang fängt das Ding normalerweise nach fünf Minuten an, so richtig zu schleudern.

Anfangs habe ich ein Kissen auf eine Ecke gelegt, dann habe ich mir enge Jeans und einen Stringtanga angezogen und mich mit gespreizten Beinen daraufgesetzt. Inzwischen mache ich mir nicht mehr die Mühe mit dem Kissen. Ich hocke mich einfach auf die Maschine. Meistens setze ich mich oben drauf und lasse die Beine an den Seiten herunterbaumeln. Aber manchmal gehe ich auch ganz nah ran und setze mich direkt auf die Ecke. Dabei trage ich am liebsten meine dicke Trainingshose aus Baumwolle. Aber Jeans sind auch nicht schlecht, vor allem enge Jeans. Wenn ich mich für diese Variante entscheide, ist eine gleichmäßig gefüllte Trommel allerdings besonders wichtig – denn in einer solchen Position könnte mich ein plötzliches und unerwartetes »Ka-rumms« wochenlang außer Gefecht setzen.

Das Schleuderprogramm dauert sechs Minuten. Für einen reicht das immer, aber es reicht manchmal nicht ganz für zwei. Einmal habe ich drei geschafft. Waschbare Wolle.

Inzwischen hat das Ganze für mich Fetischcharakter bekommen. Es erregt mich, Waschpulver einzufüllen, mich dann ganz langsam bis auf BH und Höschen auszuziehen, die Kleider in die Trommel zu stopfen und den Deckel zu schließen. Ich drehe das Wasser auf, lehne mich an die Waschmaschine und warte.

Als ich damit anfing, hatte ich noch erotische Fantasien dabei, aber das hat sich inzwischen auch geändert. Allein der Geruch des Waschpulvers macht mich heiß. Ich bin schon erregt, wenn ich nur die Garage betrete. Der Duft frisch gewaschener Kleider weckt eine wohlig-warme Erinnerung, und das Geräusch, wenn irgendwo eine Münze eingeworfen wird, versetzt mich jedes Mal in Erregung. Manchmal komme ich an einem Waschsalon vorbei und muss anschließend daheim die Unterwäsche wechseln. Einmal, als bei mir der Strom ausgefallen war, habe ich einen Waschsalon ausprobiert. Das war eine Katastrophe. Ich lehnte mich an die Waschmaschine, als sie zu schleudern begann. Ich legte meine Wange an das vibrierende Metall, als wäre es ein Liebhaber, den ich nicht berühren durfte. Dabei seufzte ich leise und sehnsuchtsvoll. Die allein erziehenden Mütter und die Studenten schauten mich an, als hielten sie mich für verrückt.

Zu Hause klettere ich hoch und lege mich auf die Maschine, spüre das leichte Zittern, wenn sich die Trommel mit Wasser füllt. Ich spüre, wie sie langsam in Bewegung kommt, hin und her schwingt – ein hinreißendes Vorspiel.

Und wenn ich dann merke, dass sie anfängt zu schleudern, stöhne ich leise auf.

Ich lehne mich entweder nach hinten oder beuge mich vor. Inzwischen bin ich ziemlich gelenkig und kann die Beine so weit zu beiden Seiten spreizen, dass ich meine Muschi fest an die Maschine pressen kann. Aber das ist gar nicht unbedingt nötig. Es reicht auch schon, die Vibrationen durch meinen Rücken wandern und sich in mir ausbreiten zu lassen, indem ich mich zurücklehne und dabei meine Brustwarzen stimuliere, während der Rhythmus immer schneller wird.

Die Maschine pulsiert und bebt, sie fickt mich mit ihren rhythmischen Bewegungen. Sie wird schneller und schneller, und die Empfindungen in mir werden immer stärker. Und dann, mitten im Schleuderprogramm, komme ich.

Bis heute. Ich sitze mit gespreizten Beinen da, nach vorn gebeugt, und verdrehe mich so, dass ich meine Muschi fest an das warme Metall pressen kann. Ich komme mir vor wie beim Kunstturnen am Barren.

Ich bin fast so weit. Ganz kurz davor. Ich stelle mir vor, dass die Maschine mich fickt, wie ein künstliches Monstrum aus dem frühen industriellen Zeitalter, das nichts weiter im Sinn hat als seine eigentliche Funktion. Dass es mich fickt, ist nur eine Art Nebenwirkung.

Gleich bin ich so weit. Gleich.

Da wird die Maschine plötzlich langsamer und bleibt stehen.

»Nnnneeeeiiiinnnn!«, schreie ich, springe herunter und öffne den Deckel. Ich schichte die Kleider ein wenig um und schließe den Deckel wieder, mit einem scheppernden Geräusch, das in der dampfigen Garage widerhallt.

Nichts.

Ich verteile die Kleider noch einmal neu. Hätte ich bloß nicht die ganzen Jeans reingetan. Ich nehme eine Jeans heraus, werfe sie mir über die Schulter und schließe den Deckel.

Nichts.

»Komm schon, hilf mir halt ein bisschen«, sage ich. Ich greife wahllos nach ein paar Kleidungsstücken – Höschen, BHs, T-Shirts – und werfe sie auf den Garagenboden.

Dann drücke ich den Schalter: Ein, Aus, Ein, Aus, Ein, Aus, Ein, Aus.

Nichts.

»Nein!« Ich könnte heulen. Deprimiert trete ich von einem Bein aufs andere. Mein Kitzler ist hart und pulsiert, das Höschen klebt an meiner Muschi, hat sich ganz ihrer Form angepasst. Ich drücke die Brüste an das kalte Metall und fange tatsächlich fast an zu weinen.

Dann renne ich zum Telefon, suche die Nummer des Reparaturdienstes und wähle.

»Wir könnten Ihnen morgen jemanden vorbeischicken«, verkündet eine gut gelaunte Telefonistin.

»Nein, Sie verstehen nicht«, bettele ich. »Es handelt sich um einen Notfall. Sie müssen *heute* jemanden schicken.«

»Was denn für ein Notfall? Besteht ein Sicherheitsrisiko?«

»O Gott, ja«, sage ich. »Auf jeden Fall.«

»Besteht Brandgefahr? Riechen Sie Rauch?«

Ich setze zu einer Horrorgeschichte an: Flammen schlagen aus meiner geliebten Waschmaschine, überall Rauch. »Nein«, sage ich dann mit einem unglücklichen Seufzer.

»Wir sind heute leider völlig ausgebucht. Vielleicht können Sie ja in einen Waschsalon gehen?«

»Nein, das geht nicht ... ich habe keine Zeit ... ich meine, ich reise heute Abend nach, äh, Europa. Ich fahre ins Ausland. Ich habe keine Zeit mehr, in den Waschsalon zu gehen.«

»Es tut mir Leid, Ma'am, ich kann wirklich nichts für Sie tun. Ich kann Ihnen erst morgen jemanden schicken.«

»Na gut«, sage ich seufzend und mit tränenerstickter Stimme.

»Sagten Sie nicht gerade, Sie sind morgen nicht mehr da?«

»Es wird jemand anders da sein«, sage ich unglücklich. »Nur ... bitte so früh wie möglich.«

»Morgen um fünfzehn Uhr?«

»In Ordnung.« Ich lege auf und schleudere das Telefon quer durchs Zimmer.

Dann werfe ich mich aufs Bett und ziehe den weißen Zauberstab aus Plastik darunter hervor. Angewidert betrachte ich ihn. Er ist von einer dünnen Staubschicht bedeckt. Ich ziehe meine Unterwäsche aus und reibe ihn mit dem Höschen sauber. Dann spreize ich die Beine, stelle mir die Waschmaschine vor und drücke den Vibrator an meine Klitoris.

Fünf Minuten später blicke ich stirnrunzelnd an die Decke.

Ich habe mal einen Artikel über Vibrator-Abhängigkeit gelesen. So in etwa muss das sein. Im Sexshop hat man mir das Ding als den leistungsfähigsten Vibrator am Markt verkauft. Na bravo! Ich kneife die Augen fest zu und versuche, mir den heißesten Typen der Welt vorzustellen. Er hat dunkles Haar, hellblaue Augen, volle Lippen, kein Stückchen Stoff am Leib und einen riesigen Schwanz. Aber viel interessanter noch finde ich seine Zunge: eine Mischung aus Gene Simmons und Angelina Jolie. So steht er da in meiner Vorstellung, schaut etwas ratlos drein und weiß nicht recht, was er machen soll.

Es ist so lange her, dass ich gar nicht mehr weiß, wie das alles geht. An die Sache mit der Zunge erinnere ich mich noch; das fühlt sich gut an. Ich bin mir ziemlich sicher, dass ich auf diese Weise noch zum Orgasmus kommen könnte. Aber als ich den Vibrator fest an meinen Kitzler drücke und mir vorstelle, wie mein Traummann mich leckt – passiert gar nichts. Ratlos starre ich an die Decke.

Dann stelle ich mir vor, dass er sich auf mich legt, in mich eindringt.

Ich weiß nicht, warum, aber das funktioniert. Langsam steigt meine Erregung. Ich winde mich auf dem Bett, und obwohl ich mir wünschen würde, dass die Gefühle intensiver wären, macht mich die Vorstellung heiß, dass mein Traummann in mir ist. Ich schließe die Augen. Ich bin zwar erregt, aber im Grunde nervt mich der Vibrator an meinem Kitzler.

Schließlich schalte ich ihn seufzend aus.

Wahrscheinlich habe ich die Klingel nicht gehört, weil der Vibrator so laut gesurrt hat. Wie auch immer, da ist jemand an der Tür, der förmlich auf der Klingel steht. Wie ich es hasse, wenn Leute so was tun. Wenn ich nach einem Mal Klingeln nicht aufmache, wieso glauben sie dann, dass ich nach zehnmal Klingeln öffne?

Ich springe auf und greife nach meinem Morgenmantel, dem kurzen aus Seide, den ich im Haus immer trage. Um zur Tür zu gehen, sollte ich zwar lieber den Frottee-Bademantel anziehen, aber ich bin so genervt, dass ich keine Lust habe, danach zu suchen. Ach ja – er ist in der Wäsche.

Ich kann den Gürtel zu dem kurzen seidenen Morgenmantel nicht finden. Also halte ich ihn einfach vorn zusammen und gehe zur Tür.

Du sitzt schon wieder in deinem Lieferwagen, weil du gedacht hast, ich mache nicht auf. Ich brauche ein Weilchen, bis mir klar wird, um was für einen Lieferwagen es sich handelt. Den des Waschmaschinen-Reparaturdienstes.

Ich renne den asphaltierten Weg entlang und erreiche den Lieferwagen, als du schon den Gang einlegst. Verzweifelt klopfe ich ans Fenster.

Als du deine Augen auf mich richtest, schmelze ich dahin. Sie sind hellblau und strahlen umso heller im Kontrast mit deinem dunklen Haar. Du verziehst ein wenig den Mund mit den vollen Lippen, denn du bist verwirrt. Warum klopft diese Frau im sexy Morgenmantel an dein Fenster? Du beugst dich herüber und kurbelst die Scheibe herunter.

Mein Gott, deine Lippen sind unglaublich. Du schaust mich weiterhin verwirrt an. Aber dann lächelst du, und ich lächele zurück und will diese Lippen.

»Es tut mir Leid«, sage ich. »Ich wollte gerade unter die Dusche. Sind Sie vom Reparaturdienst?«

»Es hieß, Sie hätten einen Notfall. Sie fahren bald ins Ausland, stimmt's?«

Vielleicht ist es ja dein intensiver Blick, das vage Interesse, das ich darin sehe, während deine Augen mein Gesicht und meine Schultern streifen. Ich merke plötzlich, dass meine Haare furchtbar aussehen, dass ich nicht geduscht habe, dass ich verschwitzt bin. Mir wird bewusst, dass die Nachbarn mich sehen könnten in meinem winzigen Morgenmäntelchen, das nur knapp den Hintern bedeckt. Ich bin verlegen, peinlich berührt, aber auch irgendwie erregt, weil ich zumindest diesen kurzen, interessierten Blick von dir gesehen habe. Mein Gott, du bist der helle Wahnsinn. Vielleicht bin ich ja einfach nicht ganz ich selbst, weil ich so erregt war, als du geklingelt hast. Aber ich will diese vollen Lippen auf meinem Körper spüren.

»Richtig«, erwidere ich. »Ich fahre ins Ausland. Ich muss unbedingt noch ein paar Sachen waschen.«

»Offensichtlich«, sagst du mit süffisantem Grinsen. »Ich hatte heute Frühschicht und bin eigentlich schon fertig. Also hab ich bei der Zentrale gesagt, ich könnte bei Ihnen vorbeifahren und mir das Gerät mal anschauen.«

»Ja«, sage ich. »Das wäre wirklich nett von Ihnen.«

Als du aus dem Wagen steigst, weiß ich nicht genau, ob ich erfreut oder verärgert darüber sein soll, dass du jetzt meinen ganzen Körper mit den Augen verschlingst. Ich ziehe den Morgenmantel enger um mich. Du bist groß, muskulös, und dein Arbeitshemd ist gerade so weit aufgeknöpft, dass ich dein weißes Unterhemd und die Brusthaare sehe. Ich gehe voran ins Haus und in die Garage und frage mich dabei, ob du mich immer noch anschaust, ob dir auffällt, wie kurz das Mäntelchen hinten ist.

Du steigst mit einem großen Schritt über die klatschnassen Jeans und Höschen auf dem Boden. Bilde ich mir das nur ein, oder bleibt dein Blick wirklich einen Moment lang an den aufreizenden Wäscheteilen hängen, die da auf dem Betonboden liegen? Ich merke, dass ich ein bisschen rot werde.

»Wo liegt denn das Problem?«

»Sie hat einfach ... aufgehört. Mitten im Schleuderprogramm.« Ich muss mich zusammenreißen, um nicht die Hände vors Gesicht zu schlagen und dir schluchzend alles zu erzählen. Das wäre jetzt wirklich unangebracht.

Leicht betreten stehe ich da und schaue dir bei der Arbeit zu. Als du dich vorbeugst, sehe ich statt des bei Handwerkern üblichen Poansatzes nur saubere weiße Boxershorts von Calvin Klein. Irgendwie finde ich das sexy. Und anstatt ins Haus zu gehen und mir etwas überzuziehen, bleibe ich stehen und schaue dir zu. Es hat etwas Erotisches, wie du meine Maschine untersuchst, dich über sie beugst und sie von der Wand wegschiebst, als wäre es gar kein Problem, das Riesending mit dem ganzen Wasser und der nassen Wäsche darin vom Fleck zu bewegen. Ich spüre, dass ich den Atem anhalte, als ich sehe, wie sich deine Muskeln unter dem engen Arbeitshemd anspannen.

»Puh, ganz schön warm hier«, sagst du. »Haben Sie was dagegen, wenn ich das Hemd ausziehe?«

Fast muss ich lachen. Das klingt ja wie in einem schlechten Porno. Aber ich habe durchaus nichts dagegen, dass du es ausziehst, absolut nichts. Ich habe mich schon gefragt, wie du wohl im Unterhemd aussiehst.

»Nein, nein.« Ich lächle. »Nur zu.«

Du ziehst dein Arbeitshemd aus und wirfst es auf den Trockner. Ich mustere eingehend das achtlos hingeworfene graue Kleidungsstück, das feucht ist von deinem Schweiß. Waschbar bei sechzig Grad, dunkle Farben getrennt waschen. Im Trockner auf niedrigster Stufe trocknen. Dann kann ich nicht mehr widerstehen und betrachte deine Schultern. Sie sind unglaublich breit. Vielleicht trainierst du ja. Vielleicht liegt es aber auch daran, dass du den ganzen Tag riesige Maschinen voll Damenunterwäsche herumwuchtest.

Du wirfst mir einen kurzen Blick zu. Es scheint dich zu stören, dass ich dir bei der Arbeit zuschaue. »Und, wohin wollen Sie?«

Das klingt für mich wie eine subtile Aufforderung, die Garage zu verlassen. Als wolltest du sagen: »Und, Lady, wollen Sie jetzt ins Schlafzimmer, in die Küche oder in den Garten? Ganz egal, wohin, aber bitte stehen Sie hier nicht rum.« Ich schaue dich verständnislos an.

»Na, Ihre Reise. Sie sagten doch, Sie fahren ins Ausland.«

»Ach so!« Ich kichere nervös und merke, dass ich noch mehr erröte. »Ach … das ist … eigentlich gar nichts … nichts Besonderes.«

»Wohin soll's gehen?«

»Ach, wissen Sie«, sage ich und zupfe unbehaglich an meinen Haaren. »Nach Spanien … und … also, nach Spanien … und … und nach Portugal … vielleicht, ich weiß noch nicht genau. Norditalien vielleicht noch oder auch Frankreich oder so …«

»Wohin denn in Spanien?«

Verzweifelt durchforste ich mein Hirn nach einer Stadt, aber mir fällt keine ein. »Ach, wissen Sie, je nachdem, worauf ich gerade Lust habe. Ich lege mich da nicht so gern fest.« Plötzlich sehe ich Spanien wieder vor mir, und wie eine Schwachsinnige rufe ich: »Madrid!« Und dann: »Barcelona! Sevilla! Das, äh, das Baskenland.« Matt murmele ich: »Tja … so in etwa.«

»Wow, eine Art Interrailreise also. Das ist toll. Ich war selber immer viel auf den Schienen unterwegs.«

»Auf den Schienen?« Ich trete unbehaglich von einem Fuß auf den anderen.

»Ja, im Zug«, sagst du. »In Europa, wissen Sie.«

»Ach, Sie waren schon mal in Europa?«

Du lachst und wirfst mir einen halb gekränkten, halb amüsierten Blick zu. »Das hätten Sie nicht gedacht, was? Wo ich doch Klempner bin.« Du hast die vordere Abdeckung geöffnet, und ich betrachte erregt die Eingeweide meiner Maschine. »Ich war ein Jahr als Austauschstudent dort. An der Uni.«

»An der Uni?«

»Ja. Literatur- und Kulturgeschichte. Haben Sie auch studiert?«

Und so geht unser Smalltalk weiter, während du das Innenleben der Maschine untersuchst. Ich halte den Morgenmantel immer noch mit den Händen geschlossen und presse die Schenkel fest zusammen. Mir ist bewusst, dass ich darunter splitternackt bin. Aber ich will den Zauber des Moments nicht durchbrechen, indem ich nach oben gehe und mir etwas anderes anziehe. Also plaudere ich weiter mit dir, und nach etwa einer Viertelstunde fällt mir auf, dass meine Brustwarzen immer noch hart sind und du sie durch das Mäntelchen hindurch deutlich sehen kannst. Als ich die Beine übereinander schlage, spüre ich, wie die Lippen meiner Muschi feucht aneinander reiben.

»Schauen Sie mal, da haben wir das Problem«, sagst du. »Der Schmierölbehälter ist ausgelaufen. Wissen Sie, das kann schon mal passieren, wenn Ihnen das Ding aus dem Gleichgewicht gerät. Manchmal läuft dabei eben das Schmieröl aus, es versickert sozusagen innen drin. Dann wird zu viel Reibung erzeugt, vor allem, wenn Sie gerade mitten im Schleuderprogramm sind, und schon haben Sie Ihren Kurzschluss. Haben Sie Rauch gerochen?«

»Was? Oh ... ja, sicher. Rauch.« Wieder trete ich von einem Fuß auf den anderen.

»Ja, es kommt dabei oft zu Rauchentwicklung. Das ist dann natürlich kein richtiges Feuer, nur so ein langsames, schleichendes Schwelen. Nicht besonders gut für die Schläuche. Hier im Zentrum wird es richtig heiß, und ehe Sie sich's versehen, ist die Kacke am Dampfen, wenn ich das mal so sagen darf. Tragen Sie Baumwollunterwäsche?«

»Wie bitte?« Ich reiße die Augen auf, starre dich an, sehe, wie das Unterhemd an deinem muskulösen Körper klebt. »Haben Sie ›Baumwollunterwäsche‹ gesagt?«

»Ja. Waschen Sie viel Baumwolle?«

»Äh ... ach, wissen Sie, Baumwolle, Seide ... Spitze ... ich meine ... Satin ... äh, möchten Sie vielleicht etwas trinken?«

»Nein, danke, später vielleicht. Ich muss Ihre Maschine leider mitnehmen.«

»Ach … tatsächlich …« Ich versuche, Abschiedsschmerz zu empfinden, aber auf einmal interessiert mich viel mehr, wie es wohl aussehen wird, wenn du die Maschine in den Lieferwagen wuchtest. Ich lächle schwach und unterdrücke den Drang zu sagen: »Darf ich zuschauen?«

»Kann ich Ihr Tor aufmachen?«, fragst du.

»Wie bitte?«

»Das Garagentor. Kann ich es aufmachen?«

»Oh. Da ist ein Toröffner, die Taste da, gleich neben der Tür.«

Du lächelst mich an, und ich weiß nicht genau, ob es ein wissendes oder ein ratloses Lächeln ist. Aber ich sehe, wie dein Blick noch einmal kurz meine Beine streift und dann für den Bruchteil einer Sekunde dort hängen bleibt, wo das Seidenmäntelchen sich V-förmig über meinen Brüsten schließt. Die Brustwarzen zeichnen sich immer noch unter der dünnen Seide ab.

»Danke«, sagst du. Deine vollen Lippen sehen so schön aus, zum Küssen.

Du holst eine Sackkarre aus dem Lieferwagen. Ich flüchte mich ins Schlafzimmer, um mich dort zu verstecken, bis du weg bist. Aber dann kann ich der Versuchung doch nicht widerstehen, dir dabei zuzuschauen, wie du meine geliebte Waschmaschine auf die Sackkarre hebst. Rasch schiebe ich den Vibrator zurück unters Bett und mit ihm den schmutzigen, ausgefransten String, der noch auf dem Boden liegt.

Du legst die Arme um die Maschine, und deine Muskeln spannen sich an, als du sie langsam von der Stelle bewegst. Die Maschine gibt zufriedene, tiefe »Rumms«-Laute von sich.

»Sie sollten Ihre Sachen auswringen«, sagst du und deutest mit dem Kopf auf den Wäschekorb. »Ich fürchte, die sind tropfnass.«

»Ach«, sage ich. »Das ist schon in Ordnung ...« Mich faszinieren deine Schultern, die bei all der Anstrengung noch breiter wirken. Ich halte den Atem an, als du die Maschine mit einem männlichen Stöhnen der Anstrengung auf die Sackkarre setzt. Du beugst dich vor, um den Halteriemen zu befestigen. Dabei sehe ich wieder deine Boxershorts und frage mich, wie du wohl ohne Jeans aussehen würdest. Und ohne Boxershorts.

Mühelos ziehst du den Halteriemen nach unten und befestigst ihn.

»Sie müssten mir noch was unterschreiben«, sagst du. »Und wir sollten einen Termin vereinbaren, wenn Sie wieder da sind.«

Ich erstarre. »Einen Termin?«

»Damit ich Ihnen die Maschine bringen kann. Die Reparatur dauert nur eine Woche. Aber dann sind Sie ja weg.«

»Weg?«

»Sie sind doch in Spanien.«

»Ach so. Ja, da bin ich in Spanien.«

»Wann kommen Sie zurück?«

»Ach, wissen Sie ... irgendwann ...«

»Sie legen sich nicht gern fest, was?« Du lächelst. »Das gefällt mir.«

Ich schaue dir dabei zu, wie du den Sackkarren mit der Maschine die Auffahrt entlangschiebst. Wahrscheinlich wundert es dich, dass ich aus der Garage trete, dort stehen bleibe, dir beim Verladen zuschaue und dabei nervös den Morgenmantel mit den Händen zuhalte. Vielleicht wundert es dich aber auch nicht.

Du kommst mit einem Klemmbrett in der Hand zurück. »Hier bitte noch ein Autogramm.« Du sagst meinen Namen – kein »Miss« oder »Mrs« oder »Ma'am«. Du sprichst mich mit meinem Vornamen an, und es gefällt mir sehr, wie deine vollen Lippen ihn aussprechen.

Du bist schweißgebadet, dein Unterhemd ist durchnässt. Du bist ein wenig außer Atem. Ich auch.

»Möchten Sie jetzt etwas trinken?«, frage ich.

»Na ja, sobald Sie hier unterschreiben, bin ich nicht mehr im Dienst«, erwiderst du lächelnd. »Ein kühles Bier wäre schön.«

»Ich hab ein paar Bier im Kühlschrank.«

»Großartig.«

Ich habe keine Ahnung, wie lange das Bier schon im Kühlschrank liegt – ich trinke normalerweise keins, es ist von irgendeiner Party übrig geblieben. Ich hole zwei Flaschen und gehe damit ins Wohnzimmer, wo du bereits am Tisch sitzt.

»Vielen Dank, das ist jetzt genau das Richtige«, sagst du und nimmst einen tiefen Schluck. »War ein langer Tag.«

»Das kann ich mir vorstellen.«

»Wohnen Sie allein hier?«

»Ja«, sage ich. »Ganz allein.« Ich unterdrücke den Impuls hinzuzufügen: »... mit meiner Waschmaschine.« Stattdessen sage ich nervös: »Erzählen Sie mir was von Spanien.«

Während du redest, betrachte ich deine Lippen und ganz besonders deine Zunge, die sich beim Sprechen manchmal nach draußen stiehlt und über die Lippen leckt. Du trägst immer noch dein verschwitztes Unterhemd. Ich rieche dich, deinen scharfen Geruch, hier in meinem Wohnzimmer, den Duft der Anstrengungen, die du für mich unternommen hast. Ich hole tief Luft, trinke einen Schluck Bier. Es ist billig und schal, schon sechs Monate alt, aber du beklagst dich nicht. Du erzählst von Spanien, deiner Zeit als Interrailer, davon, wie schön die Spanierinnen sind, und fügst hinzu, dass ich das hoffentlich nicht respektlos finde.

»Nein«, sage ich atemlos. »Überhaupt nicht.«

»Sind Sie Spanierin?«

Ich erröte und blicke zu Boden. Fast gegen meinen Willen muss ich lächeln. Ich höre ein mädchenhaftes Kichern und kann gar nicht glauben, dass ich diesen Ton von mir gebe.

Bist du vielleicht ein Gauner? Ein lüsterner Klempner, der von Haus zu Haus zieht und Jagd auf willensschwache Frauen macht, die ihr liebstes Sexspielzeug verloren haben? Oder bist du ein barmherziger Engel, der einsame Hausfrauen in anonymen Vorstadthäusern beglückt, wo die Waschmaschine besser fickt als der Ehemann?

Oder bist du vielleicht einfach sehr hellhörig? Hast du die Zeichen richtig gedeutet, meine Signale aufgefangen, die dir sagen, dass ich dich mit Haut und Haaren will, dass du mich unglücklich machst, wenn du gehst, ohne dass ich dich gehabt habe, wenn du mich so zurücklässt, ohne mein Lieblingsspielzeug und ohne den einzigen Mann, der es reparieren kann? Hast du gemerkt, wie ich dich angesehen habe? Dass ich es nicht für nötig gehalten habe, mir etwas überzuziehen? Dass ich ins Schlafzimmer gehuscht bin, um dort ein wenig aufzuräumen, bevor ich dir ein Bier angeboten habe?

Eigentlich ist mir das alles völlig egal. Dann bist du eben der Klempner-Casanova. Dann bin ich eben eine der hundert Frauen, die du verführst, indem du über Schmieröl, Schleuderprogramme, waschbare Baumwolle und überhitzte Trommeln redest. Mich interessiert nur, dass du dich näher zu mir gebeugt hast, so nah, dass mir jetzt der Kopf schwirrt von deinem Geruch, schneller als eine Waschtrommel, gefüllt mit engen Jeans.

»Sie sind nämlich wirklich schön«, sagst du.

Ich erröte noch mehr. »Das sagen Sie bestimmt zu jeder Frau mit einer kaputten Waschmaschine.«

»Nur, wenn ich Überstunden mache«, antwortest du, und dein Mund nähert sich meinem.

Ich lasse das Seidenmäntelchen los und denke nicht mehr darüber nach, dass ich darunter nichts anhabe. Deine vollen Lippen fühlen sich wunderbar an auf meinen, deine Zunge schmeckt hinreißend verheißungsvoll. Ich spüre deine Hände auf meinen Brüsten, deine Fingerspitzen, die sie sanft liebkosen. Ich lege die Arme um dich und spüre deinen Körper, warm und erregend. Ich sinke in deine Arme.

Du umschlingst mich mit den Armen, und ich fühle deine Hände auf meinem Hintern. Langsam wandern sie an meinem Rücken hinauf, und dann ziehst du mir das Morgenmäntelchen aus. Es fällt auf den Küchentisch. Ich schmiege mich an dich, während du mich immer weiter küsst, und ich spüre, wie die Beule in deiner Hose immer größer wird, als ich meinen nackten Körper an dir reibe.

Ich nehme dich bei der Hand und führe dich ins Schlafzimmer.

Warum – nur weil du meine Waschmaschine reparierst? Es wäre verführerisch leicht, das zu behaupten. Aber du bist einfach der tollste Typ, den ich je gesehen habe. Ich lege mich nackt aufs Bett und schaue zu, wie du dich ausziehst. Du streifst das Unterhemd über den Kopf, und ich sehe deine wundervolle, dunkel behaarte Brust. Du schlüpfst aus den Schuhen und ziehst die Hose aus, und ich schaue auf die Boxershorts, die mich schon die ganze Zeit so gereizt haben. Als du auch die ausziehst, sehe ich deinen Schwanz, groß und steif, und bekomme Lust darauf. Du kommst zu mir ans Bett, und ich richte mich auf die Knie auf und strecke die Hand nach dir aus, greife nach deinem aufgerichteten Schwanz.

Er gleitet wie von selbst in meinen Mund und schmeckt salzig, sodass mich eine Woge des Verlangens durchflutet.

Ich beuge mich vor, stütze mich auf eine Hand und die Knie. Mit der anderen Hand halte ich deinen Schaft umfasst. Ich lecke mit der Zunge über die Eichel. Du fängst an, Lusttropfen abzusondern, und ich lecke sie ab und hebe dabei den Blick, um dir in die Augen zu sehen, während du zuschaust, wie ich deinen Schwanz lutsche. Ich lege die Arme um dich und ziehe dich näher zu mir heran. Meine Hände liegen auf deinem Hintern, und ich mache meine Kehle weit und nehme dich ganz in mich auf.

Du stöhnst leise, und deine Hüften bewegen sich vor und zurück, während ich dich bearbeite. Ich bin so heiß, dass ich es kaum noch aushalte; ich muss dich einfach in mir spüren. Ich fahre mit der Zunge über deinen Schwanz und drücke ihn an die Innenseiten meiner Wangen. Dann lasse ich von dir ab, rutsche auf dem Bett nach hinten und lege mich hin, mit gespreizten Beinen, die Arme in einer Geste der Ergebenheit über den Kopf ausstreckend.

Ich will, dass du mich fickst.

Aber das tust du nicht. So rasch lässt du mich nicht davonkommen. Du kriechst zu mir aufs Bett und näherst dein Gesicht meinem Unterleib. Ich keuche auf, als ich deine rauen Wangen zwischen den Schenkeln spüre, als deine Bartstoppeln gefährlich und erregend an meiner Haut kratzen. Doch deine Zunge ist sanft, weich und warm und dann hart, als sie schließlich meinen Kitzler findet und daran zu lecken beginnt.

Ich bäume mich auf, kralle mich in die Laken und höre mich selbst laut stöhnen. Deine Zunge verzaubert mich – wo hast du nur gelernt, so gut zu lecken?

Deine Finger finden den Eingang meiner Muschi, und zwei, glaube ich, gleiten hinein und ficken mich ganz langsam, während deine Zunge mich weiter bearbeitet. Deine andere Hand wandert nach oben und berührt meine Brüste, liebkost sie und zwickt ganz leicht meine Brustwarzen, während ich dem Orgasmus immer näher komme. Ich werde kommen – ich weiß, ich werde kommen.

Du scheinst den entscheidenden Moment zu spüren, als ich mich kurz vor dem Gipfel befinde, und bewegst dich so schnell, wie ich es nie erwartet hätte. Dein Körper schmiegt sich an meinen, dein Schwanz gleitet zwischen meine Beine, und ich spüre dein ganzes Gewicht auf mir, als du in mich eindringst. Mehr braucht es nicht, nachdem deine Zunge mich schon so weit gebracht hat. Kaum spüre ich deinen Schwanz, schon komme ich, stöhne auf und winde mich unter dir. Ich wölbe mich dir entgegen, als du tief in mich hineinstößt, und spüre, wie deine Eichel den tiefsten Punkt in mir berührt. Deine Eier streifen sanft über meine Schenkel, und du füllst mich ganz aus.

»Ja …, ja …«, stöhne ich, und du fängst an, mich zu ficken.

Deine Rückenmuskulatur ist unglaublich – wahrscheinlich von den vielen Waschmaschinen, die du gehoben hast. Aber es ist mir egal, woher sie stammt. Mich interessiert nur, dass du deinen Schwanz hart und rhythmisch in meine Möse stößt, mich so wundervoll fickst, wie ich noch nie gefickt worden bin. Ich schlinge die Beine um dich, fessele dich damit, sodass ich umso mehr von deinen gestählten Muskeln spüre, während du mich immer schneller fickst. Du küsst mich auf den Hals, gleitest mit der Zunge bis hinauf an mein Ohr und flüsterst: »Ich werde gleich kommen.« Und da komme auch ich noch einmal, zum zweiten Mal. Das passiert so selten, und doch ist es so einfach, weil ich deinen Schwanz in mir spüre, der in mich hineinpasst wie eine Hand in den Handschuh. Mit Armen und Beinen ziehe ich dich näher, fester an mich heran, und als du schließlich aufstöhnst, spüre ich die Anspannung deines Körpers, fühle, wie meine Muschi deinen Saft in sich aufnimmt, wie du dich dann entspannt auf das Kissen meines Körpers sinken lässt, nachdem du dich in mir verausgabt hast. Du hältst mich fest, küsst mich auf den Hals und knabberst ganz leicht an meiner Haut.

Es ist fast schon dunkel, deine Schicht längst zu Ende. Wir liegen schweigend da, während sich der Himmel vor meinem Fenster immer mehr verdunkelt.

Schließlich küsst du mich noch einmal.

»Hör mal«, sagst du. »Ich weiß ja, dass du noch waschen musst vor deiner Reise.«

»Vor meiner was?«

»Vor deiner Reise. Du kannst bei mir waschen. Ich habe eine Maschine und einen Trockner.«

Ich schaue dich verständnislos an, doch dann fällt mir alles wieder ein.

»Wann genau fliegst du eigentlich?«, fragst du.

Ich seufze. Es wäre nicht richtig. Jetzt nicht mehr, jetzt, da ich dich kenne und weiß, wie es ist, wenn du in mir bist, wie sich deine Zunge an meinem Kitzler anfühlt, wie sie mich zum Orgasmus bringt. Jetzt kann ich dich unmöglich weiter anlügen.

»Ich muss dir was sagen, über mich und Spanien …«, setze ich an.

Kein Widerstand

Die Backsteine sind mir zu Kopf gestiegen. Diese harte, schartige, schmutzig rote Backsteinwand. Ich halte meine Hände flach an diese Wand gepresst, und aus nächster Nähe sehe ich jeden Riss, jede Spalte darin. Du interessierst dich nur für eine andere Spalte, die glitschige, feuchte Spalte zwischen meinen Schenkeln. Du drängst dich an mich, drückst mich mit jedem Stoß fester an die Wand. Ein erster, harter, gnadenloser Stoß, und ich schnappe nach Luft, atme die Nachtluft tief ein, fülle meine Lungen mit dem Stadtgeruch dieser Seitengasse hinter dem Klub.

Ich durfte nicht rein heute Abend. Ich bin zu jung, um Alkohol zu trinken, zu jung, um mit der ausgelassenen Menge da drinnen zu feiern. Aber das spielt keine Rolle, denn schließlich bin ich ja alt genug zum Vögeln. An der Tür wolltest du meinen Ausweis sehen. Mit dem frechen Blick aus meinen grünen Augen konnte ich bei dir absolut nichts ausrichten. Kein Einlass. Keine Chance. Du hast nur einen flüchtigen Blick auf meinen gefälschten Ausweis geworfen, der behauptet, ich würde nächste Woche dreiundzwanzig. Na ja, ich werde ja auch dreiundzwanzig. In drei Jahren. Dann hast du mich von oben bis unten gemustert und ein bisschen gelächelt, als du den Kopf geschüttelt hast: Nein. Sorry, Baby. Aber das war kein grundsätzliches Nein, nicht wahr? Das galt nur für den Einlass in den Klub. Meine Freundinnen haben es dann gar nicht erst versucht. Ihre Ausweise waren noch schlechtere Fälschungen als meiner, also gingen sie zurück zum Auto, um in die Wohnung von irgendwem zu fahren, wo bereits eine improvisierte Party im Gange war.

»Komm schon«, riefen sie mir zu. Aber ich wollte noch nicht gehen.

»Ich nehm mir ein Taxi«, rief ich zurück, und die anderen schüttelten den Kopf. Was wollte ich denn noch in der Innenstadt, wenn ich doch nirgendwo reinkam? Wollte ich etwa in die Eisdiele? War ich tatsächlich noch so unschuldig, dass ein Eis mir den Wodka-Tonic ersetzen konnte?

Ich hatte meine Gründe. Denn als du mir den Ausweis zurückgegeben hast, hast du dich zu mir gebeugt und leise gesagt: »In zehn Minuten hab ich frei.«

Das war wie ein Zauberspruch. Denn um ehrlich zu sein, ich wollte eigentlich gar nicht in diesen Klub. Die Idee stammte von meinen Freundinnen. Ich mache mir nichts aus Alkohol. Ich finde es auch nicht so toll, auf engstem Raum mit einer Masse von Leuten zu tanzen, die ich nicht kenne. Ich wollte was anderes. Ich wollte ganz einfach dich. Aber wie hätte ich deine Aufmerksamkeit auf mich ziehen sollen, ohne mich in die Schlange an der Tür zu stellen? Ich habe dich schon öfter hier draußen gesehen, auf deinem Hocker. Du bist der Türsteher des Klubs. Und ich habe dich beobachtet, habe gesehen, wie du die Leute anschaust, sie einschätzt. Du machst deine Sache gut, und das flößt mir Respekt ein. Aber du siehst auch so aus, als würdest du noch ganz andere, viel interessantere Sachen gut machen. Wenn du eine wie mich so schnell durchschauen kannst, was kannst du dann wohl noch über mich herausfinden, indem du mir einfach in die Augen schaust?

Ganz einfach. Ein Blick. Ein Gedanke, und schon hast du mein Handgelenk fest mit der Hand umfasst und mich hinter das Haus geführt. Du hast mich dazu gebracht, vor dir zu gehen, sodass du mich von hinten bewundern konntest. Du hast dir Zeit dabei gelassen, mir das Gefühl gegeben, eine Art Ausstellungsstück zu sein. Du hast mit der Zunge geschnalzt, als du meine Kurven betrachtet hast, meine Hüften und meinen Hintern unter dem leichten, sommerlichen Kleid, das ich erst nach langem Nachdenken ausgewählt habe. Ich habe mich heute für Silber entschieden, ein einfaches Jerseykleid über schwarzen, halterlosen Netzstrümpfen. Du hast mein Kleid nach oben geschoben und meine Geheimwaffe entdeckt: Ich trage kein Höschen. Da hast du gestöhnt: »Oh, Mann!«, und ich habe dich über die Schulter angeschaut und die ersten Anzeichen dafür gesehen, dass es doch Dinge gibt, die selbst dich aus der Fassung bringen.

Kein Höschen, das hat dich fertig gemacht. Das hat dich unglaublich steif werden lassen. Hart wie Stahl. Es hat dich dazu gebracht, auf dem Asphalt auf die Knie zu sinken und deinen Mund von hinten an die Spalte zwischen meinen Beinen zu drücken. Mich zu lecken. Die glitschigen Lustsäfte hervorzulocken, mit der berauschenden, feuchten Wärme deines Mundes.

Bei mir waren es die Backsteine. Die harten Steine direkt vor meinem Gesicht, als dein harter Schwanz zwischen meine Schenkel glitt. Die Backsteine sind unerbittlich. Ich kann meine Handflächen so fest dagegen drücken, wie ich will, und erreiche gar nichts damit. Die Mauer steht. Aber mein Körper, der ist nachgiebig, der lässt sich mühelos bewegen, leistet keinen Widerstand. Dein Schwanz gleitet hinein und heraus, dringt hart in mich ein. Ich stöhne, senke für einen Moment den Kopf und schaue auf meine dunkelrot lackierten Zehennägel in den offenen Sandalen hinunter. Ich sollte mich zusammenreißen, versuchen, mich im Gleichgewicht zu halten, aber das kann ich nicht.

Es fühlt sich alles viel zu gut an heute. Viel zu richtig.

Wie du in mich hineinstößt, dich dann wieder zurückziehst und mich leer und sehnsüchtig zurücklässt. Wie du mit einer Hand nach vorn greifst, um meinen Kitzler zu reiben, mit deinen Fingern darüber zu streicheln, genau im Rhythmus der Musik, die aus dem Klub nach draußen dringt. Wir hören alles. Die Musik, das Gelächter, die Partystimmung. Aber wir gehören nicht dazu. Wir sind ganz für uns, eine Insel aus zwei Menschen, und das ist gut so. Zwei sind voll und ganz genug.

Der Stoff deiner Jeans an meinen Schenkeln lässt mich wieder aufstöhnen, weil wir beide fast vollständig angezogen sind, während wir es treiben. Es gefällt mir, dass du mich so sehr ficken willst und es doch langsam angehst. Obwohl wir an einem öffentlichen Ort sind. Obwohl uns jeden Augenblick jemand ertappen könnte. Du hast es nicht eilig. Du gleitest einfach hinein und heraus und reizt mich dabei ununterbrochen mit deinen geschickten Fingern. Und dann kommst du noch näher heran und bringst beide Hände zwischen meine Beine. Du ziehst die Lippen meiner Muschi auseinander und stößt dabei noch einmal tief in mich hinein. Ich kann gar nicht glauben, wie erotisch das ist, auf diese Weise geöffnet zu werden. Die Nachtluft … Ihre Kühle an meiner feuchten Haut. Und dann fährt dein Daumen noch einmal über meine Spalte, und ich weiß, es ist nur eine Frage von Sekunden, bis ich komme. Nur eine Frage süßer Sekunden.

Da umfasst du meine Taille und ziehst mich kraftvoll an dich, und ich höre dich noch einmal seufzen. Denn jetzt hast du gemerkt, dass sich dir nichts mehr entgegenstellt: Du spürst keinen Widerstand.

Der Morgenlauf

Du hast dich schon oft laut gewundert, warum wir eigentlich immer morgens den besten Sex haben, vor allem, wenn ich vorher joggen war. Wenn du mich das fragst, werde ich rot und wende mich ab. Meistens mache ich dann aus Verlegenheit irgendeine anzügliche Bemerkung über »Morgenlatten« und darüber, dass alle Männer morgens gern Sex haben, und warum sollte das bei Frauen anders sein? Oder ich murmele irgendetwas und wechsele dann das Thema. Manchmal fasse ich auch im Stillen den Entschluss, mich einmal abends über dich herzumachen, um dich von meinem Geheimnis abzulenken.

Doch jetzt habe ich beschlossen, dir die Wahrheit zu sagen. Du musst mir aber versprechen, dass du es niemandem erzählst, denn es ist ziemlich unanständig. Vielleicht sogar ein bisschen albern. Auch irgendwie peinlich.

Aber ich werde einfach wahnsinnig feucht davon.

Jeden Morgen, wenn ich zum Laufen gehe, stelle ich mir vor, dass du mich dazu zwingst. Du bist mein mitleidloser Meister, und es gefällt dir, wenn ich mich verausgabe. Ursprünglich habe ich das natürlich gemacht, weil ich, was Sport betrifft, nicht sonderlich ehrgeizig bin und immer wieder eine Entschuldigung finden würde, um nicht zu laufen. Es wird sehr viel interessanter, wenn ich ein Sexspielchen aus dem Sport mache. Aber das ist nicht alles. Ich tue es, weil mich der Gedanke erregt, dass du mich zwingst, zu schwitzen, mich anzustrengen, mich zu verausgaben.

Ich gleite nackt aus dem Bett, während du noch schläfst. Mit sehnsüchtigem Blick betrachte ich deinen Schwanz, der oft schon steif ist. Das Rätsel der Morgenlatte. Jedes Mal möchte ich danach greifen, ihn in die Hand nehmen, meine Lippen darauf drücken – aber es ist viel aufregender zu warten. Ich weiß, dieser Ständer wird auch noch da sein, wenn ich wiederkomme, wenn der Schweiß der Anstrengung auf meiner Haut glänzt, mein Herz heftig schlägt und mein Körper nach Sex verlangt.

Ich binde mein langes Haar zum Pferdeschwanz, schlüpfe in meine hautenge Radlerhose und ziehe ein farblich passendes Sportbustier über – ein weißes zur weißen und ein schwarzes zur schwarzen Hose. Es ist Teil des Spiels, gut auszusehen. Dann ziehe ich ein enges Spandexoberteil darüber, denn ich weiß, ich werde draußen frieren, bis ich selbst genug Wärme entwickele. Das leise Geräusch deines Atems vom Bett her klingt wie ein geflüsterter Befehl von deinem Thron herab.

Spür das Brennen, befiehlst du mir. *Lauf, bis du nicht mehr kannst – und dann lauf noch schneller.* Du kennst keine Gnade. Du bist böse. Du bist obszön.

Ich hole meinen Walkman und lege eine Kassette mit der harten Musik ein, die wir oft beim Sex laufen lassen. Ich befestige den Walkman mit dem Klettverschluss an meinem Handgelenk und stecke mir die Kopfhörer in die Ohren. Dann mache ich die Tür hinter mir zu, schalte die Musik ein und laufe los.

Die Morgenluft ist beißend kalt. Ich zittere und stelle mir vor, dass du mich beobachtest.

Die ersten anderthalb Kilometer sind immer die härtesten.

Der Beat pulsiert durch meinen Körper, der dumpfe Ton meiner Schritte ist genau im Takt, und ich spüre deine Hand auf meinem Hintern. Du läufst neben mir her, treibst mich mit leichten Schlägen an, erlaubst mir nicht, langsamer zu werden. Der Schmerz wird stärker, und ich spüre, wie mir der Schweiß an Gesicht und Körper aus allen Poren bricht. Schweißperlen laufen mir den Rücken hinunter, durchnässen das Sportbustier und das Oberteil, bis das Material die Nässe aufgesaugt hat und der Wind den Schweißgeruch davonweht. Ich spüre, wie mir immer heißer wird, bis es schließlich unangenehm ist. Jedes bisschen Schmerz ist wie eine Marter, die du dir extra für mich ausgedacht hast. Ich laufe vorbei an Männern und Frauen auf dem Bürgersteig, an Menschen, die mit ihren VWs und Audis zur Arbeit fahren. Mein öffentliches Leiden ist eine ganz besondere Foltermethode, die du für mich ersonnen hast: Jeder soll sehen, wie gehorsam ich dir bin. Die ganze Welt weiß, dass ich dir gehöre.

Ich bin schon ganz erhitzt, da erlaubst du mir gnädig, mich zu entblättern. Ich spüre unsichtbare Augen auf mir, als ich das Spandexoberteil ausziehe und es mir um die Taille knote. Die morgendliche Kälte nimmt mir fast den Atem, und ich fühle, wie sich meine Brustwarzen unter dem weißen Bustier aufrichten. Jeder, der mich anschaut, kann das sehen, denn du hast verfügt, dass ich keine Privatsphäre haben soll, dass sich jeder an meinem nackten Körper erfreuen darf. Dieser Gedanke lässt meine Brustwarzen noch härter werden, härter, als sie durch die Kälte jemals werden könnten, und je mehr sie sich aufrichten, desto entblößter fühle ich mich. Ich spüre ein Pochen in meiner Muschi, ein Stakkato, das sehr viel schneller ist als der Beat in meinen Ohren und sehr viel härter als die Explosionen des Drum-Computers. Aus Erfahrung weiß ich, dass meine Spandexhose, die sich eng an die

Lippen meiner nackten Muschi schmiegt, nicht nur vom Schweiß feucht wird, sondern auch noch von etwas anderem. Der Duft meines Verlangens nach dir durchströmt den Stoff. Der Wind trägt ihn die Straße entlang, hin zu jedem, der gerade tief einatmet. Alle wissen, wie feucht ich bin, wie sehr es mich erregt, für meinen Herrn zu leiden. Die Röte in meinem Gesicht drückt mehr als nur körperliche Anstrengung aus, und die Spitzen meiner Brüste brennen, trotz der morgendlichen Kälte.

Ich leide Qualen. Jeder Schritt ist eine Tortur, und du treibst mich weiter an, während ich mich vorwärtsschleppe. Ich stelle mir vor, dass du im Auto neben mir herfährst und jedes Mal deine Peitsche schwingst, wenn ich langsamer werde, mit dem Gedanken spiele, stehen zu bleiben. Ich wünsche mir sehnlichst, mit dieser Quälerei aufzuhören, mich an die Bushaltestelle zu setzen und auszuruhen. Aber du lässt mich nicht. Deine Peitsche trifft ihr Ziel, jedes Mal, sie reißt das Sportbustier in Fetzen. Vielleicht fällt es dann ganz von mir ab, und ich laufe mit entblößten Brüsten durch die Straßen und höre nur das laute Knallen deiner Peitsche. Ich zwinge mich, schneller zu laufen. Ich zwinge mich, mir nicht mehr zu wünschen, ich könnte aufhören. Ich genieße das Brennen in meinen Muskeln und erhöhe die Geschwindigkeit.

Gerade als ich das Durchhaltevermögen aufbringe, das dir gefällt, befiehlst du mir, stehen zu bleiben. In meiner Fantasie lautet dein nächster Befehl, meine Spandexhose auszuziehen. Widerwillig gehorche ich und stelle mir vor, sie auszuziehen und dann Hose und Oberteil mitsamt dem zerfetzten Bustier im Rinnstein liegen zu lassen. Auf deinen Befehl hin laufe ich weiter, durchquere die Straßen, schweißglänzend, erhitzt und nackt – nackt bis auf den Walkman, aus dem der Rhythmus pulsiert, zu dem du mich ficken wirst.

Männer und Frauen betrachten meinen verschwitzten, nackten Körper, sehen, dass ich von der Anstrengung erhitzt bin. Ich spüre, wie das Pochen in meiner Muschi stärker wird, und werde immer feuchter, meine Säfte laufen mir an den Schenkeln herunter – und dann lasse ich den Schmerz hinter mir, das Leiden ist vorbei, und der Genuss fängt an. Du fährst neben mir her, während ich heimlaufe.

Ich betrete unser stilles Häuschen, rieche den Moschusduft deines schlafenden Körpers. Ich kann nicht mehr warten. Jedes Mal ziehe ich schon im Wohnzimmer das feuchte Bustier aus, streife in der Küche Schuhe und Strümpfe ab, trinke dabei ein Glas Wasser und ziehe im Flur die durchnässte Hose aus, auf dem Weg ins Schlafzimmer.

Du liegst quer über dem Bett, halb auf meiner und halb auf deiner Seite. Du bist nackt unter dem Laken, der feuchte, weiße Stoff zeichnet den Umriss deines Körpers nach. Nackt, wie ich jetzt bin, so nackt, wie ich war, als ich dir zum Gefallen durch die Straßen lief, schlüpfe ich unter das Laken, spüre, wie die Wärme mich umhüllt, und fange an, deinen Nacken zu küssen. Nach den ersten paar Küssen wachst du auf, und einen Moment lang scheint es so, als wolltest du mich bitten aufzuhören. Aber das tust du nicht. Ich gleite mit der Zunge nach unten zu deinem harten Schwanz und nehme ihn in den Mund, lutsche daran, und du keuchst und stöhnst leise.

Sanft liebkose ich deine Eier mit der Hand und bearbeite weiterhin deinen Schwanz, lasse ihn in meinen Mund hinein- und wieder herausgleiten, und meine Muschi vibriert vor Erwartung. Du bist schon fast so weit, dein morgendlicher Ständer führt dich praktisch sofort zum Orgasmus. Ich merke es daran, wie du die Muskeln anspannst, und lasse deinen Schwanz aus meinem Mund gleiten. Er ist schon ganz glitschig. Ich umfasse ihn mit einer Hand, drücke sanft deine

Beine auseinander und lasse mich bis ans Ende des Futons gleiten, bis ich mich, mit vorgebeugtem Oberkörper, die Knie fast am Boden, hinlegen und deine Eier lecken kann. Du stöhnst leise, und ich streichele mit der Hand deinen Schwanz und spüre deine zarten Eier an meiner Zunge. Ich weiß, ich könnte dich innerhalb kürzester Zeit zum Höhepunkt bringen, doch jetzt habe ich das Sagen, und du wirst noch warten müssen. Als du dich wieder ein wenig beruhigt hast, kehrt meine Zunge zu deinem Schwanz zurück, und ich stürze mich hungrig darauf. Mein Mund öffnet sich mühelos für dich, und meine Lippen reichen fast bis zur Wurzel deines Schafts hinunter. Du stöhnst. Ich sauge dich hinein in meinen Mund und stöhne selbst, ganz leise, tief hinten in der Kehle. Ich liebe es, wie dein Schwanz schmeckt.

Ohne jede Mühe drehe ich mich um, bringe meinen Körper, kühl von dem Schweiß, der mich noch bedeckt, über dich und platziere meine Knie rechts und links von deinem Gesicht. Du wirfst das Kissen auf den Boden, und ich spreize die Beine und bringe meine Muschi ganz nah an deinen Mund. Deine Lippen heften sich daran, als wärst du völlig ausgehungert, und ich spüre, wie deine Zunge jeden Winkel erforscht, während ich mich mit neu erwachter Gier über deinen Schwanz hermache und ihn so weit in mich hinein nehme, wie ich nur kann. Meine Hüften bewegen sich im Rhythmus deiner Zunge, und ich bin dem Orgasmus schon sehr nahe. Du bist auch nah dran, doch ich habe immer noch das Sagen. Ich lasse deinen Schwanz aus meinem Mund gleiten, und mein warmer Atem streift dich, während du dich ganz auf meinen Kitzler konzentrierst, mich verschlingst.

Ich werde gleich kommen, und das weißt du. Du lässt nicht nach, willst, dass ich an deiner Zunge komme. Ich halte mich an deinem Schwanz fest, als wäre er mein letzter Anker in der Wirklichkeit, und dann stöhne ich auf und fühle, wie der Orgasmus mich durchströmt, wie die Lust meinen nackten, verschwitzten Körper überflutet. Ehe ich es noch selbst merke, schließt sich mein Mund schon wieder um deinen Schwanz. Ich sehne mich danach, dass du auch kommst, während ich den Höhepunkt erreiche. Doch ich kann mich gerade noch rechtzeitig bremsen – denn ich will unbedingt gefickt werden.

Ich wechsele über dir die Position, drücke meinen Mund auf deinen und schmecke den salzigen, intensiven Geschmack meiner Muschi. Ich drücke deine Eichel an meine Muschi und stöhne auf, als sie hineingleitet. Ich bin so feucht, dass dein Schwanz einfach so in mich hineinrutscht. Meine Lippen schließen sich um die Wurzel, als deine Rute mich ganz ausfüllt. Gierig reite ich auf dir, denn ich will, dass du in mir kommst. Nur ein paar Stöße, dann bäumst du dich auf und kommst, hältst meinen nackten Körper fest an deinen gepresst und erbebst in deinem Höhepunkt. Ich spüre die Wärme in mir, spüre, wie deine Stöße heftiger werden, während ich ganz ruhig auf dir bleibe und mich von dir ficken lasse, bis du fertig bist.

Jetzt kennst du also mein Geheimnis. Du weißt, warum wir morgens immer so unglaublich tollen Sex haben, vor allem dann, wenn ich völlig verschwitzt und erschöpft bin. Natürlich hätten wir in jedem Fall unglaublich guten Sex, aber so etwas schadet sicher nicht. Und wenn du beim nächsten Mal Witze darüber machst, dass ein zivilisierter Mensch nicht in aller Herrgottsfrühe aus dem Bett springt, weißt du, dass du Recht hast. Denn sag ehrlich: Was ist an unseren morgendlichen Gewohnheiten zivilisiert?

Bürstenspiel

Falls du bemerkt hast, dass ich »absichtlich zufällig« meine Haarbürste auf deinem Nachttisch liegen gelassen habe, lässt du es dir nicht anmerken. Die flache Bürste mit dem schweren Griff hat ihren Platz sonst im Badezimmer, zwischen all den anderen Schönheitsprodukten, die ein Mädchen so braucht: Make-up, Glitzerpuder, federleichte Puderquasten in allen Pastellfarben. Aber heute habe ich die schwere, schwarz glänzende Bürste mit ins Schlafzimmer genommen und sie mit gespielter Unschuld an deiner Seite des Bettes platziert. Da liegt sie nun ganz behaglich zwischen einer Karaffe mit Wasser und den Büchern, die du gerade liest: *Die Blumen des Bösen* von Baudelaire und *Das obszöne Werk* von Bataille.

Während ich langsam das Oberteil meines silbrig glänzenden Pyjamas zuknöpfe, werfe ich dir verstohlene Blicke zu. Siehst du sie? Oder etwa nicht? Aus deiner gleichgültigen Miene kann ich beim besten Willen nichts ablesen, und genau so willst du es haben. Dein Gesicht gibt mir keinen Anhaltspunkt, ob du Lust hast, heute Abend ein Spiel zu spielen, wie ich es mag – um nicht zu sagen: wie ich es brauche. Denn genau so ist es. Ich brauche es. Den ganzen Tag über hat mich dieses bohrende Verlangen fast wahnsinnig gemacht. Ich will, dass du mich übers Knie legst. Dass du mich so gründlich bestrafst, wie nur du es kannst. Aber ich weiß genau, wenn ich darum bitte, wenn ich dir zuflüstere, was ich will, wirst du mich ganz bestimmt warten lassen.

Ich bücke mich ein wenig, um die schimmernde Pyjamahose anzuziehen. Dann steige ich auf meiner Seite ins Bett, mache die Nachttischlampe aus und lege den Kopf auf das weiche Daunenkissen.

»Gute Nacht, Liebling«, murmele ich, mit leiser, tief betrübter Stimme.

»Warum ist die eigentlich so geformt?«, fragst du. Du stehst neben deinem Nachttisch.

»Was meinst du?«, frage ich. Mein Herz schlägt bereits wie wild, doch ich ermahne mich innerlich, ruhig zu bleiben. Es wäre dumm, so früh schon zu viel zu zeigen. Aber ich war noch nie gut im Pokern. Du errätst meine Gedanken jedes Mal mühelos.

»Die Bürste«, sagst du und nimmst sie in die Hand. Meine Muschi reagiert sofort auf diese beiden Wörter, zieht sich unwillkürlich zusammen. »Weißt du«, fährst du fort, »dieser schwere Griff, und dann ist sie so flach auf einer Seite … Man könnte doch ganz andere Dinge damit tun, als einfach nur die Haare zu bürsten …«

»Was denn?«, frage ich, aber ich weiß schon, was du meinst. Oh, ich weiß es nur zu gut.

Du gibst keine Antwort. Stattdessen setzt du dich auf den Bettrand und drehst die Bürste in den Händen. Aus Erfahrung weiß ich, dass ich warten muss, bis du mir ein Zeichen gibst. Es wäre nicht zu meinem Vorteil, meine Erregung zu sehr zu zeigen. Je erregter ich bin, desto länger lässt du mich warten, bis ich endlich nachgeben, brav sein darf. Schließlich schaust du zu mir herüber und lächelst. Ich zittere am ganzen Körper, aber irgendwie gelingt es mir, deinem Blick standzuhalten. »Na komm, Baby«, sagst du. »Komm her zu mir, lass mich dein Haar bürsten.«

Irgendwie gelingt es mir, aufzustehen und mich vor dich zu stellen, aber meine Knie hören nicht auf zu zittern, und ich muss mir auf die Unterlippe beißen, damit sie nicht zu sehr bebt. Mein Atem geht keuchend, stoßweise. Du begegnest meiner fiebrigen Hitze mit eisiger Gelassenheit. Du bist wie Sonnenstrahlen mitten im Tropensturm meiner Erregung. Ganz langsam ziehst du die Bürste durch mein langes kastanienbraunes Haar. Ich stehe hoch aufgerichtet da und halte mich so ruhig wie möglich. Bei jedem Bürstenstrich spüre ich, wie die Feuchtigkeit zwischen meinen Beinen stärker wird. Ich frage mich, ob du meine Erregung, vielleicht sogar den Duft meiner Lust wahrnimmst. Wie lange wirst du mich wohl warten lassen? Ich weiß es nicht.

Als ich schon fast verrückt bin vor ängstlicher Erwartung, senkst du die Bürste und ziehst mich noch näher zu dir heran. Ich rieche den würzigen Duft deines Aftershaves, spüre die Wärme deiner Umarmung. Ich atme noch einmal tief ein und beginne, mich zu entspannen.

Jede deiner Bewegungen wirkt sorgfältig geplant: Du legst mich über deine kräftigen Knie, wartest dann, ziehst meine Pyjamahose noch nicht hinunter. Du genießt es ein Weilchen, mich in dieser Stellung zu haben, erst dann schiebst du eine Hand unter den Gummizug meiner Hose und ziehst sie nach unten. Dann berührst du ganz sanft meinen Hintern durch das Höschen hindurch und nimmst schließlich wieder die Bürste in die Hand. Deine Berührung hat etwas Bewunderndes, deine Hand umfasst jede meiner Pobacken und drückt sie ein wenig. Ich weiß, wie sehr dir mein Hintern gefällt, und ich zucke zusammen, als dein Daumen über die Spalte in der Mitte gleitet. Selbst durch den hauchdünnen Stoff meines

Höschens hindurch spüre ich diesen Übergriff, und ich werde rot, obwohl du das nicht sehen kannst. Die Hitze meiner Wangen scheint nach außen zu dringen. Mein Gesicht brennt lichterloh.

Keine Warnung, keine Ermahnung, still zu halten, brav zu sein. Die ersten, harten Schläge versetzt du mir in so rascher Folge, dass ich gar nicht weiß, wie mir geschieht. Dass mir keine Möglichkeit bleibt, »Warte …« zu sagen. Aber wir wissen schließlich auch beide, dass ich das gar nicht sagen würde. Dafür will ich es zu sehr. Dafür brauche ich es zu sehr. Meine Haut beginnt sofort zu brennen, doch ich schreie nicht. Ich bin noch lange nicht so weit, dass ich schreien würde.

»Mein süßes Baby«, flüsterst du und lässt die Bürste wieder sinken, ziehst jetzt mein Höschen nach unten. »Du willst es auf der nackten Haut spüren, nicht wahr? Das willst du doch eigentlich.«

Ich kann nichts sagen, kann nichts denken. Aber das muss ich zum Glück auch nicht. Du kennst mich gut genug.

»Das willst du doch, meine Schöne?«, fragst du. Du treibst mich an, das Spiel auch richtig zu spielen. Und durch den Nebel hindurch, der meine Gedanken umgibt, begreife ich, dass du nicht weitermachen wirst, wenn ich nicht genau das sage, was du hören willst.

»Ja«, erwidere ich schließlich. »Oh, ja.«

Und dann hast du Erbarmen mit mir und versohlst mich so, wie ich es haben will, gibst mir die Strafe, die ich verdiene. Mit jedem Schlag verwandelt sich der Schmerz in Lust. Ich höre die Schläge von den Wänden des Zimmers widerhallen. Ich will mir jede einzelne Empfindung einprägen, sie ganz genau kennen, damit ich mich beim nächsten Mal daran erinnere. Aber ich weiß, das wird mir nicht gelingen. Jede Tracht Prügel, die ich bekomme, ist wieder neu. Jedes

Mal, wenn du mich übers Knie legst, fühle ich mich wieder, als wäre es das erste Mal. Angst durchzuckt mich, hüllt mich völlig ein. Und die süße Erlösung ist jedes Mal wieder frisch und unerwartet.

Jedes Mal, wenn die harte Holzfläche auf meinem Hintern landet, hole ich keuchend Luft und lasse sie dann zischend durch den Mund entweichen. Was hier Wirklichkeit wird, ist meine schönste Fantasie, mein ultimativer Tagtraum. So wehrlos auf deinem Schoß zu liegen, während du mir die Züchtigung zukommen lässt, die ich so brauche – das bringt mich mit mir und der Welt in Einklang.

Ich weiß, dass meine Haut inzwischen einen dunklen, kirschroten Ton angenommen haben muss. Ich weiß, dass sich mein Körper ganz ohne mein Zutun bewegt, dass ich mit den Beinen strampele, als würde ich versuchen freizukommen. Aber ich will gar nicht freikommen. Ich will nur, dass deine Hand mich fest hält, dass die Bürste meinen nackten Hintern versohlt, von meiner Haut abprallt, während deine Stimme mich rügt und ermahnt, mich in Zukunft mehr zu bemühen, ein braves Mädchen zu sein.

»Willst du das denn nicht?«, fragst du mit diesem leicht verschmitzten Ton in der Stimme. »Willst du etwa nicht mein braves Mädchen sein?«

O doch. Natürlich will ich das. Mehr als alles andere will ich das. Allerdings erst, nachdem ich ein Weilchen dein unartiges Mädchen war. Danach will ich brav sein. Mich vor das Bett knien und den Mund öffnen. Deinen Schwanz tief in meine Kehle hineinnehmen, ihn in all der Feuchtigkeit baden, die ihn dort erwartet. Ich war so unartig, und du warst so wunderbar gerecht. Dafür muss ich dich jetzt belohnen. Ich genieße meinen brennenden Hintern und die Hitze in meiner Möse, während ich mein Bestes gebe, um dich zufrieden zu stellen. Denn ich weiß, ich werde es nicht schaffen, so sehr ich mich auch bemühe, und du wirst mich wieder hochziehen und auf das Bett werfen müssen. Du wirst mich noch einmal versohlen, diesmal noch fester, und dann wirst du deinen Schwanz zwischen meine Beine bringen und mich so ficken, wie ich es brauche.

Du nimmst mich hart, nimmst mich schnell. Du bringst mich so weit, dass alles vor meinen Augen verschwimmt und nur noch Lust auf mich wartet.

»So eine Bürste«, sagst du leise, nachdem du gekommen bist. Du wiegst sie noch einmal in der Hand, und ich beobachte dich mit ängstlichem Blick vom Bett aus. »Warum hat sie wohl diese Form? Vielleicht wissen die Hersteller ja, dass jede Frau, die eine Bürste kauft, von ihrem Mann damit geschlagen werden will?«

Ich weiß nicht, wie es bei anderen Frauen ist. Ich weiß nur, wie es bei mir ist.

Und noch etwas weiß ich, als ich sehe, wie du mit der Bürste in deiner starken, ruhigen Hand ausholst: dass ich meine Hüften jedem Schlag entgegenheben und schon bald wieder die süße Feuchtigkeit zwischen den Schenkeln spüren werde.

Der Zauber Hollywoods

Du fährst den gleichen, wahnsinnig erotischen alten Laster wie mein Freund damals auf der Highschool, in den Achtzigern. Eigentlich stehe ich nicht übermäßig auf Autos und bin auch nicht die Sorte Frau, die am Kiosk in Autozeitschriften blättert – aber um auf so einen Wagen abzufahren, braucht man kein Technik-Freak zu sein. Ein klassischer alter Ford mit diesen verführerischen Kurven, der hohen Sitzbank und dem Geruch nach altem Leder. An diesen Geruch erinnere ich mich noch genau. Im Sommer, bevor ich aufs College ging, verbrachten mein Freund und ich Stunden in seinem Laster. Wir lagen auf der Vorderbank, und ich spürte seinen Körper auf mir und das butterweiche Leder an meinem Hintern. Ich erinnere mich genau an diesen Wagen, inzwischen sogar genauer als an den Jungen. Der ist nicht viel mehr als ein verschwommener Fleck in meiner Erinnerung. Kein schlechter Fleck, zugegeben: blond, gut aussehend, jung und kräftig. Aber sein Laster steht mir noch klar und deutlich vor Augen, und jedes Mal, wenn ich so einen Wagen sehe, fängt mein Herz sofort an, wie wild zu klopfen.

Du würdest bestimmt verstehen, was ich meine, denn ich merke, dass der Laster auf dich genauso wirkt. Wenn du aus dem Führerhaus steigst, lässt du deine Hand jedes Mal leicht über die Tür gleiten, als würdest du das Metall streicheln, die

Karosserie liebkosen. Wenn Laster Gefühle äußern könnten, würde deiner wahrscheinlich schnurren. Und trotzdem habe ich nicht den Eindruck, dass du dich nur über dein Auto definierst. Deine Bewegungen zeigen mir, dass du auch ganz gut allein bestehen kannst. Dass du dich nicht hinter irgendetwas verstecken musst, um cool zu sein. Du magst deinen Laster, das, wofür er steht, doch er ist nicht das Entscheidende an dir.

In Hollywood geht es nun mal hauptsächlich darum, was man anhat, und nicht darum, wer man ist. Darum, welches Auto man fährt, nicht darum, ob man Charakter hat. Und deshalb gefällt mir dein alter Laster, und es gefällt mir, dass er vor all meinen Lieblingsklubs immer wieder auf dem Parkplatz neben mir steht: vor dem Whiskey-a-Go-Go, dem Viper Room, dem Belly. Leute, die nicht hier leben, glauben immer, L.A. wäre eine riesige Metropole. Dabei spielt sich eigentlich alles im selben kleinen Viertel ab, wo man sich immer wieder über den Weg läuft – bis man schließlich wirklich jeden kennt.

Du hältst dich an denselben Orten auf wie ich, und du zuckst kaum mit der Wimper, als ich dich quer durch den Raum anstarre. Im Gegenteil, du kommst auf mich zu und kneifst dabei ein wenig die Augen zusammen, als würdest du überlegen, wo du mich schon mal gesehen hast.

»Überall«, beantworte ich deine stumme Frage.

Du nickst. »Wir scheinen dieselbe Route zu haben.«

»Gefällt es dir hier?« Ich meine den Klub, in dem wir gerade sind, nicht die Stadt im Allgemeinen, und das weißt du auch.

»Eigentlich schon«, erwiderst du achselzuckend. Doch der Unterton deiner Stimme verrät mir, dass du das alles schon in- und auswendig kennst und vielleicht sogar gern woanders hingehen würdest, um etwas anderes zu machen – mit mir.

»Bist du schon durch?«, frage ich, denn wir befinden uns auf einer Art Job-Party, auf der man so tun soll, als würde man sich amüsieren, obwohl alle eigentlich aus einem anderen Grund dort sind. Man will die Leute treffen und sprechen, die in Städten wie dieser die Entscheidungen fällen. Diese Leute sind allerdings längst so betrunken, dass sie sich am nächsten Tag an nichts mehr erinnern werden. Oder sie sind längst auf dem Weg zu einer hipperen Veranstaltung, vielleicht in einem der Striptease-Klubs, wo die Mädchen mit Farbe besprüht werden. Dort treffen sie andere Leute. Fällen andere Entscheidungen.

»Ich bin durch.« Du nickst. »Zumindest, was das hier betrifft.« Du schaust mir tief in die Augen, und ich spüre, dass ich rot werde, und wende den Blick ab. Wo werden wir hingehen? Ich weiß es nicht, und es ist mir eigentlich auch egal, wenn wir nur mit deinem Laster hinfahren. In diesem Fall ist für mich eindeutig der Weg das Ziel.

Du nimmst mich bei der Hand, und wir verlassen den Klub gemeinsam, gehen vorbei an den Pagen, die dicht gedrängt auf dem Parkplatz warten, und auf die Straße, wo du gleich an der Ecke geparkt hast. Du öffnest die Tür und hilfst mir hinauf, und dann warte ich in dem dunklen Führerhaus darauf, dass du die Fahrertür aufmachst. In diesen wenigen Sekunden atme ich den Geruch ein, den Geruch des alten Lasters, und es kommt mir vor, als würde die Zeit zurückgedreht. Mein Herz klopft wieder zum Zerspringen, und ich spüre nur allzu deutlich, wie feucht mein Höschen bereits ist.

Vergessen wir die Fahrt, denke ich. *Vergessen wir das alles. Leg mich einfach hier flach, nimm mich gleich hier.*

Doch dann meldet sich mein Selbsterhaltungstrieb und ruft mir in Erinnerung, wo wir sind: mitten im geschäftigen Treiben auf dem Santa Monica Boulevard, den Scheinwerfern vorbeifahrender Autos und den Blicken neugieriger Passanten ausgesetzt, die vor den Klubs Schlange stehen. Für eine exhibitionistische Anwandlung ist das weder der richtige Ort noch der richtige Zeitpunkt. Also seufze ich und versuche, mich am Riemen zu reißen. Du startest inzwischen den Motor und fährst den glänzend schwarzen Asphalt entlang.

Ich glaube, ich weiß, wo du hinfährst. Wenn ich dich richtig einschätze, wirst du gleich links abbiegen und in Richtung der Hollywood Hills fahren. Zum Griffith Observatorium.

Als ich merke, dass ich deinen Plan tatsächlich durchschaut habe, muss ich lächeln. Ich sehe aus dem Fenster, und du greifst wieder nach meiner Hand. Einen Augenblick lang glaube ich, dass du auf entzückend altmodische Weise mit meinen Fingern spielen willst. Oder vielleicht willst du dir ja auch einen kleinen Vorgeschmack auf das Kommende verschaffen und deine Hand über meinen Körper gleiten lassen. Doch du überraschst mich. Du legst meine Hand auf deinen Schenkel. Ich spüre den warmen, abgewetzten Jeansstoff und bewege meine Hand auf und ab, auf und ab. Ich sehne mich danach, sie ein wenig weiter nach links zu schieben, um die Beule in deiner Hose zu ertasten.

Ich will dich, das lässt sich nicht leugnen. Wenn wir jetzt in einem Film wären, würde ich dir ins Lenkrad greifen und mit quietschenden Reifen in die nächste Seitenstraße einbiegen, den Laster in die erstbeste Parklücke lenken und mein Kleid hochziehen, um dir zu zeigen, was ich von dir will. Aber wir sind in der Wirklichkeit, und da ist so ein verrücktes Verhalten manchmal fehl am Platz. Also atme ich tief durch und beschreibe weiter beiläufig Spiralen mit meinen Fingern auf deinem Oberschenkel. Ich spüre deine gestählten Muskeln unter dem weichen, verwaschenen Jeansstoff und male mir aus, was es wohl für ein Gefühl sein wird, wenn meine nackte Haut endlich deine berührt. Dieses Bild stand mir schon oft vor Augen, seit ich dich zum ersten Mal gesehen habe. Und mich beschleicht das Gefühl, dass dieses Vorgeplänkel hinter der Hauptattraktion nur verblassen kann.

Der Laster nimmt die kurvige Strecke mit einer Leichtigkeit, als wäre er ein schneller Sportwagen und kein altes, tuckerndes Vehikel. Schon bald sind wir angekommen an unserem perfekten Ort. Wir betrachten die Aussicht, die sich vor uns ausbreitet, und die Welt um uns herum, den pechschwarzen Himmel und die funkelnden goldenen Lichter. Anstatt auszusteigen – warum sollten wir auch aussteigen? –, ziehst du mich auf dich, und jetzt ist meine Fantasie entfesselt, untrennbar verwoben mit der Wirklichkeit.

Der Geruch des Wagens umgibt mich. Darunter nehme ich unsere Düfte wahr – sauber und frisch, der Duft von Parfüms und Cremes. Und darunter schließlich rieche ich Haut. Einfach nur Haut. Ich lehne mich an dich, stemme meine Arme hinter dir an den Sitz, und jetzt spüre ich ganz deutlich, wie sehr es dich erregt, dass unsere Körper sich berühren. Wir sind noch völlig angezogen, und das gefällt mir. Es ist, als würden wir uns noch ein bisschen Zeit lassen, bevor es richtig losgeht mit dem Vögeln.

Ich schmiege mich an dich, und das fühlt sich an, als würden unsere Körper sich küssen, sich selbst durch die Schranken der Kleider hindurch verbinden. Eine Weile verharren wir so. Wir lassen uns Zeit. Dann schlüpft deine Hand in mein Höschen, fasst zwischen die Schamlippen und spürt die Feuchtigkeit dort, und als du nickst, weiß ich, du willst, dass ich das Höschen ausziehe. Ich winde mich aus deiner Umarmung, ziehe den seidenen Slip über meine schlanken Schenkel nach unten und schaue dir dabei zu, wie du deine Jeans öffnest.

Im Handumdrehen sitze ich wieder auf dir. Meine Muschi öffnet sich und nimmt deinen Schwanz tief in sich auf, und dann übernehme ich die Führung und reite auf dir. Nehme dich ganz in Besitz. Lenke dich so, wie du deinen Laster lenkst. Ich habe das Sagen, bewege mich auf und ab und weiß genau, was ich tue. Wir wissen beide, dass jetzt ich am Steuer sitze, und du lässt es geschehen. Ich lese in deinen Augen, dass du es wunderbar findest, mich die Geschwindigkeit wählen zu lassen. Es gefällt mir, dass ich das Ganze aus zwei Perspektiven erlebe. Damals und heute. Und obwohl ich schon einmal hier war, so etwas schon einmal gemacht habe, ist es mit dir doch völlig neu. Dieses Gefühl, als deine Hände meine Brüste umfassen und deine Daumen an meinen Brustwarzen reiben, die immer noch unter Kleid und BH verborgen sind. Mein Seufzen, als du mich noch näher an dich ziehst, um mich zu küssen, während wir vögeln.

Dein Mund brennt auf meinem, und du küsst mich langsam, knabberst leicht an meinen Lippen, während dein Schwanz sich hart und drängend in mir bewegt. Das gefällt mir. Es gefällt mir, wie sehr du noch Herr der Lage bist, obwohl ich die Führung übernommen habe. Ich seufze auf, und du küsst mich weiter, drehst meinen Kopf ein wenig zur Seite, um mich am Hals zu küssen. Dann greifst du mit beiden Händen in mein Haar, hältst meinen Kopf umfasst und bringst deine Lippen wieder auf meine.

Jedes Mal, wenn du mich küsst, schließen sich meine Muskeln fester um deinen Schwanz. Vielleicht hast du das ja schon gemerkt. Vielleicht bist du schon so auf mich eingestellt, dass du herausgefunden hast, wie du mich durch deine Küsse dazu bringen kannst, dich schneller oder langsamer, heftiger oder sanfter zu reiten. Und dann begreife ich. Du sitzt am Steuer, du lenkst uns durch diese gefährlichen Kurven. Du weißt genau, was einen guten Fahrer ausmacht – und ich bin dein gefügiges Vehikel. Du lässt meinen Motor an und machst mit mir die schönste Spritztour, die man sich denken kann.

Ich schnelle auf deinem Schwanz nach oben und lasse mich wieder nach unten sinken. Jetzt hältst du meine Taille mit den Händen umfasst, hilfst mir, treibst mich an. Dein Daumen reibt meine Klitoris und findet genau den richtigen Punkt. Ich erbebe, während du mich so bearbeitest, und dann küsst du mich noch einmal, und ich komme.

Die Nacht ist erfüllt von der Melodie des Straßenverkehrs von Hollywood. Erfüllt von Erinnerungen, auf Leinwand und Zelluloid gebannt, von Filmstars und vom Zauber des Kinos. Aber wir beide sind hier, allein zu zweit, und dieses kleine Stückchen Lust gehört nur uns.

Der Schlüssel

Du klopfst aus Höflichkeit, trittst dann aber ein, bevor ich reagieren kann. Du öffnest die Tür, bleibst einen Augenblick im Türrahmen stehen und schaust mich an.

»Komm schon rein«, sage ich. Ich will, dass du schnell hereinkommst und die Tür hinter dir zumachst. Will den unsinnigen Büroklatsch der Hühner, die auf meinem Gang arbeiten, im Keim ersticken. Mit einem halben Lächeln kommst du an den Schreibtisch und setzt dich in den gepolsterten Bürostuhl neben mir.

»Und, was machst du gerade?«

»Nur ein bisschen Redigieren.«

»Ich hab dir was mitgebracht.«

Kaffee, wie immer. Diesmal ist es ein doppelter Espresso. Am Dienstag war es ein Latte Macchiato mit extra viel Milchschaum. Jedes Mal, wenn du zu mir kommst, hast du eine andere Variante oder Geschmacksrichtung dabei, und ich freue mich über diese kleinen Überraschungen. Du ziehst mich damit auf, dass mein Leben viel zu organisiert ist, dass ich mich zu sehr an die Termine in meinem Filofax halte und dass du es lieber hast, wenn ich unvorbereitet bin.

»Und noch was«, sagst du jetzt und überraschst mich gleich noch einmal. Du ziehst eine kleine Schachtel aus der Tasche, aus der geheimen Innentasche deiner abgewetzten

Lederjacke. Ich schaue zu, wie du die Schachtel auf den Rand meines Schreibtischs stellst und dann mit den Fingern einen gleichmäßigen Rhythmus darauf klopfst.

»Was ist das?«

»Das wirst du schon selbst rausfinden müssen.«

Ich lächle und drehe mich in meinem Stuhl, um dein fein geschnittenes Gesicht besser betrachten zu können, die hellen, goldbraunen Augen, die ihre Farbe ändern, wenn du mich anschaust. Sanft legst du deine Hände auf die Lehnen meines Stuhls, drehst ihn auf den Rollen ganz zu dir herum und ziehst mich und den Stuhl näher an dich heran. All deine Bewegungen wirken anmutig, natürlich, katzenhaft. Schwierige Dinge machst du ganz einfach, ohne weiter darüber nachzudenken, während es mir manchmal schon schwer fällt, mein Jackett anzuziehen, ohne die Schulterpolster zu verdrehen.

Du ziehst den Stuhl immer weiter nach vorn, bis unsere Beine sich berühren. Ich lächle, doch dann halte ich inne – plötzlich sehe ich in deiner Miene, dass du mir etwas Ernstes zu sagen hast.

»Zweimal die Woche reicht mir nicht mehr«, sagst du leise. »Ich denke pausenlos an dich.« Seufzend legst du deine Hände auf meine Beine, direkt oberhalb der Knie, und lässt sie auf meiner grauen Flanellhose liegen, wie Vorboten, Appetithäppchen vor dem, was noch kommen wird. Ich seufze auf bei deiner Berührung und weiß, dass du Recht hast: Es ist inzwischen mehr als nur eine Affäre. Ich vermisse dich wahnsinnig, wenn wir nicht zusammen sind, vermisse deine Wärme, deinen Geruch.

»Aber ich hab doch noch gar nicht Geburtstag«, sage ich halb im Scherz, um die Stimmung wieder aufzulockern. Wir sind jetzt so nah beieinander, dass sich die vorwitzige Locke, die dir immer in die Stirn fällt, durch meinen Atem bewegt. »Und es ist auch nicht Weihnachten. Nicht mal Valentinstag.«

»Einfach nur so«, sagst du und schenkst mir dein einzigartiges Lächeln. Das einzig Unvollkommene daran ist ein fehlendes Stückchen am einen Schneidezahn – doch gerade um dieses kleinen Fehlers willen liebe ich dich umso mehr. »Weil ich einfach Lust dazu hatte.«

Du klopfst noch einmal nachdrücklich auf die kleine, flache Schachtel und schiebst sie dann über den Tisch, bis sie neben meiner Tasse liegt. Dann nimmst du meine rechte Hand und drehst sie so, dass du meine Handfläche küssen kannst. Mit der Zungenspitze zeichnest du die feinen, zarten Linien nach, die sich tief in meine Handfläche gegraben haben, die Landkarte einer Zukunft, die ich vielleicht lieber nicht kennen möchte. *Bin ich wirklich bereit dazu?*

»Soll ich es gleich aufmachen?«, frage ich. »Oder erst später?«

»Später«, sagst du grinsend, während deine Zunge jeden Einzelnen meiner klar lackierten Fingernägel umkreist. »Später.«

Nachdem du gegangen bist, betrachte ich das Geschenk erneut. Es ist in rotes Geschenkpapier verpackt und mit einem schmalen Satinband umwickelt. Ich streiche über das schimmernde Papier und die glänzende schwarze Schleife. Dann lege ich die Schachtel in die oberste Schreibtischschublade, schalte meinen Computer aus und mache mich zum Aufbruch bereit. Ich nehme meinen Trenchcoat vom Haken und male mir dabei aus, was wohl in dem mysteriösen Päckchen sein mag. So lange ich es nicht aufmache, kann ich davon träumen, was da in der Schachtel verborgen liegt.

Was, wenn es nun der Schlüssel zur Freiheit wäre?, frage ich mich. *Wäre das nicht schön? Wäre das nicht reine Magie?*

»Du musst mir dabei zuschauen«, sagst du. »Musst mir dabei zuschauen, wie ich deine Muschi lecke, die süßen Säfte von deinen Lippen sauge, meine Zunge in deine Möse stecke … ganz tief in dich hinein, dorthin, wo du dich warm und geborgen und sicher fühlst. Ich will, dass du mir dabei zuschaust, Baby.«

Tief und bebend hole ich Luft, lausche deiner Stimme am anderen Ende der Leitung und reibe mich am Stuhlrand. Ich wünschte, ich könnte dir auch solche Dinge sagen, aber ich bin plötzlich verlegen, werde rot wie ein Teenager, obwohl ich die Ältere von uns beiden bin. Ich öffne den Mund, um etwas zu sagen, bringe aber kein Wort heraus – ich kann so was noch nicht einmal denken.

»Ich werde dich ficken«, sagst du, und ich stöhne auf. Die Dringlichkeit deiner Stimme, die schon an Verzweiflung grenzt, treibt mich in den Wahnsinn. »Ficken werd ich dich, meine kleine Büromaus, mein braves Mädchen.«

Ich seufze noch einmal, und weil der Hörer in meiner Hand bebt, merke ich, dass ich am ganzen Körper zittere.

»Ich werde dich auf deinen Schreibtisch legen und deinen Rock hochschieben … du wirst doch einen Rock für mich tragen, Liebling? Und nicht einen deiner strengen Anzüge?«

»Mhm.« Das ist doch immerhin etwas. »Ja, werd ich.«

»Den schiebe ich hoch, damit ich dich sehen kann, deine Beine, deine Schenkel, deinen wunderschönen, samtigen weißen Hintern.«

Und dann? Was dann? Oh, bitte, sag's mir, bitte sprich mit mir. Ich will deine Stimme in meinen Kopf bannen wie auf ein Tonband, um sie in der Nacht abzuspielen, wenn ich im Bett liege, neben ihm, und so wach bin, so lebendig und ganz nah am …

»Ich werde dich ficken, Baby, schnell und hart, genau so,

wie du es willst, wie du es brauchst. Ich werde deine süße, glitschige Muschi vögeln, bis du schreist. Ich werde in dich reinstoßen, bis du immer und immer wieder kommst. Du bist mein unartiges Mädchen, und ich werde dafür sorgen, dass du das auch weißt. Und wenn ich das tue, dann wirst du laut sein für mich, du wirst schreien und stöhnen und schluchzen … und alle sollen es hören.«

Alle. Alle sollen es hören. Was werden sie sagen? Was werden sie bloß sagen?

»Weißt du schon das Neueste? Letzten Dienstag war ihr Liebhaber bei ihr im Büro. Du hast den bestimmt schon gesehen, so ein junger, kräftiger Kerl. Das musst du doch gemerkt haben. Er bringt ihr Kaffee, zweimal die Woche, als wäre er Kellner im Café Dante. Von wegen! Er macht immer die Tür zu, und dann bleibt er bei ihr drin, viel zu lange, viel länger, als irgendjemand brauchen kann, um einen Dollar fünfundsiebzig aus dem Portmonee zu kramen.«

»Aber die doch nicht. Das glaube ich nicht. Das ist doch so eine richtig Brave. Und außerdem wirkt sie so, na ja … langweilig. Ich will ja nicht gemein sein, aber irgendwie ist sie eine graue Maus. Du weißt schon, was ich meine.«

»Das liegt nur an den Klamotten. Sie sollte nicht so viel Grau tragen. Irgendwer sollte sich mal erbarmen und ihr das sagen.«

Eine Pause. Gelächter. Zwei Toilettenspülungen werden betätigt.

»Na ja, vielleicht gibt es ja Männer, die Grau sexy finden. Hört sich ja an, als kriegte sie mehr als du, Meredith.«

»Du musst grad reden, Joyce. Du bist doch die viel größere Schlampe.«

Kichern, dann: »Du Biest!«

»Glaubst du, ihr Mann weiß davon? Vielleicht sollte es ihm jemand sagen. Damit er nicht so leiden muss, der arme Kerl.«

»Der arme Kerl? Ich glaube ehrlich gesagt nicht, dass der überhaupt leiden kann. Hast du ihn nicht gesehen, bei der Weihnachtsfeier? Wie er sie rumkommandiert hat? Der ist ein echter Albtraum. Ein Neandertaler.«

Wieder schallendes Gelächter, das teilweise im Plätschern der Wasserhähne untergeht.

Dann: »Das ist aber ein schöner Lippenstift.«

»Danke. Der ist ganz neu. Russet Moon von Chanel.«

Dann geht die Tür zum Waschraum auf und schließt sich wieder, und ich stelle die Füße zurück auf die blauen Fliesen und lächle in mich hinein. Obwohl ich eigentlich weinen sollte.

Du klopfst aus Höflichkeit, kommst dann aber herein, bevor ich reagieren kann. Aber was sollte ich auch sagen? *Komm herein, Baby* – so wie du immer redest –, *komm und vögele mich hier im Stehen. Reiß mir die Kleider vom Leib, meine guten Büropumps, meinen Blazer von Jones New York, mein Ann-Taylor-Kleid für hundertneunundachtzig Dollar. Fick mich wie ein Berserker, gib mir das Gefühl … ganz egal, lass mich einfach wieder irgendetwas fühlen. Ich hab's so satt, langweilig, grau, unscheinbar und tot zu sein. Ich will wieder leben, in deinem Kuss, in deiner Umarmung, in deinem Feuer.*

»Mein schönes Mädchen, du siehst bezaubernd aus.« Du scheinst mich mit den Augen verschlingen zu wollen und schiebst deine schwarze Sonnenbrille hoch, um besser sehen zu können. Du streichst mir die braunroten Locken aus der Stirn und küsst mich dann dorthin, ein süßer, keuscher Kuss. Und dann öffnest du den obersten Knopf meiner roten Seidenbluse und legst zwei Finger in die Kuhle an meinem Hals, um meinen Puls zu fühlen.

»Die Farbe steht dir gut, Liebling. Damit bist du ein echter Knaller.«

»Wirklich? Findest du?«

»Mhm.« Du öffnest auch die übrigen Knöpfe. »Es steht dir ganz vorzüglich, aber ehrlich gesagt, ich glaube, auf dem Boden sähe es noch besser aus.«

Ich muss lachen – ich kann nicht anders –, und du öffnest den Verschluss meines schwarzen Spitzen-BHs.

»Und das hier«, sagst du, während du mir hilfst, ihn auszuziehen, »das ist einfach unglaublich sexy.«

»Ich weiß. Viel besser als das altjüngferliche Zeug, das ich sonst immer trage.«

Du kniest dich vor mich hin und beginnst ganz langsam, meinen Körper zu streicheln, an den Schultern entlang, über meine nackten Brüste und meinen Bauch bis nach unten. »Hast du das für mich gekauft?«

»Nein, eigentlich nicht.«

Du hältst inne und schaust mich an. Du hast mich falsch verstanden, denkst, ich würde mich mit einem anderen treffen. Als ob ich das könnte. Ein Schleier der Sorge, der Eifersucht, legt sich über deine Augen, doch als ich lächle und dich beruhige – »Ich hab's für mich gekauft« –, machst du sofort dort weiter, wo du aufgehört hast, kniest am Boden zwischen meinen Beinen und hältst sanft meine Brüste umfasst.

»Ich weiß gar nicht, warum ich das andere Zeug so lange getragen habe. Eigentlich wollte ich immer schon so etwas anziehen.«

»Du hast dich vor dem gefürchtet, was du damit entfesselst«, murmelst du an meinem warmen Körper. »Du hattest Angst, es könnte dir gefallen.«

Dann Stille, während du das Tal zwischen meinen Brüsten

küsst und dann weiter hinuntergleitest, über die leichte Wölbung meines Bauches bis hin zum Rockbund. Eine Stille, die uns umgibt – schön wie ein Gobelin, voller Gedanken, Träume und Fantasien, die alle kurz vor der Erfüllung stehen.

»Aber den hast du für mich angezogen, nicht wahr?«

»Ja«, hauche ich. Du bedeutest mir aufzustehen, und dann drückst du meinen Oberkörper auf den Schreibtisch und hebst ganz langsam von hinten den blumengemusterten Rock hoch. Du streichelst mich durch die hauchdünnen Strümpfe hindurch, ziehst sie dann vorsichtig an meinen Beinen hinunter und hilfst mir dabei, zuerst die Schuhe und dann die Strümpfe auszuziehen.

»Du bist wunderschön«, flüsterst du. »Eine Offenbarung. Ich kann es kaum erwarten, dich zu schmecken ...«

Sie hatten Unrecht, die beiden Klatschmäuler auf der Damentoilette. Du bist seit langem mein Verehrer, mein Liebster, mein obszöner Anrufer. Du hast mich geküsst, mich berührt, und wir haben uns mit Petting vergnügt wie zwei Teenager. Aber bis jetzt hatten wir noch nie richtig Sex.

Du schiebst eine Hand in mein gewagtes Spitzenhöschen – es ist schwarz, passend zum BH –, ziehst es dann bis zu meinen Knöcheln hinunter und lässt es dort, sodass ich dir nicht mehr entkommen kann. Ich spüre deinen heißen Atem an der Innenseite meiner Schenkel, und dann beginnt deine Zunge ihre Wanderung nach oben, teilt meine Schamlippen und taucht in mich hinein, und ich bin so bereit für dich, so willig. Meine Schenkel sind feucht von meinem Honig, und du bewegst deine Zunge in kleinen Kreisen überall hin, trinkst jeden Tropfen und gibst dabei hinreißend gierige Geräusche von dir.

Ich klammere mich mit beiden Händen am Schreibtisch fest, kralle meine Nägel in die geschnitzten Holzbordüren.

Ich beiße mir auf die Unterlippe, um nicht aufzuschreien, und viel zu spät frage ich mich, ob du wohl die Tür abgeschlossen hast. Aber spielt das noch eine Rolle?

»Du wirst schreien«, sagst du, leise und sanft, ohne deinen Mund von mir zu lösen. Deine Stimme hallt in meiner Muschi wider, löst unglaubliche Schwingungen in mir aus. »Du wirst laut schreien, Baby, und alle werden es hören. Alle.«

Oh, Gott, fühlt sich das gut an, deine Zunge und jetzt auch noch deine Finger, die mich erforschen, mich öffnen. Du reizt meinen Kitzler mit deiner Zungenspitze, nur, um sie dann wieder wegzuziehen, nimmst ihn zwischen zwei Finger, und die Empfindungen werden stärker, das Verlangen steigt. Ich will deinen Schwanz dort spüren. Ich will, dass du mich ausfüllst, mich heilst, mich wieder ganz machst. Und doch weiß ich, obwohl du nichts sagst, dass du mich vorher zum Orgasmus bringen willst, dass du nicht aufhören wirst, bis ich komme, mich nicht vögeln wirst, bis ich komme.

»Keine Geheimnisse mehr, Liebling, keine Spielchen mehr.«

Du schiebst zwei Finger in meine Muschi, und dann ziehst du mit dem Daumen meine Pobacken auseinander und kitzelst mich dort, erforschst mich, öffnest mich. Ich fühle mich schwach und bin plötzlich dankbar für den Halt, den mein Schreibtisch mir bietet. »Du wirst schreien«, und ich höre mich stöhnen, als wäre es jemand anders, die Stimme einer anderen Frau und der Körper einer anderen Frau, der da so wundervoll, so meisterhaft bearbeitet wird, der da gestreichelt, geleckt, gereizt und – ein tiefer Atemzug – gefickt wird, *oh, dem Himmel sei Dank*! Du fickst mich im Stehen, stößt deinen Schwanz in mich hinein, spießt mich auf, und deine Eichel tanzt zwischen den engen Wänden meiner Möse.

»Drück fester«, befiehlst du, und ich tue es, ich kann gar nicht anders, die Kontraktionen kommen wie von selbst, vom ersten Stoß an. Dein Schwanz pulsiert in mir, bewegt sich vor und zurück, und du ziehst ihn fast ganz aus mir heraus, nur, um ihn sofort wieder in mich hineinzurammen.

»Fester …«, sagst du noch einmal und greifst mit einer Hand in mein langes braunes Haar und ziehst meinen Kopf nach hinten, sodass du mich auf den Mund küssen kannst, mich ganz sanft küssen kannst, während du mich schnell und wild fickst – genau so, wie du es gesagt hast, genau so, wie ich es brauche.

»So ist es gut, Baby, immer weiter so.« Es klingt, als würdest du auf ein Pony einreden, um es dazu zu bringen, gleichmäßig zu laufen, im Rhythmus zu bleiben. Ich presse mich an deinen Körper und genieße die Berührung deiner offenen Jeans an meinen nackten Schenkeln, deiner kühlen Lederjacke an meiner heißen Haut.

Ich stöhne lauter. Ich weiß, dass man mich hören wird, doch es ist mir egal, ich verschwende keinen Gedanken an die Konsequenzen, rufe deinen Namen, »Oh, ja, bitte, ja!«, und ich komme, bewege mich im gleichen Takt mit dir, finde den Rhythmus und halte ihn, bewege mich auf deinem harten Schwanz, reite darauf, und dann lasse ich auf dein Zeichen davon ab, sinke vor dir auf die Knie und lecke meine eigenen Lustsäfte von deinem Schwanz, sauge all die süßen Tropfen auf, die meine Lippen bedecken, und achte nicht auf das wilde Klopfen an meiner Bürotür.

Hinterher liegen wir auf dem Boden meines Büros, warm und feucht, nackt und verschwitzt, und haben unsere Kleider als Kissen hinter uns zusammengelegt. Ich stütze mich auf einen Arm, um dich zu küssen, deinen offenen Mund zu küssen, damit ich mich selbst auf deinen Lippen schmecken kann und du dich auf meinen Lippen. Ich weiß, dass ich jetzt auch mit dir reden kann, dass sich etwas in mir verändert hat. Ich weiß, beim nächsten Mal werde ich sagen: »Ich brauche deinen Schwanz so sehr. Bitte, Baby, bitte, lass mich ihn schmecken, lass mich dich trinken, dich verschlingen. Ich bin so hungrig …« Ich werde alles sagen, was ich will, absolut alles.

»Hast du dein Geschenk eigentlich schon aufgemacht?«, fragst du leise, streichst mir das Haar aus dem Gesicht und schaust mir in die Augen.

»Nein. Ich wollte es mir aufheben.« Und dabei hatte ich gedacht, dass es genau so etwas sein würde – wenn auch nicht ganz so wundervoll –, genau diese Freiheit, der Schlüssel, der die Tür aufsperren und meine Seele befreien würde.

Doch jetzt kenne ich die Wahrheit: Ich brauche keinen Schlüssel. Oder besser gesagt: Ich besaß den Schlüssel die ganze Zeit, hatte nur nicht den Mut, ihn ins Schloss zu stecken.

Zugang zu allen Ebenen

Ein Freund von mir arbeitet hier, als Rausschmeißer. Er hat mich mal rumgeführt, daher weiß ich, wo ich hingehen muss, als ich hinter die Bühne komme. Ich gehe einen schmalen Gang entlang, der voll ist mit schwarz gekleideten Roadies und schmierigen Rockjournalisten, dazwischen ein paar Groupies. Alle starren mich unverhohlen an, und es stört sie gar nicht, dass ich merke, wie sie mich mustern. Ich habe aber auch nichts anderes erwartet; schließlich habe ich nicht besonders viel an. Nichts als hautenge, hellblaue Hotpants aus Lackleder, ein knappes Bikinioberteil mit roten Flammen auf den Titten und schwere, kniehohe Stiefel. Meine Bikerjacke aus schwarzem Leder halte ich in der Hand. Ich habe sie extra ausgezogen, damit man alles sehen kann. Das Bikinioberteil ist so eng, dass sich meine Brustwarzen darunter abzeichnen, vor allem, wenn sie sich so aufrichten wie jetzt, unter den Blicken der ganzen Leute.

Während ich mich durch den Gang dränge, merke ich, wie mich die Typen unverhohlen gierig anstarren. Sie sagen: »Hi« und »Wen haben wir denn da?« und »Wie wär's mit uns beiden?«. Der übliche Mist eben. Die Frauen, die alle ähnlich gekleidet sind wie ich mit ihren knappen Fetischklamotten und ihren provokanten Tattoos, werfen mir gehässige, böse Blicke zu. Sie wissen: Ich bin Konkurrenz. Nur eine ist anders. Sie hat kurzes, blondes Haar, trägt eine hautenge Hüfthose aus Leder und dasselbe Bikinioberteil wie ich, nur ohne die Flammen. Ihre Brüste sind kleiner als meine, aber absolut umwerfend. Sie schaut mich an, ihre Augen wandern über meine Brüste, meinen Bauch, meine Beine. Es scheint sie überhaupt nicht zu stören, dass ich es merke. Ich lächle sie an. Sie lächelt zurück, und als ich an ihr vorbeigehe, streckt sie die Hand aus, und ihre Fingerspitzen streifen meinen Bauch. Die Berührung elektrisiert mich.

Am Ende des Ganges steht ein riesiger Bikertyp, ganz in Leder gehüllt. Ich zeige ihm meinen Backstage-Ausweis. Zugang zu allen Ebenen. Er betrachtet ihn mit halb geschlossenen Augen. Mein Magen zieht sich zusammen. Der Ausweis ist zwar eine ganz gute Fälschung, aber so gut nun auch wieder nicht.

Er schaut mir ins Gesicht, mustert meine Brüste, gibt mir den Ausweis zurück. Dann öffnet er die Tür.

Jetzt bin ich im innersten Backstage-Bereich, da, wo sich die Band aufhält. Ein langer, enger Gang mit Türen auf beiden Seiten. Ich höre die Jungs auf ihren Instrumenten herumklimpern. Ich schaue in ein paar Zimmer, sehe Gesichter, die ich kenne. Dann bleibe ich wie angewurzelt stehen.

Du stehst am Ende des Ganges, vor einer Tür mit einem Stern darauf. Und du schaust mich direkt an.

Deine Augen wandern über meine Brüste, und meine Brustwarzen werden jetzt richtig hart unter dem engen Oberteil. Lieber Himmel. Du schaust mich an. Dein Blick wandert weiter über meinen Bauch, über die eng sitzenden Shorts und bleibt lange an meiner Muschi hängen, deren Umrisse sich darunter abzeichnen. Ich sehe dich an, und mir wird schwindelig. Du schaust auf meine Möse.

Jetzt siehst du mir ins Gesicht, lächelst mich an. Ich bin zu aufgeregt, um dein Lächeln zu erwidern.

Du deutest mit einer kurzen Kopfbewegung auf die Tür mit dem Stern.

Dann machst du die Tür auf, gehst hinein und lässt sie offen.

Ich habe Angst, dass meine Knie unter mir nachgeben könnten. Ich fühle mich ganz wacklig, als ich rasch den Gang entlanggehe, dir nach, auf die Garderobe zu. Ich spüre die Hitze zwischen meinen Beinen, da, wo du mich angeschaut hast, wo du meine Möse in Brand gesetzt hast wie mit einem Laserblick.

Drinnen brennen Kerzen, und ich rieche Räucherstäbchen. Das Licht ist gedämpft. Du sitzt auf einer schwarzen Ledercouch, hast die Beine gespreizt, und unter deiner engen Lederhose zeichnet sich dein Gemächt ab, groß und einladend.

Zitternd komme ich zu dir herüber. Ich bin so aufgeregt, dass ich vergesse, die Tür zuzumachen, doch das scheint dir egal zu sein.

Du ziehst mich zu dir herunter. Als ich deinen Körper spüre, kriege ich schon fast einen Orgasmus. Deine Lippen legen sich auf meine, und deine Zunge schmeckt nach Zigarettenrauch und Wodka, als sie in meinen Mund eindringt. Ich spüre, wie deine Hände mein Bikinioberteil aufschnüren. Es fällt herunter, und deine Hände finden meine Brüste.

Ich stöhne leise, als du anfängst, meine Brustwarzen zu kneten. Du lehnst dich auf der Couch zurück, und ich bin über dir, die Beine über deinen Hüften gespreizt. Als ich mich auf dich setze, rutsche ich weiter nach unten und drücke meine fest umhüllte Muschi an deinen Unterleib. Ich fühle deinen Schwanz. Wie er steif wird.

Ich löse meinen Mund von deinem und greife keuchend nach deinem Gürtel. Ich muss ihn haben. Ich kann gar nicht glauben, dass das alles wirklich passiert, aber ich muss ihn einfach in den Mund nehmen.

Als ich deinen Schwanz aus der Hose befreie, ist er genauso groß, wie ich ihn mir vorgestellt habe. Meine Muschi pulsiert gierig von deinem Geruch. Ich schließe meine Lippen um die Eichel und lasse meine Zunge darum kreisen, schmecke deine Lusttropfen. Sie schmecken himmlisch. Meine Lippen gleiten an deiner Rute entlang, und ich verschlucke dich ganz. Stöhnend gräbst du deine Hände in mein Haar. Ich sauge an deinem Schwanz, denn ich will unbedingt deinen Saft schmecken.

Da spüre ich ein zweites Paar Hände, die sich um meine Taille legen. Meine hautenge Lacklederhose aufknöpfen. Den Reißverschluss öffnen.

Ich hebe den Kopf von deinem Schwanz, schaue über die Schulter. Es ist das Mädchen aus dem Eingangsbereich. Mir fällt auf, dass sie daran gedacht hat, die Tür zu schließen.

Deine Hand in meinem Haar führt mich zurück zu deinem Schwanz, und die Fremde zieht mir gleichzeitig die Hose von der feuchten Haut und entdeckt, dass ich darunter nichts weiter anhabe. Absolut nichts. Ich sauge wieder an deinem Schwanz, will ihn noch mehr als vorher. Die Hose gleitet an meinen Schenkeln herunter, über meine Waden, bis zu den Knöcheln. Ihre Hand gleitet zwischen meine Beine, und ich spüre, wie sie meine feuchte Muschi streichelt. Dann gleiten zwei ihrer Finger in mich hinein, und ich schnappe nach Luft. Sie hat kurze Fingernägel. Sie fängt an, mich zu ficken.

Jetzt sauge ich nur noch heftiger an deinem Schwanz, weil sich das so wahnsinnig gut anfühlt. Es ist, als hätte sie mich schon hundertmal so bearbeitet; sie kennt meine Muschi genau. Ihre Fingerspitzen berühren meinen G-Punkt, und ihre andere Hand wandert an meinen Kitzler, spielt mit dem kleinen Ring daran. Jetzt schiebt sie drei Finger in mich hinein, ganz tief, bis zu den Knöcheln. Sie reibt meinen G-Punkt, und ich stöhne auf. Sie bearbeitet meinen Kitzler, und mein ganzer Körper, nackt bis auf die Stiefel, erbebt vor Lust.

Mit großen Augen schaue ich zu dir empor, präge mir dein wundervolles, vertrautes Gesicht ein, während du mir beim Blasen zuschaust. Wie gebannt siehst du mich an, als könntest du nicht genug bekommen von meinem Gesicht, als könntest du nicht genug davon bekommen, wie sich mein Mund um deinen Schwanz schließt und mein Kopf sich auf und ab bewegt.

Sie hat ihr Tempo jetzt gesteigert, fickt mich rhythmisch mit drei Fingern, trifft jedes Mal den richtigen Punkt, während sie mit der anderen Hand meinen Kitzler bearbeitet. Ich werde kommen. Ich werde kommen, mit deinem Schwanz in meinem Mund.

Doch dann kommst du vor mir, wahrscheinlich, weil ich dich so gut bearbeitet habe, mich so sehr nach deinem Saft in meinem Mund gesehnt habe. Ich schlucke alles herunter. Jeden Tropfen. Und als sie dein Stöhnen hört, fickt sie mich noch schneller, stimuliert meinen G-Punkt noch stärker, reibt heftiger an meinem Kitzler. Und dann komme ich auch, mit deinem dickflüssigen Saft in meiner Kehle, und der Geschmack überwältigt mich, während ich schlucke. Mein nackter Körper explodiert, die Ekstase breitet sich von meiner Möse her in mir aus. Ich falle nach vorn, auf dich, und ihre Finger stecken immer noch in mir.

Jetzt zieht sie die Finger aus meiner Muschi, und du hältst meinen Kopf fest an dich gedrückt, zwischen deinem Körper und der Sofalehne. Ich fühle mich hilflos, wie verloren in der Wärme deiner Umarmung. Du drehst mich so um, dass ich halb auf deinem Schoß sitzen und meine Beine auf dem Sofa ausstrecken kann. Deine Hände spielen mit meinen Brüsten, und ich wimmere vor Lust und betrachte dabei das tolle Mädchen mit den kurzen, blonden Haaren und den kleinen Brüsten.

Sie zieht sich aus.

Erst das Bikinioberteil und dann die Hose. Die Hose sitzt so eng, dass sie sich praktisch herausschälen muss. Sie muss sich richtig anstrengen, um sie auszuziehen. Aber auch sie trägt nichts darunter, genau wie ich.

Nun kommt sie nackt zum Sofa herüber und schaut mir in die Augen. Ich weiß, was sie will, und ich gebe es ihr.

Langsam spreize ich die Beine.

Sie kniet sich hin und bringt ihr Gesicht zwischen meine Schenkel, als könnte sie es kaum erwarten. Und sie wartet auch nicht. Ich stöhne heftig auf, als ich ihre Zunge an meinem noch ganz empfindlichen Kitzler spüre. Sie fängt an, mich zu lecken.

Du ziehst meinen Kopf nach hinten und beugst dich über mich, drückst deinen Mund wieder auf meinen. Es stört dich nicht, dass ich dir gerade einen geblasen, dein Sperma geschluckt habe. Deine Zunge taucht tief in meinen Mund, und du spielst weiter mit meinen Brüsten. Meine Brustwarzen sind so empfindlich, und als du sie knetest, kommt es mir vor, als gäbe es eine direkte Verbindung zwischen ihrer Zunge an meinem Kitzler und deinen Händen an meinen Titten. Ich werde gleich noch einen Orgasmus kriegen. Sie leckt mich gnadenlos, verschlingt meine Muschi. Ihre Finger gleiten wieder in mich hinein, während ihre Zunge um meinen Kitzler kreist. Gleich komme ich. Und ich komme, winde mich in deiner Umarmung, während deine Zunge in mich eindringt und deine Hände meine Brüste fest umschließen und sie sich weiter über meine Muschi hermacht, alles nimmt, alles, und mich zum Orgasmus bringt.

Jetzt seid ihr beide über mir, ihr küsst euch, und ihre kleinen Brüste sind dicht vor meinem Gesicht. Ich schließe meine Lippen um eine ihrer Brustwarzen und sauge daran. Sie keucht und sagt: »Hm, das willst du also? Ich dachte, du bist hetero …« Und dann greift sie um mich herum, dorthin, wo dein weicher Schwanz sich an meinen Rücken drückt. Sie umfasst ihn mit der Hand und fängt an, damit zu spielen.

Dein Schwanz wird langsam wieder steif.

Ich bin ganz in ihre Brüste vertieft, ich liebe das Gefühl des warmen, glatten Fleisches an meinem Gesicht, während ich an ihren Brustwarzen sauge. Du schiebst dich unter mir hervor, dein Schwanz ist jetzt wieder ganz steif, und sie drückt mich vom Sofa herunter, lässt mich auf die Knie sinken, setzt sich vor mich und spreizt die Beine.

Sie führt mein Gesicht zwischen ihre Schenkel und zieht ihre Schamlippen für mich auseinander. Ich drücke meine Lippen darauf und schmecke den scharfen Geschmack ihrer Möse, die schon so feucht ist, dass mir der Saft das Kinn herunterläuft, als ich sie lecke. Ich lecke stärker, und sie fängt an zu stöhnen, als ich mich ihrem Kitzler nähere. Ich mag es, wie sie stöhnt. Ich schließe meine Lippen um ihren Kitzler und fange an, ihn mit der Zunge zu bearbeiten. Ich will sie. Ich will, dass sie für mich kommt.

Und du hast mich jetzt vor dir, auf den Knien, über das Sofa gebeugt, zwischen ihren gespreizten Beinen. Du schiebst meinen Hintern weit nach oben, deine Hände halten meine Hüften. Du stehst hinter mir, wirst gleich in mich eindringen.

Ich spüre deinen Schwanz an meiner Muschi. Ich bin so feucht, dass sogar ein so großer Schwanz wie deiner mühelos in mich hineingleitet. Ich keuche auf, als er den tiefsten Punkt in mir berührt, mich ganz ausfüllt. Du stöhnst ein wenig, fängst an, mich zu ficken. Es ist ein unglaubliches Gefühl, und ich will jetzt nur noch mehr an ihrer Muschi lecken. Ich tauche hinein mit meiner gierigen Zunge, will mehr von ihrem Saft, mehr von ihrem Geschmack. Ihr Kitzler ist groß und fest und hart an meiner Zungenspitze. Ihre schmalen Finger fahren sanft durch mein Haar. Du greifst über mich hinweg und führst meine Hände an ihre Brüste, und ich spiele mit ihren Brustwarzen, während du mich von hinten fickst. Du umfasst meine Hüften noch fester und stößt hart in mich hinein, richtig hart, als wärst du kurz vor dem Höhepunkt. Die Empfindungen überwältigen mich, der Geschmack ihrer Muschi, ihre Brüste unter meinen Händen, ihre Finger, die sanft mein Gesicht liebkosen, meine Brustwarzen, die über den Lederbezug des Sofas streifen. Es ist zu viel. Ich werde noch einen Orgasmus kriegen.

Diesmal komme ich zuerst, stöhne in ihre Muschi hinein, als sie die Schenkel um mich zusammenpresst. Du hörst nicht auf, stößt weiter in mich hinein und näherst dich deinem eigenen Höhepunkt. Ich lecke weiter ihren Kitzler, will nie mehr damit aufhören. Und dann, ganz plötzlich, kommt sie, ihr Hintern hebt sich in die Höhe, ihre Hüften kreisen heftig, sie presst ihre Muschi fest an mein Gesicht, und ihr ganzer Körper verkrampft sich. Da lässt auch du dich gehen, dein Schwanz pulsiert in mir, und ich spüre die Nässe, die meine Muschi tränkt, als du dich zum zweiten Mal in meinen Körper ergießt.

Ich liege da, zusammengesunken zwischen euch beiden, und lausche deinen regelmäßigen Atemzügen und ihren kleinen, erschöpften, ekstatischen Wimmerlauten. Sie greift nach einem Päckchen auf dem Tisch in der Nähe, zieht eine Nelkenzigarette heraus und zündet sie an. Der dichte Rauch duftet süß, und sein Geruch ist sogar stärker als der, der noch an meinem Gesicht klebt. Der Geruch ihrer Muschi.

Da klopft es an der Tür. Jemand ruft deinen Namen und sagt: »Showtime!«

»Ich muss los«, sagst du, verstaust deinen großen, wundervollen Schwanz in der Lederhose. Jetzt wirst du nach draußen gehen, auf die Bühne. Du wirst da draußen auftreten, und mein Saft klebt noch an deinem Schwanz. Mir läuft ein Schauder durch den ganzen Körper.

Ich sehe sie an, als du die Tür öffnest und den Raum verlässt. Du lässt die Tür sperrangelweit offen. Ich knie noch immer auf dem Boden, recke meinen Hintern in die Luft, meine Muschi weit geöffnet und voll von dir. Unsere Blicke treffen sich. Ihre roten Lippen lächeln hinter der Zigarette hervor.

Sie deutet mit dem Kopf zur Tür.

»Na komm«, sagt sie. »Schauen wir uns das Konzert an.«

Dunkelheit

Ich weiß, ich sollte mich nicht heimlich in deine Wohnung schleichen. Ich weiß, wie riskant das ist. Ich weiß auch, was das für ein absolut schamloses, furchtbares, unverfrorenes und unanständiges Verhalten ist. Aber ich mache es trotzdem, denn mir ist das alles egal. Ich habe immer noch deinen Schlüssel. Es ist also kein Problem für mich, mich heimlich hineinzuschleichen.

Es ist völlig dunkel im Zimmer. Und kalt. Hinter einem der schweren Vorhänge steht ein Fenster offen. Ich spüre, wie sich meine Brustwarzen aufrichten, spüre den Lufthauch an meinen Schenkeln. Ich bleibe stehen und warte darauf, dass sich meine Augen an die Dunkelheit gewöhnen, aber die Vorhänge sind zugezogen, und man kann fast nichts sehen. Schließlich beginne ich, den Raum langsam zu durchqueren, mit tiefen Atemzügen und klopfendem Herzen. Bist du überhaupt da? Ich versuche, dich atmen zu hören, doch ich höre nur das Blut, das mir in den Ohren rauscht. Jetzt stoße ich mit dem Knie ans Bett. Ich beuge mich vor, strecke die Arme nach dir aus.

Das Bett ist leer. Die Decke ist zurückgeschlagen, aber du bist nicht da.

Ich frage mich, wo du wohl bist. Einfach verschwunden, wo ich doch mit dir gerechnet hatte, wo doch mein ganzer

Plan darin bestand, dich zu überraschen. Ich sage mir, dass ich besser gehen sollte, aber ich kann nicht. Ich kann einfach nicht.

Also strecke ich die Hand aus und öffne den Reißverschluss an meinem Kleid.

Darunter trage ich nicht viel, und der knappe String gesellt sich rasch zu meinem Kleid, ein unordentliches Häufchen neben dem Bett. Ich streife die Schuhe ab. Nackt, wie ich jetzt bin, zittere ich vor Kälte. Ich würde gern das Fenster schließen, aber ich schaffe es nicht, auch nur eine Kleinigkeit zu verändern.

Ich krieche ins Bett. Mühelos gleitet mein Körper zwischen die kühlen Satinlaken. Der glatte Stoff versetzt jeden Zentimeter meines nackten Körpers in Erregung. Ich spüre, wie sich meine Brustwarzen noch mehr, fast schon schmerzhaft verhärten. Beiläufig lege ich eine Hand zwischen die Beine, an meine Muschi. Ich bin feucht – extrem feucht sogar, und ich stöhne leise, als meine Finger den Eingang berühren.

Etwas ziellos streichele ich meine Muschi, spüre, wie sie immer feuchter wird. Ich spreize die Beine und genieße die Berührung des Satinlakens an meinen Schenkeln, meinen Waden, meinen Füßen. Meine Hand berührt träge meine Brüste, knetet ganz leicht die Brustwarzen. Ich liege da, denke an dich und an das, was ich hier mache. Daran, wie falsch es ist. Wie unanständig. Daran, dass ich das wirklich nicht tun sollte und es trotzdem tue. Dass ich es tun will. Ich denke an all die anderen Dinge, die ich tun will, und reibe stärker an meiner Muschi, spüre, wie heiß sie ist.

Wirst du wohl allein heimkommen? Wirst du mich in deinem Bett entdecken und mir befehlen zu gehen? Es gibt so viele Gründe, warum ich nicht hier sein sollte – warum wir schlecht füreinander sind. Wenn wir jetzt wieder etwas anfangen, wird uns das bestimmt zurückwerfen. Vielleicht ist es aber auch nur ein letztes Mal, um der alten Zeiten willen.

Wirst du zu mir kommen? Oder wirst du vielleicht mit jemand anderem heimkommen – vielleicht auch mit mehreren oder gar vielen anderen? Wäre es in Ordnung, wenn noch jemand Drittes dabei wäre? Meine Muschi beginnt zu pulsieren, als ich mir die verschiedenen möglichen Szenarien ausmale, und der Gedanke an deine Berührungen löst ein Prickeln im ganzen Körper aus.

Da höre ich den Schlüssel im Türschloss. Die Tür öffnet sich, und in dem hellen Rechteck sehe ich deine Silhouette. Du bist allein.

Dein Anblick tut mir weh. Mein ganzer Körper sehnt sich schmerzlich nach dir.

Du siehst mich nicht. Du machst die Tür hinter dir zu. Ich halte den Atem an und lausche deinen Schritten, als du durch den Raum gehst, den Vorhang zurückziehst. Ich sehe deinen Rücken, im Licht eines einzelnen Mondstrahls, der über deine Schulter fällt. Du machst das Fenster zu, es schließt sich mit einem dumpfen Geräusch. Dann schließt du den Vorhang wieder und bist meinen Blicken entzogen. Irgendwo da in der völligen Dunkelheit bist du, und meine Seele sehnt sich nach dir, will dich zwischen meinen gespreizten Beinen spüren.

Ich höre das Rascheln deiner Kleidung, als du dich im Dunkeln ausziehst.

In meinem Kopf dreht sich alles. Ich lausche dem Geräusch deiner Kleidung, die du zu Boden fallen lässt, dem Geräusch deines Atems. Langsam bringe ich meine Schenkel wieder zusammen und drehe mich auf die Seite. Hörst du meine Bewegungen? Hörst du meinen Atem, der hart und stoßweise geht vor Aufregung, weil ich dir so nahe bin, hier, in deinem Bett?

Dann spüre ich, wie die Decke zurückgeschlagen wird und dein Körper ins Bett gleitet. Und meinen berührt. Dein heißes Fleisch brennt an meinem. Deine Hände legen sich um meine Taille, dein Bein mit den weichen Haaren drängt sich mühelos zwischen meine glatten Schenkel.

Weißt du, dass ich es bin? Weißt du, dass ich auf dich gewartet habe? Oder ist es dir ganz egal, wer es ist?

Ich spüre deine Hand auf meiner Brust, dein Daumen streicht über meine geschwollene Brustwarze. Deine Lippen finden auch im Dunkeln mühelos die meinen. Dein Mund öffnet meinen Mund, und ich spüre, wie deine Zunge in mich eintaucht.

Du bewegst dich, drängst dich an meinen Körper und bringst mich dazu, mich auf den Rücken zu legen. Ich keuche, als ich dich schwer zwischen meinen Beinen spüre, dein Knie drückt sich hart an meine Muschi, an meinen Kitzler. Jetzt hast du beide Hände an meinen Brüsten, knetest achtlos meine Brustwarzen. Du nimmst dir keine Zeit, meine Brüste zu erforschen oder auszuprobieren, wie viel Druck ich ertragen kann. Deine Zunge gräbt sich in meinen Mund, nimmt mich einfach so, und ich atme tief deinen Duft ein – männlich, intensiv, überwältigend. Dominant.

Als deine Beine ohne jede Anstrengung zwischen meine gleiten, packt mich Angst. Was, wenn du das gar nicht bist? Dein Geruch scheint so wenig vertraut, so berauschend, ich könnte genauso gut mit einem Fremden schlafen. Vielleicht bist du es, vielleicht ist es aber auch ein Einbrecher, ein Mörder. Ich spüre ein drängendes Gefühl in meiner Muschi, als deine Knie meine Beine auseinander zwingen, und ich merke, dass ich unwillkürlich die Hüften vom Laken hebe, dir entgegenkomme.

Du drückst meine Brustwarzen noch fester, als dein

Schwanz meine Pforte findet. Ich bin so feucht, dass keine Hand dich mehr hineinführen muss. Meine Arme liegen nutzlos neben meinem Körper. Ich bin in deiner Macht, sehne mich verzweifelt danach, dass du mich nimmst.

Der erste Stoß durchzuckt mich, dringt mit bebender Erregung und Angst bis in meine Seele. Ich kann gar nicht glauben, wie feucht ich bin. Meine Muschi ist so empfindlich, dass ich jeden Millimeter deiner Stöße spüre, mein Körper passt sich deinem Schwanz an. Ist mir die Form vertraut? Ist er so, wie ich ihn kenne? Ist es dein Schwanz? Oder der eines Fremden?

Mein Hintern hebt sich weit vom Bett empor, ich wölbe mich dir entgegen, und du stößt so tief wie möglich in mich hinein. Ich bin bereits kurz vor dem Orgasmus. Deine Lippen lösen sich von meinen, und ich rieche deinen süßen, erregenden Atem, fühle deine Lippen dicht an meinem Gesicht, während du in mich hineinstößt. Ich komme, meine Kehle zieht sich zusammen, ich stoße ein gepresstes Stöhnen hervor, der Orgasmus kommt so unerwartet, wie eine Explosion in meinem Körper. »Oh, Gott«, flüstere ich. Fast will ich hinzufügen: »Was habe ich getan?« Aber ich weiß es ja. Ich weiß, was ich getan habe. Ich schlinge die Arme um dich und ziehe dich näher an mich heran, meine Schenkel schließen sich fest um deine Hüften. Du bist schwer, und während du immer tiefer in mich hineinstößt, schiebst du meine Beine noch weiter auseinander, sodass ich völlig offen daliege. Meine Hände wandern an deinem Rücken hinunter, finden deinen Hintern, spüren die Muskeln, die sich bei jedem Stoß fester anspannen. Du küsst mich wieder, und deine Zunge dringt ebenso tief in mich ein wie dein Schwanz.

»Oh, Gott«, flüstere ich. »Oh, Gott, gleich … schon wieder … gleich …« Und dann passiert es, und es ist mir fast peinlich, dass du mich so wild machst, so schnell zum Orgasmus bringst, dass ich so vollkommen in deiner Macht bin, dir gehöre. Ich öffne mich noch weiter für dich, und dann spüre ich, wie du dich von mir zurückziehst, dich hinkniest.

Instinktiv weiß ich, was du willst. Sofort bin ich bei dir, mein Unterleib presst sich an das Satinlaken, mit einem Arm stütze ich mich ab und greife mit der anderen Hand nach deinem Schwanz, führe ihn an die Lippen. Mein eigener Geschmack klebt noch daran, aber ich will dich schmecken. Ich nehme deinen Schwanz weit in den Mund, spüre ihn in meiner Kehle. Mein Kopf bewegt sich weich auf und ab, ich atme tief, und jedes Mal, wenn dein Schwanz in mich hineinstößt, rieche ich unsere vermischten Gerüche, meinen und deinen. Gierig verschlinge ich dich.

Dann ziehst du mich weg von deinem Schwanz, und ich keuche, stöhne leise, flüstere: »Bitte … bitte … bitte …«

Doch du fasst mich sanft bei den Schultern, drehst mich um. Wieder weiß ich, was du willst, und ich will es auch, mehr als alles andere. Du bringst mich dazu, mich auf Hände und Knie zu stützen, und ich strecke meinen Hintern so weit wie möglich in die Höhe, biete ihn dir an.

Mit nur einem Stoß dringst du in mich ein, dein Schwanz ist schon ganz glitschig, und meine Muschi ist tropfnass und sehnt sich nach dir. Ich keuche auf, als ich ihn in mir spüre, und dränge mich an dich, will dich noch intensiver spüren. Deine kräftigen Hände ruhen auf meinem Hintern. Meine Hüften kreisen verzweifelt, um dich noch tiefer in mich hineinzubekommen. Ich spüre deine Eichel, prall und fest, so tief in mir, wie es nur geht. Ich stöhne leise, als du dich ein wenig zurückziehst und mich dann zu ficken beginnst.

Ich kann es gar nicht glauben, doch ich komme schon wieder – so schnell, in so kurzem Abstand, zum dritten Mal.

Ohne jede Mühe. Du lehnst dich zurück und hältst still, und ich bewege mich auf dir, stoße deinen Schwanz in meinen Körper, spieße mich selbst damit auf. Keuchend komme ich, Hitzewellen überspülen meinen Körper. Jetzt muss ich mir eingestehen, dass du weißt, wie sehr ich dich will, dass ich meinen Körper nicht daran hindern kann, sich an deinen Schwanz zu drängen. Du scheinst meinen Orgasmus zu spüren und fängst wieder an, mich zu ficken. Diesmal hart und erbarmungslos – jetzt geht es um deinen Orgasmus.

Doch du willst mich noch auf eine weitere, letzte Weise, und ich kann dazu nicht Nein sagen. Als ich spüre, wie deine Eichel aus der Öffnung meiner Muschi herausgleitet, weiß ich, was kommen wird. Und obwohl mich eine leichte Angst durchzuckt, will ich es.

Ich spüre deine Eichel zwischen meinen Pobacken, die du mit den Daumen leicht auseinander schiebst. Du suchst den Hintereingang. Ich halte still und sehne mich danach, trotz meiner Angst. Ich spüre ein paar kühle Spritzer zwischen den Pobacken, spüre, wie du sie mit deiner Eichel auf der kleinen Fläche verreibst. Dann stößt du zu.

Beim ersten Mal keuche ich auf, schaffe es nicht, dich hineinzulassen. Mein nackter Körper erbebt, und du stößt noch einmal zu, sanft, aber entschlossen.

Wieder bleibt die Hintertür unwillig verschlossen. Offenbar teilt sie mein Verlangen nach deinem Schwanz nicht ganz.

Weitere kühle Spritzer, und ich kneife die Augen fest zusammen. Und wieder drängt sich dein Schwanz mit kleinen kreisförmigen Bewegungen an meine Öffnung. Wieder teilt deine pralle Eichel meine Pobacken, und diesmal lässt sie sich nicht aufhalten.

Als dein Schwanz hineingleitet, keuche ich ungläubig auf. Meine Muskeln ziehen sich sofort zusammen, umklammern deinen Schwanz, so fest sie nur können. Du verhältst dich still, umfasst mit festem Griff meine Hüften und ziehst mich weiter nach hinten, näher an dich heran.

Ich akzeptiere alles, ganz egal, was du mit mir machen willst. Meine Lippen öffnen sich zu einem stummen Stöhnen. Du verharrst bewegungslos, und ich spüre, wie meine Muskeln sich noch fester anspannen … und dann lässt die Spannung plötzlich nach. Deine Hände halten meine Hüften umfasst, und ich verzehre mich vor Verlangen, deinen Schwanz so tief wie nur möglich in mir zu haben. Doch du verhältst dich immer noch still, gibst meinem Körper Zeit, sich an deinen Schwanz, seine Form und seine Größe, zu gewöhnen.

Ich will es. Ich will es so sehr, wie ich nie zuvor etwas gewollt habe.

Ich will dir das geben. Es dir zum Geschenk machen.

Langsam senke ich den Oberkörper, sodass ich mich mit den Schultern abstützen kann. Meine Brüste drücken sich fest an das feuchten Satinlaken. Ich strecke die Hände nach hinten. Meine Fingerspitzen wandern über deinen hin zu meinem Hintern.

Verzweifelt, wie eine flehende Bittstellerin, ziehe ich meine Pobacken so weit wie möglich auseinander.

Deine Finger krallen sich fester in mein Fleisch, erbarmungslos. Du ziehst mich heftig zu dir heran.

Ich schmecke den glatten, salzigen Kissenbezug an meiner Zunge, als du mich nach hinten ziehst, deinen Schwanz in meinen Hintern stößt. Ich halte die Pobacken weit auseinander, als du mich so nimmst. Zitternd, überwältigt von einer plötzlichen Welle der Lust, beiße ich in das Kissen. Ich flüstere: »O ja!«, obwohl ich weiß, dass du mich nicht hören kannst, weil mein Gesicht im Kissen vergraben ist. Mir ist das lieber so, denn ich werde plötzlich rot vor Scham; mein

Gesicht glüht, als ich mir eingestehen muss, wie gut sich das anfühlt. Und wie sehr ich das will.

Du schiebst mich wieder nach vorn, dein Schwanz gleitet mühelos heraus, erst zur Hälfte, dann zu drei Vierteln – und dann ziehst du mich wieder zurück zu dir, und diesmal entlockst du mir ein Stöhnen, ein unkontrollierbares Stöhnen, das ich nicht unterdrücken kann.

So führst du mich durch drei weitere Stöße, und dann gerate ich völlig außer Rand und Band. Meine Hände lösen sich von meinen Pobacken, graben sich fest in das Kissen, zerren daran, während ich gleichzeitig hineinbeiße. Der Kissenbezug reißt mit einem plötzlichen Geräusch, das sich in der Dunkelheit mit meinem Stöhnen mischt. Ich kralle mich fest an das Kopfende des Bettes, denn jetzt muss ich nicht mehr die Pobacken auseinander halten, um dir zu zeigen, wie sehr ich deinen Schwanz will. Das muss ich nicht mehr tun, denn ich stöhne nur noch: »Fick mich … fick mich … fick mich …«, in die staubige Daunenfüllung des Kissens hinein. »Fick mich … fick mich … fick mich …« Wie kleine Schluchzer brechen die Worte aus mir heraus, ich flehe dich an, mich so hart zu nehmen, wie ich es brauche. Dabei bin ich es selbst, es sind meine Hüften, die sich auf dich zu bewegen, meine Hände, die sich ans Kopfende klammern, mein Körper, der sich vor Anstrengung anspannt, während ich versuche, deinen Schwanz immer tiefer in mich hineinzukriegen. Und dann, unter unverhohlenem Schluchzen – ich kann gar nicht glauben, dass das passiert, dass es überhaupt möglich ist –, komme ich, so intensiv, wie ich nie zuvor gekommen bin. Meine Muschi zieht sich leer zusammen, und mein Hintern ist voll von deinen abgehackten Stößen. Die Kontraktionen meiner Muskeln laden dich ein, mich zu ficken. Mich einfach nur zu ficken.

Du drückst mich nach vorn, sodass ich mich nicht mehr auf den Knien halten kann, drückst mich an das Kopfende. Mein Körper ist ganz verdreht, meine Hände krallen sich immer noch in das Kopfende, und meine Brüste drängen sich an das Satinkissen. Du stößt fest zu, presst meinen Unterleib an die Matratze, drückst deine Hüften an meinen Hintern, stößt deinen Schwanz in mich hinein. Der Orgasmus pulsiert noch durch meinen nackten Körper, die Empfindungen überwältigen mich, während du mich in den Hintern fickst. All meine erogenen Zonen sind stimuliert, brennen lichterloh, und du füllst meine intimste Öffnung aus und bringst mich immer weiter zum Orgasmus. Ich schluchze und schreie und stöhne unter deinem erbarmungslosen Körper. Und dann, als ich eigentlich schon nicht mehr kann, weiß ich, dass du jetzt kommen wirst, und ich öffne mich für dich, vergesse meinen eigenen intensiven Höhepunkt, um deinen Schwanz in mir pulsieren zu fühlen. Du stöhnst hinter mir, im Dunkeln, dein Schweiß bedeckt als feiner Film meinen Rücken und meinen Hintern, und du dringst mit drei kurzen, heftigen Stößen in mich ein. Meine empfindlichen Muskeln schließen sich fest um deinen Schwanz, und ich spüre die Hitze, als du dich in mich ergießt.

Sind das Tränen oder Schweißperlen auf meinen Wangen? Mein ganzer Körper ist von Tröpfchen übersät, jeder Zentimeter meiner Haut ist wach und lebendig. Mit einem letzten, unwillkürlichen, heftigen Beben sinkst du auf mich, und mir wird plötzlich furchtbar heiß unter deinem schweren Körper. Von einem Moment auf den anderen bin ich schweißgebadet. Das Satinlaken unter mir wird immer feuchter; jetzt ist es völlig durchnässt, und zwischen meinen Beinen bildet sich ein nasser Fleck, dort, wo meine leere, sehnsüchtige Muschi um deinen Schwanz geweint hat.

Ich spüre deinen heißen Atem an meinem Rücken, meinem Nacken, aber du küsst mich nicht. Du küsst mich nicht auf die Schulter, stehst auch nicht auf, damit ich mich umdrehen kann. Und so kann ich nur bewegungslos daliegen, verletzlich und hilflos unter dir. Und ich will immer noch mehr von dir, ich giere schon wieder nach deinem Schwanz, der erschlaffend aus meinem Hintern gleitet.

Doch als ich spüre, wie dein schwerer Körper sich von mir löst, bin ich besonnen genug, kein Wort zu sagen. Ich bleibe liegen, lausche den Geräuschen, als du dich anziehst, atme tief ein, um die letzten Spuren deines Geruchs aufzusaugen, als würde ich ihn nie wieder riechen dürfen. Mit schweren Schritten gehst du zur Tür. Einen Augenblick lang bleibst du stehen, und ich weiß nicht, ob du dich noch einmal zu mir umdrehst, weil ich die Augen fest geschlossen halte. Aber ich würde gern glauben, dass du es getan hast.

Mit wackligen Knien steige ich aus dem Bett. Auf allen vieren suche ich nach meinem Kleid. Ich finde es unter dem Bett, zerknautscht und verdreht. Ich brauche mehrere Anläufe, bis es mir gelingt, es im Knien über den Kopf zu ziehen. Mein Körper fühlt sich glitschig an. Ich bin schweißgebadet und spüre, wie dein Saft, der sich durch meine Körperwärme verflüssigt hat, langsam an meinen Schenkeln herunterrinnt. Ich bilde mir ein, ein gleichmäßiges Tropfen auf dem Teppichboden zu hören.

Das Seidenkleid gleitet über meinen feuchten Körper, saugt sich mit Schweiß voll, als es mich umhüllt. Ich verzichte auf das Höschen, greife nach meinen Schuhen, ziehe sie, wie störrische kleine Hunde an der Leine, an den Riemchen hinter mir her und krieche zur Tür. Als ich mich aufrichte, wird mir schwindelig. Ich muss mich erst ein paar Minuten an die Tür lehnen, bevor ich die Kraft finde, sie zu öffnen.

Ich drücke die Klinke herunter und blinzele ins Licht. Ich bleibe stehen und drehe mich noch einmal um, um einen letzten Blick auf das Bett zu werfen, das wir vollkommen durcheinander gebracht haben.

Aber ich sehe nichts. Nichts als Dunkelheit.

Ich hole tief Luft. Ich rieche dich, und ich rieche mich selbst. Dein Sperma hat den stärkeren Geruch, aber meine Muschi kämpft in dem kleinen, inzwischen so warmen Raum wacker gegen ihn an. Dein Schweiß und meiner und ein letzter Rest deines Aftershaves, das alles lässt meinen Körper erzittern, und ich spüre die unangenehme Feuchtigkeit hinten an meinen Schenkeln.

Ich schaue in die Dunkelheit und weiß genau, da irgendwo ist das Bett mit seinen durchnässten Laken, seinen zerwühlten Decken und dem Kissenbezug, den ich mit den Zähnen zerrissen habe.

Mit einem dumpfen Geräusch schließe ich die Tür.

Geht aufs Haus

Mit Nadine war ich schon auf der Highschool befreundet, aber im Gegensatz zu den meisten meiner Mitschüler von damals hat sie sich in all den Jahren, die ich sie jetzt kenne, kein bisschen verändert. Die meisten meiner Freunde sind reifer geworden, und das ist ja auch ganz natürlich. Die Zeit bleibt schließlich nicht stehen. Unglücklicherweise scheint mit der zunehmenden Reife auch eine unbeschreibliche Langeweile einherzugehen. Ich erkenne diese witzigen, ausgelassenen Freunde meiner Jugendzeit gar nicht mehr wieder. Sich mit ihnen zum Abendessen oder auf einen Cocktail zu treffen, das betäubt mehr als der stärkste Tranquilizer.

Nadine ist da ganz anders. Sie versucht immer noch, an ihre Grenzen zu gehen, genau wie damals in der zehnten Klasse. Ein gemütlicher Abend ist ihr nie genug, und ich finde das ebenso erschreckend wie aufregend. Es ist immer ein Abenteuer, mit ihr um die Häuser zu ziehen. Manchmal haben wir richtig viel Spaß. Dann denken wir uns falsche Namen aus, legen uns ein anderes Leben zu und erzählen es fremden Leuten. Wir gehen tanzen, in Klubs, wo uns keiner kennt, und manchmal machen wir sogar bei einem Amateur-Striptease mit. Von Zeit zu Zeit mache ich ganz gern verrückte Sachen mit ihr. Schließlich muss sich jeder mal austoben. Aber manchmal stoße ich an meine Grenzen, während sie weitermacht. Immer weiter. Dann ist sie allein, auch wenn wir zusammen unterwegs sind.

Heute hat sie den durchgeknallten Plan, dass wir irgendwelche Männer dazu kriegen sollen, unsere Drinks zu bezahlen. Sie hat sich für diesen Abend das Ziel gesetzt, kein Geld auszugeben, aber trotzdem gut abgefüllt nach Hause zu gehen. Ich will mich nicht darauf einlassen. Es ist so berechnend, dass es mir keinen Spaß macht. Ein Mann soll selbst entscheiden, ob er mich auf einen Drink einladen will. Ich verführe doch niemanden für einen Cosmopolitan. Dafür bin ich mir zu wertvoll. Trotzdem schaue ich zu, wie meine hübsche Freundin zu Hochform aufläuft und ihre Augen unter den klimpernden Wimpern auf vier ausgelassene Typen in unserer Nähe richtet, Studenten wahrscheinlich. Was hat sie vor? Will sie alle vier flachlegen für ein Bier?

Als sie versucht, die Jungs zu einer neuen Runde Drinks zu überreden, fragen die sie freundlich, ob sie denn zahlt. Da stolziert sie beleidigt davon, sichtlich verärgert über das schallende Gelächter in ihrem Rücken. Im selben Moment steht plötzlich, wie von Zauberhand, ein goldener Tequila vor mir auf der Theke.

»Das habe ich aber nicht bestellt«, sage ich zu dir.

»Geht aufs Haus«, erwiderst du, ein Lächeln in deinen dunklen Augen.

»Aber ich wollte doch nicht …«

»… mitspielen«, beendest du den Satz. »Ich weiß. Ich hab gehört, wie du dich mit deiner Freundin unterhalten hast.«

Ich ziehe die Augenbrauen hoch, aber du reagierst nur mit einem Achselzucken.

»Als Barkeeper ist man eben zum Lauschen geboren. Ich hab mir ihren Plan angehört und dann von hier aus zugeschaut, wie sie sich zum Narren macht. Geldgeile Mädchen wie sie sehe ich hier jeden Abend. Du hast so was nicht nötig, deshalb wollte ich dich auf einen Drink einladen.«

»Einladen …«, wiederhole ich, und jetzt flirte ich doch tatsächlich mit dir, weil es mir gefällt, wie du mich anschaust. Unter deinem Blick fühle ich mich wie ein Teenager, werde ein bisschen albern und habe immer mehr Spaß daran, hier zu sitzen. Nadine hatte genau das vor, aber sie hat es zu sehr darauf angelegt, und nun ist sie allein. Aus dem Augenwinkel sehe ich sie. Sie lehnt an der Musikbox, tut so, als würde sie einen Song auswählen, und versucht doch eigentlich nur, ihren Körper möglichst vorteilhaft zu präsentieren. Sie posiert vor einem imaginären Publikum, das merke ich an ihrer Haltung, daran, wie sie ihr Haar schüttelt.

»Gut, ich bezahle natürlich nicht direkt dafür«, sagst du. »Das ist Teil meiner Vergünstigungen. Aber ich kann mir immerhin aussuchen, wem ich meine Freigetränke zukommen lasse.«

Jetzt rechne ich eigentlich damit, dass du dich mir ein bisschen näherst. Als ich mein Glas hebe, greifst du nach der glänzenden Zitronenscheibe und dem gläsernen Salzstreuer. Du träufelst den Zitronensaft auf deinen Handrücken und lässt das schneeweiße Salz daraufrieseln. Dann wartest du ab, wie ich reagieren werde. Ich lese die stumme Herausforderung in deinen dunklen Augen, und nehme sie an. Ich tue sogar noch mehr als das. Ich leere das Glas in einem Zug, beuge mich vor und lecke deinen Handrücken ab, und dann beuge ich mich noch weiter vor und drücke meine Lippen auf deine.

Nadine, die gerade rechtzeitig aus ihrer Schmollecke bei der Musikbox zurückkommt, um zu sehen, wie ich einen Fremden küsse, ist völlig verblüfft. Und da sie nicht auf den Mund gefallen ist, trifft sie den Nagel mit nur einem Satz auf den Kopf: »Soso, du leckst also neuerdings am Barkeeper?«, sagt sie spöttisch. »Das ist natürlich eine todsichere Methode, um einen Gratisdrink zu kriegen.«

»Der ist nicht gratis«, erkläre ich und schaue sie aus zusammengekniffenen Augen an. »Wir haben einen Deal …«

Du betrachtest Nadine kopfschüttelnd, und ich merke, dass du jetzt noch weniger von ihr hältst als am Anfang. Dann zuckst du die Achseln, und ich sehe, wie du deiner hübschen, blonden Kollegin etwas zuflüsterst und mir dann ein Zeichen machst, dir ins Hinterzimmer zu folgen, hinter die Kulissen dieser hippen Bar. Nadine sagt: »Hey …« Als ob mich das auf meinem Barhocker halten könnte.

Diesmal zucke ich mit den Achseln, dann gleite ich von dem Hocker herunter und gehe hinter dir durch die Schwingtür nach hinten. Doch wir bleiben nicht in dem Lagerraum voller Vorratskisten. Wir gehen weiter, die Treppe hinauf, die aufs Dach führt. Nun sind wir ganz oben, auf dem Dach des »Hauses«, und ich sinke in deine Arme und störe mich gar nicht daran, dass ich nicht einmal deinen Namen weiß. Mich interessieren nur deine starken Arme, die sich fest um mich schließen und mich hochheben, und dein Körper, der sich warm und hart an meinen drängt.

Von der Dachterrasse dieser Bar in Santa Monica hören wir das Meer rauschen und spüren die frische, salzige Luft. Der Duft lässt mich daran denken, wie ich das Salz von deiner Haut geleckt habe, und das erregt mich noch mehr. Auf der Straße unter uns fahren unentwegt Autos vorbei, auf der Suche nach einem Parkplatz. Es ist eine noble Gegend, und die Leute wollen in die vielen In-Lokale.

Ich aber will nur noch fester von deinen Armen umschlossen werden. Ich will nur deine Haut an meiner spüren. Nadine hatte Pläne für den Abend, ich hatte keine, bis ich dir begegnet bin. Glücklicherweise scheinst du ähnliche Pläne wie ich zu haben. Du weißt, was du willst, und übernimmst die Führung. Du hebst mich hoch und hältst mich fest. Dann stellst du mich kurz wieder auf die Füße, um deine Hand unter meinen kurzen, spitzenbesetzten Rock zu schieben und mit den Fingern über das Bündchen meines blassblauen Satinhöschens zu streicheln. Ein ganz besonders hübsches Höschen: unschuldig himmelblau, mit der gleichen Spitze besetzt wie mein Rocksaum. Du streifst das Höschen mit einer raschen Bewegung nach unten, und ich ziehe es ganz aus und warte dann ab, was du als Nächstes tun wirst.

Ohne ein weiteres Wort drückst du meinen Oberkörper auf das Geländer der Dachterrasse. Ich halte einen Augenblick den Atem an, rechne damit, gleich zum ersten Mal deinen Schwanz in mir zu spüren. Doch du hast es nicht eilig. Du kniest dich in den Kies und näherst deinen Mund der Spalte in meinem Körper. Von hinten leckst du mich zwischen den Beinen, und ich keuche auf. Du könntest mich zum Orgasmus bringen, nur mit ein paar kreisenden Bewegungen deiner Zunge. So sehr erregt es mich, hier oben zu sein, so etwas Ungewöhnliches zu tun, ein anständiges Mädchen wie ich.

Doch du willst mich nicht nur mit dem Mund zum Orgasmus bringen. Erst willst du mich noch reiten, und so richtest du dich wieder auf und dringst von hinten in mich ein. Ich blicke auf die geschäftige Stadt hinunter und spüre dabei, wie sich dein Körper an meinem bewegt. Ich kann mich nicht erinnern, beim Sex je so entspannt gewesen zu sein. Eine wunderbare Ruhe senkt sich über mich, als ich die Menschen betrachte, die da unten herumlaufen, und das Meer, das zwischen den beiden großen Gebäuden gegenüber hindurchschimmert. Das schwarze Wasser glänzt silbern im Mondlicht. Während ich diese unglaubliche Aussicht betrachte, erwachen deine Finger zum Leben. Du streichst über meine Taille bis hinauf zu den Brüsten und reibst meine Brustwarzen durch den dünnen Stoff der halb transparenten Bluse hindurch. Dann wandert deine Hand zurück nach unten und schiebt meinen Rock auch vorne hoch. Du willst meine Muschi berühren, während du mich vögelst, und ich winde mich in deinen Armen, um die beste Stellung dafür zu finden. Ich will deine starken Finger an meinem Kitzler spüren, will, dass du mich öffnest, weit öffnest und mich zum Höhepunkt bringst.

Wir sind im absoluten Einklang beim Vögeln. Keiner von uns sagt ein Wort, und das ist gut so. Wir müssen nicht reden. Ich brauche nichts weiter als deine stahlharte Rute in mir, die Aussicht vor mir und deine Finger, die sanft an meinem Kitzler spielen. Einen Augenblick lang schließe ich die Augen, weil die Lust mich überwältigt. Als ich sie wieder öffne, sehe ich Nadine dort unten, die mit einem Fremden auf ein Auto zugeht. Sie schaut nicht hoch, rechnet nicht eine Sekunde damit, dass ich dort oben sein und es mit dir treiben könnte.

Du siehst sie auch, das weiß ich, und gemeinsam beobachten wir, wie sie mit einem der vier Studenten aus der Bar auf den Rücksitz des Wagens steigt.

»Jetzt bläst sie ihm einen, für einen Drink«, murmelst du, als ich komme.

»Und meiner geht aufs Haus«, sage ich lachend und bewege mich in deinen Armen im Rhythmus der wogenden Wellen.

Zehn Minuten zu spät

Das Klingeln des Telefons reißt mich aus dem Schlaf, morgens um 1 Uhr 33. Ich taste nach dem Hörer und stoße dabei einen Stapel Bücher vom Nachttisch. Im Dämmerzustand zwischen Schlafen und Wachsein finde ich das Telefon schließlich unter einem T-Shirt der 49ers; ich murmele etwas in den Hörer, das fast wie »Hallo?« klingt.

»Ich weiß, was du willst.« Als ich dein Flüstern höre, im Dunkeln, durchs Telefon, bin ich schlagartig hellwach. Doch ich antworte nicht. Ich weiß genau, wenn ich mich ruhig verhalte, wirst du weiterreden. »Ich weiß, was du brauchst.« Die Intensität deiner tiefen Stimme lässt mich erzittern. Ich umklammere den Hörer so fest, dass ich fast einen Krampf in der Hand bekomme. »Du bist doch so ein unartiges Mädchen.«

Ich kann nicht antworten. Noch nicht. Doch meine stoßweisen, angsterfüllten Atemzüge zeigen dir, dass ich dich verstehe.

»Komm in zwanzig Minuten vorbei«, sagst du. »Zieh ein Kleid an, kein Höschen, binde dein Haar zum Pferdeschwanz und sei ganz natürlich. Kein Make-up. Klar?«

Ich nicke, obwohl ich weiß, dass du mich nicht sehen kannst, und stoße mit erstickter Stimme hervor: »Okay, ich komme.«

»Schön.«

Ich lege auf und werfe einen Blick auf den Digitalwecker auf dem Nachttisch. 1 Uhr 35. Ich stehe auf, schalte das Licht an, stelle mich nackt vor den Spiegel in der Tür meines Kleiderschranks und betrachte mich prüfend. Ich lasse meine Fingerspitzen leicht über meinen schmalen Körper gleiten, lege die Hände um meine kleinen, festen Brüste, umfasse meine Taille. Nach kurzer Zeit trete ich noch näher an mein Spiegelbild heran, streiche mein weißblondes Haar zurück und betrachte mich selbst mit dem kritischen Blick eines Jurymitglieds bei einem Schönheitswettbewerb: hohe Wangenknochen, große grüne Augen, volle Lippen.

Ich höre deine Stimme in meinem Kopf, wie sie mir Komplimente macht, drehe mich vor dem Spiegel um und werfe dann einen Blick über die Schulter, um mich von hinten zu betrachten. Ein zufriedenes Lächeln spielt um meine Lippen. Ich habe schmale Hüften, aber einen ansehnlichen, runden Hintern.

Ich stelle mir vor, wie du meine Kurven bewunderst, die Umrisse meiner Muskeln, die klaren Linien der Knochen unter meiner Haut. Als ich mich so mit deinen Augen sehe, hebe ich die rechte Hand, versetze mir selbst einen festen Schlag und schaue gebannt zu, wie sich der dunkelrot umrandete Abdruck meiner Hand wie ein Brandzeichen auf meinem Hintern abmalt.

Zehn Minuten zu spät, das bedeutet zehn Schläge.

Ich öffne den Schrank und studiere kurz meine Garderobe. Dann entscheide ich mich für ein adrettes, hellblaues Sommerkleid mit Spitzenkragen. Eine Bibliothekarin würde sich sicher sehr wohl fühlen in diesem Kleid; es stammt aus der Zeit, als ich noch eine andere Frau war. Der strenge Schnitt macht es besonders sexy, dass ich keine Wäsche darunter trage, und die Farbe des Kleides bringt ein Leuchten in meine Augen, eine Art Fieberglanz.

Ich stecke meine silbrige Mähne zu einem lockeren Knoten und befestige das Ganze mit einer Schildpatt-Haarspange. Dann greife ich nach Portmonee und Autoschlüsseln, mache das Licht aus und gehe rasch zur Tür.

Ich male mir aus, wie du auf mich wartest. Du sitzt entspannt auf deiner abgewetzten Ledercouch und schaust dir einen alten Humphrey-Bogart-Film im Fernsehen an. Von Zeit zu Zeit schaust du auf die Uhr, um zu sehen, wie lange es noch dauern wird. Dann blickst du wieder auf den Bildschirm, siehst, wie sich Bogey eine Zigarette anzündet, und schaust dann erneut auf die Uhr.

Für mich ist es ein Leichtes, mir all deine Bewegungen vorzustellen. Um 1 Uhr 59 wirst du merken, dass ich mit dir spiele. Du streichst dir mit einer Hand über die Bartstoppeln, die jetzt schon wieder sichtbar sind, obwohl du dich erst nach der Arbeit rasiert hast. Du stellst dir vor, wie sich deine Stoppeln an meiner Haut anfühlen werden, wenn du mich küsst.

2 Uhr 02. Das werde ich büßen müssen, und diese Vorstellung macht deinen Schwanz unglaublich steif. Wir wissen beide, dass die Fahrt von mir zu dir zehn Minuten dauert. Und doch bin ich jetzt schon ganze sieben Minuten zu spät. Du wirst mich sofort übers Knie legen, sobald ich einen Fuß durch die Tür setze. Das weiß ich. Das weiß ich nur zu gut. Du wirst mir eine ordentliche Tracht Prügel versetzen, sodass mein süßer Hintern brennt und meine Muschi ganz heiß wird.

2 Uhr 04. Jetzt stelle ich dich auf die Probe.

Und das wissen wir beide.

Ich sitze in meinem Wagen, eine Straße von deiner Wohnung entfernt, und betrachte die Zahlen auf der Uhr am Armaturenbrett. Ich weiß, du wirst so wütend sein, dass du mir genau das geben wirst, was ich brauche, wie du es mir am Telefon versprochen hast. Strafe. Ich rutsche auf meinem Schalensitz herum. Meine Erregung wächst, und ich spüre die Feuchtigkeit besonders stark, weil ich kein Höschen trage.

Zehn Minuten zu spät, das bedeutet zehn Schläge.

Vielleicht wirst du ja deinen Gürtel benutzen. Gott, ich will es so sehr, will bestraft werden, will überwältigt werden. Mein Herz schlägt wie wild, als ich schließlich den Motor anlasse und die Straße entlangfahre, in deine Einfahrt einbiege und dort halte. Dann steige ich bebend aus dem Auto und gehe hinauf zu deiner Wohnung. Ich habe noch nicht mal an die Tür geklopft, da öffnest du sie schon, packst mich am Oberarm und zerrst mich ins Zimmer.

»Du unartiges Mädchen«, sagst du. Ich höre ein Lächeln in deiner Stimme, doch das macht dich nicht weniger streng. Heute wirkst du sogar ganz besonders gebieterisch. Du hast dein dichtes schwarzes Haar aus der Stirn gekämmt, und deine sonst so sanften braunen Augen mustern mich kalt. »Jetzt kannst du was erleben«, zischst du und fasst mich noch härter an. »Jetzt hast du dir eine ordentliche Tracht Prügel verdient.«

In meinen Ohren klingt das viel mehr wie ein erotisches Versprechen als wie eine Drohung. Und doch weiß ich, dass ich nichts sagen darf, und so erwarte ich schweigend deine Befehle. Wirst du es auf dem Sofa mit mir machen oder mich ins Schlafzimmer führen?

»Leg deine Hände flach an die Wand«, sagst du. Damit überraschst du mich. Ich drehe dir den Rücken zu und lege meine Handflächen an die glatte, kühle Wand, stütze mich dort ab. Du platzierst entschlossen eine Hand unten an meinem Rücken, sodass ich mich nach vorn beugen und dir meinen Hintern wie ein wundervolles Geschenk darbieten muss. Dann schiebst du langsam mein Kleid nach oben, ziehst den Stoff an meinen Schenkeln entlang, lässt dir Zeit damit, meinen Körper zu enthüllen. Du hältst das Kleid oberhalb meiner Taille zusammen, sodass der blaue Seidenstoff zu beiden Seiten an mir herunterfällt, mich einrahmt.

»Zehn Minuten zu spät«, sagst du leise, ganz nah an meinem Ohr.

Ich nicke.

»Zehn.«

Ich nicke noch einmal.

»Beug dich weiter vor.«

Ich lasse meine Hände an der Wand nach unten gleiten, recke meinen Hintern noch weiter für dich empor und fühle mich auf wunderbare Weise entblößt. Du sinkst hinter mir auf die Knie und vergräbst dein Gesicht in der Spalte zwischen meinen Beinen, saugst meinen berauschenden Duft ein. Von hinten hältst du mich geöffnet und leckst jeden Tropfen meines Nektars, der bereits die Innenseite meiner Schenkel feucht werden lässt.

Mit dem Daumen öffnest du die Lippen meiner Muschi noch weiter, und dann stößt du, ohne Vorwarnung, deine Zunge ganz tief in mich hinein, sodass ich stöhne und mich aufbäume. Du vollführst unheilvolle, kreisende Bewegungen mit deiner Zunge, ziehst sie dann zurück und steckst zwei Finger in mich hinein. Meine Muskeln ziehen sich zusammen, und du merkst, dass ich schon fast so weit bin. Doch bevor ich den Höhepunkt erreiche, ziehst du die Finger zurück und richtest dich auf. Sanft nimmst du meine Hand und legst sie dahin, wo sie mir die größte Lust bereiten kann.

»Fass dich an«, befiehlst du. »So, wie du es machst, wenn

du allein im Bett liegst und daran denkst, was ich alles mit dir tun soll. Daran, was ich dir antun soll.«

Ich werde rot, weil du mich durchschaut hast. Doch ich gehorche, liebkose mich selbst, lasse meine Finger um und über meine pulsierende Klitoris gleiten.

»Ich will, dass du dich weiter anfasst, während ich dich bestrafe«, sagst du. »Verstanden?«

Ich nicke.

»Ich hab nichts gehört.«

»Jawohl, Sir.«

»Schon besser.«

Du ziehst deinen Gürtel aus den Schlaufen deiner Jeans und lässt dabei kein Auge von mir, während ich mit den Hüften kreise und den Rhythmus übernehme, den du mir mit deiner Zunge und deinen Fingern vorgegeben hast. Du holst tief Luft, als du mich so anschaust. Es ist, als wäre ich deine ganz persönliche Peep-Show – das spüre ich. Ich gebe eine Vorstellung für dich, und das macht dich heiß. Mein Kopf sinkt nach vorn, und ich schließe die Augen. Ich keuche bereits, meine Finger bewegen sich schneller, immer schneller und noch schneller, meine Hüften kreisen vor und zurück, mein Kopf sinkt noch weiter nach vorn, meine Rückenmuskulatur spannt sich, mein ganzer Körper steht kurz vor dem Höhepunkt.

Einen Augenblick lang wirst du nachgiebig, drückst dich an mich, sodass ich deinen steifen Schwanz an meinem Hintern spüre. Aber dann ziehst du dich wieder von mir zurück. Schließlich haben wir noch etwas zu erledigen.

Zehn Minuten, das heißt zehn Schläge.

Du legst den schweren Ledergürtel in der Hand zusammen und trittst ein bisschen von mir zurück, um dir genug Platz zu verschaffen. Nach kurzem Zögern befiehlst du mir, das

Kleid ganz auszuziehen. Ich tue, was du sagst, halte nur kurz inne, um dich zu küssen, und nehme dann wieder die vorgeschriebene Stellung ein.

Ich muss dich nur küssen, und schon will ich mehr, will dich in meinem Mund haben, spüren, wie sich meine Lippen um deinen pulsierenden Schwanz schließen, an dir saugen, dich verschlingen. Aus dir trinken.

»Zehn«, wiederholst du, und ich trete unruhig von einem Fuß auf den anderen. Die Erwartung pulsiert in mir. Und dann geht es los, du holst aus und schlägst zu, ein-, zwei-, dreimal. Ich senke den Kopf bis auf die Brust, doch ich gebe keinen Laut von mir und höre auch nicht auf, mich selbst zu liebkosen. Im Geiste nehme ich wieder deine Stimme wahr, die am Telefon gesagt hat: »Ich weiß, was du willst. Ich weiß, was du brauchst.«

Vier. Fünf. Sechs.

Sieben. Acht. Neun.

Jetzt erlaube ich mir ein tiefes Stöhnen. Die Tränen laufen mir in Strömen über die Wangen, und obwohl du sie nicht siehst, bin ich doch sicher, dass du weißt, dass ich weine, dass ich still geweint habe, seit du mir befohlen hast, das Kleid auszuziehen. Du weißt alles, was es über mich nur zu wissen gibt.

Das war schon immer so.

»Die Leute denken, du bist ein braves Mädchen«, sagst du leise und streichst mit einer Hand über meinen brennenden Hintern. »Aber wir beide wissen, wie du wirklich bist.«

Zehn.

Jetzt erbarmst du dich meiner. Du machst deine Hose auf und befreist deinen Schwanz daraus. Ich spüre, wie erregt du bist, denn auch ich weiß alles über dich. Ohne ein weiteres Wort fasst du mich um die Taille und ziehst mich zu dir hin, zwingst deinen Schwanz mit einem einzigen, kraftvollen Stoß ganz in mich hinein. Ich komme fast im selben Moment, als du in mich eindringst, und ich komme immer weiter, während du in mich hineinstößt. Ich beuge mich wieder nach vorn, die Hände an der Wand, und du hältst meine Hüften umklammert und fickst mich mit aller Macht. Es ist fast so, als würdest du mich immer noch züchtigen und jetzt deinen Schwanz als Rute verwenden, um mich noch intensiver bestrafen zu können.

Ich weine und lache zugleich, verliere mich in dem Gefühl, wie schön das ist, wie ganz ich mich fühle, wenn du in mir bist. Du hältst mich noch fester auf dem letzten Teil dieses wilden Ritts, stößt in mich hinein, ziehst mich hart zu dir heran. Und dann hebst du mich ganz auf dich und küsst mich, deine Lippen gleiten über den weichen Flaum meines Nackens. Dein Orgasmus besteht aus einer Folge von erschütternden Explosionen, und anschließend hältst du mich weiter fest, bleibst in mir und trägst mich zur Couch hinüber. Wir lassen uns darauf sinken, verschwitzt, erschöpft und befriedigt.

»Du gibst mir, was ich brauche«, flüstere ich.

»Ich gebe dir, was du verdienst«, erwiderst du, und ich nicke nur zur Antwort, weil ich nach all dem keine Worte finde.

So tun, als ob

Du schläfst schon, als ich nach Hause komme. Ich bin wahnsinnig geil, aber ich nehme mir vor, dich jetzt nicht zu wecken. Das wäre irgendwie rücksichtslos. Ich ziehe mich aus und merke, dass meine Kleider feucht vom Schweiß sind. Mein Höschen ist richtig durchgeweicht. Seit das Radio kaputt ist, erregt mich die lange Heimfahrt immer ganz unglaublich. Nichts lenkt mich ab, und mir bleibt nichts anderes übrig, als an Sex zu denken und an dich. An dich und deinen Schwanz.

Ich hole den burgunderroten Satinpyjama hervor, den ich im Bett so gern trage. Ich ziehe ihn an, und der glatte Stoff jagt mir Schauer über den Körper; ich spüre ihn weich an meinen Brustwarzen, meinem Hintern, meinen Schenkeln. Gähnend nähere ich mich dem Bett. Da sehe ich die Leuchte der Heizdecke. Mist. Immer nimmst du dieses Ding mit ins Bett. Normalerweise ziehe ich dir die Bettdecke weg und biete dir stattdessen die Wärme meines Körpers an – heißblütig, wie ich bin. Ich schmiege mich an dich, du hast es die ganze Nacht mollig warm – und ich kühle mich an deinem Körper ab. Ein Liebhaber mit einem schwankenden Temperaturhaushalt hat durchaus seine Vorteile. Aber wenn du allein ins Bett gehst, ziehst du dir die blöde Heizdecke bis unters Kinn hinauf.

Normalerweise schlafe ich im Pyjama. Du schläfst lieber

nackt, aber ich mag das nicht. Ich bin nicht gern nackt, außer beim Vögeln. Aber wenn du da mit der Heizdecke liegst, komme ich ganz bestimmt nicht im Pyjama ins Bett – sonst wache ich in einer Stunde auf, und der Satinstoff ist völlig durchgeweicht.

Ich ziehe den Pyjama aus, schalte die Heizdecke ab und krieche ins Bett. Es ist glühend heiß darin. Ich versuche, so weit wie möglich von dir wegzurutschen, um der Hitze deines Körpers zu entkommen. Aber du liegst wie immer weit in der Mitte, fast schon auf meiner Seite. Also gebe ich schließlich auf und schmiege mich an dich, fühle deinen nackten Körper an meinem.

Da spüre ich etwas an meinem Arm. Ich hätte wirklich nicht von selbst danach gegriffen, aber er hat mich gestreift. Da kann ich doch nicht anders.

Dein Schwanz ist ganz steif.

Ich sage leise deinen Namen, frage, ob du wach bist.

Doch du gibst keinen Ton von dir.

Ich weiß ja, bei euch Männern ist das so. Ihr bekommt nachts eben häufig einen Steifen. Wie oft bin ich schon aufgewacht, weil dein harter Schwanz sich an meinen Hintern gedrückt hat. Dann dachte ich, du hättest Lust, dabei hast du einfach nur von Eiscreme oder so was geträumt. Normalerweise beachte ich deine nächtliche Erregung nicht weiter. Aber jetzt, nachdem ich die ganze lange Fahrt über davon geträumt habe, diesen Schwanz in der Hand zu halten, setzt mich die Berührung sofort in Brand.

Ich bin schon jetzt ganz verschwitzt. Aber ich will nicht riskieren, dass du hochschreckst und aufwachst, also trotze ich der drückenden Hitze und krieche ganz unter die Decke.

Es fühlt sich so gut an, deinen Schwanz in den Mund zu nehmen.

Gierig fange ich an, daran zu lutschen. Es ist mir jetzt ganz egal, ob du aufwachst; ich will einfach nur deinen Schwanz, deinen Saft. Ich spüre, dass meine Muschi feucht wird, durch den Geschmack deiner Haut und des winzigen Lusttropfens, der aus dir heraus in meinen Mund rinnt. Ich strecke die Arme aus, lasse meine Hände über deine Brust gleiten, spüre deine Brustwarzen, die durch die Wärme ganz weich und klein sind. Ich nehme deinen Schwanz ganz in den Mund, und eigentlich rechne ich damit, dass du jetzt doch aufwachst.

Aber du wachst nicht auf, und jedes Mal, wenn ich deinen Schwanz in mich hineinsauge, jedes Mal, wenn ich mit der Zunge darüber lecke, spüre ich, wie das Pulsieren in meiner Muschi stärker wird.

Ich muss dich einfach haben.

Vorsichtig gleite ich auf deinen Körper, spreize die Beine über deinen Hüften. Du bist jetzt richtig steif, und dein Schwanz ist glitschig von meinem Mund. Schweiß tropft von meinem Körper auf dich herunter. Normalerweise will ich nur in einer Ecke liegen und jammern, wenn mir so heiß ist. Aber heute Nacht muss ich vögeln. Und da ich ja auch sonst im Bett nur nackt bin, wenn ich vögeln will, kann ich mich jetzt beim besten Willen nicht beherrschen.

Ich lasse meine Möse über deinen Schwanz gleiten, schiebe die Eichel in mich hinein. Dann drücke ich mich nach unten und stöhne leise auf, als ich dich ganz in mich aufnehme. Es fühlt sich unglaublich gut an.

Ich fange an, dich zu vögeln. Ich weiß wirklich nicht, ob du noch schläfst, und es ist mir auch egal. Ich will dich einfach nur vögeln, bis ich zum Orgasmus komme. Ich bewege mich auf und ab und spüre, wie dein Schwanz genau den richtigen Punkt berührt. Dann fasse ich nach unten, zwischen uns, und fange an, meinen Kitzler zu streicheln.

Ich sage noch einmal deinen Namen, gewissermaßen aus Höflichkeit. Aber du reagierst nicht; vielleicht schläfst du ja tatsächlich noch. Du hattest schon immer einen außergewöhnlich tiefen Schlaf.

Ich vögele dich lange, genüsslich, koste es aus, wie meine Muschi über deinen Schwanz gleitet. Ich küsse dich auf die Brust, atme tief deinen Duft ein und will dich nur noch mehr. Es erregt mich, meinen nackten Körper an deinem zu spüren, und eigentlich will ich mich heftiger, schneller bewegen. Aber ich lasse es langsam angehen, weil ich dich nicht aufwecken und mir außerdem so viel Zeit wie möglich lassen will, bis ich komme. Ich möchte dieses langsame, genüssliche Vögeln genießen und mich nur nach und nach dem Höhepunkt nähern.

Aber dann kommt der Höhepunkt doch ganz schnell, überfällt mich fast unerwartet, durch die Hitze und unsere nackten Körper. Ich winde mich auf dir, bäume mich auf, als ich komme, und meine Muschi schließt sich rhythmisch und fordernd um deinen Schwanz.

Beim Orgasmus rufe ich noch einmal deinen Namen, aber du reagierst nicht. Schläfst du wirklich immer noch?

Dann spüre ich, wie du dich aufrichtest, als würdest du jetzt doch aus dem Schlaf hochschrecken. Oder etwa nicht? Du legst deine Arme um mich und drehst mich mühelos um, und dein Schwanz bleibt dabei in meiner Muschi. Dann schiebst du mich nach hinten, sodass die Decke zu Boden fällt. Unsere Stellung hat sich jetzt genau umgekehrt: Ich liege auf dem Rücken, und mein Kopf hängt über dem Fußende des Bettes. Dann fängst du an, mich zu ficken. Heftig, erbarmungslos.

Ich hätte nicht gedacht, dass ich noch einmal komme, nicht so schnell. Aber die Überraschung darüber, dass du mich auf diese Weise nimmst, während ich doch dachte, dass du schläfst, dass ich dich einfach nur zu meiner eigenen Lust ausnutze – die überrumpelt mich völlig. Und ich komme, komme heftig und stöhne laut dabei, ganz gegen meinen Willen. Und du stößt in mich hinein, fickst mich wild und siehst mich dabei mit weit offenen Augen an.

Dann spüre ich, wie deine Stöße schneller werden und du dich deinem Höhepunkt näherst. Dein Orgasmus ist laut, du schreist aus voller Kehle, als wolltest du die Nachbarn aufwecken. Ich spüre dein Sperma feucht in meiner Muschi, spüre, wie deine Stöße noch heftiger werden und dann nachlassen, als du fertig bist. Du wirst wieder ganz schlaff, gleitest von mir herunter und bleibst dann auf der Seite liegen, ganz eng an meinen Körper geschmiegt. Deine Augen haben sich wieder geschlossen. Dein Atem geht gleichmäßig.

Ich sage deinen Namen.

Du reagierst nicht.

Schläfst du?

Vielleicht täusche ich mich ja, aber ich bilde mir ein, dass die winzigste Andeutung eines Lächelns um deine Mundwinkel spielt.

Vielleicht tust du ja auch nur so, als ob.

Ich erwidere dein Lächeln und greife nach deinem Schwanz, der ganz nass ist von meiner Muschi und weich. Aus der Eichel rinnt noch ein wenig Flüssigkeit. Ich nehme ihn in die Hand.

»Süße Träume«, flüstere ich und gleite nach unten, um daran zu lecken.

Erste Reihe, Mitte

Natürlich hatte ich schon Geschichten von Studentinnen gehört, die ihren Professor verführten. Solche Storys kennt schließlich jeder. Das ist ja schon fast eines dieser Großstadtmärchen: langbeinige, rothaarige Studentinnen, die entschlossenen Schrittes durch die Gänge des Anglistikinstituts stolzieren, auf der Suche nach einem Dozenten, der ihnen für entsprechende Gegenleistungen eine Eins gibt.

Ehrlich gesagt hielt ich das bisher immer für Blödsinn. Selbst wenn an den Geschichten etwas Wahres sein sollte, war ich überzeugt, dass mit einer Frau etwas nicht stimmen kann, die sich zu so etwas herablässt, um einen besseren Notendurchschnitt zu bekommen. Auf der Highschool mag es Leute geben, die sich durchmogeln, weil der Stoff so langweilig ist. Aber am College sollte man sich doch wie ein halbwegs erwachsener Mensch benehmen. Schließlich macht man beim Mogeln zuallererst sich selbst etwas vor. Das mag ziemlich albern klingen, aber so dachte ich damals. Und dann bin ich dir begegnet.

Ich gebe ja zu, ich hatte mir schon vor der ersten Vorlesung ein paar Gedanken an dich erlaubt. Du hattest aber auch einiges Aufsehen erregt. Ich hatte schon viel von dir gehört, bevor ich dich zum ersten Mal sah.

»Hast du schon den neuen Shakespeare-Prof gesehen?«,

hörte ich eine Kommilitonin draußen auf dem Gang ihrer Freundin zuflüstern.

»Und ob«, erwiderte die. »Der bringt selbst mich dazu, bei einer Vorlesung um acht schon aufzupassen.«

Um allen Spekulationen zuvorzukommen, sollte ich vielleicht noch sagen, dass ich eine Einser-Kandidatin bin. Ich habe es nicht nötig, mit irgendwem zu vögeln, um meinen Notendurchschnitt zu halten. Das war auch nie meine Absicht. Aber ich habe natürlich trotzdem ein schlechtes Gewissen. Die Vorschriften sind sehr streng an unserem College: Dozenten und Studenten ist es verboten, freundschaftliche Kontakte miteinander zu pflegen. Was letztendlich nur heißt: Lass dich nicht mit Studentinnen ein. Niemals. Nicht mal, wenn sie so hübsch sind wie ich.

Außerdem sollte ich sagen, dass ich mich normalerweise an die Regeln halte. Ich gehe nicht bei Rot über die Straße. Ich habe noch nie etwas in einem Laden geklaut. Noch nicht mal eine Traube am Obststand. Ich bin grundehrlich. Und bisher habe ich mir darüber auch noch nie Gedanken gemacht. Ich war einfach so. Bis … ja, bis du den Shakespeare-Lehrstuhl übernommen hast. Bis ich in deiner Vorlesung saß und dich in Aktion erlebte. Du konntest so mühelos in die Rolle des Hamlet, Macbeth oder Jago schlüpfen wie ein Schauspieler der Royal Shakespeare Company. Du hast uns fasziniert. Du hast keine traditionelle Vorlesung gehalten, aber wir haben trotzdem von dir gelernt. Fünfhundert Studenten saßen anderthalb Stunden lang in gebanntem, ehrfurchtsvollem Schweigen da.

Dienstags und donnerstags war ich immer schon sehr früh auf dem Campus. Ich achtete darauf, in deiner Vorlesung immer auf demselben Platz zu sitzen, in der Mitte der ersten Reihe. Doch trotz meiner Bemühungen hast du mich nie recht zur Kenntnis genommen. Meine Arbeiten bekam ich, wie immer, mit Einsern zurück, aber ohne jeden Kommentar. Und doch glaubte ich manchmal ein Leuchten in deinen Augen zu sehen, wenn du in meine Richtung geschaut hast, einen Widerschein des Verlangens, das ich für dich empfand.

Und deshalb legte ich den Brief in dein Fach. Ich kann es nicht leugnen. Ich hatte geschrieben: »Lieber Herr Professor, ›Bin ich dein Sklave, was wär meine Pflicht, / Als allzeit zu erfüllen dein Begehr? / Stunden, die mir gehören, hab ich nicht, / Noch Dienst, es sei denn, du befiehlst mich her …‹« Ich hatte das ganze Shakespeare-Sonett abgeschrieben und den Brief beendet mit: »Erste Reihe, Mitte. Langes, dunkles Haar.«

Dann habe ich gewartet.

Am Tag nach Semesterende bekam ich einen Brief, in dem ich gebeten wurde, mich in deiner Sprechstunde einzufinden. Ich zog mich genauso an wie sonst an der Uni: gebügelte Jeans, gestärkte weiße Bluse, Strickjacke, Collegeschuhe. Darunter allerdings trug ich das einzige Spitzenhöschen, das ich besitze, ein winziges schwarzes Teil, das ich vor einem Jahr einmal aus einer Laune heraus gekauft hatte.

Ich stand pünktlich vor deiner Bürotür, wie du es wohl auch erwartet hast, und du hast mich auf mein Klopfen hin sofort hereingerufen. Ich blieb dicht bei der Tür stehen und wartete auf weitere Anweisungen. Und ich musste nicht lange warten. Du bist zu mir herübergekommen, hast deine Hände durch mein schweres schwarzes Haar gleiten lassen, meinen Kopf zu dir herangezogen und mich geküsst.

Schauer liefen mir über den ganzen Körper, und ich musste mich an dir festhalten, um nicht das Gleichgewicht zu verlieren. Und dann hast du gesagt: »Du bist mir auch aufgefallen. Ich wollte nur warten, bis das Semester zu Ende ist.«

Ich stand wie versteinert da, während du mir die Kleider ausgezogen hast. Dann habe ich dir dabei zugeschaut, wie du dich ebenfalls ausgezogen hast, dein Jackett, dein gestärktes Hemd, deine Hose. Dein Büro hat einen bunten Teppichboden, der uns als erstes Bett genügen musste. Und schon bald lagen wir in der Neunundsechziger-Stellung, mein Haar floss über deine Schenkel, und deine Zunge erforschte meine unteren Lippen, eine Wünschelrute auf der Suche nach der Quelle meiner Lust.

Ich stöhnte, rief Worte, die dein steinharter Schwanz erstickte, und wand mich vor Lust, als ich deine langen Finger, deine wundervolle Faust in mir spürte. Du hast genau gewusst, wie du mit mir umgehen musst, wonach ich mich sehne. Du hast mich dazu gebracht, Leidenschaft und Lust zu empfinden, genauso, wie du mich dazu gebracht hast, die Worte Shakespeares zum ersten Mal richtig zu fühlen. Du hast mit den Zähnen an meiner Klitoris geknabbert, sie mit deiner Zunge umhüllt. Du hast deinen Kopf auf und ab bewegt, und dein Haar kitzelte meine Schenkel, während deine Finger mich ganz ausfüllten. Ich war so voll von unzähligen Empfindungen, und als ich dich an meiner Muschi Worte flüstern hörte, konnte ich nicht mehr unterscheiden, ob du meinen Namen oder etwas anderes sagtest.

Der Widerhall deiner Worte brachte mich zum Orgasmus, und ich hatte das Gefühl, du würdest mich auf eine höhere Ebene heben, auf der ich nie zuvor gewesen war. Und dann, als ich mich ganz diesen trägen, wunderbaren Schwingungen überließ, lauschte ich dem Schlaflied deiner Stimme, die immer noch leise weitersprach und meinen Brief mit einem eigenen Shakespeare-Sonett beantwortete.

»Den Geist versprühn in schändlicher Verschwendung, / Ist Lust im Tun; nur Lust, bis man es tat …«

Die Symphonie

Ich gehe unwahrscheinlich gern ins Konzert. Es ist so aufregend und erhebend, Teil einer jahrhundertealten Tradition zu sein, von fünfhundert Jahren klassischer Musikgeschichte eingehüllt zu werden. Ich fühle mich dabei immer als Teil eines großen Ganzen, als dürfte ich an einem heiligen Ritual teilhaben.

Aber wenn ich ganz ehrlich mit mir bin, ist das nicht der wahre Grund für meine Begeisterung. Ich gehe auch deswegen so unglaublich gern ins Konzert, weil wir uns dafür besonders elegant zurechtmachen, vor allem, wenn es eine Premierenvorstellung ist. Und du siehst einfach umwerfend aus im Smoking.

Dieses Jahr haben wir ein Abonnement, sonst hätten wir für diese ausverkaufte Premiere sicher keine Karten mehr bekommen. Kein Wunder, das Programm ist ja »äußerst viel versprechend«, wie die Moderatoren des hiesigen Klassiksenders im Radio sagen würden. Ein weltbekannter Geiger aus Moskau als Gastmusiker, der berühmte Dirigent des Symphonieorchesters und die herrliche Neunte Symphonie von Beethoven.

Und ich habe noch aus einem anderen Grund eine Schwäche für die Konzerthalle. Obwohl ich weiß, dass du ein großer Liebhaber klassischer Musik bist, wirst du doch spätestens ab dem zweiten Satz ein bisschen unruhig. Aber heute habe ich mir etwas ausgedacht, um deine Aufmerksamkeit zu fesseln. Du wirst dich zwar nicht unbedingt auf die Musik konzentrieren, aber konzentrieren wirst du dich.

Es ist dunkel im Konzertsaal, und niemand sieht, dass du deine Hand auf mein Knie gelegt und sie unter den Saum meines kurzen Abendkleids geschoben hast. Das genügt mir als Ansporn, meinen raffinierten Plan in die Tat umzusetzen. Ich drehe mich zu dir und küsse dich, lasse meine Zunge über deine Unterlippe gleiten, und dann nehme ich deine Hand und führe sie tiefer unter mein Kleid, bis unter mein Höschen.

Als deine Finger meine Muschi berühren und spüren, wie feucht sie ist, muss ich mich sehr beherrschen, um nicht aufzuschreien, nicht einmal zu stöhnen. Ich sehe, wie sich deine Augen weiten, als du spürst, wie feucht ich bin. Einen Augenblick später streift meine Hand deinen Schoß, und ich entdecke die Beule in deiner Hose.

Kurz darauf tost Applaus durch den Saal. Während die Künstler die stehenden Ovationen entgegennehmen, bleiben wir sitzen. Deine Hand liegt jetzt wieder auf meinem Knie, dein Mittelfinger glänzt von meinem Saft.

Die Lichter gehen an. »Gehen wir ins Foyer«, sagst du. »Ich könnte eine Erfrischung vertragen.«

Ich weiß wirklich nicht, warum ich denke, dass du mit mir an die Bar gehen willst. Dort ist es immer überfüllt, und wer will schon acht Dollar für einen Plastikbecher Merlot ausgeben? Aber du legst mir den Arm um die Schultern und dirigierst mich auf den Balkon. Die Konzerthalle hat einen wundervollen Balkon mit Blick über die Stadt. Ich habe selten eine so beeindruckende Aussicht gesehen. Dort draußen stehen die Raucher, die aus der Konzerthalle verbannt worden sind, mit ihren teuren französischen Zigaretten, von denen sie eine nach der anderen rauchen, als wären es Billigprodukte. Wir kommen nun schon seit Jahren hierher, und jede Saison werden es weniger. Jetzt sieht man nur noch eine Wolke Zigarettenrauch und ein paar vereinzelte ältere Semester, die in aller Ruhe paffen.

Du führst mich auf den Balkon, stellst mich vor dich und legst die Arme um mich. Dann drückst du mich sanft an das Metallgeländer.

»Schau nur, die Stadt«, sagst du scheinheilig, während deine Hände unter mein Kleid gleiten. »Ist sie nicht wunderschön?«

»Was machst du denn da?«, quieke ich, als deine Daumen sich unter mein Höschen schieben. Wenn wir ins Konzert gehen, trage ich immer sexy Unterwäsche, denn danach haben wir eigentlich immer Sex. Na gut, ich gebe ja zu, das ist wahrscheinlich der wahre Grund, warum ich so unglaublich gern ins Konzert gehe. Ich weiß nicht, ob es daran liegt, dass wir es nur zu diesem Anlass schaffen, gemeinsam auszugehen, oder dass mich Beethoven einfach scharf macht. Aber wir haben jedes Mal Sex, also trage ich immer Dessous.

Diesmal ist es ein fast transparentes Höschen aus schwarzer Spitze, und du machst kurzen Prozess damit. Ich schaue ängstlich über die Schulter und atme schwer, als du das Höschen über die weiche Wölbung meines Hinterns nach unten ziehst. Es gleitet an meinen Schenkeln herab bis zu den Fesseln.

»Zieh es ganz aus«, sagst du.

Ich werfe einen weiteren Blick über die Schultern, zu den Rauchern, die in ihre Träumereien verloren dastehen und sich über die Dinge unterhalten, über die Raucher so reden. Dann streife ich gehorsam das Höschen ab.

»Oh, schau mal!«, sagst du laut. »Da hat jemand eine Münze verloren.«

Du bückst dich und hebst mein Höschen auf. Dann richtest du dich wieder auf und wirfst es beiläufig über das Geländer.

»He!«, protestiere ich schwach. »Das war teuer, Mensch!«

Ich stelle mir den armen Passanten vor, der da ein paar Stockwerke unter uns nichts ahnend auf dem Weg in ein Restaurant ist, um gemütlich mit Freunden zu Abend zu essen, und dem plötzlich mein Höschen auf den Kopf fällt. Mein feuchtes Höschen.

»Erzähl mir nichts«, brummst du mir ins Ohr. »Das Ding war doch total durchgeweicht.«

Du hältst mich von hinten umschlungen, und deine Hände streichen über meinen Bauch. Du schirmst mich mit deinem Körper vor den Blicken der Raucher ab; trotzdem schaue ich ein paar Mal über die Schulter, um sicher zu gehen, dass sie nicht herschauen. Dann spüre ich deine Hand zwischen meinen Beinen, und mit klopfendem Herzen schließe ich die Augen.

»Mach sie wieder auf«, flüsterst du, und dein Atem ist ganz warm an meinem Ohr.

Ich gehorche, ohne weiter darüber nachzudenken. Ich will es auch gar nicht anders. Im Grunde wäre es mir egal, wenn mich sämtliche Raucher auf dem Balkon, ja sämtliche Raucher auf der ganzen Welt für eine schamlose Schlampe hielten. Ich spreize ein wenig die Beine, und deine Hand gleitet unter mein Kleid, berührt meine Muschi. Sie ist schon ganz glitschig vor Erregung, und du beginnst, sie zu liebkosen.

»Dann stimmt es also«, sagst du. »Beethoven macht dich tatsächlich geil.«

»Was soll ich sagen? Ich habe nun mal eine Schwäche für ihn.«

Ich keuche auf, als deine Finger in mich hineingleiten.

»Und für Deutsche«, sage ich. »Und Taube.«

»Drei Punkte erfüllt«, sagst du, und deine Lippen streifen meinen Nacken. »Du musst ja ganz verrückt nach ihm sein.«

»Bin ich auch.« Ich seufze. »Wenn Beethoven noch leben würde, würde ich ihn ausfindig machen und mit ihm vögeln.« Dann erschauere ich am ganzen Körper, denn du drückst deine Finger fest an meinen Kitzler, und ich presse meinen Hintern enger an dich. Ich lehne mich mit meinem ganzen Gewicht an das Geländer, achte aber darauf, meinen Kopf nicht zu weit vorzustrecken, damit ich nicht sehen muss, wer da unten mit meinem Höschen auf dem Kopf steht und vor Entrüstung zeternd nach oben deutet.

Ich weiß selbst nicht, warum ich das mache; ich kann mich einfach nicht beherrschen. Also fasse ich hinter mich, lege die Hand auf deinen Schritt und spüre durch die Smokinghose, wie steif du schon bist.

Ich drehe ein wenig den Kopf, um dich zu küssen, und meine Lippen öffnen sich dabei.

Die Raucher sind verschwunden.

»Wir verpassen den nächsten Satz«, flüstere ich.

Eigentlich will ich nicht aufhören, und du scheinst mir das auch nicht erlauben zu wollen. Aber es handelt sich immerhin um Beethoven. Ich schlüpfe aus deiner Umarmung, nehme dich bei der Hand und führe dich in die Konzerthalle zurück. Meine Schenkel sind feucht, winzige Schweißperlen sammeln sich unten am Rücken, durchnässen mein Kleid. Meine Brustwarzen sind hart, ganz unglaublich hart, und malen sich deutlich unter dem kurzen Abendkleid ab. Mein Gott, es kommt mir so nuttig vor, ein solches Kleid zu tragen, durch das man die Brustwarzen sieht. Noch dazu, wo ich weiß, dass meine Muschi darunter nackt und feucht ist.

Das Foyer ist menschenleer. Gedämpft höre ich die ersten Töne des letzten Satzes.

An der Tür zum Saal steht ein schwarz gekleideter Student mit Brille.

»Die Türen sind leider schon zu. Sie müssen warten.«

»Aber das ist doch der letzte Satz!«, protestiere ich.

»Tut mir sehr Leid.«

»Aber der Chor …«

»Ich bedauere, so sind nun mal die Vorschriften.«

Ich seufze, schließe die Augen. Ich kann nicht glauben, dass wir jetzt tatsächlich den letzten Satz versäumen, weil du mit dem Fummeln angefangen hast. Erst als ich die Augen wieder öffne und dir einen Blick zuwerfe, merke ich, dass du mich unverwandt anschaust.

»Dann müssen wir wohl gehen«, sage ich, in dem Glauben, dass du nach Hause fahren und vögeln willst.

Doch du erwiderst: »Nein, müssen wir nicht.«

Du nimmst mich bei der Hand und führst mich zurück auf den Balkon. Jetzt ist niemand mehr dort draußen, keine Menschenseele. Wir sind ganz allein hier, und du verlierst alle Hemmungen. Du drückst mich fest an das Geländer, küsst mich gierig, suchst meine Zunge mit deiner, und deine Hände liebkosen meine Brüste durch das teure Kleid hindurch. Meine erregten Brustwarzen explodieren fast, so empfindlich sind sie, und deine Finger schicken kleine Schauer durch meinen Körper, als sie daran reiben. Du greifst nach unten und schiebst mein Kleid bis zur Taille hoch. Ich spüre die kühle Nachtluft an meiner nackten Muschi. Als du mich auf den Hals küsst, taste ich nach deinem Gürtel.

Ganz leise höre ich die Symphonie im Hintergrund; der Chor mit dem Text von Schiller beginnt. Selbst aus so großer Entfernung ist die Musik noch wunderschön.

»Was ist, wenn uns jemand sieht?«, keuche ich.

»Die sollen ihre eigene Ehefrau mitbringen«, erwiderst du.

Ich hole deinen Schwanz heraus und nehme ihn mit einem leisen Stöhnen in die Hand. Ich spreize die Beine, und du drückst mich nach oben, an das kalte Metallgeländer.

»Hoffentlich hält das Geländer das aus«, sage ich.

»Ganz bestimmt. Schließlich bezahlen wir ja genug für das Abo.«

Deine Hände liegen auf meinem Hintern, so hältst du mich fest. Ich schlinge die Beine um deinen Körper und spüre deinen steifen Schwanz an meinem Schenkel. Und weil du keine Hand mehr frei hast, greife ich nach unten und führe ihn zu meiner Muschi. Er gleitet zwischen die Schamlippen, findet die Pforte und schiebt sich dann hinein. Wie immer passt er ganz genau, und ich stöhne auf, als du in mich eindringst. Deine starken Arme halten mich fest, und ich spüre, wie sich deine Hüften im selben Rhythmus mit meinen bewegen. Du schaffst es, wie immer, jeden einzelnen erregenden Punkt zu stimulieren. Dein Schwanz schiebt meine Schamlippen auseinander und reizt so meinen Kitzler, und deine Eichel berührt diesen gewissen Punkt, der mich aufkeuchen lässt. Es fühlt sich immer so gut an, wenn wir vögeln. Aber diesmal spüre ich zusätzlich noch die Aufregung, die Angst, entdeckt zu werden, am ganzen Körper.

Wie aus weiter Ferne höre ich die jubelnden Melodien der »Ode an die Freude«. Meine Lustschreie mischen sich hinein, und du drehst mich um und drückst mich mit dem Oberkörper ans Geländer. Ich klammere mich daran und sehe die Passanten, die weit unter uns entlangspazieren. Keiner von ihnen weiß, was wir hier oben machen.

Du dringst von hinten in mich ein und greifst mit der Hand nach vorn, um meinen Kitzler zu streicheln, während du mich fickst. Du weißt genau, wie du mich zum Orgasmus bringen kannst, und ich merke an der Art, wie du mich fickst, dass du genau das vorhast, dass das jetzt dein größter Wunsch ist.

Gleich werde ich kommen, passend zum Crescendo.

Ich dränge mich an dich, der seidige Stoff deines Smokings liebkost meinen Hintern. Deine Finger an meinem Kitzler bringen mich so weit, und ich klammere mich fester ans Geländer, als ich komme. Ich kann mich nicht beherrschen und schreie laut auf, stimme in den Chor ein mit meinem Flehen.

Dann spüre ich, wie deine Stöße schneller werden, und ich weiß, jetzt bist du dran. Du sorgst immer dafür, dass ich als Erste komme – das gehört zu den Dingen, die ich so an dir liebe. Aber ich spüre, dass du dich sehr zurückgehalten hast, und jetzt sind nur noch ein paar kraftvolle, erbarmungslose Stöße nötig, damit du den Höhepunkt erreichst. Dein Schwanz pulsiert in mir, und du ergießt dich in mich hinein.

Als du dich zurückziehst, verspüre ich eine Art Schmerz, eine Lücke, die die ferne Coda von Beethovens Meisterwerk nur teilweise füllt.

Ich drehe mich um, und du küsst mich, legst die Arme um mich und ziehst mich an dich.

»Hat dir die Symphonie gefallen?«, fragst du lächelnd.

»Welche Symphonie?«, frage ich zurück.

Ein dekadentes Dessert

Nach dem Abendessen verkündest du, du hättest etwas zum Dessert vorbereitet.

»Wirklich?« Ich bin überrascht. Ich wusste gar nicht, dass du kochen kannst.

»Ja, wirklich«, erwiderst du. »Um genau zu sein, werde ich jetzt das Dessert vorbereiten. Oder, um *ganz* genau zu sein …« Du fährst erst nach einer dramatischen Pause fort: »*Du* bist das Dessert.«

Du lächelst mich besonders verführerisch an, und ich verspüre eine unglaubliche Erregung, weil du mich mit einem Blick anschaust, den ich bisher nicht von dir kenne. Ich weiß, was Lust ist. Ich weiß, wie du aussiehst, wenn du erregt bist. Aber das ist etwas anderes. Etwas sehr viel Subtileres.

Rasch ziehst du mir all meine Kleider aus. Dann hebst du mich hoch und legst mich auf unseren großen Esstisch. Ich spüre die glatte Oberfläche der altmodischen, mit Kirschen bedruckten Wachstuchtischdecke und frage mich, warum ich nur so feucht werde durch das gummiartige Material. Du zwinkerst mir zu, dann ziehst du unsere Handschellen hervor, die du unter deinem Stuhl versteckt hast, und fesselst mich an den Handgelenken. Du sagst, ich solle warten, du würdest gleich wiederkommen. Und ich warte, gefesselt, und spüre, wie ich immer feuchter werde. Unter mir bildet sich schon eine kleine Pfütze, aber ich kann nichts daran ändern. Ich kann es nicht ändern, dass ich so wahnsinnig erregt bin.

Als du zurückkommst, sehe ich, dass du ein Tuch in der Hand hältst. Ich sehe es nur für einen Augenblick, denn gleich darauf legst du das schmale Stück Stoff über meine Augen und bindest es dann hinten unter meinem Haar zusammen. Kaum sind meine Augen verbunden, spüre ich, dass eine Veränderung mit mir vorgeht. Ich weiß nicht, ob das Licht noch an ist oder ob du es ausgemacht hast. Ich weiß nicht, ob du in meiner Nähe bist oder am anderen Ende des Zimmers stehst und mich beobachtest. In meinem Kopf schrillen Warnsignale, und ich rutsche unruhig auf dem Tischtuch herum, warte ungeduldig darauf, dass du endlich tust, was du vorhast. Ich höre, wie du wieder aus dem Zimmer gehst, und frage mich, wie lange du mich wohl warten lassen wirst. Willst du, dass ich dich anflehe? Und wirst du mich dann erhören?

Doch du kommst schon nach kurzer Zeit zurück, und ich höre Geräusche, die mich an die Dinge auf unserem Nachttisch denken lassen. Aber ich weiß natürlich nicht, welche der Spielzeuge und Instrumente du mitgebracht hast.

»Geduld«, sagst du. »Entspann dich, ich kümmere mich um alles.«

Als Erstes spüre ich etwas Kaltes. Etwas Eiskaltes. Eis. Ich schreie auf, als du mit einem Löffel voll schmelzendem Eis an meiner Kehle entlangstreichst und dann weiter bis zur Wölbung meiner Brüste. Ich spüre, wie die süße Flüssigkeit in jede Pore fließt, aber noch stärker spüre ich eine andere Flüssigkeit. Ohne dass ich weiß, warum, ist meine Muschi tropfnass geworden, seit ich in diese Welt des Nicht-Wissens eingetaucht bin. Du verstreichst das Eis, bis es vollkommen geschmolzen ist, und jetzt spüre ich etwas anderes, etwas Klebriges, Dickflüssiges … Sirup? Schokoladensoße? Ich atme tief durch die Nase ein, vielleicht kann ich es ja am Geruch erkennen. Und dann weiß ich es: Karamell. Deine Lieblingssoße. Und schon beginnst du, mich mit der Zunge zu bearbeiten, mich sauber zu schlecken. Und ich spüre etwas anderes, ebenso Klebriges, denn aus meiner Muschi quillt immer noch süßer Nektar hervor. Wann wirst du dich ihr widmen? Jetzt noch nicht. Noch bist du zu beschäftigt ...

Was das ist, weiß ich jetzt wirklich nicht. Du trägst es mit den Fingerspitzen auf. Es ist keine Flüssigkeit. Eine cremige Substanz ... Nein, keine Creme. Zuckerguss. Jetzt weiß ich's, Zuckerguss. Du glasierst meine Muschi mit Zuckerguss, und ich habe das Gefühl, wahnsinnig zu werden, als deine Finger auch die Innenseiten meiner Schamlippen damit bestreichen. Es ziept ein wenig, als du sie auseinander hältst. Und dann, endlich, machst du dich über mich her. Ich stelle mir vor, dass dein Mund von meinem Saft und dem Zuckerguss verschmiert ist, aber ich kann dich nicht sehen. Ich fühle nur, dass du an mir leckst, mich ausschleckst wie eine Katze ihr Schälchen mit Milch. In diesem Fall ist es allerdings eher Sahne. Süße, tropfende Sahne.

Als du dich von mir zurückziehst, stöhne ich auf, aber du bist noch nicht fertig, du hast einfach nur Lust auf die Neunundsechzig bekommen. Zuerst überrascht mich der Geschmack, aber dann merke ich, dass du dich auch mit dem Vanille-Zuckerguss bestrichen hast. Ich öffne den Mund und nehme dich in mich auf, schlucke deine Rute, ich kann mich einfach nicht mehr beherrschen. Ich lecke den Zuckerguss von deinem Schwanz, als wäre ich der hungrigste Mensch auf Erden. Und dann lecke ich nur noch deinen Schwanz. Lecke und schlecke und verschlucke ihn, und ich weiß, dass wir beide von Kopf bis Fuß mit all dem Zuckerzeug bedeckt sind. Ein dekadentes Dessert, nur für zwei.

Déjà-nude

Wir waren schon einmal hier. Das ist der erste Gedanke, der mir durch den Kopf geht, als ich dir beim Ausziehen zuschaue. Die Hitze zwischen uns ist ein Widerschein der Hitze aus einer anderen Zeit. Es ist lange her, so vage und fern, dass ich nicht darauf komme. Und dennoch: Alles, was du sagst, jedes Flüstern, jedes lustdurchtränkte Wort, erinnert an die verführerischen Dinge, die du schon einmal gesagt hast. Ich erlebe schöne Dinge wirklich gern ein zweites Mal. Und ich würde mich auch gern einfach fallen lassen und eine Wiederholung genießen. Das einzige Problem ist, dass ich zwar klar und deutlich das Gefühl habe, ein bestimmtes Ereignis noch einmal zu erleben, dass das aber diesmal eigentlich nicht sein kann. Denn es ist unser erstes Mal. Und deshalb weiß ich, dass mein Kopf mir etwas vorzugaukeln versucht, dass dies ein ganz besonders schwerer Fall eines Déjà-vu ist.

Oder vielleicht sollte ich besser sagen: eines Déjà-nude.

Zufrieden schweigend schaue ich dir dabei zu, wie du dein Jackett ausziehst und es über die Lehne meines Holzstuhls hängst. Dann beobachte ich ebenso erfreut, wie du langsam die vielen Knöpfe an deinem gestärkten weißen Hemd aufknöpfst. Du lässt dir Zeit, und das gefällt mir. Es ist das erste Mal, dass wir einander nackt sehen. Und obwohl ich das Gefühl habe, wir hätten das schon einmal gemacht, will ich doch jeden Augenblick deines langsamen, genüsslichen Striptease genießen.

Du kannst dir ein Lächeln nicht verkneifen. Wir gehören nicht zu den Menschen, die so etwas mit unbewegter Miene durchziehen. Und darum summst du auch leise ein paar Takte aus »The Stripper«, während du deine Schuhe abstreifst und deine Hose herunterziehst. Selbst das erinnert mich an irgendein imaginäres Erlebnis. Jedes Detail dieses Abends kenne ich bereits. Ich weiß, wie es sich anfühlen wird, wenn du auf dem Bett die Arme nach mir ausstrecken, mich umfassen wirst. Ich werde kichern, während du mit den Fingerspitzen die Umrisse meines Körpers nachzeichnest. Ich werde mich winden und versuchen, dir zu entkommen, aber du wirst mich nicht lassen, weil du weißt, dass ich eigentlich gar nicht entkommen will. Im Gegenteil, ich will dir sogar noch viel näher kommen.

Jetzt bist du völlig nackt, und ich bin dran. Ich stelle mich mitten auf das Bett und ziehe mein knappes, pinkfarbenes Kleid über den Kopf. Dann hüpfe ich auf der Stelle, dass die Matratze wackelt, und du streckst die Arme aus, sodass ich stolpere. Lachend fallen wir in die Kissen, und dann fängst du an, mich zu kitzeln. Ich wusste, dass du das tun wirst.

Deine Finger kennen keine Gnade, und ich spüre, wie mein Körper sich ihnen wie von selbst entgegenwölbt. Ich will deine forschenden Hände überall spüren, an den Rippen, unter dem Kinn. Ich will, dass sie mich kitzeln und liebkosen, bis ich zu erregt bin, um noch zu denken oder zu reden, bis ich so viel gelacht habe, dass ich keinen klaren Satz mehr herausbringe.

Um ehrlich zu sein, muss ich auch gar nichts sagen. Der empörend berauschende Duft meiner Erregung erfüllt die

Luft um uns, und während du mich immer noch mit deinen klugen Fingern kitzelst, mischen sich jetzt auch deine Lippen ein, gleiten immer tiefer an meinem Körper entlang, bis sie schließlich das Zentrum zwischen meinen Beinen erreichen. Ganz außer Atem vor Lachen, weiß ich doch immer noch, was zu tun ist. Das Déjà-vu-Gefühl gewinnt wieder die Oberhand und sagt mir, wie ich mich jetzt drehen muss, um uns in die Neunundsechziger-Stellung zu bringen. Ich öffne den Mund, schließe meine Lippen um deinen Schwanz und nehme ihn ganz in mich hinein. Es entspannt mich sofort, dich zu spüren. Deine Haut schmeckt so wundervoll süß und männlich. Ich kann gar nicht genug von deinem Schwanz in meinem Mund bekommen. Und während du mich zwischen den Beinen bearbeitest, mache ich dasselbe mit dir. Wie ein Spiegel, wie ein Echo folge ich deinem Rhythmus.

Aber du bist noch nicht bereit für die Zielgerade. Rasch ziehst du dich von mir zurück, und jetzt erkenne ich, dass du den Abend sehr genau geplant hast. Auf dem Nachttisch liegt eine einzelne Feder. Lang und weiß, so fein, so zart.

»Halt still«, sagst du, und ich wende meinen Blick nicht von dir ab, als du die Feder an meinem einen Arm hinauf- und am anderen hinuntergleiten lässt. Ich zittere und bebe unter diesem Reiz.

»Na komm«, sagst du. »Sonst muss ich dich festbinden.«

So etwas würde man doch eigentlich nur zu einer langjährigen Partnerin sagen. So eine beiläufig hingeworfene Bemerkung. Sei mir zu Willen, oder ich fessele dich ans Bett. Ich sehe es vor meinem geistigen Auge, und es ist das Gegenteil eines Déjà-vu. Eine Zukunftsvision, die sofort in meinem Kopf Gestalt annimmt.

Aber mir bleibt keine Zeit, weiter darüber nachzudenken, denn jetzt bearbeitest du mich sehr viel gezielter. Du fährst mit der Spitze der Feder über meinen Bauch, dann über meine Brüste und beschreibst kleine Kreise um meine Brustwarzen. Ich spüre, wie feucht ich schon bin, und ich weiß, du spürst es auch. Du musst es einfach spüren. Aber du hörst nicht auf. Du lässt die Feder zwischen meine Schenkel gleiten, am einen hinauf, am anderen herunter, du reizt meine Muschi, aber du berührst sie nicht.

Jetzt muss ich zwischen den Kicheranfällen nach Luft schnappen und bin kaum noch in der Lage, irgendetwas zu tun. Außer natürlich, dir wieder einen zu blasen. Denn ehe ich noch um Gnade bitten kann, hast du mich schon wieder in die Neunundsechziger-Stellung gebracht, und ich lutsche an dir, wie ich noch nie am Schwanz eines Mannes gelutscht habe. Mein Körper wird von heftigem Zittern geschüttelt. Ich bin immer noch erregt, brenne noch vom Kitzeln, aber jetzt verspüre ich ein sehr viel drängenderes Verlangen. Ich will dich aussaugen. Ich will jeden Tropfen aus dir trinken.

Wir sind so damit beschäftigt, den anderen zu befriedigen, dass wir unsere eigene Lust ganz aus dem Blick verlieren. Ich merke erst, dass ich mich dem Orgasmus nähere, als er da ist. Ich dränge meine Hüften an deinen Mund und spüre die wundervolle Befreiung, und während der Orgasmus mich noch schüttelt, merke ich, dass du gleichzeitig mit mir kommst und dich in meine Kehle ergießt, mich ganz ausfüllst.

Wir sind so eng miteinander verbunden, dass es eine Weile dauert, uns wieder zu entwirren und voneinander zu lösen. Und noch während wir uns bewegen, weiß ich schon, dass wir nur die Stellung wechseln für die nächste Runde. Diesmal werde ich oben sein und du genau da, wo ich dich haben will.

Und diesmal ist es dann ein echtes Déjà-vu.

Eine alte Geschichte

Wenn ich an dich denke, rieche ich den Duft von Popcorn und denke an *Mad Max*. Ich weiß, das können nur die wenigsten nachvollziehen. Es ist ja auch nicht gerade ein gängiges, romantisches Klischee. Kein romantischer Duft. Aber so ist es nun mal.

Da warst du – drei Reihen vor mir und meiner Freundin Janet. Wir saßen am Neujahrstag im Kino, von acht Uhr abends bis in die frühen Morgenstunden, und schauten uns alle drei *Mad Max*-Filme hintereinander an. Wenn ich jetzt daran zurückdenke, kommt es mir ziemlich verrückt vor, das neue Jahr auf diese Weise zu beginnen. Aber das war uns damals egal. Die Trilogie gab uns die Möglichkeit, die Zeit totzuschlagen an diesem verkaterten Tag voll bereits gebrochener guter Vorsätze. Aber nachdem ich dich gesehen hatte, bekam ich nicht mehr viel mit von dem, was auf der Leinwand vor sich ging.

Ich weiß wirklich nicht, wie es uns gelungen ist, auf dem dunklen Balkon des heruntergekommenen Kinos Kontakt aufzunehmen – aber es ist uns gelungen. Ich wusste, dass du mich auch bemerkt hast, denn du hast dich immer wieder nach mir umgedreht. Ich prägte mir dein Gesicht im merkwürdig bläulichen Licht der flimmernden Leinwand ein. In der ersten Pause hast du mich nach meinem Namen gefragt. In der zweiten hast du kurz meine Hand genommen, meine

Finger gedrückt und mich dazu gebracht, dir etwas von mir zu erzählen. Nach dem letzten Film, als es schon zu spät war, um noch vom späten Abend, und zu früh, um schon vom frühen Morgen zu reden, gingen wir nach draußen, in die Seitenstraße hinter dem Kino mit ihren graffitibeschmierten Wänden, und du hast mich dort an die Wand gedrückt und geküsst.

Ich erinnere mich an jedes Detail dieses Kusses: an deine warmen Hände, die mein Gesicht umschlossen, an deine Finger in meinem Haar. An deine rauen und zugleich weichen morgendlichen Bartstoppeln. An deine schrecklich sanften Lippen. Und ich erinnere mich an deine Erregung, an das harte, drängende Etwas an meinem Körper, als du mich leicht in die Unterlippe gebissen hast. Ich weiß auch noch, dass du mich in dieser Nacht nicht gevögelt hast, obwohl ich es dir erlaubt hätte. Obwohl ich dich auf Knien darum angefleht hätte, wenn ich nur den Mut hätte aufbringen können. Ich hätte dich gebeten, mir die Jeans auszuziehen und mich gleich dort in der Seitenstraße zu nehmen. Mich zu nehmen, bis ich schreie. Ich konnte schon spüren, wie gut sich das anfühlen würde. Ich merkte es an dem erregenden Gefühl, als du dich an mich gedrängt hast. Daran, wie feucht ich war, als ich dich an mich drückte.

Aber du hast mir nur einen Zettel in die Hand gedrückt, auf den du deinen Namen und deine Telefonnummer gekritzelt hattest. Und dann hast du mir bedeutet, zu meiner Freundin zu gehen, die auf dem Parkplatz auf mich wartete und in ihrem Cabrio schon fast eingeschlafen war, trotz der lauten Rockmusik.

»Bis dann«, hast du gesagt, als ich ging.

Und dann erinnere ich mich, wie mir das Herz klopfte und das Blut in den Ohren pochte, als ich deinen Zettel in der Hand hielt und las: *Vielleicht klingt das ja verrückt, aber ruf mich morgen an. Ich muss dich einfach kennen lernen.*

Heute war ja eigentlich schon morgen. Aber ich wartete trotzdem bis Mittag, ehe ich deine Nummer wählte, und als ich deine Stimme am anderen Ende der Leitung hörte, blieb mir die Luft weg. Ich hatte plötzlich meinen Namen vergessen und konnte nicht mehr sprechen. Doch du hast gewusst, dass ich es war, und hast eine Uhrzeit genannt und mir versprochen, mich von der Arbeit abzuholen und nach Hause zu bringen.

Wie nicht anders zu erwarten, haben wir es nicht bis nach Hause geschafft. Meine Knie wurden schon weich wie Butter, als ich deine Hand in meiner spürte. Wir kamen bis zu einem Park in der Nähe meiner Wohnung, und dort hast du mich wieder geküsst, mich gierig geküsst, und ich hatte das Gefühl zu fallen. Nie wieder habe ich seitdem einen solchen Kuss bekommen, und ich habe alle anderen Küsse an diesem einen gemessen. Hand in Hand gingen wir in die Stadt zurück, in die Seitenstraße hinter dem Kino, und diesmal hast du mich beim Küssen hochgehoben und mich an die Wand mit den Wörtern und Kritzeleien darauf gedrückt. Ich tastete mit der Hand nach deinem Hosenschlitz, versuchte, ihn zu öffnen, aber du hast nur den Kopf geschüttelt. Du wolltest nicht, dass wir auf diese Weise anfangen.

Als wir in deiner Wohnung waren, hast du mir gezeigt, was das war, wovon alle sprachen – und was so toll daran war. Du hast mich auf dein Bett gelegt und mich überall geküsst: meine Fingerspitzen, meine Brüste, die weichen Kuhlen hinten an den Knien. Du hast mich am Nacken geküsst und dann an den Rippen entlang, und als ich aufseufzte, hast du meine Beine geöffnet und mich dazwischen geküsst.

Ich war froh, gewartet zu haben, mich nicht einfach irgendeinem Jungen auf dem Rücksitz des väterlichen Wagens hingegeben zu haben. Es erregte mich, dass du mir genau das beibringen konntest, was ich unbedingt lernen wollte. Nachzugeben. Mich zurückzulehnen und es geschehen zu lassen. Ich schlug die Hände vors Gesicht, weil es sich so gut anfühlte und mir der Gedanke peinlich war, wie ich wohl dabei aussah. Wild und unbeherrscht. Diese Worte hatten bis jetzt nie zu mir gepasst.

»Nein ...«, sagtest du. »Versteck dich nicht. Ich will dich sehen ...«

Du hast meine Hände weggezogen und hast mich dann weiter geküsst und gekitzelt. Du hast deine Zunge um meine Klitoris rotieren lassen und dann in langsamen, sinnlichen Kreisen die Innenseite meiner Schenkel geleckt. Ich dachte, ich müsste in Tränen ausbrechen, so intensiv war das Lustgefühl, das dein warmer, wissender Mund mir schenkte. Ich dachte, ich müsste schreien, aber ich wusste nicht, wie. Ich konnte mich noch nie einfach gehen lassen. Ich verfing mich immer in einem Wust von Gedanken: Wie sehe ich wohl aus? Was wird er von mir denken?

»Entspann dich«, sagtest du. »Mach dir keine Gedanken. Entspann dich einfach.«

Und dann habe ich es zugelassen. Habe es zugelassen, dass du mich dorthin bringst. Durch deinen Mund und deine Finger und schließlich auch durch deinen steinharten Schwanz, den du in mich hineingestoßen hast. Du hast auf mich heruntergeschaut, während du dich in mir auf und ab bewegt hast. Du hast meinen Blick mit deinen leuchtenden Augen gefangen gehalten und mir süßen Unfug ins Ohr geflüstert. Bis ich gekommen bin. Mit dir. Durch dich. So intensiv.

Wir verbrachten den Großteil dieses letzten Semesters in deinem Bett. Ich schlich mich früher aus meinen Seminaren weg, fuhr mit dem Taxi zu dir, schwindelte, damit mir niemand auf die Schliche kam. Es fiel mir schwer, meine Freunde und meine Familie anzulügen. Schließlich war ich immer die Brave gewesen, die niemals irgendwelchen Ärger machte.

Das hatte ich auch gar nicht nötig. Auch dir habe ich nie Ärger gemacht. Ich schmolz dahin in deinem Bett, an deiner Haut, mein Mund öffnete sich wie von selbst, um deinen Schwanz in sich aufzunehmen. Ich tat, was immer du mir sagtest. Wenn du mir befahlst, mein Höschen auszuziehen und ohne mit dir auszugehen, dann tat ich das. Ich ging mit dir zum Abendessen und trug kein Höschen unter meinem kurzen Rock. Ich ließ mich in der Toilette von dir an die Wand drücken und vögeln, während sich draußen eine immer längere Schlange ungeduldiger Gäste bildete.

Alles, was ich weiß, hast du mir beigebracht. Du hast mir beigebracht, wie ich Lust schenken kann, mit meinem Mund, meinem Körper und meiner Stimme. Und du hast mir beigebracht, Lust zu empfinden und die Sehnsüchte, die in mir brennen, nicht zu verstecken. Denn ich hatte sie schon immer in mir, diese Bedürfnisse, diese Forderungen. Sie lagen verschüttet und haben darauf gewartet, dass jemand wie du zu mir kommt.

Und das hast du getan – wie der Prinz im Märchen bist du zu mir gekommen.

Doch die Sache ist die: Du konntest nicht bleiben.

Das ist meine letzte Erinnerung an dich, sechs Monate später. Ich denke nicht gern an Abschiede, denke nicht gern darüber nach, was passiert wäre, wenn ich ein anderer Mensch gewesen wäre, oder warum es nicht gehalten hat. Aber obwohl wir nicht mehr zusammen sind, obwohl ich nicht weiß, wo du bist und was aus dir geworden ist, messe ich doch alle anderen an dir. Und keiner hat es bisher auch nur annähernd geschafft, den popcornduftenden Traum von dir aus meiner Erinnerung zu tilgen.

Unberührt

Wenn man anfängt, sich in dieser Welt zu bewegen, fühlt man sich ja noch als Entdecker. Man ist noch so naiv. Man glaubt tatsächlich, man hätte etwas völlig Neues entdeckt. Aber natürlich nur so lange, bis man sich richtig darauf einlässt, die wahre Welt entdeckt, die da unter der unseren existiert. Das Paralleluniversum, das sich um dieselbe Achse, aber in entgegengesetzter Richtung dreht. Die Alternative.

Dann kann man plötzlich einen Blick hinter verschlossene Türen werfen, und man erkennt, dass es nichts Neues mehr zu entdecken gibt. Absolut nichts, das nicht irgendjemand irgendwo bereits getan hat. Und wahrscheinlich hundertmal besser als man selbst, blutiger Anfänger, der man ist.

Ich will damit natürlich nicht sagen, dass innerhalb der Grenzen keine Veränderungen möglich sind. Man bringt auf jeden Fall etwas Unverwechselbares in die Szene ein. Man bringt sein ganz persönliches *Je ne sais quoi* mit, den eigenen Stallgeruch gewissermaßen. Doch das Einzige, das tatsächlich nur einem Menschen gehört, das einzige Persönliche, wahrhaft Unverwechselbare ist seine DNS. Und sogar die hat er nicht selbst entwickelt. Die Anerkennung dafür gebührt den Eltern, Großeltern und übrigen Vorfahren.

Ich bin allerdings ein Dickkopf. Es hat sehr lange gedauert, bis ich diese einfachen Tatsachen begriffen habe. Ich musste gegen Wände laufen und sie mit meinen eigenen Händen einreißen. Und schließlich musste ich dir begegnen.

Als ich jünger war, habe ich immer versucht, einen Ort zu finden, den kein anderer Mensch je betreten hat – ein Stückchen Welt, das ich mein Eigen nennen konnte. Wenn ich früher einen Strand entlangging, dachte ich: »Genau hier ist noch nie jemand gewesen.« Aber dann sah ich eine Fußspur und musste die Formulierung meinen Bedürfnissen entsprechend abändern: »Genau hier ist noch nie jemand gewesen, der genau diesen Badeanzug getragen hat. Kein Mensch mit lockigem, schwarzem Haar, schokoladenbraunen Augen und einem Muttermal, das aussieht wie der italienische Stiefel, stand je in genau diesem Moment an genau diesem Fleck.« Und das ist ja ein bisschen zu weit hergeholt, um noch originell zu sein.

Ich muss über mich selbst lachen. Obwohl ich diese Phase längst überwunden habe, erinnere ich mich noch genau an das Gefühl der Verzweiflung, an diese Sehnsucht nach Originalität. Manche Menschen haben dieses Bedürfnis, etwas zu finden, zu besitzen, jungfräuliches, unberührtes Land zu entdecken. Und genau das glaubte ich zu tun, als ich dir zum ersten Mal erlaubte, ein Nietenhalsband aus Leder um meinen Hals zu legen und eine klirrende silberfarbene Kette daran zu befestigen.

Für mich war das neu, das kann ich ganz ehrlich sagen. Vollkommen neu. Das erschreckend erregende Gefühl, deinem Willen unterworfen zu sein. Oder, um genau zu sein, deiner Lust.

Aber wie konnte ich mir nur einreden, dass wir sexuelle Pioniere wären? Ich bin schließlich nicht dumm. Ich wusste doch, dass du unser Spielzeug irgendwo kaufen musstest, dass es sogar eine Fabrik geben musste, die die Sachen herstellt. Und trotzdem habe ich es geschafft, mir einzureden, dass unsere Spiele, das, was wir da trieben, nur uns allein gehörten. Mich aufreizend anzuziehen und dein kleines Mädchen zu spielen. Dich »Daddy« zu nennen, dein unartiges Schulmädchen zu sein, deine kleine Schlampe. Mich mit Fellen zu behängen und die Starke zu spielen.

Ein einziger Witz, das Ganze.

Als ich schließlich in die Szene kam, fand ich schnell heraus, dass ich all das nicht nur nicht entdeckt hatte, sondern dass alle anderen es schon kannten. Alle. Es war, als hätte ich herausgefunden, dass man mir ein Geheimnis verschwiegen hatte. Oder als wäre ich in der Grundschule nicht zu einem Geburtstagsfest eingeladen worden. Ich fühlte mich wie eine Versagerin.

Noch schlimmer.

Ich fühlte mich verloren.

Aber ich gehörte trotzdem zu den Auserwählten. Denn du hast mich gefunden … mich beansprucht … und mich dir zu Eigen gemacht. Ich war unberührt, ein Buch mit leeren Seiten, das beschrieben werden, ein leeres Glas, das mit Whiskey gefüllt werden wollte, ein nacktes Handgelenk, das nur auf die engen, metallenen Fesseln wartete. Ich war unberührt und rein. Und du hast mich gefunden und mich über und über beschmutzt.

»Du gehörst mir«, sagtest du. »Du gehörst mir.« Die ersten Worte, die du mir im Old Joe's zugeflüstert hast – direkt ins Ohr, denn die Rhythmusgruppe der Band ließ die Wände förmlich erzittern, und die Menschen um uns herum lachten lauthals über irgendeine lustige Geschichte, die die Bardame gerade erzählt hatte.

Ich senkte meine schwarz getuschten Wimpern und neigte den Kopf leicht in deine Richtung. Ich hatte zwar verstanden, was du gesagt hast, aber ich wollte ganz sicher sein. Du hast die Geste sofort verstanden, deinen starken, dunklen Arm um mich gelegt und mich näher an dich gezogen. Wir hätten einander kaum noch näher kommen können. Nichts als Blut und Knochen und dünne, zarte Haut trennte unsere klopfenden Herzen und die steifen und feuchten Teile unserer Körper.

»Du gehörst mir.« Dein Arm umschlang mich fest, und ich spürte, wie sich die silberfarbene Kette an deiner Brieftasche in meinen Schenkel bohrte. »Na los, Mädchen, es ist Zeit zu gehen.«

Entdeckt. (Aber nein. Nur *wieder*entdeckt.)

Ich ging bereitwillig mit – jetzt kann ich ja sagen, dass ich es bereitwillig tat. Ich folgte dir durch die Menge der Tänzer unterschiedlicher Hautfarbe und unterschiedlichen Geschlechts, den dunklen Gang entlang und zur Hintertür hinaus. Die kühle Luft, die mir entgegenschlug, ließ mich erstarren, und ich merkte, dass ich meinen Mantel in der Bar vergessen hatte. Doch ich brauchte mir keine Gedanken zu machen, denn schon umfingen mich deine starken Arme wieder, wärmten mich und führten mich zu deinem leuchtend roten Lieferwagen.

»Ich hab dich schon öfter gesehen, Baby, aber nie allein.«

»Wir haben uns getrennt«, sagte ich und deutete auf meinen Finger, an dem früher ein Ring gesteckt hatte und nun keiner mehr war. (Aber er war einmal dort, das ist wichtig. Es gab schließlich keinen Fleck an meinem Körper, den nicht bereits jemand für sich beansprucht hatte.)

»Was hast du dann hier verloren, Süße? Das ist doch bestimmt seine Stammkneipe?«

Ich schüttelte den Kopf, schüttelte mein langes schwarzes Haar, sodass es meine Wange kitzelte und den Teil meines

Rückens, den das Kleid nicht bedeckte. »Oh, nein, Sir. Das war immer schon *meine* Stammkneipe.« Es ging hier schließlich um Beanspruchen. Darum, sich etwas zu Eigen zu machen.

»Na gut. Aber was machst du heute hier, Süße? Was suchst du?«

Einen Schritt näher, einen weiteren Schritt weg von meiner Vergangenheit und hin zur erregenden, gefährlichen Zukunft – in die enge, erstickende Gegenwart, die mich umklammert hält. »Sie.« Ein Lachen, das gar nicht nach mir klang. Ein Lachen und ein Blick unter den Wimpern hervor, der verschämt wirken, mein Vertrauen in deine Kraft offenbaren sollte. »Ich habe auf Sie gewartet.«

Kein weiteres Wort mehr, nur dein fester Griff um mein Handgelenk, als du mich zum Lieferwagen geführt hast. Das melodische Klirren des Schlüssels im Schloss, das Klicken der Tür, die sich öffnete, um mich zu verschlingen. Deine Hand an meinem Hintern, die mich auf den Sitz schob. Und dann Stille. Die Erde schien sich langsamer zu drehen, als du um den Lieferwagen herumgingst und auf der Fahrerseite einstiegst.

»Du hast also auf mich gewartet«, sagtest du leise, als der Motor ansprang und wir vom Parkplatz fuhren. »Was weißt du denn über mich?«

Ich hielt den Kopf gesenkt, starrte in meinen Schoß, um zu sehen, ob die Feuchtigkeit vielleicht schon durch Höschen, Strumpfhose, Unterrock und den schwarzen Jerseystoff gedrungen war. »Ich weiß …« Ein Herzschlag. »Ich weiß, was Sie tun.«

Nimm mich. Besitz mich. Entdecke mich neu.

Jetzt lachtest du, jetzt fandest du etwas komisch, das gar nicht komisch war.

»Soso, das weißt du? Woher denn?«

Wir bogen von der Hauptstraße nach links ab, in die kurvigen Straßen des angrenzenden Wohngebiets. Es ist keine schöne Gegend, aber die meisten Leute, die ins Old Joe's kommen, wohnen hier. Wohnhäuser mit verfallenen Backsteinfassaden und kleine, vergessene Bungalows, die nicht so viel Platz brauchen, dass sie irgendwem im Weg wären. Zwischen den Häusern sind Wäscheleinen gespannt, und daran hängen zerschlissene, bunte T-Shirts und Jeans im Wind, wie kaputte, vergessene Drachen, die sich in den Bäumen verfangen haben.

»Woher weißt du das?« Beim zweiten Mal klang deine Stimme düsterer, und ich erkannte sofort, dass du eine Antwort erwartest, wenn du eine Frage stellst.

»Von Trinket«, murmelte ich – das war der Spitzname der Bardame, Katarina. »Trinket hat mir von Ihnen erzählt und von den Dingen, die sie mit Ihnen gemacht hat. Die Sie mit ihr gemacht haben.«

»Hat sie es dir auch gezeigt?«

»Ja« – ein Zögern –, »Sir.«

»Hat sie dir alles gezeigt?«

Ein bebendes Kopfnicken und dann wieder: »Ja, Sir.«

»Und trotzdem willst du noch mit mir zusammen sein?«

»Nein, Sir. Ich will … Ihnen gehören.«

»Aha«, sagtest du, und in deiner Stimme klang ein Lächeln mit. Ich hörte es, obwohl ich nicht aufzublicken wagte. »Aber, Süße, das ist dasselbe. Wenn du mit mir zusammen bist, gehörst du mir auch. Das ist schließlich der Sinn der Übung.«

Das hatte mir die Tätowierung auf Trinkets Rücken schon offenbart, die ineinander fließenden Farben, die verschlungenen Muster. Das Schloss in der Mitte, in das das Wort »Sklavin« förmlich hineingeschnitzt war. Es war mehr als nur eine Auszeichnung, dir zu gehören – es war eine Verpflichtung auf Lebenszeit.

Wir hatten dein Studio erreicht, eine umgebaute Garage hinter deinem kleinen Haus. Ich hatte natürlich schon davon gehört, war aber noch nie dort gewesen. Man kam nur auf persönliche Einladung dorthin. Es war eine private Veranstaltung, und wer das Codewort nicht kannte, kam nicht hinein. Ich wartete, bis du den Motor ausgeschaltet hattest, zu meiner Seite herüberkamst, um mir die Tür zu öffnen. So bist du. Auch das hatte ich bereits gehört. Du spielst mit Umgangsformen, wie andere Leute mit ihren Haaren spielen oder an ihrer Unterlippe nagen, wenn sie nervös sind. Deine guten Manieren sind wie ein Tic. Du hältst deinen Frauen die Tür auf, rückst ihnen den Stuhl zurecht, und du zahlst jedes Mal. Du zahlst mit Geld, doch die Frauen, mit denen du dich umgibst, zahlen sehr viel mehr.

Deine Hand glitt von meinem Handgelenk zu meinem Unterarm hinauf, und deine Faust schloss sich fest darum, als wolltest du meine Muskeln testen, als würdest du dich fragen, ob ich kräftig genug bin, mich zur Wehr zu setzen. Aber ich hätte mich nicht gewehrt. Das hätte ich dir gern gesagt. Denn jedes Mal, wenn du mich berührt hast, geschah es: Ich fühlte mich neu. Als deine Hände über meine Arme wanderten, sie drückten und wieder losließen, hatte ich das Gefühl, neu geformt zu werden.

Erschaffe mich, wollte ich betteln. *Mach etwas Neues aus mir. Etwas, das dir gehört.*

Du Vasco da Gama der Liebe …

Ich fragte mich, ob wir zuerst ins Haus gehen oder im Studio anfangen würden. Ich wusste, was ich wollte, aber ich würde kein Wort sagen, solange du mir keine Fragen stellen würdest. Auch hier wieder die Regeln, die Vorschriften. Sie sind so wichtig für eine funktionierende Szene. Und unverzichtbar für eine aufkeimende Beziehung. Wie beim Tanzen, beim Twostepp, muss man auch hier zusammenarbeiten. Wenn einer von beiden ausrutscht oder stolpert, kann die Peinlichkeit die neue Liebesbeziehung im Keim ersticken. Jeder gute Tänzer wird das bestätigen: Man muss den Partner beobachten, aus der Art der Berührungen lernen, aus der Miene des Partners, selbst aus dem Rhythmus seines Atems.

Man schaut ihm nie auf die Füße – denn das zerstört den Zauber. Man schaut dem Partner in die Augen, oder man schließt die Augen und schaut in seine Seele.

Und bei dir war da noch etwas anderes, etwas, das über das einfache, triviale Eins-Zwei-Drei, Eins-Zwei-Drei hinausging. Da war etwas viel Dunkleres in deinen tief liegenden Augen, deinen starken Händen, der wissenden Miene, mit der du mich ansahst.

»Trinket hat es dir gezeigt. Aber du hast noch nicht ganz begriffen, stimmt's?«

Ich biss mir auf die Lippen, um mich daran zu hindern, etwas Dummes zu sagen. Du hattest Recht. Ich begriff noch nicht ganz. Mich trieb das Verlangen an, nicht das Wissen.

»Stell mir Fragen«, sagtest du. »Ich will wissen, was du wissen willst. Ich will wissen, was du denkst.«

»Wie viele?«, murmelte ich. Ich erkannte, wie sorgfältig du die Situation arrangiert hattest: Du standst, ich saß, du warst draußen im Freien, ich gefangen im Metallkäfig des Wagens. Alles hatte eine Bedeutung – alles hatte eine neue Bedeutung.

»Wie viele … Frauen?«, beendete ich die Frage, denn ich wusste, du würdest dir nicht die Mühe machen zu erraten, was ich meinte. Du würdest warten, bis ich konkreter wurde.

»Spielt das eine Rolle?«

Ich überlegte. »Nein.« Es spielte absolut keine Rolle. Ich hatte mich einfach nur aus Neugier gefragt, wie viele der Frauen im Old Joe's, im Sindy's oder im Marlena's Watering Hole dir wohl gehörten. Aber es hatte keinerlei Auswirkung auf mich.

»Nächste Frage.« Deine Hand auf meinem Knie gab mir die Kraft weiterzusprechen.

»Wie lange wird es dauern?«

»Ewig.«

»Ich meine das Kunstwerk.«

»Ewig.«

Ich schüttelte den Kopf. »Das verstehe ich nicht.«

»Ich habe auf dich gewartet. Das verstehst du doch, oder? Ich habe ebenso auf dich gewartet, wie du auf mich gewartet hast. Du wirst mein ewiges Kunstwerk sein. Mein einziges. Die anderen waren nur Training für mich. War es nicht auch so mit dir und ihm?«

Ich nickte. Das hatte ich nicht einmal zu hoffen gewagt. Ich wollte einfach … was wollte ich eigentlich? Ich wollte es einfach nur spüren, das Licht sehen, das in Trinkets Augen leuchtete. Wollte spüren, dass die Erde aufhörte, sich unter mir zu drehen, diese alternative Welt, das Paralleluniversum, wollte gähnen, mich strecken und wieder neu zum Leben erwachen.

»Ja, Sir«, sagte ich leise. »Ja, Sir, das verstehe ich.«

»Willst du das?«

Mit Nachdruck: »Oh, ja. Mehr als alles andere.«

»Gut.« Deine Hand glitt von meinem Knie an meinem Schenkel entlang, hinauf zwischen meine Beine. Dort umfasste sie mich mit einem Druck, den ich nicht gewohnt war. »Du wirst mir gehören«, sagtest du. »Das hier gehört mir.«

Ich nickte. »Jawohl, Sir.«

»Komm mit.«

Ich stieg aus dem Lieferwagen, warf die Tür hinter mir zu und folgte dir zur Garage. Ich sah zu, wie du das Vorhängeschloss und die Kette entferntest, die hölzerne Schiebetür öffnetest und dann einen Schritt zurücktratst, um mir den Vortritt zu lassen. Ich ging vor dir hinein, in völlige Dunkelheit, sodass ich nichts von dem Raum erkennen konnte. Mit einem Klicken hast du das Licht angeschaltet, und der Raum erstrahlte in seiner ganzen modernen Schönheit.

Deine Garage war ein Tätowierstudio. Der Stuhl, die Musterblätter an den Wänden, die Nadeln, die Farben – alles war da, steril und ordentlich. Grinsende Schädel blickten auf mich herab. Rosen rankten sich um Dolche. Tiger stolzierten auf und ab. Schwarze Reihen schimmernder Skelette. Alles von deiner Hand. Alles von der Hand eines Meisters.

»Du wirst nicht selbst aussuchen«, sagtest du beiläufig, während du Nadeln und Farbe zurechtlegtest.

»Ich weiß.«

»Aber du darfst mir sagen, was dir gefällt.«

Ich ging durch den Raum, betrachtete die Wände und versuchte zu entscheiden, welches Bild mir am besten gefiel. Aber weil sie alle von dir waren, war ich nicht in der Lage, eines den anderen vorzuziehen. Alle waren sie von so unmittelbarer Schönheit, verströmten ein inneres Strahlen, ganz anders als die Arbeiten anderer Künstler, die ich bereits in anderen Tätowierstudios gesehen hatte.

»Dir gefällt also gar nichts?«

»Mir gefällt alles.«

Du legtest deine Werkzeuge aus der Hand, kamst zu mir herüber, um mein Gesicht mit den Händen zu umfassen und mich zu küssen. »Du weißt, dass ich davon lebe?«

»Ja.«

»Und dir ist klar, dass ich auch in Zukunft noch andere Leute tätowieren werde?«

»Ja.«

»Aber von jetzt an werde ich nur noch dich mit meinen eigenen Entwürfen tätowieren. Du wirst dir keines der Motive an den Wänden aussuchen. Du wirst dich nicht für Tiger entscheiden oder für Frauen hinter halb offenen Türen. Für dich gibt es keine Raben auf Fensterbänken und keine Bettys in Pin-up-Posen. Ich kreiere Kunstwerke für deinen Körper, für deine Haut, und du wirst die Augen schließen und den Schmerz der Nadel spüren, die sich unter deine Haut bohrt, bis in deine Seele.«

»Ja.«

»Du wirst mir gehören.« Du sahst mich an mit deinen dunklen Augen in deinem dunklen Gesicht. »Nein, du *gehörst* mir bereits.«

Du hast mich zu dem Stuhl geführt und mich dann mit den Lederriemen festgebunden. Dann hast du eine Schere unter mein Kleid und meinen Unterrock geschoben und beides bis zum Hals hinauf aufgeschnitten. Ich erzitterte unter der Berührung des kalten Metalls auf meiner Haut, doch ich hielt so still wie möglich, als du mein zerschnittenes Kleid auseinander geschoben und meine helle Haut freigelegt hast.

Deine Finger prüften jeden Zentimeter meines Körpers, wie ein Maler seine Leinwand prüft, um festzustellen, ob sie auch wirklich gleichmäßig in den Rahmen gespannt ist. Du hast meinen Hals, meine Brüste, meine Rippen gestreichelt. Du hast beide Handflächen auf meinen Bauch gelegt und die Stelle berührt, unter der mein Puls immer noch raste. Du hast deine Hand um meinen Venushügel gelegt, der noch vom Höschen verborgen war, und als du die Feuchtigkeit gespürt hast, die durch das Höschen hindurch an deine Finger drang, hast du gelächelt.

»Wir fangen gleich heute Nacht an«, sagtest du. »Ich werde dir nicht verraten, was ich mache. Und ich arbeite nicht nach bestimmten Vorlagen, sondern nur nach den Bildern, die ich vor meinem inneren Auge sehe.«

»Oh, ja ...«

Nimm mich. Besitz mich. Entdecke mich neu.

Du hast die Nadel vorbereitet, die erste Farbe ausgewählt – ein dunkles Blutrot – und dich mir genähert. Und mit deiner Unterstützung habe ich endlich etwas Neues entdeckt. Mit deiner Hilfe habe ich mich selbst neu entdeckt.

Das Blind Date

Du hast gesagt, der Mann wäre genau das Richtige für mich. Genau das, was ich suchte.

»Woher weißt du denn, was ich suche?«, fragte ich.

»Vertrau mir«, sagtest du augenzwinkernd. »Ich weiß es.« Und dann fügtest du lächelnd hinzu: »Manchmal gibt es nichts Besseres als ein Blind Date. Der Reiz der Vorfreude. Die Aussicht, dass etwas Großartiges passieren kann.«

Ich atmete tief durch und dachte darüber nach. Ich hatte schon eine ganze Weile keine Verabredung mehr gehabt. Zumindest keine richtige. Ich hatte eine wilde Zeit hinter mir, hatte mich vielleicht ein bisschen zu viel in den einschlägigen Bars herumgetrieben, war in fremden Betten aufgewacht, hatte mich weggeschlichen, wenn die Besitzer dieser Betten noch schliefen, und dann gleich damit begonnen, die Aktivitäten des vergangenen Abends zu analysieren.

»Nur ein Abend«, hast du mir versprochen und dir dabei mit den Fingern das dunkle Haar aus den Augen gestrichen. »Was ist schon ein Abend im Vergleich zu deinem ganzen Leben?«

»Na gut«, sagte ich, eigentlich nur, weil ich wollte, dass du endlich Ruhe gibst. Wenn du dich einmal in eine Idee verbeißt, lässt du nicht so leicht wieder locker. Aber als ich mich an diesem Samstagabend umzog, musste ich doch feststellen, dass ich aufgeregt war. Nervös, mit Schmetterlingen im Bauch. Ich widmete mich ganz besonders sorgfältig meinem Make-up und legte den neuen, goldenen Eyeliner auf, den ich aus einer Laune heraus gekauft hatte. Das gab meinen dunklen Augen etwas von Kleopatra und sah recht sexy aus. Ich bürstete mein dichtes schwarzes Haar, bis es einen leichten bläulichen Schimmer annahm.

Dann stand ich da in meiner schwarzen Spitzenunterwäsche und quälte mich mit der Kleiderfrage. Schließlich entschied ich mich für ein dunkelrotes Kleid, das ich noch nie getragen hatte und das mich schon lange spöttisch aus meinem Kleiderschrank angrinste. Dann zog ich die roten Highheels an, die ich mir damals dazu gekauft hatte.

Als ich gerade Parfüm auf die Handgelenke tupfte – einen Duft mit dem schönen Namen »Curve«, den ich hauptsächlich wegen des Flakons gekauft hatte –, klingelte es an der Tür. Ich lächelte meinem Spiegelbild noch einmal im Garderobenspiegel zu und öffnete die Tür, um mein Blind Date kennen zu lernen.

Ich muss zugeben, dass ich nicht gleich begriff, als ich dich dort stehen sah. »Was gibt's denn?«

»Bist du fertig?«, fragtest du und gingst an mir vorbei ins Wohnzimmer. Du hattest einen riesigen Blumenstrauß im Arm, und dein schlanker, durchtrainierter Körper war in eine Lederhose und eine Lederweste gehüllt. Ich folgte dir und sah zu, wie du es dir auf meinem Sofa gemütlich machtest. Du hast da schon so oft gesessen, doch diesmal kamst du mir vor wie ein Fremder.

»Wen hast du denn erwartet?«, fragtest du, und ich fühlte mich wie die letzte Idiotin.

»Ach …«, stotterte ich. »Dich natürlich. Dich. Ich wusste doch gleich, dass du es bist.« Und vielleicht lag es ja daran, dass ich immer weiter geplappert habe. Jedenfalls bist du aufgestanden, hast mich um die Taille gefasst und mir mit deinen Lippen den Mund verschlossen. Was auch immer der Grund war, der Kuss tat seine Wirkung. Er brachte mich zum Schweigen, und mein Körper erwachte in deinen Armen zum Leben, während meine Stimmbänder den Dienst versagten.

Du hast dich wieder von mir gelöst und gesagt: »Du weißt doch, dass ich der Richtige für dich bin. Denk mal darüber nach – ich ziehe dir solange das Kleid aus.« Ich blieb regungslos stehen, während du den Reißverschluss geöffnet, meinen BH aufgemacht und meine Strapse gelöst hast. Ich dachte daran, wie viel Spaß wir immer miteinander hatten und dass wir die Sätze des anderen beenden konnten wie ein altes Ehepaar. Dann hörte ich auf zu denken, denn du hast mich über das Sofa gelegt und deine Lederhose aufgemacht. Ich spürte das Leder an meiner nackten Haut, und dann hast du deinen Schwanz, der nur allzu willig war, in mich hineingestoßen.

Ich krallte mich in die Sofakissen, um nicht das Gleichgewicht zu verlieren, doch davon wolltest du nichts wissen. Du hattest offensichtlich beschlossen, mich immer weiter zu überraschen. Und so hast du nach meinen Handgelenken gegriffen, mir die Arme auf den Rücken gezogen und beide Handgelenke mit einer deiner großen Hände umfasst. Ich habe mich nicht allzu stark zur Wehr gesetzt, nicht einmal, als ich die Handschellen spürte, die sich um meine Handgelenke legten und sich mit einem klickenden Geräusch schlossen. Du warst gut vorbereitet.

»Nimm das«, hast du gesagt. »Du verdienst es … für die vielen Male, die du mir von deinem nuttigen Verhalten erzählt hast. Für die vielen Male, die du mich gezwungen hast, dir zuzuhören, anstatt mich endlich das tun zu lassen, was wir zwei schon vor langer, langer Zeit hätten tun sollen.« Gefesselt wie ich war, blieb mir keine andere Wahl. Aber ich wollte auch keine andere Wahl. Ich fühlte deine Stöße in den tiefsten Winkeln meines Körpers und genoss es. Jeder Stoß war vollkommen.

»Jetzt brauchst du dich nicht mehr nach Hause zu schleichen«, sagtest du.

Ich zitterte, konnte nicht antworten.

»Jetzt musst du meinen Anblick ertragen, jeden Morgen, in unserem Bett.«

Du wusstest genau, wie ich berührt werden wollte, und deine harte Hand landete fest und nachdrücklich auf meinem Hintern. Mehrmals, im selben Rhythmus, in dem du mich ficktest.

Du hast in vielen Dingen Recht. Deswegen warst du ja auch immer mein engster Vertrauter. Auch mit uns hattest du Recht. Bei uns passt alles zusammen, unsere Körper und unsere Sehnsüchte. Du bist auf mir geritten, hast mich an das Sofa gedrückt, hast mir wehgetan und mich gleichzeitig zum Orgasmus gebracht. Es war himmlisch. Und danach, mitten in das wohlige, warme Gefühl hinein, hast du deine weisen Worte wiederholt: »Manchmal gibt es nichts Besseres als ein Blind Date.«

Und weil ich jetzt wusste, dass du Recht hattest, lächelte ich nur.

Es steht dir gut

Mancher Mann würde in so einer Aufmachung albern aussehen. Du nicht. Im Gegenteil, du siehst heiß darin aus und bereit, wie eine reife Frucht. Als du aus dem Schlafzimmer kommst, in dem schwarzen Korsett, das ich dir gekauft habe, den halterlosen Netzstrümpfen und den spitzen Highheels, kann ich nur daran denken, dass ich dich vögeln will. Aber ich schaffe es, mich zurückzuhalten, zwinge mich dazu, es langsam anzugehen. Ich sehe die Bilder schon vor meinem geistigen Auge. Ich sehe, wie ich mich an deinen Körper schmiege. Das zarte, weiche, teure Material an meiner Haut spüre und zwischen all der Spitze, oberhalb der Strümpfe, unter dem seidigen Stoff, deine Haut. Ich will mit den Fingern das Stoffhindernis überwinden und dich berühren. Dich einfach nur berühren. Und dann will ich dich vornüber beugen, dir das Spielzeug präsentieren, das ich mir umgeschnallt habe, und dir zeigen, wie es ist, genommen zu werden.

Du bist bereit dafür, nicht wahr? Du bist bereit, das zu erleben.

Mit einer Hand machst du mir vorsichtig ein Zeichen, zu dir zu kommen, und ich folge dir ins Schlafzimmer und setze mich auf den Bettrand, versuche, dich ganz mit den Augen zu verschlingen. Aber das ist gar nicht so leicht, denn ich weiß nicht, wo ich zuerst hinschauen soll.

Dein Haar ist von einem so hellen Blond, dass es im Sonnenlicht fast weiß aussieht. Hier, in unserem spärlich beleuchteten Zimmer, wirkt es wie eine blasse Wolke. Und dazu deine sonnengebräunte Haut, deine blauen Augen und deine süßen, vollen Lippen – ich finde dich einfach zum Anbeißen.

»Das ist schon irgendwie komisch …«, sagst du und deutest auf dein Spiegelbild, das der große Spiegel in der Kleiderschranktür zurückwirft. Mag sein. Vielleicht hast du dich ja nie zuvor so hübsch gesehen, und jetzt weißt du nicht, wie du mit dem Anblick umgehen sollst. Aber heute verwirklichen wir meine Fantasie, und du hast mir versprochen, dass ich dich ausstaffieren darf, wie ich will. Und du tust das ja nicht nur, weil du so ein netter Mensch bist; du weißt, ich werde dasselbe für dich tun, wenn du an der Reihe bist. Wenn du bestimmen darfst, kannst du mich in die Kostüme deiner dunkelsten Träume stecken. Du darfst mich wie eine Prinzessin anziehen, mit durchscheinendem, weißem Kleid und Petticoat. Oder wie eine Nutte auf dem Straßenstrich, in billigen Lackklamotten und schenkelhohen Stiefeln. Du darfst mich nackt zu einem Rocksong aus deiner Highschool-Zeit für dich tanzen lassen, zu irgendwas von Led Zeppelin oder Pink Floyd.

Aber jetzt bin ich dran. Als ich mich dir nähere, mich hinter dich stelle und dich berühre, merke ich, dass du gar nichts dagegen hast. Woran ich das wohl merke? Ich sehe, wie dein Schwanz das enge schwarze Satinhöschen ausbeult. Ein Schwanz und ein Höschen. Man sollte nicht glauben, dass diese beiden Dinge zusammenpassen. Aber das tun sie. Und wie. Ich habe selten etwas Erotischeres gesehen als deinen Schwanz, umhüllt von diesem zarten Höschen. Er drückt sich gegen den weichen Stoff, fordert Aufmerksamkeit.

Und ich weiß jetzt ganz genau, was ich tun will – was ich tun muss –, und du wirst mich nicht davon abhalten, da bin ich ziemlich sicher. Ich frage nicht lange, sondern knie mich hin, während du den Blick nicht von mir lässt, und gleite mit den Händen an deinen bestrumpften Beinen entlang. Die Netzstrümpfe fühlen sich wunderbar an unter meinen Händen. Ich habe selbst schon solche Strümpfe getragen, aber ich wusste nicht, wie sie sich von außen anfühlen. Jetzt kann ich verstehen, warum sie so erotisch sind. Ich sehe deine Beine, kann deine Haut berühren, und trotzdem ist da noch eine Grenze zwischen uns. Ich streichele dich weiter, und schließlich wandert meine Hand hinauf zum Höschen.

Wenn du eine Frau wärst, wäre dein Höschen jetzt schon ganz feucht in der Mitte. Ich könnte den Nektar deiner Erregung spüren und schmecken. Aber du bist ein Mann, und dein harter Schwanz zeichnet sich verlockend unter dem Stoff ab.

Wie steif er ist.

Ich drücke meine Lippen durch den Satinstoff an deinen Schwanz und fahre mit der Zunge daran entlang.

»Oh, ja«, stöhnst du und klingst dabei genau wie der Mann, den ich kenne. Wie der Mann, mit dem ich lebe, mit dem ich schlafe und in dessen Arme ich mich kuschele. Wie der Mann, für den ich mich nach vorn beuge, auf dem ich reite und dem ich einen blase. Aber wenn ich dich anschaue, dich in dieser Verkleidung sehe, bist du doch ein anderer. Meine Frau. Meine Mann-Frau. Mein Spielzeug.

Ich will dich in meinem Mund haben, und außerdem will ich dich aufs Bett werfen und ficken. Dich ganz einfach ficken. Selten stand mir eine Vorstellung so klar vor Augen. Und obwohl wir ein solches Spiel noch nie gespielt haben, weiß ich trotzdem irgendwie, wie es sich anfühlen wird. Ich werde die Führung übernehmen und dich durch meine Macht zum Orgasmus bringen. Und obwohl ich nichts lieber tun will, als sofort auf diese Ziellinie zuzusprinten, zwinge ich mich doch, langsam vorzugehen, den Abend so lang wie möglich werden zu lassen. Für mich ist das wie ein Geschenk. Du bist wie ein Geschenk für mich, verpackt in das schimmernde Papier, das ich mir ausgesucht habe. Also muss ich mir jetzt Zeit lassen. Ich lecke durch das Höschen hindurch an deinem Schwanz und mache den Stoff dort nass, wo du ihn nicht nass machen kannst. Du seufzt auf, und das treibt mich noch weiter an. Ich öffne den Mund, befeuchte meine Lippen und nehme deinen vom Satinstoff umhüllten Schwanz so weit wie möglich in den Mund. Du versuchst, mir zu helfen, schiebst gierig die Hüften vor und flehst mich mit deinem Körper an, dir die Berührung zu gewähren, nach der du dich so sehnst.

Aber ich habe es gern, wenn die Dinge anfangs noch verhüllt sind. Wenn ich von dir mit der Zunge verwöhnt werde, genieße ich die Augenblicke vor der Enthüllung am meisten. Wenn du mich durch mein Höschen hindurch leckst, deinen Mund an den Satin-, Spitzen- oder Seidenstoff presst, dann habe ich das Gefühl, wahnsinnig zu werden, wenn ich nicht sofort deine Zunge an meinem nackten Fleisch spüre. Und dieses Gefühl gebe ich dir jetzt, so lange, bis mir scheint, dass du gleich schreist.

Erst dann strecke ich die Hände aus, fasse unter den Bund und ziehe das Höschen nach unten. Währenddessen denke ich daran, wie es sich anfühlt, wenn du mir das Höschen ausziehst. Wenn du dich im Bett auf mich setzt und mein Höschen über die Schenkel nach unten ziehst, bebe ich in Erwartung dessen, was gleich passieren wird. Genauso bebst du jetzt. Und ich spüre besonders intensiv, dass ich unter meiner

Jeans einen Strap-on trage, dass dort mein eigener Schwanz wartet und sich an meinem Körper erwärmt. Es kommt mir vor, als würde dieses sexy Spielzeug tatsächlich immer größer. Ich weiß, das ist alles nur Einbildung, aber ich fühle ihn wachsen, als wäre dieser künstliche Schwanz tatsächlich ein Teil von mir.

Vorsichtig streifst du das aufreizende Höschen ab, und dann stehst du vor mir, dein Schwanz pulsiert, hoch aufgerichtet, und du wartest. Wie gut du dich für mich benimmst! Ich weiß, dass du mich jetzt eigentlich aufs Bett werfen und mich gnadenlos ficken willst. Aber es ist meine Nacht, und ich entscheide. Deine Augen drücken dein drängendes Verlangen aus, aber du wartest, mir zum Gefallen. Braver Junge, denke ich, als ich dich zum Bett führe. Süßer Junge, denke ich, als ich dir bedeute, dich auf dem Bauch aufs Bett zu legen. Ich gleite an deinem Körper nach unten, lecke vom Nacken aus den Rücken entlang, überall dort, wo deine Haut unter dem Korsett hervorschaut. Ich lecke auch noch weiter, als ich deine Pobacken erreiche, und dann schiebe ich sie auseinander und lecke dich dazwischen.

Du seufzt wieder auf, und ich bearbeite dich ein wenig stärker. Es gefällt mir, wie du die Hüften von der Matratze hebst. Ich weiß, wie ich selbst in dieser Stellung aussehe. Einmal haben wir beim Vögeln die Videokamera laufen lassen, deshalb kenne ich meine eigenen Bewegungen ganz genau und weiß, dass mein Körper einen eigenen Willen hat. Und auch deiner hat einen eigenen Willen: Er will sich jetzt aufbäumen, sich öffnen und mich tief in sich hineinlassen.

Als ich es schließlich nicht mehr aushalte, als ich es wirklich keine Sekunde länger aushalte, öffne ich meine Hose und hole meinen Schwanz heraus. Du kannst ihn nicht sehen, aber ich weiß, dass du hörst, wie ich das Gleitmittel in die

Hand drücke und es dann auf meinem Schwanz verteile. Ich liebe meinen Schwanz. Das ist das Allermerkwürdigste daran. Ich liebe es, ihn anzufassen, mir vorzustellen, wie er sich über deinen nackten Hintern ergießt, wenn ich ihn nur richtig bearbeite. Natürlich ist das unmöglich – aber du wirst dich heute auf jeden Fall ergießen, und der Grund wird dieses wundervolle Spielzeug sein.

Vorsichtig platziere ich die Eichel zwischen deine Pobacken. Ich höre, wie du nach Luft schnappst, als wolltest du »Nein« sagen, »Stopp« oder »Nicht«. Aber du sagst gar nichts. Du hältst einfach still und atmest hörbar, wartest darauf, dass ich weitermache. Also mache ich weiter. Ich schiebe die Eichel meines Schwanzes in dich hinein, verlagere dann mein Gewicht auf die Fersen und ziehe sie wieder heraus. Du stöhnst und zeigst mir damit, dass ich es richtig mache. Also schiebe ich ihn wieder hinein, diesmal ein bisschen tiefer, und du wendest das Gesicht ab und gibst ein leises Wimmern von dir. Und das löst tatsächlich etwas in mir aus. Dieser kleine, hilflose, drängende Ton bringt mich dazu, deine Hüften zu umfassen und richtig loszulegen. Jetzt bin ich wie eine Maschine. Ich bewege mich auf und ab in dir und stelle fest, dass auch meine Hände sich jetzt wie von selbst bewegen. Meine Handfläche landet auf deiner nackten Pobacke und hinterlässt einen brennenden, pflaumenfarbenen Abdruck. Dann schmücke ich auch die andere mit einer ähnlichen Verzierung.

Das Geräusch der Schläge gefällt mir, ebenso wie die Geräusche, die du von dir gibst, und ich bearbeite dich weiter, bis ich spüre, dass du gleich kommen wirst. Soll ich jetzt aufhören? Dich umdrehen und mich auf dich setzen? Nein. So soll es nicht sein. Ich ficke dich weiter, bis du dich in die Matratze ergießt. Erst dann streife ich den Strap-on ab, drehe dich um und bringe meine Muschi an deine Lippen. Du bist immer noch gierig und erregt und lässt deinen aufgestauten Gefühlen freien Lauf und leckst meinen Kitzler. Die raschen, kreisenden Bewegungen deiner Zungenspitze bringen mich in Sekundenschnelle so weit. Ich dränge mich an dich, so wie du dich an die Matratze gedrängt hast, und lege meine Hände flach an die Wand vor mir, um das Gleichgewicht zu halten.

Als ich komme, leckst du weiter, denn du weißt, dass ich noch einmal kommen werde, wenn du mich mit den richtigen Bewegungen weiter antreibst. Aber diesmal lehne ich mich nach hinten, umfasse deinen Schwanz mit einer Hand und bearbeite ihn so lange, bis er wieder steif ist. Jetzt will ich gefickt werden. Ich will, dass du mich fickst.

Doch das kannst du nicht, solange du noch dieses Frauenkorsett trägst. Du reißt es dir vom Leib, und erst dann übernimmst du die Führung und fickst mich so heftig, dass ich aufschreie. Ich weiß nicht, was heute Nacht passiert ist, was uns in diese zwei wilden Tiere verwandelt hat, und ich habe auch gar nicht die Muße, darüber nachzudenken. Ich genieße es ganz einfach, dass wir so völlig außer Rand und Band sind. Wir kommen gleichzeitig und sinken dann ineinander verschlungen in uns zusammen.

Nackt liegen wir auf dem Bett, und du schaust mich mit verklärtem, glücklichem Blick an. Der befriedigte Blick einer Geliebten, die großartig gefickt worden ist. Der Widerschein meines eigenen Blicks, da bin ich mir sicher. Und ich kann nur eines sagen, Baby: Es steht dir gut.

Der Barkeeper

Ich weiß, es ist albern und noch dazu irgendwie zu hip, zu sehr im Trend: Aber ich habe eine Schwäche für Männer, die Zigarre rauchen. Anfangs dachte ich, das wäre reines Machogetue. Und bei manchen ist es das sicher auch. Aber eines Abends, im Regular Cat, sah ich, wie du dir eine angezündet hast. Und deine Lippen, die diese Zigarre umschlossen, haben etwas in mir ausgelöst. Mein Herz schlug schneller. Ich ging hinüber, bestellte noch ein Bier, und während du es eingeschenkt hast, habe ich tief eingeatmet, die seltsame Mischung aus deinem Aftershave und dem Zigarrenrauch in mich eingesogen.

»Darf ich mal probieren?«, fragte ich. »Dir scheint das Ding ja zu schmecken.«

»Klar«, sagtest du, nahmst die Zigarre aus dem Mund und gabst sie mir. Das Endstück war feucht von deinem Speichel. Doch das war mir egal, denn ich hätte auch gern noch andere Körperflüssigkeiten mit dir ausgetauscht. Ich nahm die Zigarre zwischen die Lippen und zog daran. Sie schmeckte bitter, ganz anders als die Zigaretten, die ich rauche, aber ich fand sie gar nicht so schlecht. Ich muss allerdings zugeben, dass sie mir zwischen deinen Lippen besser gefiel.

Vielleicht war mir ja der Zigarrenrauch zu Kopf gestiegen, denn ich fühlte mich plötzlich leichtsinniger, als ich sonst bin, selbstsicherer. Ich gab dir die Zigarre zurück, legte den Kopf zur Seite und musterte dich eingehend. Dein kurzes schwarzes Haar ist wie ein Pelz. Deine Augenfarbe wechselt ständig zwischen Schwarz und Braun, und deine Haut hat einen dunklen, warmen Kastanienton.

»Willst du vielleicht noch was anderes probieren?«, fragtest du, und ich lächelte.

»Wann hast du Feierabend?« Ich sprach leise, nicht richtig unterwürfig, aber auch nicht weit davon entfernt. Du hast etwas Ehrfurchteinflößendes an dir. Dein rauer Charme liegt ganz auf meiner Linie.

»Wann habe ich Feierabend?« Du hast die Worte langsam und genüsslich wiederholt. Dann hast du Kelly, deiner Kollegin hinter der Theke, einen Blick zugeworfen und dann wieder mich angeschaut. »Tja, Süße, wenn ich's mir recht überlege, habe ich jetzt Feierabend.«

Du konntest dir das erlauben, denn du bist nicht einfach nur ein Barkeeper. Die Bar gehört dir, und deswegen war es auch kein Problem für dich, gegen die Nichtrauchervorschrift zu verstoßen oder einfach deine Schicht zu unterbrechen.

Du kamst hinter der Theke hervor, nahmst mich bei der Hand und führtest mich in das Privatbüro, das sich hinter einer holzgetäfelten Tür verbirgt. Kaum war die Tür hinter uns zugefallen, lag ich auch schon in deinen Armen, und wir bewegten uns, als würden wir tanzen, obwohl keine Musik zu hören war. Man hörte nur die Stimmen der anderen Gäste – die nicht so viel Glück hatten wie ich –, ohne dass man einzelne Wörter verstehen konnte. Vielleicht hast du ja zu diesem Stimmengewirr getanzt. Du hast deinen Körper an meinem bewegt, deine Brust, Hüften und Schenkel fest an mich gedrängt, als wolltest du mich die gestählten Muskeln spüren lassen, die von der engen Hülle deiner verwaschenen Jeans umschlossen wurden. Als wolltest du mich spüren lassen, wie hart du warst, dass sich unter dem Jeansstoff nichts als harte, straffe Haut befand.

Ich zog dir das Hemd aus und enthüllte deine seidig-glatte Haut. Dann beugte ich mich zu deinen Brustwarzen hinab, küsste sie. Ich ließ meine Zunge langsam über deinen Bauch bis zum Bund deiner Jeans gleiten. Du hast mir dabei geholfen, dir die verwaschene 501 auszuziehen, dann hast du dich mit gespreizten Schenkeln auf deinen Schreibtisch gesetzt. Ich ließ mich vor dir auf die Knie sinken und bediente dich mit dem Mund.

Du hattest bereits einen beeindruckenden Ständer, aber dein Schwanz wurde noch steifer, als ich ihn mit meiner Zunge und meinen Lippen liebkoste und reizte, bis er ganz und gar zum Spiel bereit war. Ich ließ mich von meinem Instinkt leiten und merkte schnell, dass ich auf dem richtigen Weg war, denn du hast gestöhnt, dich auf dem Tisch nach hinten gelehnt, deine Beine noch weiter gespreizt und mir Zugang zu der Öffnung zwischen deinen Pobacken gegeben.

Erst wusste ich nicht recht, was ich tun sollte. Doch dann begann ich, mit einem feuchten Finger die Rosette zu liebkosen, während ich dich weiter mit der Zunge verwöhnte. Als ich das tat, hast du mein Haar gestreichelt und mit deiner verführerischen Stimme meinen Namen gemurmelt. Erst leise, dann immer lauter und lauter, denn jetzt fand ich den Rhythmus, der dir gefiel, und dann habe ich dich gefickt, mit zwei Fingern in deinem Hintern und einer Hand an deinem Schwanz. Du hast die Hüften nach vorn gestoßen, schon fast dem Orgasmus nahe, hast dann wieder nachgelassen und schließlich den Höhepunkt erreicht.

Als du fertig warst, hast du mir einen trägen, intensiven Blick voller Lust zugeworfen. Dann hast du auf die schwarze Lederjacke gedeutet, die an einem Haken an der Tür hing. »Hol mir doch noch eine aus der Tasche«, hast du gesagt, mit diesem subtilen Charme, den du immer ausstrahlst. Ich hätte alles für dich getan. Ich stand auf, ging mit wackligen Knien hinüber und durchsuchte die Jackentaschen. Schließlich zog ich aus der Innentasche eine Zigarre hervor, zündete sie an und reichte sie dir.

Und das ist meine schönste Erinnerung an dich: Du liegst auf dem Rücken, die Beine immer noch gespreizt, dein Körper von Schweiß bedeckt, spitzt die Lippen und bläst silbrige Rauchringe zur Decke empor.

Eine heiße Nacht

Wenn ich Geburtstag habe, gehst du immer ganz romantisch mit mir aus. Ich brauche an nichts zu denken, mich nicht zu entscheiden und keine Alternativen gegeneinander abzuwägen. An diesem Tag gibt es nur uns beide und die Unternehmungen, die du für uns geplant hast. Und obwohl ich eigentlich sehr emanzipiert bin und genau weiß, was ich will, genieße ich deine Überraschungen. Mich in deine Hand zu geben, dir blindlings zu folgen und mich durch einen Abend führen zu lassen, an dem ich nichts weiter tun muss, als auf die nächste Überraschung zu warten.

Wir beginnen den Abend vor dem Mann's Chinese Theater in Hollywood, wo die Stars ihre Hand- und Fußabdrücke im Asphalt hinterlassen haben. Auf unserer Reise in die Filmgeschichte stellen wir fest, dass die meisten Filmstars zwar unglaublich kleine, zierliche Füße hatten, dass dafür aber die Pfennigabsätze meiner Pumps in die meisten der kleinen Absatzabdrücke hineinpassen. Ich tue so, als wäre ich eine dieser hinreißenden Schauspielerinnen und würde mich nach vorn beugen und meine Hände in das feuchte Zementgemisch drücken. Die Kälte der Unsterblichkeit. Du folgst meinem Beispiel und legst deine großen Hände in die Handabdrücke der Filmstars einer anderen Generation. Mir fällt auf, wie groß deine Hände sind, und ich sehe, wie du lächelst, als ich dir das sage. Aber mir entgeht, dass du mir damit einen Hinweis gibst. Ich bin viel zu vertieft in die Freude, mit dir zusammen zu sein, und begreife nicht, dass das nur ein Vorgeschmack zukünftiger Freuden ist.

Mit einem verschmitzten, verführerischen Lächeln führst du mich zurück zum Wagen, und schon bald sind wir wieder unterwegs, fahren den neonhellen Sunset Boulevard entlang. Er mag ja nur ein müder Abklatsch des Sunset Strip in Las Vegas sein, aber mir genügt er völlig. Ich habe keine Ahnung, wo du mit mir hinfährst, doch du bist offenbar der Ansicht, ich müsste es wissen. Deinen Bemerkungen nach zu urteilen glaubst du sogar, dass ich die Hinweise längst verstanden haben müsste, wenn ich nur besser aufgepasst hätte.

Aber ich bin heute Abend ein bisschen schwer von Begriff, und während du noch von den Handabdrücken redest, die wir eben gesehen haben, verliere ich mich in meiner eigenen kleinen Welt. Ich bin so glücklich, neben dir zu sitzen, dass ich zuerst nicht einmal merke, wo wir sind, als du den Wagen vor einem exklusiven Geschäft für Sexspielzeug parkst. Ich schaue auf das Ladenschild, dann schaue ich dich an, und meine Erregung wächst. Eine Mischung aus süßer Romantik und schmutzigem, sündigem Sex: Du kennst meine Fantasien offenbar ganz genau.

Gemeinsam betreten wir den Laden und betrachten die Exponate um uns herum mit demselben Interesse, mit dem wir vorher noch Touristen gespielt haben. Wir befühlen und streicheln, sagen »Oh!« und »Ah!«, vergleichen Größe und Aufmachung. Ich nehme die anderen Kunden wahr und bemerke, dass die meisten von ihnen – anders als wir, die wir wie zufällig beim Ausgehen hierher geraten sind – sehr klare Vorstellungen haben. Sie fackeln nicht lange, sondern suchen gezielt das Objekt, das sie haben wollen. Ich weiß beim besten Willen nicht, warum ich nicht auf die Idee komme, du könntest auch noch etwas anderes im Sinn haben. So unschuldig bin ich sonst gar nicht. Und trotzdem begreife ich nicht, auch nicht, als du zur Kasse gehst und etwas in der Hand hältst: ein Ehrfurcht einflößendes Paddle. Bin ich tatsächlich so schwer von Begriff?

Die Verkäuferin lächelt uns freundlich an, als sie deinen Einkauf verbucht. »Das ist das Beste auf dem Markt«, erzählt sie. »Unser ganz großer Verkaufsschlager.« Dann schaut sie mich an und sagt: »Da kann sich wohl jemand auf eine heiße Nacht freuen.«

Und sie hat Recht. Dieser Jemand bin ganz offensichtlich ich. Jetzt verstehe ich. Jetzt begreife ich endlich alles, und ich stelle mir die Abdrücke vor, die deine Hände auf meinem nackten Hintern hinterlassen werden, bevor du unser frisch erworbenes Sexspielzeug einsetzt. Und wenn du mich dann fickst, werde ich reif, wund und rot sein – das steht mir jetzt so klar vor Augen wie die Abdrücke der im Zement verewigten Hände.

Als wir das Geschäft verlassen, ist mein Höschen schon ganz feucht. Ich könnte es ausziehen und auswringen, dann würdest du sehen, wie mein Nektar in kleinen Tropfen auf den Asphalt regnet. Aber das tue ich nicht. Ich gehe unterwürfig zum Auto zurück, warte, bis du mir die Tür öffnest, und will in den Wagen steigen. Doch du überraschst mich erneut. Heute geht es offenbar nur darum, mich zu überraschen. Und ich denke an deine Worte, als du mich abgeholt hast: »Gib dich heute Abend ganz in meine Hände.« Das sollte eigentlich bedeuten: »Ich werde heute Abend Hand an dich legen.« Und das ist schön. Wunderschön. Und jetzt steigst du zuerst ins Auto, ziehst mich quer über den Sitz und legst mich übers Knie. Du schiebst meinen Rock nach oben und liebkost durch das Höschen hindurch meine Pobacken. Und dann ziehst du das Höschen hinunter und lässt mich den ersten, überraschenden Schlag spüren.

Ich seufze auf und winde mich, und es ist mir egal, ob uns jemand sieht, ob die Passanten vielleicht mitbekommen, dass hier einem unartigen Mädchen der Hintern versohlt wird. Ich denke nur an die Abdrücke, die deine Hand hinterlässt. Süße, wundervolle Abdrücke auf meinem nackten, bebenden Hintern. Und ich denke an das Paddle, das meine brennende Haut küssen wird, sobald du mit den einleitenden Schlägen mit der Hand fertig bist.

Als ich schon ganz erhitzt und feucht bin, greifst du nach dem Paddle und lässt es mich spüren. Ein unheilvolles Pfeifen ertönt, als du damit ausholst. Beim ersten Schlag schnappe ich nach Luft. Das ist etwas völlig anderes als Schläge mit der flachen Hand. Dieses Instrument gibt nicht nach. Es liebkost mich nicht nach dem Schlag. Da ist nichts als die Härte dieses kraftvollen Spielzeugs an meinem reifen, willigen Hintern. Ich kann dir gar nicht sagen, wie sehr mir das gefällt.

Wer hätte das ahnen können?

Du, das erkenne ich jetzt. Du hast es geahnt. Du hast es gewusst. Noch vor mir. Ohne dass ich diese Fantasie je in Worte gefasst hätte, hast du verstanden.

Mit leiser Stimme befiehlst du mir zu zählen. Laut zu zählen. Ich höre mich Zahlen stammeln, doch da sagst du plötzlich: »Nein. Das war nur zur Probe. Jetzt geht es richtig los. Wenn du dich verzählst, fangen wir wieder von vorne an. Also hör auf mich, mein Schatz, und konzentrier dich. Es ist in deinem eigenen Interesse. Konzentrier dich.«

Und ich denke an die Verkäuferin und stelle fest, wie Recht sie hatte: Ich kann mich auf eine heiße Nacht freuen.

Das allerletzte Mal

Als ich hereinkomme, sehe ich dich sofort. Mit großen Augen starre ich dich an, als ich mich in die Schlange stelle, um zu zahlen und mich umzuziehen. Du lehnst an der Wand gegenüber, nackt bis auf ein Paar Boxershorts. Du hast trainiert, siehst gut aus. Deine Brustmuskulatur wirkt athletischer als beim letzten Mal, als ich dich gesehen habe, und du hast dir noch ein paar Tattoos mehr machen lassen.

Ich bin ein bisschen erstaunt, dich zu sehen. Ich wusste nicht, dass du auf solche Veranstaltungen gehst. Und dann spüre ich einen Stich in der Magengrube, als ich das Mädchen in deinem Arm sehe. Lieber Himmel, ist die hübsch: rothaarig und vollbusig, mit Sommersprossen und grünen Augen, die ich selbst am anderen Ende des Raumes noch blitzen sehe, trotz der spärlichen Beleuchtung. Sie ist anders als ich, völlig anders. Seit zwei Monaten habe ich dich nicht gesehen. Es tut weh, dich zu treffen. Und nun stehst du Mistkerl mit dem hübschesten Mädchen im ganzen Raum da, und ich bin ganz allein.

»Hallo, willkommen. Macht zwanzig Dollar. Bitte lesen Sie die Vorschriften, und unterschreiben Sie hier.« Ich starre den Geldschein an, die Kassiererin, dich, das Mädchen. Die zwanzig Dollar liegen schwer wie Blei in meiner Hand, und es kommt mir vor, als wäre ich im Begriff, eine Eintrittskarte in die Hölle zu lösen. Wieder schaue ich zu dir hin und habe das Gefühl, ich sollte besser wieder gehen. Aber jetzt siehst du mich auch. Du blickst kurz erschrocken drein, doch dann lächelst du und winkst mir nervös zu, drehst dich um und sagst etwas zu deiner Begleiterin.

»Danke«, sagt die Kassiererin und nimmt mir den Geldschein aus der Hand. »Bitte lesen Sie die Vorschriften, und unterschreiben Sie hier.«

Ich lese, unterschreibe, fange an, mich umzuziehen, schaue dabei immer wieder hoch, um einen Blick auf dich zu werfen, und bete, dass du nicht merkst, wie ich dich beobachte. Aber jedes Mal, wenn ich zu dir hinschaue, schaust du auch zu mir herüber. Ich ziehe das enge Korsett an, Strapse, Stringtanga, Strümpfe und Highheels. Ich werfe mich in Schale, donnere mich auf, denn schließlich komme ich ja alleine her. Ich habe mir geschworen, mich heute aufreißen zu lassen – am liebsten von einer Frau. Aber jetzt habe ich Angst, fühle mich verunsichert, traue mich nicht mehr, mich gehen zu lassen. Dich hier mit einer anderen zu sehen, macht mir klar, dass wir nicht mehr zusammen sind, und es kommt mir plötzlich vor, als wären wir erst gestern zum letzten Mal miteinander im Bett gewesen und nicht vor zwei Monaten.

Vielleicht sollte ich einfach eine kurze Runde durch den Raum drehen und dann wieder gehen, damit du denkst, ich hätte mir die Party angeschaut und sie langweilig gefunden. Ich will nicht, dass du mitbekommst, wie ich mich amüsiere – ich weiß auch nicht, warum. Und ich will erst recht nicht, dass du mitbekommst, wie ich mich *nicht* amüsiere, falls die Sache schlecht läuft und ich niemanden kennen lerne. Aber vor allem will ich nicht mitbekommen, wie du dich amüsierst, denn du hast unseren stillschweigenden Wettbewerb bereits gewonnen: Du bist mit einer schönen Frau hier.

Und ich stelle zum hundertsten Mal fest, dass sie tatsächlich sehr schön ist.

Aber ich kann dir nicht den ganzen Abend aus dem Weg gehen. Der Raum ist nicht sonderlich groß, es ist nur eine kleine Sexparty. Jetzt wird mir alles in seiner ganzen Tragweite klar: Ich treffe meinen Ex auf einer Sexparty. Der Albtraum eines jeden vergnügungssüchtigen Stadtmenschen. Mir bleibt keine Wahl, ich muss das Beste daraus machen, denn alles andere könnte ich nicht ertragen.

Als ich auf dich zugehe, um dich zu begrüßen, muss ich mich zum Lächeln zwingen. Und dann verliere ich doch fast die Fassung, denn als ich vor dir stehe, sehe ich, dass die Hand deiner vollbusigen Rothaarigen in deinem Schritt liegt, an deinem halb erigierten Schwanz.

Wir lächeln uns an, du richtest dich auf, wir umarmen uns. Es fühlt sich zugleich richtig und falsch an, deinen Körper zu spüren, und ich rieche ihr Parfüm, das sich mit deinem Schweiß mischt. Ich wünschte, ich hätte Parfüm aufgelegt; dann würdest du jetzt nach mir riechen, wenn du zu ihr zurückgehst. Als du mich umarmst, gleitet deine Hand über meinen Rücken, und einen Moment lang glaube ich, du willst mir an den Hintern fassen.

Da kommt mir plötzlich ein Gedanke: Wirst du mich etwa fragen, ob ich mich mit dir und deiner neuen Freundin amüsieren will? Schließlich haben wir uns nicht im Streit getrennt, obwohl es einzig und allein deine Idee war und obwohl du mich betrogen hast. Was, wenn du mich fragst – werde ich Ja sagen? Dann würde ich unseren Wettkampf haushoch verlieren, diesen Wettkampf, der nur in meinem Kopf stattfindet. Du und deine Freundin, ihr bedauert mich so sehr, dass ihr mir einen Mitleids-Fick anbietet. Oder, schlimmer, du findest mich noch attraktiv genug für einen One-Night-Stand, aber mehr bin ich dir nicht mehr wert. Mehr war ich dir vielleicht nie wert.

Ich bete, dass du mich nicht fragst. Aber dann unterhalten wir uns, du stellst mich ihr vor, und sie wirft mir einen spitzbübischen Blick zu. Plötzlich habe ich den Eindruck, dass sie mich fragen will. Und obwohl ich weiß, wie falsch das wäre, weiß ich doch gleichzeitig genau, dass ich Ja sagen werde. Ich will einfach dabei sein, zwischen euch sein, wissen, dass du sie nicht berühren kannst, ohne mich zu berühren, und sei es auch nur für einen kurzen Moment.

In meiner Vorstellung fickst du mich, ich schlinge meine Beine um deinen Körper, während du mich bearbeitest, dein Schwanz stößt in mich hinein, mein hellhäutiger Körper windet sich unter deinem sonnengebräunten, und du nimmst mich noch einmal, während ich anfange, mit deiner Freundin herumzumachen. Die Vorstellung ist schmerzlich erotisch und abstoßend zugleich. Mir wird fast schlecht von dem Gedanken, mich dir hinzugeben, und dennoch weiß ich, dass ich es tun werde, wenn du mich fragst oder wenn sie mich fragt. Ich warte auf diese Frage und gestehe mir nur halb ein, wie sehr ich darauf warte. Aber ihr verbündet euch gegen mich und versetzt mir den Gnadenstoß: Ihr fragt mich nicht.

Ich umarme dich noch einmal und entferne mich. Im Stillen hoffe ich, dass du nicht gemerkt hast, wie durcheinander ich bin. Ich gehe hinüber zum Erfrischungsstand und hole mir eine Flasche Wasser. Dann setze ich mich schwer atmend hin. Männer gehen vorbei und nicken mir zu, und ich habe Angst, dass einer von ihnen mich zum Spielen auffordert. Ich hätte schon Lust dazu, aber keiner dieser Männer ist so attraktiv wie du.

Ich hatte eigentlich vor, mir heute Nacht eine Frau zu suchen, einfach nur eine schnelle Nummer auf einer Sexparty, um ein paar bisexuelle Erfahrungen zu sammeln. Aber jetzt will ich einen Mann, denn du hast immer davon geträumt, mich mit einer anderen Frau zu erleben, und es ist nie dazu gekommen. Irgendetwas sagt mir, dass es dich vielleicht sogar eifersüchtig machen könnte, mich mit einem anderen Mann zu sehen. Aber vielleicht mache ich mir da nur etwas vor. Oder vielleicht muss es ein Mann sein, der viel attraktiver ist als du, der dir beweist, wie gleichgültig du mir inzwischen bist. Der dir beweist, dass ich vollkommen über dich hinweg bin.

Nach zwanzig Minuten sitze ich immer noch da, als plötzlich eine Frau auf mich zukommt. Sie ist schlank, Ende Zwanzig, mit dunklem, halblangem Haar und olivfarbener Haut. Sie trägt eine enge schwarze Lederhose, hohe Stiefel und ein glänzendes schwarzes Latexkorsett, das ihre kleinen Brüste zum Dekolletee zusammendrückt. Sie sieht umwerfend aus, genau dein Typ. Ich zucke leicht zusammen, als ich sehe, dass sie offenbar einen Strap-on trägt; ihre Hose beult sich an der entsprechenden Stelle aus. Sie kommt auf mich zu und stellt sich als Gina vor. Sie sagt, sie habe mich schon eine Weile beobachtet, und ich schaue sie fassungslos an. Ich glaube, von selbst hätte ich das nie gemerkt. Dann fragt sie mich, ob ich Lust auf ein Spielchen hätte.

»Woran hast du denn gedacht?«, frage ich.

»Ich würde gern mit dir rummachen, dir Lust schenken.«

»Und was noch?« Meine Stimme zittert ein wenig.

»Und dich so richtig durchficken.«

»Das würde mir gefallen«, sage ich.

»Es ist schon ganz schön voll da draußen. Wir sollten uns lieber schnell einen Platz suchen, damit ich dich auch ordentlich ficken kann.« Sie greift nach meiner Hand, die sich in ihrer klamm und linkisch anfühlt. Sanft führt sie mich nach draußen auf die Spielwiese.

Und es ist tatsächlich schon sehr voll hier: So voll, dass nur noch eine Matratze frei ist – schräg gegenüber von dir und deiner Begleiterin. Ich sehe mit Entsetzen, dass besagte Begleiterin nicht mehr nur ihre Hand an deinem Schritt hat. Jetzt liegt ihr Kopf in deinem Schoß, sie hat deinen Schwanz aus der Hose befreit und umschließt ihn mit dem Mund, bewegt sich auf und ab. Du schaust mich an, und ich weiß, du bemerkst meinen entsetzten Blick.

»Gefällt's dir hier?«, fragt Gina, und ich nicke.

»Ist schon in Ordnung«, sage ich stirnrunzelnd.

Wir sinken auf das frische, gestärkte Laken, und unsere Körper finden wie von selbst zueinander. Ich rieche ihren Duft, eine Mischung aus Frauenschweiß und Leder.

»Was machst du denn gern?«, fragt sie.

Ich zucke die Achseln. »Ach … ich küsse gern, und … äh …« Ich finde keine Worte – nicht, wenn du so dicht neben mir bist.

»Aber du lässt dich schon gern ficken, oder?«, fragt sie und legt ihre Hand verführerisch auf die Beule in ihrer Hose.

Ich nicke nervös, und sie lächelt.

Ihre Direktheit schockiert mich ein wenig, und ich spüre eine nagende Angst in mir. Doch dann erinnere ich mich daran, dass du mich bei unserer ersten Verabredung genau das gefragt hast, in genau denselben Worten – kurz nachdem ich dir erzählt hatte, dass ich es mag, wenn Männer schmutzige Sachen zu mir sagen. Damals sagte ich Ja, und du hast diese Information gut genutzt. Sehr gut sogar. In dieser ersten Nacht bin ich zweimal gekommen.

»Und wie sieht's mit dem Arsch aus?«

Jetzt bin ich sprachlos, überwältigt von Erinnerungen.

»Entschuldige«, sagt Gina. »Ich glaube, die höflichere Formulierung wäre: Was hältst du von Pospielen?« Ich weiß nicht recht, warum, aber ich zucke die Achseln. Ich kann mir nicht vorstellen, das hier zu machen, in aller Öffentlichkeit, während du mir zuschaust. Aber wenn ich Nein sage, werde ich nachher vielleicht zugeben müssen, dass ich in der ersten Nacht mit dir sehr viel mehr Spaß gehabt habe als jetzt. Und das darf auf keinen Fall passieren.

Gina küsst mich sanft auf die Lippen. Meine Augen wandern zu dir herüber, zum Kopf deiner Freundin, der sich über deinem Schwanz bewegt. Du hast die Hand leicht auf ihren Hinterkopf gelegt und betrachtest mich mit zusammengekniffenen Augen. Bist du eifersüchtig? Fasziniert? Erregt? Deine Freundin sieht einfach umwerfend aus, ihre lockige rote Mähne fällt auf deinen Bauch und über deine Schenkel, während sie sich ganz deinem Schwanz widmet. Ihr entzückender Hintern kommt in dem engen, knappen String, der meinem so ähnlich ist, gut zur Geltung. Ich frage mich, ob du mit ihr all die Dinge machst, die du mit mir gemacht hast.

»Abgelenkt?«, fragt Gina, und ihr Atem schlägt mir süß ins Gesicht.

Ich lache. »Tut mir Leid. Das da drüben ist mein Exfreund.«

»Er kriegt's gerade mit dem Mund gemacht«, sagt sie. »Das könntest du auch haben. Wie wär's?«

Mir schwirrt der Kopf; Gina küsst mich auf den Hals, und ich nicke. »Ja«, sage ich. »Das würde mir gefallen.«

Ihre Lippen gleiten an meinem Hals hinunter bis zu meinen Brüsten. Sanft befreit sie sie aus dem Korsett und nimmt die Brustwarzen abwechselnd in den Mund, und ich winde mich, als sie daran saugt und sanft mit den Zähnen daran knabbert. »Das gefällt mir«, sage ich. Sie beißt mich ein wenig fester, und ich streiche ihr mit der Hand durchs Haar. Dann arbeitet sie sich bis zum Saum des Korsetts hinunter, lässt ihre Zunge in meinen Bauchnabel gleiten, löst meine Strapse und beginnt, mir den String abzustreifen.

»Hm«, sagt sie. »Rasiert. Wie ungewöhnlich.«

»Ist ... ist das in Ordnung?« Ich beobachte, wie deine Freundin deine Eier leckt und ihre Hand an deinem glänzenden Schwanz auf und ab bewegt. Du schaust dabei mich an.

Als Antwort zieht Gina nur die Augenbrauen hoch und lächelt verschmitzt. Sie befestigt meine Strapse wieder und arbeitet sich dann mit Küssen an meinem Unterbauch hinunter. Ich spüre, wie ihre Zunge einfach so in meine Spalte gleitet, und keuche auf. Es ist so ungewohnt, den Kopf einer Frau dort unten zu spüren. Sie reizt meinen Kitzler mit der Zunge, und ich merke sofort, wie ich darauf anspringe. Ich lege mich rücklings auf die Matratze, spreize die Beine und überlasse ihr die Führung.

Mein Gott, fühlt sich das gut an. Ihre Zunge ist unglaublich; sie weiß ganz genau, was sie tut. So genau hast du das nie gewusst oder es mir zumindest nicht gezeigt. Ich stelle mir vor, wie sie deine neue Freundin leckt, während die deinen Schwanz im Mund hat. Ich stöhne leise, und Ginas Zunge malt Muster der Lust um meine Spalte.

Jetzt hebt deine Begleiterin den Kopf, setzt sich rittlings auf dich und schiebt deinen Schwanz in sich hinein. Sie reitet auf dir. Ich kann dein Gesicht nicht mehr sehen, nur noch deinen Schwanz, der hinein- und hinausgleitet, und den Rücken deiner neuen Freundin.

Ich weiß nicht, wie Gina das so unauffällig geschafft hat, aber sie hat einen Handschuh angezogen, ihn mit Gleitmittel eingerieben und zwei Finger in mich hineingeschoben. Ihre Zunge bearbeitet meinen Kitzler, sie fickt mich mit den Fingern, und ich stöhne auf. Ich könnte jederzeit kommen, doch sie lässt sich Zeit, spielt mit mir. Ganz anders als deine Begleiterin, die offensichtlich glaubt, sie wäre in einem Pornofilm. Sie hopst auf dir auf und ab, stöhnt und wirft den Kopf in den Nacken, sodass die rote Mähne ihr über den Rücken fällt. Ich frage mich, ob du ihr wohl gesagt hast, sie soll meinetwegen ein bisschen dicker auftragen.

Dann ist mir das egal, zum ersten Mal, seit ich hierher gekommen bin, denn Ginas Finger, drei inzwischen, haben meinen G-Punkt gefunden, und ihre andere Hand, mit Handschuh und Gleitmittel bestückt, stiehlt sich zwischen meine Pobacken, an die Öffnung. Sie spielt nur außen daran herum, doch das genügt – zusammen mit ihren Fingern an meinem G-Punkt und ihrer Zunge an meinem Kitzler –, um mich zum Orgasmus zu bringen. Während ich stöhne und mich in die Matratze kralle, schiebt sie einen Finger in meinen Hintern, sodass ich noch intensiver komme und aufschreie. Ich kann mich nicht beherrschen; ich schreie laut, wie ich es immer tue bei einem so intensiven Orgasmus. Ich höre vereinzelten Applaus und habe das merkwürdige Gefühl, etwas geleistet zu haben. Aber mir bleibt keine Zeit, nicht einmal für den Gedanken, ob du wohl gehört hast, wie ich gekommen bin, und eifersüchtig warst. Denn Gina hat ihre Handschuhe ausgezogen, öffnet ihre Lederhose und holt ihren Schwanz heraus.

Ich lege ihr die Beine über die Schultern, ziehe die Knie ein wenig an, und sie dringt rasch und mühelos in mich ein. Ihr Schwanz ist riesig, mit einer großen, runden Eichel und einem dicken Silikonschaft, und meine Muschi, die nach dem Orgasmus noch sehr empfindlich ist, erbebt und zieht sich zusammen. Gina hat offensichtlich nie die Handbücher für lesbischen Sex gelesen, in denen es heißt, dass die Größe keine Rolle spiele. Ich werde noch einmal kommen, das weiß ich, und Gina wird mich dazu bringen, ob ich nun will oder nicht. Sie schaut mir in die Augen, während sie mit den Hüften ihren Schwanz in mich hineintreibt, und beugt sich vor, um meine Brüste zu liebkosen. Wie hypnotisiert erwidere ich ihren Blick. Sie fühlt sich so gut an in mir. Dann wandern meine Augen weiter, und ich versuche zu sehen, was du gerade treibst – aber die Perspektive ist nicht gut, ich kann nichts erkennen. Gina lacht, zieht ihren Schwanz aus mir heraus und gibt mir einen Klaps auf den Oberschenkel.

»Möchtest du ihm zuschauen? Dann drehen wir dich am besten einfach um. So siehst du auch, dass du es besser besorgt kriegst als er.«

Sie bringt mich dazu, mich auf Hände und Knie zu stützen, den Hintern in die Luft zu strecken und die Beine zu spreizen. Dann besteigt sie mich von hinten, schiebt ihren Schwanz in mich hinein, füllt mich ganz aus. Sie bringt eine Hand unter meinen Körper und reibt an meinem Kitzler, während sie mich fickt, und es dauert eine ganze Weile, bis ich den Kopf hebe, um zu sehen, was du treibst. Du hast deine Begleiterin in dieselbe Stellung gebracht wie Gina mich und fickst sie von hinten, während du zu mir herschaust. Deine Augen sind wie Dolche. Doch dann begegnen sich unsere Blicke, und du lächelst, verlegen, als hätte ich dich ertappt. Aber mir ist das egal, denn Ginas Schwanz in meiner Muschi bringt mich wieder zum Höhepunkt. Und dann komme ich, schreiend, nicht, weil ich dich beeindrucken will, sondern weil es sich einfach so wundervoll anfühlt. Ich dränge mich an sie, und sie reibt weiter an meinem Kitzler, hält mich umschlungen, bis sie ganz sicher ist, dass ich fertig bin. Deine Rothaarige wirkt, als wäre sie auf allen vieren eingeschlafen: Sie bewegt rhythmisch die Hüften, wie in Trance. Ich sehe, dass dein Schwanz nicht richtig steif ist. Und plötzlich fühle ich mich schuldig, als hätte ich dir den Abend verdorben, als wäre ich dafür verantwortlich, dass dein Schwanz, den ich früher so geliebt habe, nicht mehr stehen will.

In Gedanken versunken, merke ich kaum, dass Gina mich immer noch fickt, immer noch an meinem Kitzler reibt. Ich bin bereits zweimal gekommen und kann mir gar nicht vorstellen, es noch ein drittes Mal zu schaffen. Aber als ich ihren Schwanz in seiner ganzen Länge spüre, wie er noch tiefer in mich hineinstößt, kreische ich auf vor Lust und weiß, dass ich früher oder später noch einmal kommen werde.

Gina fickt mich erst ganz langsam, bis ich mich von selbst an ihren Schwanz dränge, ihn tiefer in mich hineintreibe. Sie hat ihre Hand immer noch an meinem Kitzler, und ich fasse nach unten, um sie zu führen, drücke ihre Finger fester an mich, während sich unsere Körper rhythmisch im Takt bewegen. Und dann, ehe ich weiß, wie mir geschieht, komme ich ein drittes Mal, öffne mich weit für den Schwanz einer fremden Frau. Ich winde mich, bäume mich auf, ihr Schwanz in mir lässt mich erzittern, und als ich langsam die Augen öffne, sehe ich dich an. Mein Körper strahlt wohlige Befriedigung aus, und ich weiß plötzlich, dass ich es geschafft habe: Ich bin öfter gekommen als jemals bei dir in einer Nacht. Das ist ein zugleich erhebendes und scheußliches Gefühl.

Aber ihr, du und deine Rothaarige, seid im Gehen, und du blickst verbittert drein. Deine Begleiterin macht ein wütendes Gesicht. Ich frage mich, ob du wohl gekommen bist, und bin mir sicher, dass das nicht der Fall war. Das jagt mir einen weiteren Lustschauer durch den Körper, und ich muss tief Luft holen. Mein Gott, ich habe dir wehgetan. Ich habe dir wirklich wehgetan. Ich habe dich eifersüchtig gemacht, dich daran gehindert, deine Freundin richtig zu ficken. Ich bin ein schlechter Mensch. Aber ich bin nun einmal so intensiv gekommen.

Gina zieht sich von mir zurück und rollt mich auf meine Seite des Lakens, das jetzt ganz durchnässt ist. Sie wischt das Gleitmittel von meinen Schenkeln und von ihrem Schwanz, verstaut ihn dann wieder in der Hose, steht auf und holt mir ein Glas Saft. Ich trinke in kleinen Schlucken, und Gina schmiegt sich von hinten an mich. Ihr Schwanz beult jetzt wieder ihre Lederhose aus. Du stehst mit deiner Begleiterin in einer Ecke, ihr seht beide verärgert aus und streitet offensichtlich.

»Und, hattest du mehr Spaß als er?«, fragt Gina.

»Ja, ich glaube schon.« Und das macht mich traurig, richtig traurig.

»Schön für dich«, sagt sie, küsst mich ein letztes Mal und steht auf. Sie wirft mir eine Kusshand zu und verschwindet – auf der Suche nach ihrer Freundin? Oder ihrem Freund? Oder nach einer weiteren Zufallsbekanntschaft, die sie dreimal zum Orgasmus bringen und der sie alle verbliebenen romantischen Gefühle für eine alte Flamme austreiben kann?

Einige Zeit vergeht. Männer nicken mir zu, betrachten mit lüsternen Blicken meine gespreizten Beine. Ich lächle, nicke zurück, und sie gehen an mir vorbei, einer nach dem anderen, und ich freue mich an ihrer Lust. Ich betrachte abschätzig ihre Gesichter und bin überzeugt davon, jedem Einzelnen haushoch überlegen zu sein.

Doch dann sehe ich einen, dem ich nicht haushoch überlegen bin – oder vielleicht doch.

Du setzt dich neben mich. Du trägst immer noch deine Boxershorts und hast jetzt zusätzlich ein enges Tank-Top angezogen.

»Hallo«, sagst du.

»Hallo.« Ich sehe dich nicht an, denn plötzlich schäme ich mich.

»Gut siehst du aus.«

»Danke«, sage ich.

»Hat's dir Spaß gemacht mit dieser Frau …«

»Gina«, ergänze ich, als könnte sie realer werden, wenn ich dir ihren Namen nenne – als könnte der Fick mit ihr dadurch realer werden. »Ja, ich hatte sehr viel Spaß.«

Dann schweigen wir unbehaglich, bis du schließlich herausplatzt: »Hör mal, ich habe viel an dich gedacht und …«

Ich bin selbst überrascht, wie schnell ich reagiere und der Sache einen Riegel vorschiebe, noch ehe sie richtig anfängt. »Hör mal, das ist wirklich nicht der richtige Ort, um eine ›Lass uns noch mal über alles reden‹-Diskussion vom Zaun zu brechen. Vielleicht hast du ja schon mal was von Cafés gehört?«

Das klingt so gemein, dass ich selbst ganz erstaunt bin. So gemein bin ich sonst nicht. Und ich fühle mich auch gleich schuldig, denn ich sehe den Schmerz in deinen Augen, als du mich anschaust und Dinge denkst, die du nicht denken solltest.

Doch das alles hat ein Ende, als du dich vorbeugst und ich deine Lippen auf meinen spüre. Ich drehe mich nicht weg, erwidere den Kuss aber auch nicht. Ich lasse mich einfach von dir küssen, und deine Zunge gleitet in meinen Mund. Ich schmecke sie, die Rothaarige. Sie mischt sich in den Geschmack des Mundwassers, das du offenbar gerade im Bad verwendet hast. Hast du das etwa alles geplant und es nur für recht und billig gehalten, ihre Spuren zu entfernen, bevor du zu mir kommst?

»Wo ist denn deine Begleitung abgeblieben?«, frage ich in bitterem Ton, als unsere Lippen sich wieder voneinander lösen. Mir schwirrt der Kopf. Dein Kuss hat mir den Atem genommen, genau wie vor zwei Monaten, als wir uns zum letzten Mal geliebt haben.

»Sie ist weg«, erwiderst du. »Aber das war sowieso nichts Ernstes. Sie hat einen Freund in Santa Fe.« Du lehnst dich an mich, deine Hand liegt auf meinem Schenkel, gefährlich nah an meiner Muschi, die mit schmerzlichem Sehnen auf diese Nähe reagiert. Ich habe Lust auf dich. Es gefällt mir nicht, aber ich habe Lust auf dich.

»War sie sauer?«

»Ja.« Du lachst. »Herzlichen Dank.«

»Jederzeit gern.«

Du küsst mich noch einmal, und diesmal bleibe ich nicht regungslos. Ich begegne deiner Zunge mit meiner, und wir küssen uns verzweifelt, als wäre es das allerletzte Mal. Und in dieser Sekunde wird mir klar, dass ich nicht will, dass es das letzte Mal ist, dass ich das nicht ertragen kann. Ich spüre, wie deine Hand an meinem Schenkel hinaufwandert.

»Was machst du da?«, stöhne ich leise.

»Ich will dich ficken«, erwiderst du. »Bitte sag nicht Nein. Ich glaube, ich werde wahnsinnig, wenn du Nein sagst.«

»Du bist schon wahnsinnig, sonst würdest du das nicht tun.«

»Ich weiß.« Und wieder treffen sich unsere Lippen, unsere Zungen verschränken sich miteinander, und ich spüre deine Hand an meiner Muschi. Mühelos finden deine Finger meinen Kitzler. Ich stöhne. Ich will es, und so sehr ich mich auch bemühe, ich kann nicht verhindern, dass ich es will. Also dränge ich mich an dich, greife nach deinem Schwanz.

Er schlüpft ganz einfach aus deiner Hose, und es erscheint mir wie die natürlichste Sache auf Erden, ihn in die Hand zu nehmen. Deine Finger gleiten in mich hinein, und ich streichele deinen Schwanz, drücke dich auf die Matratze und lege mich neben dich, während du mich auf den Hals küsst. Dein Schwanz rutscht mir aus der Hand, als du dich an meinem Körper entlang nach unten bewegst. Deine Zunge berührt meine Schulter, meine Brüste, und dort hältst du inne, um die Brustwarzen aus dem Korsett zu befreien. Du nimmst jede abwechselnd in den Mund und saugst sanft daran. Aus

Erfahrung weißt du, dass das die beste Methode ist, um mich schnell in Fahrt zu bringen. Aber du musst mich gar nicht mehr in Fahrt bringen. Das hat Gina schon für dich erledigt, indem sie mich vor deinen Augen und vor den Augen deiner Begleiterin bis zur Besinnungslosigkeit gefickt hat. Und selbst wenn sie das nicht getan hätte: Ich brauche dich nur zu riechen und zu schmecken, schon reagiert mein Körper fast explosiv auf deine Berührung.

Du verweilst ein wenig an meinen Schenkeln, küsst mich dort und saugst daran, reizt mich, und dann legt sich dein Mund auf meine Möse. Mein Rücken wölbt sich, ich hebe den Hintern weit in die Höhe und kralle mich in das fadenscheinige Laken. Ich spüre deine Zunge auf meinem Kitzler und weiß in meinem tiefsten Innern, dass ich unmöglich noch einmal kommen kann. Das wären dann vier Orgasmen, und so etwas ist mir noch nie passiert. Aber deine Zunge wirkt wahre Wunder, ihre vertraute Berührung löst nie gekannte Gefühle in meinem Kitzler aus. Mich hat noch nie jemand geleckt, nachdem ich drei Orgasmen hatte. Bis heute hatte ich aber auch noch nie drei Orgasmen in Folge. Ich will dich wegschieben, doch als du dich auf meinen Kitzler konzentrierst und mich immer weiter antreibst, kann ich es nicht ertragen, mich von diesem Gefühl zu trennen, mich von dir zu trennen.

Ich nehme deinen Kopf in die Hände, schiebe dich von meiner Möse weg und schaue dir in die Augen, die jetzt traurig dreinblicken.

»Fick mich«, sage ich zu dir.

Du ziehst das Top und die Hose aus, und dein wundervoller, tätowierter Körper schiebt sich zwischen meine Beine. Ich spreize sie so weit wie möglich, und meine Möse ist wie ein hungriges Maul, bereit, deinen Schwanz zu verschlingen. Als du mich mit der Eichel berührst, will ich deinen Schwanz so sehr wie noch nie etwas anderes in meinem Leben. Ich spüre, wie er hineingleitet, und werfe den Kopf in den Nacken und stöhne auf.

Es tut ein bisschen weh; meine Möse ist sehr empfindlich, weil Gina mich so heftig gefickt hat. Doch schon nach ein paar Sekunden ist der leichte Schmerz verschwunden. Du tauchst in mich ein, und dein Schwanz fühlt sich so vertraut und tröstlich an. Du senkst deinen nackten Körper auf mich herab und hältst mich fest, und ich schlinge Arme und Beine um dich und ziehe dich eng an mich heran.

»Fick mich«, sage ich noch einmal. Ein paar Leute stehen um uns herum und befriedigen ihre voyeuristischen Gelüste, ohne zu wissen, was hier tatsächlich vor sich geht. Nie zuvor habe ich etwas so Idiotisches getan: mich dir wieder hinzugeben, dich wieder in mich aufzunehmen, nachdem wir uns doch getrennt haben. Aber ich denke nicht im Traum daran aufzuhören. Es ist das himmlischste Gefühl, das man sich vorstellen kann. Du fängst an, mich rhythmisch zu ficken, und richtest dich nach meinem Stöhnen. Ich kenne dich so gut, dass ich weiß, ob du mich fickst, um selbst zum Orgasmus zu kommen oder um mich zu befriedigen, und diesmal geht es dir nur um meine Lust. Und es funktioniert: Innerhalb kurzer Zeit bin ich kurz vor dem Orgasmus und flüstere dir ins Ohr, dass ich dich liebe.

Ich weiß, ich werde das bereuen, aber beim letzten Kuss konnte ich mich einfach nicht mehr bremsen. Und ob du es glaubst oder nicht, ich habe es ernst gemeint.

Du fickst mich schneller, und ich komme, winde mich unter dir, stöhne. Und jetzt spüre ich eine Veränderung in deinen Bewegungen – du bist selbst kurz vor dem Höhepunkt, und du wirst in mir kommen. »Komm für mich«, bettele ich, während mein Orgasmus noch in meinem Körper nachhallt. »Bitte. Komm in mir.« Du seufzt auf, und ich spüre, wie dein

Körper sich versteift und sich dann entspannt, als du dich in mich ergießt. Dein Saft überschwemmt meine Muschi, und ich fühle mich sicher und geborgen.

Vielleicht habe ich Recht damit, vielleicht aber auch nicht. Denn beim letzten Kuss vor deinem Orgasmus hast du gesagt: »Ich liebe dich auch.« Deine Stimme klang gepresst vom bevorstehenden Höhepunkt, und ganz egal, ob du es ernst gemeint hast oder nicht: Der Moment ist vollkommen, wie aus einem richtig billigen Liebesroman, wie eine Grußkarte mit einer schamlosen Schlampe darauf, umringt von einer kleinen Gruppe nackter, applaudierender Männer.

Das überrascht mich dann doch ein wenig: Als wir uns anziehen, nimmst du mich in die Arme und sagst es. Wollte ich das, wollte ich hören, dass du das sagst? Wahrscheinlich wollte ich es, ohne es selbst zu wissen. Ich rede nicht von »Ich liebe dich« – das hatte ich ja bereits gehört.

Nein, du hast gesagt: »Hast du Lust, einen Bissen essen zu gehen?«

Ich löse mich von dir und schaue dir mit gerunzelter Stirn in die Augen. »Soll das eine Verabredung werden?«, frage ich ernst.

»Ja«, sagst du. »Definitiv.« Nach kurzem Nachdenken fügst du hinzu: »Eine sehr merkwürdige, zugegeben.«

Ich schaue dir noch einen Augenblick in die Augen und lächle schließlich. Dann küsse ich dich, und zum ersten Mal an diesem Abend weiß ich, dass es nicht unser letzter Kuss sein wird und dass es nicht das letzte Mal gewesen ist, dass wir uns lieben. Das letzte Mal wird in ein paar Tagen, Wochen, Jahren stattfinden – wer weiß schon, wann? Das allerletzte Mal ist etwas Heiliges, und so sehr es mich auch erstaunt: Wir haben es noch vor uns.

Du kennst mich nicht

Du glaubst mich zu kennen, aber da irrst du dich. Dein leicht selbstgefälliger Blick sagt mir, dass du mich als den schüchternen Typ einstufst, als eine Art Mauerblümchen, strebsam und klug. Nun ja, auf jeden Fall klüger als du. Damit zumindest liegst du richtig. Und ich würde wetten, wenn du die Augen schließt und dir vorstellst, was ich wohl drunter trage, siehst du ein weißes oder auch pastellfarbenes, schlichtes Baumwollhöschen. Vielleicht findest du das ja irgendwie sexy, weil es so unschuldig wirkt. Vielleicht macht dich die Vorstellung an. Aber du solltest dich nicht zu sehr hineinsteigern, denn du liegst völlig falsch.

Sieh der Tatsache ins Auge: Du kennst mich nicht.

Und jetzt verrate ich dir ein kleines Geheimnis: Ich trage keine Pastellfarben. Nie.

Aber du glaubst immer noch, dass du mich kennst. Und es stimmt, du weißt einiges über mich. Du weißt zum Beispiel, dass ich all deine Fragen beantworten kann. Das ist mein Job, und den mache ich gut. Ich arbeite in der Rechercheabteilung, und wenn du irgendwelche Informationen brauchst – du brauchst sie natürlich immer sofort –, bin ich deine erste Anlaufstelle. Wenn ich die Antwort nicht ohnehin gleich im Kopf habe, hast du sie innerhalb einer Stunde. Ich bin gut. Ich weiß, wie ich mir eine Bibliothek zunutze machen kann. Und außerdem weiß ich, dass du mit deinen Kumpels über mich redest, dass ihr Witze reißt, euch erzählt, eine wilde Nacht würde mein eisiges Herz schon zum Schmelzen bringen. Oder, wie du es wahrscheinlich ausdrücken würdest: »Die muss einfach mal wieder richtig durchgefickt werden.«

Aber da irrst du dich.

Du kennst mich eben nicht.

Wenn du mich kennen würdest, wüsstest du genau, was ich brauche. Ich müsste es dir nicht sagen. Ich müsste dir die Regeln nicht erklären, die Vorschriften, die du befolgen musst, wenn du mit mir zusammen sein willst. Aber da du mich ja nicht kennst, mich nicht einmal ansatzweise verstehst, belasse ich es nicht bei einer Andeutung. Ich werde dir ganz genau erklären, was ich brauche.

Stell dir Folgendes vor: Du sitzt auf meinem Bett, auf dem äußersten Rand, schaust zu mir auf, und dein hübsches Gesicht blickt demütig. Geduldig erwartest du meinen nächsten Befehl. Ich stehe vor dir, in meinem schönsten schwarzen Korsett, perfekt geschnürt. Ich halte mich sehr aufrecht. Ich trage Netzstrümpfe und spitze, hohe Absätze, und mein langes, dunkles Haar ist nicht mehr zum ordentlichen Knoten gesteckt, sondern fällt offen herab. Es ist glatt und dicht und glänzt im Licht der zahlreichen, perfekt platzierten Kerzen. So hast du mich noch nie gesehen. Weder im wirklichen Leben noch in deiner Fantasie. Jetzt wird dir manches sehr viel klarer. Du begreifst, wie gründlich du dich in mir getäuscht hast. Du begreifst, dass du völlig falsch lagst, aber jetzt spielt die Vergangenheit keine Rolle mehr. Nur die Gegenwart ist noch wichtig.

Ich schaue dich an, sehe, wie du dich anstrengst, dich zu benehmen, wie dir der Kopf schwirrt von den Regeln, die ich dir früher an diesem Abend auseinander gesetzt habe. Wie kannst du meinem Willen ganz genau folgen, wo doch deine eigenen Wünsche immer stärker werden? Du willst mich einfach nur aufs Bett werfen und die Dinge mit mir tun, über die du mit den Jungs auf der dritten Etage redest. Mein Herz aus Eis zum Schmelzen bringen.

Aber es braucht sehr viel mehr, um mich zum Schmelzen zu bringen.

Ich schiebe das Ende meiner Reitgerte unter dein Kinn und zwinge dich, den Kopf zu heben und den Unterkiefer anzuspannen. Ich sage dir, was du als Nächstes zu tun hast, und meine Stimme klingt kalt, ruhig, gelassen. Als du antwortest, hat sich deine Stimme verändert. Ihr dunkler, voller Klang ist jetzt nicht mehr als ein Flüstern. Ein Zischen, wie Rauch in der Luft.

Ja, Herrin.

So ist es brav, will ich sagen. Guter Junge. Aber ich brauche nichts zu sagen. Ich muss einfach nur handeln. Handlungen haben Gewicht. Ich muss dir nicht sagen, dass du dich benehmen sollst. Ich bringe dich einfach dazu, dich zu benehmen, mit einer Mischung aus Macht, Stärke und einer kleinen, gezielten Dosis echter Schmerzen. Du tust, was ich will. Du legst dich bäuchlings auf das Bett, und dein Schwanz drückt sich an die Matratze. Du wartest, während ich um das Bett herumgehe, dich betrachte, und du hältst still, als ich noch einmal mit der Reitgerte deine Haut berühre. Doch diesmal verwende ich die Spitze meiner Waffe dazu, deinen Körper zu erforschen. Ich schiebe sie zwischen deine Schenkel, berühre deine Eier damit, schiebe sie in die Spalte zwischen deinen Pobacken.

Ich genieße jede Sekunde deiner Qual. Ich weiß, dass du Angst hast, und das erregt mich nur umso mehr. Ich weiß, dass du trotz deiner Angst erregter bist als je zuvor. Es ist deine geheime Fantasie, dich zu unterwerfen. Und meine ist es, dich mir zu unterwerfen.

Doch heute Nacht werde ich dich nicht erniedrigen. Keine Sorge. Ich will nur ein Regelwerk für die Zukunft aufstellen. Wir haben viel Zeit, einander kennen zu lernen. Heute Nacht will ich dir nur deinen Platz zuweisen und dir zeigen, was für einen Orgasmus es dir bescheren wird, dich zu unterwerfen.

Die Gerte ist heute nichts weiter als ein Accessoire, das dich erzittern lässt. Ich reize dich damit, bis du zu stöhnen beginnst, gebe dir ein paar leichte Klapse auf den nackten Hintern und beweise dir damit, dass du dich nicht weigern wirst, mein braver Junge zu sein. Im Gegenteil: Du reckst dich jedem Schlag entgegen.

Dann lege ich die Gerte beiseite und setze mich zu dir aufs Bett. Ich drehe dich um und reibe mit der Hand an deinem Schwanz. Ich bearbeite dich kräftig, genau im richtigen Rhythmus. Ich beträufele dich mit Gleitmittel, und du stöhnst auf, weil sich das so gut anfühlt. Die ölige Flüssigkeit erwärmt sich an meiner Haut, und du beginnst, dich zu winden und zu stöhnen. Es ist seltsam für dich, dass du nackt bist und bearbeitet wirst, während ich voll bekleidet bin und die Macht habe. Ich sehe in deinen Augen, wie du versuchst, damit zurechtzukommen. Du hast gedacht, ich würde stöhnen, nicht wahr? Keineswegs. Zumindest nicht jetzt. Jetzt will ich dich ausquetschen mit meiner Faust, und ich betrachte dich mit meinem eisigen Blick und warte auf den Höhepunkt deiner Lust.

»Noch nicht«, sage ich zu dir. »Noch nicht.« Doch du kannst nicht mehr warten.

Als du kommst, heftig und schnell in meiner Hand kommst, als du ungehorsam bist, weil einfach kein Gehorsam mehr möglich ist, lächle ich in mich hinein. Ich habe noch sehr viel vor mit dir; ich kenne Wege, dich immer höher und höher hinauf zu treiben, deine Grenzen immer mehr zu erweitern. Und du hast keine Ahnung – denn du kennst mich nicht.

Als sie tanzen war

Ich sag's ihr nicht, wenn du es ihr nicht sagst.

Es war schließlich ein Fehler. Wir wollten ja gar nicht, dass das passiert. Oder … zumindest du nicht.

Ich wollte es wohl irgendwie schon. Vorher nicht, aber währenddessen. Immerhin habe ich es zugelassen. Ich wusste ja, was passiert. Ich hatte das natürlich nicht geplant, aber … ich wusste, was passiert, als es passierte – und ich habe es trotzdem zugelassen.

Ich gestehe also: Ich bin die Böse. Du warst sicher einfach nur verwirrt, vielleicht auch ein bisschen betrunken, das weiß ich nicht so genau. Und du warst geil. Richtig geil. Und dein Schwanz war hart. Richtig hart. So hart, dass ich mir nicht sicher bin, ob ich heute überhaupt gehen kann. Und das will was heißen …

Ich sag's ihr nicht. Und du wirst es ihr auch nicht sagen. Sie wird es nie erfahren. Es bleibt unser kleines Geheimnis, ich verrate es nie auch nur einer Menschenseele.

Aber ich werde mich daran erinnern. Ich werde daran denken. Okay, ich will dir nichts vormachen: Ich werde sehr oft daran denken. Sehr, sehr oft.

Weißt du, ich war erregt. Es macht mich immer ganz heiß, wenn sie nicht da ist. Ich bin schon feucht, bevor sie die Tür hinter sich zugemacht hat. Ich weiß dann, dass ich das Zimmer ganz für mich allein habe, dass ich jede Menge Zeit habe für meine … Spielchen. Ich habe selbst ein paar Dessous, nur ganz wenige, die verstecke ich unter der Matratze. Da verknittern sie natürlich, also muss ich sie erst glatt streichen. Aber an mir sehen sie trotzdem gut aus. Nichts Besonderes – ein knapper String und ein Mieder, das meinen Bauch nur zur Hälfte bedeckt. Meine Brüste sehen darin richtig toll aus, weil es die Brustwarzen so betont. Und die richten sich immer auf, wenn ich mich in dieser Aufmachung betrachte.

Aber das war nur der Anfang. Ich bin anders als sie. Ich traue mich nicht, in diese Geschäfte zu gehen und richtig erotische Dessous zu kaufen. Aber ich habe mir ihre angeschaut, und ich weiß, sie geht in solche Läden. Ich habe in die Schublade geschaut, in der sie ihre Wäsche aufbewahrt. An den Wochenenden, als sie nicht da war. Als ich allein war.

Ihre Dessous sind richtig sexy.

Letzte Nacht ist Folgendes passiert:

Du weißt nichts davon, aber sie ist übers Wochenende weggefahren. Kennst du ihre Freundin aus der Stadt? Du weißt schon, die kennt all diese berühmten DJs aus Europa. Von der hat sie in letzter Minute eine Karte für einen absolut exklusiven Klub bekommen, wo ein richtig heißer DJ aufgelegt hat. Und du weißt doch, wie gern sie tanzt. Natürlich weißt du das. Sie tanzt *wahnsinnig* gern. Und sie sieht sehr sexy aus beim Tanzen. Jedenfalls hat sie eine Karte für diesen hippen Klub bekommen. Sie ist das ganze Wochenende weg, und deshalb war sie gestern Nacht auch nicht da. Sie musste sofort los, um noch rechtzeitig dort zu sein, und ihr Handyakku war leer, darum hat sie dich nicht angerufen. Sie hat mich gebeten, dir Bescheid zu sagen.

Ups. Hab ich wohl vergessen.

Ich habe schon früher mal ein paar Sachen von ihr anprobiert, ohne zu fragen. Sie würde mir fast alles leihen, bis auf die Sachen aus ihrer Wäscheschublade, das geht ihr zu weit. Also habe ich gar nicht erst gefragt. Ich habe einfach etwas herausgenommen und angezogen – so als würde ich mich gerade zum Ausgehen fertig machen, für irgendein anrüchiges Etablissement, einen Stripteaseklub oder so was. Du hast es letzte Nacht nicht sehen können, weil es dunkel war, aber ich bin sicher, du hast es schon mal bei besserer Beleuchtung an ihr gesehen. Bestimmt hat sie das Licht angelassen und es dir vorgeführt. Vielleicht hat sie sogar für dich getanzt, so wie ich für mich allein vor dem Spiegel getanzt habe, bevor du aufgetaucht bist. Das Set ist weiß und pink, irgendwie jungfräulich, aber auch nuttig, weil es so knapp, so zart und durchsichtig ist. Ich habe es nie an ihr gesehen, aber ich kann es mir vorstellen, und ich bin sicher, es sieht umwerfend an ihr aus.

Dann habe ich ein paar ihrer Schminksachen ausprobiert, den knallroten Lippenstift, den sie »Schwanzlutscher-Rot« nennt. Sie sagt, wenn sie diesen Lippenstift trägt, muss sie dir jedes Mal einen blasen. Wahrscheinlich hat sie dir erzählt, wie sie die Farbe nennt. Ich habe auch Lidschatten aufgelegt, dieses billige Achtzigerjahre-Blau, das sie trägt, wenn sie tanzen geht. Den habe ich ganz dick aufgetragen. Dann habe ich mich in dem großen Spiegel an der Zimmertür betrachtet. Ich sah wirklich aus wie ein Flittchen. Wie eine Stripperin oder so was. Der BH ist ein Push-up; sie hat etwas weniger Busen als ich, deshalb saß er bei mir sehr eng, und meine Brüste wirkten doppelt so groß wie sie sind. Richtig frech und einladend sahen sie aus in diesen Körbchen.

Und dazu noch ihre pinkfarbenen Strapse, die weißen Strümpfe, der passende pink-weiße String mit der Rosenstickerei am oberen Bündchen. Der ist so was von knapp. Ich kann mir gar nicht vorstellen, dass sie den je in der Öffentlichkeit trägt. Das kleine V mit der Rose darauf endet höchstens zwei Zentimeter über meiner Muschi. Ich zog den Tanga über die Strapse, um ihn ausziehen zu können, ohne sie abzunehmen. Aber das weißt du ja schon.

Weißt du, vielleicht hatte ich das Ganze doch irgendwie geplant, denn ich hatte dieses Set schon mal in ihrer Wäscheschublade gesehen. Vielleicht habe ich mich deswegen auch rasiert, gestern Morgen, unter der Dusche. Mich ganz rasiert – meine Muschi war vollkommen glatt. Vielleicht hatte ich also wirklich vor, die Sachen anzuprobieren. Es war ein schönes Gefühl, gestern den ganzen Tag die enge Jeans an meiner nackten, glatten Haut zu spüren, denn ich hatte nichts drunter an. Ich würde sterben vor Scham, wenn irgendwer wüsste, dass ich mich da unten rasiere.

Aber jetzt weißt du es ja. Du hast es letzte Nacht herausgefunden.

Ich habe keinen Freund wie sie. Es gibt also niemanden, der es sehen könnte. Ich habe einfach selbst Spaß daran. Ich mag es, so glatt zu sein da unten … aber jetzt weißt du es. Jetzt weißt du alles. Du weißt, dass ich mir die Muschi rasiere, und du weißt, wie ich mich von innen anfühle. Ich werde schon wieder wahnsinnig feucht, wenn ich nur daran denke.

Es war noch früh, etwa elf. Ich ließ die Hände über meinen Körper gleiten, berührte den glatten Satinstoff und das Spitzengewebe, das meine Brüste liebkoste, berührte meinen Bauch, meine Hüften, meine Muschi. Von draußen kam Musik, irgendeine große Party, auf der sich alle besaufen. Ich hatte keine Lust auf diese Party. Ich hatte auch allein meinen Spaß.

Also habe ich selbst Musik laufen lassen, auf voller Lautstärke, wie in einem Klub. Du kennst doch diese CD von ihr? *Musik zum Strippen* oder so ähnlich? Ein wilder, harter Sound mit vielen stöhnenden Frauenstimmen. Jede Menge Gitarren, wildes Schlagzeug, tiefer Bass … Wenn sie die CD auflegt, erregt mich das jedes Mal, auch wenn sie direkt neben mir sitzt. Ich werde jedes Mal feucht.

Die habe ich also auf voller Lautstärke laufen lassen. Und dann habe ich den Rock angezogen. Ich habe ihn schon oft an ihr gesehen, und jedes Mal war ich irgendwie neidisch. Er sitzt so tief auf den Hüften, dass ihr Tanga darunter hervorschaut. Und er ist so kurz, dass man alles sieht, wenn sie zu schnell aufsteht. Und zwar wirklich alles – wir reden hier nicht von einem kleinen Blick, den man erhascht, wenn sie nicht aufpasst.

Aber du weißt ja schon, dass ich den Rock anhatte, denn du hast ihn mir gestern Nacht ausgezogen. Du hast ihn mir ausgezogen und mich gefickt. Wahrscheinlich warst du der Grund, dass ich mir gerade diesen Rock ausgesucht habe. Denn sie hat mir erzählt, dass sie ihn nur anzuziehen braucht, wenn sie will, dass du sie richtig gut fickst.

Außerdem hat sie mir erzählt, was du mit ihr gemacht hast, als sie den Rock zum ersten Mal anhatte. Wie sie sich da plötzlich auf der Brücke wiedergefunden hat, über das Geländer gebeugt, mitten in der Nacht, und wie du ihr den Rock hochgeschoben und es ihr besorgt hast, richtig intensiv, sodass sie praktisch sofort gekommen ist und dann gleich noch mal, bevor du deine Ladung abgeschossen hast, und sie hat sich nicht darum geschert, ob irgendwer sie hören konnte. Ja, das hat sie mir erzählt. Sie hat mir erzählt, du hättest den Rock so weit hochgeschoben, dass er gerissen ist und sie ihn nähen musste. Und sie hat erzählt, wie du sie versohlt, sie »mein kleines Mädchen« genannt, sie in den Nacken gebissen und schmutzige Sachen zu ihr gesagt hast, und noch mehr so unanständiges Zeug. Mein Gott, ich bin so feucht geworden, als sie mir das erzählt hat. Ich dachte immer, du bist ein netter Kerl, vielleicht hat es mich deshalb so angemacht. Aber ich glaube auch, dass sie umwerfend aussah, da auf der Brücke, mit dem Hintern in der Luft und den weit gespreizten Beinen. Sie hat mir erzählt, wie sie beim zweiten Orgasmus geschrien hat. Und beim dritten. Von dem dritten wusstest du wahrscheinlich gar nichts. Es war ihr peinlich, weil es passiert ist, als du sie versohlt hast. Da ist sie ganz heftig gekommen. Das hätte ich dir wahrscheinlich nicht sagen sollen. Es war ihr peinlich, dir zu erzählen, dass sie durch deine Schläge gekommen ist, aber so war es nun mal. Daran denke ich wirklich oft.

Ich denke überhaupt sehr oft an diese Geschichte – streng genommen die ganze Zeit. Ich könnte einen Orgasmus nach dem anderen kriegen, wenn ich daran denke, wie du sie auf der Brücke gefickt hast. Darum habe ich den Rock angezogen. Und darum habe ich auch das bauchfreie Top angezogen, das sie trug, als du sie auf der Brücke gefickt hast. Das Top, das du hochgeschoben hast, um ihre Brüste anzufassen, während du es ihr von hinten besorgt hast. Das bauchfreie Top mit der Aufschrift »Porn Star«. Und in gewisser Hinsicht ist sie seit dieser Nacht ja auch ein Pornostar, denn sie hat mir davon erzählt, und jetzt spielt sie die Hauptrolle in all meinen Fantasien. Sie steht da, über das Geländer gelehnt, während du sie fickst und ihre Titten anfasst. Ich mag es, wenn sie dieses Top trägt, es sieht toll an ihr aus. Ihre Brustwarzen zeichnen sich darunter ab, weißt du noch? Sie trägt ja keinen BH darunter, und man sieht ihre Brustwarzen, auch wenn sie nicht hart sind. Sie sind allerdings meistens hart, wenn sie dieses Top trägt. Sie hat mir erzählt, dass sie es gern hat, wenn ihr die Männer auf die Brüste schauen. Du weißt doch bestimmt noch, wie sexy sie aussieht in diesem Top, unter dem sich die Brustwarzen aufrichten und aller Welt verkünden, dass sie feucht wird unter den Blicken der Männer? Natürlich weißt du das noch. Du schaust ihr wahrscheinlich selbst die ganze Zeit auf die Brüste, wenn sie das Top trägt. Ich mache das auch immer. Manchmal fällt es mir richtig schwer, wieder wegzuschauen.

Und jetzt malten sich meine darunter ab. Meine Brustwarzen. Obwohl ich einen BH trug, saß der leichte Stoff doch so eng über meinen Brüsten, drückte sie nach oben, drängte sie an den engen Baumwollstoff. Wie gesagt, ich habe etwas mehr Busen als sie, also saß das bauchfreie Top wirklich eng, es spannte ein wenig über den Brüsten, und ich konnte es nicht besonders weit nach unten ziehen. Es ließ meinen ganzen Bauch frei. Ich fand das sehr sexy. Ich fand meine ganze Aufmachung sehr sexy, vor allem, weil unter dem Saum des Rockes die weiße Spitze oben an den Strümpfen hervorlugte. Das ließ mich daran denken, wie unglaublich kurz dieser Rock war, und dass ich diese nuttigen Strapse trug. Ich sah wirklich toll aus. Du hast mich nicht sehen können, weil es dunkel war, aber ich sah wirklich richtig toll aus.

Vor allem sah ich toll aus, als ich anfing zu tanzen. Ich stellte mir vor, ich wäre eine Stripperin und würde ein wenig tanzen, ganz allein für mich. Als ich sah, wie toll ich aussah, wurde ich noch viel feuchter. Mein Kitzler begann zu pulsieren. Ich ließ die Hände über meinen Körper gleiten und zog den Rock nach oben, sodass ich den Tanga sehen konnte und meine rasierte Muschi. Ich fuhr mit dem Finger über die Stelle, wo der Riss war, und dachte daran, wie du ihr den Rock so heftig hochgeschoben hast, dass er gerissen ist, wie du daran gezerrt hast, weil du es nicht erwarten konntest, deinen

Schwanz in sie reinzustecken. Es hat mich richtig heiß gemacht, die gerissene Stelle zu spüren, sie zu berühren. Ich bewegte mich zur Musik und fragte mich, wie es wohl wäre, wenn mich jemand sehen könnte. Ich betrachtete meinen Körper beim Tanzen, versuchte, mich noch erotischer, noch nuttiger, noch provokativer zu bewegen. Ich sah toll aus. Richtig heiß sah ich aus.

So heiß, dass ich mich irgendwann nicht mehr beherrschen konnte.

Ich holte meinen Vibrator unter der Matratze hervor und drehte mich mit dem Rücken zum Spiegel. Dann beugte ich mich nach vorn, sodass der Rock über meinen Hintern hochrutschte und ich das pinkfarbene Spitzenhöschen sehen konnte. Ich schob den Rock noch weiter nach oben, spreizte die Beine ein wenig und zog den Tanga beiseite, den Blick auf den Spiegel geheftet.

Dann fing ich an, mich zu ficken.

Wenn ich mich damit ficke, schalte ich den Vibrator nicht ein. Mir gefällt einfach nur die Form. Ich mag es, ihn so hart in meiner Muschi zu spüren, an dem Punkt dort oben, der mich immer zum Orgasmus bringt. Das ist der G-Punkt. Den hast du gestern Nacht auch berührt, ganz wunderbar sogar. Wahrscheinlich liegt es daran, wie dein Schwanz geformt ist. Es hat mich sehr überrascht, aber du hast ihn jedes Mal genau berührt, bei jedem Stoß. Ich werde schon wieder ganz feucht, wenn ich dir das erzähle.

Da stand ich also, habe mich vorgebeugt und mich von hinten gefickt und dabei über die Schulter in den Spiegel geschaut. Ich habe beobachtet, wie sich mein Hintern auf und ab bewegte, und mir vorgestellt, dass ich keinen Vibrator, sondern einen Schwanz in mich hineinstieß.

Eigentlich hätte ich sofort kommen können. Ich war so

nah dran, dass ich aufhören musste, denn ich wollte noch nicht. Erst wollte ich noch ein bisschen tanzen. Ich bewegte mich zur Musik, spürte, wie sie durch meinen Körper pulsierte. Ich war so unsagbar feucht, ich hätte jeden gevögelt, der ins Zimmer gekommen wäre. Nimm das bitte nicht persönlich.

Ich fing an zu schwitzen, als ich so in dem kleinen Zimmer tanzte. Das bauchfreie Top wurde ein bisschen feucht. Und das hat mich auf die nächste Idee gebracht. Ich ging zu ihrem Nachttisch hinüber und holte ihr Parfüm heraus. Ich trage eigentlich kein Parfüm. Und es hat mich ... na ja, ehrlich gesagt, es hat mich erregt, so zu tun, als wäre ich sie. Sie ist wirklich sehr sexy, weißt du? Natürlich weißt du das. Du weißt ganz genau, wie sexy sie ist.

Also habe ich mein Kinn gereckt und mich mit dem Duft eingesprüht.

Vielleicht habe ich ein bisschen viel genommen. Es duftete sehr intensiv. Aber jetzt roch ich wie sie. Ich tanzte noch ein bisschen, und meine Erregung wuchs. Am liebsten hätte ich einen großen Spiegel am Bett gehabt, dann hätte ich die Beine gespreizt, mich in dieser sexy Aufmachung gefickt und zugeschaut, wie ich den Vibrator in meine Muschi stoße. Aber ich hatte keinen großen Spiegel, und ich wollte nur noch gefickt werden. Also legte ich mich auf mein Bett.

Der Vibrator glitt mühelos hinein, der Kunststoff fühlte sich hart an in meiner Muschi, drängte sich an den G-Punkt. Ich hörte mein Stöhnen, so laut, dass ich Angst hatte, die Nachbarn könnten mich auch hören, trotz der Musik. Ich würde jeden Moment kommen, aber eigentlich wollte ich immer noch nicht. Ich mochte es, mich zu ficken. Ich wollte mich so heftig ficken wie nur möglich.

Und dann bin ich wohl auf die Idee gekommen.

Ja. Sie hat's mir erzählt. Alles.

Sie hat es mir detailliert beschrieben. Keine Angst, das schockiert mich nicht. Ich finde es irgendwie cool. Ich finde es sexy, dass sie das mag. Es ist schon ziemlich verdorben, aber gut verdorben. Irgendwie mutig. Waghalsig. Sexy eben.

So wollte ich es auch besorgt kriegen. Wie sie.

Ich hatte schon genug gehört, um zu wissen, dass man etwas braucht, um ihn leichter hineinzukriegen. Aber ich hatte natürlich nichts. Wenn ich den Vibrator in mich reinstecke, brauche ich normalerweise kein Gleitmittel. Dann bin ich immer schon so feucht, dass er einfach reinflutscht, ehe ich mich versehe. Aber es ist schon etwas anderes, ihn *da* reinzustecken. Ich hatte noch nie irgendetwas da drin.

Inzwischen natürlich schon.

Aber gestern Abend noch nicht.

Sie hat jede Menge Gleitmittel in ihrer Wäscheschublade. Das habe ich beim Herumstöbern entdeckt. Große Tuben, richtig groß, mindestens ein Liter. Aber das weißt du ja, du machst das ja ständig mit ihr.

Ich wollte es machen, es wenigstens ausprobieren. Ich wollte mir etwas da reinstecken, und ich war so erregt, dass ich sicher war, es würde mir gelingen.

Also habe ich mich bäuchlings auf mein Bett gelegt, den Hintern in die Luft gereckt und die Tube aufgeschraubt.

Dann habe ich ein bisschen von dem Zeug auf meinem Hintern verteilt ... aber es schien mir noch nicht genug zu sein. Also habe ich etwas mehr genommen und es dann mit der Hand verrieben. Ich habe auch etwas auf die Spitze des Vibrators geträufelt. Einen dicken, feuchten Klecks. Dann habe ich ein bisschen unbeholfen den Arm nach hinten gestreckt und versucht, den Vibrator hineinzuschieben.

Und ich habe ihn auch reingekriegt – etwa zwei Zentimeter. Es hat sich gut angefühlt. Richtig gut. Aber das weißt du bestimmt. Du musst doch gemerkt haben, dass mir das gefällt. Aber es kam so unerwartet. Ich fing am ganzen Körper an zu zittern und dachte, ich würde kommen.

Und so ist es dann passiert. Es war ein richtiges Schlachtfeld.

Überall Gleitmittel.

Ich habe völlig die Nerven verloren. Ich weiß, das ist albern, aber es war mir so wahnsinnig peinlich. Ich weiß ja nicht mal, wo man das Zeug kauft. Jetzt hatte ich ihr ganzes Gleitmittel verbraucht, und sie würde alles herausfinden, und außerdem war mein Bett voll von dem Zeug, genau in der Mitte, wo ich normalerweise schlafe. Und mein Bett ist nicht so breit, dass ich auf der anderen Seite hätte schlafen können.

Ich war wütend auf mich. Es war mir unendlich unangenehm. Ich hatte das Gefühl, richtig in der Klemme zu sitzen.

Die Handtücher haben auch nichts genützt. Absolut gar nichts. Damit habe ich das Gleitmittel nur noch mehr verteilt, es zog ins Laken ein und in die Matratze. Ich weiß, ich weiß, man soll eine Matratzenauflage verwenden. Und nachdem ich alle vorhandenen Handtücher dreckig gemacht hatte bei dem Versuch, das Gleitmittel aufzuwischen, war es auch Essig mit der großartigen Idee, auf einem Stapel Handtücher zu schlafen.

Tja … sie würde ihr Bett ja heute sicher nicht mehr brauchen.

Und ich war nicht so verrückt, jetzt noch weiterzumachen. In ihrem Bett würde ich nie masturbieren. Niemals.

Ich hatte eine Stunde lang versucht, das Gleitmittel aus meinem Bett zu entfernen, und war todmüde. Ich fühlte mich schuldig, kam mir vor wie eine Idiotin, und obwohl meine

Muschi sich so sehr danach sehnte, war ich viel zu durcheinander. An einen Orgasmus war nicht mehr zu denken.

Also ließ ich es bleiben. Aber ich hatte keine Lust, mich auszuziehen. Ich war zu erschöpft, und außerdem trug ich diese Kleider gern.

Und waschen musste ich sie ja ohnehin. Also habe ich nur ihre aufreizend hochhackigen Schuhe abgestreift. Dann schaute ich ein letztes Mal in den Spiegel, auf mein umwerfendes Spiegelbild, und warf ihm eine Kusshand zu.

Und dann kroch ich in ihr Bett.

Ich finde es toll, wie sie riecht. Und damit meine ich nicht nur ihr Parfüm, ihre Seife und den ganzen Kram, sondern den Geruch ihres Körpers. Das geht dir wahrscheinlich genauso. Es ist ein moschusartiger, erotischer Duft, und manchmal erregt es mich richtig, sie zu riechen, wenn wir beide hier allein sind. Oder auch, wenn sie nicht da ist und ihr Geruch in ihrer Bettwäsche und ihren Kleidern hängt.

Gut, ich geb's zu. Ich habe an ihren Kleidern gerochen. Nicht sehr oft, aber manchmal habe ich diesen zusätzlichen Reiz eben gebraucht. Sie riecht einfach so gut. So sexy.

Und da lag ich dann im Dunkeln in ihrem Bett und wurde immer geiler. Ich wollte unbedingt einen Orgasmus haben. Aber ich hatte ein ungutes Gefühl nach der Sache mit dem Gleitmittel. Also versuchte ich zu schlafen.

Es hat ewig gedauert, mindestens eine Stunde. Ich lag da, in ihrem Duft, dachte an sie, dachte an dich. Stellte mir vor, wie ihr beide es in diesem Bett getrieben habt, wo ich jetzt versuchte zu schlafen. Stellte mir vor, wie du … diese Sache mit ihr gemacht hast.

Als mir langsam die Augen zufielen, habe ich meine Muschi berührt. Nur ein bisschen, um zu sehen, ob sie noch feucht war. Und das war sie. Sehr feucht sogar. Es war schön, sie anzufassen, aber ich wusste, dass ich nicht zu weit gehen durfte. Ich wusste, dass ich nicht kommen durfte.

Schließlich bin ich dann doch eingeschlafen. Kennst du das, wenn man ganz plötzlich fest schläft? So war das bei mir. Und als ich aufwachte, wusste ich erst weder, wo ich war, noch was das für ein Geräusch sein konnte, da am Fenster.

Ich sah dein Bein auf der Fensterbank und gleich darauf den Rest von dir. Du hast das Fenster hinter dir zugezogen und verriegelt.

Es war ziemlich dunkel. Die Straßenlampen werden hier um halb drei abgeschaltet, wahrscheinlich, um Strom zu sparen. Keiner von uns beiden konnte also viel sehen.

Du bist sehr rücksichtsvoll, ein Gentleman. Ich hörte, wie du dich an mein Bett geschlichen und dich darüber gebeugt hast. Ich wusste immer noch nicht recht, wer ich war, wo ich war und was da passierte, aber wenn ich daran zurückdenke, scheint mir, dass du dich vergewissern wolltest, ob ich da bin.

Ich hörte, wie du auf mein Kopfkissen geklopft hast, um ganz sicher zu sein.

Dann hörte ich das Geräusch eines Reißverschlusses.

Du hast dich ganz ausgezogen. Langsam kam ich wieder zur Besinnung, während ich dalag und auf die Geräusche lauschte.

Dann hörte ich Schritte, leise, auf Zehenspitzen.

Ich spürte, wie dein Körper unter die Decke glitt. Dein nackter Körper.

Und ich gebe es zu: Gleich, als ich diese Berührung spürte, wollte ich es. Ich wollte, dass du mich fickst. Zuerst wusste ich nicht recht, wer ich war: sie oder ich, in meinem Bett oder in ihrem – und ich wusste nicht, ob du mein Freund warst oder ihrer. Aber als dein nackter Körper meinen berührte, war mir das alles egal.

Ich lag auf dem Rücken und spürte dein Gewicht auf mir. Du bist sehr groß, und du hast dich schwer angefühlt – sexy, hart, imposant. Meine Muschi wäre sofort feucht geworden, wenn sie nicht ohnehin schon feucht gewesen wäre.

Du hast dein Gesicht an meinen Hals gedrückt und meinen Duft tief eingesogen. Du hast ihr Parfüm gerochen, vielleicht auch ihren Duft auf dem Kissen, am Laken und an der Bettdecke. Ich weiß es nicht. Auf jeden Fall hast du nicht einen Augenblick gezögert.

Du hast mich geküsst.

Ich spürte, wie deine Zunge in meinen Mund eindrang, mich öffnete. Sofort richteten sich meine Brustwarzen auf, und meine Muschi wurde feucht und begann zu pulsieren, so sehr, dass ich alles getan, jede Rolle gespielt hätte, um einen Schwanz in sie hineinzukriegen. Und dann spürte ich dein bereits steifes Glied, es drückte sich an meinen Bauch, als du mich geküsst hast.

Ich wimmerte leise, als ich spürte, wie meine Brustwarzen sich jetzt ganz hart an deine nackte Brust pressten. Du hast genau gewusst, was ich anhabe und wie du es mir ausziehen musst.

Du hast das Top nach oben geschoben und den BH aufgemacht.

Dann hast du angefangen, an meinen Brustwarzen zu saugen.

Nur ein Wort. Ich hätte nur ein Wort sagen müssen, und alles wäre vorbei gewesen. Du hättest gewusst, dass ich nicht sie bin. Aber ich biss mir auf die Lippen, erlaubte mir nicht einmal zu stöhnen, aus Angst, du könntest etwas merken. Du hattest mich ja noch nicht stöhnen hören. Nun, inzwischen schon. Inzwischen hast du mich sehr häufig stöhnen hören.

Also hielt ich still, spürte die elektrisierende Berührung deiner Lippen und deiner Zunge an meinen Brustwarzen. Spürte, wie sich deine Zähne sanft darum schlossen, zart hineinbissen.

Sie mag das, ich weiß es. Sie hat mir erzählt, wie sehr ihr das gefällt. Manchmal bringt sie das allein schon fast zum Orgasmus. Ich mag es auch, aber das habe ich bis jetzt noch niemandem erzählt. Nicht einmal ihr, als sie mir erzählt hat, dass sie es mag. Da bin ich nur rot geworden und habe mich abgewendet. Ich glaube, sie erzählt mir gern Sachen, von denen ich rot werde.

Ich legte die Arme um deine Schultern und drückte deinen Kopf fester an mich. Du hast stärker gesaugt und mit einer Hand sanft meine andere Brustwarze geknetet. Die freie Hand wanderte an meinem Körper entlang.

Als du den Rock ertastet hast, hast du leise gesagt: »Ich liebe es, wenn du diesen Rock trägst.«

Dann hast du mich heftig geküsst, deine Zunge tief in mich hineingestoßen. Dein Schwanz an meinem Bauch war jetzt wahnsinnig steif. Er kam mir so riesig vor, dass ich ein bisschen Angst hatte. Ich spürte, wie du mir beim Küssen den Rock hochgeschoben hast.

Dann hast du mir den String ausgezogen.

Ich lag regungslos da, wie versteinert, als du das Höschen über meine bestrumpften Schenkel und meine Fesseln nach unten gezogen hast. Ich konnte nichts sehen, aber ich hörte dich tief Luft holen.

»Ich liebe den Geruch deiner Muschi«, sagtest du.

Da fing ich an zu stöhnen, weil ich mich einfach nicht mehr beherrschen konnte. Du hast dich wieder an mir hinaufgearbeitet, meine Strümpfe geküsst und die Spitzenränder.

Dann hast du dich ganz meinen Schenkeln gewidmet.

Deine Zunge näherte sich langsam, mit kreisförmigen Bewegungen, meiner Muschi.

Und das war der Punkt, nach dem es kein Zurück mehr gab. Jetzt hätte ich wirklich etwas sagen sollen. Ich weiß nur nicht genau, was. Vielleicht: »Du solltest das nicht tun. Ich bin nicht deine Freundin …«

Aber ich habe nichts gesagt.

Ich habe nur langsam die Beine gespreizt, so weit wie möglich.

Als deine Zunge meinen Kitzler zum ersten Mal berührte, verkrampfte sich mein ganzer Körper, ich riss den Mund weit auf und krallte mich in das Laken, das nach ihr roch. Ich steckte mir die Faust in den Mund und biss darauf, um nicht laut zu schreien, so gut fühlte sich das an. Es war, als würde ich den Vibrator an meinen Kitzler drücken, kurz nachdem ich ihn in mir hatte, als wäre ich schon an der Schwelle zum Orgasmus, als würdest du mir zu Hilfe kommen, um mich so weit zu bringen.

»Du hast dich rasiert«, sagtest du zwischen meinen Beinen hervor, und deine Stimme klang tief und heiser vor Verlangen. »Du weißt, wie sehr ich mir das gewünscht habe. Danke. Deine Muschi sieht so sexy aus, wenn sie rasiert ist.«

Wieder senkte sich deine Zunge auf meinen Kitzler, und meinem verschlossenen Mund entfuhr ein jämmerliches kleines Wimmern. Ich wand und krümmte mich unter deiner Berührung.

Dann bist du wieder nach oben gekommen und hast gesagt: »Heute Nacht werde ich dich richtig gut vögeln. Ich will dir zeigen, was es mir bedeutet, dass du das für mich getan hast. Dass du dich rasiert und extra für mich angezogen hast. Du bist eine kleine Schlampe, und das gefällt mir verdammt gut, Baby. Ich werde dich ficken, bis du schreist. Du wirst drei Tage nicht mehr laufen können, Baby.«

Mehr brauchte ich nicht. Diese Wörter hätten schon fast genügt, um mich zum Höhepunkt zu bringen, aber erst bei der nächsten entschlossenen Berührung deiner Zunge war es so weit. Ich kam so intensiv, dass ich meine Hand aus dem Mund nahm und den tiefen, zitternden Lustschluchzern freien Lauf ließ. Ich glaube, so intensiv bin ich vorher noch nie gekommen ... und das war ja nur der Anfang.

Du hast nicht aufgehört. Du hast mich gierig immer weiter geleckt, als wärst du ganz verrückt nach dem Geschmack meiner Muschi, verrückt nach der glatt rasierten Haut. Ich konnte mich nicht mehr beherrschen. Ich wand mich auf dem Bett, krallte mich in das Kissen, schlug darauf ein, so fest ich konnte, und kam und kam und kam. Und du hast nicht aufgehört, bis ich schließlich nur noch mit schwacher, leiser Stimme »Bitte ... bitte ... bitte« jammern konnte. Ich konnte dich nicht einmal mehr bitten, die Lust zu beenden, die mich so vollkommen überwältigte. Ich war ganz und gar in deiner Macht, hilflos deinem Mund ausgeliefert, der mich verschlang. Ich machte mir nicht einmal mehr Sorgen darüber, dass du herausfinden könntest, wer ich war, aber ich glaube, dass meine Stimme in diesem Zustand ihrer so ähnlich war, dass du nichts gemerkt hast. Da hast du deinen Mund von meiner Muschi gelöst, und ich hörte dich auf dem Bett herumrutschen und spürte dann dein ganzes Gewicht auf mir.

Ich wusste, was jetzt passieren würde.

Du würdest mich ficken.

Auch da hätte ich die Sache noch aufklären können, aber ich konnte wirklich keinen klaren Gedanken mehr fassen. Ich war nur noch ein zuckendes Bündel Lust, da unter dir auf dem Bett. Und ich wollte deinen Schwanz so sehr, ich hätte dir sogar weisgemacht, Eleanor Roosevelt zu sein, wenn dich das dazu gebracht hätte, ihn mir reinzustecken.

Ich hatte schon mal Sex, ich bin keine Jungfrau mehr.

Vielleicht ist es dir nicht so klar, aber du bist wirklich gut gebaut. Du hast einen riesengroßen Schwanz. Vor allem die Eichel. Die ist so prall – wenn ich Zeit zum Nachdenken gehabt hätte, hätte ich dir nie erlaubt, sie in mich zu stecken. Auch nicht, wenn du nicht ihr Freund gewesen wärst. Ich wusste ja schon, wie groß dein Schwanz ist, das hat sie mir erzählt. Sie erzählt mir alles. Sie hat mir erzählt, dass sie sich erst daran gewöhnen musste, dass sie sich am Anfang richtig anstrengen musste, um ihn in sich hineinzukriegen. Aber jetzt findet sie das toll.

Ich fand es gleich von Anfang an toll, trotz der ersten Welle der Angst, als ich merkte, dass es gleich passieren würde, als ich spürte, wie deine Eichel sich an meine Muschi drückte, zwischen meinen geschwollenen Schamlippen auf und ab glitt, sich dick und groß in meinen Eingang drängte. Du bist gewöhnt, sie zu ficken, und ich weiß, dass sie es gern schnell und hart hat, ohne großes Vorspiel, ohne großes Drumherum, einfach gleich ganz tief hinein.

Und so hast du es auch mit mir gemacht.

Aber ich bin wohl enger gebaut als sie, da unten. Dein Schwanz stieß in mich hinein, und ich wölbte den Rücken, und ... versteh mich nicht falsch, es fühlte sich gut an, unglaublich gut, aber trotzdem glaubte ich zuerst, dass es mich gleich zerreißen würde. Und ich hätte dich aufgehalten, wenn ich dazu in der Lage gewesen wäre.

Das war ich aber nicht, denn ich kam immer noch.

Natürlich nicht richtig, ich war nicht mehr mitten im Orgasmus. Aber die Wellen liefen immer noch durch meinen

Körper, und ich hatte das Gefühl, dass ich gleich noch einmal kommen würde. Meine Muschi war so empfindlich, so unglaublich empfindlich, und sie zog sich durch den intensiven Orgasmus so fest zusammen, dass sie dich nicht in sich aufnehmen wollte.

Außerdem habe ich ja keinen Freund. Ich bin das nicht gewöhnt. Das letzte Mal hatte ich vor etwa einem Jahr Sex, und insgesamt habe ich es noch nicht besonders oft getrieben. Vor allem nicht mit einem Mann von deiner Größe.

Als dein Schwanz also in mich eindrang, riss ich den Mund weit auf und streckte instinktiv die Arme aus, presste meine Handflächen an deine Brust. Ich wollte nicht, dass du ihn wieder herausziehst, aber mein Instinkt und meine Reflexe sagten mir, dass ich nicht in der Lage war, ihn aufzunehmen, dass das völlig unmöglich war. Also wollte ich dich wegschieben.

Ich glaube, sie mag es ein bisschen rauer. Um genau zu sein, weiß ich das sogar. Ich weiß von den Handschellen, ich weiß, dass sie es mag, wenn du ihre Handgelenke fest hältst. Aber trotzdem hat es mich völlig überrascht.

Du hast meine Handgelenke umfasst und meine Arme nach unten gedrückt, dich vorgebeugt und mich mit deinem ganzen Gewicht auf das Bett gepresst. Dann hast du deinen Schwanz mit aller Kraft in mich hineingestoßen, so heftig, dass ich glaubte zu explodieren. Ich hatte das Gefühl, dass dein Schwanz mich völlig ausfüllt, dass er eigentlich oben wieder rauskommen müsste. Und das war noch lange nicht alles.

Wahrscheinlich magst du das auch. Du magst es ein bisschen rauer. Du magst es, sie ein bisschen zu zwingen, nichts Perverses natürlich, aber ich weiß, dass ihr es oft so macht. Ich weiß, dass du sie fest hältst und sie dann heftig fickst. Richtig heftig.

Und das hast du jetzt mit mir gemacht, während ich hilflos unter dir lag, gefesselt durch dein Gewicht und deine Hände, die meine Handgelenke an die Matratze drückten und mich zwangen, dich in mich aufzunehmen. Ich wusste, wenn ich den Mund aufmachte, auch nur ein Wort sagte, würde alles herauskommen. Und stell dir einmal vor, wie ich mich gefühlt habe, als mir das Seminar einfiel, das ihr besucht habt. Die Sache mit den Safe-Wörtern. Mir fiel ein, dass ich ihr Safe-Wort nicht kannte, dass also nichts, was ich sagen würde, dich dazu bringen konnte aufzuhören, dass ich absolut und vollkommen machtlos war und ganz dir gehörte.

Und das wirklich Überraschende daran ist: In diesem Moment bin ich gekommen.

Heftig gekommen. Es war keine Fortsetzung des ersten Orgasmus, wie es manchmal passiert, wenn ich mit dem Vibrator masturbiere. Es war ein völlig neuer Orgasmus, auf einer ganz anderen Ebene. Als du deinen Schwanz in mich hineingestoßen hast, bin ich so intensiv gekommen, dass ich – das schwöre ich – kurz das Bewusstsein verloren habe. Ich verlor mich in dem Gefühl, von deinem Schwanz gepfählt zu werden, von dir ans Bett gefesselt zu sein.

Warum habe ich dich nicht gestoppt? Ich hätte nur deinen Namen sagen müssen, dann hättest du meine Stimme erkannt, hättest gewusst, dass ich nicht sie bin. Aber ich habe es nicht getan. Wahrscheinlich wollte ich nicht.

Als die Empfindungen nachließen und der intensivste Orgasmus meines Lebens noch in mir nachhallte, hörte ich dich etwas sagen. »Du bist heute wahnsinnig eng«, hast du geknurrt, in rauem, unsensiblem, gefühllosem Ton. »Seit wann bist du denn ’ne Jungfrau?«

Bei jeder anderen Gelegenheit hätte mich das maßlos aufgeregt. Ich kann es nicht ausstehen, wenn die Leute mich für eine naive Jungfrau halten. Aber aus irgendeinem Grund habe ich nicht so reagiert, als du mich fest gehalten und mich gefickt und das gefragt hast. Ich habe völlig anders reagiert.

Ich bin noch einmal gekommen.

So etwas hatte ich noch nie erlebt. Einfach so zu kommen, überraschend und plötzlich, ohne damit zu rechnen. Das war unglaublich. Absolut unglaublich. Ich hätte alles für dich getan. Und deshalb habe ich nicht Nein gesagt, als du dich aus mir zurückgezogen, von neuem meine Handgelenke umfasst und mich gezwungen hast, mich aufzusetzen. Kein echtes und auch kein gespieltes »Nein«. Ich wollte es so sehr, und ich ahnte, was jetzt kommen würde.

Gut, ich hab's noch nie gemacht. Das heißt, jetzt natürlich schon. Aber vor gestern Nacht noch nie. Ich hätte nie gedacht, dass ich das wollen würde. Und ich hätte ganz bestimmt nie gedacht, dass ich es tun würde, nachdem er gerade in meiner Muschi war.

Aber ich gehörte dir. Absolut und vollkommen. Ich hatte keinen eigenen Willen mehr, wollte nur noch deinen Schwanz – auf jede erdenkliche Weise.

»Nimm ihn in den Mund!«, sagtest du, und der Ton deiner Stimme verriet mir, dass du das immer zu ihr sagst. Ich weiß natürlich, dass sie es macht. Sogar recht häufig. Es gefällt ihr richtig. Sie erzählt mir immer wieder davon. Sie schluckt sogar gern.

Und ich hatte nicht einmal Angst, dass du merken könntest, dass ich nicht sie bin. Ich war einfach … na ja, ich wollte es. Ich wollte es unbedingt.

Also habe ich mich darauf eingelassen.

Dein Schwanz ist wirklich riesig. Riesengroß. Eigentlich passt er gar nicht recht in meinen Mund. Ich muss den Mund weit aufmachen, ganz weit. Und das habe ich getan, und dann habe ich daran gelutscht.

Mein Gott, es war unglaublich. Jedes Mal, wenn ich deine dicke Rute tief in mich hineinnahm, spürte ich ein Pulsieren in meiner Muschi. Ich wollte ihn so sehr, ganz und gar.

Ich weiß, dass sie auch Deep-Throating macht. Sie erzählt mir ja alles. Sie hat mir sogar erklärt, wie das geht. Allerdings hat sie bestimmt nicht damit gerechnet, dass ich es an dir ausprobieren würde.

Aber mir war jetzt alles egal. Ich wollte deinen Schwanz ganz in mir haben.

Also habe ich tief eingeatmet, ganz tief, denn dein Schwanz ist wirklich riesig. Und als ich deine pralle Eichel hinten in der Kehle spürte, habe ich geschluckt.

Versteh mich nicht falsch: Ich hatte Angst. Du bist so groß. Und ich hatte das ja noch nie gemacht, noch nie einen Schwanz gelutscht und erst recht noch nie einen in meiner Kehle gehabt. Ich hatte furchtbare Angst. Aber ich wollte es so sehr. Wenn ich gekonnt hätte, hätte ich einen Rückzieher gemacht. Und du hättest mich das auch tun lassen – ich hätte einfach nur deinen Namen sagen müssen, und du hättest gewusst, wer ich bin. Aber ich konnte den Gedanken nicht ertragen, deinen Schwanz nicht an all den Stellen meines Körpers gehabt zu haben, in die er hineinpasst – selbst wenn er eigentlich gar nicht hineinpasst.

Ich habe mitgezählt. Ich brauchte etwa acht Anläufe. Sie braucht meistens nur zwei oder drei, das weiß ich, und ich lief rot an und hatte Angst, du könntest merken, dass ich nicht sie bin, weil ich so lange brauchte, um ihn zu schlucken. Aber falls du den Unterschied bemerkt hast, hast du nichts gesagt. Du hast einfach nur den Kopf in den Nacken gelegt und gestöhnt.

Und das hat mich so angemacht. Dein Stöhnen zu hören und zu wissen, dass ich der Auslöser bin. Hätte ich meinen Vibrator an meinen Kitzler drücken können, ich wäre gekommen. Aber das ging natürlich nicht. Sie hasst Vibratoren, hat noch nie einen benutzt.

Also griff ich nach unten und berührte meinen Kitzler, und schon passierte es.

Das wurde langsam richtig merkwürdig. Ich war noch nie auf diese Weise gekommen, und ich wusste auch gar nicht, dass eine Frau überhaupt kommen kann, wenn sie dem Mann einen bläst. Jeder weiß doch, dass der Film *Deep Throat* heillos übertrieben ist. Ich weiß wirklich nicht warum, aber dein Schwanz, der meine Kehle ausfüllte, hat mich einfach überwältigt. Es war, als gäbe es eine direkte Verbindung zwischen deinem Schwanz und meinem Kitzler, und ich musste nur dreimal ganz leicht daran reiben, schon war es so weit.

Du hast rhythmisch deine Hüften bewegt, und mein Mund nahm jeden kleinen Stoß entgegen. Jetzt war es ganz einfach; meine Kehle war weit offen, und ich hatte mich vollkommen in den Rhythmus eingefunden. Ich dachte nicht einmal mehr daran, wie groß dein Schwanz ist und dass ich ihn nicht in mich reinkriegen könnte … Ich dachte nur noch daran, wie es mich erregte, ihn zu schlucken, dass ich ihn wollte, dass ich ihn brauchte, mehr als je etwas anderes in meinem Leben. Ich hörte dich stöhnen, auf diese bestimmte Weise, wie ihr Männer das tut. Ich habe zwar nicht viel Erfahrung, aber das hatte ich schon einmal gehört, und ich wusste, was es bedeutete. Du warst fast so weit. Ganz nah dran. Und ich wusste, wenn ich so weitermache, würdest du kommen, in meinem Mund. In meiner Kehle. Das jagte mir einen neuen, intensiven, überwältigenden Schauer der Erregung durch den Körper, und ich wollte es. Ich wollte dein Sperma, obwohl ich es noch nie geschmeckt hatte, obwohl ich nicht wusste, ob ich überhaupt in der Lage sein würde, zu schlucken. Aber ich weiß, dass sie schluckt, also dachte ich mir, dass es schon klappen würde. Und ich wollte es so sehr, ich hätte alles darum gegeben.

Aber du hattest noch etwas anderes vor. Du warst noch nicht fertig mit mir.

Du hast mich dazu gebracht, mich umzudrehen und mich auf Hände und Knie zu stützen. Ich weiß, dass sie diese Stellung liebt. Ich mag sie auch. Ich hatte es zwar so noch nie gemacht, aber ich wusste, dass es mir gefallen würde. In meiner Fantasie träume ich oft davon.

Aber dein Schwanz schien immer noch zu groß zu sein, und in dieser Stellung fiel es mir schwerer, ihn in mich aufzunehmen. Meine Muschi fühlte sich noch enger an und dein Schwanz noch größer als vorher. Vielleicht habe ich deshalb gekeucht, vielleicht habe ich deshalb so laut aufgestöhnt, als ich deine Eichel wieder an meiner Muschi spürte.

Aber ich wollte deinen Schwanz. Ich wollte ihn mit aller Macht.

Also bin ich dir entgegengekommen, und du hast ihn schnell hineingestoßen, so wie sie es gern hat. Und wie ich es wollte, hart und gnadenlos. Du hast ihn so fest in mich hineingestoßen, dass es beinahe wehtat – nur beinahe, nicht richtig.

Und du hast mich gefickt. Hart und schnell hast du mich gefickt, hast deinen Schwanz mit den Hüften in mich hineingestoßen, und ich habe mich auf dich zu bewegt. Mein Gott, ich bin so intensiv gekommen. Ich weiß nicht, warum, ich hätte gar nicht mehr kommen dürfen. Schließlich war ich doch schon dreimal gekommen … oder viermal? Vielleicht auch fünfmal. Ich weiß es nicht. Aber ich kam noch einmal, so intensiv, und ich stöhnte und stöhnte, und es war mir egal, ob du merken würdest, dass ich es bin. Mir war alles egal, bis auf deinen Schwanz, tief in mir, an meinem G-Punkt – das habe ich dir ja schon erzählt. Vielleicht bin ich deshalb so intensiv gekommen. Vielleicht wollte ich deshalb unbedingt, dass du in mir kommst.

Aber das hast du nicht getan. Wenigstens nicht dort. Ich spürte, wie deine Hand an meinem Rücken entlangglitt, über den hochgezogenen Rock, die Strapse. Ich spürte, wie dein Daumen sich an mein hinteres Loch drückte.

Und ich hörte dein viel sagendes Lachen.

»Du bist ja schon bereit für mich«, sagtest du.

Nachdem du deinen Schwanz aus mir herausgezogen hast, fühlte er sich genauso groß an wie beim Hineinstoßen. Er hinterließ eine große Leere in mir, in meiner Muschi, und ich wollte, dass du diese Leere wieder füllst.

»Bitte«, stöhnte ich leise. »Bitte ... bitte ...«

Ich wusste genau, was jetzt passieren würde. Und ich wollte es wohl auch. Ja, ich wollte es ganz bestimmt. Aber ich hatte auch Angst. Es hatte sich so gut angefühlt, als ich den Vibrator nur ein bisschen in meinen Hintern geschoben hatte, aber dein Schwanz ist so groß. Wirklich riesengroß.

Trotzdem bat ich dich nicht aufzuhören. Ich schaffte es nicht einmal, dich zu bitten, vorsichtig zu sein. Ich weiß, dass es anfangs schwer für sie war, ihn so in sich aufzunehmen, weil er so groß ist. Aber inzwischen fällt es ihr ganz leicht, und es gefällt ihr. Und du liebst es, es ihr so zu besorgen.

Also hast du dir nicht viel Zeit genommen. Und warst überhaupt nicht vorsichtig.

Du hast ihn mir einfach hineingestoßen, und ich riss die Augen auf in der Dunkelheit. Das Gefühl überwältigte mich.

Das Blut pochte mir in den Ohren, und ich spürte, wie mein Loch sich dehnte, größer wurde. Ich hatte gedacht, es würde wehtun, und das tat es vielleicht auch, etwa eine Sekunde lang. Doch dann warst du in mir, und ich konnte es selbst nicht glauben, aber ich öffnete mich ganz für dich. Ich nahm dich so in mich auf, wie ich geglaubt hatte, es nie zu können. So, wie sie es mag, weißt du – auf ganz unanständige Weise.

Und es war ein unglaubliches Gefühl.

Es fühlte sich so gut an, dass ich mich dir entgegenstreckte. Ich spürte, wie du tief in meinen Hintern eindrangst, und du hast mir nicht einmal einen Augenblick Zeit gelassen, um wieder zu Atem zu kommen.

Du hast mich hart und schnell gefickt, als wäre es dir egal, ob es sich für mich gut anfühlt oder nicht. Aber es fühlte sich gut an. Es war ein unglaubliches Gefühl. Erinnerst du dich an das, was ich dir über deinen Schwanz und meinen G-Punkt erzählt habe? Ich weiß, das ist unmöglich, aber es fühlte sich an, als würde dein Schwanz mich genau dort berühren – als würde er meinen Kitzler von innen berühren. Ich wusste, ich würde noch einmal kommen.

Und du ebenfalls. Ich glaube, ich bin da hinten ziemlich eng, und vielleicht war das besonders gut für dich. Auf jeden Fall warst du nicht sehr lange in mir, vielleicht zwanzig, dreißig Stöße, ich weiß es nicht genau. Dann hörte ich dich stöhnen, und ich wusste, du kommst in meinem Hintern.

Und das brachte mich so weit – das verschaffte mir den intensivsten Orgasmus von allen. Ich kam so heftig, dass ich mir in die Lippe biss. Sie fühlt sich jetzt noch wund an. Ich glaube, ich habe sogar angefangen zu weinen, so gut hat es sich angefühlt. Ich habe nach den Kissen gegriffen, sie quer durchs Zimmer geworfen. Ich habe die Handflächen an die Wand gepresst und mich dir entgegengereckt. Ich fühlte deine Stöße, hörte dein Stöhnen und wusste, dass du in mir kommst, an einem Ort, an dem noch nie jemand gewesen war.

Es kam mir vor, als würde dein Orgasmus sehr lange dauern. Als dein Schwanz aus mir herausglitt, fühlte sich alles dort drinnen unglaublich feucht an. Ich hatte weiche Knie und zitterte. Du hast dich neben mir aufs Bett sinken lassen, und ich wand mich und konnte gar nicht glauben, was für Gefühle durch meinen Körper strömten.

Ich war wie in Trance. Ich rutschte im Bett herum und zog die Kleider aus, weil ich meinen Körper nackt an deinen schmiegen wollte. Du lagst ganz still, hast tief geatmet, und ich habe mich an deinem Körper gerieben. Du warst völlig verschwitzt. Ich leckte dir den Schweiß von der Brust, und der salzige Geschmack machte mir wieder Lust auf dich. Ich spürte, wie meine Muschi schmerzte, sich immer noch nach deinem Schwanz sehnte, obwohl du es mir so wahnsinnig gut besorgt hattest. Ich war richtig traurig, wünschte mir, ihn jede Nacht zu haben bis an mein Lebensende, jede Nacht deinen Schwanz in mir zu haben. Aber ich wusste, das war nicht möglich, also beschloss ich, dich einfach zu lieben, so lange es noch ging. Was war schon dabei? Du hattest dich ja schließlich nicht beschwert.

Ich schmiegte mich an dich, spürte deinen nackten Körper an meinem und hörte dir beim Schlafen zu.

Das ist es, woran ich mich erinnere, das ist meiner Ansicht nach passiert. Wenn du dich nicht daran erinnern kannst, war es vielleicht ein bisschen anders. Aber eines weiß ich genau: Wir sollten das nie wieder tun. Nie mehr.

Ich habe kein Auge zugetan, lag einfach nur da, mein Gesicht an deiner Brust, und sog deinen Geruch ein. Jetzt roch ich nicht einmal mehr sie. Ich spürte nur, wie sich deine Brust im Schlaf hob und senkte, spürte deinen weichen Schwanz, feucht und salzig in meiner Hand, und ich hielt ihn fest und dachte daran, wie er sich in mir angefühlt hatte. Ich fühlte mein Herz schlagen und dachte immer und immer wieder darüber nach, was ich wohl sagen würde, wenn du aufwachst.

Ja, und das habe ich nun gesagt. Ich habe dir die ganze Geschichte erzählt und dir erklärt, warum alles so gekommen ist. Als Antwort auf deinen fragenden Blick, als du mir in die Augen geschaut hast, als Antwort auf all die vielen Fragen. Und vielleicht erzählst du mir ja deine Seite der Geschichte, damit ich begreifen kann, warum ich neben all den Fragen in deinen Augen nicht die kleinste Spur Ärger oder Reue gesehen habe, nicht einmal die kleinste Spur eines Schuldgefühls.

Das verstehe ich wirklich nicht. Ich weiß nicht, warum du mich so unbefangen angeschaut, warum du gelächelt hast. Natürlich mit einem gewissen Erstaunen, aber durchaus erfreut, vielleicht sogar zufrieden. Oder – ich weiß nicht – erleichtert? Das war irgendwie eigenartig. Du hast mich angeschaut, als würdest du dich freuen, mich zu sehen. Und anstatt zu sagen: »Was hast du denn hier zu suchen? Und warum hast du mein Sperma im Hintern?«, hast du mich angelächelt, mir übers Haar gestrichen und meinen Namen gesagt. Du hast »Guten Morgen« gesagt und dann meinen Namen.

Aber du musst schon zugeben, dass das alles ganz schön eigenartig ist.

Es war ein Unfall. Und wir dürfen das nie, nie wieder tun.

Was machst du denn da? Oh, wow. Das solltest du aber nicht. Natürlich fühlt sich das gut an, aber … nein. Lass das. Nein, wirklich. Ich mein's ernst.

Oh, wow.

Geschichte und Gesellschaft
Sonderheft 21:
Politische Kulturgeschichte der Zwischenkriegszeit
1918–1939

V&R

Geschichte und Gesellschaft

Zeitschrift für Historische Sozialwissenschaft

Sonderheft 21:
Politische Kulturgeschichte der Zwischenkriegszeit
1918–1939

Vandenhoeck & Ruprecht

Politische Kulturgeschichte der Zwischenkriegszeit 1918–1939

Herausgegeben von

Wolfgang Hardtwig

Vandenhoeck & Ruprecht

Umschlagabbildung:
Jupp Wirtz, »Autobahn«
© Deutsches Historisches Museum, Berlin.

Bibliografische Information Der Deutschen Bibliothek
Die Deutsche Bibliothek verzeichnet diese Publikation in der Deutschen Nationalbibliografie; detaillierte bibliografische Daten sind im Internet über <http://dnb.ddb.de> abrufbar.

ISBN 3-525-36421-0

Druck und Bindung: Hubert & Co., Robert-Bosch-Breite 6, 37079 Göttingen
Gedruckt auf alterungsbeständigem Papier.

Inhalt

Wolfgang Hardtwig

Einleitung: Politische Kulturgeschichte der Zwischenkriegszeit

Folgt man den gängigen geschichtswissenschaftlichen Wertungen, dann waren die Jahre der Weimarer Republik eine einzige Krise, gerahmt von der Revolution 1918/19 und der sogenannten »nationalen Revolution« der Nazis, unterbrochen vom »Krisenjahr« der Republik 1923 und dem Ende entgegengetrieben von der Weltwirtschaftskrise seit 1929. Selbst Zeiten der Stabilisierung gelten nur als solche »relativer Normalität«.

Doch weiß man bisher zu wenig darüber, wie weit dieser Krisendiskurs wirklich reichte und ob der späteren Sicht der Geschichtswissenschaft ein zeitgenössischer Krisendiskurs überhaupt so durchgängig entsprach, wie es zunächst den Anschein hat.[1] Jedenfalls wäre es verfehlt, von der Krisenrhetorik der Kulturpessimisten auf der einen und der radikalen Linken auf der anderen Seite und von den Aufgeregtheiten der akademischen Deutungselite auf die Einstellung der Bevölkerungsmehrheit zu schließen. Selbst bei einer so umfassenden und zeitlich verdichteten Krise wie dem Krieg werden die Folgen für die Selbstdeutung das politische Bewußtsein der verschiedenen gesellschaftlichen Gruppen kontrovers diskutiert. Das zeigt sich etwa an der Bürgertumsforschung, wo der These einer seit der Jahrhundertwende sich verstärkenden Krise des Bürgertums nicht nur sozialgeschichtliche Befunde entgegenstehen.[2] Die Ergebnisse der erfahrungs- und kulturgeschichtlichen Forschung zum Ersten Weltkrieg und seiner Folgen lassen sogar, jedenfalls in bestimmten Segmenten, auf eine Revitalisierung älterer Deutungsmuster und Praktiken schließen.[3] Gerade

1 Eine genauere Sondierung bietet jetzt M. Föllmer u. R. Graf (Hg.), Die »Krise« der Weimarer Republik. Zur Kritik eines Deutungsmusters, Frankfurt/M. 2005.

2 Vgl. H. Mommsen, Die Auflösung des Bürgertums seit dem späten 19. Jahrhundert, in: J. Kocka (Hg.), Bürger und Bürgerlichkeit im 19. Jahrhundert, Göttingen 1987, S. 288–315; in sozialhistorischer Perspektive kritisch hierzu: K. Tenfelde, Stadt und Bürgertum im 20. Jahrhundert, in: ders. u. H.-U. Wehler (Hg.), Wege zur Geschichte des Bürgertums, Göttingen 1994, S. 317–353.

3 Vgl. M. Föllmer, Bürgerliche Ordnungen. Industrielle, hohe Beamte und die Deutung der Nation in Deutschland und Frankreich 1900–1930, Göttingen 2002; S. Paletschek, Tübinger Hochschullehrer im Ersten Weltkrieg. Kriegserfahrungen an der Heimatfront, Universität und im Feld, in: G. Hirschfeld u.a. (Hg.), Kriegserfahrungen: Studien zur Sozial- und Mentalitätsgeschichte des Ersten Weltkriegs, Essen 1997, S. 83–106; O. Willett, Sozialgeschichte Erlanger Professoren 1743–1933, Göttingen 2001, S. 377ff.

die Extrembelastung und die Widersprüchlichkeit neuer Erfahrungen könnten den Rückzug auf eingefahrene kulturelle Prägungen nahegelegt haben. Immer deutlicher tritt aber auch hervor, daß die »Kultur der Selbstrepräsentation«, mit der das Bürgertum seit dem frühen 19. Jahrhundert Politik betrieben und seinen Herrschaftsanspruch abzusichern gesucht hatte, durch den Mobilisierungs- und Politisierungsschub des Weltkriegs und durch die allgemeine »Dramatisierung der Vorstellungswelt« fundamental in Frage gestellt wurde.[4]

Damit ist auch die Frage aufgeworfen, wie weit es Sinn macht, die alte, durch die Diagnose einer umfassenden kriegsbedingten Krise der politischen Repräsentation neu fundierte Periodisierung der deutschen Geschichte mit Zäsuren 1918/19 und 1933 in Frage zu stellen oder zumindest probeweise zu suspendieren. Zuletzt ist vielfach das Epochenjahr 1933 relativiert und die Zwischenkriegszeit als Epocheneinheit konzipiert worden. Die Jahre zwischen 1914/18 und 1939/45 erscheinen als »Katastrophenzeitalter«[5] oder als Übergangszeit im Kampf um die Moderne.[6] Die Argumente, die für eine starke Betonung von Kontinuitäten zwischen 1890/1900 und 1933/1939 sprechen – auch wenn man den Zäsurcharakter und die weitreichenden Folgen des Ersten Weltkriegs in Rechnung stellt – sollen hier nicht diskutiert werden.[7] Wichtiger für die im vorliegenden Heft aufgeworfenen Fragen ist der Befund, daß die Forschung zu dieser Übergangszeit nach einer Phase gründlicher Analysen von politischer Geschichte und sozioökonomischen Strukturen jetzt zunehmend die Bedeutung von Erfahrungen und Deutungen, von Ideen und sozialen und kulturellen Praktiken ins Zentrum stellt. Das legt die Frage nahe, warum wir eigentlich eine

4 B. Weisbrod, Die Politik der Repräsentation. Das Erbe des Ersten Weltkrieges und der Formwandel der Politik in Europa, in: H. Mommsen (Hg.), Der Erste Weltkrieg und die europäische Nachkriegsordnung. Sozialer Wandel und Formveränderung der Politik, Köln 2000, S. 13–41; zur Kultur der Selbstrepräsentation gehört auch die Selbstrepräsentation *durch* Kultur, vgl. W. Hardtwig, Nationalismus und Bürgerkultur in Deutschland 1500–1914, Ausgewählte Aufsätze, Göttingen 1993; ders., Hochkultur des bürgerlichen Zeitalters (Kritische Studien zur Geschichtswissenschaft, Bd. 169), Göttingen 2005. Exemplarisch zu den Entwertungserfahrungen des Bürgertums: M. H. Geyer, Verkehrte Welt. Revolution, Inflation und Moderne, München 1914–1924, Göttingen 1998.

5 E. Hobsbawm, Das Zeitalter der Extreme. Weltgeschichte des 20. Jahrhunderts, Wien 1997[5].

6 G. Mai, Europa 1918–1939. Mentalitäten, Lebensweisen, Politik zwischen den Weltkriegen, Stuttgart 2001, S. 10–14; vgl. auch die Diskussion bei L. Herbst, Das nationalsozialistische Deutschland 1933–1945, Frankfurt/M. 1996, S.1–58; A. Wirsching, Vom Weltkrieg zum Bürgerkrieg. Politischer Extremismus in Deutschland und Frankreich 1918–1939. Berlin und Paris im Vergleich, München 1999. Als Fallstudie zu desintegrativen Wirkungen des Nationalismus in der Zwischenkriegszeit und den dadurch verschärften Integrationszwängen: M. Föllmer, The Problem of National Solidarity in Interwar Germany, in: German History 23. 2005, S. 202–231.

7 Vgl. dazu demnächst: W. Hardtwig, Ordnungen in der Krise, in: ders. (Hg.), Ordnungen in der Krise. Zur politischen Kulturgeschichte Deutschlands 1900–1933, erscheint 2006.

›politische Kulturgeschichte‹ brauchen und was darunter verstanden werden soll.

Um der spezifischen Dynamik, den maßgeblichen Weichenstellungen des gesellschaftlich-politischen Prozesses und den vermeintlichen oder tatsächlichen Widersprüchen zwischen den Antworten, die in Deutschland in den zwanziger und dreißiger Jahren auf die gewollte oder erzwungene Erfahrung der Modernität gegeben wurden, gerecht werden zu können, erscheint es unabdingbar, die Fragestellungen und Methoden der »historischen Anthropologie«, wie sie vor allem die Frühneuzeitforschung und Mediävistik entwickelt haben, auch für die Geschichte der Moderne anzunehmen und mit der Geschichte der politischen Kultur im engeren Sinne zu verknüpfen.[8] Das Konzept einer politischen Kulturgeschichte meint nicht den Ansatz der »Politischen Kultur-Forschung«, die auch in Deutschland in den 1980er Jahren im Anschluß an Almond und Verba eine gewisse Konjunktur hatte,[9] obwohl deren Grundgedanke, daß politisches Handel unmittelbar aus politischen Grundmustern hervorgeht, die relativ statisch sind und intergenerationell tradiert werden, nach wie vor wichtig bleibt. Gedacht ist vielmehr an die Erkenntnisse und Konzeptionalisierungen der »neuen Kulturgeschichte«.[10] Damit verbindet sich nicht nur die Abkehr von der Fixierung auf die Hochkultur, die bis heute die Organisation von Gesamtdarstellungen der jüngeren deutschen Geschichte selbst aus der Feder von Protagonisten der Gesellschafts- bzw. Sozialgeschichte leitet. Im Zentrum stehen vielmehr affektive Haltungen, mehr oder weniger bewußte Einstellungen und auch die gedanklichen Konstrukte (»Ideen«), die für die Weltwahrnehmung von einzelnen und von gesellschaftlichen Gruppen und ihre gesellschaftlich-politische und kulturelle Orientierung und deren Wan-

8 Als Einstieg in die Fragestellung eignet sich u.a. ein Blick auf die Forschung zur politischen Kulturgeschichte der Französischen Revolution, die einen durchgreifenden Wandel der politischen Mentalitäten innerhalb kürzester Frist aufgezeigt und so die historische Anthropologie von der Fixierung auf die ›longue durée‹ gelöst hat, vgl. exemplarisch: M. Vovelle, Die Französische Revolution – Soziale Bewegung und Umbruch der Mentalitäten, München 1982; L. A. Hunt, Politics, Cultur, and Class in the French Revolution, Berkeley 1984. Überblick und Forschungshinweise in: Fr. Furet u. M. Ozouf (Hg.), Kritisches Wörterbuch der Französischen Revolution, Frankfurt/M. 1996 (zuerst frz. Paris 1988).

9 G. A. Almond u. S. Verba, The Civic Culture, Princeton 1963; zur Orientierung: W. M. Iwand, Paradigma Politische Kultur. Konzepte, Methoden, Ergebnisse der Political Culture-Forschung in der Bundesrepublik, Opladen 1985; K. Rohe, Politische Kultur und ihre Analyse. Probleme und Perspektiven der politischen Kulturforschung, in: HZ 250. 1990, S. 321–346.

10 Vgl. u.a. zur Einführung W. Hardtwig u. H.- U. Wehler (Hg.), Kulturgeschichte heute, Göttingen 1996; Th. Mergel u. Th. Welskopp (Hg.), Geschichte zwischen Kultur und Gesellschaft. Beiträge zur Theoriedebatte, München 1997; U. Daniel, Kompendium Kulturgeschichte: Theorien, Praxis, Schlüsselwörter, Frankfurt/M. 2001.

del wichtig waren, sowie die symbolischen Formen von Politik, die sich daraus ergaben.[11]

Essentiell ist die Frage nach der Gewinnung und dem Einsatz von »Sinn« und »Bedeutung« für das menschliche Handeln. Sinngewinnung und Sinngebung auf mehr oder weniger elaborierter Ebene ist die Voraussetzung allen Tuns und Lassens. Dieser Sinn wird gesellschaftlich kodifiziert in »symbolischen Sinnwelten« (Berger/Luckmann), die zwar wesentlich geprägt sind vom Standort der Einzelnen und von Gruppen im System der gesellschaftlichen Schichtung und diese ein Stück weit reproduzieren, die sich aber auch aus der jeweiligen Logik des religiösen, intellektuellen, wissenschaftlichen usw. ›Feldes‹ ergeben, regionalen, geschlechtsspezifischen u.a. Sichtweisen folgen können und schließlich auch der inneren Logik der Symbolisierungen selbst gehorchen.

Grundlegend wichtig für die Konstitution dieser symbolischen Sinnwelten sind die Erfahrung der Wirklichkeit und die ihrerseits vielfach bedingten Modi des Umgangs mit ihr. Erfahrung und Sinndeutung aber lassen sich nicht rekonstruieren ohne den Rekurs auf das einzelne Subjekt, selbst wenn dieses Handeln häufig nur kollektiv, über die Mitglieder einer mehr oder weniger großen Gruppe, faßbar ist. Dies ist ein – durchaus paradoxer – Erkenntnisgewinn aus der alltagsgeschichtlichen Perspektive, der es ursprünglich, stark politisch motiviert, gerade um vermeintlich anonyme Akteure und Akteurseinheiten gegangen war und die daher primäre strukturierende Beziehungen der alltäglichen Wirklichkeit wie Familie, Nachbarschaft, Betrieb in den Vordergrund gerückt hat.[12] Mit der Entdeckung der Relevanz von Sinn und Bedeutung, ihrer Beharrungskraft, aber auch ihrer Wandlungsfähigkeit wird die Dimension von »Gesellschaft« nicht eliminiert, wohl aber die Analyse von gesellschaftlichen und politischen Strukturen durch die Aufmerksamkeit auf die vielen einzelnen und ihr Subjekt-Sein ergänzt und korrigiert. Dies hat zur Folge, daß neben der Makrowelt des politischen Systems die Mikrowelt der Individuen, der Subjektivität und deren affektive und kognitive Haltungen zu erfassen ist.

Warum aber der Rekurs auf die »historische Anthropologie«? Sie fragt, indem sie etwa Geburt, Lebenszyklus, Tod, Formen der Sexualität, religiöse

11 Vgl. zu den »Ideen« die Projekte im Rahmen des DFG-Förderschwerpunkts »Ideen als gesellschaftliche Gestaltungskraft in der Geschichte der Neuzeit«; W. Hardtwig (Hg.), Neue Ideengeschichte = GG 27/1. 2001; die Gesellschaft als ein »Konstrukt ihrer Teilnehmer« rekonstruiert P. Nolte, Die Ordnung der deutschen Gesellschaft. Selbstentwurf und Selbstbeschreibung im 20. Jahrhundert, München 2000, S. 19; vgl. auch ders., Gesellschaftstheorie und Gesellschaftsgeschichte. Umrisse einer Theorie der modernen Gesellschaft, in: Mergel u. Welskopp, Geschichte, S. 275–298.

12 Vgl. W. Hardtwig, Alltagsgeschichte heute. Eine kritische Bilanz, in: W. Schulze (Hg.), Sozialgeschichte, Alltagsgeschichte, Mikro-Historie. Eine Diskussion, Göttingen 1994, S. 19–22.

Jenseitsvorstellungen usw. untersucht, von anthropologischen Fundamentalkategorien aus, die dem unverbildeten Bewußtsein in der Regel als so grundlegend erschienen, daß sie als quasi-natürlich, unveränderlich, konstant aufgefaßt wurden.[13] Das ändert sich im Zuge der immer radikaleren Historisierung unseres Bewußtseins, und die kulturgeschichtliche Forschung treibt diesen Prozeß auf vielen Feldern voran. Ein synthetisierendes Konzept fehlt hier jedoch bisher. Auch die – höchst verdienstvolle – jüngste »Kulturgeschichte der Politik«[14] hat diese Verknüpfung historisierter anthropologischer Fundamentalkategorien mit den Institutionen, Praktiken und Deutungen von Politik mehr oder weniger ausgespart. Ein solcher integrierender Ansatz läßt sich konzeptionalisieren, indem man etwa nach der Erfahrung, Deutung und symbolischen Vergegenwärtigung von Raum, Zeit, Körper, Emotion, Wissen, Arbeit, Kommunikation und schließlich der politischen, sozialen, religiösen und intellektuellen Ordnungen im engeren Sinne fragt.

Raum und Zeit in ihrer historischen Konkretion sind die allgemeinsten Determinanten für die soziale Existenz in spezifischen Lebenswelten. Soziale Beziehungen sind vielfach durch räumliche Gegebenheiten beeinflußt: seit jeher von der ländlichen und städtischen Lebensweise und im 20. Jahrhundert u.a. von den besonderen soziokulturellen Milieus des sogenannten »flachen Landes«, des »proletarischen Quartiers«,[15] der Gartenstadt in ihren verschiedenen Spielarten vom Villenvorort bis zur proletarisch-kleinbürgerlichen Großsiedlung des »Neuen Bauens«.[16] Verdichtung des Lebens im Raum, Erschließung und Anbindung von Räumen, die Kommunikation zwischen unterschiedlichen Räumen, ihre planerische Zusammenfassung und Durchdringung, soziale Segregation oder Durchmischung von räumlichen Einheiten sind – neben den für das Thema zentralen Kämpfen um politische Grenzen und Siedlungsräume – schon deshalb für eine politische Kulturgeschichte relevante Faktoren, weil in unserem Zeitraum bestimmte Angst- und Wunschvorstellungen von der räumlichen Verteilung des sogen. »Volkskörpers« die politische Vorstellungswelt von Humanwissenschaftlern verschiedenster Couleur, interessenvertretenden Politikern, Künstlern, Architekten und Ingenieuren (etwa im Kontext des

13 Vgl. M. Mitterauer u. E. Saurer, Editorial zur Zeitschrift »Historische Anthropologie«, in: Historische Anthropologie 1. 1993, S. 1–3.

14 Vgl. Th. Mergel, Überlegungen zu einer Kulturgeschichte der Politik, in: GG 28. 2002, S. 574–600.

15 Vgl. z.B. die Beiträge in: W. Hardtwig u. K. Tenfelde (Hg.), Soziale Räume in der Urbanisierung. Studien zur Geschichte Münchens im Vergleich 1850–1933, München 1990.

16 Vgl. u.a. W. Nerdinger, Der Architekt Walter Gropius, Berlin 1996[2]; A. K. Vetter, Die Befreiung des Wohnens, Tübingen 2000.

Neuen Bauens), aber auch der Lebensraumideologien wesentlich bestimmt haben.[17]

Dem Wesen der Anschauungsform »Zeit« entsprechend ist die Bedeutung von Zeitwahrnehmung, von Zeitbewirtschaftung und von Zeittheorien nicht ganz so handfest faßbar wie die Formen des Umgangs mit dem Raum. Doch eröffnet ein Blick zum Beispiel auf die Zeiteinteilung mechanisierter industrieller Arbeit und die Auswirkungen des Fordismus und Taylorismus,[18] auf die zunehmende Trennung von Arbeits- und Freizeit, auf die Ideologisierung von Lebenszeiten etwa im Mythos der Jugend,[19] wie sich bestimmte Formen der Zeitbewirtschaftung politisierten. Das Verhalten zur historisch konkret erfahrenen Zeit und ihren Abläufen unterliegt der Theoriebildung wie das zum Raum. Insbesondere steht die Wahrnehmung und Deutung der Geschichtszeit im engsten Kontext mit den soziopolitischen und kulturellen Modernisierungsprozessen.[20] Das rund hundert Jahre vor-

17 Zum »spatial turn« vgl. den Literaturbericht von J. Osterhammel, Die Wiederkehr des Raumes. Geopolitik, Geohistorie und historische Geographie, in: Neue Politische Literatur 43. 1998, S. 374–397; ders., Raumbeziehungen. Internationale Geschichte, Geopolitik und historische Geographie, in: ders. u. W. Loth (Hg.), Internationale Geschichte: Themen – Ergebnisse – Aussichten, München 2000, S. 287–307; sowie jetzt K. Schlögel, Im Raume lesen wir Zeit. Über Zivilisationsgeschichte und Geopolitik, München 2003. Zur »Ost«- bzw. »Westforschung« zwischen Weimarer Republik und Bundesrepublik M. Burkert, Zwischen Verbot und Duldung: Die schwierige Gratwanderung der Ostwissenschaften zwischen 1933 und 1939, Wiesbaden 2000; J. M. Piskorski in Verbindung mit J. Hackmann u. R. Jaworski (Hg.), Deutsche Ostforschung und polnische Westforschung im Spannungsfeld von Wissenschaft und Politik: Disziplinen im Vergleich, Osnabrück 2002; H. Lemberg, Grenzen in Ostmitteleuropa im 19. und 20. Jahrhundert, Marburg 2000; H. Derks, Deutsche Westforschung: Ideologie und Praxis im 20. Jahrhundert, Leipzig 2001; B. Dietz (Hg.), Griff nach dem Westen: Die »Westforschung« der völkisch-nationalen Wissenschaften zum nordwesteuropäischen Raum (1919–1960), 2 Bde., Münster 2003. Für die Varianten und den Wandel des Erfahrungs- und u.a. Deutungsmodells »Heimat« in der ersten Hälfte des 20. Jahrhunderts vgl. jetzt umfassend W. Oberkrome, »Deutsche Heimat«. Nationale Konzeption und regionale Praxis von Naturschutz, Landschaftsgestaltung und Kulturpolitik in Westfalen-Lippe und Thüringen 1900–1960, Paderborn 2004. Kulturellen Wandel, Ortsspezifik und soziales Handeln verknüpfen neuerdings sehr plausibel die Beiträge in: A. Geisthövel u. H. Knoch (Hg.), Orte der Moderne. Erfahrungswelten des 19. und 20. Jahrhunderts, Frankfurt/M. 2005; zum öffentlichen Raum als »Bühne« vgl. M. Baumeister, Kriegstheater. Großstadt, Front und Massenkultur 1914–1918, Essen 2005, S. 34ff.

18 Vgl. Ch. Maier, Zwischen Taylorismus und Technokratie: Gesellschaftspolitik im Zeichen industrieller Rationalität in den zwanziger Jahren in Europa, in: M. Stürmer (Hg.), Die Weimarer Republik: Belagerte Civitas, Königstein/Ts. 1980, S. 188–213; jetzt v.a. A. Rabinbach, Motor Mensch. Kraft, Ermüdung und die Ursprünge der Moderne, Wien 2001, S. 313ff.

19 Vgl. u.a. T. Koebner u.a., (Hg.), »Mit uns zieht die neue Zeit« – Der Mythos Jugend, Frankfurt/M. 1985.

20 Zum Wandel der Zeitvorstellungen in der »Sattelzeit« vgl. W. Becker, Zeit der Revolution! Revolution der Zeit? Zeiterfahrung in Deutschland in der Ära der Revolutionen 1789 – 1848/49, Göttingen 1999; zu Raum- und Zeitvorstellungen in der Geschichtswissenschaft vgl. jetzt den Aufriß bei L. Herbst, Komplexität und Chaos. Grundzüge einer Theorie der Geschichte, München 2004, S. 126–144; allgemein vgl. W. Kaschuba, Die Überwindung der Distanz. Zeit und Raum in der europäischen Moderne, Frankfurt/M. 2004.

herrschende Paradigma eines universellen kulturellen Fortschrittsprozesses, der Historismus, geriet in die Krise – ein Prozeß, der bereits mit Nietzsches Historismuskritik dezidiert eingesetzt, die Neigung zu einer mythisierenden Vergegenwärtigung der Vergangenheit gesteigert, zyklische Modelle der geschichtlichen Zeit sowohl vereinzelt in der Geschichtswissenschaft wie vor allem im Denken der sogen. »Konservativen Revolution« gefördert hat.[21] Das Verhältnis des Nationalsozialismus zur Geschichte, die a- und antihistorische Wendung der Rassenideologie, die Hinwendung zu einer unhistorischen Verherrlichung der »germanischen Vorzeit« und ihre Adaption durch NS-Ideologen steigerte diese Gedankenrichtung noch einmal und erhob einzelne ihrer Versatzstücke zur offiziösen Partei- und Staatsideologie des NS-Regimes. Das ist nur zu verstehen vor der rasanten Neubewertung der Zukunft, die um die Jahrhundertwende eingesetzt hat und den kulturellen, gesellschaftlichen und politischen Horizont der Erwartung und Gestaltbarkeit eines grundsätzlich Neuen eröffnete.[22]

Ein unverzichtbares Organ unserer Erfahrung von Raum und Zeit sind unsere Sinne. Wir empfinden diese Wahrnehmungen vielfach als körperinduziert, wenngleich klar ist, daß unsere sinnliche Rezeptivität von Anfang an kulturell geformt ist. Aber auch der Körper selbst ist eben in der Geschichte nicht einfach Physis, unveränderliche Natur, vielmehr hat ihn die neuere Köpergeschichte systematisch denaturalisiert und historisiert. Zutreffend ist allerdings festgestellt worden, daß der körperliche Schmerz eine inkomparable Erlebniswelt darstellt, daß also Körper und ihre Empfindungen auch nicht «bruchlos symbolisierbar sind … Menschen machen Erfahrungen, die nicht bereits diskursiv (vor)geformt sind, sondern in die Leerstellen der Repräsentationssysteme einbrechen, Symbolisierungen erzwingen und so Repräsentationen verändern«; das Reale läßt sich hier tatsächlich nicht einfach in Diskurs auflösen.[23] Heuristisch kann man davon ausgehen, daß jede Gesellschaft über zwei interdependente Körperkonzepte verfügen: Der Körper als soziales Gebilde steuert die Wahrnehmung des Körpers als physisches Gebilde, umgekehrt bringt sich in der physischen Wahrnehmung des Körpers, die durch soziale Kategorien modifiziert ist,

21 W. Hardtwig, Die Krise des Geschichtsbewußtseins in Kaiserreich und Weimarer Republik, in: Jahrbuch des Historischen Kollegs, München 2001, S. 47–75, wieder in: ders., Hochkultur, S. 77–102.

22 Vgl. W. Hardtwig (Hg.), Utopie und politische Herrschaft im Europa der Zwischenkriegszeit, München 2003, darin u.a. R. Graf, Die Mentalisierung des Nirgendwo und die Transformation der Gesellschaft. Der theoretische Utopiediskurs in Deutschland 1900–1933, S. 145–174; L. Hölscher, Die Entdeckung der Zukunft, Frankfurt/M. 1999; U. Frevert (Hg.), Das Neue Jahrhundert. Europäische Zeitdiagnosen und Zukunftsentwürfe um 1900, Göttingen 2000.

23 Ph. Sarasin, »Mapping The Body«. Körpergeschichte zwischen Konstruktivismus, Politik und »Erfahrung«, in: ders., Geschichtswissenschaft und Diskursanalyse, Frankfurt/M. 2003, S. 100–121, 120.

eine bestimmte Gesellschaftsauffassung zum Ausdruck.[24] Körpergeschichte integriert verschiedenste Fragestellungen und Themen, in unserem Fall von der Disziplinierung des Körpers in der bürgerlichen Gesellschaft[25] und durch das Militär[26] bis zum Sport,[27] von den körperbezogenen Lebensreformbewegungen des frühen 20. Jahrhunderts,[28] die brutale Körpererfahrung des Weltkriegs und seiner Folgen,[29] und den körperbetonten Politikstil der Weimarer Jahre, besonders auf den Extremen links und rechts.

Die Körpergeschichte bündelt eine Vielzahl von Fragestellungen und Forschungsfelder,[30] von denen pars pro toto zwei hier herausgegriffen werden: die Geschlechtergeschichte und die Geschichte der Gewalt. Daß die Geschlechterordnung seit Beginn des Jahrhunderts in eine Phase fundamentaler Neuformierung eingetreten ist, geht sowohl aus der Quellensprache wie aus dem Forschungsstand unmißverständlich hervor. Die Kör-

24 Vgl. J. Tanner, Körpererfahrung, Schmerz und die Konstruktion des Kulturellen, in: Historische Anthropologie 2. 1994, S. 489–502, ders., Wie machen Menschen Erfahrungen? Zur Historizität und Semiotik des Körpers, in: Körper Macht Geschichte – Geschichte Macht Körper. Körpergeschichte als Sozialgeschichte, hg. vom Bielefelder Graduiertenkolleg Sozialgeschichte, Bielefeld 1999, S. 17–34.

25 S. Goltermann, Körper der Nation. Habitusformierung und die Politik des Turnens, Göttingen 1998; zur Debatte um Geschlechterordnung und Entwurf des Nationalen u.a. L. Gall, Die Germania als Symbol nationaler Identität im 19. und 20. Jahrhundert, Göttingen 1993; U. Frevert, Nation, Krieg und Geschlecht im 19. Jahrhundert, in: M. Hettling u. P. Nolte (Hg.), Nation und Gesellschaft in Deutschland, München 1996, S. 151–170, K. Hagemann, Nation, Krieg und Geschlechterordnung. Zum kulturellen und politischen Diskurs in der Zeit der antinapoleonischen Erhebung Preußens 1806–1815, in: GG 22. 1996, S. 562–592; U. Planert, Zwischen Partizipation und Restriktion. Frauenemanzipation und nationales Paradigma von der Aufklärung bis zum Ersten Weltkrieg, in: D. Langewiesche u. G. Schmidt (Hg.), Föderative Nation. Deutschlandkonzepte von der Reformation bis zum Ersten Weltkrieg, München 2000, S. 387–428.

26 Vgl. u.a. U. Frevert (Hg.), Militär und Gesellschaft im 19. und 20. Jahrhundert, München 1996.

27 Vgl exemplarisch: Th. Alkemeyer, Körper, Kult und Politik. Von der »Muskelreligion« Pierre de Coubertins zur Inszenierung von Macht in den Olympischen Spielen von 1936, Frankfurt/M. 1996; F. Becker, Amerikanismus in Weimar. Sportsymbole und politische Kultur 1918–1933, Wiesbaden 1993; N. Elias u. E. Dunning, Sport und Spannung im Prozeß der Zivilisation, Frankfurt/M. 2003.

28 E. Barlösius, Naturgemäße Lebensführung. Zur Geschichte der Lebensreform um die Jahrhundertwende, Frankfurt/M. 1997; D. Kerbs u. J. Reulecke (Hg.), Handbuch der deutschen Reformbewegungen 1880–1933, Wuppertal 1998, S. 73–154.

29 Vgl. u.a. G. Hirschfeld (Hg.), »Keiner fühlt sich hier mehr als Mensch.« Erlebnis und Wirkung des Ersten Weltkriegs, Essen 1993; S. Kienitz, Beschädigte Helden. Kriegsinvalide Körper in der Kultur. Deutschland 1914–1923, erscheint Paderborn 2005; B. Ziemann, Die Konstruktion des Kriegsveteranen und die Symbolik seiner Erinnerung 1918–1933, in: J. Dülffer u. G. Krumerich (Hg.), Der verlorene Frieden. Politik und Kriegskultur nach 1918, Essen 2002, S. 110–118.

30 Zur theoretischen Literatur orientierend: Sarasin, Geschichtswissenschaft und Diskursanalyse, S. 61–149, 191–257; W. Schmale (Hg.), Mann Bilder. Ein Lese- und Quellenbuch zur historischen Männerforschung, Berlin 1998, S. 7–33; C. Wischermann u. St. Haas (Hg.), Körper mit Geschichte, Stuttgart 2000; K. Canning, The Body as method? Reflections on the Place of the Body in Gender History, in: Gender and History 11. 1999, S. 499–513.

per- und Gemeinschaftserfahrung der Soldaten im Krieg, das Forcieren männlicher Selbstbilder in der Konfrontation mit der »weiblich« konnotierten Heimat,[31] die neue Legitimierung der Gewalt als Form zulässigen männlichen Konfliktaustrags[32] auf der einen, neues weibliches Selbstbewußtsein in den Erfolgen der Frauenbewegung vor 1914,[33] durch die Bewährung im Krieg und durch die neuen Freiräume, die die Dienstleistungs- und Konsumgesellschaft der zwanziger Jahre vor allem für junge Frauen schuf,[34] provozierten seit 1933 noch einmal verstärkt eine verfestigte, zugleich reaktionäre und aggressive, männlich dominierte Geschlechterordnung, der sich eine Mehrheit der Deutschen beiderlei Geschlechts offenbar bereitwillig fügte – zumal diese Ordnung tatsächlich auch sehr viel mehr Freiräume bot, als im traditionellen Deutungsmodell »totalitäre Gesellschaft« vorstellbar gewesen war.

Die Anfälligkeit der Epoche für Gewalt, besonders nach 1918, aber auch die Faszination, die Gewalt schon seit dem ausgehenden 19. Jahrhundert, ablesbar etwa am Kriminalitätsdiskurs,[35] ausübte, ist jedenfalls ohne die »Krise der Geschlechterordnung« nicht zu verstehen. Gewalt bleibt aber auch eng verknüpft mit sozialem Protest, auch in den paramilitärischen Verbänden, gerade wenn man die jüngsten Erkenntnisse über den Zusammenhang von beruflichem Scheitern und SA-Karriere betrachtet.[36] Aber

31 Vgl. u.a. K. Hagemann u. S. Schüler-Springorum (Hg.), Heimat – Front. Militär und Geschlechterverhältnisse im Zeitalter der Weltkriege, Frankfurt/M. 2002.

32 Vgl. die Beiträge in Journal of Modern European History, Bd. 1. 2003: Violence and Society after the First World War, darin u.a. der Überblick zum Forschungsstand von B. Ziemann, Germany after the First World War – A Violent Society? Results and Implications of Resent Research on Weimar Germany, S. 80–95.

33 Vgl. zusammenfassend U. Frevert, Die Zukunft der Geschlechterordnung. Diagnosen und Erwartungen an der Jahrhundertwende, in: dies. (Hg.), Das Neue Jahrhundert, S. 146–184; U. Planert (Hg.), Frauenbewegungen und Nationalismus in der Moderne, Frankfurt/M. 2000; dies., Antifeminismus im Kaiserreich. Diskurs, soziale Formation und politische Mentalität, Göttingen 1998.

34 Noch immer stimulierend der Klassiker von D. J. K. Peukert, Die Weimarer Republik. Krisenjahre der Klassischen Moderne, Frankfurt/M. 1987, S. 100ff.; U. Nienhaus, Berufsstand weiblich. Die ersten weiblichen Angestellten, Berlin 1982; D. J. K. Peukert, Das Mädchen mit dem »wahrlich metaphysikfreien Bubikopf«. Jugend und Freizeit im Berlin der Zwanziger Jahre, in: P. Alter (Hg.), Im Banne der Metropolen. Berlin und London in den zwanziger Jahren, Göttingen 1993, S. 157–178.

35 P. Becker, Verderbnis und Entartung. Eine Geschichte der Kriminologie des 19. Jahrhunderts als Diskurs und Praxis, Göttingen 2002; ders., Strategien der Ausgrenzung, Disziplinierung und Wissensproduktion: Überlegungen zur Geschichte der Kriminologie, in: GG 30. 2004, S. 379–403; M. Tatar, Lustmord. Sexual Murder in Weimar Germany, Princeton 1995.

36 S. Reichardt, Faschistische Kampfbünde. Gewalt und Gemeinschaft im italienischen Squadrismus und der deutschen SA, Köln 2002, S. 326ff.; den defensiven Charakter der Gewaltaktionen von Arbeitern betont sehr stark D. Schumann, Politische Gewalt in der Weimarer Republik 1918–1933. Kampf um die Straße und Furcht vor dem Bürgerkrieg, Essen 2001; vgl. auch die zahlreichen Einzelstudien des Autors; zu wenig in Rechnung gestellt wird dabei m.E. die Bedeu-

stärker als bisher geschehen, sollte auch die Diskurs- bzw. die Ideengeschichte der Gewalt berücksichtigt werden, die Faszination der Intellektuellen etwa durch das Boxen als *der* zeitentsprechenden Kampfsportart,[37] aber auch den Rekurs zahlreicher Deutungsspezialisten auf eine »strukturelle Gewalt« der bürgerlichen Gesellschaft – ohne daß es diesen Begriff schon gegeben hätte. Bertolt Brecht etwa entwickelte auf der Basis seiner materialistischen Kritik der bürgerlichen Gesellschaft das Bild eines strukturell gewalthaften kapitalistischen Gesellschaft, die Gegengewalt als progressive Gewalt rechtfertigt.

Eine fundamental-anthropologischen Kategorie, die im 20. Jahrhundert rapide eine besondere Veränderungsdynamik an den Tag legt, ist das Wissen: nicht zu Unrecht wird das frühe 20. Jahrhundert neuerdings gern als Vorgeschichte der heutigen »Wissensgesellschaft« gefaßt.[38] Stichworte dafür sind der Ausbau und die Differenzierung der Universitäten und außeruniversitäre Forschungseinrichtungen, der Beginn der modernen Großforschung, aber auch die »Verwissenschaftlichung des Sozialen«,[39] der Aufstieg des »Experten«,[40] nicht zuletzt auch das neue Gewicht des modernen »Intellektuellen«.[41] Die wissenssoziologischen Klassiker unterscheiden verschiedene Formen des Wissens vom religiösen Heilswissen bis zum Allerweltswissen. Unstrittig hat das Gewicht und der Einfluß von Wissensproduzenten und -verbreitern seit der Jahrhundertwende entschieden zugenommen. Dem »verwissenschaftlichten Wissen« kam wachsende Bedeutung zu, in den unterschiedlichen Aggregatszuständen als »strenge« oder

tung der schockhaften Revolutionserfahrung auf Seiten des Bürgertums; zur Präsenz von Gewalt vor allem in der Spätphase der Weimarer Republik u.a. E. Rosenhaft, Links gleich rechts? Militante Straßengewalt um 1930, in: Th. Lindenberger u. Alf Lüdke (Hg.), Physische Gewalt, Studien zur Geschichte der Neuzeit, Frankfurt/M. 1995, S. 238–275; neue und bedenkenswerte Argumentation bei P. E. Swett, Neighbors and Enemies. The Culture of Radicalism in Berlin, 1929–1933, Cambridge 2004; hier wird die Bereitschaft zur Gewaltanwendung nicht nur an Legitimitätsverlust des Staates und seiner Organe (Polizei!) geknüpft, sondern auf die Bereitschaft zurückgeführt, das proletarische Quartier, den Kiez, gegen Eingriffe von außen zu verteidigen.

37 Vgl. U. Schaper, Boxen und Männlichkeit in der Weimarer Republik, Magisterarbeit HU Berlin 2004.

38 Zusammenfassend: M. Szöllösi-Janze, Wissensgesellschaft in Deutschland. Überlegungen zur Neubestimmung der deutschen Zeitgeschichte über Verwissenschaftlichungsprozesse, in: GG 30. 2004, S. 277–313.

39 L. Raphael, Die Verwissenschaftlichung des Sozialen als methodische und konzeptionelle Herausforderung für eine Sozialgeschichte des 20. Jahrhunderts, in: GG 22. 1996, S. 165–193.

40 Ders., Radikales Ordnungsdenken und die Organisation totalitärer Herrschaft: Weltanschauungseliten und Humanwissenschaftler im NS-Regime, in: GG 27. 2001, S. 5–40.

41 Vgl. G. Hübinger u. W. J. Mommsen, Intellektuelle im Deutschen Kaiserreich, Frankfurt/M. 1993; Ch. Charle, Vordenker der Moderne. Die Intellektuellen im 19. Jahrhundert; G. Hübinger u. Th. Hertfelder (Hg.), Kritik und Mandat. Intellektuelle in der deutschen Politik, Stuttgart 2000.

»Populär«-Wissenschaft,[42] gerade in den gesellschaftlichen und kulturellen Wandlungsprozessen, die ihrerseits zu wesentlichen Teilen von einem hohen, gleichwohl sich demokratisierenden technischen »Know how« und zunehmend auch von Leitbildern eines spezifisch modernen »social ingeneering«[43] angestoßen sind. Die Übergänge zwischen diesen Typen und Aggregatszuständen von Wissen sind gleitend, die Ideen als Welt- und Realitätsbilder rivalisieren nicht nur in spezialisierten scientific communities um Geltung, sondern antworten auf verbreitete, unterschiedliche, teilweise auch konträre Bedürfnisse, sie artikulieren und bündeln ökonomische und soziale Interessen, sie wandeln sich ständig und stehen insgesamt nicht jenseits der Sphäre von Machtinteressen und Machtausübung, sondern partizipieren an der Macht und formen deren Ansprüche, Ziele und Methoden wesentlich mit. Es sind vielfach wissenschaftliche oder quasi-wissenschaftliche Theorien, die in den krisenhaften Modernisierungsprozessen dieser Jahre die Selbstverständigung insbesondere der Eliten leiten, mit öffentlichen Diskussionen über Staat, Nation, Volk, den »Volkskörper« und seine »Gesundheit«[44], über den Sozialstaat und seine Krise, die gesellschaftlich-politische Funktion des Christentums und der Kirche, über neue, alternative Glaubensgemeinschaften etc.[45] Insbesondere biologische Realitätsbilder gewinnen an Macht und schaffen die Voraussetzung für die vielzitierte wissenschaftsorganisatorische und gesellschaftlich-politische Selbstmobilisierung der Wissenschaftler.

42 Vgl. A. Daum, Wissenschaftspopularisierung im 19. Jahrhundert. Bürgerliche Kultur, naturwissenschaftliche Bildung und die deutsche Öffentlichkeit 1848–1914, München 1998; vergleichend: A. Schwarz, Der Schlüssel zur modernen Welt. Wissenschaftspopularisierung in Großbritannien und Deutschland im Übergang zur Moderne (ca. 1870–1914), Stuttgart 1999; vgl. auch C. Goschler (Hg.), Wissenschaft und Öffentlichkeit in Berlin, 1870–1930, Stuttgart 2000; W. Hardtwig u. E. Schütz (Hg.), Geschichte für Leser. Populäre Geschichtsschreibung in Deutschland im 20. Jahrhundert, Wiesbaden 2005.

43 L. Raphael, Sozialexperten in Deutschland zwischen konservativem Ordnungsdenken und rassistischer Utopie (1918–1945), in: Hardtwig (Hg.), Utopie und politische Herrschaft, S. 327–346.

44 Einführend: D. Kaufmann, Eugenik – Rassenhygiene – Humangenetik. Zur lebenswissenschaftlichen Neuordnung der Wirklichkeit in der ersten Hälfte des 20. Jahrhunderts, in: R. van Dülmen (Hg.), Die Erfindung des Menschen. Schöpfungsträume und Körperbilder 1500–2000, Wien 1998, S. 347–365; J. Reulecke, Rassenhygiene, Sozialhygiene, Eugenik, in: ders. u. D. Kerbs (Hg.), Handbuch der deutschen Reformbewegungen, 1880–1933, Wuppertal 1998, S. 197–210; P. Weingart, J. Kroll, K. Bayertz, Rasse, Blut und Gene. Geschichte der Eugenik und Rassenhygiene in Deutschland, Frankfurt/M. 1992; P. Weindling, Health, Race and German Politics Between National Unification and Nazism, 1870–1945, Cambridge 1989

45 Vgl. W. Hardtwig, Political Religion in Modern Germany, Refexions on Nationalism, Socialism and National Socialism, in: Bulletin of the German Historical Institute, Washington 2001, S. 3–27, wieder in: R. Schröder (Hg.), Was hat uns das Christentum gebracht? Versuch einer Bilanz nach zwei Jahrtausenden, Münster 2003, S. 137–160; vergleichender Überblick, aber meist ohne die Frage, was eigentlich »Religion« ist: K. Hildebrand (Hg.), Zwischen Politik und Religion. Studien zur Entstehung, Existenz und Wirkung des Totalitarismus, München 2003.

Alle diese Fundamentalien geraten in den Sog verstärkter Politisierung. Natürlich war Raum als Territorium immer schon Gegenstand von Staat- und Machtpolitik, natürlich spielten Ressourcen der Natur, Bodenschätze, Bevölkerung in der Politik absolutistischer Staaten und der frühen Nationalstaaten eine wesentliche Rolle. Aber diese Fundamentalien werden nun verstärkt wissenschaftlich aufgearbeitet, beim Raum etwa durch die politische Geographie und später durch die Geopolitik[46]. Die Experten sind die Mediatoren, die hier wie auch beim Umgang mit dem Körper im Zuge der modernen Verdichtung von Staatlichkeit und der Ausweitung des Interventionsstaates ihr Wissen mit der staatlichen Verwaltungstätigkeit, den staatlichen Machtinteressen sowie mit den weltanschaulichen Vorgaben im Zeitalter der Ideologien verknüpfen. Auch die kulturellen Prägungen des Körpers, die symbolische Aufladung von körperlicher Erscheinung, Haltung und Bewegung, das Erheben vermeintlicher Gesundheit des individuellen und des »Volks«-körpers und schließlich der Eingriff in oder am Ende die Eliminierung des »Schädlings«-körpers, berechtigen dazu, von einer neuartigen Körper-Politik zu sprechen. Selbst die Zeit wird politisiert, in den kulturkritischen Diskursen über Vorteile und Nachteile des gesteigerten Tempos, in den arbeitswissenschaftlichen Debatten (in Taylorismus und Fordismus) und schließlich in der Zeitpolitik der Nationalsozialisten, die aus dem historistischen Entwicklungsgedanken ausstiegen, den absoluten Bruch mit der »Systemzeit« dekretierten, die Zukunft neu gewichteten, und alle Gegenwart und Vergangenheit von einer vorweggenommenen Zukunft her interpretierten[47].

Verstärkten Politisierungsprozessen unterliegt auch die Kommunikation. Das zeigt sich schon an der Konjunktur bündischer Gesellungsformen seit der Jahrhundertwende und an dem paradoxen Wirkungsanspruch elitärer Zirkel vom George-Kreis bis zum Herrenclub[48]. Man fühlt sich dabei an die aufklärerische Dialektik von Geheimnis und Öffentlichkeit erinnert, jetzt aber unter gegenaufklärerischem Vorzeichen. Allerdings floriert in den zwanziger und auch in den dreißiger Jahren, sehr viel stärker als lange

46 Vgl. u.a. H.–D. Schulz, Deutschlands »natürliche« Grenzen. »Mittellage« und »Mitteleuropa« in der Diskussion der Geographen seit dem Beginn des 19. Jahrhunderts, in: GG 15. 1989, S. 248–281; vgl. auch Anm. 17.

47 R. Speth, Untergänge als ob. Lust am Untergang und Erkundungen des Neuen, in: K. Fischer (Hg.), Neustart des Weltlaufs? Fiktion und Faszination der Zeitenwende, Frankfurt/M. 1999, S. 79–96.

48 Vgl. u.a. S. Breuer, Ästhetischer Fundamentalismus. Stefan George und der deutsche Antimodernismus, Darmstadt 1995; J. Reulecke, »Ich möchte einer werden so wie die ... «. Männerbünde im 20. Jahrhundert, Frankfurt/M. 2001; S. Malinowski, »Führertum« und »Neuer Adel«. Die deutsche Adelsgenossenschaft und der deutsche Herrenclub in der Weimarer Republik, in: H. Reif (Hg.), Adel und Bürgertum, Bd. 2, Berlin 2001, S. 173–211.

angenommen, das traditionelle bürgerliche Vereinswesen.[49] Die elitäre Zirkelbildung begründet sich selbst aus der Abgrenzung gegen die sogenannte »Masse« – *der* bildungsbürgerliche Abscheubegriff der Epoche. Er hat kaum analytischen Wert, aber er signalisiert ein politisch-soziales Krisenempfinden. Diesem liegen reale Veränderungsprozesse zugrunde, zu deren Beschreibung und Analyse man ohne die präzisierenden wissenschaftlichen, aber auch zeitgenössischen Begriffen wie »Massenkonsum«, »Massenkultur«, »politischer Massenmarkt« nicht auskommt. Zugrunde liegt die Erfahrung der Fundamentalpolitisierung im späteren 19. Jahrhundert, mit der Egalisierungsansprüche aller Art verbunden waren. Zugrunde liegt auch die Erfahrung, daß der Konsum die in der bürgerlichen Gesellschaft noch vielfach gültigen ständischen Grenzen sprengte, daß die herkömmliche Ethik von Arbeit und Enthaltsamkeit zerfiel und auch nicht mehr funktional war, und daß schließlich das bürgerliche Verständnis von Kultur als Hochkultur teils durch die künstlerischen Avantgarden destruiert, teils durch die Befriedigung eines ständisch entgrenzten Unterhaltungsbedürfnisses auch mit Hilfe der neuen Medien (»Massenmedien«) unterlaufen wurde.[50] Neben die personale Kommunikation tritt verstärkt die mediale Kommunikation, die ihrerseits auf die personale Kommunikation zurückwirkt.[51] Bei alledem konfligieren der säkulare Individualisierungstrend und das Bedürfnis nach kommunikativer, sozialer und politischer Ordnung.

Die politische Kultur der republikbejahenden Kräfte setzte allerdings in aller Regel nicht auf das aus den Krisen geborene Spektakel und blieb aus ihrem traditionalistischen oder liberal-vernunftbetonenden Politikverständnis heraus hinter den Möglichkeiten, die die neuen Medien zur Visualisierung und Personalisierung von Politik boten, zurück. Intellektuelle der Konservativen Revolution wie Oswald Spengler und Ernst Jünger dagegen trieben die Ästhetisierung der Politik implizit durch ihren eigenen Denkstil, aber auch explizit durch die Reflexion auf das Verhältnis von Modernität, von Kultur und Gesellschaft, Technik und Medialität voran. Politisierte Avantgarden auf der Rechten wie der italienische Futurismus, oder auf der Linken, wie in der modernistischen Weimarer Kultur, wollten die Macht

49 Vgl. u.a. F. Bösch, Das konservative Milieu. Vereinskultur und lokale Sammlungspolitik in ost- und westdeutschen Regionen (1900–1960), Göttingen 2002.

50 Immer noch nützlicher Überblick: E. Habsbawn, Die Blütezeit des Kapitals, München 1977, S. 345–378; Th. Nipperdey, Deutsche Geschichte 1866–1918, Bd. I: Arbeitswelt und Bürgergeist, München 1990, S. 692–811; W. Hardtwig, Kunst, liberaler Nationalismus und Weltpolitik: Der Deutsche Werkbund 1907–1919, in: ders., Nationalismus und Bürgerkultur, S. 246–273.

51 Vgl. M. Föllmer (Hg.), Sehnsucht nach Nähe. Interpersonale Kommunikation in Deutschland seit dem 19. Jahrhundert, Stuttgart 2004.

der Tradition in Kultur, Gesellschaft und Politik durch die Ästhetisierung des Politischen brechen. Nicht zufällig destruierte die Kunst der Avantgarden endgültig die alteuropäischen Raumvorstellungen und nicht zufällig stieg die Kunsttheorie aus dem historistischen Entwicklungsschema ein Stück weit aus und rückte Modernität und Primitivität ganz nahe zusammen.[52] Mit den neuen Möglichkeiten, das Bild technisch zu reproduzieren, mit der allgemeinen Zugänglichkeit der Bildmedien und mit dem Siegeszug des Kinos entstand zudem eine Kulturindustrie, die – zugespitzt gesagt – eine »Gesellschaft des Spektakels« ermöglichte. Der Nationalsozialismus verfügte über eine stupende Kapazität, bei der Nutzung dieser medialen Möglichkeiten seine kulturellen und politischen Vorgänger und Gegner, auch die Kommunisten, zu beerben. So erscheint die NS-Kultur als eine »Art mimikry der Moderne« *und* der Tradition, aber auch eine Art Kostümprobe für die Einstellungen und Werte der kapitalistischen Konsumkultur«.[53] Die Verwendungsmöglichkeiten der neuen Medien zu Propagandazwecken wurden bedenkenlos genutzt und damit die für die Epoche kennzeichnende »Performativität in Kunst und politische Aktion« vorangetrieben. Nicht zu Unrecht beschrieb Peter Sloterdijk, über die »Weimar-Culture« Konzeptionen von Peter Gay, Walter Laqueur und selbst Detlev Peukert deutlich hinausgehend, die »Theaterhaftigkeit« als gemeinsamem Nenner der verschiedensten kulturellen und politischen Ereignisse – »vom Expressionismus bis zu Marlene Dietrichs Spektakelbeinen im Blauen Engel, von der blutigen Komödie des Hitlerputsches 1923 bis zur Dreigroschenoper, vom imponierenden Rathenaubegräbnis 1922 bis zum Schurkenstück des Reichstagsbrands 1933. Die permanente Krise, von der alle redeten, erwies sich als guter Regisseur, der einprägsame Effekte zu setzen verstand«.[54] Bei allen diesen Befunden sollten die hysterischen Züge der Epoche aber auch nicht isoliert und einseitig in den Vordergrund gestellt werden. Daß die Krise dann tatsächlich in die pure Katastrophe führte, war auch in der Rhetorik der Krise nicht vorgesehen.

Der vorliegende Band versammelt Aufsätze, die zu einer »politischen Kulturgeschichte« im Deutschland der Zwischenkriegszeit im skizzierten Sinne beitragen. Frank Becker untersucht die Entstehung des deutschen Autobahnennetzes im internationalen Kontext und zeigt, wie Planer und Propagandisten auf die »Versöhnung« von moderner Technik und Natur zielten und dabei mit dem Aufbau eines neuen Verkehrssystems eine Art nationaler Raumordnung intendierten. Der Beitrag von Wolfgang Hardtwig

52 D. Kaufmann, »Primitivismus«. Zur Geschichte eines semantischen Feldes 1900–1930, in: W. Hardtwig (Hg.), Ordnungen in der Krise.

53 T. Elsaesser, Das Weimarer Kino – aufgeklärt und doppelbödig, Berlin 1999, S. 19.

54 P. Sloterdijk, Kritik der zynischen Vernunft, Frankfurt/M. 1983, Bd. 2, S. 705; vgl. dazu Elsaesser, Das Weimarer Kino, S. 13ff.

diskutiert die Konjunktur mythischer Zeitvorstellungen und ihrer Folgen für die politische Kultur Weimars am Beispiel des Bismarck-Mythos. Der Beitrag von Thomas Mergel zeigt, wie die politische Ordnung, die ihr zugrundeliegenden Vorstellungen und die politische Praxis in der Weimarer Republik durch Erwartungshaltungen, die sich nicht zuletzt aus der eigenen Vergangenheits- und Zukunftsdeutung ergaben, destruiert wurden. John Horne fragt im internationalen Vergleich, warum und mit welchen Folgen der Erste Weltkrieg in der kulturellen Selbstdeutung der kriegführenden Nationen präsent blieb und warum es Deutschland sehr viel weniger als etwa England gelang, die vom Krieg überformte kulturell-politische Selbstdeutung in den zwanziger Jahren »abzurüsten«. Frank Bösch kann zeigen, wie auch nach dem Krieg die traditionelle bürgerliche Geselligkeit im Verein weiterlebte und sogar die Mitgliederzahlen der Vorkriegsära teilweise übertraf, wie sich aber unter dem Eindruck der Kriegserinnerung auch diese herkömmlichen bürgerlichen Soziabilitätsformen militarisierten und neuerlich die Grenzen zwischen bürgerlich-protestantischem (zum Teil auch katholischem) Milieu und Arbeiterschaft vertieften. Die Erinnerung an den Krieg und die Frage, welche politischen Konsequenzen aus der Kriegserfahrung zu ziehen seien, steht auch im Zentrum des Beitrags von Christian Weiß, der einen in den Gesamtdeutungen der deutschen Geschichte der zwanziger und dreißiger Jahre gerne vernachlässigten Aspekt untersucht: die Erinnerungspolitik, die Organisationsstrukturen und verständigungspolitischen Aktivitäten der linken Veteranenvereinigungen. Sven Reichardt richtet seine Aufmerksamkeit auf die militanten Strategien insbesondere der SA, in der Reaktion auf die Erschütterung der Geschlechterordnung und der Gefährdung körperlicher Gesundheit durch den Krieg das Ideal eines heroisierten Helden neuartig politisch-medial zu inszenieren. Brigitte Kerchner zeigt, wie im Diskurs der Epoche im Spannungsfeld zwischen verstärkter biopolitischer Aufmerksamkeit, Impulsen zur Strafrechtsreform, Disziplinierungsforderungen u.a. der Kriminologie und Ziel verändernden politischen Vorgaben das Delikt der »Kinderschändung« ausformuliert wurde und wie sich die Rechtssprechung im »Dritten Reich« veränderte. Matthias Willing arbeitet heraus, in welcher Breite und mit welcher Intensität Sozialpolitikerinnen quer durch das Spektrum der republikbejahenden Parteien das Projekt eines »Bewahrungsgesetzes« für deviante Frauen betrieben, um die »moralische Ordnung« der Gesellschaft zu schützen – und welche Affinitäten sich dabei zu einer radikal ausgrenzenden Biopolitik ergab. Alexander Schug nimmt einen Aspekt auf, der sich mehr oder weniger intensiv durch alle Beiträge hindurchzieht, die Spannung und Überlagerung von Tradition und bewußter Rückwendung in die Vergangenheit einerseits, der Modernität in Wirtschaft, Kultur und zum Teil in den Lebensformen andererseits. Er arbeitet die zunehmende Verflechtung der deutschen Wirtschaft und Kultur in das internationale Marktgeschehen anhand moderner Werbestrategien heraus, die vor allem von amerikanischen Vorbildern und in Deutschland operierenden Firmen übernommen worden waren, aber auch auf der Basis einer neuen verwissenschaftlichten Marktforschung beruhten. Ambivalenzen im Verwissenschaftlichungsprozeß zwischen ausgehendem Kaiserreich und dem Beginn des Nationalsozialismus stehen im Zentrum des Beitrags von Gregor Rinn. Er zeigt in Auseinandersetzung mit älteren Forschungsansätzen, wie weit die Tendenz zu holistischen wissenschaftlichen Erklärungsmodellen die »Selbstmobilisierung« der Psychologen bereits vor 1933 vorbereitete – in der wissenschaftsinternen Kritik an positivistischen Fragestellungen und Methoden und gleichzeitig in dem Bestreben, für die eigene Wissenschaft gesamtgesellschaftliche Kompetenz in Anspruch nehmen zu können.

Insgesamt lassen sich die Beiträge als Fallstudien zu dem hier umrissenen Konzept einer »politischen Kulturgeschichte« verstehen. Die Anschlüsse an Fragestellungen und Methoden der Sozialgeschichte, der Wissenschaftsgeschichte und der »Neuen Kulturgeschichte« sind vielgestaltig und offenkundig. Es erscheint nützlich, sie stärker als bislang in der Forschung praktiziert in ein theoretisch bewußtes Konzept von »politischer Kulturgeschichte« zu integrieren.

Frank Becker

Autobahnen, Auto-Mobilität

Die USA, Italien und Deutschland im Vergleich

I. Aldous Huxley siedelt seine Erzählung aus der »Schönen neuen Welt« im Jahre »632 nach Ford« an: Der Automobilfabrikant Henry Ford ist als Bezugspunkt der Zeitrechnung an die Stelle des Religionsgründers Jesus Christus getreten. Fordistische Prinzipien beherrschen Huxleys literarische Fiktion ebenso sehr, wie christliche Prinzipien nach dem Willen der Kirche die abendländische Zivilisation prägen sollten. Gerade indem Huxleys Roman seine Negativ-Utopie an den Konzepten Fords festmacht, fördert er zu Tage, wie essentiell die Industriegesellschaft des 20. Jahrhunderts in ihrem gesamten Selbstverständnis auf einem positiv begriffenen Fordismus basierte. Fords Name verband sich mit einer positiven Utopie, in deren Zentrum der Begriff der Mobilität stand – wobei unter Mobilität zweierlei zu verstehen war: einerseits soziale Mobilität, also das Versprechen einer durchlässigen, sich schrittweise nivellierenden Gesellschaft, andererseits räumliche Mobilität, mithin die Chance für eine immer größere Zahl von Menschen, in verringerter Zeit Entfernungen überbrücken und den eigenen Lebenskreis erweitern zu können.[1]

Diese Utopie der Mobilität nahm fraglos von den USA ihren Ausgang. In den Fordwerken von Detroit wurden 1914 die ersten Fließbänder installiert, und in der Folge sorgte vor allem Fords T-Modell dafür, daß 1929 schon jeder vierte bis fünfte Amerikaner einen eigenen PKW besaß.[2] Sehr schnell drangen Fords Erfolgsrezepte über die Grenzen der USA hinaus und wurden in allen Industriestaaten der Welt mit mehr oder weniger großem Erfolg kopiert. Bevor aber die Mobilitätsvision einseitig mit den USA identifiziert wird, ist daran zu erinnern, daß Autos ihren vollen Gebrauchswert erst dann entfalten, wenn Straßen zur Verfügung stehen, auf denen sie ihre Beweglichkeit und ihr Tempo ausspielen können – im Idealfall solche Straßen, die für andere, langsamere Fahrzeuge gesperrt sind. Schon zu Be-

1 G. Burkart, Individuelle Mobilität und soziale Integration. Zur Soziologie des Automobilismus, in: Soziale Welt 45. 1994, S. 217 u. 227. Mit dem Auto »explodierte der Mensch [...] in den Raum«, ist die pathetische Formulierung, die Peter Borscheid für diese Entwicklung gefunden hat. Vgl. P. Borscheid, Die Tempomacher. Die Rationalisierungsbewegung und die Beschleunigung des Lebens in den Weimarer Jahren, in: Zeitschrift für Unternehmensgeschichte 41. 1996, S. 135.

2 J. J. Flink, The Car Culture, Cambridge, Mass. 1975, S. 142.

ginn des 20. Jahrhunderts setzten Überlegungen ein, bestimmte Straßen exklusiv für den Automobilverkehr zu bauen. Diese Überlegungen entwickelten sich weiter zur Vision von Straßen, auf denen Autos mit konstant hoher Geschwindigkeit fahren können: Straßen ohne Kreuzungen und Ampeln also, Straßen mit speziell konstruierten Auffahrten, Straßen mit breiten und deutlich voneinander getrennten Fahrspuren.[3] Obwohl die USA auch für die Entwicklung solcher Straßen wichtige Anstöße gaben, gingen die entscheidenden Impulse doch von zwei europäischen Ländern aus: Italien und Deutschland. In Italien bürgerte sich schon in den 1920er Jahren der Begriff Autostrada ein, in Deutschland sprach man zunächst von Nur-Autostraßen, bevor sich in der NS-Zeit dann der Begriff »Autobahn« – analog zur Eisenbahn – durchsetzte. Um wichtige Aspekte der Automobilisierung seit dem frühen 20. Jahrhundert also angemessen beschreiben zu können, sind neben den USA vor allem auch Italien und Deutschland in den Blick zu nehmen. Dieser Vergleich lädt außerdem dazu ein, die Genese der Automobilisierung und der hieran geknüpften Mobilitätsutopie unter verschiedenen politisch-sozialen Rahmenbedingungen zu untersuchen. Seit sich die Forschung davon verabschiedet hat, das westliche Demokratiemodell unter dem Signum der Modernität dem vermeintlich antimodernen, ja archaischen Faschismus bzw. Nationalsozialismus geradezu diametral entgegenzusetzen, haben solche Untersuchungen eine besondere Brisanz erhalten. Gerade auf dem Feld dessen, was sich unter Schlagworten wie Massenkonsum, Industrialisierung der Freizeit und Technisierung des Alltags abhandeln läßt, steht die ausgeprägte Modernität der »Führerstaaten« mittlerweile außer Frage.[4] Gestritten wird nur noch darum, ob diese Modernität mit Begriffen wie dem des Reaktionären verknüpft werden sollte,[5] um einen verbleibenden Sondercharakter zum Ausdruck zu bringen, oder ob es nicht vielmehr geboten ist, die Tatsache zu akzeptieren, daß Modernität in bestimmten Teilbereichen eines politisch-sozialen Systems sehr wohl mit ihrem Gegenteil oder zumindest radikalen Umpolungen der Ziele, wenn auch nicht der Mittel, in anderen Bereichen einhergehen kann. Massenmotorisierung und Schnellstraßenbau sind zweifellos ein solches modernes Element gewesen, das vor allem in der Zeit zwischen den Weltkriegen

3 Einen vollständigen Kriterienkatalog für die Unterscheidung von Autobahnen und anderen Straßentypen entwickelt A. Speck, Der Kunststraßenbau. Eine technisch-geschichtliche Studie von der Urzeit bis heute, Berlin 1950, S. 51. In der Realität sind die Übergänge allerdings manchmal fließend.

4 Für Italien vgl. zuletzt R. Ben-Ghiat, Fascist Modernities. Italy, 1922–1945, Berkeley 2001; für Deutschland beispielsweise N. Frei, Der Führerstaat. Nationalsozialistische Herrschaft 1933 bis 1945, München 2001[6], bes. S. 123ff., sowie H.-U. Thamer, Der Nationalsozialismus, Stuttgart 2002, S. 414ff.

5 So der häufig adaptierte Vorschlag von J. Herf, Reactionary Modernism. Technology, Culture, and Politics in Weimar and the Third Reich, Cambridge 1984.

gleichsam quer zu den unterschiedlichen politischen Systemen zur Entfaltung drängte. Welche Austauschprozesse gab es dabei zwischen den Ländern? Wie wurden – wenn dies überhaupt geschah – die Konzepte und Vorgehensweisen abgewandelt, um sie den unterschiedlichen politisch-sozialen Rahmenbedingungen in den liberaldemokratischen USA einerseits, im faschistischen Italien und im nationalsozialistischen Deutschland andererseits anzupassen?

Am Anfang jeder Geschichte der Massenmotorisierung muß allerdings die Beschäftigung mit den Fordwerken in Detroit stehen. Hier wurden die Prinzipien entwickelt, die das Auto von einem technischen Artefakt in den Träger einer sozialen und kulturellen Utopie verwandelten.[6] Ausgangspunkt hierfür war eine Revolution der Fertigungstechnik, die sich mit dem Namen Frederick W. Taylors verband: Arbeitsprozesse wurden zum Gegenstand der wissenschaftlichen Analyse gemacht, um sie möglichst effizient und zeitsparend organisieren zu können.[7] Praktische Folge dieses Zugriffs war die Entwicklung des Fließbandes – die Produktion wurde in zahlreiche Einzelschritte zerlegt, die sich bestimmten Positionen am laufenden Band zuordneten, wo hierauf spezialisierte Arbeiter sie schnellstmöglich durchführten. Mit diesem System konnte die Zahl der pro Zeiteinheit hergestellten Autos drastisch erhöht werden. Da der Verkaufspreis der Autos auch von den Arbeitslöhnen abhing, die in ihre Produktion einflossen, machte die Beschleunigung auch eine Verbilligung möglich. Damit erhielten die betriebswirtschaftlichen Innovationen des Fordismus auch eine volkswirtschaftliche Dimension: Die niedrigeren Preise verwandelten das Auto von einem Luxusartikel in ein Massenkonsumgut, das auch für mittlere Einkommensschichten erschwinglich war. Daß immer mehr Menschen sich diesen Schichten zuordnen könnten, schien ebenfalls zwangsläufig aus der neuen Herstellungsweise zu resultieren: Steigende Produktionszahlen führten zu steigenden Verkaufszahlen, diese wiederum brachten mehr Geld in die Kassen der Betriebe, was die Auszahlung höherer Löhne ermöglichte. Damit kamen die Arbeiter nun selbst als Käufer von Autos in Betracht,

6 Diese Prinzipien werden auf der Basis des neueren Forschungsstandes dargestellt und analysiert in den einschlägigen Abschnitten der Studien von M. Stahlmann, Die erste Revolution in der Autoindustrie. Management und Arbeitspolitik von 1900–1940, Frankfurt 1993; M. Nolan, Visions of Modernity. American Business and the Modernization of Germany, New York 1994, S. 30ff.; T. Sablowski, Italien nach dem Fordismus: Regulation und organische Krise einer kapitalistischen Gesellschaftsformation, Münster 1998, S. 24ff.; B. Trentin, Befreiung der Arbeit. Die Gewerkschaften, die Linke und die Krise des Fordismus, Hamburg 1999, S. 41ff.

7 Vgl. hierzu die rückblickenden Ausführungen bei S. Eberhardt, Abschied vom Taylorismus. Mitarbeiterführung in schlanken Unternehmungen, Leonberg 1995, S. 14ff. und R. Springer, Rückkehr zum Taylorismus? Arbeitspolitik in der Automobilindustrie am Scheideweg, Frankfurt 1999, S. 122ff.; neuerdings noch einmal ausführlich W. Hebeisen, F. W. Taylor und der Taylorismus. Über das Wirken und die Lehre Taylors und die Kritik am Taylorismus, Zürich 1999.

insbesondere dann, wenn sie das Angebot der neu eingeführten Ratenzahlung wahrnahmen. Je mehr Arbeiter Autos kaufen konnten, desto mehr Geld floß wiederum den Betrieben zu, die infolgedessen aufs neue die Löhne erhöhen konnten, was weiteren Beschäftigten erlaubte, Autos zu erwerben. In einem Prozeß der wechselseitigen Aufschaukelung waren Produktion und Konsum miteinander verschaltet. Am Ende dieses Prozesses schien geradezu notwendig der Wohlstand für alle zu stehen. Wenn überall die Produktion durch Verwissenschaftlichung und Rationalisierung erhöht, beschleunigt und verbilligt wurde, dann müßte bei gleichzeitig steigenden Löhnen ein Massenkonsum möglich werden, der nach und nach alle Bevölkerungsschichten einbezog. Wissenschaft und Technik ebneten ohne politische Revolution den Weg für eine soziale Revolution, an deren Ende die nivellierte Mittel- und Wohlstandsgesellschaft stand.[8] Die Fordwerke in Detroit wurden zum Modell für eine politisch-soziale Vision, deren Strahlkraft so groß war, daß Henry Ford sogar kurzzeitig bei den Demokraten als Kandidat für die amerikanische Präsidentschaft ins Gespräch kam.[9]

II. Ihren vollen Nutzen entfalteten die Autos erst dann, wenn auch angemessene Straßen zur Verfügung standen. Die vorhandenen Straßen und Wege, über die sich seit Jahrhunderten der Verkehr der Pferdekarren, Kutschen und Fußgänger gewälzt hatte, waren für Automobile zumeist nicht geeignet: Sie waren nicht breit genug, um das zügige Überholen von langsameren Verkehrsteilnehmern zu ermöglichen, und bei Regenwetter weichten sie so stark auf, daß die Autos im Schlamm stecken blieben. Auf dem Lande waren die Straßenverhältnisse in der Regel besonders schlecht. Auch in den USA gehörte es also seit den 1910er Jahren zu den ersten Zielen eines automobilorientierten Straßenbaus, die Straßen in den Agrarregionen zu verbessern; die Farmer sollten mit dem Auto die Städte und deren Märkte erreichen können. Hand in Hand mit dem Bau der ersten Highways, die von den Dörfern in die Städte führten, wuchs auf dem Lande die Nachfrage nach Automobilen. Fords legendäres T-Modell, das diese Nachfrage befriedigte, ist also vor allem ein Auto des ländlichen, nicht des urbanen Amerika gewesen. Seine einfache Konstruktion, mit der sich auch schwierige Weg-

8 Flink, The Car Culture, S. 55. In den 1920er Jahren wurde sogar eine Taylorisierung der Arbeit im Haushalt diskutiert – durch verbesserte Haushaltsgeräte und eine effizientere Organisation sollte eine Zeitersparnis erreicht werden, die entweder die Hausfrau entlasten und für andere Betätigungen freistellen oder aber Mann und Frau bei doppelter Berufstätigkeit die gemeinsame Bewältigung des Haushalts in der Freizeit erlauben sollte. Auch hier verband sich der Fordismus also mit gesellschaftspolitischem Fortschritt. Vgl. Borscheid, Die Tempomacher, S. 134, sowie M. Wildt, Technik, Kompetenz, Modernität. Amerika als zwiespältiges Vorbild für die Arbeit in der Küche, in: A. Lüdtke u.a. (Hg.), Amerikanisierung: Traum und Alptraum im Deutschland des 20. Jahrhunderts, Stuttgart 1996, S. 78ff.

9 Flink, The Car Culture, S. 69.

strecken überwinden ließen, machte das T-Modell für die Farmer genauso attraktiv wie die relativ große Ladefläche, die den Transport von landwirtschaftlichen Erzeugnissen zu den städtischen Märkten erlaubte. Die verbesserte Mobilität der Farmer brachte aber nicht nur ökonomische Vorteile mit sich. Dadurch, daß die Landbevölkerung nicht länger auf den Dörfern festsaß, sondern regelmäßig in die Stadt fahren konnte, schliff sich auch der kulturelle Gegensatz zwischen Stadt und Land mehr und mehr ab.[10]

Der frühe amerikanische Automobilverkehr floß allerdings nicht einseitig vom Land in die Städte. Umgekehrt nutzten auch Städter die neue Mobilität aus, um der Enge ihres urbanen Lebensraumes zu entfliehen. Seit der Jahrhundertwende wurde dieser Wunsch auch in den USA von jenem Komplex von Großstadtkritik, Zivilisationsmüdigkeit und Naturromantik genährt, der in der Alten Welt an der Wiege von Lebensreform und Jugendbewegung stand. Um den Städtern ein schönes Naturerlebnis zu verschaffen, schienen die vorhandenen Highways allerdings wenig geeignet; sie wurden nach Gesichtspunkten der Zweckmäßigkeit angelegt und berührten die besonders eindrucksvollen Landschaften höchstens zufällig. Es lag also nahe, für die Ausflüge der Städter ins Grüne besondere Straßen zu bauen: die sogenannten Parkways. Die erste Straße dieser Art, der Bronx River Parkway, der 1907 dem Verkehr übergeben wurde,[11] verwirklichte bereits, was künftig für alle weiteren Straßen dieses Typs gelten sollte: Parkways wurden gezielt durch herausragend schöne Landschaften hindurchgeführt. Hatte die Natur streckenweise nicht viel zu bieten, war die helfende Hand des Menschen gefragt. Landschaftsarchitekten sorgten für die Entstehung jener Naturkulissen, die den Autofahrern das Herz aufgehen ließen.[12] Dabei folgten die Planer den Prinzipien der englischen Landschaftsarchitektur: Die Autoreise sollte nicht durch eine monotone Landschaft führen, sondern immer wieder neue Eindrücke vermitteln.[13] Vornehmlich die Kurven dienten dazu, die Fahrer mit überraschenden neuen Perspektiven zu konfrontieren. An besonders reizvollen Aussichtspunkten wurden Picknickplätze angelegt.[14] Die Straße sollte nicht nur zu schönen Ausflugszielen führen, sondern selbst Kulisse eines schönen Ausflugs sein. Nur konsequent war es daher, den kommerziellen Verkehr zu verbannen; allein private PKW hatten

10 Flink, The Car Culture, S. 28; R. M. Wik, The Early Automobile and the American Farmer, in: D. L. Lewis u. L. Goldstein (Hg.), The Automobile and American Culture, Ann Arbor 1983, S. 43ff.; B. E. Seely, Visions of American Highways, 1900–1980, in: H.-L. Dienel u. H. Trischler (Hg.), Geschichte der Zukunft des Verkehrs. Verkehrskonzepte von der Frühen Neuzeit bis zum 21. Jahrhundert, Frankfurt 1997, S. 264.

11 C. McShane, Down the Asphalt Path. The Automobile and the American City, New York 1994, S. 221.

12 McShane, Down the Asphalt Path, S. 222f.

13 P. Patton, Open Road. A Celebration of the American Highway, New York 1986, S. 68.

14 Ebd., S. 74.

Zugang.[15] Kreuzungen wurden, wenn auch nicht immer, so doch nach Möglichkeit vermieden, um den Verkehrsfluß nicht zu unterbrechen. Die Autofahrt sollte insgesamt den Charakter eines möglichst störungsfreien Vergnügens haben, das ganz den Reizen von Natur und Landschaft gewidmet war.

Daß dieses Vergnügen an den Besitz eines Autos gebunden war, ist schon ein deutlicher Indikator dafür, daß es weitgehend für *upper* und *middle class* reserviert war.[16] Zusammen mit dem gesamten kommerziellen Verkehr wurde auch der Omnibusverkehr von den Parkways ausgeschlossen, der auch Nicht-Autobesitzern aus den unteren Schichten den Zugang hätte ermöglichen können. Es war also gar nicht nötig, die Brücken so niedrig anzulegen, daß sie von Omnibussen nicht passiert werden konnten, wie es die bekannte Legende Robert Moses unterstellt, jenem Stadtplaner von New York, der in den 1920er und 1930er Jahren Parkways zu den Stränden von Long Island baute[17] – Omnibusse hatten sowieso keinen Zugang, und es bestand keine »Gefahr«, daß jene Armen und Schwarzen an den Ausflugsorten auftauchten, vor deren Gesellschaft der Legende nach Moses die betuchteren Schichten unbedingt bewahren wollte.[18] Eine soziale Entwicklung, die von den Parkways tatsächlich gefördert wurde, war allerdings die Umstrukturierung der amerikanischen Großstädte – bei ihren Ausflügen auf den Geschmack gekommen, beschlossen viele Autobesitzer, ihren ständigen Wohnsitz im Grüngürtel der Städte aufzuschlagen, um dann täglich mit dem PKW zur Arbeitsstätte zu pendeln. In der Folge umschlossen sich die Städte mit regelrechten Ringen von *suburbs*, von Wohnvororten, während sich die Innenstädte zu reinen Geschäftszentren wandelten.[19]

III. In mancher Hinsicht wiesen die Parkways als Nur-Autostraßen mit wenigen Kreuzungen schon auf die modernen Autobahnen voraus. Der entscheidende Impuls in dieser Entwicklung ging aber von Italien aus. Dort fanden die Autostrade in den Jahren nach dem Ersten Weltkrieg einen Vorkämpfer, der schon bald in ganz Europa bekannt werden sollte: den Ingenieur und Unternehmer Piero Puricelli, der in Mailand eine eigene Straßenbaufirma besaß. Gleichzeitig geschickter Geschäftsmann und Visionär,

15 B. Joerges, Brücken, Busse, Autos und andere Verkehrsteilnehmer – Zur Repräsentation und Wirkung städtischer Artefakte, in: Technik und Gesellschaft. Jahrbuch 10: Automobil und Automobilismus, hg. v. G. Schmidt, Frankfurt 1999, S. 199.

16 Patton, Open Road, S. 70.

17 L. Wallock, The Myth of the Master Builder. Robert Moses, New York, and the Dynamics of Metropolitan Development Since World War II, in: Journal of Urban History 17. 1990/91, S. 339ff.

18 Zusammenfassend zu dieser Legende B. Joerges, Die Brücken des Robert Moses: Stille Post in der Stadt- und Techniksoziologie, in: Leviathan 27. 1999, H.1, S. 43ff.

19 Rae, The American Automobile, S. 219ff.

wurde Puricelli zum leidenschaftlichen Propagator eines neuen Straßentyps, der ganz auf die Bedürfnisse des Automobils zugeschnitten war. Schnell konnte er Mussolini für seine Projekte interessieren; der Duce erkannte in den neuen Straßen ein Propagandamittel für sein Regime, und er interpretierte sie gleichzeitig als einen Beitrag zur Verbesserung der Infrastruktur und damit zur Industrialisierung des noch weitgehend agrarisch geprägten Landes. Diese Sichtweise konnte Mussolini allerdings nicht dazu veranlassen, den italienischen Staat für die Finanzierung der Straßen aufkommen zu lassen. Die Wirtschaftspolitik der Faschisten war in den ersten Jahren ihrer Herrschaft betont liberal,[20] und auch beim Straßenbau sollte von dieser Linie nicht vollständig abgewichen werden. Immerhin konnte der Duce sich zu einer Garantie für die Verzinsung und Amortisation des Kapitals entschließen für den Fall, daß die Rentabilität in Frage gestellt war; und er behielt sich das Recht vor, die Straßen jederzeit durch einfache Rückzahlung des noch nicht amortisierten Kapitals in den Besitz des Staates zu bringen.[21] Darüber hinaus deckte der Staat ungefähr ein Drittel der Bausumme mit Darlehen ab, die innerhalb von fünfzig Jahren zu tilgen waren.[22] Für die übrigen Kosten mußte Puricelli private Gelder mobilisieren. Damit waren auch die Würfel für eine Maut gefallen. Für den Mailänder Ingenieur ging es nun darum, Strecken zu finden, auf denen mit einer so hohen Nutzungsfrequenz zu rechnen war, daß es den Investoren plausibel erschien, daß die Mauteinnahmen dort nach einer gewissen Zeit die Baukosten übertreffen würden. Puricelli entschied sich dafür, das Wirtschaftszentrum Mailand mit den oberitalienischen Seen zu verbinden. Schon 1924 erfolgte die Eröffnung der 50 km langen Autostrada Mailand-Varese, von der die im Folgejahr fertiggestellten Strecken Lainate-Como (24 km) und Gallarate-Sesto Calende (11 km) abgezweigt wurden.[23] Obwohl die Erwartung einer wirtschaftlichen Nutzung dieser Straße durch den Lieferverkehr ebenfalls eine Rolle spielte, spekulierte Puricelli doch hauptsächlich auf den privaten Reiseverkehr.[24] Touristen aus nördlichen Ländern, so seine Erwartung, würden die Autobahnen als Einfallstraßen in die Poebene nutzen, und umgekehrt würden zahlungskräftige Automobilisten aus Mailand die Chan-

20 W. Rauscher, Hitler und Mussolini. Macht, Krieg und Terror, Graz 2001, S. 83.

21 K. Kaftan, Italien, das erste Land der Autobahnen. Ein zusammenfassender Bericht, in: Die Autobahn 6. 1933, H.11, S. 4. 1935 machte der Staat bei der Autobahn Mailand-Oberitalienische Seen zum ersten Mal von dieser Möglichkeit Gebrauch (ders., Der Kampf um die Autobahnen, Berlin 1955, S. 173).

22 P. Puricelli, Die Wahrheit über die italienischen Autostraßen, in: HaFraBa-Mitteilungsblatt 3. 1930, H.6, S.7ff.; R. Bosco, Die italienischen Autobahnen, in: Die Straße 6. 1939, H.14, S. 454.

23 N.N., Die italienischen Autostraßen, in: Verkehrsblatt 8. 1954, H.7, S. 152.

24 H. S. Lamberg, Grundgedanken und neue Entwicklungen im italienischen Autobahnbau, in: Verkehrstechnische Woche. Zeitschrift für das gesamte Verkehrswesen 28. 1935, H.16, S. 234.

ce ergreifen, in radikal verkürzter Zeit zu den schönen Alpenseen zu gelangen.[25] Als ortsansässiger Unternehmer, der die Mailänder Gesellschaft hervorragend kannte, hat Puricelli dabei möglicherweise auch an den Futuristen F. T. Marinetti und seine autobegeisterten Freunde gedacht. Schließlich bot eine Autostrada endlich einmal die Gelegenheit, jenen Rausch der Geschwindigkeit tatsächlich zu erfahren, von dem der Futurismus so begeistert schwärmte.[26] Auch Mussolini hatte sich von diesem Geschwindigkeitskult anstecken lassen: Zu seinen Lieblingsposen, in denen er sich immer wieder fotografieren ließ, gehörte das Lenken eines Rennwagens.[27]

Ob der Futurismus die Ideologie und Ästhetik des italienischen Autobahnbaus wirklich in nennenswertem Maße mitbestimmt hat, müßten genauere Forschungen zur Darstellung und Deutung der Straßen in den unterschiedlichsten Medien erweisen. Ein Blick auf die italienische Automobilwerbung der Mussolini-Ära, die offenkundig vom Futurismus beeinflußt war,[28] macht es immerhin wahrscheinlich, daß der gesamte Komplex von Auto und Straße sehr wohl auch in solchen Mustern durchdacht worden ist. Ergänzend kamen aber noch mindestens zwei andere wichtige Auto- und Autobahnideologien hinzu. Die eine kann als eine italienische Variante des Fordismus bezeichnet werden. Während der Futurismus die Technik grundsätzlich in den Dienst subjektiven Erlebens stellt, indem er die Verschmelzung mit der Maschine, gesteigert im Geschwindigkeitsrausch, zu einer existentiellen Erfahrung des Individuums stilisiert, hat der Fordismus vor allem den sozialen Nutzen, den Gebrauchswert der Technik für Wirtschaft und Gesellschaft im Blick. Hier stehen sich also ein subjektiv-erlebnisorientiertes und ein sachlich-soziales Verständnis von Technik vermeintlich fast diametral gegenüber. Trotzdem hat es Versuche zu einer Synthese der beiden Konzepte gegeben. Fiat-Chef Giovanni Agnelli, der sich als der Henry Ford Italiens sah,[29] plante ein italienisches Pendant

25 Tatsächlich ergab eine Zwischenbilanz von 1928, daß sieben Achtel der Nutzung auf den Durchgangs- und Ausflugsverkehr entfielen, nur ein Achtel gehörte dem wirtschaftlichen Verkehr. Vgl. H. Uhlfelder, Die oberitalienischen Autobahnen, in: HaFraBa-Mitteilungsblatt 3. 1930, H.6, S. 14.

26 F. T. Marinetti, Manifest des Futurismus, in: H. Schmidt-Bergmann, Futurismus. Geschichte, Ästhetik, Dokumente, Reinbek 1993, S. 75–80, bes. S. 75–77; ders., An das Rennautomobil, in: ebd., S. 269f.; ders., Technisches Manifest der futuristischen Literatur, in: ebd., S. 282ff.

27 Rauscher, Hitler und Mussolini, S. 123.

28 Bardou u.a., Die Automobil-Revolution, S. 107. Auch Werbegrafiken für Autobahnen, wie sie etwa L. Bortolotti und G. De Luca, Fascismo e autostrade. Un caso di sintesi: la Firenzemare, Mailand 1994, S. 207, zeigen, folgten häufig den Darstellungsmustern des Futurismus.

29 V. Castronovo, Giovanni Agnelli. Fiat dal 1899 al 1945, Turin 1977, S. 245ff.; V. Delle Donne, Agnelli. Die Biographie, Berlin 1995, S. 53. Der erste europäische Autoindustrielle, der die Fließbandtechnik einführte, war freilich 1919 André Citroën. Vgl. R. Birkefeld u. M. Jung, Die Stadt, der Lärm und das Licht. Die Veränderung des öffentlichen Raumes durch Motorisierung und Elektrifizierung, Seelze 1994, S. 91.

zum T-Modell, das nicht nur nützlich sein sollte, sondern auch den Massen den Zugang zu exzeptionellen Erfahrungen versprach. Futurismus und Fordismus kamen hier zusammen, indem die Chance des besonderen Erlebnisses gleichsam sozialisiert wurde. Agnelli nannte sein Volksauto »Balilla«, gab ihm also den Namen der faschistischen Jugendorganisation »Opera Nazionale Balilla« (ONB).[30] Damit brachte er nicht nur die hervorragende Kooperation seiner Firma mit den Faschisten zum Ausdruck – Mussolini ernannte ihn schon 1923 zum Senator auf Lebenszeit[31] –, sondern belieh auch das Image der jungen Schwarzhemden, das ganz an Kraft und jugendlicher Dynamik ausgerichtet war: Auch in der Technik wurde vor allem das Potential zur Steigerung vitaler Energien gesucht.

Der Bau der Autobahnen lud aber noch zu einer weiteren Deutung ein. Diese Deutung spielte vor allem in den Kommentaren Mussolinis eine herausragende Rolle. Die modernen Trassen, so hieß es hier, seien eine würdige Fortsetzung der Leistungen, die das antike Rom in der Kunst des Straßenbaus erbracht habe. Wie das faschistische Italien insgesamt an die großen Traditionen des Imperium Romanum anschließe, so schlügen auch die Autostrade einen Bogen zurück zur »Via Appia«, »Via Aurelia« oder »Via Cassia« – wie sich damals die zivilisatorische Überlegenheit Roms in seinen unvergleichlichen Straßen ausgedrückt habe, so zeigten nun die weltweit einmaligen Autobahnen, daß auch das moderne Italien wieder an der Spitze der Zivilisation marschiere. Die Autostrade waren in diesem Sinne »imperiale Straßen«, wie es immer wieder in Mussolinis Reden hieß, wenn er die Bauarbeiten an neuen Streckenabschnitten eröffnete und den symbolischen ersten Schlag mit der Spitzhacke vollführte.[32] Auch die Fertigstellung der Pisten bot regelmäßige Anlässe für die Selbstdarstellung des Regimes. Gerne wurden die Feierlichkeiten auf den 28. Oktober gelegt, den Jahrestag des Marsches auf Rom.[33]

Der Marsch auf Rom bildete auch den Hintergrund für die Ursprungslegende des italienischen Autobahnbaus. Puricelli, der eigentliche Vater der Autostrade, war geschickt genug, diese Ehre an seinen Förderer Mussolini abzutreten. 1937 beschrieb er in einem Buchbeitrag, wie er an jenem Abend, als die Schwarzhemden in der Hauptstadt eintrafen und dort ein improvisiertes Lager aufschlugen, aus dem Mund des Duce selbst vernahm,

30 Eine Variante des Fiat 508 Balilla, der »Balilla Spyder«, orientierte sich mit stromlinig verkleideten Rädern und spitz zulaufender Heckpartie sehr deutlich an der Ästhetik des Futurismus. Vgl. C. Reifenrath, Automobil-Design. Geschichte und Zukunft, Düsseldorf 1993, S.79ff.

31 A. Friedman, Agnelli. Das Gesicht der Macht, München 1989, S. 47.

32 A. Galleni, Strade, autostrade e fascismo: un memoriale di Piero Puricelli (1940), in: Imprese e Storia 19. 1999, S. 63.

33 L. Bortolotti, Origine e primordi della rete autostradale in Italia, 1922–1933, in: Storia Urbana 16. 1992, H.59, S. 54.

daß Italien bessere Straßen brauche und er diese Straßen bauen wolle.[34] Damit wurden die Autobahnpläne schon der Geburtsstunde des Faschismus eingesenkt und zu einem seiner wahrhaft ›primären‹ Anliegen stilisiert. Und in der Tat gab es in den Folgejahren eine Tendenz zur Identifikation des Regimes mit den neuen Straßen. Besonders die 1928 eröffnete Autobahn Rom-Ostia, die 20,5 km lange »Via del Mare«, die ihre Entstehung nicht privater Initiative, sondern dem Engagement der Stadtverwaltung von Rom verdankte,[35] wurde in diesem Sinne vereinnahmt. Sie führte von der Hauptstadt zum Seehafen Ostia, an den sich ehrgeizige Pläne der Regierung knüpften: Neben dem antiken Ostia, das mit großem Aufwand ausgegraben und restauriert wurde, entstand ein Ostia Nuova, eine moderne Hafenstadt, die Italiens Anspruch verkörperte, das Mittelmeer zu beherrschen.[36] Indem die Autobahn unter dem Motto »Roma al Mare« das politische Zentrum Italiens mit dem ambitiösen Seehafen verband, ließ sie die maritimen Ansprüche des Staates sinnfällig werden.[37] Außerdem gab es in Ostia einen Flughafen, dessen großangelegter Erweiterungsbau in Magliana im Entstehen begriffen war.[38] Die Via del Mare führte also Autos, Flugzeuge und (stählerne) Schiffe zusammen, jene drei modernen Transportmittel, an denen der Faschismus die Leistungskraft des neuen Italien festmachte.[39] Dabei kamen auch die Bedürfnisse der Massen zum Zuge. Ostia Nuova wurde zu einer modernen Freizeitmetropole mit Strandbauten, Badegelegenheiten und Sportanlagen ausgebaut.[40] Im Sommer strömten die Bewohner der Hauptstadt in Scharen in das neue Seebad, das »im amerikanischen Stil angelegt«[41] war. Wenn sich die Rückfahrt auf der einzigen Autobahn Italiens, für die keine Maut bezahlt werden mußte,[42] bis nach Einbruch der Dunkelheit hinauszögerte, sorgten 3.000 Lampen für gute Sicht. Die Via del

34 P. Puricelli, Le strade d'Italia e l'indipendenza economica, in: L. Lojacono, L'indipendenza economica italiana, Mailand 1937, S. 608f.

35 Bosco, Die italienischen Autobahnen, S. 458.

36 R. A. Etlin, Modernism in Italian Architecture, 1890–1940, Cambridge, Mass. 1991, S. 481f. u. 504.

37 Ebd., S. 485.

38 Bosco, Die italienischen Autobahnen, S. 458.

39 Zur Verknüpfung von antikisierendem Romkult und moderner Technikbegeisterung im faschistischen Italien grundsätzlich G. L. Mosse, Faschismus und Avantgarde, in: R. Grimm u. J. Hermand (Hg.), Faschismus und Avantgarde, Königstein/TS. 1980, S. 138.

40 L. Jonasz, Straßenbaupolitik für Generationen, in: Die Autobahn 7. 1934, H.5, S. 188f.; A. Bianchi, Il lido di Roma e lo sviluppo di Roma verso il mare, in: Capitolium. Rivista bimestrale del Comune di Roma 12. 1937, S. 307ff.

41 E. Neumann, Neue ausländische Unternehmungen im Kraftverkehrstraßenwesen, in: Die Bautechnik. Zeitschrift für das gesamte Bauingenieurwesen 8. 1930, S. 91.

42 Bosco, Die italienischen Autobahnen, S. 454.

Mare war die erste europäische Überlandstraße, die komplett elektrisch beleuchtet wurde.[43]

Binnenland und Küste, Stadt und Badestrand verband auch die 82 km lange Autobahn Florenz-Viareggio, die 1932 fertiggestellt wurde. Sie diente ebenso primär den Bedürfnissen des Tourismus[44] wie die schon 1929 eröffnete Autobahn von Neapel nach Pompeji (22 km), die einzige Autobahn des italienischen Südens. Auch dort ging es, ähnlich wie bei der Via del Mare, um die Erschließung einer berühmten Stätte der Antike.[45] Wirtschaftliche Ziele hingegen standen bei der Strecke Genua-Serravalle Scrivia (50 km) im Vordergrund, bei der sogenannten »Autocamionale«,[46] die 1935 in Anwesenheit des Königs eingeweiht wurde: Statt der Eisenbahn sollten LKW den Warentransport zwischen dem Hafen von Genua und seinem Hinterland übernehmen.[47] Die größten Anstrengungen galten indes jenen Autobahnen, die sich in Norditalien eines Tages zur »Pedemontana« oder »Pedalpina«[48] zusammenfügen sollten, zur »Autobahn am Fuße der Alpen«, die die gesamte Poebene und Venetien von Turin bis Triest durchquerte.[49] Bis 1933 konnten die Teilstrecken Turin-Mailand (125 km), Mailand-Bergamo (49 km), Bergamo-Brescia (46 km) und Padua-Venedig (24 km) fertiggestellt werden.[50]

An allen italienischen Autobahnen läßt sich eine ausgesprochene Vorliebe für den geraden, wie mit dem Lineal gezogenen Streckenverlauf erkennen.[51] Diese Vorliebe hatte sicherlich mehrere Ursachen. An erster Stelle ist hier das Mautsystem zu nennen. Potentiellen Nutzern, die Zeit gegen Geld tauschten, mußte vor allem die Zeitersparnis vor Augen geführt werden. In einer Ära, in der Kurven noch nicht so gebaut werden konnten, daß sie mit konstanter Geschwindigkeit zu passieren waren, schien jede Krümmung der Straße mit einem Zeitverlust verbunden zu sein. Die kürzeste Verbindung zwischen zwei Punkten war die gerade Verbindung, und

43 Neumann, Neue ausländische Unternehmungen, S. 90.

44 Bortolotti u. De Luca, Fascismo e autostrade, S. 189ff.

45 Neumann, Neue ausländische Unternehmungen, S. 92.

46 A. Spiegelberg, Problemi delle autostrade italiane, Diss. Bern 1953, S. 21ff.

47 Bosco, Die italienischen Autobahnen, S. 458.

48 Kaftan, Der Kampf um die Autobahnen, S. 171.

49 Bortolotti, Origine e primordi della rete autostradale in Italia, S. 58.

50 J. Thomas, La construction d'autoroutes en Italie, en Allemagne et en France, in: Le génie civil. Revue générale des techniques 105. 1934, H.17, S. 388f.

51 Für die Autobahnen von Mailand zu den Seen und für die Teilstrecken der Pedemontana vgl. Bosco, Die italienischen Autobahnen, S. 455. Sogar bei der Autobahn Florenz-Viareggio wurden, wo immer möglich, lange Geraden gebaut – am längsten mit 12 km vor Prato und mit 14,5 km vor Pistoia. Nur in wenigen Abschnitten erzwang die Hügellandschaft der Toskana eine kurvigere Streckenführung. Vgl. Jonasz, Straßenbaupolitik, S. 189.

diese Verbindung war folglich auch am schnellsten zu überbrücken.[52] Neben diesem wirtschaftlichen Zwang spielten aber auch ästhetische Gesichtspunkte eine Rolle.[53] Der italienische Faschismus pflegte eine ausgeprägte Agrarromantik, und er begeisterte sich an der modernen Technik – zwischen diesen beiden Sphären hat er aber nie zu vermitteln versucht: Sie standen unverbunden nebeneinander, es gab keine Konzepte dafür, Technik und Natur zusammenzuführen. Wenn Technik eingesetzt wurde, dann stand nur die Technik allein im Vordergrund, und ihrer Rationalität entsprach die gerade Linie am besten. Der Futurismus, der auf die Ästhetik von Auto und Straße ebenfalls einen beachtlichen, wenn auch nicht exakt zu beziffernden Einfluß hatte, ging noch einen Schritt weiter. Er degradierte die Natur zu einem abstrakten Raum, der keine andere Funktion mehr hatte, als es den Fortbewegungsmaschinen zu erlauben, ihre Geschwindigkeit zu entfalten. Die Autogemälde von Giacomo Balla, Umberto Boccioni oder Luigi Russolo lassen trefflich darüber spekulieren,[54] wie sich ein futuristisch inspiriertes Fahrerlebnis auf der Autostrada ausgenommen haben dürfte: Die Augen starr geradeaus auf die Betonpiste gerichtet, die wie an der Schnur aufgezogen ist, steigert der Pilot sein Tempo, bis sich die Landschaft zu beiden Seiten der Straße ins Schemenhafte verflüchtigt, zur vollständigen Konturlosigkeit verschwimmt. Nirgendwo sonst hat der Leitsatz des Futurismus, daß Geschwindigkeit die Vernichtung des Raumes durch die Zeit ist,[55] so unbestreitbare Gültigkeit.

Solche und ähnliche Fahrerlebnisse, die Fiat-Chef Agnelli auch der Masse der italienischen Bevölkerung zugänglich machen wollte, blieben jedoch letztlich einer kleinen Minderheit vorbehalten. Mussolinis Wirtschaftspolitik räumte der Autarkie des Landes höchste Priorität ein, was zur Folge hatte, daß die Löhne und Gehälter der Arbeiter und Angestellten bis auf weiteres eingefroren wurden.[56] Dadurch fehlte die Massennachfrage, die

52 So auch Puricellis eigene Argumentation. Vgl. P. Puricelli, Vortrag anläßlich der 1. Verwaltungsrat-Sitzung am 10. Februar 1927 in den Räumen der Frankfurter Gesellschaft für Handel, Industrie und Wissenschaft in Frankfurt, in: HaFraBa-Schriften 3. 1927, S. 3ff.

53 Bei der Via del Mare, die so entschieden als Pracht- und Repräsentationsstraße des Staates diente, konnotierte der gerade Streckenverlauf darüber hinaus die Macht des Regimes: Die Straße wich nicht aus, sie bahnte sich so unerbittlich wie majestätisch ihren Weg zur See.

54 So etwa G. Balla, Geschwindigkeit des Automobils [1912] (Abb. in M. Calvesi, Der Futurismus. Kunst und Leben, Köln 1987, S. 114f.); L. Russolo, Dynamismus eines Automobils [1912/13] (Abb. in ebd., S. 87). Programmatisch hierzu auch G. Severini, Die bildnerischen Analogien des Dynamismus – Futuristisches Manifest, in: U. Apollonio, Der Futurismus. Manifeste und Dokumente einer künstlerischen Revolution 1909–1918, Köln 1972, S. 162–69. In der Forschung S. Reinecke, Mobile Zeiten. Eine Geschichte der Auto-Dichtung, Bochum 1986, S. 69f.

55 H. Schmidt-Bergmann, Filippo Tommaso Marinetti – futuristischer Aktionist und Propagandist, in: ders., Futurismus, S. 68.

56 T. Rafalski, Italienischer Faschismus in der Weltwirtschaftskrise (1925–1936). Wirtschaft, Gesellschaft und Politik auf der Schwelle zur Moderne, Opladen 1984, S. 327 u. 333; R. Petri,

den Anreiz für die Automobilindustrie bilden sollte, die Produktionszahlen mehr und mehr in die Höhe zu schrauben. Das fordistische Kreislaufsystem der wechselseitigen Steigerung von Produktion und Konsum war an einer entscheidenden Stelle unterbrochen. Italien blieb ein gering motorisiertes Land, die Autobahnen wurden nur wenig genutzt.[57] Die spärlichen Mauteinnahmen führten dazu, daß die Betreibergesellschaften sogar mit dem Zinsendienst überfordert waren: Gemäß seiner Garantie mußte der Staat diese Zahlungen übernehmen.[58] Letztlich wurde also doch die Allgemeinheit für den Bau der neuen Straßen zur Kasse gebeten. Diese Entwicklung, die von den optimistischen Planern nicht vorhergesehen worden war, sorgte auch dafür, daß die Autostrade trotz der Propaganda des Regimes mehr und mehr in die Kritik gerieten.[59] Die Masse der Bevölkerung, so lautete der Vorwurf, sollte dafür bezahlen, daß reiche Herrenfahrer eine luxuriöse Nur-Autostraße zur Verfügung gestellt bekamen.[60] Mussolinis Interesse an den Autostrade erhielt einen starken Dämpfer; Puricellis Pläne für ein geschlossenes System von Schnellstraßen, für ein ganz Italien erschließendes Autobahnnetz,[61] die er schon 1927 dem Duce erstmals unterbreitet hatte, verschwanden in den Schubladen.[62] Als der Autobahnbau 1935 zum Erliegen kam, waren insgesamt nur 482 Streckenkilometer erstellt worden,[63] von denen zahlreiche auf Stichstraßen entfielen, die sich ohne Verbindung miteinander über das Land verteilten.

Daß der Fordismus überhaupt als Leitidee im faschistischen Italien eine Rolle spielen konnte, verdient noch eine genauere Betrachtung. War die sozial nivellierte Wohlstandsgesellschaft nicht ein genuin demokratisches Anliegen? War Fords Prinzip, bei der Einstellung von Arbeitern nicht die Herkunft, sondern nur die Leistung im Hier und Jetzt zu berücksichtigen,

Von der Autarkie zum Wirtschaftswunder. Wirtschaftspolitik und industrieller Wandel in Italien 1935–1963, Tübingen 2001, S. 60ff. u. 234ff.

57 1929 besaß erst jeder 254. Italiener ein Auto. Vgl. Rafalski, Italienischer Faschismus in der Weltwirtschaftskrise, S. 299.

58 Bortolotti u. De Luca, Fascismo e autostrade, S. 73ff.; Spiegelberg, Problemi delle autostrade italiane, S. 88ff.; Kaftan, Der Kampf um die Autobahnen, S. 172.

59 Kaftan, Der Kampf um die Autobahnen, S. 172f.

60 Bortolotti, Origine e primordi della rete autostradale in Italia, S. 67ff.

61 Puricelli weitete diese Überlegungen sogar zu Plänen für ein europäisches Autobahnnetz aus. Auch andere Straßenplaner in Europa trugen sich mit solchen Gedanken. Beim 1. Internationalen Autobahn-Kongreß 1931 in Genf wurden die entsprechenden Entwürfe zusammengetragen und der Öffentlichkeit präsentiert. Puricelli wurde überdies im Mai 1933 zu einem Vortrag nach Berlin eingeladen, wo er seine Überlegungen noch einmal im Detail darstellte. Vgl. Kaftan, Der Kampf um die Autobahnen, S. 184f. u. 188f.

62 Dieses Netz sollte 20.000 Streckenkilometer umfassen und ca. 3 Milliarden Lire kosten. Vgl. Galleni, Strade, autostrade e fascismo, S. 67.

63 N.N., Die italienischen Autostraßen, S. 153.

nicht ein Plädoyer für die Gleichheit der Menschen?[64] Jedenfalls scheint beides mit der Herrschaftspraxis eines faschistischen Staates kaum vermittelbar zu sein. Dieser Eindruck täuscht aber. Die Hebung des Massenwohlstands, wenn auch mit einer Akzentverschiebung zur nationalen Egalisierung, hatte sich (zumindest in der Theorie) auch der Faschismus auf die Fahnen geschrieben. Ebenso wichtig war aber ein anderer Aspekt, der bisher noch nicht angesprochen worden ist, obwohl er für den Fordismus ebenso zentral ist wie die Fließbandarbeit oder die wechselseitige Aufschaukelung von Produktion und Konsum. Es handelt sich hierbei um eine bestimmte Philosophie bei der Rekrutierung, Ausbildung und ›Betreuung‹ der Arbeiter.[65] Ford hatte in Detroit mit dem Problem zu kämpfen, daß die meisten potentiell verfügbaren Arbeiter Einwanderer der ersten Generation waren, die nicht nach amerikanischen Standards ausgebildet waren; außerdem hatten sie in der Regel nur geringe Englischkenntnisse. Sicherlich war die Fließbandtechnik ein geeigneter Weg, um mit diesen Problemen fertig zu werden: Für die einfachen Verrichtungen am Band war keine besondere Vorbildung nötig – 1923 waren 79 % aller Tätigkeiten, die in den Fordwerken anfielen, in maximal einer Woche zu erlernen.[66] Ford wollte allerdings mehr, als nur das Ausbildungsproblem lösen. Seine Arbeiter sollten in ihrer gesamten Persönlichkeitsstruktur den besonderen Anforderungen gewachsen sein, die sich mit dem Fordismus in betriebswirtschaftlicher *und* volkswirtschaftlicher Hinsicht verbanden. Auf der betrieblichen Ebene hatte Ford vor allem die spezielle Herausforderung des laufenden Bandes im Blick. Das Band steigerte die wechselseitige Abhängigkeit der Arbeiter ins Extrem: Wenn es an bestimmten Stellen zu Verzögerungen kam, wurde der gesamte Fertigungsprozeß aufgehalten. Der jeweils Folgende konnte sein Werkstück erst dann bearbeiten, wenn sein Vorgänger fertig war. Nur wenn alle Arbeiter die pro Werkstück vorgesehene Zeit einhielten, wurden die angestrebten Produktionszahlen erreicht. Ford verlangte seinen Arbeitern folglich ein Höchstmaß an Disziplin ab. Diese Disziplin betraf das Verhalten nicht nur innerhalb, sondern auch außerhalb der Fabrik. Nur ausgeruhte und gesunde Arbeiter, so Fords Credo, waren den Anforderungen der Fließbandarbeit gewachsen. Ein solider Lebenswandel war die Voraus-

64 Ford gab auch Behinderten eine Chance, weil sie in den Bereichen, auf die sich ihr Handicap nicht auswirkte, zu gleichwertigen Leistungen fähig waren. Auch die Hautfarbe spielte bei der Einstellung keine Rolle; der Anteil der Schwarzen innerhalb der Belegschaft war auffallend hoch. Ford galt als Pionier bei der Gleichstellung von Farbigen (Nevins u. Hill, Ford, Bd. II, S. 508 u. 539). Daß er gleichzeitig Antisemit war, zeigt einmal mehr, daß Antisemitismus nicht notwendig mit Rassismus verbunden sein muß.

65 Zu den folgenden Abschnitten P. J. Ling, America and the Automobile: Technology, Reform and Social Change, Manchester 1990, S. 149–67.

66 J.-P. Bardou u.a., Die Automobil-Revolution. Analyse eines Industrie-Phänomens, hg. v. H. Schrader, Gerlingen 1989, S. 56.

setzung für gute Arbeitsleistungen. Um seinen Arbeitern diesen Lebenswandel nahezulegen, beließ Ford es nicht bei Appellen und guten Worten: Ein eigens geschaffenes »Sociological Department« in seiner Firma war für die ›Betreuung‹ der Arbeiter verantwortlich. Zu dessen Aufgaben gehörte einerseits die rigide Kontrolle der Arbeiter – wenn Arbeiter sich krank meldeten, wurden Hausbesuche durchgeführt, um »Simulanten« auf die Schliche zu kommen –, andererseits aber auch die »Beratung« in allen nur denkbaren Krisensituationen: bei Familienstreitigkeiten, Alkoholismus oder Überschuldung. Was den Arbeiter belastete, verursachte Konzentrationschwierigkeiten und Leistungsabfall am Arbeitsplatz. Indem Fords Sozialingenieure hier eingriffen, trugen auch sie dazu bei, daß das laufende Band sein Tempo hielt.

Fords Arbeiter hatten aber nicht nur als Produzenten, sondern auch als Konsumenten zu funktionieren. Schließlich mußten die schnell und effizient hergestellten Waren – Fords Autos nahmen hier nur vorweg, was im Prinzip für alle Erzeugnisse der amerikanischen Volkswirtschaft gelten sollte – auch gekauft werden, um die Spirale der wechselseitigen Stimulierung von Produktion und Konsum in Gang zu setzen. Gekauft wurden die Autos aber nur dann, wenn die Arbeiter ihre relativ hohen Löhne – Ford führte 1914 den »Five Dollar Day« ein, was für die Mehrheit der vormaligen Hilfsarbeiter in seinem Betrieb eine stattliche Einkommensverbesserung bedeutete – nicht verpraßten, sondern über einen längeren Zeitraum hinweg anzusparen bereit waren. Fords Kampagne gegen den Alkohol ist auch in diesem Zusammenhang zu sehen. Ihm schwebte das Ideal eines gesund und enthaltsam lebenden Familienvaters vor, der nichts anderes ersehnte, als seine Lieben mit dem Statussymbol der amerikanischen *middle class*, einem eigenen Automobil, durch die Gegend zu kutschieren. Diesen Sozialtyp mußte man schaffen, wenn man ihn nicht bereits vorfand – und in der Regel fand Ford ihn nicht vor, wenn er die Detroiter Einwanderer einstellte. »Amerikanisierung« hieß dann das Programm, dem er seine neuen Angestellten unterwarf.[67] Eigene Schulen sorgten für das Erlernen der englischen Sprache, und nebenbei wurden die Normen und Werte des kleinen Besitzes vermittelt. Die Arbeiter sollten ihren angestammten Habitus, der noch von der Kultur ihrer Heimatländer geprägt war, so weit wie möglich aufgeben und durch den Habitus eines Durchschnittsamerikaners ersetzen. Das »Sociological Department« sorgte in der Folge dafür, daß der entsprechende Lebensstil auch wirklich durchgehalten wurde.[68]

67 Eine kritische Analyse hierzu liefert aus zeitgenössischer Warte A. Gramsci, Heft 22 (V), 1934: Amerikanismus und Fordismus, in: ders., Gefängnishefte. Bd. 9, hg. v. P. Jehle u.a., Hamburg 1999, S. 2061–2101, bes. S. 2086f.

68 Grundsätzlich zum Zusammenhang von Automobilisierung und Sozialdisziplinierung und mit Hinweisen auf entsprechende Forschungen auch T. Kühne, Massenmotorisierung und Ver-

Ford, der auch für sich selbst das Image des einfachen Handwerkers oder Ladenbesitzers mit ländlichem Hintergrund pflegte,[69] hielt diese Vorgehensweise für schlichtweg rational: Sie nutzte seiner Firma, sie nutzte den Arbeitern, und sie nutzte der amerikanischer Volkswirtschaft – wer wollte hier widersprechen? Widerspruch, der trotzdem laut wurde, etwa von gewerkschaftlicher Seite, war Ford also nicht nur lästig, sondern er schien ihm geradezu vernunftwidrig zu sein. Im starren Gehäuse der Effizienzkalküle gab es keinen Platz für Dissens. Konflikte waren Betriebsstörungen. Gegen die Gewerkschaften ging Ford mit aller Härte vor.[70] Die Autorität, die im Namen der einen und unteilbaren Rationalität ausgeübt wurde, konnte offensichtlich diktatorische Züge annehmen. Dies machte den Fordismus – in Verbindung mit dem geradezu totalitär anmutenden Drill der Arbeiter – auf der politischen Ebene auch für autoritäre Regimes anschlußfähig. Nicht von ungefähr nannte die New York Times Ford 1928 einen »industrial fascist – the Mussolini of Detroit«.[71]

IV. Im Deutschland der Weimarer Republik war an ehrgeizige Straßenbauprojekte zunächst kaum zu denken. Die öffentlichen Hände, die zur Finanzierung solcher Projekte hätten herangezogen werden können, waren durch Reparationszahlungen und andere Kriegsfolgen ohnehin schon hochgradig belastet; private Investoren wurden durch die geringe Zahl der Automobile in Deutschland abgeschreckt, die nennenswerte Mautgewinne wenig wahrscheinlich machte. So beschränkte sich der Bau von Nur-Autostraßen auf Renn- und Teststrecken, deren bekannteste die Berliner Avus (1921 eröffnet)[72] und der 1927 fertiggestellte Nürburgring sind. Erst 1932 wurde mit der 20 km langen Verbindung Köln-Bonn die erste Autobahn für den normalen Verkehr der Öffentlichkeit übergeben.[73] Befahren wurde sie nur wenig. Obwohl in der Stabilisierungsphase der Weimarer Republik der Fordismus auch in Deutschland Furore machte,[74] war der Bau eines deutschen T-Modells noch nicht über Ansätze hinausgediehen. Nur die Opelwerke in Rüsselsheim hatten mit ihrem »Laubfrosch« einen Schritt in diese

kehrspolitik im 20. Jahrhundert: Technikgeschichte als politische Sozial- und Kulturgeschichte, in: NPL 41. 1996, S. 204.

69 A. Nevins u. F. E. Hill, Ford. Expansion and Challenge 1915–1933, Bd. II, New York 1976, S. 394.

70 J. B. Rae, The American Automobile. A Brief History, Chicago 1965, S. 130f. u. 135.

71 Zit. n. Flink, The Car Culture, S. 104.

72 Zur Baugeschichte und Nutzung der Avus: Kaftan, Der Kampf um die Autobahnen, S. 24ff.

73 E. Schütz u. E. Gruber, Mythos Reichsautobahn. Bau und Inszenierung der »Straßen des Führers« 1933–1941, Berlin 1996, S. 32f.

74 F. Becker, Amerikanismus in Weimar. Sportsymbole und politische Kultur 1918–1933, Wiesbaden 1993, S. 180 u. 199ff.

Richtung unternommen[75] – eine Initiative, die auch damit zusammenhing, daß Rüsselsheim auf dem Gebiet der französischen Besatzungszone lag, deren Automobilindustrie nicht durch jene Schutzzölle begünstigt wurde, die es den Autofirmen rechts des Rheins bis 1925 erlaubten, unverdrossen ihre hochwertigen Autos zu bauen.[76] Opel war vom unbesetzten Reichsgebiet abgeschnitten, eine Ausfuhr dorthin wurde bis 1921 gänzlich untersagt und anschließend mit einem Zoll von 17% belegt.[77] Die Firma mußte mit preiswerten französischen Karossen wie dem Citroen 5 CV konkurrieren und war folglich zur Produktion eines eigenen Billigfahrzeugs gezwungen.[78] Zu diesem Zweck wurde auch die amerikanische Fließbandproduktion eingeführt, der sich die meisten anderen deutschen Firmen nur sehr zögerlich öffneten – sie schien den Ansprüchen, die an »deutsche Wertarbeit« zu stellen waren, nicht genügen zu können.[79] Jedenfalls wurde auch der Opel Laubfrosch bis 1931 nur rund 120.000 mal gebaut.[80]

Als Hitler 1933 Reichskanzler wurde, konnte also von einer Massenmotorisierung in Deutschland noch nicht einmal in Ansätzen gesprochen werden. Diese Massenmotorisierung herbeizuführen, setzte sich das neue Regime von Anfang an zum Ziel. Mehrere Probleme schienen sich damit gleichzeitig lösen zu lassen. Zuerst wurde die Überwindung der Wirtschaftskrise anvisiert. In den USA hatte sich gezeigt, wie stark eine Volkswirtschaft – zumindest vorübergehend – von der Automobilisierung profitieren konnte.[81] Am Ende der 1920er Jahre hing bereits jeder vierte Arbeitsplatz in den USA direkt oder indirekt von den Autos ab.[82] Die Motorisierung einer immer größeren Zahl von Menschen versprach also entscheidende Impulse für zahlreiche Wirtschaftszweige – waren die Autos erst einmal da, sorgten die vielen Formen von Nachfrage, die sich mit ihnen

75 C. M. Merki, Der holprige Siegeszug des Automobils 1895–1930. Zur Motorisierung des Straßenverkehrs in Frankreich, Deutschland und der Schweiz, Wien 2002, S. 109.

76 A. Kugler, Von der Werkstatt zum Fließband. Etappen der frühen Automobilproduktion in Deutschland, in: GG 13. 1987, S. 333.

77 Ebd.

78 Ebd., S. 334. Ähnlich wie in Frankreich der Citroen 5 CV sorgten auch in England verbilligte Kleinwagen in den 1920er und 1930er Jahren für einen Motorisierungsschub. 1918 wurden in England 100.000 Autos gezählt, 1939 bereits 2 Millionen. Vgl. S. O'Connell, Taste, Status and Middle-Class Motoring in Interwar Britain, in: D. Thoms u.a. (Hg.), The Motor Car and Popular Culture in the 20th Century, Aldershot 1998, S. 177f.

79 M. Stahlmann, Die erste Revolution in der Autoindustrie. Management und Arbeitspolitik von 1900–1940, Frankfurt 1993, S. 70f.; K. Kuhm, Das eilige Jahrhundert. Einblicke in die automobile Gesellschaft, Hamburg 1995, S. 104ff.; R. Flik, Von Ford lernen? Automobilbau und Motorisierung in Deutschland bis 1933, Köln u.a. 2001, S. 221ff.

80 Kugler, Von der Werkstatt zum Fließband, S. 335.

81 Ling, America and the Automobile, S. 60; R. Flik, Automobilindustrie und Motorisierung in Deutschland bis 1939, in: R. Boch (Hg.), Geschichte und Zukunft der deutschen Automobilindustrie, Stuttgart 2001, S. 56.

82 Flink, The Car Culture, S. 140.

verbanden, für eine enorme ökonomische Dynamik.[83] Diese Grundannahme veranlaßte Hitler dazu, den Erwerb von Autos zu begünstigen, ja hierfür sogar den leeren öffentlichen Kassen weitere Mittel zu entziehen: Mit Gesetz vom 10. April 1933 wurde die KFZ-Steuer für die Erwerber von Neuwagen abgeschafft.[84] In keynesianistischer Manier trat der Staat durch den Verzicht auf bestimmte Steuern in Vorleistung und erhoffte sich von der daraus resultierenden wirtschaftlichen Belebung einen verstärkten finanziellen Rückfluß: Einmal gekaufte und in Betrieb genommene Autos verbrauchen Benzin und führen dem Fiskus Mineralölsteuern zu.[85]

Über die ganz konkrete ökonomische Belebung in der Krise hinaus verbanden sich für den Nationalsozialismus mit der Förderung der Automobilisierung aber auch noch weitreichendere Ziele. Hitler hatte in der Landsberger Haft, wie Millionen Leser weltweit, mit Begeisterung Henry Fords Autobiografie »Mein Leben und Werk« verschlungen.[86] Die Vision kollektiven Wohlstands, die Ford dort entwickelte, wurde von Hitler in das eigene Konzept eines »nationalen Sozialismus« umgemünzt. Die Gesellschaft, in der tendenziell jedermann ein Auto besitzen konnte, hieß nun die klassenlose Gesellschaft der Volksgenossen. Es dauerte allerdings noch bis 1938, bis in Wolfsburg eine Autofabrik errichtet wurde, die mit modernster amerikanischer Fließbandtechnik einen Volkswagen herstellen sollte.[87] Im selben Jahr, auch dies bei den Amerikanern abgeschaut, begann das Ratensparen für das neue Auto. 340.000 Interessenten haben bis 1945 von dieser Möglichkeit Gebrauch gemacht.[88] Die tatsächliche Auslieferung der Wagen

83 A. Zatsch, Staatsmacht und Motorisierung am Morgen des Automobilzeitalters, Konstanz 1993, S. 497f.

84 Dies., Allen Fehlzündungen zum Trotz – Die Wirkung der Steuergesetzgebung auf die Verbreitung des Automobils bis 1933, in: H. Niemann u. A. Hermann (Hg.), Die Entwicklung der Motorisierung im Deutschen Reich und den Nachfolgestaaten, Stuttgart 1995, S. 182.

85 Auch wenn eine Massenmotorisierung ausblieb, konnte die Zahl der Autos pro 1.000 Einwohner zwischen 1932 und 1938 immerhin von 22,3 auf 38,1 gesteigert werden (P. Kirchberg, Die Motorisierung des Straßenverkehrs in Deutschland von den Anfängen bis zum Zweiten Weltkrieg, in: Niemann u. Hermann, Die Entwicklung der Motorisierung, S. 17). Oder in absoluten Zahlen ausgedrückt: Waren 1934 in Deutschland 674.532 PKW angemeldet, so waren es 1938 bereits 1.271.983 (Zatsch, Allen Fehlzündungen zum Trotz, in: Niemann u. Hermann, Die Entwicklung der Motorisierung, S. 182).

86 J. J. Flink, The Automobile Age, Cambridge, Mass. 1992[3], S. 261.

87 H. Edelmann, Vom Luxusgut zum Gebrauchsgegenstand. Die Geschichte der Verbreitung von Personenkraftwagen in Deutschland, Frankfurt 1989, S. 208; dies., Der Traum vom »Volkswagen«, in: Dienel u. Trischler, Geschichte der Zukunft des Verkehrs, S. 280 ff. Grundsätzlich auch R. Hachtmann, »Die Begründer der amerikanischen Technik sind fast lauter schwäbisch-alemannische Menschen«: Nazi-Deutschland, der Blick auf die USA und die »Amerikanisierung« der industriellen Produktionsstrukturen im »Dritten Reich«, in: Lüdtke u.a., Amerikanisierung, S. 37ff.

88 H. Mommsen u. M. Grieger, Das Volkswagenwerk und seine Arbeiter im Dritten Reich, Düsseldorf 1996, S. 198.

wurde allerdings auf die Zeit nach dem »Endsieg« verlegt. Einstweilen wurden in Wolfsburg Kübelwagen, LKW und Flugzeugmotoren für die Wehrmacht gebaut.[89]

Das Versprechen von Wohlstand und Mobilität für alle, das sich mit dem KdF-Wagen verband, wurde in ähnlicher Weise von den Autobahnen transportiert, die das NS-Regime seit 1933 bauen ließ. Die Vorstellung, diese Straßen einmal benutzen zu können, ließ in den Augen vieler Menschen den Volkswagen erst recht begehrenswert erscheinen. Auf diesen Effekt wollte das Regime hinaus. Die Autobahn sollte als gewaltige Reklame die Nachfrage nach dem neuen Auto erhöhen.[90] Insofern war auch der Autobahnbau als Investition in die Zukunft gedacht, deren Rendite die positiven Wirkungen der Automobilisierung sein sollten. Wieder stand die Strategie des Deficit-spending Pate: Öffentliche Mittel sicherten die Finanzierung,[91] und zur Kompensation wurde nicht einmal eine Maut verhängt. Hitler spekulierte auf die Erträge der allgemeinen wirtschaftlichen Belebung, die ein Bauprojekt dieses Umfangs, das so viele zuliefernde Branchen aktivierte, geradezu notwendig auslösen mußte. Hinzu kam der Beschäftigungsimpuls durch die im Stil eines staatlichen Beschäftigungsprogramms organisierte Arbeit an den Trassen, der von der Propaganda zwar maßlos übertrieben wurde, aber trotzdem auch nicht zu gering veranschlagt werden darf.[92] Und noch ein weiteres Motiv ließ Hitler auf eine Maut verzichten: Er wollte keine finanzielle Hürde aufbauen, die das volkstümliche Image seiner Autobahn beschädigte.

Auch wenn die deutschen Planer das Mautprinzip nicht übernahmen, orientierten sie sich doch in einigen anderen Punkten am Vorbild der italienischen Autostrade. Gerade der propagandistische Nutzen, den Mussolini aus seinen Schnellstraßen zog, regte die Nationalsozialisten zur Nachahmung, ja zu einer vielfachen Überbietung an. Ob es sich um den Beginn des Baus von Streckenabschnitten oder um deren Eröffnung handelte, ob eine runde Zahl von Streckenkilometern erreicht war oder irgendwo die

89 H.-J. Braun, Automobilfertigung in Deutschland von den Anfängen bis zu den vierziger Jahren, in: Niemann u. Hermann, Die Entwicklung der Motorisierung, S. 67f.

90 Edelmann, Vom Luxusgut zum Gebrauchsgegenstand, S. 175.

91 Ein kompliziertes Mischmodell führte Mittel der Reichsbahn und der Arbeitslosenversicherung mit Krediten der Reichsbank zusammen. Ab 1937 wurde zusätzlich ein Autobahnaufschlag von 4 Pfennigen auf Treibstoff erhoben. Vgl. Schütz u. Gruber, Mythos Reichsautobahn, S. 11.

92 Flink, The Automobile Age, S. 262. Daß die von den Nationalsozialisten angestrebten Ziele auf der Basis der eingeleiteten Maßnahmen tatsächlich hätten erreicht werden können, wird vehement bestritten von C. Kopper, Modernität oder Scheinmodernität nationalsozialistischer Herrschaft. Das Beispiel der Verkehrspolitik, in: C. Jansen u.a. (Hg.), Von der Aufgabe der Freiheit. Politische Verantwortung und bürgerliche Gesellschaft im 19. und 20. Jahrhundert. Fs. H. Mommsen, Berlin 1995, S. 399ff.

Verknüpfung von Teilstrecken gelang – jedes Ereignis wurde von der Hitler-Regierung mit großem Pathos in Szene gesetzt und in allen verfügbaren Medien zur Kenntnis der Bevölkerung gebracht.[93] Eine regelrechte Autobahnkunst entstand – von der Literatur und Malerei bis zu Film und Fotografie –, die keine andere Funktion hatte, als die neuen Straßen zu feiern und zu stilisieren.[94] Doch nicht nur die italienischen Autostrade, sondern auch die amerikanischen Parkways wurden in Deutschland beachtet. In den 1930er Jahren reisten deutsche Ingenieure in die Vereinigten Staaten, um Bauweise und Philosophie dieser Straßen zu studieren.[95] Die gelungene Einbettung der Parkways in die Natur überzeugte genauso wie der hohe Fahrkomfort, den ihre kurvigen Bahnen boten.[96] Die Autostrade mit ihren geraden und schmalen Pisten, deren Verlauf wenig Rücksicht auf die umgebende Natur nahm, schienen in dieser Hinsicht die schlechtere Alternative zu sein. An den Parkways allerdings war zu bemängeln, daß sie nur als vereinzelte Stichstraßen im Umfeld größerer Städte existierten und primär für Spazierfahrten vorgesehen waren, also für ein Verkehrsaufkommen im größeren Stil, wie es von den deutschen Autobahnen ermöglicht und eines Tages bewältigt werden sollte, kaum in Frage kamen. Hier bestach vielmehr das Konzept eines kompletten Autobahnnetzes, wie es in Italien zwar nicht realisiert, aber theoretisch entwickelt worden war. Da Fritz Todt bereits 1924 in München zum ersten Mal mit Puricelli zusammentraf,[97] ist davon auszugehen, daß er die Überlegungen des Italieners kannte und aufmerksam verfolgte. Insofern ist das geschlossene System von Schnellstraßen, das nach 1933 in Deutschland entstand,[98] in mancher Hinsicht als eine Synthese aus dem Erbe der Parkways und dem – praktischen wie theoretischen – Erbe Puricellis zu kennzeichnen. Hitler *baute* das erste Autobahnnetz der Welt, das trifft zu, aber er war keineswegs der erste, der auf diese Idee gekommen war, wie die deutsche Propaganda unermüdlich behauptete.

93 P. Norden, Unternehmen Autobahn. Die abenteuerliche Entwicklung zum modernsten Verkehrsnetz Europas, Bayreuth 1983, S. 125.

94 Schütz u. Gruber, Mythos Reichsautobahn, S. 104ff.

95 M. G. Lay, Die Geschichte der Straße. Vom Trampelpfad zur Autobahn, Frankfurt 1994, S. 256.

96 Historische US-amerikanische Fotografien von Parkways zeigen, daß die gelungene Einbettung der Straße in die Natur hier genauso betont wurde, wie es später bei den Reichsautobahnen geschah. Nicht nur der Parkway selbst, auch seine Stilisierung wurde für die deutschen Straßen in mancher Hinsicht zum Vorbild. Hierzu etwa die Abbildungen in M. S. Foster, From Streetcar to Superhighway: American City Planners and Urban Transportation, 1900–1940, Philadelphia 1981, S. 169f.; Patton, Open Road, S. 64; Speck, Der Kunststraßenbau, S. 67.

97 M. Kornrumpf, HaFraBa e.V. Deutsche Autobahn-Planung 1926–1934, München 1990, S. 57 u. 67.

98 Von dem 1933 geplanten »Grundnetz« von 7.000 km konnten allerdings bis zum kriegsbedingten Baustopp 1941 nur 3.819,7 km realisiert werden (Schütz u. Gruber, Mythos Reichsautobahn, S. 10-12).

Daß in Deutschland sofort auf ein geschlossenes System von Autobahnen hingearbeitet wurde, hatte nicht nur praktische Gründe. Sicherlich war der Nutzen der Schnellstraßen am größten, wenn die Fahrer unmittelbar von der einen zur anderen Autobahn wechseln konnten und nicht in die Verlegenheit kamen, zur Überbrückung auf Landstraßen ausweichen zu müssen. Am Ende sollte ganz Deutschland zu durchfahren sein, ohne daß die Autobahn ein einziges Mal verlassen werden mußte. Darüber hinaus verbanden sich mit dem Netzkonzept aber auch noch Motive, die im Bereich der Deutung und Stilisierung anzusiedeln sind.[99] Allein schon der Umstand, daß die Netzplanung es nahelegte, die Bauanstrengungen nicht auf bestimmte Einzelstrecken zu konzentrieren, sondern an sehr vielen Orten gleichzeitig mit den Arbeiten zu beginnen, bediente jene Sichtweise, die den Bau der Autobahnen als eine gemeinsame Kraftanstrengung der gesamten Nation interpretierte. Wo vielerorts mit großem Getöse neue Bauprojekte begonnen wurden, verstärkte sich der Eindruck von neuen Aktivitäten und neuer wirtschaftlicher Dynamik in einem Land, das jahrelang unter einer schweren Depression gelitten hatte. Der Bevölkerung wurde suggeriert, daß ganz Deutschland sich in eine einzige Baustelle verwandelt habe. Wo so viel gearbeitet wurde, mußten auch Arbeitsplätze entstehen, und es war nur noch eine Frage der Zeit, bis alle Arbeitslosen wieder untergekommen waren. Der Wille zur Arbeit einer sich wieder auf ihre Kraft besinnenden Nation verschaffte ihr diese Arbeit auch, so schien der Autobahnbau in Deutschland überall und täglich unter Beweis zu stellen.

Das Autobahnnetz ließ sich mit der Nationalidee aber auch noch in anderer Weise verknüpfen. Daß verbesserte Verkehrswege den nationalen Zusammenhalt stärken können, hatte schon der Eisenbahnbau des 19. Jahrhunderts bewiesen. Stärkere Kenntnisnahme voneinander fördert auch die Bereitschaft zur Identifikation miteinander, stärkerer Austausch vermehrt das Gruppenbewußtsein. Bei der Autobahn wurde dieser Vergemeinschaftungseffekt schon in die Bauphase vorverlagert. Immer wieder wurde betont, daß auf den Baustellen der neuen Straßen Arbeiter aus allen Teilen Deutschlands zusammenwirkten. In den Autobahnfilmen sprachen die Werktätigen, an welchem Straßenabschnitt auch immer, verschiedene deutsche Dialekte: Die nationale Aufgabe des Straßenbaus hatte alle deutschen »Stämme« vereint.

99 Zu den folgenden Abschnitten zur Stilisierung der Autobahnen in der NS-Zeit vgl. vor allem Schütz u. Gruber, Mythos Reichsautobahn, bes. S. 38ff. u. 104ff.; F. Becker, Hitlers Autobahn: Universalisierung der Politik, Ästhetisierung des Alltags, in: O. N. Haberl u. T. Korenke (Hg.), Politische Deutungskulturen. FS. K. Rohe, Baden-Baden 1999, S. 185ff.; T. Zeller, Straße, Bahn, Panorama. Verkehrswege und Landschaftsveränderung in Deutschland von 1930 bis 1990, Frankfurt 2002, S. 49ff.

Einerseits symbolisierten die neuen Straßen die Einheit Deutschlands, andererseits aber auch die Vielfalt des nationalen Lebens: Uniforme und individuelle Komponenten wurden sorgfältig kombiniert. Verkörperten die eigentlichen Straßenzüge, zu einem Netz verknüpft, das einheitsstiftende Element, so standen die Randarchitekturen, die verschiedenen Zweckbauten im Umfeld der Straßen, für die regionalen Besonderheiten. Wie die nationale Ideologie vorsah, daß jeder deutsche »Stamm« das Wohl des Ganzen mehrte, so sollte auch die Autobahn die Mitwirkung der Regionen und Landschaften sinnfällig machen. Ohne die Bahn und ihre Anlagen zu verlassen, erhielt der Autoreisende ein Bild von der durchfahrenen Region, das deren besonderen Charakter vermittelte – wobei diese Besonderheit nur so weit akzentuiert werden durfte, daß sie den gemeinsamen Nenner der nationalen Zugehörigkeit nicht in Frage stellte. Ob Tankstellen, Raststätten oder Straßenmeistereien – hier wurde im Heimatschutzstil gebaut,[100] hier fanden sich die landschaftstypischen Formen und Materialien wieder, die mit den allfälligen grauen Bändern der Autobahn, dem Symbol der Einheit, in ein mehr oder weniger geglücktes Wechselspiel traten.

Die Verknüpfung der Straßen zu einem Netz verwies aber nicht nur auf die Einheit der Nation, sie zeugte auch von einer einheitlichen Planung, deren Ursprung von den Nationalsozialisten im Denken und Wollen Hitlers verortet wurde: Hatte man in der Weimarer Zeit, entsprechend der chaotischen Kompetenzenverteilung in einer Demokratie,[101] vielleicht schon einige verstreute Autobahnprojekte zu planen begonnen,[102] denen aber noch jeglicher Zusammenhang fehlte, so gelang Hitler nun der große Wurf, die Konzeption eines nationsweiten Schnellstraßensystems. Dessen Geschlossenheit verkörperte auch den einheitlichen politischen Willen, dem sich die Nation seit dem Januar 1933 überantwortet hatte. Die Autobahn zeigte, zu welchen Leistungen die Nation fähig war, wenn sie ihre Kräfte nicht in internen Konflikten verzettelte, sondern einer kollektiven Anstrengung zulenkte, deren Ziel von einer starken Regierung unmißverständlich fest-

100 Insofern berücksichtigte das Autobahnprojekt alle drei Architekturstile, die für die NS-Zeit typisch waren: Während die Gebäude dem Heimatschutzstil folgten und der Straßenbau im engeren Sinne, wie die Industriearchitektur, sachlich-funktional angelegt war, entsprachen die großen Brücken sowie einige Autobahn-»Einfahrten«, die geplant, aber nie ausgeführt wurden (Schütz u. Gruber, Mythos Reichsautobahn, S. 156), dem Monumentalstil. Zu dieser Einteilung der NS-Architektur grundsätzlich J. Petsch, Kunst im Dritten Reich. Architektur – Plastik – Malerei, Köln 1983, S. 20; G. Fehl, Die Moderne unterm Hakenkreuz. Ein Versuch, die Rolle funktionalistischer Architektur im Dritten Reich zu klären, in: H. Frank (Hg.), Faschistische Architekturen. Planen und Bauen in Europa 1930 bis 1945, Hamburg 1985, S. 98.

101 Zur Vielzahl der in der Weimarer Republik für den Straßenbau zuständigen Behörden auch K. H. Ludwig, Technik und Ingenieure im Dritten Reich, Düsseldorf 1974, S. 305.

102 Das größte dieser Projekte war die Autobahn Hamburg-Frankfurt-Basel (HaFraBa), für deren Planung schon 1926 eine eigene Gesellschaft gegründet wurde. Ausführlich hierzu Kornrumpf, HaFraBa e.V.

gesetzt wurde. Nur weil ganz Deutschland sich *einem* politischen Willen unterordnete, so ließe sich diese Botschaft resümieren, wurde auch ein Projekt möglich, das ganz Deutschland und alle Deutschen umfaßte, das heißt das gesamte Territorium des Reiches mit einem einzigen gewaltigen Bauvorhaben durchdrang.

Die Bedeutung der Autobahn erschöpfte sich aber nicht darin, ein bestimmtes Nationsverständnis zum Ausdruck zu bringen. Gleichzeitig sollte sie auch zum Paradigma für eine neue, spezifisch nationalsozialistische Definition des Verhältnisses von Technik und Natur werden. Schließlich mußte die NSDAP, die sich bis dato so wortreich für den Schutz der deutschen Heimat eingesetzt hatte, nun ein Bauprojekt rechtfertigen, das wie kaum ein anderes zuvor in der Geschichte Raubbau an der Natur betrieb und die Verschandelung der Landschaft in Kauf nahm. Um diesen Widerspruch aufzulösen, bemühte man die Hilfskonstruktion, daß Technik eben nicht gleich Technik sei und nur eine bestimmte Art von Technik der Natur per se feindlich gegenüberstehe. Dies sei die Technik des liberalkapitalistischen Zeitalters, die nur um des Profits willen geschaffen und eingesetzt worden sei. Einzig vom Geld und von Nutzenkalkülen regiert, habe diese Technik keine Seele besessen, sei kalt und erbarmungslos gewesen – zur Natur habe sie sich nur in das Verhältnis der Ausbeutung und des brutalen Raubbaus setzen können. Löse man die Technik jedoch aus ihrer Bindung an den ökonomischen Profit, dann verliere sie automatisch auch diese negativen Eigenschaften. Deutsche Technik oder nationalsozialistische Technik, so die Terminologie, sei kein ausschließliches Mittel zum Zweck der Gewinnmaximierung, sondern auch ein Selbstzweck; da sie nicht nur nutzenorientiert eingesetzt werde, könne sie sich an ästhetischen Kriterien orientieren[103] – die Leitvorstellung einer »Schönheit der Technik«[104] prägte auch den Bau der Autobahn.

Wenn aber gerade die Ausbeutung der Natur das Kennzeichen der »falschen« Technik war, dann lag es für die »schöne«, »deutsche« Technik nahe, sich zur natürlichen Umgebung in ein entschieden anderes Verhältnis zu setzen. Angestrebt wurde eine Symbiose mit der Natur, ein ergänzendes Nebeneinander von Landschaft und menschlicher Bauleistung, das keine Größe einseitig zu Lasten der anderen bevorzugte, sondern beide Mächte einträchtig verband. Für die konkrete Streckenplanung der neuen Straßen bedeutete dies, daß stets nach einem Verlauf gesucht wurde, der die Landschaft möglichst wenig beeinträchtigte, ja noch im Gegenteil dazu beitrug,

103 Gerade die NS-Ingenieurverbände propagierten diese Auffassung. Vgl. Ludwig, Technik und Ingenieure, S. 74, 138, 201 u. 337.

104 Diese Sichtweise der Technik wird (in Verbindung mit Industrieproduktion und Arbeitswelt) abgehandelt von A. G. Rabinbach, The Aesthetics of Production in the Third Reich, in: Journal of Contemporary History 11. 1976, S. 43ff.

daß sich dem Autofahrer von der Bahn aus die Schönheit der Gegend überhaupt erst erschloß. Die Autobahn war nicht nur selbst schön, sie vermittelte auch den Zugang zur Schönheit der Natur. Bei der Planung der Autobahn München-Salzburg bestand Hitler darauf, die Strecke über den Irschenberg zu führen, obwohl eine Umgehung billiger gewesen wäre – das ökonomische Denken wurde zurückgestellt, um dafür ästhetische Zugewinne zu erzielen: Vom Irschenberg aus bot sich ein herrlicher Blick ins Alpenvorland, mit dem Hitler seine Autobahn um jeden Preis ausstatten wollte.[105] Die Technokraten der kapitalistischen Systeme, so sein Credo, bauten ihre Straßen entlang der kürzesten Verbindung zwischen zwei Punkten, die Planer des Dritten Reiches hingegen suchten die schönste aller möglichen Verbindungen aus.[106]

Für das Verhältnis der neuen Straßen zur Landschaft wurde in der Autobahnpublizistik gerne die Metapher des »Anschmiegens« verwendet, um schon durch diese Wortwahl den nicht natur*beherrschenden*, sondern natur*erschließenden* Gestus der nationalsozialistischen Technik zu betonen. Damit der Eindruck des Sich-Anschmiegens der Straße an die Natur noch verstärkt wurde, verzichtete man sehr häufig auf gerade Streckenverläufe zugunsten von schwingenden Kurven und Wellenbewegungen – die Straße schien so die Formen der Landschaft behutsam nachzuzeichnen.[107] Eine gerade Linie hätte dagegen den Eindruck vermittelt, daß die kalkulierende menschliche Ratio der Natur Gewalt antue. Autobahngemälde zeigten die Betonpiste gerne als ein zartblaues Band, das sich durch eine friedliche Landschaft schlängelte; als sei die Straße ein Fluß, der sich wie selbstverständlich in das Idyll einer ländlichen Szene einfügte. Beliebt waren auch Serien von Bildern oder Fotografien, die zunächst die »Wunde« zeigten, die die Schneise der Natur schlug, um anschließend zu demonstrieren, wie sich diese Wunde im fortschreitenden Bauprozeß schloß, indem zu beiden Seiten der Straße wieder aufgeforstet wurde, und wie sie schließlich in Gestalt der fertigen Piste vernarbte, die nun ihrerseits zu einem Element der Landschaft wurde. Todt beschäftigte eigens sogenannte »Landschaftsanwälte«, die als buchstäbliche »Interessenvertreter der Natur« während des gesamten Bauprozesses auf die ausreichende Würdigung des Naturschutzes drangen.[108]

105 G. Brockhaus, Schauder und Idylle. Faschismus als Erlebnisangebot, München 1997, S. 96.

106 Zu dieser Leitvorstellung auch Schütz u. Gruber, Mythos Reichsautobahn, S. 122ff.

107 Die Höchstlänge für Geraden war bei der Reichsautobahn auf 8 km festgelegt. Vgl. T. Gubler, Pennsylvania Turnpike eröffnet: die erste Autobahn der USA, in: Autostraße Basel 9. 1940, H.12, S. 147.

108 E. Schütz, ›Jene blaßgrauen Bänder‹. Die Reichsautobahn in Literatur und anderen Medien des ›Dritten Reiches‹, in: Internationales Archiv für Sozialgeschichte der deutschen Literatur 18. 1993, H.2, S. 87. Wie fast alle Verantwortlichen des Autobahnbaus, hatten auch diese

Zur Ästhetik der Autobahn gehörte aber auch die passende Gestaltung der Brücken, die als technische Meisterleistungen bei den Zeitgenossen ganz besonderes Interesse weckten. Es hätte wieder dem falschen, technokratischen Denken entsprochen, wenn für alle Brücken, egal in welcher Umgebung plaziert, ein einheitliches Bauprinzip gewählt worden wäre. Abstraktes Denken, für das die allgemeine Formel und der allgemeine Plan wichtiger sind als die Fülle der einzelnen Phänomene, hätte sich dann wieder über das Besondere der einzigartigen Landschaft hinweggesetzt. Statt dessen wurde für jede Brücke eine individuelle Form gesucht, und die Steine, mit denen man die Betonskelette der Mammutbauten verkleidete, wurden nahegelegenen Steinbrüchen entnommen, damit das Material der Brücke, zumindest das Außenmaterial, mit dem baulichen Kolorit der umgebenden Landschaft korrespondierte. An Punkten, die eine Totalansicht der Brücken ermöglichten, ließen die Straßenplaner zudem Raststätten errichten – auch hier galt, daß sich dem Nutzen die Ästhetik beizugesellen hatte. Den richtigen Blick auf die Brücken vermittelten den Volksgenossen dabei wieder die Autobahnkünstler, die Maler und Fotografen, von denen vor allem die Monumentalität dieser Bauwerke herausgestellt wurde, die sie wie regelrechte »Weltwunder der Moderne« wirken ließ.

Schon die vielen An- und Ausblicke, die das Fahren auf der Autobahn bot, legten es dem Automobilisten nahe, sich für seine Reise auf den neuen Straßen Zeit zu nehmen – zumal das Rasen, die schnellstmögliche Überbrückung des Abstandes zwischen A und B, wieder jenem Ungeist der Geld- und Zeitersparnis entsprach, dem auch schon die Straßenführung der durch diese beiden Punkte führenden Gerade zustreben mußte. Während etwa die schmalen italienischen Autobahnen, auf denen sich die Wagen auf ungetrennten Fahrbahnen begegneten, beim Fahrer ständig Streß auslösten und seine höchste Konzentration erforderten, sorgten in Deutschland breite Fahrspuren und ein begrünter Mittelstreifen für Komfort und Sicherheit, für das Gefühl, den Blick auch einmal schweifen lassen zu können. Die Nationalsozialisten wollten das Hetzen durch einen Stil der Fortbewegung ersetzen, für den sie den Begriff des Autowanderns erfanden: ein Fahren, das nicht nur Distanzen überbrückte, sondern auch um seiner selbst willen betrieben wurde, das die Autobahn zum Erlebnisraum werden ließ, in dem ein phantastisches Panorama das andere ablöste und in dem auch immer noch Zeit für Rast und Muße blieb.[109] Darstellungen aus der NS-Zeit, die

18. 1993, H.2, S. 87. Wie fast alle Verantwortlichen des Autobahnbaus, hatten auch diese »Landschaftsanwälte« zumeist in ihren jungen Jahren der Jugendbewegung und dem Wandervogel nahegestanden (Schütz u. Gruber, Mythos Reichsautobahn, S. 124).

109 Zu dieser »Ästhetik der Langsamkeit« auch E. Schütz, ›... verankert fest im Kern des Bluts‹. Die Reichsautobahn – mediale Visionen einer organischen Moderne im ›Dritten Reich‹, in: ders. u.a. (Hg.), Faszination des Organischen – Konjunkturen einer Kategorie der Moderne,

der neuen Straße und ihren Autos gewidmet sind, zeigen das Auto mit Vorliebe nicht auf, sondern neben der Straße, als den Mittelpunkt eines Picknicks, bei dem die Reisenden sich entspannen und die Landschaft genießen. Sind die Autos doch einmal unterwegs, dann ohne Hektik für ihre Fahrer, die immer in Ausflugsstimmung gezeigt werden. Oft hat sich der Beifahrer bei geöffnetem Verdeck rücklings gegen die Frontscheibe gelehnt, was voraussetzt, daß der Wagen nicht rast, sondern langsam und gemütlich durch die Landschaft schleicht.

Der Protest gegen das ökonomische Denken war allerdings eher eine Attitüde, als daß er die nationalsozialistische Autobahnpolitik tatsächlich in all ihren Aspekten geprägt hätte. Sonst wäre es konsequent gewesen, den kommerziellen Verkehr – wie bei den amerikanischen Parkways – vollständig von den »Straßen des Führers« zu verbannen. Dies geschah aber keineswegs. Statt dessen beließ man es bei augenfälligen Demonstrationen in bestimmten Bereichen: So wurde jede Werbung an der Autobahn untersagt, obwohl damit ein Teil der Kosten für Bau und Instandhaltung zu decken gewesen wäre.[110] An den neuen Straßen durften nur Schilder stehen, die sich unmittelbar auf das Fahren bezogen, oder aber Monumente der sogenannten Autobahnkunst, die zumeist an die Vollendung von einzelnen Streckenabschnitten und das hierbei Geleistete erinnerten.[111] Auch diese Selbstreferenz der Beschilderung und Ausschmückung sollte wieder zeigen, daß die Autobahn nur für sich selbst stand und keineswegs für äußere Zwecke instrumentalisiert werden durfte.

V. Die Belebung der krisengeschüttelten Ökonomie durch öffentliche Investitionen war auch in der US-amerikanischen Wirtschaftspolitik der frühen 1930er Jahre ein wichtiges Ziel; und auch in den USA setzten die Strategen des New Deal darauf, daß gerade der Straßenbau dazu geeignet sein müßte, regelrechte Kettenreaktionen von Nachfrageimpulsen auszulösen und damit viele Wirtschaftszweige neu zu aktivieren. In den Jahren 1932 mit dem »Emergency Relief and Construction Act«, 1933 mit dem »National Industrial Recovery Act« und 1934 mit dem »Hayden-Cartwright Act«,[112] also ungefähr zeitgleich mit den Entwicklungen in Deutschland, wurden

München 1995, S. 254; ders., Faszination der blaßgrauen Bänder. Zur ›organischen‹ Technik der Reichsautobahn, in: W. Emmerich u. C. Wege (Hg.), Der Technikdiskurs in der Hitler-Stalin-Ära, Stuttgart 1995, S. 140.

110 In Italien wurden zu diesem Zweck Reklametafeln an den Autostrade aufgestellt. Vgl. Uhlfelder, Die oberitalienischen Autobahnen, S. 10 u. 14.

111 Diese Objekte werden beschrieben und kategorisiert bei C. Windisch-Hojnacki, Die Reichsautobahn. Konzeption und Bau der RAB, ihre ästhetischen Aspekte, sowie ihre Illustration in Malerei, Literatur, Fotografie und Plastik, Bonn 1989, S. 245ff.

112 D. J. St. Clair, The Motorization of American Cities, New York 1986, S. 144.

mehrere Gesetze vom Kongreß verabschiedet, die die Bundesregierung dazu verpflichteten, enorme Summen für den Bau von Highways zur Verfügung zu stellen.[113] Diese Maßnahme war auch als Beschäftigungsprogramm gedacht.[114] Teilweise wurde sogar auf den Einsatz von modernen Straßenbaumaschinen verzichtet, um die Arbeit möglichst personalintensiv zu machen.[115] Zunächst wurden allerdings Straßen gebaut, die in Gestalt und Funktion mit den deutschen Autobahnen nicht viel gemeinsam hatten. Die Amerikaner schlossen an den Highwaybau der vorangegangenen Jahre an: Asphaltierte Landstraßen sollten die Verbindung zwischen Stadt und Land und zwischen den Städten verbessern, ohne daß bereits daran gedacht wurde, aufwendigere Nur-Autostraßen ohne Kreuzungen zu bauen. Ein erster Schritt in diese Richtung wurde erst 1938 getan. Roosevelt engagierte sich persönlich für den Bau einer modernen Schnellstraße nach italienischem und deutschem Vorbild.[116] Diese Straße sollte die Städte Harrisburg und Pittsburgh in Pennsylvania miteinander verbinden. Damit ergab sich eine Streckenlänge von 160 Meilen.[117] Die Gesamtkosten beliefen sich auf rund 70 Millionen Dollar. 30 Millionen steuerte die »Public Works Administration« bei, der Rest wurde durch eine Bondemission aufgebracht, die durch Mauteinnahmen gegenfinanziert werden sollte.[118] Die solide Bauweise, die großzügige Spurbreite[119] und der Stil der Randarchitekturen, der sich an den Traditionen der umgebenden Landschaft – in diesem Fall am kolonialen Pennsylvania – orientierte, folgten dem deutschen Vorbild.[120] Der gerade Streckenverlauf hingegen war der Philosophie der Autostrade verpflichtet: Die kürzeste Verbindung zwischen zwei Punkten war auch die schnellste Verbindung, Schnelligkeit bedeutete Zeitersparnis, Zeitersparnis rechtfertigte eine Maut.[121] Jenes Denken also, das die deutschen Autobahn-

113 Zwischen 1933 und 1942 wurden insgesamt rund 4 Milliarden Dollar für den Straßenbau ausgegeben. Vgl. Flink, The Automobile Age, S. 175.

114 1939 beschäftigte die Bundesbehörde für Arbeitsbeschaffung WPA (»The Works Progress Administration«) insgesamt 2.070.000 Arbeiter, davon über 900.000 im Straßenbau. Vgl. Foster, From Streetcar to Superhighway, S. 166.

115 Seely, Visions of American Highways, S. 267.

116 Lay, Die Geschichte der Straße, S. 258.

117 Gubler, Pennsylvania Turnpike eröffnet, S. 148.

118 Ebd.

119 In Entsprechung zu den Reichsautobahnen legte man doppelte, 7,2 Meter breite Richtungsfahrbahnen an, die von einem 3 Meter breiten Mittelstreifen getrennt wurden (Lay, Die Geschichte der Straße, S. 258).

120 Patton, Open Road, S. 80.

121 Daß für den geraden Streckenverlauf aber noch ein ganz anderer Preis zu zahlen war, wurde erst nach einigen Jahren der Nutzung deutlich: Am Ende einer besonders langen Gerade von fast 40 Meilen mit nur einer einzigen leichten Krümmung ergab sich die höchste Unfallquote – die Fahrer wurden durch das monotone Geradeausfahren ermüdet, ihre Konzentration ließ nach. Vgl. Patton, Open Road, S. 79 u. 132.

planer mit einer liberal-kapitalistischen Mentalität identifizierten, das bisher aber vor allem im faschistischen Italien handlungsleitend geworden war, kam nun endlich auch im Musterland des Liberalismus und Kapitalismus zum Zuge – als hätten die amerikanischen Verantwortlichen die deutsche Sichtweise im nachhinein noch einmal bestätigen wollen. Jedenfalls wurde die Pennsylvania Turnpike[122] nach zwei Jahren Bauzeit im Oktober 1940 dem Verkehr übergeben.[123] Ihre Nutzung übertraf alle Erwartungen. Die Planer hatten mit einer Frequenz von 700 Fahrzeugen pro Tag gerechnet, tatsächlich durchfuhren täglich 10.000 Autos die Zahlstationen der neuen Straße.[124] Von diesem Erfolg angespornt, legten viele Staaten und Kommunen in den USA bis zur Mitte der 1950er Jahre ähnliche Bauprojekte auf.[125] Jede dieser Turnpikes, für die sich auch Begriffe wie Freeway, Superhighway oder Expresshighway einbürgerten,[126] um den Qualitätsunterschied zu gewöhnlichen Highways deutlich zu machen, beschrieb aber nur einen (nach Gewinnerwartungen festgelegten) isolierten Streckenabschnitt – von einem Schnellstraßen-*System* konnte noch keine Rede sein. Ein solches System besaßen nur die Deutschen, und in den USA machte das bittere Wort die Runde, daß Amerika die Autos, aber keine Straßen, Deutschland hingegen die Straßen, aber keine Autos habe.[127] Immerhin mußte aber auch in Betracht gezogen werden, daß Deutschland ein viel kleineres Territorium zu erschließen hatte. Ein vergleichbares Netz von Autobahnen über den nordamerikanischen Kontinent zu werfen, war eine geradezu herkulische Aufgabe.

Zu den ersten Pionieren, die sich dieser Aufgabe stellten, gehörte der Industriedesigner Norman Bel Geddes.[128] Im Auftrag von General Motors baute er für die Weltausstellung von 1939/40 in New York ein Modell, das ein US-amerikanisches Autobahnnetz in maßstabsgerechter Verkleinerung zeigte: das »Futurama Highways and Horizons«. Allein die Anfertigung

122 Detaillierte Informationen bieten die Monografien von W. H. Shank, Vanderbilt's Folly: A History of the Pennsylvania Turnpike, York, Pa. 1973[2] und D. Cupper, The Pennsylvania Turnpike. A History, Lebanon, Pa. 2001.

123 Rae, The American Automobile, S. 139.

124 Lay, Die Geschichte der Straße, S. 258.

125 Seely, Visions of American Highways, S. 272.

126 Diese unterschiedlichen Begriffe, die oft, aber nicht immer synonym verwendet werden, machen es teilweise schwierig, die Bauform und Qualität einzelner Straßen exakt zu bestimmen. Zu diesem Problem auch S. L. Bottles, Los Angeles and the Automobile. The Making of the Modern City, Berkeley, Cal. 1987, S. 219.

127 Seely, Visions of American Highways, S. 269.

128 Das Thema lag in den späten 1930er Jahren in der Luft. Schon 1938 berichtet eine deutsche Fachzeitschrift von US-amerikanischen Plänen für ein »transkontinentales Netz von Autobahnen«, dessen Gesamtlänge »rund 32.000 Kilometer« betragen soll (Br., Autobahnprojekt nach deutschem Vorbild in USA, in: Der Straßenbau. Maschinen, Geräte, Technik 29. 1938, H.5, S. 83).

dieses Modells verschlang schon 6 Millionen Dollar.[129] Auf der Weltausstellung wurde es mit 5 Millionen Besuchern zur beliebtesten Attraktion.[130] In seinem Buch »Magic Motorways« ergänzte Bel Geddes seinen Entwurf um weitere Details. Die Autobahnen der Zukunft sollten bis zu zwölf Fahrspuren aufweisen, auf denen sich die zugelassene Geschwindigkeit von Spur zu Spur erhöhte – links außen war ein Tempo von 120 mph vorgesehen,[131] damit leistungsstarke PKW auch große Distanzen in vertretbarer Zeit überbrücken konnten: Die Fahrt von Küste zu Küste sollte nicht länger als 24 Stunden dauern.[132] Insgesamt rechnete das Modell, trotz der seit Jahren schwelenden Wirtschaftskrise, immer noch mit einer dramatisch wachsenden Motorisierung, mit Automassen, die in getrennten Kolonnen, nach Geschwindigkeit gestaffelt, über Straßen von bisher ungekannter Breite geführt werden mußten. Diese Vision trug Bel Geddes von vielen Seiten den Vorwurf ein, ein Phantast zu sein. Roosevelt ließ sich von diesen Attacken nicht davon abhalten, den Straßenplaner zu einem Gespräch ins Weiße Haus zu bitten.[133] Obwohl Bel Geddes' Plan noch nicht realisierbar schien, regte er den Präsidenten doch dazu an, weitere Schritte in die Richtung eines amerikanischen Autobahnnetzes zu tun. Ein zusätzliches Argument für den forcierten Ausbau der Straßen brachte der Kriegseintritt der USA 1941: Die Transportwege mußten verbessert werden, um erstens Militärfahrzeuge problemlos verlegen und zweitens das Industriepotential des Landes optimal ausschöpfen zu können. Im selben Jahr setzte Roosevelt ein »National Interregional Highway Committee« ein.[134] 1944 empfahl ein Bericht dieses Komitees dem Präsidenten, ein »National System of Interstate and Defense Highways« zu bauen.[135] Zwar kam es noch im selben Jahr zur Verabschiedung des »Federal-Aid Highway Act«,[136] doch da unklar blieb, aus welchen Töpfen solche Bundeshilfen fließen sollten, folgten dem Gesetz zunächst keine Taten.

VI. Nach dem Zweiten Weltkrieg kam in Deutschland und Italien endlich jene Massenmotorisierung in Gang, die von den Diktaturen angekündigt,

129 Patton, Open Road, S. 120.

130 Lay, Die Geschichte der Straße, S. 258.

131 Seely, Visions of American Highways, S. 269.

132 Gubler, Pennsylvania Turnpike eröffnet, S. 148.

133 Seely, Visions of American Highways, S. 269.

134 E. Weiner, Urban Transportation Planning in the United States. An Historical Overview, New York 1987, S. 6.

135 Lay, Die Geschichte der Straße, S. 117 u. 258; Seely, Visions of American Highways, S. 273.

136 B. E. Seely, Building the American Highway System. Engineers as Policy Makers, Philadelphia 1987, S. 187ff.

aber noch nicht in die Tat umgesetzt worden war.[137] In der Bundesrepublik Deutschland sorgte der VW-Käfer dafür, daß die Autobahnen nicht länger Mondlandschaften blieben.[138] Ab 1958 wurden auch neue Streckenabschnitte gebaut – der Ausbau und die Verdichtung des Autobahnnetzes wurden zu vorrangigen Zielen der Verkehrspolitik.[139] In der DDR liefen zwar schon seit 1956 mit dem Wartburg 311-0 und seit 1958 mit dem Trabant zwei Volksautos vom Band,[140] doch der Autobahnbau stagnierte vollständig. Erst 1972 wurde mit der Strecke Dresden-Leipzig die erste eigene Autobahn dem Verkehr übergeben, nachdem bis dahin nur notdürftige Reparaturen am faschistischen Erbe möglich gewesen waren.[141] Italien schließlich, wo die Fiatwerke ihre Dienste nun den Demokraten genauso bereitwillig anboten wie zuvor Mussolini, profitierte nach einer anfänglichen Durststrecke mehr und mehr vom automobilen Massentourismus, der den Bau von Maut-Autobahnen ganz nachhaltig stimulieren mußte.[142]

In den USA dauerte es bis 1956, bis die Finanzierung des gigantischen Bauvorhabens, das 1944 angeschoben worden war, endlich gesetzlich geregelt werden konnte.[143] Einerseits verdankte sich dieser Durchbruch dem Nachkriegswohlstand: Die Steuern und Gebühren, die an den Betrieb eines Autos geknüpft waren, sollten es der Bundesregierung ermöglichen, jene astronomischen Summen aufzubringen, die das »Interstate Highway System«, so die Bezeichnung des Projekts, verschlingen würde[144] – eine anhaltende Motorisierung der amerikanischen Gesellschaft wurde also vor-

137 P. Borscheid, Auto und Massenmobilität, in: H. Pohl (Hg.), Die Einflüsse der Motorisierung auf das Verkehrswesen von 1886 bis 1986, Stuttgart 1988 (Zeitschrift für Unternehmensgeschichte, Beiheft 52), S. 122.

138 D. Klenke, Bundesdeutsche Verkehrspolitik und Motorisierung. Konfliktträchtige Weichenstellungen in den Jahren des Wiederaufstiegs, Stuttgart 1993, S. 111ff.; E. Schütz, Der Volkswagen, in: E. François u. H. Schulze (Hg.), Deutsche Erinnerungsorte, Bd.1, München 2001, S. 362ff.; B. Schmucki, Der Traum vom Verkehrsfluß. Städtische Verkehrsplanung seit 1945 im deutsch-deutschen Vergleich, Frankfurt 2001, S. 101 u. 121; K. Möser, Die Geschichte des Autos, Frankfurt 2002, S. 192ff.

139 Zeller, Straße, Bahn, Panorama, S. 216. Kontinuitäten zur NS-Zeit waren dabei sowohl bei der Konzeption wie auch beim Personal auffällig. Vgl. B. Schmucki, Automobilisierung. Neuere Forschungen zur Motorisierung, in: AfS 35. 1995, S. 593.

140 A. Dossmann, Auto-Suggestionen. Zur Autobahnplanung in der DDR bis 1961, in: Werkstatt Geschichte 21. 1998, S. 72 u. 79. Zur Fertigung dieser Autos vgl. auch P. Hübner, »Sozialistischer Fordismus«? Oder: Unerwartete Ergebnisse eines Kopiervorganges. Zur Geschichte der Produktionsbrigaden in der DDR, in: Lüdtke u.a. (Hg.), Amerikanisierung: Traum und Alptraum, S. 96ff.

141 Dossmann, Auto-Suggestionen, S. 67 u. 85.

142 G. Hindley, A History of Roads, London 1971, S. 98.

143 Lay, Die Geschichte der Straße, S. 259.

144 Am Ende beliefen sich die Kosten auf 249 Milliarden Dollar (Flink, The Automobile Age, S. 175f.); 90% davon wurden aus Bundesmitteln aufgebracht, der Rest von den einzelnen Staaten bestritten (Rae, The American Automobile, S. 187).

ausgesetzt.[145] Andererseits reagierte die neue Initiative aber auch auf den Kalten Krieg. Bei einem Nuklearangriff sollten die neuen Straßen die Evakuierung von Städten, ja von ganzen Regionen ermöglichen.[146] Der militärische Hintergrund, den eine hartnäckige Legende vor allem der deutschen Reichsautobahn zuspricht,[147] spielte also tatsächlich bei den amerikanischen Superhighways eine viel größere Rolle.[148] Die Turnpikes, die bis 1956 noch vielerorts gebaut worden waren, wurden in das neue System integriert.[149] Im Gegensatz zu den alten, vergleichsweise primitiven U.S. Highways entsprachen sie bereits den Standards, die nun auch für die Interstates galten: getrennte Richtungsfahrbahnen, Kreuzungsfreiheit, begrenzter Zugang. Anders als bei den Turnpikes war die Benutzung der Interstates kostenlos. Die amerikanischen Autofahrer, so das Argument, bezahlten mit ihren Steuern den Bau der Straßen, sie mußten für deren Benutzung nicht ein zweites Mal zur Kasse gebeten werden.

Bundesfinanzierung ging bei den Interstates mit Bundesplanung einher. Die Straßen wurden von Washington aus konzipiert. Dabei orientierten sich die Planer strikt am erwarteten Bedarf: Genaue Berechnungen zu Nutzung und Verkehrsaufkommen entschieden über den Streckenverlauf.[150] Man arbeitete mit Landkarten und zeichnete dort, gerne mit dem Lineal, die wirtschaftlich gebotenen Straßenführungen ein, ohne sich sonderlich dafür zu interessieren, wie sie mit Natur und Landschaft harmonierten.[151] Die alte Parkway-Tradition war weitgehend in Vergessenheit geraten. Nur der ehrgeizige Ausbau des Blue Ridge Parkway in North Carolina wurde, vielleicht zur Kompensation, noch einmal im Stil der deutschen und schweizerischen Alpenautobahnen vorangetrieben.[152] Ansonsten war das amerika-

145 Rae, The American Automobile, S. 187.

146 R. Volti, A Century of Automobility, in: Technology and Culture: The International Quarterly of the Society for the History of Technology 37. 1996, S. 683.

147 Deutsche Militärs befürchteten sogar, daß die Autobahnen feindlichen Fliegern als Orientierungshilfe dienen, ja den Weg zu den Großstädten weisen könnten. Die großen Truppentransporte, in deren Dienst die Legende den Bau der Bahnen vor allem stehen sieht, blieben tatsächlich aus – sie wurden während des gesamten Krieges von der Eisenbahn besorgt (Schütz, ›... verankert fest im Kern des Bluts‹, S. 233). Provisorische Nutzungen zur nächtlichen Verlegung von V-Raketen oder als Notlandebahnen für Flugzeuge (F. Kittler, Auto Bahnen, in: Kulturrevolution 5. 1984, S. 46) werden im Kalkül der Planer wohl noch keine Rolle gespielt haben.

148 1943 erwog Roosevelt sogar kurzzeitig, die Fordwerke während der Dauer des Krieges der Regierung zu unterstellen (Flink, The Automobile Age, S. 274).

149 Über 2.300 Turnpike-Meilen wurden auf diese Weise in das System der Interstates eingefügt. Vgl. J. B. Rae, The Road and the Car in American Life, Cambridge, Mass. 1971, S. 188.

150 Seely, Visions of American Highways, S. 276f.

151 Patton, Open Road, S. 140f.

152 Ebd., S. 140; H. E. Jolley, Painting With A Comet's Tail. The Touch of the Landscape Architect on the Blue Ridge Parkway, Boone, N.C. 1987, bes. S. 38.

nische Autobahnnetz, das 1984 fertiggestellt wurde[153] und eine Gesamtlänge von 41.000 Meilen erreichte,[154] in hohem Maße durch die gerade Linie geprägt. Obwohl sich die amerikanischen Planer immer wieder auf das Vorbild der Reichsautobahn beriefen, verzichteten sie zunächst fast vollständig auf Kurven und einen schwingenden Streckenverlauf.

Als Ursache für diese Abweichung kommt zunächst das wirtschaftliche Interesse an Streckenverkürzung und Zeitersparnis in Betracht, das auch dann wirksam ist, wenn keine Maut gerechtfertigt werden muß. Aber auch kulturelle Faktoren spielen eine Rolle. Die gerade Linie drückt eine technische Rationalität aus, die zu den Grundlagen der amerikanischen Kultur gehört. Ein weiterer Aspekt wird sichtbar, wenn man sich die standardisierten Brücken vor Augen führt, die über die Interstates geschlagen wurden: Brückenpfeiler, Brücke und Straße bildeten ein Rechteck, die Brücken beschrieben keine Bögen, sondern der Autofahrer erhielt die Sicht auf eine gerade Linie.[155] Phil Patton hat diese Linie mit der Linie des Horizonts verglichen, mit einer Linie, die zu den Symbolen der amerikanischen Freiheit gehört: Der freie Blick zum Horizont steht für den Aufbruch in die neue Welt.[156] Egal, ob sie sich als Horizontale darbietet oder als Vertikale den Blick mit sich in die Ferne zieht – die gerade Linie ist die »line of freedom«,[157] die die Weite des Raumes erschließt. Kein Hindernis steht im Wege, das Auge folgt dem Verlauf der Straße, bis sie sich im Endlosen verliert. Jeder Autofahrer schlüpft ein wenig in die Rolle des Pioniers, der sich seinen Weg zu neuen Ufern bahnt.[158] Gerade die Ost-West-Highways, die legendären »roads west«, nehmen die Tradition der Eisenbahnen auf, die sich im 19. Jahrhundert Schritt für Schritt zum Pazifik vorgearbeitet hatten und damit zum Symbol für die Frontier geworden waren.[159]

Der Freiheitsbegriff, der sich mit den amerikanischen Highways verknüpfte, war sehr eng an eine bestimmte Vorstellung von Individualität gebunden. Individualität meinte hier vor allem ungehinderte Mobilität, also

153 In diesem Jahr kam es zumindest in Idaho mit der Beerdigung der »letzten (roten) Ampel« zu einem symbolischen Abschluß des Mammutunternehmens (Patton, Open Road, S. 95). Da ein Straßennetz natürlich immer noch weiter ausgebaut werden kann, gibt es auch Stimmen, die das Projekt bis zum heutigen Tag für unabgeschlossen erklären.

154 Rae, The Road and the Car, S. 194.

155 Patton, Open Road, S. 133 f. u. 142.

156 Ebd., S. 135f.

157 Ebd., S. 135.

158 Die Straßen machen es den Amerikanern möglich, das eigene Land noch einmal mit den Augen zu erobern – und dabei mit denselben Augen zu sehen, durch die es früher die Entdecker betrachteten. Viele Automarken in den USA tragen die Namen solcher Entdecker: De Soto, Cadillac, Hudson. Hierzu auch Patton, Open Roads, S. 233.

159 Der Zusammenhang von Frontier-Mythos und Auto wird ebenfalls betont von Flink, The Car Culture, S. 1f. u. 4, sowie von J. P. Becker, Das Automobil und die amerikanische Kultur, Trier 1989, S. 93ff.

die Möglichkeit zur selbstbestimmten, auf die eigenen Wünsche und Bedürfnisse zugeschnittenen Bewegung im Raum. Dieser Betonung des Individuellen stand aber auch ein hohes Maß an Konformität gegenüber. Auch in den USA, wie in Deutschland, schweißte das Autobahnnetz die verschiedenen Regionen des Landes zusammen; weniger freilich im Sinne einer gemeinsamen Anstrengung, die das Macht- und Kraftpotential der geeinten Nation demonstrieren sollte, als im Hinblick auf die Idee einer umfassenden sozialen und kulturellen Nivellierung. Die Fernstraßen markierten einen sozialen Raum, in dem gesellschaftliche Hierarchien weniger stark beachtet wurden. Auch wenn die Wagenklassen und -größen immer noch auf die unterschiedlichen Geldbeutel hinwiesen, begegneten sich die Fahrer doch sehr zwanglos: Jeder war darauf angewiesen, daß sein Fahrzeug durchhielt, jeder mußte sich unter denselben Schwierigkeiten mit Schildern und Karten im Raum orientieren.[160] Außerdem wurden die kulturellen Gegensätze zwischen den verschiedenen Regionen des Landes abgeschliffen.[161] Die Dienstleister, die sich an den Straßen ansiedelten, von den Motels über die Tankstellen bis zu den Restaurants, gehörten zumeist großen Ketten an, die dafür sorgten, daß in allen Teilen der Vereinigten Staaten dieselben Bauten errichtet und dieselben Waren und Dienstleistungen verkauft wurden.[162] Was in den 1930er Jahren mit den Schnellrestaurants von Howard Johnson begann,[163] setzte sich in den folgenden Jahrzehnten mit unverminderter Dynamik fort: die Normierung des Angebots und damit auch der Bedürfnisse, die es immer unwichtiger werden ließ, ob der Konsument ein irischer Katholik aus Maryland oder ein schwedischer Protestant aus Minnesota war. Die Ketten, die den Autofahrern zu Diensten waren, folgten ihrerseits den betriebswirtschaftlichen Prinzipien, denen die Autos ihre Entstehung verdankten: Howard Johnson wurde der Ford des Fast Food. Gemeinsam mit den Autofabriken wirkten die Straßen und die Dienstleister an den Straßen auf die Entstehung einer Mittel- und Wohlstandsgesellschaft hin, die sich sozial und kulturell immer stärker nivellieren sollte.[164]

Schon in den 1960er Jahren, als das Netz der Interstates noch lange nicht vollendet war, geriet dieses Konzept jedoch in eine schwere Krise. Diese Krise war auf der programmatischen Ebene viel grundlegender als die Große Depression, die vor allem Zweifel am Automatismus der gegen-

160 Rae, The American Automobile, S. 195.

161 Ebd., S. 198.

162 Patton, Open Road, S. 183f. u. 187ff.

163 Ebd., S. 195f.

164 Von den Ingenieuren der Interstates wurde sogar das Highway-System selbst als ein Fließband bezeichnet, dessen Produkt Fahrten und Reisen (»trips«) seien. Vgl. Patton, Open Road, S. 127.

seitigen Aufschaukelung von Produktion und Konsum geweckt hatte, die fordistische Utopie an sich, korrigiert und ergänzt durch einige Maßnahmen des Staates, aber nicht komplett in Frage gestellt hatte. In den 1960er Jahren war dies anders. Immer deutlicher wurden die Zerstörungen sichtbar, die der Automobilismus der natürlichen Umwelt zufügte. Eine wachsende Zahl von Autos durchquerte auf einer wachsenden Zahl von Straßen das Land, und es gab kaum noch Enklaven, die von Lärm, Abgasen und Müll verschont blieben. Hinzu kam die Kritik an den Stadtautobahnen, die nicht nur die Luft verpesteten, sondern auch Wohnreviere zerschnitten und damit die Lebensqualität der Einwohner zusätzlich beeinträchtigten.[165] Der Stress, den das hektische Manövrieren auf den vielspurigen Straßen auslöste, produzierte zudem Angstneurosen und Phobien.[166] Erstmals offenbarte der industrielle Fortschritt den Preis, der für ihn zu bezahlen war: Die Zerstörung der natürlichen und sozialen Umwelt drohte die Lebensqualität in demselben Maße zu reduzieren, wie sie auf der anderen Seite durch eine Vermehrung der Verbrauchsgüter erhöht wurde. Bemerkenswert ist, daß diese Diskussion mit einer Krise auf der Ebene der Betriebsführung zeitlich zusammenfiel – in der Automobilindustrie wurde die Fließbandproduktion in Frage gestellt.[167] Die Argumente, die gegen das Fließband vorgebracht wurden, waren dabei strukturell ähnlich: Die Unterwerfung unter Arbeits- und Bewegungsabläufe, die von der Maschine diktiert würden, vergewaltige die menschliche Natur, stehe konträr zu einem Rhythmus, der der körperlich-seelischen Konstitution des Menschen angepaßt sei. Auch die Lebensqualität des Arbeiters hänge schließlich nicht nur von dem Auto ab, das er fahren könne, sondern auch von seinen Erfahrungen am Arbeitsplatz. Vielerorts wurden neue Formen der Gruppenarbeit eingeführt. Gleichzeitig wichen auch die Planer der Interstates immer häufiger von der geraden Linie ab.[168] Auch wenn seither weder das Fließband gänzlich verschwunden noch der Trend zur weltweiten Massenmotorisierung aufgehalten ist, hat sich die Einstellung zu dem zugehörigen Paradigma von Modernität doch grund-

165 Zu dieser »freeway revolt« Seely, Visions of American Highways, S. 274; Flink, The Car Culture, S. 191ff.

166 Patton, Open Road, S. 111.

167 Ebd., S. 133. Zur Diskussion um das Pro und Contra des Fließbandes und der fordistisch-tayloristischen Betriebsorganisation, die sich im weltumspannenden Maßstab durch die folgenden Jahrzehnte hindurchzog, vgl. beispielsweise M. Schumann u.a., Der Wandel der Produktionsarbeit im Zugriff neuer Produktionskonzepte, in: N. Beckenbach u. W. van Treeck (Hg.), Umbrüche gesellschaftlicher Arbeit, Göttingen 1994 (Soziale Welt; Sonderband 9), S. 11ff.; J. Schmidt-Dilcher, Strukturkonservatismus oder Umbruch? Zur Planung »zukunftsorientierter« Fertigungs- und Arbeitssysteme in einem Automobilbetrieb, in: ebd., S. 139ff.; S. Voswinkel u.a., Im Schatten des Fordismus. Industrielle Beziehungen in der Bauwirtschaft und im Gastgewerbe Deutschlands und Frankreichs, München 1996, S. 17ff.

168 Patton, Open Road, S. 132f.

legend gewandelt: Im Jahre 91 nach Fords Einführung des laufenden Bandes ist das ungebrochene Pathos des »fordistischen Zeitalters« fast völlig verstummt.

VII. Als betriebs- und volkswirtschaftliches Konzept war der Fordismus, der seine Entstehung und seinen Boom zunächst dem liberaldemokratischen System der USA verdankte, sehr wohl auch für das faschistische Italien und das nationalsozialistische Deutschland interessant. Unvereinbarkeiten gab es nicht. Im Gegenteil: Durch die Verschiebung einiger Akzente erhielt der Fordismus auch für die autoritären Staaten seine gewünschte Paßform. Damit gilt auch für ihn, was bei den meisten politischen, ökonomischen und kulturellen Konzepten der Fall ist: Durch die Veränderung des einen oder anderen Vorzeichens, durch den Umbau einiger Elemente können ganz verschiedene Anschlüsse hergestellt werden. So entspricht der Fordismus den Erwartungen einer liberaldemokratischen Gesellschaft, indem der anvisierte Massenwohlstand von technisch-industriellem Fortschritt und freier Marktentwicklung herbeigeführt werden soll; die Wichtigkeit jedes einzelnen Käufers und Konsumenten als Rädchen im Getriebe der ökonomischen Maschinerie kommt ebenso wie die voraussetzungslose Einbeziehung von Menschen der verschiedensten Herkunft unter der Parole der »Leistung im Hier und Jetzt« der Forderung nach Gleichheit entgegen. Umgekehrt faszinierte die fordistisch organisierte Fabrik, die den Willen des einzelnen in eine kollektive Anstrengung einschmilzt, die den Arbeiter rücksichtslos diszipliniert und keine Störung des Betriebsfriedens duldet, auch die Funktionäre der totalitären Staaten. Der gesunde, leistungsfrohe Werktätige in einem effizient eingerichteten Betrieb konnte auch das Ideal des NS-Amtes »Schönheit der Arbeit« sein. Und der anvisierte Massenwohlstand ließ sich gleichfalls als Überwindung der bürgerlichen Klassengesellschaft mit ihrer ausgeprägten Besitzhierarchie durch den politischen Willen volkstümlicher Führergestalten deuten. Auch der fordistische Weg zur Massenmotorisierung war also ein Aspekt von Modernisierung, der in leicht abgewandelter Form ohne weiteres in die politisch-soziale Ordnung sowohl einer westlichen Demokratie als auch des Faschismus und Nationalsozialismus einzubauen war. Daß die konkrete Umsetzung in den beiden letztgenannten Systemen zu wünschen übrig ließ – wobei nicht vergessen werden darf, daß auch in den USA die Große Depression einen katastrophalen Rückschlag auslöste –, hatte keine strukturellen Ursachen, sondern hing primär mit außenpolitischen und außenwirtschaftlichen Entscheidungen zusammen, die nicht notwendig in dieser Weise fallen mußten.

Insofern kann es nicht überraschen, daß auch bei dem Bau von Schnellstraßen und Autobahnen, der an die Seite der Automobilproduktion treten mußte, um die Utopie der Massenmobilität tatsächlich zu verwirklichen, keine tiefen Gräben zwischen den unterschiedlichen Systemen klafften. Vielmehr ist ein reger Austausch festzustellen, bei dem erst der eine den anderen, dann der andere den einen nachahmt. Deutschland macht Anleihen bei der Ästhetik der amerikanischen Parkways, öffnet seine Autobahnen aber auch für den kommerziellen Verkehr, wie es in Italien üblich ist; die USA bauen Turnpikes, die nach deutschem Vorbild in die Landschaft integriert sind, aber den geraden Streckenverlauf und die Maut von den Italienern übernehmen; Deutschland greift den Gedanken des Autobahnnetzes auf, der von Puricelli entwickelt worden ist, und leitet damit den Bau der amerikanischen Interstates an. Diese Aufzählung ließe sich fortsetzen. Trotzdem hat es auch Unterschiede zwischen den Ländern gegeben, die durch die wechselseitige Nachahmung keineswegs nivelliert wurden. Ihre Erklärung fällt um so schwerer, als auch innerhalb der Länder verschiedene Konzepte koexistierten. Nur Deutschland verfolgte mit der Reichsautobahn eine einheitliche Strategie. In Italien hingegen gab es Autobahnen für Touristen wie für den Güterverkehr, und die Via del Mare vereinte die pompöse Selbstdarstellung des Staates mit der Förderung der Massenfreizeit; die USA bauten Parkways für die Stadtranderholung, experimentierten mit Mautautobahnen und zogen schließlich ein steuerfinanziertes Schnellstraßennetz über den halben nordamerikanischen Kontinent. Wenn trotzdem Ursachen für abweichende Entwicklungen in den drei Staaten benannt werden sollen, muß dies also mit größter Vorsicht geschehen. Wahrscheinlich ist eine Verschränkung von ökonomischen und kulturellen Motiven ausschlaggebend gewesen. In Italien wurde bereits in den 1920er Jahren mit dem Autobahnbau begonnen, also noch vor der Weltwirtschaftskrise; die Finanzierung über Betreibergesellschaften folgte noch ungebrochen den Mustern, die seit dem 19. Jahrhundert vom Eisenbahnbau bekannt waren. Der propagandistische Nutzen für den Staat ergab sich hauptsächlich aus dem Vergleich mit den Straßen des Imperium Romanum. Die Orientierung an ökonomischen Prinzipien durch Maut und geraden Streckenverlauf konfligierte im Agrarland Italien noch nicht mit jener romantischen Technikkritik, die in der entwickelten Industrienation Deutschland im Zeichen von Heimatschutz und Antikapitalismus für das Konzept der schwingenden, mit der Natur versöhnten Autobahn sorgte. Das Deutschland der 1930er Jahre reagierte zudem bereits auf die Wirtschaftskrise, indem es den Straßenbau mit Deficit-spending und Arbeitsbeschaffung verband, ähnlich wie es in den USA geschah, wo zu diesem Zeitpunkt allerdings noch kein Autobahnnetz, sondern Highways und Turnpikes gebaut wurden. Für die konkrete Gestalt des ab 1956 realisierten amerikanischen Interstate-Systems, das auf schwingende Bahnen verzichtete, obwohl es sich ansonsten so nachdrücklich auf das Vorbild der Reichsautobahn berief, war gewiß ebenfalls eine Mischung von ökonomischen und kulturellen Ursachen verantwortlich: Die gerade Strecke bedeutete einerseits Zeit- und Geldersparnis, andererseits konnotierte sie verschiedene Mythen, die in der amerikanischen Kultur tief verankert und durchweg positiv besetzt waren. Angesichts dieser komplizierten Zusammenhänge fällt es auch schwer, von der Krise des Fordismus mit Notwendigkeit eine neue Straßenbaupolitik herleiten zu wollen. So vieldeutig wie der Fordismus selbst sind auch die Optionen, die aus seiner Negation erwachsen. Das Aufbrechen der geschlossenen Maschinenwelt mit ihren quasi-maschinell steuerbaren Wohlstandschancen kann zu neuen Formen der Anpassung an natürliche Gegebenheiten führen, wie sie teilweise im amerikanischen Interstate-Bau seit den 1970er Jahren zum Ausdruck kommen, aber sie kann auch einfach nur Fließbandarbeiter durch Roboter ersetzen und auf denselben Straßen wie zuvor schadstoffärmere Autos fahren lassen, um die Krise des Fordismus selbst wieder mit technisch-industriellen Mitteln zu überwinden.

Wolfgang Hardtwig

Der Bismarck-Mythos

Gestalt und Funktionen zwischen politischer Öffentlichkeit und Wissenschaft

I. Moderne politische Mythen lassen sich als erinnerungspolitische Antwort auf den beschleunigten gesellschaftlichen, kulturellen und politischen Wandel seit der »Sattelzeit« verstehen.[1] Je mehr durch die Dynamisierung des Wandels eine unmittelbare Vorbildfunktion der Geschichte für die Gegenwart erodierte, desto intensiver wurde das Bedürfnis empfunden, Gegenwart und Vergangenheit in Form politischer Mythen in einer Weise neu zu vermitteln, daß die wachsende Kluft von Gegenwart und Vergangenheit unmittelbar überbrückt schien.[2] Unter politischen Mythen versteht die Forschung heute Ursprungs- bzw. Zukunftserzählungen, denen es primär um die Bedeutung des erzählten Geschehens oder der vergegenwärtigten Personen für die Gegenwart geht. Die mythische Erzählung ist daher nicht vorrangig an einem möglichst genauen und durch die Überlieferung abgesicherten Verständnis der Ursprungserzählung noch an der Erkenntnis der Kausalität der Ereignisse interessiert. Vielmehr bietet sie Sinnstrukturen an, die das Handeln in einer unübersichtlicher werdenden Welt scheinbar eindeutig orientieren können.[3]

1 Dem Aufsatz liegt ein Vortrag zugrunde, der 1998 in Bad Kissingen während einer von Lothar Machtan und Peter Weidisch aus Anlaß des 100. Todestages Bismarcks veranstalteten Tagung über das Bismarck-Bild in der Geschichte gehalten wurde. Die Fußnoten sind auf die Nachweise der zitierten Quellen und auf die Markierung der wichtigsten Position der neueren Mythen-Forschung beschränkt worden.

2 Dazu immer noch grundlegend R. Koselleck, Art. »Geschichte, Historie«, in: O. Brunner u.a. (Hg.), Geschichtliche Grundbegriffe, Bd. 2, Stuttgart 1995, S. 593–718; vgl. auch T. Nipperdey, Der Mythos im Zeitalter der Revolution, in: D. Borchmeyer (Hg.), Wege des Mythos in die Moderne. Richard Wagners »Ring der Nibelungen«, München 1987, S. 69–109. Zu den gleitenden Übergängen zwischen Geschichtswissenschaft und Mythos, vor allem in der Orientierungskrise nach 1918: O. G. Oexle, Das Mittelalter und das Unbehagen an der Moderne. Mittelalterbeschwörungen in der Weimarer Republik und danach, und: ders., Das Mittelalter als Waffe. Ernst H. Kantorowizc »Kaiser Friedrich II. « in den politischen Kontroversen der Weimarer Republik, zuletzt in: ders., Geschichtswissenschaft im Zeichen des Historismus, Göttingen 1996, S. 137–162, 163–215.

3 Fundierend für dieses Verständnis moderner politischer Mythen ist einerseits E. Cassirers Philosophie der symbolischen Formen, die den Mythos als ursprünglichen, bildhaften und gefühlsgesteuerten Weltbezug des menschlichen Bewußtseins versteht, darüber hinaus aber auch als Urform, aus der die »rationaleren« symbolischen Formen – Wissenschaft, Technik, Kunst etc. –

Mit dem Präsentismus der neuen politischen Mythologien reagiert das politisch-historische Bewußtsein dabei auf mehrere Distanzierungserfahrungen: auf die verschärfte Dichotomie zwischen rational-wissenschaftlicher Rekonstruktion der Vergangenheit in der Moderne und dem Bedürfnis nach einer emotionshaltigen Erzählung und distanzüberbrückender Vergegenwärtigung; und auf die Erfahrung einer wachsenden Distanz zwischen den Mitgliedern einer Gesellschaft, in der sich die ständischen und korporativen Bindungen auflösten, die religiöse Sinngebung des Lebens zweifelhafter wurde oder zumindest sich individualisierte und die Konstruktion der »gedachten Gemeinschaft« der Nation danach verlangte, eine möglichst konsistente und eindeutige Geschichte ihrer Herkunft zu liefern.

In diesen Kontext gehört auch der Bismarck-Mythos. Er schließt in seiner Struktur an deutsche Mythen des 19. Jahrhunderts, wie etwa den Hermannsmythos, an und löst sie teilweise ab – wobei die Interessen und Bedürfnisse, die die Arbeit am Mythos vorantreiben, durchaus zu sich überlagernden oder ergänzenden Mythen führen können.[4]

Alle wesentlichen Elemente des Bismarckkultes, einschließlich der Mythisierung, waren bis 1914 bereits voll entwickelt. In den wenigen Jahren seit 1890, besonders seit Bismarcks Tod 1898, hatte die Bismarckver ehrung – nach deutlichen Anfängen seit 1866 – immer weiter um sich gegriffen und jene Formen angenommen, die einen politischen Mythos modernen Zuschnitts kennzeichnen.[5] Zahllose Publikationen zu Bismarck

hervorgehen, vgl. E. Cassirer, Philosophie der symbolischen Formen, Bde. 2 u. 3, ND Darmstadt 1985/87; ders., Der Mythos des Staates. Philosophische Grundlagen politischen Verhaltens, Frankfurt 1985, insbes. S. 360–390, das Kapitel »Technik moderner politischer Mythen«; dazu O. Schwemmer, Ernst Cassirer. Ein Philosoph der europäischen Moderne, Berlin 1997, S. 40f.; R. Speth, Nation und Revolution. Politische Mythen im 19. Jahrhundert, Opladen 2000, S. 40–55. Im Anschluß an Cassirer betont Hans Blumenberg die entscheidende Bedeutung der »Arbeit am Mythos«, das heißt der gesellschaftlich vermittelten Wechselbeziehung von Überlieferung und Rezeption, vgl. H. Blumenberg, Arbeit am Mythos, Frankfurt 1984^3. Andererseits stützt sich die politik- und literaturwissenschaftliche Forschung auf die semiotische Mythostheorie Claude Levi-Strauss', vgl. u.a. D. Schirmer, Mythos – Hoffnung – Modernität. Politisch-kulturelle Deutungscodes in der Weimarer Republik, Opladen 1992; H. Münkler, Antifaschismus und antifaschistischer Widerstand als politischer Gründungsmythos der DDR, in: Aus Politik und Zeitgeschichte 45.1998, S. 16–29; W. Wülfing u.a., Historische Mythologie der Deutschen, München 1991; W. Wülfing, Mythen und Legenden, in: W. Küttler u.a. (Hg.), Geschichtsdiskurs, Bd. 3: Die Epoche der Historisierung, Frankfurt 1997, S. 159–172.

4 Vgl. u.a. A. Dörner, Politischer Mythos und symbolische Politik. Sinnstiftung durch symbolische Formen am Beispiel des Hermannsmythos, Opladen 1995.

5 Vgl. u.a. L. Machtan (Hg.), Bismarck und der deutsche Nationalmythos, Bremen 1995, darin besonders., Bismarck-Kult und deutscher National-Mythos 1890–1940, S. 14–67; L. Machtan, Bismarck, in: H. Schulze u. E. François (Hg.), Deutsche Erinnerungsorte, Bd. 2, München 2001, S. 86–104; J. Dülffer u.a. (Hg.), Otto von Bismarck, Person-Politik-Mythos, Berlin 1993, darin bes. die Beiträge von F. Gebauer, H. Hübner, G. Seeber, L. Machtan u. K. Breitenborn; W. Hardtwig, Bürgertum, Staatssymbolik und Staatsbewußtsein im Deutschen Kaiserreich

überschwemmten den Markt, eine Welle von Denkmalsetzungen unterschiedlichster Art überzog die Städte und seit 1898 – seit dem Aufruf der deutschen Studentenschaft zur Errichtung von Bismarck-Türmen in Gestalt sogenannter »Feuersäulen« – auch das Land.[6] Innerhalb der deutschen Reichsgrenze von 1914, in den deutschen Kolonien sowie in Böhmen und Niederösterreich wurden insgesamt über 400 geplante Bismarck-Türme und Bismarck-Säulen ermittelt, von denen bis 1934 nachweislich 234 ausgeführt wurden. Nicht eingerechnet sind hier die zahlreichen figuralen Bismarck-Denkmäler – angefangen vom relativ seltenen Typus des Reiter-Denkmals über die mehr als 160 überlebensgroßen Bismarck-Standbilder und die über 150 Bismarck-Büsten bis zu den Bismarck-Medaillons – und die zahllosen naturalen Bismarck-Zeichen wie Bismarck-Eichen oder Bismarck-Steine. Die Zahl der Bismarck-Türme und -Säulen stieg nach Bismarcks Tod und dem Aufruf der Studentenschaften zur Errichtung von Bismarck-Denkmälern in Gestalt von Feuersäulen 1898 rapide an und erreichte 1902 mit dreißig Turmbauten ihren Gipfel. In lithographischer und photographischer Vervielfältigung drangen Bismarck-Motive in den Alltag ein und verkündeten über eine spezifische Ikonographie die politische Botschaft der Heldenverehrung weithin unterhalb der Ebene bewußter Wahrnehmung. An Denkmälern und politischen Wallfahrtsorten wie dem Bismarck-Mausoleum in Friedrichsruh entfaltete sich eine ausladende politische Festkultur.[7] Der Bismarckkult übergriff teilweise die Segmentierung der wilhelminischen Gesellschaft, teilweise dramatisierte er sie aber auch. Friedrich Meinecke registrierte 1912, daß der »ganz unbürgerliche Bismarck« seine »verständnisvollsten Bewunderer im bürgerlichen Deutschland« finde.[8] In einem komplizierten Wechselverhältnis von Ursache und Wirkung wurde jedoch die sozialdemokratische Arbeiterschaft ausgeschlossen und schloß sich selbst aus. Katholiken partizipierten allmählich am Bismarckkult, aber es blieben doch deutliche Unterschiede zu protestantischen Liberalen und Konservativen.[9] Im Übrigen traten innerbürgerliche Gegensätze zurück;

1871–1914, in: ders., Nationalismus und Bürgerkultur in Deutschland 1500–1914, Göttingen 1994, S. 213–218.

6 H.-W. Hedinger, Der Bismarck-Kult, in: G. Stephenson (Hg.), Der Religionswandel unserer Zeit im Spiegel der Religionswissenschaft, Darmstadt 1976, S. 201–215; V. Plagemann, Bismarck-Denkmäler, in: H. E. Mittig u. V. Plagemann (Hg.), Denkmäler im 19. Jahrhundert. Deutung und Kritik, München 1972, S. 217–252.

7 G. Kloss u. S. Seele, Bismarck-Türme und Bismarck-Säulen. Eine Bestandsaufnahme, Petersberg 1997.

8 F. Meinecke, Der Sinn unseres Wahlkampfes, erschienen sowohl in der »Straßburger Post« wie in der »Breisgauer Zeitung« wie in »Kulturbeiträge. Arbeiten erster Autoren für Tageszeitungen« 1912, wieder in: F. Meinecke, Politische Schriften und Reden, Bd. 2, hg. v. G. Kotowski, Darmstadt 1979[4], S. 52.

9 Vgl. dazu M. Dorrmann, Das Bismarck-Nationaldenkmal am Rhein. Ein Beitrag zur Geschichtskultur des Deutschen Reiches, in: ZfG 44. 1996, S. 1061–1088, bes. S. 1070.

immer voran gingen die Deutungsspezialisten des Bildungsbürgertums, aber ihnen folgten bei der Bismarckturm-Bewegung die Kleinbürger ebenso wie im Falle des projektierten Bingerbrücker Großdenkmals die rheinisch-westfälischen Schwerindustriellen.

Die konkreten Motive und politisch-sozialen Forderungen der Bismarckverehrer sind höchst unterschiedlich, zum Teil auch gegensätzlich. In einem Punkt allerdings konvergierten alle Erwartungen und Hoffnungen: in der Forderung nach größerer Geschlossenheit und vor allem nach einer herausragenden äußeren Machtstellung des 1867 bis 1871 geeinigten Reichs. Max Dessoir sprach 1912 zweifellos für alle Träger des Bismarckkults, wenn er es als »unangenehm spießbürgerlich« anprangerte, »überall mit erhobenem Zeigefinger Bescheidenheit« zu verlangen.[10] Die Mythisierung Bismarcks begann noch zu seinen Lebzeiten, intensivierte sich nach 1898 und gewann von da an massenhafte Resonanz.

Auch die Bedeutungsaspekte des Bismarck-Mythos sind bis 1914 im wesentlichen bereits ausgeprägt. Anschauliche Gestalt gewinnt der Mythisierungsprozeß vor allem im Denkmalstypus der Bismarck-Säule bzw. des Bismarck-Turmes. Der in der Feuersäule symbolisch präsente Bismarck erhebt sich über jede historische Erläuterung und Präzisierung, damit aber auch über jede Begrenzung. Den maßgeblichen Denkmalstypus für diese Bismarck-Vorstellung entwickelte der Architekt Wilhelm Kreis mit seinem preisgekrönten Entwurf »Götterdämmerung«, nach dessen Entwurf mindestens 47 Bismarck-Säulen, einige unter der Leitung von Wilhelm Kreis selbst, errichtet worden sind.[11] Die Architektur dieses Erinnerungszeichens verzichtete auf alle kulturell-historischen Konnotationen zur Person und Politik Bismarcks und ersetzte sie durch die scheinbare Unerschütterlichkeit und Überzeitlichkeit quasi-natürlicher Formen. Konkrete Anknüpfungen an den historischen Bismarck gab es im wesentlichen nur noch über die Anlässe des Kults, die Erinnerung an den Geburtstag Bismarcks am 1. April oder seinen Todestag am 30. Juli oder auch den Sedanstag am 2. September. An diesen Tagen entzündete man das Feuer. Selbst dieser Rückbezug auf die historische Wirklichkeit verschwand aber in den Veranstaltungen der Studentenschaft, die sich reichseinheitlich alle Jahre wieder auf eine Feier am Sonnwendtag geeinigt hatte.[12]

Die inhaltlichen Bezüge des Bismarck-Mythos sind naturgemäß den schriftlichen Quellen leichter zu entnehmen als den bildlichen. In einem bereits 1894 erschienenen Sammelwerk »Der eiserne Kanzler im deutschen

10 Zit. ebd., S. 1076.

11 Kloss u. Seele, Bismarck-Türme, S. 25.

12 Ebd., S. 32.

Lied. Ein Gedenkbuch für das Deutsche Volk«[13] präsentiert sich die bürgerliche Bismarck-Lyrik mit dem ganzen Spektrum ihrer Formen und inhaltlichen Facetten. Der Mythisierungsvorgang selbst wird dabei mit größter Unbefangenheit angesprochen.[14] Im romantischen Liedton dichtete Ernst von Wildenbruch: »Es tönt aus alten Büchern / Wie aus versunk'nem Schacht / Von Helden und von Thaten / Die alte Sagen-Pracht. / Von mächt'gen Königskronen / Von Kriegesgluth zerschmolz / Von Völker-Auferstehen / Von neuer Kronen Stolz«.[15] Die Vergegenwärtigung Bismarcks als Jung-Siegfried, die zahlreiche Denkmalskonzepte bis zu dem riesigen – aber nicht gebauten – Projekt eines Bismarck-Nationaldenkmals in Bingerbrück inspirierte, findet sich auch im Lied.[16] Bismarck ist zudem der Mann, der die sprichwörtliche alte deutsche Zwietracht aufhob und er wird immer wieder besungen als treuer Diener seines Staates und vor allem seines Herrn und Kaisers Wilhelms I.[17] Er wird in die deutsche Heroen-Galerie eingereiht.[18] Bismarck ist der Inbegriff des »deutschen Wesens«.[19] Er verkörpert die deutsche Unerschrockenheit, die nichts auf der Welt fürchtet außer Gott,[20] er wird hemmungslos sakralisiert, vor allem wenn sein Geburtstag am 1. April auf den Ostersonntag fällt (1888).[21] Den dichtenden Bismarck-Verehrern erscheint der alte Bismarck nach seinem erzwungenen Rückzug aus der Politik als verstoßen und verbannt – Gelegenheit, vermeintliche deutsche Nationaleigenschaften anzuprangern, die der mythischen Größe Bismarcks kontrastieren, so etwa den deutschen Undank. Als deutsche Nationaleigenschaft wird auch immer wieder ein spezifischer Mangel an politischer Urteilskraft beklagt. Ihren krassesten Ausdruck findet sie nach Meinung der Poeten in Bismarcks Nachfolgern.[22] Die Bismarck-Verehrung war 1894 bereits so weit fortgeschritten, daß nun auch schon Bismarck-Denkmäler zum Gegenstand der Bismarck-Lyrik avancieren konnten. Dieses Motiv verdoppelte gleichsam die Bismarck-Erinnerung, im steinernen oder erzenen Bismarck wurden die Eigenschaften des Originals

13 Der eiserne Kanzler im deutschen Lied. Ein Gedenkbuch für das deutsche Volk, hg. v. P. Grotowsky, Gießen 1894.

14 »Du Ewig-junger, trotz des Alters Plage / Der Zukunftswagen fährt aus Deinen Thoren / Du Riese, wie aus Mythenzeit geboren / Wo ist ein Geist, der Deinen überrage?«, ebd., S. 97.

15 Ebd., S. 38.

16 Ebd., S. 32.

17 Vgl. ebd., S. 32, 33, 36, 46, 47, 97.

18 Vgl. ebd., S. 36, 97. Auch Theodor Fontane hat sich hier hervorgetan; er reproduziert in seinem Gedicht »Jung-Bismarck« zahlreiche Stereotypen des Bismarck-Mythos, so etwa das von Bismarck als treuem Diener seines Herrn, von Bismarck als der einigenden Gestalt über den Parteien, von Bismarck als Opfer des spezifisch deutschen Undanks usw.

19 Ebd., S. 33.

20 Ebd., S. 46.

21 Ebd., S. 47.

22 Ebd., S. 36, 77.

symbolisiert. Es konnte aber auch der Kritik an den Zeitgenossen dienen, die Bismarck – so die Klage – durch die Verdinglichung im Denkmal seines realen Wirkungsanspruchs beraubten: »Das ist die neueste Sitte jetzt / daß man Lebenden Male setzt / Auch der Kanzler zu Köln am Rhein / steht bereits auf dem Marmelstein / wollt doch, statt in Bilder zu schweißen / den Lebenden nicht herunterreißen!«[23]

Seinen Höhepunkt dürfte der Kult anläßlich des 100. Geburtstages Bismarcks 1915 erreicht haben. Bei einzelnen aufmerksamen politischen Beobachtern allerdings, auch auf der Rechten, brachte der Weltkrieg eine neuartige Ambivalenz ins Bismarckbild.[24] Sie hob auf das inkomparabel Neue ab, das mit dem Weltkrieg in alle Kriegführung und Politik gekommen sei und tangierte damit indirekt auch das Bild Bismarcks als eines zeitlos vorbildhaften Staatsmanns. Betroffen waren damit sowohl Bismarcks Ziele und das von ihm tatsächlich Erreichte als auch die Methoden seiner Politik. Für Rudolf Borchardt etwa, der zum weiteren Umkreis der »Konservativen Revolution« gerechnet werden kann, hat 1916 die Wirklichkeit des Krieges grundsätzlich andere Dimensionen angenommen als in den Bismarckschen Einigungskriegen. Deutschland müsse aus dem Weltkrieg mit neuer Machtfülle hervorgehen, sonst seien die ungeheuren Opfer umsonst und der Krieg verliere als Ganzes seinen Sinn.[25] Gleichwohl polemisierte Borchardt gegen einen naiven und hemmungslosen Annexionismus und wandte sich gegen diejenigen Verfechter annexionistischer Forderungen, die voller »Bravour« und in »rohem Jargon sich von den sterblichen Resten des mißverstandenen Bismarck ernähren« und die »immer noch nicht gelernt haben, daß sie sich ohne Not und ohne irgendwelchen realen Gewinn das Odium zuziehen, das nur der Überlebensgroße und unbedingt erfolgreiche politische Tyrann in den Wind schlagen darf; und einen solchen vermag ich zwischen Soissons und Dünaburg, Bagdad und Hamburg fürs erste nicht zu gewahren«.[26]

II. Die meisten Elemente des Bismarckkults in der Weimarer Republik waren, wie schon erwähnt, bereits vor 1914 präsent. Aber die Erfahrung von Revolution, Kriegsniederlage, politischem Systemwechsel und Machtverlust im europäischen Staatensystem führte doch zu Variationen und

23 Ebd., S. 99.

24 Zu den Verschiebungen, die der Weltkrieg und die Mythisierung des Weltkriegs in der Erinnerungskultur des Kaiserreichs und dann der Weimarer Republik auslösten vgl. v.a.: J. Verhey, Der »Geist von 1914« und die Erfindung der Volksgemeinschaft, Hamburg 2000; ders., Der Mythos des »Geistes von 1914« in der Weimarer Republik, in: W. Bialas u. B. Stenzel (Hg.), Die Weimarer Republik zwischen Metropole und Provinz, Weimar 1996, S. 85–96; B. Ulrich u. B. Ziemann (Hg.), Krieg im Frieden. Die erkämpfte Erinnerung an den Ersten Weltkrieg, Frankfurt 1997.

25 R. Borchardt, Der Krieg und die deutsche Verantwortung, Berlin 1916, S. 19.

26 Ebd., S. 22f.

neuen Akzentsetzungen.[27] Die Inhalte, Dimensionen und Modifikationen des Bismarck-Mythos in der Weimarer Republik sollen an drei Quellenkomplexen genauer untersucht werden: an den Theoremen und Geschichtskonstrukten aus dem Umkreis der Radikalopposition der »Konservativen Revolution«; an der parteinahen Publizistik, die sich vor allem aus Anlaß von Jubiläen und Jahrestagen zu Bismarck äußerte; und schließlich an der Historiker-Publizistik, wie sie ebenfalls vielfach aus Anlaß von Jahrestagen oder politischen Geschehnissen entstand, die im Lichte der Erinnerung an das Kaiserreich und die Rolle Bismarcks in der deutschen Geschichte standen. »Konservative Revolution« und Parteipublizistik werden gemeinsam behandelt, weil die Übergänge hier fließend sind. Die politische Publizistik der Historiker soll gesondert diskutiert werden, weil deren Bismarckbild doch zumindest teilweise wirklichkeitsnähere Konturen aufweist als das der beiden anderen »Textsorten«, wenngleich auch die Historiker der Mythisierungstendenz weithin erlegen sind.

Zunächst sei ein Gesichtspunkt angesprochen, der für die Bismarck-Mythisierung schon im Kaiserreich charakteristisch ist, aber doch noch einmal hervorgehoben zu werden verdient: die ungemeine Plastizität bzw. Beliebigkeit und die damit verbundene umfassende Funktionalisierbarkeit des Mythos. Einige extreme Beispiele mögen das illustrieren. Einerseits nahmen die Autoren Bismarck gern für die feine Kunst der Diplomatie in Anspruch, andererseits fand etwa Moeller van den Bruck nichts dabei, Bismarck als Fortsetzer und Neubegründer der deutschen Ostexpansion zu preisen.[28] In einer – allerdings ungewöhnlich niveaulosen – Rede vor dem »Bismarckbund der deutschen Jugend« am 18. Januar 1933 verherrlichte Ex-Reichskanzler von Papen, der Verantwortliche für den »Preußenschlag« vom 20. Juli 1932, ausgerechnet Bismarcks »fundamentale Weisheit, die Freiheit von Deutschlands einzelnen Gliedstaaten« gewahrt zu haben.[29] In Moeller van den Brucks achtbändigem Monumentalwerk »Die Deutschen«, das erstmals von 1904 bis 1910 erschienen war und unter dem Titel »Das Ewige Reich« von 1933 bis 1935 neu aufgelegt wurde, stellt Bismarck unter anderem die Antwort auf die »Völkerwanderungsfrage« und »auf Ala-

27 Zur These einer verstärkten Fragmentierung der politisch Kultur in Deutschland in der Weimarer Republik vgl. grundlegend: K. Rohe, Politische Kultur und ihre Analyse. Probleme und Perspektiven in der politisch Kulturforschung, in: HZ 250.1990, S. 321–346; D. Lehnert u. K. Megale, Identitäts- und Konsensprobleme in einer fragmentierten Gesellschaft. Zur politischen Kultur in der Weimarer Republik, in: D. Berg-Schlosser u. J. Schissler (Hg.), Politische Kultur in Deutschland. Bilanz und Perspektive der Forschung, Opladen 1987, S. 80–94; D. Schirmer, Politisch-kulturelle Deutungsmuster: Vorstellungen von der Welt der Politik in der Weimarer Republik, in: D. Lehnert u. K. Megerle (Hg.), Politische Identität und nationale Gedenktage. Zur politischen Kultur in der Weimarer Republik, Opladen 1989, S. 31–60.

28 Moeller van den Bruck, Das Dritte Reich, Hamburg 1931^3, S. 231.

29 Kreuzzeitung, 19.1.1933.

rich« dar, während er in Spenglers »Preußentum und Sozialismus« als der »letzte Staatsmann spanischen Stils« auftritt.[30] Der letzte Staatsmann spanischen Stils weist bei Spengler wiederum viele Gemeinsamkeiten mit August Bebel auf und wird zugleich als »sozialistischer Imperialist« tituliert, während ihn bei Moeller eher die Geistes- und Charakterverwandtschaft mit Arminius, Barbarossa, Heinrich dem Löwen, Herzog Widukind und dem Freiherrn vom Stein auszeichnet.[31]

In Varianten der Mythisierung, die dem historistischen Gebot des Verstehens von Ereignissen und Persönlichkeiten aus den jeweiligen Handlungsvoraussetzungen noch näher standen, scheint in der mythischen narrativen Struktur der Aufhebung aller Gegensätze noch der reale Positionswandel Bismarcks vom christlich-konservativen preußischen Junker zum »revolutionär« handelnden Begründer des Nationalstaats durch.[32] Einem ähnlichen Mechanismus folgt das »mythische Erzählschema des Positionstauschs«: Bismarck warnt 1849 Friedrich Wilhelm IV. dringlich vor der Annahme der Kaiserkrone, drängt aber 1871 Wilhelm I. diese Krone gegen dessen entschiedenen Widerstand auf. Oder ähnlich: Bismarck bekämpft 1848 aufs entschiedenste die Demokraten und ihre Wahlrechtsforderungen, erfüllt aber 1867/71 genau ihre Forderung nach Einführung des allgemeinen Wahlrechts.[33] Schließlich gehört in diesen Katalog aufgehobener Gegensätze, daß Bismarck zugleich als Verkörperung des Adels und des Bürgertums deklariert wird.[34] Freilich bleibt der damit implizierte massive Hinweis auf die Standes- und Klassengegensätze des 19. und frühen 20. Jahrhunderts eher vereinzelt. Eine partielle Verbürgerlichung des preußischen Junkers dagegen war schon in der Denkmalsbewegung des Kaiserreichs und auch in der lyrischen Bismarck-Panegyrik vorgekommen.[35]

Die mythische Erzählstruktur einer Aufhebung der Gegensätze gelingt um so leichter, je mehr sie sich mit der mythischen Struktur des Vergegenwärtigens verbindet, je stärker der Held also den Begrenzungen von Zeit und Raum enthoben wird. So verkörpert Bismarck etwa die »Ewigkeits-

30 Moeller van den Bruck, Die Deutschen. Unsere Menschengeschichte, Bd. 7: Scheiternde Deutsche, Minden 1933[2], S. 244f.

31 O. Spengler, Preußentum und Sozialismus, München 1920, S. 27; Moeller van den Bruck, Die Deutschen, S. 244–247.

32 R. Parr, »Zwei Seelen wohnen, ach! in meiner Brust«. Strukturen und Funktionen der Mythisierung Bismarcks (1860–1918), München 1992, S. 56. Ein analoges Deutungsmuster der Aufhebung von Gegensätzen liegt auch der Interpretation Bismarcks als eines »Real-Idealisten« zugrunde, ebd., S. 53.

33 Ebd., S. 58.

34 Moeller van den Bruck, Die Deutschen, S. 247f.

35 Vgl. z.B. das Gedicht »Hoch Bismarck« von Wilhelm Idel zum 1. April 1885, wo es u.a. heißt: »Kennt Ihr den Mann, dem Liebe warm / das Herz für's Glück des Volkes schlägt? / der für uns alle, reich und arm / stets väterliche Sorgen hegt? / Der edle Mann ist uns bekannt: / Hoch Bismarck! braust es durch das Land«, in: Grotowsky, Eiserner Kanzler, S. 32.

werte« des Hohenzollernstaates[36] oder die »Erfüllung des uralten deutschen Rolandgedankens«.[37] Eine solche Betonung der Zeitenthobenheit Bismarcks findet sich auch in dem von den Zeitgenossen als »modern« wahrgenommenen und zum Teil erbittert bekämpften Hahn-Bestelmeyerschen Entwurf für das Bismarck-Nationaldenkmal in Bingerbrück. Bismarck ist hier in der Gestalt eines jungen Siegfried dargestellt; dieses mythisierende figurale Motiv wiederum verbindet sich mit dem altgermanischen Motiv des Steinkreises, der der Heldenverehrung gewidmet ist.[38]

Moeller van den Bruck formulierte darüber hinaus ausdrücklich einen Zusammenhang von Entzeitlichung und Aufhebung der Gegensätze: Bismarck, der Mann der sowohl Preuße, nämlich ein »Märker«, als auch »Ursachse« und, von der Abstammung her, ein »Adliger und ein Bürgerlicher zugleich« ist, kann von allen Deutschen, den Nord- und den Süddeutschen, den Österreichern, den Balten und den Deutsch-Amerikanern als ihr »gemeinsamer Nationalheld und Volksretter« akzeptiert werden, er selbst ist »Inbegriff und Ausdruck sämtlicher deutscher Möglichkeiten der Zukunft« – wodurch zugleich »etwas Überzeitliches« in seine Erscheinung kommt. Bismarck erscheint daher notwendig als »zu groß« für seine Gegenwart; eine »unbestimmbare, naturgewaltige Macht« hebt ihn »weit hinaus über Bann und Grenze der Zeit wie des Raumes«;[39] Bismarcks Heldenkörper, von Moellers Generation selbst noch zu Grabe getragen, ersteht »im Gedächtnis der Nation leibhaftig wieder« und transsubstantialisiert sich zu einem Geist, »den wir als den guten Geist des Volkes allstündlich und allgegenwärtig um uns glauben und wünschen«.[40]

Solche »Entzeitlichung« konnte im Denken der Mythenproduzenten eine ganze Heroen-Galerie wachrufen, deren Auswahl und Reihung aus der Sicht eines artikulierten, an seriöses Wissen gebundenen Geschichtsbewußtseins völlig beliebig ausfiel. Als Großmeister des assoziativen Zusammendenkens deutscher Heroen erweist sich wiederum Moeller van den Bruck. Im zweiten Band seiner »Menschengeschichte der Deutschen« versammelt er unter der Überschrift »führende Deutsche« Ulrich von Hutten, Martin Luther, den Großen Kurfürsten, Schiller, Bismarck und Nietzsche.[41] Wichtiger aber als das, was Moeller hier über Bismarck sagt, sind seine Ausführungen über die »scheiternden Deutschen«. Hier vereint Moeller unter dem Stichwort »Vom Tragischen« Arminius, Alarich, Friedrich

36 Berliner Lokalanzeiger, 29.7.1928.

37 Kreuzzeitung, 29.7.1928; vgl. dazu ausführlicher W. Hardtwig, Bürgertum, Staatssymbolik und Staatsbewußtsein im Deutschen Kaiserreich, S. 215f.

38 Dorrmann, Das Bismarck-Nationaldenkmal, S.1072.

39 Moeller van den Bruck, Die Deutschen, S. 248.

40 Ebd., S. 248f.

41 Moeller van den Bruck, Die Deutschen, Bd. 2, Minden 1933, S. 168–195.

Barbarossa, Maximilian I. und den Freiherrn vom Stein. Seine Zusammenfassung eröffnet er mit dem Satz: »Die Tat Bismarcks war die Zusammenfassung der Taten Armins, Barbarossas, Steins in eine einzige und einmalig große«.[42] Das Werk Arminius' und des Freiherrn vom Stein blieb bruchstückhaft – das unterscheidet diese Lebensleistungen von der Bismarcks. Diese »Scheiternden« stehen jeweils für den Zusammenbruch und das Ende einer geschichtlichen Entwicklung, während die »Führenden« und »Entscheidenden« den Wendepunkt zu etwas Neuem markieren. Bismarck vollendet historische Entwicklungen, die bei Arminius und dem Freiherrn vom Stein angelegt waren, aber nicht zum Erfolg hatten kommen können.[43] Für Moeller reduziert sich der historische Prozeß auf das Handeln »großer Individuen«, wobei auch die Scheiternden groß sein können. Hier machen wirklich – anders als in dem fast durchweg verkürzten Treitschke-Zitat – Männer die Geschichte.[44] Die Konstellationen, unter denen diese einzigen handeln, werden gänzlich unwichtig, die Zusammenstellung der Heroen folgt nur der Klanglogik bedeutender Namen und ergibt sich hauptsächlich aus einem scheinsouveränen Gestus, mit dem der Autor über die Jahrtausende der Geschichte gebietet. Ganz ähnlich assoziiert und wertet auch Oswald Spengler, wenn er behauptet, daß der Staat Friedrichs des Großen und Bismarcks allein dem »tragischen Geschick« der Deutschen standhalten könnte – was immer damit gemeint sein mag.[45]

Zum Erziehungsprogramm wird diese Fixierung auf einzelne Heroen, speziell auf Bismarck, dann bei Hans Freyer in seiner Kampfschrift zur Universitätsreform von 1933 »Das politische Semester. Ein Vorschlag zur Universitätsreform«. Freyer fordert hier, daß die Universitäten *neben* – und in der Bewertung *vor* – dem normalen Studium eine Reihe von öffentlichen Vorlesungen mit insgesamt sechs Wochenstunden anzubieten hätten, die weder wissenschaftlich im herkömmlichen Sinne, noch »patriotische Predigten« im Sinne des vaterländischen Unterrichts der Kriegszeit sein sollten. Als Ziel dieser Lehrveranstaltungen schwebt Freyer vor, den »Sinn für die Normen politischer Größe« und den »Blick für die Dynamik des politischen Geschehens« zu schulen und die Wissensgrundlagen für ein verbessertes Verständnis der politischen Lage Deutschlands zu gewinnen. Die Fixierung auf eine Wertevermittlung im Sinne des jungkonservativen politischen Aktivismus teilt sich schon in der Reihenfolge der angestrebten Ziele mit. Die Tatsachenvermittlung kommt zuletzt und auch sie ist ganz konzentriert auf Sachfelder, die dem nationalrevolutionären Aktivismus als

42 Moeller van den Bruck, Die Deutschen, S. 243.
43 Ebd., S. 246f.
44 Ebd., S. 249f.
45 Spengler, Preußentum und Sozialismus, S. 6.

relevant erschienen: das »System von Versailles«, die »großen Mächte in der gegenwärtigen Weltpolitik«, das »deutsche Volkstum in Mittel- und Osteuropa« und schließlich der »deutsche Industriekörper«. Zu den konkreten Themen, von denen Freyer erwartet, daß sie bei den Studierenden normative Vorstellungen über politische Größe fixieren, gehören neben der Monarchie Cäsars und dem Prinzipat des Pompejus, der Kampf Friedrichs des Großen um Schlesien und Bismarcks Reichsgründung.[46]

So realitätsfern diese Ahnengalerie scheinen mag, ganz zufällig ist ihre Zusammenstellung nicht. Mit Arminius oder Friedrich Barbarossa hatte sich im 19. Jahrhundert die Hoffnung des Bürgertums auf nationale Einheit und die Wiederherstellung der Vorrangposition eines »Deutschen Reiches« in Europa gegründet.[47] Die Mythisierung einzelner Persönlichkeiten knüpfte also an ältere politische Legenden an und konstituierte den politischen Messianismus, den die Sakralisierung des Politischen im 19. Jahrhundert mit sich brachte, wesentlich mit.[48] 1844 bereits dichtete der junge Emanuel Geibel, dessen Jugendfreundschaft mit Jacob Burckhardt wegen der politischen Radikalisierung Geibels zerbrach: »Der Säugling, der zu stammeln kaum begann / von seiner Mutter lern' er diese Worte / Du, Greis, noch sprech sie an des Grabes Pforte / ›Oh Schicksal, gib uns Einen, Einen Mann‹«.[49] Ausdrücklich als »Messias« bezeichnet diesen vorläufig noch virtuellen Retter dann Wilhelm Raabe in einem für die Schillerfeier in Wolfenbüttel am 10. November 1859 verfaßten Gedicht.[50] Die Wurzeln dieses politischen Messianismus lagen zunächst im Milieu des demokratisch-fortschrittlichen Bürgertums und in der Arbeiterbewegung; erst seit dem Ausgang des 19. Jahrhunderts mutierte er zum Markenzeichen des integralen, sozialdefensiven Nationalismus und der grassierenden kulturpessimistischen Phantasien.[51]

46 H. Freyer, Das politische Semester. Ein Vorschlag zur Universitätsreform, Jena 1933, S. 22f.

47 Vgl. dazu W. Hardtwig, Erinnerung, Wissenschaft, Mythos. Nationale Geschichtsbilder und politische Symbole in der Reichsgründungsära und im Kaiserreich, in: ders., Geschichtskultur und Wissenschaft, München 1990, S. 224–263, bes. S. 256f.

48 Vgl. K. Schreiner, »Wann kommt der Retter Deutschlands?«. Formen und Funktionen von politischem Messianismus in der Weimarer Republik, in: Saeculum 49.1998, S. 107–160.

49 Abgedr. in Grotowsky, Eiserner Kanzler, S. 1; im zweiten Teil des Poems heißt es dann: »Was frommt uns aller Witz der Zeitungskenner / Was aller Dichter ungereimt Geplänkel / Vom Sand der Nordsee bis zum waldgen Brenner! / Ein Mann ist Noth, ein Nibelungenenkel, / daß er die Zeit, den toll gewordenen Renner, / mit ehrner Faust beherrscht' und ehrnem Schenkel«.

50 Schreiner, »Wann kommt der Retter Deutschlands?«, S. 121.

51 So wurde etwa Robert Blum in einer 1848 erschienenen Schrift als »Deutschlands politischer Erlöser« bezeichnet, Ferdinand Lassalle sprach 1862 von den Arbeitern als dem »Fels, auf welchem die Kirche der Gegenwart gebaut werden« soll. Dieser sakralisierten politischen Metaphorik entsprachen dann umgekehrt die Prädikate »Arbeiter-Heiland« und »Messias der neuen Zeit« für Lassalle im Umkreis des ADAV, ebd., S. 120ff.

Ein anderes nach 1918 neuentwickeltes Motiv lag näher an der konkreten Wahrnehmung der politischen Realitäten in der Weimarer Republik. Es tauchte auf der Rechten ebenso auf wie bei Linksliberalen. Bismarcks Einigungswerk – so die emphatische Feststellung – hat dem Krieg und der Niederlage standgehalten, es erträgt auch extremen Druck. Oswald Spengler etwa betonte nicht ohne eine gewisse Verwunderung, daß nicht nur die Arbeiter fest zum Reich stünden, sondern auch die Bayern. Die »Kreuzzeitung« wandte sich 1928 ausdrücklich gegen Argumentationen, daß das Bismarckreich nicht länger als fünfzig Jahre gehalten habe. Gerade die Bismarcksche Gründung habe die Deutschen instand gesetzt, den Weltkrieg durchzustehen und zu überdauern: »Wäre das Bismarcksche Reich nicht gewesen, dann hätte Deutschland alle Schrecken des Dreißigjährigen Krieges in unserer Zeit auf seinem Boden erlebt«.[52] Auch für die »Münchner Neuesten Nachrichten« ließen nur Bismarcks Kraft und »Geist vom Geiste Bismarcks« das Reich im Kampf gegen eine Weltkoalition durchhalten und den Zusammenbruch von 1918 überleben.[53] Deshalb konnte Bismarck auch nach 1918 – das ist nun wieder ein eher herkömmliches Motiv – körperlich, psychisch und geistig der eigentliche Repräsentant »aller Deutschheit auf der Erde« bleiben.[54] Daß diese Personifikation des Deutschen – »ein Kopf, ein Wille, eine Faust« –»kraftvoll«, also »männlich« kodiert ist, versteht sich von selbst.[55] Auch die sakrale Sprache, in der die Erinnerung an den Reichsgründer evoziert wird, hält sich ungebrochen und steigert sich eher noch zum Ende der Republik hin.

Unzweifelhaft untermauerte das Bismarckbild auch die verbreitete Militarisierung des Denkens vor allem in den letzten Jahren der Republik. Daß Bismarck eine »Kampfnatur« gewesen sei, diese freudige Feststellung zieht sich mehr oder weniger explizit durch zahlreiche Bismarckreden und -artikel.[56] Und schon 1925 nahm Ernst Niekisch in einer Kampfschrift zur deutschen Außenpolitik Bismarck für eine erbitterte Polemik gegen Stresemanns neue Westpolitik und den Beitritt Deutschlands zum Völkerbund in Anspruch – insgesamt also gegen eine Politik grundsätzlicher Kooperationsbereitschaft im Rahmen einer neu errichteten internationalen Ordnung. Durchaus zutreffend beschrieb er Bismarcks Angstzustände über das

52 Kreuzzeitung, 29.7.1928.

53 Münchner Neueste Nachrichten. Handels- und Industriezeitung, Alpine und Sportzeitung, Theater- und Kunstchronik, Nr. 205, 29.7.1928.

54 Ebd.

55 Ebd.

56 Aus der allgemeinen Militarisierung der öffentlichen Meinung in der Endphase der Republik erklärt B. Ulrich die Erfolge nationaler Geschichtspolitik in der politischen »Aufarbeitung« des Ersten Weltkriegs: Die Augenzeugen. Deutsche Feldpostbriefe in Kriegs- und Nachkriegszeit 1914–1933, Essen 1997, S. 227–301; vgl. auch die Quellensammlung: B. Ulrich u. B. Ziemann (Hg.), Krieg im Frieden, mit weiterführenden Literaturhinweisen.

Schwinden der deutschen Handlungsspielräume bei einer Abschwächung des russisch-englischen Gegensatzes.[57] Die günstige außenpolitische Konstellation der Reichsgründungsära vermochte Bismarck jedoch – so lautet dann die eigentliche Botschaft Niekischs – nur zu nutzen, weil er sich auf ein wohl ausgebildetes und schlagfertiges Heer stützen konnte. Deutschland mußte aus der Sicht Niekischs wegen der Widersprüchlichkeit seines Staatsaufbaus und der Kargheit seiner Ressourcen zum Militärstaat werden – und nur als Militärstaat konnte es auch in der Zukunft seine staatliche Existenz behaupten; es dürfe sich also durch den Völkerbund, dessen Politik vor allem gegen Deutschland gerichtet sei, nicht fesseln lassen. Bismarck dient bei alledem primär als Kronzeuge für eine Politik der militärischen Stärke und des »divide et impera«.[58] Den Primat des Militärischen beschwor auch Papen in seiner Rede zum Reichsgründungstag am 18.1.1933.[59] Es ist hier wie in der Bismarck-Vergegenwärtigung der figuralen Denkmäler vor allem der militärisch gekleidete und auftretende Bismarck, der die Mythenbildner stimulierte. Lederers Hamburger Bismarck erschien den Zeitgenossen auch deshalb so gelungen, weil ihm »Schwert und Panzer wie angegossen« saßen.[60] Die rechte Kulturkritik überhöhte zudem die von Bismarck herbeigeführten Kriege zu Zeiten gesteigerter Moralität und idealistischer Gesinnung und beklagte den »großen grausamen Gegensatz, der sich auftat zwischen der gewaltigen Kriegsfreske«, die die Deutschen soeben in die Weltgeschichte gezogen hätten, »und der Friedenskarikatur, die zu Hause folgte«.[61]

Vor wie nach 1918 tauchte in diesen Bismarck-Beschwörungen auch das Max Weber-Argument von 1895 auf, daß dem »Jugendstreich« der Reichseinigung von 1870/71 jetzt, wenn er nicht sinnlos geblieben sein solle, eine energische Großmacht- bzw. Weltpolitik folgen müsse. Begründung und Inhalt dieser Politik sind allerdings bei Weber und Moeller ganz verschieden. Für Moeller war schon 1907 die Reichsgründung der letzte mögliche Augenblick, um einen künftigen »großen Rassestaat« vorzubereiten. Aus der von Bismarck für Deutschland erkämpften europäischen Vorherrschaft folgt im »heraufziehenden Zeitalter« der Weltmachtpolitik notwendigerweise auch die deutsche Dominanz, wenn es um »ganze Rassen- und Erdteilgegensätze« geht.[62] Als Mindestforderung ergibt sich – bei Moeller auch

57 E. Niekisch, Grundfragen deutscher Außenpolitik, Berlin 1925, S. 9f.

58 Ebd., S. 10–16.

59 Bismarcks Werk beruhe auf einem »blutvollen Begriff des preußisch-deutschen Soldatentums. Deutschland, das friedfertigste Land der Welt, wird stehen in Wehrhaftigkeit, oder es wird nicht sein«. Kreuzzeitung, 19.1.1933.

60 Kreuzzeitung, 29.7.1928.

61 Moeller van den Bruck, Die Deutschen, Bd. 7, S. 259.

62 Ebd., S. 243f.

schon vor 1914 –, daß das »unvollkommene« kleindeutsche zum großdeutschen Reich umgestaltet werden müsse. Auch dafür, also für den Anschluß Deutsch-Österreichs, muß Bismarck als Wegweiser herhalten. Er hätte – so das reichlich sonderbare Argument – unter den veränderten Umständen der Gegenwart zweifellos genau dieses Ziel eines Zusammenschlusses des Deutschen Reichs mit Deutsch-Österreich verfolgt. Während Max Weber 1895 die mangelnde politische »Erziehungsarbeit« der Deutschen durch Preußen und Bismarck in den letzten Jahrzehnten beklagt hatte, erscheint der preußische und deutsche Kanzler im Bismarckkult gerade als der Führer der Deutschen auf dem Weg zu einer machtbewußten politischen Existenz.

Es ist nur die Kehrseite dieser Medaille der Bismarck-Mythisierung, daß dann auch jede substantielle Kritik an dem Machtpolitiker Bismarck für grundsätzlich illegitim erklärt wurde. Diese Mythisierungsfigur der Kritikablehnung fällt besonders auf, wenn sie von Liberalen vorgetragen wird. Ein Volk, das seine großen Männer ehrt, ehre sich selbst, daher gelte es, »hochbegabte Führer neidlos anzuerkennen und ihre Gedanken durchführen zu helfen«. Die Nationalliberale Partei habe Bismarck treue politische Gefolgschaft geleistet, ihre Nachfolgerin, die DVP, empfinde Genugtuung über diese Einstellung ihrer Partei zu dem großen Mann.[63] Bismarck-Verehrung – das ist immer auch die Kennmarke dafür, daß man auf der richtigen Seite steht.

In dieselbe Richtung weist der Größengegensatz, in den Bismarck und seine Nachfolger notorisch gebracht wurden. Gewiß gab es diesen Gegensatz real und es ist nur zu naheliegend, daß er von den Zeitgenossen auch heftig empfunden wurde. Fatal daran ist aber, daß man sich mit äußerster Hartnäckigkeit nicht an der Normalgröße als eben dem Normalen orientierte, sondern das, wie alle wußten, Singuläre, Außeralltägliche zum Maßstab erhob. Das permanente Ausspielen Bismarcks gegen seine Nachfolger vor und nach 1918 postulierte die Permanenz des Außeralltäglichen – eine der Voraussetzungen für die Hinnahme des Maßnahmestaats und für die Permanenzerklärung des Außeralltäglichen seit 1933. Wenn von den »stümpernden Pygmäen« im Reichskanzleramt nach Bismarck die Rede ist,[64] dann wird deren Wirksamkeit von den politischen Entscheidungen der Deutschen als politischer Subjekte, von jeglicher Mitverantwortung der

63 Diese Forderung erhob ein Professor Marte aus Anlaß der Wiederkehr von Bismarcks Geburtstag in der Wochenschrift der »Mittelpartei«, (der bayerischen Variante der DVP) am 2. April 1922. Gezielt setzt sich der DVP-Mann damit von den Linksliberalen ab, in denen er »Bekrittler aus Prinzip«, »eitle Immer-alles-besser-Wisser« sieht, für die die Bekämpfung Bismarcks erst der »Befähigungsnachweis zum aufrechten Mann und zum klugen Politiker« gewesen sei. Vgl. Das Bayernblatt, 2.4.1922.

64 Münchner Neueste Nachrichten, 29.7.1928.

Vielen ebenso abgekoppelt wie die Politik des politischen Genius Bismarck selbst. Jegliche eigene politische Verantwortung für eine verfehlte Politik oder die falsche Auswahl des maßgeblichen politischen Personals wird abgelehnt – oder bestenfalls dem jeweiligen innenpolitischen Gegner zugeschoben. Die »Kreuzzeitung« zum Beispiel beantwortete am 18. Januar 1923 die selbstgestellte Frage: »Wie hat das kommen können, was jetzt geschehen ist«, ganz einfach mit: »Uns hat ein Bismarck gefehlt«. Von hier aus ist dann der Schritt nur mehr sehr kurz zur grundsätzlichen, mehr oder weniger sublim formulierten Ablehnung des politischen Systems der Weimarer Republik. »Morgen vor 30 Jahren starb Bismarck«, konnte es Ende Juli 1928 heißen, und den »Posten des Eisernen Kanzlers hat Hermann Müller inne«.[65]

Ein wesentliches Merkmal des Bismarckkults besteht schließlich in der Konzentration des Bildes des Eisernen Kanzlers auf den Außenpolitiker und politischen Kriegsheroen. Durchweg geht es in all den angeführten Hymnen und Würdigungen um den politischen Strategen der Einigungskriege, den Reichsgründer und Vorbereiter einer europäischen oder Weltvorrangstellung Deutschlands.[66] Die problematischen Aspekte des Innenpolitikers, der Kampf gegen die Sozialdemokraten und den politischen Katholizismus werden eliminiert, Bismarcks gespanntes und zeitweise von Staatsstreichplänen geprägtes Verhältnis zum Reichstag und zu den Parteien dagegen der Haben-Seite von Bismarcks Handlungsbilanz zugerechnet. Daraus sind zwei Schlußfolgerungen zu ziehen: zum einen, daß es, wie schon angedeutet, vorrangig und eindeutig um die nationalen Machtwünsche und Machtambitionen ging, wenn die Deutschen ihren Bismarck verklärten, vor 1918 und – unter massiv erschwerten Bedingungen, deswegen auch teilweise etwas herabgestimmt auf die Forderung nach Gleichberechtigung mit den Siegermächten – nach 1918; zum anderen, daß das Bild, das man sich

65 Kreuzzeitung, 29.7.1928.

66 Die Bedeutung der Mythisierung von vermeintlich oder tatsächlich nationalen Kriegen für die »invention of tradition« des modernen Nationalstaats ist in der neueren Nationalismusforschung erst spät thematisiert worden. Für die Verknüpfung nationaler Mythen mit dem militärischen Erfolg und damit eine Mythisierung des Militärs selbst vgl. S.-L. Hoffmann, Sakraler Monumentalismus um 1900. Das Leipziger Völkerschlachtdenkmal, in: R. Koselleck u. M. Jeismann (Hg.), Der politische Totenkult. Kriegerdenkmäler in der Moderne, München 1994, S. 249–280; S. Poser, Zur Rezeptionsgeschichte des Völkerschlachtdenkmals zwischen 1914 und 1989, in: K. Heller u. H. D. Schmidt, Vom Kult zur Kulisse. Das Völkerschlachtdenkmal als Gegenstand der Geschichtskultur, Leipzig 1995; J. Burckhardt, Kriegsgrund Geschichte? 1870, 1813, 1756 – Historische Argumente und Orientierungen bei Ausbruch des Ersten Weltkrieges, in: ders. (Hg.), Lange und kurze Wege in den Ersten Weltkrieg: Vier Augsburger Beiträge zur Kriegsursachenforschung, München 1996, S. 9–86; F. Becker, Bilder von Krieg und Nation. Die Einigungskriege in der bürgerlichen Öffentlichkeit Deutschlands 1864–1913, München 2001, der die mythische Verklärung der Erinnerung an die Einigungskriege für die Militarisierung des Reichsnationalismus nach 1871 verantwortlich macht.

von Bismarck machte, in der eigenen jeweiligen Wahrnehmung widerspruchsfrei, also prinzipiell undifferenziert zu sein hatte. Der mythisierte Bismarck vertrug keine Unterscheidung in große und weniger große Eigenschaften, in Erkenntniskraft und Irrtum, in Souveränität und Kleinlichkeit, in richtige und falsche Politik.

III. Der Mythos-Charakter des dominierenden Bismarckbildes im historisch-politischen Weltbild des deutschen Bürgertums konstituiert sich also im wesentlichen aus folgenden Faktoren: der prätendierten Zeitlosigkeit oder – positiv formuliert – dem Ewigkeitscharakter der Bismarckschen Leistung und der Vorbildhaftigkeit seines Handelns; der Widerspruchsfreiheit sowohl von Bismarcks Handeln als auch seines Charakters; der Versöhnung aller politischen, darüber hinaus aber auch aller geschichtlichen, geographischen, kulturellen Gegensätze in seiner Person, symbolisch für Deutschland und die Deutschen überhaupt: von alt und neu, von Nord und Süd, von »Herz und Vernunft«,[67] von Idealismus und Realismus[68] und was der Phantasmen sonst noch alle sind. Was der Mythos für die Mythenbildner leistete, ist unschwer zu erkennen. Zum einen: die »tägliche Zwietracht« zu vergessen, »die uns trennt«.[69] Zum anderen: die Reduktion von Komplexität durch Personalisierung. Alle Probleme sind ganz einfach zu lösen, alle weiterreichenden Analysen unnötig, wenn sie ausschließlich durch den Charakter und Willen eines Mannes entschieden werden.[70] Zum dritten: die Entlastung von eigener Verantwortung, wenn die politischen Entscheidungen in der Hand eines Mannes liegen, der jenseits aller konkreten politischen und gesellschaftlichen Bedingungen und Abhängigkeiten steht. Auch die konkrete historische Bedingung dieser Mythisierung des ehemaligen Reichskanzlers ist in wesentlichen Punkten unschwer zu fassen: Es ist die Legitimitätskrise des politischen Systems, in die das Kaiserreich seit der Mitte der 1890er Jahre geraten war und die dann durch Mißerfolge der deutschen Weltmachtpolitik und Mißstände des persönlichen Regiments Wilhelms II. im Jahrzehnt vor 1914 neue Nahrung erhielt,[71] und es ist ver-

67 Vgl. Parr, Zwei Seelen, S. 55ff.

68 Ebd., S. 19ff.

69 Zit. nach Dorrmann, Das Bismarck-Nationaldenkmal, S. 1076.

70 Die »Fähigkeit« zur Reduktion als spezifische Qualität des Mythos ist zutreffend gefaßt bei H. Münkler, Antifaschismus, S. 19, 20; ansatzweise auch schon ders. u. W. Storch, Siegfrieden. Politik mit einem nationalen Mythos, Berlin 1988; Münkler unterscheidet erstens die Reduktion von Kontingenz, zweitens die Komplexitäts-Reduktion und drittens die Loyalitäts-Reduktion im politischen Mythos.

71 Vgl. Hardtwig, Erinnerung, Wissenschaft, Mythos, S. 259.

stärkt die permanente Legitimitätskrise der demokratischen Republik von Weimar vom Moment ihrer Entstehung an.[72]

Versucht man, die einzelnen Elemente dieses Mythisierungsvorgangs noch genauer zu bestimmen, so fallen drei Aspekte ins Auge. 1. Die Anknüpfung an das spezifisch historistische Theorem des Borussianismus. 2. Die Krise des historistischen Deutungsmodells und damit die Enthistorisierung der Person Bismarcks. Und 3. die Charismatisierung des Wunschbildes von politischer Herrschaft. Der *erste* Punkt, die Anknüpfung an den Borussianismus, bedarf keiner umfänglichen Erläuterung. Wenn der Borussianismus Preußen zum beherrschenden Mittelpunkt des neuen Reiches erklärt hatte, wenn er den »Hang zur Personalisierung von Herrschaft« gefördert, wenn er das »Identitätsbewußtsein der Nation im machtstaatlich-militaristischen Sinn« geprägt, wenn er das gefördert hatte, was man »Metaphysierung« der Politik nennen kann,[73] so schließt die Mythisierung Bismarcks unmittelbar an dieses machtvolle und weitverbreitete Deutungsschema der preußisch-deutschen Geschichte aus den 1840er bis 80er Jahren an. Wie tief und vor allem wie lange es das historisch-politische Bewußtsein vieler Deutschen prägte, erhellt schlaglichtartig die Ansprache des Landtagspräsidenten und – nach der Machtergreifung – preußischen Justizministers Kerrl von der NSDAP im Preußischen Landtag am 18. Januar 1933. »Das neue Deutsche Reich habe alle Mächte und Kräfte zusammengeballt; die Tat Bismarcks sei aber nur möglich gewesen durch die Großtaten der preußischen Herrscher, vom Großen Kurfürsten bis zu den Königen und dank der Vorarbeiten des Freiherrn von Stein«.[74]

So sehr der Bismarck-Mythos auf dem Borussianismus aufruht, so sehr dokumentiert er doch *zweitens* gleichzeitig eine Enthistorisierung des Denkens und steht damit für die Krise des Historismus. Denn mit dem historischen Bismarck hat dieser phantasierte, monumentalisierte Bismarck nur sehr wenig gemein. Vielmehr dient Bismarck hier vorwiegend als Projektionsfläche für die Machtphantasien seiner Verehrer, die unter jeweils unterschiedlich begründeten und akzentuierten, zum Teil auch historisch durchaus verstehbaren nationalen Ohnmachtsgefühlen litten und sie ohne Gegenkontrolle durch ein einigermaßen präzises historisches Wissen überhand-nehmen ließen. Der bewußtseinsgeschichtliche Fundamentalprozeß der Krise des Historismus seit dem späten 19. Jahrhundert und die massiven

72 Dazu D. J. K. Peukert, Die Weimarer Republik. Krisenjahre der Klassischen Moderne, Frankfurt 1987.

73 W. Hardtwig, Von Preußens Aufgabe in Deutschland zu Deutschlands Aufgabe in der Welt. Liberalismus und borrussianisches Geschichtsbild zwischen Revolution und Imperialismus, in: ders., Geschichtskultur und Wissenschaft, München 1990, S. 103–160, bes. S. 157f.

74 Referiert nach Berliner Lokal-Anzeiger. Zentralorgan für die Reichshauptstadt, Abendausgabe, 18.1.1933.

Störungen des politischen Selbstbewußtseins bei zahlreichen deutschen Bürgern seit den 1890er Jahren, verstärkt seit 1918, überschnitten und verstärkten sich gegenseitig.[75] Es war das Schicksal dieser Generation, daß sie – wie das Beispiel Max Webers zeigt – vom bedrückenden Gefühl ihrer Epigonalität beherrscht wurde und daß gleichzeitig die historische Überlieferung an Orientierungskraft eingebüßt hatte. Wenn Heinrich Rickert und Georg Simmel beklagt hatten, daß der Historismus das praktische Handlungsinteresse der Beliebigkeit der »Kulturwerte« ausliefere, und damit das Argument Nietzsches in erkenntnistheoretische Termini faßten, daß die moderne Bildung eben deshalb nichts Lebendiges sei, weil sie sich ohne den Gegensatz von innen und außen nicht begreifen lasse,[76] so kam jetzt verschärfend hinzu, daß die neukonservativen Kulturkritiker wie Moeller van den Bruck oder Oswald Spengler sich überhaupt nicht mehr auf das Kontinuum von Kulturwerten aus der Vergangenheit stützten, sondern auf die Ideologeme der Gegenwart, die nicht durch ein historisch-kritisch fundiertes Geschichtswissen gefiltert und kontrolliert wurden. So entstand dann eben der »sozialistische Imperialist« Bismarck, der großdeutsche Bismarck, der Bismarck der »Rassenation« und der »Erdteilkämpfe«.

Der Tendenz zur Enthistorisierung als Mythisierung korrespondiert *drittens* das Vordringen charismatischer Heilserwartungen in den politischen Hoffnungen der Systemkritiker schon des Kaiserreichs und dann, verstärkt, der Weimarer Republik. Charismatiker sind bekanntlich, Max Weber zufolge, die natürlichen Leiter in psychischer, physischer, ökonomischer, ethischer, religiöser Not; sie sind weder angestellte Amtspersonen, noch Inhaber eines als Fachwissen erlernten und gegen Entgelt ausgeübten »Berufs«, sondern Träger spezifischer, als übernatürlich gedachter Gaben des Körpers und des Geistes.[77] Der mythisierte Bismarck ist der Träger übernatürlicher Gaben schlechthin und auch die ergänzenden Bestimmungen, die Max Weber einführt, zeigen den mythisierten Bismarck als den Charismatiker par excellence: die Konzentration außerordentlicher Einzelfähigkeiten, die Außeralltäglichkeit des Auftretens und Wirkens, der Vorrang der Bewegung vor der Stetigkeit und die religiösen Konnotationen eines Heils-

75 Vgl. dazu ausführlicher W. Hardtwig, Die Krise des Geschichtsbewußtseins und der Aufstieg des Nationalsozialismus, in: ders., Hochkultur des bürgerlichen Zeitalters, Göttingen 2004, S. 77–102; vgl. auch G. Hübinger, Geschichtsmythen in »völkischer Bewegung« und »konservativer Revolution«. Nationalistische Wirkungen historischer Sinnbildung, in: H. W. Blanke u.a. (Hg.), Dimensionen der Historik. FS. J. Rüsen, Köln 1998, S. 93–104; H. Berding, Völkische Erinnerungskultur und nationale Mythenbildung zwischen dem Kaiserreich und dem »Dritten Reich«, in: ebd., S. 83–91; Berding verfolgt vor allem den Germanenmythos in Denkmal, Literatur und Musik.

76 Vgl. Hardtwig, Erinnerung, Wissenschaft, Mythos, S. 252ff.

77 M. Weber, Wirtschaft und Gesellschaft. Grundriß der verstehenden Soziologie, Studienausgabe, hg. v. J. Winckelmann, l. Halbbd., Köln o. J., S. 179ff.

bringers. Die charismatische Begabung stößt ins Leere, wenn ihr nicht ein aus aktueller Krisenerfahrung geprägtes Verehrungsverlangen entgegenkommt. Heinrich Claß, der Anführer der Alldeutschen, war sich schon 1912 »gewiß, daß er kommen wird der neue Bismarck. Ich sagte, die Reihen der Streiter für die Reform haben sich geschlossen – sie warten des Führers. Geduld, Geduld, er wird nicht ausbleiben. Harret und arbeitet – vielleicht soll nach dem Schlusse der Vorsehung die Saat erst reifen; nur eine ›Diktatur‹ kann das Vaterland noch retten. Als Diktator wird der mit der Kraft der Seele und Geistes Begnadeteste aus eigenem Rechte kommen – ersehnt von allen Guten im Volke, unterstützt von allen Erkennenden, getragen von dem Vertrauen der Gesundgebliebenen, die nach so langer führerlosen Zeit auf den Führer warten«.[78]

Zweifellos dominiert die Neigung zur Mythisierung der Reichsgründergestalt das bürgerliche Geschichtsbild der zwanziger Jahre. Am ungebrochensten kommt sie bei den Vertretern der »Konservativen Revolution« zum Ausdruck. Nur geringfügig differenziert findet sie ihren Niederschlag auch in den historisch-politischen Reflexionen derjenigen Parteiblätter, die das Denken der politischen Parteien rechts der Mitte zum Ausdruck bringen. Bei einer Gesamtbeurteilung darf jedoch nicht außer acht bleiben, daß das Bismarck-Bild des Zentrums und der Linksliberalen sowie natürlich der Sozialdemokraten deutlich kritischere Züge aufweist als das der sogenannten »nationalen Opposition«, also des republikfeindlichen Lagers und des liberal-konservativen politischen Milieus, für das die DVP steht.[79]

Die Sozialdemokraten lösten sich zwar im Rückblick auf den Reichsgründer und seine Leistungen von der puren Gegnerschaft, die Bismarcks Kampf gegen die Linke erzwungen hatte. Aber im ganzen dominierte doch nach wie vor die vor allem aus den Sozialistengesetzen begründete Gegnerschaft. Darüber hinaus hielten sich in der SPD auch deutliche kritische Vorbehalte gegenüber der Bismarckschen Außenpolitik. So nahm der SPD-Abgeordnete Müller (Breslau) in der Debatte der Nationalversammlung am 12. Mai 1919 nach der Regierungserklärung Philip Scheidemanns, in der dieser den Entwurf des Versailler Vertrags als »unannehmbar« bezeichnet hatte, Bismarck als Kronzeugen für ein verfehltes Siegerverhalten und einen verderblichen Nationalismus und Annexionismus in Anspruch: »Europa soll doch bedenken, welche Folgen es gehabt hat, daß Bismarck im Jahre 1871 Elsaß-Lothringen zu Deutschland geschlagen hat, ohne die Bevölkerung zu fragen (Sehr wahr! Bei den Sozialdemokraten, Zurufe und

78 Zit. nach Schreiner, »Wann kommt der Retter Deutschlands?«, S. 123.

79 Sehr kursorisch ist der Hinweis auf den Bismarckkult bei H.-U. Wehler, Deutsche Gesellschaftsgeschichte 1914–49, München 2003, S. 934f., zumal angesichts der Bedeutung, die der Mythisierung Bismarcks angesichts der exklusiv gemachten These von der »charismatischen Herrschaft« Hitlers bei Wehler zufällt.

Unruhe rechts). Eben den gleichen Fehler begingen gerade jetzt die Alliierten Regierungen an allen Ecken und Enden des zentralen Europas«.[80]

Die Linksliberalen betonten demgegenüber gerade die rationale Kontrolliertheit der Bismarckschen Außenpolitik und stellten sie dem Maximalismus der »nationalen Opposition« entgegen. Wie für die Mythisierer von rechts blieb Bismarck auch für den Linksliberalismus Vorbild und Orientierungsinstanz einer nationalen Machtpolitik und auch hier findet sich der am prägnantesten und wirkungsreichsten von Ernst von Wildenbruch besungene Topos vom »Bismarck in uns«, dem Bismarck, der für die Gegenwärtigen nicht tot sein könne. Aber sogleich folgt dann die Erinnerung an die Klage der liberalen Zeitgenossen Bismarcks, daß das Riesenmaß der Bismarckschen Persönlichkeit alle anderen Akteure seiner Epoche überschattet habe; jeder Art von Heroenkult sei entgegenzutreten.[81] Daran schließt sich der Rekurs auf wesentliche Merkmale des historisch-realen gegenüber dem mythisierend mißdeuteten Bismarck, gewendet vor allem gegen die Über betonung des uniformierten, also militaristischen, und gegen das Konstrukt eines annexionistischen Bismarck. Vielmehr steht Bismarck hier für »Mäßigung und Verständigung« und für die hohe Kunst einer in ihren Zielen und Mitteln konsequent durchdachten Außenpolitik, die von seinen Nachfolgern nicht mehr verstanden worden sei. In der Bilanz der Bismarckschen Innenpolitik überwiegen ganz die kritischen Aspekte: beklagt werden die »großen Fehler« des Kulturkampfs, wobei sich die Kritik vor allem darauf richtet, daß Bismarck durch den Kulturkampf die Katholiken politisch »zusammengeschmiedet« habe; der Mißgriff des Sozialistengesetzes, das den Sozialdemokraten »nur ungeheuren Nutzen gebracht« habe; Bismarcks erfolgreiche Politik der Spaltung des liberalen Bürgertums; und schließlich die »mangelnde parlamentarische Schulung des deutschen Volkes«, die auch nicht dadurch wettgemacht werde, daß sich Bismarck nach seinem Sturz für eine Erweiterung der Rechte des Reichstags und eine Beschränkung der kaiserlichen Macht eingesetzt habe. Bismarck bleibt in dieser Perspektive eine »überragende« Gestalt, aber anders als bei den Mythisierern schließen sich Anerkennung und der Hinweis auf »einzelne Fehler und Irrtümer« nicht aus.[82] Damit führen die Linksliberalen eine Tradition kritischer und satirischer Auseinandersetzung mit Bismarck weiter, die vereinzelt schon in den Jahren zwischen Bismarcks Sturz und Tod aufgetreten war. So hatte z.B. die »Jugend«[83] unter dem Titel »Im Sachsenwald. Zum 1. April« ein Gedicht abgedruckt, das ein fiktives Gespräch eines jungen Bismarck-

80 Verhandlungen der Verfassunggebenden Deutschen Nationalversammlung, Bd. 327, Stenographische Berichte, Berlin 1920, S. 1085.

81 8-Uhr-Abendblatt. Nationalzeitung, Berlin, 28.7.1928.

82 Ebd.

83 Jugend 1.1998, S. 226.

verehrers mit dem Alten vom Sachsenwald resümiert und dessen Tenor darauf hinausläuft, daß Bismarck für die gegenwärtigen Fragen der Politik keine Antworten mehr bereit habe, hauptsächlich seinen eigenen Mythos kultiviere und sich im übrigen auf die unterwürfige Hörigkeit seiner Bewunderer verlasse.

IV. Wie die angeführten Beispiele und Belege zeigen, sind Weltanschauungs-Denker der »Konservativen Revolution« wie Moeller van den Bruck und Spengler die radikalsten Konstrukteure des Bismarck-Mythos – trotz ihrer Ablehnung einer Rückkehr zur Verfassung des Kaiserreichs nach dessen Ende. Die Chancen, die Bismarcks Gestalt zur Charismatisierung der Herrschaftsvorstellung bot, überwogen die Nachteile seiner Identifizierbarkeit mit altkonservativen Inhalten. Für die Breitenwirkung des Mythos dürften allerdings die Zeitungen wichtiger gewesen sein als die – wenn auch vielgelesenen – Schriften der neukonservativen Theoretiker. Selbstverständlich beteiligten sich auch die professionellen Historiker in den Jahren zwischen 1918 und 1933 an dieser mythisierenden »invention of tradition«[84]. Daher sollen sie auch in die Bestandsaufnahme des Bismarck-Mythos in der Weimarer Republik einbezogen werden, allerdings nicht mit ihren umfangreichen Bismarck-Biographien und -monographien, sondern mit ihren Vorträgen, Reden und Aufsätzen, die sich noch entschiedener als die Biographien nicht nur an die historische Zunft, sondern an ein breiteres Publikum richteten.

Auch die von Berufs wegen zu kritischer Distanz verpflichteten Historiker sind den Gefahren einer Mythisierung Bismarcks vielfach erlegen. Der Bismarck-Spezialist Erich Marcks sprach in einem Vortrag auf den Hochschulwochen für preußische Verwaltungsbeamte 1923 von der »riesenhaften Herrscherpersönlichkeit« Bismarcks und seiner »weisen, starken, großen Monarchie«[85] und in einem Vortrag vor den Deutschen Vereinen in Stockholm zur Feier des Reichsgründungstages 1924 schreckte er nicht vor der Formulierung zurück, daß mit Bismarck nach Jahrhunderten deutschen politischen Elends die »Erlösung« gekommen sei.[86] Die Neigung zur Mythisierung Bismarcks tritt überall dort hervor, wo das in den zwanziger Jahren dominierende, späthistoristische monumentalische Interesse an der

84 Der Begriff der »invention of tradition« ist hier verwendet im Sinne der angelsächsischen Nationalismusforschung, vgl. insbes. B. Anderson, Die Erfindung der Nation. Zur Karriere eines folgenreichen Konzepts, Frankfurt 1988 (engl. 1983).

85 E. Marcks, Geschichte und Gegenwart. Fünf historisch-politische Reden, Stuttgart 1925, S. 147.

86 E. Marcks, Tiefpunkte des deutschen Schicksals in der Neuzeit. Vortrag vor den Deutschen Vereinen in Stockholm zur Feier des 18. Januars 1924, abgedr., in: ebd., S. 83.

Geschichte als eines »Mittels gegen die Resignation«[87] sich der Person Bismarcks bemächtigte und die kritischen Kontrollen überwältigte.[88] Hermann Oncken geriet in seiner Rede zur Reichsgründungsfeier der Universität München am 18. Januar 1926 in fatale Nähe zu den Genealogien Moeller van den Brucks, als er Bismarck »für alle Zeiten neben [die] großen Kaiser des Mittelalters« stellte. Andererseits reflektierte er in derselben Rede die Gefahren einer mythisierenden Enthistorisierung Bismarcks und kritisierte ausdrücklich die Annäherung des Bismarck-Mythos an den Mythos vom »verborgenen Kaiser im Kyffhäuser, auf dessen Wiederkunft ein guter Deutscher harren müsse«. Die Deutschen seien, »aus Antrieben der Ehre und Treue«, in der Tradition des Kaiserreichs erstarrt. Sie müßten daher notwendigerweise zur gegenwärtigen politischen Tagesarbeit in einen Gegensatz geraten. Diese könnten viele offenbar nur in romantisierender Stimmung ertragen, während es doch gerade angesichts der harten politischen Realität jede romantische Anwandlung zu überwinden gelte.[89] Andererseits erklärte auch Oncken Bismarck zum virtuellen Großdeutschen.[90] Oncken ist überhaupt ein sehr gutes Beispiel für den Widerstreit von Mythisierungs- und kritischen Kontrollimpulsen. Wie auch Erich Marcks hielt er Bismarcks Konzepte und Rezepte nicht einfach für übertragbar auf die Situation der Weimarer Republik. Anders als die ungebremsten Mythisierer erwähnte Marcks wenigstens, daß Bismarck sein Werk im Bündnis mit der »sozialen Hauptkraft« seiner Epoche, dem »gemäßigt-liberalen und nationalen« Bürgertum geschaffen und im übrigen seine Zeitgenossen mit »belastender Übergröße« überragt habe.[91]

87 Das Zitat aus F. Nietzsche, Vom Nutzen und Nachteil der Historie für das Leben (1874), hier zit. nach dem Abdr. in: W. Hardtwig (Hg.), Über das Studium der Geschichte, München 1990, S. 165.

88 Vgl. auch Schreiner, »Wann kommt der Retter Deutschlands«, S. 130.

89 H. Oncken, Deutsche Vergangenheit und Zukunft. Rede bei der Reichsgründungsfeier der Universität München am 18. Januar 1926, in: ders., Nation und Geschichte. Reden und Aufsätze 1919–1935, Berlin 1935, S. 36, 72.

90 Ders., Die Wiedergeburt der großdeutschen Idee, 1921, in: ebd., S. 45–70; hier bezieht sich Oncken auch ausdrücklich auf die historischen Genealogien Oswald Spenglers, der eine »geistvolle historische Linie« von Heinrich dem Löwen über Luther bis Bismarck gezogen habe - den drei Norddeutschen, die am stärksten auf die »Gesamtgeschicke unserer Nation« eingewirkt hätten; ähnlich willkürlich verfährt Oncken, wenn er sich die »Seele des deutschen Reichsgründers« nicht ohne den »glühenden Kern idealistischen nationalen Wollens« vorzustellen vermag, in: ders., Deutsche Vergangenheit und Zukunft, S. 75.

91 Ders., Preußen als Gebilde der auswärtigen Politik, in: ebd., S.142; ders., Tiefpunkte des deutschen Schicksals in der Neuzeit, in: ebd., S. 102. Dem Wunschbild eines neuen Großdeutschland näherte sich kurzfristig selbst Franz Schnabel in einem Aufsatz von 1933, »Das Werden des Reiches«, in: Deutsches Volk. Katholische Monatsschrift für sozialen Aufbau und nationale Erziehung 1.1933/34, wieder in: F. Schnabel, Abhandlungen und Vorträge 1914 bis 1965, hg. v. H. Lutz, Freiburg 1970, S. 117–133.

Auch über die Haltbarkeit der Bismarckschen Reichsschöpfung gab es durchaus unterschiedliche Meinungen: Gerhard Ritter betonte 1928 in der öffentlichen Reichsgründungsfeier in Freiburg zwar, daß das Bismarcksche Werk die Zeiten überdauere, sprach aber gleichzeitig von dessen zeitgebundenen und vergänglichen Elementen, der Notwendigkeit »nüchterner, rücksichtsloser Kritik« am Bismarck-Reich, verlangte, das Bestehende »organisch« weiterzuentwickeln und kennzeichnete die Bismarcksche Reichsgründung im ganzen als »Ausgleich einander vielfältig entgegenstrebender politischer Mächte«, also als »Kompromiß«.[92] Sehr entschieden und differenziert äußerte sich schon 1918 Friedrich Meinecke, nachdem er 1912 in einem Zeitungsartikel noch die »temporäre Vertrauensdiktatur« als die »spezifisch moderne Verwaltungs- und Regierungsform«, die mit der Monarchie wirksam zusammenarbeiten könne, gefordert und sich dabei auf Wilhelm I. und Bismarck als das »großartigste Beispiel einer solchen Verbindung« bezogen hatte.[93] Zwar attestierte er dem von Bismarck geschaffenen Preußen-Deutschland eine »ungeheure Kraftleistung« im Weltkrieg, doch sah er es jetzt am Ende und dem »neuen Volksstaat« Platz machen. Bismarcks Deutschland sei zwar für Neuerungen sehr viel offener gewesen als das Preußen Friedrichs des Großen – Meinecke sprach von seinen »liberalen und demokratischen Konzessionen und Ventilen«, der Sozialreform und überhaupt einem »Schritthalten mit gewissen modernen Bedürfnissen und Entwicklungen« –, aber er kritisierte dann doch massive Defizite an Integrationskraft, so vor allem die falsche Taktik Bismarcks im Kampf gegen die Sozialdemokraten und eine Entfremdung der »Massen« vom Staat. Jetzt sei es notwendig, den »demokratischen Zukunftskräften« mehr Raum zu geben.[94] Ein Hinweis auf Bismarcks Unfähigkeit zur Integration der Arbeiterschaft, fehlt auch bei Erich Marcks nicht; allerdings wird dieses Defizit mit einem transhistorischen »deutschen Schicksal« begründet.[95]

Vereinzelt konnte es sogar vorkommen, daß der Reichsgründer als Traditionsstifter für Errungenschaften der Weimarer Verfassung positiv in Anspruch genommen wurde. Meinecke forderte im Februar 1919, den »Bismarckschen Gedanken der kraftvollen Reichskanzlerschaft« zu erhalten.[96]

92 G. Ritter, Bismarcks Reichsgründung und die Aufgaben deutscher Zukunft, in: Ein Wort an Bismarcks »Großdeutsche« Kritiker, Festrede, gehalten am 18. Januar 1928 in der Öffentlichen Reichsgründungsfeier zu Freiburg i. Br., Sonderabdr. aus der Breisgauer Zeitung, 20.1.1928.

93 Meinecke, Der Sinn unseres Wahlkampfes, S. 51.

94 Ders., Das alte und das neue Deutschland, zuerst erschienen in der »Großdeutschen« (früher Norddeutschen) Allgemeinen Zeitung, 30.11.1918, abgedruckt in: ders., Politische Schriften und Reden, Zitate S. 265ff.

95 E. Marcks, Die Bismarckzeit (1958–1990), in: ders., Auf- und Niedergang im deutschen Schicksal. Fünf Rundfunkvorträge vor dem Deutschlandsender, Berlin 1927, S. 22f.

96 F. Meinecke, Bemerkungen zum Entwurf der Reichsverfassung, in: ders., Politische Schriften und Reden, S. 311.

Franz Schnabel berief sich nach dem Preußenschlag Papens in dem Aufsatz »Neudeutsche Reichsreform« auf die föderativen Elemente der Bismarckschen Reichsverfassung und verlangte, zu Bismarcks Respekt vor dem historisch Gewachsenen und seinen – natürlich stark idealisierten – behutsamen Methoden zurückzukehren.[97] Auch Meinecke forderte in der Reichsreformdebatte die Rückbesinnung auf die Bismarcksche Reichskonstruktion, betonte aber sehr viel stärker als Schnabel die Notwendigkeit einer starken Stellung Preußens, die zwar nicht ideal, im ganzen aber doch eine geeignete Lösung gewesen sei.[98]

Insgesamt dominierte in der Bismarck-Publizistik ganz eindeutig der Außenpolitiker und politisch-militärische Reichsgründer Bismarck. In der liberal-konservativen, konservativen und konservativ-revolutionären Publizistik ist ein auch nur oberflächliches Eingehen auf Bismarcks Innenpolitik und ihre Schwächen, den Kampf gegen die »Reichsfeinde« – Sozialdemokratie oder Zentrum – die große Ausnahme. Lediglich Moeller van den Bruck hatte schon vor dem Weltkrieg Bismarcks »Sozialpolitik« gestreift und sie als unzulänglich kritisiert.[99] Hier zeigt die Publizistik der Historiker ein deutlich differenzierteres Bild, obgleich auch bei ihnen der Außenpolitiker Bismarck deutlich im Vordergrund steht. Immerhin dient die Berufung auf Bismarck hier dazu, »Realismus«, Einsicht in die Bedingtheiten jeder deutschen Außenpolitik und sogar »Bescheidung« als Tugend außenpolitischen Handelns in Erinnerung zu rufen. Auch in der Historiker-Deutung entging Bismarck dabei aber nicht der Gefahr des mythisierenden Denkens, eine Allzuständigkeit Bismarcks und damit eine Orientierungsfunktion für eine Generallösung aller Probleme annehmen zu müssen. Auch in der Wortwahl drang ein Verehrungsbedürfnis durch, das auf den Primat eines monumentalischen Geschichtsinteresses verweist und die Grenze zur mythisierenden Enthistorisierung vielfach überschreitet. Für Erich Marcks war der »auswärtige Staatsmann« Bismarck, der größte aller deutschen Diplomaten, ein »Gewaltiger«, der aber doch nur mit der »stärksten Selbstbeherrschung« agiert habe; als »vollendeter Meister« der äußeren Politik habe Bismarck mit »allseitiger Weite und selbstsicherer Bescheidung, mit durchgreifender Stärke und reiner Sachlichkeit, mit jener überlegenen und gewissenhaften Scheu vor den natürlichen, den geographisch gegebenen Grundlagen und Schranken seiner deutschen Macht« gehandelt.[100] Damit

97 F. Schnabel, »Bismarck hat das Reich föderalistisch gestaltet«, Neudeutsche Reichsreform, in: Hochland 30.1932 und in: Badischer Beobachter, 7./8.10.1932, hier zit. nach: ders., Abhandlungen und Vorträge, S. 106f., 109f.

98 F. Meinecke, Das Reich der Zukunft, in: Kölnische Zeitung, 18.1.[!]1931, wieder in: ders., Politische Schriften und Reden, S. 447ff.

99 Moeller van den Bruck, Die Deutschen, Bd. 7, S. 269ff.

100 Marcks, Preußen als Gebilde der auswärtigen Politik, S. 139, 141, 147.

verweist Marcks immerhin auf die Funktionsmechanismen einer gesamteuropäischen Ordnung und auf in ihnen begründete Zwänge, die eine erfolgreiche deutsche Außenpolitik zu respektieren habe. Auch Hermann Oncken unterstrich die »Selbstbeherrschung« und das »Verantwortlichkeitsgefühl ohnegleichen«, mit denen Bismarck 1867–1871 seine Einigungspolitik betrieben habe; diese konnte nur gelingen, weil er die »mitteleuropäische Situation der Deutschen« als »entscheidende Lebensvoraussetzung« jeder deutschen Außenpolitik durchschaut habe.[101] Konkret diente die Berufung auf den Realismus von Bismarcks »Stil« in diesem Fall auch dazu, den Eintritt Deutschlands in den Völkerbund zu verteidigen und von der deutschen Mitwirkung dessen Transformation von einer reinen Siegerorganisation in ein »gerechtes Ausgleichsorgan« zu erwarten.[102]

Schließlich sei ein letzter Aspekt der Bismarckverehrung erwähnt, der zur politisch so problematischen Wirkung des Bismarckkults in der Weimarer Republik wesentlich hinzugehört: das Ausspielen des überragenden, für die Gegenwart zur Allkompetenz und zu absoluter Vorbildhaftigkeit gesteigerten Bismarck gegen eine vermeintliche Apolitie, einen bequemen politischen Quietismus »der« Deutschen. Gerade dieses Motiv der Mythenkonstrukteure findet sich bevorzugt auch bei den Historikern. Bismarck weckt die Deutschen aus dem »Michelschlaf« kleinstaatlicher Selbstgenügsamkeit und bloß kulturschöpferischer Existenz.[103] Dieser Topos verrät deutlicher noch als die anderen geläufigen Denkfiguren im Kontext der Bismarck-Mythisierung eine zwar nicht der Absicht, aber der Wirkung nach antipartizipatorische Kehrseite der Heroenverehrung: die auffällige Selbstverachtung, ja man könnte zugespitzt sagen: geradezu den Selbsthaß vieler bewundernd zu Bismarck aufblickender Deutscher. Bismarcks vermeintliche rasche Entschlossenheit, seine Härte und Energie, sein Tatendrang wurden immer wieder ausgespielt gegen die vermeintliche »Ruhseligkeit« und politische Gleichgültigkeit der Deutschen im 19. Jahrhundert, auch und gerade im Reichsgründungsjahrzehnt. Dieser Gedanke findet sich bei Gerhard Ritter, bei Friedrich Meinecke und natürlich bei Erich Marcks. Anders als Bismarck – so Marcks – war das deutsche Bürgertum eben nicht fähig gewesen, sich politisch durchzusetzen.[104] Bismarck hat in dieser Sicht die deutsche Einheit gegen die entweder widerstrebenden, oder – schlimmer noch – desinteressierten Deutschen erkämpfen müssen; er hat »sein Volk erzogen und gelehrt und hat es für Reich und Einheit und Macht gewon-

101 Oncken, Das deutsche Schicksal (1923), in: ders., Nation und Geschichte, S. 36, 76.
102 Oncken, Deutsche Vergangenheit und Zukunft, in: ebd., S. 86, 88.
103 Ritter, Bismarcks Reichsgründung, S. 18.
104 Marcks, Die Bismarckzeit, S. 23.

nen«.[105] Mit geradezu physikalischer Gesetzmäßigkeit werden in dieser Argumentation die Deutschen als politische Subjekte, als Bürger in dem Maße verkleinert und verächtlich gemacht, in dem das weltgeschichtliche Individuum Bismarck vergrößert und glorifiziert wird. Jacob Burckhardt hat in seiner Theorie der historischen Größe den hier waltenden Zusammenhang mit aller Deutlichkeit aufgedeckt: »Wir entdecken in uns ein Gefühl der unechtesten Art: ein Bedürfnis der Unterwürfigkeit und des Staunens, ein Verlangen, uns an einem für groß gehaltenen Eindruck zu berauschen und darüber zu phantasieren. Ganze Völker können auf solche Weise ihre Erniedrigung rechtfertigen, auf die Gefahr, daß sie falsche Götter angebetet haben«.[106]

Allerdings konnte Bismarck auch mit anderer Stoßrichtung, nämlich als Kronzeuge für die Forderung nach Zivilcourage in Anspruch genommen werden – freilich nur ganz vereinzelt, durch den demokratisch-liberalen Außenseiter Franz Schnabel. Schon Bismarck habe »sorgend erkannt«, daß es den Deutschen an jener Zivilcourage gefehlt habe, »die den einzelnen veranlaßt, zeitig auf Besserung zu dringen, auch wenn er dadurch sich selbst in seinem Kreise unbeliebt macht«. Dazu paßt die ganz ungewöhnliche Kontinuitätslinie, die Schnabel von Bismarck zu Friedrich Ebert zog: Bismarck habe den Reichsgedanken in Deutschland etabliert, aber vor allem Ebert habe die Einheit der Nation nach der Revolution bewahrt und ausgebaut.[107]

V. Die irritierenden Befunde zum geschichtswissenschaftlichen Bismarck-Bild während der Weimarer Republik deuten darauf hin, daß sich mythische und geschichtswissenschaftliche Erzählweise in der Tat nicht wirklich

105 E. Marcks, Tiefpunkte des deutschen Schicksals in der Neuzeit, S. 102f. Als signifikantes Beispiel für die Denkweise deutscher Historiker sei hier auch eine briefliche Äußerung von S. A. Kaehler anläßlich der Wahl Hindenburgs zum Reichspräsidenten 1925 herausgegriffen. Kaehler beklagt die »formlose Seelenbeschaffenheit, mit welcher die Generation von 1870 die Reichsgründung begleitete oder aufnahm. Die Dämonie der B[ismarck]schen Problematik steht doch wie ein erratischer Findling mitten in dem kernlosen Matsch des durch und trotz ›Geschichte‹ hemmungslos formlosen Optimismus der damals lebenden Generation«. Kaehler ergänzt dann seine Beschimpfung der Reichsgründergeneration durch eine scharfe Polemik gegen die darauffolgende Generation des Wilhelminischen Deutschland. Bezogen auf die Gegenwart von 1925, die Kaehler diese Worte eingibt, heißt das: »Kernig« ist Hindenburg, aber nicht das deutsche Bürgertum, in: S. A. Kaehler, Briefe, 1900–1963, hg. v. W. Bußmann u. G. Grünthal, Boppard a. Rh. 1993, S. 203.

106 J. Burckhardt, Die Individuen und das Allgemeine (Die historische Größe), in: Über das Studium der Geschichte, hg. v. P. Ganz, München 1982, S. 377.

107 Vgl. F. Schnabel, 10 Jahre nach dem Kriege. Rede gehalten bei der Neujahrsfeier der Badischen Staatsregierung im Landestheater zu Karlsruhe am 1. Januar 1929, in: ders., Abhandlungen und Vorträge, S. 94–105, hier S. 95, 99.

trennscharf abgrenzen oder gar gegeneinander lassen.[108] Wesentliche Inhalte und Akzente der Sinngebung in der Präsentation von Persönlichkeit, Wirkung und Bedeutung Bismarcks sind identisch, die Funktionen von mythischer und wissenschaftlicher Geschichtserzählung decken sich weithin. Hier wie dort bieten sie Orientierungswissen im dynamischen Wandel der neuzeitlich bewegten Geschichte. Gleichwohl sollten die Unterschiede zwischen beiden Zugangsweisen zur Vergangenheit nicht übersehen werden; sie stehen in direkter Korrelation zu dem, was wir die wissenschaftliche Qualität der Erzählung nennen. Auch die Präsentation von Orientierungswissen unterliegt den Differenzierungsprozessen der Moderne. Methode und Erkenntnisabsicht der Geschichtswissenschaft konstituieren eine grundlegende Differenz von Mythos und Wissenschaft, indem sie die Distanz zwischen Gegenwart und Vergangenheit hervorheben, das Eigengewicht der Vergangenheit betonen, jede unmittelbare Vorbildfunktion mythisierter Zustände und Personen relativieren und damit auch die politische Instrumentalisierbarkeit des Wissens über die Vergangenheit beschränken.

Gewiß kann man auch nicht einfach in Anlehnung an den Gedankengang Burckhardts behaupten, »die Deutschen« hätten sich selbst erniedrigt, indem sie Bismarck mythisch erhöhten. Dazu sind schon die Unterschiede im Bismarckbild der politischen Milieus zu groß – von der scharfen Bismarck-Kritik der sozialistischen Arbeiterbewegung über die Kulturkampf-Erinnerung der Katholiken bis zu den Deutungsdifferenzen im bürgerlich-protestantischen Milieu zwischen Links- und Rechtsliberalen.[109] Bei aller Bismarckverehrung auch im linksliberalen Lager ist das Bild des »Eisernen Kanzlers« hier weniger bestimmt von der Flucht in die Selbstgewißheit durch Mythisierung als im bürgerlichen politischen Spektrum rechts der Mitte.[110]

108 Besonders pointiert argumentieren so Wülfing u.a., Historische Mythologie der Deutschen, S. 12.

109 In Einzelfällen – so etwa bei P. Rassow kurz nach der Machtergreifung – konnte dann Bismarck doch auch sehr deutlich als Kronzeuge sowohl gegen Hindenburg wie auch gegen Hitler in Anspruch genommen werden, wenn auch nicht öffentlich. Aber hier ist es dann der autokratische, sich über die »Masse« hinwegsetzende, gegen »populare Strömungen« regierende Bismarck, der, wie auch sonst üblich, dem Versagen der Nachfolger gegenübergestellt wird. Es komme darauf an, von einem »absolut festen Punkt aus« zu regieren, »wie Bismarck 1862 ihn im König und dessen Armee hatte. Wo ist Hindenburgs fester Punkt in der gegenwärtigen Lage, bei der Struktur des deutschen Volkes tel qu'il est«. Zit. in Kaehler, Briefe, S. 221, Anm. 2.

110 Festzuhalten bleibt demgegenüber aber doch der Automatismus, mit dem die Verehrung von Bismarcks Größe mit einer allgemeinen Deutschen-Schelte verknüpft wird. Das Verhältnis zwischen dem »weltgeschichtlichen Individuum« Bismarck und »den Deutschen« ist stärker als Gegensatz von politischer Größe und politischer Kleinheit (Kleinmut, Bequemlichkeit, Uninteressiertheit, Verfangenheit in kleinen Verhältnissen) modelliert als nach einem Denkmuster, in dem Bismarcks politisches Handeln als Ausdruck politischen Selbstbewußtseins und politischer Bega-

Aber dominiert wurde zumindest das bürgerliche Bismarckbild doch zweifellos durch ein kaum gebremstes »monumentalisches« Interesse, für das die Gestalt Bismarcks vor allem Anreiz, Orientierung und Kraftgewinn für die Wiederherstellung einer deutschen Groß- bzw. Weltmachtstellung gegen eine im Krieg 1914–1918 siegreiche Welt von Feinden darstellte.

Der Bismarck-Mythos fügt sich damit in ein »Mythensystem« ein, in dem er in mehrfacher Hinsicht unverzichtbar war. *Erstens* erlaubte er, die Erinnerung an die erfolgreiche Reichsgründung und eine dynamische Nationalstaatsentwicklung mit der Hoffnung auf die Wiederherstellung einer Vormachtstellung des deutschen Nationalstaates zu verknüpfen. *Zweitens* bot der Bismarck-Mythos die Möglichkeit, die Hoffnung auf eine alle Probleme lösende charismatische Herrschaft im Sinne Webers an eine konkrete historische Gestalt anzuknüpfen – im Bismarck-Mythos realisierte sich demnach die Tendenz der mythischen Erzählung zur Personalisierung, wie sie sich auch in der Arbeit am Hermannsmythos, dem Mythos Friedrichs des Großen und im Tannenberg- bzw. Hindenburgmythos niederschlug.[111] Damit, aber auch mit der Tendenz zur Personalisierung des kollektiven Gedächtnisses und mit der Anbindung der Bismarck-Erinnerung an den gegen Versailles gerichteten Reichsmythos trug der Bismarck-Mythos zur Delegitimierung der Weimarer Republik bei. Denn mit der sakral wie hegemonialpolitisch aufgeladenen neuen Reichsvision war weder verfassungspolitisch noch territorial das »Deutsche Reich« der Weimarer Reichsverfassung gemeint. Erstaunlich ist und bleibt dabei die Plastizität des Mythos – sie läßt sich nur aus dem unbedingten Vorrang des Gegenwartsbezuges und aus der politisch-gesellschaftlichen Orientierungsfunktion der modernen Mythen überhaupt erklären. Denn paradoxerweise wurde gerade

bung der Deutschen gedeutet wäre, die bis dahin vor allem durch die Ungunst der nationalen Geschichte brachgelegen hätten.

111 Zum Hermannsmythos vgl. Dörner, Hermannsmythos; zum Friedrichmythos jetzt knapp und zusammenfassend F.-L. Kroll, Friedrich der Große, in: E. Francois u. H. Schulze (Hg.), Deutsche Erinnerungsorte, Bd. 3, München 2001, S. 620–635, mit weiterer Literatur; vgl. auch W. Hardtwig, Kugler, Menzel und das Bild Friedrichs des Großen, in: ders., Hochkultur des bürgerlichen Zeitalter, S. 103–122; zur Mythisierung Friedrichs in Filmen der Weimarer Zeit und die erbitterten Auseinandersetzungen darüber in und vor Berliner Lichtspielhäusern, insbesondere im Wedding, vgl. S. Cornelisen, Geschichtsdarstellung im Film. Vergleichende Analyse zweier »Preußenfilme« der Weimarer Republik, Mag.-Arbeit HU-Berlin 1998; zum Hindenburg-Mythos: H. Fischer, Tannenberg-Denkmal und Hindenburgkult. Hintergrund eines Mythos, in: M. Hütt u.a. (Hg.), Unglücklich das Land, das Helden nötig hat. Leiden und Sterben in den Kriegsdenkmälern des Ersten und Zweiten Weltkriegs, Marburg 1990, S. 28–49; J. Tietz, Das Tannenberg-Nationaldenkmal: Architektur – Geschichte – Kontext, Berlin 1999; zur allmählichen Ausbildung des Führer-Mythos schon in der Weimarer Republik vgl. S. Behrenbeck »Der Führer«. Die Einführung eines politischen Markenartikels, in: G. Diesener u. R. Gries (Hg.), Propaganda in Deutschland. Zur Geschichte der politischen Massenbeeinflussung im 20. Jahrhundert, Darmstadt 1996, S. 51–78.

der Gründer des Kleindeutschen Reiches in Anspruch genommen als Kronzeuge für die Forderung nach neuen großdeutschen Grenzen, die bekanntlich bis in die Reihen der Sozialdemokratie hinein Zustimmung fand.[112] Im Mythensystem der Weimarer Republik bildeten sich also die Erosion der republikanischen politischen Kultur und die Rechts-Linkspolarisierung auf der Ebene des historisch-politischen Bewußtseins ab – oder nahmen sie vorweg. Der Bismarck-Mythos übergriff die Differenz zwischen »altem« und »neuem« Nationalismus und zwischen dem herkömmlichen Honoratiorenkonservativismus und konservativen Revolutionären. Ähnlich wie die Reichsidee erwies sich der Bismarck-Mythos als offen für eine zunehmende völkische Radikalisierung.[113] Wichtiger ist noch, daß die Bereitschaft zur Mythisierung der Vergangenheit den kritischen Ansatz der modernen Geschichtswissenschaft, das Vergangene grundsätzlich zu distanzieren, die Erzählung über die Vergangenheit diskursiv zu strukturieren und herausragende Akteure zu kontextualisieren und damit auch in ihrer historischen Bedeutsamkeit zu relativieren, unterlief – im bürgerlichen Lesepublikum, aber auch in der Geschichtswissenschaft. Das trug wesentlich zur Entstehung jener gemeinsamen Schnittmenge zwischen bürgerlichem (Liberal-) Konservativismus und völkischem Radikalnationalismus bei, der die Resistenzfähigkeit der Wissenschaften – nicht nur der Kultur – sondern auch der Naturwissenschaften, gegenüber der Etablierung der NS-Herrschaft so nachhaltig geschwächt hat.

Um die Orientierungs- und das heißt hier konkret die Polarisierungsfunktion des Bismarck-Mythos im Mythenspektrum der Weimarer Jahre angemessen interpretieren zu können wäre es nun nötig, auch die Gestalt und den Funktionswandel von Mythen auf der Linken darzustellen. Vermutlich kommt Karl Marx im linken Mythensystem eine ähnliche Funktion zu wie Bismarck im rechten. Anzunehmen ist, daß sich die traditionelle Verklärung Ferdinand Lassalles abschwächte.[114] Lassalle verkörperte den Beginn des organisierten Sozialismus in Deutschland, Marx die zukünftige Heilserwartung von Revolution und neuer Gesellschaftsordnung. Es sieht so aus, als seien hier Funktionen in zwei Personen auseinandergelegt, die Bismarck für das rechte Mythenspektrum in sich vereinigte. Das linke Mythensystem

112 Grundlegend für die Bedeutung des Reichsmythos immer noch: K. Sontheimer, Antidemokratisches Denken in der Weimarer Republik. Die politischen Ideen des deutschen Nationalismus zwischen 1918 und 1933, München 1962[4], bes. S. 281; L. Kettenacker, Der Mythos vom Reich, in: K. H. Bohrer (Hg.), Mythos und Moderne, Frankfurt 1983, S. 261–289; D. Langewiesche, Reich, Nation und Staat, in: HZ 254.1962, S. 341–381.

113 Zu dieser Funktion der Reichsidee v. a. K. Reimus, Das Reich muß uns doch bleiben! Die nationale Rechte, in: D. Lehnert, K. Megerle, Politische Gedenktage, Opladen 1989, S. 231–253; H. A. Winkler, Der lange Weg nach Westen, Bd. 1, München 2000, S. 552–555.

114 Zu Lassalle vgl. Speth, Nation und Revolution, S. 358–363.

reproduziert also auch die Fragmentierung der deutschen Arbeiterbewegung entlang der unterschiedlichen Einstellung zur Revolution – und das heißt zur Vergangenheit der eigenen Partei(en) und der Nation. Den unversöhnlichen Gegensatz von SPD und KPD symbolisiert dann zusätzlich die bewußte und dynamische Mythisierung Rosa Luxemburgs und Karl Liebknechts im kommunistischen Lager.[115] Die Struktur dieser Mythen auf der Linken ist allerdings dieselbe wie die der rechten Mythen: Sie sollen orientieren und heben zu diesem Zweck die grundsätzliche Differenz von Gegenwart und Vergangenheit auf, sie personalisieren weitreichende und unübersichtliche Wirkungszusammenhänge und reduzieren damit eine gesellschaftlich-politische Komplexität, von der sich das Verständnis- und Deutungsbedürfnis überfordert fühlte.

115 Vgl. G. Badia, Rosa Luxemburg, in: E. Francois u. H. Schulze (Hg.), Deutsche Erinnerungsorte, Bd. 2, München 2001, S. 105–121; M. Bader, Der Liebknecht-Luxemburg-Mythos bei den Arbeiterparteien der Weimarer Republik, MA, HU-Berlin 2003.

Thomas Mergel

Führer, Volksgemeinschaft und Maschine

Politische Erwartungsstrukturen in der Weimarer Republik und dem Nationalsozialismus 1918–1936

Politische Strukturen sind Erwartungsstrukturen.[1] So könnte man in Anlehnung an Niklas Luhmanns Beschreibung sozialer Strukturen auch das Verhältnis von Erwartungen und Erfahrungen in politischen Systemen bezeichnen. Erwartungen schränken das ein, was für möglich gehalten wird, und bestimmen so die Bedingungen von Politik.[2] Je höher etwa die Erwartungen sind, desto geringer ist der politische Handlungsspielraum, weil die Gefahr der Enttäuschung wächst. Wieviel ein System »tatsächlich« leisten kann, seine Legitimität und Stabilität, das ist mithin in hohem Maß eine Funktion der Erwartungen, denen es sich ausgesetzt sieht. Das hat Folgen für die Überlebensfähigkeit von politischen Systemen. Gibt es politische Alternativen (was, anders als in den USA und Großbritannien, für Kontinentaleuropa bis weit nach dem Zweiten Weltkrieg generell galt), muß politische Stabilität nicht so sehr das Ergebnis einer »objektiven« Leistungsfähigkeit eines politischen Systems sein, sondern kann auch ein Ausfluß geringer Erwartungen sein, die daran gerichtet werden. Die angesichts ihrer unzureichenden Strukturen, der undurchsichtigen Entscheidungsprozesse und der ausgebreiteten Patronage und Korruption für Zeitgenossen wie Historiker überraschende Stabilität der Französischen Dritten Republik mag in diesem Zusammenhang zu sehen sein.[3]

Das Scheitern der Weimarer Republik wird dagegen zumeist aus einer umgekehrten Perspektive, als Ergebnis historischer Belastungen erklärt. Soziale Strukturen, längerfristige Mentalitäten und kurzfristige Krisenerfahrungen fließen in vielen Erklärungen zusammen in eine objektivistische Zuschreibung, welche die Chancen der Republik von Anfang an gering veranschlagt. Die Republikfeindschaft der alten Eliten, kombiniert mit

1 N. Luhmann, Soziale Systeme. Grundriß einer allgemeinen Theorie, Frankfurt/M. 1987, bes. S. 139f., 391–404.

2 Hiermit schließe ich semantisch an R. Koselleck an, dessen Aufsatz »Erfahrungsraum und Erwartungshorizont« dieses Verhältnis geschichtstheoretisch bestimmt (in: Vergangene Zukunft. Zur Semantik geschichtlicher Zeiten, Frankfurt/M. 1979, S. 349–375)

3 Vgl. J.-M. Mayeur, La vie politique sous la Troisième République, 1870–1940, Paris 1984, S. 399ff.

einem geringen Enthusiasmus selbst der Republikaner, schließlich auch die fehlende Kompromißbereitschaft der republikanischen Parteien untereinander sowie die Erfahrungen von Inflation und Weltwirtschaftskrise, die der Republik zugerechnet wurden: Diese Faktoren gelten als ursächlich für die Schwäche der Weimarer Republik. Es gab sie allerdings in anderen Ländern auch, ohne daß sie notwendig zum umgehenden Zusammenbruch eines Systems führen mußten. Erklärungen wie die Demokratiefeindschaft der alten Eliten und die Krisenerfahrungen im Gefolge von Krieg, Inflation und Weltwirtschaftskrise wären eben auch für Frankreich nach 1871 in Anschlag zu bringen. Auch hier war die Republikfeindschaft der Rechten oder die Aufgabe, einen verlorenen Krieg zu bewältigen, ein Dauerproblem.[4] Der Blick zurück kann also vielleicht notwendige, nicht jedoch hinreichende Bedingungen für Erfolg und Mißerfolg politischer Systeme klären. Wer nach den Gründen der Instabilität der Weimarer Republik fragt, muß wissen wollen, was von ihr überhaupt erhofft wurde und welche Hoffnungen enttäuscht wurden.

Das gilt auch mit Blick auf die Stabilität des Nationalsozialismus. Denn dieser sah sich eher noch höheren Erwartungen ausgesetzt, war er doch mit dem Anspruch angetreten, eine nationale Revolution zu vollbringen, das System der Weimarer Republik hinwegzufegen und eine neue Ordnung zu etablieren. Das Maß an Zustimmung, das der Nationalsozialismus mobilisieren konnte, läßt sich nicht allein durch seine Gewaltausübung, die propagandistische Manipulation, die These einer inhärenten Demokratiefeindschaft der Deutschen oder ein schwächliches Ausland erklären. Vielmehr muß man annehmen, daß sich hier in gewisser Weise reale Erwartungen erfüllten. Das Scheitern der Weimarer Republik und der Erfolg Hitlers können so in einen inneren Zusammenhang gerückt werden.

Mit der Perspektive auf Erwartungsstrukturen soll also der Horizont beschrieben werden, innerhalb dessen Politik als gut oder schlecht, als zielerreichend oder versagend erfahren werden kann. Diese »unterirdischen«, nur schwer bewußt zu machenden, langdauernden Muster der Wahrnehmung von Politik deuten eine »objektive« politische Wirklichkeit in je eigener Weise. Sie sind die Frucht langer Traditionen und prägen sich deshalb in nationalen politischen Kulturen unterschiedlich aus. Politische Erwartungen werden verstanden als mentale Strukturen, die sich nur über die Zeit nachhaltig verändern. Allerdings können Brucherfahrungen wie Kriege, Revolutionen und Systemwechsel solche Erwartungsstrukturen grundlegend verändern, meist jedoch in der Hinsicht, daß schon vorher gewachsene, latent vorhandene Erwartungen mit einem Mal Bedeutung erlangen. Die Erfah-

4 Hierzu W. Schivelbusch, Die Kultur der Niederlage: Der amerikanische Süden 1865, Frankreich 1871, Deutschland 1918, Berlin 2001.

rung des Ersten Weltkriegs, der Revolution, der Inflation und der Weltwirtschaftskrise hatten diese Funktion des »kritischen Ereignisses« im Sinne Bourdieus.[5]

So wie Erfahrungen nicht ohne die Erwartungen zu denken sind, gilt dies auch umgekehrt: Auch Erfahrungen bestimmen den Raum dessen, was man für möglich hält. Allerdings handelt es sich hier um ein offenes und prinzipiell kontingentes Verhältnis. Denn, um es alltagssprachlich zu fassen: schlechte Erfahrungen mit einer Partei können *hohe* Erwartungen an die *andere* Partei nach sich ziehen; sie können aber auch *geringe* Erwartungen an *jede* Partei generieren. Insofern gilt, daß Erfahrungen keinen determinierenden Charakter haben und gleiche Erfahrungen nicht notwendig zu ähnlichen Erwartungen führen. In der Untersuchung von Erwartungsstrukturen, die durch Erfahrungen nicht determiniert, wohl aber imprägniert sind, wird damit eine Perspektive der Kontinuität möglich, die sonst in der Politikgeschichte schwierig zu bewerkstelligen ist.[6] In der älteren Politikgeschichte hat die Geschichte der politischen Ideen dieses Kontinuitätsmoment geliefert. Eine Untersuchung von Erwartungsstrukturen, die in dieser Weise als mentale Strukturen gefaßt werden, verläßt demgegenüber nicht nur den Höhenkamm der selbst-bewußten staatswissenschaftlichen Literatur und fragt nach öffentlich verhandelten Werten und Normen, sondern sie versucht auch, nicht bewußte, weil allzu selbstverständliche Denkweisen freizulegen, die womöglich nicht nur Kontinuitäten zwischen Weimarer Republik und Nationalsozialismus aufmachen, sondern die auch so etwas wie langfristige politische Zusammenhänge in den Blick nehmen können.[7]

Für solche Fragestellungen bieten sich diskursanalytische Zugänge an, denn in sprachliche Muster und Konventionen sind Perzeptionen von Wirklichkeit eingelassen, die sich der individuellen Kontrolle zunächst entziehen. Das Sprechen über Politik in Deutschland weist, verglichen mit England, eine spezifische Staatslastigkeit auf.[8] Politik bedeutet in der deutschen diskursiven Tradition vor allem »Staat«, während sie in der angelsächsischen vor allem das Gemeinwesen und damit auch eine gute Gesellschaft bedeutet. Ein englisches Synonym für »Staat« existiert eigentlich nicht; der dafür benutzte Begriff des »government« meint im Deutschen gewisser-

5 P. Bourdieu, Homo academicus, Frankfurt/M. 1988, bes., S. 254ff. Vgl. hierzu I. Gilcher-Holtey, Mai 1968 in Frankreich, in: dies. (Hg.), 1968. Vom Ereignis zum Gegenstand der Geschichtswissenschaft, Göttingen 1998, S. 11–34, bes. 19ff.

6 Vgl. hierzu Th. Mergel, Überlegungen zu einer Kulturgeschichte der Politik, in: GG 28. 2002, S. 574–606.

7 Diesen Akzent betont K. Rohe, Politische Kultur und ihre Analyse. Probleme und Perspektiven in der Politischen Kulturforschung, in: HZ 250.1990, S. 321–346.

8 W. Seck, Politische Kultur und Politische Sprache. Empirische Analysen am Beispiel Deutschlands und Großbritanniens, Frankfurt/M. 1991.

maßen nur die Spitze des Eisbergs.[9] Am klarsten wird die Differenz an der Unübersetzbarkeit eines Begriffes wie »political society«, der einen Zusammenhang beschreibt, den es in der deutschen Denktradition nicht gibt. Hier zeigen sich langdauernde Überhänge der frühneuzeitlichen Staatsbildung und ideengeschichtlicher Traditionen: der aristotelische Politikbegriff ist offenbar in einem jahrhundertelangen Prozess tief in das angelsächsische Bewußtsein von Wirklichkeit vorgedrungen. Dagegen erweist sich in der deutschen Tradition ein »preußischer Überhang«, der das »Politische« und das »Gesellschaftliche« zu trennen neigte.

Wenn im folgenden Diskurse über Führer und Volksgemeinschaft in der Weimarer Republik und den ersten Jahren des Nationalsozialismus untersucht werden, so wird eine Untersuchung dieser Art freilich dazu neigen, die Gemeinsamkeiten gegenüber den Konflikten zu betonen und damit die Charakterisierung der Weimarer Republik als eine fragmentierte Gesellschaft schwächer zu belichten.[10] Die Fragmentierung soll hier nicht bestritten werden. Allerdings soll mit der Untersuchung der »geheimen Einigkeiten« zwischen verschiedenen Lagern auch deutlich gemacht werden, daß die innergesellschaftlichen Gräben nur die eine Seite der Realität darstellten. Die andere Seite bildete eine Voraussetzung für den Erfolg der nationalsozialistischen Politik. Es war das Bewußtsein und das Leiden an dieser Zerrissenheit, das in den beständigen Versuch der Überwindung dieser Gräben mündete. Die Fragmentierung und die Sehnsucht nach ihrer Überwindung gehörten zusammen. Deshalb wurden in der öffentlichen Diskussion ständig Gemeinschaftsvokabeln verhandelt, die Einheitspotential in sich zu tragen schienen. Zwar wurde über deren Bedeutung nichts weniger als Konsens erzielt, aber hierdurch kam es zu lagerübergreifenden Diskursen, in denen Begriffe, Sprachregelungen und Problemdefinitionen Aufmerksamkeit erlangten, die genau deshalb, weil sie kontrovers waren, als adäquate Wirklichkeitsbeschreibungen fungieren konnten, weil der Streit anzeigte, daß es hier um etwas Wichtiges ging. Ein Beispiel wäre das Schlagwort des »Parteiismus«, das vom Jungdeutschen Orden 1927 aufgebracht wurde und binnen kürzester Zeit zu einer pejorativen Beschreibungsvokabel des politischen Systems avancierte, das – gleichgültig, ob geteilt oder nicht – von Organen jeglicher Parteifärbung benutzt wurde.[11] Es gab Diskurse, die so durch alle Lager liefen und die zwar nicht in einer einhelligen Meinung über Tatbestände endeten, wohl aber in gemeinsamen Themen, Sprechweisen und damit einer geteilten Wahrnehmung der poli-

9 B. Harrison, The Transformation of British Politics, 1860–1995, Oxford 1996, S. 309.

10 Am prononciertesten bei D. Lehnert u. K. Megerle, Politische Teilkulturen zwischen Integration und Polarisierung. Zur politischen Kultur in der Weimarer Republik, Opladen 1990.

11 Vgl. hierzu Th. Mergel, Parlamentarische Kultur in der Weimarer Republik. Politische Kommunikation, symbolische Politik und Öffentlichkeit im Reichstag, Düsseldorf 2002, S. 399ff.

tischen Wirklichkeit. Sie erlauben den Rückschluß auf übergreifende politische Erwartungen. Ob im Reichstag das Volk adäquat repräsentiert war, mochte zwischen Sozialdemokraten und Deutschnationalen höchst unterschiedlich beurteilt werden; *daß* aber der Reichstag die Aufgabe habe, das Volk in seiner Gesamtheit darzustellen (und deshalb nicht die politische Handlungsfähigkeit, sondern die Repräsentationsfunktion im Vordergrund stehe), stand als geteilte Anschauung hinter den verschiedenen Meinungen.[12] In den Diskursen über Führer und Volksgemeinschaft manifestierten sich in besonderer Weise solche »geheimen Einigkeiten« im Bezug auf Erwartungen an die Politik, denn hier schien die Sehnsucht nach Einheit wie auch der Wunsch nach Eindeutigkeit am klarsten auf, wenngleich in ganz unterschiedlicher Konkretisierung. Hinter den folgenden Ausführungen steht also keine Annahme der Harmonie, sondern die Vorstellung von einem Konzert widersprüchlicher Meinungen, ein Netzwerk gesellschaftlicher Kommunikation, das Knotenpunkte geteilter Aufmerksamkeit aufwies.

Für die Zeit des Nationalsozialismus ist ein solches Vorgehen naturgemäß nicht möglich. Denn die öffentliche Kommunikation war vom Regime kontrolliert, wenn auch nicht vollständig, und eine Presseöffentlichkeit im Sinne des oben beschriebenen Netzwerks widersprüchlicher Äußerungen existierte nicht mehr; vielmehr hatte die Presse eine Akklamationsfunktion, die durch ein dichtes Netz von Presseanweisungen – im Lauf der Jahre gab es deren 80–100.000! – sichergestellt worden sollte.[13] Unter Diktaturbedingungen formulierte man »zwischen den Zeilen«,[14] und Sprecher sicherten sich ab, wenn sie deutlich werden wollten. Dennoch gab es lebhafte Äußerungen auf seiten der Bürger, und dabei erlegten sie sich nicht immer Zurückhaltung auf: es gab, so Ian Kershaw, zwar keine öffentliche Meinung, wohl aber eine Volksmeinung.[15] Sowohl das Regime als auch die Opposition hatten deshalb das Ohr am Mund des Volkes, und diese Berichte sind es, die so etwas wie Diskurse rekonstruieren lassen. Von besonderer Bedeutung sind dabei die Deutschlandberichte der Sopade, die seit 1934 aus dem Reich hinausgeschmuggelten Stimmungsberichte, welche die Exilsozialdemokratie über den Stand der Dinge auf dem Laufenden halten

12 Vgl. zum folgenden: ebd., bes. S. 270–294, 362–408. Die Basis der Analyse bieten etwa 10.000 Artikel aus dem gesamten Spektrum der Presselandschaft sowie eine Auswahl von Publizisten und politisch tätigen Wissenschaftlern.

13 Vgl. H. Storek, Dirigierte Öffentlichkeit. Die Zeitung als Herrschaftsmittel in den Anfangsjahren der nationalsozialistischen Regierung, Opladen 1972, S. 113.

14 N. Frei, Journalismus im Dritten Reich, München 1999, S. 121–135.

15 So I. Kershaw, Popular Opinion and Political Dissent in the Third Reich: Bavaria 1933–1945, Oxford 1993, 4ff.

sollten.[16] Hier – aber auch in den Berichten des Sicherheitsdienstes, anderer oppositioneller Gruppen oder den Lageberichten der Ober- und Regierungspräsidenten[17] – lassen sich ebenso wie in der Presseöffentlichkeit der Weimarer Republik gemeinsame Sprechweisen und damit Problemwahrnehmungen nachzeichnen.[18]

I. *Das Versprechen der Weimarer Republik.* Vor kurzem hat Bernd Weisbrod als eine Frucht des Krieges eine Krise der Repräsentation der Politik in einem umfassenden Sinne ausgemacht.[19] Statt dessen wurden die Repräsentationsmodi des Kriegs: Virtualisierung, Dramatisierung und Aktualisierung, in die Politik übertragen. Die Dramatisierung der Vorstellungswelt generierte Bilder, die hochgradig von Imaginationen, gleichzeitig aber durch einen Zusammenbruch stabiler symbolischer Muster bestimmt waren. Die Übertragung von Bildern aus dem Krieg in die Politik ging damit ebenso einher wie die Aufladung von politischen Erwartungen mit gesellschaftlichen Wunschbildern. Eine »Politik der Verheißung« stand in dialektischer Spannung zu einer Semantik der Dringlichkeit, die alles zu Überlebensfragen stilisierte und keinen politischen Alltag mehr ertrug. Weisbrod zieht die Konsequenz nicht, sie liegt aber unmittelbar im Horizont seiner Überlegungen: All dies bedeutete eine Struktur unerfüllbar hoher Erwartungen an das politische System wie auch an die handelnden Politiker, Erwartungen, in welche die Enttäuschung gewissermaßen eingebaut war.

Auf dieser Erwartungen baute die Weimarer Republik auf, ja, sie verstärkte sie sogar noch. Nicht nur die Gegner der Republik formierten sich

16 Deutschland-Berichte der Sopade, 1934–1940, 7 Bde., Frankfurt 1980. Die Analyse dieser Berichte bei: B. Stöver, Volksgemeinschaft im Dritten Reich. Die Konsensbereitschaft der Deutschen aus der Sicht sozialistischer Exilberichte, Düsseldorf 1993.

17 Eine Auswahl aus Berichten des Sicherheitsdienstes: H. Boberach, Meldungen aus dem Reich, Neuwied 1965; Die Berichte einer weiteren sozialistische Emigrantengruppe: B. Stöver, Berichte über die Lage in Deutschland. Die Lagemeldungen der Gruppe Neu Beginnen aus dem Dritten Reich 1933–1936. Bayern in der NS-Zeit. Soziale Lage und politisches Verhalten der Bevölkerung im Spiegel vertraulicher Berichte, hg. v. M. Broszat u.a., München 1977; die Berichte der Ober- und Regierungspräsidenten sind ausgewertet in: M. Jamin, Das Ende der »Machtergreifung«: Der 30. Juni 1934, in: W. Michalka (Hg.), Die nationalsozialistische Machtergreifung, Paderborn 1984, S. 207–219; K. Mlyneck (Bearb.), Gestapo Hannover meldet ... Polizei- und Regierungsberichte für das mittlere und südliche Niedersachsen zwischen 1933 und 1937, Hannover 1986.

18 Vgl. zu diesem Komplex insgesamt: Kershaw, Popular Opinion.

19 B. Weisbrod, Die Politik der Repräsentation. Das Erbe des Ersten Weltkrieges und der Formwandel der Politik in Europa, in: H. Mommsen (Hg.), Der Erste Weltkrieg und die europäische Nachkriegsordnung. Sozialer Wandel und Formveränderung der Politik, Köln 2000, S. 13–41.

zu »Erlösungsbewegungen«.[20] Auch die Weimarer Parteien setzten sich mit der Konzeption des »Volksstaats« ein Ziel, das auf eine »Politik der Verheißung« gerichtet war und darin eine gründliche Überforderung der Politik darstellte. Das zeigte sich maßgeblich in übergreifenden Diskursen, in denen Politik als eine tugendhafte Tätigkeit figurierte – etwa dann, wenn es um Korruption ging, die mit einem geradezu überwachen Sensus thematisiert wurde.[21] Politik sollte hiernach ein Opfer sein, und Politiker sollten ihre Wahl nicht primär dadurch rechtfertigten, daß sie technisch gute Politik machten, sondern daß sie für die Gesellschaft vorbildhaft handelten. Diese Vorstellung einer »guten Politik«, die primär nach moralischen Maßstäben konstruiert war und demgemäß nach hehren Zielen griff, führte binnen kurzem zu Spannungen zwischen Mandatsträgern und Basis, wo man nicht verstehen mochte, daß Politik auch das Schließen von Kompromissen mit politischen Gegnern beinhaltete. Die aus dem Krieg in die Politik übertragene Dramatik der Erfahrungswelt konnte ein solches Handeln nicht als »politisches« Handeln verstehen. Das traf paradoxerweise besonders diejenigen ursprünglich systemfeindlichen Parteien auf der Rechten, die sich pragmatisch anzupassen bereit waren, dann aber von Seiten ihrer Mitglieder mit dem Vorwurf des Verrats rechnen mußten. Hier wurde die Forderung nach plebiszitärer Verwurzelung identisch mit der Forderung nach maximalistischer Intransigenz und Kompromißfeindlichkeit. Insbesondere die DNVP geriet in der zweiten Hälfte der zwanziger Jahre in eine Zerreißprobe, die im wesentlichen um die Frage kreiste, wie selbständig die Mandatsträger im politischen Raum agieren dürften.[22]

Die unterliegende, über die politischen Lager hinausgehende Perspektive dieser Erwartungen bestand in der Vorstellung, daß die Aufgabe von Politik nicht als die Regelung von Notwendigem, der Verwaltung von Vorhandenem verstanden wurde, sondern daß sie mit einem idealen Überschuß konfrontiert wurde, der in der Umformung der – wie auch immer mythisierten – Volksgemeinschaft des Schützengrabens in einen politischen Horizont bestand. Es war die Aufgabe der Politik, Gemeinschaft herzustellen. Sie sollte aus den fragmentierten, amorphen Versatzstücken der Gesellschaft innere Zusammengehörigkeit stiften. Diese Utopie, die, soweit ersichtlich, in Deutschland viel stärker ausgeprägt war als in anderen Ländern, berief sich auf historische Erfahrungen. Es war geradezu ein Topos, die Uneinigkeit der Deutschen zu beschwören und die Überwindung dieser Uneinigkeit zur historischen Aufgabe der Politik zu erklären. Die föderale Struktur des

20 H.-U. Wehler, Deutsche Gesellschaftsgeschichte, Bd. IV: 1914–1949, München 2003, S. 484.

21 Vgl. Mergel, Parlamentarische Kultur, S. 280ff., 374ff.

22 Th. Mergel, Das Scheitern des deutschen Tory-Konservatismus. Die Umformung der DNVP zu einer rechtsradikalen Partei 1928–1932, in: HZ 276. 2003, S. 323–368.

alten Deutschen Reiches, der konfessionelle Zwiespalt und die sozialen Friktionen: sie alle erheischten eine Politik, die in Deutschland innere Zusammengehörigkeit stiftete.

Diese Erwartung hatte das Kaiserreich seit seiner Gründung begleitet, und auch die Politik der wilhelminischen Zeit wurde mit der Enttäuschung über das Nichterreichen dieses Ziels konfrontiert.[23] Die Kriegserfahrung wirkte aber als eine mächtige Verstärkung der Erwartung, daß die Politik es sei, die Konfliktlagen auflösen und gesellschaftliche Harmonie produzieren könne. Im Krieg hatte die politische Steuerung neue Dimensionen erreicht.[24] Die, verglichen etwa mit Frankreich, in viel höherem Maße staatlich-korporatistische Organisation der Kriegswirtschaft hatte keineswegs nur Sozialdemokraten zu der Idee verführt, daß der Sozialismus ein Organisationsprinzip der Zukunft sei. Auch Walter Rathenau und Max Weber hielten den Sozialismus im Sinne gemeinwirtschaftlicher, korporatistischer »Globalsteuerung« zwar nicht für erstrebenswert, aber für ziemlich unvermeidlich.[25] Eine noch stärkere Auswirkung hatte die Kriegserfahrung selbst. Daß hier erstmals eine Gemeinschaft des ganzen Volkes entstanden sei, die im Angesicht ihrer Feinde zu sich selber gefunden habe, war zwar ein Mythos, aber ein höchst lebendiger, der auf breite Akzeptanz stieß. »Gemeinschaft« war nach Sontheimer »eines der magischen Worte der Weimarer Zeit«,[26] und der Diskurs der Volksgemeinschaft wurde zu einem der prägenden Phänomene der Identitätspolitik der zwanziger und frühen dreißiger Jahre.[27] Es handelte sich um einen Zielbegriff, der davon lebte, daß die Volksgemeinschaft *noch nicht* erreicht war, und der politische Versprechungen daran maß, ob man auf dem Weg dahin vorankam. Der Begriff war aber keineswegs ein Reservat der Rechten, und es ist auch nicht einfach, ihn ohne weiteres »antidemokratisch« zu verorten. Nicht nur konservative und völkische, sondern auch sozialistische, katholische wie evangelische,

23 I. Kershaw, Der Hitler-Mythos. Führerkult und Volksmeinung, Stuttgart 1999, S. 28ff.

24 Vgl. hierzu v.a. G. D. Feldman, Armee, Industrie und Arbeiterschaft in Deutschland 1914–1918 (1966), Berlin 1985.

25 W. Mommsen, Max Weber und die deutsche Politik 1890–1920, Tübingen 1974², S. 320f.; Walther Rathenau, Die neue Gesellschaft (1919), in: ders., Schriften und Reden, hg. v. H. W. Richter, Frankfurt/M. 1964, S. 278–358, 278ff.

26 K. Sontheimer, Antidemokratisches Denken in der Weimarer Republik. Die politischen Ideen des deutschen Nationalismus zwischen 1918 und 1933 (1962), München 1992³, S. 251.

27 Zum Volksgemeinschaft-Gedanken der zwanziger Jahre gibt es erstaunlicherweise keine gründliche Untersuchung. Vgl. vorläufig: J. Verhey, Der »Geist von 1914« und die Erfindung der Volksgemeinschaft, Hamburg 2000; G. Mai, ›Verteidigungskrieg‹ und ›Volksgemeinschaft‹. Staatliche Selbstbehauptung, nationale Solidarität und soziale Befreiung in Deutschland in der Zeit des Ersten Weltkriegs (1900–1925), in: W. Michalka (Hg.), Der Erste Weltkrieg. Wirkung, Wahrnehmung, Analyse, München 1994, S. 583–602; M. Föllmer, Die fragile «Volksgemeinschaft«. Industrielle, hohe Beamte und das Problem der nationalen Solidarität in der Weimarer Republik, in: Jahrbuch für Historische Bildungsforschung 6. 2000, S. 281–298.

außen- wie sozialpolitische Publikationen bedienten sich des Begriffs, der während der zwanziger Jahre keineswegs ausschließlich ethnisch oder rassistisch konnotiert war. Diese Verengung erfuhr er erst um 1930; bis dahin eignete ihm eine inklusive Qualität, die eben die Überwindung der internen Friktionen durch Klasse, Konfession und andere Bruchlinien in den Vordergrund stellte. Scharf definiert war der Begriff nicht. Von der bündischen Bewegung beeinflußte Jungsozialisten thematisierten das Ineinandergreifen von nationaler und sozialer Einheitsbildung,[28] Vertreter des Zentrums dachten vor allem an die konfessionelle Einheit[29], und Gustav Stresemann verstand unter »echter Volksgemeinschaft« die Einebnung der Klassenkampfstimmung in den industriellen Beziehungen ebenso wie eine überparteiliche Zusammenarbeit im Interesse der außenpolitischen Behauptung.[30] Alice Salomon meinte damit das ausdifferenzierte System sozialpolitischer Intervention.[31] Wenn schon, dann lag die Gemeinsamkeit in der sozialen Einheit des Volkes, das selber dreifach begriffen wurde: in einem übergreifend integrativen Sinne als »wir alle«, in einem sozialen Sinne als »das gemeine Volk« und im nationalen und ethnischen Sinn als das deutsche Volk. Der Politik kam die Aufgabe zu, den dahinterstehenden Harmonievorstellungen zum Durchbruch zu verhelfen, und die politischen Institutionen sollten dabei gewissermaßen die Utopie vorwegnehmen. Volksgemeinschaft meinte eine harmonische Gesellschaft, der eine gewisse Statik anhaftete (und die damit auch die Sehnsucht nach Ruhe reflektierte), und der Politik wurden umfassende Steuerungskompetenzen zugedacht. Mit der Organisation der Gesellschaft von oben schien sich ein Weg aufzutun, die Friktionen des Kaiserreichs zu überwinden und die Volksgemeinschaftsidee des Weltkriegs in Friedenszeiten hinüberzuretten. So wurde die republikanische Ordnung des »Volksstaats« mit sozialen Erwartungen aufgeladen.[32]

Gleichzeitig öffnete die Kriegserfahrung den Weg zu einer aktionistischen Erwartung an die Politik. Sie wurde reflexhaft der Unmittelbarkeit und der existentiellen Schicksalhaftigkeit des Schützengrabens an die Seite

28 Hermann Heller, Sozialismus und Nation, Berlin 1931², S. 77. Vgl. auch: F. W., Nationale Romantik und revolutionärer Mythos. Politik und Lebensweisen im frühen Weimarer Jungsozialismus, Berlin 1986, S. 48–50.

29 Vgl. R. Morsey, Die deutsche Zentrumspartei 1917–1923, Düsseldorf 1966, S. 369ff.

30 L. E. Jones, German Liberalism and the Dissolution of the German Party System 1918–1933, Chapel Hill 1988, S. 136, S. 195 u.ö. Vgl. L. Richter, Die Deutsche Volkspartei 1918–1933, Düsseldorf 2002, S. 240ff.

31 Alice Salomon, Die deutsche Volksgemeinschaft, Leipzig 1926².

32 Es ist zu betonen, daß man keineswegs die Volksstaatsidee als eine republikanische und die Idee der Volksgemeinschaft als eine rechte Vorstellung voneinander so absetzen kann, wie M. Llanque, Demokratisches Denken im Krieg. Die deutsche Debatte im Ersten Weltkrieg, Berlin 2000, S. 81f., das tut. Die Sehnsucht nach einer gemeinschaftsbildenden Funktion der Politik war nach dem Ersten Weltkrieg allgemein.

gestellt. Werner Wirths, Schriftleiter der Wochenzeitung »Das Gewissen«, formulierte 1922 diese Erwartung in Erinnerung an den Krieg: »Wir wollen zum Erlebnis zurück. Wir suchen aus dem Geschehen, das hinter uns liegt, den Sinn, den es nicht mehr zu geben scheint. Wir suchen ihn in der Zukunft. Wir stellen die Frage an das Schicksal und wollen die Antwort. ... Aber der Betrug wird erst enden, wenn wir zu dem großen Erlebnis der mit Blut bezahlten Schicksalsgemeinschaft zurückfinden, als die wir den Krieg begangen haben.«[33] Wenn man die Wirklichkeit so betrachtete, dann mußte die Politik in existentiellen Kategorien aufgefaßt werden. Die Gemeinschaftsaufgabe der Politik entsprach so ihrer utopischen Aufladung. Schon zeitgenössisch ist diese »Verwechslung zwischen Gemeinschaftsmoral und Politik«[34] als eine Zumutung an Politik und Gesellschaft gleichermaßen kritisiert worden.

Die Erwartungen an die Politik der zwanziger Jahre kann man in vieler Hinsicht als eine andere Art Kriegserinnerung verstehen, die aus sich den Anspruch auf eine neue Art von politischer Legitimation heraustrieb. Dies kam zunächst der Republik zugute. Es ist kein Zufall, daß sich im Krieg die Schriften häuften, die nun das Verhältnis von Politik und Moralität erläuterten.[35] Hier entstand ein Klima, das – nicht immer intendiert – dem martialischen Habitus Kaiser Wilhelms entgegengesetzt war. Diesen Diskurs kapitalisierten die Weimarer Parteien, wenn sie gegen die herrschenden Eliten des Kaiserreichs, aber auch gegen die bolschewistische Revolution den Anspruch setzten, im Volksstaat eine moralische Politik zu verwirklichen.

In jedem politischen System wären die Erwartungen an die Politik nach dem Krieg groß gewesen; an den Volksstaat waren sie es in besonderem Maße, weil hier Repräsentation und Problemlösung gekoppelt waren. Die Politisierung im Umfeld der Revolution von 1918 war enorm; sie stand im Zeichen einer neuen, durch den Krieg bekräftigten Einheit zwischen den verschiedenen sozialen Gruppen und nicht zuletzt auch zwischen Staat und Gesellschaft: dafür stand der Begriff des Volksstaats.[36] Die hieraus erwachsenden Erwartungen an eine Identität von Gesellschaft und Politik standen aber quer zur Vorstellung von einer Politik, die in machiavellistischer Wei-

33 Werner Wirths, Das Erlebnis des Krieges, in: Die Neue Front, hg. v. Arthur Moeller van den Bruck u.a., Berlin 1922, S. 76–79, zit. n. B. Ulrich u. B. Ziemann (Hg.), Krieg im Frieden. Die umkämpfte Erinnerung an den Ersten Weltkrieg, Frankfurt/M. 1997, S. 165.

34 Helmuth Plessner, Grenzen der Gemeinschaft (1924), Frankfurt/M. 2002, S. 123.

35 So etwa: Ernst Troeltsch, Privatmoral und Staatsmoral, in: Die Neue Rundschau 27, I,1916; Friedrich Meinecke, Machtpolitik und Militarismus, in: Otto Hintze (Hg.), Deutschland und der Weltkrieg, Leipzig 1915, S. 617 ff.; August Dorner, Politik, Macht und Moral in Bezug auf den gegenwärtigen Krieg, Stuttgart 1914; Otto Baumgarten, Politik und Moral, Tübingen 1916; Alfred Vierkandt, Machtverhältnisse und Machtmoral, Berlin 1916; Max Adler, Politik und Moral, Leipzig 1918.

36 Vgl. P. Fritzsche, Germans into Nazis, Cambridge MA 1998, S. 107f.

se entscheidungsfähig war, nicht auf partikulare Interessen Rücksicht nehmen sollte und insofern gerade *nicht* »Gesellschaft« sein sollte: die Introspektive auf die Schützengrabengemeinschaft überschnitt sich so konflikthaft mit der Frontperspektive auf den Feind. Diese doppelte Erwartungsstruktur: Politik als Gemeinschaft und gleichzeitig als zielgerichtetes, konfliktuöses Entscheidungshandeln, war so beiderseitig von militärischen Images bestimmt. Die *political society* wurde sozusagen als Schützengrabengemeinschaft phantasiert, die alle inneren Konflikte beiseitelegen sollte, gleichzeitig aber auch als eine Armee, die unter einem autoritären, wenngleich plebiszitär legitimierten Führer mannhaft den Feinden entgegentreten sollte; diese Feinde wurden lange Zeit außenpolitisch definiert. Die Nationalsozialisten wie auch die Kommunisten verstanden sie auch innenpolitisch.

II. Volksvertretung als Volksgemeinschaft. In einer Diagnose zur Lage des Parlamentarismus bezeichnete 1929 der Leitartikler der *Deutschen Allgemeinen Zeitung* die deutsche Volksseele als krank. Irgendwann aber werde sie sich erholen, und damit werde auch das Parlament, »das in gewissem Ausmaß auch nur ein Spiegel dieser von der Zeit und ihren Umständen bestimmten Volksseele ist«, die Zeichen eines solchen Wandels tragen.[37] In dieser Beschreibung zeigte sich das dem Parlament zugedachte Ideal. In ihm offenbarte sich das Volk im Kleinen. Die Vorstellung, daß der Reichstag ein Spiegel des Volkes sein sollte, war nicht neu – schon Bismarck hatte 1867 versprochen, daß der Reichstag eine »Photographie« der deutschen Nation sein werde.[38] Das Proportionalwahlrecht machte nun aber ernst mit der Utopie der möglichst symmetrischen Abbildung; sein Telos lag nicht in der Handlungsfähigkeit der Volksvertretung, sondern in der Gerechtigkeit der Repräsentation. Es unterlag jedoch dem Streit und änderte sich mit der Zeit, nach welchen Kriterien eine solche Repräsentation konstruiert sein sollte. Zum einen bedeutete sie die Abbildung der sozialen Struktur des Volkes. Das Denken der Gesamtheit des Volkes nach der Kategorie des Berufes war auch in der Linken im Grunde nicht mehr umstritten. Es war gerade der Soziologe Emil Lederer, der in einer Reihe von wegweisenden Aufsätzen vor und nach dem Ersten Weltkrieg auf die innere Differenzierung der Arbeiter- und der Mittelschichten hinwies und die einfache Klassendifferenzierung für überholt erklärte.[39] Die Vorstellung, daß,

37 Deutsche Allgemeine Zeitung 117, 10.3.1929: Der Parlamentarismus als Fiktion. Von Richard Bahr.

38 M. L. Anderson, Practicing Democracy. Elections and Political Culture in Imperial Germany, Princeton 2000, S. 348.

39 Emil Lederer, Die Angestellten im Wilhelminischen Reich (1912), in: ders., Kapitalismus, Klassenstruktur und Probleme der Demokratie 1910–1914, hg. v. J. Kocka, Göttingen 1979, S. 51–

wollte die parlamentarische Repräsentation gerecht sein, jede Berufsgruppe und jedes Berufsinteresse darin vertreten sein sollten, führte im übrigen auch dazu, daß Grenzen der Repräsentation, wie etwa ein Mindestmaß an Wählerstimmen, das als Voraussetzung zum Einzug ins Parlament errungen werden mußte, zwar schon diskutiert wurden, aber keine Überzeugungskraft entfalten konnten. Denn Gerechtigkeit beinhaltete eben auch die Vertretung von Minderheiten, und seien sie noch so klein.[40] Dieses Denken führte nicht nur dazu, daß sich Sondergruppen zu Parteien formierten, sondern daß es auch einen starken öffentlichen Druck gab, in den Kandidatenlisten alle Berufsstände zu berücksichtigen. So mußte nicht nur die DVP 1927 sich zu dem Ziel bequemen, mehr Arbeiter und Angestellte an aussichtsreicher Stelle zu plazieren,[41] sondern auch an die KPD wurde vom konservativen Deutschen Philologenverband unter gänzlicher Vernachlässigung politischer Differenzen 1924 der Wunsch herangetragen, sie möge doch einen Philologen auf ihrer Liste plazieren, weil ein solcher dort bisher fehle. Man sei auch gern bereit, mit Namen zu dienen.[42]

Diese Repräsentationsvorstellung konnte in der alltäglichen Semantik der Journalisten dazu führen, daß nicht mehr die individuellen Bürger, sondern die sozialen Gruppen, denen sie entstammten, als die Wähler der Abgeordneten fungierten. So stellte der schwerindustrielle *Tag* nach den Maiwahlen 1924 die Abgeordneten als verlängerte Arme ihrer berufsständischen Interessen dar; demgemäß war es in der Diktion des Blattes nicht die Wählerschaft, die gewählt hatte, sondern die Berufsstände: »Die Handwerkskammern haben einen Sekretär entsandt. Die Kaufmannschaft ist vertreten durch 10 Kaufleute...«.[43] Konsequenterweise wurde diese ständische Gliederungsvorstellung der Gesellschaft in einer Wahlwerbung reflektiert, die

82; ders., Die Umschichtung des Proletariats und die kapitalistischen Zwischenschichten vor der Krise (1929), in: ebd., S. 172–185, bes. S. 175f.

40 Vgl. hierzu die Vorstellungen zu einer Wahlreform, dargestellt bei: E. Schanbacher, Parlamentarische Wahlen und Wahlsystem in der Weimarer Republik, Düsseldorf 1982, S. 189–214; vgl. auch Mergel, Parlamentarische Kultur, S. 404ff.

41 DVP-Fraktionsvorstand, Sitzung v. 10.1.1927. Bundesarchiv Berlin-Lichterfelde (= BArch) R 45 II, 66. Daß dieses Ziel nicht erreicht wurde, sondern die Unternehmer nach wie vor dominierten – daß also die DVP keine »Photographie« war –, mußte sich die Fraktion zwei Jahre später von Gustav Stresemann vorhalten lassen. Stresemann an Kahl, 13.3.1929, in: Gustav Stresemann, Vermächtnis, Bd. 3, Berlin 1933, S. 437.

42 Dt. Philologenverband an KPD, 29.3.1924. BArch Ry 1/I 2/3/29, 60. Die KPD verscherzte sich diese Chance durch die kühle Replik, man lehne das Gymnasium als Ausdruck des Klassenstaates ab (ebd.). Trotzdem wies die KPD-Fraktion des nächsten Reichstags mit dem Berliner Gymnasiallehrer Dr. Ernst Schwarz einen Studienrat auf.

43 Tag (Nachtausgabe) 145, 17.6.1924: Die Berufsgliederung des neuen Reichstages.

sich nicht an das ganze Volk, sondern an seine sozialen Untergruppen wandte.[44]

Dieser Vorstellung einer »objektiven« Abbildung trat mit der Zeit eine zweite, »subjektive« zur Seite, die statt der *Interessen* der Berufsstände die *Erfahrungen* thematisierte, die sich im Reichstag wiederfinden sollten. Diese Dimension zeigte sich erst in der zweiten Hälfte der zwanziger Jahre; unverkennbar trug sie Züge der Kritik am politischen Alltag. Die Auseinandersetzungen zwischen Sozialdemokraten, Kommunisten und Nationalsozialisten, in welcher Fraktion sich noch »wirkliche« Arbeiter fanden (statt nur Arbeiterfunktionäre), rekurrierten auf diese Dimension,[45] ebenfalls die Diskussionen darum, ob jemand tatsächlich im Krieg – also im Schützengraben und nicht in der Etappe – gewesen sei. Hier offenbarte sich der Anspruch, auch subjektive Lebenslagen mit dem Volk zu teilen, und unausgesprochen stand dahinter die Vorstellung, nur wer so lebe wie das Volk, könne dessen Probleme sehen und lösen. Deshalb erhielt der Agrarpolitiker Albrecht Philipp nach 1928 immer mehr Schwierigkeiten mit seiner Basis, dem Sächsischen Landbund.[46] Nicht, weil er ein schlechter Agrarlobbyist gewesen wäre, bestritt man ihm die Nomination auf einen erneuten Reichstagssitz, sondern weil er selber Gymnasiallehrer war. Der Umstand, daß er das Geschäft des Agrarlobbyings im Parlament seit 1912 betrieb, konnte allerdings seinen Unterstützern als Argument dafür dienen, daß man in diesem Betrieb keinen »berufsständigen Landwirt«, sondern einen »berufsständigen Parlamentarier« benötigte: eine andere Form von Erfahrungspolitik.

Dieser Abbildungsdiskurs dachte in *Ähnlichkeiten*. Er wollte, daß die Politiker sich möglichst wenig unterschieden vom Volk, und deshalb wurden Diätenhöhe und Freifahrkarte der Abgeordneten immer auch so aufgefaßt, daß die Abgeordneten »etwas Besseres« sein wollten. Solche Einwände lagen aber quer zu der Vorstellung, daß im Parlament doch die *Besten* eines Volkes zusammenkommen sollten. Die vielfältigen Klagen über die Mittelmäßigkeit des Parlaments waren in vieler Hinsicht nichts anderes als Klagen über die Repräsentationsidee. »Einer wie wir« bedeutete eben auch: einer wie alle, oder, wie die *Vossische Zeitung* es faßte: Wenn das Parlament das Volk abbilden sollte, dann war es »...eben nicht besser und nicht

44 Th. Childers, The Social Language of Politics in Germany. The Sociology of Political Discourse in the Weimar Republic, in: American Historical Review 95.1990, S. 331–358.

45 Vgl. etwa: Rote Fahne 47, 9.5.1924: Die Partei der »Arbeiter« (gegen die SPD, in deren Reihen sich zwar eine Menge hoher Beamter und Funktionäre fänden, aber kein »wirklicher« Arbeiter). Zur NSDAP: Nationalsozialistischer Pressedienst 7.1.1932: Ist die Sozialdemokratie oder die Nationalsozialistische Partei eine Arbeiterpartei? Abend 264, 7.6.1932: Das nennt sich Arbeiterpartei (zum Arbeiteranteil in der NSDAP-Fraktion).

46 Zum folgenden: Mergel, Parlamentarische Kultur, S. 365f.

schlechter als der Durchschnitt der deutschen Bevölkerung, ohne Unterschiede der Parteien und der Klassen«.[47] Auch auf republikanischer Seite wurde geklagt, daß der Reichstag zu wenig »Persönlichkeiten« aufweise, selbst wenn er zugestandenermaßen fleißig arbeite. Die *Germania* forderte deshalb »Männer, die Politiker aus innerster Veranlagung und Eignung sind, die Kraft dieser Veranlagung und ihrer Intelligenz einen zielklaren politischen Willen haben, der seine Festigkeit hinwiederum erhält vor allem durch das Bewußtsein einer sicheren und geprüften intuitiven politischen Begabung – Männer, in denen sich politische Phantasie mit politischer Verantwortungsfreudigkeit aufs Innigste verbindet.« Dabei wollte gerade diese katholische Zeitung wie die gesamte politische Mitte die Erwartungen an die Parlamentarier nicht überspannen: »Wir verlangen durchaus kein Parlament politischer Genies, wohl aber ein Parlament, dessen Männer, weil sie Politiker sind, innerlich aufgeschlossen bleiben für das Ganze des kulturellen und wirtschaftlichen Lebens in und außer unserem Volke. Unsere Politiker sollen im Willen fest, in ihrem Kulturbewußtsein fein aber elastisch sein, sie sollen immerzu das Herz des ganzen Volkes in allen Äußerungen seines mannigfaltigen Lebens ahnungsvoll erspüren.«[48]

Hinter dieser Bescheidenheit verbargen sich hohe Ansprüche an die Politiker. Die Vorstellung der Besten eines Volkes verweist darauf, daß der Repräsentationsdiskurs keiner der strikten Ebenbildlichkeit war. Vielmehr sollte das Parlament ein utopischer Hohlspiegel sein, in dem das Volk sich darstellte, wie es sein sollte, nicht wie es war, und das Insistieren der *Germania* auf der Intuition, dem »ahnungsvollen Erspüren« ließ auf Charismaerwartungen schließen, die man auch auf republikanischer Seite an Politiker hatte: Sie sollten so sein wie alle, und doch ganz anders, und schon in den Verhaltensnormen, die man an Politiker stellte, zeigte sich, daß man von ihnen mehr erwartete als nur technisch gute Politik. Die hinter der extremen Korruptionsempfindlichkeit stehenden strikten Moralvorstellungen, die der Vorstellung anhingen, Politik müsse ein Opfer sein, wolle sie redlich betrieben werden, widersprachen genau der alltäglichen Erfahrung mit Kriegsgewinnlern und Inflationsschiebern; wer hatte schon selber die Eigenschaften, die die *Deutsche Allgemeine Zeitung* vom Reichstag 1924 erwartete? «Viel Wille, der Berge versetzen kann, Festigkeit, Aufrichtigkeit und vor allem Selbstlosigkeit, die auf Ministerkrippen und sonstige Vorteile grundsätzlich verzichtet. Reine Hände und reine Herzen!«[49]

47 Vossische Zeitung 47, 29.1.1921: Parlament oder Diskutierklub?

48 Germania 343, 16.12.1923: Eine Lebensfrage unseres Parlamentarismus.

49 Deutsche Allgemeine Zeitung 1, 1.1.1924: Wie muß der neue Reichstag beschaffen sein? Zum Korruptionsdiskurs: Mergel, Parlamentarische Kultur, S. 374ff.

Wenn also darüber diskutiert wurde, ob sich im Reichstag die Volksgemeinschaft wiederfand, dann geschah das genau vor dem Hintergrund, daß das Volk diesem Ideal (noch) *nicht* entsprach, und der Reichstag es stellvertretend einlösen und vorwegnehmen sollte. Diese vorbildhafte Funktion zog sich durch den Weimarer Diskurs und ist typisch für die Erwartungen an die Politik, unabhängig vom politischen Standort. Nicht die Regelung von Möglichem, sondern die Einlösung von Utopien war der Kern der Erwartungen, die sich eben deshalb postwendend enttäuschen lassen mußten.

III. Führerbilder. Es war Teil der Suche nach den »Besten« eines Volkes, stand aber auch in einer steten Spannung zum Diskurs der Repräsentation, daß die Gesellschaft der Weimarer Republik sich auf einer ständigen, mitunter obsessiven Suche nach Führern befand. Insofern handelte es sich um einen Ausdruck der Selbstfindung, welche die eigene Führerlosigkeit maß am persönlichen Regiment Wilhelms II. ebenso wie an den militärischen Führungserfahrungen im Krieg.[50] Dabei gab es eine changierende Palette, von einem sehr vagen Bedürfnis nach handlungsfähigen Eliten, die aus einer amorphen Masse hervorstachen, bis hin zu einer messianischen Suche nach dem »Retter Deutschlands«, der die Nation aus ihrer Erniedrigung zu neuem Ruhm emportragen sollte.[51] Die Grenze zwischen »einem« Führer (im Gegensatz zu vielen Geführten) und »dem« singulären Führer war dabei fließend. »Der Führer« (als solcher) stellte dabei einen Handlungstypus vor, der einen bestimmten Set von Eigenschaften in sich verkörperte.[52] Je mehr die Suche nach solchen Männern – nur um solche handelte es sich – aber in Enttäuschungen endete, desto mehr wurde die Suche nach »einem« Führer zur Suche nach »dem« Führer, nach dem Motto: Einer wenigstens muß doch zu finden sein! Auf diesen »Einen« spitzte sich die Wahrnehmung seit dem Ende der zwanziger Jahre immer mehr zu.

Die Führersuche basierte auf einer Theorie der Elitenherrschaft, die, angefangen bei der Masse der Mitläufer, über einer Zwischenschicht von handlungsbereiten, aber nicht zureichend begabten Mitarbeitern eine kleine

50 M. Broszat, Soziale Motivation und Führerbindung im Nationalsozialismus, in: VfZ 18.1970, S. 392–409. Mit Lepsius könnte man von einer »latent charismatischen Situation« sprechen: M. R. Lepsius, Das Modell charismatischer Herrschaft und seine Anwendbarkeit auf den »Führerstaat« Adolf Hitlers (1986), in: ders., Demokratie in Deutschland. Soziologisch-historische Konstellationsanalysen. Ausgewählte Aufsätze, Göttingen 1993, S. 80–94. H.-U. Wehler hat die Suche nach dem Führer als eine kontinuierliche Erscheinung der deutschen politischen Kultur seit der Erfahrung mit Napoleon ausgemacht: Wehler, Gesellschaftsgeschichte IV, S. 554ff.

51 Vgl. K. Schreiner, »Wann kommt der Retter Deutschlands? « Formen und Funktionen von politischem Messianismus in der Weimarer Republik, in: Saeculum 49.1998, S. 107–160.

52 Vgl. die Charakterisierung bei Kershaw, Hitler-Mythos, S. 34f.; dessen Zuspitzung der Erwartung auf ein »heroisches« Führertum läßt sich allerdings aus meinen Quellen nicht bestätigen.

Schicht von Führern sah, die nach Meinung der meisten Kommentatoren maximal zehn Prozent der jeweiligen Grundgesamtheit ausmachten.[53] Sie galt es zu finden, mehr noch: In der Diskussion um die »Führerauslese« wurde die Rationalisierung der Findung solcher Führer debattiert. Die Debatte endete jedoch in Aporien, weil es sich genau als ein Kennzeichen der Führer herausstellte, daß sie nicht mit rationalen Mitteln gefunden werden könnten. Vielmehr »wuchsen« sie (Hansfritz Röder), »machten sich selbst« (Julius Binder), »erschienen« (Adolf Hitler).[54]

Die Suche nach dem Führer war kein Reservat der Rechten. Auch Walther Rathenau machte sich Sorgen um die »führerlose« Republik,[55] auch ein Demokrat wie Alfred Weber forderte, »der autoritative Führergedanke sei von demokratischer Seite zu pflegen«.[56] Ebenso setzte sich der Begriff während der zwanziger Jahre im Vereinskatholizismus durch – bis hin zur Benennung von Christus als Führer.[57] Die Faszination des Begriffs zeigte sich besonders deutlich, wenn der Jungsozialist Theodor Haubach 1930 sogar das Reichsbanner Schwarz-Rot-Gold, die republikanische Veteranenorganisation, »keine Vereinsdemokratie, sondern eine Führerdemokratie« nannte.[58] Bei aller Unklarheit des Begriffs handelte es sich doch in jedem Fall um eine plebiszitär legitimierte, jedoch autoritative, wenn auch nicht immer autoritäre Herrschaftsvorstellung.

Daraus ohne Verzug auf »antidemokratisches Denken« zu schließen scheint unhistorisch und vernachlässigt die historischen Erfahrungen und Erwartungen, die sich dahinter verbergen.[59] Denn es ging lange Zeit nicht um eine Abschaffung der Demokratie, sondern um die Möglichkeit, angesichts der zunehmenden Organisierung der Gesellschaft die Dimension des Personalen, wenn man so will: der Identität zu wahren. In einer Fülle von

53 Hier kann nur auf die zeitgenössischen Lexikoneinträge verwiesen werden, die in Artikeln über die Stichwörter »Führer« und »Funktionär«, von rechts bis links einem solchen Konzept der Wenigen folgten.

54 Vgl. hierzu Mergel, Parlamentarische Kultur, S. 367ff.; Sontheimer, Antidemokratisches Denken, S. 219.

55 P. Berglar, Walther Rathenau. Ein Leben zwischen Philosophie und Politik, Graz 1987, S. 63.

56 So in einer Wahlkampfveranstaltung 1930. Alfred Weber, Über die Gegenwartsproblematik der Demokratie (1930), in: ders., Politische Theorie und Tagespolitik (1903–1933) (Alfred Weber-Gesamtausgabe Bd. 7), Marburg 1999, S. 463.

57 L. Linsmayer, Politische Kultur im Saargebiet 1920–1932. Symbolische Politik, verhinderte Demokratisierung, nationalisiertes Kulturleben in einer abgetrennten Region, St. Ingbert 1992, S. 257.

58 Zit.n. K. Rohe, Das Reichsbanner Schwarz-Rot-Gold. Ein Beitrag zur Geschichte und Struktur der politischen Kampfbünde zur Zeit der Weimarer Republik, Düsseldorf 1966, S. 90.

59 So z.B. Sontheimer, Antidemokratisches Denken; Kershaw, Hitler-Mythos, S. 28ff.; Stöver, Volksgemeinschaft, S. 296.

Schriften setzten sich Linke wie Rechte mit der Führerfrage auseinander.[60] Die Beschreibungen, die sie lieferten, konstruierten den Führer als die andere Seite der Repräsentation. Wurden in jener Kategorien wie Regelmäßigkeit und Identität mitgedacht, so dominierten im Führerdiskurs die Kontingenz und die Unvorhersehbarkeit. Wurde die Repräsentation in der Form des »so wie wir« imaginiert, so repräsentierte der Führer das »ganz Andere«. Beim Führer wurde ein Begriff der Persönlichkeit angewandt, die sich in eminenter Individualität zeigen mußte, in Durchsetzung gegen das Allgemeine, Regelmäßige und damit auch Mittelmäßige.

Der Gegenbegriff, der deshalb in den meisten Schriften über das Führertum auftauchte, war der des Apparats, des Betriebs, der Maschine, und zwar besonders häufig gerade bei denjenigen, die sich als Demokraten bezeichneten. Die Wortwahl offenbarte in einer Art Zirkelschluß, welche Assoziationen sich mit der Repräsentation verbanden. Es war eine entindividualisierende Ordnung, die verregelnd, apparathaft wirkte. Die «Maschine« bezeichnete in der älteren politischen Rhetorik den widerstandslosen Lauf der Staatsmechanik, übrigens schon im 19. Jahrhundert als Gegensatz zur lebendigen, organisch gedachten Öffentlichkeit.[61] In der Rezeption der »party machines« der Vereinigten Staaten modernisierte sich die Semantik und bezeichnete nun reibungslos funktionierende Organisationen, die dem Machterwerb und Machterhalt dienten.[62] Im Reden über den »Betrieb des Parlaments«[63], die »Politik am laufenden Bande«[64], den »Maschinenmeister in der Fraktion«[65] wurde eine Vorstellung vom normierten, geradezu selbstläufigen Getriebe transportiert. Die antiindustrialistische Semantik, die ex negativo die Sehnsucht nach dem Unmittelbaren, dem Persönlichen in sich trug, ging dabei parallel einer Faszination von denjenigen, die solche Appa-

60 Vgl. etwa: Hans Bechly, Die Führerfrage im neuen Deutschland, Hamburg 1928 (Mitglied des DHV); Julius Binder, Führerauslese in der Demokratie, Langensalza 1929; Curt Geyer, Führer und Masse in der Demokratie, Berlin 1926 (ehemaliger USPD-Reichstagsabgeordneter, später Redakteur des Vorwärts); Walter Jellinek, Verhältniswahl und Führerauslese, in: AöR 50.1926, S. 71 ff.; Leonard Nelson, Demokratie und Führerschaft, Stuttgart 1927; Heinrich Rogge, Vom Führertum als Problem der wissenschaftlichen Politik, in: Preuß. Jb. 207. 1927, S. 317–339; Richard Schmidt, Verhältniswahl und Führerauslese, Diss. Kiel 1928.

61 Vgl. B. Stollberg-Rilinger, Der Staat als Maschine. Zur politischen Metaphorik des absoluten Fürstenstaats, Berlin 1986.

62 Vgl. (mit weiteren Belegen) Th. Mergel, Gegenbild, Vorbild und Schreckbild. Die amerikanischen Parteien in der Wahrnehmung der deutschen politischen Öffentlichkeit 1890–1920, in: D. Dowe u.a. (Hg.), Parteien im Wandel. Vom Kaiserreich zur Weimarer Republik, München 1999, 363–396, bes. 383ff.

63 Berliner Börsencourier 51, 31.1.1931: Parlamentsreform. Von Theodor Heuß MdR.

64 So kennzeichnete der ehemalige deutschnationale Fraktionsführer Graf Posadowsky 1920/21 die Gesetzgebungsarbeit des Reichstags: Arthur v. Posadowsky-Wehner, Volk und Regierung im neuen Reich, Berlin 1932, S. 128.

65 Berliner Tageblatt 393, 21.8.1929: Notwendige Parlamentsreformen.

rate steuerten. Nicht, daß die Politik *nicht* funktionierte, sondern vielmehr: daß sie *zu gut* funktionierte, schien dabei auf. «Maschine«, »Apparat«, »Betrieb« meinten einerseits die Minimierung des Einflusses des Einzelnen und die Herabwürdigung der Personalität zum Rädchen im Getriebe. Umso mehr Beachtung erfuhr andererseits derjenige, der dieses Getriebe steuerte.

In einer der wichtigsten Befindlichkeitsanalysen der Weimarer Republik beschrieb der Philosoph Karl Jaspers 1930 erst die Herrschaft des Apparats mit Begriffen wie »das Allgemeine der Sachlichkeit«, »Mittelmäßigkeit«, »Menschen ohne Schicksal, ohne Rang und ohne eigentliche Menschlichkeit«, die von ihrer Wurzel gerissen seien.[66] Unmittelbar darauf und gewissermaßen als Antithese dazu schrieb er über »Führertum«. Der Führer war bei ihm nicht etwas aus sich selbst, sondern ein Exponent der Menge, welche hinter ihm stand; er hob die »gespenstische Unsichtbarkeit« auf, durch die Herrschaft in der Massengesellschaft gekennzeichnet ist. Führer mußten also ganz anders sein, es mußten in ihnen aber auch Elemente dieses Allgemeinen aufscheinen: er mußte sein wie alle, aber ohne deren Banalität. Die Erwartung auf den Führer war im Grunde eine Erwartung an das Über-Sich-Hinauswachsen, und nicht wenige derer, die über Führer reflektierten, meinten ganz offensichtlich eigentlich sich selbst. Wenn Alfred Weber über »Die Bedeutung der geistigen Führer in Deutschland« schrieb, so war es schwer, von seiner Person zu abstrahieren.[67] Dabei klagte Weber eigentlich über die selbstverschuldete Depossedierung der »geistigen Führer« seiner Zeit, die, anders als Goethe, Schopenhauer oder Nietzsche, »keine befreiende und umfassende Antwort« mehr gaben, sondern nur noch »Fragen« behandelten. In diese Lage der Partikularität waren sie aber, so Weber, durch nichts anderes geraten als die Verapparatung und Vermassung der Gesellschaft, die jedem einen mechanistischen Spezialismus aufzwang. Auch hier war also der Gegensatz zwischen dem Allgemeinen, dem Regelmäßigen, dem Umfassenden einerseits und dem Spezifischen, Eigenartigen andererseits, der die Spannung zwischen dem besonderen Führer und der notwendig maschinenhaften Repräsentation ausmachte.

Ein Führer war deshalb einer, mit dem man nicht rechnete; in den Worten Moeller van den Brucks: ein Außenseiter.[68] Moeller van den Brucks Gegenbegriff war der der Partei – eine Konkretisierung der »Maschine« –, in der sich nicht nur die Uneinigkeit der Deutschen, sondern auch ihre Vereinsmeierei, das Doktrinäre, also: das Normaldeutschtum manifestierte. Der Führer war für ihn ein Abweichler, eine überraschende Erscheinung, auch

66 Karl Jaspers, Die geistige Situation der Zeit (1930, 1932[5]), Berlin 1979, S. 45f.

67 Alfred Weber, Die Bedeutung der geistigen Führer in Deutschland (1918/1927), in: ders., Politische Theorie und Tagespolitik, S. 347–367.

68 Arthur Moeller van den Bruck, Der Außenseiter als Weg zum Führer, in: Der Tag 15.1.1919. Wiederabdr. in ders., Der politische Mensch, Breslau 1933, S. 65–75.

ein Stück Irrationalität. Dieser Diskurs der Kontingenz war keineswegs allein eine Sache der Rechten, sondern wurde von allen Seiten breit geteilt. In diesem Gegensatz zwischen Charisma (= Führer) und Organisation (= Maschine) beschrieb auch Max Weber die Erfordernis moderner Politik.[69] Auch bei ihm war die Unberechenbarkeit und Unerwartbarkeit des Führers kein Charakteristikum des Chaos, sondern der Ordnung, indem er dadurch Aporien aufzulösen in der Lage war. Der Führer überwand also die Maschine. Auch in der Linken wurde eine solche Vorstellung vom Führer diskutiert. »Führer«, das war für den ehemaligen USPD-Reichstagsabgeordneten und nunmehrigen Redakteur des *Vorwärts* Curt Geyer die »Verkörperung des Wollens, des Handelns, der politischen Vitalität, der bewußten Umformung dessen was ist«.[70] Wenn er auch Webers Begriff des Charismas ablehnte, weil dieser Übermenschliches verlange, benutzte Geyer diese Kategorie doch, um den eigentlichen Charakter von Führung darzulegen.[71] Auch bei ihm gab es einen Gegensatz zwischen dem Charisma des Führers und der verregelten Legitimations- und Handlungsprozesse im Parlament, die er unter dem Stichwort der »Maschine« und der »Mechanik« als eine Konventionalisierung des Kampfes und demgemäß als eine Tendenz zur Passivität der »Als-ob-Führer« begriff.[72] Als einen Gegenbegriff formulierte er den des »zweckbewußten Handelns«, der aus dem Massenwillen Politik forme. So machte der Führer aus der Anomie Struktur, die mehr war als das Uhrwerk einer gesichtslosen »Maschine«.

Indem sie den »Führer« in einen Gegensatz zu den vorgefundenen politischen Strukturen setzte, tendierte die Diskussion um die Führerauslese zur Ablehnung der regelhaften, voraussehbaren, an Verfahren orientierten ›Normalpolitik‹. Eduard Spranger nannte als Grund der Ablehnung des Parlamentarismus durch die Jugendbewegung dessen »unorganischen, rechenhaften Stil«.[73] Damit fiel ein scharfes Licht auf diejenigen, die unberechenbar waren, weil sie sich den Regeln nicht unterwarfen. Gerade diejenigen, die nicht diszipliniert werden konnten und die »irrational« handelten, mußten damit rechnen, zu »Führern« stilisiert zu werden. Dieser Umstand schärfte den Blick für den ausreißerischen Individualismus und verweist auf wichtige Motive, die der kontingenten, narzißtischen Führerrepräsentation Hitlers Akzeptanz verschaffen konnten. Man kann argumentieren, daß die Thematisierung des Charismas, der Unberechenbarkeit und des Außen-

69 »Aber es gibt nur die Wahl: Führerdemokratie mit ›Maschine‹, oder führerlose Demokratie. «: Max Weber, Politik als Beruf, in: ders., Gesammelte Politische Schriften, Tübingern 1988[5], S. 505–560, 544.

70 Curt Geyer, Führer und Masse, S. 117.

71 Ebd., S. 59 ff. (am Beispiel von Bebel und Lenin).

72 Ebd., S. 91.

73 Eduard Spranger, Psychologie des Jugendalters, Leipzig 1924, S. 218.

seitertums als wesentlicher Momente von Führertum es überhaupt erst *möglich* machte, daß man auf Hitler aufmerksam wurde. Umgekehrt gibt es Anzeichen dafür, daß die Erwartungen, die Hitler von seiner Umwelt erfuhr, Anteil hatten an der Formung seines Image, wie es seit seiner Haftzeit in Landsberg immer klarer wurde.[74]

Hitler war aber nur der Endpunkt und lange Zeit keineswegs unumstritten. Die Vorstellung, daß er der gesuchte Führer war, lag ihm lange Zeit selber fern und wurde auch danach erst mit der Zeit gegen die Konkurrenz durchgesetzt. Hitlers charismatisches Führertum war das Ergebnis einer Konkurrenz. Nach dem Krieg wandte sich die Suche nach dem Führer wechselnden Männern zu und debattierte unablässig, ob man in diesem oder jenem einen solchen vor sich habe; die Kriterien, die dabei diskutiert wurden, waren allesamt welche, die später auch auf Hitler zur Anwendung kamen. Es gab eine Reihe von – niemals explizit definierten – Attributen, die einen Führer ausmachten, und viele von ihnen konnten mit militärischen Eigenschaften assoziiert werden: Bewährung in schwierigen Situationen; Ergreifen einer günstigen Gelegenheit; Zuspruch bei den Massen über Parteigrenzen hinaus; unverhoffte und überraschende Initiativen; eindrückliche körperliche Merkmale. Fast immer handelte es sich um Männer von einfacher Herkunft; wenn sie nicht sowieso außerhalb der Parteien standen, so gerieten sie meist mit ihrer Partei in Konflikt. Charakteristischerweise wurde diese Frage bis zu Hitler selten an einen Vertreter der Rechten gerichtet. Denn ein Führer mußte sich im Einklang mit dem Volk befinden, weshalb man zunächst nach solchen Politikern fragte, die ohnehin nahe an den Massen – also der Arbeiterschaft – waren. Allerdings zeigt sich auch, daß all diesen Figuren, denen man solche Eigenschaften zusprach, andere Eigenschaften immer wieder fehlten. Die Führersuche war mithin von ständigen Enttäuschungen begleitet.

Wenn diese Struktur der Erwartungen im folgenden an einzelnen Personen untersucht wird, so handelt es sich dabei um solche, die zunächst hohe Erwartungen auf sich zogen, um sie dann zu enttäuschen. Voraussetzung dabei war, daß sie über die politischen Lager hinweg Respekt oder sogar Bewunderung erlangten und auch in gewisser Weise daran appellierten. Denn Führer mußten über den Parteien stehen, und Politiker, die sich nur in ihrem Lager bewegten, konnten so per se keine Führerphantasien erwecken. Das galt vor allem für Friedrich Ebert, unbeschadet dessen eigener Integrationspolitik. Gustav Stresemann wurde zu sehr mit Kompromissen assoziiert, um in ein solches Raster zu fallen; Walter Rathenau wurde ermordet, bevor ein Diskurs greifen konnte, der ihn als »ganz anders« beschrieb. Generell kamen die Objekte dieses Führerdiskurses nicht aus dem bürger-

74 A. Tyrell, Vom »Trommler« zum »Führer«, München 1975, S. 173.

lichen Establishment, denn sie mußten ja Außenseiter sein und auf eine eigene Leistung verweisen können. So kam es zu einer raschen Abfolge von Personen, auf die solche Erwartungen gerichtet wurden und die diese sehr schnell enttäuschten.

Der erste, auf den sich diese Aufmerksamkeit richtete, war wohl *Gustav Noske*, der, anders als Friedrich Ebert, das militärische Auftreten, die Klarheit des Ausdrucks, aber auch die Botschaft der Ordnung und der Rettung vor dem Bolschewismus mit sich brachte, die 1919/20 auch bei Vertretern den Bürgertums die Option auf einen »Diktator Noske« überlegenswert erscheinen lassen mochten.[75] Es ist aber auch auffällig, wie gerade in sozialdemokratischen Kreisen die autoritäre Attitüde Noskes Rückhalt fand. Wenn der Sozialdemokrat Emil Unger Noske als Redner beschrieb, war der etwas befremdete Respekt zu spüren vor einem, der die Massen zwingen, nicht sich ihnen unterwerfen wollte: »Er reiht Sätze wie Quadersteine, die Worte fallen wie Hammerschläge – so treibt man Nägel in Eichenstämme. ... Nie schmeichelt er dem Demos. Rücksichtslos legt er seine Ansichten dar, mögen sie den Anwesenden gefallen oder nicht.«[76] Das war gleichzeitig auch die Eigenschaft, mit der er sich Respekt beim Bürgertum erwarb. Ein von den Massen anerkannter, aber autoritärer Führer: dies war eine Folie, die weiterhin wirken sollte. Die Spaltung der Massen, die damit einher ging – schließlich hatte sich Noske seine Meriten als »Bluthund« beim Kampf gegen die revolutionären Arbeiter 1918/19 erworben –, mußte nicht notwendig gegen ihn wirken. Denn die Trennung in »gute« und »schlechte« Massen war eine, die auch bei den »Massen« selber Anklang fand.

Die zwei Sündenfälle, die ihm jedoch den Garaus machten, verwiesen auf typische Attribute der Führererwartung: Zum einen wurde seine Autorität enorm geschwächt durch das Bild in der *Berliner Illustrirten* vom August 1919, das ihn mit Friedrich Ebert in Badehosen und mithin in keinerlei Führerpose zeigte. Führer, die sich entblätterten, waren keine mehr, und Adolf Hitler zog daraus die Lehre, daß er sich niemals in Sport- oder Badekleidung zeigte oder gar fotografieren ließ, da »ein Staatsoberhaupt in der Badehose eine lächerliche Figur abgibt«.[77] Noskes endgültiger Sündenfall war jedoch der Kapp-Lüttwitz-Putsch; daß er die Anzeichen nicht frühzeitig erkannt hatte, ihn nicht verhindern und schon gar nicht ersticken konnte, daß es dafür vielmehr eines Generalstreiks bedurfte, schwächte das Vertrauen in seine vorausschauenden Fähigkeiten. Das Moment der Bewährung, das Max Weber in seinem Charisma-Begriff so

75 Hierzu W.Wette, Gustav Noske. Eine politische Biographie, Düsseldorf 1987.

76 Emil Unger, Gustav Noske, in: ders., Politische Köpfe im sozialistischen Deutschland, Leipzig o.J. (1920), S. 67f. Zit.n. Wette, Noske, S. 693.

77 U. Popplow, Adolf Hitler – der Nichtsportler und der Sport. Zur Anatomie des Diktators, in: H. Nattkämper (Hg.), Sportwissenschaft im Aufriß, Saarbrücken 1974, 39–55, 40.

betonte, kam hier zum Tragen, und konsequenterweise trat Noske sofort zurück.

Das militärische Element fehlte fast völlig bei *Josef Wirth*, der als legitimer politischer Sohn Matthias Erzbergers, als Exponent des christlichen Arbeiterflügels und als Finanzminister und Kanzler in der schwierigen inflationären Anfangsphase der Weimarer Republik eine ganze Reihe von anderen führertypischen Eigenschaften auf sich vereinte.[78] Er zog Führererwartungen auf sich, weil er den populistischen Zug verkörperte, der die Massen zu begeistern wußte und sie gegen den »Apparat« in Stellung zu bringen vermochte, und weil er dies als überzeugungskräftiger und keineswegs opportunistischer Politiker tat. Als Wirth 1925 seine Zugehörigkeit zur Reichstagsfraktion des Zentrums wegen Auseinandersetzungen in der Zollpolitik aufkündigte und zur Bildung einer republikanischen Sammelbewegung aufrief, wurde dies in der freundlichen und feindlichen Presse als die Tat eines Einzelnen gegen die »Maschine« verstanden. Die rechte *Schlesische Zeitung* meinte: »Dieser Mann ist mehr als er selber, er ist ein Symbol. ... Hier ist allerdings einer, der sich bewährt hat!«[79] In einer Theaterrezension benutzte der liberale Publizist Julius Elbau die Vorlage der Maria Stuart als eine Allegorie auf Wirth, denn hier wir dort drehte es sich darum, Verantwortung zu übernehmen. »Mir selbst ist in all den Jahren, in denen ich mit dabei war, kein einziger Vorgang erinnerlich, für den eine bestimmte Persönlichkeit nachweisbar die Verantwortung trägt. ... Die Entscheidungen vollziehen sich – statt in der Seele des Einzelnen – in kollegialen Beratungen, in Gremien, die sich in vorsichtigem Meinungsaustausch erschöpfen. Bis einer auf den Tisch schlägt und zum Entsetzen aller Beteiligten erklärt, daß er nicht mehr mitspiele.«[80] Wenn die Verhältniswahl-Maschine weiter so arbeite, meinte Elbau, dann werde das politische Leben zu einem Spiel mit leblosen Schachfiguren, das dem Volk draußen schließlich gänzlich gleichgültig werde. Wirth war für Elbau zweifellos kein solcher Maschinenpolitiker, sondern einer, der diese durch seine persönliche Tat dirigieren konnte.

Eines jedoch war nötig: nicht nur, wie die *Berliner Börsenzeitung* formulierte, den Mund zu spitzen, sondern auch zu pfeifen.[81] Daß Wirth als Führerhoffnung wieder sehr schnell abtrat, lag daran, daß er die große Tat nicht wagte, die von ihm erwartet wurde. Weder gründete er eine neue Partei noch gelang es ihm, bestehende Parteien zusammenzufassen. Er hatte also die Maschine nicht zwingen können und war vor dem riskanten Schritt

78 Zum folgenden vgl. Mergel, Parlamentarische Kultur, S. 371ff.; zu Wirth: U. Hörster-Phillips, Josef Wirth 1879–1956. Eine politische Biographie, Paderborn 1998.

79 Schlesische Zeitung 634, 26.8.1925 (o.T.).

80 Vossische Zeitung 422, 6.9.1925: Außenseiter. Von Julius Elbau

81 Berliner Börsenzeitung 406, 31.8.1925: Die Affäre Wirth soll eingerenkt werden.

zurückgeschreckt, der ihn auch seine politische Existenz hätte kosten können. Im öffentlichen Diskurs wurde er sehr schnell zu einem Querulanten, der sich der politisch gebotenen Linie nicht fügen wollte.[82] Obwohl Josef Wirth in der Republik weiterhin eine wichtige Figur war und noch mehrere Ministerposten bekleidete, kam es nicht mehr vor, daß man bei ihm Führereigenschaften entdeckte. Er hatte seinen Moment gehabt, und er hatte ihn verspielt.

Ein Politiker, bei dem sich Populismus und Unberechenbarkeit nur gebrochen zeigten, dagegen die Momente des »Mannes aus dem Volke« vor Hitler am klarsten fanden, war *Carl Severing*.[83] Der Sohn eines Zigarrenarbeiters aus dem westfälischen Herford war gelernter Metallarbeiter; 1901 hatte er die Redaktion der Bielefelder Volkswacht übernommen. Seit 1907 im Reichstag, war er 1919/20 als Reichskommissar in das Ruhrgebiet gesandt worden, um dort die revolutionären und gegenrevolutionären Umtriebe zu begrenzen – mit Erfolg. Die Fähigkeit, Ordnung schaffen, haftete ihm fortan an, und es ist kein Zufall, daß diese sehr bürgerliche Erwartung sich wie bei Noske auf einen Sozialdemokraten richtete. 1926 resümierte wiederum Julius Elbau für die *Vossische Zeitung*: »Wer hat sich damals auf die Schanze gestellt? Wer ist den Schwarmgeistern entgegengetreten? ... Wer hat den Staat, die Gesellschaft, die Ordnung verteidigt und gerettet? ... Inmitten dieser Gärung, diesem Sturm und Aufrur, wehrlos unter den Gewalttätigen: Ein kleiner, unscheinbarer, schweigsamer Mann, mit den Händen eines Arbeiters, der Stirn eines Gelehrten, den Augen eines Gläubigen: Carl Severing, damals noch ein unbekannter Arbeiterführer aus Bielefeld, aber der Vertreter von vier Jahrzehnten gewerkschaftlicher Disziplin, Verantwortungsfreudigkeit, Nüchternheit und Gemeingeist. Spätere Geschichtsschreiber werden der Nachwelt das Wunder erklären, das damals geschah: daß aus Chaos Ordnung wurde, daß das deutsche Volk, von seinen Führern im Stich gelassen, der Anarchie, der Vernichtung, der Selbstzerstörung entging. Die deutsche Demokratie hätte mehr Ursache, die wahren Helden, die das vollbrachten, zu bewundern, als den Marsch Mussolinis nach Rom.«[84] Momente der Stilisierung Severings, wie sie hier genannt werden, tauchten später auch bei Hitler auf: Die »Augen eines Gläubigen«, der kleine Mann in den Wogen des Chaos, der Ordnung schafft; das »Wunder«. Gleichzeitig scheinen Faktoren auf, die es verhinderten, daß die Erwartungen an Severing als Führer überbordeten: Nüchternheit, Disziplin, Berechenbarkeit.

82 So aus unterschiedlichen Perspektiven: Germania 69, 11.2.1927: Wirth und das Zentrum; Deutsche Zeitung 181, 9.3.1927.

83 Hierzu Th. Alexander, Carl Severing. 2 Bde., Frankfurt/M. 2000.

84 Vossische Zeitung, 25.7.1926: Heldentum.

Nach dem Kapp-Lüttwitz-Putsch übernahm Severing das Preußische Innenministerium und republikanisierte die innere Verwaltung und die Polizei. Der Erfolg dieses »Systems Severing« zog den erbitterten Haß der nationalen Rechten auf sich. Gerade deshalb aber hatte diese einen Respekt vor ihm, der der Verehrung auf der Linken korrespondierte. Als er 1926 aus Gesundheitsgründen überraschend zurücktrat, notierte der rechtsstehende *Tag*: »Es handelte sich beileibe um keine Krise grundsätzlicher Art, sondern nur um eine Person. Oder richtiger sogar um eine Persönlichkeit. Denn daß er wirklich ein Mann ist, dieser große Hasser des nationalen Deutschlands, wird auch der erbittertste Gegner Herrn Severing bestätigen. ... Severing ist das einzige politische Talent, das die Sozialdemokratie nach dem Kriege hervorbrachte. Daß dieser bedeutende, furchtlose Mann im Lager der Revolution stand, ist für Preußen und Deutschland ein großes Unglück gewesen. Und daß die Linke bei dem Gedanken, diesen Vorkämpfer und Führer etwa verlieren zu müssen, geradezu von Entsetzen geschüttelt wird, kann man lebhaft nachfühlen.«[85] Die preußische Verwaltung und Polizei, »den großartigen preußischen Apparat«, als Machtquelle erkannt und zu einer sozialdemokratischen Bastion ausgebaut zu haben rechnete die Zeitung zu den Leistungen, die ihn als Führer qualifizierten – unabhängig davon, ob sie dies begrüßte oder nicht. Severing war auch in den Augen der Rechten ein Beherrscher der »Maschine«.

Und er zeigte keine Angst. Diesen immer wieder dokumentierten Nimbus festigte Severing mit einer spektakulären persönlichen Aktion: Als er im Oktober 1930, im Zusammenhang mit der Regierungserklärung Brünings im Reichstag, seinem Parteifreund Wilhelm Hoegner schützend gegen die Angriffe der Nationalsozialisten beisprang und daraufhin sich ein Tumult der Beschimpfungen über ihn selbst ergoß, ging er nach Abschluß seiner Rede mitten durch die Reihen der Nationalsozialisten – die ihm kein Haar krümmten.[86] Zum Symbol schien Severing aufzurücken, als er im Juli 1932 durch die Reichsexekution Franz von Papens, den »Preußenschlag«, seines Amtes enthoben wurde und sich äußerte, er weiche nur der Gewalt. Die *Münchener Post* stilisierte ihn nun zum Gegenspieler Hitlers; als Severing in München, der Hochburg Hitlers, eine Wahlkundgebung vor Zehntausenden von Teilnehmern hielt, und trotz vorheriger Ankündigung keine Störungen erfolgten, da sprach sie ihm geradezu wundersame Eigenschaften zu: »Severings Erscheinen genügte, und die Braunhemden waren in München verschwunden oder doch unsichtbar. ... So war ihnen dieser gewaltige Aufmarsch der Anhänger der Eisernen Front in die Knochen gefahren, so sehr hatte ihnen das Erscheinen des wirklichen deutschen Arbeiterführers

85 Der Tag, 18.7.1926: Um Preußen.

86 Carl Severing, Mein Lebensweg Bd. II, Köln 1950, S. 259.

die Stimme verschlagen.«[87] Sie waren aber anwesend – die Anziehungskraft Severings hatte auch sie angelockt: Die Zeitung machte Nationalsozialisten im bürgerlichen Rock als Zuhörer aus, ebenso Kommunisten, die trotz der Boykottparole ihrer Parteiführung erschienen waren und den Einzug Severings im Blumenregen beobachteten: »So ehrt das Volk seinen selbstgewählten Führer«.

Dennoch: Der Staatsstreich in Preußen bedeutete gleichzeitig das Ende Severings als Führerhoffnung. Denn wie Wirth hatte auch er den großen Schritt nicht gewagt. Bei ihm hatte man erwartet, Papens Putsch nicht nur vor dem Reichsgericht, sondern auch mit seiner vielgelobten Polizei zu bekämpfen. Der Legalismus der Sozialdemokratie nach der Reichsexekution wurde so vor allem ein Versagen des Führers Severing, der sich damit eben doch als ein zwar nüchterner und redlicher Staatsmann zeigte, aber nicht als ein Führer, der das Überraschende tat, sein Leben in die Schanze warf und Risiken einging. Dieses Moment fehlte Severing. Er galt als ein Beherrscher des Apparats, nicht aber als dessen Gegenbild, und ein Ausdruck dessen war auch, daß er, anders als Wirth und Noske, sich nie im Widerstreit mit seiner eigenen Partei befand.

Vielleicht schadete seinem Image auch, daß er nie mit dem Anspruch auftrat, ein Führer zu sein. Denn ein Stück Eigenpropaganda haftete denen gewöhnlich an, die als Führer thematisiert wurden. Damit setzten sie sich zwar mitunter der Lächerlichkeit aus, aber war das nicht auch ein Zeichen von Führerschaft: von den Seinen nicht erkannt worden zu sein? Es war jedenfalls ein wiederkehrender Topos in Hitlers Selbststilisierung. Ähnlich bei *Artur Mahraun*.[88] Mahraun war im Ersten Weltkrieg Offizier gewesen und hatte sich danach einem Freikorps angeschlossen. Als Gründer des Jungdeutschen Ordens wurde er schnell zu einer der Zentralfiguren innerhalb der deutschen Rechten, die jenseits der etablierten Parteien dem bündischen Element die zentrale Funktion bei der Herstellung der Volksgemeinschaft zubilligten. Von den vielen Figuren, die sich dort tummelten, hob er sich allerdings durch zwei Momente ab: erstens durch seine aggressive Kritik gerade an den etablierten Führern der Rechten, besonders an Alfred Hugenberg, und zweitens durch seine eigene politische Linie. Denn er proklamierte nach 1923 nicht nur die Verständigung mit Frankreich, sondern auch die innenpolitische Aussöhnung im Dienste der Volksgemeinschaft. Den Deutschnationalen sei das Nationale nur ein Geldgeschäft, verkündete

87 Münchener Post 29.7.1932: Das Volk steht auf! Gewaltige Severing-Kundgebungen in München. Zehntausende lauschen dem Führer.

88 Zu dieser interessanten, zeitgenössisch zentralen Figur der Rechten gibt es leider keine Studie. Vgl. K. Hornung, Der Jungdeutsche Orden, Düsseldorf 1958.

er, ihm dagegen gehe es um die Versöhnung von Schwarz-Weiß-Rot und Schwarz-Rot-Gold.[89]

1926 wurde ein Hochverratsverfahren gegen ihn eingeleitet, weil er mit französischen Politikern über eine Revision des Versailler Vertrags gesprochen hatte. Er selber konnte hinter diesem Verfahren nur die Interessen großkapitalistischer Kreise entdecken, womit er Hugenberg meinte. Für sich selber reklamierte er »die heilige Verpflichtung, im vorstehenden Sinne Stellung zu nehmen, weil ich der Führer einer Macht innerhalb der nationalen Bewegung bin, der lediglich in seinem Handeln seinem Gewissen unterworfen ist. Ich war während des Krieges Soldat und Führer einer Infanteriekompagnie. Als solcher habe ich mir während des ganzen Krieges Rechenschaft über jeden Tropfen Blut, welcher vergossen wurde, gegeben. Auch heute als politischer Führer werde ich niemals anders handeln. Ein Versäumnis, die in meiner Hand befindliche politische Macht politisch zur rechten Stunde einzusetzen, kann unter Umständen in der Zukunft das Blut meiner Brüder kosten, die sich meiner Führung anvertraut haben. Das Vertrauen, welches diese Brüder mir entgegen bringen, setzt mich in die Lage, auch etwas auszusprechen, welches ein anderer Politiker nicht wagen dürfte, da er sonst seine Gefolgschaft verlieren würde. Die Angst, unpopulär zu sein, und eine Feigheit vor Angriffen anderer wird mich niemals bestimmen, gegen mein Gewissen zu handeln.«[90] Diese Stilisierung der Führerverantwortlichkeit korrespondierte mit seiner Kampfbereitschaft, die – wie bei Hitler – eine Welt von Feinden um sich sah: »Vier Jahre hat man mit Eisen und Blut nach mir geworfen: Das war im Krieg. Jetzt wirft man seit sieben Jahren mit Schmutz und Verleumdungen: das ist der politische Kampf.«[91]

Der Kern von Mahrauns Botschaft bestand im Bemühen um die Einheit aller Deutschen, seien sie rechts oder links.[92] An diesem lagerübergreifenden Anspruch hielt er fest, auch wenn man ihn der Rechten zurechnete und er seitens der Linken mißtrauisch beäugt wurde, ja, gerade aus dieser Ablehnung zog er sein Selbstbewußtsein als ein über den Parteien stehender Führer. Den größten Erfolg hatte Mahraun mit der kampagnenartig inszenierten Implementierung des Begriffs des »Parteiismus« als Kritik an der Herrschaft der Parteiapparate, die, so Mahraun, die innere Spaltung im Volk in dem Maß verewigte, in dem die politische Klasse immer selbstzufriedener und abgeschlossener wurde. Hier zeigte sich eine Konzept der Volksgemeinschaft, die explizit die politischen Lager transzendierte und vor dem Hintergrund der nationalen Gleichheit auch und besonders diejenigen zur

89 Vossische Zeitung 42, 26.1.1926: Mahraun gegen die Deutschnationalen.

90 Der Jungdeutsche 257, 1.11.1925: Politik und Gewissen. Zum Friedensangebot der nationalen Franzosen. Von Arthur Mahraun.

91 Der Jungdeutsche 15, 19.1.1926: In der Drecklinie. Von Arthur Mahraun.

92 Mit einer Ausnahme: Juden waren zum Jungdeutschen Orden nicht zugelassen.

Gemeinsamkeit aufrief, die »scheinbar« auf der Gegenseite standen. »Gemeinschaftsbildung und Gemeinschaftserhaltung« auf der Grundlage der Fronterfahrung, die den Beweis erbracht habe, »daß es eine Kameradschaft gibt zwischen Menschen jeden Glaubensbekenntnisses, zwischen Menschen jeden Alters und jeden Ranges«: auf diesem Grundsatz basierte Mahrauns bündische Politik, und sie war die Grundlage seiner Ablehnung anderer rechter Bestrebungen ebenso wie seines Angebots an die Linke, deren Zugehörigkeit zur Volksgemeinschaft er energisch verteidigte. »Das nannten wir im Felde Kameradschaft. Und heute, da wir diesen einzigen Kriegsgewinn, den wir nach Hause brachten, zum Untergrund unseres Empfindens machen wollen, da nennen wir es: Gemeinschaft. Die Sozialisten sagen vielleicht: das ist dasselbe, was wir wollen.«[93]

Trotz dieses generösen Angebots wurde der »Hochmeister des Jungdeutschen Ordens«, der mit der Zeit zum »Führer der jungdeutschen Bewegung«[94] wurde, kein großer nationaler Führer. Im Gegenteil, der *Vorwärts* nannte ihn in harscher Ablehnung seines Bündnisangebotes einen »Gschaftlhuber«[95]. Er teilte damit das Schicksal vieler elitärer Rechter, die sich weigerten, Massen zu organisieren, und die auf die Bildung kleiner Kreise setzten. Als er schließlich, im Angesicht des überwältigenden Erfolgs der NSDAP und unter dem Einfluß von Ideen Friedrich Naumanns, sich doch entschloß, eine Organisation zu gründen, die bei Wahlen antrat, sich mit einer notorischen »System«-Partei, der Deutschen Staatspartei verbündete und damit den abgeschlossenen Charakter der bündischen, elitären Gemeinschaft aufgab, da war er sich in den Augen vieler untreu geworden. Auch wenn ihm Alfred Kantorowicz seine Angebote an die republikanische Linke hoch anrechnete und sie als Ausdruck nationaler Verantwortung interpretierte,[96] mußte sich der jungdeutsche Führer doch an seinem Tun messen lassen. Die *Nationalliberale Correspondenz* legte den Finger in die Wunde, wenn sie meinte, daß die Gründung einer neuen Partei eben die Zersplitterung vorantreibe, die Mahraun immer überwinden wollte.[97]

Noske und Severing, Wirth und Mahraun: Was alle diese Figuren einte, war die Verwurzelung in einer Massenerfahrung, sei es der Schützengraben, sei es die Arbeitererfahrung. Was ihnen ebenfalls eignete, war ein Nimbus

93 Der Jungdeutsche 22, 27.1.1926: Die Kundgebung des Ordens in Berlin. Der Hochmeister spricht (Rede Mahrauns bei einer Kundgebung des Jungdo am Montag, 25.1.26).

94 Allg.Thüringische Landeszeitung 17, 17.1.1932: Hindenburg. Von Artur Mahraun, Führer der jungdeutschen Bewegung.

95 Vorwärts 29, 19.1.1926: Gschaftlhuber u.Co.

96 Vossische Zeitung 428, 11.9.1930: Vom Freikorpsführer zur Staatspartei. Meilensteine aus den Schriften und Reden Artur Mahrauns. Von Alfred Kantorowicz.

97 Nationalliberale Correspondenz 113, 17.5.1930.

des Mannes aus kleinen Verhältnissen, des Außenseiters, der übermächtigen Gewalten gegenüberstand und die Apparate zwingen konnte. Keiner von ihnen war ein Intellektueller, und das sollte ein Führer auch nicht sein, folgte man dem Rechtsliberalen Adolf Günther, immerhin selber Professor.[98] Die Überbetonung des Intellektualismus, die für Deutschland typisch sei, habe, so meinte der Innsbrucker Nationalökonom, zum Professorenparlament 1848 geführt, und darauf sei auch eine gewisse Entschlußlosigkeit zurückzuführen. Die den Intellektuellen eigene Wurzellosigkeit, so ließ Günther durchblicken, sei nicht zu vereinbaren mit der »Forderung nach Zugehörigkeit oder wenigstens Zugehörigkeitsgefühl zu einer bestimmten sozialen Gruppe«, die man bei einem Führer erwartete.

Diese Stilisierungen von »Führern« bezeichneten einen Mann, der von hoher biographischer Kontinuität gekennzeichnet war; der hier stand und nicht anders konnte, der seinem Glauben und seinem Gewissen folgte und damit ein Moment der Existentialität aufwies, das ihn prädestinierte für riskante Schritte. Daß sie diesen Schritt nicht taten, schwächte Wirth und Severing. Mahraun hatte nicht nur auf die Eroberung der Masse verzichtet, sondern sich auch mit den Kompromißpolitikern eingelassen; Noske – obschon zu einem frühen Zeitpunkt gestürzt, als eine Führererwartung noch nicht ausgeprägt war –, hatte seinen Nimbus selber zerstört und beim Kapp-Putsch den Weitblick vermissen lassen, der die Schritte der Gegner vorausahnte; dies war nun wiederum etwas, was man Severing nachsagte. Ihm mangelte dagegen das Moment der Unberechenbarkeit, das am stärksten bei Wirth und bei Mahraun ausgeprägt war.

Mit diesem Set an Erwartungen zeigte sich aber schon eine durchaus moderne Form von Führerbildern. Der Mann, der in der Weimarer Republik die meiste Verehrung als »Führer« erfuhr, verkörperte dagegen ein gänzlich anderes Image: *Hindenburg*. Dessen Popularität beruhte genau auf dem Moment der Berechenbarkeit, das bei Severing eher aus dem Rahmen fiel, daneben dem Moment der Hierarchie, der Traditionalität, des Vater-Images, das bei den oben beschriebenen nicht auftaucht.[99] Hier zeigte sich eine ältere Dimension der Führer-Erwartung, die der patriarchalen Autorität, die auch Brüning und Hugenberg – beide erfolglos – zu kapitalisieren versuchten. Hindenburg war mit diesem Image wohl der erfolgreichste »Führer« der Weimarer Republik, einer, dessen Konterfei in jeder Wohnstube hing und dessen Wahl 1925 von Volksfesten begleitet wurde.[100] Auch er war

98 Deutsche Allgemeine Zeitung 476, 14.10.1923: Parlamentarismus. Von Prof. Adolf Günther.

99 Zu Hindenburg nur die populäre, anspruchslose Biographie von Walter Rauscher, Feldmarschall und Reichspräsident, Wien 1997.

100 P. Fritzsche, Presidential Victory and Popular Festivity in Weimar Germany. Hindenburg's 1925 Election, in: CEH 23. 1990, S. 205–224.

zwar einer politischen Richtung klar zuzurechnen, konnte aber überzeugend nachweisen, daß er ein Präsident für das ganze Volk sein wollte, und zwar bis dahin, daß die Rechte, die ihn auf den Schild gehoben hatte, ihre Enttäuschung nicht verbergen konnte. Aber selbst zu solchen Zeiten dominierte in diesem Lager eine Haltung, die sagte, daß man mit Hindenburg eine Persönlichkeit gewählt habe, und daß es eben das Vorrecht der Persönlichkeit sei, äußerst individuell zu handeln.[101] Es waren, so die *Deutsche Tageszeitung* des Reichslandbundes, seine Verdienste um die Volksgemeinschaft: »Zahlreiche, und nicht die schlechtesten unserer Volksgenossen, waren dem Staate entfremdet; sie auch innerlich in die nationale Gemeinschaft wieder eingegliedert zu haben, ist das objektive und subjektive Verdients unseres jetzigen Reichspräsidenten.«[102] Wohl keiner hatte es in so kurzer Zeit erreicht, auch diejenigen, die ihn nicht gewählt hatten, von seiner Integrität und seiner Führung zu überzeugen.[103] Sogar nachdem er 1932 den Zentrumsmann Brüning als Kanzler entlassen hatte, stand die katholische *Tremonia* hinter ihm: Einen solchen Mann verehre man auch dann, wenn er Entschlüsse fasse, mit denen man nicht einverstanden sei, denn schließlich: »Hindenburg bedeutet die Überwindung alles zankenden Parteigeistes, das Sinnbild der Volksgemeinschaft, des nationalen Denkens und der nationalen Ehre. Hindenburg bedeutet: Der Ruf zur Einigkeit, der Ruf zur deutschen Sammlung.«[104] Er kam der kollektiven Phantasie am nächsten, daß über dem Parteiengezänk so etwas wie ein neutraler »Staat« sein könne. Sein Image als »Vaters des Volkes«[105] spiegelte das Bedürfnis nach Ruhe, Ordnung und gegliederten Sozialverhältnissen wider. *Alfred Hugenbergs* von seiner Parteipropaganda tatkräftig gefördertes Image zielte in ebendiese Richtung: Als »Vater Hugenberg« wollte er wieder Autorität und Prinzipien in das verlotterte Hauswesen »Staat« bringen.[106] Die Darstellung eines erd-

101 So z.B.: Deutsche Tagespost 240, 21.7.1925: Der Retter (im Zusammenhang mit Hindenburgs Unterzeichnung der Aufwertungsgesetze);

102 Deutsche Tageszeitung 457, 1.10.1925: Dem Reichspräsidenten (zum 78. Geburtstag).

103 So etwa: Berliner Tageblatt 466, 2.10.1925: Der Geburtstag des Reichspräsidenten; Kölnische Volkszeitung 734, 3.10.1925 (o.T.); Frankfurter Zeitung 852, 14.11.25: Frankfurt, 14. November (anläßlich einer Huldigung des Reichsbanners an Hindenburg bei dessen Besuch in Frankfurt).

104 Tremonia 272, 1.10.1932: Der 85-jährige Reichspräsident.

105 Vgl. Friedrich Wilhelm Schaafhausen: Hindenburg, Vater des Volkes, Jena 1931.

106 In der Tat phantasierte ihn seine Anhängerschaft als einen ostelbischen Gutsbesitzer, dessen Sohn alles verspielt und erst auf Zuspruch des Vaters wieder vernünftig wird. Vgl. F. Frhr. Hiller von Gaertringen, Die Deutschnationale Volkspartei, in: E. Matthias u. R. Morsey (Hg.), Das Ende der Parteien 1933. Darstellungen und Dokumente. Düsseldorf 1960, 543–652, bes. S. 554, 625ff.

festen Politikers, der, anders als die Weimarer Politiker, kein Windhund sei, stieß in der Partei, aus der am Anfang der dreißiger Jahre alle pragmatischen Elemente vertrieben worden waren, auf begeisterte Resonanz. Doch mochten die jungen Deutschnationalen auch singen »Mit unserem Führer Hugenberg gehen wir durch Tod und Hölle«[107] – die Umdeutung seiner Schwerfälligkeit in Bodenständigkeit erregte in gegnerischen Kreisen Spott und manchmal auch Mitleid, weil er sich öffentlichen Auftritten tunlichst entzog und dort auch eine schlechte Figur machte, weil er seine eigene Partei nicht im Griff hatte und – auch Führer haben Körper – wegen seiner geringen Körpergröße: Nationalsozialisten verspotteten den »Vater« unbeeindruckt als »Hugenzwerg«.[108]

Doch es lag nicht allein an Hugenbergs mangelnder Führerfähigkeit, daß das Vater-Image nicht mehr griff. Hindenburg war ein Auslaufmodell. Hatte schon in den zwanziger Jahren der Generationskonflikt patriarchale Images weitgehend entwertet, so verloren sie in der Weltwirtschaftskrise, mit handlungsunfähigen Institutionen und dem Bürgerkrieg in Deutschland, vollends an Überzeugungskraft, weil sie als undynamisch und schwerfällig erschienen.[109] Auch Hindenburgs Faszination litt darunter, daß er »unerschüttert in seiner Ruhe und Selbstsicherheit« das Ganze überschaute – aber eben keinen klaren Weg angab, wohin die Reise gehen sollte.[110] In einer krisengeschüttelten Gesellschaft, in der vor allem die männliche Jugend sich »draußen« verortete, warf das Vater-Image eher Fragen nach Handlungsfähigkeit auf als stürmische Folgebereitschaft zu erzeugen. Hier liegen wohl auch Gründe dafür, daß Heinrich Brüning niemals als Führer wirklich populär wurde, allen Bemühungen seiner Entourage zum Trotz, ihn als jugendlich darzustellen.[111] Zwar wurde schon im Wahlkampf 1930 versucht, ihn zum Schiedsrichter über den Parteien zu stilisieren, zwar stellte man ihm 1932 in einem regelrechten Führerkult die »Massen« von bis zu 60.000 Jugendlichen gegenüber und versuchte so, seine »organische« Verbindung zur jungen Generation herauszustreichen.[112] Brüning strich aber die Bere-

107 Ebd., S. 626.

108 Vgl. Mergel, Tory-Konservatismus, S. 363f.

109 Zum Generationskonflikt in der Weimarer Republik vgl. D. J. K. Peukert, Die Weimarer Republik. Krisenjahre der klassischen Moderne, Frankfurt/M. 1987, S. 91ff.

110 Leipziger Neueste Nachrichten 2.10.1931: Hindenburg.

111 Es erscheint erwähnenswert, daß die Reichskanzler der Weimarer Republik tatsächlich meist relativ jung waren. Der Großteil war bei Amtsantritt zwischen 40 und 45 Jahren alt. Damit waren sie deutlich jünger als die Reichstagsabgeordneten, die bis 1930 im Durchschnitt 48 Jahre alt waren, mit sinkender Tendenz. H. Best, Challenges, Failures, and Final Success. The Winding Path of German Parliamentary Leadership Groups Towards a Structuralle Integrated Elite, 1848–1999, in: ders. u. M. Cotta (Hg.), Parliamentary Representatives in Europe, 1848–2000, Oxford 2000, S. 138–195, 159.

112 R. Feldbrügge, Das westfälische Zentrum 1918–1933, Politische Kultur im katholischen Milieu, Diss. Bielefeld 1994, S. 213ff.

chenbarkeit als seine herausragende Eigenschaft heraus und ließ mit seiner wirtschaftspolitischen Roßkur erkennen, daß im Mittelpunkt seines Denkens der Staat, nicht das Volk stand.[113] Daß nun ausgerechnet demokratische Honoratioren wie Alfred Weber auf einen »Führer« Brüning vertrauten,[114] mochte den radikalen jungen Männern geradezu als ein Argument gegen diesen erscheinen.

IV. *Führer und Volksgemeinschaft im Nationalsozialismus.* Die Führererwartung arbeitete sich so während der zwanziger Jahre an einem Politiker nach dem anderen ab, um immer wieder enttäuscht zu werden. In der Übertragung militärischer Images auf die Politik, in der Spannung von Personalität und Mechanik, in der dringenden Erwartung der »Tat« sog sie aber während dieser Zeit eine Reihe von Eigenschaften in sich auf, die auf Hitler wie die Faust aufs Auge paßten. Bei ihm trafen mehr Eigenschaften zusammen als bei den anderen, auf die man diese messianische Erwartung des »großen Menschen«[115] projiziert hatte: Er war einfacher Herkunft, hatte aber durch sein Autodidaktentum gezeigt, was in ihm steckte – ohne deshalb zum Intellektuellen geworden zu sein. Er war im Krieg gewesen und verwundet worden, und die Kriegserfahrung bildete die Folie seiner öffentlichen Selbstdarstellung, weil hier nicht nur ein Mythos beschworen wurde, sondern auch die Erfahrungen vieler angesprochen wurden. Daß er aus der österreichischen Irredenta stammte, ließ ihn gewissermaßen als Propheten erscheinen. Sein Weg zu politischer Popularität war der eines Außenseiters; sein Erfolg war davon gekennzeichnet, daß er die Massen in den Bann zog, und zwar einfach kraft seiner Rede; das Unvorhersehbare, das ihm in seinen Entscheidungen anhaftete, war die andere Seite dieses Massencharismas. Die beiden Seiten, das Aggressiv-Hysterische einerseits, die charmante, gewinnende Art andererseits, die ihn besonders im Umgang mit Frauen und Kindern auszeichnete, hinterließen einen rätselhaften Eindruck. Hier zeigte sich das »ganz Andere«, sichtbar durch einige anscheinend intuitiv richtig getroffene Entscheidungen. Auch körperlich konnte man das Suggestive entdecken: Alle, die ihn kennenlernten, sprachen von der unheimlichen Kraft seiner Augen – seine einstudierten Gesten unterstützten den suggesti-

113 H. Hömig, Brüning. Kanzler in der Krise der Republik, Paderborn 2000, S. 190ff., 221ff.

114 Alfred Weber, Solange Brüning Führer ist (1932), in: ders., Politische Theorie und Tagespolitik, S. 464f.

115 So Sontheimer, Antidemokratisches Denken, S. 217. Zu Hitlers Charisma in letzter Zeit besonders: Kershaw, Hitler 1889–1936, München 1998, 376ff.; Wehler, Gesellschaftsgeschichte IV, v.a. S. 551–563, 675–679, 866–872.

ven Eindruck.[116] Und Hitler hatte etwas gewagt: Der Bürgerbräuputsch, so sehr man ihn auch ablehnen mochte, erschien immerhin als eine mutige Tat, bei der einer sein Leben aufs Spiel gesetzt hatte. Wie er beim Prozeß mit Gericht und Staatsanwälten umgesprungen war, mochte auch Fernstehenden das Gefühl vermitteln, daß hier einer im Vollbewußtsein seiner Überzeugung stand.

Alle diese Elemente waren ebenso sehr Teil einer vorgängigen Erwartung wie sie von der Hitler-Propaganda gemacht waren.[117] Wenn Joseph Goebbels und andere eine mystische Diktion verwandten, um die Sehnsucht nach dem Messianischen bei Hitler gestillt zu finden, wenn Hitler mit großen Gesten Dramatik beschwor, wenn SA-Mannschaften als Gegenpol zum Redner Hitler zu einem militärischen Körper verschmolzen, so war das zweifellos ebenso Propaganda, eine Propaganda allerdings, die den Bedürfnissen vieler entgegenkam. Hitler wußte sehr genau, was von ihm erwartet wurde, und nicht wenige Stimmen aus seiner Umgebung vermuten, daß seine Auftritte eine einzige Schauspielerei waren. Dennoch konnte er nicht alle Erwartungen erfüllen, die an den Führer herangetragen wurden. So hat er nie den Akzent der Väterlichkeit in seine Führerrepräsentation aufgenommen. Das mochte einerseits an der anfänglichen Konkurrenz Hindenburgs liegen, dem er in dieser Hinsicht nicht das Wasser reichen konnte. Andererseits verbarg sich dahinter auch eine Stellungnahme im Generationskonflikt, der ebenfalls eine Frucht des Weltkriegs war. Denn es waren schließlich die Jungen gewesen, die die Erfahrung des Schützengrabens gemacht hatten und die deshalb beanspruchen konnten, die Bürgen für Deutschlands Zukunft zu sein. Die nationalsozialistische Bewegung war deshalb nicht nur in ihrer Propaganda, sondern auch in ihrer Sozialstruktur eine »jugendliche Bewegung«.[118] Hierin unterschied sich die nationalsozialistische Parlamentsfraktion nach 1930 – wie übrigens auch die kommunistische – deutlich von den anderen.[119] So akzentuierte die Hitler-Propaganda schon vor 1933 das Bild vom jugendlichen Politiker und verfolgte dies auch danach noch lange, etwa in einer Rede Rudolf Heß' von 1937, der da sprach vom »Führer, der doch nun bald fünfzig Jahre werden wird und trotzdem innerlich und geistig immer der Jüngste unter uns ist. «[120]

116 Vgl. C. Schmölders, Hitlers Gesicht. Eine physiognomische Biographie, München 2000.

117 Vgl. S. Behrenbeck, ›Der Führer‹. Die Einführung eines politischen Markenartikels, in: G. Diesener u. R. Gries (Hg.), Propaganda in Deutschland. Zur Geschichte der politischen Massenbeeinflussung im 20. Jahrhundert, Darmstadt 1996, S. 51–78.

118 So Wilhelm Beumelburg, Das jugendliche Reich, Oldenburg 1933, 45f.

119 Vgl. Mergel, Parlamentarische Kultur, S. 104.

120 Rudolf Heß, Reden, München 1938, 176. Vgl. J. Schmidt-Sasse, »Der Führer ist immer der Jüngste«. Nazi-Reden an die deutsche Jugend, in: Th. Koebner u.a. (Hg.), »Mit uns zieht die neue Zeit«. Der Mythos Jugend, Frankfurt/M. 1985, 128–149. In der Konsequenz mag man das

Der Personenkult, der sogleich nach der Machtübernahme 1933 einsetzte, war zwar gesteuert, floß aber aus zu vielen Quellen, um gänzlich organisiert gewesen zu sein.[121] Die Pflanzung von »Hitler-Eichen«, die Umbenennung von Plätzen und Straßen nach Hitler, die Prozessionen zum Berghof nach Berchtesgaden hinauf zeigen, wie sehr man auf einen Führer gewartet hatte und welche messianischen Erwartungen Hitler auf sich zog. In hohem Maße war dies ein Effekt des persönlichen Charismas von Adolf Hitler, der selbst Gegner durch seine Reden bekehren konnte.[122] Diese Resonanz gab dem Nationalsozialismus eine Bewegungsfreiheit, die politische Erfolge erleichterte.

Im Gegensatz zu der anhaltenden Beliebtheit Hitlers stand aber die Enttäuschung, die sich nach dem nationalen Überschwang des Jahres 1933 langsam einstellte, als die wirtschaftlichen Realitäten weiterhin ernst blieben und die Maßnahmen der Nationalsozialisten zwar viele neue Vorschriften und Bürokratie, nicht aber eine anhaltende Besserung verhießen, und außerdem die SA zur Landplage wurde. Auch die Nationalsozialisten hatten nach der Machtergreifung mit hohen Erwartungen und deren Einforderung zu kämpfen, und sahen sich genötigt, gegen die »Miesmacherei« vorgehen.[123] Das konnte sich nicht in symbolischem Handeln erschöpfen; ohne weiteres ließ das Volk sich nicht dafür mobilisieren.[124] Auch die Erwartungen der Eliten wurden durch das Drängen der SA auf eine »zweite Revolution« auf die Probe gestellt. Die Berichte der Sopade neigten zwar in den ersten Jahren dazu, das Maß an Unzufriedenheit zu betonen.[125] Aber es kann wenig Zweifel daran bestehen, daß bis ins Jahr 1936 hinein parallel zur anhaltenden Popularität Hitlers die Enttäuschung mit dem Regime wuchs. In den Arbeiterkreisen, wo Hitler generell weniger populär war, war dies nicht verwunderlich. Aber auch in den Kreisen des Bürgertums häuften sich die Enttäuschten, »weil alle ihnen gegebenen Versprechungen nicht gehalten wurden«.[126] Ähnliches galt für die Erwerbslosen.[127] Und es traf durchaus auch die Person Hitlers selbst, dem man nachsagte, er sei nicht mehr der Hitler der Bewegung, sondern der Position.[128]

übermächtige Vaterbild Adenauers nach dem Krieg auch als ein Stück Vergangenheitsbewältigung, ein Stück Selbstbefreiung von diesem immer »jüngsten« Führer sehen.

121 Vgl. Kershaw, Hitler 1889–1936, S. 611ff.; Stöver, Volksgemeinschaft, S. 295–306.

122 Deutschland-Berichte 1936 (April), S. 452.

123 Mit wenig Erfolg, wenn man den Berichten der Gruppe »Neu Beginnen« glauben darf: Stöver, Berichte, S. 169ff.

124 Zur Einführung des 1. Mai 1933: Fritzsche, Germans into Nazis, S. 217ff.

125 Stöver, Volksgemeinschaft, S. 103.

126 Deutschland-Berichte 1935 (Juni), S. 654. Vgl. hierzu auch Kershaw, Popular Opinion, S. 120ff.

127 Ebd., S. 661.

128 Deutschland-Berichte 1935 (Januar), S. 20

Charisma muß sich bewähren, und auch dies ist eine Erwartungsstruktur. Vor dem Hintergrund der Führererwartung bestand diese in unerwarteter Aktion, im Durchschlagen Gordischer Knoten. Daß Hitler im Sommer 1934 die SA-Führung mitsamt konservativen Opponenten in einer Nacht der langen Messer einfach liquidieren ließ, mochte Vertretern der Rechtsstaatlichkeit als brutale Herrschaft der Bajonette erscheinen. Der Volksmeinung – und hierin waren sich Regimevertreter und Emigranten einig – erschien dieses Vorgehen als ein weiteres Beispiel für Hitlers Führerschaft, denn er hatte in einer unvorhergesehenen Weise und durchgreifend reagiert und die drohende »zweite Revolution« ebenso im Handstreich erledigt wie den drohenden Staat im Staat.[129] Und er hatte sich im Reichstag hingestellt, vor die Masse versammelter Abgeordneter, die zu einem großen Teil der SA angehörten, hatte die Verantwortung übernommen und sich unverblümt zum Rechtsbruch bekannt. Hitler gewann daraufhin sogar bei denjenigen an Beliebtheit, die dem Regime bis dahin kritisch gegenübergestanden hatten. Im Zusammenhang mit den »12 Punkten«, die Hitler als Verhaltenskodex für die SA aufgestellt hatte, stand sein Vorgehen für die Wiederherstellung moralischer Sauberkeit, auch wenn es vom Verfahren her fragwürdig sein mochte.[130]

Diesem Muster: ungesetzlich, aber handlungskräftig, dabei persönlich die Verantwortung übernehmend, folgten auch Hitlers außenpolitische Coups. Überraschung, Chuzpe, direkte Aktion statt diplomatischen Abwartens wurden im Ausland und bei den Gegnern Hitlers, die zunehmend weniger wurden, als Zynismus und eine Politik der Gewalt verstanden. In Deutschland erschien ein solches Vorgehen als eine Politik des Handelns, die zeigte, wie man politische Aporien überwand. Hier bewährte sich ein Führer, der – mit welchen Mitteln auch immer – Ordnung schuf, und »Ordnung« war auch der Faktor, der in dieser Phase bei der Bevölkerung die meiste Zustimmung fand.[131] Die Bewährung galt im besonderen in außenpolitischer Hinsicht, wo Hitlers größte Erfolge und der Hauptgrund für seine anhaltende und bis zum Krieg noch wachsende Beliebtheit lag. Auf diesem Feld setzte er der Stresemannschen Politik der vorsichtigen Revision ein Draufgängertum entgegen, das eine sehnsuchtsvolle »Politik der Tat« ebenso simulierte wie sie den kollektiven Stolz befriedigte. Nach dem Anschluß Österreichs erschien er als der »Teufelskerl, der geradezu ganz Europa kommandiere«.[132] Selbst bei denjenigen Gruppen, die dem National-

129 Stöver, Volksgemeinschaft, S. 165–170; Jamin, Ende der Machtergreifung, bes. S. 213ff.; H. Höhne, Mordsache Röhm. Hitlers Durchbruch zur Alleinherrschaft 1933–1934, Reinbek 1984, S. 305–315.

130 Jamin, Ende der Machtergreifung, S. 214.

131 Stöver, Volksgemeinschaft, S. 415.

132 Deutschland-Berichte 1938 (März), S. 269.

sozialismus ablehnend gegenüberstanden, erschien nun Hitler als »ein großer Politiker«, der außenpolitische Erfolge vorzuweisen habe, »die niemand – selbst die eingeschworensten Nazis nicht – für möglich gehalten hätte.[133] Indem er Stärke demonstrierte, agierte er als die Personifizierung des gesamten Volks, wiederum als ein utopischer Hohlspiegel, der dem Volk zeigte, was eigentlich in ihm steckte. Nicht zuletzt hatte er bei der Zerschlagung der SA sich als überparteilicher Richter gezeigt, der mit eisernem Besen auch unter seiner engsten Gefolgschaft auskehrte. In diesen Formen zeigte Hitler viele der Eigenschaften, die man von den Führern schon in den zwanziger Jahren erwartet hatte.

So wurde die Enttäuschung überhöhter Erwartungen aufgefangen durch die zuvorkommende Bewegung, die innen- und außenpolitische ständige Überraschung – mithin den Akzent des Unerwarteten, der dem Führertum zugeschrieben wurde. Mit einer immer weiter gehenden Mobilisierung und der Einbindung möglichst vieler in die nationalsozialistische Organisationsstruktur wurde das Problem der Weimarer Republik mit dem politischen Alltag vermieden. Bei einer halben Million Funktionären allein in der NSDAP konnte auch dieser Tätigkeit keine Erfahrungsferne mehr zugesprochen werden: Die »Maschine« verlor ihren Schrecken, wenn alle ein Teil davon waren. Die Pflicht, dem Führer »entgegenzuarbeiten«, bedeutete ja auch nichts anderes, als daß jeder seinen Teil zur Umsetzung der Visionen beitragen konnte und die Volksgemeinschaft entstand. Diese, wenn man so will, Personalisierung der politischen Beteiligung, die auf die anonyme Partizipation qua Stimmzettel nun verzichtete, aber in einzelnen, nachvollziehbaren Handlungen – wie etwa einer Denunziation[134] – den Beitrag eines jeden sicherstellte, wurde so zum Ausdruck der volksgemeinschaftlichen Integration.

Strategien der politischen Semantik wirkten in eine ähnliche Richtung. Die Sprache des Rechts und der Gesetzgebung verzichtete auf die Entwicklung neuer Begriffe.[135] Vielmehr interpretierte sie die vorhandenen um und setzte sich in einen Rahmen der Orientierung an der Volksgemeinschaft, die einerseits die Individualität des Rechts zwar nicht aufhob, wohl aber verminderte, und die andererseits den Staat als juristische Persönlichkeit zu liquidieren trachtete. Die seit 1933 inflationär zunehmende Sprache der (Volks-)Gemeinschaft diente vor allem einer Implementation ethischer Argumente in die des formalen Rechts und wirkte so dahin, die Erwartungen auf eine umfassende Moralität der Politik zu befriedigen – der Natio-

133 Deutschland-Berichte 1939 (April), S. 452.

134 Vgl. M. Broszat, Politische Denunziationen in der NS-Zeit, in: Archivalische Zeitschrift 73.1977, S. 221–238.

135 Zum folgenden: M. Stolleis, Gemeinschaft und Volksgemeinschaft. Zur juristischen Terminologie im Nationalsozialismus, in: VfZ 20.1972, S. 16–38.

nalsozialismus konstruierte sich hier als ein ethisches Projekt.[136] Wenn etwa das Verhältnis zwischen Vermieter und Mieter als das einer (Haus-) Gemeinschaft beschrieben wurde, die durch gegenseitige sittliche Pflichten (und nicht einfach durch unterschiedliche Interessen) definiert sei, dann war hier einer moralischen »guten Gesellschaft« Genüge getan, die zu schaffen eine Gemeinschaftspolitik die Aufgabe hatte – und worin der »Volksstaat« der Weimarer Republik versagt hatte. Die Spannung zwischen einer »Legitimation durch Verfahren« (Luhmann) und der Politik der Moral, die den Wunschhorizont der Weimarer Republik dargestellt hatte, wurde dadurch zugunsten der letzteren gelöst.

1936, nach der Annexion des Rheinlandes, die ebenso überraschend verlaufen war wie die Einführung der Wehrpflicht davor und die Annexion des Sudetenlandes und Österreichs danach, war Hitler auf dem Höhepunkt seiner Popularität. Es war dies der seltene Fall, daß hohe Erwartungen nicht in sich die Logik trugen, enttäuscht zu werden, sondern daß umgekehrt die Erwartungen sogar übererfüllt wurden. Vielgenannte Momente kommen zweifellos dafür in Anschlag: Das Ende der Weltwirtschaftskrise, das die primär wirtschaftlichen Momente, die vor allem in der Arbeiterschaft für die Unterstützung des Regimes verantwortlich waren, zum Tragen brachte; die Politik des Gewährenlassens durch das Ausland, die die außenpolitischen Erfolge Hitlers maßgeblich erleichterte; die Manipulation durch eine Propaganda, die keine Konkurrenz hatte; auch die Gewalt darf nicht außer acht gelassen werden, die einfach Stimmen zum Schweigen brachte, die ansonsten die Enttäuschung hätten artikulieren können. Über all dem soll aber nicht unterschätzt werden, daß die tatsächliche Übereinstimmung mit dem Regime groß war.[137] Sie beruhte in hohem Maße darauf, daß Erwartungen erfüllt worden waren.[138] Diese suchten nach Verschmelzung im Horizont der Volksgemeinschaft ebenso wie nach der Eindeutigkeit in der klaren Orientierung, auch, ja gerade auch Unterordnung unter den Führerwillen. Die materiellen Hoffnungen auf ein Ende der Weltwirtschaftskrise waren nur das Eine; das Andere, wohl Wichtigere waren die sozialen Bilder, die hinter der »guten Politik« standen.

136 Vgl. R. Reiter, Nationalsozialismus und Moral. Die »Pflichtenlehre« eines Verbrecherstaates, Frankfurt/M. 1996.

137 Vgl. z.B.: G. Mai, Arbeiterschaft zwischen Sozialismus, Nationalismus und Nationalsozialismus, in: U. Backes u.a. (Hg.), Die Schatten der Vergangenheit. Impulse zur Historisierung des Nationalsozialismus, Frankfurt/M. 1990, S. 195–217.

138 Das Argument Schoenbaums, daß es sich hierbei vor allem um eine manipulative Leistung des Regimes handelte, da real die Arbeitslöhne eher sanken, sticht nicht, denn es ist erstens so nur aus der Rückschau zu fällen und übersieht zweitens nichtökonomische Aspekte, die, so wurde hier argumentiert, die wichtigeren sind. D. Schoenbaum, Die braune Revolution. Eine Sozialgeschichte des Dritten Reiches, Köln 1968.

In der konkreten Erfahrung von Politik stellte sich dies dar als eine Spannung zwischen moralischer und Verfahrenslegitimität. Das NS-Regime erfüllte Erwartungen in Hinsicht auf die Gemeinschaftsaufgabe von Politik, indem sie die Politik von der Legitimation durch Verfahren freisprach und sie im gleichen Atemzug auf eine Vision verpflichtete – die Utopie der Volksgemeinschaft; »unterirdisch« wirkte in beidem, dem Verzicht auf die Regeln und der Verpflichtung auf die Gemeinschaftsaufgabe, die ikonisierte Verarbeitung des Kriegs mit. Die darin codierte Außeralltäglichkeit übertrug sich als Dramatisierungserwartung auf die Politik, und diesen Erwartungen konnte die Weimarer Republik nicht genügen. Das Management des Vorhandenen, die Bürokratie des Alltags, die gerade die guten Jahre der Weimarer Republik ausgemacht hatten, war die Sache des NS-Regimes nicht. Stattdessen regierte die permanente kollektive Erregung, das gespannte Warten darauf, daß etwas passierte – gerade wie man einen Fliegerangriff erwartete. Die Nation wurde hier zu dem, als was Peter Sloterdijk Nationen insgesamt bezeichnet: »psycho-politische Suggestionskörper, die den Charakter von artifiziellen Streßgemeinschaften haben.«[139] Die imaginierte Volksgemeinschaft lebte von eben ihrer Unerfülltheit. Sie zeigte sich in symbolischer Aktualisierung, und das unmittelbarste, weil personalste Symbol war der Führer selber. Die Rollen, wie sie sich in den Begriffen »Führer« und »Volksgemeinschaft« äußerten, verbanden Unmittelbarkeit, Kontingenz und eine Gleichheit, in der jeder seinen Platz hatte – vorausgesetzt, er gehörte dazu.

139 Peter Sloterdijk, Der starke Grund, zusammen zu sein, Frankfurt/M. 1998, S. 44.

John Horne

Kulturelle Demobilmachung 1919–1939

Ein sinnvoller historischer Begriff?

Unter der Demobilmachung nach den beiden Weltkriegen versteht man gewöhnlich einen militärischen und ökonomischen Prozeß. Zwei Vorgänge, die beide Weltkriege kennzeichneten – die Masseneinberufungen von Bürgern in die nationalen Armeen und die gleichzeitig dazu verlaufende Organisation der Industriearbeiter in gewaltigen Rüstungsanstrengungen – wurden nach Kriegsende rückgängig gemacht: Die Soldaten kehrten, mit Ausnahme der Kriegsgefangenen auf der Seite der Unterlegenen, mehr oder weniger schnell in ihr ziviles Leben zurück, und die Arbeiter stellten sich von der Rüstungsproduktion auf den Wiederaufbau und die Wiedergutmachung der wirtschaftlichen Verluste der Kriegsjahre um. Analog dazu kann man sogar von einer politischen Demobilmachung sprechen: Die Kriegsgesetzgebung und die außergewöhnlichen Einschränkungen politischer Aktivitäten wurden in der Tendenz relativ bald nach dem Ende des Krieges aufgehoben. Ohne Demobilmachungen dieser Art – militärisch, ökonomisch und politisch – ist das Ende des Krieges und die Rückkehr zum Frieden der Definition nach schlicht nicht möglich.

Betrachtet man die Demobilmachung jedoch aus einer kulturellen Perspektive (ich schließe hier politische Kultur mit ein), zeigt sich das gleiche Phänomen von einer ganz anderen Seite. Als Problem der Einstellungen, Werte und Mentalitäten und ihrer Kodierung in Wort und Bild wird Demobilmachung weniger präzise und läßt sich damit schwerer definieren. Eben diese kulturelle Demobilmachung (*cultural demobilization*) soll im vorliegenden Aufsatz diskutiert werden. Dabei kann es nicht das Ziel sein, Schematismus um seiner selbst willen zu betreiben; mit der Ausformulierung dieses Konzepts sollen vielmehr reale historische Vorgänge bestimmt und in transnationaler Perspektive betrachtet werden. Ist eine kulturelle Demobilmachung möglich, so gilt dies auch für ihr Gegenteil, also die Weigerung, demobil zu machen oder den Willen zu einer Remobilisierung. Meine Hypothese ist, daß die verschiedenen Muster kultureller Demobilmachung als Teile eines weiter ausgreifenden europäischen oder internationalen Ganzen aufeinander reagierten: daher verwende ich in diesem Zusammenhang den Begriff »Transnationalismus«, der nahelegt, über einen Vergleich hinauszugehen.

Der Begriff soll einer doppelten Prüfung – auf seine empirische Genauigkeit und seinen Nutzen hin – unterzogen werden; auf den letzten Aspekt werde ich gegen Ende des Aufsatzes in meinen abschließenden Erörterungen zurückkommen. Es erscheint mir jedoch wichtig, die kulturelle Demobilmachung bereits an dieser Stelle von mehreren anderen Phänomenen abzugrenzen, denen neuerdings das Interesse der Historiker gilt: Leid und Trauer, Erinnerung und Gedenken, die Ästhetik des Krieges – ob traditionalistisch oder modern – und die Auswirkungen des brutalisierenden Kriegserbes auf die Zwischenkriegszeit.[1] Diese Fragen können zwar mit dem Phänomen der kulturellen Demobilmachung verbunden sein, sie fallen mit ihm aber nur teilweise zusammen und bieten deshalb für unsere Zwecke keinen adäquaten begrifflichen Rahmen.

I. Kriegskulturen. Wie alle konkreten Formen der Demobilmachung muß auch die kulturelle Variante in Bezug zu derjenigen Mobilmachung, deren Umkehrung sie darstellt, untersucht werden. Der Begriff »Kriegskultur« und die damit verbundenen Vorstellungen von kultureller und politischer Mobilmachung sind erst in den letzten zehn Jahren unter Historikern in Gebrauch gekommen; in erster Linie wurde dieser Begriff in der französischen, britischen und amerikanischen Wissenschaft entwickelt und hat sich gerade in Anwendung auf den Ersten Weltkrieg als fruchtbar erwiesen. Auch deutsche Historiker haben den Ersten Weltkrieg unter kulturellen Gesichtspunkten betrachtet, vielleicht lag es aber am schleichenden Verdacht gegenüber älteren Traditionen der Kultur- und Geistesgeschichte – die mit dem Tiefpunkt des Faches während der Herrschaft der Nationalsozialisten verbunden wurden – daß sie bei der Formulierung von Gedanken über kriegsspezifische Kulturen zurückhaltender gewesen waren.[2]

1 J. Winter, Sites of Memory, Sites of Mourning. The Great War in European Cultural History, Cambridge 1995; Ders. u. E. Sivan (Hg.), War and Remembrance in the Twentieth Century, Cambridge 1999; M. Eksteins, Rites of Spring. The Great War and the Birth of the Modern Age, New York, 1989; zur »Brutalisierung« vgl.: G. Mosse, Fallen Soldiers: Reshaping the Memory of the World Wars, New York, 1990.

2 J.-J. Becker u.a. (Hg.), Guerres et cultures 1914–1918, Paris 1994, hier v. a. S. 7–10 (»Avant-Propos: pour une histoire culturelle comparée du premier conflit mondial«); S. Audoin-Rouzeau u. A. Becker, Violence et consentement: la »culture de guerre« du premier conflit mondial, in: J.–P. Rioux u. J.–F. Sirinelli (Hg.), Pour une histoire culturelle, Paris 1997, S. 251–271; S. Audoin-Rouzeau u. A. Becker, 14–18, retrouver la guerre, Paris 2000; J. Horne (Hg.), State, Society and Mobilization in Europe during the First World War, Cambridge 1997; G. Krumeich, Kriegsgeschichte im Wandel, in: G. Hirschfeld u. a. (Hg.), Keiner fühlt sich mehr als Mensch... Erlebnis und Wirkung des Ersten Weltkriegs, Essen 1993, S. 11–25 (v. a. 13–15). G. Hirschfeld u.a. (Hg.), Kriegserfahrungen. Studien zur Sozial- und Mentalitätsgeschichte des Ersten Weltkriegs, Essen 1997, v.a. S. 8–11.

Historiker des Zweiten Weltkriegs analysieren diesen erst seit kurzem aus einer kulturellen Perspektive.[3]

»Kriegskultur« läßt sich in aller Kürze als die Vorstellung definieren, die eine im Krieg befindliche Gesellschaft von dem Konflikt und seinem Ausgang entwickelt hat. Dabei ist eine Vorstellung dieser Art eng mit der Mobilmachung der kulturellen und politischen Werte, die hinter den Kriegsanstrengungen stehen, verbunden und geht nicht nur »von oben«, also vom Staat oder den sozialen und politischen Eliten, sondern auch »von unten«, von einem Großteil der Zivilgesellschaft aus. Die politische und kulturelle Mobilmachung und die »Selbstmobilmachung« von Gesellschaften für den Krieg spielte somit eine zentrale Rolle bei der Schaffung von »Kriegskulturen«, auf die man sich im Plural beziehen sollte, da sie sich von Land zu Land unterscheiden.[4] Der bekannteste Aspekt der »Kriegskulturen« ist sicherlich ihre Organisation – die Rolle von Propaganda, Zensur, Intellektuellen, Schulen, politischen Parteien etc. ist schon lange ein fester Bestandteil der Erforschung der beiden Weltkriege. Für unsere Zwecke ist jedoch der tatsächliche Gehalt von Kriegskulturen von größerer Relevanz.

Zum besseren Verständnis kann man sich das Entstehen von Kriegskulturen anhand zweier sich schneidender Linien vorstellen. Die eine dieser beiden Achsen hat an ihrem einen Ende den Feind, der als dämonisierter »Anderer« imaginiert wird; am gegenüberliegenden Ende ist das auf verschiedene Art und Weise positiv definierte, kollektive Ich der Nation angesiedelt (vgl. Abb. 1). Dieser Achse sind andere Phänomene untergeordnet: beispielsweise die Markierung von Andersdenkenden und Minderheiten als »innere Feinde«, oder die Ausweitung des positiven kollektiven Ichs auf Verbündete. Hieraus resultiert ein manichäisches Weltbild, das man sich, wie Stéphane Audoin-Rouzeau und Annette Becker geltend machen, in den Begriffen eines säkularen Kreuzzugs vorstellen kann.[5] Die zweite Achse der Kriegskultur setzt die Individuen mit der Gewalt des Krieges in Beziehung. An ihrem einen Ende steht das sich vom Staat angemaßte Recht, durch den Bezug auf ein Feld von Mythen und Ideologien (Heroismus, Patriotismus, Rettung der Nation, politische und religiöse Überzeugungen) über Indivi-

3 So beispielsweise P. Lagrou, The Legacy of Nazi Occupation. Patriotic Memory and National Recovery in Western Europe, 1945–1965, Cambridge 2000. Vgl. dazu auch die demnächst erscheinenden Beiträge einer vergleichenden Konferenz über die beiden Weltkriege, die im Mai 1999 vom Historial de la Grande Guerre, Péronne und dem Institut d'Histoire du Temps Présent in Paris abgehalten wurde.

4 J. Horne, Introduction: Mobilizing for ›Total‹ Wars, in: ders. (Hg.), State, Society and Mobilization in Europe, S. 1–19.

5 Audoin-Rouzeau u. Becker, retrouver la guerre, S. 109–195. Zur Markierung des Feindes vgl. G. Hirschfeld u. a. (Hg.), Kriegserfahrungen. Studien zur Sozial- und Mentalitätsgeschichte des Ersten Weltkriegs, Essen 1997, Bd. 3, S. 336–454.

duen und Gruppen mit dem Ziel der Kriegführung zu verfügen.[6] Die Gewalt des Krieges hat am anderen Ende der Achse ihren Ort: Invasion, Besatzung, Tod, Verstümmelung etc. Am Schnittpunkt der beiden Achsen ist der Schlüsselbegriff des Opfers angesiedelt – er wurde von der Mitte des Konfliktes an zu einem der zentralen, wenn nicht zu *dem* zentralen Motiv der Kriegsrhetorik. Mit ihm ließen sich die Auswirkungen der Kriegsgewalt auf die Gesellschaft regulieren, er stellte das Vokabular zur Verfügung, mit dem moralischer Kredit und Kompensation gegenüber anderen Elementen der Nation eingefordert, aber auch der Antagonismus zum Feind erneuert werden konnte. Kriegskulturen umfassen somit nicht nur Repräsentationen, sondern auch Erfahrungen und Leidenschaften. Sie speisen sich aus Emotionen mit realer historischer Substanz: Haß, Loyalität, Leid und Rache.

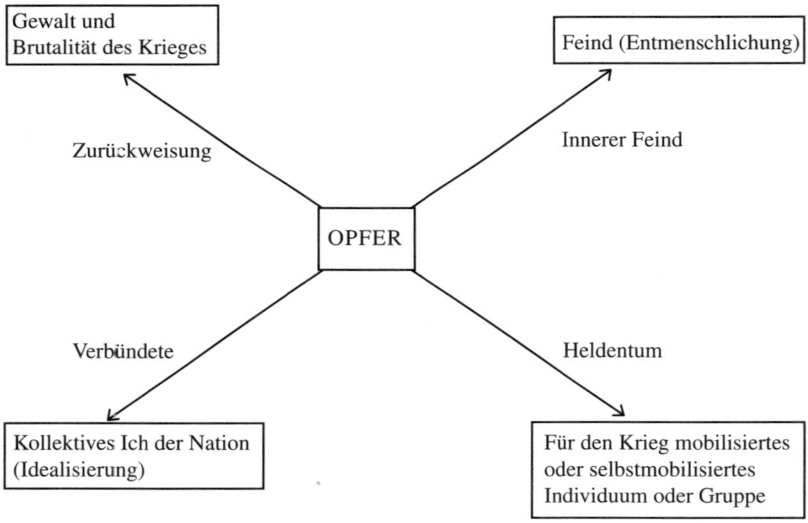

Zwei weitere Beobachtungen zu Kriegskulturen können festgehalten werden. Erstens sind sie nicht nur für die Phase des Kriegsbeginns charakteristisch, sie lösen sich nicht nach der ersten Konfrontation mit der unerwarteten Brutalität der Kämpfe im Ersten Weltkrieg und den nie zuvor dagewesenen Opferzahlen in beiden Weltkriegen (im Zweiten Weltkrieg sowohl zivile als auch militärische Opfer) in Luft auf. Die Grauen der industriellen Kriegführung machen eine Kriegskultur also nicht von vorneherein unmöglich. Dies wird an der Beständigkeit sowohl der deutschen, als auch der sowjetischen Moral angesichts der entsetzlichen Bedingungen an

6 Zu den Mythen und Ideologien der militärischen Mobilmachung vgl. D. J. Moran und A. Waldron (Hg.), The People in Arms: Military Myth and Political Legitimacy since the French Revolution, New York 2002.

der Ostfront während des zweiten Weltkriegs, die in vielem Merkmale der Westfront des Ersten Weltkriegs aufwies, deutlich.[7] Während des Ersten Weltkrieges wurde gar, im Falle Frankreichs und Großbritanniens bis Kriegsende, der Gedanke vom Schrecken des Krieges an sich in die Mobilisierung des Nationalgefühls einbezogen.[8] Das Vokabular hierfür bot, wie bereits erwähnt, der Begriff des Opfers: In beiden Weltkriegen erwies sich der steigende Blutzoll menschlichen Leids als zwingender Grund, den Konflikt bis zum bitteren Ende auszutragen und ihn nicht zu beenden, um somit dem bereits erbrachten Opfer gerecht zu werden.

Zweitens: Die Mobilisierung kultureller und politischer Werte ist für die Kriegsanstrengung der beteiligten Gesellschaften entscheidend. Sie bildet die tiefere Realität hinter der Beschäftigung mit Moral, öffentlicher Meinung, Propaganda und Zensur, die von Historikern schon lange als wesentliches Anliegen kriegführender Staaten erkannt wird. Krieg und Politik haben sich seit der Französischen Revolution, als Krieg zur Fortsetzung revolutionärer und konterrevolutionärer Politik wurde, gegenseitig verändert. Dies war gerade gegen Ende des 19. Jahrhunderts mit dem Eintritt der Massen in die Politik der Fall – jener Massen, aus denen sich später die nationalen Wehrpflichtigenarmeen der beiden Weltkriege rekrutieren sollten. Beschaffenheit und Beständigkeit ihrer Kriegskultur waren mit entscheidend für die Fähigkeit einer Gesellschaft, einen »totalen« Krieg zu führen und zu gewinnen. Aus dem gleichen Grund mußte jedoch auch die Art und Weise, wie eine Kriegskultur demobil gemacht wurde, bestimmen, wie Gesellschaften – ob nun »siegreiche« oder »besiegte« – dem Krieg nachträglich Sinn verliehen.

II. Vorgreifende Demobilmachung und anschließende Remobilisierung: das Fallbeispiel Rußland. Wie kann man vor diesem Hintergrund nun die kulturelle Demobilmachung nach dem Ersten Weltkrieg bestimmen und erklären? Ich werde drei Fallbeispiele erörtern, die verschiedene wichtige Varianten dieses Prozesses nahe legen, wobei dies ohne jeden Anspruch auf Vollständigkeit geschieht. Beim ersten Fallbeispiel handelt es sich um Rußland, das durch kulturelle und politische Demobilmachung vor dem Frieden und Remobilisierung nach Friedensschluß charakterisiert ist.

Auf den ersten Blick erscheint Rußland als das Paradebeispiel eines Landes, das sich auf den Ersten Weltkrieg einließ, ohne über die Ressour-

7 O. Bartov, Hitler's Army. Soldiers, Nazis, and War in the Third Reich, Oxford 1992, S. 106–178.

8 So bedienten sich französische Plakate aus den Jahren 1917–1918 der Grauen des Kriegs – der harten Okkupation nationalen Territoriums durch die Deutschen, des Terrors des Bombenkriegs, des Ausmaßes des Sterbens – , um das Kriegsengagement zu verstärken und vor einem Verhandlungsfrieden zu warnen.

cen für eine angemessene kulturelle und politische Mobilmachung zu verfügen. Mittlerweile konnte aber nachgewiesen werden, daß sich in Rußland von Beginn des Konfliktes an eine Kriegskultur formiert hatte, die das dämonisierte Bild des deutschen Feindes und die klare Identifikation mit den Verbündeten, vor allem mit Belgien, enthielt.[9] Mehr noch: 1915 kam es während der großen Rückzüge angesichts der österreichisch-deutschen Offensive zu einer weitergehenden Mobilmachung gegen den inneren Feind, der in nationalen Minderheiten und der jüdischen Bevölkerung des Ansiedlungsrayons ausgemacht wurde.[10] Sicherlich war in Rußland die patriotische Mobilisierung schwächer als in Ländern mit einem weiter entwickelten Bewußtsein nationaler Zusammengehörigkeit und in denen der Staat größere Legitimität genoß, aber es gab sie auch hier. Ein Weg zum Verständnis der Ereignisse von 1917 ist es folglich, die Auflösung der Kriegskultur Rußlands vor dem Ende des Krieges zu untersuchen. Der rein defensive Krieg, den der Petrograder Sowjet von Februar 1917 an ins Auge gefaßt hatte, war ein Krieg ohne wirkliche Gegner – ein zum Teil bereits demobilisierter Krieg. Das grundsätzliche Versagen der Provisorischen Regierung unter Kerenskij lag in ihrem Unvermögen, das Land durch eine nationaldemokratische Remobilisierung nach dem Vorbild der Französischen Revolution zu galvanisieren, obwohl sie gerade dies versucht hatte.[11] Lenins Genialität dagegen bestand in seiner Fähigkeit, den – vor allem in der Armee – bereits im Gang befindlichen Prozeß der kulturellen Demobilmachung zu radikalisieren und in eine Revolution gegen den Krieg umzuleiten, die Rußland aus dem Konflikt ausscheiden ließ, sobald die Bolschewiki an die Macht gekommen waren.

Diese vorgreifende kulturelle Demobilmachung in Rußland ist aber auch auf einer weit allgemeineren Ebene bedeutend, denn entsprechende Tendenzen existierten im Krieg auch andernorts, wenngleich auch weniger stark ausgeprägt. Ab 1916 befürchteten die Kriegsregierungen überall in Europa die kulturelle »Selbstdemobilmachung« derjenigen Werte und Einstellungen, mit welchen die Bevölkerungen ursprünglich für den Krieg gewonnen wurden. Nun versuchten die Regierungen, erneut Unterstützung für den Krieg zu mobilisieren, ob bei der Truppe oder an der Heimatfront. In Frankreich und Großbritannien trug dies 1918, wenn auch unter verän-

9 H. Jahn, Patriotic Culture in Russia during World War I, Ithaca 1995; R. Stites, Days and Nights in Wartime Russia: Cultural Life 1914–1917, in: A. Roshwald und R. Stites (Hg.), European Culture in the Great War. The Arts, Entertainment, and Propaganda, 1914–1918, Cambridge 1999, S. 8–31.

10 M. von Hagen, The Great War and the Mobilization of Ethnicity in the Russian Empire, in: B. Rubin und J. L. Snyder (Hg.), Post-Soviet Political Order: Conflict and State Building, London 1998.

11 S. Fitzpatrick, The Russian Revolution, Oxford 1994^2, Kapitel 2.

derten Bedingungen, zum Wiedererstarken der Kriegskultur bei.[12] Der italienische Staat nahm schließlich mit der Niederlage von Caporetto im Oktober 1917 die kulturelle und politische Mobilmachung der Öffentlichkeit ernst.[13] Dagegen lehnten in Deutschland viele Soldaten und Zivilisten die 1917 und 1918 von der militärischen Führung unter Hindenburg und Ludendorff sowie von der extremen Rechten angestrebte Radikalisierung der Kriegskultur ab, die offen expansionistische Kriegsziele beinhaltete und in ihrem rassistischen Nationalismus die extreme Rechte der Zwischenkriegszeit vorwegnahm.[14] Der Fall Rußland zeigt somit, daß – zumindest im Ersten Weltkrieg – die Grenze zwischen kultureller Mobilmachung und Demobilmachung nicht mit der Grenze zwischen Krieg und Frieden zusammenfällt, da sich in einigen Fällen eine Demobilmachung bereits während des Krieges ereignete.

Umgekehrt geht aus dem russischen Beispiel auch hervor, daß eine kulturelle Remobilisierung für den Krieg auch *nach* Friedensschluß auftreten konnte. Lenins Politik des revolutionären Defaitismus sah sich der erbitterten Opposition vieler Bolschewiki und Linker Sozialrevolutionäre ausgesetzt, die der Meinung waren, das neue Regime solle nach Brest-Litovsk, nach dem März 1918, *sozialistische* Kriegsanstrengungen gegen die deutsche Militärbesatzung als einen Beitrag zur internationalen Revolution unternehmen. Das Potential zur Schaffung einer bolschewistischen Kriegskultur wurde aber erst in der Folge, während der Mobilmachung gegen alliierte und weiße Streitmächte im Bürgerkrieg von 1918 bis 1920, realisiert. In der verallgemeinerten Figur des Rotarmisten wurden im Krieg die Widersprüche, die eine proletarische Revolution in einer weitgehend ländlich geprägten Gesellschaft hervorrief, symbolisch aufgelöst. Der Bolschewismus erreichte also die kulturelle und politische Remobilisierung für den Krieg, an der die Provisorische Regierung gescheitert war, und verlieh im Verlauf dieses Prozesses den entstehenden Institutionen des Staates ein militärisches Gepräge.[15] Auch hieraus lassen sich mehrere generelle Folgerungen ziehen: Das Fallbeispiel Rußland unterstreicht die Tatsache, daß der

12 J. Horne, Remobilizing for »Total War«: France and Britain, 1917–1918, in: ders. (Hg.), State, Society and Mobilization, S. 195–211.

13 Das soll nicht heißen, das diejenigen beträchtlichen Teile der italienischen Gesellschaft, die dem Krieg feindlich oder indifferent gegenüberstanden, völlig zur Fortführung des Kriegs bekehrt wurden. Die Krise zwang den Staat aber dazu, die öffentliche Meinung und ihre Mobilisierung ernster zu nehmen. Vgl. A. Gibelli, La Grande Guerra degli Italiani, 1915–1918, Mailand 1998, S. 302–313.

14 G. Mai, Das Ende des Kaiserreichs. Politik und Kriegführung im Ersten Weltkrieg. München 1987, S. 121–132.

15 N. Werth, Un État contre son peuple: Violences, répressions, terreurs en Union soviétique, in : S. Courtois u. a., Le Livre noir du communisme. Crimes, terreur, répression, Paris 1997, S. 49–394, v. a. S. 94–122 ; O. Figes, A People's Tragedy. A History of the Russian Revolution, London 1996, S. 721–772.

Erste Weltkrieg ein Kreislauf der Gewalt war, der 1914–1918 sein Zentrum hatte, aber noch bis in das Jahr 1923 hinein Nachbeben auslöste. Dabei war der Russische Bürgerkrieg ebenso Bestandteil dieses Kreislaufs wie andere Konflikte (beispielsweise D'Annunzios Besatzung Fiumes, die Grenzkonflikte in Deutschland, der Irische Unabhängigkeitskrieg und der Griechisch-Türkische Krieg von 1921–1923), die alle ihre eigenen Prozesse der kulturellen Remobilisierung mit sich brachten.

III. Sieg und kulturelle Demobilmachung: Frankreich und Großbritannien. Für die meisten Zeitgenossen jedoch endeten die Kämpfe im November 1918. Damit stand man zwangsläufig vor folgender Frage: Wie konnte der Krieg nun auch auf imaginärer und symbolischer Ebene beendet werden, und wie ließen sich die Denkmuster des Krieges in den Köpfen abbauen? Die Beantwortung dieser Frage in den siegreichen Nationen Frankreich und Großbritannien bietet eine zweite Variante kultureller Demobilmachung.

Paradoxerweise ist der Frieden – zumindest im Falle total ausgetragener Konflikte – der Kulminationspunkt des Krieges. Da die Kriegskultur den Feind als absolut böse und den Kampf als eine Frage des moralischen, ideologischen und sogar physischen Überlebens darstellt, ist – wie sich in beiden Weltkriegen erwies – in diesem Fall ein Kompromißfrieden praktisch unmöglich. Ein Siegfrieden jedoch bedeutet, den Unterlegenen zu Annahme sowohl der moralischen und ideologischen als auch der territorialen und politischen Bedingungen des Siegers zu zwingen. Natürlich können dabei auch Verhandlungen und – gerade unter Verbündeten – Kompromisse stattfinden. Der Kern des Friedensstiftens aber besteht darin, dem Unterlegenen die historischen und moralischen Visionen des Siegers aufzuerlegen. Dieser Art waren auch die friedensvertraglichen Regelungen in Europa und Asien aus dem Jahre 1945.

Der Versailler Friedensvertrag indes basierte auf einem – von deutscher Seite mehr oder weniger vorsätzlichen – fundamentalen Mißverständnis. Aus der Sicht der westlichen Alliierten war Deutschland auf dem Feld besiegt worden und durch den Friedensprozeß in Paris, an dem die deutsche Delegation nicht teilnahm, gezwungen, die Verantwortung für den Kriegsausbruch und auch für die Brutalität der Kriegführung gerade während der anfänglichen Invasion Belgiens und Frankreichs – die »deutschen Greueltaten« von 1914 –, für die Besatzungen in Ost- und Westeuropa sowie für den U-Bootkrieg zu übernehmen. Auch wenn der Friedensschluß weitaus mehr enthielt, so bestand der Kern des Versailler Vertrages doch in der moralischen und historischen Verurteilung des ehemaligen deutschen Regimes – das aber nicht zuletzt durch das einflußreiche Offizierskorps starke Kontinuitäten in der Weimarer Republik hatte. Diese Verurteilung fand sich vor allem in den Artikeln 227–230, den sogenannten »Schmachparagraphen«: Sie forderten die Auslieferung des Kaisers und der angeblichen Kriegsverbrecher, um ihnen auf alliiertem Boden den Prozeß zu machen. Nach umständlichen Verhandlungen einigte man sich in diesem Fall auf den Kompromiß eines innerdeutschen Verfahrens: Die Anschuldigungen der Alliierten wurden 1921 vor den Reichsgerichtshof in Leipzig gebracht, der allerdings fast in jedem Fall auf das vorhersehbare Urteil »nicht schuldig« entschied.[16] Für den Großteil der deutschen Öffentlichkeit inklusive der Armee und den alten Eliten war Deutschland ja nicht besiegt worden, sondern hatte lediglich einen Waffenstillstand abgeschlossen. Dies bedeutete in ihren Augen, daß der Friedensschluß durch ein gegenseitiges Abkommen auf Dialogbasis nach dem Muster des Wiener Kongresses von 1815 erfolgen sollte. Ein Friede durch Diktat und vor allem die Beschuldigung der Armee und des Kaisers durch die Schmachparagraphen waren unannehmbar. Mit Kriegsende kam es zu einer Kampagne zum Widerstand gegen den Versailler Vertrag und später auch zu seiner Revision, die fortgesetzt wurde, bis Hitler 1937 Deutschlands Unterschrift von Versailles widerrief.[17]

Somit wurden durch den Friedensprozeß die gegenseitige Feindschaft und die aufeinander bezogenen Kriegskulturen am Leben erhalten. Bei den Alliierten blieb in den Jahren 1918 und 1919 das Feindbild allgegenwärtig: Der britische Wahlkampf im Dezember 1918 wurde von der Schmähung Deutschlands und der Forderung nach einem Prozeß gegen den Kaiser dominiert. In Frankreich sprach sich die öffentliche Meinung während der Friedenskonferenz für einen Straffrieden aus, bei dem unter anderem den Verantwortlichen für den Krieg und für die Kriegführung der Prozeß gemacht und das von der Nation erbrachte Opfer mit territorialer Sicherheit und wirtschaftlichen Reparationen vergolten werden sollte. In Großbritannien jedoch entwickelte sich die öffentliche und politische Meinung recht schnell hin zu einem Verlangen, wenn nicht gleich nach Aussöhnung, so doch zumindest nach normalen Beziehungen mit Deutschland. Das bedeutete den Abbau der Achse der Kriegskultur, welche die unversöhnliche Feindschaft zwischen Großbritannien und Deutschland verkörperte, aber auch der interalliierten Solidarität, die dieser Feindschaft nachgeordnet war. Auf diplomatischer Ebene äußerte sich dieser Wandel in Lloyd Georges Versöhnungspolitik gegenüber Deutschland und seiner Kritik an der harten Linie der Franzosen.[18]

16 J. Horne u. A. Kramer, Deutsche Kriegsgreuel 1914. Die umstrittene Wahrheit, Hamburg 2004, S. 481–537.

17 U. Heinemann, Die verdrängte Niederlage. Politische Öffentlichkeit und Kriegsschuldfrage in der Weimarer Republik, Göttingen 1983.

18 K. O. Morgan, Consensus and Disunity: The Lloyd George Coalition Government 1918–1922, Oxford 1979, S. 140.

In Frankreich dagegen erwies sich die Kriegskultur als weitaus hartnäckiger. Ihren Kern bildete, wie wir bereits gesehen haben, der Begriff des Opfers – ein gewaltiges und komplexes Thema. Von zentraler Bedeutung hierfür war das Opfer, das der *poilu*, der einfache Frontsoldat erbracht hatte: 1,3 Millionen Tote und 900.000 Kriegsinvalide. Dieses Opfer konnte nur gesühnt, also in ein säkulares Martyrium und in eine Investition in die politische Zukunft verwandelt werden, wenn der totale Sieg über den Feind dauerhaft und unbestreitbar war. In der unmittelbaren Nachkriegszeit wurde das Opfer permanent ins Gedächtnis gerufen; dies geschah nicht nur durch die Ausarbeitung des nationalen Rituals vom 11. November (mit dem Begräbnis des Unbekannten Soldaten unter dem Arc de Triomphe im Jahre 1920), sondern Mitte der zwanziger Jahre auch durch die Errichtung von mehr als dreißigtausend Denkmälern an der Front und überall im Land, von denen jedes einzelne mit individuellen und kollektiven Trauerzeremonien feierlich eingeweiht wurde.[19] Mit dem Wiederaufbau der »verwüsteten Regionen« – das Martyrium des Ortes – wurde dem ein weiterer Aspekt des Opfers und eine Serie von Monumenten hinzugefügt. Gedenken ist hier aber auf keinen Fall mit Feiern gleichzusetzen: Die Stimmung war gedrückt, Grauen und Kosten des Krieges offensichtlich. Aber man mußte den Feind eben besiegen, und diese Rückkehr des Krieges machte einen Abbau der Kriegskultur unmöglich. Ein Großteil der französischen Öffentlichkeit indes dachte aber anders.

Damit soll nicht unterstellt werden, daß die Politik Poincarés in den Jahren 1922–1924 und vor allem die Ruhrbesetzung 1923 an den Krieg anknüpften. Es ist bekannt, daß all dies der Versuch war, eine diplomatische Lösung in der Frage der Reparationen zu erzwingen.[20] In der kollektiven Vorstellung eines Großteils der französischen Öffentlichkeit aber stand diese Episode für einen letzten Ausbruch der Kriegskultur. Im Deutschen sah man den Feind, den man während des Krieges so erbittert bekämpft hatte, auch wenn er sich nun hinter der Fassade der Weimarer Republik verborgen hielt. Auch der Verrat durch den inneren Feind wurde einmal mehr verurteilt, diesmal in Gestalt der Kommunisten, die gegen die Besatzung demonstrierten. Der Wunsch nach dem Wiederaufbau der Kriegsallianz mit Großbritannien und Amerika war offensichtlich und

19 A. Ben Amos, »The Sacred Centre of Power«: Paris and Republican State Funerals, in: Journal of Interdisciplinary History 22. 1991, S. 27–48; A. Becker, Les Monuments aux morts. Mémoire de la Grande Guerre, Paris 1988; D. Sherman, The Construction of Memory in Interwar France, Chicago 1999, v. a. S. 65–103.

20 J. Keiger, Raymond Poincaré, Cambridge 1997, S. 274–311.

wurde durch das Ergebnis der Ruhrkrise auf der Londoner Konferenz von 1924 und den Dawesplan zum Teil auch erreicht.[21]

Nach dem Ende des Zwischenspiels an der Ruhr änderte sich die öffentliche Meinung Frankreichs zum Krieg jedoch dramatisch. Dieser Wandel fand seinen klaren Ausdruck im Kult um Briand als Architekt der Verträge von Locarno (1925) und als Friedensapostel. Auch hier darf man aber die politische Realität nicht mit ihrer kulturellen Repräsentation verwechseln, obgleich diese nicht weniger real ist. Briand war in Locarno ebensowenig ein Pazifist, wie Poincaré während der Ruhrkrise ein Militarist gewesen war. Er befaßte sich mit defensiven diplomatischen Allianzen und militärischer Sicherheit (der Maginotlinie). Allein: Er bediente sich der Sprache der kulturellen Demobilmachung, und hieraus läßt sich ein Großteil seiner Popularität erklären. Im Jahre 1926 empfing Briand Stresemann und die deutsche Delegation anläßlich des deutschen Beitritts zum Völkerbund. In diesem Moment mit hoher Symbolkraft, als die 1914 zerbrochene internationale Gemeinschaft wiederbegründet wurde, erklärte Briand in einer Rede, die, laut Stresemann, ein Echo rund um die Welt fand: »Der Friede bedeutet für Deutschland und Frankreich das Ende jener Reihe schmerzhafter und blutiger Zusammenstöße, mit denen die Seiten der Geschichte befleckt sind, das Ende der langen Trauerschleier für Leiden, die niemals vergehen werden. [....] Weg mit den Gewehren, Kanonen, Maschinengewehren! Freie Bahn der Versöhnung, der Schlichtung, dem Frieden!«[22] Mit anderen Worten: Der Krieg war vorbei. Die Rede demontierte das Feindbild, verwarf die für die Kriegskultur zentralen Hassgefühle und stellte den früheren Feind als Gleichberechtigten und Partner dar. Die Popularität dieses Diskurses spiegelt sich in Briands eigener Karriere wider: Er war von 1925 bis 1932, unter anderem in der Regierung unter Poincaré, Außenminister, seine Diplomatie wurde von der Mehrheit der mehr als drei Millionen Kriegsveteranen gutgeheißen, und er gewann die Unterstützung eines Großteils der Presse.[23]

Diese Erörterungen können aber noch weiter gefaßt werden. In der zweiten Hälfte der zwanziger Jahre erlebte Frankreich eine wirkliche Demobilmachung der Kriegskultur. Der Widerspruch zwischen dem entmenschlicht dargestellten Feind und dem kollektiven Ich der Nation, der, wie wir sahen, die eine Achse der Kriegskultur ausmacht, wurde – zumindest als Ideal –

21 J. Horne, Der Schatten des Krieges: Französische Politik in den zwanziger Jahren, in: H. Mommsen (Hg.), Der Erste Weltkrieg und die europäische Nachkriegsordnung. Sozialer Wandel und Formveränderung der Politik, Köln 2000, S. 145–164.

22 A. Elisha (Hg.), Aristide Briand. Discours et écrits de politique étrangère, Paris 1965, S. 178.

23 J. Horne, Locarno et la politique de la démobilisation culturelle, 1925–1930, in: 14–18 Aujourd'hui. Today. Heute. 5. 2002, S. 73–87.

durch die Versöhnung der verfeindeten Nationen in der gemeinsamen Opposition zum Krieg ersetzt; nun sah man im Krieg die wahre Barbarei, die eigentliche Greueltat. Damit mußte der Logik nach auch dem inneren Feind vergeben werden. Nach einer langen Kampagne, die sich aus Antikriegsargumenten speiste, rehabilitierte das französische Parlament viele derjenigen französischen Soldaten, die während des Krieges von der Militärjustiz nach standgerichtlichen Verfahren hingerichtet worden waren (die *fusillés pour l'éxemple*).[24] Die Kriegskultur selbst lehnte man explizit ab: Die deutschen Greueltaten von 1914 beispielsweise wurden nun bagatellisiert oder sogar als alliierte Propaganda abgetan, französische Grundschullehrer kritisierten scharf ihre eigene Rolle als »Mobilisierer« der öffentlichen Meinung im Krieg und gegenüber der Tagespresse machte sich aufgrund ihrer Rolle bei der Kriegspropaganda (der *bourrage de crâne*) Skeptizismus breit.

Die Wurzeln dieser Neuorientierung lagen im Krieg selbst. Ein kleiner Kern von Andersdenkenden und Pazifisten hatte sich der Mobilmachung und Selbstmobilmachung für den Krieg verweigert und statt dessen gegen das Grauen des industrialisierten Abschlachtens und Massensterbens Stellung bezogen. Ihre moralische Zurückweisung der »Schlächterei« und des »Blutbades« des Krieges hatten bei einigen Soldaten ein breites, aber weniger politisch eingefärbtes Echo gefunden. Nach dem Krieg machten Pazifisten wie Victor Margueritte den Franzosen ebenso Vorwürfe wie den Deutschen und stellten den Krieg als den absoluten Feind dar. Margueritte führte seit 1925 eine Kampagne zur »moralischen Abrüstung«, also für eine Art geistiger Demobilmachung, die ihr direktes Gegenstück in Arthur Ponsonbys Kampagne »to refuse war« in Großbritannien hatte. Dies waren sicherlich extreme Positionen. Das Wichtige an ihrem kompromißlosen Vokabular aber war, das es sich direkt an die Kriegserfahrungen wandte. Die Gedanken und Gefühle, die es ausdrückte, fanden – in abgeschwächter Form – in der zweiten Hälfte der zwanziger Jahre in stetig wachsenden Kreisen der Öffentlichkeit Wiederhall.[25]

Wie läßt sich dieser Meinungsumschwung gegenüber dem Krieg erklären? Teilweise war er sicherlich eine Reaktion auf den als Fehlschlag wahrgenommenen harten Kurs Poincarés während der Ruhrkrise. Die 1924 an die Macht gekommene Mitte-Links-Koalition (das *Cartel des Gauches*) war dagegen ihrer politischen Grundeinstellung nach gegenüber Themen wie Versöhnung und internationaler Schlichtung offener. Aber auch eine psychologische Erklärung ist möglich: Ende der zwanziger Jahre war der Groß-

24 N. Offenstadt, Les Fusillés de la grande guerre et la mémoire collective (1914–1999), Paris 1999, S. 69–107.

25 N. Ingram, The Politics of Dissent: Pacifism in France, 1919–1939, Oxford 1991; Horne u. Kramer, Deutsche Kriegsgreuel 1914, S. 538–552.

teil der Denkmäler bereits gebaut, und ein nationales Trauer- und Erinnerungsritual hatte sich etabliert. Die Provokationen und Ressentiments, die in einer besiegten Nation zu einer Verlängerung der Kriegskultur beitragen können, waren in einem offiziell siegreichen Land, das den Großteil seines Nordostens wiederaufgebaut und die höchsten wirtschaftlichen Wachstumsziffern Europas erreicht hatte, weniger spürbar. Der Eindringling war verschwunden, und der Friedensvertrag hatte offenbar das französische Opfer gesühnt, da ja Locarno die deutsche Akzeptanz des Friedensvertrags zu bedeuten schien. Gleichwohl bestand ein schleichendes Unbehagen darüber fort – Briand selbst hatte es eingeräumt –, daß es unmöglich war zu garantieren, daß deutsche Aggressionen nicht wiederaufleben würden. Die ideologischen Begriffe, auf deren Grundlage der Krieg ausgefochten worden war, verloren einen Großteil ihrer Eindringlichkeit und sogar ihrer Relevanz – daher das retrospektive Unverständnis für die Kriegsstimmung. Aus diesem Grund konnte die andere Seite des Krieges – das Grauen der industrialisierten Zerstörung, das Massensterben und die Trauer, die sie auslöste – offen artikuliert werden und auf politische Diskurse und die Stimmung der Öffentlichkeit abfärben. Das war der Hintergrund des Kultes um Briand und der Haltung der Veteranen, die Antoine Prost als »patriotischen Pazifismus« bezeichnet hat.[26] Man bestritt nicht, daß es notwendig war, den Weltkrieg ausgefochten zu haben; dem Opfer vollends gerecht zu werden hieß aber nicht nur, den Feind zu besiegen, sondern auch den Krieg an sich zu ächten.

Für Großbritannien läßt sich in groben Zügen eine analoge kulturelle Demobilmachung festhalten. Hier trennte die Öffentlichkeit früher als in Frankreich die Rede vom Opfer von der fortgesetzten Feindseligkeit gegenüber dem Gegner: Die Inschrift auf den Schlachtendenkmälern, die von der Imperial War Graves Commission errichtet wurden, lautete »The Great War for Civilization«. Als 1920 in London die Statue der Krankenschwester Edith Carvell – Großbritanniens sinnbildlicher Märtyrerin des deutschen »Barbarentums« – enthüllt wurde, war dieses Ereignis bemerkenswert frei von Beschuldigungen. Am Sockel des Denkmals waren Carvells eigene Worte angebracht: »Patriotism is not enough. I must have no hatred or bitterness for anyone. « Gegen Ende der zwanziger Jahre nahm, wie Adrian Gregory gezeigt hat, der Jahrestag des Waffenstillstands (*Armistice Day*) einen zunehmend gegen den Krieg gerichteten Charakter an.[27] Dies traf noch mehr für die sogenannten »literature of disenchantment« zu, die zwischen 1926 und 1931 veröffentlichten Erinnerungen von Soldaten-

26 A. Prost, Les Anciens Combattants et la société française 1914–1939, Paris 1977, Bd. 3, S. 78–119.
27 A. Gregory, The Silence of Memory: Armistice Day 1914–1946, Oxford, 1994.

schriftstellern (Robert Graves, Siegfried Sassoon, R. C. Sheriff u. a.), in denen die »Kriegskultur« bewußt entmythologisiert wurde. Sie griff sowohl die Sprache des Heldentums als auch die des entmenschlichten Feindes an – und schuf damit einen neuen Mythos: den des Soldaten in der Rolle des desillusionierten Opfers.[28]

Die ultimative Herausforderung für die kulturelle Demobilmachung war es aber, dem ehemaligen Feind persönlich gegenüberzutreten und Gesten, Worte und Praktiken der Versöhnung zu finden. Der Gegensatz zwischen dem entmenschlichten Feind und dem kollektiven Selbst der Nation, den wir als eine Achse der Kriegskultur definiert haben, wurde durch die Versöhnung ehemaliger Feinde auf der Grundlage einer gemeinsamen Ablehnung des Krieges ersetzt, da dieser als die wahre Barbarei, das wahre Greuel, angesehen wurde (Abb. 2). Es ist wichtig, Tragweite und Resultat solcher Bemühungen zu bestimmen, und wenn dies auch Forschungsarbeit erfordern würde, die weit über den Rahmen dieses Aufsatzes hinausreicht, so ist doch offensichtlich, daß viele miteinander vergleichbare und sich überschneidende internationale Organisationen existierten, die in den zwanziger Jahren eine solche Versöhnung erprobten und praktizierten. Dazu zählen die reformistische Zweite Internationale, der Internationale Gewerkschaftsbund, die internationale (im Gegensatz zur interalliierten) Veteranenbewegung – namentlich die *Conférence Internationale des Associations des Victimes de la Guerre* –, die *Carnegie Foundation for Peace* und die zahllosen mit dem Genfer Völkerbund assoziierten Organisationen. Die nähere Erforschung von Versöhnungsimpulsen hätte bei diesen Organisationen und den Ideologien, die ein transnationales Wertesystem betonten und deren Wirkung durch den Krieg unterbrochen worden war – bei Sozialisten, Katholiken, einigen Intellektuellen- und Akademikerkreisen – anzusetzen.

28 S. Hynes, A War Imagined: The First World War and English Culture, London 1990, S. 423–463.

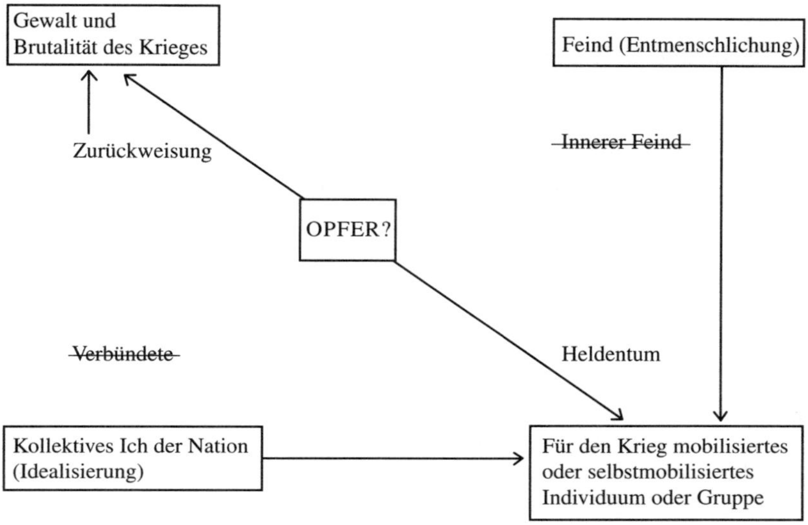

IV. Zwischen Demobilmachung und Remobilisierung: die Niederlage und das Fallbeispiel Deutschland. Die dritte, deutsche Spielart kultureller Demobilmachung ist aufgrund ihrer Komplexität das schwierigste Terrain für eine knappe Diskussion: Ich verweise an dieser Stelle nochmals darauf, daß ich lediglich den Begriff »kulturelle Demobilmachung« auf seine Erklärungskraft für die Auswirkungen des Ersten Weltkriegs hin überprüfen will, wobei der deutsche Fall kultureller Demobilmachung zu anderen Beispielen in Verbindung gesetzt werden soll. In Deutschland ließ die Niederlage diesen Prozeß substantiell anders verlaufen. Die Forschung hat hier bislang zwei zentrale Motive herausgehoben. Da ist zunächst einmal die vor Kriegsende einsetzende individuelle und kollektive Selbstdemobilmachung, die in den ersten Friedensjahren anhielt – eine der Manifestationen dieses Prozesses war wie in Rußland, wenn auch in ganz anderer Form, die Revolution. Wie bereits festgestellt, lehnten viele Deutsche die von der militärischen Führung in den letzten Kriegsjahren angestrebte kulturelle und politische Remobilisierung ab. Die Armee begann sich aufzulösen, viele Soldaten entkamen mit Erleichterung – wie Richard Bessel nachgewiesen hat – dem Krieg und nahmen ihr altes Leben aus Friedenszeiten wieder auf. Es ist überaus zweifelhaft, ob das Schicksal der Nation in Versailles zu jener Zeit das brennende Thema war, als das es von der Armee und den politischen Eliten hingestellt wurde.[29]

29 R. Bessel, Germany after the First World War, Oxford 1993, S. 45–48. Vgl. ebenfalls: B. Ziemann, Front und Heimat. Ländliche Kriegserfahrungen im südlichen Bayern 1914–1923, Essen 1997.

Das zweite, andere Motiv, das von der Historiographie betont wird, ist die Ablehnung des Friedensvertrag durch die Armee, die alten Eliten und die nationalistische Rechte. Aus ihr resultierten eine die zwanziger Jahre hindurch andauernde revisionistische Kampagne und die »Brutalisierung« der Politik im Frieden durch vom Krieg angeregte Gewalt.[30] Dieses Motiv läßt sich als die Verweigerung der kulturellen Demobilmachung bezeichnen. Bezeichnenderweise verdammte Hitler in den überlieferten Aufzeichnung für eine Rede im Jahr 1920 rundweg die »moralische Entwaffnung« – eben jenen Begriff, der in Großbritannien und Frankreich von überzeugten Pazifisten so glühend befürwortet wurde.[31] Im »schändlichen« Vertrag und seinen »Schmachparagraphen« sah man eine fortdauernde Verschwörung der Alliierten, mit der Deutschland vor den Augen der Welt beschuldigt werden sollte. Aus diesem Grund blieb der Feind von früher nach wie vor der Feind. Weiter führte das Festhalten an dieser Achse der Kriegskultur dazu, daß man sich – wie zu Kriegszeiten – der Figur des inneren Feindes bediente. Das Weltbild der Rechten war damit faktisch eine Neuformulierung der Kriegskultur zu Friedenszeiten: Aus den Verrätern an der Heimatfront (Juden, Sozialdemokraten, nationalen Minderheiten) wurden die Architekten nicht nur der Niederlage, sondern auch des neuen Regimes, das man als permanenten Verrat an den Kriegsopfern und den gefallenen Soldaten betrachtete. Somit wurde die Dolchstoßlegende nicht nur ein letztlich kontingenter Teil der Manipulationen von der Armee und der nationalistischen Rechten (angefangen 1919 mit Hindenburg), sondern bildete eine direkte und strukturelle Verbindung zwischen der Kriegskultur und der Verweigerung der kulturellen Demobilmachung nach Kriegsende.

Die logische Folge hieraus war die Remobilisierung für den nächsten Konflikt. Natürlich war in der Ideologie der Nationalsozialisten vieles enthalten, was in der Kriegskultur von 1914–1918 noch nicht präsent war, vor allem eine stärker biologische, eliminatorische Form des Rassismus, die sich inhaltlich und in ihrer Radikalität von dem Verständnis der deutschen Kultur unterschied, das in Abgrenzung zu westlichen »Zivilisation« definiert wurde und aus dem sich die »Ideen von 1914« speisten.[32] Aber es bestanden auch viele Verbindungen zwischen Kriegskultur und nationalsozialistischer Ideologie: die Dämonisierung des Feindes, die absoluten

30 Zur vom Auswärtigen Amt geführten »Unschuldskampagne« vgl.: H. Herwig, Clio Deceived: Patriotic Self-Censorship in Germany after the Great War, in: K. Wilson (Hg.), Forging the Collective Memory: Government and International Historians through Two World Wars, Oxford 1996, S. 87–127.

31 W. Maser, Hitlers Briefe und Notizen. Sein Weltbild in handschriftlichen Dokumenten, Düsseldorf 1973², S. 285.

32 Vgl. W. Mommsen, German Artists, Writers, and Intellectuals and the Meaning of War, 1914–1918, in: Horne (Hg.), State, Society and Mobilization, S. 21–38; M. Burleigh und W. Wippermann, The Racial State. Germany 1933–1945, Cambridge 1991, S. 23–43.

Ansprüche des Staates auf Nation und Rasse, das Feiern der Kriegergemeinschaft und ein industrialisiertes Bild des Heldentums, das bereits Ernst Jünger in seiner Darstellung des Frontsoldaten von 1917/18 als Menschen der Zukunft artikulierte. Der Bezug der extremen Rechten auf die Kriegskultur des Ersten Weltkriegs verlief auf verschiedenen Wegen: über die *Freikorps*, den erbitterten Bürgerkrieg, der in Teilen Deutschlands noch bis 1923 ausgefochten wurde, oder die paramilitärischen Rituale der Nationalsozialisten. Die Art und Weise dieses Bezugs war international ohne Parallele.

Und dennoch: Die Nationalsozialisten hatten bis zur Wirtschaftskrise von 1929 nur bedingte Unterstützung genossen.[33] Vielleicht läßt sich der augenscheinliche Widerspruch zwischen einem durch eine Niederlage demobilisierten Land und der verstockten Kriegskultur der Rechten lösen, wenn man die Schwierigkeiten betrachtet, mit denen sich in den zwanziger Jahren die Durchschnittsdeutschen konfrontiert sahen, die für sich den Krieg bewältigen wollten. Die Mehrheit der Deutschen, die nicht auf der Seite der extremen Rechten stand, wurde durch den Versailler Friedensvertrag verärgert, denn auch die Gemäßigten (beispielsweise das Zentrum oder die Führung der SPD) hingen dem Glauben an, daß das deutsche Heer im Felde unbesiegt geblieben war, und auch sie sahen in den Vorwürfen der deutschen Kriegsschuld und der typisch deutschen Greueltaten das Festhalten der ehemaligen Feinde Deutschlands an einer aggressiven Kriegskultur.[34] Das widersprach der internationalen Anerkennung und der Versöhnung, die jene Unterstützer der Weimarer Republik anstrebten. Folglich waren diese Meinungsströmungen auch für die Behauptungen und Werte anfällig, die von den Rechten massiv vertreten und aus der Kriegskultur abgeleitet wurden. Wie durch eine Ironie der Geschichte wurde Deutschland ja erst im Frieden besetzt: das Rheinland nach den Bestimmungen der Versailler Vertrags und im Jahre 1923 das Ruhrgebiet mit dem Ziel, eine Regelung der Reparationen zu erzwingen. Diese Erfahrungen förderten ein Wiederaufleben der Kriegskultur: während etwa im Rheinland unzählige Mythen über Vergewaltigungen durch schwarze französische Soldaten kursierten, wurde die Ruhrbesatzung weithin als Rückfall der Franzosen in Feindschaft und Gewalt des Krieges wahrgenommen (obwohl es natürlich Belgier, Franzosen und die Bevölkerungen des Osten Europas waren, die

33 H. Mommsen, Das Scheitern der Weimarer Republik und der Aufstieg des Nationalsozialismus, in: Tel Aviver Jahrbuch für deutsche Geschichte 17. 1988, S. 1–17, vgl. auch die Übersetzung als: L'Échec de la République de Weimar et la montée du national-socialisme, in: H. Mommsen, Le National-Socialisme et la société allemande. Dix essais d'histoire sociale et politique, Paris 1997, S. 29–48.

34 Bessel, Germany after the First World War, S. 254–284; Horne u. Kramer, Deutsche Kriegsgreuel 1914, S. 534.

während des Konflikts diese Erfahrungen durchleben mußten, und nicht die Deutschen).[35]

Mit anderen Worten: Es war äußerst schwer, sich mit dem verlorenen Krieg abzufinden. Die Zwiespältigkeit der Außenpolitik Stresemanns zeigt dies deutlich. Für die westlichen Alliierten wurde 1925 mit dem Vertrag von Locarno – im durchaus wörtlichen Sinne – ein Schlußstrich unter dem Krieg gezogen. Die neuen Schlichtungsmechanismen, die sich auf die vom Völkerbund entwickelten stützten, sollten nur auf kommende Auseinandersetzungen angewandt werden, nicht aber auf die Neuordnung der Nachkriegsordnung. Locarno bedeutete in den Augen der Alliierten keinesfalls die Ablehnung der Grundlagen Versailles, sie sahen hierin vielmehr ein Stück Diplomatie unter Gleichen zur Lösung zukünftiger Probleme. Hieraus erklärt sich ihre Friedensrhetorik. Stresemann war nicht weniger als Briand oder Austen Chamberlain darum bemüht, die Rückkehr zur Katastrophe eines Krieges zu verhindern, und bediente sich demzufolge einer ähnlichen Sprache der kulturellen Demobilmachung. So stellte er beispielsweise im Jahre 1927, als er den französischen Widerstand gegenüber einem schnellen Ende der Besatzung des Rheinlandes kritisierte, fest:

»Es gibt keinen verantwortlichen Menschen in Deutschland, der so verbrecherisch wäre, Deutschland in irgendeinen Krieg gegen irgendeine Macht im Westen oder Osten hetzen zu wollen. [...] Aber an Frankreich haben wir die Frage zu richten: Gallia, quo vadis? [...] Soll der tötende Geist der Kriegspsychose dauernd gelten oder der Geist, der ein neues Kapitel der Geschichte aufschlägt, auf dem die Anfangsworte stehen: Für Frieden und Freiheit aller? «[36]

Locarno bot somit einen Weg, um mit einigen der demütigendsten Folgen von Versailles, wie etwa der Besetzung durch die Alliierten, die Stresemann als Fortbestand der Kriegswerte und -einstellungen interpretierte, umzugehen. So protestierte auch die prorepublikanische Veteranenorganisation, das Reichsbanner Schwarz-Rot-Gold, 1928 auf einer internationalen Veteranenkonferenz in Berlin, daß eine ausländische Okkupation dem »Geist von Locarno widerspreche« und die französisch-deutsche Zusammenarbeit blockiere, die das Reichsbanner für die »dauerhafteste Grundlage des Friedens« hielt.[37] Weiter eröffnete Locarno die Gelegenheit, das 1919 gefällte Urteil über die deutsche Kriegsschuld und die Brutalität der deutschen

35 K. Nelson, The »Black Horror on the Rhine«: Race as a Factor in Post-World War I Diplomacy, in: Journal of Modern History 42. 1970, S. 606–627.

36 G. Stresemann, Vermächtnis. Der Nachlaß in drei Bänden, Berlin 1932–1933, (Englische Übersetzung: London 1935–1940), Bd. 3, S. 167. Für einen allgemeinen Überblick vgl.: J. Jacobson, Locarno Diplomacy. Germany and the West 1925–1929, Princeton 1972.

37 L. Viala, Les Relations internationales entre les associations de mutilés de guerre et d'anciens combattants, Paris [1930], S. 28.

Kriegführung gegenüber belgischen und französischen Zivilisten im Jahre 1914 zu revidieren. Auf diesen beiden Feldern betrieben das Reichswehrministerium und Kreise des Auswärtigen Amts die zwanziger Jahre hindurch eine lebhafte Kampagne. Der Preis, den man dafür zu zahlen hatte, war jedoch die Wiederaufnahme der Auseinandersetzungen – und Kulturen – des Kriegs. Die deutsche Außenpolitik war somit in den späten zwanziger Jahren zwischen zwei Positionen hin- und hergerissen: Einerseits bestand das Verlagen, die Erinnerungen an den Krieg herunterzuspielen, um so die Lösung einiger der diplomatischen Folgen des Konflikts zu erreichen. Andererseits war der Urteilsspruch des Versailler Vertrags in Frage zu stellen, der die Grundlagen eben jener Folgen ausmachte. Diese Zwickmühle wurde erst gelöst, als die Nationalsozialisten beide Verträge, Versailles und Locarno, kündigten.[38]

Die Schwierigkeiten, mit denen sich Stresemann konfrontiert sah, fanden ihre Parallele in der ambigen symbolischen Bedeutung des deutschen Gefallenen. Stand er für die Grauen und das Leid des Krieges, so sanktionierte man dadurch die Niederlage der Nation. Symbolisierte er das Bedürfnis nach einer Revision der Niederlage, so erschien er als Fürsprecher des Krieges. Die substantielle Bedeutung des Opfers war damit völlig offen und auf der Ebene der nationalen politischen Werte ungelöst. Es ist daher nicht überraschend, daß es der Weimarer Republik nie gelang, dem Unbekannten Soldaten ein nationales Denkmal zu errichten oder ein nationales Trauerritual zu schaffen, die mit denen der westlichen Alliierten vergleichbar wären.[39] Das größte Monument, das Denkmal in Tannenberg, symbolisierte einen der wenigen Siege des Krieges (im August 1914 über die Russen) und stand folglich für die kulturelle Remobilisierung für den nächsten Krieg – zu diesem Zwecke wurde es dann auch von den Nationalsozialisten vereinnahmt. Die ambivalente Bedeutung der 2,4 Millionen Kriegstoten war ein gewaltiges Hindernis bei der kulturellen Demobilmachung Nachkriegsdeutschlands.

V. Zusammenfassung. Ich möchte mit einigen kurzen Bemerkungen zum Nutzen und zu den Grenzen des Begriffs der kulturellen Demobilmachung schließen. Er ist zunächst nur einer unter vielen Analyserahmen, der zur Erforschung des Erbes des Ersten Weltkriegs benötigt wird. Mit ihm werden nicht notwendigerweise die individuellen Traumata der Soldaten,

38 Horne u. Kramer, Deutsche Kriegsgreuel 1914, S. 552–589.

39 G. Mosse, Fallen Soldiers, S. 97f. Die Neue Wache, der offizielle Aufbewahrungsort des deutschen Unbekannten Soldaten, wurde erst im Jahre 1931 eingeweiht und hatte nur eine »schwache Wirkung«. Vgl. ebenfalls: M. Jeissmann u. R. Westheider, Wofür stirbt der Bürger? In: R. Koselleck und M. Jeismann (Hg.), Der politische Totenkult. Kriegerdenkmäler in der Moderne, München 1994, S. 23–50, v. a. S. 29f.

die an Körper oder Geist verletzt wurden, oder die Schmerzen derjenigen thematisiert, die den Tod einer nahen Person erleiden mußten. Ob Menschen in einer solchen Lage den Verlust jemals vollständig überwanden und, falls sie ihn überwanden, ob der Begriff »Demobilmachung« die Prozesse, die damit verbunden sind, überhaupt fassen kann, ist fraglich. In den Nachkriegsjahren verfolgten die individuellen und kollektiven Strategien der Trauer oftmals Wege – ob pathologische oder therapeutische –, die wenig Ähnlichkeiten mit der Demobilmachung der Kulturen aus dem Kriege aufwiesen.

In manchen Fällen jedoch konnte die Opferrhetorik – die, wie wir sahen, ein zentraler Bestandteil der Kriegskultur war – in einer Art persönlicher Demobilmachung Verlustschmerzen erleichtern und wenigstens teilweise zur Bewältigung der Kriegserfahrungen beitragen. Dies war beispielsweise bei der französischen Dichterin Jane Catulle-Mendès der Fall, die den Verlust ihres geliebten Sohnes schließlich als Opfer für die Nation akzeptierte.[40] Man muß sich der verschiedenen Rollen bewußt sein, die der Begriff des »Opfers« bei der Bewältigung der Leiden spielte, andernfalls läuft man Gefahr, in der im und nach dem Krieg allgegenwärtigen Sprache des Märtyrertums und des Opfers lediglich ein Werkzeug der öffentlichen Rhetorik oder zur Verschleierung der Schuld derer, die nicht unmittelbar gelitten hatten, zu sehen.

Zweitens mögen Soldaten und Zivilisten eine gewisse Distanz zu und Perspektiven auf die Kriegserfahrung entwickelt haben, die nicht mit dem Abbau der Kriegskultur in Verbindung stehen. Jean-Jaques Becker spricht von der *banalisation* (oder »Normalisierung«) des Krieges, da der Krieg während des Konfliktes mehr und mehr den Alltag in sich aufnahm. Vielleicht existierte ja auch eine entsprechende »*banalisation de la paix*«, bei der der Krieg auf vielen verschiedenen Wegen – von Humor über Sentimentalität bis hin zur reinen Nostalgie – in die Textur des Nachkriegsalltags absorbiert wurde.[41] In anderer Hinsicht stützte sich der Frieden jedoch auf die wesentlich formaleren Bemühungen der Umgestaltung und Kodifizierung von Kriegserfahrungen und auf deren kulturelle Repräsentation, die ihm – gerade um die Wiederherstellung einer Art von Normalität zu erlauben – Sinn verliehen. Diese Prozesse selbst zogen eine kulturelle Demobilmachung nach sich – indem sie beispielsweise eine öffentliche Erzählung über den Krieg etablierten, die die Absichten und Leidenschaften, mit denen er geführt wurde, verdrängte; oder indem sie den affektiven Kriegsgehalt vom Bild des ehemaligen Gegners lösten, um sich somit zu

40 S. Audoin-Rouzeau, Cinq deuils de guerre 1914–1918, Paris 2001, S. 211–261.
41 J.-J. Becker, Les Français dans la grande guerre, Paris 1980, S. 99–180.

versichern, daß dieser Konflikt in der Tat der letzte seiner Art war – der *der des ders*, der Letzte der Letzten, wie es auf französisch hieß.

Drittens legt dies nahe, daß der Ausgang des Krieges – Sieg oder Niederlage, nationale »Befreiung« im Gegensatz zu Besatzung, Revolution und Bürgerkrieg – den retrospektiven kulturellen und politischen Sinn des Konflikts fundamental formte. Damit soll nicht bestritten werden, daß – wie Bernd Weisbrod nachgewiesen hat – der »brutalisierende« Effekt des Krieges überall in der europäischen Politik der Nachkriegszeit spürbar war.[42] Aber der Ausgang des Krieges trug dazu bei, Ausmaß und Beschaffenheit der politischen Gewalt zu bestimmen. Kulturelle Demobilmachung setzte, wie bereits festgehalten, die Existenz ihres Gegenteils voraus – die Verweigerung der Demobilmachung und das Verlangen, von neuem mobil zu machen um den Krieg oder andere Konflikte wie beispielsweise den Klassenkampf von neuem auszutragen. Die Remobilisierung wurde wahrscheinlich ebenso wie die Demobilmachung durch die Kulturen aus der Zeit des Krieges geprägt, beispielsweise durch den Bezug auf idealisierte Kriegergemeinschaften, die ihr Vorbild im Ethos der Eliteeinheiten des Krieges hatten, oder auf die Gewalt der Kriegspropaganda. Der grundlegende Unterschied bestand hier zwischen Ländern wie Großbritannien und Frankreich, in denen der Kriegsausgang als weitgehend vorteilhaft empfunden wurde und sich die Stimmung gegen Werte und Vorstellungen wandte, die zukünftige Kriege in sich bargen, und Ländern wie Deutschland, Österreich, Italien oder Ungarn, in denen für wichtige Bereiche der öffentlichen Meinung das Gegenteil zutraf. Eine solche These verweist nicht nur auf Verfahren, mit denen das je unterschiedliche Kriegserbe verschiedener Länder zu entziffern ist, sondern bietet auch neue Methoden, traditionelle Themenfelder wie die Diplomatie der Zwischenkriegszeit oder die Versuche der wirtschaftlichen Zusammenarbeit ehemaliger Feindstaaten vor der Weltwirtschaftskrise zu untersuchen.

Auch wenn, viertens, die Analyse bislang nur in nationalen Kategorien durchgeführt wurde, können die Begriffe der kulturellen Demobilmachung und Remobilisierung auch auf andere Analyseeinheiten angewandt werden – beispielsweise auf spezifische Gruppen wie Künstler, Veteranen, Soldatenwitwen, Familien, oder auf andere geographische Einheiten wie Stadtbezirke, Städte oder Regionen. In einigen Grenzgebieten Nachkriegseuropas etwa standen abweichende Kriegserinnerungen einer kulturellen Demobilmachung entgegen. So erwies sich die lokale Erinnerung an Greuel und Not im Nordosten Frankreichs und in den Gegenden Belgiens, die vom

42 B. Weisbrod, Die Politik der Repräsentation. Das Erbe des Ersten Weltkrieges und der Formwandel der Politik in Europa, in: H. Mommsen (Hg.), Der Erste Weltkrieg und die europäische Nachkriegsordnung, S. 13–41.

Einmarsch 1914 am schlimmsten betroffen wurden, als schwer vereinbar mit dem Abbau der Kriegsmentalität, den die Politik von Locarno und die Annäherung an Deutschland erforderte. In der neugegründeten Tschechoslowakei wurden die Sudetendeutschen zurückgelassen, deren Kriegserinnerungen mit dem Kult um die Tschechischen Legionäre, auf den sich der neue Nationalstaat gründete, im Streit lagen. Diese unruhigen Grenzgebiete (Schlesien, Danzig, das Elsaß, das Sudetenland, Fiume) waren Quellen der beständigen kulturellen und politischen Mobilisierung, die Sprache und Vorbildfunktion des Krieges am Leben hielten.

All dies legt nahe, daß der Begriff »kulturelle Demobilmachung« – gemeinsam mit der Verweigerung der Demobilmachung und der anschließenden Remobilisierung – hinreichend Aussagekraft besitzt und ein nützliches Instrument ist, das weitere Forschungen lohnenswert erscheinen läßt.[43] Mit ihm kann vor allem die für die Zwischenkriegszeit so charakteristische Durchlässigkeit von Krieg und Frieden erfaßt werden. Gerade im Faschismus, der sich auf die Motive der Kriegergemeinschaft und des Verrats am Kriegsopfer bezog, war diese Durchlässigkeit besonders offensichtlich. Aber auch der Kommunismus absorbierte die Sprache – und viele der organisatorischen Impulse – des Krieges: Sein Gebrauch des Pazifismus war rein instrumentell. Tatsächlich bedienten sich sogar demokratische und sozialistische Pazifisten in ihrer Opposition zum Krieg einer militarisierten Sprache. Darüber hinaus waren Angst oder Hoffnung hinsichtlich eines zukünftigen Krieges, den man vor dem Hintergrund des Ersten Weltkriegs imaginierte, stets präsent. So hingen im September 1938 die Schatten von 1914 über der Sudetenkrise: Man kann sich den Eindruck, den diese Krise bei den Zeitgenossen hinterließ, nur schwer vergegenwärtigen, wenn man sie nicht als Konfrontation der durchgehend demobilisierten öffentlichen Meinung Frankreichs und Großbritanniens mit der von Hitler versuchten Wiederbelebung der Kriegskultur versteht. Mit anderen Worten: Die Begriffe »kulturelle Demobilmachung« und »kulturelle Remobilisierung« helfen zu erklären, warum von 1919 bis 1939 – trotz rapider militärischer und ökonomischer Demobilmachung – der Krieg noch immer in den Köpfen der Menschen gegenwärtig war.

43 Zu diesem Thema wurde im September 2001 unter dem Titel »Demobilizing the Mind. Culture, Politics and the Legacy of the Great War, 1919–1933« eine Konferenz am Trinity College, Dublin abgehalten. Eine Reihe der dort eingereichten Vorträge ist unter dem Titel »Démobilisations culturelles après la Grande Guerre« veröffentlicht: 14–18 Aujourd'hui. Today. Heute. 5. 2002.

Frank Bösch

Militante Geselligkeit

Formierungsformen der bürgerlichen Vereinswelt zwischen Revolution und Nationalsozialismus

Die große Bedeutung von Vereinen scheint außer Frage zu stehen. Sie sind Träger der gesellschaftlichen Selbstorganisation, bilden Kommunikationsräume und bündeln Interessen. Sie bieten Geselligkeit, tradieren Deutungsmuster und stiften Identität. Wie sehr die bürgerliche Vereinswelt die gesellschaftliche, politische und nationale Formierung prägte, ist für das lange 19. Jahrhundert in vielfältigen Arbeiten gewürdigt und untersucht worden.[1] Vergleichbare Analysen für das kurze 20. Jahrhundert blieben dagegen rar. Die bislang vorliegenden Studien widmeten sich vor allem der Vereinswelt des katholischen und sozialistischen Milieus.[2] Weniger Beachtung fand die Entwicklung der Vereins- und Festkultur des bürgerlichen Lagers im 20. Jahrhundert. Wenn dessen politische Kultur analysiert wurde, überwog der Blick auf die Berufsverbände,[3] die paramilitärischen Einheiten[4] oder auf kirchliche Gemeindegruppen.[5]

Das vergleichsweise geringe Interesse an der bürgerlichen Vereinswelt des 20. Jahrhunderts dürfte vor allem zwei Gründe haben. Erstens erschien

1 Vgl. etwa: D. Klenke, Nationalkriegerisches Gemeinschaftsideal als politische Religion. Zum Vereinsnationalismus der Sänger, Schützen und Turner am Vorabend der Einigungskriege, in: HZ 260. 1994, S. 395–448; S. Goltermann, Körper der Nation. Habitusformierung und die Politik des Turnens 1860–1890, Göttingen 1998; O. Dann (Hg.), Vereinswesen und bürgerliche Gesellschaft in Deutschland, München 1984. Manuskriptabschluß: März 2003.

2 Vgl. etwa S. Weichlein, Sozialmilieus und politische Kultur in der Weimarer Republik. Lebenswelt, Vereinskultur, Politik in Hessen, Göttingen 1996; P. Lösche (Hg.), Solidargemeinschaft und Milieu. Sozialistische Kultur- und Freizeitorganisationen in der Weimarer Republik, 4 Bde., Bonn 1990–1993.

3 Zuletzt etwa: R. Fattmann, Bildungsbürger in der Defensive. Die akademische Beamtenschaft und der »Reichsbund der höheren Beamten« in der Weimarer Republik, Göttingen 2001; S. Merkenich, Grüne Front gegen Weimar. Reichs-Landbund und agrarischer Lobbyismus 1918–1933, Düsseldorf 1998.

4 Grundlegend: J. M. Diehl, Paramilitary Politics in the Weimar Republic, Bloomington/Ind. 1977.

5 Zuletzt: M. Gailus, Protestantismus und Nationalsozialismus. Studien zur nationalsozialistischen Durchdringung des protestantischen Sozialmilieus in Berlin, Köln 2001; D. Schmiechen-Ackermann, Kooperation und Abgrenzung. Bürgerliche Gruppen, evangelische Kirchengemeinden und katholisches Sozialmilieu in der Auseinandersetzung mit dem Nationalsozialismus, Hannover 1999.

ihre politische und kulturelle Bedeutung zu unspektakulär. Im Zeitalter der Extreme interessierten eher radikale Gruppen oder politische Bewegungen. Die Sozialgeschichte des Schützenvereins oder der Freiwilligen Feuerwehr galt dagegen als vernachlässigenswert, obwohl sie die Lebenswelt von Millionen Menschen prägte. Zweitens blieb fraglich, ob man für das 20. Jahrhundert überhaupt noch ein »bürgerliches« Vereinsmodell untersuchen kann, da allgemein von der »Auflösung des Bürgertums« ausgegangen wurde.[6] Die Massenbewegungen, die seit der Jahrhundertwende aufkamen, schienen sozial viel zu heterogen und interessenorientiert, um sie in den bisherigen Analyserahmen einzupassen. Dementsprechend konzentrierte sich auch die bisherige Bürgertumsforschung fast ausschließlich auf die Zeit bis zum Ersten Weltkrieg.[7]

Zweifellos verlor die Bedeutung des Begriffes »bürgerlich« im 20. Jahrhundert ihre bisherigen Konturen. Seit dem Erstarken der Sozialdemokratischen Partei und ihrer Vereinswelt entwickelte sich das Wort »bürgerlich« zunehmend zu einer weltanschaulichen Abgrenzung nach links. Die Revolution von 1918/19 verschärfte diese Selbstdefinition zusätzlich. In der Parteien- und Vereinswelt der frühen Weimarer Republik übersetzten die Zeitgenossen »bürgerlich« vor allem mit »anti-sozialistisch«. Die negative Formierung wahrte den kleinsten gemeinsamen Nenner zwischen den unterschiedlichen Gruppen.[8] Die politischen Sammlungsbewegungen, die sich in Bürgerbünden, Bürgerblöcken und entsprechenden Vorfeldorganisationen formierten, waren dabei sprachbildend. So definierte etwa der Hannoversche Bürgerbund: »Im Sinne der Bürgerbünde ist jeder Staatsbürger, der sich zu einer nicht sozialistischen Partei bekennt, Bürger.«[9]

De facto ging dieses sozial offene Selbstverständnis jedoch weiterhin mit sozialen und weltanschaulichen Trennlinien einher. In den entsprechenden Vereinen kamen weiterhin vor allem Beamte, Kaufleute oder Handwerker

6 Prägend dabei: H. Mommsen, Die Auflösung des Bürgertums seit dem späten 19. Jahrhundert, in: ders., Der Nationalsozialismus und die deutsche Gesellschaft, Reinbek 1991, S. 11–38. Skeptischer dagegen: H.-U. Wehler, Exitus oder Phönix aus der Asche? Das Bürgertum nach 1945, in: GG 27.2001, S. 617–634.

7 Vgl. als Überblick: T. Mergel, Die Bürgertumsforschung nach 15 Jahren, in: AfS 41.2001, S. 515–538.

8 Hierzu bereits: C. Maier, Recasting Bourgeois Europe. Stablization in France, Germany, and Italy in the Decade after World War I, Princeton 1975, S. 36f.

9 Hannoverscher Kurier, 18.12.1918, abends. Ähnliche Formulierungen finden sich in anderen Städten; vgl. etwa Braunschweiger Bürgerbund 1919: »›Bürger‹ in unserem Sinne ist jeder deutsche Staatsangehörige, er sei Kopfarbeiter oder Handarbeiter, ohne Unterschied des Geschlechts, des Standes, des Bekenntnisses oder der Partei, der sich unter Ablehnung des dem deutschen Volke wesensfremden, zu Gleichmacherei und Kulturlosigkeit, zu blutigen Bürgerkriegen und brutalen Vergewaltigungen führenden Marxismus und Kommunismus zu unseren Leitsätzen bekennt [...].« Broschüre »Was will der Bürgerbund? «, S. 4 (Stadtarchiv Braunschweig G X 8 Nr. 1).

zusammen, selten hingegen Arbeiter. Lokalismus und Nationalismus bildeten dabei ebenso ein gemeinsames Ethos wie die Mittelstandsideologie und die überparteiliche Selbstverortung. Konfessionell blieben derartige Vereine eher protestantisch geprägt, ohne daß jedoch religiöse Fragen eine größere Rolle spielten. Im analytischen Sinne bleiben die bürgerlichen Vereine damit im Einzelfall sicher häufig eine »Restkategorie.«[10] Aber die genannten Merkmale weisen dennoch darauf hin, dass sie sich von der sozialistischen Vereinswelt und den kirchennahen katholischen Vereinen positiv abgrenzen lassen, obwohl sie prinzipiell auch Arbeitern und gläubigen Katholiken offenstanden.

Zugleich wäre es vorschnell, wenn man der bürgerlichen Vereinswelt der Weimarer Republik einen Bedeutungsverlust im Zuge der neuen Massenkultur zuschreiben würde oder sie für heillos fragmentiert hielte. Wie dieser Aufsatz zeigen soll, entwickelten sie vielmehr eine zunehmende kommunikative Vernetzung im Zeichen einer militanten Geselligkeit, die die politische Kultur maßgeblich prägte. Der Artikel soll sowohl deren Formierung in den zwanziger Jahren als auch ihre Rolle im Nationalsozialismus analysieren.[11] Die Schützen-, Turner- und Kriegervereine stehen dabei ebenso im Mittelpunkt wie die bürgerlichen Frauenvereine, Heimatvereine oder die Freiwillige Feuerwehr.

Ausgangspunkt meiner sozialgeschichtlichen Untersuchung ist die Vereinskultur in der protestantisch-norddeutschen Beamtenstadt Celle, die in andere Vergleichsfälle eingebettet wird. Der mikrohistorische Ansatz kann vor allem an einzelne Arbeiten zur bürgerlichen Gegenrevolution, zur populären Bürgerkultur und zur lokalen Vereinswelt anschließen.[12] Im Mittelpunkt stehen somit eben nicht die elitären Vereine der Metropolen, sondern die Massenvereine insbesondere in der norddeutschen Provinz.

I. 1918/19 als bürgerlicher Formierungsschub. Die unbewältigte Kriegsniederlage, die Revolution und die Republikgründung führten in der unmit-

10 So K. Dussel u. M. Frese, Von traditioneller Vereinskultur zu moderner Massenkultur? Vereins- und Freizeitangebote in einer südwestdeutschen Kleinstadt 1920–1960, in: AfS 33.1993, S. 59–105, S. 81.

11 Zum parteipolitischen Kontext der Vereinswelt vgl. F. Bösch, Das konservative Milieu. Vereinskultur und lokale Sammlungspolitik in ost- und westdeutschen Regionen (1900–1960), Göttingen 2002; P. Lösche u. F. Walter, Katholiken, Konservative und Liberale: Milieus und Lebenswelten bürgerlicher Parteien in Deutschland während des 20. Jahrhunderts, in: GG 26.2000, S. 471–492; W. Pyta, Dorfgemeinschaft und Parteipolitik 1918–1933. Die Verschränkung von Milieu und Parteien in den protestantischen Landgebieten Deutschlands in der Weimarer Republik, Düsseldorf 1996.

12 H. J. Bieber, Bürgertum in der Revolution. Bürgerräte und Bürgerstreiks, 1918–1920, Hamburg 1992; P. Fritzsche, Rehearsals for Fascism. Populism and Political Mobilization in Weimar Germany, New York 1990; R. Koshar, Social Life, Local Politics and Nazism, Marburg 1880–1935, Chapel Hill 1986, sowie die Beiträge in: AfS 33.1993.

telbaren Nachkriegszeit nicht zu einer Schwächung, sondern zu einer Konsolidierung des bürgerlichen Lagers. Ähnlich wie einst Kulturkampf und Sozialistengesetz die Formierung des katholischen und sozialdemokratischen Milieus beschleunigt hatten, sah sich nun das bürgerliche Lager so sehr in der Defensive, daß es sein Organisationsnetz ausbaute und konsolidierte. Während die vaterländischen Vereine unmittelbar nach dem Krieg große Mitgliedereinbußen verzeichneten, läßt sich diese neue Formierungsbereitschaft zunächst in drei eng miteinander verbundenen Zusammenschlüssen zeigen: den Einwohnerwehren, den Bürgerbünden und den Einheitslisten.

Die Einwohnerwehren waren der unmittelbarste Ausdruck einer lokalen Neuformierung des nicht-sozialistischen Lagers im Zuge der Revolution. Als lokale Selbsthilfegruppe sollten sie die Lebensmittelvorräte und das Eigentum schützen, heimkehrende Soldaten entwaffnen und bolschewistische Umsturzversuche abwehren. Rekrutiert wurden die Mitglieder im hohen Maße aus den bestehenden Krieger-, Schützen- und Turnvereinen, den Mittelstandsverbänden und aus der Beamtenschaft. Damit bauten sie auf der alten vaterländischen Vereinswelt auf und bündelten diese. Wie regionale und lokale Untersuchungen übereinstimmend zeigten, sammelte sich in ihnen vor allem der alte Mittelstand – besonders in den ländlichen Gebieten Nord- und Ostdeutschlands, wo eigentlich keinerlei Bedrohung durch »Marxisten« bestand.[13] Ihr Arbeiteranteil blieb verschwindend gering, und Sozialdemokraten wurde lokal häufig der Eintritt verwehrt. Nach Angaben ihrer Reichszentrale umfaßten die Einwohnerwehren 1920 immerhin über 900.000 Mann mit rund 700.000 Waffen, bevor sie im gleichen Jahr aufgelöst wurden.[14]

In neueren Studien wurde davor gewarnt, den Stellenwert der Einwohnerwehren zu überschätzen. Insbesondere ihre Zurückhaltung beim Kapp-

13 Vgl. für Thüringen/Sachsen: D. Schumann, Politische Gewalt in der Weimarer Republik 1918–1933. Kampf um die Straße und Furcht vor dem Bürgerkrieg, Essen 2001, S. 74–78; für Franken: M. Kittel, Provinz zwischen Reich und Republik. Politische Mentalitäten in Deutschland und Frankreich 1918–1933/36, München 2000, S. 276; für Berlin: A. Wirsching, Vom Weltkrieg zum Bürgerkrieg? Politischer Extremismus in Deutschland und Frankreich 1918–1933/39. Berlin und Paris im Vergleich, München 1999, S. 301–304; für Ostpreußen: J. Flemming, Die Bewaffnung des ›Landvolks‹. Ländliche Schutzwehren und agrarischer Konservatismus in der Anfangsphase der Weimarer Republik, in: Militärgeschichtliche Mitteilungen 2.1979, S. 7–36; für Niedersachsen: Fritzsche, Rehearsals, S. 59; A. Brundiers, Gegenrevolution in der Provinz. Die Haltung der SPD zu den Einwohnerwehren 1919/20 am Beispiel Celle, Bielefeld 1994, S. 113; für Bayern: B. Ziemann, Front und Heimat. Ländliche Kriegserfahrungen im südlichen Bayern 1914–1923, Essen 1997, S. 394–413.

14 Angaben in: Rundschreiben der Reichszentrale für Einwohnerwehren, Nr. 11/Febr. 1920, abgedruckt in: E. Könnemann, Einwohnerwehren und Zeitfreiwilligenarmee. Ihre Funktion beim Aufbau eines neuen imperialistischen Militärsystems (November 1918 bis 1920), Berlin-Ost 1971, S. 389–393.

Putsch habe gezeigt, daß sie nicht für eine paramilitärische Radikalisierung der bürgerlichen Rechten stünden.[15] Zudem sei der anfängliche Enthusiasmus schnell verflogen.[16] Die Bedeutung der Einwohnerwehren scheint mir jedoch nicht in ihrer tatsächlich ausgeübten Gewalt und ihrer überraschenden Friedfertigkeit zu liegen. Entscheidend war vielmehr, daß sie zur raschen Konsolidierung der bürgerlichen Vereinswelt beitrugen. Ihre militante Abgrenzung gegen den Marxismus ging dabei mit einer integrativen Geselligkeit einher. Über den lokalen »Selbstschutz« hinaus verbanden sie das Militärische mit Freizeit-, Wohlfahrts- und Brauchtumspflege. So veranstalteten sie Vorträge, Musikabende oder stammtischartige Treffen.[17] Dadurch führten sie auf scheinbar unpolitische Weise die organisatorisch und politisch gespaltenen bürgerlichen Gruppen des Kaiserreiches gegen die Linke zusammen, die sich lokal gegen die Einwohnerwehren sperrte. Auch wenn nicht jedes formelle Mitglied begeistert an den Wach- und Patrouillengängen teilnahm, dürfte der gemeinsame, nach außen getragene Anspruch, in bewaffneter und geselliger Form dem »Marxismus« entgegenzustehen, das lokale Gemeinschaftsgefühl gefördert haben. Bürger, die sich nach dem Krieg ins Private zurückziehen wollten, gerieten so unter Gruppendruck. Die kontinuierlich steigende Mitgliederzahl der Einwohnerwehren belegt zudem, daß es sich nicht allein um einen spontanen Zusammenschluß handelte, sondern ihre gesellschaftliche Attraktivität fortbestand.

Parallel zu den Einwohnerwehren entfaltete sich im Zuge der Revolution ein weiteres integratives Organ des bürgerlichen Lagers: die Bürgerräte, die sich seit 1919 zunehmend Bürgerbund nannten. Ihr explizites Ziel war, das Bürgertum organisatorisch zusammenzufassen – zunächst gegen die Arbeiter- und Soldatenräte, dann gegen die linken Parteien. Ihre antisozialistischen und patriotischen Aufrufe richteten sich »an das gesamte deutsche Bürgertum«, das durch einen engen Zusammenschluß gerettet werden könne.[18] Die Arbeit der Bürgerbünde erstreckte sich dabei auf drei Bereiche. Sie waren erstens ein informelles politisches Forum, in dem man kommunalpolitische Entscheidungen vorbesprach und eine Einigung suchte. Die Bürgerbünde waren zweitens ein Bündnis gegen Streiks. Die lokal von ihnen oft geförderte »Technische Nothilfe« und die »Zeitfreiwilligen« dienten dabei als Hilfsmittel. Auch (Abwehr-)Streiks von bürgerlicher Seite wurden vorbereitet und mitunter praktiziert. Der Präsident des Reichsbürgerrates sah in den bürgerlichen Streiks »ein wertvolles Zeichen für das

15 Schumann, Politische Gewalt, S. 71, 81, 245, 361f.

16 Ziemann, Front, S. 412; Fritzsche, Rehearsals, S. 59.

17 M. H. Geyer, Verkehrte Welt. Revolution, Inflation und Moderne. München 1914–1924, Göttingen 1998, S. 119f.

18 Zit. Mappe zur Mitglieder- und Spendenwerbung Bürgerbund Braunschweig (Stadtarchiv Braunschweig D V 5 Nr. 6).

Erwachen des deutschen Bürgertums zu Selbstbewußtsein und Selbstschutz.«[19] Drittens organisierten auch sie öffentliche Geselligkeit. Bei Vorträgen, Sportveranstaltungen oder »Heimattreffen« beschworen sie die Gefahren der Gewerkschaftsforderungen, der Simultanschulen oder der »Schmutz und Schund«-Filme. Mit lokalen Aktionen unterstrichen sie ihre Ansichten, die sie zugleich in eigenen Wochenzeitungen oder Flugblättern verbreiteten.[20]

Die Bürgerbünde waren damit deutlich aktiver als die Bürgervereine des Kaiserreiches. Auch rein quantitativ fielen die Bürgerbünde durch ihre neuartige Massenbasis auf, die weite Teile des Mittelstandes umfaßte. Nicht das formale Bürgerrecht, sondern das Bekenntnis zur selbstdefinierten bürgerlichen Weltanschauung war nun Aufnahmevoraussetzung. Neben Einzelmitgliedern zählten zu ihnen korporative Mitgliedschaften von Vereinen und Verbänden. Sie reichten vom »Stahlhelm« über die bürgerlichen Frauenverbände bis hin zum Handwerkerbund. Die Vorstandsmitglieder der Bürgerbünde standen häufig zugleich den bürgerlichen Vereinen, Verbänden und Parteien vor. Ihre enge Verflechtung mit der Einwohnerwehr, deren Aufbau sie unterstützten, förderte zusätzlich die immer wieder geforderte »Sammlung«. Nach der Auflösung der Einwohnerwehren übernahmen die Bürgerbünde mitunter deren Mitglieder.[21]

Die Konsolidierung der bürgerlichen Vereinswelt zeigte sich drittens in den Einheitslisten, die seit den ersten Kommunalwahlen gebildet wurden. In vielen Städten und Gemeinden schlossen sich nicht nur die bürgerlichen Parteien zu einem »antimarxistischen Block« zusammen, sondern auch zahlreiche Vereine und Verbände traten als offene Unterstützer oder gleichberechtigte Mitglieder derartigen Einheitslisten bei. In Celle schlossen sich dabei 1920 so unterschiedliche Gruppen zusammen wie der Celler Lehrerverein, der Deutsch-Evangelische Frauenbund, der Haus- und Grundbesitzerverein, der Innungsausschuß, der Kaufmännische Verein, der Militäranwärterverein, der Verein Celler Wirte oder der Verein der unteren Postbeamten. Bei den folgenden Wahlen kamen zahlreiche weitere Bünde hinzu – etwa der Kreishandwerkerbund, der Hausfrauen-Verein, der Kreislandbund, der Deutschnationale Handlungsgehilfen-Verband, der Anwalts- und Richter-Verein, der Industrieverein, der Deutsche Beamtenbund, die Kreisgruppe der Kriegsbeschädigten und Kriegerhinterbliebenen des Kyffhäuser-

19 Schreiben nach dem Braunschweiger Streik 1919, zit. nach E.-A. Roloff, Braunschweig und der Staat von Weimar. Politik, Gesellschaft. Wirtschaft und Gesellschaft 1918–1933, Braunschweig 1964, S. 67, Anm. 43.

20 Bieber, Bürgertum, S. 254f.

21 Neue Hinweise verdanke ich: J. Tornau, Gegenrevolution von unten. Bürgerliche Sammlungsbewegungen in niedersächsischen Städten 1918–1920, unveröff. Mag.-Arb. Göttingen 2000, S. 133.

Bundes, der Heimatbund und der Ärzte-Verein.[22] In vielen anderen protestantisch-konservativen Orten entstanden seit 1919 ähnliche Einheitslisten. In Emden stammten die Listenmitglieder vom »Stahlhelm« bis hin zum Tennisverein.[23]

Die lokalen Einheitslisten zeigten lange vor dem Reichsbürgerblock und der Hindenburgwahl, daß zumindest vor Ort ein breiter politischer Zusammenschluß rechts von der DDP möglich war. In ihren Aufrufen betonten sie, ihre Kandidatenliste sei »überparteilich« und rein nach Berufsständen zusammengesetzt, da »die Politik nicht aufs Rathaus gehöre«. Die »unpolitische« Gemeinschaftsliste sollte lokal das angestrebte organische Gesellschaftsmodell umsetzen und sich gleichberechtigt auf die bürgerlichen Parteien, Vereine und Verbände stützen. Zusammen entschieden sie, wer auf die kommunalen Listenplätze gelangte. Der Vereinsvorsitz mündete dabei zumeist in das Mandat.

Die »bürgerliche Sammlung« nach der Revolution vollzog sich im Kontext einer breiten Politisierung der Gesellschaft, die allgemein zu einem Anstieg der Organisationsbereitschaft führte. So verdreifachte sich die Mitgliederzahl der freien Gewerkschaften 1919 gegenüber dem Vorkriegsstand.[24] Die selbst definierte antisozialistische Grenze der bürgerlichen Formierung schloß mitunter auch Teile des kulturell und sozial definierten Bürgertums des 19. Jahrhunderts aus. Insbesondere die bürgerlichen Anhänger der linksliberalen DDP galten mitunter nicht mehr als integraler Bestandteil dieser Sammlung oder distanzierten sich selbst durch Unvereinbarkeitsbeschlüsse.[25]

Ein weiteres Signum war die stark lokalistische und heimatbezogene Ausrichtung der bürgerlichen Formierung von 1919/20. Zwar bestanden überregionale Bundesverbände wie der Reichsbürgerrat, aber ihre Bedeutung blieb gering. Die Einwohnerwehren, Bürgerbünde und Einheitslisten traten parallel zu ihren nationalistischen Parolen vor allem dafür ein, die eigene Gemeinde gegenüber Eingriffen von außen zu schützen. Traditions-

22 Vgl. Wahlberichte und Anzeigen in der Cellischen Zeitung Ende Februar 1920, 29.4.1924, 3.5.1924 oder 12./15./16.11.1929.

23 D. v. Reeken, Ostfriesland zwischen Weimar und Bonn. Eine Fallstudie zum Problem der historischen Kontinuität am Beispiel der Städte Aurich und Emden, Hildesheim 1991, S. 32; in Gotha bildeten rund 30 Vereine und Verbände mit den konservativ ausgerichteten Parteien den »Gothaer Heimatbund«; vgl. H. Matthiesen, Bürgertum und Nationalsozialismus in Thüringen. Das bürgerliche Gotha 1918–1930, Jena 1994, S. 80 u. 101; zu Hessen: Weichlein, Milieus, S. 19; in Northeim/Südniedersachsen: W. S. Allen, The Nazi Seizure of Power. The Experience of a Single German Town 1922–1945, New York 1984, S. 44.

24 H.-J. Bieber, Gewerkschaften in Krieg und Revolution. Arbeiterbewegung, Industrie, Staat und Militär in Deutschland 1914–1920, Hamburg 1981, S. 583.

25 Vgl. etwa als frühe Kontroverse hierüber: Hannoversches Tageblatt 12.12.1918; Hannoverscher Kurier 14.12.1918 abends und 21.12.1918 morgens.

reste der bürgerlichen Selbstverwaltungsidee, die Ideologie der neu erstarkten Heimatbewegung und die Abwendung vom »roten Berlin« förderten diesen Anspruch. Der Stolz auf die eigene Seßhaftigkeit und die vermeintlich lange Vereinstradition richtete sich zugleich gegen den internationalen Sozialismus, den weltoffenen Liberalismus und den ›romhörigen‹ Katholizismus. Insofern blieb auch nach 1919 die Nation eine »lokale Metapher«[26].

II. Die Expansion der Vereine und die Vereinskultur in den zwanziger Jahren. Spätestens nach dem gescheiterten Kapp-Putsch schien deutlich, daß die Republik länger Bestand haben würde. Die inflationsbedingte Vollbeschäftigung und Hochkonjunktur vertagte die Krise und verhalf zu einer gewissen Konsolidierung. 1920 wurden zudem nicht nur die Freikorps, sondern auch die Einwohnerwehren entwaffnet und aufgelöst. Die Bürgerbünde bestanden oft weiter fort, verloren aber zunehmend an Bedeutung.[27]

Statt dessen expandierten nun die bürgerlich-nationalen Vereine und Verbände, die auf scheinbar unpolitische Weise politisch relevante Denkhaltungen tradierten. Ihre starke Präsenz in der Lokalpresse erhöhte ihre Reichweite zusätzlich. Auf dem platten Land wurden die Vereine zumeist jetzt erst gegründet. Mit ihnen zog eine Organisationsform der städtischen Moderne ein, die sich in das Gewand der Traditionsbewahrung hüllte. Da die auf Verwandtschaft und sozialem Stand beruhende dörfliche Gemeinschaft an Bindekraft verlor, stützten nun die Vereine die lokalen Machtstrukturen ab.[28] Neben dem alten Mittelstand sicherte die Vereinsexpansion insbesondere vielen Lehrern einen Prestigegewinn. Denn sie verfügten über die entscheidenden Ressourcen, um Vereine aufzubauen und zu leiten: Sie hatten vergleichsweise viel Zeit, Kenntnisse im Schriftverkehr, zumeist rhetorische und musikalische Fähigkeiten und eine gleichzeitige Anbindung an die ländliche und an die städtische Gesellschaft.

Der Ausbau des bürgerlichen Vereinswesens wurde maßgeblich durch das Kriegserlebnis und die Demilitarisierung geprägt. Während 1918/19 die militärähnlichen Vereine Mitglieder verloren hatten, bekamen nun gerade im protestantisch-norddeutschen Raum jene Organisationen zunehmenden Zulauf, die die uniformierten männerbündischen Strukturen der Armee nachahmten. Wie sich diese kommunikative Verdichtung in den zwanziger Jahren vollzog, soll im folgenden anhand der Schützen-, Feuerwehr-, Turn- und Kriegervereine analysiert werden. Denn gerade diese vier Vereinstypen standen für eine zunehmende Vernetzung im Zeichen der militanten Gesel-

26 A. Confino, The Nation as a Local Methaphor. Württemberg, Imperial Germany and National Memory 1871–1918, Chapel Hill 1997.

27 Die wichtige Studie von H.-J. Bieber, Bürgertum, S. 354, überzeichnet hierbei allerdings den schlagartigen Niedergang der Bürgerbünde; in zahlreichen Städten bestanden sie fort.

28 Pyta, Dorfgemeinschaft, S. 80f.; Kittel, Provinz, S. 400f.

ligkeit. An ihnen lassen sich die Werte und Rituale der bürgerlichen Vereine ebenso aufzeigen wie die Reichweite und Grenzen der ersehnten »bürgerlichen Sammlung«.

Rein quantitativ zeigte sich die Expansion der militanten Geselligkeit zunächst im Schießsport. Das erst 1920 eingeführte Kleinkaliberschießen entwickelte sich zur wichtigsten sportlichen Innovation in der Weimarer Republik. Bereits 1925 war es mit 500.000 Aktiven der drittbeliebteste Sport.[29] Eng damit verbunden war der neue Aufschwung der Schützenvereine. Sie wurden im Norden Deutschlands zwar erst nach 1949 zum einflußreichsten bürgerlichen Vereinstypus, als sie das Erbe der Kriegervereine antraten.[30] Dennoch wuchs ihre Bedeutung in den zwanziger Jahren unverkennbar. Vereinsleben und Schützenfeste beschränkten sich dabei nicht auf das Schießen, sondern konstruierten die drei miteinander verbundenen Werte »Wehrhaftigkeit«, »Männlichkeit« und »Einigkeit«. »Schützenfeste sind Feste eines wehrhaften Volkes. Eines Volkes, das Wert auf Mannhaftigkeit und körperliche Tüchtigkeit legt. Ist ja das Schießen nicht ein bloßes Spiel, sondern vor allem eine Vorbereitung für ernste Zeiten, in denen es gilt, Heimat und Scholle zu verteidigen und zu schützen«, kommentierte die Cellesche Zeitung 1925 das lokale Schützenfest.[31] In zahllosen Vereinsbroschüren und Reden wurde der angeblich seit dem Mittelalter bestehende Anspruch beschworen, beim Schützenfest die Wehrhaftigkeit durch eine »Waffenschau« zu zeigen.[32] Um den Nachwuchs für den Kampf gegen den »Schandfrieden« zu stählen, wurde beim Celler Schützenfest die Jugend über das Schießen hinaus mit Wettkämpfen im Speerwerfen, Laufen und Boxen eingebunden.[33] Die Teilnahme der bürgerlichen Vereine und Verbände an den Umzügen sollte die Einigkeit der gesellschaftlichen Stände und Gruppen unterstreichen und ihre Vernetzung nach außen demonstrieren.

Für die politische Kultur der Zwischenkriegszeit war zudem charakteristisch, daß die Schützenfeste einen spielerischen Rollenwechsel in die

29 C. Eisenberg, Massensport in der Weimarer Republik. Ein statistischer Überblick, in: AfS 33. 1993, S. 137–177, 165.

30 Im katholischen Westen hatten sie dagegen schon früher eine größere Bedeutung und waren eng mit kirchlichen Riten verbunden; B. Stambolis, Nation und Konfession im Spannungsfeld. Aspekte historischer Vereinsforschung am Beispiel des Schützenwesens, in: Historisches Jahrbuch 120.2000, S 199–226; W. M. Plett, Die Schützenvereine in Rheinland und Westfalen 1789–1939, Neuss 1995.

31 Cellesche Zeitung (CZ), 18.7.1925. Nur einige willkürliche Daten bietet: W. Henze, Schützenwesen und Schießsport in Niedersachsen. Bürgerwehr – Tradition – Sport, Göttingen 1997.

32 Vgl. etwa die geschichtliche Herleitung aus dem »altgermanischen Heerbann« in: A. Kirchhoff, 500 Jahre Celler Schützenwesen, Celle 1928, S. 4.

33 So die Begründung des 1. Vorsitzenden des Schützenfestkomitees Timmann, CZ 20.6.1921.

kaiserzeitliche Welt ermöglichten. Man konnte »König« werden, erhielt einen entsprechenden Namenszusatz (wie »Hermann der Beständige«) und einen »Hofstaat«. Man traf sich zum »Offiziersfrühstück«, erhielt Orden und konnte vor allem in uniformierter Kleidung marschieren. Die Schießscheiben, die die Schützenkönige nach dem Sieg an ihren Hauswänden anbrachten, trugen schließlich dauerhaft das lokale Renommee und die männliche Wehrhaftigkeit der alteingesessenen Bürger nach außen. Den Anspruch auf die »Einigkeit« aller Stände konnten die Schützenfeste in Celle und in vergleichbaren protestantisch-norddeutschen Orten allerdings nur bedingt einlösen. Denn erstens hielt sich die organisierte Arbeiterschaft zunächst fern. Die lokale SPD-Presse riet den Celler Lesern noch 1925 unmißverständlich vom Besuch des Schützenfestes ab: »Wir lieben nicht den Geist des Völkerhasses, den man bei derartigen Gelegenheiten in das Volk verpflanzen will.«[34] Bundesweit blieb der Arbeiteranteil unter den Schützen gering - sowohl aufgrund der relativ hohen Kosten als auch aus weltanschaulichen Gründen. Erst Ende der zwanziger Jahre schien diese Scheidelinie zumindest bei den Festen aufzuweichen. Zweitens zeigte sich gerade bei den Schützen das Spannungsverhältnis zwischen bürgerlicher Konsolidierung und fragmentiertem Lokalismus. In Celle gelang es den vier Schützenvereinen bis 1927 nicht, sich auf ein gemeinsames Fest zu einigen. Das Beharren auf der vermeintlich langen Tradition des eigenen Stadtteilvereins, Reibungen zwischen den Honoratioren und politische und soziale Differenzen förderten diese Spaltung. Drittens bestanden mitunter Spannungen zur Kirche. Im Unterschied zu den Schützenvereinen in katholischen Regionen blieb die kirchliche Prägung der protestantisch-norddeutschen Vereine sehr gering.[35] Dort, wo die lokalen Geistlichen – wie im niedersächsischen Herrmannsburg - orthodoxer ausgerichtet waren und eine größere Rolle spielten, führten sie erfolgreich »kirchliche Bedenken ins Feld und wiesen auf die Entnervung der Jugend durch Alkohol und Tanz« hin.[36] Auch gegenüber der Kirche wuchs allerdings seit Ende der 1920er Jahre die integrative Kraft des Schützenwesens.

Ein ähnlicher Aufschwung wie bei den Schützen läßt sich in der Zwischenkriegszeit für die Feuerwehren ausmachen. Während sich in den großen Städten seit Mitte des 19. Jahrhunderts Berufsfeuerwehren bildeten, schlossen sich in der Provinz zunehmend freiwillige Feuerwehren als bürgerliche Vereine zusammen, die mit Staatsaufgaben betraut waren. In der ersten Hälfte der zwanziger Jahre verdoppelte sich ihr Mitgliederstand in

34 Cellesche Volkszeitung (CVZ), 18.7.1925.

35 Zur ihren katholischen Riten: Stambolis, Nation, bes. S. 206f.

36 Vgl. Landratsbericht 31.7.1924 (Kreisarchiv Celle/ KAC, A 517, 1); P. Vogel, Geschichte der Schützengesellschaft Hermannsburg 1921–1996, Hermannsburg 1996.

der Provinz Hannover schlagartig – bei gleichzeitiger Straffung der Wehren. Denn auch die Feuerwehr bot mit ihren Uniformen, Helmen und militärischen Rangbezeichnungen einen Reichswehrersatz, der zugleich eine männliche und wehrhafte Geselligkeit ermöglichte. ›Wehrführer‹ der Celler Feuerwehr wurde 1918 dementsprechend ein Offizier, dem ›Feldwebel‹, ›Kommandeure‹, ›Zugführer‹ und andere ›Kameraden‹ zur Seite standen. Trommler und Pfeifferkorps begleiteten die zunehmend militärähnlichen Auftritte. Der regional unterschiedliche Mitgliederstand der Feuerwehren legt den Schluß nahe, daß auch sie besonders in protestantisch-konservativen Räumen anwuchsen, wo ein größeres Bedürfnis nach einer militanten Geselligkeit bestand. Während in einem stärker katholisch-industriell geprägten Gebiet Niedersachsens wie dem Bezirk Osnabrück 1924 etwa nur 54 Wehren mit 2.679 Mitgliedern bestanden, verzeichnet ein konservativ ausgerichteter protestantisch-ländlicher Bezirk wie Lüneburg zur gleichen Zeit 302 Wehren mit 15.031 Mitgliedern.[37] Bis 1930 zählten allein zum Preußischen Feuerwehrverband 450.000 Mitglieder.[38] Das Beispiel Celle zeigt, daß diese Zahl hätte höher liegen können, wenn nicht eine »Aufnahmesperre« einige Bewerber zurückgewiesen hätte, während andere direkt aufgenommen wurden. Die »vaterländische Gesinnung« galt auch hier als eine Aufnahmevoraussetzung, die Sozialisten ausschließen konnte.[39] Auch wenn die Feuerwehr insgesamt einen verhältnismäßig überparteilichen Charakter wahrte, zeigte sich gerade in der norddeutschen Provinz ihre bürgerliche Prägung.

Die Feuerwehren trugen ebenfalls ihre militante Geselligkeit in die Öffentlichkeit. Auf ihren Feuerwehrtagen wurden nicht nur Löschübungen und musikalische Umzüge geboten, sondern auch Boxwettkämpfe, Filme und Akrobatik. Ein nationalistischer Totenkult für die im Weltkrieg gefallenen Feuerwehr-Kameraden gab Raum, um revanchistische und mitunter demokratiefeindliche Akzente zu setzen.[40] Die in den städtischen Feuerwehren vornehmlich organisierten kleineren Kaufleute und Handwerker übten sich nicht nur im Brandschutz. Auch sie waren von der Revolutionserfahrung geprägt und sollten sich auf Maßnahmen gegen »Streiks« vorbereiten. Deshalb empfahl die Reichsführung der Vereinigung der Freiwilligen Feuerwehren 1921 »dringend unseren Mitglieder den Eintritt in die

37 Angaben nach CZ, 16.5.1924. Der Kreisverband Celle hatte 1921 50 Wehren mit ca. 650 Mitgliedern, 1924 dagegen bereits 19 Wehren mit knapp 1000 Mitglieder.

38 Geschäftsbericht 1930, abgedruckt in: Brandschutzgeschichte Preußischer Landes-Feuerwehr-Verband. Gründung, Organisation und Entwicklung 1883–1944 [o.D., o.O.], S. 28–37.

39 Vgl. Protokolle der »Korpsversammlung« der Vereinigten Freiwilligen Feuerwehr Celle (Stadtarchiv Celle/StAC L 14–28).

40 Vgl. auch am Beispiel von Konstanz: T. Engelsing, Im Verein mit dem Feuer. Die Sozialgeschichte der Freiwilligen Feuerwehr von 1830–1950, Lengwil 1999, S. 115.

Technische Nothilfe« und deren Unterstützung.[41] Bei den geselligen Abenden der Feuerwehr Celle fanden entsprechende Vorträge über den Einsatz der Technischen Nothilfe statt (»Wie sie beim Generalstreik zum Wohl der leidenden Menschheit eingreift«).[42]

Der Ausbau der bürgerlichen Vereinswelt läßt sich selbst entlang der Sportvereine belegen. In der frühen Bundesrepublik trugen sie maßgeblich zur Auflösung der alten Gesinnungsgemeinschaften bei. In der Weimarer Republik boomte dagegen bis 1928 nicht nur der klassenübergreifende und unideologische Wettkampfsport, sondern auch die weltanschaulich geprägte »Körperertüchtigung«. Besonders der Deutsche Turnerbund erreichte nach Mitgliederverlusten unmittelbar nach dem Weltkrieg bereits 1921 wieder den Vorkriegsstand von 1,1 Millionen, um dann bis Mitte der zwanziger Jahre auf 1,7 Millionen Mitglieder zu expandieren.[43] Wie Christiane Eisenberg zeigte, bewahrte der Sport trotz seiner Expansion immer noch einen recht starken Klassencharakter und führte vornehmlich »Bürger und bürgernahe Schichten« mit bürgerlichen Ausdrucksweisen zusammen.[44]

Der lokale Blick in die norddeutsche Provinz zeigt, wie sehr die Kriegsniederlage auch bei den Sportlern die Vereinskultur prägte. Der Männerturnverein Celle (MTV) pries sich nunmehr explizit als Ersatz für die verkleinerte Reichswehr an: »Die allgemeine Wehrpflicht – die Gesundheitsschule des Deutschen Volkes – besteht nicht mehr. Es ist deshalb selbstverständliche Pflicht eines jeden Deutschen, nunmehr mit aller Kraft dafür zu sorgen, daß die durch ihren Fortfall entstandene Lücke in der körperlichen Erziehung der deutschen Jugend einigermaßen ausgefüllt wird.«[45] »Turnvater Jahn« gewährte eine historische Legitimation für die Mobilisierung, indem man die Napoleonische Besetzung und den Versailler Vertrag gleichsetzte.[46] Als Vereinsziel nannte die Satzung dementsprechend, »das deutsche Volksbewußtsein und die Liebe zum deutschen Vaterlande zu kräftigen und befestigen.«[47] Antisemitismus war innerhalb der bürgerlichen Turnerschaft latent präsent, aber keineswegs dominant erkennbar.[48] Die

41 CZ, 23.2.1921.

42 CZ, 25.6.1921.

43 C. Eisenberg, »English Sports" und deutsche Bürger. Eine Gesellschaftsgeschichte 1800–1939, Paderborn 1999, S. 378.

44 Eisenberg, Massensport, S. 172.

45 Aufruf 31.7.1924, StAC 2 G 193.

46 Vgl. etwa den Text der 50-Jahresbroschüre von 1910 und CZ 30.9.1930.

47 Satzung 1927, StAC 2 G 193.

48 Der oft angeführte antisemitische DTB hatte nur 40.000 Mitglieder; A. Krüger, How »Goldhagen« was the German System of Physical Education, Turnen, and Sports, in: ders. u.a. (Hg.), Europäische Perspektiven zur Geschichte von Sport, Kultur und Politik, Berlin 2001, S. 82–92.

lokale Zusammenarbeit mit den Wettkampfsportvereinen blieb in Celle recht dürftig.

Zudem entwickelte auch der Celler Männerturnverein nach der Revolution gesellige Aktivitäten, die über eine reine Förderung sportlicher Leistungen hinaus gingen. Bereits 1919 beschloß man, alle zwei bis drei Wochen Lese- und Vortragsabende einzurichten, denen gemeinsames Singen und ein gemütliches Beisammensein folgten.[49] Turnmitglieder hielten Lichtbild-Vorträge über ihre Reisen, und in der eigenen Bücherei konnten die Mitglieder ihre Weltanschauung weiter ausbilden. Nach außen wirkten auch die Turnvereine vor allem durch ihre öffentlichen Festinszenierungen, die die lokale Gesinnungsgemeinschaft im wahrsten Sinne des Wortes verkörperten. Über geordnet-symmetrische Formationen, Fahnen- und Keulenschwingen oder Fecht-Veranstaltungen hinaus veranstalteten sie auch Volkstänze oder Hans-Sachs-Spiele.[50] Die Reden, die auf ihren Gau-Festen und den Treffen der »Deutschen Turnerschaft« abgehalten wurden, riefen mit Endzeitbewußtsein zum »schwersten Kampf« auf. Die konservative Lokalpresse Celles druckte die Berichte über die großen Turnfeste konsequenter Weise nicht im Sportteil, sondern auf der Titelseite, die sonst der Politik vorbehalten war.[51]

Den signifikantesten Ausdruck fand die wehrhafte Geselligkeit in den Kriegervereinen. Die Formierung der bürgerlichen Vereinswelt wurde maßgeblich von ihnen getragen. In der Forschung wurde dabei vor allem die Bedeutung des Stahlhelms herausgestellt.[52] Tatsächlich zählte er zu den wichtigsten Vereinsgründungen der Zwischenkriegszeit. Nach 1919 entstand er vor allem in Norddeutschland als »Bund des Frontsoldaten« und übernahm lokal mitunter die Funktion der Einwohnerwehren.[53] Größere Bedeutung erlangte er seit 1924, als er sein Organisationsnetz stark aus-

49 CZ, 19.6.1919.

50 Begründung: »Damit die Jugend die Heimat schützen und lieben lernt, muß sie die Heimat durchstreifen«, in: Die Örtze, Juli 1932, StAC 2 G 193.

51 Vgl. etwa zum Treffen der Deutschen Turnerschaft in München: CZ, 16.7.1923; zum Leine-Weser-Gau-Fest CZ, 11.6.1923. Daß die Turner wie die Schützen keinen Frieden mit der Republik schlossen, betonte bereits G. L. Mosse, Die Nationalisierung der Massen. Von den Befreiungskriegen bis zum Dritten Reich, Frankfurt 1993, S. 171. Zur Organisationskultur und zum Weltbild der niedersächsischen Turner vgl. auch: W. Braungardt, Geschichte der Deutschen Turnerschaft in Niedersachsen, Duderstadt 1985 (Repr. der Ausgabe von 1938).

52 Fritzsche, Rehearsals, S. 169–189; Diehl, Paramilitary Politics; generell, mit Blick auf die Bundesebene: V. Berghahn, Der Stahlhelm, Bund der Frontsoldaten 1918–1935, Düsseldorf 1966; wenig quellenkritisch: A. Klotzbücher, Der politische Weg des Stahlhelm, Bund der Frontsoldaten, in der Weimarer Republik. Ein Beitrag zur Geschichte der nationalen Opposition 1918–1933, Tübingen 1964.

53 H. Mommsen, Militär und zivile Militarisierung in Deutschland 1914 bis 1938, in: U. Frevert (Hg.), Militär und Gesellschaft im 19. und 20. Jahrhundert, Stuttgart 1997, S. 265–276, 268.

baute und sich aktiv für die rechten Parteien engagierte. Im Unterschied zu anderen Vereinen hatten im Raum Celle selbst die kleinen Ortsgruppen pro Monat eine »Pflichtversammlung« durchzuführen, um einen festen Zusammenhalt zu sichern.[54] Vor allem durch die Gründung des »Jung-Stahlhelms« und »Stahlhelm-Landsturms« für »ehrenwerte« Männer ohne Kriegserfahrung konnte sich die reichsweite Mitgliederschaft bis 1933 auf rund 750.000 vergrößern. Seine »Frontsoldatentage«, die 1927 und 1928 über 130.000 Teilnehmer hatten, demonstrierten diese Stärke nach außen.

Der Wirkungskreis des »Stahlhelms« reichte weit über seine oft zitierten Aufmärsche hinaus. Vor Ort war er attraktiv, weil er sich in das bestehende bürgerliche Vereinswesen und die zeitgenössische Kultur einfügte. So trat der Anfang 1924 entstandene Stahlhelm in Celle mit »Unterhaltungsabenden zum besten des Waisenhauses« hervor, bei denen er neben Märschen Theaterstücke, klassische Musik und Tänze aufführte sowie Pantomimen, Akrobaten, Clowns und Rollschuhläufer auftreten ließ.[55] Zur Vernetzung mit anderen Vereinstypen veranstaltete der »Stahlhelm« im benachbarten Heideort Uelzen etwa Sportwettkämpfe mit rund fünfzig Turn- und Sportvereinen.[56] Eigene Sportgruppen ergänzten diese breite Ausrichtung.[57] Dem lokalen »Stahlhelm« gelang dabei sowohl der Schulterschluß mit den nationalen Vereinen als auch mit den welfischen der Deutsch-Hannoverschen Partei (DHP), die überregional Distanz wahrten.[58]

Eine echte Massenbasis bot jedoch weniger der »Stahlhelm« als der »Deutsche Reichskriegerbund Kyffhäuser«. Seine rund 35.000 Vereine wuchsen bis 1929 auf etwa 2,5 Millionen Mitglieder an. Nach dem Mitgliedereinbruch nach dem Ersten Weltkrieg war damit zumindest wieder der Stand von 1910 erreicht. Während die Kriegervereine des Kyffhäuser-Bundes für die Zeit vor 1914 in der Forschung größere Beachtung gefunden haben,[59] ist ihre Sozialgeschichte für das kurze 20. Jahrhundert bisher wenig untersucht worden. In der bisherigen Forschung wurde den Kyffhäuser-Vereinen für die Zwischenkriegszeit eine geringe Bedeutung beigemessen,

54 Deren Einhaltung berichten zumindest die Landjäger vor Ort; vgl. Landjägerbericht an Landrat, 30. und 31.1.1925 (KAC N 34 Nr. 7).

55 CZ, 9.2./18.2.1924; zur lokalen Aktivität auch: Kittel, Provinz, S. 289f.

56 R. Egge, Vom Stresemann zum Braunhemd. Uelzen von 1918 bis 1948, Uelzen 1985, S. 15.

57 Wenig ergiebig hierzu: H. Bach, Volks- und Wehrsport in der Weimarer Republik, in: Sportwissenschaft 11. 1981, S. 273–294. Zur verstärkten staatlichen Förderung ab 1930: Eisenberg, »English Sports«, S. 385.

58 Vgl. Bericht 13.8.1924 (HStAH Hann 180 Lün III, XXX 157) oder CZ, 25.4.1924.

59 T. Rohkrämer, Der Militarismus der ›kleinen Leute‹. Die Kriegervereine im Deutschen Kaiserreich, München 1990; H.-P. Zimmermann, »Der feste Wall gegen die rote Flut«. Kriegervereine in Schleswig-Holstein 1864–1914, Neumünster 1989; ders., Kulturelle Hegemonie von rechts. Nationalistische Integrationspolitik im Zeichen des Kyffhäuser 1871–1914, in: W. Kaschuba u.a. (Hg.), Alltagskultur im Umbruch, Köln 1996, S. 171–195.

da sie im Vergleich zu den neuen Kampfbünden wenig Aktionismus und Radikalismus gezeigt hätten.[60] Man würde jedoch die Perspektive der »Stahlhelm«-Führung übernehmen, wenn man den Kyffhäuser-Vereinen deshalb weniger Aufmerksamkeit schenkte. Innerhalb der bürgerlichen Vereins- und Festkultur besaßen sie allein schon durch ihre Massenbasis eine Schlüsselstellung.

Zudem gestalteten die Kyffhäuser-Vereine maßgeblich den dichten Festkalender der bürgerlichen Vereinswelt, der ihre kommunikative Vernetzung sicherte. Zu den gemeinsamen Feiern zählten dabei die Sternstunden des Kaiserreiches (wie der Reichsgründungstag und der Sedantag), die Geburts- und Sterbetage der nationalen Größen (Kaiser- und Hindenburggeburtstag), Stiftungstage und Jubiläen von Vereinen, der Totensonntag, die Jahreszeiten (Frühlings- und Sommerfeste) oder einfach ein wohltätiger Zweck. Die Vielzahl der Vereine sorgte für regelmäßige Festveranstaltungen, bei denen sich die benachbarten Vereine gegenseitig einluden. Zu den Feiern der Kriegervereine erschienen die Turn-, Sport-, Gesangs-, Schützen-, Reit- und Fahrvereine ebenso wie Geistliche, Landräte, Bürgermeister und Reichswehrvertreter – wenn sie nicht ohnehin identisch mit den Vereinsvorsitzenden waren. Die feierlichen Zusammenkünfte wiesen überall einen recht ähnlichen Ablauf auf. Nach einer gemeinsamen Formierung wurden die Feiern durch einen Feldgottesdienst eröffnet.[61] Es folgten musikalisch begleitete Märsche unter schwarz-weiß-roten Fahnen. Über die schaulustige Ortsbevölkerung wurde so ein Vielfaches der Vereinsmitglieder in das Spektakel eingebunden. An die anschließenden Kranzniederlegungen und Gesänge an den Denkmälern schloß sich eine gemeinsame Kundgebung an. Ein feucht-fröhliches Fest mit Tanz rundete die Treffen ab. Dabei beschränkte sich die militante Geselligkeit nicht auf den Kreis der Vereinsmitglieder, sondern reichte über sie hinaus.

Die Kriegervereine erhöhten ihre Attraktivität, in dem sie nach Auflösung der Einwohnerwehren Schießgruppen aufbauten. Zudem unterstrichen sie ihr soziales Gruppenbewußtsein durch Unterstützungskassen für Krankheits-, Unglücks- und Todesfälle von Vereinskameraden. Nach außen demonstrierten sie ihr soziales Engagement vornehmlich durch Wohltätigkeitszahlungen an Waisenhäuser. Das nach dem Weltkrieg verbreitete

60 So etwa bei: Diehl, Paramilitary Politics; W. Pyta, Dorfgemeinschaft; P. Fritzsche, Rehearsals; zur Reichsebene bei: K. Führer, Der Deutsche Reichskriegerbund Kyffhäuser 1930–1934. Politik, Ideologie und Funktion eines unpolitischen Verbandes, in: Militärgeschichtliche Mitteilungen 36.1984, S. 57–76; D. Fricke u. W. Brandt, Kyffhäuser-Bund, in: D. Fricke u.a. (Hg.), Lexikon zur Parteiengeschichte. Die bürgerlichen und kleinbürgerlichen Parteien und Verbände (1789–1945), Bd. 3, Leipzig 1985, S. 325–344.

61 Zum recht analogen Ablauf im Kaiserreich vgl. auch Zimmermann, »Der feste Wall gegen die rote Flut«, S. 496 und Rohkrämer, Der Militarismus, S. 66f.

Totengedenken beflügelte ihren Aktionismus. Selbst in den kleinsten Gemeinden bot die Errichtung, Weihung und Pflege von Kriegerdenkmälern eine Vergemeinschaftungspraxis.[62] Die Mahnung an den Tod des lokal bekannten Kameraden verpflichtete, sich für die Ehre der Soldaten und des Vaterlandes einzusetzen. Zugleich war auch der natürliche Tod von Kameraden Anlaß, sich als lokale Gemeinschaft zu zeigen. Wie die anderen Vereine erschienen sie in Vereinskluft mit Fahnen, spendeten Kränze und gaben Todesanzeigen auf, um ihre Verbundenheit zu zeigen. In einer zunehmend säkularisierten Welt war es vermutlich ein heilsamer Trost, über die Vereinsaktivität selbst nach dem Tode der Vereinsamung entkommen zu können.

Über die Schützen, Feuerwehr, Turn- und Kriegervereine hinaus ließe sich die Verdichtung der bürgerlichen Vereinswelt im Zeichen der militanten Geselligkeit zweifelsohne an einigen anderen Vereinstypen belegen. So verdreifachte sich in der Weimarer Republik auch die Mitgliederzahl im Deutschen Sängerbund (DSB) gegenüber dem Vorkriegsstand auf 1,2 Millionen.[63] Die programmatischen Schriften der bürgerlichen Gesangvereine zeigen ebenfalls, daß weniger die Ausbildung der Stimme als die Ausbildung patriotischer Denkmuster im Vordergrund stand. Opfermut, Mannhaftigkeit und Gemeinschaftssinn wurden bei allen Vereinen gerade beim Gesang bewußt und unbewußt inkorporiert. Welche Rolle Liedtexte in der Sozialgeschichte des 20. Jahrhunderts spielten, ist bislang jedoch kaum untersucht worden.[64]

III. Frauen in der bürgerlichen Vereinswelt. Der bisherige Blick auf die bürgerliche Vereinswelt machte vor allem eines deutlich: Sie war im hohem Maße männlich geprägt. Die enge Anlehnung an das Militärische, die die Krieger-, Schützen- oder Feuerwehrvereine aufwiesen, grenzte Frauen systematisch aus. Vaterländische Vereine wie der »Männergesangverein« oder der »Männerturnverein« unterstrichen bereits im Namen, daß sie aus männerbündischen Kontexten entstanden waren. Kirchliche Vereine, in denen Frauen sich zumindest religiös und karitativ engagieren konnten, spielten dagegen bei den norddeutsch-protestantischen Gruppen eine weitaus geringere Rolle als im katholischen Milieu. Aus diesem Grunde wurde

62 R. Koselleck u. M. Jeismann, (Hg), Der politische Totenkult. Kriegerdenkmäler und Moderne, München 1994, bes. S. 106.

63 D. Klenke, Bürgerlicher Männergesang und Politik in Deutschland, in: GWU 40.1989, S. 535; Kittel, Provinz, S. 417f.

64 Für den Nationalismus vgl. etwa: D. Klenke, Der singende »Deutsche Mann«. Gesangsvereine und deutsches Nationalbewußtsein von Napoleon bis Hitler, Münster 1998.

argumentiert, daß Studien über den vorpolitischen Raum Frauen systematisch ausschließen würden.[65]

Dennoch läßt sich zeigen, daß Frauen durchaus aktiv an der wehrhaften Geselligkeit der bürgerlichen Vereinswelt und deren politischer Formierung teilhatten. Daß sich auch die bürgerlichen Frauenvereine zunehmend rechts von der DDP formierten, schien zunächst nicht absehbar. Während des Krieges war es zu recht breiten Bündnissen zwischen den Frauenvereinen gekommen, um die männlichen Truppen mit Sammlungen und karitativen Diensten zu unterstützen.[66] Ende 1918 führte die Einführung des Frauenwahlrechtes zu einer erneuten breiten Zusammenarbeit der Frauenverbände. Auf der Reichsebene kooperierten im »Ausschuß zur Vorbereitung der Frauen für die Nationalversammlung« der Bund Deutscher Frauenvereine (BDF), der Verband Vaterländischer Frauenvereine, der Deutsch-Evangelische Frauenbund, der Katholische Frauenbund und der Jüdische Frauenbund.[67] Lokal konnten die Bündnisse noch weiter reichen. Um die Wählerinnen politisch aufzuklären, veranstalteten in Celle weltanschaulich unterschiedliche Gruppen wie die Frauen des sozialdemokratischen Vereins, des »Verbandes der Gewerkschaften« und des Kaufmännischen Verbandes für weibliche Angestellte, des Bundes abstinenter Frauen, des Celler Lehrerinnenvereins, des Deutsch-Evangelischen Frauenbundes, des Vaterländischen Frauenvereins und des Nationalen Frauendienstes eine gemeinsame Vortragsreihe.[68] Der enorm große Andrang der Zuhörerinnen zeigte dabei, daß innerhalb der weiblichen Vereine ein großes Interesse nach politischer Information bestand.

Diese Zusammenarbeit verengte sich jedoch nach 1918/19 wieder entlang der weltanschaulichen Grenzen.[69] Sowohl das Wahlrecht als auch der

65 E. Rosenhaft, Women, Gender, and the Limits of Political History, in: L. E. Jones u. J. N. Retallack (Hg.), Elections, Mass Politics, and Social Change in Modern Germany. New Perspectives, Cambrigde 1993, S. 149–173. Bezeichnenderweise wurden den bürgerlichen Frauenvereinen auch von der marxistischen Forschung der DDR kaum Bedeutung beigemessen; selbst das umfangreiche »Lexikon zur Parteiengeschichte. Die bürgerlichen und kleinbürgerlichen Parteien und Verbände in Deutschland (1789–1945) « hat sie mit Ausnahme des BDF so gut wie nicht verzeichnet.

66 Zur lokalen Einigung und Engagement vgl. etwa: K. Heinsohn, Politik und Geschlecht. Zur politischen Kultur bürgerlicher Frauenvereine in Hamburg, Hamburg 1997, S. 339–355; E. Koch, »Jeder tut, was er kann fürs Vaterland«. Frauen und Männer in der Heilbronner Heimatfront, in: G. Hirschfeld u.a. (Hg.), Kriegserfahrungen. Studien zur Sozial- und Mentalitätsgeschichte des Ersten Weltkrieges, Essen 1997, S. 36–52.

67 B. Greven-Aschoff, Die bürgerliche Frauenbewegung in Deutschland 1894–1933, Göttingen 1981, S. 160.

68 Vgl. CZ, 2.12.1918, 7.12.1918 und 10.12.1918.

69 CZ, 13.12.1918. Ein Ende der »Überparteilichkeit« sieht für die Zeit nach 1919 auch: Nancy R. Reagin, A German Women's Movement. Class and Gender in Hannover 1880–1933, Chapel Hill 1995, S. 249.

Versailler Vertrag mobilisierten und politisierten die Frauenvereine. In Norddeutschland trat vor allem der konservative Evangelische Frauenbund mit Versammlungen und Schriften gegen Versailles hervor und engagierte sich im Vorfeld der rechten Parteien.[70] Der 1921 gegründete »Deutsche Frauenausschuß zur Bekämpfung der Schuldlüge«, der 51 Frauenvereine vertrat, förderte derartige Aktionen, die mit Geldern vom Auswärtigen Amt unterstützt wurden.[71] Das Wahlrecht gab nun auch konservativen Frauen eine neue Legitimation, in der Öffentlichkeit mit politischen Anliegen aufzutreten. Im Kampf um die weibliche Stimmenmehrheit wurde dies von den Männern toleriert und gefördert. Im Laufe der Weimarer Republik entwickelten sich der konservative Hausfrauenverein und sein ländliches Pendant, der Reichsverband landwirtschaftlicher Hausfrauen (RLHV), zu den aktivsten bürgerlichen Frauenvereinen. 1928 verfügten sie bereits über 200.000 Mitglieder. Während der Hausfrauenverein lokal durch Kampagnen gegen die SPD, durch Mutterschaftskurse oder mit Ausstellungen zur modernen Wohnkultur auffiel, wirkte der RLHV vor allem durch seine zahlreichen ländlichen Fortbildungsschulen, seine Rechtsberatung (besonders für Witwen) oder durch die Vermittlung von Haushaltshilfen.[72] Sein Eintritt in den eher liberal geprägten Bund Deutscher Frauenvereine sorgte dafür, daß bis zur Reichsebene die konservativen Frauen mehr Einfluß bekamen. Mit rund 770.000 Mitgliedern (1920) besaß der Vaterländische Frauenverein weiterhin die stärkste Massenbasis. Trotz seiner formell überparteilichen Haltung blieb auch dieser karitative Verein monarchistisch ausgerichtet und besaß ebenfalls eine engere Verbindung zur DNVP.[73]

Ohnehin zeigte sich selbst bei der karitativen Arbeit der Frauengruppen eine weltanschauliche Abgrenzung, die mit sozialen Trennlinien korrespondierte. In Celle schlossen sich 1920 der Vaterländische Frauenverein, der Evangelische Frauenverein und der Hausfrauenverein zusammen, um eine »Mittelstandsfürsorge« einzurichten, »die namentlich die Not des Mittelstandes, der unter den hohen Preisen am meisten zu leiden hat, mildern

70 D. Kaufmann, Frauen zwischen Aufbruch und Reaktion. Protestantische Frauenbewegung in der ersten Hälfte des 20. Jahrhunderts, München 1988, S. 51f.; A. Süchting-Hänger, Das »Gewissen der Nation«. Nationales Engagement und politisches Handeln konservativer Frauenorganisationen 1900 bis 1937, Düsseldorf 2002.

71 A. Süchting-Hänger, Die Anti-Versailles-Propaganda. Konservative Frauen in der Weimarer Republik – Eine weibliche Dankesschuld, in: G. Krumeich (Hg.), Versailles 1919. Ziele – Wirkung – Wahrnehmung, Essen 2001, S. 302–313, 303; R. Scheck, Women Against Versailles. Maternalism and Nationalism of Female Bourgeois Politicians in the Early Weimar Republic, in: German Studies Review 22.1999, S. 21–42.

72 R. Bridenthal, Organized Rural Women and the German Countryside in the Weimar Republic, in: L.E. Jones u. J. Retallack (Hg.), Between Reform, Reaction and Resistance. Studies in the History of German Conservatism from 1789–1945, Providence 1993, S. 375–405.

73 Süchting-Hänger, »Gewissen der Nation, S. 159–165.

will.«[74] Ihre »Rentner- und Mittelstandsküchen« ließen ebenfalls keinen Zweifel an der Zielgruppe.[75] Über Basare, Sammlungen und Lotterien trugen sie Gelder zusammen, die nicht selten bürgerliche Lebensentwürfe unterstützten, wie etwa beim Einkleiden mittelloser Konfirmanden.[76] Ihr öffentlicher Aktionismus für den Mittelstand korrepsondierte schließlich mit national-völkischen Bahnen. So traten die Frauenvereine 1930 vielerorts gegen den Einkauf in Warenhäusern und Konsumvereinen auf und »mit Wort und Schrift gegen Auslandswaren und für das Kaufen im Ort«.[77] Dazu gehörte auch das Anbringen von Schildern wie »Deutsche Hausfrauen kauft deutsches Obst. « Ihr bürgerliches Engagement »für die Erhaltung des deutschen Privatbesitzes und der deutschen Privatwirtschaft« rundete ihre Aktionen ab.[78]

Der Vorsitz in einem Verein war für die bürgerlichen Frauen zugleich der nahezu einzige Weg, um einen der wenigen Plätze in den parlamentarischen Gremien zu erhalten, die Frauen zugestanden wurden. Sowohl im Reichstag als auch in den kommunalen Bürgerschaften standen fast alle Kandidatinnen einem Frauenverein vor.[79] Sie waren häufig unverheiratet, verwitwet oder Ehefrauen von bürgerlichen Honoratioren, die männliche Vereine leiteten. Letzteres verstärkte die lokale Vernetzung. Die Frauenvereine selbst waren mitunter mit ihren männlich geprägten Pendants assoziiert. So waren die Landfrauen seit 1921 mit dem Reichslandbund verbunden, der ihnen finanzielle Unterstützung und Büros gewährte. In den Vorständen der konservativen Frauenverbände saßen zudem nicht immer nur Frauen. So war im Vorstand des Verbandes der Vaterländischen Frauenvereine der Provinz Hannover immerhin ein Drittel männlich.[80] Insbesondere über das Amt des Kassenwartes oder des Schriftführers bewahrten die Männer auch lokal ihren Einfluß.

Insgesamt ist damit nicht zu unterschätzen, wie sehr auch die Frauen in die wehrhafte Geselligkeit der männlich geprägten Vereinswelt eingebunden waren. Zudem nahmen sie nicht nur als Zuschauerinnen an den

74 CZ, 7.5.1920 und zit. CZ, 7.4.1921. Auch in Greifswald engagierte sich insbesondere der Vaterländische Frauenverein in der Mittelstandsfürsorge; vgl. Greifswalder Zeitung (GZ), 1.1.1928, Bericht 60 Jahre Vaterländischer Frauenverein.

75 Vgl. Verwaltungsbericht des Vaterländischen Frauenvereins Provinz Hannover 1924 (StAC 2 G 216).

76 Ebd.

77 CZ, 17.5.1930; für Hannover vgl. Reagin, A German Women's Movement, S. 242.

78 Zit. CZ, 17.5.1930.

79 Zur Reichsebene vgl. Greven-Aschoff, Bürgerliche Frauenbewegung, S. 161f.; K. Heinsohn, Im Dienste der deutschen Volksgemeinschaft. Die »Frauenfrage« und konservative Parteien vor und nach dem Ersten Weltkrieg, in: U. Planert (Hg.), Nation, Politik und Geschlecht. Frauenbewegungen und Nationalismus in der Moderne, Frankfurt 2000, S. 215–233.

80 Verwaltungsbericht des Vaterländischen Frauenvereins 1924.

Inszenierungen der nationalen Feste teil, sondern auch an Reden, Aufführungen oder abendlichen Bällen. Ebenso oblag ihnen das Besticken der zahllosen Fahnenbänder, die die Vereine austauschten, und das Flechten von Kränzen. Was heute als simple Handarbeit erscheinen mag, bedeutete damals eine Integration in die Vereinskultur. Ebenso waren Frauen häufiger Mitglied in den weltanschaulich orientierten Vereinen zur Körperertüchtigung als im neutralen Wettkampfsport. 1930 war über ein Drittel der Mitglieder der Deutschen Turnerschaft weiblich (539.000), beim antisemitischen Deutschen Turnerbund sogar die Hälfte. Mit gymnastischen Übungen und in Tanzgruppen inszenierten sie dabei weibliche Anmut, Gebärfähigkeit und die Geschlossenheit der Nation.[81] Dagegen machte der weibliche Anteil beim unpolitischen Wettkampfsport nur 16 Prozent aus (rund 200.000).[82]

Die Frauen waren folglich nicht nur ein Anhängsel der vereinsaktiven Männer. Vielmehr agierten sie selbständig und öffentlich in einem hochgradig politischen Raum. Eine reine »Männer-Öffentlichkeit« war die bürgerliche Vereinswelt nicht.[83] Auch wenn sich die Massenbasis und der Aktionsradius der Frauenvereine nicht mit der männlichen Vereinswelt messen konnte, partizipierten sie doch an der militanten Geselligkeit der bürgerlichen Formierung.

IV. Die bürgerlichen Vereine und der Aufstieg der NSDAP. Von ihrem Selbstverständnis her sahen sich die bürgerlichen Vereine als überparteiliche und unpolitische Bünde an, die lediglich für die Stärkung von Heimat und Vaterland, für christliche Werte und einen harmonisch-organischen Gesellschaftsaufbau eintraten. Tatsächlich waren sie jedoch auch auf der lokalen Ebene im hohen Maße mit den Parteien rechts von der DDP verbunden. Insbesondere die konservative DNVP verfügte im protestantischen Norden über eine enge Verflechtung mit den Vorständen der Krieger-, Sänger- oder Frauenvereine.[84] Die Expansion und Konsolidierung der Vereine trug wesentlich zum Ausbau und zur Stabilisierung der konservativen Wahlergebnisse bei. Dagegen konnte sich die liberale DDP in den Krisen der Republik auch deshalb kaum halten, weil sie allenfalls einzelne lokale

81 Vgl. hierzu Gabriele Wesp, Frisch, fromm, fröhlich, Frau. Frauen und Sport zur Zeit der Weimarer Republik, Königsstein 1998, S. 51–58 u. 257.

82 Eisenberg, Massensport, S. 160.

83 Diese Begriff benutzten: E. Joris u. H. Witzig, Die Pflege des Beziehungsnetzes als frauenspezifische Form von »Sociabilité«, in: H. U. Jost u. A. Tanner (Hg.), Geselligkeit, Sozietäten und Vereine, Zürich 1991, S. 139. Frauen weisen die Autorinnen statt dessen, allerdings mit Blick auf die Schweiz, eine »familiarisierte Öffentlichkeit« zu.

84 Vgl. ausführlich: Bösch, Konservative Milieu, bes. S. 36–91; H. Matthiesen, Greifswald in Vorpommern. Konservatives Milieu im Kaiserreich, Demokratie und Diktatur, Düsseldorf 2000, S. 157f.

Kontakte zu Bildungsvereinen besaß, aber keine Massenbasis in der Vereinswelt.[85]

Die enge Verbindung zwischen der DNVP und ihrem Vorfeld trug Anfang der dreißiger Jahre mit dazu bei, daß sie ihre Wählerschaft bis 1933 im gewissen Maße bewahrte. Die Formierung der bürgerlichen Vereinswelt beschleunigte gleichzeitig auch den Aufstieg der NSDAP. Durch die wehrhafte Geselligkeit bildete sich ein Kommunikationsraum, der den recht kollektiven Wechsel der politischen Repräsentanz mit ermöglichte.[86] Denn die bürgerliche Vereinswelt zog nicht nur eine scharfe Abgrenzung zum Sozialismus und schließlich auch zum Liberalismus, sondern öffnete sich frühzeitig gegenüber dem Nationalsozialismus. Sie boten den Rednern der NSDAP ein Forum und gab ihrerseits in geselligen Treffen Wahlempfehlungen, die den Parteiwechsel erleichterten.

Zu diesem Zusammenhang von NSDAP-Erfolg und bürgerlichem Vorfeld bestehen in der Literatur unterschiedliche Positionen. Ein Erklärungsansatz geht davon aus, daß sich die lokalen Milieustrukturen durch die neue Massenkultur und die Wirtschaftskrise mehr und mehr aufgelöst hätten und die NSDAP nun in dieses Vakuum getreten sei.[87] Wie wir jedoch gesehen haben, expandierte die bürgerlich-konservative Vereinswelt Weimars sowohl qualitativ als auch quantitativ, gerade weil sie Elemente der geselligen Massenkultur aufgriff.[88] Die Wirtschaftskrise reduzierte zwar die Aktionsbasis und mitunter auch den Mitgliederbestand einzelner Vereine, brachte aber das bürgerliche Vereinsleben nicht zum Erliegen.

Andere Erklärungsansätze betonten, die Nationalsozialisten hätten die Vereine und Verbände »unterwandert« bzw. die lokalen Meinungsführer seien frühzeitig zur NSDAP »konvertiert«.[89] Diese neuen NSDAP-Partei-

85 Die DDP ist bislang kaum aus einer lokalen sozialgeschichtlicher Perspektive untersucht worden; zu ihrer geringen Vorfeldbindung vgl. T. Dürr, »Hochburg der Demokratie« zwischen Weimarer Demokratie und Einheitssozialismus: Liberal-demokratisches Milieu in Zittau?, in: Jb. zur Liberalismusforschung 10.1998, S.33–54; B. Behrends, Das bürgerlich-liberale Milieu in der Stadt Nordhausen – Ein Sonderfall?, in: T. Dürr u. F. Walter (Hg.), Solidargemeinschaft und fragmentierte Gesellschaft: Parteien, Milieus und Verbände im Vergleich, Opladen 1999, S. 395–418.

86 Zum Begriff des Repräsentanzwechsels vgl. J. Falter u. H. Bömermann, Entwicklung der Weimarer Parteien in ihren Hochburgen und die Wahlerfolge von der NSDAP, in: H. Best (Hg.), Politik und Milieu. Wahl- und Elitenforschung im historischen und interkulturellen Vergleich, St. Katharinen 1989, S. 82–118, 113 u. 115.

87 Vgl. etwa: O. Heilbronner, Der verlassene Stammtisch, Vom Verfall der bürgerlichen Infrastruktur und dem Aufstieg der NSDAP am Beispiel der Region Schwarzwald, in: GG 19.1993, S. 178–201, 188 und ders., Die Achillesferse des deutschen Katholizismus, Gerlingen 1998.

88 Den Anstieg der lokalen Organisationsmitgliedschaft betonen auch: Koshar, Social Life, S. 136; Eisenberg, Massensport, S. 147; Dussel u. Frese, Von traditioneller Vereinskultur, S. 73.

89 Die »Unterwanderungsthese« verbreitete sich in Anschluß an J. Noakes, The Nazi Party in Lower Saxony 1921–1933, Oxford 1971, S. 167f. Zur »Konversionsthese« einflußreich: Z. Zofka, Die Ausbreitung des Nationalsozialismus auf dem Lande. Eine regionale Fallstudie zur politischen

führer hätten dann über die Vereinsvorstände die Vereinsmitglieder von ihrer Partei überzeugt. Vor allem für einige Landwirtschafts- und Handwerkerverbände in Schleswig-Holstein gibt es hierfür einige überzeugende Belege. Dennoch läßt sich insgesamt anhand zahlreicher lokaler Untersuchungen zeigen, daß bis 1932 nur wenige NSDAP-Mitglieder den Vorsitz oder die Vorstandsmehrheit von bürgerlichen Vereinen übernommen hatten. Die lokalen Nationalsozialisten waren dafür häufig entweder zu jung, oder sie verfügten über ein zu geringes lokales Ansehen.[90] Die NSDAP schien zunächst vor allem eine Alternative für jene zu sein, die eher am Rande der etablierten Vereinskultur standen, nicht in deren Zentrum. Auch die NSDAP-Orts- und Kreisvorsitzenden stammten nur selten aus den Reihen der traditionellen Lokaleliten der bürgerlichen Vereine.[91]

Entscheidender für ihren NSDAP-Erfolg scheint ein wechselseitiger Annäherungsprozeß zwischen der bürgerlichen Vereinswelt und der nationalsozialistischen Partei zu sein, der sich weder als »Unterwanderung« noch mit der »Auflösung« der Vereine fassen läßt. Vielmehr begann die NSDAP einerseits frühzeitig, sich an die lokale Fest- und Vereinskultur anzulehnen. Ihre geselligen Veranstaltungen wiesen die lokal vertraute Struktur der Vereinswelt auf. Ihre Feste begannen mit Gottesdiensten, es folgten Märsche, Fahnenweihen, Sportveranstaltungen, Theaterstücke und gesellige Abende.[92] Auch ihre Unterorganisationen entsprachen den lokalen Vereinsformen. Andererseits bestanden bei den lokalen bürgerlichen Vereinen wesentlich weniger Berührungsängste zur NSDAP als auf der Reichsebene. Während sich etwa die Reichsführungen des Kyffhäuserbundes oder des Bundes Deutscher Frauenvereine wenigstens indirekt von der NSDAP distanzierten, standen deren lokale Vereine durchaus im geselligen Kontakt

Einstellung der Landbevölkerung in der Zeit des Aufstiegs und der Machtergreifung der NSDAP 1928–1936, München 1979, S. 344; vgl. auch J. F. Baumhauer, Regional – national – nationalsozialistisch. Wandlung des Nationalgefühls in einem niedersächsischen Dorf, in: A. Lehmann u. A. Kuntz (Hg.): Sichtweisen der Volkskunde. Zur Geschichte und Forschungspraxis einer Disziplin, Hamburg 1989, S.197–218, 210.

90 Allen, The Nazi Seizure, S. 26–33; Bösch, Konservative Milieu, S. 114–116; Heilbronner, Der verlassene Stammtisch, S. 194f.; M. Kieserling, Faschisierung und gesellschaftlicher Wandel. Mikroanalyse eines nordhessischen Kreises 1928–1935, Wiesbaden 1991, S. 120f.; Reeken, Ostfriesland, S. 94f.; W. Struve, Aufstieg und Herrschaft des Nationalsozialismus in einer industriellen Kleinstadt. Osterode am Harz 1918–1945, Essen 1992, S. 289; C. Wagner, Die NSDAP auf dem Dorf. Eine Sozialgeschichte der NS-Machtergreifung in Lippe, Münster 1998, S. 254f.

91 Erst nach 1933 fanden sich angesehenere Funktionäre; vgl. auch C. Arbogast, Herrschaftsinstanzen der württembergischen NSDAP. Funktion, Profil und Lebenswege einer regionalen NS-Elite, 1920–1960, München 1998; C. Roth, Parteikreis und Kreisleiter der NSDAP unter besonderer Berücksichtigung Bayerns, München 1997, S. 500.

92 S. Behrenbeck, Der Kult um die toten Helden. Nationalsozialistische Mythen, Riten und Symbole, Vierow 1996, S. 278.

mit Nationalsozialisten.[93] Soweit die Quellen Rückschlüsse zulassen, sprachen die Vereine auf den lokalen Festen zwar selten einseitige Empfehlungen zugunsten der NSDAP aus, aber sie stellten zumindest politische Forderungen, die vor allem die Nationalsozialisten bereitwillig zu erfüllen versprachen. Auf der kommunalpolitischen Ebene eröffneten die bürgerlichen Einheitslisten ein Zusammenspiel von Parteien, Verbänden und Vereinen, das die Deutschvölkische Freiheitspartei und dann die Nationalsozialisten frühzeitig mit einschloß.[94] Insofern war das Zusammenspiel der bürgerlichen Vereinswelt eine wesentliche Voraussetzung für den Aufstieg der neuen Integrationspartei, ohne daß sie freilich zwangsläufig darauf hinaus lief.

Den NSDAP-Aufstieg begünstigte zudem der Generationswechsel, der Ende der zwanziger Jahre auch in den bürgerlichen Vereinsvorständen einsetzte. Nun dankte die vom Kaiserreich geprägte Lokalelite ab. In Celle starb 1929 etwa der chronisch kranke DNVP- und Kriegervereinsvorsitzende, der hochbetagte Stahlhelmvorsitzende und DNVP-Mitbegründer wurde ausgetauscht, und im Heimatverein trat kurz vorher ein junger Lehrer an die Spitze. Die Nachfolger hatten deutlich geringere Bindungen zu den traditionellen Parteien der bürgerlichen Rechten und vertraten radikalere Positionen, was eine Annäherung an die ebenfalls recht junge NSDAP erleichterte.[95] Auch bei den protestantischen Pastoren, die in der bürgerlichen Vereinsöffentlichkeit auftraten, führte der Generationswechsel zu einem Rechtsruck der Lokaleliten.[96]

Das formelle Bekenntnis zur Überparteilichkeit, das sich die Vereinswelt auferlegt hatte, war für die Nationalsozialisten ebenfalls förderlich. Es verhinderte sowohl eine explizite Bindung an die Altparteien als auch eine explizite Ausgrenzung der NSDAP. Als sich die Celler Deutschnationalen darüber beschwerten, daß der lokale »Stahlhelm« die NSDAP in seine Wahlempfehlung eingeschlossen habe, begründete der »Stahlhelm«-Führer

93 Vgl. Reagin, A Women's Movement, S. 230f.; eine sehr enge Verbindung sieht: M. Phayer, Protestant and Catholic Women in Nazi Germany, Detroit 1990, S. 50–55; eine Abgrenzung über das Frauenbild betont R. Scheck, Zwischen Volksgemeinschaft und Frauenrechten. Das Verhältnis rechtsbürgerlicher Politikerinnen zur NSDAP 1930–33, in: Planert, Nation, S. 234–253, 247.

94 Lokale Beispiele in: Bösch, Milieu, S. 156; Kittel, Provinz, S. 447 u. 531; Struve, Aufstieg, S. 77.

95 Zur Radikalisierung im Generationswechsel vgl. U. Herbert, Best. Biographische Studien über Radikalismus, Weltanschauung und Vernunft 1903–1989, Hamburg 1996, S. 42–44.

96 Beispiele in: L. D. Stoakes, Kleinstadt und Nationalsozialismus. Ausgewählte Dokumente zur Geschichte von Eutin 1918–1945, Neumünster 1984, S. 37 u. 137; G. Hoch, Das Scheitern der Demokratie im ländlichen Raum. Das Beispiel der Region Kaltenkirchen/Henstedt-Ulzburg 1870–1933, Kiel 1988, S. 254; J. Mensing, Pfarrer und Nationalsozialismus. Geschichte einer Verstrickung am Beispiel der Evangelisch-lutherischen Landeskirche in Bayern, Göttingen 1998, S. 93 u. 123f.

dies explizit mit der »grundsätzlich überparteilichen Haltung« seiner Organisation.[97] Eine ›Harzburger Front‹ gab es sogar bei den Frauenverbänden. Über die Frage, wie man mit der NSDAP umgehen sollte, kam es mitunter zu Abspaltungen in den bisherigen Dachverbänden. Dies erleichterte die Bildung neuer Allianzen, die die Nationalsozialisten lokal integrierten.

Entscheidend war schließlich, daß die NSDAP nicht allein auf das Votum der Vereinswelt wartete, sondern mit einem bislang unbekannten Wahlkampfengagement vor Ort ihre Redner auftreten ließ. Wie die Landratberichte zeigten, stammten ihre Redner oft aus den vertrauten Statusgruppen der lokalen Vereinshonoratioren (Gutsbesitzer, Bauern, Alter Mittelstand, Lehrer, Pastoren). Allerdings kamen sie von auswärts und wurden durch den überregionalen Rednerdienst der Partei verteilt. Ihre regelmäßigen, zielgruppenorientierten Einsätze trugen ebenfalls dazu bei, in der Wirtschaftskrise die Attraktivität der neuen, unverbrauchten Oppositionspartei zu erhöhen und dem politischen Wechsel eine gemeinsame Richtung zu geben.

V. Die bürgerlichen Vereine im Nationalsozialismus. Die Rahmenbedingungen für die bürgerliche Vereinswelt verschoben sich in den Jahren nach 1933 dramatisch. Zunehmend wurde sie mit Zwangsauflösungen, Überführungen oder zumindest Zentralisierungen konfrontiert. Zugleich machte den bürgerlichen Vereinen die neue Konkurrenz der staatlich geförderten NS-Massenorganisationen zu schaffen. In der Literatur wurde deshalb das plötzliche Ende oder eine »schlagartige Verarmung des Vereinswesens« betont.[98] Zweifellos kam es kaum noch zur Neugründung von bürgerlichen Vereinen. Die Zentralisierung mußte jedoch nicht immer zum plötzlichen Einbruch führen. Im Wechselspiel von Integration und Abgrenzung erhielten auf der lokalen Ebene einige Vereine neue Aktionsräume oder wurden nur formell eingeschränkt, während andere tatsächlich gegen ihre Auflösung oder ihren völligen Bedeutungsverlust kämpfen mußten.

Im Unterschied zur sozialdemokratischen Vereinswelt war die bürgerliche nicht sofort von Verboten betroffen. Verboten wurden zunächst nur ihre Parteien. Das konnte einzelne Vereine aufwerten, die als Ersatzorganisation dienten. So zogen sich in der Provinz Hannover Mitglieder der welfisch-konservativen Deutsch-Hannoverschen Partei (DHP) in Heimatvereine zurück. In der NS-Polizeiberichterstattung hieß es: »Diese Vereine, in denen sich durchweg frühere Parteimitglieder zusammenfinden, legen sich harmlose Bezeichnungen wie ›Klub Sachsenroß‹, ›Heimatverein

97 CZ, 23.7.1932.

98 Dussel u. Frese, Von der traditionellen Vereinskultur, S. 103f.; Allen, Nazi Seizure, S. 222–227.

Treue‹ usw. bei und geben an, sich ausschließlich heimatkundlichen und kulturellen Aufgaben widmen zu wollen.«[99] Tatsächlich erhöhten sich ihre Mitgliederzahlen. Der Lönsbund Celle hatte Anfang der dreißiger Jahre gerade einmal dreißig Mitglieder, dann bald 220.[100] Daneben existierten feste »welfische Traditionsecken«.[101] Die lokale Polizei und die Behörden zeigten ihnen gegenüber Wohlwollen. Anfragen des Regierungspräsidenten wurden von der Ortspolizei und dem Landrat zumeist damit beantwortet, daß die Vereine »einwandfreie« staatstragende Einstellungen und keine Nischenfunktion hätten.[102] Die Beibehaltung dieser lockeren Vereinskultur dürfte wesentlich erklären, warum nach 1945 mit der späteren Deutschen Partei (DP) wieder eine welfisch-konservative Regionalpartei schlagartige Erfolge erzielen konnte.

Das Beispiel der Heimatvereine zeigt aber nicht nur die Abgrenzung vom Nationalsozialismus, sondern auch die fluiden Übergänge zur lokalen Anpassung und Selbstmobilisierung. In den Vorstands- und Mitgliederlisten der Celler Heimat- und Museumsvereine fanden sich auch nach 1933 so gut wie keine NS-Parteiaufsteiger, sondern die klassischen, meist bildungsbürgerlich geprägten Honoratioren, vor allem Lehrer, Pastoren, Amtsgerichtsräte, Apotheker oder Militärs.[103] Dennoch trat der Celler Heimatverein, der Lönsbund, nun mit einem neuen Engagement und neuer Breitenwirkung hervor, die im Kontext der völkischen Heimatideologie stand. Er legte etwa ein »Bildarchiv« mit »Charakterköpfen« an, stellte »Sagensammlungen« zusammen, trieb die »Erbhof- und Sippenforschung« voran, sorgte im Rahmen der Aktion »Das schöne Dorf« für die stilisierte Umsetzung seiner Agrarromantik und publizierte einen Heimatkalender mit steigender Auflage.[104] Insbesondere die »Bauernbilder-Sammlungen« mit »Angaben über Alter, Größe, Gestalt, Haar- und Augenfarbe und über die Seßhaftigkeit der Familien« fanden Abnehmer im Rasseforschungs-Institut in Berlin und in zahlreichen Museen.[105] Lichtbildvorträge über Themen wie »Bauernköpfe in

99 Rundschreiben Regierungspräsident 29.1.1934 (HStAH Hann 180 Lün III, XXV 24).

100 Mitgliederliste (StAC L 7 158).

101 So verschiedene, recht glaubwürdige Aussagen der sog. Fueß-Interviews 1947/48, wie etwa von Pastor Baden 25.6.1947, abgedr. in: R. Schulze (Hg.), Unruhige Zeiten. Erlebnisberichte aus dem Landkreis Celle, München 1990, S. 195.

102 Vgl. Schreiben der örtlichen Hauptwachtmeister an den Landrat (KAC N 34, Nr. 4). Gemeldet wurde Nischenvereine etwa im benachbarten Lüneburg, wo ein monatliches »gemütliches Beisammensein« des neuen Klubs »Zur Hoffnung« mit rund 150 Personen vermerkt wurde (Ortspolizei Lün 5.7.1934, in: HStAH Hann 180 Lün III, XXV 24).

103 StAC L 7 158.

104 Vgl. etwa CZ, 20.11.1934 oder 20.1.1936. Zur Selbstmobilisierung der Heimatbewegung im NS vgl. auch: D. Reeken, Heimatbewegung, Kulturpolitik und Nationalsozialismus. Die Geschichte der »Ostfriesischen Landschaft« 1918–1949, Aurich 1995; K. Ditt, Raum und Volkstum. Die Kulturpolitik des Provinzialverbandes Westfalen, 1923–1945, Münster 1988. S. 219.

105 Alpers u. Meyer an Gaustellenleiter Marquadt, 21.3.1942 (StAC 2 G 83/1).

der Südheide«[106] ergänzten dieses neue Engagement. Damit wiesen die bürgerlich geprägten Heimatvereine weder einen Bedeutungsverlust noch eine reine Nischenfunktion auf, sondern steigerten ihre Aktivität unter völkischen Vorzeichen.

Auch bei anderen bürgerlich geprägten Vereinen überwog 1933 die Selbstmobilisierung für den neuen Staat, der ihre wehrhafte Geselligkeit zu fördern schien. So begrüßte der Deutsche Feuerwehr-Verband in den Monaten nach Diktaturbeginn mehrfach die neue Regierung.[107] In den Celler Feuerwehrvereinen wurde begeistert gewürdigt, daß man nun Waffen am Koppel tragen durfte.[108] Zudem gab ihr langjähriger »1. Führer« bereits Anfang April 1933 in der Vereinssitzung bekannt, »daß es in Zukunft unmöglich sei, Leute in der Wehr zu dulden, die nicht bereit seien, im Interesse des Vaterlandes zu arbeiten.«[109] Auch in anderen Orten begann die Feuerwehr frühzeitig eine Selbstgleichschaltung, die Juden und Sozialisten ausschloß, sofern sie überhaupt der Wehr angehörten.[110] Zudem beschloß man laut Protokoll einstimmig, das Hakenkreuz in die Fahne aufzunehmen. Eine von außen angetragene »Nazifizierung« war nicht nötig. Welche paradoxen Folgen die politische Selbstmobilisierung der Feuerwehren hatte, zeigte sich schließlich bei der Reichspogromnacht, als sich die Feuerwehren in verschiedenen Orten an den Brandstiftungen beteiligten oder diese zumindest schützten.[111] In Celle zündeten Feuerwehrmänner zwar wegen der benachbarten Häuser nicht die Synagoge an, zerstörten diese aber mit den Äxten aus dem Feuerwehr-Gerätehaus.[112]

Auch die Feuerwehren profitierten von den neuen Zuwendungen des Staates. Parallel zur militärischen Aufrüstung erhielten sie nun eine wesentlich bessere technische Ausrüstung, was ihr Selbstbewußtsein zusätzlich stärkte.[113] Die Militarisierung der Wehren wurde weiter ausgebaut. In den

106 Gehalten von dem Vorsitzenden Alpers, Sachsenspiegel 1/1941.

107 Engelsing, Im Verein mit dem Feuer, S. 124f.

108 Vgl. Protokolle der Feuerwehr Celle, 6.4.1933 und 11.1.1935 (StAC L 14–28): »Das Tragen der Waffe und des Hoheitsabzeichens haben wir unserem Führer Adolf Hitler zu verdanken. «

109 6.4.1933 (StAC L 14–28).

110 In Celle wurde ein Jude und ein weiteres Mitglied ausgeschlossen; andere Beispiele in: Engelsing, Im Verein mit dem Feuer, S. 145f.; 100 Jahr freiwillige Feuerwehr Haren (Ems), Haren 1991, S. 51.

111 Beispiele hierfür in: Engelsing, Im Verein, S. 150–153; daß die Feuerwehrleute dabei unter Zwang der SA handelten, betont: Dieter Obst, »Reichskristallnacht«. Ursachen und Verlauf des antisemitischen Pogroms vom November 1938, Frankfurt 1991, S. 316f.

112 Die teilnehmenden Feuerwehrmänner waren anscheinend zugleich in der SA; M. Bertram, Celle – Eine deutsche Stadt vom Kaiserreich zur Bundesrepublik, Celle o.D. [1992], S. 243.

113 Die neue technische Ausstattung, bes. mit Motorspritzen, dokumentieren zahllose Jubiläumsschriften; vgl. etwa J. Mehrtens, Wider den Roten Hahn! Brandschutz und Feuerwehren in der Stadt Delmenhorst, Delmenhorst 1995, S. 87; R. Försterling, Das Feuerlöschwesen in Salz-

neu eingeführten schwarzen Helmen und militärischen Uniformen schlug sie sich optisch nieder. Exerzieren wurde nun Pflichtbestandteil der Übungen. Zugleich wurden die Freiwilligen Feuerwehren zunehmend verstaatlicht. 1934 wurde die Freiwillige Feuerwehr in eine »Feuerlöschpolizei« umfunktioniert und die Anerkennung einer Feuerwehr von der Polizeiaufsichtsbehörde ausgesprochen. 1938 wurde sie endgültig Teil der Deutschen Polizei. Parallel zur staatlichen Förderung verschwand damit der bisherige Vereinscharakter.

Auch für die vaterländischen Schützen-, Turn- und Sängervereine hatte die Gleichschaltung, Zentralisierung und Neuorganisation ihrer Bundesverbände auf der unteren Ebene zunächst wenig Folgen. Der Blick auf ihre lokalen Vorstandslisten zeigt, daß die bürgerlich-konservativen Honoratioren hier weiterhin ihre Positionen behalten konnten, sofern sie nicht als Jude kategorisiert wurden.[114] Auf diese Weise behielten auch Vertreter der aufgelösten Parteien weiterhin die Möglichkeit, jenseits der direkten NSDAP-Veranstaltungen auf größeren Versammlungen oder öffentlichen Festen aufzutreten. Inwieweit sich ihr Innenleben wandelte, kann bisher nicht gesagt werden. Bei den Sängervereinen scheinen die neuen Lieder, die von der NSDAP nahegelegt wurden, wenig Erfolg gehabt zu haben.[115] Die Aufwertung des Sportes und des Schießens förderte die Ziele der entsprechenden bürgerlichen Vereine. Allerdings verloren ihre Leibesübungen an Bedeutung, während der Wettkampfsport aufgewertet wurde.[116] Zugleich litten aber gerade sie unter der neuen NS-Konkurrenz, die wie die HJ, das KdF und die Wehrmacht vor allem den Nachwuchs abkappten. Immerhin sank die Mitgliederzahl der Sportvereine von sechs Millionen auf 3,5 Millionen.[117]

Von starken Veränderungen waren die bürgerlichen Frauenvereine betroffen. Ihre Dachverbände und Vereine wurden zu weiten Teilen aufgelöst und schrittweise in das neu gegründete Deutsche Frauenwerk und die NS-Frauenschaft überführt.[118] 1933/34 wurden stärker politische Vereine wie der Bund Königin Luise aufgelöst. 1936/37 widerfuhr gleiches den meisten anderen bürgerlichen Frauenvereinen, die nicht unmittelbar kirch-

gitter, Salzgitter 1993, S. 100; Johann Meyer, Nationalsozialismus und Nachkriegszeit in Bonstorf, Ms o.D. (Bibliothek KAC).

114 Reeken, Ostfriesland, S. 183 f.; Bösch, Das konservative Milieu, S. 145f.

115 Klenke, Bürgerlicher Männergesang, S. 546.

116 Eisenberg, »English Sport«, S. 400f.

117 H. Bernett, Der Weg des Sports in die nationalsozialistische Diktatur. Die Entstehung des Deutschen (Nationalsozialistischen) Reichsbundes für Leibesübungen, Schorndorf 1983, S. 51f.

118 Vgl. M. Kater, Frauen in der NS-Bewegung, in: VfZ 31.1983, S. 202–241; C. Koonz, Mütter im Vaterland. Frauen im Dritten Reich, Reinbek 1994, S. 293–323; Süchting-Hänger, Das »Gewissen der Nation«, S. 371–384.

liche Ziele verfolgten. Auf der lokalen Ebene ließ sich bei ihnen zunächst ebenfalls eine gewisse Kontinuität ausmachen. Die Vorsitzenden des »Vaterländischen Frauenvereins«, des Verbandes Deutsche Frauenkultur und des Hausfrauenvereins blieben in Celle jene Frauen, die mit dem konservativen Parteienspektrum der Weimarer Zeit verbunden waren. Zugleich deuten die lokalen Befunde an, daß sich auch aus der traditionellen Honoratiorenschaft auffällig viele Frauen in den neuen NS-Organisationen engagierten. Vermutlich schuf das scheinbar unpolitische soziale Engagement, das nun verstärkt gefordert wurde, besonders gute Brücken zum neuen Staat. Besonders die scheinbar unpolitische Sammlung für das Winterhilfswerk baute Brücken. Der neuartig hohe Organisationsdruck des Staates sorgte dafür, daß Frauen in einem bisher unbekannten Maße Mitglied in Verbänden wurden; bis 1939 waren es zwölf Millionen. Ab Mitte der dreißiger Jahre führte allerdings die Beschneidung des kirchlichen Lebens auch bei den protestantischen Frauenvereinen zu einer größeren Distanz zum NS-Regime, zumal die evangelischen Frauenverbände systematisch vom sozialen Engagement ausgeschlossen wurden. Die evangelischen Frauenvereine waren ohnehin die einzigen norddeutschen Frauenverbände, die mit einer Mischung aus Anpassung und Abgrenzung ihre Selbständigkeit wahren konnten.[119] Ob die lokalen Netzwerke aus mitgliederstarken Verbänden wie dem Vaterländischen Frauenverein in neuer Form nach 1937 weiter bestehen konnten, ist bisher unklar.

Nicht minder komplex verlief die Entwicklung der Wehrverbände und Kriegervereine. Obwohl der »Stahlhelm« den Aufstieg der NSDAP wesentlich mit getragen hatte, wurde er bis 1935 schrittweise aufgelöst. Die Weisungen zu seiner Überführung in die SA blieben dabei widersprüchlich und sprunghaft, was den Überführungsprozeß erleichterte. Zunächst wurde ihm die junge Generation genommen, dann die ältere. Zugleich bildete jedoch ausgerechnet der »Stahlhelm« nach der »Machtergreifung« eine gewisse bürgerliche Nische gegenüber den NSDAP-Organisationen. Sein Mitgliederstand erreicht 1933 nicht zuletzt deshalb einen Höchststand von 750.000, weil der »Stahlhelm« ein patriotisches Bekenntnis zum neuen Staat ermöglichte, zugleich aber neben den unmittelbaren NS-Verbänden stand. Vor Ort kam es nun häufiger zu Spannungen zwischen »Stahlhelm« und NS-Organisationen wie der SA oder der HJ. Sie reichten von symbolischen Auseinandersetzungen (wie dem Singen von Schmähliedern) über Bedrohungen bis hin zu Verhaftungen.[120] Es gibt zumindest einige Hinweise, daß

119 Vgl. Phayer, Protestant, S. 82–85 u. 190f.

120 Vgl. etwa HJ-Demonstrationen mit Rufen wie »An den Galgen mit dem Lumpen, raus mit dem Stahlhelmmann« in Fallingbostel; Polizei-Bericht 24.3.1935 (HStAH Hann 80 Lün. XXV Nr. 38). Zu Spannungen zwischen SA und »Stahlhelm«: Lagebericht 5.1.1934 (KAC 32 Nr. 7) und Monatsbericht Staatspolizeistelle Harburg-Wilhelmsburg 4.1.1935 (HStAH Hann 180 Lün. XXV

diese Spannungen und die generelle Verärgerung über die Auflösung dazu führten, daß viele »Stahlhelmer« vom gewünschten Übertritt in die SA absahen.[121] Einen informellen Zusammenhang scheinen seine Mitglieder nach der Auflösung nicht gewahrt zu haben. 1936 fanden sich in den Polizeiberichten Nordost-Niedersachsens kaum noch Meldungen über gesellige Treffen ehemaliger »Stahlhelm«-Gruppen, die sich an Stammtischen oder Kegelabenden trafen.[122] Andere »Stahlhelm«-Gruppen traten recht geschlossen zur SA oder NSDAP über und bewahrten auf diese Weise ihre lokale Gruppenbildung.

In den Kyffhäuserbund wurden nun zwangsweise jene Kriegervereine überführt, die bisher neben ihm standen. Bereits 1933 wurde dies etwa dem Hannoverschen Kriegerverein auferlegt, um das regionale Sonderbewußtsein in der Region zu brechen.[123] Dabei zeigten seine lokalen Vereine eine recht große Resistenz gegen die aufgezwungene Gleichschaltung. Als die Hannoverschen Landeskriegervereine in Celle noch im Sommer 1934 den Anschluß an den Kyffhäuserbund verweigerten, wurde ihnen die polizeiliche Auflösung angedroht. Dennoch blieb der Ortsverband bis März 1935 unter dem neuen Namen »Kriegerkameradschaft Niedersachsen« bestehen. Nach ihrer Überführung bildeten sie innerhalb des Kyffhäuserverbandes recht selbständige Untereinheiten mit lokalem Namen.[124] Wiederum dürfte es vor allem die fortbestehende Verbindung zwischen der Vereinswelt und der Verwaltung gewesen sein, durch die sich eine sofortige Umsetzung von Verordnungen umgehen ließ. Selbst das formelle Verbot der Vereine mußte nicht das Ende der Vereinskultur bedeuten. Obgleich die vormaligen Hannoverschen Kriegervereine im Nationalsozialismus ihre bisherige Inszenierung der 1866er-Annexion Hannovers einstellen mußten, blieben zumindest in ihrer Alltagskultur Tradierungsmomente. Wenn etwa beim Kartenspielen bei 66 Punkten stets 65 aufgeschrieben wurde, um den Protest gegen das preußische Annexionsjahr zu zeigen, konnte dies keine Diktatur unterdrücken.[125]

Nr. 5). Zu den Auseinandersetzungen mit der SA vgl. auch Berghahn, Stahlhelm, S. 263–266 und R. Bessel, Political Violence and the Rise of Nazism. The Storm Troopers in Eastern Germany 1925–1934, New Haven 1984, S. 79 u. 121f.

121 Zu den unterschiedlichen Verhaltensweisen in den verschiedenen Orten des Celler Umlandes vgl. Lageberichte des Landrates, 24.11.1935, 27.1.1936 und 20.3.1936 (KAC 18 Nr. 4) oder Erinnerungen wie von Rollwage (HStA ZGS 1 VI. Hanna Fueß-Sammlung 537).

122 Ausnahmen in: Polizeibericht 9.4.1936 (HStA Hann Hann 180 Lün. XXV Nr. 23).

123 Oberpräsident an Hannoverschen Landeskriegerverband 9.8.1933 in: KAC N 34 Nr. 4.

124 Zum schrittweisen Auflösungprozeß vgl.: OB an Regierungspräsident 13.9.1934 (HStAH Hann 180 Lün III, XXV 24) und Landrat an Regierungspräsidenten 5.3.1935 und 24.6.1936 (ebd.; Meldung Staatspolizeistelle Lüneburg 5.2.1935).

125 Hinweise auf derartige Tradierungsmechanismen gaben zahlreiche Zeitzeugengespräche mit lokalen Honoratioren, insbes. mit Herrn Dr. Günther Volker.

Der Kyffhäuserbund wurde durch derartige Zentralisierungen formell aufgewertet. 1938 wurde er per Führererlaß immerhin zur alleinigen Vereinigung ehemaliger Soldaten erklärt. Mit offiziell 2,3 Millionen Mitgliedern verfügte er weiterhin über eine exzeptionelle Massenbasis. Dennoch schwand seine Bedeutung. Auch ihm wurde zunächst die Jugend abgekappt und in die HJ überführt. Der Verband der Kriegsbeschädigten und Kriegshinterbliebenen wurde herausgelöst und trat nun selbständig als Nationalsozialistische Deutsche Kriegsopferversorgung auf.

Die vaterländischen Vereine hatten generell nicht nur mit derartigen Beschneidungen und neuen Konkurrenten zu kämpfen. Ihr Grundproblem war seit 1933, daß ihnen die gemeinsame Zielperspektive abhanden kam. Ihre Konsolidierung und ihre Aktivitäten hatten sich in der Weimarer Republik gegen den Versailler Vertrag und den Sozialismus gerichtet. Nun gab es keine echte Bedrohung mehr von links, während der Nationalstolz und der Militarismus zur Staatsdoktrin zählten. Ihre Feste, die in den zwanziger Jahren einen abgrenzenden Protestcharakter haben konnten, wurden nun oft von staatlicher Seite inszeniert und angeordnet. Ebenso wurden die Vortragsveranstaltungen jetzt vornehmlich von der Staatspartei NSDAP organisiert.

Die Umstrukturierung und Verstaatlichung der bürgerlichen Vereinskultur löste vor Ort einen nicht geringen Unmut aus. Kritisiert wurden erstens die rasante Zunahme der Feste, ihr formalisierter Ablauf und die zunehmende Teilnahmepflicht. Gerade die ländliche Bevölkerung klagte, für derartig viele Veranstaltungen keine Zeit zu haben.[126] Zweitens wurde mißmutig aufgenommen, daß die Nationalsozialisten seit 1935 verstärkt eigenständige Symbole etablierten. Insbesondere die Abschaffung der Schwarz-Weiß-Roten-Reichsfahne, unter der die nationale Vereinswelt bisher marschiert war, führte zu Verstimmungen.[127] Drittens wurde moniert, daß die nationalsozialistische Vereinskultur seit 1936 zunehmend die Kirchen ausschloß und eine Alternative zu kirchlichen Veranstaltungen ausbilden wollte. Treffen oder Feiern der NS-Organisationen wurden etwa bewußt auf den Sonntagvormittag gelegt, um eine Konkurrenz zum Gottesdienst zu bilden.[128] Mit der Abkehr von der bürgerlichen Vereinswelt wollte sich die NSDAP ein originäres Vorfeld schaffen. Tatsächlich scheiterte sie gerade hier an lokalen Traditionen, wodurch die Distanz zwischen der Parteiführung und der Gesellschaft wuchs.

126 Vgl. auch Engelsing, Im Verein, S. 141.

127 Lagebericht Landrat Celle, 24.9.1935 (KAC 32 Nr. 7 und 25.10.1935, KAC 18 Nr. 4).

128 Lokale Beispiele in: Hanna Fueß-Sammlung HStAH ZGS 1 VI., etwa: Pastor Uhlhorn 17.4.1947, Nr. 410.

VI. Zusammenfassung. Die Weimarer Republik führte nicht zu einer Auflösung der bürgerlichen Vereinswelt. Vielmehr konnte gezeigt werden, daß sie im fragmentierten bürgerlich-protestantischen Lager eine Transformation von unten einleitete. Nachdem die Revolution 1918/19 zu breiten Bündnissen gegen den Sozialismus mobilisiert hatte, führte in den zwanziger Jahren die Wahrnehmung des Versailler Vertrages zu einem Aufschwung der antisozialistischen Vereine. Deren Anspruch, einen Ersatz für die Wehrpflicht und die verkleinerte Armee aufzubieten, prägte die Vereinsaktivitäten. Dabei war nicht ihre Gewalt das entscheidende Signum, sondern eine recht militante Geselligkeit. Die Vereine bildeten lokal vernetzte Kommunikationsräume, in denen gemeinsame Deutungsmuster kreiert und tradiert werden konnten. Die scheinbar nivellierende Wirkung der Massenkultur konnten die Vereine dadurch kompensieren, daß sie sich eben nicht auf Stammtische beschränkten, sondern selber spektakuläre Veranstaltungen organisierten. Da sie gerade in der Provinz eine hohe öffentliche Präsenz ausbauten, reichte ihr Wirkungskreis weit über die Zahl der aktiven Vereinsmitglieder hinaus. Wie gezeigt wurde, galt dies auch für Frauen, die im höheren Maße aktiv eingebunden waren, als lange angenommen wurde.

Völlig fragmentiert war das bürgerlich-protestantische Lager selbst in der Endphase der Weimarer Republik nicht. Vielmehr sorgte die skizzierte Formierung ihrer Vereinswelt auf der lokalen Ebene auch für politische Bündnisse rechts von der DDP, die sich in den kommunalen Einheitslisten niederschlugen. Diese rhetorisch stets ersehnte »bürgerliche Sammlung«, die sich gegen den Sozialismus und zunehmend auch gegen den Liberalismus abgrenzte, förderte zugleich den Aufstieg der NSDAP. Denn während die Vereine auf Reichsebene noch Abgrenzungen suchten, kam es lokal zur Kooperation und indirekten Unterstützung. Nicht die Auflösung und Unterwanderung der Vereinswelt beschleunigte dabei den rasanten Aufstieg der NSDAP, sondern vielmehr die wechselseitige Annäherung zwischen Partei und Vereinswelt.

Für die Jahre nach 1933 sollte man von der Auflösung und Überführung vieler Bundesverbände nicht auf das schlagartige Ende der Vereinskultur schließen. Wie am Beispiel der Heimatvereine gezeigt wurde, konnten sie lokal sogar aufblühen, weil sie eine Nische für verbotene Parteien bildeten oder ihre Aktivität mit der Ideologie der Diktatur korrelierte. Andere Vereine wie die Freiwilligen Feuerwehren florierten durch die neue staatliche Förderung, verloren aber durch ihre schrittweise Verstaatlichung den bisherigen Vereinscharakter. Gesellige Vereine wie die der Turner, Sänger oder Schützen konnten trotz aller Zentralisierung zunächst ihre lokale Struktur bewahren. Weniger die Auflösung und Umstrukturierung als die neuen, quasi staatlichen Konkurrenzorganisationen beschleunigten seit Mitte der dreißiger Jahre die Erosion der bürgerlichen Vereinswelt. Angesichts der expandierenden NS-Organisationen und des Ausbaus der Wehrmacht schwand vor allem der Nachwuchs. Im Unterschied zur Weimarer Republik fehlte ihr zudem der gemeinsame Gegner und eine gemeinsame Perspektive. Die zunehmend gewaltsame Umstrukturierung der bürgerlichen Vereinswelt verstärkte freilich nicht nur ihren Bedeutungsverlust. Sie sorgte auch dafür, daß die Vereine ein abgrenzendes Sonderbewußtsein bewahren konnten, das nach 1945 ihre Neugründung erleichterte.

Christian Weiß

»Soldaten des Friedens«

Die pazifistischen Veteranen und Kriegsopfer des »Reichsbundes« und ihre Kontakte zu den französischen *anciens combattants* 1919–1933

I. Der Gedanke, Frankreich und Deutschland sollten gerade wegen ihrer konfliktreichen Vergangenheit zusammenarbeiten, bildet heute die ideelle Grundlage der Verständigung zwischen den beiden Nationen. Aus den zurückliegenden Kriegen müsse man die »richtigen« Lehren ziehen, sich mit dem anderen aussöhnen und Probleme in Zukunft gemeinsam lösen. Diese Vorstellung, die sich am deutlichsten in dem bekannten Bild von François Mitterand und Helmut Kohl vor den Gräbern von Verdun manifestiert, entstand bereits nach dem Ende des Ersten Weltkrieges und zwar auch unter den ehemaligen Kriegsteilnehmern. Veteranen beider Seiten trafen sich, um gemeinsam die Kriegserfahrung zu beschwören und ihren Willen zum Frieden auszudrücken. Gerade diejenigen, die sich in den Schützengräben gegenübergelegen hatten, sollten sich nun symbolisch die Hand reichen.

Hier öffnet sich ein noch fast unbearbeiteter Bereich auf dem Forschungsfeld der deutsch-französischen Kultur- und Gesellschaftsbeziehungen der Zwischenkriegszeit.[1] Die Kontakte zwischen deutschen und französischen Veteranen erlauben Rückschlüsse darauf, welche gesellschaftlichen Gruppen in Deutschland in den zwanziger Jahren bereit waren, die Verständigungspolitik gegenüber Frankreich durch den Dialog auf zivilgesellschaftlicher Ebene zu unterstützen. Zudem stehen die Veteranenkontakte im Kontext der Frage der Kriegswahrnehmung und -darstellung, die in der politischen Kultur der Weimarer Republik eine zentrale Rolle spielte.[2] Die Kriegsteilnehmer konnten in dieser Diskussion eine wichtige Stellung einnehmen, da sie als unmittelbar Betroffene den für viele Zeitgenossen glaubwürdigen Anspruch erheben konnten, eine privilegierte Stimme bei

1 H. M. Bock, Zwischen Locarno und Vichy. Die deutsch-französischen Kulturbeziehungen der dreißiger Jahre als Forschungsfeld, in: ders. u.a. (Hg.), Entre Locarno et Vichy. Les relations culturelles franco-allemandes dans les années 1930, Bd. 1, Paris 1993, S. 25–61.

2 Zusammenfassend B. Ulrich, Die umkämpfte Erinnerung. Überlegungen zur Wahrnehmung des Ersten Weltkrieges in der Weimarer Republik, in: J. Duppler u. G. P. Groß (Hg.), Kriegsende 1918. Ereignis, Wirkung, Nachwirkung, München 1999, S. 367.

der Deutung des Krieges zu besitzen.[3] Die Inszenierung der Treffen von Veteranen und Kriegsopfern mit ihren ehemaligen Gegnern konnte einerseits die Vorstellung verkörpern, ein vereintes Gedenken solle den Frieden fördern, andererseits konnte sie auch der gemeinsamen Beschwörung militärischer Werte dienen. Daher ist sie zugleich ein Indikator dafür, ob unter den ehemaligen Soldaten eine tendenziell pazifistische oder militaristische Deutung der Kriegserfahrung vorherrschte.

Der wichtigste kollektive Akteur in diesen Kontakten war auf deutscher Seite der »Reichsbund der Kriegsbeschädigten, Kriegsteilnehmer und Kriegerhinterbliebenen«, mit rund 400.000 Mitgliedern der größte Kriegsopferverband der Weimarer Republik. Seine starke Verankerung im sozialistischen Arbeitermilieu und in dessen politischer Deutungskultur bildet eine wichtige Voraussetzung dieser Kontakte. Es erscheint daher sinnvoll, die Untersuchung auf diesen einen Verband und seine Verbindungen nach Frankreich zu beschränken, da die verschiedenen Verbände von deutschen Kriegsteilnehmern sich in ihrer Zusammensetzung, in ihren politischen Einstellungen, in ihrer Art der Kriegsdeutung und somit in den Konzepten des Umgangs mit den französischen Veteranen stark unterschieden. Es werden zunächst der Reichsbund und seine politische Ausrichtung betrachtet (II.). Anschließend geht es darum, den Verlauf der deutsch-französischen Veteranenbeziehungen nachzuzeichnen (III.). Danach soll die Frage erörtert werden, welche Bedeutung die Kontakte zum ehemaligen Gegner Frankreich für die Veteranen des Reichsbundes hatten (IV.) und wie diese ihr Streben nach einer Aussöhnung mit dem ehemaligen Kriegsgegner in konkrete Handlungsformen umsetzten (V.).

II. Die Forschung neigte bisher dazu, den stark im sozialdemokratischen Arbeitermilieu verankerten Reichsbund als »rein wirtschaftliche Interessen-

3 Das in dieser Arbeit verwendete Wort »Veteran« taucht in den Quellen der zwanziger Jahre selten auf. Die politische Linke und Teile der moderaten Rechten benutzten den nüchtern klingenden Begriff »Kriegsteilnehmer«, während die nationalistische Rechte eher von »Kriegern« oder »Frontsoldaten« sprach, was sich auch in den Verbandsbezeichnungen widerspiegelte. Im Laufe der zwanziger Jahre setzte sich zunehmend der martialischere Ausdruck »Frontkämpfer« durch, der auch in den Zeitschriften der Linken gelegentlich erschien. Im folgenden werden die Ausdrücke »Veteran« und »Kriegsteilnehmer« gebraucht, da sie verhältnismäßig wenig emotional sind. Sie bezeichnen die Männer, die sich unter einem der oben aufgeführten Begriffe definierten, organisierten und artikulierten. Zu Überlegungen über die Selbstbezeichnungen von Veteranen vgl. J. Vogel, Der Undank der Nation. Die Veteranen der Einigungskriege und die Debatte um ihren »Ehrensold« im Kaiserreich, in: MGZ 60. 2001, S. 357. Zur Konstruktion des »Veteranen« durch eine »biographische Organisationsleistung eines konkreten Individuums« vgl. B. Ziemann, Die Konstruktion des Kriegsveteranen und die Symbolik seiner Erinnerung 1918–1933, in: J. Dülffer u. G. Krumeich (Hg.), Der verlorene Frieden. Politik und Kriegskultur nach 1918, Essen 2002.

organisation«[4] zu betrachten. In der Tat sah der Reichsbund es als seine Hauptaufgabe an, für eine bessere Versorgung der Kriegsopfer einzutreten und die Interessen seiner Mitglieder gegenüber der Öffentlichkeit und den Institutionen der Wohlfahrtsbürokratie zu wahren. Zudem übernahm er zahlreiche soziale Funktionen, er unterhielt Erholungsheime, vergab Studienstipendien an Kriegswaise, gründete eine Sterbekasse und errichtete zahlreiche Siedlungen für Kriegsteilnehmer im ganzen Reich.[5] Trotz dieser Schwerpunktsetzung war der Reichsbund kein bloßer »Lobbyist« der Kriegsopfer, keine »unwirtliche Vereinigung«, die ihren Mitgliedern keine Identität anbieten konnte.[6] Zwar war die Hoffnung auf ökonomische Vorteile das wichtigste Motiv, einem Kriegsopferverband wie dem Reichsbund beizutreten,[7] dennoch finden sich zahlreiche Hinweise auf ein regelmäßiges Verbandsleben, insbesondere auf der Ebene der Ortsverbände und Gaue.[8] Darüber hinaus gelang es dem Verband, eine Identität für seine vorwiegend sozialdemokratisch orientierten Mitglieder zu stiften, die vor allem in einer gemeinsamen, tendenziell pazifistischen Kriegserinnerung gründete.[9] Die Schwäche des Reichsbundes lag weniger darin, daß er für seine Mitglieder keine identitätsstiftende Funktion gehabt hätte. Problematisch war vielmehr, daß die Öffentlichkeit ihn nicht als politisches Sprachrohr der Kriegsopfer

4 K. Rohe, Das Reichsbanner Schwarz Rot Gold. Ein Beitrag zur Geschichte und Struktur der politischen Kampfverbände zur Zeit der Weimarer Republik, Düsseldorf 1966, S. 126; ähnlich B. Bieber, Wie Kriege enden. Die Reintegration von Soldaten in Nachkriegsgesellschaften, Hamburg 2002, S. 89–91; M. Geyer, Ein Vorbote des Wohlfahrtsstaates. Die Kriegsopferversorgung in Frankreich, Deutschland und Großbritannien nach dem Ersten Weltkrieg, in: GG 9. 1983, S. 256.

5 »Reichsbundkinder erholen sich an der Ostsee«, in: Reichsbund. Organ des Reichsbundes der Kriegsbeschädigten, Kriegsteilnehmer und Kriegerhinterbliebenen, 5.10.1931; »Stipendien für den Universitätsbesuch«, in: Reichsbund, 15.3.1928; Reichsbund Chronik. Daten und Fakten, 1917 bis 1933 und 1945 bis 1982, Bonn 1983, S. 18f.; Heim und Garten. Beilage zum Reichsbund, 1924–1930.

6 So etwa Geyer, Vorbote des Wohlfahrtsstaates, S. 256.

7 »Ein Beitrag zum Kapitel: ›Ich brauche keine Organisation‹«, in: Reichsbund 1924, H. 12; »Vom praktischen Wert der Organisation«, in: Zentralblatt für Kriegsbeschädigte und Kriegerhinterbliebene. Zeitschrift des Zentralverbandes Deutscher Kriegsbeschädigter und Kriegerhinterbliebener e.V. 1929, H. 3.

8 Das zeigen die Existenz von Gauzeitungen, die feierliche Ausgestaltung der Gautage, die monatlichen Ortsversammlungen und die Kundgebungen der Ortsverbände; vgl. u.a. »Gautag Rheinland«, in: Reichsbund, 15.8.1928; »Der Kampf gegen den Krieg«, in: Reichsbund, 1.8.1927; Bericht über die Verhandlungen des Fünften Reichsbundestages in Mainz, vom 25. bis 28. Mai 1930, hg. v. Reichsbund der Kriegsbeschädigten, Kriegsteilnehmer und Kriegerhinterbliebenen, Berlin o.J., S. 10, Antrag 79.

9 Vgl. u.a. »Die Gedächtnisfeier am Totensonntag«, in: Reichsbund, 1.12.1919; »Brauchen wir einen nationalen Trauertag? «, in: Reichsbund, 15.2.1921; »Solche Denkmäler wünschen die Kriegsopfer«, in: Reichsbund, 20.2.1932; »Unsere Gefallenen-Gedenkfeier im Reichstag«, in: Reichsbund, 20.12.1932.

wahrnahm, sondern nur als wirtschaftliche Lobby, im schlimmsten Fall als lästigen Bittsteller.[10]

Gegründet wurde der Reichsbund am 23. Mai 1917 von Mitgliedern der SPD und der Freien Gewerkschaften. Sie wollten einen parteinahen Verband für gesunde und beschädigte Kriegsteilnehmer schaffen, um die heimkehrenden Soldaten nicht den monarchistischen und anti-sozialdemokratischen Kriegervereinen zu überlassen.[11] Um seine Basis zu stärken, warb der Reichsbund nicht nur um die heimkehrenden Soldaten, sondern bemühte sich ab 1919 auch darum, die Hinterbliebenen zu integrieren.[12] Diese machten bereits 1920 mehr als ein Viertel der Mitglieder aus.[13] In den ersten Jahren nach dem Krieg gelang es dem Reichsbund, rasch neue Mitglieder zu gewinnen und mit über 600.000 Mitgliedern im Jahr 1921 zur größten Vereinigung von Kriegsopfern und Kriegsteilnehmern des Ersten Weltkrieges aufzusteigen.[14] Die Frühzeit des Reichsbundes läßt sich daher ohne weiteres als »Erfolgsgeschichte« bezeichnen.

10 So wurden die Kriegsopferverbände zu ihrer großen Verärgerung nicht zu den Diskussionen über das geplante Reichsehrenmal eingeladen; »Um das Reichsehrenmal«, in: Reichsbund, 1.3.1926; vgl. B. Ziemann, Die deutsche Nation und ihr zentraler Erinnerungsort. Das »Nationaldenkmal für die Gefallenen im Weltkriege« und die Idee des »Unbekannten Soldaten« 1914–1935, in: H. Berding u.a. (Hg.), Krieg und Erinnerung. Fallstudien zum 19. und 20. Jahrhundert, Göttingen 2000, S. 67–91.

11 Von seiner Gründung bis 1919 hieß der Verband »Bund der Kriegsbeschädigten und ehemaligen Kriegsteilnehmer«. Die Gründungsgeschichte ist gut erforscht; vgl. J. M. Diehl, The Organization of German Veterans, 1917–1919, in: AfS 11. 1971, S. 147–154; ders., Germany. Veterans' Politics under Three Flags, in: S. R. Ward (Hg.), The War Generation. Veterans of the First World War, London 1975, S. 140–145. Zur Geschichte des Reichsbundes erscheint demnächst W. Falk, Chronik des Reichsbundes. 1917–1933.

12 »Was wird aus den Hinterbliebenen? «, in: Reichsbund, 24.1.1919; K. Hausen, Die Sorge der Nation für ihre »Kriegsopfer«. Ein Bereich der Geschlechterpolitik während der Weimarer Republik, in: J. Kocka u.a. (Hg.), Von der Arbeiterbewegung zum modernen Sozialstaat. FS. G. A. Ritter, München 1994, S. 728.

13 Bericht des Bundesvorstandes mit Protokoll der Verhandlungen des 2. Reichsbundestages, Würzburg, hg. v. Reichsbund der Kriegsbeschädigten, Kriegsteilnehmer und Kriegerhinterbliebenen, Berlin 1920, S. 33.

14 Der Reichsbund hatte 639.856, der bürgerlich-moderate »Reichsverband Deutscher Kriegsbeschädigter und Kriegerhinterbliebener« 209.194, der bürgerlich-konservative »Zentralverband Deutscher Kriegsbeschädigter und Kriegerhinterbliebener« 156.320 und der kommunistische »Internationale Bund der Opfer des Krieges und der Arbeit« 136.883 Mitglieder; R. W. Whalen, Bitter Wounds. German Victims of the Great War. 1914–1939, Ithaca 1984, S. 128. Diese Zahlen beruhen auf den Angaben des Reichsarbeitsministeriums von 1921. Der Kyffhäuserbund der Kriegervereine verlor in den unmittelbaren Nachkriegsjahren von seinen knapp drei Millionen Mitgliedern etwa ein Viertel und hatte Schwierigkeiten, die Soldaten des zurückliegenden Krieges für sich zu gewinnen; C. J. Elliott, The Kriegervereine and the Weimar Republic, in: Journal of Contemporary History 10. 1975, S. 118.

Diese positive Bilanz wurde durch die Tatsache getrübt, daß der Reichsbund für gesunde Veteranen kaum attraktiv war.[15] Obgleich er weiterhin darauf bestand, auch für die nicht-beschädigten Kriegsteilnehmer zu sprechen, entwickelte er sich zu einem Verband, der in erster Linie Kriegsbeschädigte und Hinterbliebene vertrat, zumal 1924 das »Reichsbanner Schwarz-Rot-Gold« als »Bund republikanischer Kriegsteilnehmer« gegründet wurde.[16] Trotz starker Mitgliederverluste während der Inflationszeit und der Weltwirtschaftskrise blieb der Reichsbund bis zu seiner Auflösung im April 1933 mit ungefähr 400.000 Mitgliedern der größte deutsche Verband von Kriegsopfern.[17]

Obwohl der Reichsbund stets seine »parteipolitische Neutralität« beteuerte, blieb er nicht nur aufgrund personeller Verflechtungen eng mit der Sozialdemokratie verbunden. Daß der Schwerpunkt des Verbandes in der organisierten Arbeiterschaft lag, zeigt sich in den zahlreichen sozialistischen Elementen, die seine Rhetorik dominierten, in den Anzeigen der Verbandszeitung, die eindeutig auf ein Arbeiterpublikum zielten, sowie in der Zusammenarbeit mit Arbeiterchören oder -orchestern bei feierlichen Anlässen.[18] Seine Mitglieder teilten demzufolge die »kollektiven sozialen und politischen Deutungskulturen« des sozialdemokratischen Arbeitermilieus, auch in bezug auf die Kriegserinnerung.[19] Der Reichsbund versuchte, eine Form des Gedenkens zu finden, die besonders die Schrecken des Krieges in Erinnerung rief und diese als Mahnung zum Frieden deutete.[20] Auch auf anderen Feldern entsprachen die politischen Standpunkte des Reichsbundes denen der Sozialdemokratie. So stellte der Verband sich

15 Ihr Anteil an den Mitgliedern erreichte selbst in der unmittelbaren Nachkriegszeit maximal 12%; vgl. Diehl, Veterans' Politics, S. 151, Fußnote 34.

16 Zwischen den beiden Verbänden bestanden anscheinend gute Beziehungen; vgl. z.B. »Vierter Reichsbundestag in Hamburg vom 22. bis 25. Mai 1927«, in: Reichsbund, 1.6.1927.

17 Die Zahl der Mitglieder fiel nach Angaben des Reichsbundes von 830.000 im Jahr 1922 auf 245.000 im Jahr 1924, stieg bis 1929 wieder auf 450.000 an, und sank schließlich auf 388.562 im Jahr 1932; »Der Aufstieg des Reichsbundes«, in: Reichsbund, 20.5.1932; »Aus der Werkstatt des Reichsbundes«, Reichsbund 1933, H. 5.

18 »Die Gedächtnisfeier am Totensonntag«, in: Reichsbund, 1.12.1919; »Hinterbliebenen-Konferenz des Gaues Schleswig-Holstein in Elmshorn«, in: Reichsbund, 10.9.1929.

19 B. Ziemann, Die Erinnerung an den Ersten Weltkrieg in den Milieukulturen der Weimarer Republik, in: T. F. Schneider (Hg.), Kriegserlebnis und Legendenbildung. Das Bild des »modernen« Krieges in Literatur, Theater, Photographie und Film, Bd. 1: Vor dem Ersten Weltkrieg, Der Erste Weltkrieg, Osnabrück 1999, S. 251.

20 »Reichsbündler an den Kriegergräbern von Soupir«, in: Reichsbund, 10.8.1930; zur Kriegsdeutung des Reichsbanners vgl. B. Ziemann, Republikanische Kriegserinnerung in einer polarisierten Öffentlichkeit. Das Reichsbanner Schwarz-Rot-Gold als Veteranenverband der sozialistischen Arbeiterschaft, in: HZ 267. 1998, S. 357–398.

unmißverständlich hinter die republikanische Staatsform und positionierte sich als Kriegsgegner und Anhänger der »Völkerverständigung«.[21]

III. Die Geschichte der Beziehungen zu den französischen Veteranen- und Kriegsopferverbänden folgt einem zeitlichen Ablauf, dessen Zäsuren in den Jahren 1924/25 und 1930 liegen. Daß diese in etwa der gängigen Periodisierung der Weimarer Republik entsprechen,[22] ist sicherlich kein Zufall, da die Kontakte zwischen den Veteranen stark auf die Konjunkturen der innen- und außenpolitischen Entwicklungen reagierten.

Seit der Gründung bestand im Reichsbund ein großes Interesse an internationalen Beziehungen.[23] Davon zeugt die überwältigende Mehrheit, die sich auf dem Reichsbundestag von 1920 für Beitrittsverhandlungen mit der »Internationale des Anciens Combattants« (IAC), einem Dachverband linker Veteranenorganisationen, aussprach.[24] Dieser Wunsch nach Kontakten zu den ehemaligen Kriegsgegnern entspricht der zuletzt in der Forschung unterstrichenen Dominanz der pazifistischen Kriegsdeutung im sozialdemokratischen Milieu der unmittelbaren Nachkriegsjahre.[25] Der Vorstand des Reichsbundes allerdings verhinderte den Beitritt zur IAC, da er deren kommunistischer Ausrichtung mißtraute.[26]

Eigene Kontakte aufzubauen erwies sich als schwierig, da die gemäßigten Verbände der ehemaligen Kriegsgegner Beziehungen zu den Deutschen ablehnten und auf die Initiativen des Reichsbundes nur zögerlich reagier-

21 Bericht über die Verhandlungen des Dritten Reichsbundestages, 6. bis 9. Juni 1924, Dresden, hg. v. Reichsbund der Kriegsbeschädigten, Kriegsteilnehmer und Kriegerhinterbliebenen, Berlin o.J.; Bericht über die Verhandlungen des Vierten Reichsbundestages, 22. bis 25. Mai 1927, Hamburg, hg. v. Reichsbund der Kriegsbeschädigten, Kriegsteilnehmer und Kriegerhinterbliebenen, Berlin o.J., S. 11f., 256; Reichsbundestag 1930, S. 4–11, 177f.

22 Peukert teilt die Weimarer Republik in eine Zeit der »Weichenstellungen 1918–1923«, der »Trügerischen Stabilisierung 1924–1929« und der »Totalen Krise 1930–1933« ein; vgl. D. J. K. Peukert, Die Weimarer Republik. Krisenjahre der klassischen Moderne, Frankfurt 1987.

23 Auch die Satzung erklärte die Aufnahme internationaler Beziehungen zu einem der Ziele des Verbandes. Die Satzung ist abgedruckt in: Reichsbundestag 1920, S. 93.

24 Ebd., S. 258–264, 293–302. Gründer der IAC war der französische Kriegsteilnehmer und Schriftsteller Henri Barbusse (1873–1935); »Aus anderen Organisationen«, in: Reichsbund, 4.10.1919; L. Viala, Les relations internationales entre les associations de mutilés de guerre et d'anciens combattants, Paris o.J. [1930], S. 145f.; J. Relinger, Henri Barbusse. Écrivain combattant, Paris 1994, S. 98.

25 B. Ziemann, Das »Fronterlebnis« des Ersten Weltkrieges – eine sozialhistorische Zäsur? Deutungen und Wirkungen in Deutschland und Frankreich, in: H. Mommsen (Hg.), Der Erste Weltkrieg und die europäische Nachkriegsordnung. Sozialer Wandel und Formveränderung der Politik, Köln 2000, S. 61; zur Abneigung gegenüber dem Krieg unter den deutschen Soldaten allgemein vgl. R. Bessel, Germany After the First World War, Oxford 1993, S. 258–260.

26 Der Vorstand erklärte die Verhandlungen mit der IAC 1921 für gescheitert; »Der internationale Kongreß in Wien«, in: Reichsbund, 1.11.1921.

ten.[27] Die »Union fédérale« (UF), der größte gemäßigte französische Verband, konnte sich erst 1921 nach langen Diskussionen zu »technischen« Gesprächen mit den Deutschen durchringen.[28] Diese fanden schließlich am 12. und 13. September 1921 in den Räumen des Internationalen Arbeitsamtes in Genf statt und blieben auf Fragen wie Renten oder Versorgung beschränkt.[29] Die Bedeutung der frühen Treffen[30] dürfte weniger in ihrem praktischen Nutzen für die materielle Lage der Kriegsopfer gelegen haben, als vielmehr in der Möglichkeit, Kontakte zu knüpfen und gegenseitiges Mißtrauen zu überwinden. Der langjährige UF-Vorsitzende Henri Pichot (1884–1945), der 1917 geschrieben hatte, die Deutschen seien weder »des hommes comme nous« noch überhaupt Menschen,[31] erinnerte sich beim Rückblick auf das erste Genfer Treffen vor allem daran, daß die Franzosen »verlegen« gewesen seien: »Die Deutschen, das sind doch die ›Boches‹. Auf die schießt man oder wirft eine Handgranate. [...] Jetzt soll man ihnen die Hand geben? Sich mit ihnen zusammensetzen? Und wie soll man sie anreden? – Es ging aber alles gut und das Eis schmolz«.[32] Während der Ruhrkrise brach die UF die Beziehungen allerdings wieder ab, so daß es zwei Jahre lang keine Kontakte gab.[33]

Nach den zaghaften Anfängen von 1919 bis 1923 läutete das Jahr 1925, in dem sich die außenpolitischen Beziehungen zwischen den beiden Ländern im Zuge der Locarno-Politik entspannten, eine zweite Phase der Beziehungsgeschichte ein, in der die Veteranen ihre Kontakte wiederauf-

27 Eine Ausnahme bildete die britische »National Federation of Discharged and Demobilised Sailors and Soldiers«. Der Reichsbund wendete sich 1920 an das Internationale Arbeitsamt in Genf und sendete am 11. April 1921 einen Brief an alle Verbände im Ausland; »Internationale Verbindungen«, in: Reichsbund, 26.6.1920; »Die Reichskonferenz«, in: Reichsbund, 1.2.1921; E. Roßmann, Die internationalen Beziehungen der Kriegsopfer, MS., o.O. o.J. [nach 1945], S. 3, Archiv des Sozialverbandes Deutschland – ehemals Reichsbund, gegründet 1917 (SV); Viala, Les relations internationales, S. 17f.; Reichsbundestag 1924, S. 65.

28 Ein UF-Kongreß hatte sich noch im Mai 1920 gegen Kontakte zu Deutschen ausgesprochen; A. Prost, Les anciens combattants et la société française, Bd. 1, Paris 1977, S. 74–76.

29 Neben Reichsbund und Union fédérale waren Verbände aus Österreich, Italien, Polen und Großbritannien vertreten; »Die internationale Besprechung in Genf«, in: Reichsbund, 1.10.1921; Viala, Les relations internationales, S. 19. Die Kriegsopfer beschlossen, eine internationale Expertenkommission zu Versorgungsfragen einzuberufen und Materialien zu den Kriegsopfern zu veröffentlichen; Internationales Arbeitsamt. Studien und Berichte, Reihe E: Beschädigte, hg. v. Internationalen Arbeitsamt, Genf 1921–1924.

30 Weitere Treffen fanden vom 2. bis 4. März 1922 und am 31. August 1923 statt; SV, Roßmann, Die internationalen Beziehungen, S. 3; »Kriegsbeschädigtenfragen beim Internationalen Arbeitsamt in Genf«, in: Reichsbund, 1.4.1922;

31 Zitiert nach Prost, Les anciens combattants, Bd. 1, S. 64f., Fußnote 77.

32 P. Distelbarth, Die Kriegsteilnehmer, in: ders., Das andere Frankreich. Aufsätze zur Gesellschaft, Kultur und Politik Frankreichs und zu den deutsch-französischen Beziehungen 1932–1953, hg., eingeleitet und kommentiert von H. M. Bock, Bern 1997, S. 216. Zu Pichot vgl. C. Trichet, Henri Pichot et l'Allemagne de 1930 à 1945, Bd. 1, Diss. Metz 2000.

33 Viala, Les relations internationales, S. 25.

nahmen und ausbauten.[34] Die internationale Konferenz am 18. und 19. September 1925 markiert eine entscheidende Zäsur in den Veteranenbeziehungen, da sie den Grundstein für eine regelmäßige Zusammenarbeit legte. Außerdem wurde nun die Friedenspolitik zu einem zentralen Thema der Verbände. In einer Resolution erklärten die Kriegsbeschädigten, die »dem Kriege Gesundheit und Arbeitskraft geopfert« hätten, sich für »berechtigt und verpflichtet [...], die Aussöhnung der Völker und die Herstellung guter Beziehungen zwischen ihnen zu pflegen«. Sie forderten die Weltgemeinschaft auf, den Ständigen Gerichtshof im Haag und den Völkerbund zu stärken, alle internationalen Konflikte der Schiedsgerichtsbarkeit zu unterwerfen, die allgemeine Entwaffnung durchzusetzen und bessere Lebensbedingungen als Voraussetzung für einen »dauernden Frieden« zu schaffen.[35]

Die Konferenz von 1926 ging einen weiteren Schritt in Richtung einer festen Zusammenarbeit, indem die Verbände die »Internationale Arbeitsgemeinschaft der Verbände der Kriegsopfer (Beschädigte, Witwen, Waisen und Eltern) und früheren Kriegsteilnehmer« gründeten, die auch der Reichsbund nach ihrer französischen Bezeichnung »Conférence internationale des associations de victimes de la guerre (mutilés, veuves, orphelins et ascendants) et anciens combattants« CIAMAC abkürzte.[36] Damit war neben der auf die Entente beschränkten FIDAC[37] und der kommunistisch orientierten IAC ein dritter internationaler Dachverband der Kriegsopfer- und

34 Zur Überwindung der »Kriegskultur« in Frankreich vgl. J. Horne, Der Schatten des Krieges. Französische Politik in den zwanziger Jahren, in: Mommsen, Der Erste Weltkrieg, S. 154f.; vgl. H. Hagspiel, Verständigung zwischen Deutschland und Frankreich? Die deutsch-französische Außenpolitik der zwanziger Jahre im innenpolitischen Kräftefeld beider Länder, Bonn 1987, S. 336.

35 Es waren Vertreter von drei Millionen Kriegsopfern aus Österreich, Polen, Italien, Jugoslawien und der Tschechoslowakei anwesend; »Internationale Konferenz der Kriegsopfer«, in: Reichsbund, 1.10.1925; Roßmann, Die internationalen Beziehungen, S. 4, SV; Viala, Les relations internationales, S. 25; Viala nennt außerdem Vertreter einer rumänischen Organisation. Die ausdrückliche Unterstützung des Völkerbundes zu einem Zeitpunkt, als Deutschland noch kein Mitglied war, stellte für den Reichsbund ein schwerwiegendes Zugeständnis dar, dessen Bedeutung die Franzosen zu würdigen wußten; »Gedanken zur Völkerversöhnung«, in: Reichsbund, 1.5.1925; Viala, Les relations internationales, S. 32f. Im Gegenzug verzichteten die Franzosen darauf, von den Deutschen die Anerkennung des Versailler Vertrages und des Rechtes auf Reparationen zu fordern; Prost, Les anciens combattants, Bd. 1, S. 104.

36 »Zweite internationale Konferenz der Kriegsopfer«, in: Reichsbund, 15.10.1926. Der bürgerlich-moderate Reichsverband sprach von der »Inako«, der »Internationalen Arbeitsgemeinschaft der Verbände der Kriegsopfer und der früheren Kriegsteilnehmer«; »Internationale Zusammenkunft der Kriegsbeschädigtenverbände in Genf«, in: Der Reichsverband. Organ des Reichsverbandes Deutscher Kriegsbeschädigter und Kriegerhinterbliebener e.V., 1926, H. 11.

37 Die »Fédération interalliée des anciens combattants« war 1920 von der konservativen französischen »Union nationale des combattants« (UNC) gegründet worden; vgl. Viala, Les relations internationales.

Kriegsteilnehmerorganisationen entstanden, der sich als Vereinigung linker und gemäßigter Verbände profilierte. Um die Zusammenarbeit zu festigen, baute die CIAMAC ein ständiges Sekretariat in Genf auf und gründete eine Zeitung mit dem Namen »CIAMAC«, die in den beiden Arbeitssprachen Französisch und Deutsch erschien.[38]

Daß auf der zweiten Konferenz von 1926 bereits 24 Verbände aus zehn Ländern vertreten waren, ist ein deutliches Zeichen dafür, daß die Veteranenbeziehungen unter pazifistischem Vorzeichen eine große Anziehungskraft ausübten. Aus Deutschland sendeten diesmal neben dem Reichsbund der »Bund erblindeter Krieger« und der bürgerlich-moderate Reichsverband Delegierte.[39] Letzterer nahm auch weiterhin an den Treffen teil und unterstützte ihre verständigungspolitischen Ziele.[40] Dies zeigt, daß eine tendenziell pazifistische Kriegsdeutung, die auf eine Aussöhnung mit Frankreich zielte, in Deutschland auch bei Kriegsopfern außerhalb des sozialistischen Lagers deutlich an Attraktivität gewann.

In der zweiten Hälfte der zwanziger Jahre suchten nicht nur Verbände der politischen Linken Verbindungen nach Frankreich, sondern auch die politisch weitgehend neutrale »Reichsvereinigung ehemaliger Kriegsgefangener«[41] oder der »Jungdeutsche Orden«.[42] Beide nahmen 1927 und 1928 an internationalen Treffen von Kriegsveteranen in Luxemburg teil, die der Weltveteranenverband FIDAC organisierte.[43] Die dort versammelten Kriegsteilnehmer verrannten sich jedoch in Diskussionen über den Versailler Vertrag und den Anschluß Österreichs, so daß die Berichte über die Konferenzen den Eindruck vermitteln, hier seien Nachgefechte des Weltkrieges ausgetragen worden.[44] Zwar symbolisierten auch die Luxemburger

38 »›Ciamac‹ Internationales Mitteilungsblatt«, in: Reichsbund, 1.6.1928; »Internationale Zusammenkunft der Kriegsbeschädigtenverbände in Genf«, in: Reichsverband 1926, H. 11.

39 Hinzu kamen Verbände aus Bulgarien, Danzig, Finnland und Rumänien; »Internationale Zusammenkunft der Kriegsbeschädigtenverbände in Genf«, in: Reichsverband 1926, H. 11; »Zweite internationale Konferenz der Kriegsopfer«, in: Reichsbund, 15.10.1926; Viala, Les relations internationales, S. 36f.

40 »Zum Jahreswechsel«, in: Reichsverband 1926, H. 1; »Vier Jahre lang«, in: Reichsverband 1927, H. 8; »Unser Verbandstag im Spiegel der Tagespresse«, in: Reichsverband 1928, H. 8; »Die gescheiterten Einigungsverhandlungen«, in: Reichsverband 1929, H. 10.

41 Brief des Auswärtigen Amtes an die Botschaft in Paris, 10.11.1926, Politisches Archiv des Auswärtigen Amtes (PA), R 70528 (Politische Abteilung II, Frankreich, Politik 2 C, Bd. 3). Am 21. und 22. Mai 1927 fand in Luxemburg eine internationale Konferenz der Kriegsgefangenen statt; »Internationale Tagung ehemaliger Kriegsgefangener«, in: Reichsbund, 15.6.1927.

42 D. Tiemann, Der Jungdeutsche Orden und Frankreich, in: Francia 12. 1984, S. 427–430; K. Hornung, Der Jungdeutsche Orden, Düsseldorf 1958.

43 E. P. Fagerberg, The »Anciens Combattants« and French Foreign Policy, Diss. Genf 1966, S. 167–169. Von deutscher Seite nahm außerdem das Reichsbanner teil.

44 »La Fédération internationale des anciens combattants à Luxembourg«, in: Le Matin, 12.9.1928; »Frontkämpferkongreß in Luxemburg«, in: Der Heimkehrer. Bundeszeitschrift der Reichsvereinigung Ehemaliger Kriegsgefangener, 1.10.1928.

Treffen eine grundsätzliche Bereitschaft zur Verständigung, doch stand hier weniger die Beschwörung des Friedenswillens im Vordergrund als die gegenseitige Anerkennung soldatischer Werte. So spürte der Berichterstatter der Reichsvereinigung ein »Gefühl der Ritterlichkeit und der gegenseitigen Achtung ehemaliger Feinde«, wie man es »von der Front kenne«.[45]

Die dritte Phase der Beziehungen zu den französischen Veteranen ab 1930 ist deutlich von defensivem Aktionismus geprägt – parallel zur allgemeinen Verschlechterung des politischen Klimas zwischen Deutschland und Frankreich.[46] Der langjährige deutsche Partner des Reichsbundes, der vormals moderate Reichsverband, geriet zunehmend unter den Einfluß der Nationalsozialisten und wendete sich von den Beziehungen nach Frankreich ab.[47] Daß das Reichsbanner Schwarz-Rot-Gold mit seinen angeblich drei Millionen Mitgliedern im Oktober 1932 der CIAMAC beitreten wollte, konnte diesen Verlust nicht ausgleichen:[48] Die Mitgliedschaft des Reichsverbandes war bedeutender gewesen, da die CIAMAC so auch einen Verband außerhalb des sozialistischen Lagers angesprochen hatte. Zudem beobachteten die französischen Partner in der CIAMAC die politische Entwicklung in Deutschland mit wachsender Nervosität.[49] Nach langen Diskussionen konnten sich gleichwohl diejenigen durchsetzen, die die Beziehungen fortführen wollten.[50] Gerade die Krise bewirkte, daß die Kontakte zwischen Deutschen und Franzosen gefestigt und ausgebaut wurden. Reichsbund und Union fédérale organisierten neben den Treffen im Rahmen der CIAMAC nun auch eigene deutsch-französische Begegnungen.[51]

45 »Internationale Frontkämpferkonferenz in Paris am 31.3.1928«, in: Der Heimkehrer, 1.5.1928.

46 H. Hagspiel, Verständigung zwischen Deutschland und Frankreich?, S. 458.

47 »Warum Reichsbund der Kriegsbeschädigten? «, in: Reichsbund, 25.10.1930; »Der Reichsverband nicht Mitglied der Ciamac«, in: Reichsbund, 20.12.1932. Noch 1928 veröffentlichte der Reichsverband einen Aufruf zur Wahl verfassungstreuer Parteien; »Reichstagswahl und staatsbürgerliche Pflicht«, in: Reichsverband 1928, H. 5; 1932 fusionierte er mit dem Zentralverband zum »Reichsverband Deutscher Kriegsopfer«; J. M. Diehl, The Thanks of the Fatherland. German Veterans after the Second World War, Chapel Hill 1993, S. 27–33.

48 »Die Totalität unserer Bundesarbeit«, in: Reichsbund, 20.11.1932. Das Reichsbanner war der CIAMAC vermutlich noch nicht vorher beigetreten, weil die französischen Veteranen dem parteipolitischen und paramilitärischen Charakter des Reichsbanners mißtrauten und es nicht als Veteranenverband betrachteten; Fagerberg, The »Anciens Combattants« and French Foreign Policy, S. 155. Die CIAMAC war wegen der Dominanz der Kriegsopfer für das Reichsbanner wenig attraktiv, so daß es lieber direkten Kontakt zu den französischen Veteranen suchte. Zu den Auslandskontakten des Reichsbanners vgl. Rohe, Das Reichsbanner Schwarz Rot Gold, S. 147–157.

49 »Kommissionsarbeit – Hauptarbeit«, in: Reichsbund, 25.8.1930.

50 Fagerberg, The »Anciens Combattants« and French Foreign Policy, S. 156f.

51 »Französische Kriegsopfer in Stuttgart«, in: Reichsbund, 5.10.1931; »Friedensfahrt nach Reims«, in: Reichsbund, 5.12.1931.

In dieser dritten Phase der Beziehungsgeschichte kam ein neuer Faktor ins Spiel, der die höchst ambivalente Rückwirkung der offiziellen deutschen Außenpolitik auf die freundschaftlichen Beziehungen zwischen den versöhnungswilligen Verbänden verdeutlicht: Das Auswärtige Amt begann, die Veteranenkontakte in seinem Sinne zu instrumentalisieren, um der französischen Öffentlichkeit deutschen Friedenswillen zu demonstrieren.[52] Auf der Prager Konferenz der CIAMAC von 1931 war die Zusammenarbeit mit dem Auswärtigen Amt bereits so weit gediehen, daß die deutsche Gesandtschaft ein deutsch-französisches »Festessen« finanziell unterstützte, das – sehr zum Ärger der tschechischen Kriegsopfer – ohne die anderen Delegationen stattfand.[53] Der Höhepunkt der Zusammenarbeit war ein gemeinsamer Auftritt der Veteranen auf der Lausanner Reparationskonferenz vom 16. Juni bis 9. Juli 1932, wo die CIAMAC-Vorsitzenden Erich Roßmann (1884–1953) und Henri Pichot dem französischen Ministerpräsidenten Herriot und Reichskanzler von Papen ihren Appell zum Frieden vortrugen.[54] Der hohe symbolische Wert einer Verständigung zwischen ehemaligen Frontsoldaten dürfte seine Wirkung auf die französische Öffentlichkeit nicht verfehlt haben. Dieser Vorgang markiert einen bedeutenden Einschnitt in der Geschichte der Beziehungen zwischen den Veteranen, da diese Instrumentalisierung der Kontakte während des Dritten Reiches zu einem wichtigen Mittel der deutschen Öffentlichkeitsarbeit in Frankreich werden sollte.

Nachdem der Reichsbund sich am 29. April 1933 aufgelöst hatte, brachen die Kontakte zwischen deutschen und französischen Veteranen vorläufig ab. Zwar bestand die CIAMAC noch bis 1939 fort, mit dem Ausscheiden der Deutschen war aber ihre »raison d'être« verschwunden.[55]

52 Brief der deutschen Botschaft in Paris an das Auswärtige Amt, 23.3.1928, PA, Botschaft Paris, 700b, Bd. 3; Brief des Auswärtigen Amtes an die deutsche Botschaft in Paris, 28.2.1930, PA, Botschaft Paris, 708a, Bd. 1; Brief der deutschen Botschaft in Paris an das Auswärtige Amt, 7.3.1930, ebd. Inwieweit der Reichsbund bereit war, sich zu einem Mittel deutscher Außenpolitik machen zu lassen, bleibt unklar. Ein baldiges Ende der Reparationszahlungen war ein Ziel, das der Reichsbund teilte, so daß er sich durchaus mit der Aufgabe anfreunden konnte, durch die Inszenierung seiner Kontakte »Druck« auf die französische Öffentlichkeit auszuüben; »Unter drückenden Kriegslasten. Zehn Jahre Friedensdiktat«, in: Reichsbund, 25.5.1929; Brief des Gaues Württemberg und Hohenzollern des Reichsbundes an die deutsche Botschaft in Paris, 12.11.1931, PA, Botschaft Paris, 708a, Bd. 1.

53 Brief der deutschen Gesandtschaft in Prag an das Auswärtige Amt, 5.8.1931, PA, Botschaft Paris, 708a, Bd. 1.

54 »Eingreifen der Ciamac auf der Konferenz von Lausanne«, in: Reichsbund, 20.8.1932; Distelbarth, Die Kriegsteilnehmer, S. 217; E. Roßmann, Ein Leben für Sozialismus und Demokratie, Stuttgart 1947, S. 43f.; H. M. Bock, Konservativer Einzelgänger und pazifistischer Grenzgänger zwischen Deutschland und Frankreich. Der Frankreich-Publizist Paul H. Distelbarth im Dritten Reich, in: Francia 21. 1994, S. 104f.

55 Trichet, Henri Pichot et l'Allemagne de 1930 à 1945, S. 289; »XXI. Tagung des Internationalen Vorstandes«, CIAMAC, April 1933; Distelbarth, Die Kriegsteilnehmer, S. 218.

IV. Nachdem die wichtigsten Stationen der »Diplomatie«-Geschichte der Veteranenverbände rekonstruiert worden sind, soll im folgenden in systematischer Form danach gefragt werden, aus welchen Gründen Mitglieder und Funktionäre des Reichsbundes ihre ehemaligen Kriegsgegner kennenlernen wollten und darüber hinaus regelmäßige Beziehungen mit ihnen anstrebten.

Eine wesentliche Antriebskraft für die Kontakte war sicherlich die reine Neugierde auf die Menschen, denen man jahrelang im Schützengraben gegenübergelegen hatte und von denen man nur vage Vorstellungen besaß. Zudem konnte der Reichsbund an die internationalistische Tradition der Arbeiterbewegung anknüpfen. Die Aussicht auf handfeste materielle Vorteile dürfte ein weiterer Beweggrund gewesen sein, da die Kriegsopfer und ihre Funktionäre sich vom Austausch zwischen Experten und Funktionären wichtige Impulse für die Versorgung im eigenen Land erhofften. Zudem lag der Gedanke nahe, daß eine internationale Lobby weltweit Einfluß auf die Regierungen nehmen konnte – nicht nur auf die Versorgung der Kriegsopfer, sondern auch auf außenpolitische Weichenstellungen, um den Ausbruch eines weiteren Krieges zu verhindern.[56]

Die Bedeutung der Veteranenkontakte sollte insgesamt jedoch weniger in ihrer machtpolitischen Effizienz gesehen werden, die in der Tat eher gering einzuschätzen ist.[57] Die internationalen Beziehungen des Reichsbundes müssen vielmehr ganz wesentlich als symbolisches Handeln betrachtet werden, das eine »Interpretations-, Erinnerungs- und Überzeugungsgemeinschaft«[58] zunächst innerhalb des Verbandes und dann über die nationalen Grenzen hinweg mit gleichgesinnten Veteranen herstellen sollte. Die pazifistische Kriegsdeutung des Verbandes und seiner Mitglieder wurde durch die Inszenierung der Kontakte zum ehemaligen Gegner anschaulich verdichtet. Die Treffen von Soldaten, die noch wenige Jahre zuvor aufeinander geschossen hatten, waren von hohem symbolischen Wert: Sie dienten nicht nur der inneren Identitätsstiftung, sondern wurden darüber hinaus zu einem unverzichtbaren Teil der Außendarstellung des Reichsbundes, der so die Aufmerksamkeit der Öffentlichkeit auf sich ziehen konnte.

56 »Internationale Verbindungen«, in: Reichsbund, 26.6.1920.

57 Zu diesem Schluß kommt auch der Politologe Fagerberg, der die Kontakte auf die Frage hin untersuchte, wie effizient internationale Lobbyarbeit sein kann; vgl. Fagerberg, The »Anciens Combattants« and French Foreign Policy, S. 17f.

58 T. Mergel, Parlamentarische Kultur in der Weimarer Republik. Politische Kommunikation, symbolische Politik und Öffentlichkeit im Reichstag, Düsseldorf 2002, S. 20f.; Ziemann schlug vor, die Aktivitäten von Veteranenverbänden nicht nur als »Kampf um oder die Organisation von Machtchancen« zu betrachten, sondern als »Prozeß der kommunikativen und symbolischen Auseinandersetzung um die Ordnungsprobleme von Gesellschaften«; Ziemann, Die Konstruktion des Kriegsveteranen, S. 103.

Die wichtigste Funktion der internationalen Beziehungen lag zweifellos darin, die tendenziell pazifistische Kriegsdeutung des Verbandes zu versinnbildlichen. Die meisten Kriegsteilnehmer hatten die Schrecken des modernen Krieges, das Massensterben an der Front und die jahrelangen Entbehrungen als tiefen Einschnitt in der eigenen Biographie erlebt. Diese Erfahrung verlangte nach sinnvoller Erklärung und nach einem Deutungsrahmen, der das persönliche und kollektive nationale »Schicksal« umfaßte und zu einer annehmbaren Zukunftsperspektive zusammenband. Das galt besonders für die zu Invaliden gewordenen Kriegsteilnehmer: Eine bloße Verdrängung des Krieges, die in den Nachkriegsjahren weiten Teilen der Gesellschaft eine Rückkehr zur Normalität erlaubte, war für sie unmöglich.[59] Angesichts der starken, am eigenen Körper spürbaren Präsenz des Krieges in der Nachkriegszeit war das Bedürfnis um so stärker, dem »sinnlosen«[60] Verwundetsein und Sterben eine positive Deutung zu verleihen.

Die Frage nach dem »Sinn« des Krieges nahm daher eine zentrale Stellung in zahlreichen Reden zu den Kontakten nach Frankreich und zur deutsch-französischen Aussöhnung ein. So fragte das Reichsbund-Vorstandsmitglied Fritz Foth in einem Artikel zur Abrüstung: »Sollen noch einmal 10 Millionen Menschen um den Rhein sterben, und was war der Sinn ihres Sterbens? Wenn es nicht Unsinn in der Weltgeschichte in alle Ewigkeit bleiben soll, so kann sein Sinn nur die deutsch-französische Freundschaft sein«.[61] Der Reichsbund konnte so den Tod der gefallenen Soldaten als »Opfer« für eine bessere, friedliche Zukunft deuten. Die Treffen zwischen ehemaligen Kriegsgegnern, die demonstrativen Handschläge, die gemeinsamen Erklärungen zum Frieden und das gemeinsame Gedenken der Toten symbolisierten diese pazifistische Kriegsdeutung und machten sie für die Öffentlichkeit sichtbar.

Darüber hinaus lag ein hoher symbolischer Gewinn der internationalen Kontakte darin, die Kriegsbeschädigten nicht nur als hilflose Opfer, sondern als ehemalige Soldaten darzustellen. Die Inszenierung der Kontakte erinnerte durch den Bezug auf den ehemaligen Kriegsgegner an den Krieg selbst und vor allem an das mit der bleibenden körperlichen Beschädigung erkaufte Opfer für das eigene Land – eine Leistung, die die Mitglieder des Reichsbundes von anderen fürsorgebedürftigen Beschädigten oder Hinterbliebenen unterschied. Die Öffentlichkeit, die den Reichsbund nicht als Veteranenverband, sondern vor allem als sozialpolitische Lobby wahrnahm, sollte so an das von den Soldaten erbrachte Opfer erinnert werden, das

59 Zu den Reaktionen der Kriegsopfer angesichts des Vergessens vgl. S. Kienitz, Beschädigte Helden. Zur Politisierung des kriegsinvaliden Soldatenkörpers in der Weimarer Republik, in: J. Dülffer u. G. Krumeich (Hg.), Der verlorene Frieden, S. 202.

60 R. Maroke, Jenseits und diesseits der großen Geschehnisse, in: Reichsbund, 15.4.1921.

61 F. Foth, Das Problem der Abrüstung, in: Reichsbund, 20.10.1931.

keinesfalls mit einem »unheldischen Unfall« gleichgesetzt werden durfte. Die Kontakte zum ehemaligen Gegner waren ein Mittel der Invaliden, den Kriegskontext herzustellen, der ihre Versehrung von anderen unterschied.[62]

Wenn dabei »Männlichkeit« und »Soldatentum« der Veteranen betont wurden, so sollte dies auch den Vorwurf zurückweisen, Pazifisten seien »feige« oder »verweichlicht«.[63] So faßte der Bundesvorsitzende Pfändner (1893–1962) vor der Auflösung des Reichsbundes dessen internationale Aktivitäten mit folgenden Worten zusammen: »Wir haben das alles getan nicht um unserer selbst willen, sondern um derer willen, für die unsere Kameraden mit draußen geblieben sind, die der grüne Rasen deckt, um derer willen, für die wir als deutsche Frontsoldaten im Kriege in Feuer und Dreck unseren Mann bis zum letzten gestanden haben. Aus den Soldaten des Krieges [...] da wollten wir Soldaten des Friedens werden«.[64] In der von der Kriegserinnerung geprägten deutschen Gesellschaft wuchs einem Pazifismus, der auf eigener Kriegserfahrung gründete, eine besondere Glaubwürdigkeit zu. Indem die Kriegsbeschädigten auf den vormaligen Einsatz als Soldat verwiesen, konnten sie zudem die oft empfundene Angst kompensieren, sie hätten durch die Versehrung ihre »Männlichkeit« verloren.[65] In der Zeitschrift »Reichsbund« nahm diese Berufung auf »Männlichkeit« und »Soldatentum« mit dem Beginn der dreißiger Jahre zu. Hier ist deutlich der gewachsene Einfluß der militaristischen Kriegsdeutung zu spüren, wenngleich die pazifistische Grundtendenz erhalten blieb.

Für die Selbstdarstellung des Reichsbundes als Verband ehemaliger Soldaten waren die Kontakte zu den französischen Veteranen auch deshalb von besonderem Interesse, weil sich im Nachbarland kriegsbeschädigte und gesunde Veteranen nicht wie in Deutschland getrennt organisiert hatten. Den gemischten französischen Verbänden war es mit der Zeit gelungen, eine positive Identität als *anciens combattants* zu entwickeln, die auch die beschädigten Kriegsteilnehmer umfaßte.[66] Neidvoll hob daher ein Autor der

62 Zur Erinnerung an den Krieg durch die Inszenierung der versehrten Körpers vgl. Kienitz, Beschädigte Helden, S. 204–206 und 210f.

63 G. Schäfer, Ist der Pazifist feige?, in: Reichsbund, 15.11.1926.

64 »Die Auflösung des Reichsbundes«, in: Reichsbund, 1933, H. 5.

65 Hierzu S. Kienitz, Körper – Beschädigungen. Kriegsinvalidität und Männlichkeitskonstruktionen in der Weimarer Republik, in: K. Hagemann u. S. Schüler-Springorum (Hg.), Heimat – Front. Militär und Geschlechterverhältnisse im Zeitalter der Weltkriege, Frankfurt 2001, S. 195; vgl. auch S. Kienitz., Der Krieg der Invaliden. Helden-Bilder und Männlichkeitskonstruktionen nach dem Ersten Weltkrieg, in: MGZ 60. 2001, S. 367–402.

66 Zwar sah sich die politisch rechte UNC in erster Linie als Veteranenorganisation, während die UF sich vor allem um die Probleme der Kriegsopfer kümmerte. Beide waren aber für die jeweils andere Gruppe offen und verstanden sich als gemischte Organisationen. Vgl. Prost, Les anciens combattants, Bd. 1, S. 83, 111 und Bd. 2, S. 1. Die Behauptung Gerbers, es habe in Deutschland »mixed organizations« gegeben, trifft allein auf die Kriegervereine zu; D. A. Gerber, Disabled Veterans, the State, and the Experience of Disability in Western Societies, 1914–1950,

Verbandszeitung »Reichsbund« hervor, die Franzosen sähen den Beschädigten als »Vertreter der ›Grande Armée‹«, so daß er über die »reine banale Tatsache des ›Bloß-verwundet-seins‹ hinausgehoben« sei.[67] Zudem hatte der *mouvement combattant* einen großen politischen Einfluß im politischen Leben Frankreichs errungen, seine Stimme hatte nicht nur bei Entscheidungen zur Versorgung Gewicht, und seine Funktionäre – wie etwa der Völkerbunddelegierte René Cassin (1887–1976) – nahmen hohe Positionen im öffentlichen Leben ein.[68] Die beschädigten deutschen Veteranen, die sich von ihrer eigenen Öffentlichkeit im Stich gelassen fühlten,[69] konnten auf ihren Reisen nach Frankreich von der Aufmerksamkeit für die Kriegsteilnehmer profitieren.

Aus Sicht der Veteranen gewannen die internationalen Kontakte auch symbolpolitische Bedeutung im engeren Sinn. Die Entwicklung und die festliche Inszenierung von traditionellen Zeichen der Erinnerung wie dem Kriegerdenkmal waren in Deutschland wesentlich in der Hand der nationalistischen Rechten und wurden von der Linken als kriegsverherrlichend angesehen.[70] Die internationalen Treffen zwischen Veteranen aus ehemals gegnerischen Staaten stellten demgegenüber einen Versuch dar, eine pazifistische und republikanische Form des Gedenkens an den Krieg zu finden. Es war die Linke, die dieses Medium der Kriegserinnerung entdeckte und zunächst ausschließlich verwendete. Es brachte die eigene, pazifistische Kriegsdeutung zum Ausdruck und sollte traditionelle Medien des Gedenkens ersetzen oder zumindest korrigierend ergänzen: So waren in Gedächtnisreden Plädoyers für die Völkerverständigung eingeflochten, bei Kranzniederlegungen schmückten die Veteranen auch die Gräber des ehemaligen Kriegsgegners und bezogen beim Gedenken der gefallenen Soldaten die

in: Journal of Social History, 36. 2003, S. 902f. Vgl. auch S. Kienitz, Der verwundete Körper als Emblem der Niederlage? Zur Symbolik der Figur des Kriegsinvaliden in der Weimarer Republik, in: H. Carl u.a. (Hg.), Kriegsniederlagen. Erfahrungen und Erinnerungen, Berlin 2004.

67 F. Helmschmied, Invalide national, in: Reichsbund, 1.10.1926.

68 Prost, Les anciens combattants, Bd. 1, S. 98f. und 103. Zu René Cassin vgl. M. Agi, René Cassin. Prix Nobel de la Paix (1887–1976). Père de la Déclaration universelle des droits de l'homme, Paris 1998.

69 D. Cohen, The War Come Home. Disabled Veterans in Britain and Germany 1914–1939, Berkley 2001, S. 169; C. Beil, Zwischen Hoffnung und Verbitterung. Selbstbild und Erfahrungen von Kriegsbeschädigten in den ersten Jahren der Weimarer Republik, in: ZfG 46. 1998, S. 139–157.

70 »Reichsehrenmal bei Bad Berka«, in: Reichsbund, 10.4.1931; »Um das Reichsehrenmal«, in: Reichsbund, 1.3.1926; »Der Reichsbund zum Reichsehrenmal«, in: Reichsbund, 1.9.1926; »Solche Denkmäler wünschen die Kriegsopfer«, in: Reichsbund, 20.2.1932; vgl. Ziemann, Die deutsche Nation und ihr zentraler Erinnerungsort.

»Kameraden« von der anderen Seite der Front ein.[71] Die Attraktivität dieser Treffen kann daher durchaus als Zeichen für die Verbreitung einer tendenziell pazifistischen Kriegsdeutung gelten.

Das galt jedoch nicht für alle Begegnungen zwischen Veteranen aus ehemals gegnerischen Staaten: Treffen wie die oben erwähnte Konferenz rechter Veteranenverbände in Luxemburg konnten durch die Betonung soldatischer Tugenden und der beidseitigen militärischen »Leistungen« auch einer tendenziell militaristischen Deutung des Krieges Ausdruck verleihen. Anders als auf den Treffen der CIAMAC erwähnten die rechten Veteranen immer militärische Ränge und übertrugen die Bezeichnung »Kamerad« nicht auf die ehemaligen Kriegsgegner. Dies zeigt die Zweideutigkeit des Symbols: Zwar wurde auf den Zusammenkünften rechter Veteranen meist der Wunsch nach einer friedlichen Zukunft betont, sie dienten aber auch der gemeinschaftlichen »ritterlichen« Beschwörung des Fronterlebnisses.[72]

V. Schließlich soll untersucht werden, in welchen Handlungsformen sich diese Begegnungen vollzogen, inwieweit sie symbolisch bedeutsam waren und worauf die symbolhaltige Inszenierung der Beziehungen inhaltlich abzielte.

Das wichtigste Forum der internationalen Kontakte waren die Jahresversammlungen der CIAMAC, die abwechselnd in den verschiedenen europäischen Hauptstädten tagten und einem festen Muster aus Ansprachen, Kommissionsarbeit und Resolutionen folgten. Um die Aufmerksamkeit der Öffentlichkeit auf sich zu lenken, gab die CIAMAC den eher privaten Charakter der ersten Konferenzen auf und lud ab 1927 Behördenvertreter und Presse ein. Für das Rahmenprogramm mobilisierte sie Kriegsopfer für öffentliche »Massenversammlungen« und gemeinsame Kranzniederlegungen an Kriegsgräbern. Großen Wert legte die CIAMAC auf Empfänge bei bekannten Politikern; 1928 war der Vorstand sogar zu Gast beim französischen Außenminister Briand und bei Reichskanzler Müller.[73] Dieser ritu-

71 »Vierter Reichsbundestag in Hamburg vom 22. bis 25. Mai 1927«, in: Reichsbund, 1.6.1927; »Die vierte Jahresversammlung der Internationalen Arbeitsgemeinschaft der Verbände der Kriegsbeschädigten und Kriegsteilnehmer (›Ciamac‹) «, in: Reichsbund, 15.8.1928.

72 Givens, Internationale Frontkämpferkonferenz in Paris am 31.3.1928, in: Der Heimkehrer, 1.5.1928; ders., Frontkämpferkongreß in Luxemburg, in: Der Heimkehrer, 1.10.1928; A. Abel, Ein Frontkämpferkongreß, in: Der Jungdeutsche, 6.4.1928.

73 »Bericht über die Dritte Konferenz der Internationalen Arbeitsgemeinschaft (CIAMAC) in Wien, 29. September bis 1. Oktober 1927«, in: Reichsbund, 15.10.1927; »Dritte Internationale Konferenz der Arbeitsgemeinschaft der Verbände der Kriegsbeschädigten, Hinterbliebenen und Kriegsteilnehmer (Inako) in Wien 29. September bis 1. Oktober 1927«, in: Reichsverband 1927, H. 11; Viala, Les relations internationales, S. 52–55. Die weiteren Jahresversammlungen der CIAMAC fanden 1928 in Berlin, 1929 in Warschau, 1930 in Paris, 1931 in Prag und 1932 in Wien

elle Ablauf der Konferenzen bot den Kriegsopfern einen Rahmen, innerhalb dessen sie symbolisch ihre gemeinsamen Interessen und pazifistischen Vorstellungen inszenieren konnten, er verlieh den Treffen jedoch zugleich einen starren, formalistischen Charakter.[74]

Die Kontakte des Reichsbundes ins Ausland spiegelten sich auch im Verbandsleben auf nationaler Ebene wider und wurden zu einem Kernstück der Selbstdarstellung des Verbandes in Deutschland. Regelmäßig erschienen Gäste aus anderen Ländern als Redner auf Veranstaltungen des Reichsbundes. Auf dem Reichsbundestag von 1927 in Hamburg sprachen z.B. drei französische Gäste, von denen einer unter »nicht enden wollendem jubelnden Beifall« am Ende seiner Rede auf Deutsch »Nie wieder Krieg!« in den Saal rief. Auch die Gedenkfeier, die im Rahmen des »Bundestages« an den Soldatengräbern des großen Friedhofs von Hamburg-Ohlsdorf stattfand, sollte die deutsch-französische Annäherung und den Willen zur Völkerverständigung durch ein gemeinsames Gedenken der Toten symbolisieren. Die Delegierten und ihre französischen Gäste legten dort zu den Klängen von »Ich hatt' einen Kameraden« sechs mit schwarz-rot-goldenen und blau-weiß-roten Fahnen geschmückte Lorbeerkränze nieder und hielten kurze Ansprachen zur Völkerverständigung und zum Frieden.[75]

Im Gegenzug reisten Vertreter des Reichsbundes nach Frankreich und traten dort, wie der Bundesausschußvorsitzende Erich Roßmann 1929 beim Kongreß der Union fédérale, als Vertreter der deutschen Veteranen auf.[76] Auch der eher konservative deutsche Publizist Paul Distelbarth (1879–1963) hat seine ersten Beziehungen nach Frankreich als Gast des Reichs-

statt; vgl. »Die vierte Jahresversammlung der Internationalen Arbeitsgemeinschaft der Verbände der Kriegsbeschädigten und Kriegsteilnehmer (›CIAMAC‹) «, in: Reichsbund, 15.8.1928; »Fünfte Jahresversammlung der Internationalen Arbeitsgemeinschaft der Verbände der Kriegsopfer und Kriegsteilnehmer in Warschau«, in: Reichsbund, 10.8.1929; »Vom Völkerbund der Kriegsopfer«, in: Reichsbund, 10.8.1930; »Vom Prager Kongreß der Ciamac«, in: Reichsbund, 5./7.8.1931; »Der VIII. Kongreß der Ciamac in Wien fordert: Gerechtigkeit – Frieden – Freiheit«, in: Reichsbund, 20.9.1932; Viala, Les relations internationales, S. 35–92.

74 Verächtlich bemerkte die Zeitung des kommunistischen Kriegsopferverbandes IAC zur CIAMAC-Konferenz in Berlin: »Die Tagung zerfiel in Begrüßungsansprachen, Delegationen zu Ministern, Ausflüge, eine öffentliche Kundgebung und – den eigentlichen Kongreß«; vgl. »Die 4. Jahrestagung der Ciamac in Berlin«, in: Bulletin international des Victimes de la Guerre. Organe mensuel de l'Internationale des Anciens Combattants et Victimes de la Guerre/ Internationales Kriegs-Opfer-Bulletin 1928, H. 9.

75 »Vierter Reichsbundestag in Hamburg vom 22. bis 25. Mai 1927«, in: Reichsbund, 1.6.1927.

76 »Große internationale Kundgebungen der französischen Kriegsopfer in Brest und Paris«, in: Reichsbund, 10.6.1929; »Une interview de M. Rossmann député socialiste au Reichstag«, in: Le Quotidien, 23.5.1929; »M. Rossmann, député au Reichstag, président du Reichsbund des mutilés de guerre, nous parle des anciens combattants allemands«, in: Ère Nouvelle, 28.5.1929.

bundes auf Versammlungen der UF geknüpft.[77] Er entwickelte sich zu einem intimen Kenner der französischen Veteranenbewegung und verfaßte das viel gelesene Buch »Lebendiges Frankreich«, in dem er den stereotypen Vorstellungen vom Nachbarland widersprach.[78] Persönliche Beziehungen und Freundschaften wie die zwischen Roßmann bzw. Distelbarth und den französischen Funktionären spielten innerhalb der Verbandskontakte eine besondere Rolle.[79]

Außerdem unterstützte der Reichsbund pazifistische Redner bei Deutschlandreisen. So konnte der Pariser Rechtsanwalt Henri Demont, Mitglied in einem der französischen Verbände der CIAMAC und Gründer der Gesellschaft »Pour supprimer ce crime: la guerre«, in mehreren deutschen Städten Tausende von Zuhörern erreichen.[80] Der Reichsbund schmückte die Tribüne des Redners mit der Trikolore, die des Übersetzers mit der Reichsflagge. Eine »republikanische« Kapelle spielte die Marseillaise, in Zwickau wurde der Redner sogar von einem Spielmannszug vom Bahnhof zur Versammlung begleitet.[81] Angesichts der bisweilen schwierigen Umstände, die den Redneraustausch von deutschen und französischen Pazifisten behinderten,[82] ist diese Unterstützung auf Deutschlandreisen nicht gering einzuschätzen.

77 P. Distelbarth, Wie ein Reichsbündler in Frankreich aufgenommen wurde, in: Reichsbund, 20.6.1932. Ob Roßmann, wie er in seinen Memoiren behauptete, Distelbarth »entdeckt« hatte, kann hier nicht geklärt werden; mit Sicherheit hat Roßmann dem Publizisten seine Kontakte zu den französischen Veteranenverbänden zur Verfügung gestellt; Roßmann, Ein Leben für Sozialismus und Demokratie, S. 66f. Distelbarth war der Frankreich-Sekretär des Großindustriellen Bosch. Bock bezweifelt, daß es Roßmann war, der diesem Distelbarth empfohlen hatte; H. M. Bock, Paul H. Distelbarth. Ein Anwalt alternativer Frankreich-Sicht und Frankreich-Politik in Deutschland, in: Distelbarth, Das andere Frankreich, S. 26, Fußnote 76.

78 P. Distelbarth, Lebendiges Frankreich, Berlin 1956; G. Badia, La France vue par Paul Distelbarth. Un pays modèle, in: H. M. Bock, Entre Locarno et Vichy, Bd. 1, S. 182,176; während seines Exils in Frankreich in den ersten Jahre des Dritten Reiches pflegte Distelbarth engen Kontakt zur Union fédérale; Bock, Konservativer Einzelgänger und pazifistischer Grenzgänger, S. 99–131.

79 Dies liegt wohl daran, daß sie sich nicht nur als Verbandsfunktionäre trafen, sondern als Veteranen oder Kriegsopfer, deren Identität stark durch eine persönliche, emotional besetzte Erfahrung geprägt war. Schon Fagerberg schreibt, das Vertrauen der UF gegenüber den Deutschen sei vor allem durch »numerous personal contacts« gestützt worden; Fagerberg, The »Anciens Combattants« and French Foreign Policy, S. 151. Dies geht auch aus der Verbandszeitung »Reichsbund« oder aus Aufzeichnungen des Auswärtigen Amtes hervor; vgl. »Die vierte Jahresversammlung der Internationalen Arbeitsgemeinschaft der Verbände der Kriegsbeschädigten und Kriegsteilnehmer (›CIAMAC‹) «, in: Reichsbund, 15.8.1928; Bericht der Deutschen Gesandtschaft Prag, 5.8.1931, PA, Botschaft Paris, 708a, Bd. 1.

80 Brief der Pariser Botschaft an das Auswärtige Amt, 26.3.1929, PA, Botschaft Paris, 700b, Bd. 4; »Der Kampf gegen den Krieg«, in: Reichsbund, 1.8.1927.

81 Brief von Isabella Klose an die deutsche Botschaft in Paris, 26.3.1929, PA, Botschaft Paris, 700b, Bd. 4.

82 Französische pazifistische Redner wurden in Deutschland oft mit Anfeindungen und Gewaltdrohungen konfrontiert; vgl. O. Jung, Unterschiedliche politische Kulturen. Der Redneraustausch zwischen französischen und deutschen Pazifisten 1924, in: D. Lehnert u. K. Megerle

Systematisch benutzte der Reichsbund die Kontakte, um innerhalb und außerhalb der Organisation für die deutsch-französische Aussöhnung und die Verständigungspolitik zu werben. Die Verbandszeitung klärte die einfachen Mitglieder über die verständigungspolitischen Ziele des Verbandes auf und versuchte, ihnen die Nachbarländer näher bringen.[83] Besonders wichtig war dem Reichsbund, daß sein pazifistisches Engagement in der CIAMAC von einer breiteren Öffentlichkeit wahrgenommen wurde.[84] Tatsächlich gelang es ihm, in linken und linksliberalen Zeitungen wie dem »Vorwärts«, der »Frankfurter Zeitung« oder dem »Berliner Tageblatt« auf sich aufmerksam zu machen[85] und so seine Stimme jenseits des Kontextes der Sozialpolitik und der Probleme körperlicher Behinderung zur Geltung zu bringen.

Erst spät, mit dem Beginn der dreißiger Jahre, verloren die Treffen ihren rein männlichen Charakter und bezogen auch die Witwen der gefallenen Soldaten ein. Zum ersten Mal traten die Hinterbliebenen bei einem feierlichen »Gelöbnis« in Erscheinung, das sie auf dem Seufzerfriedhof am Chemin des Dames leisteten. Die Hinterbliebenen-Sekretärin des Reichsbundes, Martha Harnoß (1885–1938), forderte dort die Kriegswitwen und vor allem die »französischen Schwestern« auf, das »Gewissen der Welt« zu werden, das an den »Opfertod« erinnere und die Jugend zum Frieden erziehe.[86] Die Jugendarbeit gewann – ebenfalls erst mit Beginn der dreißiger Jahre – an Gewicht. Die inzwischen gealterten Kriegsveteranen wollten ihre aus dem Krieg abgeleiteten Einstellungen an die nächste Generation weitergeben und sorgten sich, daß der Respekt der Jugendlichen vor den Leistungen der Kriegsteilnehmer-Generation schwinden könnte. Besonders die deutschen Veteranen sahen ihre pazifistische Deutung des Krieges bedroht durch die Begeisterung für Kriegsromane und -filme, die auch die Jugendlichen aus sozialdemokratischen Haushalten erfaßte.[87] Um die Jugendlichen für die Verständigungsarbeit zu gewinnen, organisierten die Verbände

(Hg.), Politische Teilkulturen zwischen Integration und Polarisierung. Zur politischen Kultur in der Weimarer Republik, Opladen 1990, S. 250–292.

83 E. Roßmann, Eine Friedensreise durch Frankreich, Beilage zum Reichsbund, 25.7.1929; ders., Reise nach Polen, Beilage zum Reichsbund, 10.10.1929.

84 Nahezu jeder Artikel zu den internationalen Beziehungen erwähnt die Presseberichterstattung; vgl. u.a »Der Kampf gegen den Krieg«, in: Reichsbund, 1.8.1927; »Nach der vierten Jahresversammlung der ›Ciamac‹«, in: Reichsbund, 1.10.1928; »Große internationale Kundgebungen der französischen Kriegsopfer in Brest und Paris«, in: Reichsbund, 10.6.1929.

85 Bspw. für 1928: »Kongreß der Kriegsteilnehmer«, in: Vorwärts, 9.8.1928, Nr. 374; »Internationale Tagung der Kriegsbeschädigten«, in: Frankfurter Zeitung, 8.8.1928, Nr. 595; »Die Internationale der Kriegsopfer«, in: Berliner Tageblatt, 8.8.1928, Nr. 372.

86 »Gelöbnis der Kriegerhinterbliebenen aller Länder«, in: Reichsbund, 25.8.1930.

87 Prost, Les anciens combattants, Bd. 1, S. 147; Ziemann, Die Erinnerung an den Ersten Weltkrieg, S. 259. Zu den Kriegsromanen vgl. H.-H. Müller, Der Krieg und die Schriftsteller. Der Kriegsroman der Weimarer Republik, Stuttgart 1986.

Brieffreundschaften[88] sowie eine Reise deutscher Kriegswaisen nach Frankreich, wo sie mit französischen Altersgenossen zusammentrafen und die Gräber ihrer Väter auf den Soldatenfriedhöfen besuchten. Diese Bemühungen sollten nicht nur die Freundschaft zum französischen Nachbarn fördern, die Initiatoren versprachen sich von den Bildern der versöhnungsbereiten Kriegswaisen auch eine propagandistische Wirkung im In- und Ausland.[89]

VI. Abschließend soll noch auf die Fortführung der deutsch-französischen Veteranenkontakte in der Zeit des Dritten Reiches hingewiesen werden.[90] Wie erwähnt hatte das Auswärtige Amt den symbolischen Wert der Veteranenkontakte ab 1930 erkannt und diese unterstützt, um die französische Öffentlichkeit vom deutschen Friedenswillen zu überzeugen. Das NS-Regime setzte diese Strategie fort und baute die Veteranenkontakte zu den »fils conducteur«[91] seiner Propaganda aus. Hauptträgerin der Kontakte war die »Nationalsozialistische Kriegsopferversorgung« (NSKOV) und nicht etwa ein Verband nicht-beschädigter Veteranen, was die These von der besonderen Bedeutung der internationalen Beziehungen für die Kriegsbeschädigten unterstreicht. Die NSKOV konnte hierbei von dem Vertrauen gegenüber den deutschen Veteranen profitieren, das die französischen Kriegsopfer bei ihren Kontakten zum Reichsbund aufgebaut hatten, zumal auch der in Frankreich exilierte Paul Distelbarth sich für eine (Wieder-) Aufnahme der Kontakte nach der Auflösung des Reichsbundes aussprach.[92]

88 »Briefaustausch mit französischen Kindern«, in: Reichsbund, 5.12.1931; »Briefaustausch mit französischen Kindern«, in: Reichsbund, 20.1.1932; »Der Wunsch einer kleinen Französin«, in: Reichsbund, 5.2.1932; »Ein deutscher Junge antwortet der kleinen Französin«, in: Reichsbund, 20.2.1932. Auch andere Akteure in den deutsch-französischen Beziehungen verstärkten zu dieser Zeit ihre Bemühungen in der Jugendarbeit; B. Unteutsch, Vom Sohlbergkreis zur Gruppe Collaboration. Ein Beitrag zur Geschichte der deutsch-französischen Beziehungen anhand der Cahiers franco-allemands/Deutsch-französische Monatshefte, 1931–1944, Münster 1990, S. 41–43.

89 Das im »Reichsbund« abgebildete Foto der Kriegswaisen stammte immerhin aus der »New York Times«; »Kriegerwaisen fahren nach Frankreich«, in: Reichsbund, 20.7.1932; H. Trümpener, Kinder des Reichsbundes reisen nach Frankreich, in: Reichsbund, 20.8.1932; vgl. D. Tiemann, Deutsch-französische Jugendbeziehungen der Zwischenkriegszeit, Bonn 1989, S. 342f.

90 Ihnen ist sogar eine »Beispielfunktion« für die allgemeine Kontinuität in den deutsch-französischen Beziehungen zugeschrieben worden; Unteutsch, Vom Sohlbergkreis zur Gruppe Collaboration, S. 97, 113–120; vgl. Tiemann, Deutsch-französische Jugendbeziehungen, S. 343–345; Trichet, Henri Pichot et l'Allemagne, S. 151–154; A. Prost, Les anciens combattants français et l'Allemagne (1933–1938), in: La France et l'Allemagne 1932–1936. Communications présentées au Colloque franco-allemand tenu à Paris du 10 au 12 mars 1977, Paris 1980, S. 131–148. Allgemein zur Auflösung der Weimarer Kriegsopferverbände und zur Gründung der NSKOV vgl. J. M. Diehl, Victors or Victims? Disabled Veterans in the Third Reich, in: The Journal of Modern History, 59. 1987, S. 705–736.

91 Fagerberg, The »Anciens Combattants« and French Foreign Policy, S. 209.

92 Distelbarth, Die Kriegsteilnehmer, S. 220.

Bemerkenswert ist, daß jetzt auch die rechten französischen Veteranenverbände wie die UNC bereit waren, mit den Deutschen in Verbindung zu treten[93] – wozu die grundsätzliche Sympathie der parlamentarismuskritischen französischen Rechten für die »charismatische Herrschaft des Frontsoldaten« sicherlich beitrug.[94]

Bei den Treffen beschworen die Veteranen wie zuvor die gemeinsame Kriegserfahrung, aus der nun der Wille zum Frieden erwachsen müsse. Neben erstaunlichen Parallelen zu den Jahren vor 1933 traten deutliche Unterschiede in der Rhetorik hervor – etwa wenn die Redner jetzt bei den Treffen die Bedeutung soldatischer Männlichkeit stärker hervorhoben. An die Stelle der Rede von »Kriegsteilnehmern« oder »-opfern« trat die martialischere Bezeichnung »Frontkämpfer«.[95] Stärker als zuvor richtete sich die Inszenierung der Kontakte nicht nur an die französische, sondern auch an die deutsche Öffentlichkeit. Die friedensbejahenden Parolen der Treffen haben einem großen Teil der deutschen Veteranen »aus dem Herzen« gesprochen,[96] was wiederum die weite Verbreitung der oben als »tendenziell pazifistisch« beschriebenen Kriegsdeutung unter den deutschen Kriegsteilnehmern zeigt. Besonders anschaulich zeigt sich an den Treffen der NS-Zeit die Mehrdeutigkeit der internationalen Veteranentreffen als Medium der Kriegserinnerung: sie konnten als eine Beschwörung militärischer Werte und zugleich als ein Ausdruck des Friedenwillens gelesen werden.

Von den deutsch-französischen Kontakten des Reichsbundes führt auch eine Kontinuitätslinie über das Dritte Reich hinaus zur Verständigungspolitik nach dem Zweiten Weltkrieg. Zum einen griffen die westdeutschen Kriegsopferverbände den Gedanken auf, daß die Kriegsopfer sich für die Sicherung des Friedens einsetzen sollten, und traten dem Weltfrontkämpferverband (WFV) bei.[97] Zum anderen gab es personelle Kontinuitäten in die Zeit der frühen Bundesrepublik – so etwa in Gestalt des Publizisten Paul

93 Prost, Les anciens combattants, Bd. 1, S. 178.

94 H. Skor, Inszenierte Kriegserinnerung. Das deutsch-französische Frontkämpfertreffen in Freiburg 1937 als nationalsozialistischer Propagandacoup, in: C. Geinitz u.a. (Hg.), Kriegsgedenken in Freiburg. Trauer – Kult – Verdrängung, Freiburg 1995, S. 174f.

95 S. Brandt, Vom Kriegsschauplatz zum Gedächtnisraum. Die Westfront 1914–1940, Baden-Baden 2000, S. 221–228; Unteutsch, Vom Sohlbergkreis zur Gruppe Collaboration, S. 119f.; Skor, Inszenierte Kriegserinnerung.

96 Ebd., S. 201. Dem widerspräche, daß das Regime die Kontakte nach Frankreich zunächst vor der eigenen Bevölkerung verbarg; Prost, Les anciens combattants, Bd. 1, S. 178, Fußnote 103. Ab 1934 berichtete auch die deutsche Presse ausführlich über die Begegnungen; vgl. Bestrebungen zur Herbeiführung einer deutsch-französischen Verständigung deutsch-französischer Frontkämpferverbände, PA, R 70556, R 70557 und R 70558 (Politische Abteilung II, Frankreich, Politik 2 C, 3 Bde).

97 W. Donner, Die sozial- und staatspolitische Tätigkeit der Kriegsopferverbände. Ein Beitrag zur Verbandsdiskussion, Berlin 1960, S. 102–123.

Distelbarth, dem »Patriarchen der deutsch-französischen Verständigung«, der sich nach dem Krieg für die Wiederaufnahme der Kontakte nach Frankreich einsetzte.[98] Auch Erich Roßmann, der ehemalige Vorsitzende des Bundesausschusses des Reichsbundes, spielte nach dem Krieg eine wichtige Rolle in der westdeutschen Politik: Er war von 1945 bis 1948 Generalsekretär des Länderrates der amerikanischen Zone, danach kurzzeitig Indendant des neugegründeten Süddeutschen Rundfunks, von 1948 bis 1949 Präsident der Europa Union Deutschland[99] und setzte sich ebenfalls für die Aussöhnung mit Frankreich ein.[100] Seinen und Distelbarths Anstrengungen war nun doch größerer Erfolg vergönnt als in den zwanziger und dreißiger Jahren.

Nicht zuletzt hat die von Reichsbund, Union fédérale und CIAMAC vertretene Deutung des Krieges, die diesen als Aufforderung zur Versöhnung und zur Sicherung des Friedens interpretierte, die heutige offizielle Geschichtspolitik und die Rhetorik der deutsch-französischen Verständigung in beiden Ländern wesentlich vorbereitet. Das Bild von Helmut Kohl und François Mitterand vor den Gräbern von Verdun, an denen sie gemeinsam der gefallenen französischen und deutschen Soldaten gedenken, steht ikonographisch und ideell in der Tradition der Veteranentreffen der Weimarer Republik.

98 Bock, Paul H. Distelbarth, S. 58–79.

99 Art. »Roßmann, Erich«, in: Sozialdemokratische Parlamentarier in den deutschen Reichs- und Landtagen 1867–1933. Biographien – Chronik – Wahldokumentation. Ein Handbuch, hg. v. W. H. Schröder, Düsseldorf 1995, S. 181040/60.

100 Brief von Roßmann an Distelbarth, 2.2.1946, BA Koblenz, N 1011, Bd. 10, S. 341.

Sven Reichardt

Gewalt, Körper, Politik

Paradoxien in der deutschen Kulturgeschichte der Zwischenkriegszeit

Seit den achtziger Jahren wird unter sozial- und kulturgeschichtlicher Perspektive mit Begriffen wie »Neuer Sachlichkeit« (Helmut Lethen), »Krise der Klassischen Moderne« (Detlev Peukert), Ende des »bürgerlichen Zeitalters« (Hans Mommsen), »Katastrophenzeitalter« (Eric Hobsbawm) oder »Zweiter Dreißigjähriger Krieg« (Hans Ulrich Wehler) die Zeit zwischen 1914/18 und 1939/45 zusammengefaßt, wohin gegen der Bruch, der mit dem Wechsel des politischen Herrschaftsregimes von 1933 verbunden war, in der jüngeren Forschung geringer gewichtet wird.[1]

Gunther Mai hat diese Interpretationsrichtung kürzlich ausgebaut, indem er die Zwischenkriegszeit als Übergangszeit im »Kampf um die Moderne« beziehungsweise als »Flucht aus der Welt« bezeichnet hat, die sich in den »Entwürfe[n] fundamentalistischer Welterklärung und Weltbewältigung mit irrational-emotionalen Mitteln« manifestierte: »Die Zwischenkriegszeit war von einer verwirrenden Kumulation gewaltbegünstigender Konstellationen geprägt. Die Krisenhaftigkeit ging zum einen auf die (durch den Weltkrieg verschärften) Wirkungen und Kosten des beschleunigten Strukturwandels auf dem Wege zu einer industriell-urbanen Massengesellschaft zurück. Zum anderen erwies sich die Kumulation der Krisen in Wirtschaft, Gesellschaft, Staat und Kultur vor dem Hintergrund des verbreiteten Krisenbewußtseins und der real erfahrbaren (Welt-) Wirtschaftskrise(n) [...] als nur mit Mühe steuerbar. [...] Die verspätete Ausbildung eines kulturellen Koordinierungswissens zwischen den sich auseinanderentwickelnden Lebenssphären von Arbeit, Familie und Freizeit, zwischen tradierten Gewohnheiten und neuen Anforderungen [führte] zu einer verzweifelten Rebellion gegen die

1 D. Gessner, Die Weimarer Republik, Darmstadt 2002, S. 107f.; H. Lethen, Verhaltenslehren der Kälte. Lebensversuche zwischen den Kriegen, Frankfurt/M. 1994; D. J. K. Peukert, Die Weimarer Republik. Krisenjahre der Klassischen Moderne, Frankfurt/M. 1987; H. Mommsen, Die Auflösung des Bürgertums seit dem späten 19. Jahrhundert, in: ders.: Der Nationalsozialismus und die deutsche Gesellschaft. Ausgewählte Aufsätze, Reinbek 1991, S. 11–38; E. Hobsbawm, Das Zeitalter der Extreme. Weltgeschichte des 20. Jahrhunderts, München 1999[3]; H. U. Wehler, Deutsche Gesellschaftsgeschichte, Bd. 4: Vom Beginn des Ersten Weltkriegs bis zur Gründung der beiden deutschen Staaten 1914–1949, München 2003, S. 985. Für ihre kritische Lektüre dieses Textes möchte ich mich bei Wolfgang Hardtwig, Paula Diehl und den anonymen Gutachtern von »Geschichte und Gesellschaft« sehr herzlich bedanken.

›Moderne‹, gegen soziale Entfremdung, ethnisch-kulturelle Entwurzelung, weltanschauliche Heimatlosigkeit und gesellschaftlichen Wertezerfall«.[2]

Mais gesellschaftsgeschichtliche Bestimmung der Zwischenkriegszeit schließt an Detlev Peukerts Überlegungen zu den »pathologischen Entwicklungsformen der Moderne« an. Nach Peukert sei Unsicherheit und Orientierungslosigkeit das Signum der Epoche zwischen 1914 und 1945. Er geht von der »komplexen Krisenerfahrung« der »Zwischenschichten« während der Verteilungskämpfe und Rationalisierungstendenzen der Weimarer Republik aus, die dann in der »zwanghaft normalisierten Gesellschaft« des Nationalsozialismus mündete, welcher wiederum »Innerlichkeit statt kritischem Intellekt, Gefühl statt Analyse, Gemeinschaft statt gesellschaftlicher Widersprüche, Ideale statt Interessen [und] Heimat statt Öffentlichkeit« propagierte. Der utopische Entwurf einer derart harmonisierten Gesellschaft führte zur »Ausmerze aller Träger real oder potentiell unangepaßten Sozialverhaltens« und markierte so die »repressive Seite sozialer Normierungen und Disziplinierungen« der Moderne.[3]

Anknüpfend an Mais Formulierung von der »gewaltbegünstigenden Konstellation« sowie Wehlers Formel vom »Zweiten Dreißigjährigen Krieg« soll im Folgenden die massive Gewalterfahrung, die die erste Hälfte des 20. Jahrhunderts auszeichnete, in das Zentrum dieser Überlegungen zur Ordnung des Körpers in Deutschland nach 1918 gestellt werden. Es geht darum, wie sich die massive Gewalterfahrung des Ersten Weltkriegs im Verständnis, Umgang und in der Wahrnehmung des Körpers manifestierte und auswirkte. Gewalt wird hierbei als ein physischer Akt begriffen, der unmittelbar mit dem Körper verknüpft war und sich der Verletzungsoffenheit des menschlichen Körpers bedient. Mit der gewaltsamen Schädigung der Integrität des Körpers sind starke Emotionen und soziale Diskriminierungen verbunden: »Schmerzen, die uns ein anderer zufügt, sind niemals etwas ›bloß Körperliches‹«.[4] Gewalt wird von daher im doppelten Sinne als diskursive Konstruktion und soziale Praxis verstanden.[5] Beschäftigt man

2 G. Mai, Europa 1918–1939. Mentalitäten, Lebensweisen, Politik zwischen den Weltkriegen, Stuttgart 2001, S. 10–14. Vgl. zum Krisenbegriff: M. Föllmer u. R. Graf (Hg.), Die »Krise« der Weimarer Republik. Zur Kritik eines Deutungsmusters, Frankfurt/M. u. New York 2005.

3 Peukert, Weimarer Republik, S. 266–272; D. J. K. Peukert, Volksgenossen und Gemeinschaftsfremde. Anpassung, Ausmerze und Aufbegehren unter dem Nationalsozialismus, Köln 1982, S. 289–296.

4 H. Popitz, Phänomene der Macht, 2., stark erweiterte Aufl. Tübingen 1992, S. 43–45, 48–50.

5 Chr. Liell, Der Doppelcharakter von Gewalt. Diskursive Konstruktion und soziale Praxis, in: S. Neckel u. M. Schwab-Trapp (Hg.), Ordnungen der Gewalt. Beiträge zu einer politischen Soziologie der Gewalt und des Krieges, Opladen 1999, S. 33–54, hier 34–39. Vgl. D. Baecker, Gewalt im System, in: Soziale Welt 47/1. 1996, S. 92–109, 99; S. Reichardt, Gewalt und Zivilität im Wandel. Konzeptionelle Überlegungen zur Zivilgesellschaft aus historischer Sicht, in: D. Go-

sich in dieser Weise mit dem Verhältnis von Körpergeschichte und Gewalt, werden auch die Militarisierung der Sprache sowie die körperbezogenen Wahrnehmungen und Weltbilder in Wissenschaft und Lebenswelt zum Forschungsgegenstand. Es geht also gleichermaßen um die Sozialität des Körpers und um die Körperlichkeit des Sozialen.[6] Dabei wird davon ausgegangen, daß in den zwanziger Jahren der Körper für Menschen unterschiedlichster politischer Überzeugungen von zentraler Bedeutung war: für Sozialisten und Pazifisten ebenso wie für die Nationalsozialisten. Der Diskurs um den Körper war nahezu ubiquitär – er bestimmte die »Neue Frau« ebenso wie den populären Sportler oder den Kriegsinvaliden.

Im Folgenden sollen drei für die Zwischenkriegszeit bezeichnende Komplexe männlicher Körperpolitik dargestellt werden, die jeweils auf Gewalt bezogene und in sich paradoxe Erklärungsmuster beinhalten.[7] Zunächst wird, ausgehend vom Bild des »Kriegskrüppels«, geschildert, wie dieser zum Ausgangspunkt für die rassistischen Vorstellungen vom »arischen« SS-Körper wurde (Abschnitt II). Im darauffolgenden Teil werden dann die Aufmärsche und geschlossenen Demonstrationskolonnen des Weimarer Paramilitarismus nicht nur hinsichtlich ihrer symbolischen Gewaltpräsenz, sondern auch im Hinblick auf ihre Verbindung von Jugendlichkeit und militärischer Körpersprache untersucht (Abschnitt III). Daran anschließend soll die Verbindung zwischen dem Rationalisierungsdiskurs der zwanziger Jahre und den Vorstellungen über die Maschinenmenschen aufgezeigt werden, um die Korrespondenz zwischen politischem Paramilitarismus einerseits und dem Taylorismus und Fordismus auf der einen Seite zu schildern (Abschnitt IV). Insgesamt rücken somit die mit dem männlichen Körper verknüpften Ordnungsmodelle der Weimarer Republik in das Zentrum der

D. Gosewinkel u.a. (Hg.), Zivilgesellschaft – national und transnational. WZB-Jahrbuch 2003, Berlin 2004, S. 61–81.

6 S. Hirschauer, Praktiken und ihre Körper. Über materielle Partizipanden des Tuns, in: K.H. Hörning u. J. Reuter (Hg.), Doing Culture. Neue Positionen zum Verhältnis von Kultur und sozialer Praxis, Bielefeld 2004, S. 73–91.

7 Der Ausdruck »Paradox« bezieht sich auf die unbeabsichtigten und in sich gegenläufigen Prozesse in der Moderne. Jüngst hat Axel Honneth vorgeschlagen, die kapitalistischen Gesellschaften mit der Kategorie der Paradoxie zu untersuchen, um deren normative Fortschritte bei der gleichzeitigen Aushöhlung und Vereinseitigung der Normen auf den Begriff, nämlich auf den der »Paradoxien gesellschaftlicher Modernisierung«, zu bringen. Während die verwandten Begriffe der Krise und des Widerspruches auf eine Dynamik der Zuspitzung und letztlich auf den Kollaps der Gesellschaft verweisen, bleibt der Begriff des Paradox im Hinblick auf den Prozeß der Entwicklungen sozialer Gegenläufigkeiten ergebnisoffener, ohne notwendigerweise auf eine prekäre Instabilität oder einen Zusammenbruch hinzuführen. Vgl. dazu: M. Hartmann, Widersprüche, Ambivalenzen, Paradoxien – Begriffliche Wandlungen in der neueren Gesellschaftstheorie, in: A. Honneth (Hg.), Befreiung aus der Mündigkeit. Paradoxien des gegenwärtigen Kapitalismus, Frankfurt/M. 2002, S. 221–251; A. Honneth, Einleitung, in: ebd., S. 7–12; H. van der Loo u. W. van Reijen, Modernisierung. Projekt und Paradox, München 1992, vor allem S. 34-40.

Aufmerksamkeit. Bevor dies geschehen kann, soll kurz erörtert werden, was im Folgenden unter Körpergeschichte verstanden wird und wie dieser Gegenstand methodisch erschlossen wird (Abschnitt I).

I. Körpergeschichte – methodisch. Die Hinwendung zur Körpergeschichte beziehungsweise zu einer Geschichte des erlebten Leibs bedeutet, die alte Dichotomie vom Körper als bloß Konstruiertem oder als schlicht essentialistisch gegebener Physis aufzubrechen. Einerseits existiert der Körper in seiner Unmittelbarkeit und Irreduzibilität auch außerhalb unserer Konstruktionen und Zuschreibungen. Nicht alle Teile und Bereiche seiner physischen Realität sind markiert, die physischen Bedürfnisse und die Materialität des Todes sind (zumindest in Teilen) vorsprachliche Gegebenheiten, die einer Eigendynamik unterliegen. Der körperliche Schmerz konstituiert, so Jakob Tanner in Anlehnung an Elaine Scarry, eine singuläre Erlebniswelt und ist abgetrennt von Diskursen und vorstrukturierten kollektiven Sinnzusammenhängen. Der Schmerz ist sozial isolierend und schneidet die Individuen von der sozialen Zirkulation von Sinn ab.[8] Philipp Sarasin hat dies klar formuliert: »Weil der Körper und seine Empfindungen nicht bruchlos symbolisierbar sind, ist das Reale tatsächlich dasjenige, was man im vollen Sinne des Wortes erfährt – und zwar so, daß es einem erst einmal die Sprache verschlägt. Menschen machen Erfahrungen, die nicht bereits diskursiv (vor)geformt sind, sondern in die Leerstellen der Repräsentationssysteme einbrechen, Symbolisierungen erzwingen und so Repräsentationen verändern. Das Reale läßt sich tatsächlich nicht ›in Diskurs auflösen‹«.[9]

Andererseits sind der Körper und die Körpersprache immer Medien gesellschaftlichen Handelns, wechselnder Codierungen und Repräsentationstechnologien. Auch scheinbar objektive Daten zu Körpergröße und Alter, Ernährungsweisen, Photographien von Mißbildungen oder Krankenhausakten sind wissenschaftlich oder alltagspraktisch gedeutete Erfahrungen und mit historisch wandelbaren Diskursen über körperliche Normalität verbunden. Pierre Bourdieu hat die soziale Dimension der »körperlichen Hexis« als eine »einverleibte, zur dauerhaften Disposition« geronnene »Art und Weise der Körperhaltung, des Redens, Gehens« oder des Benehmens bestimmt, wobei das »Verhältnis zum Leib [...] stets geschlechtlich über-

8 J. Tanner, Körpererfahrung, Schmerz und die Konstruktion des Kulturellen, in: Historische Anthropologie 2. 1994, S. 489–502, hier 495–498; E. Scarry, The Body in Pain. The Making and Unmaking of the World, New York 1985.

9 P. Sarasin, »Mapping the body«. Körpergeschichte zwischen Konstruktivismus, Politik und «Erfahrung", in: ders., Geschichtswissenschaft und Diskursanalyse, Frankfurt/M. 2003, S. 100–121, 120. Vgl. J. Tanner, Wie machen Menschen Erfahrungen? Zur Historizität und Semiotik des Körpers, in: Bielefelder Graduiertenkolleg Sozialgeschichte (Hg.), Körper Macht Geschichte – Geschichte Macht Körper. Körpergeschichte als Sozialgeschichte, Bielefeld 1999, S. 16–34.

determiniert« ist.[10] Der über Praktiken hergestellte Habitus schlägt sich im Gehäuse der körperlichen Hexis nieder. Dabei sieht Bourdieu die Physis als »stets sozial geprägt« – von den Umgangsformen und der Haltung über Korpulenz, Gesichtsfarbe und -schnitt bis hin zur Kleidung und Kosmetik ist die körperliche Hexis der »hauptsächliche Träger eines Klassenurteils«.[11] Die Hexis spiegelt diejenigen Erfahrungen wider, die sich aus dem Zusammenspiel von Normierungs- und Disziplinierungsprozessen wissenschaftlicher Autoritäten und den sozial und kulturell unterschiedlichen körperlichen Aneignungsformen des Ästhetisierens, Vermessens, Pflegens, Gebrauchens ergeben.

Die permanente Praxis des körperlichen Aneignens ist aber als kreativer Prozeß zwischen sozialer Prägung und körperlicher Eigendynamik zu verstehen, insofern die subjektiven Körpererfahrungen zwischen sozialer Codierung und physischer Materialität vermitteln.[12] Anstatt Körpergeschichte nur als Medizingeschichte der körperlichen Materialität oder als konstruktivistisch-textimmanente Diskursgeschichte von körperlosem Geist zu begreifen, geht es darum, die beiden Elemente von biologischer Wesenheit und gesellschaftlicher Deutung zu verbinden.[13]

Körpergeschichte bündelt verschiedenste Themen, die sich von der Medizingeschichte über staatliche Gesundheitspolitik, die Erforschung von Mode und Sitte, Tanz und Sport bis zur Kunstgeschichte erstrecken. Das ist die Schwäche und zugleich die Stärke der Körpergeschichte. Zum einen erscheint dadurch fast alles als körperlich vermittelt. Es ist die »leibliche Hexis«, die, »mit einem ganzen System von Objekten im Verbund stehend und mit einer Fülle von Bedeutungen und sozialen Werten befrachtet«, die Motorik als Handlungsschema anspricht.[14] Der Vorteil dieser Perspektivvielfalt der Körpergeschichte ist es, die Relevanz des Körpers für das gesellschaftliche Zusammenleben in den Mittelpunkt des Interesses zu rücken.

10 P. Bourdieu, Sozialer Sinn. Kritik der theoretischen Vernunft, Frankfurt/M. 1987, S. 129, 133; P. Bourdieu, Die feinen Unterschiede. Kritik der gesellschaftlichen Urteilskraft, Frankfurt/M. 1987, S. 666. Vgl. K. Canning, The Body as method? Reflections on the Place of the Body in Gender History, in: Gender & History 11. 1999, S. 499–513; P. Bourdieu, Männliche Herrschaft revisited, in: Feministische Studien 2. 1997, S. 88–99.

11 P. Bourdieu, Homo academicus, Frankfurt/M. 1988, S. 363.

12 Sarasin, »Mapping the body«, S. 115; Tanner, Körpererfahrung, S. 500; Bourdieu, Sozialer Sinn, S. 136; Bourdieu, Die feinen Unterschiede, S. 254f.

13 Zu der verzweigten theoretischen Literatur siehe (mit weiterführenden Literaturhinweisen): P. Sarasin, Geschichtswissenschaft und Diskursanalyse, S. 61–149, 191–257; Bielefelder Graduiertenkolleg Sozialgeschichte (Hg.), Körper Macht Geschichte; C. Wischermann u. S. Haas (Hg.), Körper mit Geschichte, Stuttgart 2000; J. Price u. M. Shildrick (Hg.), Feminist Theory and the Body. A Reader, New York 1999; W. Schmale, Gender Studies, Männergeschichte, Körpergeschichte, in: ders. (Hg.), MannBilder. Ein Lese- und Quellenbuch zur historischen Männerforschung, Berlin 1998, S. 7–33.

14 Bourdieu, Sozialer Sinn, S. 136.

Dabei geht es weniger um die Themenvielfalt von den Sportarten bis zum Modebewußtsein an sich, als vielmehr um die Bedeutung der Körperlichkeit innerhalb dieser Felder.[15]

Um die Schwäche des sehr weitgreifenden Körperbegriffes aufzufangen, soll im Folgenden der Themenhorizont eingeschränkt werden. Es soll hier erstens nach dem wechselseitigen Bezug zwischen unterschiedlichen Körperdiskursen der Zwischenkriegszeit gesucht werden, um einem möglichen Kern der Körperwahrnehmungen und -deutungen in dieser Periode nachzuspüren. Zweitens bleibt der Bezug auf Gewalt und Politik im Zentrum dieser Überlegungen zur Körpergeschichte zwischen den Kriegen. Drittens geht es hier vor allem um eine Geschichte des männlichen Körpers und seiner Codierungen. Das große Feld des Zuwachses an weiblicher Beschäftigung und dessen Rückwirkung auf die Familie, die Geschichte staatlicher Geburtenregulierung, das politische Wahlrecht und die Sexualreform bis hin zu dem vornehmlich auf Frauen bezogenen Diät-Kult der zwanziger Jahre werden im Folgenden nur am Rande erörtert. Dabei war das Auftreten der sportlich-sachlichen »Neuen Frau« mit Bubikopf und rasierten Beinen für die Körper- und Geschlechtergeschichte der Zwischenkriegszeit zweifellos von großer Bedeutung. Die »Neue Frau« stemmte sich gegen traditionelle Muster von der Frau als Mutter und Ehepartnerin, indem sie eine Erwerbsarbeit aufnahm und freizügig mit ihrer weiblichen Sexualität umging. Diese emanzipierte Frau wurde in den trendigen Frauenzeitschriften wie »Uhu«, »Die Dame«, »Elegante Welt« oder der deutschen »Vogue« als selbstbewußte Frau medial konstruiert. Das hier gezeichnete Frauenbild von unvergänglicher Jugend, das durch Make-up, Fastenkuren, Gymnastikprogramm und notfalls auch durch Hormonbehandlung und plastische Chirurgie erreicht wurde, sollte paradoxerweise aus der freien Entscheidungsgewalt und eigenständigen Sorgfaltspflicht der Frauen entspringen. Das »Sichzurechtmachen« konnte in aller Öffentlichkeit stattfinden, wobei die von einem Großteil der Männer abgelehnte Kosmetik (Lippenstift und Puder) von der Industrie als Werkzeug der Demokratisierung präsentiert wurde, weil sie der berufstätigen Frau erlaubte, den glamourösen Filmstars und Modeschönheiten näherzukommen.[16] Dieser

15 R. van Dülmen (Hg.), Körper-Geschichten. Studien zur historischen Kulturforschung V, Frankfurt/M. 1996, S. 7–9.

16 Zur »Neuen Frau« der Weimarer Republik vgl. G. Kessemeier, Sportlich, sachlich, männlich. Das Bild der ›Neuen Frau‹ in den Zwanziger Jahren. Zur Konstruktion geschlechtsspezifischer Körperbilder in der Mode der Jahre 1920 bis 1929, Dortmund 2000; P. Bock u. K. Koblitz (Hg.), Neue Frauen zwischen den Zeiten, Berlin 1995; M. Meskimmon u. S. West (Hg.), Visions of the «Neue Frau". Women and the Visual Arts in Weimar Germany, Aldershot/Hants 1995; S. Meyer-Büser (Hg.), Bubikopf und Gretchenzopf. Die Frau der zwanziger Jahre, Hamburg u. Heidelberg 1995; K. Sykora u. a. (Hg.), Die Neue Frau. Herausforderung für die Bildmedien der Zwanziger Jahre, Marburg 1993; B. Determann, U. Hammer u. D. Kiesel (Hg.), Verdeckte Über-

Teil der weiblichen Körpergeschichte wird im Folgenden nur dort einbezogen, wo er sich mit der hier eingenommenen Perspektive auf die männliche Körperpolitik kreuzt, wie etwa in der Frage der Athletik der »Neuen Frau« oder in Kracauers Überlegungen über die Sekretärinnen als Maschinenmenschen.

II. Vom verkrüppelten Soldaten zum gesunden SS-Mann. Die pathetische Erinnerung an den Ersten Weltkrieg, wie sie im Bau von Heldendenkmälern und den dort stattfindenden Feiern oder in der Kriegsliteratur[17] der Weimarer Republik zum Ausdruck kam, kontrastierte auffällig mit der gleichzeitigen Marginalisierung der Kriegsbeschädigten, die den Krieg überlebt hatten. Es kann kein Zweifel daran bestehen, daß die Weimarer Republik vor allem auf der regionalen Ebene in einer wahren Besessenheit (entweder kritisch-anklagend oder heroisierend) des Ersten Weltkriegs gedachte.[18] Die

lieferungen. Weiblichkeitsbilder zwischen Weimarer Republik, Nationalsozialismus und fünfziger Jahren, Frankfurt/M. 1991; K. von Soden u. M. Schmidt (Hg.), Neue Frauen. Die Zwanziger Jahre, Berlin 1988; U. Nienhaus, Berufsstand weiblich. Die ersten weiblichen Angestellten, Berlin 1982; B. Haustedt, Die wilden Jahre in Berlin. Eine Klatsch- und Kulturgeschichte der Frauen, Berlin 2002; D. J. K. Peukert, Das Mädchen mit dem »wahrlich metaphysikfreien Bubikopf«. Jugend und Freizeit im Berlin der zwanziger Jahre, in: P. Alter (Hg.), Im Banne der Metropolen. Berlin und London in den zwanziger Jahren, Göttingen 1993, S. 157–178. Speziell zu den Kosmetika: K. von Ankum, Karriere – Konsum – Kosmetik. Zur Ästhetik des weiblichen Gesichts, in: C. Schmölders u. S. Gilman (Hg.), Gesichter der Weimarer Republik. Eine physiognomische Kulturgeschichte, Köln 2000, S. 175–190; E. Fromm, Arbeiter und Angestellte am Vorabend des Dritten Reiches. Eine sozialpsychologische Untersuchung, München 1980, S. 175–181.

17 J. Vollmer, Imaginäre Schlachtfelder. Kriegsliteratur in der Weimarer Republik. Eine literatursoziologische Untersuchung, Diss. FU Berlin 2003 (URL: http://www.diss.fu-berlin.de/2003/232/); S. Brandt, Vom Kriegschauplatz zum Gedächtnisraum. Die Westfront 1914 – 1940, Baden-Baden 2000; B. Hüppauf (Hg.), Ansichten vom Krieg. Vergleichende Studien zum Ersten Weltkrieg in Literatur und Gesellschaft. Königstein/Taunus 1984; G. Hirschfeld u. G. Krumeich (Hg.), »Keiner fühlt sich hier mehr als Mensch...«. Erlebnis und Wirkung des Ersten Weltkriegs, Essen 1993; A. P. Linder, Princes of the Trenches. Narrating the German Experience of the First World War, Columbia 1996; K. Möser, Kriegsgeschichte und Kriegsliteratur. Formen der Verarbeitung des Ersten Weltkrieges, in: Militärgeschichtliche Mitteilungen 40/2. 1986, S. 39–51; H. H. Müller, Der Krieg und die Schriftsteller. Der Kriegsroman in der Weimarer Republik, Stuttgart 1986; H. Müssener (Hg.), Anti-Kriegsliteratur zwischen den Kriegen (1919–1939) in Deutschland und Schweden, Stockholm 1987; W. G. Natter, Literature at War, 1914–1940. Representing the »Time of Greatness« in Germany, New Haven 1999; K. Prümm, Die Literatur des soldatischen Nationalismus der 20er Jahre, 2 Bde, Kronberg, Ts. 1974; B. Schrader, Der Fall Remarque. «Im Westen nichts Neues«. Eine Dokumentation, Leipzig 1992; E. Schütz, Romane der Weimarer Republik, München 1986.

18 B. Ziemann, Die deutsche Nation und ihr zentraler Erinnerungsort. Das »Nationaldenkmal für die Gefallenen im Weltkriege« und die Idee des »Unbekannten Soldaten« 1914–1935, in: H. Berding u. K. Heller u. W. Speitkamp (Hg.), Krieg und Erinnerung. Fallstudien zum 19. und 20. Jahrhundert, Göttingen 2000, S. 67–91; K. S. Inglis, Grabmäler für Unbekannte Soldaten, in: Chr. Stölzl (Hg.), Die Neue Wache Unter den Linden. Ein deutsches Denkmal im Wandel der Geschichte, Berlin 1993, S. 150–172; G. L. Mosse, Gefallen für das Vaterland. Nationales Heldentum und namenloses Sterben, Stuttgart 1993, S. 120–122; R. Koselleck u. M. Jeismann (Hg.), Der

Milieukulturen inszenierten in unterschiedlichen Formen ihre Erinnerung an den Ersten Weltkrieg – das Pressearchiv des Reichslandbundes sammelte allein für die knapp sechs Jahre zwischen 1919 und 1925 rund 1.000 Zeitungsausschnitte, die durch die Schilderung von Kriegerdenkmälern oder Gedächtnisfeiern den Ersten Weltkrieg erinnerten.[19] Bis hin zur Fleischer-Innung in Berlin-Charlottenburg reichte diese Erinnerungsobsession – am 21. Januar 1923 hatten selbst die Fleischer des Berliner Stadtviertels ein Denkmal zum Gedächtnis ihrer gefallenen Metzger-Kollegen eingeweiht.[20]

Im nationalen Lager waren die Bezugspunkte der Erinnerung mit den Ausdrücken »Augusterlebnis«, »Langemarck« und in negativ-absetzender Hinsicht mit dem Wort vom »Dolchstoß« stark markiert und besaßen als nationalistische Kriegsmythen – neben der Integration durch die Feindbilder »Marxismus« und Demokratie – eine identitätsbildende Kraft. Männliche Härte und Entschiedenheit sowie die Einordnung in eine autoritäre Befehlsstruktur wurden vom Ersten Weltkrieg abgeleitet und durch die nationalistischen Wehrverbände in die Sphäre der zivilen Politik übertragen. Im katholischen Milieu bezog man sich auf den christlichen Glauben und seine Frömmigkeitsformen, um tröstliche Erfahrungen für die brutalen Erfahrungen aus dem Ersten Weltkrieg anzubieten. Im sozialistischen Lager wurden die Kriegserfahrungen durch die etwa anderthalb Millionen Mitglieder umfassende paramilitärische Organisation des Reichsbanners – den »Bund republikanischer Kriegsteilnehmer« – repräsentiert. Der sozialdemokratische Veteranenverband kämpfte gegen die ideologischen Versatzstücke des nationalen Lagers und versuchte deren Mythen von Frontkameradschaft und verklärender Kriegsheroik durch eine marxistisch inspirierte Kritik an Klassenheer und Kriegselend auszuhebeln. Gleichwohl mutete diese Argumentation paradox an, da sie von mit Grünhemden uniformierten Männern vorgetragen wurde, die in Militärformation aufmarschierten und

sche Kampfbünde. Gewalt und Gemeinschaft im italienischen Squadrismus und in der deutschen SA, Köln, Weimar u. Wien 2002, S. 550–560; J. Tietz, Das Tannenberg-Nationaldenkmal. Architektur, Geschichte, Kontext, Berlin 1999.

19 Die im Pressearchiv des Reichslandbundes zusammengestellte Sammlung von Zeitungsausschnitten über Ehrungen für Gefallene des Weltkriegs zwischen 1919 und 1939 findet sich in: BArch, R 8034 II, Nr. 7691–7693. Auch in den folgenden Jahren nahm dieser Erinnerungstaumel nicht ab. Schätzungsweise 500–600 Artikel erschienen in den neun Jahren zwischen 1925 und 1934 (BArch R 8034 II, Nr. 7692) und weitere etwas über 500 Artikel zwischen 1934 und 1939 (BArch R 8034 II, Nr. 7693, Bl. 1–179). Vgl. B. Ziemann, Die Erinnerung an den Ersten Weltkrieg in den Milieukulturen der Weimarer Republik, in: T. F. Schneider (Hrsg.), Kriegserlebnis und Legendenbildung. Das Bild des »modernen« Krieges in Literatur, Theater, Photographie und Film, Bd. 1, Osnabrück 1999, S. 249–269.

20 Allgemeine Fleischer Zeitung Nr. 17 vom 20.1.1923, in: BArch R 8034 II, Nr. 7691, Bl. 126.

schierten und durch Geländespiele und Wehrsportübungen am paramilitärischen Stil der Weimarer Zeit mitwirkten.[21]

Dem Gedenken an den Ersten Weltkrieg stand in gewisser Weise das Schicksal der sogenannten Kriegskrüppel gegenüber.[22] Auf kultureller Ebene klagten die etwa 700.000 deutschen Kriegsinvaliden über mangelnde Aufmerksamkeit und Anerkennung. Sabine Kienitz hat hervorgehoben, daß der »moralische Appellcharakter« des kriegsversehrten Körpers seit den zwanziger Jahren immer stärker auf Ablehnung stieß, während die Kriegsverwundung bis 1919 noch als Ehrenzeichen der nationalen Tapferkeit honoriert wurde: »Nach einer Phase der Dankbarkeit und Anerkennung für geleistete ›Dienste‹ empfand man den rituell vorgetragenen Anspruch [der Kriegsversehrten-Organisationen, S. R.] auf den versprochenen ›Dank des Vaterlandes‹ und auf eine finanzielle Kompensation, die die Bedeutung der ›Opfergabe‹ aufwog, als unangemessen, ebenso wie ihre Forderungen nach bevorzugter Behandlung und besonderer Rücksichtnahme«. Im beschädigten Soldatenkörper symbolisierten und spiegelten sich zunehmend Tod, Niederlage und Zerstörung des nationalen Körpers, die in weiten Teilen der Nachkriegsgesellschaft verdrängt wurden.[23]

21 Ziemann, Erinnerung, S. 252–259; Ziemann, Konstruktion des Kriegsveteranen und die Symbolik einer Erinnerung 1918–1933, in: Dülffer u. Krumeich (Hg.), Der verlorene Frieden, S. 110–118.

22 S. Kienitz, Körper-Beschädigungen. Kriegsinvalidität und Männlichkeitskonstruktionen in der Weimarer Republik, in: K. Hagemann u. S. Schüler-Springorum (Hg.), Heimat – Front. Militär und Geschlechterverhältnisse im Zeitalter der Weltkriege, Frankfurt/M. 2002, S. 188–207; S. Kienitz, Beschädigte Helden. Zur Politisierung des kriegsinvaliden Soldatenkörpers in der Weimarer Republik, in: Dülffer u. Krumeich (Hg.), Der verlorene Frieden, S. 199–214; S. Kienitz, »Fleischgewordenes Elend«. Kriegsinvalidität und Körperbilder als Teil einer Erfahrungsgeschichte des Ersten Weltkrieges, in: N. Buschmann u. H. Carl (Hg.), Die Erfahrung des Krieges. Erfahrungsgeschichtliche Perspektiven von der Französischen Revolution bis zum Zweiten Weltkrieg, Paderborn 2001, S. 215–237; S. Kienitz, Der Krieg der Invaliden. Körperbilder und Männlichkeitskonstruktionen nach dem Ersten Weltkrieg, in: K. Hagemann (Hg.), Nach–Kriegs–Helden. Soziale und kulturelle Demobilmachung in deutschen Nachkriegszeiten (=Militärgeschichtliche Zeitschrift 60/2. 2001), S. 367–402; S. Kienitz, Die Kastrierten des Krieges. Körperbilder und Männlichkeitskonstruktionen im und nach dem Ersten Weltkrieg, in: Zeitschrift für Volkskunde, H. 95, 1999, S. 63–82; Chr. Beil, Zwischen Hoffnung und Verbitterung. Selbstbild und Erfahrungen von Kriegsbeschädigten in den ersten Jahren der Weimarer Republik, in: ZfG 46. 1998, S. 139–157; B. Ziemann, Konstruktion, S. 110–118.

23 S. Kienitz, »Als Helden gefeiert – als Krüppel vergessen«. Kriegsinvaliden im Ersten Weltkrieg und in der Weimarer Republik, in: D. Beyrau (Hg.), Der Krieg in nationalen und religiösen Deutungen der Neuzeit, Tübingen 2001, S. 217–237, 232f.; Kienitz, Beschädigte Helden, S. 207–210.

Sozialpolitisch kämpften die Kriegsbeschädigten-Organisationen mit ihren insgesamt 1,4 Millionen Mitgliedern (1921) jedoch nicht ohne Erfolg um ihren Rechtsanspruch auf eine lebenslange Versehrtenrente. Siehe R. W. Whalen, Bitter Wounds. German Victims of the Great War, 1914–1939, Ithaca 1984, S. 128; R. Bessel, Die Krise der Weimarer Republik als Erblast des verlorenen Krieges, in: F. Bajohr, W. Johe u. U. Lohalm (Hg.), Zivilisation und Barbarei. Die widersprüchlichen Potentiale der Moderne. Detlev Peukert zum Gedenken, Hamburg 1991, S. 98–114, 102;

Wie die chirurgischen und zahnärztlichen Rekonstruktionsversuche zeigen,[24] rührte die mangelnde Anerkennung aus dem Erschrecken und Entsetzen vor der Vernichtungskraft des Krieges, die sich hier in der körperlichen Hexis manifestiert hatte. Die »Kriegszermalmten« waren, wie Erich Kuttner, der 33-jährige Redakteur und Vorsitzender des sozialdemokratischen »Reichsbundes der Kriegsbeschädigten und Kriegshinterbliebenen«, der selbst Kriegsbeschädigter war, 1920 im sozialdemokratischen »Vorwärts« schrieb, als »Denkmäler des Schreckens« in der nationalen Erinnerung an den unverwüstlichen deutschen Mann unerwünscht.[25] Der Invalide wurde ausgegrenzt und gedemütigt und erlebte sich als »lästiges Gespenst«.[26] Die Kriegsbeschädigten stilisierten sich als Opfer des kollektiven Wunsches nach Vergessen und Verdrängen und polemisierten gegen den saturierten Kriegsgewinnler, den bornierten Bürokraten, die Rücksichtslosigkeit der flegelhaften Jugend oder gegen die Eitelkeit treueloser Ehefrauen.[27]

Opfer meinte dabei zweierlei: sowohl das aktive und selbstlose, das tapfere Aufopfern für die Nation als auch das passive, klagende Zum-Opfer-Werden. Verstümmlungen können insofern auch als ein Stück symbolischen Kapitals begriffen werden, mit dem die Kriegsversehrten strategisch

D. Cohen, The war come home. Disabled Veterans in Britain and Germany, 1914 – 1939, Berkeley, Calif. 2001; D. A. Gerber, Disabled Veterans, the State, and the Experience of Disability in Western Societies, 1914–1950, in: Journal of Social History 36. 2003, Nr. 4, S. 899–916. Vgl. zum politischen Engagement von Staat und Kriegsbeschädigtenorganisationen: R. Bessel, Germany after the First World War, Oxford 1993; M. Geyer, Ein Vorbote des Wohlfahrtsstaates. Die Kriegsopferversorgung in Frankreich, Deutschland und Großbritannien nach dem Ersten Weltkrieg, in: GG 9. 1983, S. 230–277; K. Hausen, Die Sorge der Nation für ihre »Kriegsopfer«. Ein Bereich der Geschlechterpolitik während der Weimarer Republik, in: J. Kocka u.a. (Hg.), Von der Arbeiterbewegung zum modernen Sozialstaat. Festschrift für Gerhard A. Ritter, München 1994, S. 719–739. Zur Anzahl der Kriegsinvaliden: Schon im Januar 1915 – noch vor den Materialschlachten der kommenden Monate und Jahre – wurde die Zahl der schweren Kriegsinvaliden vom Orthopäden Konrad Biesalski auf etwa 30.000 Männer geschätzt. Am Ende des Krieges sollte sie sich auf etwa 8 Millionen Kriegsinvaliden unter allen beteiligten Nationen erhöhen. Der Sanitätsbericht von 1934 über das Deutsche Heer bezifferte die Anzahl der deutschen Kriegsinvaliden auf 702.778. Anfang der zwanziger Jahre hatten sich rund 1,4 Millionen Kriegsbeschädigte organisiert. Dieser Begriff umfasste neben den Kriegsinvaliden auch die ehemaligen Kriegsgefangenen (W. U. Eckart, Art. Invalidität, in: G. Hirschfeld, G. Krumeich u. I. Renz (Hg.), Enzyklopädie Erster Weltkrieg, Paderborn u.a. 2003, S. 584–586; R. Spilker u. B. Ulrich (Hg.), Der Tod als Maschinist. Der industrialisierte Krieg 1914–1918, Bramsche 1998, S. 323; Wahlen, Bitter Wounds, S. 128f.; S. Kienitz, Körper der Erinnerung, S. 3, Anmerkung 9).

24 M. Hagner, Verwundete Gesichter, verletzte Gehirne. Zur Deformation des Kopfes im Ersten Weltkrieg, in: Schmölders u. Gilman (Hg.), Gesichter der Weimarer Republik, S. 78–95.

25 E. Kuttner, Vergessen! Die Kriegszermalmten in Berliner Lazaretten, in: Vorwärts Nr. 449 vom 9.9.1920. Zu Erich Kuttner (1888–1947) vgl. seinen Nachlaß im Amsterdamer Internationaal Instituut voor Sociale Geschiedenis (IISG).

26 Der Kriegsverletzte vom 10.10.1922; zitiert nach Kienitz, Körper der Erinnerung, S. 4.

27 Kienitz, Beschädigte Helden, S. 203f.

in verschiedener Art und Weise – heroisch oder sentimental – um gesellschaftliche Anerkennung kämpften.[28] Zunehmend wurde aber die Verwundung mit den Strategien der Banalisierung und Bagatellisierung gewissermaßen unsichtbar gemacht – etwa indem die Kriegsverletzung mit alltäglichen Arbeitsunfällen gleichgesetzt wurde. Letztlich wurde es als nationale Pflicht der Versehrten dargestellt, die verbliebene Arbeitskraft einzubringen, um den Lebensunterhalt möglichst aus eigener Kraft zu finanzieren. Zugleich wurde diese Strategie mit dem Appell verbunden, daß der wahrhafte Held seine Wunden als etwas zu Verhüllendes und zu Verbergendes zu betrachten habe.[29]

Auf der politischen Rechten galt die bleibende Kriegsverletzung nur dann als Ehrenmahl, wenn damit keine Entstellung des männlich gesunden Körpers verbunden werden konnte. Der Rassismus der Rechten baute auf dem unversehrten Körper auf und die Männlichkeitsvorstellungen des »ganzen Kerls« markierten eine Grenze zum linken Körperdiskurs, der beispielsweise die vom Pazifisten Ernst Friedrich gesammelten Kriegsphotographien von entsetzlich verstümmelten Soldatenkörpern als Anklage gegen den Krieg in die Politik integrierten konnte.[30] Allerdings konnte auch auf der Linken ein verkrüppelter Körper den kranken Gedanken und die verkrüppelte Weltsicht von Militaristen und Reaktionären symbolisieren, wie die Bilder von Otto Dix und George Grosz zeigen.[31] Zugleich nahm sich die politische Linke der verkrüppelten Körper an, um mit ihnen die Zerstörungskraft der industrialisierten Kriegstechnik anzuklagen. In Bildern, Zeitungsartikeln, Leserbriefen und Straßendemonstrationen dokumentierten vor allem Sozialdemokraten die Mißachtung, die den Kriegsinvaliden im Alltag zuteil wurde.[32] Linke Kriegsbeschädigten-Verbände setzten auf die demonstrative Zurschaustellung ihrer Körpermale und Stigmata, die

28 Kienitz, Körper der Erinnerung, S. 3–10; Kienitz, Beschädigte Helden, S. 205f.

29 Kienitz, »Als Helden gefeiert«, S. 230–234; Kienitz, Beschädigte Helden, S. 207–210. Zur öffentlichen Ausstellung der Kriegsverletzungen während der Zeit des Ersten Weltkrieges siehe G. Krumeich, Verstümmelungen und Kunstglieder. Formen körperlicher Verheerungen im 1. Weltkrieg, in: Sowi 19/2. 1990, S. 97–102.

30 E. Friedrich, Krieg dem Krieg! [1924]. Frankfurt/M. 2001, bes. S. 204–227. Der am 25. Februar 1894 in Breslau geborene Ernst Friedrich war seit 1911 SPD-Mitglied und schon zu Beginn des Ersten Weltkriegs radikaler Antimilitarist. 1917 wurde er wegen Sabotage in Haft genommen. In den zwanziger Jahren engagierte er sich in diversen Organisationen wie der Freien Sozialistischen Jugend, der sozialistisch-proletarischen Jugend und der kommunistischen Arbeiterjugend, aber auch Freien Jugendgruppen und als Herausgeber des Buches »Proletarischer Kindergarten«. Vgl. W. G. Oschilewski, Vom Friedens-Museum. Ein Tatsachenbericht über das Wirken von Ernst Friedrich und Adolf Hitler, Berlin 1978.

31 M. Eberle, Der Weltkrieg und die Künstler der Weimarer Republik. Dix, Grosz, Beckmann, Schlemmer, Stuttgart u. Zürich 1989; A. Jürgens-Kirchhoff, Schreckensbilder. Krieg und Kunst im 20. Jahrhundert, Berlin 1993; Whalen, Bitter Wounds, S. 94, 106, 140.

32 Kienitz, Beschädigte Helden, S. 202, 210–214.

vor allem die entsprechenden Organisationen bei ihren Straßenaufmärschen – zuvorderst gehen die Schwerstverstümmelten – als moralische Argumente in Szene setzten.[33] Dagegen gelang es der politischen Rechten nicht, die entstellende Gesichtsverletzung als körperliches Tapferkeitsmerkmal umzudeuten. Ernst Röhms Gesichtverletzung aus dem Ersten Weltkrieg etwa, die ihn die halbe Nase gekostet hatte, ist nur auf sehr wenigen Bildern wirklich gut zu erkennen – zumeist ließ er sich von seiner »Schokoladenseite« photographieren. Jörg Vollmer konnte jüngst nachweisen, daß bleibende Kriegsverletzungen und Amputationen fast ausschließlich in der linken, kritischen Kriegsliteratur, kaum aber in der kriegsbejahenden, rechten Kriegsliteratur thematisiert wurden.[34]

Der rassistische Körperdiskurs der politischen Rechten fand in dem Arier-Körperbild der SS seine deutlichste Ausprägung. Der »arische« Körper, das zeigt Paula Diehls Arbeit, vermittelte Unversehrtheit, Unzerstörbarkeit und Macht, wobei diese Ästhetisierungen den kranken und verstümmelten Körpern geradezu entflohen. Die »Neue Mensch«-Utopien der »Auslese« sollten in der SS verkörpert werden, die die Funktion der Inszenierung der Macht und der demonstrativen Kontrolle übernahm: »Bei den Massenveranstaltungen dienten die Männerkörper in den SS-Formationen als Ornament, als Dekoration der Macht. Das spannende Moment findet sich in der Projektion der Machtinhalte auf die idealisierten körperlichen Gestalten«. Die SS-Männer unterstützten also »mit ihrer physischen und bildlichen Präsenz die NS-Macht und die Regie ihrer Inszenierung«. Die »Elemente von Machtvisualisierung und Gewaltverkörperung ermöglichten die Ankopplung an die Wunschkonstruktion des ›Ariers‹«.[35]

Dieser auf den Phänotypus abgestellte Rassismus der SS-Körperpolitik speiste sich aus populären und wissenschaftlichen Diskursen über den Körper und seine Physiognomie, aus der antisemitischen Literatur und in Teilen aus der Lebensreformbewegung des späten 19. Jahrhunderts und der Weimarer Republik. Der SS-Bildmythos überhöhte diese Erscheinungsmerkmale, führte sie in einer Art »bricolage« (Levi-Strauss) zu einer symbolischen Ordnung zusammen und assoziierte sie mit Macht und Gewalt. Blonde Haare, Körpergröße, schwarze Uniform, geometrisierte Blockbildungen aus Männerleibern – zusammengenommen wurden sie zu symbolischen Attributen von Rasse, Macht, Männlichkeit, Gewalt und Todesverachtung. »Adjektive wie germanisch, nordisch und arisch«, so Paula Diehl, »wechselten sich in der Darstellung der SS-Männer ab und verschmolzen in

33 Kienitz, Körper der Erinnerung, S.10–17; Kienitz, »Fleischgewordenes Elend«, S. 235.

34 Vollmer, Imaginäre Schlachtfelder, S. 128–140.

35 P. Diehl, Macht – Mythos – Utopie. Die Körperbilder der SS-Männer (1933–1938), Diss. Phil. HU Berlin 2002, bes. S. 136–362, Zitate: 18, 297 und 302. Die Arbeit erscheint unter diesem Titel im Jahr 2005 im Akademie-Verlag (Berlin).

einer allgemeinen Darstellung des ›arischen‹ SS-Mannes. Dasselbe geschah in bezug auf die körperlichen und seelisch-charakterlichen Eigenschaften der SS-Männer: Sie blieben allgemein und beschränkten sich auf wenige körperliche Merkmale«. Die bekannten Elemente aus dem kriegerischen Kämpfer des Ersten Weltkriegs, eines agrarromantischen Siedlers und Bauern und eines physisch sakralisierten »Ariers« flossen in den SS-Körperbildern zusammen und symbolisierten Schönheit, Gesundheit und Reinheit.[36]

Schon das Bild des kämpfenden Mannes aus der nationalsozialistischen Tagespresse der Weimarer Republik hatte Elemente dieses späteren SS-Ideals visualisiert. Die Männer waren in diesen Karikaturen den anderen im Bild dargestellten Personen körperlich deutlich überlegen. Sie waren statische Personen, kantig, breitschultrig, athletisch und ordentlich sauber, die mit nur wenigen einfachen Strichen gezeichnet werden konnten. Die glattrasierten und in maßgeschneiderter Uniform dargestellten jungen Männer, deren Gesichtszüge ernst und entschlossen, aber nie übermäßig angespannt wirkten, schafften es offenbar mühelos, die dargestellten Antifiguren des Berufspolitikers oder Sozialisten – die physiognomisch als klein, häßlich und bucklig gezeichnet wurden – aus dem Bildrahmen zu befördern. Der hier in Szene gesetzte Körperkult entwarf einen unschlagbaren Krieger, der als nationales Symbol figurierte. Die Physis sollte die innere Haltung der Männer glaubhaft versinnbildlichen. Die Karikaturen waren gezeichnete Leitartikel, in denen die auf Emotionalität abgestellte Propaganda ausgelebt werden konnte, der Gegner nach Belieben der Lächerlichkeit preisgegeben und seine Vernichtung publizistisch begleitet wurde.[37] Die Karikaturistik hatte damit wie auch die Propagandarhetorik zu gewalttätigem Verhalten angespornt. Die »Marxisten« wurden als unrasierte Gauner mit brutaler Schlägervisage dargestellt, die in gebückter Haltung und mit zerrissener Kleidung offenkundig nur kriminelle Handlungen begehen konnten. Originell waren diese Gegenbilder nicht, denn die Karikaturistik fand sich unter umgekehrten Vorzeichen auch in der Parteipresse der Sozialdemokraten oder Kommunisten.

Das gesellschaftlich allgemein anerkannte Idealbild männlicher Schönheit war diesem von der NS-Propaganda gezeichneten Körperbild sehr

36 Diehl, Macht – Mythos – Utopie, S. 39–80, 348, 356. Vgl. W. R. Krabbe, Gesellschaftsveränderung durch Lebensreform. Strukturmerkmale einer sozialreformerischen Bewegung im Deutschland der Industrialisierungsperiode, Göttingen 1974.

37 Für die Zeichnungen siehe die täglichen Karikaturen im »Völkischen Beobachter« und im »Angriff«. Daneben: P. Hagen (Ps. für Willi Krause), SA-Kamerad Tonne, Berlin 1933, S. 89; G. Paul, Aufstand der Bilder, S. 143–145. Für die Zeit nach 1933: Männer gegen Schnüffler. Ein Buch vom Geist der SA, München 1937, S. 45, 65, 75, 85; Oberste SA-Führung (Hg.), Geschichte der SA. München 1938, S. 22f., 53, 92.

ähnlich. So kamen die Schönheitsideale in der »Berliner Illustrirten Zeitung« mit dem Idealbild eines Mannes mit gescheiteltem Haar und glattrasiertem Kinn, streng blickendem Gesicht mit markanten Wangenknochen, breiten Schultern, einem starken Brustkorb und schmalen Hüften sowie einem muskulösen Körperbau den NS-Vorstellungen sehr nah. Der gepflegte Sportler war die männliche Norm, die glattrasierte »ideale Turnergestalt« wurde in der allgemeinen Werbung als Erfolgsgarantie für Liebesleben und Beruf verkauft.[38]

Der Unterschied zwischen dem Rassismus der Ideologen des Nationalsozialismus und dem der klassisch bürgerlichen Mediziner bestand jedoch darin, daß die soziale Abgrenzung gegenüber den sozialen Unterschichten für die Rassenkundler des späten 19. Jahrhunderts eine deutlich größere Rolle spielte als für die soziale Mischbewegung des Nationalsozialismus, dessen Volksgemeinschaftsideal einen biologistisch-rassistischen Elitismus mit einem sozialen Egalitätsversprechen verkoppelte.[39] Die Propaganda der Nationalsozialisten appellierte paradoxerweise sowohl an bürgerlich-elitäre Einstellungen als auch an egalitäre Sehnsüchte. Die Körpervorstellungen der Nationalsozialisten waren mit einem positiv besetzten Bezug auf den Begriff des Kollektivs und einem deutlich antiindividualistischeren Gestus verbunden als bei den völkischen Denkern des 19. Jahrhunderts. Insofern spiegelte sich im rassistischen Körperbild der Nationalsozialisten die heterogene soziale Zusammensetzung ihrer Mitglieder und Anhänger wider.[40]

III. Der jugendliche Paramilitarismus als Innovation der Gewaltgeschichte. Der Folkloremilitarismus des Kaiserreichs lebte, trotz des totalen Krieges und der damit verbundenen massiven Gewalterfahrungen der Soldaten, auch noch in der Weimarer Republik weiter. Wer zum Beispiel »Oberst-Zigaretten« rauchte, konnte sich 1932 die »farbenprächtigen Uniformen der

38 J. Schmidt, »Sich hart machen, wenn es gilt«. Männlichkeitskonzeptionen in Illustrierten der Weimarer Republik, Münster 2000, S. 69–80, 88–95.

39 P. Weindling, Dissecting German Social Darwinism. Historicizing the Biology of the Organic State, in: Science in Context 11. 1998, S. 619–637; S. A. Bruckner, The Tingle-Tangle of Modernity. Popular Anthropology and the Cultural Politics of Identity in Imperial Germany, PhD University of Iowa 1999; M. Hau, The Holistic Gaze in German Medizine, 1890–1930, in: Bulletin of the History of Medizine 74, 2000, S. 495–534. Quellennachweise etwa bei: G. Fritsch, Die Gestalt des Menschen. Mit Benutzung der Werke von E. Karless und C. Schmidt für Künstler und Anthropologen dargestellt, Stuttgart 1899; O. Ammon, Die natürliche Auslese beim Menschen, Jena 1893.

40 T. Childers, The Social Language of Politics in Germany: The Sociology of Political Discourse in the Weimar Republic, in: AHR 95. 1990, S. 331–358, 354; M. Hau, Körperbildung und sozialer Habitus. Soziale Bedeutungen von Körperlichkeit während des Kaiserreichs und er Weimarer Republik, in: R. vom Bruch u. B. Kaderas (Hg.), Wissenschaften und Wissenschaftspolitik. Bestandsaufnahmen zu Formationen, Brüchen und Kontinuitäten im Deutschland des 20. Jahrhunderts, Stuttgart 2002, S. 125–141.

Vorkriegszeit« auf Sammelbildchen in 312 unterschiedlichen Varianten zusammenstellen.[41] Allerdings galt diese Art des vergleichsweise gemütlichen Männermilitarismus nach 1918 als überholt und veraltet. So karikierte die »Arbeiter Illustrirte Zeitung« 1932 den wilhelminischen Militarismus der Krieger- und Schützenvereine: »Militär ist wieder Trumpf. Überall wird wieder Soldat gespielt. Kein Schützenfest, keine Feuerwehrfeier, kein Stadtjubiläum, zu dem nicht der dickste Alte vor den Augen seiner staunenden Frau seinen Wanst in die Montur stopft. Da kann man angeschnauzt werden, da sind die häuslichen Sorgen vergessen, da geht's wieder los, wie dunnemals«.[42] Daß sich die Kommunisten am großväterlichen Säbelrasseln belustigten, war weniger neu, als daß diese Kritik nun auch von der radikalen Rechten geteilt wurde. So inszenierten sich gerade die Nationalsozialisten gegen die Militärspielerei, indem sie sich als eine durch den Ersten Weltkrieg erneuerte Bewegung präsentierten, die aus jungen und dynamischen, kompromißlosen, gewaltbereiten und gefährlichen Männerleibern zusammengefügt war. Dieses doppelte Körperbild eines gefährlich-coolen und jugendlichen Mannes einerseits und der synchronisiert marschierenden Militärkolonne aus gleichgeschalteten Körperbewegungen und -haltungen andererseits reichte aber weiter als nur bis in den Kreis der Nationalsozialisten.

Die Faszination homogenisierter Körperbewegungen, wie sie in der militärischen Disziplin des geschlossenen Marsches zum Ausdruck kam, strahlte auf den Demonstrationsstil aller politischen Richtungen ab. Der neue Versammlungsstil mit Marsch und Feier, Uniform und Fahne, Symbol und ritualisiertem Gruß artikulierte in den unterschiedlichsten Milieus als stilisiertes Einheits- und Kampfpathos.[43] Von den Kommunisten über die Sozi-

41 J. Schmidt, »Sich hart machen...«, S. 124. Zum Folkloremilitarismus des Kaiserreichs: J. Vogel, Nationen im Gleichschritt. Der Kult der ›Nation in Waffen‹ in Deutschland und Frankreich, 1871 – 1914, Göttingen 1997; T. Rohkrämer, Der Militarismus der »kleinen Leute«. Die Kriegervereine im Deutschen Kaiserreich 1871 – 1914, München 1990.

42 Reklametrommel für Trommelfeuer, in: AIZ Nr. 31 von 1932, S. 6/7. Zu den Krieger- und Schützenvereinen in der Weimarer Republik siehe: C. J. Elliott, The Kriegervereine and the Weimar Republic, in: JCH 10. 1975, S. 109–129; K. Dröge, Zwischen Volksfest und Soldatenstammtisch. Zum Festwesen der Kriegervereine von 1871 bis 1939, in: K. Dröge u. I. Tappe (Hg.), Festkultur in Lippe. Beiträge zum öffentlichen Festwesen im 19. und 20. Jahrhundert, Münster u. New York 1994, S. 185–252; K. Führer, Der Deutsche Reichskriegerbund Kyffhäuser 1930–1934. Politik, Ideologie und Funktion eines »unpolitischen« Verbandes, in: MGM 36. 1984, S. 57–76; R. von Friedeburg, Klassen-, Geschlechter- oder Nationalidentiät? Handwerker und Tagelöhner in den Kriegervereinen der neupreußischen Provinz Hessen-Nassau 1890–1914, in: U. Frevert (Hg.), Militär und Gesellschaft im 19. und 20. Jahrhundert, Stuttgart 1997, S. 229–244.

43 Vgl. E. Canetti, Masse und Macht, Frankfurt/M. 1992; B. J. Warneken, (Hg.), Massenmedium Straße. Zur Kulturgeschichte der Demonstration, Frankfurt/M. 1991; H. Eichberg, Massenspiele. NS-Thingspiel, Arbeiterweihespiel und olympisches Zeremoniell, Stuttgart 1977, bes. S. 103–141.

aldemokraten und Katholiken bis hin zu den Deutschnationalen und Nationalsozialisten schufen alle Richtungen für ihre junge männliche Anhängerschaft paramilitärisch aufgebaute Nebenorganisationen, die in Uniform und Gleichschritt zu Wahlkämpfen und für die politische Agitation durch die Straßen liefen. Dabei hatten weder der kommunistische »Rote Frontkämpferbund« (gegr. 1924) oder »Kampfbund gegen den Faschismus« (gegr. 1930), noch das sozialdemokratische »Reichsbanner« (gegr. 1924) oder die »Eiserne Front« (gegr. 1931), die katholischen »Windhorstbünde« (neugegr. 1920), der der DDP nahestehende »Jungdeutsche Orden« (gegr. 1920), der deutschnationale »Stahlhelm« (gegr. 1918) oder die nationalsozialistische SA (gegr. 1921) mit dem alten Folkloremilitarismus des Kaiserreichs viel zu tun.[44]

Zwar wurden nach wie vor der zackige Eindruck der Uniformen wie der disziplinierende Drill aus dem Kaiserreich geschätzt, und auch die Gepäckmärsche, Geländespiele und das Kleinkaliberschießen waren nach wie vor populär. Neu war aber erstens die intensive politische Aufladung des Militarismus, zweitens sein nochmals verstärkter Bezug auf die stilisierte »neue Jugend« und drittens seine Bezugnahme auf das außerordentliche Gewaltereignis des Ersten Weltkriegs. Schon rein sprachlich wurde dieser Gewaltbezug deutlich. Selbst auf dem Reichsjugendtag des Katholischen Jungmänner-Verbandes in Trier hieß es 1931: »Trier war Sammelruf, Weckruf, Kampfruf. An den Gräbern der Gefallenen auf den Schlachtfeldern von Verdun haben wir zum Abschluß der Reichstagung unser Bekenntnis und Gelöbnis niedergelegt«.[45] Führer wurde man in den politisch-paramilitärischen Organisationen nicht durch Vernunft, sondern durch Kampf und apodiktische Entschiedenheit; Disziplin und Aktivismus standen bei den kommunistischen wie bei den nationalsozialistischen Organisationen ganz

44 Zu den paramilitärischen Organisationen siehe: E. H. Posse, Die politischen Kampfbünde Deutschlands, Berlin 1930; J. M. Diehl, Paramilitary Politics in Weimar Germany, Bloomington 1977, bes. S. 84–104; B. Weisbrod, Gewalt in der Politik. Zur politischen Kultur in Deutschland zwischen den beiden Weltkriegen, in: GWU 43. 1992, S. 391–404; K. Schuster, Der Rote Frontkämpferbund 1924–1929, Düsseldorf 1975; K. Rohe, Das Reichsbanner Schwarz-Rot-Gold. Ein Beitrag zur Geschichte und Struktur der politischen Kampfverbände zur Zeit der Weimarer Republik, Düsseldorf 1966; B. Ziemann, Republikanische Kriegserinnerung in einer polarisierten Öffentlichkeit. Das Reichsbanner Schwarz-Rot-Gold als Veteranenverband der sozialistischen Arbeiterschaft, in: HZ 267. 1998, S. 357–398; V. Berghahn, Der Stahlhelm. Bund der Frontsoldaten 1918–1935, Düsseldorf 1966; Reichardt, Faschistische Kampfbünde; P. Longerich, Die braunen Bataillone. Geschichte der SA, München 1989; P. H. Merkl, The Making of a Stormtrooper, Princeton 1980, S. 26–61.

45 Zitiert nach: B.A. Rusinek, Der Kult der Jugend und des Krieges. Militärischer Stil als Phänomen der Jugendkultur in der Weimarer Zeit, in: Düllfer u. Krumeich (Hg.), Der verlorene Frieden, S. 171–197, 173. 1927 waren mehr als die Hälfte aller männlichen Jugendlichen zwischen 14 und 25 Jahren und etwa ein Viertel aller weiblichen Jugendlichen dieses Alters in Verbänden organisiert (Krabbe, Gescheiterte Zukunft, S. 37, 316).

oben auf der Agenda. Der von seinen intellektuellen Protagonisten so verehrte »großartig kalte Stil« (Gottfried Benn), der in den Neuerungen des paramilitärischen Stils, aber auch in den parareligiösen und das Politische ästhetisierenden Elementen zum Ausdruck kam, lässt sich nicht allein auf den Nationalsozialismus begrenzen. Gleichwohl reicht es eben nicht aus, beim Stil der Kampfverbände stehen zu bleiben, ohne deren konkretes Verhalten in die Betrachtung einzubeziehen.[46]

Bei den radikalen Wehrverbänden verband sich die Jugendlichkeit mit dem Gestus einer als potentiell gefährlich vorgestellten Virilität, die mit einer mehr oder weniger ausgeprägten Gewaltpraxis korrespondierte.[47] Zwar gab es auf sozialistischer Seite auch Frauendemonstrationen und mit dem 1925 gegründeten kommunistischen »Roten Frauen- und Mädchenbund« sogar eine uniformierte Schwesternorganisation zum Roten Frontkämpferbund, aber deren Veranstaltungen paßten sich dem allgemeinen Trend zur »expressiven Kampfdemonstration« der Männer an. Die von Frauen getragenen Teuerungsproteste oder Frauenabende knüpften hingegen am alten Politikstil der Vorkriegszeit an und erst am Anfang der dreißiger Jahre markierten die Demonstrationen gegen das Abtreibungsverbot kurzfristig eine neue Form weiblicher Körperpolitik.[48] Der paramilitärisch-männliche Demonstrationsstil mit seiner politischen Symbolik und Uniformierung war in der Weimarer Republik derart dominant, daß selbst die Umzüge der Kriegsversehrten mit ihrer Neigung zur geometrisierten Blockbildung an Militäraufmärsche erinnerten – nicht zuletzt weil viele ihrer Teilnehmer einer festgelegten Choreographie folgten und in Uniform marschierten.[49]

Es waren vor allem die Wahlkampfzeiten, in denen sich die militaristische Politikführung auf der Straße zu einem blutigen Straßenkampf steigerte, der Verletzte und zuweilen auch Tote forderte. Allein im wahlkampfreichen ersten Halbjahr 1932 wurden 101 Menschen bei den politischen Zusammenstößen getötet und über 4.500 Personen verletzt – die meisten

46 Vgl. Eichberg, Massenspiele, S. 121–126, 132–141. Das Zitat von Benn ebd., S. 136. Zur lediglich auf die Analyse der Literatur beschränkten Analyse der »Neuen Sachlichkeit« siehe: Lethen, Verhaltenslehren; W. Essbach, J. Fischer u. H. Lethen (Hg.), Plessners »Grenzen der Gemeinschaft«, Frankfurt/M. 2002.

47 Vgl. S. Reichardt, Formen faschistischer Gewalt. Faschistische Kampfbünde in Italien und Deutschland nach dem Ersten Weltkrieg. Eine typologische Deutung ihrer Gewaltpropaganda während der Bewegungsphase des Faschismus, in: Sociologus 51. 2001, S. 55–88.

48 K. Hagemann, Frauenprotest und Männerdemonstrationen. Zum geschlechtsspezifischen Aktionsverhalten im großstädtischen Arbeitermilieu der Weimarer Republik, in: Warneken (Hg.), Massenmedium Straße, S. 202–230, hier S. 209–225; S. Kontos, Die Partei kämpft wie ein Mann. Frauenpolitik der KPD in der Weimarer Republik, Frankfurt/M. 1979, S. 59ff.; Schuster, Roter Frontkämpferbund, S. 116–122.

49 Kienitz, Körper der Erinnerung, S. 13; Kienitz, »Fleischgewordenes Elend«, S. 235; Kienitz, Beschädigte Helden, S. 211.

davon unmittelbar vor den Juliwahlen. Die jungen Männer machten mit dem Paramilitarismus nun gewissermaßen ernst. Wenngleich auch die Uniformierung keineswegs perfekt war und das Marschieren in Blockformation zumeist nicht richtig klappte[50] – den jungen Männern der radikalen Kampfbünde war der Gestus einer kampfbereiten Männlichkeit und das Pathos, für die glorreiche Zukunft zu kämpfen, durchaus ernst. Sie kämpften damit auch – mit unterschiedlichen Botschaften und in unterschiedlichen politischen Milieus – für ihren Platz in der Gesellschaft und für ihre Anerkennung als »junge Generation«.[51]

Die Totenrituale und Propagandamärsche stellten bei den politischen Kampfbünden zudem eine Gefühlsgemeinschaft her, die die jeweilige Identität stärkte und die politische Zugehörigkeit erfahrbar machte. Der utopisch aufgeladene Glaube an den Sozialismus oder Nationalismus korrespondierte mit emotionalisierenden Ritualen, wobei die Hingabe oder das Opfer nicht nur Bekenntnis, sondern eine in der politischen Auseinandersetzung einzulösende Praxis war. Dabei kam es zu einer Übernahme des Formenkanons der christlichen Religion und zur Überführung von eschatologisch aufgeladenen Vorstellungen in den politischen Bereich.[52] Vor allem bei dem nationalsozialistischen Kampfbund der SA läßt sich – im formalen Kanon, in der Semantik und in der Zentralität des Glaubens – eine sakralisierte Politikführung nachweisen. Auch das sozialdemokratische Reichsbanner oder der kommunistische Rotfrontkämpferbund betrieben einen in formaler Hinsicht ähnlichen Totenkult und entsprechende Beerdigungszeremonien. Insbesondere bei den kommunistischen Massenveranstaltungen wurde an die Lebenden in mobilisierender Absicht appelliert. Des ermordeten Genos-

50 Vgl. Reichardt, Faschistische Kampfbünde, S. 579–585.

51 Vgl. Reichardt, Faschistische Kampfbünde, S. 74, 88–93, 100–140, 346–389.

52 Zum Konzept der Sakralisierung des Politischen und der (etwas anders akzentuierten) »politischen Religion« vgl. W. Hardtwig, Political Religion in Modern Germany: Reflections on Nationalism, Socialism, and National Socialism, in: German Historical Institute Washington Bulletin Nr. 28. 2001, S. 3–36; H. G. Hockerts, War der Nationalsozialismus eine politische Religion? Über Chancen und Grenzen eines Erklärungsmodells, in: K. Hildebrand (Hg.), Zwischen Politik und Religion. Studien zur Entstehung, Existenz und Wirkung des Totalitarismus, München 2003, S. 45–72; H. Maier (Hg.), ›Totalitarismus‹ und ›Politische Religionen‹. Konzepte des Diktaturvergleichs, Bd. I, Paderborn u.a. 1996; H. Maier u. M. Schäfer (Hg.), ›Totalitarismus‹ und ›Politische Religionen‹. Konzepte des Diktaturvergleichs, Bd. II, Paderborn u.a. 1997; H. Maier (Hg.), Totalitarismus und Politische Religionen. Konzepte des Diktaturvergleichs, Bd. III, Paderborn u.a. 2003; E. Gentile, Il culto del littorio. La sacralizzazione della politica nell'Italia fascista, 4. Aufl. Rom 1996; M. Ley u. J. H. Schoeps (Hg.), Der Nationalsozialismus als politische Religion, Mainz 1997; K. Vondung, Magie und Manipulation. Ideologischer Kult und politische Religion des Nationalsozialismus, Göttingen 1971; M. Huttner, Totalitarismus und säkulare Religionen. Zur Frühgeschichte totalitarismuskritischer Begriffs- und Theoriebildung in Großbritannien, Bonn 1999. Klassische Vorlagen sind: E. Voegelin, Die politischen Religionen, Wien 1938; L. Varga, Zeitenwende. Mentalitätshistorische Studien 1934–39, hg. von P. Schöttler, Frankfurt/M. 1991.

sen sollte gedacht werden, da dessen Sterben, so die Argumentation der Propaganda, erst durch das Vorantreiben der kommunistischen Sache und das Einlösen einer glorreichen Sowjetzukunft seinen Sinn finde. In dieser Hinsicht glichen sie der nationalsozialistischen Sakralisierung des Politischen. Inhaltlich unterschieden sie sich dadurch, daß die Nationalsozialisten – wie generell im nationalen Lager – verstärkt an die Nation und den Ersten Weltkrieg appellierten und sich durch ein stärker militärisches Ornament auszeichneten. Mit der nationalen Rhetorik tat man sich im sozialistischen Lager schwerer und der heroische Bezug auf den Ersten Weltkrieg mit der Inszenierung von Heldenmut, Opferbereitschaft und Frontkameradschaft wurde durch die sozialistische Klassenrhetorik und den Internationalismus gebrochen. In der SA dagegen entstand die Symbolik von Tod und Wiederauferstehung, Verpflichtung gegenüber der Nation, der Kult um die Helden und »Märtyrer« sowie die Kommunion der Kameraderie vor allem aus einem mythisch vereinfachten und ungebrochen positiven Bild des Ersten Weltkriegs. Die Politik habe eine eben solche totale Erfahrung zu sein, durch die alle Formen der Existenz erneuert werden müßten. Politik könne nicht zum banalen Alltagsleben zurückkehren, sondern habe die heroische Ungestümheit des Krieges in einen mystischen Sinn von einer nationalen Gemeinschaft zu transformieren. In diesem ausschließlichen, permanent vorgetragenen und spezifischen Bezug auf den Ersten Weltkrieg – nicht aber in der bloßen Opferbereitschaft – lag eine Besonderheit des nationalsozialistischen Totenkultes. In dieser paradoxen Verbindung von jugendlichem Vitalismus und Tod erblickte die SA nicht ein Mittel zum Zweck, sondern das Ziel ihrer Politik.[53]

Die Nationalsozialisten konnten an die allgemeine Popularität des Ersten Weltkrieges in der männlichen Kriegsjugend- und Nachkriegsgeneration, also bei denen, die ihn nicht an der Front selbst erlebt hatten, anschließen. Schon während des Krieges wurde den Kindern durch die heroischen Siegschulfeiern und die Heeresberichte früh die Bedeutung des männlich-nationalen Kollektivs eingeimpft. Die »bösen Feinde« bildeten die aktivsten Faktoren einer schulischen Sozialisation und familiären Erfahrung von Jugendlichen und Kindern ohne ihre im Krieg kämpfenden Väter und älteren Brüder. Diese Kriegssozialisation an der Heimatfront prägte die formbaren Kinder- und Jugendseelen, die in einer von Hunger und Entbehrungen sowie emotionalen Verhärtung geprägten Welt nach Sinnangeboten such-

53 Reichardt, Faschistische Kampfbünde, S. 548–569, 593–610; S. Behrenbeck, Der Kult um die toten Helden. Nationalsozialistische Mythen, Riten und Symbole. 1923 bis 1945, Vierow 1996; Rohe, Reichsbanner, S. 73, 114–125, 245–258; Ziemann, Republikanische Kriegserinnerung, S. 367–369, 371–378, 383–398; A. Wirsching, Vom Weltkrieg zum Bürgerkrieg? Politischer Extremismus in Deutschland und Frankreich 1918–1933/39. Berlin und Paris im Vergleich, München 1999, S. 356–360.

ten. Sebastian Haffners »Geschichte eines Deutschen« zeigt, inwiefern der Krieg als Spiel mißverstanden werden konnte. Wie in einem sportlichen Wettbewerb zählte der junge Haffner abgeschossene Flugzeuge, Gefangenenzahlen, versenkte Schiffe und führte Bilanz über die Verluste der feindlichen Linien. Schon 1939 hatte er in der phantasierenden Pubertät des unbedarften deutschen Schuljungen und »nicht etwa im ›Fronterlebnis‹« die Wurzel des Nationalsozialismus erkannt: »Die Frontgeneration hat ja im Ganzen wenig echte Nazis geliefert und liefert heute noch im Wesentlichen die ›Nörgler und Meckerer‹«.[54]

Im heroischen Kampf des Soldaten für die Nation fanden nicht wenige der männlichen Kinder und Jugendlichen ein Ideal, an das sie sich klammerten. Bei Kriegsende folgte durch die Niederlage und den Versailler Vertrag der Zusammenbruch einer heroisierten Welt der Väter. Geimpft mit den Feindbildern aus Schulfibeln und Bilderbüchern, aufgewachsen im Glauben an den strahlenden Heldensieg ihrer Väter, zerstörte die deutsche Kriegsniederlage die vermeintlichen Gewißheiten ihrer Kindheit und Jugend. Eine gewissermaßen »vaterlose Generation« (Paul Federn) wurde in einer Zeit besonders intensiver sozialistischer Revolutionsversuche und Streikaktionen erwachsen, die für ein gänzliches anderes Ideal, nämlich eine klassenlose und international gebundene Gesellschaft, einstand.[55]

Nicht selten war der reale Vater dieser Kriegskinder tot, verstümmelt oder vom nervenzerfetzenden Krieg verstört oder verhärtet, während der Krieg gleichzeitig in den beliebten Groschenheftchen und Kriegsfilmen verherrlicht wurde. Ein SA-Mann hielt über seine damalige Zeit fest: »Mein Vater kehrte zurück [...] krank und geistig schwach, unfähig einen Plan zu fassen oder mich irgendwie nachhaltig zu beeinflussen«.[56] Der typische Soldat war eben nicht der stolze Nationalist oder militärische Desperado à la Ernst Jünger, sondern kehrte als Bombenneurotiker und Kriegszitterer heim oder wollte einfach nichts mehr von den erlebten Schrecken wissen. Das Ideal von der glorreichen und einheitlich zusammenstehenden Nation paßte nicht zu der von sozialen Kämpfen durchzogenen Realität, die in den ersten Jahren nach dem Krieg in den Strudel der Inflation geriet. Aus diesen Kriegserfahrungen und -erinnerungen konnte man verschiedene Schlüsse

54 S. Haffner, Geschichte eines Deutschen. Die Erinnerungen 1914–1933, 4. Aufl. Stuttgart u. München 2000, S. 22.

55 Der Ausdruck der vaterlosen Generation wurde meines Wissens erstmals 1919 von Paul Federn benutzt: P. Federn, Zur Psychologie der Revolution. Die vaterlose Gesellschaft, in: H. Dahmer (Hg.), Analytische Sozialpsychologie, Band 1, Frankfurt/M. 1980, S. 65–87.

56 Merkl, Political Violence, S. 298. Vgl. ebd., S. 492–497. In der von Peter Merkl ausgewerteten Abel-Collection zählten diejenigen mit den stärksten antimarxistischen Einstellungen vornehmlich zur jüngeren (nach 1900 geborenen) Generation. Sie waren vom Zerfall der alten Ordnung und von der Herabsetzung der militärischen Symbole schockiert, die sie den »Exzessen« der »Marxisten und Spartakisten« anlasteten (ebd., S. 496, 519–527).

ziehen – pazifistische ebenso wie sozialistische oder radikalnationalistische.[57]

So unterschiedlich die politischen Problemlösungsvorschläge auch waren, der Problemhorizont stellte sich für alle Angehörigen der Kriegskinder- und Kriegsjugendgeneration gleichermaßen. Die Destabilisierung vormals festgefügter familiärer Bindungen, die materiellen Entbehrungen und psychologischen Erschütterungen waren vordringliche Problemhorizonte. Die Jugendlichen wurden zudem durch den »Gruppengeist der Straße«, also die vermehrte Sozialisation in Gleichaltrigengruppen, noch stärker aus den Familien herausgelöst, wodurch sich ihr Generationsbewußtsein verstärkte.

Gerade die Jüngeren der Kriegsjugend- und Kriegskindergeneration wuchsen in der Nachkriegszeit der Weimarer Republik in einer Atmosphäre auf, die durch die Beschäftigung mit dem Kriegserlebnis geprägt war. Die Jugendlichen wurden hierbei besonders von der neuen kommerziellen Massenkultur beeinflußt. Der Einfluß der Kriegsfilme, der Bildchen in den Zigarettenalben, der kriegsbejahenden Jugendbücher und Groschenromane intensivierte sich besonders dadurch, daß die Jugendlichen diesen imaginären Vorstellungswelten aufgrund ihres jungen Alters keine lebensweltliche Erfahrung, kein eigenes Fronterlebnis entgegensetzen konnten. Dies galt insbesondere für die nationalsozialistische SA, deren Altersschnitt noch unter dem der Kommunisten lag. Wie in keinem anderen politischen Kampfbund sammelten sich hier, vor allem in der rasanten Wachstumsphase ab 1931, große Teile der Kriegsjugendgeneration, die 80 bis 90 Prozent der Mitglieder stellte. Durch den Jugendkult der SA verherrlicht wurden sie mit dem stilisierten Prinzip »Jugend führt Jugend« angelockt.[58] Nicht selten erntete die SA für die lebensweltliche Entfernung, die ihre

57 Bessel, Germany after the First World War, S. 254–284; R. Bessel, Die Heimkehr der Soldaten. Das Bild der Frontsoldaten in der Öffentlichkeit der Weimarer Republik, in: Hirschfeld u. Krumeich (Hg.), »Keiner fühlt sich hier mehr als Mensch... «, S. 221–239; B. Ulrich, »Militärgeschichte von unten«. Anmerkungen zu ihren Ursprüngen, Quellen und Perspektiven im 20. Jahrhundert, in: GG 22, 1996, S. 473–503, hier 490–492; W. Kruse, Krieg und Klassenheer. Zur Revolutionierung der deutschen Armee im Ersten Weltkrieg, in: GG 22, 1996, S. 530–561, hier 535/536, 543; P. Loewenberg, The Psychohistorical Origins of the Nazi Youth Cohort, in: AHR 76, 1971/72, S. 1457–1502; M. H. Kater, Generationskonflikt als Entwicklungsfaktor in der NS-Bewegung vor 1933, in: GG 11, 1985, S. 217–243, hier 219/220; E. Domansky, Politische Dimensionen von Jugendprotest und Generationenkonflikt in der Zwischenkriegszeit, in: D. Dowe (Hrsg.), Jugendprotest und Generationenkonflikt in Europa im 20. Jahrhundert. Deutschland, England, Frankreich und Italien im Vergleich, Bonn 1986, S. 113–138, hier 116–121. In dieser Literatur finden sich weiterführende Hinweise auf wichtige Veröffentlichungen von B. Ulrich, P. Knoch, U. Linse, P. Fussell, R. Rother, P. J. Lynch, R. D. Richie, M. Stone, P. J. Leese u. a.

58 Vgl. Reichardt, Faschistische Kampfbünde, S. 346–389.

jugendlichen Mitglieder zum unmittelbaren Frontgeschehen hatten, Spott von sozialdemokratischer Seite.[59]

Der kriegerische Jugendkult der Nationalsozialisten radikalisierte die allgemeine Popularität des Kriegs unter den national gesonnenen jungen Männern, die sich etwa in der Attraktivität des Trenchcoats, des Schützengrabenmantels wie auch in den »Verhaltenslehren der Kälte«, die die Schriftsteller der Neuen Sachlichkeit propagierten, zeigte.[60] Dieser Gestus übte bei den Jugendlichen, die nicht an der Front standen, einen unglaublichen Reiz aus. Eine Umfrage unter Berliner Arbeitern ergab Anfang der dreißiger Jahre, daß die Jugendlichen beim Kinobesuch vor allem Kriegs- und Marinefilme bevorzugten, die sich durch militaristische Botschaften auszeichneten. Dabei rangierten die großväterlichen Erlebnisse aus den Nationalkriegen des 19. Jahrhunderts weit hinter denen aus dem Ersten Weltkrieg. Auch war das Kriegspielen zu einer wichtigen Freizeitbeschäftigung der Jugendlichen geworden.[61]

Hans-Harald Müller hat anhand der Kriegs- und Jugendromane der Weimarer Republik nachweisen können, wie eng der Zusammenhang von Jugend und kriegerischer Männlichkeit war. Dominierte in den Kriegsromanen die vitale Beschwörung der jungen Generation, die mit dem Kollektivideal der Frontgemeinschaft verschmolz und gegen die veraltet-verkrustete Republik kämpfte, so wurde auch in den weit verbreiteten Jugendromanen auf exaltierte Art und Weise die Unterdrückung der Jugend durch die Erwachsenen und ihre Repräsentanten beklagt. Diese Romane ordneten ihre Figuren in politische und soziale Kontexte ein: »Gesteigertes Selbstbewußtsein und Machtanspruch von Jugendlichkeit zeigen diese

59 Eine Karikatur aus dem »Vorwärts« vom Dezember 1930 über »Die wahren Sachkenner« drückte dies etwa aus. Die blasierten SA-Jünglinge, in vereinfachter Darstellung als »comic-strip« Figuren gezeichnet, sprachen dort den kriegsversehrten »alten Kamelen«, die bezeichnenderweise realistisch-naturalistisch gezeichnet wurden, die wahre Deutungsmacht über das Kriegsgeschehen ab (Vorwärts Nr. 610 vom 31. 8. 1930).

60 Vgl. Lethen, Verhaltenslehren; Essbach, Fischer u. Lethen (Hg.), Plessners »Grenzen der Gemeinschaft«; M. Wildt, Generation des Unbedingten. Das Führungskorps des Reichssicherheitshauptamtes, Hamburg 2002.

61 H. A. Winkler, Der Schein der Normalität. Arbeiter und Arbeiterbewegung in der Weimarer Republik 1924 bis 1930, Berlin u. Bonn 1985, S. 137f.; D. J. K. Peukert, Jugend zwischen Krieg und Krise. Lebenswelten von Arbeiterjungen in der Weimarer Republik, Köln 1987, S. 209–220; Ziemann, Erinnerung, S. 258f.; Longerich, Bataillone, S. 90f.; Domansky, Politische Dimensionen, S. 113–138; Kater, Generationskonflikt, S. 217–243; H. Mommsen, Generationskonflikt und Jugendrevolte in der Weimarer Republik, in: T. Koebner, R.-P. Janz u. F. Trommler (Hg.), »Mit uns zieht die neue Zeit«. Der Mythos Jugend, Frankfurt/M. 1985, S. 50–67; D. J. K. Peukert, Alltagsleben und Generationserfahrungen von Jugendlichen in der Zwischenkriegszeit, in: D. Dowe (Hg.), Jugendprotest und Generationenkonflikt in Europa im 20. Jahrhundert. Deutschland, England, Frankreich und Italien im Vergleich, Bonn 1986, S. 139–150; R. G. L. Waite, Vanguard of Nazism. The Free Corps Movement in postwar Germany 1918–1933, New York 1969, S. 42–44.

Romane schon in ihrem Grundkonzept an. Jugend soll befreit werden aus dem Reservat von Erziehung und Schule, Jugend erobert sich alle Bezirke der Gesellschaft, demaskiert die Herrschenden und stellt sich selbst als unterdrückte Eigentlichkeit dar«. In der militaristischen Kriegsliteratur, die, wie Jörg Vollmer gezeigt hat, in den Jahren seit 1929 verstärkt publiziert wurde, entstand der Typus des Frontsoldaten durch die »literary invention« (Richard Bessel) von neuem: als heroisch-entschlossener und gewaltorientierter »neuer Mann« in der klassenlosen Gemeinschaft des Schützengrabens.[62]

Dieser Jugenddiskurs mit seiner Betonung von Entschlossenheit, Kampf und Aktionsgewalt bezog sich ausschließlich auf Männer und deren Körperpolitik. Der Erste Weltkrieg hatte das Männlichkeitsideal von Stärke und jugendlicher Tatkraft mit neuer Energie aufgeladen. Zwar geht diese zugespitzte Definition von Männlichkeit auf die Jahre seit der Jahrhundertwende zurück, aber die Nachkriegszeit markierte eine Zeit der Krise klassischer Männlichkeitsbilder. Der heimkehrende »Kriegszitterer« stellte nicht gerade den Idealtypus des Familienpatriarchen dar, weibliche Erotik und Sexualität waren keine Tabuthemen mehr und die – realiter sehr eingeschränkte – Tätigkeit von Frauen in klassischen Männerberufen provozierte erhitzte öffentliche Debatten. Dies schuf erhebliche soziale und politische Spannungen zwischen den Geschlechtern, wobei die klassischen Bilder vom Mann als Familienernährer, Vater oder Lebemann durch den Krieg und die politisch-sozialen Veränderungen auf dem Arbeitsmarkt brüchiger geworden waren.[63]

62 Müller, Krieg; K. Prümm, Jugend ohne Väter. Zu den autobiographischen Jugendromanen der späten zwanziger Jahre, in: T. Koebner, R.-P. Janz, u. F. Trommler (Hg.), »Mit uns zieht die neue Zeit«. Der Mythos Jugend, Frankfurt/M. 1985, S. 563–589, Zitat: S. 567; Vollmer, Imaginäre Schlachtfelder, S. 327 (Vollmer hat 168 Publikationen von 136 Autoren qualitativ und 634 Publikationen der Kriegsliteratur für die Zeit zwischen 1918 und 1933 quantitativ ausgewertet); R. Bessel, The ›front generation‹ and the politics of Weimar Germany, in: M. Roseman (Hg.), Generations in Conflict. Youth revolt and generation formation in Germany 1770–1968, Cambridge 1995, S. 121–136, hier 123. Vgl. Linder, Princes, S. 151–178.

63 S. Rouette, Sozialpolitik als Geschlechterpolitik. Die Regulierung der Frauenarbeit nach dem Ersten Weltkrieg, Frankfurt/M. 1993; U. Frevert, »Wo du hingehst...« Aufbrüche im Verhältnis der Geschlechter, in: A. Nitschke u.a. (Hg.), Jahrhundertwende. Der Aufbruch in die Moderne 1880–1930, Bd. 2, Reinbek 1990, S. 89–118; E. Domansky, Militarization and Reproduction in World War I Germany, in: G. Eley (Hg.), Society, Culture and the State in Germany, 1870–1930, Ann Arbor 1996, S. 427–463; P. Gay, Kult der Gewalt. Aggression im bürgerlichen Zeitalter, München 1996, S. 120–144; J. Reulecke, Männerbund versus Familie. Bürgerliche Jugendbewegung und Familie in Deutschland im ersten Drittel des 20. Jahrhunderts, in: T. Koebner, R.-P. Janz u. F. Trommler (Hg.), »Mit uns zieht die neue Zeit«. Der Mythos Jugend, Frankfurt/M. 1985, S. 199–223, bes. 209 u. 217; G. L. Mosse, Das Bild des Mannes. Zur Konstruktion der modernen Männlichkeit, Frankfurt/M. 1997, S. 192–201; Mosse, Gefallen, S. 33, 77–82, 195–244; U. Herbert, Best. Biographische Studien über Radikalismus, Weltanschauung und Vernunft, 1903–1989. 3. Aufl. Bonn 1996, S. 51–54.

In dieser Krisensituation wurden die Bilder vom »strammen Mann« um so populärer, die dann von den Nationalsozialisten mit extrem antisemitischen Vorurteilen gegenüber dem betrügerischen jüdischen Bankier und ebenso haßerfüllten Bildern vom faulen Dandy der Berliner Schickeria vermischt und in ihrer Tendenz massiv radikalisiert wurden. Der sächsische SA-Führer Manfred Freiherr von Killinger hetzte im Jahre 1932 nicht nur gegen den »vollgefressenen Schieber-Itzig mit Brillanten an den Fingern«, sondern auch gegen anderes »Geschmeiß«: Nämlich den »Schnösel mit Taillenjacket und in Schimmyschuhen«, der »womöglich noch mit einem schwarzweißroten Bändchen im Knopfloch« eine Sohle in der Tanzdiele dreht – natürlich »mit einer geschminkten Hure im Arm«. Killinger, ein ehemaliger Weltkriegsoffizier und notorisch gewaltsamer Paramilitarist der Weimarer Republik,[64] setzte sich mit seiner Körperpolitik vom weiblich konnotierten Tanzen ab und propagierte ein Männlichkeitsbild, welches sich aus Gewaltbereitschaft, Militarismus, Naturverbundenheit, Kameradschaftsgeist und Sportlichkeit zusammensetzte: »Glaubt ihr, daß wir den beneiden? Nein, sicher nicht, vor allem nicht um die Abreibung, die er gelegentlich einmal von uns beziehen kann. Nein, unsere Wünsche liegen ganz wo anders. Wenn wir am Sonnabendabend ausmarschiert sind, um Mitternacht unsere Sportübung beendet haben, noch keuchend vor Anstrengung die Lungen voll Waldluft saugen, und wenn wir dann im Morgengrauen in die Stadt einmarschieren unter den Klängen des Liedes: Bei uns herrschen noch Freiheit und Rechte ... wir sind keine Judenknechte [...] Geld ist euer Gott. Er gibt euch das, was ihr zu eurem Leben braucht, Jazzband, Bälle, jüdische Theater, Sektsaufen, eure Weiber mit Schmuck und Pelzen behängen. Uns trennen Welten von Euch.« Die typisch nationalsozialistische Zuspitzung lag in Killingers unüberhörbarem Gewaltaufruf – in dem Appell nämlich, dem Juden »den Schädel ein[zu]schlagen«.[65] Diese Gewaltbereitschaft wurde in einer paradoxen Kombinatorik ästhetisiert, weil sie sich auf Ordnung und Destruktion zugleich bezog und somit provinziellen Traditionalismus mit radikalem Aufstand verband.

Diese Einstellung manifestierte sich in einer sichtbaren Körperhaltung. Die Truppenparaden der SS mit ihrer »militärischen Sprache«, die die Demonstration eines Gewaltpotentials enthielten und nach 1933 ihre Rolle als Repräsentanten von Herrschaft visualisierten, schlossen an das Erbe dieses rassistischen Paramilitarismus an. Dabei markierte schon der Para-

64 Zu Killinger: S. Malinowski u. S. Reichardt: Die Reihen fest geschlossen? Adlige im Führerkorps der SA bis 1934, in: W. Conze u. M. Wienfort (Hg.), Adel und Moderne. Deutschland im europäischen Vergleich im 19. und 20. Jahrhundert, Köln, Weimar u. Wien 2004, S. 119-150, hier 143f.

65 M. von Killinger, SA-Männer – Landsknechte in: Der SA-Mann, Folge 5 vom 2.2.1932, 4. Seite.

militarismus vor 1933 in charakteristischer Weise, wie die Straßenöffentlichkeit für eine moderne Form von Erlebnispolitik genutzt werden konnte. Gewalt und Propaganda stellten sich in der Körper- und Massenpolitik der Zwischenkriegszeit als Formen unmittelbarer Repräsentation und als ein Heilsversprechen dar.[66]

IV. Maschinenmensch, Industrie und Sport. Natürlich reicht die Normierung des männlichen Körpers im soldatischen Kollektiv viel weiter zurück und bezieht sich historisch bis auf die ersten Massenheere und die Anfänge der Wehrpflicht im späten 18. Jahrhundert.[67] Bis hinein in die Medizinbücher erstreckten sich die soldatischen Bilder von der strammen Körperhaltung des Mannes. In Ferdinand August Schmidts Anatomie- und Hygienebuch von 1903 etwa, das einen bezeichnenden Abschnitt zum Gehen enthält, kann man den im Kaiserreich verschärften Disziplinierungs- und Normierungsvorgang verschiedener Gangarten gut nachvollziehen. Ob es sich um die Bewegungen des Hüft- oder Schultergelenks, den Sport oder das Gehen handelte, immer standen Männer im Zentrum der Körperlehre vom »einfachen natürlichen Streckgang«, dem »gravitätischen Schritt« oder vom »Eilgang im Dreitakt«. Frauen wurden von dem Sportmediziner nur dort thematisiert, wo es um geschlechtsspezifische Unterschiede im Körperbau, um die durch das Korsett verursachte »Schnürbrust« oder um seitliche Rückgratsverkrümmungen durch das Tragen von Babys und Kleinkindern ging. Da sich alle anschaulichen Zeichnungen auf Männerkörper beziehen, kann auch der eigene Abschnitt über den »militärischen Marschtritt« nicht verwundern, der im Exerzier-Reglement vom 1. September 1888 genau festgelegt war und der »Erziehung des schlaffgehenden Rekruten« durch »übertreibenden Drill« dienen sollte: »Der Wert des militärischen Schrittes beruht zunächst in der Größe und Schnelligkeit der Schritte, sowie der Straffheit der Haltung«. Im Körper symbolisierte sich somit das Schritthalten mit der hochindustriellen Welt. Zudem zielte die Festigkeit des Marschtritts auf den Willen des militärischen Mannes: »Man hat dem militärischen Marsch wie der ganzen Ausbildung des Exerzierplatzes vorgeworfen, daß er alle Selbstbestimmung töte und den Soldaten zu einem willenlosen Automaten mache. Nichts ist verkehrter wie das. Wer nur halbwegs weiß, welche Anforderungen in Bezug auf Findigkeit, Umsicht, Geistesgegenwart und Schneidigkeit die heutige Art des zerstreuten Gefechtes, des Vorpostendienstes usw. an unsere Soldaten stellt, der kann diesen Vorwurf

66 Diehl, Macht – Mythos – Utopie, S. 314; Reichardt, Formen, S. 79f. Vgl. G. Brockhaus, Schauer und Idylle. Faschismus als Erlebnisangebot, München 1997.

67 Frevert (Hg.), Militär und Gesellschaft; G. Mosse, Nationalisierung der Massen. Politik, Symbolik und Massenbewegung in Deutschland von den Napoleonischen Kriegen bis zum Dritten Reich, Frankfurt/M. 1976.

unmöglich erheben, falls er einiges Urteil besitzt. Der stramme Marsch im festen Verband gibt aber der Truppe, d. h. jedem einzelnen Mann das Gefühl unerschütterlicher und unwiderstehlicher Angriffskraft. Der Todesmarsch der preußischen Garde vor St. Privat, welche im mörderischsten Kugelhagel unter unnennbaren Verlusten wie auf dem Exerzierplatz in festem Schritt und Tritt vorrückte und den Feind niederrang, glänzt in der Kriegsgeschichte aller Zeiten als Ruhmeszeichen preußischer Marschdisziplin!« Die Angst vor dem Tod verfolgte die »stramme Haltung« hier offenbar auf Schritt und Tritt und eben durch die Körperfestigung sollte wiederum diese Angst eingedämmt werden. Das Buch wurde nach dem Ersten Weltkrieg, wie auch andere Bücher des Sportmediziners, einige Male neu aufgelegt und erschien 1931 schließlich in achter Auflage.[68]

Während der Zwischenkriegszeit hatte sich eine Vielzahl von Sozialtechnologien zur Rationalisierung des Körpers sowie zu der Erhaltung von nationaler Kraft in Heer und Industrie entwickelt.[69] Dies zeigte sich in betriebswissenschaftlichen Studien, aber auch in den Berufsausbildungsprogrammen, in den Arbeitsämtern und den Industrieunternehmen. Der »neue Zauber der Technik« wurde mit dem neuen psychotechnischen Ausleseverfahren des Eignungstests kombiniert. Der menschliche Faktor etablierte sich, neben den organisatorischen und technischen Aspekten, zu einem Leitthema des »Reichskuratoriums für Wirtschaftlichkeit« (der einflußreichen Dachorganisation der deutschen Rationalisierungsbewegung). Während der frühen zwanziger Jahre erlebte die psychotechnische Mode eine kurze Popularität, die dann von der »Charakterologie« abgelöst wurde.

68 F. A. Schmidt, Unser Körper. Handbuch der Anatomie, Physiologie und Hygiene der Leibesübungen, Leipzig 1903. Die Zitate finden sich auf den Seiten 467, 445–480 (zum Gehen allgemein), 86–94 (Korsett), 71–81 (Rückgrat), 23–26 (Körperbau bei Mann und Frau). Schmidt hat in auch der Weimarer Republik populäre medizinische Bücher verfaßt, u.a.: Wie erhalte ich Körper und Geist gesund, Leipzig 1921; Gesundheitslehre. Für die Frauenschule und der häuslichen Belehrung, Leipzig 1927.

69 Den Zusammenhang zwischen Industrialisierung und Vorstellungen von einem Maschinenkörper haben in den achtziger Jahren einige Studien aus sozial- und kulturwissenschaftlicher Perspektive untersucht. Jüngst hat Anson Rabinbach mit seiner Langzeitstudie zum »Motor Mensch« in der Moderne diese Arbeiten gebündelt und in körpergeschichtlicher Perspektive interpretiert. T. von Freyberg, Industrielle Rationalisierung und Weimarer Republik. Untersucht an Beispielen aus dem Maschinenbau und der Elektroindustrie, Frankfurt/M. u. New York 1989; P. Hinrichs, Um die Seele des Arbeiters. Arbeitspsychologie, Industrie- und Betriebssoziologie in Deutschland 1871–1945, Köln 1981; C. Maier, Zwischen Taylorismus und Technokratie. Gesellschaftspolitik im Zeichen industrieller Rationalität in den zwanziger Jahren in Europa, in: M. Stürmer (Hg.), Die Weimarer Republik, 3. Aufl. Frankfurt/M. 1993, S. 188–213; H. Homburg, Rationalisierung und Industriearbeit, Berlin 1991; H. Lethen, Freiheit von Angst. Über einen entlastenden Aspekt der Technik-Moden in den Jahrzehnten der historischen Avantgarde 1910–1930, in: G. Großklaus u. E. Lämmert (Hg.), Literatur in einer industriellen Kultur, Stuttgart 1989, S. 72–98; U. Geuter, Die Professionalisierung der deutschen Psychologie im Nationalsozialismus, Frankfurt/M. 1984; Rabinbach, Motor Mensch, S. 313–342.

Man versuchte mit dieser Methode die wichtigsten Dimensionen der arbeitenden Persönlichkeit wie »Mut« oder »Hingabebereitschaft« zu bestimmen. Wichtig war hierbei der Versuch, Werk- oder Betriebsgemeinschaften einzuführen, um »soziale Harmonie«, Arbeitsfreude und Loyalität im Betrieb zu unterstützen.[70] Die nationalsozialistische Arbeitswissenschaft mit ihrer Idee, Mensch und Maschine in einem auf Gefolgschaft, Ordentlichkeit, Reinlichkeit und Verläßlichkeit ausgerichteten autoritären Arbeitsklima zu vereinigen, schloß hieran an. Vor allem das 1925 von dem rechtsradikalen Ingenieur Dr. Karl Arnhold gegründete »Deutschen Institut für technische Arbeitsschulung« (DINTA) gewann an Einfluß. 1935 in die Deutsche Arbeitsfront eingegliedert, vertrat Arnholds DINTA die Auffassung, man müsse »den Takt der Maschine mit dem Rhythmus des Blutes durch organische Betriebsgestaltung und Militarisierung der Führung in Einklang bringen«.[71]

Die arbeitswissenschaftlichen Projekte und Ideen beeinflußten die Mentalität der Zeit. Die 1930 erschienene Studie von Siegfried Kracauer über die »geistig obdachlosen« Angestellten war typisch für die zeitgenössische Sicht auf den Angestellten. Er war zum Symbol einer sinnentleerten und konsumorientierten Welt geworden, die von Routine und Kontrolle am Arbeitsplatz, von Austauschbarkeit und Anonymität am Arbeitsmarkt geprägt war. Die maschinenartig-monotone Arbeit der Angestellten war Produkt einer technisierten Welt, in der alle Angestellten gleich und uniform zu einer »moralisch-rosa Aufmachung« getrimmt wurden. Die farbenprächtige Zerstreuungskultur der Angestellten wurde als Freizeitpark und Obdachlosenasyl beschrieben: »In demselben Augenblick, in dem die Betriebe rationalisiert werden, rationalisieren jene Lokale das Vergnügen der Angestelltenheere«.[72] Auch der Jargon der »Neuen Sachlichkeit«, wie ihn Helmut Lethen dargestellt hat, kombinierte das Vokabular der Technik mit wissenschaftlicher und militärischer Sprache. Dies läßt sich an Ernst Jüngers Texten ebenso zeigen, wie in Stücken von Bertolt Brecht oder Essays von Joseph Roth.[73] Wie Michael Mackenzie am Beispiel der Bilder von George Grosz und Willi Baumeister gezeigt hat, erstreckte sich dieser Habitus bis in die künstlerische Darstellung von Athleten und Arbeitern, die mit ihrem

70 Rabinbach, Motor Mensch, S. 313–338, Zitate: 314, 335.

71 K. Arnhold, Mobilisierung der Leistungsreserven unserer Betriebe, Berlin 1939, S. 4, zitiert nach Rabinbach, Motor Mensch, S. 341.

72 S. Kracauer, Die Angestellten. Aus dem neuesten Deutschland, Frankfurt/M. 1971, 91, 24, 96.

73 H. Lethen, Der Jargon der Neuen Sachlichkeit, in: Germanica. Zeitschrift der Université Charles-de-Gaulle, Lille III, Nr. 9. 1991, S. 11–35.

nüchtern-kühlen Stil der Klarheit und Zweckmäßigkeit an Ingenieurszeichnungen erinnerten.[74]

Klassisch in diesem Zusammenhang ist der Verweis auf die »Tillergirls«, die Siegfried Kracauer 1927 als »Mädchenkomplexe« beschrieben hat, »deren Bewegungen mathematische Demonstrationen« seien und keinerlei Sinngehalt jenseits der geometrischen Genauigkeit hätten. Die geometrische Genauigkeit unterliege einem »magischen Zwang« in der »substanzhaltige Gefüge sich entleeren«. Darin sah Kracauer einen kulturellen Ausdruck der Rationalität, Anonymität und Entfremdung des kapitalistischen Produktionsprozesses.[75] Nicht nur Kracauer, sondern auch der Psychologe Fritz Giese sah schon 1925 in den »gedrillten Tanzkörpern« den Sieg der Technik im Massenzeitalter, in der die Girls in symptomatischer Art und Weise nahezu fabrikmäßig zu einem »einzigen Kollektivwesen« verschmelzen, wie Alfred Polgar 1926 formulierte. Erich Kästner und Paul Landau schlossen sich diesem Diskurs ebenso an wie der Künstler Paul Simmel, bei dem Henry Ford für die ›Herstellung‹ der Tillergirls verantwortlich zeichnet.[76] Die Faszination des Maschinenkörpers war unter den Zeitgenossen der Weimarer Republik weitverbreitet und wurde als Ausdruck einer rationalisierten und taylorisierten Hochmoderne meist verabscheut und nur selten bejubelt.

Dabei verschmolz der Diskurs um den Fabrik- nicht selten mit dem über den Soldatenkörper, wie etwa bei Paul Landau, der Mitte der zwanziger Jahre beklagte, daß das Erscheinungsbild der Girls die Tendenz zu »Vermännlichung der Frau« belege.[77] Auch der Sportler wurde, analog zum Weltkriegssoldaten, als mechanisierter und männlicher »Maschinenmensch« einer Moderne im Zeichen der Technologie gesehen, in der die

74 M. Mackenzie, Maschinenmenschen, Athleten und die Krise des Körpers in der Weimarer Republik, in: M. Föllmer u. R. Graf (Hg.), Die »Krise« der Weimarer Republik. Zur Kritik eines Deutungsmusters, Frankfurt/M. u. New York 2005, S. 319–345.

75 S. Kracauer, Das Ornament der Masse, in: ders.: Das Ornament der Masse, Frankfurt/M. 1977, S. 50–63, hier 50–52; T. Adorno u. M. Horkheimer, Dialektik der Aufklärung. Philosophische Fragmente [1947], Frankfurt/M. 1988.

76 Die Zitate finden sich bei E. Klautke, Unbegrenzte Möglichkeiten. »Amerikanisierung« in Deutschland und Frankreich (1900–1933), Wiesbaden 2003, S. 263–266. Vgl. K. Beuth, Die wilde Zeit der schönen Beine. Die Inszenierung der Frau als Körper-Masse, in: Sykora u. a. (Hg.), Die Neue Frau, S. 95–106; A. Grossmann, Girlkultur, or Thoroughly Rationalized Female. A New Woman in Weimar Germany?, in: J. Friedlander u. a. (Hg.), Women in Culture and Politics. A Century of Change, Bloomington 1986, S. 62–80; R. Klooss u. T. Reuter, Körperbilder. Menschenornamente in Revuetheater und Revuefilm, Frankfurt/M. 1980. Der Berliner Paul Simmel (1887–1933) war ein bekannter Zeichner und Karikaturist der Weimarer Republik, der u.a. für den »Ulk« und die »Berliner Illustrirte Zeitung« arbeitete.

77 P. Landau, Girlkultur. Von der Amerikanisierung Europas, in: Westermanns Monatshefte 71. 1926/27, S. 565–568, zitiert nach Klautke, Unbegrenzte Möglichkeiten, S. 264.

Ästhetik des Kampfes mit der Technikbegeisterung verschmolz.[78] Der Maler und Bühnenbildner Willi Baumeister brachte den Zusammenhang von Militär, Sport und Technologie Mitte der zwanziger Jahre auf den Punkt: »Der Soldat des Weltkriegs war ja schon ein Stück Maschinenmensch. Und so auch der Sporttyp, der Rennfahrer, Flieger, Hockeyspieler in den typischen Vermummungen.«[79] Wenn also der Maschinensportler nicht im Kampf gegen einen anderen Sportler, sondern vor allem gegen eine maschinelle Zeitmessung siegte – so liegt es nahe, dahinter die Bewältigung der traumatischen Erfahrungen aus dem industrialisierten und technisierten Ersten Weltkrieg zu vermuten.

Sportlichkeit galt aber auch in der populären Öffentlichkeit der Weimarer Republik nicht nur (wie üblich) als Garant für Gesundheit und Jugendlichkeit. Auch hier wurde der Zusammenhang zur mechanisierten Zeit hergestellt. Dementsprechend hieß es 1926 in der vierzehntägig erscheinenden Zeitschrift »Sport im Bild«: »Wir leben nicht nur in der Mechanisierung der Zeit, sondern auch in der Versportlichung«.[80] Die Popularität des Sports (1931 hatten sich rund 6,5 Millionen Mitglieder in den Körperertüchtigungs- und Sportverbänden organisiert[81]) ging mit dem Primat des technisch-mechanisierten und männlichen Sportlerkörpers einher, der eine Brücke zwischen der Weimarer Republik und dem NS-Regime bildete. Denn in beiden Regimes wurden Sensitivität, Individualität und Innerlichkeit zugunsten der Verherrlichung von Gewalt, Gemeinschaft und Technik zurückgewiesen.[82]

Selbstverständlich wurden in der Sportberichterstattung schon seit dem 19. Jahrhundert immer wieder Gewalt- und Kriegsmetaphern benutzt. Norbert Elias zufolge ist der moderne Sport die zivilisierte Form des

78 Vgl. dazu die Karikatur »Wettlauf der Nationen«, in: Vorwärts Nr. 365 vom 4.8.1922. Diese Sichtweise erinnert stark an die italienischen Futuristen um Filippo Tommaso Marinetti. Vgl. M. Affron u. M. Antliff (Hg.), Fascist Visions. Art and Ideology in France and Italy, Princeton, NJ 1997; R. Ben-Ghiat, Fascist Modernities, Berkeley, CA 2001; G. Berghaus, Fascism and Theatre, Oxford 1996; E. Braun, Mario Sironi and Fascist Modernism. Art and Politics under Fascism, Cambridge 2000; M. Calinescu, Five Faces of Modernity. Modernism, Avant-Garde, Decadence, Kitsch, Postmodernism, Durham 1987; J. Milfull (Hg.), The Attractions of Fascism, New York 1990; J. Schnapp u. B. Spackman (Hg.), Fascism and Culture (special issue), in: Stanford Italian Review 8/1. 1990. Gleichwohl hat die Technisierung des Sports ältere Wurzeln, die bis in das ausgehende 18. Jahrhundert zurückreichen. Siehe dazu: H. Eichberg, Der Weg des Sports in die industrielle Zivilisation, Baden-Baden 1973, S. 81–108.

79 Zitiert nach Mackenzie, Maschinenmenschen, S. 335.

80 Sport im Bild Nr. 17 vom 20.8.1926, S. 755. Vgl. auch Sport im Bild Nr. 24 vom 26.11.1926, S. 1076–1078.

81 Chr. Eisenberg, Massensport in der Weimarer Republik. Ein statistischer Überblick, in: AfS 33. 1993, S. 137–177, 147. Die Doppelmitgliedschaften wurden von Eisenberg aus der Zahl herausgerechnet.

82 Mackenzie, Maschinenmenschen, S. 337f.

Kriegsaustrags, die sublimierte Form gewaltsamer Auseinandersetzungen. Erst die »starken Selbstzwänge« der entwickelten Moderne machten es möglich, daß die »Kampf- und Angriffslust [...] einen gesellschaftlich erlaubten Ausdruck im sportlichen Wettkampf« fand. Innerhalb von strikten Regeln seien im Sport kleine Exzesse körperlicher Gewalt erlaubt.[83] In diese Tradition der Moderne ordnete sich auch die Weimarer Republik ein und trieb den wilhelminischen Trend zur Militarisierung des Sports auf die Spitze. So erzielte der Bergsteiger in der »Berliner Illustrirten Zeitung« im zivilisierten Kampfgeschehen den »Sieg über den Berg«, der schnelle Sprinter gewann »im Sturmlauf«, der starke Boxer benutzte mit der Faust die »natürliche Waffe des Menschen« und der Zehnkämpfer gewann den »Länderkampf«. »Kampfspiele«, »Kampfbahn« oder »Kampfgemeinschaft« wurden in den zwanziger Jahren zu Schlüsselbegriffen des Sports.[84]

Gerade die neuen Modesportarten der Weimarer Republik zeigten, daß sich auf dem Feld des Sportes eine »Neue Sachlichkeit« durchgesetzt hatte. Bevorzugt wurden nämlich, neben den Kampfsportarten, diejenigen Sportarten, bei den genau gemessen werden konnte und/oder bei denen es auf hohe Geschwindigkeiten ankam. Die Sportphysiologie mit ihrer elektromechanischen Meßtechnik verband sich mit heldenhaftem Abenteurertum und entschlußkräftiger Männlichkeit.[85]

Diese paradoxe Verschmelzung von Mensch und Maschine galt etwa für den Boxsport. Es waren vor allem die amerikanischen Filme, aber auch der Rundfunk und die Massenpresse, die dem Boxsport seine Popularität verliehen. War das Boxen vor dem Ersten Weltkrieg kaum verbreitet, so entwickelte es sich in den zwanziger Jahren in einem rasend schnellen Tempo zu einer spektakulär inszenierten neuen Sportart, die Intellektuelle wie Bertolt Brecht, den »rasenden Reporter« Egon Erwin Kisch, den Maler George Grosz und andere bekannte Schriftsteller, Schauspieler und Journalisten anzog. So genannte Großkampftage zogen bis zu 10.000 Zuschauer in den Berliner Sportpalast; die »BZ am Mittag« und die »Berliner Morgenpost« ließen gar »Volksboxsportkurse« veranstalten. Die stählerne Härte

83 N. Elias, Über den Prozeß der Zivilisation. Soziogenetische und psychogenetische Untersuchungen, Bd. 1, Frankfurt/M. 1997, S. 350, 373; N. Elias u. E. Dunning, Sport und Spannung im Prozeß der Zivilisation, Frankfurt/M. 2003. Enttäuschend dagegen: Eichberg, Der Weg des Sports in die industrielle Zivilisation, S. 54–60. Eichberg spekuliert über den Zusammenhang von Sport und Aggression mit bezug auf biologistische Verhaltensforschungen und konstatiert den wenig überraschenden Zusammenhang von drillmäßigen Turnübungen und Militärorganisation.

84 J. Schmidt, »Sich hart machen... «, S. 92, 94 (Zitate); Rusinek, Kult, S. 177–182. Vgl. dazu: D. Günther, Alpine Quergänge. Kulturgeschichte des bürgerlichen Alpinismus (1870 – 1930), Frankfurt/M. 1998.

85 Mackenzie, Maschinenmenschen, S. 327–332. Zu den Modesportarten siehe H. Eichberg, Die Veränderung des Sports ist gesellschaftlich. Die historische Verhaltensforschung in der Diskussion, Münster 1986, S. 187–190.

und der Mut des disziplinierten Boxers wurden dabei genauso bewundert wie seine Genauigkeit, Kombinatorik, Selbstbeherrschung und Geschwindigkeit. Disziplin, Konzentration, physische Elementarkraft und männliche Gewalt fanden hier im mechanisierten Kampfstil der »Neuen Sachlichkeit« zusammen.[86]

Ähnliches zeigte sich beim Sechstage-Fahrradrennen. Im Volksfest-Spektakel der Sportpaläste wurde bewundert, wie die Rennfahrer ihre Körper bis an die absolute Grenze der physischen Leistungsfähigkeit strapazierten. Man beobachtete, wie die Wettkämpfer, um eine Formulierung von Hans Ulrich Gumbrecht zu verwenden, »dem Tod ins Angesicht schauen«.[87] Auch der populäre Autorennfahrer galt – wenngleich dies z. T. auch schon für den Automobilisten des 19. Jahrhunderts zutraf – als ebenso nervenstark wie kaltblütig. »Schnell und hastig ist der Pulsschlag unserer Zeit« schrieb Mara Herberg 1926 in »Sport im Bild« über das schnelle Autofahren im Stadtverkehr, um dann fortzufahren, »nur wer angeborenes Tempo besitzt und es auswirken läßt, kann diese Epoche beherrschen«.[88] Schließlich war es auch die moderne Fliegerei der zwanziger Jahre mit ihren waghalsigen Manövern und risikoreichen Fernflügen, die als ein zentraler Ort des Abenteurertums galten, mit dem sich auch Prominente gerne schmückten. In der Darstellung des Piloten manifestierten sich, wie etwa aus den Bildberichten der millionenfach verkauften »Berliner Illustrirten Zeitung« sichtbar wird, die Wesenszuschreibungen einer autonomen und heldenhaften Persönlichkeit, die sich der Gefahr des Todes aussetzte.[89] Legendär wurde der Atlantik-Flug, den Charles Lindbergh 1927 mit seiner Landung in La Bourget bravourös abschloß. Der »neue Ikarus« hatte seinem »mythischen Ahn der Tragödie eine Nase gedreht« und wurde zum Helden. Der Geniekult um Lindbergh paßte in eine zunehmend technologisierte und mechanisierte Arbeitswelt, die vom industrialisierten Kampf des Ersten Weltkriegs nahezu besessen war. Die Fliegerei verband die modernistischen Maschinenvisio-

86 G. Berg, Nachwort, in: B. Brecht, Der Kinnhaken und andere Box- und Sportgeschichten, Frankfurt/M. 1995, S. 131–151; Eisenberg, Massensport, S. 139/140; Haustedt, Die wilden Jahre in Berlin, S. 119–121; H. U. Gumbrecht, 1926. Ein Jahr am Rand der Zeit, Frankfurt/M. 2003, S. 68–81. Auch die Schwerathletik verließ den Rahmen der Jahrmärkte und etablierte sich zu einer Sportart. Auf der Skala der beliebtesten Sportarten rangierte die Schwerathletik am Ende der Weimarer Republik nach Fußball, Leichtathletik, Schießen und Pferdesport auf dem fünften Rang (Eisenberg, Massensport, S. 166).

87 Gumbrecht, 1926, S. 222.

88 Sport im Bild Nr. 22 vom 29.10. 1926, S. 962. Vgl. M. Scharfe, Die Nervosität des Automoblisten, in: Dülmen (Hg.), Körper-Geschichten, S. 200–222.

89 J. Schmidt, »Sich hart machen... «, S. 61.

nen mit Entschlußkraft, Mut und Abenteurertum, die beide den Traum von nationaler Wehrfähigkeit repräsentierten.[90]

Die körperliche Gefahr, die im Ausgeliefertsein an die moderne Technik zum Ausdruck kam, wurde mit einem Gestus der nüchternen Erhabenheit kombiniert, so daß Mensch und Maschine ineinander verschmolzen. Eine neue Art der Körperkonstruktion entstand,[91] die durch die Verbindung von individueller Körperlichkeit und mechanisierter Technik ein neues Ideal von kalter Erhabenheit errichtete. Eben diese Erhabenheit kennzeichnete den Sporthelden wie auch den Revue-Star. Beide ordneten sich in der Technologiebezogenheit des Sports beziehungsweise in den Drill der präzisen Kolonnen-Synkronisation ein. Zugleich aber waren sie die modernen Helden von überlegener Kraft – beziehungsweise die bombastisch ausstaffierten Stars mit erhabenem Glanz. In ihren Körpern wurde Individualität und Kollektivität untrennbar miteinander verwoben. Die »Paradoxie der wechselseitigen Unterordnung« (Gumbrecht) von Führer und Gefolgschaft war das Signum der Zwischenkriegszeit: »Nach allgemein herrschender Meinung muß der wahre Führer das Kollektiv, aus dem er hervorgegangen ist, verkörpern. Ohne derartige Wurzeln kann er kein Führer sein – doch zugleich ist er einsamer und weiter von der Masse entfernt als jeder andere« (Gumbrecht). Diese Isoliertheit war eine Bedingung des politischen Charismas. Der politische Führer bedurfte zugleich der ständigen Bewährung und Bestätigung seine außerwerktäglichen Eigenschaften durch die Gefolgschaft. Der Führer stand dadurch paradoxerweise in einem zugleich rigiden wie losen Machtverhältnis zu seiner Gefolgschaft, da sich sein Charisma nur durch die Interaktion, den Glauben und die Anerkennung durch die Gefolgschaft bewährte. Der in die Krise geratene klassische Körperdiskurs und der neue, paradoxe Körperstil der Zwischenkriegszeit waren insofern Voraussetzung und kulturelle Bedingungen für die charismatische Herrschaft. In der Verknüpfung von Massenkörper und individuellem Heldentum lag die Chance und Gelegenheit zu charismatischer Herrschaft und Vergemeinschaftung begründet.[92]

90 M. Eksteins, Tanz über Gräben. Die Geburt der Moderne und der Erste Weltkrieg. Reinbek 1990, S. 362–370; P. Fritzsche, A nation of fliers. German aviation and the popular imagination, Cambridge 1992, S. 133–184; S. Schüler-Springorum, Vom Fliegen und Töten. Militärische Männlichkeit in der deutschen Fliegerliteratur, 1914–1939, in: Hagemann u. Schüler-Springorum (Hg.), Heimat-Front, S. 208–233.

91 Mackenzie, Maschinenmenschen, S.327f., 331f., 335.

92 Zum Problem von Individualität und Kollektivität beziehungsweise von charismatischem Führer und Gefolgschaft siehe (neben Max Webers bekannten Schriften zur charismatischen Herrschaft): K. Schreiner, »Wann kommt der Führer Deutschlands?« Formen und Funktionen des politischen Messianismus in der Weimarer Republik, in: Saeculum 49. 1998, S. 107–160, bes. 124–155; Gumbrecht, 1926, S. 425–432; Wehler, Deutsche Gesellschaftsgeschichte, Bd. 4, S. 551–558; W. Nippel (Hg.), Virtuosen der Macht. Herrschaft und Charisma, München 2000;

V. Schluß. Die politische Kultur der Weimarer Republik hielt den Krieg in mehrfacher Hinsicht präsent und die Beschäftigung mit Krieg und Gewalt dominierte die Ordnung des Körpers bei der männlichen Jugend der Zwischenkriegszeit. Das Eindringen des Militärs und seiner Bewertungskriterien reichte darüber hinaus in die Sphäre der politischen Gesellschaft hinein – es war die Brutalisierung der politischen Sprache, die diese Kontinuität des Krieges markierte.[93] Im Wachhalten dieser Erfahrungen verkoppelte sich die »innere Verweigerung des Friedens« (Hans Mommsen) mit einer »Dramatisierung des Politischen« (Bernd Weisbrod). Beinahe jedes politische Sprechen wurde im Modus der Verheißung, panischen Bedrohung oder des gewaltgeladenen Hasses artikuliert. Der moralische Kodex, der noch im 19. Jahrhundert einen Puffer zwischen Denken und Handeln gebildet hatte, war nach dem Ersten Weltkrieg verschwunden. Die politische Kultur war durch die Kriegsjugendlichen pragmatischer, aber auch militanter, härter und erbarmungsloser geworden. Imagination und Handeln hatten sich deutlich aufeinander zu bewegt.[94] Diese Entschiedenheit der Körperpolitik manifestierte sich sowohl im politischen Diskurs wie auch in der körperlichen Hexis der männlichen Kriegsjugendgeneration.

Die Präsenz der Gewalt ging dabei über den engen Bereich des Politischen hinaus und manifestierte sich in unterschiedlichsten Bereichen der Gesellschaft. Sie offenbarte sich im Bereich der Sexualität in der intensiven Presseberichterstattung über den als Faszinosum beschriebenen »Lustmörder«. Nahezu ausufernde Presseberichte und Gerichtsreportagen entstanden über Fritz Haarmann, den homosexuellen Serienmörder aus Hannover, über Peter Kürten, den verheirateten Düsseldorfer Frauenmörder, über Wilhelm Grossmann, den Blaubart der schlesischen Eisenbahn oder über Karl Denke, den kannibalistischen Massenmörder aus Münsterberg. Wie tief diese Fälle in das kommunikative Gedächtnis der Zwischenkriegszeit eindrangen, zeigen die künstlerischen Bearbeitungen des Themas – sei es in Fritz Langs Film »M«, seien es die diversen Bilder über Lustmörder

J. Raab u. D. Tänzler, Charisma der Macht und charismatische Herrschaft. Zur medialen Präsentation Mussolinis und Hitlers, in: A. Honer, R. Kurt u. J. Reichertz (Hg.), Dieseitsreligion. Zur Deutung der Bedeutung moderner Kultur, Konstanz 1999, S. 59–77, 62f.; W. E. Mühlmann, Charisma, in: Historisches Wörterbuch der Philosophie, hrsg. von J. Ritter, Bd. 1, Darmstadt 1971, Sp. 996–999.

93 Mosse, Gefallen, S. 195–244; N. Elias, Studien über die Deutschen. Machtkämpfe und Habitusentwicklung im 19. und 20. Jahrhundert, Frankfurt/M. 1989, S. 274–281; Bessel, Krise, S. 98–114; Childers, Social Language, S. 331–358; A. Lehmann, Militär und Militanz zwischen den Weltkriegen, in: D. Langewiesche u. H.-E. Tenorth (Hg.), Handbuch der deutschen Bildungsgeschichte, Bd. V (1918–1945), München 1989, S. 407–429.

94 B. Weisbrod, Die Politik der Repräsentation. Das Erbe des Ersten Weltkrieges und der Formwandel der Politik in Europa, in: H. Mommsen (Hg.), Der Erste Weltkrieg und die europäische Nachkriegsordnung. Sozialer Wandel und Formveränderung der Politik, Köln 2000, S. 13–41.

bei Otto Dix und George Grosz, sei es Alfred Döblins Roman »Berlin Alexanderplatz« oder Robert Musils »Mann ohne Eigenschaften«.[95] Die Vorstellungen von der Brutalisierung der Sexualität, die Phantasien vom lustvollen Mord und von Verstückelung reichten bis in das progressive Lager und blieben keineswegs auf eine faschistische Ästhetisierung der Gewaltorgie begrenzt. Selbst die Jazzmusik wurde unmittelbar mit körperlicher Energie und rassistisch unterlegter Sexualität verbunden. Nicht nur der Dichter Johannes R. Becher benutzte Gewaltsemantiken, um die »Maschinenrhythmen«, den »Gelenke-zerhackend[en] knöcherne[n] Wirbel« der Jazz-Band, in Worte zu fassen.[96]

Noch in der Reaktion auf den Badeerlaß des kommissarischen Preußischen Innenministers Franz Bracht, der im Oktober 1932 aus Sittlichkeitsgründen das Aufnähen einen zusätzlichsten Stücks Stoff in den Schritt der Badehosen verordnete, zeigt sich die zeitgenössische Verklammerung von Körper, Sittenverfall und Krieg. So war im Leitartikel des liberalen »Berliner Tageblatts« zum Badeerlaß folgende Parallelisierung zu lesen: »Die Entfesselung der angeborenen Instinkte äußert sich ebenso in der Lust am Kriegsspielen und in der Neigung, ein angebliches Recht mit Sprengbomben durchzusetzen, wie in der Entartung der bürgerlichen Moral. Alle Skandalprozesse der letzten Jahre sind aus der Auflockerung von Begriffen entstanden, die früher festgelegt waren und erst durch den Krieg und durch seine veränderte Auffassung von Recht und Besitz in ihr Gegenteil verkehrt wurden.«[97] Diese von den Zeitgenossen konstatierte Krise der Moralordnung des 19. Jahrhunderts manifestierte sich vor allem im zügel- und regellosen Umgang mit dem Körper, der wiederum die politische Ordnung vermeintlich gefährdete. Die Vorstellungen vom »strammen Mann« wie auch die entsprechende Gewaltpraxis entfalteten angesichts dieser Ängste vor dem Ordnungsverlust ihre Wirkungsmächtigkeit.

Immer wieder war von der paradoxen Körperpolitik als dem Kennzeichen eines Politikstils der Zwischenkriegszeit die Rede. Diese Körperpolitik wurde anhand der ineinander verschränkten Themenbereiche des Kriegskrüppels, der rassistischen Neue-Mensch-Utopien, des Jugendkultes,

95 M. Tatar, Lustmord. Sexual Murder in Weimar Germany, Princeton, NJ 1995; Th. Lessing, Haarmann. Die Geschichte eines Werwolfs und andere Gerichtsreportagen, Frankfurt/M. 1989; R. Herbertz, Verbrecherdämmerung. Psychologische Deutung und weltanschauliche Perspektiven der jüngsten Mordfälle Maarmann, Angerstein, Denke usw., München 1925. Schon in den 1890er Jahren begann diese obsessive Thematisierung des Lustmordes: J. Linder (Hg.), Verbrechen – Justiz – Medien. Konstellationen in Deutschland von 1900 bis zur Gegenwart, Tübingen 1999; M. Clausen, Kriminologien des Lustmenschen. Magisterarbeit Humboldt Universität Berlin 2002.

96 J. R. Becher, Maschinenrhythmen, Berlin 1926, S. 75. Vgl. Gumbrecht, 1926, S. 157–163; E. Hobsbawm, Ungewöhnliche Menschen. Über Widerstand, Rebellion und Jazz, München 2003.

97 F. Engel: »Die Rettung der Moral«, in: Berliner Tageblatt Nr. 382 vom 13.8.1932, S. 1.

des Paramilitarismus und der Technisierung aufgezeigt. Für die Weimarer Körperpolitik bedeutet dies nun, die Spannungspaare von Destruktion und Produktion, von Erlösung und Untergang, von Maschine und Mensch, von Wille und Drill, von Elite und Masse, von modernem Machbarkeitswahn und mythisch-religiöser Überhöhung, von Spaß an der Vergnügungsindustrie und dem Leiden an der Sinnlosigkeit nicht bloß als Widersprüche und vorübergehende Krisenphänomene der Moderne zu fassen. Der Ausdruck des Paradoxes wird hier in historisierender Absicht verstanden und bezieht sich darauf, daß die damaligen Zeitgenossen in »kalter Sachlichkeit« für die paradoxe Bezugnahme dieser Spannungspaare plädiert hatten. Dieses paradoxe Denken, daß also gerade durch die Mechanisierung das Menschliche möglich werde, daß gerade durch den Drill der Wille entstehe, gerade durch den Untergang die Erlösung komme, daß sich gerade durch das tatkräftige »social engineering« die Sakralität wieder einfinde, bildete sich in der Zwischenkriegszeit am deutlichsten heraus. Dieses Denken in Paradoxien griff die nationalsozialistische Körperpolitik in virtuoser Weise auf, indem sie ihre politische Gewalt sowohl als Destruktions- wie auch als Ordnungsprinzip inszenierte und ästhetisierte. Das nationalsozialistische Ordnungsmodell verklammerte Konsensbildung und Gewaltausübung.

Brigitte Kerchner

Körperpolitik

Die Konstruktion des »Kinderschänders« in der Zwischenkriegszeit[1]

»Jeder Rückfall eines Kinderschänders bedeutet die Vergiftung einer Kinderseele, evtl. sogar körperliche Schädigung und darüber hinaus eine schwere Schädigung des gesamten deutschen Volkskörpers.«[2] Diese Erkenntnis stand im Zentrum einer Dissertation, die der Dresdener Rechtsreferendar *Borwin Himmelreich* unter dem Titel »Die Kinderschändung« im Jahr 1932 an der Universität Leipzig einreichte. Rechtlich behandelte Himmelreich den Tatbestand der »Unzucht an Kindern«, der bereits im Strafgesetzbuch des Kaiserreichs kodifiziert worden war.[3] Gemeint waren pönalisierte Verhaltensweisen, die wir heute als sexuellen Mißbrauch bezeichnen würden.[4] Aufgeschreckt durch die steigende Zahl der Verurteilungen[5] kam Himmelreich zum Ergebnis, der Staat habe bei der Bewältigung des Problems »versagt«. Endlich müßten die Ergebnisse der Naturwissenschaften und der Sozialwissenschaften zur Grundlage einer neuen Kriminalpolitik gemacht werden. Da der »größte Teil« der »rückfälligen Kinderschänder« an einer »seelischen und körperlichen Entwicklungs-

1 Für Hinweise und Kritik danke ich Bernd Florath, Andrea Genest, Wolf-Dieter Narr, Sigrid Koch-Baumgarten, Silke Schneider, Ruth Stanley, Peter Steinbach, Susanne zur Nieden sowie dem Herausgeber und den Gutachtern des Bandes.

2 B. Himmelreich, Die Kinderschändung, Inaugural-Dissertation zur Erlangung der Doktorwürde bei der Juristischen Fakultät der Universität Leipzig, Leipzig 1932, S. 42–43.

3 Der weiter geltende § 176 Nr. 3 RStGB bedrohte mit bis zu zehn Jahren Zuchthaus, wer mit Personen unter 14 Jahren »unzüchtige Handlungen« vornahm, die Mindeststrafe lag bei sechs Monaten Gefängnis. Reichs-Gesetzblatt, Berlin 1871, S. 161.

4 U. Brockhaus u. M. Kolshorn, Sexuelle Gewalt gegen Mädchen und Jungen. Mythen, Fakten, Theorien, Frankfurt 1993, S. 27–29.

5 Absolut stiegen die Verurteilungen wegen § 176–179 StGB von 3254 (1890) auf den Maximalwert von 6109 (1926), kriegsbedingt sank die Zahl vorübergehend auf 2268 (1920). Wurden 1882 2852 Personen aufgrund der § 176–179 StGB rechtskräftig verurteilt, ergab dies bezogen auf 100 000 Personen der strafmündigen Bevölkerung eine Kriminalitätsziffer von 9,0. Die entsprechende Ziffer stieg von 9,4 (1890) auf den Höchststand von 13 (1926), im Jahr 1920 sank die Ziffer kriegsbedingt auf 4,8. Bei der »Unzucht an Kindern« (§ 176 Nr. 3 StGB) war nur die absolute Zahl greifbar, sie stieg von 3085 (1897) auf 4623 (1927) und sank kriegsbedingt auf 1800 (1920). Statistik des Deutschen Reichs: Kriminalstatistik für das Jahr [...], Bd. 120 [1897), Berlin 1899, S. 160–161; Bd. 139 [1900] Berlin 1902, S. 162–163; Bd. 346 [1920] Berlin 1928, S. 18–19; Bd. 370 [1927] Berlin 1930, S. 34, 44, 57, 130–131.

störung« leide, die durch eine Verkümmerung der »inneren Geschlechtsorgane« ausgelöst werde, sei jeder Versuch durch Strafe zu bessern, sinnlos. Als wirksamere Mittel zog er drakonische Maßnahmen in Erwägung: »Sicherungsverwahrung«, notfalls auch »lebenslänglich«, sowie »Kastration«.[6] Während sich die einschlägigen juridischen Studien des Kaiserreichs noch ganz auf die rechtshistorischen und dogmatischen Fragen der »Unzucht an Kindern« konzentriert hatten,[7] rückte Himmelreich die Profilierung des Täters in den Vordergrund. Zudem führte er vor, wie sich der Körper zum Ausgangspunkt eines ganzen rechtspolitischen Programms machen ließ: Dazu wurde die »Kinderschändung« als eine sexuelle Handlung definiert, die »mit dem Körper des Kindes« geschieht, die vorrangige Ursache in einer körperlich bedingten Störung gesehen, auf die »körperlichen Folgen« für das Opfer geachtet und gleichzeitig im übertragenen Sinn der gesellschaftliche Schaden für den »Volkskörper« angeprangert. Am Ende stand dann mit der Kastration ein körperlicher Eingriff, der das Problem effektiv zu lösen versprach.[8] So stellt sich die Frage: Wie kommt es in der Kriminologie der Weimarer Republik zu einem derart komplexen Zugriff auf den Körper?

Nicht nur in solch zugespitzten Fällen wie der Strafverfolgung des »Kinderschänders«, sondern stets, wenn der Körper zum Wissensgegenstand und Ansatzpunkt gesellschaftlicher und staatlicher Regulierung wird, läßt sich von Körperpolitik sprechen. Wurde der Begriff *body politics* zunächst im us-amerikanischen Forschungskontext der siebziger und achtziger Jahre als feministische Kritik an der Entkörperung des Politischen sowie an der Verkörperung des Weiblichen formuliert,[9] so geht er im Kontext der neueren Studien zur Körpergeschichte[10] inzwischen über den Geschlechteraspekt

6 Himmelreich, Kinderschändung, Zitate S. 34–36, 42–43.

7 W. Mittermaier u.a., Verbrechen und Vergehen wider die Sittlichkeit. Beleidigung. Personenstandsdelikte. Berlin 1906, S. 114–119; A. Aaron, Unzüchtige Handlungen mit Kindern (§ 176 Ziffer 3 RStGB), Offenbach 1910. Vgl. T. Hommen, Sittlichkeitsverbrechen. Sexuelle Gewalt im Kaiserreich, Frankfurt 1999, S. 35–63; dies., Körperdefinition und Körpererfahrung. »Notzucht« und »unzüchtige Handlungen an Kindern« im Kaiserreich, in: GG 26. 2000, S. 577–601.

8 Himmelreich, Kinderschändung, S. 7–13.

9 S. Kontos, Körperpolitik – eine feministische Perspektive, in: Kulawik u. Sauer (Hg.), Der halbierte Staat. Grundlagen feministischer Politikwissenschaft, Frankfurt 1996, S. 137–157; C. Smith-Rosenberg, Körper-Politik oder der Körper als Politikum, in: C. Conrad u. M. Kessel (Hg.), Geschichte schreiben in der Postmoderne. Beiträge zur aktuellen Diskussion, Stuttgart 1994, S. 310–350; M.-L. Angerer, Zwischen Ekstase und Melancholie: Der Körper in der neueren feministischen Diskussion, in: L'Homme 5. 1994, S. 28–44; R. Weitz (Hg.), The Politics of Women's Bodies: Sexuality, Appearance, and Behavior, New York 1998.

10 Exemplarisch P. Sarasin, Reizbare Maschinen. Eine Geschichte des Körpers 1765–1914, Frankfurt 2001. Die Literatur sichten H. Stoff, Diskurse und Erfahrungen: Ein Rückblick auf die Körpergeschichte der neunziger Jahre, in: 1999 14. 1999, S. 142–160; U. Planert, Der dreifache Körper des Volkes: Sexualität, Biopolitik und die Wissenschaften vom Leben, in: GG 26. 2000,

deutlich hinaus. Dabei gibt es für körpergeschichtliche Studien, die nicht nur nach der historischen Veränderung von Funktionen und Tätigkeiten des Körpers fragen, sondern auch nach dem Wandel von Körperwahrnehmungen und -definitionen und damit nach der immer wieder neu sich einstellenden Beziehung zwischen dem individuellen Körper und der Gesellschaft, eine Reihe theoretischer Anschlußmöglichkeiten.[11]

Folgt man der Ethnologin *Mary Douglas*, dann fungiert der physische Körper des Menschen als »Ausdrucksmedium« des Individuums, gleichzeitig ist er eine symbolische Repräsentanz des sozialen Körpers, ein »mikrokosmisches Abbild« der Gesellschaft. Soziale Kontrolle gewinnt demnach an Effektivität, wenn sie am individuellen Körper als sichtbarem Teil des Selbst ansetzt. Werden die Vorstellungen vom eigenen Körper modelliert, verändert sich sowohl das Selbstbild als auch die Wahrnehmung der Gesellschaft, was wiederum eine Neudefinition der eigenen sozialen Rolle erzwingt.[12] Anknüpfend an die Zivilisationstheorie von *Norbert Elias* liegt es nahe, das Wechselspiel von gesellschaftlicher Verhaltensnormierung und individueller Selbstkontrolle zu thematisieren und die Frage aufzuwerfen, ob im Übergang zur Moderne die Gefühle, »Triebe«, Grundbedürfnisse und Körperfunktionen des Menschen tatsächlich einer »zunehmenden Straffung und Differenzierung« unterworfen wurden.[13] Schließlich vermag eine an das Habituskonzept von *Pierre Bourdieu* anschließende Körpergeschichte die

S. 539–576, bes. 539–548; M. Lorenz, Leibhaftige Vergangenheit. Einführung in die Körpergeschichte, Tübingen 2000.

11 Unterschiedliche theoretische Modelle diskutieren Planert, Der dreifache Körper, S. 540–546; Lorenz, Leibhaftige Vergangenheit, S. 42–103.

12 M. Douglas, Ritual, Tabu und Körpersymbolik. Sozialanthropologische Studien in Industriegesellschaft und Stammeskultur, Frankfurt 1974 (engl. 1970). Dazu Smith-Rosenberg, Körper-Politik, S. 310 u. 318; Planert, Der dreifache Körper, S. 542–543; Lorenz, Leibhaftige Vergangenheit, S. 38–41. Zum Körper als politischer Metapher auch A. Meyer, Mechanische und organische Metaphorik politischer Philosophie, in: Archiv für Begriffsgeschichte 13. 1969, S. 128–199; S. Maasen u. a. (Hg.), Biology as Society, Society as Biology: Metaphors, Dordrecht 1995; B. Kerchner, Der Körper als politische Metapher, in: femina politica 8. 1999, S. 61–79; Planert, ebd., S. 543–544, 564–568; I. Baxmann, Der Körper der Nation, in: E. François u.a. (Hg.), Nation und Emotion. Deutschland und Frankreich im Vergleich, 19. und 20. Jahrhundert, Göttingen 1995, S. 353–365; sowie im gleichen Band: W. Kaschuba, Die Nation als Körper. Zur symbolischen Konstruktion »nationaler« Alltagswelt, S. 291–299.

13 N. Elias, Über den Prozeß der Zivilisation. Soziogenetische und psychogenetische Untersuchungen, (1939), Bd. 1–2, Frankfurt 1976, bes. Bd. 1, S. IX–X u. 230–301. Vgl. J. Goudsblom, Aufnahme und Kritik der Arbeiten von Norbert Elias in England, Deutschland, den Niederlanden und Frankreich, in: P. Gleichmann u.a. (Hg.), Materialien zu Norbert Elias' Zivilisationstheorie, Frankfurt 1979, S. 17–100; G. Schwerhoff, Zivilisationsprozeß und Geschichtswissenschaft. Norbert Elias' Forschungsparadigma in historischer Perspektive, in: HZ 26. 1998, S. 561–605. Zum daran anknüpfenden Konzept der »Sozialdisziplinierung« G. Oestreich, Strukturprobleme des europäischen Absolutismus, in: VSWG 55. 1968, S. 329–347. Vgl. W. Schulze, Oestreichs Begriff der ›Sozialdisziplinierung‹ in der Frühen Neuzeit, in: Zeitschrift für Historische Forschung 14. 1987, S. 265–302.

Einverleibung gesellschaftlicher Bewertungen durch soziale Akteure in den Mittelpunkt zu rücken. Dabei schlägt sich in der Sicht Bourdieus die Aneignung der Umwelt direkt im Körper der Individuen nieder. Indem diese etwa Herkunft und Klassenstatus sowie die daran geknüpften kollektiven Bewertungsschemata und Verhaltensdispositionen verinnerlichen, werden soziale Differenzen als »feine Unterschiede« im Habitus des einzelnen sichtbar: in Gestus und Aussehen, in Körperhaltung, Gangart und Sprechweise, in den Kleidungsformen. Wenn sich so die fundamentalsten, folglich allgemeinsten Körpererfahrungen als gesellschaftlich bestimmt und historisch veränderbar zeigen, kann auch der physische Körper des Menschen selbst als ein politisierter Körper und die Definition des Körpers als das Produkt einer umfassenden gesellschaftlichen Konstruktionsarbeit aufgefaßt werden. Genauer besehen erweisen sich dann die Gegensätze, die im Rekurs auf den Körper als selbstverständlich oder natürlich ausgegeben werden (etwa bürgerlich/proletarisch, männlich/weiblich, alt/jung) als künstlich. Will man dem in historischer Perspektive nachgehen, gilt es, politische Auseinandersetzungen um den Körper als symbolische Deutungskämpfe zu entziffern, in denen um die Erkenntnis sozialer Welt, die Definition von Wirklichkeit, die Anerkennung sozialer Gliederungsprinzipien und damit um die Identität und Einheit von Gruppen gerungen wird.[14]

Wer jedoch explizit von Körperpolitik spricht, stützt sich in der Regel auf das historische Diskursmodell von *Michel Foucault*.[15] Demnach wird

14 »Habitus« bezeichnet die meist unbewußten, verinnerlichten Dispositionen, die Individuen und soziale Gruppen dazu bringen, sich selbst und ihre Lebenswelt auf spezifische Weise wahrzunehmen und von daher eine Verhaltensorientierung zu gewinnen. P. Bourdieu, Zur Soziologie der symbolischen Formen, Frankfurt 1991^2, S. 125–158, 193; ders., Die feinen Unterschiede. Kritik der gesellschaftlichen Urteilskraft, Frankfurt 1988^2, S. 729–734. Zu Bourdieus Körperkonzept S. Goltermann, Körper der Nation. Habitusformierung und die Politik des Turnens 1860–1890, Göttingen 1998, S. 17–21, 325–336; Lorenz, Leibhaftige Vergangenheit, S. 87–90; Planert, Der dreifache Körper, S. 542. Vgl. I. Gilcher-Holtey, Kulturelle und symbolische Praktiken: das Unternehmen Pierre Bourdieu, in: W. Hardtwig u. H.-U. Wehler (Hg.), Kulturgeschichte heute, Göttingen 1996, S. 111–130; S. Reichardt, Bourdieu für Historiker? Ein kultursoziologisches Angebot an die Sozialgeschichte, in: Th. Mergel u. Th. Welskopp (Hg.), Geschichte zwischen Kultur und Gesellschaft. Beiträge zur Theoriedebatte, München 1997, S. 71–93; H.-U. Wehler, Pierre Bourdieu. Das Zentrum seines Werks, in: ders., Die Herausforderung der Kulturgeschichte, München 1998, S. 15–44; A. Landwehr, Geschichte des Sagbaren. Einführung in die Historische Diskursanalyse, Tübingen 2001, S. 89–97.

15 M. Foucault, Sexualität und Wahrheit, Bd. 1: Der Wille zum Wissen, Frankfurt 1992^6; ders., Die Ordnung des Diskurses. Mit einem Essay von Ralf Konersmann, Frankfurt 1991. Vgl. S. Krasmann, Simultaneität von Körper und Sprache bei Michel Foucault, in: Leviathan 23. 1995, S. 240–262; P. Schöttler, Wer hat Angst vor dem »linguistic turn«? in: GG 23. 1997, S. 134–151; U. Brieler, Foucaults Geschichte, in: GG 24. 1998, S. 248–282; J. Link, Diskursive Ereignisse, Diskurse, Interdiskurse: Sieben Thesen zur Operativität der Diskursanalyse am Beispiel des Normalismus, in: H. Bublitz u.a. (Hg.), Das Wuchern der Diskurse. Perspektiven der Diskursanalyse Foucaults, Frankfurt 1999, S. 148–161. Kritisch A. Honneth, Kritik der Macht. Reflexionsstufen einer kritischen Gesellschaftstheorie, Frankfurt 1994^2, S. 113–224; H.-U. Wehler, Michel

seit dem 17. Jahrhundert die Souveränitätsmacht des Absolutismus von einer Disziplinarmacht überlagert, die mit »winzigen und unscheinbaren« Techniken auf die Körper einwirke, um die Individuen in die bürgerliche Gesellschaft einzupassen. Hinzu trete um die Mitte des 18. Jahrhunderts eine auf den »Gattungskörper« konzentrierte Biomacht, die Geburt, Sterblichkeit und Gesundheit zu kontrollieren beginne. Vorrangig vollzieht sich die moderne Machtausübung in dieser Sicht in den institutionalisierten Redezusammenhängen der Wissenschaften; indem diese die Geltung von Aussagen über die Wirklichkeit regeln, bestimmen sie auch über die Möglichkeiten und Grenzen kohärenten Handelns. Folgt man dem mit einem körpergeschichtlichen Interesse, dann können einzelne »Diskurse« rekonstruiert werden, die insbesondere seit dem 18. Jahrhundert den Körper auf je spezifische Weise zum Wissensgegenstand erheben, dabei die individuelle und gesellschaftliche Wahrnehmung des Körpers neu organisieren und über modifizierte Köperdefinitionen das Selbstverständnis der Subjekte sowie das Selbstbild der Gesellschaft prägen.[16] Wie sich im Laufe des 20. Jahrhunderts Individuen und Gruppen die Kriterien der in wissenschaftlichen, gesellschaftlichen oder staatlichen Institutionen durchgesetzten Körperdefinitionen aneigneten oder wie sie sich ihnen widersetzten, ist ein Problem, das inzwischen unter dem Stichwort »gouvernementalité« ebenfalls bearbeitet wird.[17]

Ausgehend von den theoretischen Überlegungen können vor allem im Rekurs auf Bourdieu und Foucault[18] mit »Körperpolitik« nun präziser jene Formen der kulturellen Zuschreibung sowie der gesellschaftlichen und staatlichen Reglementierung bezeichnet werden, die am physischen Körper des Menschen ansetzen und dabei, nicht unbedingt in der Absicht einzelner Akteure, aber doch im diskursiven Zusammenwirken, die Identität von Subjekten, sozialen Gruppen sowie der Gesellschaft als Ganzes konstituieren. Insofern bezeichnet Körperpolitik kein eigenes Politikfeld, sondern

Foucault. Die »Disziplinargesellschaft« als Geschöpf der Diskurse, der Machttechniken und der »Bio-Politik«, in: ders., Herausforderung, S. 45–95. Vgl. die Replik von M. Maset, Diskurs, Macht und Geschichte. Foucaults Analysetechniken und die historische Forschung, Frankfurt 2002, S. 11–33, 80–93.

16 P. Sarasin, Subjekte, Diskurse, Körper. Überlegungen zu einer diskursanalytischen Kulturgeschichte, in: Hardtwig u. Wehler (Hg.), Kulturgeschichte, S. 131–164; Maset, Diskurs, S. 127, 135–137; Landwehr, Geschichte des Sagbaren, S. 75–89.

17 Dazu etwa Th. Lemke, Eine Kritik der politischen Vernunft: Foucaults Analyse der modernen Gouvernementalität, Berlin 1997; D. Mitchell, Governmentality. Power and Rule in Modern Society, London 1999; U. Bröckling u.a. (Hg.), Gouvernementalität der Gegenwart. Studien zur Ökonomisierung des Sozialen, Frankfurt 2000.

18 Zur Annäherung beider Positionen Landwehr, Geschichte des Sagbaren, S. 89, 91; Lorenz, Leibhaftige Vergangenheit, S. 87–90. Vgl. D. Eribon, Social Construction of Sexuality: Comparing Bourdieu with Foucault, in: International Journal of Contemporary Sociology 38. 2001, No. 1, S. 28–41.

eine Form der Machtausübung, die übergreifend auf verschiedenen Feldern (vor allem Leben und Gesundheit, Fortpflanzung und Bevölkerung, Hygiene und Sexualität, Ehe und Familie) wirksam zu werden vermag. Konkret erhellt die Analyse körperpolitischer Strategien, wie durch die Verknüpfung von Körpereigenschaften mit Wesens- und Charaktermerkmalen Normalität und Abweichung definiert, gesellschaftliche Ein- und Ausgrenzung legitimiert, soziale Hierarchien verfestigt und Dominanz- und Machtverhältnisse etabliert werden. Letztlich geht es darum, das sich wandelnde Verhältnis von Fremdzuschreibung und Selbstverständnis historisch konkret zu bestimmen.[19] Auch wenn dabei stets von einer sozialen Konstruktion der Wirklichkeit und Wissensordnung ausgegangen und der Körper in seiner historischen und gesellschaftlichen Bedingtheit gesehen wird, besteht keine Notwendigkeit, die Materialität des physischen Körpers selbst zu bestreiten.[20] Konzentriert sich die Körpergeschichte oft auf hygienische, medizinische oder biologische Texte, so legt der Aspekt der Körperpolitik es allerdings nahe, sich – entgegen mancher Empfehlungen Foucaults[21] – gezielt Gesetz und Recht zuzuwenden. Denn »als institutionell verfestigte diskur-

19 Smith-Rosenberg, Körper-Politik, S. 310–314; Kontos, Körperpolitik, S. 138. Vgl. die Anregung »Politik« nicht länger als einen von Kultur und Ökonomie abgegrenzten Bereich zu begreifen, sondern als »Wettkampf um die Macht«, bei dem »Identitäten«, wie »Klasse« und »Geschlecht«, konstituiert werden: J. W. Scott, Sprache, Geschlecht und Geschichte der Arbeiterklasse, in: Conrad u. Kessel (Hg.), Geschichte, S. 283–309, bes. 288–295. Zum Politikbegriff auch Th. Childers, The social language of politics in Germany: the sociology of political discourse in the Weimar Republic, in: American Historical Review 95. 1990, S. 331–358, bes. 335; C. Lipp, Politische Kultur oder das Politische und Gesellschaftliche in der Kultur, in: Hardtwig u. Wehler (Hg.), Kulturgeschichte, S. 78–110, bes. 97–99; P. Sarasin, Mapping the body: Körpergeschichte zwischen Konstruktivismus, Politik und »Erfahrung«, in: Historische Anthropologie 7. 1999, S. 437–451.

20 Die Konzepte der Materie und des Körpers zu dekonstruieren, so Judith Butler, heiße nicht, den Körper schlichtweg zu verneinen oder die Materialität pauschal zu bestreiten, allenfalls gehe es um einen Verlust an epistemologischer Gewißheit: J. Butler, Kontingente Grundlagen: Der Feminismus und die Frage der »Postmoderne«, in: S. Benhabib u.a., Der Streit um Differenz. Feminismus und Postmoderne in der Gegenwart, Frankfurt 1993, S. 31–58, hier 31, 51–52; dies., Körper von Gewicht. Die diskursiven Grenzen des Geschlechts, Berlin 1995. Kritisch B. Duden, Die Frau ohne Unterleib. Zu Judith Butlers Entkörperung, in: Feministische Studien 11. 1993, S. 24–33. Zur Kontroverse zuletzt K. Ludewig, Die Wiederkehr der Lust: Körperpolitik nach Foucault und Butler, Frankfurt 2002.

21 Einerseits betont Foucault, daß die am Körper ansetzenden subtilen Techniken der Machtausübung im Übergang zur Moderne die älteren Machtlogiken von Verbot und Strafe nicht verdrängen, sondern nur überlagern; andererseits tendiert er doch dazu, die juridischen Diskurse gegenüber den medizinischen und psychoanalytischen zu vernachlässigen und die Effektivität der Justiz als wissenschaftlicher Disziplin zu unterschätzen. Foucault, Sexualität und Wahrheit, Bd. 1, S. 102–112. Vgl. M. Dinges, Michel Foucault, Justizphantasien und die Macht, in: A. Blauert u. G. Schwerhoff (Hg.), Mit den Waffen der Justiz. Zur Kriminalitätsgeschichte des späten Mittelalters und der Frühen Neuzeit, Frankfurt 1993, S. 189–212; Th. Lemke, Der Kopf des Königs – Recht, Disziplin und Regierung bei Foucault, in: Berliner Journal für Soziologie 9. 1999, S. 415–434; Brieler, S. 271–272; Sarasin, Maschinen, S. 462.

sive Praxis setzen Gesetze einen verbindlichen rechtlichen Rahmen für die sozialen Praxen der politischen Inklusion und Exklusion von Personen.«[22] Wie gerade in der Zwischenkriegszeit naturalisierende und biologisierende Sichtweisen vom juridischen Diskurs teils abgewehrt, teils integriert wurden,[23] wie die Justiz als Disziplin in der Weimarer Strafrechtsreform agierte und wie schließlich im Nationalsozialismus die im kriminologischen Diskurs produzierten Täterbilder zur Ausgrenzung von »Gemeinschaftsfremden« eingesetzt werden konnten, gilt es dabei genauer zu eruieren. Wird, wie im folgenden, das Thema »Kinderschändung« exemplarisch herangezogen,[24] um Merkmale sichtbar zu machen, die für die Körperpolitik der Zwischenkriegszeit insgesamt charakteristisch zu sein scheinen, so stellen sich *vier* erkenntnisleitende Fragen: Erstens, welche Körperzeichen und »Wesens«-Merkmale erhält der Typus des »Kinderschänders« im kriminologischen Diskurs und wie wird dabei nach Alter, Geschlecht und Klasse differenziert? Zweitens, welche Varianten des »Kinderschänders« werden durch die Redeweisen der sozialen und professionellen Bewegungen der Weimarer Republik popularisiert und wie formulieren unterschiedliche Gruppen durch die Abgrenzung vom »Kinderschänder« ihr eigenes Selbstverständnis? Drittens, auf welche Körperkonzepte und Täterbilder stützt sich die Strafrechtsreform der Weimarer Republik? Viertens, welche Strategien werden schließlich in der nationalsozialistischen Diktatur ergriffen, um den »Kinderschänder« als Verkörperung des Anderen und die Gesellschaft als homogene Volksgemeinschaft erscheinen zu lassen?

I. Die »Benennung« des »Kinderschänders« im kriminologischen Diskurs.[25]
Indem er seine Dissertation mit dem Titel »Kinderschändung« überschrieb, setzte sich der Kriminologe Himmelreich 1932 von der herrschenden

22 R. Wodak u.a., Zur diskursiven Konstruktion nationaler Identität, Frankfurt 1998, S. 47–71, Zitat 70–71. Vgl. Zur Wirkung der In- und Exlusion W. Sohn u. H. Maertens (Hg.), Normalität und Abweichung. Studien zur Theorie und Geschichte der Normalisierungsgesellschaft, Opladen 1999.

23 P. Becker, Die Rezeption der Physiologie in Kriminalistik und Kriminologie. Variationen über Norm und Ausgrenzung, in: P. Sarasin u. J. Tanner (Hg.) Physiologie und industrielle Gesellschaft. Studien zur Verwissenschaftlichung des Körpers im 19. und 20. Jahrhundert, Frankfurt 1998, S. 453–490.

24 Das Material wurde im Rahmen eines von der Volkswagen-Stiftung, Hannover geförderten Projekts zusammen getragen, dazu B. Kerchner, Grenzen der Intimität. Staatliche und gesellschaftliche Regulierung von Sittlichkeit und Moral in Preußen 1777–1871, Habilitationsschrift Freie Universität Berlin 2001/02.

25 Zur »Benennung« als ein Sprechakt, der die Konstruktion von »Dingen« ermöglicht anknüpfend an Bourdieu Landwehr, Geschichte des Sagbaren, S. 92–94. Vgl. R. Koselleck, Sozialgeschichte und Begriffsgeschichte, in: W. Schieder u. V. Sellin (Hg.), Sozialgeschichte in Deutschland, Bd. 1, Göttingen 1986, bes. S. 92.

Lehrmeinung sichtbar ab.[26] Denn gegen den Begriff »Kinderschändung« sperrte sich eine lange Rechtstradition. Noch im Übergang zur Moderne war die Knabenschändung vorwiegend im Kontext der Sodomie als ein bestialischer Akt wahrgenommen worden, der gegen die Natur verstieß. Im Gegensatz dazu hatte die Mädchenschändung als qualifizierter Fall der Notzucht gegolten, wodurch Fragen nach der Verletzung des freien Willens und der körperlichen Unversehrtheit aufgeworfen worden waren. Erst als die pädagogische Auffassung von der Kindheit als einer schützenswerten Phase auch im juridischen Diskurs Resonanz fand, gelang es Ende des 19. Jahrhunderts quer zu den alten Rechtstraditionen einen Straftatbestand zu etablieren, der Kinder unabhängig vom Geschlecht einheitlich vor sexuellen Übergriffen schützte.[27] Mehrere Alternativen zur Bezeichnung des pönalisierten Verhaltens kamen jetzt in Frage. Die Gesetzgebung entschied sich für den Begriff »unzüchtige Handlungen«, um entsprechend den Straftheorien der Zeit die moralischen Folgen für das Opfer, seine Familie und die Gesellschaft in den Vordergrund zu rücken.[28] Wollte man hingegen im Sinne eines modernen Jugendschutzes das Kind als eine Person auffassen, die schon allein aufgrund der altersbedingten »Unreife« und »Schwäche« besonders geschützt werden sollte, lag der Begriff »Mißbrauch« näher.[29] Im Gegensatz dazu aktualisierte der Begriff »Schänden« vormoderne Rechtstraditionen. In einer Zeit, in der Ehre und Schande als zentrale Medien der Standeszuweisung und Vergesellschaftung fungiert hatten, war »Schändung« mit Entehrung, Ausgrenzung und Stigmatisierung gleichgesetzt worden. Entsprechend bezeichnete im Kontext des Sexualstrafrechts das Wort »Schänden« besonders verachtungswürdige Sittlichkeitsverbrechen, die für das Opfer, seine Familie und partiell auch für den Täter eine Minderung des öffentlichen Ansehens bewirkten. Parallel zu dieser diffusen Rechtsauffassung entwickelte sich seit der aufklärerischen Rechtskritik die »Schändung« zu einem konkreten Tatbestand, mit dem Personen geschützt werden sollten, die infolge eingeschränkter geistiger oder körperlicher Kräfte im Fall eines »geschlechtlichen Aktes« »weder gültig zustimmen«

26 Himmelreich, Kinderschändung, Titel u. S. 10–11.

27 M. Killias, Jugend und Sexualstrafrecht. Eine rechtssoziologische und rechtsvergleichende Untersuchung über die Bestimmungsgründe des Jugendschutzes im Sexualstrafrecht, dargestellt anhand der Geschichte des Tatbestandes der Unzucht mit Kindern, Zürich 1979; M. Schetsche, Das »sexuell gefährdete Kind«. Kontinuität und Wandel eines Problems, Pfaffenweiler 1993, S. 127–169.

28 Mittermaier, Verbrechen und Vergehen, S. 81; K. Binding, Unzüchtige Handlungen und unzüchtige Schriften, in: Zeitschrift für die gesamte Strafrechtswissenschaft 2. 1882, S. 450–472.

29 Mittermaier, Verbrechen und Vergehen, S. 108, 114–119. Der Mißbrauchsbegriff steht im Kontext der Gesetze gegen die »Unzucht an Abhängigen«, dazu P. Theede, Unzucht mit Abhängigen (§ 174 StGB). Eine strafrechtliche und kriminologische Untersuchung, Lübeck 1967; Kerchner, Grenzen, S. 257–316, 480–494, 579–591, 687–691.

noch sich wehren konnten. Dabei dachte man vorrangig an Geisteskranke und Wahnsinnige, ordnete ihnen bald aber auch die Kinder zu.[30] Obwohl damit die »Schändung« explizit auf Kinder bezogen war, blieb bis zum Ersten Weltkrieg der Ausdruck »Kinderschändung« dem juridischen Diskurs fremd. Offenbar erinnerte er eher an die traditionelle Differenz zwischen Knaben- und Mädchenschändung als daß er diesen immer noch schwelenden Gegensatz zu überbrücken vermochte. Statt dessen findet sich der Begriff »Kinderschänder« gegen Ende des 19. Jahrhunderts in populären Pionierwerken der Sexualwissenschaft,[31] die sich vom juridischen Sprachgebrauch absetzen wollten. Von da aus gelangte er in die Rassen- und Sozialbiologie, die abweichendes Verhalten auf somatische Ursachen und eine vermeintliche Minderwertigkeit der Erbanlagen zurück zu führen suchte.[32] Schließlich setzte eine militante Kinderschutzbewegung den Begriff »Kinderschänder« als pejoratives Schlagwort ein, um Sexualstraftäter als »Untermenschen« zu stigmatisieren.[33] Wenn nun ein Kriminologe wie Himmelreich ganz gegen die Gepflogenheiten seiner Zunft im Jahr 1932 den Begriff »Kinderschändung« als Fachbegriff etablierte, dann ist dies sicher ein Indikator dafür, daß sich im Vergleich zur Vorkriegszeit die Wahrnehmung von Sexualität und Verbrechen beträchtlich gewandelt hatte. Überdies öffnete der abrupte Begriffswechsel den kriminologischen Diskurs für den diffamierenden Ton der Rassenhygiene und der reaktionären Kinderschützer. Die in die Fachsprache integrierten alltagsweltlichen Kriminalitätsmuster standen seitdem zur Verfügung, um den juristischen Meinungsbildungsprozeß langfristig mit irrationalen Wertungen zu unterminieren. Schließlich signalisierte die »Benennung« des »Kinderschänders«, daß die auf den Körper des Täters orientierten Sichtweisen der Medizin, Psychiatrie und Biologie von der juridischen Disziplin integriert worden waren.[34]

30 Mittermaier, Verbrechen und Vergehen, S. 108, 118. Mit weiteren Belegen Kerchner, Grenzen, S. 183–256. Vgl. M. Dinges, Die Ehre als Thema der historischen Anthropologie. Bemerkungen zur Wissensgeschichte und zur Konzeptionalisierung, in: K. Schreiner u. N. Schnitzler (Hg.), Gepeinigt, begehrt, vergessen. Symbolik und Sozialbezug des Körpers im späten Mittelalter und in der frühen Neuzeit, München 1992, S. 29–62.

31 Etwa R. von Krafft-Ebing, Psychopathia sexualis, Wien 1912[14], S. 415–416. Dazu P. Klabundt, Psychopathia sexualis – die ärztliche Konstruktion der sexuellen Perversionen zwischen 1869 und 1914, in: Medizin, Gesellschaft und Geschichte 13. 1994, S. 107–125.

32 R. Fetscher, Erbbiologische Studien an Sexualverbrechern, in: Archiv für Rassen- und Gesellschaftsbiologie 17. 1925/26, S. 256–288, hier 263 u. 270.

33 Etwa E. Dederding, Schützt unsere Kinder vor den Sexualverbrechern. Die Medizin im Kampfe gegen das Verbrechen, München [1931].

34 J. Schönert, Bilder vom »Verbrechermenschen« in den rechtskulturellen Diskursen um 1900. Zum Erzählen über Kriminalität und zum Status kriminologischen Wissens, in: ders. u.a. (Hg.), Erzählte Kriminalität. Zur Typologie und Funktion von narrativen Darstellungen in Strafrechtspflege, Publizistik und Literatur zwischen 1770 und 1920, Tübingen 1991, S. 497–532;

Als Leitsatz des neuen »Erkenntnisparadigmas« diente der »Ruf«, »Nicht die Tat, sondern der Täter soll verurteilt werden«.[35] Damit war die im 19. Jahrhundert einsetzende kriminologische Wende angesprochen, die Kriminalität naturalisiert, »Unsittlichkeit« in »Minderwertigkeit« umgedeutet und eine neue Lesart von körperlichen Anomalien etabliert hatte.[36] Dabei hatten sich die Einflüsse der anthropologisch-positiven Rechtsschule geltend gemacht, die die aufklärerische Prämisse rational und willensfrei handelnder Individuen zurückgewiesen und von einer naturhaften Prädisposition zum Verbrechen ausgegangen war. In der Folge wurde Kriminalität täterbezogen erklärt. Auf der Basis medizinisch-naturwissenschaftlicher Studien und statistischer Berechnungen wurden bestimmten Verbrechergruppen vermeintlich angeborene Charaktermerkmale und Körperzeichen zugeordnet und auf dieser Basis Tätertypen gebildet. Gleichzeitig blieb die soziologische Gegenthese vom Milieueinfluß virulent. Als der erbittert ausgetragene Anlage-Umwelt-Streit der Jahrhundertwende zu eskalieren drohte, eröffnete sich mit dem »Vereinigungsgedanken«, der sowohl die angeborne Eigenart des Täters als Ursache des Verbrechens anerkannte als auch die gesellschaftlichen Verhältnisse, ein pragmatischer Ausweg.[37] Diesen beschritt nun auch Himmelreich, als er die kriminologische Wende auf die »Unzucht an Kindern« übertrug. Im Ergebnis bezeichnete der »*psycho-sexuelle Infantile*« den am weitesten verbreiteten, kriminalistisch interessantesten Typus, der auch den »größten Teil der rückfälligen Kinderschänder« stellte. Mittleren Alters und männlich, war er aufgrund einer Erkrankung der inneren Geschlechtsorgane und »Blutdrüsen« auf der Stufe eines Minderjährigen »zurückgeblieben« und fühlte sich deshalb »zu Kindern hingezogen«. Diverse Körperzeichen signalisierten die Defizite: »unentwickelte Hoden«, spärlich ausgebildete sekundäre Geschlechtsmerkmale, »feminine Fettablagerung« an Brust und Hüften, ein »kindlicher verschwommener Gesichtsausdruck«. Dem entsprach ein geschwächter »Geschlechtstrieb«. Der »geistige Befund« zeigte ein schwaches »Gedächt-

M. Frommel, Die Rolle der Erfahrungswissenschaften in Franz von Liszt's »Gesamte Strafrechtswissenschaft«, in: Kriminalsoziologische Bibliographie 11. 1984, S. 36–53.

35 Himmelreich, Kinderschändung, S. 8. Vom neuen »Erkenntnisparadigma« spricht P. Strasser, Verbrechermenschen. Zur kriminalwissenschaftlichen Erzeugung des Bösen, Frankfurt 1984, S. 84–87; vgl. Schönert, Bilder vom »Verbrechensmenschen«, S. 504.

36 P. Becker, Verderbnis und Entartung. Eine Geschichte der Kriminologie des 19. Jahrhunderts als Diskurs und Praxis, Göttingen 2002, S. 254–329; ders., Kriminelle Identitäten im 19. Jahrhundert. Neue Entwicklungen in der historischen Kriminalitätsforschung, in: Historische Anthropologie 2. 1994, S. 142–157. Vgl. D. Pick, Faces of Degeneration. A European Disorder, c. 1848 – c. 1918, Cambridge 1980; M. Wiener, Reconstructing the Criminal. Culture, Law, and Policy in England, 1830 – 1914, Cambridge 1990; sowie M. Foucault, About the Concept of the »Dangerous Individual« in 19th-Century Legal Psychiatry, in: International Journal of Law and Psychiatry 1. 1979, S. 1–18.

37 K.-L. Kunz, Kriminologie. Eine Grundlegung, Bern 1986, S. 89–97.

nis« und geminderte »Energie«. Sich »ihrer Minderwertigkeit bewußt«, suchten, so Himmelreich, die »psychosexuellen Infantilen« ihre Mängel durch »lebhafte sexuelle Phantasie«, »Lügen« und »Geltungsbedürfnis« zu kompensieren. Damit war die bedeutendste Art der »Kinderschändung« als »Triebverkehrung« definiert, die von der Umwelt zwar beeinflußt wurde, letztlich aber durch die physisch-psychische Konstitution des Täters, also endogen, bedingt war.[38]

Fragte man gezielter nach Klasse, Geschlecht und Alter, gesellte sich zum »Psychosexuellen Infantilen« als dominantem Typ des »Kinderschänders« ein ganzes Spektrum von Varianten und Gegentypen. Eher von der Umwelt als von der Anlage geprägt galten *erstens* die Angehörigen spezieller Schichten und Berufe. So entstand das Porträt des »echten Pädophilen« als einem gebildeten, ethisch und sozial hochstehenden Menschen, der durch eine unglückliche »Triebverkehrung« auf Kinder fixiert war; mehr als »unauffällige« Berührungen ließen seine klassenspezifischen »Hemmungen« nicht zu. Schon bedrohlicher erschien der »reiche Wüstling«, der sich als sexueller Gourmet in einem aristokratischen Habitus gefiel; durch Ausschweifung übersättigt, reizte solche »Bestien in Menschengestalt« die »Unschuld« und »Frische« der Kinder. Als exemplarischer Fall des gefährdeten Bürgers galten Lehrer und Erzieher, die ihren berufsbedingten Kontakt zu Kindern ausnutzen konnten. Letztlich aber konzentrierte sich unter dem Milieuaspekt alles auf das städtische Proletariat, wo aufgrund der räumlichen Enge sexuelle Grenzüberschreitungen als zwangsläufig angesehen wurden. Auch wenn die Kinderschändung endogen bedingt war, schien die Veranlagung vorrangig in den »sozial tiefstehenden Schichten« zum Ausbruch zu kommen.[39]

Achtete man als *zweites* auf das Geschlecht, erwies sich die Kinderschändung zunächst als »Domäne« des Mannes. Im Einklang mit tradierten Geschlechterbildern ließen sich die »physischen und psychischen Anlagen« des männlichen Täters zum aggressiven Übergriff herausstellen, die Statistik der Verurteilungen bestätigte dann das Erwartete.[40] Allerdings beließ es

38 Himmelreich, Kinderschändung, S. 23–24, 34–37, 53, 63. Vgl. E. Kraepelin u. J. Lange, Psychiatrie, Bd. 1–2, Leipzig 1927^9, Bd. 2, S. 14, 55; M. Marcuse, »Sexualdelikte«, in: ders. (Hg.), Handwörterbuch der Sexualwissenschaft. Enzyklopädie der natur- und kulturwissenschaftlichen Sexualkunde des Menschen, Bonn 1926^2, S. 337.

39 Himmelreich, Kinderschändung, S. 33–38, 55–60; E. Wulffen, Der Sexualverbrecher, Berlin 1920^7, S. 423–424; ders., Psychologie des Verbrechers. Ein Handbuch für Juristen, Ärzte, Pädagogen und Gebildete aller Stände, Bd. 2, Berlin 1913^2, S. 357–358; I. Bloch, Beiträge zur Ätiologie der Psychopathia Sexualis, Dresden 1902/03, S. 659. Vgl. Becker, Verderbnis, S. 322–323.

40 Himmelreich, Kinderschändung, S. 24–25, 62–63; Wulffen, Der Sexualverbrecher, S. 159–211; G. Aschaffenburg, Das Verbrechen und seine Bekämpfung, Heidelberg 1925, S. 25–26. Laut Himmelreich betraf bei den schweren Sexualverbrechen (§ 176–178 StGB) kaum ein

die Kriminologie der Weimarer Republik nicht bei dieser Gewißheit. Im Rekurs auf die antifeministische Polemik der Zeit sowie auf Studien der Kriminalpsychologie und Gerichtsmedizin[41] präsentierte sie in einer anschaulichen Kasuistik die »Kinderschändung von Weibern« als unentdeckte, aber weit verbreitete Tatsache. Demnach mißbrauchten Lehrerinnen, Ammen, Dienst- und Kindermädchen, gar »bestialische Mütter« ihre »naturgemäße« Nähe zu Kindern, um sich heimlich an ihnen zu vergehen oder sie zu verkuppeln. Besonders in den »Perioden«, wie Pubertät, Menstruation, Schwangerschaft, Stillzeit und Klimakterium, drohe der eigentlich passive Geschlechtstrieb der Frau in Aggression umzuschlagen. Mit dieser »verkehrten« Geschlechterkonstruktion vor Augen rückte nicht nur die beunruhigende Existenz der »Kinderschänderin« in den Bereich des Möglichen, es zeichneten sich auch effektive Strategien ab, in konkreten Fällen sexueller Gewalt die Verantwortung vom männlichen Täter auf die kupplerische Mutter oder das pubertierende weibliche Opfer zu verschieben.[42]

Unter dem *dritten* Gesichtspunkt des Alters war lange Zeit die Unmoral des jugendlichen Sexualverbrechers herausgestellt worden.[43] Dagegen warb man nach dem Ersten Weltkrieg mit pädagogischen und entwicklungspsychologischen Argumenten verstärkt um Verständnis für die sexuelle Neugier von Kindern oder die Überforderung sonst »anständiger«, »tadelloser« Jugendlicher, die sich im körperlichen Ausnahmezustand der Pubertät an Jüngeren vergriffen hätten. So galt die jugendliche »Kinderschändung« zwar weiterhin als krasser Ausdruck einer bedrohlichen Jugendkriminalität, gleichzeitig wurde sie zum Exempel, um für eine längere Schonphase der Jugend und die spätere Strafmündigkeit einzutreten.[44] Wie beim jugend-

Prozent der Verurteilungen im Jahresdurchschnitt die Frauen, beispielsweise stünden im Jahr 1926 4722 verurteilten Männern nur 46 Frauen gegenüber.

41 E. Wulffen, Das Weib als Sexualverbrecherin, Berlin 1925, S. 358; ders., Psychologie, S. 350–356; K. Birnbaum, Kriminalpsychopathologie, Berlin 1921, S. 140; P. Pollitz, Die Psychologie des Verbrechers, Leipzig 1925, S. 105. Vgl. B. Kerchner, Die Sexualverbrecherin. Die paradoxe Konstruktion weiblicher Tätertypen in der historischen Kriminalpsychologie, in: E. Bettinger u. A. Ebrecht (Hg.) Transgressionen – Grenzgängerinnen des moralischen Geschlechts, Stuttgart 2000, S. 121–148; Planert, S. 556–557.

42 Himmelreich, Kinderschändung, Zitate S. 25–27, 33, 39–40, 47–48, 56.

43 Krafft-Ebing, Psychopathia, S. 373–377, 413–421; ders., Lehrbuch der gerichtlichen Psychopathologie, Stuttgart 1875, S. 136ff; H. Zingerle, Über das Greisenalter in forensischer Beziehung, in: Archiv für Kriminal-Anthropologie und Kriminalistik 40. 1910/11, S. 1ff. Vgl. Hommen, Sittlichkeitsverbrechen, S. 74–86.

44 Himmelreich, Kinderschändung, S. 28–33, 43–49; I. Bloch, Das Sexualleben unserer Zeit, Berlin 1919[10–12], S. 659; ders., Beiträge, Bd. 2, S. 256; H. Lenz, Verbrechen und Vergehen wider die Sittlichkeit, Trier 1928, S. 6; R. Fetscher, Kriminalbiologische Erfahrungen an Sexualverbrechern, in: Zeitschrift für Sexualwissenschaft und Sexualpolitik 17. 1930/31, S. 356–363, bes. 356–357. Vgl. Ch. Dörner, Bestrafung »Frühreifer« und Erziehung »Unreifer«. Die Geschichte des Strafmündigkeitsalters in den drei deutschen Jugendgerichtsgesetzen von 1923, 1943 und 1953, in: ZNR, 16. 1994, S. 58–84, bes. 59–67.

lichen Täter kamen auch beim »senilen Kinderschänder« Zweifel an der Verantwortung auf. »Kinderschändungen« im hohen Alter erklärte man in der Weimarer Republik durch ein Mißverhältnis zwischen abnehmender geistiger und körperlicher Leistungsfähigkeit, das Verbrechen galt als extreme Form einer altersunangemessenen Sexualität. Dabei machten sich Kriminologen wie Himmelreich die von Medizin und Psychiatrie vertretene Auffassung zu eigen, Senilität führe einen »patholischen Zustand« herbei, der sich in »Ernährungsstörungen des Gehirnes« äußern und schließlich zur »Zerrüttung des Gesamtorganismus« führen könne. Vormals als harmlos eingestufte Eigenheiten, wie Gedächtnisschwäche, »Unverfrorenheit« oder »anzügliche Reden«, wurden nun als Symptome einer Krankheit (Dementia senilis) begriffen, die Übergriffe auf Kinder begünstige.[45]

Nachdem bei unterschiedlichen Varianten die körperlichen Defizite offenkundig geworden waren, erwartete man letztlich bei der Mehrheit der »Kinderschänder« einen »pathologischen Täter«.[46] Dies führte zu einer Radikalisierung der Prävention. So empfahl auch Himmelreich, Jugend und Gesellschaft vor den schuldfähigen »Kinderschändern« durch eine die Strafe ergänzende, dauerhafte Sicherungsverwahrung zu schützen. Dagegen sollten vor allem die »gemeingefährlichen Geisteskranken« nicht länger strafrechtlich belangt, sondern in speziellen Irrenanstalten interniert werden.[47] Zudem legte die verstärkte Pathologisierung eine Operation des Verbrechers nahe. War bereits im Kaiserreich eine rege Bewegung für die Entfernung der Keimdrüsen von Sexualverbrechern eingetreten,[48] wurde in der Weimarer Republik mit *freiwilligen* Kastrationen begonnen. Um darüber hinaus die *Zwangs*kastration zu ermöglichen, verschränkten sich zwei Argumentationslogiken: Die sexualmedizinische Sicht vertrat der Zwickauer Bezirksarzt *Gustav Boeters*. Mit seiner berüchtigten »Lex Zwickau« suchte er Mitte der Zwanziger Jahre den politischen Entscheidungsprozeß zu forcieren. Anknüpfend an die Keimdrüsenmodelle und Sekretionstheorien der Physiologie und Sexualwissenschaften erklärte er die hohe Rück-

45 Himmelreich, Kinderschändung, Zitate S. 43–49; Pollitz, Psychologie, S. 30ff.

46 So explizit Himmelreich, Kinderschändung, S. 50–52; vgl. H. von Hentig u. T. Viernstein, Untersuchungen über den Sittlichkeitsverbrecher, in: Zeitschrift für die gesamte Neurologie und Psychiatrie 70. 1921, S. 334–341.

47 Himmelreich, Zitate S. 50–52; vgl. O. Lipmann, Der Psychologe als Sachverständiger, in: Archiv für Kriminal-Anthropologie und Kriminalistik 69. 1917/18, S. 136–137; ders., Grundriß der Psychologie für Juristen, Leipzig 1925^3, S. 69; Pollitz, Psychologie, S. 53–55. Zu den Vorläufern Becker, Verderbnis, S. 282–288.

48 P. Weingart u.a., Rasse, Blut und Gene. Geschichte der Eugenik und Rassenhygiene in Deutschland, Frankfurt 1988, S. 304–305, 538–539; G. Breidenstein, Geschlechtsunterschied und Sexualtrieb im Diskurs der Kastration Anfang des 20. Jahrhunderts, in: Ch. Eifert u.a. (Hg.), Was sind Frauen? Was sind Männer? Geschlechterkonstruktionen im historischen Wandel, Frankfurt 1996, S. 216–239; Becker, Verderbnis, S. 286.

fallquote bei sexueller Gewalt mit einer Fehlfunktion der in den Hoden befindlichen Keimdrüsen: »Die Hoden solcher Individuen sind krank und sondern giftige Hormone ab [...]«. Dabei figurierte der »Kinderschänder« als Inbegriff des unter seiner körperlichen Anormalität »seelisch schwer leidenden Individuums«, und die Kastration verklärte sich zu einer »prompt wirkenden« »Heilmaßnahme« und ärztlichen Befreiungstat. Die Ausschaltung der Fortpflanzungsfähigkeit der vermeintlich erblich Belasteten war in dieser Logik nur ein willkommener Nebeneffekt.[49] Dagegen las die Rassenhygiene die »steigende Flut der Sexualverbrechen« primär als Zeichen einer fortschreitenden Entartung des Volkskörpers; entsprechend firmierte hier die Kastration bzw. Sterilisation als »Kulturtat ersten Ranges«, weil sie die Fortpflanzung des erblich veranlagten Verbrechens und damit den Prozeß der gesellschaftlichen Degeneration zu unterbrechen versprach.[50] In der Kriminologie vor 1933 stießen diese Initiativen auf unterschiedliche Resonanz. Ein bekannter Rassenhygieniker wie *Rainer Fetscher* riet zunächst von »Zwangsmitteln« noch ab, weil die Täterbilder diffus seien und die erbbiologischen Zusammenhänge weiter erforscht werden müssten; wie viele plädierte er Anfang der Dreißiger Jahre aber offensiv für die Zwangskastration.[51] Eine klare Gegenposition dazu vertrat der renommierte Strafrechtler *Alexander Elster*. Obwohl er die Vererbungslehre an sich unterstützte, wollte er, nur um der »Rassenentartung« vorzubeugen, die Gesetze zum Schutz der Person nicht außer Kraft gesetzt sehen.[52] Dem verstärkt aufkommenden populären Verdacht, die »Kinderschändung« sei unter den Juden besonders verbreitet, suchte eine rational argumentierende Kriminalstatistik beharrlich entgegen zu treten.[53] Ohne auf solche Argumente zu

49 G. Boeters, Die Lösung eines schwierigen Sexualproblems, in: Münchener Medizinische Wochenschrift 76. 1929, S. 1683–1686, Zitat 1683; ders., Die Kastration von Sexualverbrechern, in: Münchener Medizinische Wochenschrift 77. 1930, S. 369–370. Boeters war schon in der Weimarer Republik Mitglied der NSDAP, dazu sowie zur »Lex Zwickau«: J. Müller, Sterilisation und Gesetzgebung bis 1933, Husum 1985; G. Bock, Zwangssterilisation im Nationalsozialismus. Studien zur Rassenpolitik und Frauenpolitik, Opladen 1986, S. 49–51; Weingart u.a., Rasse, S. 291–292; vgl. Breidenstein, Geschlechtsunterschied, S. 221–225.

50 P. Näcke, Die Kastration bei gewissen Klassen von Degenerirten als wirksamer socialer Schutz, in: Archiv für Kriminal-Anthropologie und Kriminalistik 3. 1900, S. 58–84; Dederding, Schützt unsere Kinder, S. 5, 24, 29, 43. Zur Verschränkung der »Botschaft der Hormone« mit der »Logik der Gene« auch Planert, Der dreifache Körper, S. 569.

51 Fetscher, Erbbiologische Studien, S. 256–288, Zitat 276; ders. Kriminalbiologische Erfahrungen, S. 356–363; ders., Die wissenschaftliche Erfassung der Kriminellen in Sachsen, in: Monatsschrift für Kriminalpsychologie und Strafrechtsreform 23. 1932, S. 321. Vgl. Bock, Zwangssterilisation, 49–50.

52 A. Elster, Sozialbiologische Bemerkungen zum Strafgesetzentwurf 1925, Berlin 1925, S. 11, 19. Dazu Weingart u.a., Rasse, S. 313–316.

53 R. Wassermann, Beruf, Konfession und Verbrechen. Eine Studie über die Kriminalität der Juden in Vergangenheit und Gegenwart, München 1907; ders., Die Kriminalität der Juden, in: Monatsschrift für Kriminalpsychologie und Strafrechtsreform 19. 1928, S. 461–473.

achten, aktualisierte der Dresdener Kriminologe *Erich Wulffen* mit Hilfe einer ausschweifenden Kasuistik alte magisch-dämonische Vorstellungen vom Juden als »Verführer christlicher Mädchen«. Gleichzeitig verortete Wulffen die massenhafte Entartung durch »Kinderschändungen« im proletarischen Milieu und zeigte sich gegenüber der Zwangskastration aufgeschlossen.[54] Ambivalent dazu verhielt sich Ende der Weimarer Republik ein naturwissenschaftlich interessierter Rechtsreferendar, wie Himmelreich. Zwar mied er antisemitische Klischees, zitierte aber die Kastrationsbefürworter wohlwollend und signalisierte Offenheit für einen Politikwechsel.[55]

II. Gesellschaftliche Deutungskämpfe. Eine Reihe beruflicher, sozialer und politischer Bewegungen griff in der Weimarer Republik die »Unzucht an Kindern« als Thema auf. Wie in jedem »Interdiskurs« wurden dabei einzelne Facetten des kriminologischen Spezialdiskurses bestätigt, verstärkt, modifiziert, ergänzt, überlagert und zu neuen Wahrnehmungsmustern verbunden. Möglicherweise wuchs, indem man sich die vom »Kinderschänder« ausgehende Gefahr vor Augen führte, auch die Sensibilität für die psychischen und sozialen Folgen sexueller Gewalt. Andererseits läßt sich kaum übersehen, daß das Verbrechen öffentlich dramatisiert und der Kindesmißbrauch in wirkungsvolle Narrationsschemata eingefügt wurde, mit denen sich, wie bei Kriminalität insgesamt, weit über das konkrete Problem hinaus gesellschaftliche Konflikte und Modernisierungsängste bearbeiten ließen. Zu einer gemeinverständlichen, stereotypen Figur verdichtet, fungierte der »Kinderschänder« als strategisch einsetzbares »Kollektivsymbol«.[56] Wenn im weiteren an einigen Beispielen der instrumentelle Charakter dieser Art von Thematisierung herausgearbeitet wird, dann geht es gerade nicht darum, den sexuellen Mißbrauch als historische Erfahrung anzuzweifeln.[57] Vielmehr kann durch die Analyse der im öffentlichen Raum

54 Wulffen, Psychologie, Bd. 2, S. 350–361; ders., Der Sexualverbrecher, S. 37–38, 423–424. Vgl. Becker, Verderbnis, S. 255–259; sowie H. A. Strauss u. N. Kampe, Einleitung, in: dies. (Hg.), Antisemitismus. Von der Judenfeindschaft zum Holocaust, Bonn 1985, S. 19; W. Hofer, Stufen der Judenverfolgung im Dritten Reich 1933–1939, in: ebd., S. 172–185.

55 Himmelreich, Kinderschändung, S. 42–43, 51–52.

56 Zur Funktion von »Interdiskursen« Link, Ereignisse, S. 148–161. Dramatisierungstechniken thematisieren Schönert, Bilder vom »Verbrechensmenschen«, S. 497–499; H. Cremer-Schäfer u. J. Stehr, Das Moralisieren und das Skandalisieren von Problemen, in: Kriminalsoziologische Bibliographie 17. 1990, S. 21–42. Vgl. Sarasin, Subjekte, S. 144.

57 Eine Dethematisierung des Kindesmißbrauchs als Erfahrung betreiben K. Rutschky, Sexueller Mißbrauch als Metapher: Über Krisen der Intimität in modernen Gesellschaften oder vom Umschlag der Aufklärung in Mythologie, in: dies. u. R. Wolff, Handbuch sexueller Mißbrauch, Hamburg 1994, S. 13–31; Schetsche, Das »sexuell gefährdete Kind«, S. 270–304. Kritisch dazu L. Alcoff u.a., Sexueller Mißbrauch. Widersprüche eines öffentlichen Skandals, Hamburg 1994; sowie B. Kerchner, »Unbescholtene Bürger« und »gefährliche Mädchen« um 1900. Was der Fall Sternberg für die aktuelle Debatte über den sexuellen Mißbrauch an Kindern

wirkenden Konstruktionstechniken deutlich werden, welche Interessen dazu beigetragen haben, die Erfahrungsperspektive von Kindern zu dethematisieren.

»Wohnungsnot!« Unter diesem Stichwort hatte bereits die Bodenreformbewegung des Kaiserreiches Mißstände auf dem Wohnungssektor angeprangert und häusliche und sexuelle Gewalt als soziale Probleme entdeckt.[58] Als zunächst kriegsbedingt, dann in den wirtschaftlichen Krisen der Weimarer Republik das »Wohnungselend« erneut um sich griff,[59] interpretierten bürgerliche Sozial- und Bodenreformer die Situation als »Sexualnot«. Den Unterschichten, so hieß es dann, werde durch enge Wohnverhältnisse eine erfüllende Sexualität verweigert; die unausgelebten Triebe und die »psycho-sexuelle Stauung« begünstigten Neurosen, politischem Aufruhr – und Sexualverbrechen. Zudem war man überzeugt, daß sich Enge, Nässe und »Durcheinander« in den Körper und die Persönlichkeit der Bewohner einschrieben. Gesundheit, Nervenkraft und Leistungsfähigkeit würden so untergraben, Arbeitsscheu, Mutlosigkeit und Gleichgültigkeit erzeugt. Weil ihnen die bürgerlichen Schamgrenzen fremd seien, galten blutschänderische Übergriffe von Unterschichtvätern an ihren Töchtern als Inbegriff dieses »Infernos«.[60] Bezeichnenderweise erstreckte sich die Stigmatisierung auch auf die Mädchen: Ihr Körper sei »voll Ungeziefer«, »schwindsüchtig« und »frühreif«, ihr Charakter »trübselig«, ihr Geist »schwachsinnig«[61] – alles Merkmale, die ihre vermeintliche Mitschuld signalisierten. Kaum noch lassen solche Reden einen nüchternen Blick für Not oder sexuelle Gewalt erkennen. Offenbar handelt es sich bei den »schaurigen Bildern« um eine verzerrte Sicht, letztlich um negative Spiegelbilder der bürgerlichen Sozialreformer von sich selbst, mit denen sie in unsicheren Zeiten eine an sich

Sternberg für die aktuelle Debatte über den sexuellen Mißbrauch an Kindern bedeutet, in: Historische Anthropologie 6. 1998, S. 1–32.

58 Hommen, Sittlichkeitsverbrechen, S. 60–64, 83–86.

59 D. J. K. Peukert, Die Weimarer Republik. Krisenjahre der Moderne, Frankfurt 1987, S. 134–135, 142, 182–183; vgl. H. Riese, Mieterorganisationen und Wohnungsnot: Geschichte einer sozialen Bewegung, Basel 1990; F. Oberhuber, Die Erfindung des Obdachlosen. Eine Geschichte der Macht zwischen Fürsorge und Verführung, Wien 1999; zur Großstadtkritik zuletzt M. Dinges u. F. Sack (Hg.), Unsichere Großstädte? Vom Mittelalter bis zur Postmoderne, Konstanz 2000.

60 Exemplarisch V. Noack, Das soziale Sexualverbrechen. Wohnungsnot und Geschlechtsnot, Stuttgart 1932, Zitate S. 1–20, 38–44, 54, 57, 60–74, 80. Mit weiteren Belegen B. Kerchner, Wohnungsnot und Blutschande. Zur historischen Konstruktion eines kulturellen Stigmas, in: IWK 38. 2002, S. 421–454. Vgl. C. H. Johnson, Das »Geschwister-Archipel«. Bruder-Schwester-Liebe und Klassenformation im Frankreich des 19. Jahrhunderts, in: L'Homme 13. 2002, S. 50–67; J. Eming u.a. (Hg.), Historische Inzest-Diskurse. Interdisziplinäre Zugänge, Königstein 2003.

61 Noack, Sexualverbrechen, S. 7–17, 20–21.

fragile bürgerliche Identität abzugrenzen und zu sichern bestrebt waren.[62] Was sich als Diskurseffekt einstellte, war die Gewißheit über die Identität des Proletariats als sozialer Klasse ein pauschales Urteil abgeben zu können: »mehr lebendiges Fleisch« als »Geist«.[63]

»Justizmord« – das war das Schlagwort, mit dem sich die Lehrerschaft gegen den populären Verdacht verwahrte, die Tätigkeit in der Schule fördere die Gelegenheit zur Unzucht.[64] Als in den Zwanziger Jahren spektakuläre Prozesse den Stellungsmißbrauch durch Lehrer verhandelten und eine skandalisierende Gerichtsberichterstattung die öffentliche Empörung anheizte,[65] sahen die Lehrer sich endgültig als »Wüstling« und »Kinderschänder« verunglimpft. Zur Abwehr verstärkten ihre Standesverbände die bereits im Kaiserreich erprobten Kampagnen gegen »Justizirrtum« und »Kinderlüge«.[66] Zunächst erteilten spezielle Rechtsschutz-Kommissionen Rat im Ernstfall, dann befaßten sich die pädagogischen Institute und Organe grundsätzlicher mit dem Problem, wobei sie sich insbesondere auf die Aussageforschung konzentrierten. Aufwendige Fallsammlungen sollten den Nachweis erbringen, daß es nicht die Lehrer waren, die die deutsche Kultur und Nation bedrohten, sondern die in den Sexualstrafprozessen gegen sie auftretenden »gefährlichen Kinderzeugen«. Über breit angelegte »Porträts« suchte man zu einer »Typenbildung« jugendlicher Zeugen zu kommen. Merkmale, wie geistige »Minderwertigkeit«, »Geschwätzigkeit« oder kör-

62 K.-M. Bogdal, »Schaurige Bilder«. Der Arbeiter im Blick des Bürgers am Beispiel des Naturalismus, Frankfurt 1978; J. Weeks, Sexuality and its Discontents: Meanings, Myths and Modern Sexualities, London 1985; J. Reulecke, Geschichte der Urbanisierung in Deutschland, Frankfurt 1985, S. 142; W. Hartinger, Schlafgänger u. Schnapstrinker. Bürgerliche Klischees vom Arbeiter und was dahinter steckt, in: H. Gerndt (Hg.), Stereotypvorstellungen im Alltagsleben. Beiträge zum Themenkreis Fremdbilder – Selbstbilder – Identität, München 1988, S. 90–103; P. Becker, Der Verbrecher als »monströser Typus«. Zur kriminologischen Semiotik der Jahrhundertwende, in: M. Hagner (Hg.), Der falsche Körper. Geschichte der Monstrositäten, Göttingen 1995, S. 147–173; ders., Verderbnis, S. 322–329; Schönert, Bilder von »Verbrechensmenschen«, S. 497–532.

63 Noack, Sexualverbrechen, S. 65.

64 Neben dem Gesetz gegen die »Unzucht an Kindern« (§ 176 Nr. 3 RStGB) bedrohte der Paragraph 174 RStGB »Lehrer und Erzieher« mit Zuchthaus bis zu fünf Jahren«, wenn sie »mit ihren minderjährigen Schülern oder Zöglingen unzüchtige Handlungen« vornahmen. Reichs-Gesetzblatt 1871, S. 160. Theede, Unzucht, S. 17–27; B. Kerchner, Der Mißbrauch der Autorität. Machteffekte in den historischen Diskursen über das Sexualstrafrecht, in: H. Hagen Hof u. G. Lübbe-Wolff (Hg.), Wirkungsforschung zum Recht, Bd. I: Wirkungen und Erfolgsbedingungen von Gesetzen, Baden-Baden 1999, S. 255–278.

65 So etwa im Fall des bekannten Reformpädagogen Gustav Wyneken: H. Kiper, Sexueller Mißbrauch im Diskurs. Eine Reflexion literarischer und pädagogischer Traditionen, Weinheim 1994, S. 109–115.

66 Bereits im Kaiserreich: F. A. Müller, Lehrer und Strafgesetz, Berlin 1906, bes. S. 192–194; B. Dammin, Über Zeugenaussagen der Schüler, in: Pädagogische Warte 19. 1912, S. 301–309. Vgl. auch D. R. Skopp, Auf der untersten Sprosse: Der Volksschullehrer als ›Semi-Professional‹ im Deutschland des 19. Jahrhunderts, in: GG 6. 1980, S. 383–402.

perliche Entwicklungsdefizite wurden dabei zu Anzeichen für Unglaubwürdigkeit. Um zu verhindern, daß ein bislang »unbescholtener«, »einwandfreier Mann« und »untadeliger« Lehrer durch die Falschaussage eines »vermeintlichen Opfers« in eine existentielle Notlage gebracht wurde, verlangten die Lehrerverbände die verstärkte Berücksichtigung pädagogischer Gutachter im Gerichtssaal. Mit entsprechenden »Leitsätzen« erzielte der Deutsche Lehrerverein schließlich wichtige rechts- und schulpolitische Durchbrüche. Gleichzeitig sicherte die Lehrerschaft die Homogenität ihres Berufsstandes mit einem Ehrenkodex ab. Mitglieder, die die beruflichen Ideale durch einen Stellungsmißbrauch verrieten, sollten kompromißlos ausgeschlossen werden. Um sich trotz moralischer Anfeindung für höhere professionelle Aufgaben zu empfehlen, inszenierten sich die Lehrer so in der Abgrenzung vom »Kinderschänder« als Prototyp des in seiner Existenz bedrohten »unbescholtenen Bürgers«.[67]

»Verwahrlosung« lautete die Diagnose der Jugend- und Sozialfürsorge,[68] die im Zuge öffentlich garantierter Wohlfahrt, der Ausgestaltung des Sozialstaats sowie der Professionalisierung ehemals karitativer weiblicher Arbeit für die praktische Bewältigung des sexuellen Mißbrauchs zuständig wurde. In der fürsorgerischen Logik der Zwanziger Jahre war sexuelle Gewalt an Kindern nicht das Spezifikum einer bestimmten Schicht, sondern überall möglich, wo sich, nicht zuletzt als Folge des Krieges, ungeordnete Familienverhältnisse und Erziehungsdefizite ausbreiteten. Während die Fürsorge das Profil des männlichen »Kinderschänders« von der Kriminalpsychologie übernahm und die beschuldigten Männer der Justiz und Gerichtsmedizin als Klientel überließ, widmete sie sich ausgiebig der Mutter als Schlüsselfigur der »zerrütteten« Familie. Auf der Basis von Gerichtsakten entwarf etwa die Berliner Sozialfürsorgerin *Charlotte Meyer* ein Panorama »unglücklicher« Familien, in denen der Vater »unbekannt«, alkoholkrank, »gewalttätig«, »verhaftet«, »schwer kriegsbeschädigt« oder »gefallen« und »tot« war und in denen »alleinerziehende«, »völlig unfähige«, »willensschwache«, »haltlose« oder »schwer hysterische« Mütter »außer dem Hause« arbeiteten, in »wilder« Ehe oder promiskuitiv lebten und ihre »unehelich geborenen Kinder« »verwahrlosen« ließen und so am

67 Etwa M. Döring, Richtlinien für den kinderpsychologischen Sachverständigen in Sexualprozessen, in: Pädagogisch-Psychologische Arbeiten aus dem Institut des Leipziger Lehrervereins 8. 1924, S. 164–214, Zitate 183–185; ders., Zur Technik des Schulgutachtens über jugendliche Zeugen, in: ebd. 6. 1922, S. 65–85; ders., Zur Vernehmung und Begutachtung Jugendlicher in Sexualprozessen, in: Pädagogische Warte 32. 1925, S. 1028–1036. Zum Stellungsmißbrauch ausführlich Kerchner, Autorität, S. 255–278.

68 Th. Olk, Abschied vom Experten. Sozialarbeit auf dem Weg zu einer alternativen Professionalität, Weinheim 1986; Ch. Sachße, Mütterlichkeit als Beruf, Frankfurt a.M. 1986; S. Zeller, Volksmütter. Frauen im Wohlfahrtswesen der zwanziger Jahre, Düsseldorf 1987; S. Rouette, Sozialpolitik als Geschlechterpolitik, Frankfurt 1993.

Kindesmißbrauch mitschuldig wurden.[69] Entsprechend konzipiert war auch die fürsorgerische Inter-vention: Bei sexuellem Mißbrauch kam neben einer Heimunterbringung des Mädchens vor allem die »Entziehung des Personensorgerechts der Mutter« in Frage.[70] Gegen die ledige Mutterschaft, sei sie nun situationsbedingt oder selbstgewählt, setzte die Fürsorge überkommene Familienideale, die Erwerbsarbeit trachtete sie offenkundig für die kinderlose, ledige Frau zu reservieren. So stabilisierte die Jugend- und Sozialfürsorge Normen, die dem Selbstbild der gemäßigten Frauenbewegung entgegen kamen.[71] Auch stellten sich Jugendfürsorgerinnen, wie Meyer, nicht wirklich auf die Seite der Kinder. Mit einem verkürzten feministischen Blick blieben männliche Opfer, obwohl ihre Fälle in den Gerichtsakten dokumentiert waren, bei der weiteren Analyse unberücksichtigt. Um Aussagen und Verhalten der Mädchen zu bewerten, wurde auf jenes diffamierende Raster zurück gegriffen, an dem neben der Lehrerbewegung inzwischen auch Pädiatrie und Aussagepsychologie intensiv gefeilt hatten. So sah nun auch Meyer in den wenigsten Mädchen, die in ein Sittlichkeitsdelikt verstrickt wurden, »körperlich und geistig gesunde«, »aufrichtige« Kinder. Dagegen beschrieb sie die Mehrheit als »psychopathologische Zeugen«; körperlich unsauber, schwächlich oder frühreif neigten sie zu »Ränkespinnen«, »Geltungsbedürfnis« und Lügenhaftigkeit. Sofort schien auch das professionelle Eigeninteresse auf: Aus fürsorgerischer Sicht eigneten sich nur die Absolventinnen der »sozialen Frauenschulen«, um im Gerichtsfall die kindliche Glaubwürdigkeit zu überprüfen.[72]

Überblickt man die hier nur kurz skizzierten Deutungskämpfe der Weimarer Republik, dann scheint die »Kinderschändung« als Thema omnipräsent. Indem man dem »Kinderschänder«, wie in der Wohnungsreform,

69 Ch. Meyer, Die Behandlung kindlicher und jugendlicher Zeugen bei Sittlichkeitsprozessen betrachtet vom sozialfürsorgerischen Standpunkt, in: Zeitschrift für die gesamte Strafrechtswissenschaft 45. 1925, S.126–160, Zitate 141–147; [o. V.] Binder, Zerstörende Wirkungen der Wirtschaftsnot auf das Familienleben und Hilfsmaßnahmen der Fürsorge, Langensalza 1927. Zum vaterlosen Aufwachsen von Kindern auch Peukert, Republik, S. 96–97.

70 Erfaßt waren »Attentate« auf Kinder in Berlin (1922 – 1924). Meyer, Behandlung, S. 141–147. Vgl. D. J. K. Peukert, Grenzen der Sozialdisziplinierung. Aufstieg und Krise der deutschen Jugendfürsorge von 1878 bis 1932, Köln 1986; K. Kohtz, Die Jugendwohlfahrtsgesetzgebung von 1922 und die Behandlung von Mädchen im Fürsorgeerziehungsverfahren in der Weimarer Republik, in: U. Gerhard (Hg.), Frauen in der Geschichte des Rechts. Von der frühen Neuzeit bis zur Gegenwart, München 1997, S. 759–771.

71 B. Greven-Aschoff, Die bürgerliche Frauenbewegung in Deutschland 1894–1933, Göttingen 1981, bes. S. 78–82 u. 148–180; U. Frevert, Frauen-Geschichte. Zwischen bürgerlicher Verbesserung und Neuer Weiblichkeit, Frankfurt 1986, S. 180–199; G. Bock, P. Thane, Maternity and Gender Politics. Women and the Rise of European Welfare States 1880–1950, London 1991; Peukert, Republik, S. 101–106, 110.

72 Meyer, Behandlung, S. 139–158, bes. 156.

negative charakterliche und moralische Eigenschaften zuschrieb und diese mit somatischen Merkmalen verknüpfte, wurde er als der Andere konstituiert, von dem sich die Ideale gelungener Bürgerlichkeit, zivilisierter Männlichkeit und erwachsener Mündigkeit anschaulich abgrenzen ließen. Zusätzlich scheinen auf einer subtileren Ebene Wahrnehmungsmuster verstärkt worden zu sein, die im konkreten Fall auf eine Relativierung der individuellen Verantwortung bürgerlicher, erwachsener und männlicher Täter hinwirkten. Der Vorstellung, sexueller Mißbrauch sei auch in höheren Schichten denkbar, arbeiteten die Sozialreformer und Lehrerverbände entgegen. Die kriminologische Tendenz, echte Pädophilie und Übergriffe von Jugendlichen als harmlos zu betrachten, wurde von Teilen der Reformpädagogik und der Jugendbewegung, die hier nicht näher behandelt werden konnten, unterstützt.[73] Statt das Paradox von der Frau als Sexualverbrecherin zurück zu weisen, verstärkte die Jugend- und Sozialfürsorge das Bild von der Mutter als potentieller Mitwisserin oder Mittäterin. Schließlich zeichnete sich eine glatte Täter-Opfer-Umkehr ab, wenn man, wie die Sozialreformer, von sexueller Gewalt bedrohte Mädchen in die Stigmatisierung der Unterschichten einbezog, oder wie die Lehrerbewegung und partiell auch die Jugend- und Sozialfürsorge, die Glaubwürdigkeit kleiner Kinder und pubertierender Jugendlicher in Zweifel zog. So unterminierten die Kontroversen im frühen 20. Jahrhundert um die Deutung von Kriminalität, Sexualität und Kindheit nicht nur den Status von weiblichen Unterschichtkindern; offenbar beförderte die professionelle Konkurrenz zwischen Pädagogen, Sozialfürsorgern, Medizinern und Aussagepsychologen um den prestigeträchtigen Gutachterstatus vor Gericht auch eine irrationale Abwertung der Kinderaussage.[74] Spitzte man die Argumentation weiter zu, waren es am Ende die »psychopathologischen« Kinder selbst, die das Sexualverbrechen herausgefordert hatten: »Leicht ansprechbar« und »stark triebhaft« erschienen besonders die Mädchen aus den Unterschichten schon von ihrer Erbanlage her »prädisponiert zur sexuellen Verwahrlosung« und Verführung. Bis in einzelne Formulierungen hinein näherte sich so das Profil der Kinderzeugen der kriminologischen Tätertypologie an. So schien es nur konsequent, nun

73 Dazu ausführlich Kiper, Sexueller Mißbrauch, S. 106–125; B. Kerchner, Sexualdiktatur. Macht und Gewalt in Gerichtsakten der Weimarer Republik, in: C. Künzel (Hg.), Unzucht – Notzucht – Vergewaltigung. Definitionen und Deutungen sexueller Gewalt von der Aufklärung bis heute, Frankfurt 2003, S. 137–163.

74 So W. Stern, Jugendliche Zeugen in Sittlichkeitsprozessen, Leipzig 1926. Differenzierter F. Baumgarten, Die Lügen der Kinder und Jugendlichen, Leipzig 1926². Vgl. U. Undeutsch, Forensische Psychologie, Köln 1967, S. 26–32; Hommen, Sittlichkeitsverbrechen, S. 92–97.

auch die »Unfruchtbarmachung« der »intellektuell minderwertigen« Zeugen (bzw. Opfer) sexueller Übergriffe zu erwägen.[75]

Da im professionellen Übereifer die Kinderaussage nachhaltig abgewertet worden war, hatten sich die Hürden für die strafrechtliche Verfolgung der »Unzucht an Kindern« am Ende der Weimarer Republik spürbar erhöht.[76] Zudem nahm eine skandalisierende Gerichtsberichterstattung einzelne Freisprüche zum Anlaß, die Diskrepanz zwischen der allseits beschworenen Gefahr der »Kinderschändung« auf der einen und der staatlichen Nichtintervention auf der anderen Seite einer empörten Öffentlichkeit spektakulär vor Augen zu führen. Als das Versagen von Justiz und Politik in aller Munde war,[77] wußten rechtspopulistische Strömungen die so geschürten Kriminalitätsängste zu nutzen. »Schützt unsere Kinder vor den Sexualverbrechern!« Mit diesem Appell trat Anfang der Dreißiger Jahre eine militante Bewegung an die Öffentlichkeit, um den »medizinisch zu führenden Abwehrkampf gegen die Kinderschändung« mit dem Kampf »gegen das Untermenschentum im allgemeinen« zu verbinden. Im Tenor eines republikfeindlichen Kulturpessimismus erklärte sie die »geschändeten Kinder« zum »schmachvollsten Kapitel« der Geschichte des 20. Jahrhunderts und eröffnete die »Front« gegen das vermeintlich unfähige »System« der Weimarer Republik sowie den »barbarischen Liberalismus«, der vor dem Verbrechen kapituliere und sich der »dauernden Kinderschändungen mitschuldig« mache. Eine offen rassistische Diktion beschrieb den »Kinderschänder« nun als »grauenhaft entarteten«, »minderwertigen« Menschen mit einem »übermäßigen Geschlechtstrieb« sowie einer erblich und »körperlich bedingten« Konstitution zur »tierischen Handlungsweise«. Mit Verweis auf die »glänzenden Resultate« der Medizin und die »wahre Volksstimmung« galt, neben drastischer Straferhöhung und Sicherungsverwahrung, die »Trieblosmachung« jetzt als bester »Weg«, um die Kinder zu schützen. So wurde im Rekurs auf Körpermerkmale die Differenz zwischen minderwertigen und »vollwertigen Menschen« zum natürlichen Prinzip sozialer Gliederung erklärt und Volk und Nation zu übergeordneten Großkollektiven erhoben. Als Gegenbild zum »entarteten Kinderschänder« verstand sich der antiliberal und antirepublikanisch eingestellte Kinder-

75 Etwa [O. V.], Müller-Heß u. E. Nau, Die Bewertung von Aussagen Jugendlicher in Sittlichkeitsprozessen, in: Jahreskurse für ärztliche Fortbildung 21. 1930, S. 48–72, Zitate 58–66; [O. V.], Müller-Heß u. F. Wiethold, Psychoanalyse und Strafrecht, in: ebd. 21. 1930, S. 32–48. Vgl. Undeutsch, Forensische Psychologie, S. 26–32.

76 Müller-Heß u. Nau, Bewertung, S. 48–50.

77 Himmelreich, Kinderschändung, S. 42–43. Vgl. H. Müller-Dietz, Kriminalität und Kriminalitätsverarbeitung in der Fackel. Zur Justiz-, Strafrechts- und Pressekritik von Karl Kraus, in: Schönert u.a. (Hg.), Kriminalität, S. 571–605; zur öffentlichen Resonanz auf einen Freispruch Kerchner, Sexualdiktatur, S. 137–163.

schützer selbst nicht mehr als rational und politisch handelnder Bürger. Mit einem organischen Politikverständnis inszenierte er sich vielmehr als »gesunder Volksgenosse«, der die ungesunden Weimarer Zustände durch Operation der medizinisch Kranken und Ausschluß der biologisch »Minderwertigen« zu heilen bestrebt war. Statt sie um ihrer selbst willen zu schützen, wurden die Kinder zum »höchsten Gut einer Nation« verklärt und so für das rassenhygienische und völkische Programm vereinnahmt.[78]

III. Der Streit um den homosexuellen »Jugendschänder« in der Weimarer Strafrechtsreform. Die Hinwendung der Kriminologie zum Körper, die eine naturwissenschaftlich gestützte Neuinterpretation des Verbrechens signalisierte, machte sich in der Strafrechtsreform der Weimarer Republik an vielen Punkten bemerkbar. Ob bei Strafmündigkeit, Strafmaß oder Zurechnungsfähigkeit, stets spielten jetzt medizinische, physiologische und sozialbiologische Erwägungen eine Rolle.[79] Bei der Überprüfung einzelner Tatbestände zog eindeutig das Verbot der Homosexualität (§ 175 StGB) die größte Aufmerksamkeit auf sich. Hier ließ sich nicht nur der Anlage-Umwelt-Streit oder die Trennung von Recht und Moral exemplarisch ausfechten, die Regulierung der »widernatürlichen Unzucht« wurde auch zum Testfall für ein naturwissenschaftlich fundiertes Verständnis von Sexualität und Verbrechen. Zum allseits bekannten »psychosexuellen Infantilen« und seinen Varianten trat so in den Auseinandersetzungen um die Strafrechtsreform der homosexuelle »Jugendschänder« als der umstrittenste Tätertypus.[80]

Nach den erfolglosen Reformbemühungen der Kaiserzeit[81] hielten nach dem Ersten Weltkrieg alle staatlichen Reformentwürfe an der Kriminali-

78 Dederding, Schützt unsere Kinder, Zitate S. 3–13, 17–36, 43–45. Vgl. H. J. Schwagerl, Rechtsextremes Denken. Merkmale und Methoden, Frankfurt 1993, S. 38–40, 101–161; M. Greiffenhagen, Das Dilemma des Konservatismus in Deutschland, Frankfurt 1986; R. P. Sieferle, Die Konservative Revolution, Frankfurt 1995, S. 7–44; H. Cremer-Schäfer u. H. Steinert, Straflust und Repression. Zur Kritik der populistischen Kriminologie, Münster 1998; U. Puschner, Ein Volk, ein Reich, ein Gott. Völkische Weltanschauung und Bewegung, in: B. Sösemann (Hg.), Der Nationalsozialismus und die deutsche Gesellschaft, München 2002, S. 25–41.

79 Elster, Bemerkungen, S. 3, 9–19; ders., »Sexualstrafrecht«, in: ders. u. F. Stier-Somlo (Hg.), Handwörterbuch der Rechtswissenschaft, Bd. 5, Berlin 1928, S. 446–448. Vgl. M. Frommel, Internationale Reformbewegungen zwischen 1880 und 1920, in: Schönert u.a. (Hg.), Kriminalität, S. 467–495.

80 Zum Begriff »Jugendschänder«: Gegen-Entwurf zu den Strafbestimmungen des Amtlichen Entwurfs eines Allgemeinen deutschen Strafgesetzbuches über geschlechtliche und mit dem Geschlechtsleben im Zusammenhang stehende Handlungen [...], hg. v. Kartell für Reform des Sexualstrafrechts, Berlin 1927, S. 46. Vgl. auch Himmelreich, Kinderschändung, S. 32–37, 47; zur pädagogischen Thematisierung Kiper, S. 106–125.

81 A. Taeger u. R. Lautmann, Sittlichkeit und Politik. § 175 im Deutschen Kaiserreich (1871–1919), in: dies. (Hg.), Männerliebe im alten Deutschland. Sozialgeschichtliche Abhand-

sierung der Sexualität zwischen erwachsenen Männern (§ 175 StGB) fest. Die konservativen Gesetzentwürfe von 1925 und 1927 gingen sogar noch weiter: Nachdem im Gesetz bislang kein festes Strafmaß vorgesehen war, sollten »beischlafsähnliche Handlungen« zwischen Männern nun mit bis zu fünf Jahren Zuchthaus bestraft werden können. Zudem zählte man die »Unzucht« an männlichen Jugendlichen sowie den »Mißbrauch einer durch ein Dienst- oder Arbeitsverhältnis begründeten Abhängigkeit« zu den schweren Fällen, in denen die Strafe verdoppelt werden konnte. Hinzu kam die Erwägung, neben der Verführung von Mädchen auch die Verführung von Jungen ausdrücklich zu bestrafen, dafür ein erhöhtes Schutzalter von achtzehn oder sogar einundzwanzig Jahren vorzusehen und die Höchststrafe von einem auf fünf Jahre Gefängnis hinauf zu setzen.[82] Im polarisierten Streitklima der Zeit bedurfte eine derart expansive Strafpolitik aufwendiger Legitimationsstrategien.

Vertreter des Zentrums und der Deutsch-nationalen Volkspartei lasen im zuständigen Strafrechtsausschuß des Reichstags den statistischen Anstieg der Sittlichkeitsdelikte als Zeichen einer Kulturkrise, wachsende »Unzucht mit Kindern« und »Laster der Homosexualität« signalisierten in ihren Augen einen verstärkten Handlungsbedarf. Wenn die Konservativen hier auf Abschreckung setzten, rekurrierte dies auf die gegenaufklärerische Vorstellung vom Menschen als einem triebgesteuerten Sinnenwesen, dessen prinzipielle Gefährlichkeit es durch Zucht im Zaum zu halten galt. Dies stand im Einklang mit einer Strafauffassung, die schon im Kaiserreich kollektive Rechtsgüter privilegiert und auf einer rigiden Normierung des sittlichen Verhaltens bestanden hatte. Was im klassisch konservativen Sinne gegen die Zumutungen der Moderne positiv verteidigt werden sollte, wurde ausdrücklich benannt: christliche Religion und Moral als Stützen der abendländischen Sittenordnung, die Familie als natürliche und dauerhafte Keimzelle des Staates, eine klare Differenz zwischen Mann und Frau als Voraussetzung einer Ganzheit des Lebens sowie feste Grenzen zwischen Erwach-

lungen, Berlin 1992, S. 239–268; s. zur Nieden (Hg.), Homosexualität und Staatsräson, Frankfurt 2005.

82 Der § 175 RStGB verfolgte die »widernatürliche Unzucht« zwischen »Personen männlichen Geschlechts« mit Gefängnis, § 182 RStGB die Verführung unbescholtener Mädchen mit Gefängnis bis zu einem Jahr: Reichs-Gesetzblatt 1871, S. 161–162. Zur Weimarer Reform: Entwürfe zu einem deutschen Strafgesetzbuch, veröffentlicht auf Anordnung des Reichs-Justizministeriums, Berlin 1920, T. 2, § 325, S. 72 u. T. 3, S. 269–271; Amtlicher Entwurf eines Allgemeinen Deutschen Strafgesetzbuchs, Berlin 1925, § 261 u. 267; Entwurf eines Allgemeinen Deutschen Strafgesetzbuches, 14.5.1927, nebst Begründung und 2 Anl.: Verhandlungen des Deutschen Reichstages, III. Wahlperiode 1924/27, Ds. 3390, Berlin 1927, § 288 u. 296–299. Verhandlungen des Strafrechtsausschusses des Reichstags über den Entwurf eines Allgemeinen deutschen Strafgesetzbuches (VStAE), Bd. 1, Berlin 1932, hier 86/17.10.1929, S. 1–3. Vgl. [O. V.] Kronecker, Die Sittlichkeitsverbrechen im Amtlichen Strafgesetzentwurf, in: Zeitschrift für die gesamte Strafrechtswissenschaft 47. 1927, S. 568–597.

senen- und Jugendalter als Basis einer geordneten Generationenfolge.[83] Emotional aufgeladen wurden die Forderungen durch eine völkische Rhetorik, die die homosexuelle Verführung als »Krebsschaden am Volkswohl« und die Gemeinwohlorientierung höherer Strafen als »gesundes Volksempfinden« ausgab. Erblickte man, wie der Deutsch-Nationale *Strathmann*, den »Verfall der Volkskraft« darin, daß bei der »Homosexualität« das »Verführungsmoment« immer stärker hervortrete, dann wurde der homosexuelle »Jugendschänder« in doppelter Weise zur Bedrohung: Zum einen unterminierte er durch seine gleichgeschlechtliche Orientierung das demographische Wachstum und damit revisionistische Hoffnungen auf eine neue außenpolitische Stärke. Zum zweiten gefährdete er als Verführer die Körpertüchtigkeit und Moral der männlichen Jugend, der im Kampf des deutschen Volkes um nationale Selbstbehauptung als »Kraft« der Erneuerung eine Schlüsselrolle zukam.[84]

Genau genommen bedienten sich die Konservativen bei ihrer »Verführungstheorie« eines bemerkenswerten Eklektizismus. Im Rekurs auf Vertreter der älteren forensischen Psychiatrie, die um 1900 für die Beibehaltung des Paragraphen 175 eingetreten waren,[85] definierten sie die Homosexualität als willentliches »Laster«, das höhere Strafen verdiene. Gleichzeitig integrierten sie Versatzstücke aus der modernen Psychologie *Alfred Adlers* oder der neueren Psychiatrie *Siegfried Placzeks,* beide erklärte Gegner des Paragraphen 175.[86] Im Ergebnis wurde die Überzeugung vertreten, ein homosexuelles »Schlüsselerlebnis« in der Jugend setzte sich auf Dauer im »Gehirn« fest, »vergifte« das Denken, führe zur degenerativen Ausbreitung der Homosexualität und verursache andere Formen der Perversität – inklusive der »Kinderschändung«. Gegen den »psychosexuellen Infantilen«, der die sexualmedizinische Sicht repräsentierte und aufgrund seiner krankhaften Disposition juristisch kaum zu belangen war, baute die konservative Kriminalpolitik so den homosexuellen »Jugendschänder« zum Inbegriff erworbener Perversität auf; voll schuldfähig konnte an ihm ein Strafexempel statuiert werden.[87] Bei dieser Strategie sekundierte eine kriminologische Kasuistik, die den Eindruck vermittelte, homosexuell »gerichtete Men-

83 VStAE 80/8.10.1929, S. 6–9, Zitat 7; sowie 85/16.10.1929, S. 1–6, 9–10. Vgl. Greiffenhagen, Das Dilemma, S. 85–121, 157–159, 208–210, 269–277; Peukert, Republik, S. 91–100.

84 VStAE 80/8.10.1929, S. 6–9; sowie 85/16.10.1929, S. 1–6, Zitate 3–5; vgl. Lenz, Verbrechen und Vergehen, S. 6–7. Zum Jugendkult im »völkischen Komplex« Sieferle, Die Konservative Revolution, S. 14, 26–34.

85 Zu den Verteidigern des § 175 gehörten die Psychiater Alfred Hoche, August Cramer und K. Kautzner, dazu Klabundt, Psychopathia, S. 121.

86 Zu dieser Art von »reflexivem Konservatismus« Greiffenhagen, Das Dilemma, S. 51–61, 136–137. Vgl. S. Placzek, Das Geschlechtsleben des Menschen, Leipzig 1926[2]; ders., Homosexualität und Recht, Berlin 1926.

87 VStAE 80/8.10.1929, S. 7; 85/16.10.1929, S. 1–6.

schen« vergingen sich »serienweise an Kindern«. Ob Militär, Schule, Badeanstalt, Jugendgruppe, Zoo oder Dorfstraße – kaum ein Ort war demnach noch sicher. So geriet nicht nur das Freizeitverhalten der Weimarer Jugend unter Verdacht.[88] Am Ende schien der »kontrasexuelle Kinderschänder«,[89] der schamlos und öffentlich agierte, weitaus gefährlicher, als der »psychosexuelle Infantile«, der sich immerhin innerhalb der heterosexuellen Norm und im Verborgenen zu bewegen wußte.

In dieser zugespitzten Situation schloß sich die heterogene Bewegung der Sexual- und Rechtsreformer zu einem »Kartell« zusammen und legte 1927 einen »Gegen-Entwurf« vor.[90] Wie kein anderes Gesetz verkörperte gerade für die Liberalen das Verbot der Homosexualität die Ignoranz der Justiz gegenüber der modernen Sexualmedizin.[91] Anknüpfend an *Richard von Krafft-Ebing* hatten Sexualmediziner die lange philosophisch-anthropologische Tradition zurück gewiesen, die seit dem 18. Jahrhundert Perversität durch den Mangel an Vernunft- und Schamkontrolle erklärt und sich auf die Deformationen des Gehirns konzentriert hatte. Um die Normen der Männlichkeit zu fixieren und davon abweichende Formen zu klassifizieren, richtete sie den Blick vom Kopf auf das Innere der Geschlechtsorgane. Entsprechend wurden Perversion und sexuelle Gewalt auf eine Fehlfunktion der in den Hoden befindlichen Keimdrüsen zurück geführt. Das mechanistische Modell des Geschlechtstriebs modifizierend unterschied man zudem streng zwischen Trieb*richtung* und Trieb*stärke*. Während die Sexualmedizin eine übersteigerte (oder geschwächte) *Stärke* des Geschlechtstriebs für sexuelle Gewalt und Perversion verantwortlich machte, grenzte sie davon die Homosexualität strikt ab, weil bei ihr – möglicherweise anlagebedingt – die *Richtung* des Geschlechtstriebs nicht auf das andere, sondern auf das eigene Geschlecht orientiert war. Ob die Homosexualität überhaupt eine Krankheit war, ob sie erwünscht oder unerwünscht war, blieb innerhalb der Sexualreform umstritten. Konsens bestand

88 Himmelreich, Kinderschändung, S. 32–33, 36–37, 47; VStAE, 85/16.10.1929, S. 8. Vgl. Peukert, Republik, S. 98–99.

89 Fetscher, Erbbiologische Studien, S. 263.

90 Gegen-Entwurf, S. 38–57; Lenz, Verbrechen und Vergehen, S. 44–52; Kronecker, Sittlichkeitsverbrechen, S. 579–591. Vgl. J. D. Steakley, The Homosexual Emancipation Movement in Germany, New York 1975; H. G. Stümke, Homosexuelle in Deutschland. Eine politische Geschichte, München 1989; W. Till, Über die Konstruktion männlicher Homosexualität zwischen Normalität und Pathologie, zwischen Männlichkeit und Weiblichkeit, in: E. Mixa u.a. (Hg.), Körper - Geschlecht - Geschichte. Historische und aktuelle Debatten in der Medizin, Innsbruck 1996, S. 132–146.

91 F. Dehnow, Sittlichkeitsdelikte und Strafrechtsreform, Stuttgart 1922, S. 9, 11; ders., Die Zukunft des Strafrechts, Berlin 1920, S. 46; vgl. Kronecker, Sittlichkeitsverbrechen, S. 568–572, 579–583.

aber darin, sie keinesfalls mehr als Verbrechen aufzufassen.[92] Am weitesten ging dabei *Magnus Hirschfeld.* Als er die Homosexualität als angeborenen »Naturtrieb« und »Tatsache der tiefinnersten konstitutionellen Anlage« definierte, wurde es möglich, sie ganz aus dem Kanon der krankhaften Perversionen auszugliedern und die Homosexuellen als legitime Mitglieder der Gesellschaft anzuerkennen.[93] Diese Position machte sich auch das »Kartell für Reform des Sexualstrafrechts« zu eigen. Weil bei der »Unzucht zwischen Männern« keine erkennbare Rechtsgutverletzung vorlag, wurde für eine ersatzlose Streichung des Paragraphen 175 plädiert. Gleichzeitig stufte man die »Geschlechtsunreifen« ausdrücklich als schützenswert ein und verankerte den Jugendschutz in den Tatbeständen der »Unzucht mit Kindern«, der »Geschlechtlichen Handlungen« mit Abhängigen sowie im Gesetz gegen die Verführung, wobei allerdings stets auf milde Strafen geachtet wurde.[94] Im Strafrechtsausschuß des Reichstags vertraten neben einzelnen Liberalen vor allem Sozialdemokraten und Kommunisten diese Forderungen. Die konservative Verführungsthese wiesen sie scharf zurück. Durch ein einziges Jugenderlebnis könne das »Triebleben« nicht »für alle Zeiten« in eine »homosexuelle Bahn« gelenkt werden.[95] Zudem beharrten die Sexual- und Rechtsreformer darauf, daß die »Neigung zu geschlechtsunreifen Personen« bei Homosexuellen genauso »selten« sei wie bei Heterosexuellen.«[96]

Zweifellos hat die Sexual- und Rechtsreformbewegung der Zwanziger Jahre einen beachtlichen Anteil an der Entwicklung liberaler Rechtstaatlichkeit und gesellschaftlicher Toleranz. Nicht zuletzt weil sie für einen selbstbestimmten Umgang mit dem Körper eintrat und überkommene Vorstellungen von Sexualität und Geschlecht hinterfragte, wurden ihre Vertreter im Nationalsozialismus verfolgt.[97] Doch wie neuere Studien zeigen, muß

92 G. L. Mosse, Nationalismus und Sexualität. Bürgerliche Moral und sexuelle Normen, München 1984, S. 50–54; Breidenstein, Geschlechtsunterschied, S. 221–229; Sarasin, Maschinen, S. 443–447; Till, Konstruktion männlicher Homosexualität, S. 132–146; H. Stoff, Der Orgasmus der Wohlgeborenen: Die sexuelle Revolution. Eugenik, das gute Leben und das biologische Versuchslabor, in: J. Martschukat (Hg.), Geschichte schreiben mit Foucault, Frankfurt 2002, S. 170–192.

93 M. Hirschfeld, Die Homosexualität des Mannes und des Weibes, Berlin 1914; ders., Sexualpathologie, Bd. 1–3, Bonn 1916–1920; Gegen-Entwurf, S. 38–50, Zitate 38, 48–49. Vgl. Klabundt, Psychopathia, S. 118–124.

94 Gegen-Entwurf, S. 7–8, 30–33, 39, 44.

95 So etwa Maslowski (KPD), VStAE 86/17.10.1929, S. 6.

96 Gegen-Entwurf, S. 44–45, 48, 50–52, Zitat 44–45.

97 Peukert, Republik, S. 106–107; A. Klevenow, Geburtenregelung und Menschenökonomie. Der Kongreß für Sexualreform 1921 bis 1930, in: H. Kaupen-Haas (Hg.), Der Griff nach der Bevölkerung. Aktualität und Kontinuität nazistischer Bevölkerungspolitik, Nördlingen 1986, S. 64–72, bes. S. 69; J. Link, Versuch über den Normalismus, Wie Normalität produziert wird, Opladen 1998^2, S. 299. Die umfangreiche Literatur zur Verfolgung referiert Till, S. 136–137.

man wohl gleichzeitig eine Reihe innerer Widersprüche konstatieren. Offenbar schrieben sich wissenschaftliche Wertungsmaßstäbe und gesellschaftliche Normalisierungsstrategien auf prekäre Weise in die Emanzipationsbewegung der Homosexuellen ein.[98] So wurde *erstens* die inzwischen weithin übliche Diskurstechnik, Körper und Charakter zu verknüpfen nicht zurück gewiesen, sondern unter anderem Vorzeichen übernommen. Ohne zu Zögern ging der liberale »Gegen-Entwurf« davon aus, die »Geschlechtsdrüsen« beeinflußten den »Sexualcharakter« und eine besondere »physische Konstitution«, etwa spezielle »Längenverhältnisse der Gliedmaßen zum Rumpf« oder eine bestimmte Gebißstellung, bewiesen die Eigenart des »homosexuellen Individuums«.[99] Letztlich grenzte man so Homosexuelle weiter als »spezifisch« aus.

Zwiespältig mußte sich *zweitens* auch die Emphase auswirken, mit der die naturwissenschaftliche Neuorientierung der Justiz und ein »Ersatz des Strafrechts« durch »Besseres« verlangt wurde.[100] Bei Sexualverbrechen auf Strafe zu verzichten und statt dessen »Maßregeln der Besserung und Sicherung« einzuführen, begrüßte der liberale »Gegen-Entwurf« unter Berufung auf den Juraprofessor und früheren sozialdemokratischen Justizminister *Gustav Radbruch* prinzipiell als »Fortschritt auf dem Weg zu einem wirklich humanen Strafrecht«. Nur die Rechtslastigkeit von Justiz und Polizei in der Weimarer Republik ließ bei Liberalen und Linken die Befürchtung aufkommen, eine lebenslange Sicherungsverwahrung könne in der Praxis »polizei-staatliche Verhältnisse« herbeiführen.[101] Heikel war zudem die Selbstverständlichkeit, mit der Forderungen nach sexueller Liberalität an solche nach rationeller Eugenik gekoppelt wurden. So schwärmte etwa der liberale Strafrechtsreformer *Fritz Dehnow* von »Auslese« und »Ausmerzung« als den effektivsten Präventivmaßnahmen der Zukunft. Als »Normalempfindender« glaubte er gar, die Einbeziehung der unerwünschten »konstitutiven« Homosexualität in das »prophylaktisch-eugenische« Programm fordern zu müssen.[102]

98 Stoff, Revolution, S. 170–192. Vgl. Link, Versuch, S. 298–299; C. Bruns, »Erfahrungen« des Männlichen zwischen Sexualität und Politik (1880–1920): Annäherungen an eine Historiographie des Politischen mit Michel Foucault, in: Martschukat (Hg.), Geschichte, S. 219–240.

99 Gegen-Entwurf, S. 49. Zu Vorbildern Klabundt, Psychopathia, S. 117–125. Im Strafrechtsausschuß glaubte ein Gegner des § 175, wie der Sozialdemokrat Moses, Homosexuelle, die er für »konstitutionell krankhaft«, physiologisch verändert und in ihrer »geschlechtlichen Entwicklung« für »zurückgeblieben« hielt, an ihrer »Behaarung« erkennen zu können: Moses (SPD), VStAE 85/16.10.1929, S. 8.

100 Dehnow, Sittlichkeitsdelikte, S. 12–13.

101 Gegen-Entwurf, S. 14–15.

102 Dehnow, Sittlichkeitsdelikte, S. 12–13, 19; Gegen-Entwurf, S. 22–23. Vgl. Peukert, Republik, S. 106–109; Klevenow, S. 64–72; C. Usborne, Frauenkörper – Volkskörper. Geburtenkontrolle und Bevölkerungspolitik in der Weimarer Republik, Münster 1994 (London 1989), S. 168–200; A. Grossmann, Reforming Sex: The German Movement for Birth Control & Abortion Re-

Drittens kollidierte der Jugendschutz bei den Sexual- und Rechtsreformern zuweilen mit gegenläufigen programmatischen Zielen. Bereits im Kaiserreich hatten einzelne Liberale dafür plädiert, »das Pathos der sittlichen Entrüstung zu Hause zu lassen« und das Gesetz gegen die »Unzucht an Kindern« ganz abzuschaffen, weil die körperlichen und psychischen Folgen solcher Übergriffe unerheblich seien.[103] Bei Vergewaltigung oder Mißbrauch einen dauerhaften »Schaden« zu sehen, hielt der Radikalliberale Dehnow in den Zwanziger Jahren für eine »maßlose Überschätzung«. »Wenn etwa eine Frau vergewaltigt und zugleich infiziert« werde, so sei von beiden »Übeln« die Infektion »sicherlich das schlimmere.« So wurden die »biologischen Ziele« und die »Gesundung des Sexuallebens« verabsolutiert und die Rechte von Frauen und Kindern herabgespielt. Verstärkt wurde die Tendenz durch dramatisierende Klagen über »Justizirrtümer«; nicht der Übergriff wurde hier zum Skandal, sondern eine Verfolgung, die die freie Entfaltung des erwachsenen Individuums mißachtete und die bürgerliche Existenz vernichtete.[104] Die hermetische Verführungsthese der Konservativen entlarvten im Strafrechtsausschuß Liberale und Linke berechtigterweise als Fiktion.[105] Doch Abgeordnete der KPD überzogen die Abwehr, indem sie Bedenken äußerten, ob den Aussagen eines Kindes über »sexuelle Dinge« überhaupt zu trauen und es nicht möglicherweise selbst der »verführende Teil« war.[106] Indem sie so ihre offizielle Absicht, den Jugendschutz zu stärken, selbst unterliefen, hatten die Sexual- und Rechtsreformer der konservativen Moralpolitik beim Thema sexuelle Gewalt letztlich wenig entgegen zu setzen.

Insgesamt verringerten sich durch die veränderten Kräfteverhältnisse nach der Reichstagswahl vom Mai 1928 die Aussichten für die Konservativen, ihre repressive Kriminalpolitik durchzusetzen. Durch die parlamentarische Blockade während der Weltwirtschaftskrise kam aber auch die liberale Gegenstrategie nicht mehr zum Zug. So blieb es trotz der heftig geführten Kontroversen bis 1933 bei der aus dem Kaiserreich hervor gegangenen Rechtslage. Hier zeigten sich genau jene Frontlinien der Parteipolitik, die

form, 1920–1950, New York 1995, S. 15; Planert, Der dreifach Körper, S. 568–575; H. Stoff, Eugenics and the Welfare State during the Weimar Republic, in: W. R. Lee u. E. Rosenhaft (Hg.), State and Social Change in Germany 1880–1960, New York 1990, S.131–160, hier 156; ders., Revolution, S. 170–192.

103 W. Borgius, Zur Frage der strafrechtlichen Behandlung von Sittlichkeitsvergehen an Kindern. in: Mutterschutz 1. 1905, S. 376–383; kritisch E. Bleuler, Zur Frage der strafrechtlichen Behandlung von Sittlichkeitsvergehen an Kindern, in: Mutterschutz 1. 1905, S. 502–506.

104 Dehnow, Sittlichkeitsdelikte, Zitate S. 16, 18–19 u. 21; ders., Zukunft, S. 39–51, bes. 47.

105 So etwa Alexander (KPD) VStAE 81/9.10.1929, S. 10.

106 So Maslowski (KPD), VStAE 80/8.10.1929, S. 11–13; 81/9.10.1929, S. 10; 83/11.10.1929, S. 10–11.

für die Emotionalisierung des politischen Klimas wie für die Blockaden des parlamentarischen Systems der Weimarer Republik insgesamt typisch waren.[107]

IV. Knabenschänder und Mädchenschänder im Nationalsozialismus. Zunächst änderte die Machtübergabe an die Nationalsozialisten am Wortlaut des Gesetzes gegen die »Unzucht an Kindern« (176 Nr. 3 StGB) wenig: Wer »mit Personen unter vierzehn Jahren unzüchtige Handlungen« vornahm, konnte weiterhin mit bis zu zehn Jahren Zuchthaus bestraft werden.[108] Allerdings forcierten diverse Reichsgerichtsurteile eine neue Auslegung. Hatten die Strafrechtler lange Zeit diskutiert, ob mit dem Tatbestand Übergriffe auf Mädchen und Jungen gleichermaßen erfaßt werden sollten und waren stets die Mädchen eher als Opfer erwartet worden,[109] wurde seit 1933 die »Knabenschändung« ins Visier genommen. Das schlug sich auch in steigenden Verfolgungsraten nieder.[110] Offenbar fungierte im Nationalsozialismus das Gesetz gegen die »Unzucht an Kindern« als ein politisches Instrument, mit dem die mit dem sogenannten Röhmputsch einsetzende Hetze gegen Homosexuelle eskaliert werden konnte.[111] Das zeigte sich auch in denn bald einsetzenden Gesetzesänderungen. 1935 wurden mit der Verschärfung des Paragraphen 175 die weitgehendsten Forderungen des Weimarer Konservatismus erfüllt.[112] Mit der »Verordnung

107 K. Marxen, Der Kampf gegen das liberale Strafrecht. Eine Studie zum Antiliberalismus in der Strafrechtswissenschaft der zwanziger und dreißiger Jahre, Berlin 1975; G. Jasper, Justiz und Politik in der Weimarer Republik, in: VfZG 30. 1982, S. 167–205. Vgl. am Beispiel der Todesstrafe R. J. Evans, Rituale der Vergeltung. Die Todesstrafe in der deutschen Geschichte 1532–1987, Berlin 2001, S. 681–736.

108 Reichs-Gesetzblatt 1871, § 176 Nr. 3, S. 161. Vgl. E. Niethammer, Unzucht mit Kindern nach geltendem Recht und nach dem Entwurf, in: Zeitschrift für die gesamte Strafrechtswissenschaft 57. 1938, S. 107–125, hier 107–113.

109 Schetsche, Das »sexuell gefährdete Kind«, S. 127–169; Hommen, Sittlichkeitsverbrechen, S. 21, 56–57.

110 Die Verurteilungen wegen § 176 Nr. 3 StGB (Unzucht an Kindern) stiegen von 5442 (1933) auf 5746 (1934), dann auf den Höchststand von 7010 (1936); bis Kriegsbeginn (1939: 6285) gingen sie leicht, danach (1940: 4345) stärker zurück. Statistisches Jahrbuch für das Deutsche Reich 55. 1936, S. 558; 56. 1937, S. 592; 57. 1938, S. 610; 58. 1939/40, S. 626; 59. 1941/42, S. 650. Der Anstieg ging wohl überwiegend auf Fälle zurück, in denen Jungen zum Opfer wurden: Niethammer, Unzucht, S. 113–114; G. Wessel, Das Delikt der Kinderschändung im Landgerichtsbezirk Bonn 1939, S. 83–85.

111 G. Grau u. C. Schoppmann (Hg.), Homosexualität in der NS-Zeit. Dokumente einer Diskriminierung und Verfolgung, Frankfurt 1993, S. 31–34, 54ff., 125, 209–211; B. Jellonek, Homosexuelle unter dem Hakenkreuz. Die Verfolgung von Homosexuellen im Dritten Reich, Paderborn 1990, S. 69ff., 95–99.

112 Der § 175 a StGB drohte Zuchthausstrafen von bis zu fünf Jahren an, weitete die strafbaren Handlungen aus, setzte bei Verführung das Schutzalter auf 21 Jahre herauf und wertete die Verführung von Jugendlichen oder in Abhängigkeitsverhältnissen als strafverschärfend. W. von Gleispach, »Sittlichkeitsverbrechen«, in: E. Volkmar u.a. (Hg.), Handwörterbuch der Rechts-

gegen Volksschädlinge« von 1939 wurde die Todesstrafe auch auf diejenigen angewandt, die wiederholt wegen eines »schweren Sittlichkeitsverbrechens« an einem Jugendlichen nach § 175 verurteilt worden waren.[113]

Wie in der Kriminalpolitik nach 1933 insgesamt, so ergaben sich neben den Änderungen des materiellen Rechts und der Auslegung gravierende Verschärfungen bei der Verfolgung des »Kinderschänders« durch eine drakonische Spruchpraxis, eine systematisch in Gang gehaltene Rechtsunsicherheit, die Ausweitung polizeilicher Kompetenzen sowie durch ausgreifende »Sicherheits-« und Liquidationsmaßnahmen.[114] Zu den letzteren zählte insbesondere die Kastration. Das Gesetz gegen gefährliche Gewohnheitsverbrecher« vom 24. November 1933 enthielt die »Maßregel« (§ 42 k StGB), einschlägig vorbestrafte, vom Gericht als »gefährlich« eingestufte »Sittlichkeitsverbrecher« zwangsweise zu »entmannen«. Hinzu kam am 26. Juli 1935 die Neufassung des »Gesetzes zur Verhütung erbkranken Nachwuchses«, mit der ein »Mann« »mit seiner Einwilligung« ohne formelles Gerichtsverfahren aufgrund einer ärztlichen Anordnung präventiv von seinem »entarteten Geschlechtstrieb« »befreit« werden konnte. Allerdings war die Freiwilligkeit eine Fiktion, denn jedem, der sich nicht »entmannen« ließ, drohte die gefürchtete Sicherungsverwahrung. Seit 1936 ging die Polizei dazu über, die von ihr selbst als »gefährliche Verbrecher« Eingestuften ohne Umweg über die Justizbehörden in Konzentrationslager einzuweisen.[115] Indem die nationalsozialistische Kriminalpolitik die ein-

wissenschaft, Bd. 8, Berlin 1937. Vgl. H. Müller, Sittlichkeitsverbrechen, in: A. Erler u. E. Kaufmann (Hg.): Handwörterbuch zur deutschen Rechtsgeschichte, Bd. 4, Berlin 1971, Sp. 1672–1679. 1935 wurden 2106 Personen aufgrund des § 175 StGB verurteilt, dann stieg die Zahl an, 1937 auf 8271, 1938 auf 8562, 1939 sank sie auf 7614. Statistisches Jahrbuch 58. 1939/40, S. 626 u. 59. 1941/42, S. 650.

113 R. Koch, Über Sittlichkeitsverbrecher, Leipzig 1940, S. 119. Zur Verordnung Evans, Rituale, S. 826–827. Seit 1941 konnten schwere »Sittlichkeitsverbrecher« allgemein mit dem Tode bestraft werden.

114 Müller, Sittlichkeitsverbrechen, Sp. 1677. Vgl. G. Werle, Justiz-Strafrecht und polizeiliche Verbrechensbekämpfung im Dritten Reich, Berlin 1989; E. Fraenkel, Der Doppelstaat. Recht und Justiz im »Dritten Reich«, Frankfurt 1974; H. Rüping, Grundriß der Strafrechtsgeschichte, München 1998^3, S. 94–106; R. Hoke, Österreichische und Deutsche Rechtsgeschichte, Wien 1992, S. 493.

115 Reichsgesetzblatt, T. 1, Berlin 1933, S. 996, 1000; sowie 1935. Dazu Koch, Sittlichkeitsverbrecher, S. 109; F. Bonk, Zur Indikation der Entmannung von Sittlichkeitsverbrechern auf Grund von 180 Beobachtungen, in: Deutsche Zeitschrift für die gesamte gerichtliche Medizin 32. 1939/40, S. 339–365, hier 343. Vgl. J. Hellmer, Der Gewohnheitsverbrecher und die Sicherungsverwahrung 1934–1945, Berlin 1961; Ch. Müller, Das Gewohnheitsverbrechergesetz vom 24. November 1933. Kriminalpolitik als Rassenpolitik, Baden-Baden 1997; ders., Das Gewohnheitsverbrechergesetz vom 24. November 1933, in: ZfG 47. 1999, S. 965–979; sowie Bock, Zwangssterilisation, S. 254–278; Ch. Rothmaler, Zwangssterilisation nach dem »Gesetz zur Verhütung erbkranken Nachwuchses«, in: J. Bleker u. N. Jachertz (Hg.), Medizin im Dritten Reich, Köln 1993, S. 137–149; Evans, Rituale, S. 817–825.

fache Homosexualität zwischen Erwachsenen zunächst von der »Entmannung« ausnahm, folgte sie der konservativen Strafauffassung der Weimarer Zeit, die die Homosexualität als schuldhaftes »Laster« hingestellt und sich auf höhere Freiheitsstrafen festgelegt hatte. Mit dem revidierten Sterilisationsgesetz vom 28. Juni 1935 wurde es jedoch möglich, das »Experiment« der Kastration auf Homosexuelle auszuweiten, ohne sich durch historische Rücksichten oder »blasse Theorie« einschränken zu lassen.[116]

Vieles spricht dafür, gerade die Zwangskastration, wie Zwangssterilisation, Zwangsabtreibung oder Zwangsprostitution, als sichtbares Zeichen einer qualitativem Wende in der Geschichte der Körperpolitik zu begreifen.[117] In der Weimarer Republik konnte die unfreiwillige Entfernung der Keimdrüsen noch als Körperverletzung bestraft werden. Dagegen waren die 1933 einsetzenden Maßnahmen insofern diktatorisch, als sie vor einer Verletzung der körperlichen Integrität der Staatsbürger nicht halt machten und den freien Willen und die Würde der Person mißachteten. Die nationalsozialistische Wende in der Körperpolitik ging also einher mit einer eklatanten Verletzung rechtsstaatlicher Prinzipien, und die Zwangskastration muß, auch wenn sie Sexualstraftäter betrifft, als konstitutives Element nationalsozialistischer Herrschaft und Machtkonsolidierung betrachtet werden, die insgesamt auf die Aufhebung von Grundrechten, die Gleichschaltung von Verwaltung, Polizei und Rechtsprechung sowie eine systematisch ausgreifende Gewaltsamkeit setzte.[118] Und offenbar ließ sich die Aufgabe von

116 R. Klare, Homosexualität und Strafrecht, Hamburg 1937, Zitat S. 127; [O. V.], Wolf, Die Kastration bei sexuellen Perversionen und Sittlichkeitsverbrechen des Mannes, Basel 1934; Himmelreich, Kinderschändung, S. 36–37. Vgl. A. Hurst, Die Homosexualität, ihre Behandlung und Bestrafung vor und nach der Strafrechtsnovelle vom 28. Juni 1935, Freiburg 1950; H.-G. Stümke u. R. Finkler, Rosa Winkel, Rosa Listen, Reinbek 1981, S. 212ff.; Jellonek, Homosexuelle, S. 141–145; F. Sparing, »... wegen Vergehen nach § 175 verhaftet«. Die Verfolgung der Düsseldorfer Homosexuellen während des Nationalsozialismus, Düsseldorf 1997, S. 69; Grau u. Schoppmann, Homosexualität, S. 147–153. Aufgrund der »Maßregeln« gegen »gefährliche Sittlichkeitsverbrecher« (§ 42 k StGB) wurden nach offiziellen Angaben zwischen 1934 und 1940 1998 Personen »entmannt«. In den ersten Jahren kastrierte man vor allem die bereits in der Weimarer Republik Verurteilten. Insgesamt handelt es sich mehrheitlich um Personen, die wegen der »Unzucht an Kindern« (§ 176 Nr. 3 StGB) oder wegen eines anderen Sexualverbrechens an einem Kind verurteilt worden waren, seit 1935 vermehrt um vermeintliche »Knabenschänder«. Statistisches Jahrbuch 55. 1936, S. 562; 56. 1937, S. 596; 57. 1938, S. 614; 58. 1939/40, S. 630; 59. 1941/42, S. 654. Laut zeitgenössischer Studien hatten 80 bis 90 % der Entmannten »Kinderschändungen« begangen: Bonk, Zur Indikation, S. 342, 350–353; F. Rattenhuber, Der gefährliche Sittlichkeitsverbrecher, Leipzig 1939, S. 19–20, 26–32; H. von Weber, Die deutsche Kriminalstatistik 1934, in: Zeitschrift für die gesamte Strafrechtswissenschaft 58. 1939, S. 598–623; Koch, Sittlichkeitsverbrecher, S. 13–14, 109–120.

117 Bock, Zwangssterilisation, S. 254–278. Vgl. Ch. Paul, Zwangsprostitution. Staatlich errichtete Bordelle im Nationalsozialismus, Berlin 1994.

118 Dazu allgemein P. Steinbach, Diktaturerfahrung und Widerstand, in: ders., K.-D. Henke u. J. Tuchel (Hg.), Widerstand und Opposition in der DDR 1949–1989, Weimar 1999, S. [8–12]; ders., Die Gleichschaltung, in: Sösemann (Hg.), Nationalsozialismus, S. 78–113; W.-D. Narr,

Rechtsstaatlichkeit beim allseits verhaßten »Kinderschänder« exemplarisch exekutieren, ohne daß dagegen nennenswert Einwände erhoben wurden.[119] Das zeigt sich auch in den Deutungskämpfen der Wissenschaften, in denen professionelle Selbstbehauptung und Selbstgleichschaltung einhergingen.[120] Während der juridische Diskurs es bei verhaltener Kritik an der Umsetzung der Kastration beließ[121] und der sexualmedizinische Heiloptimismus in die Defensive geriet,[122] gewannen rassenhygienische Erklärungsansätze deutlich an Boden. Entsprechend feierten ihre Vertreter die Kastration als mutigen Schritt auf »gesetzgeberisches Neuland«. Gerade weil es nicht gelingen wollte, aus dem anschwellenden Material der kriminalbiologischen Sammelstellen die kriminelle Veranlagung des Sexualverbrechers eindeutig auf ein körperliches Substrat zurückzuführen, forderte der Rassenhygieniker und Psychiater *Johannes Lange* optimistisch, die »Unfruchtbarmachung« weiter zu erproben und so die erbbiologische Forschung voranzutreiben. Bald galten die »Kinderschänder« als eine der »rassenhygienisch bedeutendsten Gruppen«.[123] Schließlich versuchte der Magdeburger Anstaltsarzt *Franz Bonk* für die einschüchternde Maßnahme der Kastration eine positive Tradition zu stiften. Erblickte man etwa in der Art, wie im Frühmittelalter die »Schändung der Christinnen durch Juden«, im Schweden des 18. Jahrhunderts die Abwehr der fremden Jesuiten und im Nordamerika der Neuzeit

Physische Gewaltsamkeit, ihre Eigentümlichkeit und das Monopol des Staates, in: Leviathan 8. 1980, S. 541–573. Vgl. auch P. Wagner, Hitlers Kriminalisten. Die deutsche Kriminalpolizei und der Nationalsozialismus, München 2002.

119 Vgl. zu den offenbar stärkeren Protesten gegen die massenhafte Zwangssterilisation an Frauen: Bock, Zwangssterilisation, S. 278–298.

120 L. Raphael, Radikales Ordnungsdenken und die Organisation totalitärer Herrschaft: Weltanschauungseliten und Humanwissenschaftler im NS-Regime, in: GG 27. 2001, S. 5–40; M. Szöllösi-Janze, »Wir Wissenschaftler bauen mit«. Universitäten und Wissenschaftler im Dritten Reich, in: Sösemann (Hg.), Nationalsozialismus. S. 155–171.

121 Etwa Rattenhuber, Zitate S. 10–16. Vgl. Rüping, Grundriß, S. 106.

122 G. Boeters, Zur Entmannung von Sittlichkeitsverbrechern, in: Monatsschrift für Kriminalpsychologie und Strafrechtsreform 25. 1934, S. 579–587, Zitate 580–581. Vgl. Koch, Sittlichkeitsverbrecher, S. 101–120; Bonk, Zur Indikation, S. 242–243; F. Wiethold, Zur Frage der Entmannung gemeingefährlicher Sittlichkeitsverbrecher, in: Deutsche Zeitschrift für die gesamte gerichtliche Medizin 24. 1935, S. 135. In anderen Fällen konnte die Kastration durchaus die Freiheit nach sich ziehen: Evans, Rituale, S. 818–819.

123 J. Lange, Bemerkungen zu der Abhandlung von Boeters: Zur Entmannung von Sittlichkeitsverbrechern, in: Monatschrift für Kriminalpsychologie und Strafrechtsreform 25. 1934, S. 582–587; Bonk, Zur Indikation, Zitat S. 341–343; F. Stumpfl, Sittlichkeitsverbrechen, in: Beiträge zur Rechtserneuerung 8. 1938, S. 217–227, hier 217–221; Koch, Sittlichkeitsverbrecher, S. 14–15, 104; K. Ernst, Über Gewalttätigkeitsverbrecher, Berlin 1938, S. 64–67. Vgl. Weingart u.a., Rasse, S. 183–184; Breidenstein, Geschlechtsunterschied, S. 225–229; Bock, Zwangssterilisation, S. 40–41, 327; H.-W. Schmuhl, Rassenhygiene, Nationalsozialismus, Euthanasie. Von der Verhütung zur Vernichtung »unwerten Lebens« 1890–1945, Göttingen 1987; S. Kühl, Die Internationale der Rassisten. Aufstieg und Niedergang der internationalen Bewegung für Eugenik und Rassenhygiene im 20. Jahrhundert, Frankfurt 1997.

die »Schändung weißer Frauen durch Andersfarbige« mit Kastration geahndet wurde, eine überhistorische Konstante, dann wurde die Kastration zu einem legitimen Ritual, um die eigene Kultur vor dem Fremden zu schützen.[124]

Zudem unternahm die Kriminologie nach 1933 beträchtliche Anstrengungen, ihre Tätertypologie neu auszurichten. Dabei wurde die in der Weimarer Republik etablierte Differenzierung nach Klasse, Geschlecht und Alter Schritt für Schritt demontiert. Statt sich weiter an den Prinzipien sozialer Gliederung zu orientieren, betrachteten die Kriminologen den »Kinderschänder« nun übergreifend als inneren Feind der Volksgemeinschaft.[125] Am Fall des jugendlichen Sexualverbrechers läßt sich dies exemplarisch zeigen. Hatte es zu den Innovationen der Weimarer Republik gehört, »Leichtsinn« und »Verirrung« als entschuldbare Gründe der Sexualität zwischen Jugendlichen aufzufassen und bei Grenzüberschreitungen Milde walten zu lassen, so prangerten Kriminologen nach 1933 die Brutalität jugendlicher »Kinderschänder« als »Raubtiertypen« an.[126] Offenbar wurde hier einer Revision der Jugendgerichtsgesetze von 1923 und 1931 zugearbeitet. Faktisch wurden mit dem Reichsjugendgesetz von 1943 alle Strafen des allgemeinen Strafrechts gegen das »frühreife Jungverbrechertum« zugelassen und das Strafunmündigkeitsalter nach unten aufgeweicht.[127] Die Jugend als Schonphase aufzufassen, wurde so unterlaufen, die Differenz zwischen Jugend und Erwachsenenalter relativiert und das Wohl der Volksgemeinschaft zum alleinigen Maßstab der Kriminalpolitik erhoben.

Dies korrespondierte mit einer revidierten Definition der »Kinderschändung«, die nun als eine »qualitative Triebstörung« aufgefaßt wurde, bei der der »Trieb« die ihm von »Volk und Rasse« vorgegebene »Richtung« verfehle. Unter dem neuen Gesichtspunkt wurde der »Kinderschänder« systematisch in einen »Mädchenschänder« und einen »Knabenschänder« aufgespalten. Damit war einer Rechtsanwendung der Boden bereitet, die zweierlei Maß anlegen konnte. Denn vieles spricht dafür, daß im Nationalsozialismus vor allem »*Knaben*schänder« brutaler Verfolgung ausgesetzt wurden, während dem »*Mädchen*schänder« nicht immer, aber doch unter

124 Bonk, Zur Indikation, S. 339–341. Zur Geschichte spiegelnder Körperstrafen Hoke, Rechtsgeschichte, S. 126; Rüping, Grundriß, S. 23.

125 A. G. Hess, Die Kinderschändung unter besonderer Berücksichtigung der Tatsituation, Leipzig 1934, S. 9–15, 20–27, Zitat 10; Niethammer, Unzucht, S. 107; Wessel, Das Delikt, 24–29, 32–37; vgl. Koch, Sittlichkeitsverbrecher, S. 21, 41, 73–74, 89–97. Damit korrespondierte ein Abrücken von der strengen Lehre individueller Rechtsgüter und die Etablierung der Volksgemeinschaft als kollektives »Gut«. M. Frommel, Verbrechensbekämpfung im Nationalsozialismus, in: F. J. Säcker (Hg.), Recht und Rechtslehre im Nationalsozialismus, Kiel 1992, S. 185ff.

126 Wessel, Das Delikt, S. 27–29, Zitate S. 27.

127 Dörner, Bestrafung, bes. S. 59 u. 67–74.

gewissen Umständen Verständnis entgegen gebracht werden konnte. Jedenfalls zeichneten kriminologische und gerichtsmedizinische Studien den »Knabenschänder« nach 1933 meist als ledigen Täter, dem das Opfer, trotz gemeinsamer Interessen fremd war; als Tatumgebung galten Gasthöfe, Herbergen, Jugendvereine, als besonders gefährlich Erzieher und Lehrer.[128] Im zynischen Rekurs auf die Theorien der Weimarer Sexualreform forderte etwa der Münsteraner Mediziner *Rudolf Koch* die »restlose Säuberung« der Sozialisationsinstanzen Militär, Jugendverband und Schule von dieser Form der Homosexualität mit »erbarmungsloser Härte«. Die »Beschwerden« Betroffener, sie seien »von der Polizei mit dem Gummiknüppel, Knebel usw. zu einem Geständnis gezwungen worden«, wurden als »weinerliche« Attitüde »verkommener Päderasten« abgetan, die seit 1939 vollstreckten Todesurteile begrüßt.[129] Dagegen beging der wenig gebildete, meist verheiratete »Mädchenschänder« in der zeitgenössischen Wahrnehmung die Tat häufig im engen Beziehungs- und Wohnumfeld. Vergriff er sich an einem Mädchen als dem »naturgegebenen Objekt«, weil er einen »Ersatz« für die fehlende oder kranke Sexualpartnerin suchte, war er schon deutlich entlastet.[130] Damit korrespondierte eine Opfer- und Zeugentypologie, die die Klischees der früheren Aussageforschung aufnahm. Betrachtete man den »Knaben« aufgrund seiner »robusten Natur« und geringen Phantasie als relativ glaubwürdig, sprachen seine belastenden Aussagen stets gegen den homosexuellen Angeklagten. Dem gegenüber brauchten die Lügen »geistig beschränkter«, »sittlich verdorbener« Mädchen nicht unbedingt für bare Münze genommen zu werden.[131] So konnte, indem man die Tat je nach dem Geschlecht des Zeugen/Opfers verschieden bewertete, die Rechtssituation unüberschaubar und der staatliche Zugriff unkalkulierbar gehalten werden.

Die potentiellen Folgen dieser Willkür illustrierte kurz nach Kriegsbeginn der Stuttgarter Landesjugendarzt *Eyrich,* als er den Fall eines fünfzehnjährigen Mädchens diskutierte, das, selbst nachdem es sterilisiert worden war, seine Beschuldigung aufrecht erhielt, sein Vater habe sich an ihm »unsittlich vergangen«. Mit Gutachtern und Gericht stellte sich Eyrich auf die Seite des Vaters: »Er ist«, so Eyrich, »ein unbescholtener und in jeder Hinsicht untadeliger und angesehener Mann, Facharbeiter aus kleinen Verhältnissen, dazu im Weltkrieg Frontkämpfer, zuletzt Vizefeldwebel und Inhaber des E. K. I.« Weil der Vater dem Klischee des »Kinderschänders« als »undeutschem« und weibischen Mann nicht entsprach, sprach auch

128 Hess, Die Kinderschändung, S. 9–15, 23–27, 35–38, Zitat 15; Koch, Sittlichkeitsverbrecher, S. 48. Vgl. S. Schneider, Sexualdelikte im Nationalsozialismus. Opfer- und Täterbilder, in: Künzel (Hg.), Unzucht, S. 165–185, bes. 176–178.

129 Koch, Sittlichkeitsverbrecher, S. 48–53 u. 99, Zitate 52–53 u. 99.

130 Hess, Die Kinderschändung, S. 15–21, 34–37; Wessel, Das Delikt, S. 29–30, 53.

131 Wessel, Das Delikt, S. 62–67, Zitat 65; Koch, Sittlichkeitsverbrecher, S. 89.

nichts für seine Schuld. Während Eyrich das Schicksal des tapferen deutschen Frontkämpfers beklagte, dessen »Ehre« trotz des schließlich ergangenen Freispruchs durch die Affäre »erledigt« sei, etikettierte er die Tochter, die möglicherweise einen Mißbrauch öffentlich gemacht hatte, als frühreif, schwerhörig, unglaubwürdig, »schwachsinnig« und »äußerst triebhaft«. Dieses Bild vor Augen warb er dann für eine »rationelle Kriminalpolitik«, die sich vom »überstiegenen Optimismus« der Weimarer Jugendschutzgesetze befreien und Sicherungsverwahrung, »Arbeitshaus oder Konzentrationslager« auf »gemeinschaftsunfähige« Minderjährige ausdehnen sollte.[132] Solche Äußerungen verstärken den Eindruck, daß im Nationalsozialismus die »Zerstörung der Kinderseele« zwar formelhaft beklagt,[133] die Kinder jedoch nicht konkret vor sexueller Gewalt geschützt, sondern nicht selten selbst diffamiert und verfolgt wurden[134] – während man Unschuldige zu »Kinderschändern« erklärte.

Suchte der Nationalsozialismus allgemein seine Utopie einer homogenen, leistungsorientierten, sozial angepaßten Volksgemeinschaft negativ durch Ausgrenzung und Ausmerzung der Unangepaßten und »Ungearteten« zu erreichen, so erhielt in dieser Exklusionsstrategie der »Kinderschänder« eine zentrale symbolische Funktion. Wenn offiziell davon die Rede war, den »Kinderschänder« als »minderwertiges« und »asoziales Element« »für immer« aus der »Volksgemeinschaft« zu entfernen,[135] dann konnte das *einerseits* bedeuten, daß der Mißbrauch besonders an männlichen Jugendlichen tatsächlich mit schärfster Verfolgung bedroht wurde; *andererseits* wurden mit dem Vorwurf der »Kinderschändung« Personen pauschal diffamiert, die als schwach, mißraten, unverbesserlich, unheilbar, undeutsch, asozial oder rassisch unerwünscht galten.[136] Der Mediziner Koch, der kurz

132 [O. V.], Eyrich, Gerichtsärztliche Aufgaben bei Kindern und Jugendlichen, in: Der öffentliche Gesundheitsdienst 5. 1939, S. 549–562, Zitate 551–556 u. 560–561. Vgl. Koch, Sittlichkeitsverbrecher, S. 116–117.

133 Wessel, Das Delikt, S. 58–60, Zitat 59.

134 So auch Bock, Zwangssterilisation, S. 48, 393–400. Vgl. U. u. W. Benz (Hg.), Sozialisation und Traumatisierung. Kinder in der Zeit des Nationalsozialismus, Frankfurt 1993.

135 E. Roesner, Der Nationalsozialismus als Überwinder der Kriminalität, in: Monatsblätter für Gerichtshilfe, Gefangenen- und Entlassenenfürsorge 12. 1937, S. 73–78; Koch, Sittlichkeitsverbrecher, S. 109, 119; Niethammer, Unzucht, S. 110. Vgl. D. J. K. Peukert, Volksgenossen und Gemeinschaftsfremde. Anpassung, Ausmerze und Aufbegehren unter dem Nationalsozialismus, Köln 1986, bes. S. 262–263.

136 Bekannt sind die »Sittlichkeitsprozesse« gegen Geistliche sowie die pornographisch aufgemachte Hetze des »Stürmer« gegen Juden. F. Koch, Sexuelle Denunziation. Die Sexualität in der politischen Auseinandersetzung, Frankfurt 1986; J. Müller, Die alltägliche Angst. Denunziation als Instrument zur Ausschaltung Mißliebiger, in: ders., C. Limpricht u. N. Oxenius (Hg.), Das Leben der Kölner Homosexuellen im Dritten Reich, Köln 1991, S. 96–103; H. G. Hockerts, Die Sittlichkeitsprozesse gegen katholische Ordensangehörige und Priester 1936–1937. Eine Studie zur nationalsozialistischen Herrschaftstechnik und zum Kirchenkampf, Mainz 1971; zuletzt H.-U. Wehler, Deutsche Gesellschaftsgeschichte, Bd. 4: Vom Beginn des Ersten Weltkriegs bis zur

nach Beginn des Krieges die Vielfalt sexueller Perversionen unter erbbiologischer Perspektive in ein neues Schema brachte, transportierte die denunziatorische Form der Etikettierung als »Kinderschänder« von der propagandistischen auf die wissenschaftliche Ebene.[137] Die über lange Zeit kolportierte Liste von Krankheiten, die angeblich eine sexuelle »Perversion« begünstigten, erweiterte er wahllos. Zu Epilepsie, Schädeltrauma, chronischem Alkoholismus, Neurasthenie, Psychose, Altersdemenz, Arteriosklerose und Gehirnlues kam nun Schizophrenie, Manie und Psychose, Kinderlähmung, Alzheimersche Krankheit, »Parkinsonismus«, Krebs und »Krüppeltum« hinzu. Als wichtigstes Charakteristikum des »Kinderschänders« galt jetzt die durch »körperliche Defekte« bedingte »Unfähigkeit, sich im Rahmen der sozialen und sexuellen Normen zu bewegen und einen gesunden erwachsenen Geschlechtspartner zu finden«.[138] So wurde etwa dem »Krüppel« nachgesagt, seine »geringeren Aussichten [...] beim anderen Geschlecht« prädisponierten ihn zur »Kinderschändung«.[139] Statt einer neutralen Tätertypologie entstand hier offenbar ein Raster, auf das sich die 1939 einsetzenden »Euthanasie-«Kampagnen stützen konnten.[140]

V. Fazit. Zweifellos erfuhr der Körper in der Zwischenkriegszeit eine gesteigerte Aufmerksamkeit. Nicht nur wurden psychische und soziale Probleme immer rigider auf körperliche Ursachen zurück geführt, vermehrt formulierte man auch politische Programme, die explizit am Körper ansetzten. Stellten Anthropologie, Medizin, Biologie und Physiologie schon lange Wissen über Reproduktion, Sexualität und Körper bereit, so drang dieses Wissen nun in Kriminologie und Justiz ein; auf dem Gebiet des Sexualstrafrechts begannen naturwissenschaftliche Sichtweisen im Laufe der zwanziger Jahre die Gesetzgebung und damit den politischen Entscheidungsprozeß zu dominieren. Gleichzeitig artikulierte ein breites Spektrum gesellschaftlicher Gruppen ihre unterschiedlichen Interessen, indem sie rivalisierende Körperbilder verbreiteten. Entsprechend fragmentiert und inkohärent gestaltete sich die »Körperpolitik« dieser Zeit. Sowohl in der Weimarer Republik als auch im Nationalsozialismus haben die politischen Entschei-

Gründung der beiden deutschen Staaten 1914–1949, München 2003, S. 815–816; sowie Schneider, Sexualdelikte, S. 171–173.

137 Koch, Sittlichkeitsverbrecher, S. 5–12, 27–67, Zitate 26–27; Hess, Die Kinderschändung, S. 17. Vgl. Wagner, Hitlers Kriminalisten, S. 87–100.

138 Stumpfl, Sittlichkeitsverbrechen, S. 218–219; dazu bereits Fetscher, Kriminalbiologische Erfahrungen, S. 356–363.

139 Koch, Sittlichkeitsverbrecher, S. 24–25, 67–85, Zitat 77; Hess, Die Kinderschändung, S. 16. Vgl. F. Exner, Kriminalbiologie, Hamburg 1939, Bd. 1, S. 217.

140 Zu den Opfern der sog. Aktion T 4, die wegen Vergewaltigung, Kindesmißbrauch und Homosexualität angeklagt und für unzurechnungsfähig erklärt worden waren: Evans, Rituale, S. 822–824.

dungsträger die »Körperpolitik« in den Rang einer nationalen Aufgabe gehoben, einer »Medizinierung« sozialer Fragen Vorschub geleistet und die staatliche Intervention ins Private mit Verweis auf das Allgemeinwohl gesteigert.[141] Dennoch wurden entscheidende Programmpunkte erst unter den Bedingungen der Diktatur umgesetzt. Eine systematisch ausgreifende Gewaltsamkeit, die Selektion und Vernichtung auf der Basis erbbiologischer und medizinischer Raster, die Aufhebung der Gleichheit vor dem Gesetz, der Zwangscharakter von zuvor als freiwillig konzipierten Maßnahmen sowie dezidiert rassistische Begründungen charakterisieren den qualitativen Bruch, den die Körperpolitik durch die Machtübergabe an die Nationalsozialisten erfuhr.[142] Hier fällt auf, daß antisemitische Stereotypen, die die politische Propaganda überfluten, im kriminologischen Diskurs über den »Kinderschänder«, der hier in den Mittelpunkt stand, bis Kriegsbeginn eher selten anzutreffen sind. Repräsentiert der Körper den sichtbaren Teil des Selbst (Mary Douglas), dann suchte das nationalsozialistische Regime mit seinen Attacken auf den Körper Subjektivität und Individualität im Kern zu treffen. Dennoch ist es fraglich, ob die Vorstellung von der »totalen Verfügung über den Körper«[143] die komplexen, durchaus widersprüchlichen Formen der Machtausübung dieser Zeit zu erfassen vermag.[144] Am Beispiel der kriminologischen Profilierung des »Kinderschänders« wurde hier versucht, den subtileren Techniken der Körperkonstruktion und Sinnstiftung auf die Spur zu kommen. Dabei zeigt sich: Obwohl nach 1933 vielfältig auf ältere Topoi zurück gegriffen wurde, kommt es nicht zu einer »simplen Linearität«.[145] Vielmehr griffen Diskursstrategien des Bewahrens,

141 So etwa Usborne, Frauenkörper, S. 11–19 u. 259. Die Kontinuität wird auch durch die umstrittene These betont, der nationalsozialistische Rekurs auf Familie, Sexualität und Körper habe moderne Züge gezeigt, dazu etwa M. Niehuss, Eheschließung im Nationalsozialismus, in: Gerhard (Hg.), Frauen, S. 851–870, hier 851; D. Herzog, Hubris and Hypocrisy, Incitement and Disavowal. Sexuality and German Fascism, in: Journal of the History of Sexuality, 11. 2002, Nos. 1/2, S. 3–21.

142 Eine solche Wende in der Körperpolitik nach 1933 läßt sich für unterschiedliche Politikfelder feststellen: Niehuss, Eheschließung, S. 870; Usborne, Frauenkörper, S. 259–261; Bock, Zwangssterilisation, S. 52–53, 254–278; G. Czarnowski, »Der Wert der Ehe für die Volksgemeinschaft". Frauen und Männer in der nationalsozialistischen Ehepolitik, in: K. Heinsohn u.a. (Hg.), Zwischen Karriere und Verfolgung. Handlungsräume von Frauen im nationalsozialistischen Deutschland, Frankfurt 1997, S. 78–95, hier 93; dies., Frauen – Staat – Medizin. Aspekte der Körperpolitik im Nationalsozialismus, in: Beiträge zur feministischen Theorie und Praxis 14. 1985, S. 79–98; Evans, Rituale, bes. S. 1051 u. 1074.

143 Etwa Evans, Rituale, Zitat S. 1051; vgl. S. Maiwald u. G. Mischler, Sexualität unter dem Hakenkreuz. Manipulation und Vernichtung der Intimsphäre im NS-Staat, Hamburg 1999, S. 7–11.

144 Skeptisch zu den Möglichkeiten der staatlichen Intervention in die Bereiche von Familie und Intimität Usborne, Frauenkörper, S. 261; Czarnowski, Ehe, S. 93.

145 Davor, eine »simple Linearität« anzunehmen, warnt Sarasin, Subjekte, S. 158.

Relativierens, Demontierens und Transformierens vielfältig ineinander,[146] bis der »Kinderschänder« als Inbegriff des »Gemeinschaftsfremden« vor aller Augen stand. Wenn uns also die Maßregeln der Sicherungsverwahrung an das klassische Modell bürgerlicher Sozialkontrolle erinnern oder die Kastration des »Kinderschänders« Forderungen der liberalen und linken Eugenik der Weimarer Zeit aufzugreifen scheint, so muß man doch sehen, daß hier ein Vokabular benutzt wurde, mit dem letztlich Maßnahmen durchgesetzt wurden, die den Intentionen der Sexualfreiheit und Entkriminalisierung diametral entgegen liefen.

146 Solche Diskursstrategien thematisieren Wodak u.a., Zur diskursiven Konstruktion, S. 73–103.

Matthias Willing

Frauenbewegung und Bewahrungsgesetz

Weibliche Initiativen zur Zwangsbewahrung »Asozialer« in der Weimarer Republik

I. Einleitung. In der wechselvollen Geschichte der deutschen Frauenbewegung bedeutete die Novemberrevolution 1918 eine wesentliche Zäsur. Sie ebnete den Weg für die Weimarer Reichsverfassung vom 11. August 1919, die nicht nur die formale Gleichheit beider Geschlechter verfassungsrechtlich garantierte, sondern auch mit der Einführung des aktiven und passiven Wahlrechts für Frauen eine der Hauptforderungen der Frauenrechtlerinnen erfüllte.[1] Der erhebliche Zuwachs an gesellschaftlichen Partizipationsmöglichkeiten führte unter anderem dazu, daß Frauen erstmals Lehrstühle an Universitäten sowie Ämter bei Gericht und in der gehobenen Verwaltung besetzen konnten und Zugang zu Kommunal- und Länderparlamenten erhielten. Zudem gewannen sie durch ihre Präsenz im Reichstag Einfluß auf die Gesetzgebung des Reiches, was sich in erster Linie auf sozialpolitischem Gebiet niederschlug. Die weiblichen Reichstagsabgeordneten engagierten sich speziell für die sogenannten »Frauengesetze«,[2] von denen das Reichsjugendwohlfahrtsgesetz (1922), das Gesetz über die Zulassung der Frauen zu den Ämtern und Berufen der Rechtspflege (1922), das Jugendgerichtsgesetz (1923) und das Gesetz zur Bekämpfung der Geschlechtskrankheiten (1927) in teilweise zähen Kämpfen verwirklicht wurden. Da die Weimarer Republik einen Höhepunkt der Frauenbewegung in Deutschland darstellt, wurde dieser Epoche in der jüngeren Vergangenheit unter frauenspezifischen Gesichtspunkten eine kaum noch überschaubare Fülle von lokalen, regionalen, biographischen, vereins- und verbandsgeschichtlichen Studien gewidmet.[3] Angesichts dieser Intensität der Forschung ver-

1 H. Lange u. G. Bäumer (Hg.), Handbuch der Frauenbewegung. 4 Bde., Berlin 1901/02; I. Reicke, Frauenbewegung und Erziehung, München 1921; H. Lion, Zur Soziologie der Frauenbewegung. Die sozialistische und katholische Frauenbewegung, Berlin 1926; A. v. Zahn-Harnack, Die Frauenbewegung. Geschichte, Probleme, Ziele, Berlin 1928; H. Sveistrup u. A. v. Zahn-Harnack, Die Frauenfrage in Deutschland 1780–1930. Eine Bibliographie, Tübingen 1934.

2 U. Gerhard u.a., Neue Staatsbürgerinnen – die deutsche Frauenbewegung in der Weimarer Republik, in: U. Gerhard (Hg.), Feminismus und Demokratie. Europäische Frauenbewegung der 1920er Jahre, Königstein i.T. 2001, S. 176–209, 186.

3 R. J. Evans, The Feminist Movement in Germany 1894–1933, London 1976; I. M. Fassmann, Jüdinnen in der deutschen Frauenbewegung 1865–1919, Hildesheim 1996; G. Boukrif u.a.

wundert es, daß die weiblichen Aktivitäten für ein »Bewahrungsgesetz« im Zeitraum von 1918–1933 keine Beachtung fanden,[4] obwohl es gleichfalls zu den genuinen »Frauengesetzen« gezählt werden darf. Mit dem Bewahrungsgesetz sollten die rechtlichen Voraussetzungen dafür geschaffen werden, um erwachsene Personen mit normabweichendem Verhalten, die man vielfach als »Asoziale« bezeichnete (z.B. Prostituierte, Bettler, Alkoholiker, Obdachlose), zwangsweise in Fürsorgeanstalten unterbringen und zu gesitteten Mitbürgern erziehen zu können.[5] Der folgende Beitrag zielt darauf ab, diesen vernachlässigten Aspekt der Frauenbewegung aufzugreifen und die umfangreichen weiblichen Initiativen für das Bewahrungsgesetz in der Weimarer Republik darzustellen.[6]

(Hg.), Geschlechtergeschichte des Politischen. Entwürfe von Geschlecht und Gemeinschaft im 19. und 20. Jahrhundert, Münster 2002; B. Greven-Aschoff, Die bürgerliche Frauenbewegung in Deutschland 1894–1933, Göttingen 1981; A. Herlitzius, Frauenbefreiung und Rassenideologie. Rassenhygiene und Eugenik im politischen Programm der »Radikalen Frauenbwegung« (1900–1933), Wiesbaden 1995; K. Hönig, Der Bund Deutscher Frauenvereine in der Weimarer Republik 1919–1933, Egelsbach 1995; C. Hopf, Frauenbewegung und Pädagogik. Gertrud Bäumer zum Beispiel, Bad Heilbronn 1997; D. Kaufmann, Frauen zwischen Aufbruch und Reaktion. Protestantische Frauenbewegung in der ersten Hälfte des 20. Jahrhunderts, Münster 1988; U. Gerhard (Hg.), Nation, Politik und Geschlecht. Frauenbewegung und Nationalismus in der Moderne, Frankfurt 2000; R. Nave-Herz, Die Geschichte der Frauenbewegung in Deutschland, 5. Aufl., Bonn 1997; S. Omran, Frauenbefreiung und »Judenfrage«. Diskurse um Rasse und Geschlecht nach 1900, Frankfurt a. M. 2000; E. Prégardier u. A. Mohr, Politik als Aufgabe. Engagement christlicher Frauen in der Weimarer Republik, Annweiler 1990; K. Reinert, Frauen und Sexualreform 1897–1933, Herbolzheim 2000; D. Rohr, Frauenbewegung und religiöse Gebundenheit. Der Katholische Frauenbund, Zweigverein Freiburg 1909–1934, Diss. Freiburg i. Br. 1999; C. Usborne, Frauenkörper, Volkskörper. Geburtenkontrolle und Bevölkerungspolitik in der Weimarer Republik, Münster 1994; B. Sack, Zwischen religiöser Bindung und moderner Gesellschaft. Katholische Frauenbewegung und politische Kultur in der Weimarer Republik (1918/19–1933), Münster 1997; A. Schaser, Helene Lange und Gertrud Bäumer. Eine politische Lebensgemeinschaft, Köln 2000; I. Stoehr, Emanzipation zum Staat? Der Allgemeine Deutsche Frauenverband – Deutscher Staatsbürgerinnenverband (1893–1933), Pfaffenweiler 1990. A. Süchting-Hänger, Das »Gewissen der Nation«. Nationales Engagement und politisches Handeln konservativer Frauenorganisationen 1900–1937, Düsseldorf 2002.

4 K. Weller, Gemäßigt oder radikal? Eugenische Tendenzen in den Flügeln der Frauenbewegung, in: G. Boukrif u.a. (Hg.), Geschlechtergeschichte des Politischen, S. 51–82, erwähnt zwar die »Bewahrung«, versteht aber darunter »die Isolierung ›Minderwertiger‹ in Haftanstalten« (S. 68).

5 Zur Gesamtentwicklung des Gesetzes und seinen Akteuren in der Weimarer Republik vgl. D. J. K. Peukert, Grenzen der Sozialdisziplinierung. Aufstieg und Krise der deutschen Jugendfürsorge 1878–1932, Köln 1986, S. 263ff.; M. Willing, Das Bewahrungsgesetz (1918–1967). Eine rechtshistorische Studie zur Geschichte der deutschen Fürsorge, Tübingen 2003, mit biographischen Angaben auch zu den männlichen Protagonisten des Gesetzes.

6 Die Studie basiert in erster Linie auf der zeitgenössischen Fachliteratur der Frauenbewegung und der Gefährdetenfürsorge, den Stenographischen Berichten des Reichstags (StenBerRT) sowie auf Archivalien aus dem Bundesarchiv (BA) in Berlin und aus dem Archiv des Deutschen Caritasverbandes (ADCV) in Freiburg i. Br.

II. Agnes Neuhaus – die »Erfinderin« des Bewahrungsgesetzes. Die Idee, ein Bewahrungsgesetz zu schaffen, geht auf Agnes Neuhaus (1854–1944) zurück. Neuhaus war Vorsitzende des Katholischen Fürsorgevereins für Mädchen, Frauen und Kinder (KFV) und gehörte zu den Gründungsmitgliedern des Katholischen Deutschen Frauenbundes (KDF).[7] Aus der langjährigen Erfahrung in der praktischen Fürsorgearbeit entstand bei ihr der Gedanke, nach neuen Wegen zu suchen, um gefährdete und »gefallene« Mädchen aus dem Prostituiertenmilieu auch gegen ihren Willen in den Anstalten des Fürsorgevereins unterbringen und die Kostenübernahme durch öffentliche Träger sicherstellen zu können. Die von Neuhaus erstmals 1918 mit Nachdruck erhobene Forderung nach einem »Verwahrungsgesetz für geistig Minderwertige« stieß in der Fachwelt auf positive Resonanz.[8] Nachdem sich die Revolutionswirren gelegt hatten, nutzte die KFV-Vorsitzende ihr Reichstagsmandat für die Zentrumspartei und brachte am 21. März 1921 einen »Entwurf eines Gesetzes, betreffend Überweisung zur Verwahrung« in das Parlament ein.[9] Dieser Entwurf zählte die Antragsberechtigten auf, regelte das Bewahrungsverfahren und enthielt Bestimmungen zur Kostenfrage und zu den Rechtsmitteln. Dauerhafte oder zeitweise Anstaltsverwahrung war bei in Fürsorgeerziehung stehenden Personen nach Abschluß derselben und bei wegen Geisteskrankheit oder Geistesschwäche Entmündigten vorgesehen, soweit dies zur Bewahrung vor körperlicher oder sittlicher Verwahrlosung oder zum Schutz des Lebens oder der Gesundheit der Betroffenen erforderlich sei. Damit war der Personenkreis, der in Bewahrung genommen werden sollte, im Vergleich zu späteren Entwürfen relativ eng gefaßt. Allerdings barg die schwammige Formulierung (»sittliche Verwahrlosung«) erhebliche Gefahren eines Mißbrauchs, die durch die Möglichkeit einer dauerhaften Anstaltsinternierung noch erheblich verschärft wurden. Der Antrag des Zentrums, den auch die Sozialpolitikerin Christine Teusch (1888–1968) unterstützte, kam jedoch infolge der Krise während der ersten Wahlperiode des Reichstags auf der parlamentarischen Ebene nicht voran. Der »Deutsche Ausschuß für Gefährdetenfürsorge«, der an der Ausarbeitung des Neuhausschen Entwurfs beteiligt gewesen war, veröffentliche kurz darauf eine beinahe gleichlautende Fas-

7 M. V. Hopmann, Agnes Neuhaus. Leben und Werk (überarb. v. H. Neuhaus), 2. Aufl., Salzkotten 1977; A. Wollasch, Der Katholische Fürsorgeverein für Mädchen, Frauen und Kinder (1899–1945). Ein Beitrag zur Jugend- und Gefährdetenfürsorge in Deutschland, Freiburg i. Br. 1991; H. Maier u. I. Winkelhausen, Agnes Neuhaus: Schriften und Reden, Würzburg 2000.

8 Tagung veranstaltet vom städtischen Wohlfahrtsamt zu Frankfurt a. M. über Gefährdetenfürsorge am 10. und 11. Oktober 1918, Frankfurt a. M. 1919, S. 55.

9 StenBerRT, 1. Wahlperiode (WP) 1920–1924, Bd. 366, Drs. 1766.

sung eines Verwahrungsgesetzes.[10] Mitverantwortlich für diesen Entwurf zeichnete die Sozialdemokratin Meta Quarck-Hammerschlag (1860–1954), die zu den führenden Köpfen der kommunalen Frauenbewegung in Frankfurt am Main gehörte. Bedenken gegen das freiheitsentziehende Fürsorgegesetz trug dagegen Henni Lehmann (1863–1937), eine Funktionärin der Arbeiterwohlfahrt, vor. Sie monierte die Möglichkeit »engherziger Sittenrichterei«, ungerechtfertigter Eingriffe in die persönliche Freiheit und des politischen Mißbrauchs, die das Gesetz zu einem »Klassengesetz« machen könnten.[11] Neuhaus setzte unterdessen im Zusammenhang mit dem 1922/23 breit diskutierten Gesetz zur Bekämpfung der Geschlechtskrankheiten (GBG) ihre Aktivitäten für das Verwahrungsgesetz fort. Vor der »Deutschen Vereinigung für Gefährdetenhilfe« verlangte sie am 11. Mai 1922 auch die Möglichkeit polizeilicher Zwangsanwendung ins GBG aufzunehmen und trat dafür ein, zu seiner Ergänzung das Verwahrungsgesetz zu verabschieden.[12] Ähnlich äußerte sie sich in der Reichstagsdebatte über den Regierungsentwurf des GBG am 13. Juni 1923. Dort zählte sie etwa 40 % der Prostituierten zu »den geistig Minderwertigen«, die nicht strafrechtlich zu belangen seien, sondern die durch das Verwahrungsgesetz in Anstaltsfürsorge genommen werden müßten.[13] Ausgehend von ihren konservativen Moralvorstellungen und im Einklang mit zeitgenössischen Strömungen in der Psychiatrie wertete Neuhaus hier deviantes Sexualverhalten junger Frauen als anormale Triebhaftigkeit, die auf psychopathologische Minderwertigkeit schließen lasse.[14] Diese entstehe »hauptsächlich auf Grund einer krankhaften Schwäche des Willens und eines ebenfalls krankhaften Mangels an Einsicht und Verantwortungsgefühl (geistige Minderwertigkeit)«. Nicht nur als Trägerinnen und Verbreiterinnen von Geschlechtskrankheiten bildeten diese Frauen eine große Gefahr für die menschliche Gesellschaft, sondern auch »weil sie, selbst erblich belastet, vielfach einer ganzen Reihe von unehelichen, das traurige Erbteil der mütterlichen Veranlagung mit zur Welt bringenden Kindern das Leben geben, deren Väter sie nicht einmal nennen können«; sie müßten »durch Verwahrung vor sich selbst geschützt

10 Verwahrungsgesetz. Entwurf und Begründung von H. Maier (Schriften des Deutschen Ausschusses für Gefährdetenfürsorge, Nr. 1), Karlsruhe 1921.

11 H. Lehmann, Der Entwurf für ein Verwahrungsgesetz, in: Soziale Praxis (SozPr) 30. 1921, Sp. 913–915.

12 Zum Entwurf des Gesetzes zur Bekämpfung der Geschlechtskrankheiten, in: SozPr 31. 1922, Sp. 883–885, 884.

13 A. Neuhaus, Zweite Beratung eines Gesetzes zur Bekämpfung der Geschlechtskrankheiten, in: StenBerRT, 1. WP 1920–1924, Bd. 360, 364. Sitzung v. 13.6.1923, S. 11317–11319, 11317.

14 H. Schmidt, Gefährliche und gefährdete Mädchen. Weibliche Devianz und die Anfänge der Zwangs- und Fürsorgeerziehung, Opladen 2002, S. 122ff.

werden.«[15] Die größte Wirkung im Hinblick auf das Bewahrungsgesetz erzielte Neuhaus beim »Deutschen Verein für öffentliche und private Fürsorge« (DV). Dort wurde 1922 auf ihren Wunsch hin eine spezielle Kommission ins Leben gerufen, die nach langwierigen Beratungen Anfang 1925 einen Entwurf eines »Bewahrungsgesetzes« vorlegte.[16] Die neue Bezeichnung, die sich fortan in den Fachkreisen durchsetzte, war von den Sachverständigen gewählt worden, um die fürsorgerische Anstaltsunterbringung von der strafrechtlichen Verwahrung in Haftanstalten abzugrenzen. Neben einem verbesserten Rechtsschutz der Betroffenen bestand der wesentliche Unterschied zum Zentrumsentwurf von 1921 in der Neufassung des Personenkreises, deren Formulierung von Neuhaus stammte[17] und lautete (§ 1):

»Eine Person über 18 Jahre, welche verwahrlost ist oder zu verwahrlosen droht, kann durch Beschluß des Vormundschaftsgerichts der Bewahrung überwiesen werden, wenn

a) dieser Zustand auf einer krankhaften oder außergewöhnlichen Willens- oder Verstandesschwäche oder auf einer krankhaften oder außergewöhnlichen Stumpfheit des sittlichen Empfindens beruht und

b) keine andere Möglichkeit besteht, diesen Zustand der Gefährdung oder Verwahrlosung zu beheben«.

Mit dieser unverbindlichen Umschreibung wollte die DV-Kommission eine Handhabe schaffen, um alle vermeintlich verwahrlosten oder von Verwahrlosung bedrohten Personen zwangsweise zur Pflichtarbeit in Fürsorgeanstalten einweisen zu können. Zeitgleich mit der Fertigstellung des DV-Entwurfs erhielt das Bewahrungsgesetz im Reichstag neue Impulse.

III. 1925: Höhepunkt des Frauenengagements für das Bewahrungsgesetz inner- und außerhalb des Reichstags. Bereits in der krisenhaft verkürzten zweiten Wahlperiode des Reichstags richtete Neuhaus einen Antrag an die Reichsregierung, ein Verwahrungsgesetz für Personen mit »geistiger Minderwertigkeit« in das Parlament einzubringen, der von weiblicher Seite die Unterstützung der Zentrumsabgeordneten Hedwig Dransfeld, Christine Teusch und Helene Weber (1881–1962) sowie der sozialdemokratischen

15 A. Neuhaus, Gefährdetenfürsorge, in: Hdwb. d. Wohlfahrtspflege, hg. v. O. Karstedt, Berlin 1924, Sp. 153–156, 155.

16 A. Neuhaus an H. Eiserhardt am 31.3.1931, in: ADCV, 319.4, DIV 5, Fasz. 3. Das Bewahrungsgesetz im System der Fürsorge. Zusammenfassender Bericht der Kommissionsverhandlungen im Deutschen Verein für öffentliche und private Fürsorge (Aufbau und Ausbau der Fürsorge, H. 3), Frankfurt a. M. 1925.

17 Niederschrift der Kommissionsberatung des Deutschen Vereins für öffentliche und private Fürsorge zur Frage der Versorgung asozialer Personen am 14.2.1925 in Braunschweig, in: ADCV, 319.4, DIV 5, Fasz. 2.

Ärztin Anna Margarete Stegmann (1871–1936) erhielt.[18] Zu Beginn der 3. Wahlperiode, am 9. Januar 1925, ersuchte Paula Müller-Otfried (1865–1946) im Namen der DNVP-Fraktion die Reichsregierung erneut, ein »Verwahrungsgesetz gegen asoziale Elemente vorzulegen«.[19] Müller-Otfried zählte zu den einflußreichsten Persönlichkeiten der konservativ-protestantischen Frauenbewegung und repräsentierte als Vorsitzende des Deutsch-Evangelischen Frauenbundes (DEF) etwa 135.000 Mitglieder. Zu den deutschnationalen Abgeordneten, die den Antrag vom 9. Januar 1925 unterschrieben, gehörten Ulrike Scheidel und Maria Schott. Am Tag darauf unterbreitete die SPD im Reichstag einen ähnlich formulierten Antrag, den die Abgeordneten Lore Agnes, Marie Ansorge, Marie Arning, Elise Bartels, Marie Juchacz (1879–1956), Johanne Reitze, Luise Schroeder (1887–1957) und erneut Anna Margarete Stegmann unterschrieben hatten.[20] Agnes Neuhaus und die Zentrumsfraktion erneuerten am 4. Februar 1925 ihre Forderung an die Reichsregierung, den Entwurf eines Verwahrungsgesetzes vorzulegen.[21] Zudem sandte am 11. März 1925 der »Deutsche Verein« den oben erwähnten Gesetzentwurf seiner Sachverständigenkommission an die Reichsregierung. Kurz darauf, ebenfalls im März 1925, offerierte der »Deutsche Verband zur Förderung der Sittlichkeit« (DVFS) einen weiteren Entwurf eines Reichsbewahrungsgesetzes. Der DVFS gehörte zum deutschen Zweig der von Josephine Butler (1828–1906) gegründeten Internationalen Abolitionistischen Förderation, die für eine höhere Ethik als Mittel zur Eindämmung der Prostitution eintrat. In Deutschland wurden die abolitionistischen Gedanken von zahlreichen Frauenverbänden vertreten. Hervorzuheben ist der »Bund Deutscher Frauenvereine« (BDF), die Dachorganisation der bürgerlichen Frauenbewegung in Deutschland, die mindestens 500.000, nach eigenen Angaben sogar bis zu zwei Millionen Mitglieder repräsentierte.[22] Die Abolitionistinnen kritisierten vorrangig das System der »Reglementierung«, d.h. die polizeiliche Kontrolle von sogenannten »eingeschriebenen« Prostituierten. Diese Maßnahme sei nicht nur unwirksam, sondern diskriminiere einseitig Frauen ohne die beteiligten Männer miteinzubeziehen. Statt der »Reglementierung« mit ihrer »doppelten Moral« sollten im Kampf gegen die Unsittlichkeit erzieherische Mittel wie das vom DVFS vorgeschlagene Bewahrungsgesetz zur Überführung der Prostituierten in ein bürgerliches Leben angewendet werden.[23] Ausgearbeitet hatten

18 StenBerRT, 2. WP 1924, Bd. 382, Drs. 198.

19 StenBerRT, 3. WP 1924–1928, Bd. 397, Drs. 216.

20 Ebd., Drs. 243.

21 Ebd., Drs. 482.

22 Hönig, Bund Deutscher Frauenvereine, S. 15.

23 A. Pappritz, Die abolitionistische Föderation, in: dies., Einführung in das Studium der Prostitutionsfrage, Leipzig 1919, S. 220–260.

diesen Vorschlag der Stadtarzt Georg Loewenstein, der Juristen Ernst Nathan und die Leiterin der Frauenhilfestelle Berlin, Friederike Wieking (1891–1958). Als Vorsitzende des »Deutschen Verbandes der Sozialbeamtinnen« (DVS), 2. Vorsitzende der Fachgruppe der Fürsorgerinnen an Polizei- und Pflegeämtern des DVS und Mitglied des Gesamtvorstands des Bundes Deutscher Frauenvereine gehörte Wieking zu den überaus aktiven Befürworterinnen des Gesetzes.[24] Für den Entwurf des »Deutschen Verbandes zur Förderung der Sittlichkeit« hatte Wieking anscheinend Lebensläufe von »asozialen« Personen als Anschauungsmaterial beigesteuert.[25] Dieser Entwurf war in groben Zügen mit dem des DV vergleichbar, bezog aber zusätzlich gemeingefährliche Geisteskranke und geisteskranke Verbrecher ein.[26] Die Nähe des DVFS-Entwurfs zur Frauenbewegung trat unter anderem bei der Besetzung einer fünfköpfigen Kommission zutage, die über die Aufhebung der Bewahrung entscheiden sollte. Hier war vorgesehen, daß zwei Mitglieder der Kommission Frauen sein sollten (§ 17). Eine der treibenden Kräfte der abolitionistischen Bewegung in Deutschland war die liberale Frauenrechtlerin Anna Pappritz (1861–1939). Sie forderte bereits 1919:

»Unterbringung von Psychopathen, Debilen und Abnormen in ländliche Heime und Arbeiterinnenkolonien, in denen die Betreffenden ihrem körperlichen und geistigen Zustand entsprechend behandelt und zur Arbeit angehalten werden. Diese Anstalten müssen unter der Leitung von eigens dazu vorgebildeten Lehrerinnen und Ärztinnen stehen. Nach dem Urteil zahlreicher Ärzte und Sachverständiger sind mehr als 50 Prozent der Prostituierten geistig nicht vollwertig, sie leiden an Willensschwäche, die es ihnen unmöglich macht, auf eigenen Füßen stehend, ihren Lebensunterhalt zu erwerben. Es muß ein Gesetz geschaffen werden, das diese Anormalen entmündigt und sie dauernd in einer Umgebung festhält, in der sie, wenn auch nur als ›halbe Kräfte‹, ein nützliches Leben führen können«.[27]

Da der Bewahrungsgesetzentwurf des DVFS ihren Vorstellungen entsprach, erläuterte Pappritz ihn in zahlreichen Fachzeitschriften und warb bei den Frauenvereinen für ihn.[28] Der Entwurf habe

24 Z.B. F. Wieking, Gegen Geschlechtskrankheit und Prostitution, in: Soziale Berufsarbeit 6. 1927, H. 3/4, S. 6–8; F. Wieking an E. Zillken am 21.12.1926, in: ADCV, 319.4, F03/01a,c,d, Fasz. 1. Vgl. P. Reinicke, Wieking, Friederike, in: Who is who der Sozialen Arbeit, hg. v. H. Maier, Freiburg i. Br. 1998, S. 628–630.

25 W. Polligkeit an A. Neuhaus am 23.3.1925, in: ADCV, 319.4, DIV 5, Fasz. 3.

26 Entwurf eines Reichsbewahrungsgesetzes nebst Begründung. Entworfen im Auftrag des Deutschen Verbandes zur Förderung der Sittlichkeit von G. Loewenstein, E. Nathan und F. Wieking, Berlin 1925.

27 Pappritz, Die abolitionistische Föderation, S. 243, Hervorhebung von Pappritz.

28 A. Pappritz, Das Bewahrungsgesetz, in: SozPr 34. 1925, Sp. 326–328; dies., Das Reichsbewahrungsgesetz, in: Nachrichtendienst des evangelischen Hauptwohlfahrtsamtes Berlin 2. 1926, S. 1–4; dies., Die Entwürfe zu einem Reichsbewahrungsgesetz, in: Deutsche Krankenkasse 13.

»in erster Linie das Wohl des zu Bewahrenden im Auge. Durch ihn wird den unglücklichen, hemmungslosen, geistig minderwertigen Menschen, die jetzt wie ein gehetztes Wild behandelt werden, Sicherheit und Ruhe gegeben, in einer Umgebung und bei einer beaufsichtigten Tätigkeit, die ihren Fähigkeiten und Charakter angepaßt ist und die ihnen das Bewußtsein gibt, nicht mehr Ausgestoßene zu sein, sondern Hilfsbedürftige, Leidende, denen die Gesellschaft mit Liebe und Fürsorge nachgeht. Das Gefühl ihrer Menschenwürde wird nicht mehr zertreten, sondern geweckt und alle guten Impulse gestärkt und gefördert werden. Und wenn diese ›großen Kinder‹ niemals ganz vollwertige Menschen werden können, so sollen sie auf die Dauer ihres Lebens geschützt sein«.[29]

Unterdessen versuchte Agnes Neuhaus im Reichstag eine parteiübergreifende Koalition aus Frauen zu bilden, um einen gemeinsamen Initiativantrag für das Bewahrungsgesetz zu stellen. Dazu hatte sie sich an Paula Müller-Otfried (DNVP) und Marie Juchacz (SPD) gewandt und war bei ihnen trotz der bestehenden politischen Differenzen auf prinzipielle Zustimmung gestoßen. Durchkreuzt wurde die Fraueninitiative durch den Entwurf eines Bewahrungsgesetzes der SPD, den man nicht mehr stoppen konnte oder wollte und den die Sozialdemokraten ihrerseits am 24. Juni 1925 als Initiativantrag in den Reichstag einbrachten.[30] Unter den 16 Abgeordneten, die diesen Gesetzentwurf unterzeichnet hatten, befanden sich mit Marie Ansorge, Marie Juchacz, Anna Nemitz, Toni Pfülf, Johanne Reitze, Luise Schiffgens, Minna Martha Schilling, Luise Schroeder, Berta Schulz und Margarete Stegmann mehrheitlich Frauen. Der SPD-Vorschlag, im Aufbau und Inhalt mit dem des »Deutschen Vereins« und des DVFS vergleichbar, ging auf einen Entwurf der Arbeiterwohlfahrt (AWO) zurück. Innerhalb der Arbeiterwohlfahrt setzte sich vor allem die von der englischen »Fabian Society« beeinflußte Frauenrechtlerin Helene Simon (1862–1947) für das Bewahrungsgesetz ein.[31] Seit der Vorlage des SPD-Gesetzentwurfs im Reichstag trat die führende AWO-Theoretikerin wiederholt für das Zwangsgesetz ein, das die strafrechtliche Sicherungsverwahrung durch »Vorbeugungsbewahrung« von »Minderwertigen« ergänzen sollte.[32] Während es bei Simon vorrangig zur »Ausschaltung« der betref-

1926, Sp. 233–237; dies., Der Entwurf eines Reichsbewahrungsgesetzes des Deutschen Verbandes zur Förderung der Sittlichkeit, in: Zentralblatt für Jugendrecht und Jugendwohlfahrt 17. 1925, S. 32–34; dies., Gefährdetenfürsorge und Bewahrung, in: Deutsche Zeitschrift für Wohlfahrtspflege (DZfW) 1. 1925/26, S. 255–258.

29 A. Pappritz, Das Bewahrungsgesetz, in: Die Frau 32. 1924/25, S. 270–272, 271.

30 StenBerRT, 3. WP 1924–1928, Bd. 402, Drs. 1067.

31 H. Simon, Aufgaben und Ziele der neuzeitlichen Wohlfahrtspflege, Stuttgart 1922, S. 10.

32 H. Simon, Das Problem der Bewahrung, in: SozPr. 35. 1926, Sp. 457–460, 518–521, 551–555; dies., Sicherungsverwahrung und Vorbeugungsbewahrung, in: SozPr 36. 1927, Sp. 1009–1013, 1041–1043, 1063–1069; dies., Bewahrung als Aufgabe der Wohlfahrtspflege, in: Arbeiterwohlfahrt 2. 1927, S. 609–615, 641–646; dies., Der Stand der Bewegung für ein Reichsbewah-

fenden Personen durch dauerhafte Anstaltsunterbringung gedacht war, sprach sich ihre Genossin, die SPD-Reichstagsabgeordnete und spätere Berliner Oberbürgermeisterin Luise Schroeder, eher für ein vom Erziehungsgedanken getragenes Gesetz aus. Einen ähnlichen Standpunkt vertrat Henni Lehmann, die dennoch eine gewisse Skepsis gegenüber dem »grausamen Charakter« der Bewahrung beibehielt.[33] Eine positive Haltung zum Bewahrungsgesetz nahm die Zeitschrift »Die Genossin. Informationsblätter der weiblichen Funktionäre der Sozialdemokratischen Partei Deutschlands« ein, in der es hieß: »Ein ganz besonderes Interesse sollten proletarische Mütter für ein solches Gesetz bekunden«.[34] Zwei Tage nach der SPD, am 26. Juni 1925, legten Zentrum und DNVP den Entwurf eines Bewahrungsgesetzes, den der DV ausgearbeitet hatte, als Initiativantrag dem Reichstag vor.[35] Dieses gemeinsame Vorgehen, das Neuhaus und Müller-Otfried erwirkt hatten, belegt, welches hohe Ansehen beide Frauen in ihren Parteien genossen. Denn anders als bei der SPD befanden sich bei Katholikenpartei und Deutschnationalen nur wenige Frauen im Parlament, so daß der obige Antrag nur noch von Ulrike Schei-del und Helene Weber unterstützt wurde. Für die DDP, an die der DV seinen Gesetzentwurf gleichfalls gesandt hatte, antwortete die liberale Frauenrechtlerin Marie Elisabeth Lüders (1876–1966): »Mit bestem Dank für Ihre Zusendung versichere ich Sie, daß ich mich wie bisher mit allen Kräften dafür einsetzen werde, daß die Regierung veranlaßt wird, daß ein Entwurf (Pappritz-v. Düring) eingebracht wird«.[36] Lüders unterlief hier der Fauxpas, den Entwurf des DV mit dem des DVFS zu verwechseln. Neuhaus brachte daraufhin gegenüber dem DV-Vorsitzenden Wilhelm Polligkeit ihre Verwunderung über Lüders zum Ausdruck: Neuhaus habe am 4. April 1925 »mit ihr über die beiden Entwürfe geredet und zwar in dem Sinne, dass ich den Entwurf Pappritz-von Düring für viel zu umfassend hielt, dass wir uns absichtlich auf einen kleineren Kreis von Personen beschränkt hätten. Frl. Dr. Lüders gab mir vollkommen recht«.[37] Auch wenn nicht klar ist, welchen Entwurf die DDP-Abgeordnete favorisierte, kann an Lüders prinzipieller Unterstützung des Vorhabens kein

rungsgesetz, in: Arbeiterwohlfahrt 4. 1929, S. 577–582; dies., Bewahrungsgesetz und Wohlfahrtspflege, in: Blätter des Deutschen Roten Kreuzes 8. 1929, H. 12, S. 19–23.

33 L. Schroeder, Der Ruf nach dem Bewahrungsgesetz, in: Jugend- und Volkswohl 2. 1926, S. 51–52; dies., Prostitution und Reglementierung, in: Sozialismus und Bevölkerungspolitik. Tagung des Hauptausschusses der Arbeiterwohlfahrt am 25. und 26. September 1926 in Jena, hg. vom Hauptausschuß der Arbeiterwohlfahrt, Jena o.J. [1926], S. 50–59, 56f.; H. Lehmann, Zum Problem eines Verwahrungsgesetzes, in: SozPr 34. 1925, Sp. 545–547, 547; vgl. dies., Was ist ein Verwahrungsgesetz? in: Brandenburger Zeitung Nr. 61 vom 18.3.1925.

34 Die Genossin 2. 1925, S. 73–74, 73.

35 StenBerRT, 3. WP 1924–1928, Bd. 402, Drs. 1090.

36 W. Polligkeit an A. Neuhaus am 7.4.1925, in: ADCV, 319.4, DIV 5, Fasz. 3.

37 A. Neuhaus an W. Polligkeit am 11.4.1925, ebd.

Zweifel bestehen. Die aufgezeigten parlamentarischen Aktivitäten in den Jahren 1924/25 dokumentieren, daß besonders Frauen ein Bewahrungsgesetz forderten und daß es ihnen gelang, die wichtigsten Fraktionen des Reichstags dafür zu gewinnen. Das Fürsorgegesetz, für das es Vorbilder im Ausland gab (z.B. England, Schweiz), sollte »der fehlende Stein in einem sozialpolitischen und sozialpädagogischen Reformmosaik« werden.[38] Die Reichsregierung schob jedoch das Vorhaben auf die lange Bank. Eine spätere Unterredung von Neuhaus und Müller-Otfried mit dem zuständigen Beamten im Reichsinnenministerium (RMdI), Fritz Ruppert, brachte die KFV-Vorsitzende zu der pessimistischen Einschätzung, »daß wir das Gesetz durch Oberregierungsrat Ruppert *nicht* bekommen«.[39] Der Widerstand des RMdI lag in rechtsstaatlichen Bedenken gegen die schwammigen Formulierungen zur Bestimmung des erfaßten Personenkreises und – damit eng verknüpft – in finanziellen Belastungen begründet. Auch außerhalb des Reichstags entfalteten prominente Frauen und verschiedene Frauenorganisationen zahlreiche Aktivitäten zur Durchsetzung des Bewahrungsgesetzes. Eine besondere, bislang unbekannt gebliebene Variante der fürsorgerischen Zwangsunterbringung legte die Düsseldorfer Landesverwaltungsrätin Emmy Hopmann (1883–1970) Ende 1924 mit einem »Entwurf zu einem Gesetz zum Schutz gefährdeter Personen« vor.[40] Obwohl der Gesetzentwurf von Hopmann, die eng mit dem KFV verbunden war, ansatzweise juristische Kautelen zum Schutz der Betroffenen und eine Begründung enthielt, war er unhaltbar. Der Landeshauptmann der Rheinprovinz schrieb dazu an Hopmann:

»Den Entwurf zu einem Gesetz zum Schutze gefährdeter Personen halte ich in der vorliegenden Form für ganz unmöglich. Er ist beherrscht von dem Gedanken, dass die Fürsorgevereine die Möglichkeit haben sollen, jede Person, die sie für gefährdet halten, festzunehmen und unterzubringen. [...] Wie wäre es, wenn ein kommunistischer oder sozialdemokratischer Verein sich auftäte, und mal in der Neujahrsnacht oder in den Karnevalstagen die Söhne der jeunesse dorée, weil sie betrunken oder nach seiner Ansicht geistig minderwertig sind, oder auch nur dafür gehalten werden, festnähme und in ein von ihm geleitetes ›Schutzheim‹ brächte? Jedenfalls ist das nach dem Wortlaut des Entwurfs alles möglich«.[41]

Magdalene von Tiling (1877–1974), die Vorsitzende der »Vereinigung Evangelischer Frauenverbände Deutschlands« (VEFD), dem mit fast zwei

38 Peukert, Grenzen, S. 295.

39 A. Neuhaus an W. Polligkeit am 22.12.1926, in: ADCV, 319.4, DIV 5, Fasz. 1, Hervorhebung Neuhaus.

40 E. Hopmann, Entwurf zu einem Gesetz zum Schutz gefährdeter Personen (Dezember 1924), in: ADCV, 319.4, F03/01a,c,d, Fasz. 1.

41 Landeshauptmann Horion an Landesverwaltungsrat E. Hopmann am 29.12.1924, in: ebd.

Millionen Mitgliedern größten Zusammenschluß von Frauen in der Weimarer Republik,[42] richtete am 20. Februar 1925 »Forderungen der evangelischen Frauen für eine nationale Aufbaupolitik im Innern« an das Reichsinnenministerium. Darin führte von Tiling aus:

»Wir verlangen ein viel schärferes Eintreten für Ordnung, Zucht und Sitte auf der Straße. Die nach außen in die Erscheinung tretende Verletzung von Anstand und Sitte muss bei Mann und Frau streng bestraft werden. Der Staat darf nicht mit völlig sinnlosen Geldstrafen vorgehen. Wir verlangen vielmehr die zwangsweise Unterbringung in Arbeitshäusern und Rettungshäusern. Das Gesetz zur Unterbringung asozialer Elemente in Bewahrungshäusern muss baldigst erscheinen«.[43]

Der Bewahrungsgesetzentwurf des DVFS stand an einem Vortrags- und Diskussionsabend am 3. April 1925 in Berlin zur Debatte, der unter anderem vom Berliner »Verein zur Förderung der Sittlichkeit« (Vorsitzende Anna Pappritz), dem Stadtverband der Großberliner Frauenvereine (Vorsitzende Alice Salomon) und der Kirchlich Sozialen Frauengruppe Berlin (Vorsitzende Frau von Braunschweig) veranstaltet wurde.[44] Auch ein Artikel in der von Helene Lange (1848–1930) und Gertrud Bäumer (1873–1954) herausgegebenen Zeitschrift »Die Frau. Monatsschrift für das gesamte Frauenleben unserer Zeit« hob die Bedeutung eines Bewahrungsgesetzes hervor. Es wurde dort zu den Wohlfahrtspflegegesetzen des Reichstags gezählt, an denen »die weiblichen Abgeordneten ein besonderes Interesse« bekundet hätten.[45] Im gleichen Periodikum befürwortete die Mitbegründerin des Deutschen Akademikerinnenbundes, die erwähnte DDP-Politikerin Lüders, das Bewahrungsgesetz als Ergänzung zum Strafgesetzbuchentwurf von 1925.[46] Auf der 14. Generalversammlung des »Bundes Deutscher Frauenvereine« in Dresden im Oktober 1925 brachte ihre Parteikollegin Else Ulrich-Beil (1886–1965), eine der Pionierinnen der Sozialen Arbeit in Deutschland, das angestrebte Zwangsfürsorgegesetz gleichfalls zur Sprache. In der Zeitschrift »Frau und Gegenwart«, dem offiziellen Organ des Stadtbundes Hamburgischer Frauenvereine, widmete man dem Thema im

42 G. Schneider-Ludorff, Magdalene von Tiling. Ordnungstheologie und Geschlechterbeziehung. Ein Beitrag zum Gesellschaftsverständnis des Protestantismus in der Weimarer Republik, Göttingen 2001, S. 39. Das Bewahrungsgesetz bleibt in der Monographie unerwähnt.

43 M. v. Tiling, Forderungen der evangelischen Frauen für eine nationale Aufbaupolitik im Innern vom 20.2.1925, in: BA, R 1501/101372, fol. 51–53.

44 Entwurf eines Reichsbewahrungsgesetzes, Vortrags- und Diskussionsabend am 3.4.1925, in: ADCV, 319.4, DIV 5, Fasz. 1.

45 Zum Reichsbewahrungsgesetz, in: Die Frau 32. 1924/25, S. 237–38; Aus den Parlamenten, in: Die Frau 33. 1925/26, S. 59.

46 M. E. Lüders, Was bringt das neue Reichsstrafgesetzbuch? in: Die Frau 33. 1925/26, S. 129–136, 132.

August 1925 die Titelseite.[47] Intensiv setzte sich auch die Landespflegerin von Mecklenburg-Schwerin, Irmgard Jaeger (1886–1975), mit dem Zwangsgesetz auseinander. Bereits bei der Anhörung des Gesetzes zur Bekämpfung der Geschlechtskrankheiten vor dem 14. Ausschuß des Reichstags am 4. Mai 1923 plädierte sie im Zusammenhang mit der geplanten Einführung von Pflegeämtern für das Verwahrungsgesetz als Ergänzung des GBG.[48] Zudem erläuterte Jaeger, die in mehreren Gremien von BDF und Deutschem Verband der Sozialbeamtinnen organisiert war, sachkundig die verschiedenen Entwürfe eines Bewahrungsgesetzes von 1925 und äußerte die Hoffnung, daß »die Verabschiedung des Gesetzes sich nicht zu sehr in die Länge ziehen« werde.[49] Ähnlich forderte die Regierungsrätin im preußischen Ministerium für Volkswohlfahrt, Anna Mayer (1882–1937), in einem Referat über die Gefährdetenfürsorge vor der Fachgruppe der Fürsorgerinnen an Polizei- und Pflegeämtern des DVS »die Möglichkeit der Erfassung der sogenannten hoffnungslosen Fälle« durch »ein Verwahrungsgesetz«.[50]

IV. Das Bewahrungsgesetz als Ergänzung des Gesetzes zur Bekämpfung der Geschlechtskrankheiten. Ungeachtet der Aktivitäten im Reichstag verschwand das Bewahrungsgesetz zunächst von der Tagesordnung und spielte erst in den Beratungen zum GBG 1926/27 wieder eine Rolle. Dieses Gesetz war in Einzelfragen seit langem – nicht zuletzt innerhalb der heterogenen Frauenbewegung – heiß umstritten.[51] Einen der Kernpunkte stellte die Frage nach der Strafbarkeit der Prostitution dar. Nach der bisherigen Regelung im Strafgesetz wurde eine »Weibsperson« mit Haft bis zu sechs Wochen bestraft, die »wegen gewerbsmäßiger Unzucht einer polizeilichen Aufsicht unterstellt ist, wenn sie den in dieser Hinsicht zur Sicherung der Gesundheit, der öffentlichen Ordnung und des öffentlichen Anstandes erlassenen polizeilichen Vorschriften zuwiderhandelt, oder welche, ohne einer solchen Aufsicht unterstellt zu sein, gewerbsmäßig Unzucht treibt« (§ 361 Ziff. 6 StGB). § 362 StGB bot darüber hinaus die Handhabe, Prostitution sogar mit

47 E. Ulrich-Beil, Die gegenwärtige sozialhygienische Gesetzgebung, in: 14. Generalversammlung des Bundes Deutscher Frauenvereine, Dresden, 4.–7.10.1925, SD Hamburg 1925, S. 14–31, zum »Reichsbewahrungsgesetz« S. 18–22; M. Munk, Das Bewahrungsgesetz, in: Frau und Gegenwart Nr. 31 v. 4.8.1925, S. 1

48 StenBerRT, 1. WP 1920–1924, Bd. 377, Drs. 5801, S. 6749.

49 I. Jaeger, Vorarbeiten und Entwürfe zu einem Reichsbewahrungsgesetz, in: DZfW 1. 1925/26, S. 160–163, 206–212, 212. Vgl. P. Reinicke, Jaeger, Irmgard, in: Who is who, S. 276f.

50 A. Mayer, Gefährdetenfürsorge im Rahmen der allgemeinen Wohlfahrtspflege, in: Zur Frage der Prostitutionsbekämpfung, hg. v. Deutschen Verband der Sozialbeamtinnen, Schwerin 1925, S. 5–13, 12.

51 L. Sauerteig, Krankheit, Sexualität, Gesellschaft. Geschlechtskrankheiten und Gesellschaftspolitik in Deutschland im 19. und im frühen 20. Jahrhundert, Stuttgart 1999, S. 400ff.

zwei Jahren Arbeitshaus zu ahnden. Während die abolitionistische Richtung der Frauenbewegung und die Linksparteien anstrebten, dieses System der Reglementierung zugunsten einer medizinischen Prophylaxe komplett abzuschaffen, setzten sich konservative Frauen für die Mitwirkung der Polizei und die Strafbarkeit der Prostitution ein.[52] Agnes Neuhaus wollte nicht nur, daß »die Gewerbsunzucht als solche unter allen Umständen zum Delikt gestempelt wird«,[53] sondern auch, daß jegliche »unsittliche Lebensführung in Ärgernis erregender oder Scham verletzender Weise« mit Haft bestraft werden müsse.[54] Zwar war diese radikale Position nicht mehrheitsfähig, doch gelang es Neuhaus in dem von Müller-Otfried geleiteten Bevölkerungspolitischen Ausschuß des Reichstags den Regierungsentwurf des GBG wesentlich zu verschärfen. In das Gesetz zur Bekämpfung der Geschlechtskrankheiten vom 18. Februar 1927 fand die teilweise Zurücknahme der Liberalisierung der Prostitution Eingang durch den sogenannten »Kirchturmparagraphen« (§ 16 IV GBG = § 361 Ziff. 6a StGB). Er bedrohte diejenigen Personen weiterhin mit Strafe, die »gewohnheitsmäßig zum Zwecke des Erwerbes in der Nähe von Kirchen oder in der Nähe von Schulen oder anderen zum Besuche von Kindern oder Jugendlichen bestimmten Örtlichkeiten oder in einer Wohnung, in der Kinder oder jugendliche Personen zwischen drei und achtzehn Jahren wohnen, oder in einer Gemeinde mit weniger als fünfzehntausend Einwohnern« der Unzucht nachgehen.[55] Marie Elisabeth Lüders feierte in »Die Frau« zwar die Verabschiedung des GBG als »Befreiung von Krankheit und Lüge«, brachte aber gleichzeitig »schwerste Bedenken« gegen den »Kirchturmparagraphen« zum Ausdruck, der die Gefahr einer Reglementierung durch die Hintertür eröffne.[56] Immerhin konnten es alle beteiligten Frauen als kleinen Erfolg des Kompromisses verbuchen, daß die einseitige Diskriminierung von weiblichen Prostituierten durch das GBG aufgehoben wurde, da die neue Gesetzeslage die Möglichkeit bot, auch männliche Prostituierte zu inkriminieren. Weitgehend einig waren sich konservative, liberale und sozialdemokratische Frauenbewegung darin, daß das GBG durch das Bewahrungsgesetz ergänzt werden müsse. In diesem Sinne hatte sich Anna Pappritz ebenso ausgesprochen wie

52 H. Weber, Das Gesetz zur Bekämpfung der Geschlechtskrankheiten, in: Politisches Jahrbuch 1927/28, S. 637–640.

53 A. Neuhaus, Das Gesetz zur Bekämpfung der Geschlechtskrankheiten, in: Korrespondenzblatt des KFV 6. 1927, S. 10–15, 11.

54 Zitiert nach Wollasch, Fürsorgeverein, S. 235.

55 RGBl. I S. 61, 63.

56 M. E. Lüders, Befreiung von Krankheit und Lüge, in: Die Frau 34. 1926/27, S. 302–305, 305.

Lucy Liefmann.[57] Auch die SPD-Abgeordnete Luise Schroeder warb auf einer Tagung der Arbeiterwohlfahrt im September 1926 mit ähnlichen Worten für das Bewahrungsgesetz.[58] In der zweiten Beratung des GBG am 22. Januar 1927 wiederholte Neuhaus ihren Wunsch nach Schaffung eines Bewahrungsgesetzes, »das eine ganze Reihe von diesen armen Mädchen, die nicht zurechnungsfähig sind, aus Schande und Schmutz herausholen« werde.[59] Ihre Parteigenossin Helene Weber, die Vorsitzende des »Vereins Katholischer Deutscher Sozialbeamtinnen« (VKDS) und stellvertretende Vorsitzende des KDF war, schloß sich später dieser Forderung an.[60] Mit derselben Intention äußerten sich die drei Berufsorganisationen der Fürsorgerinnen in einer gemeinsamen Petition an die Reichsregierung anläßlich des Inkrafttretens des GBG.[61] In ihrem oben angesprochenen Beitrag zum GBG betonte Marie Lüders die Notwendigkeit, »mit Nachdruck die bereits wiederholt geforderte Vorlage eines Bewahrungsgesetzes zu veranlassen. Ohne ein solches werden sonst auch in Zukunft tausende und abertausende physisch und geistig minderwertiger und moralisch labiler Personen ohne ihre Schuld, ja nicht selten gerade in ihrer Schwäche von gewissenlosen Menschen ausgebeutet, auf die schiefe Bahn geraten, während es notwendig ist, sie vor sich selbst und vor böswilligen Subjekten der Gesellschaft, sowie die Gesellschaft vor ihnen, zu schützen«.[62] In dasselbe Horn stieß 1928 Agnes von Zahn-Harnack (1884–1950) in ihrem Standardwerk »Die Frauenbewegung«: Neben der Bekämpfung der Wohnungsnot, der Arbeitslosigkeit, der unzureichenden Entlohnung und der Verwahrlosung der Jugend

»brauchen wir ein Gesetz, das die Gesellschaft vor sogenannten asozialen Personen beschützt und deren lebenslängliche oder zeitweilige Verwahrung in Arbeitshäusern oder anderen Anstalten ermöglicht. Dieses Gesetz ist die notwendige Ergänzung zu dem Gesetz zur Bekämpfung der Geschlechtskrankheiten. Wenn man sich erinnert, wie Geisteskranke, Schwachsinnige, Gewohnheitstrinker und Gewohnheitsverbrecher mit der Prostitution in Verbindung stehen, so weiß man, daß mit ihrer Unschädlichmachung eine Förderung der öffentlichen Sittlichkeit sicher Hand in Hand gehen würde«.[63]

57 A. Pappritz, Verhütung und Bekämpfung der Geschlechtskrankheiten, in: SozPr. 34. 1925, Sp. 161–164, 164; L. Liefmann, Der gegenwärtige Stand der Gefährdetenfürsorge, in: Archiv für soziale Hygiene und Demographie N.F. 2. 1926/27, S. 378–384, 384.

58 L. Schroeder, Prostitution und Reglementierung, in: Sozialismus und Bevölkerungspolitik. Tagung des Hauptausschusses der Arbeiterwohlfahrt am 25. und 26.9.1926 in Jena, Jena o.J. [1926], S. 50–59, 56f.

59 StenBerRT, 3. WP 1924–1928, Bd. 391, 251. Sitzung v. 22.1.1927, S. 8705–8707, 8707.

60 Ebd., Bd. 395, 409. Sitzung v. 24.3.1928, S. 13700–13701.

61 Die drei Berufsverbände der Gefährdetenfürsorgerinnen an die Reichsregierung, undatiert [etwa September 1927], in: ADCV, 319.4, DIV 5, Fasz. 1.

62 Lüders, Befreiung, S. 305.

63 V. Zahn-Harnack, Frauenbewegung, S. 135f.

Auch die mitgliederstarke Vereinigung Evangelischer Frauenverbände forderte vom Reichsinnenminister im September 1927 erneut die Vorlage eines Entwurfs eines Reichsbewahrungsgesetzes, das wegen des Inkrafttretens des GBG unerläßlich sei.[64] Am 29. Oktober 1927 reichte der Allgemeine Deutsche Frauenverein (Deutscher Staatsbürgerinnen-Verband), der dem BDF angehörte und deutscher Zweig des Weltbundes für Frauenstimmrecht und staatsbürgerliche Frauenarbeit war, eine Entschließung beim RMdI ein. Diese Entschließung, die auf der zweiten kommunalpolitischen Tagung des Frauenvereins in Eisenach Anfang Oktober 1927 unter Beteiligung von mehreren hundert Teilnehmerinnen angenommen worden war, forderte die Reichsregierung auf, »baldigst den Entwurf eines Reichsbewahrungsgesetzes [...] als notwendige Ergänzung zu den bereits bestehenden Schutzgesetzen (R.J.W.G. und Gesetz zur Bekämpfung der Geschlechtskrankheiten) einzubringen«.[65] Eine ähnliche Eingabe richteten die Frauen der auf dem Gebiet des sozialen, wirtschaftlichen und kirchlichen Lebens tätigen Frauenverbände Eßlingens im November 1927 an den Berliner Reichsrat.[66] Der »Frauenbeirat Essen« wies in einer ausführlichen Stellungnahme zum GBG am 16. September 1927 auf zahlreiche Mißstände hin und forderte unter anderem die »Bekämpfung all der schrecklichen Dinge – Tanzlokale, Schmutz in Buch und Zeitschriften, Vergnügungsstätten, etc., die das öffentliche Leben vergiften und aufheizen«. Das Kredo der katholischen Frauen lautete: es »fehlt (ein) Bewahrungsgesetz«.[67]

V. Weibliche Bewahrungsinitiativen Ende der 20er Jahre. Die skizzierten Forderungen zahlreicher Frauenverbände nach dem Bewahrungsgesetz als Konsequenz aus dem GBG blieben zunächst ohne zählbaren Erfolg. Dennoch setzten vornehmlich Frauen aus der Politik und den Fachkreisen der öffentlichen und freien Wohlfahrtspflege den Kampf um das freiheitsentziehende Fürsorgegesetz unvermindert fort. An den Beratungen der »Bewahrungskommission« des DV, dem wichtigsten Expertengremium in dieser Frage, beteiligten sich 1927/28 zunehmend Frauen. Neben Neuhaus und Kriminalpolizeirätin Wieking ist die sozialdemokratische Reichstagsabgeordnete Luise Schroeder zu erwähnen, die auf der Tagung der DV-Kommission am 26. September 1928 in Nürnberg vorschlug, eine Resolution an die Reichsregierung zu richten, um einen Regierungsentwurf eines

64 Vereinigung Evangelischer Frauenverbände Deutschlands (M. v. Tiling) an den Reichsminister des Innern am 14.9.1927, in: BA, R 1501/101372, fol. 106.

65 Allgemeiner Deutscher Frauenverein (D. v. Velsen) an das Reichsinnenministerium am 29.10.1927 nebst Entschließung zum Reichsbewahrungsgesetz, in: ebd., fol. 135–136.

66 Die Frauenverbände Eßlingens an den Reichsrat am 19.11.1927, in: ebd., fol. 188–189.

67 Stellungnahme des Frauenbeirats Essen zum Gesetz zur Bekämpfung der Geschlechtskrankheiten am 16.9.1927, in: ADCV, 319.4, D02/16, Fasz. 2.

Bewahrungsgesetzes im Reichstag zu erwirken.[68] Als weitere Sachverständige des DV-Arbeitskreises fungierte Regierungsrätin Anna Mayer, die den BDF im internationalen »Ausschuß für Sittlichkeitsfragen« vertrat und in der Fachgruppe der Gefährdetenfürsorgerinnen des Verbandes der Evangelischen Wohlfahrtspflegerinnen organisiert war.[69] Besondere fachliche Autorität erlangte innerhalb der Expertenrunde die 2. Geschäftsführerin des »Deutschen Vereins«, Hilde Eiserhardt (1888–1955).[70] Beispielsweise unterbreitete sie der »Kommission« auf der Nürnberger Tagung im September 1928 eine umfassende Definition des ambivalenten Begriffs »Verwahrlosung«, der zur Bestimmung des Personenkreises eine zentrale Rolle einnahm.[71] Darüber hinaus legte sie den Standpunkt des DV zum Bewahrungsgesetz in zahlreichen Fachbeiträgen dar.[72] Ihre herausragende Stellung untermauerte schließlich die Monographie »Ziele eines Bewahrungsgesetzes«, in der sie inhaltlich ausgewogen über das Fürsorgegesetz informierte und wichtige Materialien dokumentierte.[73] Ellen Scheuner (1901–1986), Referentin für Gefährdetenfürsorge und Straffälligenfürsorge im Zentralausschuß der Inneren Mission in Berlin und führendes Mitglied der Fachgruppe der Gefährdetenfürsorgerinnen im Verband der Evangelischen Wohlfahrtspflegerinnen, leitete in ihrem Buch »Die Gefährdetenfürsorge« die Notwendigkeit zur Schaffung eines Bewahrungsgesetzes aus dem Gesetz zur Bekämpfung der Geschlechtskrankheiten ab.[74] Eine ähnliche Position bezog Antonie Morgenstern (1892–1938), die Leiterin der Landesgruppe Sachsen des Verbandes Evangelischer Wohlfahrtspflegerinnen.[75] In der 4. Wahlperiode des Reichstags unternahmen konservative Politikerinnen erneut Vorstöße für das Gesetz. Am 4. Juli 1928 unterbreiteten Agnes Neuhaus und die Zentrumsfraktion dem Parlament den »Entwurf eines

68 Niederschrift über die Verhandlungen der Kommission zur Vorbereitung eines Bewahrungsgesetzes, Nürnberg, den 26.9.1928, in: ADCV, 319.4, DIV 5, Fasz. 3, S. 29.

69 A. v. Zahn-Harnack, Worte am Sarge einer deutschen Juristin. Anna Mayer †, in: Die Frau 44. 1936/37, S. 485–486.

70 M. Willing, Hilde Eiserhardt (1888–1955). Leben und Werk einer deutschen Fürsorgejuristin, in: NDV 83. 2003, S. 355–63, 393–400.

71 Niederschrift, in: ADCV, 319.4, DIV, Fasz. 3, S. 15–21.

72 Von annähernd 30 Aufsätzen Eiserhardts zu diesem Thema seien erwähnt: H. Eiserhardt, Brauchen wir ein Bewahrungsgesetz? in: Zeitschrift für Kinderforschung 35. 1929, S. 532–552; dies., Die fürsorgerische Bewahrung asozialer Personen, in: Monatsschrift Deutscher Ärztinnen 4. 1929, S. 136–142; vgl. Schriftenverzeichnis Hilde Eiserhardt, zusammengest. v. M. Willing, Typoskript Bamberg 2003.

73 H. Eiserhardt, Ziele eines Bewahrungsgesetzes (Aufbau und Ausbau der Fürsorge, H. 15), Frankfurt a. M. 1929.

74 E. Scheuner, Die Gefährdetenfürsorge, Berlin 1930, S. 233–247, 247; vgl. dies., Gefährdete Mädchen, (Reinheit und Kraft, hg. v. Westdeutschen Sittlichkeitsverein, Nr. 11/12), Schwelm i.Westf. 1929, S. 52.

75 A. Morgenstern, Das kommende Bewahrungsgesetz, in: Der Wanderer 46. 1929, S. 75–79.

Bewahrungsgesetzes« als Initiativantrag. Von weiblicher Seite unterstützt wurde dieser, der nur geringfügig verändert dem gemeinsamen Zentrum/DNVP-Entwurf vom 26. Juni 1925 entsprach, von Christine Teusch und Helene Weber.[76] Am 12. Juli 1928 zog die DNVP-Fraktion mit einem kaum abweichenden Initiativantrag nach, der auch die Unterschriften von Paula Müller-Otfried und Annagrete Lehmann (1872–1954) trug.[77] Zudem versuchte Neuhaus 1929 und 1930 die Beratungen zum Reichshaushaltsplan dafür zu nutzen, um ihr Anliegen neuerlich vorzubringen.[78] Schließlich referierte die KFV-Vorsitzende zum Thema »Das Bewahrungsgesetz« am 25. Februar 1929 vor dem Berliner Zweigverein des Katholischen Deutschen Frauenbundes.[79] Die SPD-Abgeordnete im Preußischen Landtag, Hedwig Wachenheim (1891–1969), streifte auf der Landeskonferenz der Anhaltischen Arbeiterwohlfahrt am 26. Januar 1930 das Problem der Bewahrung. Für die AWO forderte sie, »daß eine Bewahrung in keinem Falle auf Lebenszeit ausgesprochen wird und weiter nur dann angeordnet werde, wenn wirkliche Gefahr für die Umgebung des Betreffenden bestehe«.[80] Fachleute aus Gefährdetenfürsorge und Politik führte eine Tagung der »Deutschen Gesellschaft zur Bekämpfung der Geschlechtskrankheiten« (DGBG) in Dresden zusammen, die am 31. Mai 1930 »Das Problem des Bewahrungsgesetzes« erörterte. Daß in dieser Gesellschaft der abolitionistische Standpunkt vorherrschte und zahlreiche Frauen im Vorstand der Gesellschaft vertreten waren, spiegelte sich in der Diskussion wider. Die preußische Regierungsrätin Anna Mayer, Hilde Eiserhardt vom »Deutschen Verein« und die Reichstagsabgeordneten Agnes Neuhaus und Paula Müller-Otfried plädierten für das Bewahrungsgesetz. In diesem Sinne wurde in Dresden eine gemeinsame Entschließung der DGBG verabschiedet.[81]

VI. Eugenische Argumente für das Bewahrungsgesetz. Wie jüngere Studien belegen, vertraten nicht wenige einflußreiche Persönlichkeiten der Frauenbewegung in der Weimarer Republik eugenische und rassenhygienische

76 StenBerRT, 4. WP 1928–1930, Bd. 430, Drs. 160.

77 Ebd., Drs. 258.

78 Ebd., Bd. 425, 84. Sitzung am 12.6.1929, S. 2309–10; vgl. ebd., Bd. 428, 177. Sitzung am 17.6.1930, S. 5528–5530.

79 Ankündigung des Katholischen Deutschen Frauenbundes, in: ADCV, 319.4, DIV 5, Fasz. 1.

80 Landeskonferenz der Anhaltischen Arbeiterwohlfahrt, in: Arbeiterwohlfahrt 5. 1930, S. 218–220, 219.

81 Vgl. Mitteilungen der DGBG 28. 1930, S. 136–179, 222–236; G. Loewenstein, 28. Tagung der Deutschen Gesellschaft zur Bekämpfung der Geschlechtskrankheiten in Dresden am 31. Mai 1930, in: Arbeiterwohlfahrt 5. 1930, S. 402–404.

Positionen.[82] Der These von der Vererbbarkeit »asozialen« Verhaltens hingen auch zahlreiche Befürworterinnen des Bewahrungsgesetzes wie Agnes Neuhaus, Luise Schroeder oder Margarete Stegmann an. Dabei gilt es zu beachten, daß die Vertreterinnen der Eugenik das Bewahrungsgesetz primär aus erzieherischen Gründen forderten, und nicht um die Erbsubstanz des Volkes zu heben. Während die »eugenische Asylierung« darauf abzielte, den inkriminierten Personenkreis dauerhaft in einer Anstalt unterzubringen, um eine Fortpflanzung »Minderwertiger« zu verhindern, bezweckte die fürsorgerische Bewahrung in erster Linie eine zeitweilige Einweisung zur pädagogischen Beeinflussung und Besserung der Betroffenen. In der breit geführten Diskussion um das Bewahrungsgesetz kam es jedoch mitunter zur Vermischung von bevölkerungspolitischen und fürsorgerischen Motiven. Eine Sonderstellung nahm diesbezüglich die erwähnte AWO-Theoretikerin Helene Simon ein, die 1921 als Ziel für ihre Organisation umriß:

»Eine noch kaum angeschnittene Aufgabe des Gesundheitswesens ist die Unschädlichmachung unheilbarer Kranker und sittlich minderwertiger oder schwachsinniger Personen. Neben der Verhütung von Ansteckung und der Mißhandlung Angehöriger ist der Fortpflanzung unzurechnungsfähiger Personen durch dauernde Unterbringung zu begegnen. Ihr Unterhalt, der durch Arbeitserziehung wenigstens zum Teil gedeckt werden kann, ist auf alle Fälle billiger und menschlicher als die Bewahrung ihrer Sprößlinge, deren Pflege oft grauenvoll-trostlose Ansprüche an gesunde Menschen stellt. Schwachsinnige Frauen gebären heute Jahr um Jahr uneheliche, vielfach geistig und sittlich minderwertige Kinder und sind regelmäßige Besucher der Entbindungsanstalten, ohne daß der leisestete Versuch gemacht wird, diesen kostspieligen und verderblichen Volkszuwachs zu hemmen. Internierungs- und Bewahrungsmöglichkeiten mit Zwangsbefugnissen, wobei der Zwang nicht vom Polizeiwesen, sondern von der Wohlfahrtspflege aus zu orientieren ist, müssen hier Wandel schaffen«.[83]

Neben der dezidiert eugenisch motivierten Bewahrung trat Simon in ihrem Grundsatzreferat auch für die »Unschädlichmachung unheilbarer Kranker« ein, ohne sich detailliert darüber zu äußern, wie das geschehen solle. Folgte Simon in dieser Forderung der Argumentation von Karl Binding und Alfred Hoche, die kurz zuvor in einem aufsehenerregenden Werk die »Freigabe der Vernichtung lebensunwerten Lebens« begründet hatten?[84] Davon, daß Simon mit der »Unschädlichmachung unheilbarer Kranker« deren Tötung meinte, ging jedenfalls der angesehene Sozialmediziner Heinrich Többen

82 Herlitzius, Frauenbefreiung; Weller, Gemäßigt oder radikal; M. Schwartz, Sozialistische Eugenik. Eugenische Sozialtechnologien in Debatten und Politik der deutschen Sozialdemokratie 1890–1933, Bonn 1995, S. 90ff.

83 Simon, Aufgaben und Ziele, S. 10, Hervorhebung Simon; zusammengefaßt bei H. Simon, Wohlfahrtspflege, in: SozPr 30. 1921, Sp. 761–766, 765.

84 K. Binding u. A. Hoche, Die Freigabe der Vernichtung lebensunwerten Lebens. Ihr Maß und ihre Form, Leipzig 1920.

aus, der dagegen den Einwand erhob, jeder Mensch habe das Recht auf Leben.[85] Auch in späteren Schriften befürwortete Simon gleichermaßen die »Unschädlichmachung« von »asozialen« und »antisozialen« Personen durch Dauerinternierung.[86] Bei »Berufsverbrechern« bestehe »die Notwendigkeit der prinzipiell-lebenslänglichen Sicherungsverwahrung unheilbarer Schädlinge«, und die Verhinderung der Fortpflanzung von Berufsverbrechern zwinge »geradezu zur Dauerverwahrung auch nicht straffälliger unheilbarer Minderwertiger«.[87] Als Bestandteil der Wohlfahrtspflege sei die Bewahrung »Vorbeugung in Reinkultur«.[88] Bedenken wegen dieses schweren Eingriffs in die persönliche Freiheit von Nichtkriminellen hatte die AWO-Theoretikerin nicht: »Man kann eine Freiheit nicht beschränken, die im tieferen Sinne des Wortes gar nicht besteht. Sind doch die Personen, um die es sich hier handelt, Sklaven ihrer krankhaften Triebe und ihrer Umwelt«.[89] Zudem verwies Simon wiederholt auf die Sterilisationsproblematik, etwa in den USA oder im Land Sachsen (*Lex Zwickau*), ohne selbst eindeutig Stellung zu beziehen.[90] Simons radikale Sprache (»Minderwertige«, »Schädlinge«), ihre eugenische Grundposition in Verbindung mit lebenslänglicher Dauerverwahrung und die Forderung nach »Unschädlichmachung unheilbarer Kranker« ergeben zusammengenommen bedenkliche Affinitäten zu NS-Positionen, die bislang in der biographischen Forschung über die sozialistische Frauenrechtlerin ausgeblendet wurden.[91] Mit dem Problem der »Minderwertigen« und der angeblich drohenden »Degeneration« des deutschen Volkes setzte sich Gertraud Haase-Bessell in »Die Frau« auseinander. Zu den wünschenswerten zu ergreifenden »Maßnahmen gegen die Volksschädlinge der Minderwertigen« zählte sie einen »Anstaltsabschluß für möglichst viele der hier in Frage kommenden« Personen. Da dies aber wegen der Kosten ein »utopischer Gedanke« sei, verdiene die Sterilisation nach amerikanischem oder schweizer Beispiel Beachtung.[92] Noch radikalere Thesen zur »Volksaufartung« vertrat die im »Bund Deutscher Ärztinnen« (BDÄ) organisierte Sexualreformerin Josephine Höber

85 H. Többen, Die Jugendverwahrlosung und ihre Bekämpfung, 2. Aufl., Münster 1927, S. 380.

86 Simon, Das Problem der Bewahrung, Sp. 458.

87 Simon, Sicherungsverwahrung, Sp. 1013 u. 1066, Hervorhebung Simon.

88 Simon, Bewahrungsgesetz und Wohlfahrtspflege, S. 20.

89 Simon, Das Problem der Bewahrung, Sp. 554.

90 Simon, Bewahrungsgesetz und Wohlfahrtspflege, S. 22.

91 W. Friedländer, Helene Simon. Ein Leben für soziale Gerechtigkeit, Bonn 1962, S. 42, 50ff.; S. Klöhn, Helene Simon (1862–1947). Deutsche und britische Sozialreform und Sozialgesetzgebung im Spiegel ihrer Schriften und ihr Wirken als Sozialpolitikerin im Kaiserreich und in der Weimarer Republik, Frankfurt a. M. 1982, S. 506ff.

92 G. Haase-Bessell, Minderwertige, in: Die Frau 31. 1923/24, S. 367–372, 371f.; vgl. G. Haase-Bessell, Der Evolutionsgedanke in seiner heutigen Fassung, Jena 1941.

(1876–1941), die in Kiel eine Sexualberatungsstelle leitete.[93] In einem auf der 35. Generalversammlung des »Allgemeinen Deutschen Frauenvereins – Deutschen Staatsbürgerinnenverbandes« Ende Oktober 1928 in Halle gehaltenen Vortrag, der der Eheberatung gewidmet war und gleichfalls in »Die Frau« abgedruckt wurde, erörterte sie die Frage, ob nicht an die Stelle der Sterilisierung ein Bewahrungsgesetz für »asoziale Elemente« treten könne. Weiterhin forderte Höber eine gesetzliche Handhabe »für die Vernichtung lebensunwerten Lebens«. »Denn auch das schafft Raum für Lebenstüchtige und schützt vor seelischen und wirtschaftlichen Nöten. Selbstverständlich wird man nur das Leben vernichten, von dem man nach dem heutigen Stand der Wissenschaft mit vollster Sicherheit sagen kann, daß es niemals Werte schaffend werden kann«.[94] Bei der Medizinerin bildete insgesamt das Bewahrungsgesetz einen von mehreren Programmpunkten in einem rassenhygienischen Maßnahmenkatalog, der unter anderem die Einrichtung von Eheberatungsstellen, die Ausstellung von Ehezeugnissen, die »Sterilisierung geistig Minderwertiger« und die »Vernichtung lebensunwerten Lebens« umfaßte. Unter eugenischen Gesichtspunkten betrachtete auch Kara von Borries, die Ehefrau des bekannten Rassenhygienikers Fritz Lenz, das Bewahrungsgesetz.[95] Zum Schutz vor »Rassenschädlingen« sei es eine notwendige Stufe auf dem Weg zum Sterilisierungsgesetz. Dienten die Anstalten nur als Durchgangsstationen für die Sterilisierung, seien bedeutende Kostenermäßigungen zu erwarten.[96] Während bei von Borries die Bewahrung dazu dienen sollte, die »Asozialen« für eine spätere Sterilisierung in Anstalten zu erfassen, entwickelte 1931 die Zentrumsabgeordnete des preußischen Landtags, Helene Wessel (1898–1969), in einer vielbeachteten Monographie eine andere Argumentation.[97] Wessel äußerte sich nicht zur Sterilisation, die (zumindest offiziell) von katholischer Seite abgelehnt wurde, sondern brachte für die Notwendigkeit des Bewahrungsgesetzes trotz der Weltwirtschaftskrise teils wohlfahrtspflegerische, teils eugenische Gründe vor. Da »eine dauernde Bewahrung der asozialen und erblich belasteten Menschen zur kulturellen, biologischen und auch wirtschaftlichen Gesundung unseres Volkes beitragen« werde, seien Besorgnis-

93 Reinert, Frauen und Sexualreform, S. 94.

94 J. Höber, Zweck, Erfahrungen und Ziele der Eheberatung, in: Die Frau 36. 1928/29, S. 142–148, 147.

95 K. v. Borries publizierte zwar in »Die Frau« [Kritisches und Positives zur Bevölkerungsfrage, in: Die Frau 36. 1928/29, S. 732–736], ob aber darüber hinaus direkte Verbindungen zur Frauenbewegung bestanden, konnte nicht ermittelt werden.

96 K. v. Borries, Das geplante Bewahrungsgesetz, in: Archiv für Rassen- und Gesellschaftsbiologie 22. 1930, S. 105–107, 106.

97 Vgl. A. Ebbinghaus, Helene Wessel und die Verwahrung, in: dies., Opfer und Täterinnen. Frauenbiographien des Nationalsozialismus, 2. Aufl., Hamburg 1996, S. 152–173.

se wegen der zu erwartenden Kosten fehl am Platze.[98] Auch die Leitung des Katholischen Fürsorgevereins für Mädchen, Frauen und Kinder, dem Wessel eng verbunden war, stand gemäßigten eugenischen Gedanken keineswegs fern. Neben Agnes Neuhaus[99] übte die Generalsekretärin des KFV, Elisabeth Zillken (1888–1980), als Dortmunder Stadtverordnete, Mitglied des Reichstags, Fachreferentin des Reichsfrauenbeirats der Deutschen Zentrumspartei, Vorsitzende der Fachgruppe der Jugend- und Gefährdetenfürsorgerinnen des Vereins Katholischer Deutscher Sozialbeamtinnen und Vorstandsmitglied der »Internationalen Frauenorganisation« erheblichen Einfluß aus.[100] Zum Bewahrungsgesetz, das sie genauso vehement wie Neuhaus propagierte, vertrat sie die Ansicht, daß »ein großer Teil« der Prostituierten »geistig minderwertig« sei, eine gesundheitliche, sittliche Gefährdung des Volkes darstelle und deshalb in Fürsorgeanstalten untergebracht werden müsse.[101] Kostenbedenken versuchte die KFV-Generalsekretärin folgendermaßen zu zerstreuen:

»Ein Bewahrungsgesetz, das den Kreis der zu erfassenden Personen richtig umgrenzt, bedeutet, wenn man das Ganze des Volkes oder Staates betrachtet, eine Ersparnis, eine Verhütung neuer Lasten, eine Verhütung von Krankheiten und von minderwertiger Nachkommenschaft; sie bedeutet aber auch eine quantitative Verminderung des zweiten Typs derer, für die Bewahrung auch notwendig ist, für die wir sie aber durch andere Gesetze geregelt sehen wünschen: der Gemeinschädlichen, Gemeingefährlichen. Der Typ, den wir durch Bewahrung schützen möchten, entwickelt sich, wenn man ihn seiner Verwahrlosung überläßt, unter Umständen zum gemeingefährlichen; vor allen Dingen setzt er Nachkommenschaft in die Welt, die alle Voraussetzungen der Gemeingefährlichkeit mitbekommt.«[102]

Analoge eugenische Positionen vertrat Elsa Thomas von der KFV-Zentrale in Dortmund: Das Bewahrungsgesetz könne »in hohem Maße vorbeugend und verhütend wirken. Vorbeugend vor allen Dingen [...] auch bezüglich der Verbreitung der Seuchen, und vor allem würde das Volk beschützt werden vor der Ausbreitung eines geistig und moralisch minderwertigen und degenerierten Geschlechts, denn die Kinder dieser Bewahrungsschütz-

98 H. Wessel, Lebenshaltung aus Fürsorge und aus Erwerbstätigkeit. Eine Untersuchung des Kostenaufwandes für Sozialversicherung, Fürsorge und Versorgung im Vergleich zum Familieneinkommen aus Erwerbstätigkeit, Eberswalde 1931, S. 81.

99 Vgl. das Beispiel in Kapitel II (Anm. 15).

100 Vgl. u.a. I. H. Winkelhausen, Zillken, Elisabeth, in: Who is who, S. 660–661. Eine kritische Zillken-Biographie steht weiterhin aus.

101 E. Zillken, Die Zusammenarbeit der Gefährdetenfürsorge mit der Gesundheitsbehörde, in: Gefährdetenfürsorge und Reichsgesetz zur Bekämpfung der Geschlechtskrankheiten, hg. v. Landesjugendamt der Rheinprovinz, Düsseldorf 1928, S. 23–34, 31.

102 E. Zillken, »Menschen, die sich und anderen zur Gefahr werden«. Zur Frage des Bewahrungsgesetzes, in: SD der »Frauenkorrespondenz« 1926, Nr. 20, 21, 22 (ohne Seitenangabe), hier Nr. 22.

linge können ja ihrerseits gar keine vollwertigen Menschen werden.«[103] Anfang der dreißiger Jahre wuchs angesichts des steigenden Kostendrucks auch beim KFV die Neigung, pädagogische Aspekte der Bewahrung zugunsten eugenischer Überlegungen hintanzustellen. Zillken wies im Falle der Entlassung »unerziehbarer« Fürsorgezöglinge auf die gesellschaftlichen Belastungen durch die »Erzeugung minderwertiger [...] Nachkommenschaft« hin und entwickelte »hochrepressive Vorstellungen von Bewahrung«.[104] Ähnlich autoritär äußerte sich die betagte »Erfinderin« des Bewahrungsgesetzes, Agnes Neuhaus: Bei der Bewahrung solle auf eine Berufsausbildung und »auf Bildung der selbständigen Persönlichkeit« verzichtet werden. Die Sparmaßnahmen erforderten »weniger und ein verhältnismäßig einfaches Erziehungspersonal«. »Labile Naturen bedürfen sehr einer festen Hand in der Leitung und Erziehung, und selbst empfindliche – aber nicht zu häufige – Strafmaßnahmen wirken günstig und dürfen nicht unmöglich sein.«[105] Im Rahmen der Fachgruppenveranstaltung des Deutschen Verbandes der Sozialbeamtinnen am 12. bis 14. Mai 1932 in Rothenfels am Main unterbreitete die Leiterin des Frankfurter Pflegeamtes, Elisabeth Wolf (1894–1980), Vorschläge zur Bewahrung Gefährdeter, die in der Zeitschrift »Der Abolitionist. Organ des Bundes für Frauen- und Jugendschutz« veröffentlicht wurden. Wolf wies zunächst auf den Schaden hin, »der der Allgemeinheit durch gemeingefährliche Seuchenquellen auf dem Gebiet der Geschlechtskrankheiten und der Moral« erwachse, so daß es durchaus im Sinne der überall geübten Sparmaßnahmen läge, »gegen solche Schädlinge der menschlichen Gesellschaft vorzugehen, denn der angerichtete Schaden kostet mehr als jede Art der Verwahrung«. Angesichts des noch immer ausstehenden Bewahrungsgesetzes schlug Wolf den verstärkten Rückgriff auf die Reichsgrundsätze über Voraussetzung, Art und Maß der öffentlichen Fürsorge (§ 11 RGr) zur »freiwilligen« Anstaltsunterbringung und dem Entmündigungsparagraphen im Bürgerlichen Gesetzbuch (§ 6 BGB) zur Zwangsunterbringung vor. Im letzteren Falle seien die Begriffe »Geistesschwäche« und »seine Angelegenheiten« in § 6 BGB weiter auszulegen, damit gefährdete Personen, etwa Prostituierte, gegen ihren Willen eingewiesen werden könnten. »In der richtigen Anwendung und Auslegung dieser beiden Begriffe sind heute die Möglichkeiten für eine einzuleitende Bewahrung gegeben. Sie würden in dieser Auslegung fast ein

103 E. Thomas, Was erwartet die katholische Frau von den neuen Sittlichkeitsgesetzen? Vortrag gehalten in Königsberg, 18.–20.1.1926, in: ADCV, 319.4, D02/16, Fasz. 2, S. 21.

104 Wollasch, Fürsorgeverein, S. 209.

105 A. Neuhaus, Fürsorgeerziehung und Bewahrung, in: Die Wohlfahrtspflege in der Rheinprovinz 8. 1932, S. 188–190, 189.

Bewahrungsgesetz unnötig machen.«[106] Dieser höchst bedenkliche Vorschlag, in der Weltwirtschaftskrise das Bewahrungsgesetz durch »rechtsschöpferische« Interpretation bestehender Rechtsnormen zu ersetzen, verweist auf jene Rechtspraxis, die im darauffolgenden Jahr unter dem NS-Regime zur Regel wurde. Kurz nach der Machtübernahme der Nationalsozialisten kamen die Fachgruppe der Jugend- und Gefährdetenfürsorgerinnen des Vereins Katholischer Deutscher Sozialbeamtinnen, die Fachgruppe der Fürsorgerinnen an Polizei- und Pflegeämtern des Deutschen Verbandes der Sozialbeamtinnen und die Fachgruppe der Gefährdetenfürsorgerinnen des Verbandes Evangelischer Wohlfahrtspflegerinnen unter Beteiligung von Elisabeth Zillken, Irmgard Jaeger, Anna Mayer und Ellen Scheuner bei einer Tagung in Berlin zu folgendem Teilergebnis: »Die Notwendigkeit eines Bewahrungsgesetzes liegt klar zu Tage. Vermutlich wird die Bewahrung mit der Sterilisierung verbunden werden. [...] Es wird beschlossen, dass die Arbeitsgemeinschaft vorläufig keinen Vorstoß zum Bewahrungsgesetz machen wird, dass aber jede Fachgruppe die Entwicklung beobachten und dass, wenn der Zeitpunkt gekommen scheint, eine nochmalige Zusammenkunft stattfinden soll, um dann die gemeinsamen Forderungen zu klären und ein Vorgehen auf einheitlicher Linie zu sichern«.[107] Die drei Berufsverbände der Gefährdetenfürsorgerinnen hielten also den Wunsch nach einem Bewahrungsgesetz unter dem NS-Regime aufrecht. Zum Abschluß der Tour d'Horizon der weiblichen Bewahrungsinitiativen in der Weimarer Republik sei auf einen Beitrag von Agnes von Zahn-Harnack aus dem Frühjahr 1933 verwiesen, in dem die Vorsitzende des Bundes Deutscher Frauenvereine das zukünftige Programm des BDF unter dem Hitler-Regime umriß:

»Das neue Deutschland wird für eine ganze Reihe von Aufgaben, die der Bund für dringlich hält, unzweifelhaft besonderes Verständnis haben. Eine ›biologische Politik‹, die die deutsche Familie durch wirtschaftliche und eugenische Maßnahmen stützt, steht hier in erster Linie. [...] Von besonderer Wichtigkeit sind hierbei Fürsorgemaßnahmen für die Kinder der Erwerbslosen, deren trostlose Lage unser aller Gewissen schwer bedrückt. [...] Ein Bewahrungsgesetz, vom Bund seit Jahrzehnten gefordert, muß nun endlich unser Volk vor asozialen Personen schützen«.[108]

106 E. Wolf, Entmündigung und Bewahrung Gefährdeter auf Grund heutiger Gesetze, in: Der Abolitionist 31. 1932, S. 51–59, 51f. u. 53.

107 Niederschrift der Sitzung der 3 Berufsverbände der Gefährdetenfürsorgerinnen am 1.4.1933 in Berlin, in: ADCV, 319.4, F03/01a,c,d, Fasz. 4, S. 4.

108 A. v. Zahn-Harnack, Zeitenwende in der deutschen Frauenbewegung? in: Nachrichtenblatt des Bundes Deutscher Frauenvereine 13. 1933, S. 44.

Wenig später, am 15. Mai 1933, löste sich der BDF im Zuge der »Gleichschaltung« aller Organisationen auf.[109] Wie die programmatischen Ausführungen von Agnes von Zahn-Harnack belegen, galt die Sorge der bürgerlichen Frauenbewegung noch über die Weimarer Republik hinaus bis zum bitteren Ende dem Bewahrungsgesetz.

VII. Gegnerinnen des Bewahrungsgesetzes. Die Zustimmung der Frauenbewegung zum Bewahrungsgesetz war in der Weimarer Republik überwältigend, was angesichts des Zwangscharakters der Anstaltsunterbringung und des massiven Eingriffs in das durch Artikel 114 der Weimarer Reichsverfassung garantierte Recht der persönlichen Freiheit doch erstaunt. Anscheinend waren es nur wenige Frauen aus dem linken Spektrum, die dagegen aufbegehrten und repressive Fürsorgemaßnahmen ablehnten. Ein Beispiel bietet die in der Sexualreformbewegung aktive Regierungsrätin im preußischen Ministerium für Volkswohlfahrt, Meta Kraus-Fessel; sie kritisierte das Bewahrungsgesetz im März 1927 als einen neuen »Beweis reaktionärer Erziehungsmethoden«, als »Knebelungsgesetz zur Niederhaltung der Getretenen und Ausgebeuteten«. Vorbildlich seien dagegen die »Arbeitskommunen« in »Sowjetrußland«. Kraus-Fessel beschloß ihre einseitige und ablehnende Haltung mit einem Bonmot: »In Deutschland braucht man Sklaven, nicht schöpferische freie Menschen, um die Macht der herrschenden Klasse zu bewahren. Dazu das Bewahrungsgesetz«.[110] Ähnlich drastisch fiel das Votum der kommunistischen Reichstagsabgeordneten Martha Arendsee (1885–1953) aus. Sie erhob den Vorwurf, daß mit dem Bewahrungsgesetz »ein großer Teil der Bevölkerung in ein Sklavenjoch gebracht werden soll«, um billige Arbeitskräfte, besonders für die »Agrarier«, zu beschaffen.[111] »Schärfsten Widerspruch« gegen das Bewahrungsgesetz in den vorliegenden Entwürfen legte weiterhin die sozialistische Literaturwissenschaftlerin Anna Siemsen (1882–1951) auf der erwähnten Tagung der Deutschen Gesellschaft zur Bekämpfung der Geschlechtskrankheiten 1930 in Dresden ein. Siemsen stellte ihre Kritik besonders auf die vage Formulierung »einer krankhaften oder außergewöhnlichen Stumpfheit des sittlichen Empfindens« bei der Bestimmung des Personenkreises (DNVP-Entwurf 1928) und die »Freiheitsberaubung auf unbestimmte Zeit, verbunden mit Arbeitszwang« ab. Das Bewahrungsgesetz berge nicht nur die Gefahr der Willkür, sondern es sei auch »ein

109 Hönig, Bund Deutscher Frauenvereine, S. 142–160.

110 M. Kraus-Fessel, Das neue Bewahrungsgesetz. Ein neuer Beweis reaktionärer Erziehungsmethoden – Rußland macht es anders, in: Die Welt am Abend (Berlin) Nr. 55 vom 7.3.1927.

111 StenBerRT, 3. WP 1924–1928, Bd. 392, 291. Sitzung am 19.3.1927, S. 9738; ähnlich äußerte sich Arendsee in: ebd., Bd. 395, 409. Sitzung am 24.3.1928, S. 13707.

ausgesprochen patriarchalisch-bürokratisches Gesetz«.[112] Abschließend verdient noch die mutige Stellungnahme der AWO-Vertreterin Erna Magnus erwähnt zu werden, die das Bewahrungsgesetz 1933 unmittelbar nach der nationalsozialistischen »Machtergreifung« und dem Einsetzen des »braunen« Terrors ablehnte, weil sie das Recht auf persönliche Freiheit nicht mehr gewährleistet sah.[113]

VIII. Bilanzierender Ausblick. In der wirtschaftlichen und politischen Agonie der Weimarer Republik scheiterte das Bewahrungsgesetz. Wie oben dargelegt und bereits in der zeitgenössischen Fachliteratur registriert,[114] war es besonders von Frauen mit großem Nachdruck gefordert worden. Seine »Erfindung« ging auf eine Frau, nämlich Agnes Neuhaus vom Katholischen Fürsorgeverein für Mädchen, Frauen und Kinder, zurück. Im Reichstag verhalfen dem Bewahrungsgesetz Politikerinnen von SPD, DDP, Zentrum und DNVP zu erhöhter Aufmerksamkeit, indem sie entsprechende Anträge und Gesetzentwürfe einbrachten. In den Verbänden und Vereinen, die mit Fürsorgefragen befaßt waren, nutzten sie gleichfalls ihren Einfluß: Im Deutschen Ausschuß für Gefährdetenfürsorge, im Deutschen Verein für öffentliche und private Fürsorge, im Deutschen Verband zur Förderung der Sittlichkeit, in der Deutschen Gesellschaft zur Bekämpfung der Geschlechtskrankheiten und in der Arbeiterwohlfahrt. Auch die wichtigsten und mitgliederstärksten Frauenverbände engagierten sich für ein Bewahrungsgesetz. Hervorzuheben sind der Bund Deutscher Frauenvereine, der Deutsch-Evangelische Frauenbund, die Vereinigung Evangelischer Frauenverbände und der Allgemeine Deutsche Frauenverein – Deutscher Staatsbürgerinnenverband, die zusammen mehrere Millionen Frauen repräsentierten. Hinzu kamen die sozialdemokratische Frauenbewegung und die drei Berufsverbände der Gefährdetenfürsorgerinnen. Die Bandbreite der Bewegung, die – mit Ausnahme der wenigen, oben genannten Kritikerinnen (VII.) – nahezu das gesamte politische Spektrum umfaßte, läßt sich gleichfalls an den Namen prominenter Persönlichkeiten ablesen. Paula Müller-Otfried und Magdalene von Tiling verkörperten die evangelische, Agnes Neuhaus, Christine Teusch und Helene Weber die katholische Frauenbewegung. Marie Elisabeth Lüders, Anna Pappritz und Agnes von Zahn-Harnack standen für die liberale bürgerliche, Luise Schroeder, Hedwig Wachenheim

112 A. Siemsen, Zum Entwurf eines Bewahrungsgesetzes, in: Mitteilungen der DGBG 28. 1930, S. 165–171, 167f.

113 E. Magnus, Zur Problematik eines Bewahrungsgesetzes, in: Arbeiterwohlfahrt 8. 1933, S. 104–112.

114 Vgl. H. Maier, Bewahrung, in: Die soziale Bekämpfung der Geschlechtskrankheiten (Schriften des Frankfurter Wohlfahrtsamtes, Bd. 12), Frankfurt a. M. 1925, S. 35–38, 36; Zillken, Menschen, Nr. 20.

und Helene Simon für die sozialdemokratische Strömung. Angesichts dieser Einhelligkeit kann man festhalten, daß das Bewahrungsgesetz zu den »Frauengesetzen« der Weimarer Republik zu rechnen ist und daß die Frauenbewegung zu seinen aktivsten Anhängern gehörte. Wie erklärt sich dieser bemerkenswerte Konsens in der Bewahrungsfrage, während viele andere »Frauengesetze« (z.B. Unehelichenrecht, Abtreibungsrecht) unter Frauen heiß umstritten waren? Antworten auf diese Frage ergeben sich aus dem historischen Kontext, denn es war kein Zufall, daß das Bewahrungsgesetz in engem Zusammenhang mit dem Reichsjugendwohlfahrtsgesetz und dem Gesetz zur Bekämpfung der Geschlechtskrankheiten, zwei weiteren »Frauengesetzen« stand. Die Regelung der Fürsorgeerziehung im RJWG, die ursprünglich »Zwangserziehung« hieß, diente als Vorbild für Aufbau und Verfahren der Bewahrung Erwachsener. Das GBG stand vorwiegend im Zeichen der abolitionistischen Bewegung, die die Prostitution durch eine höhere und feinere Ethik überwinden wollte. Zur Ergänzung des GBG sollte das Bewahrungsgesetz neben der körperlichen vor allem die »moralische Infektion« verhüten. Zwar gab es auch religiöse, fürsorgerische, sozialhygienische und eugenische Motive, doch waren diese den moralisch-erzieherischen Zielen insgesamt untergeordnet. In unzähligen Schriften beklagten Frauen »die traurig schreiende Tatsache der Sittenverwahrlosung«, die »Herrschaft der Halbwelt« und die »mehr oder minder offensichtliche Verdirnung weiter Frauenkreise«.[115] Hier lagen die Wurzeln des erhofften Bewahrungsgesetzes, das vom Wunsch der Frauen nach sittlicher Erneuerung der Gesellschaft und Durchsetzung einer höheren Moral getragen wurde. Die Forderung nach dem Fürsorgegesetz zielte dementsprechend darauf ab, ein wirksames Mittel im Kampf gegen die konstatierten Verwahrlosungs- und Verfallserscheinungen in die Hand zu bekommen. Erziehung statt der bislang üblichen Strafe – so lautete das Motto, wobei die Befürworterinnen in letzter Konsequenz auf Zwangsmittel nicht verzichten wollten. Die bevorzugte Zielgruppe unter den »Asozialen«, die die Frauenrechtlerinnen mit dem Bewahrungsgesetz ins Visier nehmen wollten, bildeten die Prostituierten. Nicht in seltenen »Härtefällen«, sondern bei rund 50 % der Prostituierten, die von Abolitionistinnen wie konservativen Frauen gleichermaßen als »psychisch defekt« und »minderwertig« angesehen wurden, sollte das Gesetz Anwendung finden.[116] Die Umsetzung dieses Vorhabens hätte allein in Berlin für mehrere Tausend Prostituierte geschlossene Anstaltsunterbringung mit Arbeitspflicht bedeutet. Wäre es zustande gekommen, hätten sich im Bewahrungsgesetz armenpolizeiliche

115 Reicke, Frauenbewegung, S. 9.

116 Pappritz, Die abolitionistische Föderation, S. 243; Haase-Bessell, Minderwertige, S. 371.

Fürsorgetradition der Kaiserzeit mit modernen sozialpädagogischen Reformgedanken der Weimarer Republik zu einem höchst effektiven Werkzeug der Sozialdisziplinierung verbunden. Außer mit dem Schutz der Gesellschaft wurde das Bewahrungsgesetz mit dem Argument gerechtfertigt, es diene dem »Menschenglück« und dem Wohl der Betroffenen selbst, wobei die eigene moralische Überlegenheit den Maßstab bildete, um sich über die Belange der vermeintlich »Minderwertigen« hinwegzusetzen. Die von den Befürworterinnen des Bewahrungsgesetzes nicht wahrgenommene Unverhältnismäßigkeit der Maßnahme bestand darin, daß einerseits der Personenkreis nur vage umrissen war und daß andererseits die Möglichkeit einer unbeschränkten Dauer der Anstaltsunterbringung vorgesehen wurde. Während bei einer Arbeitshausstrafe nach dem Strafgesetzbuch der Delinquent nach Verbüßung der Strafe (maximal zwei Jahre) entlassen werden mußte, konnte beim Bewahrungsgesetz die Internierung bei Erfüllung der rechtlichen Vorgaben immer wieder verlängert werden, so daß unangepaßten Personen bei schlechter Führung »lebenslänglich« drohte. Angesichts dieses tiefen Eingriffs in das Recht der persönlichen Freiheit mutet es paradox an, daß die meisten politisch aktiven Frauen gegen das staatliche System der »Reglementierung« Sturm liefen, daß sie aber gleichzeitig an Stelle der Bestrafung »minderwertiger« Prostituierter die noch härtere Maßnahme der fürsorgerischen Bewahrung setzen wollten. Eugenische Gedanken waren zwar im Zusammenhang mit dem Bewahrungsgesetz vorhanden, gewannen aber ebenso wie autoritäre Konzeptionen erst in der Endphase der Weimarer Republik an Bedeutung. Auch Überlegungen, die in Richtung Sterilisation und »Euthanasie« gingen, wurden vereinzelt angestellt. Geistige Verbindungen zur NS-Ideologie, die sich auch bei anderen Akteuren des Bewahrungsgesetzes feststellen lassen, waren in diesen Fragen nicht zu übersehen. Der sich gegen die weibliche Emanzipation richtende Nationalsozialismus setzte der Geschichte der Frauenbewegung ein vorläufiges Ende und trieb nicht wenige der erwähnten Persönlichkeiten (z.B. Helene Simon, Josephine Höber) ins Exil. Im Hitler-Staat traten lediglich einzelne Frauen für das Bewahrungsgesetz ein.[117] Agnes Neuhaus, Helene Wessel und Hilde Eiserhardt widmeten ihm in der Diktatur zahlreiche Publikationen. Das Zwangsgesetz sollte nun repressiver ausfallen und wurde teilweise rassenhygienisch begründet, kam jedoch letzten Endes nicht zustande. Das Engagement von prominenten Frauen und einzelnen Frauenorganisationen für das Bewahrungsgesetz lebte nach dem Zweiten Weltkrieg erneut auf. Trotz der Erfahrungen mit der NS-Schreckensherrschaft wies Ellen Scheuner bereits 1946 auf die Notwendigkeit des Zwangsgesetzes hin. Helene Weber (CDU), die wie ihre ehemalige Partei-

117 Zum Folgenden vgl. Willing, Bewahrungsgesetz, S. 120ff.

kollegin Helene Wessel zu den vier »Müttern« des Grundgesetzes gehörte, forderte 1949 unmittelbar nach dem Zusammentreten des Ersten Deutschen Bundestages die Bundesregierung auf, den Entwurf eines Bewahrungsgesetzes vorzulegen. 1951 brachte die Zentrumsabgeordnete Wessel einen eigenen Gesetzentwurf in den Bundestag ein, der sich eng an dem wesentlich von Agnes Neuhaus geprägten DV-Entwurf von 1925 orientierte. In den ersten Referentenentwurf eines Bundessozialhilfegesetzes (BSHG) von 1958, der auch Regelungen zur Zwangsbewahrung »Gefährdeter« enthielt, floß die Formulierung von Neuhaus zur Bestimmung des Personenkreises ebenfalls fast wörtlich ein. 1961 wurde die Möglichkeit der zwangsweisen Anstaltsunterbringung als »Hilfe für Gefährdete« im BSHG festgelegt. Nach einer Normenkontrollklage oblag es 1967 dem Bundesverfassungsgericht, über die umstrittene Zwangsbewahrungsregelung (§ 73 Abs. 2 und 3 BSHG) zu entscheiden. Noch kurz vor der abschließenden Verhandlung hatte sich die Leiterin des KFV, die erwähnte Elisabeth Zillken, an den Vorsitzenden des Zweiten Senats des Bundesverfassungsgerichts, Anton Henneka, mit der Bitte gewandt, die Möglichkeit der fürsorgerischen Freiheitsentziehung im BSHG aufrecht zu erhalten.[118] Diese letzte weibliche Initiative im Sinne von Agnes Neuhaus blieb jedoch erfolglos. Am 18. Juli 1967 erklärten die Richter des Bundesverfassungsgerichts die Bewahrungsregelung im BSHG für verfassungswidrig, weil die Freiheit der Persönlichkeit nach Artikel 2 Absatz 2 Satz 2 des Grundgesetzes Vorrang genieße vor dem Recht des Staates zur Besserung seiner Bürger.

118 P. von der Osten, Jugend- und Gefährdetenfürsorge im Sozialstaat, Paderborn 2002, S. 224.

Alexander Schug

Missionare der globalen Konsumkultur

Corporate Identity und Absatzstrategien amerikanischer Unternehmen in Deutschland im frühen 20. Jahrhundert

Die Globalisierung scheint inzwischen jeden Lebensbereich erfaßt zu haben und ist zu einem der am meisten benutzten Schlagworte zur Beschreibung historischer Prozesse in der Moderne geworden.[1] In den Diskursen über die Globalisierung geht es zumeist um die ökonomisch-technologische Vereinheitlichung und Uniformierung der Welt sowie um die gesellschaftlichen, politischen und kulturellen Konsequenzen, die sich aus dem expandierenden Welthandel, der Internationalisierung der Produktion und der Zirkulation von Kapital und Informationen ergeben. Während einige Interpreten die Globalisierung als Weg zu einer offenen, demokratischen und multikulturellen Weltgesellschaft deuten,[2] werten andere[3] sie als neue Maske eines westlichen Wirtschafts- und Kulturimperialismus, der insbesondere von der einzig verbliebenen Weltmacht, den USA, getragen und damit – und hier kommt man zu einem »alten« Forschungsgegenstand zurück – als Amerikanisierung gedeutet wird.

Die Amerikanisierung ist ein in der Geschichtswissenschaft bereits profiliertes Konzept, an das in diesem Zusammenhang angeknüpft werden kann. In der deutschen Geschichte war die Rede von der Amerikanisierung Deutschlands eine gängige Erzählung, die seit dem Kaiserreich zunehmend eine Rolle spielte und Fragen des kulturellen Einflusses und des Transfers von Produkten und Technologien behandelte. Während die USA im 19. Jahrhundert noch als Projektionsfläche für Freiheitsideen und Wild-West-Phantasien dienten, fingen die Deutschen im 20. Jahrhundert vor allem in

1 Vgl. hier neben der aktuellen Berichterstattung in den Medien beispielsweise: U. Beck (Hg.), Politik der Globalisierung, Frankfurt 1998; S. Müller u.a., Streitfall Globalisierung, München 2001; E. Rieger u.a., Grundlagen der Globalisierung. Perspektiven des Wohlfahrtsstaats, Frankfurt 2001.

2 T. Cowen, Creative Destruction. How Globalization is Changing the Worlds's Cultures, Princeton 2002.

3 N. Klein, No Logo. Taking on the Brand Bullies, London 2000. Zitiert wird hier die deutsche Ausgabe: dies., No Logo! Der Kampf der Global Players um Marktmacht. Ein Spiel mit vielen Verlierern und wenigen Gewinnern, München 2001. In die gleiche Richtung geht: N. Hertz, The Silent Takeover. Global Capitalism and the Death of Democracy, London 2001.

der Zwischenkriegszeit und dann verstärkt nach 1945 an, die vermeintliche Überwältigung der deutschen Kultur durch die amerikanische Zivilisation zu thematisieren. Die Diskussionen über eine angebliche »Überschwemmung« Deutschlands mit technologisch überlegenen Waren und Marketingstrategien trugen zu dem stereotypen Bild einer entfremdeten und seelenlosen Zukunft bei, in der das Individuum unterzugehen drohe.[4] Der Amerika-Diskurs pendelte zwischen Ablehnung dieses kulturellen Modells und Bewunderung für die »Modernität« der USA. Diese Aspekte sind mittlerweile gut erforscht.[5] Weniger erforscht ist hingegen die Frage nach der »Eindringtiefe« amerikanischer Einflüsse sowie die Frage nach dem amerikanischen Selbstverständnis bei dem Prozeß, der in Deutschland als »Amerikanisierung« wahrgenommen wurde.

Im folgenden sollen diese Fragen am Beispiel der Expansionspläne amerikanischer Unternehmen zu Beginn des 20. Jahrhunderts sowie anhand ihrer Kommunikation mit den Konsumenten genauer beleuchtet werden. Ziel der Kommunikationsarbeit amerikanischer Unternehmen war es – so die hier vertretene These –, das Konsumverhalten und -niveau der Menschen außerhalb der USA gezielt an amerikanische Maßstäbe anzupassen, um die Produktion und das ebenfalls kostspielige Marketing standardisieren zu können. Das Ergebnis dieser Überlegungen waren frühe Ansätze zu einer global-amerikanischen Marken- und Konsumkultur, die insbesondere nach dem Ersten Weltkrieg in den Führungsetagen der amerikanischen Unternehmen und in der Politik diskutiert wurden. Damit ergeben sich viele Hinweise darauf, daß das Phänomen der Amerikanisierung nicht, wie vielfach angenommen, vor allem für die Zeit nach dem Zweiten Weltkrieg relevant ist, weil es vor 1945 in Deutschland und Europa weder zu einer flächendeckenden Ausbreitung amerikanischer Produktionsmethoden noch zu einer Massenkonsumkultur gekommen sei; vielmehr soll die Zwischenkriegszeit hier als Sattelzeit der Amerikanisierung gesehen werden.

Zunächst sollen hier der Aufstieg der USA zur wirtschaftlichen Macht in der entstehenden Weltwirtschaft sowie ihre Neupositionierung im internationalen Staatengefüge in Erinnerung gerufen werden – Prozesse, die sich im ausgehenden 19. Jahrhundert auch in der Formierung einer spezifischen *corporate identity* amerikanischer Unternehmen spiegelten, wie sie aus

4 Zur Frühphase der Diskussion: W. T., Stead, Die Amerikanisierung der Welt, Berlin 1902. Vgl. auch: D. J. K. Peukert, Die Weimarer Republik. Krisenjahre der klassischen Moderne, Frankfurt 1987, S. 178–190; M. Nolan, Visions of Modernity. American Business and the Modernization of Germany, Berkeley 1994.

5 Vgl. als Überblick: A. Lüdtke u.a. (Hg.), Amerikanisierung. Traum und Alptraum im Deutschland des 20. Jahrhunderts, Stuttgart 1996; P. Gassert, Amerikanismus, Antiamerikanismus und Amerikanisierung. Neue Literatur zur Sozial- und Kulturgeschichte des amerikanischen Einflusses in Deutschland und Europa, in: AfS 39.1999, S. 531–561.

Logos, Firmenpublikationen oder Werbeanzeigen für den Heimatmarkt herausgelesen werden kann. In diesen Kommunikationsmedien – vorzüglich aus den 1890er Jahren – zeigt sich, wie sich das wachsende amerikanische Selbstbewußtsein in nationale Überhöhung und in ein ausgeprägtes Sendungsbewußtsein wandelte, noch bevor man überhaupt systematisch die Weltmärkte bearbeitete. Anhand der Kommunikationsmedien amerikanischer Unternehmen und der von ihnen kreierten Images,[6] die in dieser Studie eine zentrale Rolle spielen, läßt sich nachvollziehen, wie mit dem Bewußtsein der wirtschaftlichen Überlegenheit dann im 20. Jahrhundert internationale Wachstumsstrategien entworfen wurden. Dazu soll kurz bilanziert werden, wie sehr die wirtschaftliche Expansion als Kulturmission angesehen wurde, die Welt durch den Konsum amerikanischer Produkte zu zivilisieren. Dieser Aspekt war ein hervorstechendes Motiv amerikanischer Unternehmenskommunikation im ausgehenden 19. und beginnenden 20. Jahrhundert, auch wenn de facto die Erschließung globaler Märkte bis zur Jahrhundertwende im Vergleich zur kontinentalen Expansion der USA kaum eine Rolle spielte.

In einem nächsten Schritt steht die Expansion amerikanischer Unternehmen nach Deutschland nach dem Ersten Weltkrieg im Mittelpunkt der Betrachtung. Deren Bedeutung blieb quantitativ gering, hatte aber mit Firmen wie Kellogg's oder Coca-Cola eine große symbolische und ikonische Wirkung. Mit der Expansion kamen Fragen nach der Vermarktung amerikanischer Produkte in diesem neuen Exportmarkt auf. In vielen Fällen waren damit amerikanische Werbeagenturen beschäftigt, die ihren Auftraggebern ins Ausland folgten und mit amerikanischem Personal Werbebüros beispielsweise im Berlin der 1920er Jahre aufbauten. Die amerikanischen Werbefachleute verfolgten eine Strategie, die mit dem damaligen Werbeslogan der Agentur J. Walter Thompson deutlich umschrieben ist: »New habits for old [...] changing traditions in 75 nations«.[7] Gemeint war damit die weit verbreitete Vision amerikanischer Unternehmer und Werber, die gerade nach dem Ersten Weltkrieg die Zeit amerikanischer Hegemonie auch im Hinblick auf die Konsumkultur eines Exportmarktes wie Deutschland gekommen sah.

6 Der Begriff »Image« wird in diesem Kontext bewußt eingeführt. Images ragen weit über den zweckmäßigen Gebrauch der Ware hinaus. Das Image ist also nicht nur die bildliche, optische Erscheinung eines realen Gegenstands (Produkt, Unternehmen, Person etc.), sondern beinhaltet Gefühle und Meinungen bewußter und unbewußter Art, die verschiedenen Wunschvorstellungen wie dem Verlangen nach Macht, Prestige, Anerkennung, Schönheit, Familienglück, Gesundheit etc. entsprechen.

7 J. Walter Thompson, Anzeige, September 1939, J. Walter Thompson Domestic Advertising Collection, Box 5, Rare Book, Manuscript, & Special Collections Library, Duke University, Durham, North Carolina, USA (hiernach zitiert als: RB, B, SCL, Duke).

Schließlich soll danach gefragt werden, welche bleibenden Erfolge das Agieren der amerikanischen Konzerne im beschriebenen Zeitraum hatte, auf welche Grenzen es stieß und wie sehr die »Machtergreifung« der Nationalsozialisten den Prozeß einer nach amerikanischen Maßstäben standardisierten Marken- und Konsumkultur aufhielt.

Wenn von Selbstdarstellung und Vermarktung sowie von der *corporate identity* von Unternehmen gesprochen wird, bedeutet das, daß hier keine klassische Unternehmensgeschichte anhand von traditionellen Schriftquellen oder statistischem Material geschrieben wird, in der man im quantitativen Sinne beispielsweise Kapitalflüsse und Absatzzahlen darstellt. Mit dem Konzept der *corporate identity* und der Frage nach den Absatzstrategien wird vielmehr eine politisch orientierte Kulturgeschichte der Wirtschaftskommunikation betrieben, die ihre Aussagen auch aus der sichtbaren Oberfläche, also zu einem großen Teil aus visuellen Quellen wie Werbeanzeigen, Plakaten, Briefköpfen, Broschüren oder Kundenzeitschriften gewinnt. Diese Medien haben eine von der deutschen Geschichtswissenschaft unterschätzte Bedeutung, obwohl in ihnen sehr komplexe, grafisch gebündelte Botschaften der Unternehmen an Konsumenten und andere Zielgruppen enthalten sind.[8] Über Kommunikationsmedien schufen die Unternehmen ein wahrnehmbares, materialisiertes Image von sich selber, das nicht nur Abbild einer vorhandenen Unternehmenskultur war, sondern in vielen Fällen ebenso Visionen, Zielvorstellungen, aber auch Reflexionen auf die Vergangenheit spiegelte. »Abstrakten« Organisationen wie Unternehmen konnte ebenso wie den in der Moderne massenproduzierten Waren erst über die entsprechende kommunikative ›Beseelung‹ eine (historisch rekonstruierbare) Bedeutung am Markt zugewiesen werden. Das Image verrät daher, wofür ein Unternehmen stand, wie Mitarbeiter oder Kunden angesehen wurden, wie man seine gesellschaftliche Rolle definierte und welche Emotionen man mit seinen Produkten verbinden wollte. All das fließt in die Definition der *corporate identity* mit ein.[9]

I.1. Der Aufstieg der USA zur Wirtschaftsmacht und die ›imperiale Rhetorik‹ in der amerikanischen Unternehmenskommunikation. Die USA erlebten im letzten Drittel des 19. Jahrhunderts einen atemberaubenden Machtzuwachs, der die internationalen politischen Konstellationen zunehmend

8 Zum Quellenwert der Werbung: K. Bonacker, Illustrierte Anzeigenwerbung als kulturhistorisches Quellenmaterial, Marburg 2000.

9 Einschlägig zur corporate identity: D. Herbst, Corporate Identity, Berlin 1998. Aus historischer Perspektive vgl.: C. Wischermann, u.a. (Hg.), Unternehmenskommunikation im 19. und 20. Jahrhundert. Neue Wege der Unternehmensgeschichte, Dortmund 2000.

veränderte und sich im 20. Jahrhundert schließlich voll entfaltete.[10] Die Amerikaner, versteht man darunter die weiße, protestantische Mehrheitsbevölkerung, fühlten sich angesichts dieser Entwicklung als eine Ausnahme-Nation, als »glorious nation«, die von Unternehmergeist und großer Dynamik angetrieben wurde. Viel stärker als die staatliche Symbolik (Repräsentationsbauten, Armee, politische Institutionen) verkörperte die Wirtschaft und der Konsens, nach Erfolg und Wohlstand zu streben, den Geist dieses Landes. In den Fabriken Amerikas und in den amerikanischen Produkten sahen die Amerikaner ein Ergebnis des Strebens nach dem »American Dream«.[11] Dessen Botschafter waren die amerikanischen Unternehmer, die »industrial statesmen« wie Rockefeller oder später Ford, die für den ungebrochenen Fortschritt und unternehmerischen Geist des Landes standen.[12] Sie stellten eine der Gruppen dar, die im 19. Jahrhundert den Glauben der Menschen an ein besseres Amerika verankerten, das durch materiellen Fortschritt auch zu spirituellem und intellektuellem Fortschritt kommen werde.[13] Wie sehr dieser Glaube an öffentlicher Bedeutung gewann, läßt sich unter anderem an den Kommunikationsmedien der amerikanischen Unternehmen für den Heimatmarkt nachvollziehen, den man als erstes zu erschließen suchte. In der zweiten Hälfte des 19. Jahrhunderts begannen die »industrial statesmen«, ihre Produkte als einmalig und kulturell überlegen zu kommunizieren. Wie die USA selber sollten auch die produzierten Waren und Güter als Ergebnis einer großen Zivilisationsleistung erscheinen. Diese Vorstellung wurde zu einem Charakteristikum der Selbstdarstellung amerikanischer Unternehmen seit den 1880er Jahren und soll hier als »imperiale Rhetorik« bezeichnet werden. Für die späteren Ausführungen ist die Untersuchung der imperialen Rhetorik in der amerikanischen Unternehmenskommunikation relevant, weil sie einen wichtigen Teil der Bewußtseinsstrukturen amerikanischer Unternehmer bei der späteren Expansion nach Europa und insbesondere nach Deutschland offenbart.

Typisch für die imperiale Rhetorik amerikanischer Unternehmen, die zu diesem Zeitpunkt kaum durch reale wirtschaftliche Macht gerechtfertigt werden konnte, sind etwa die Werbemittel des Seifenherstellers B.T. Babbitt aus New York in den 1880/90er Jahren. Babbitt, ein mittelständisches, durchschnittliches Unternehmen der Kosmetikindustrie, kommunizierte

10 D. Junker, Von der Weltmacht zur Supermacht. Amerikanische Außenpolitik im 20. Jahrhundert, Mannheim 1995, S. 10–19.

11 G. Gorer, The American People. A Study in National Character, New York 1964, S. 172.

12 Die Bezeichnung des »industrial statesman« stammt von: G. N. Grob, u.a., Interpretations of American History. Patterns and Perspectives, New York 1972, S. 77–157.

13 Ebd., S. 78.

eine Botschaft, die anhand einer Werbekarte aus dem Jahr 1889 analysiert werden soll (Abb. 1).[14]

Im Zentrum der Werbekarte steht das Fabrikgelände des Seifenherstellers mit rauchenden Schornsteinen und einem nahegelegenen Hafengelände. Darüber steht in halbrunder Anordnung »Soap for all nations. Cleanliness is the scale of Civilization«. Um die Fabrikansicht sind Menschen verschiedener Kulturen gruppiert, denen von weißen Amerikanern Babbitt's Seife überbracht wird. So empfängt ein klischeehaft dargestellter Indianer, ausgestattet mit Pfeil und Bogen, Rock und Kopfschmuck aus Federn, von zwei weißen amerikanischen Männern ein Stück Seife. In der linken oberen Ecke ist eine weitere Gruppe, bestehend aus Vertretern verschiedener Kulturen und sozialer Milieus, abgebildet. Dort finden sich Orientalen mit Kamel und Turban, aber ebenso ein weißer Mann mit Pickelhaube (vielleicht ein Deutscher?) und ein Bauer mit Ährenbüschel und Strohhut. Sie alle umrahmen einen weiß gekleideten Mann, der ein Stück Seife in der Hand hält, dieses anpreist und großes Interesse erweckt. Neben ihm liegen Kisten von Seife, die Männer verschiedener Hautfarbe und Kleidung mit den Händen wegtransportieren. Über dem Werbespruch »Soap for all Nations« thront die allegorische Darstellung Amerikas. Hinter ihr ist eine Gruppe von Frauen zu sehen, die möglicherweise griechische Göttinnen darstellen. Die beiden letztgenannten Elemente, nehmen eine besondere Rolle innerhalb der Bilddramaturgie ein. Sie schweben auf einer Wolke, die eine grafische Trennung zu den anderen Personengruppen deutlich macht und als Symbol für die Wohnstätte der Götter gilt. Amerika, mit der Flagge der USA umwickelt und einer Krone auf dem Haupt, hält im Segensgestus ein Stück von Babbitt's »Best Soap« wie ein Zepter mit dem rechten Arm empor, christliches Zeichen für höchste Macht und Würde.

Zunächst erscheint die Werbekarte mit ihren verschiedenen Bildelementen wie ein aus populären zeitgenössischen, christlichen sowie antiken Vorstellungen zusammengesetztes, kitschiges Allerlei. Amerika wird assoziativ nicht nur als Teil klassischer Kulturideale dargestellt, sondern als deren Fortentwicklung, was sich in der herausgehobenen Position der allegorischen Darstellung Amerikas manifestiert. Amerika, Teil der Götterwelt, aber auch dem Irdischen zugewandt, über das sie zu regieren scheint, tritt auf der Werbekarte als verbindendes Element und Vermittlerin von Zivilisation auf. Die Darstellung hat aus heutiger Sicht rassistische sowie kulturimperialistische Implikationen und stellt eine fragwürdige Hierarchie der Kulturen auf. Der allegorischen Amerika am nächsten stehen die weißen,

14 Babbitt's Best Soap, Werbekarte, 1889, Warshaw Collection of Business Americana, Soaps, Box 1, Folder 9, Archives Center, National Museum of American History, Smithsonian Institution, Washington, DC (hiernach zitiert als: Arch. Center, NMAH).

männlichen Amerikaner; im Auftrag der göttlichen Amerika überbringen sie ein Produkt, das einmalig und überlegen, aber in vielen zurückgebliebenen Kulturen noch unbekannt ist. Zivilisation wird hier materialisiert und komprimiert in Form eines Stücks Seife, das gekauft werden kann und über den Markt Verbreitung findet. Zivilisation wird also nicht als universelles, allen Kulturen innewohnendes Prinzip verstanden. Folgt man dieser Werbekarte, so erscheint Zivilisation als ein Prozeß, der in den USA am weitesten fortgeschritten ist, an dem aber – und das ist die frohe Botschaft – andere Kulturen partizipieren können, wenn sie amerikanische Produkte erwerben.[15]

Als zweites Beispiel der amerikanischen imperialen Rhetorik in der Wirtschaftskommunikation seien hier die Kochbüchlein angeführt, die die American Cereal Company in den 1890er Jahren in den USA als Beigabe zu ihren Produkten (Haferflocken, Corn Flakes etc.) kostenlos in einer Auflage von ca. drei bis fünf Millionen Exemplaren verteilte.[16]

Als symptomatisch kann das Titelbild der Ausgabe von 1899 (Abb. 2)[17] gelten. Im Zentrum stechen die allegorische Darstellung Amerikas und der über ihr in halbrunder Anordnung gedruckte Werbespruch »We feed the world« hervor. Amerika trägt ein langes weißes Kleid, ihr Körper ist in die amerikanische Flagge gehüllt. Sie trägt einen Ährenkranz auf dem Kopf sowie eine phrygische Mütze, wie sie in Frankreich zur Zeit der Revolution als Zeichen revolutionärer Gesinnung getragen wurde. Wie ein barocker Heiligenschein umrahmt ein Strahlenkranz aus Lichtstreifen das Gesicht Amerikas. In beiden Händen hält sie Ährenzweige über zwei ihr zu Füßen liegende Weltkugeln, die sie zu füttern scheint.

15 Vgl.: N. Elias, Über den Prozeß der Zivilisation. Soziogenetische und psychogenetische Untersuchungen, Bd. 1, Frankfurt 1997, und die kritische Antwort Hans Peter Duerrs auf herrschende Zivilisationstheorien, nach denen der Mensch des Mittelalters, aber auch Angehörige sogenannter primitiver Kulturen, im Vergleich zu den heutigen, westlichen Kulturen, ihre Triebe und Affekte weniger kontrolliert hätten und Nacktheit, Sexualität und Hygiene weniger schambesetzt waren. Der Mythos der Zivilisation ist nach Duerr identisch mit der Ideologie, die herangezogen wurde, um den Kolonialismus zu rechtfertigen, insofern dieser behauptete, noch unzivilisierte Menschen zu zivilisieren. Vgl. H. P. Duerr, Nacktheit und Scham. Der Mythos vom Zivilisationsprozeß, Frankfurt 1994.

16 Beigaben zu Produkten waren eine beliebte Verkaufsstrategie, um den Anreiz zum Kauf eines Produkts zu erhöhen. Da die Kochbüchlein lediglich aus wenigen Seiten bestehen und nicht die gängigen bibliographischen Angaben geben, wird die Distribution dieser Heftchen wahrscheinlich nicht über den Buchhandel, sondern über den Kauf der Produkte der American Cereal Comp. gelaufen sein. Im Vorwort der 5. Auflage von 1899 werden Angaben gemacht, die die Gesamtauflage auf ca. 3–5 Millionen schätzen lassen. Vgl. S. T. Rorer (Hg.), We Feed the World. Cereal Foods and How to Cook them, 1899, RB, M, SCL, Duke.

17 Das Motiv wurde von der American Cereal Company in etwas schlichterer Form – bezüglich der Farben, Schrift, Druckqualität – schon seit Anfang der 1890er Jahre benutzt. Vgl. auch das Titelbild des Kochbüchleins der American Cereal Co., 1893, Warshaw Collection of Business Americana, Cereals, Box 1, Folder 2, Arch. Center, NMAH.

Ähren – hier als Kopfschmuck und in den Händen Amerikas abgebildet – waren bereits in den frühen Hochkulturen Symbol der Fruchtbarkeit und der lebenspendenden Natur, in der christlichen Ikonografie dienten sie als eucharistisches Sinnbild des Leibes Christi im Abendmahl. In Anlehnung an Hoheslied 7,3 benutzte man dieses Attribut aber auch ausgiebig bei volkstümlichen Marienabbildungen (Ährenkleidmaria oder Maria mit Ährenzweigen in der Hand), die als Symbol für Mütterlichkeit, Erde und Leben gelten und aus dem Erntebrauchtum herzuleiten sind.[18] Neben diesen christlichen ikonografischen Anleihen weist die Darstellung Amerikas mit dem stolzen, erhobenen und nicht demütigen, marienhaften Kopf und Gesichtsausdruck sowie durch Körperhaltung und Kleidung Elemente der seit der Französischen Revolution tradierten Bilder der Marianne auf, dem figurativen Symbol des Kampfes für Menschenrechte und Republik.[19]

Die Abbildung setzt mit ihrer Bildsprache den Werbeslogan »We feed the world« um: Mit »We« ist nicht nur die Herstellerfirma gemeint, sondern auch Amerika an sich, die als Lebensquell der Welt erstrahlt. Es wird auch hier deutlich, wie sehr in der Werbung historisch etablierte Symbole aus der christlichen Kultur aufbereitet, säkularisiert, trivialisiert und kommerzialisiert wurden, aber in der Moderne offensichtlich immer noch die Basis einer in der westlichen Welt verständlichen Bildkommunikation ausmachten. Insofern steht die beschriebene Werbekarte und das Titelbild des Kochbüchleins in einer jahrhundertealten europäischen Gestaltungstradition. Angesichts des ästhetischen Eindrucks könnte man schlicht von »Kitsch« sprechen, doch bleibt festzuhalten, daß man es hier mit einer Transformation tradierter Bilderwelten für die moderne konsumorientierte Massengesellschaft zu tun hat.

Die erwähnten ikonografischen Informationen lassen sich in zahllosen weiteren Bildern der Werbung finden. Immer wieder taucht die Weltkugel auf, die von einem Produkt in übergroßer Darstellung in den Schatten gestellt wird, oder die Welt wird als von einem Unternehmen beherrschtes, mit seinen göttlichen Produkten abgedecktes Territorium gezeigt. Dieses Motiv scheint zudem produkt- und branchenunabhängig zu sein. Lebensmittelhersteller genauso wie Zigaretten-, Fotoapparate- und Lackhersteller nutzten ausgiebig die anmaßende Symbolik, die Welt im Griff zu haben.[20]

18 H. Sachs, Christliche Ikonographie in Stichworten, Berlin 1998, S. 24; M. Luker, Wörterbuch der Symbolik, Stuttgart 1991, S. 465; Marienlexikon, hg. im Auftrag des Institutum Marianum Regensburg e.V., S. 46.

19 M.-C. Chaudonneret, Das Bild der französischen Republik 1792–1889, in: M.-L. v. Plessen u.a. (Hg.), Marianne und Germania 1789–1889. Frankreich und Deutschland. Zwei Welten, eine Revue, Berlin 1996, S. 23–29.

20 Vgl. die umfangreichen visuellen Quellen in den Sammlungen der Warshaw Collection of Business Americana und der N.W. Ayer Collection, die sich im Arch.Center, NMAH befinden.

In den meisten Fällen, wie etwa bei dem Lackhersteller Sherwin-Williams, war der globale Anspruch dabei kaum in Einklang mit der Realität zu bringen; auch wenn Sherwin-Williams im Gegensatz zu anderen, in ähnlicher Weise werbenden Unternehmen immerhin vor 1914 eigene Produktionsstätten in England und Kanada besaß,[21] erscheint das seit 1885 (bis heute) benutzte Logo mit einer Weltkugel, die von einem Eimer Lack übergossen und von dem Werbespruch geziert wird »SW [Sherwin-Williams, AS] – Cover the earth« (Abb. 3), als entschieden überzogen.

In der Werbesprache machte sich die imperiale Rhetorik in dem wiederholten Gebrauch von Schlagwörtern wie »Civilization« oder »Enlightenment«, die ein bestimmtes Produkt transportieren sollte, signifikant bemerkbar. Seife, Kaugummi, Ketchup, Haferflocken oder Autobatterien wurden, weil sie amerikanisch waren, assoziativ zum Botschafter einer besseren, aufgeklärten und zivilisierten Welt erklärt. Die Verwendung amerikanischer Produkte sollte nicht nur Auswirkungen auf den einzelnen Konsumenten, sondern auf ganze Nationen haben. So jedenfalls suchte der Seifenhersteller Sapolio seine Produkte zu verkaufen, wenn er in einer Anzeige Ende des 19. Jahrhunderts versprach (Abb. 4): »Sapolio makes bright, clean and happy homes, and a powerful, progressive, peaceful nation is the result«.[22]

Es wäre ein Mißverständnis, diese Botschaften als bloße instrumentell eingesetzte und insofern beliebig variierbare Verkaufsstrategien zu verstehen. Vielmehr waren die Hersteller und Vermittler dieser Images, in vielen Fällen Beschäftigte von Werbeagenturen, ausgesprochen überzeugt von den Produkten, die zu verkaufen sie helfen sollten. Als professionelle Kommunikatoren des »American Dream« sowie als männliche Angehörige des weißen Establishments mit Abschlüssen von den führenden amerikani-

Ähnlich ergiebig ist das Archiv der Werbeagentur J. Walter Thompson und andere Werbesammlungen, die vom Hartman Center for Sales, Marketing, and Advertising History an der Duke University, Durham/N.C. betreut werden. Einen leicht zugänglichen Überblick über die Bilderwelt, die die Kommunikationsarbeit amerikanischer Unternehmen im 19. und 20. Jahrhundert produziert hat, geben die von der Duke University publizierten Projekte »Ad Access«, »Early American Advertising« sowie »Medicine and Madison Avenue« unter der Webadresse: http://scriptorium. lib.edu/hartman. Vgl. auch die teilweise online verfügbaren Popular Graphic Arts und Poster Collections der Library of Congress in Washington unter: http://lcweb2.loc.gov/ pp/pphome.html.

21 Informationen zu Sherwin-Williams unter: www.sherwin-williams.com. Vgl. auch: M. Wilkins, The Emergence of Multinational Enterprises. American Business Abroad from the Colonial Era to 1914, Cambridge/Mass. 1970, S. 70 und 212. Logo in der Version von 1911 abgebildet in: J. Walter Thompson (Hg.), Things to Know about Trade-Marks. A Manual of Trade-Mark-Information, New York 1911, J. Walter Thompson Publications, Box 6, Folder ›Things to Know about Trade-Marks 1911‹, RB, M, SCL, Duke.

22 Sapolio Soap, Anzeige, ca. 1900, Warshaw Collection of Business Americana, Soap, Arch. Center, NMAH.

schen Universitäten waren die Agenturleute zudem nicht unbescheiden.[23] Sie verstanden sich als Sprachrohr ihrer Kundschaft. Und mit der Verkündung ihrer frohen Werbebotschaften über die zivilisierenden amerikanischen Produkte avancierten die Agenturen ihrerseits zu Fackelträgern einer übergeordneten Mission. In Logos, Anzeigen und Briefköpfen wird ihr Selbstbild als Fackelträger und Aufklärer bildlich greifbar. So zeigt das Logo einer lokalen Plakatexpedition[24] aus dem Bundesstaat New York ein Dreieck, über das ein Kreis gedruckt ist, in dem eine strahlende Sonne erscheint (Abb. 5). Über Rechteck und Kreis schließt sich die vereinfachte Darstellung einer Fledermaus an, die ebenfalls von Strahlen und dem Werbebanner »We enlighten the world« umgeben ist. Gekrönt sind die beschriebenen Elemente von einer brennenden Fackel.[25] Auch die Werbeagentur J. Walter Thompson machte dreißig Jahre, bevor sie in den 1920er Jahren international tätig wurde, mit einem universellen Anspruch auf sich aufmerksam. »Wisdom« und »Enlightenment« wollte diese damals marktführende Agentur mit ihrer Werbearbeit für die großen amerikanischen Markenhersteller verbreiten. Symbolisiert wurde dieser Anspruch mit einem Logo, auf dem eine die Flügel ausspannende Eule eine brennende Öllampe in ihren Krallen hält (Abb. 6). Die Eule symbolisiert in der alteuropäischen ikonografischen Überlieferung Weisheit und Urteilskraft, die Lampe steht für Licht, Erleuchtung und Klarheit. In einer Unternehmensbroschüre erklärte die Agentur: »Used in its figurative sense it is as old as civilization, for the ancients held the sign of a lamp to mean the power of imagination, illuminating the future. The symbol of the owl and the light combined means Light leading Wisdom«.[26] Neben der hier beschriebenen Fassung des Logos gab es in verschiedenen Unternehmenspublikationen auch aggressivere Darstellungen von übergroßen Eulen, die sich, in militärische Uniform gekleidet, in einer von Nebelschwaden umgebenen Weltkugel festkrallen und diese beherrschen (Abb. 7–8).[27]

23 Zur frühen Professionalisierung und zum Selbstverständnis der amerikanischen Werbebranche vgl. die sehr empfehlenswerte Studie: R. Marchand, Advertising the American Dream. Making Way for Modernity, 1920–1940, Berkeley 1985. Bemerkenswert ist in diesem Kontext, daß von den 600 Angestellten der Agentur J. Walter Thompson im Jahre 1928 circa 150 einen Universitätsabschluß besaßen und vier einen Doktortitel, vgl.: How Advertising and Advertising Agencies Started and Grew in the US. A Brief History, in: Advertising Age, 7.12.1964, S. 5.

24 Expeditionen waren eine Frühform von Werbeagenturen.

25 Schenectady Bill Posting Company, Briefbogen, 1908, Warshaw Collection of Business Americana, Advertising Industry, Box 3, Folder 19, Arch. Center, NMAH.

26 J. W. Thompson (Hg.), Things to Know about Trade-Marks. A Manual of Trade-Mark-Information, New York 1911, J. Walter Thompson Publications, Box 6, Folder ›Things to Know about Trade-Marks 1911‹, RB, M, SCL, Duke.

27 Vgl. J. W. Thompson (Hg.), Advertising, New York 1897, S. 9–18; J. W. Thompson (Hg.), Advertising, New York 1897, S. 4. Beides in: J. Walter Thompson Company Publications, Domestic Series, Box 2, RB, M, SCL, Duke.

Solche Darstellungen waren zum einen Ergebnis der damals nicht nur in den USA verbreiteten Übertreibungsstrategie der Werber, mit der sie die Neugier der Konsumenten wecken wollten. Die Verwendung der imperialen Rhetorik hatte darüber hinaus aber auch kulturelle Implikationen, wie sie für den Nationalismus im Zeitalter der Hochindustrialisierung und des Imperialismus typisch und in der amerikanischen Wirtschaftskommunikation besonders ausgeprägt waren.

I.2. Die Virtualität der »imperialen Rhetorik« – Populäre Images der amerikanischen Unternehmenskommunikation, nationale Identität und Wirtschaftsexpansion. Die »Welt«, die die amerikanischen Unternehmen zu beherrschen suchten, umfaßte zunächst nicht mehr als den eigenen, wenn auch in seinen Dimensionen riesigen Kontinent. Die durch die imperiale Rhetorik nahegelegte globale Expansion stand hinter der Bearbeitung des nationalen Binnen- und Massenmarktes weit zurück. Der Prozeß der Globalisierung der amerikanischen Wirtschaft war also nicht mehr als ein Anspruch. Relevant ist die imperiale Rhetorik in der Wirtschaftskommunikation dennoch, weil sie ein Reflex allgemeiner gesellschaftlicher Diskurse und Entwicklungen in den USA im ausgehenden 19. und 20. Jahrhundert war, als der »American globalism«, also das Streben nach weltweitem Einfluß, zu einem immer wichtigeren Faktor der amerikanischen Politik wurde.[28] In diesem Kontext muß die imperiale Rhetorik als mentales Element untersucht werden.

Schon die Unabhängigkeit hatte unter vielen Amerikanern eine Ideologie der moralischen Überlegenheit gegenüber Europa hervorgerufen, der Überlegenheit von Republik gegenüber Monarchie, von »liberty« gegenüber »empire«. Die Neue Welt verstand sich als Antithese zur Alten – die amerikanische Geschichtsschreibung popularisierte diese Überzeugung mit dem Schlagwort des »American exceptionalism«.[29] Einen Kern des amerikanischen *exceptionalism* bildete die außerordentlich erfolgreiche amerikanische Wirtschaft. Bezeichnend für die Bedeutung, die ihr zugewiesen wurde, sind prominente Stimmen wie die von Charles Beard, einem der einflußreichsten Historiker in den USA um die Jahrhundertwende und Vertreter des amerikanischen *exceptionalism*, der in der Industrialisierung alle Ideale der amerikanischen Kultur gespiegelt sah. In seinem 1901 publizierten Buch »The Industrial Revolution« beschrieb er die Industrialisierung als eine aufklärerische Kraft, welche die Feudalgesellschaften sprengen und

28 D. Reynolds, American Globalism: Mass, Motion and the Multiplier Effect, in: A. G. Hopkins (Hg.), Globalization in World History, London 2002, S. 243–260.

29 I. Tyrell, American Exceptionalism in an Age of International History, in: AHR 96.1991, S. 1031–1055. Vgl. auch: D. Ross, Historical Consciousness in Nineteenth-Century America, in: AHR 89.1984, S. 909–928.

das Individuum befreien werde.[30] Gemäß dem amerikanischen *exceptionalism* wurde die Hochindustrialisierung, in der die USA zu diesem Zeitpunkt bereits die führende Rolle besetzte, als einmaliger welthistorischer Prozeß angesehen, der in den USA – im Gegensatz zu anderen westlichen Staaten – von der gleichzeitigen Ausbildung demokratischer Institutionen begleitet werde.[31] Die Idee einer besonderen Botschaft und einer herausragenden allgemeinen Bedeutung der Nation unter Rückbezug auf höhere Instanzen ist bis heute ein tragender Pfeiler der politischen Kultur der USA. Die in erster Linie vom Geist der Aufklärung geprägten Gründungsväter hatten puritanische Sendungsvorstellungen vom auserwählten Volk in die Idee einer weltlichen Mission integriert, die die USA stellvertretend für die gesamte Menschheit durchzuführen hatte.[32] Diese Verschmelzung von Christentum, Aufklärung, demokratischer Mission und Machtanspruch hat eine politische Religion geprägt, deren Boten nicht nur die politischen Vertreter, sondern eben in besonderem Maße die »industrial statesmen«, die Unternehmer der USA, waren und sind.[33]

Die hier nur skizzenhaft behandelte Ideologie des amerikanischen *exceptionalism* war jedoch – wie bereits betont – lange Zeit Wunschdenken, auch wenn mit den permanenten amerikanischen Interventionen in Lateinamerika und auch im Pazifik und Ostasien in den 1880/90er Jahren oder mit dem Sieg im Spanisch-Amerikanischen Krieg 1898, der zur Sicherung der Vormachtstellung in der Karibik und zum Entstehen eines bescheidenen amerikanischen Kolonialreiches (Philippinen, Puerto Rico, Guam, Hawaii) führte, der Grund zur amerikanischen Weltmachtstellung gelegt wurde. Damit leiteten die amerikanischen Politiker eine Phase des formellen Imperialismus ein, begleitet von einem weiteren raschen Wachstum des Außenhandels und steigenden Auslandsinvestitionen.[34] Den entscheidenden Schub erhielt der Export des amerikanischen Traums, also vor allem die wirtschaftliche und kulturelle Expansion über die amerikanische Hemisphäre hinaus in globale Dimensionen, erst durch den Ersten Weltkrieg.[35] Um so

30 C. Beard, The Industrial Revolution, o.A. 1901. Vgl. hierzu auch: P. N. Carroll u.a., The Free and the Unfree. A Progressive History of the United States, New York 2001.

31 Vgl. zu der Verbindung von Industrialisierung und Demokratisierung: R. F. Bensel, The Political Economy of American Industrialization, 1877–1900, Cambridge 2000, S. 510.

32 Junker, Weltmacht, S. 12.

33 Ebd., S. 13.

34 Vgl. zur Politik des amerikanischen Imperialismus insbesondere die beiden Studien von: H.-U. Wehler, Der Aufstieg des amerikanischen Imperialismus. Studien zur Entwicklung des Imperium Americanum 1865–1900, Göttingen 1974; ders., Grundzüge der amerikanischen Außenpolitik 1750–1900. Von den englischen Küstenkolonien zur amerikanischen Weltmacht, Frankfurt 1984, S. 160–216.

35 E. S. Rosenberg, Spreading the American Dream. American Economic and Cultural Expansion, 1890–1945, New York 1982. Vgl. aus deutscher Sicht: Peukert, Weimarer Republik, S. 178–181.

bemerkenswerter ist es, daß die imperiale Rhetorik in der amerikanischen Wirtschaftskommunikation bereits im ausgehenden 19. Jahrhundert so populär werden konnte. Viele der Hersteller, die diese Verkaufsargumentation nutzten, verfügten kaum über Produktionsstätten oder auch nur über eine internationale Verkaufsorganisation. Das galt für fast alle in diesem Aufsatz besprochenen Unternehmen. Die American Cereal Company beispielsweise war trotz ihres globalen Anspruchs (»We feed the world«) auf den amerikanischen Markt beschränkt, tatsächlich betrieb sie ganze vier Mühlen im mittleren Westen der USA.[36] Wilkins zeigt mit Blick auf die wirtschaftliche Expansion der USA, daß bis in die zweite Hälfte des 19. Jahrhunderts kaum ein amerikanischer Unternehmer außerhalb der Landesgrenzen agierte. Am ehesten waren es Emigranten, die über Verbindungen zu ihrem alten Heimatland verfügten und Handel mit Rohstoffen trieben. Hinzu kamen einige amerikanische Banken und Investmentgesellschaften, die Büros in Europa aufbauten, um Gelder für Infrastrukturmaßnahmen in den USA einzuwerben. Von einem Export von Kapital oder Waren kann hier kaum die Rede sein. Bis in die 1850er Jahre hinein hatten es nicht mehr als zwei amerikanische Unternehmen geschafft, Produktionsstätten in Europa aufzubauen, so daß man das Fazit ziehen kann, daß amerikanische Produkte auf dem Weltmarkt und in Konkurrenz zu Europa nicht wettbewerbsfähig waren.[37] Selbst in der Phase von 1850 bis zum Ersten Weltkrieg, die Wilkins als »appearance of modern international business« bezeichnet, entwickelten sich die Auslandsgeschäfte amerikanischer Unternehmen, vor allem in den Bereichen Rohstoffe, Maschinenbau, elektrische und chemische Industrie, nur sehr allmählich, was aber auch durch ein fehlendes effizientes Kommunikations- und Transportsystem bedingt war. Zu den frühen Ausnahmen international operierender Unternehmen gehörten beispielsweise Standard Oil, General Electric, National Cash Register, International Harvester, Bell, Edison, Westinghouse oder Singer.[38] Da den meisten Unternehmen die Kraft zur eigenständigen Expansion fehlte, sei es über den Aufbau funktionierender Verkaufsorganisationen oder den Bau von Produktionsstätten, beruhte ihre Expansion häufig auf einer Kooperation mit Unternehmen und Partnern im Ausland, auf Beteiligungen von Banken und Investmentgesellschaften oder auch einzelnen Staaten. Oftmals verkaufte man auch nur die Patentrechte an ein ausländisches Unternehmen. Ein bekanntes Beispiel sind die Deutschen Edisonwerke, aus denen später die AEG hervorging.[39]

36 Rorer, We feed the World, S. 3.

37 M. Wilkins, The Emergence of Multinational Enterprises. American Business Abroad from the Colonial Era to 1914, Cambridge/Mass. 1970, S. 15–31.

38 Ebd., S. 36–66.

39 Ebd., S. 56f.

Bis zum Ersten Weltkrieg war die amerikanische Expansion vor allem auf Nord- und Südamerika beschränkt und blieb im Vergleich zu den großen europäischen Staaten bescheiden. Betrachtet man beispielsweise die Summe der Auslandsinvestitionen weltwirtschaftlich führender Nationalwirtschaften im Jahre 1914, lagen die USA mit insgesamt 3,5 Milliarden US-Dollar weit hinter Großbritannien (18,3 Mrd.), Frankreich (8,7 Mrd.) oder Deutschland (5,6 Mrd.) zurück. Unternehmer aus diesen Ländern, insbesondere aus Großbritannien, waren ihrerseits in den USA wesentlich aktiver als umgekehrt.[40] Selbst Unternehmen aus dem kleinen Belgien, den Niederlanden und der Schweiz investierten zusammengenommen mehr Geld im Ausland als die USA (nämlich 5,5 Mrd.).[41] Bis 1914 blieben die USA darüber hinaus die größte Schuldnernation der Welt, die vital darauf angewiesen blieb, fremdes Kapital zum Aufbau ihrer – wenn auch rasant wachsenden – Wirtschaft zu nutzen.[42] Diese Zahlen verdeutlichen, daß die imperiale Rhetorik der Wirtschaftswerbung der tatsächlichen Expansion in fremde Länder und der ausgesprochenen Freihandelspolitik seit den 1930er Jahren vorauseilte.

II. Der Erste Weltkrieg und die Expansion amerikanischer Unternehmen nach Deutschland: Neue Herausforderungen für die Unternehmenskommunikation. Der Erste Weltkrieg und der Eintritt der USA in diesen europäischen Krieg markieren die nachhaltigsten Schritte zu dem von der Idee des exceptionalism getragenen »American globalism«. Auf die Diskussion um die Motive und Ziele Wilsons, die ihn zum Kriegseintritt veranlaßten, kann hier nicht eingegangen werden. Klar ist jedoch, daß Wilson eine »neue Weltordnung« vorschwebte, die von Rationalität und freiem Handel geprägt sein sollte – und die den Interessen des »American globalism« durchaus entsprochen hätte.[43] Auch wenn die Vision Wilsons keine Realität wurde, offenbart sie viel von der Dynamik wirtschaftlicher Interessen in der amerikanischen Politik und fiel mit der populären Diskussion in den USA über

40 Zu den deutschen Aktivitäten in den USA vgl.: T. Kabisch, Deutsches Kapital in den USA. Von der Reichsgründung bis zur Sequestrierung (1917) und Freigabe, Stuttgart 1982, S. 53–67.

41 Alle Angaben aus: Wilkins, Emergence, S. 201.

42 Vgl. hierzu ausführlich: M. Wilkins, The History of Foreign Investment in the United States to 1914, Cambridge/Mass. 1989. Weitere Daten im gleichen Sinne liefern: R. E. Lipsey, U.S. Foreign Trade and the Balance of Payments, 1800–1913, in: S. L. Engerman, u.a. (Hg.), The Cambridge Economic History of the United States, Cambridge 2000, S. 685–732; L. E. Davis, u.a., International Capital Movements, Domestic Capital Markets, and the American Economic Growth, 1820–1914, in: ebd., S. 733–812.

43 Carroll, The Free and the Unfree.

eine Erweiterung der bisherigen Absatzmärkte zusammen.[44] Bereits seit der Jahrhundertwende und zunehmend in den 1910er Jahren hatte sich die Annahme verbreitet, daß der amerikanische Markt nicht ausreiche, um die amerikanische Industrie auszulasten. Die Folge war die als expansionistisch zu verstehende amerikanische »Open Door«-Politik, die unabhängig von regierender Partei und Präsident zu einem durchgehenden Grundmerkmal der amerikanischen Politik wurde.[45] Trotz der Professionalisierung der Absatzmethoden in den USA dominierte die Vorstellung, daß der Konsum im eigenen Land nicht unendlich ausgeweitet werden könne, so daß letztendlich nur noch eine Ausweitung von Produktion und Export Wachstum verspreche.[46] Unzureichende Binnennachfrage und moderne Massenproduktionsmethoden sowie die Verfolgung einer imperialistischen Politik hängen unzweifelhaft zusammen, auch wenn die Ausfuhr für die USA nie die gleiche Bedeutung besaß wie für Europa. M. J. Sklar etwa deutet zugespitzt den amerikanischen Imperialismus als ein Instrument, das wie moderne Werbung oder großzügige Konsumentenkredite, das Problem zu lösen versprach, wie der Konsum amerikanischer Produkte gesteigert werden konnte.[47]

Symptomatisch für die Suche nach neuen Absatzmärkten ist die Verlautbarung eines Sprechers der National Association of Manufacturers von 1903, in der es hieß: »If, as it is claimed, the capacity of our mills and factories is one-third greater than is necessary to supply the home demand, it is obvious that the time is near at hand when we must obtain a broader foreign market, in order to keep the wheels of the factories moving«.[48] Die Sorge vor einer Überproduktion und nicht ausreichender Nachfrage auf dem heimischen Markt wurde schließlich auch von der Politik als populäres Motiv im Zeitalter des Imperialismus wahrgenommen, wenn Wilson auf einer Wahlveranstaltung 1912 verkündete: »Our industries have expanded to such a point that they will burst their jackets if they cannot find a free outlet to the markets of the world. Our domestic markets no longer suffice. We need foreign markets«.[49] Unterlegt waren diese Forderungen mit einer manchmal romantisch anmutenden Wild-West-Phantasie, die die »globale Expansion«, welche als rhetorisches Mittel diente, nur als Fortführung der

44 Forndran, Staaten, S. 31ff. Daß der Expansion der USA wirtschaftspolitische Aspekte zugrunde lagen, bestreitet in einer älteren Studie: C. Landauer, Sozial- und Wirtschaftsgeschichte der Vereinigten Staaten von Amerika, Stuttgart 1981, S. 149–160.

45 Forndran, Staaten, S. 32.

46 Diese These vertritt: M. J. Sklar, The United States as a Developing Country. Studies in U.S. History in the Progressive Era and the 1920s, Cambridge 1992.

47 Ebd., S. 166.

48 Zit. nach: Rosenberg, Spreading, S. 40.

49 Zit. nach: Carroll, Free, S. 307–310.

Besiedlung des amerikanischen Westens erscheinen ließ. »We are the most advanced and powerful people on earth«, stellte beispielsweise Senator Orville H. Platt bereits 1893 fest und überlegte weiterhin: »[It] is the ocean that our children must look, as they once looked to the boundless West«.[50] Und der Verleger Theodore Marburg argumentierte um die gleiche Zeit: »We have brushed aside 275,000 Indians, and in place of them have this population of 70,000,000 of what we regard as the highest type of modern man [...] We hold the opinion that we have done more than any other race to conquer the world for civilization in the past few centuries, and we will probably go on holding to this opinion and go on with our conquest«.[51]

Nach dem Ersten Weltkrieg bekamen diese rhetorischen Floskeln und Visionen eine neue Relevanz. Denn nach 1918 bezog sich die Expansion nun tatsächlich nicht mehr nur auf Kanada, Mexiko oder Kuba, sondern es ging um eine ausgeweitete Strategie, in der neben Asien, Mittel- und Südamerika auch Europa und insbesondere Deutschland in den Mittelpunkt rückte.[52] Viele amerikanische Wirtschaftsführer und Politiker schätzten die wirtschaftliche Situation in Deutschland seit Mitte der 1920er Jahre zunehmend als günstig ein. Mit der relativen Stabilisierung der Weimarer Republik engagierten sich zahlreiche amerikanische Unternehmen auf dem deutschen Markt, der nach wie vor einer der wichtigsten Absatzmärkte in der Welt war und wegen der noch nicht vollständigen Erholung der deutschen Industrie zusätzliche Marktchancen verhieß, die deutsche Unternehmen wegen mangelnden Kapitals für den Ausbau von Produktions- und Vertriebsstätten nicht wahrnehmen konnten. Bekannte Beispiele für das amerikanische Engagement sind die Ford-Werke in Köln oder der Kauf der Adam Opel AG durch General Motors.[53] Insgesamt waren es weit über 1.000 amerikanische Unternehmen, die bis 1930 nach Erhebungen des US Commerce Departments in Deutschland Produktions- oder Vertriebsstätten errichteten.[54] Der amerikanische Kapitalexport sowie das Engagement der Amerikaner um die deutschen Reparationszahlungen und deren Regelung in Dawes- und Youngplan verweisen darüber hinaus auf die Wiederaufbauleistungen und das Interesse an der deutschen Wirtschaft.[55]

50 Zit. nach: ebd.

51 Zit. nach: Rosenberg, Spreading, S. 41.

52 Southard argumentiert, daß vor allem ab 1924 der europäische und dann eben der deutsche Markt in den Mittelpunkt des amerikanischen Interesses rückten. Vgl. F. A. Southard, American Industry in Europe, Boston 1931, S. 178.

53 J. Lewandowski, Opel. Das Unternehmen, die Automobile, die Menschen, Bielefeld 2000, S. 61–66.

54 W. Link, Die Beziehungen zwischen der Weimarer Republik und den USA, in: M. Stürmer (Hg.), Die Weimarer Republik. Belagerte Civitas, Frankfurt 1993, S. 82.

55 Vgl. C.-L. Holtfrerich, Amerikanischer Kapitalexport und Wiederaufbau der deutschen Wirtschaft 1919–1923 im Vergleich zu 1924–1929, in: Stürmer (Hg.), Weimarer Republik, S. 131.

Angesichts des Auftretens amerikanischer Unternehmen in der Weimarer Republik wurde es zu einer besonderen Herausforderung für diese Unternehmen, die Beziehungen zu den neuen Zielgruppen auf dem deutschen Markt herzustellen. Sie mußten Sympathie vermitteln, mitteilen, wer sie waren, welche Produkte sie für wen anbieten und welche Vorzüge diese Produkte hatten. Das war um so wichtiger, als die Ressentiments gegenüber ausländischen Unternehmen in Deutschland – wie umgekehrt genauso – während des Ersten Weltkriegs in der Wirtschaftswerbung und -propaganda über Jahre gepflegt worden waren.[56] Als Deutscher sollte man vor allem deutsche Produkte kaufen, um die eigene Volkswirtschaft zu unterstützen. Bevor Opel von General Motors aufgekauft wurde, hatte es bis 1929 in der Werbung des Unternehmens geheißen: »Sie müssen nicht unbedingt Opel kaufen, aber ein deutscher Wagen muß es sein!«.[57] Für die amerikanischen Unternehmen stellte sich deshalb die Aufgabe, einen Imagewandel herbeizuführen, der es den Deutschen ermöglichen sollte, ohne schlechtes Gewissen gegenüber ihrer nationalen Gesinnung amerikanische Produkte zu kaufen. Werbung wurde in diesem Kontext zu einem Schlüsselinstrument, mit dem der manipulierbare Konsument im Sinne eindimensionaler Kommunikationsmodelle zum Kauf bestimmter Produkte bewegt werden sollte. Tatsächlich ging die Werbebranche von der Vorstellung eines manipulierbaren Menschen als Normalfall des Käufers und Verbrauchers aus. Stark beeinflußt war dieses Menschenbild durch die behavioristischen Theorien. Wie sehr dieses Gedankengut Eingang in die Praxis der amerikanischen Werbung gefunden hatte, zeigt sich unter anderem in der Tatsache, daß der Begründer des Behaviorismus, John Broadus Watson, als Werbepsychologe in der Werbeagentur J. Walter Thompson arbeitete und ganze Generationen von amerikanischen Werbefachleuten beeinflußte.[58]

Die Idee, Macht über das Handeln der Konsumentenmassen zu haben, läßt sich auch in der deutschen Werbegeschichte seit Beginn des 20. Jahr-

56 Vgl. M. Kriegeskorte, 100 Jahre Werbung im Wandel, Köln 1995, S. 42–51.

57 Zit. nach Southard, Industry, S. 130.

58 John Broadus Watson (1878–1958) war einer der einflußreichsten Psychologen und Begründer des Behaviorismus. Er forderte, die Psychologie nach dem Vorbild der Physiologie als exakte Naturwissenschaft zu betreiben, die sich auf meßbares Verhalten beschränken und insbesondere auf Verstehen fremden Seelenlebens verzichten sollte. Bisherige psychologische Zentralbegriffe wie Bewußtsein oder Seele lehnte Watson als weder erklärbar noch brauchbar ab und konzentrierte sich auf experimentelle Forschungen, in denen er beobachtbare Reiz-Reaktions-Schemata nachzuweisen suchte. Vgl. K. W. Buckley, The Selling of a Psychologist: John Broadus Watson and the Application of Behavioral Techniques to Advertising, in: Journal of the History of the Behavioral Sciences 18.1982, S. 207–221; J. Merron, Putting Foreign Consumers on the Map. J. Walter Thompson's Struggle with General Motor's International Advertising Account in the 1920s, in: Business History Review 73/3.1999, S. 469.

hunderts nachweisen.[59] Aber es waren die amerikanischen Unternehmen und Werbeagenturen, die sich erheblich selbstbewußter auf der Basis wissenschaftlicher Forschung daran machten, das Konsumverhalten auch außerhalb der USA nach dem heimischen Muster zu beeinflussen. In der Expansionsphase der amerikanischen Wirtschaft in den 1920er Jahren gewann das Motiv noch einmal entschieden an Gewicht, den »Konsumenten« weltweit zu standardisieren und auf amerikanische Produkte abzustimmen. Als Schablone dienten der amerikanische Markt und der amerikanische Konsument, der somit zur konstruierten Leitfigur einer globalen Konsumkultur aufstieg. Dabei gingen die amerikanischen Werber davon aus, daß Konsum nicht nur die Erlangung und private Nutzung wirtschaftlicher Güter bedeutete, sondern variable psychische und soziale Hintergründe hatte. Der Begriff des Konsums wurde so in engen Zusammenhang mit einem wählbaren Lebensstil einzelner Individuen und ganzer Gesellschaften gebracht und damit losgelöst von einem Verständnis, demzufolge Konsum von universellen, »natürlichen« Bedürfnissen der Menschen abhing.[60] Diese Neuorientierung markiert einen Paradigmenwechsel, der seinen Ausdruck unter anderem in der von den amerikanischen Unternehmen und Werbeagenturen betriebenen Marktforschung fand.[61] Die Marktforschung der Amerikaner produzierte empirisches Material auch über die Konsumstrukturen fremder Länder und sollte dazu beitragen, die in den USA bereits erfolgreichen Produkte und damit verbundenen Lebensstile in Deutschland besser verkaufen zu können. So investierte z.B. General Motors Ende der 1920er Jahre sehr viel Mühe, um den Deutschen die Idee der Automobilität näherzubringen. Bevor Anzeigen geschaltet wurden, die die Lust der Deutschen auf das Auto steigern sollten, erforschten Mitarbeiter von General Motors in zahlreichen Marktforschungen die Motive der Autoabstinenz (größtenteils waren das die hohen Anschaffungskosten und Steuern).[62] Ansonsten hielten amerikanische Marktforscher über die Deutschen fest, daß sie eine hohe Allgemeinbildung und einen modernen Geschmack hätten oder sich für »Style« und »Modernity« von Inneneinrichtung oder Mode interessierten, sich aber moderne Möbel und Kleidung nicht immer leisten konnten. Die Deutschen, so eine weitere Studie der Agentur J. Walter

59 Vgl. das Standardwerk zur frühen deutschen Werbepsychologie: T. König, Reklame-Psychologie. Ihr gegenwärtiger Stand, ihre praktische Bedeutung, München 1924.

60 Zur Definition von Konsum aus historischer Perspektive: W. König, Geschichte der Konsumgesellschaft, Stuttgart 2000, S. 136–264.

61 Wie neu die Idee der systematischen Marktforschung war, machte die heftige Auseinandersetzung in der deutschen Werbebranche nach dem Ersten Weltkrieg deutlich. Vgl. G. Bergler, Die Entwicklung der Verbrauchsforschung in Deutschland und die Gesellschaft für Konsumforschung bis zum Jahre 1945, Kallmünz 1959.

62 Motor Car Study, Owners, Personal Interviews and Mail, Germany, London 1927, J. Walter Thompson Archive, 35 mm microfilm, reel 224, RB, M, SCL, Duke.

Thompson, seien praktisch und selbstbewußt, aber emotional extrem erregbar sowie eher Massenmenschen, denn Individualisten.[63] In einer anderen Marktanalyse – für den Kosmetikhersteller Ponds – hieß es, daß die deutsche Frau noch Anfang der 1930er Jahre nur Wasser und Seife zur Reinigung der Haut benutze.[64]

Die betriebene Marktforschung – so wenig aussagekräftig sie auch sein mag – ist zum einen ein Zeichen für die Verwissenschaftlichung und Professionalisierung der Absatzmethoden, zum anderen aber eben auch typisch für amerikanische Unternehmen.[65] Der entscheidende Punkt in diesem Kontext war jedoch, daß Vertreter amerikanischer Unternehmen überzeugt waren, selbst die mit Hilfe der Marktforschung festgestellten kulturellen Barrieren überwinden zu können, wenn die »nationalen« Konsumenten mit entsprechenden Botschaften durch die Massenmedien bearbeitet werden würden. Konsum und die Verkäuflichkeit von Produkten wurden damit mehr zu einem Kommunikationsproblem als zu einem Problem von Qualität, Preis oder Design erklärt. Demgegenüber schworen traditionell denkende deutsche Unternehmer teilweise immer noch darauf, daß letztlich Qualität die beste Werbung sei. F. R. Eldridge, der Vize-Präsident der American Manufacturers Export Association, machte 1930 den amerikanischen Glauben an die erzieherische Macht des Marketing drastisch klar, als er Kritiken kommentierte, die die Regeln der Bedarfslenkung von nationalen Unterschieden bestimmt sahen. Er widersprach dem vehement und zog einen Vergleich heran, der die Konsumenten der Exportmärkte auf eine Stufe mit den Schwarzen in den USA stellte, die man ja auch schon wie ein Pferd dressiert habe: »These foreign criticisms of American selling methods overlook one important fact«, so Eldridge:

»We have had a similar horse in our own stable for a number of years – not the same color, perhaps, with different markings [...], but a horse, nevertheless. We have taught our horse to drink, and what is more important, by studying the habits of the animal we can sometimes make him want to drink, whether he is really thirsty or not. We have come to believe that if we can do this with one horse we can do it with another [...] Therefore, to reiterate that you can't make him drink is somewhat beside the

63 Advertising in Germany, Internal Report, January 1928, J. Walter Thompson Archive, 35 mm microfilm, reel 232, RB, M, SCL, Duke.

64 Pond's in Germany, Report of Meeting, 4.3.1932, J. Walter Thompson Archive, 35 mm microfilm, reel 224, RB, M, SCL, Duke.

65 Zusammenfassend zur Marktforschung und den amerikanischen Absatzstrategien: A. Schug, Wegbereiter der modernen Absatzwerbung in Deutschland: Advertising Agencies und die Amerikanisierung der deutschen Werbebranche in der Zwischenkriegszeit, in: WerkstattGeschichte 34.2003.

point. The point is that you can make him want to drink and this is simply another way of saying that consumer demand can be created [...]«.[66]

Die hier geäußerte Vorstellung des starken Kommunikators, dem ein letztlich widerstandsloser Rezipient gegenübersteht, und die Idee, amerikanische Konsummuster global umzusetzen, lassen sich aus unterschiedlichen unternehmensinternen Quellen, aber auch aus Unterlagen des Department of Commerce in Washington herausarbeiten. Sie sind demnach alles andere als nur ein Seitenaspekt der Wirtschafts- und Kulturgeschichte.[67] Als Mitte der 1920er Jahre in Deutschland neben viel Bewunderung auch kritische bis haßerfüllte Stimmen gegenüber Amerika laut wurden und die Befürchtung um sich griff, daß ein amerikanischer Geist die deutsche Kultur und damit auch die Konsumkultur unterlaufe, war das nicht nur Ausdruck des deutschen Nationalismus und der ängstlichen Abwehr gegen eine liberale Weltwirtschaft, sondern es war in manchen Fällen auch bereits eine Antwort auf die Selbstdarstellung der amerikanischen Unternehmen, die – gegenläufig zum Isolationismus der amerikanischen Außenpolitik – weltweit und gerade in Deutschland sehr präsent waren.[68]

Man kann sich deshalb fragen, ob angesichts der hier beschriebenen *corporate identities* amerikanischer Unternehmen der aufkommende Antiamerikanismus in Deutschland nicht durch eine zumindest in Teilen fehlgeschlagene und überschätzte unternehmerische »Kommunikationsarbeit« der Amerikaner herbeigeführt wurde, die – so die hier formulierte These – allzu deutlich von der imperialen Rhetorik, dem nationalen Überlegenheitsgefühl und dem zivilisatorischen Sendungsbewußtsein des amerikanischen *exceptionalism* geprägt war. Zwar bediente sich die Werbung der 1920er Jahre nicht gerade der Motive, die oben vorgestellt worden sind. Das Grafik-Design hatte sich entschieden weiterentwickelt, und in Abgrenzung zu alten Übertreibungsstrategien griffen die Werber verstärkt auf den sogenannten »reason why approach« zurück, mit dem rationale Gründe für den Kauf eines Produkts wie dessen konkreter Nutzen kommuniziert werden sollten.[69] Auch gewann die Überlegung mehr Gewicht, daß die offensichtliche

66 F. R. Eldridge, Advertising and Selling Abroad, New York 1930, S. 66.

67 Besonders aufschlußreich sind hier beispielsweise Unterlagen des Department of Commerce, Bureau of Foreign Trade und das von ihm für amerikanische Exportunternehmen in den 1920/30er Jahren herausgegebene Foreign Market Bulletin, C 18.81, Records of the Government Printing Office, Record Group 149, National Archives Building, Washington D.C.

68 Vgl. zur Amerikanismus-Debatte in Deutschland: Lüdtke, (Hg.), Amerikanisierung.

69 Bezeichnend ist in diesem Kontext eine Hausanzeige von J. Walter Thompson ca. Anfang der 1930er Jahre, in der es heißt: »At a time – 20 years ago – when advertising consisted mainly of a large picture or a few superlatives [...] the J. Walter Thompson Company pioneered in the introduction of ›reason why‹ copy, in giving facts about the product«, in: J. Walter Thompson Archive, 35 mm microfilm, reel 257, RB, M, SCL, Duke.

Herabsetzung anderer Kulturen im Ausland kontraproduktive Auswirkungen haben könne.

Die *corporate identity* amerikanischer Unternehmen, die hier als Teil der amerikanischen Wirtschafts- und Kulturexpansion beschrieben wurde, veränderte sich also und paßte sich zum Teil den jeweiligen örtlichen Bedürfnissen an; sie konservierte aber auch Bedeutungsstrukturen der imperialen Rhetorik über die Ära des klassischen Imperialismus hinaus. So wollte beispielsweise Black&Decker Ende der 1920er Jahre eine »dominante (amerikanische) Werbung« im Ausland betreiben.[70] Und die 1927 nach Berlin expandierte Werbeagentur J. Walter Thompson empfahl sich in den USA gegenüber der Exportwirtschaft als idealer Partner und versprach in der Wirtschaftspresse: »New habits for old [...] changing traditions in 75 nations«.[71] Ein solches Programm zielte etwa darauf, daß die Frühstücksgewohnheiten in der ganzen Welt verändert worden seien, indem man durch erfolgreiche Werbung Kellogg's Corn Flakes und andere sogenannte »ready-to-eat cereals« von Kellogg's zum begehrten Markenprodukt gemacht habe. Die Erzeugung und der Erfolg globaler amerikanischer Marken und damit die Verdrängung nationaler Produktwelten in den Exportmärkten wurde intern bei J. Walter Thompson in den 1920er Jahren als unabwendbar angesehen, wie der damalige Manager des Berliner Büros, Ken Hinks, berichtete. Nach dem Ersten Weltkrieg, so Hinks in einem biographischen Leitfadeninterview von 1964, war die Zeit für die USA gekommen, die wirtschaftliche Führung in der Welt zu übernehmen:

> »[After World War I] the whole world would be financed by Wall St., and there would be world-wide super-giants in the economic sense. There would be General Motors, for example, which would supply the major portion of automobiles throughout the world; an international General Foods or Standard Brands would dominate the specialty food market throughout the world; a couple of American tire companies would supply the world with tire, and so on. And along with these world-wide American industrial octopuses would, naturally, be JWT – ready to serve them in any place they needed to be served«.[72]

Bezeichnenderweise erschienen in der amerikanischen Exportfachpresse Artikel mit Titeln wie »Must export copy go native?«. Beantwortet wurde die Frage aber oftmals mit Schlagworten wie »No, keep an American fla-

70 Advertising Abroad, Juni 1929, S. 17.

71 J. Walter Thompson, Anzeige, September 1939, J. Walter Thompson Domestic Advertising Collection, Box 5, RB, M, SCL, Duke.

72 Conversation with Ken Hinks, 1.8.1964, J. Walter Thompson, Sidney R. Bernstein Company History Files, Biographical Files Series, Box 9, Folder ›The Foreign Story‹, RB, M, SCL, Duke.

vour«.[73] Dafür gab es mehrere Gründe: Zum einen sollten in der Produktwerbung die amerikanischen Wurzeln im Ausland deutlich betont werden, weil damit positive Assoziationen von Fortschritt und Wohlstand verbunden waren.[74] Zum anderen war eine leitende Überlegung, die Fließbandarbeit, Rationalisierung und Standardisierung in der Produktion schlichtweg auf die Werbung zu übertragen, so daß Anzeigen und Werbetexte zentral in den USA entworfen werden konnten, die man dann nur noch übersetzen mußte.[75] In heutigem Globalisierungsdeutsch könnte man diese Entwicklung als frühe McDonaldisierung der Werbung bezeichnen. Aufwendige »Handarbeit« in der Kommunikation für jeden der vielen, aber im Vergleich zum US-Binnenmarkt sehr kleinen Exportmärkte sollte vermieden werden. Nach diesem Muster trat der Autohersteller Nash 1930 mit einer »universellen Werbung« auf.[76] Auch entwickelte die Agentur J. Walter Thompson Ende der 1920er Jahre für den Bademodenhersteller Jantzen und das Nahrungsmittelunternehmen Quaker Oats Werbekampagnen, die identische Anzeigen gleichzeitig in Deutschland, Jugoslawien, Portugal oder Frankreich vorsahen.[77] Prominenter ist das Beispiel der Coca-Cola Deutschland GmbH in Essen, die seit ihrer Gründung 1929 bis Ende der 1930er Jahre exakt die gleichen Werbemittel für den deutschen Markt nutzte, wie sie der Konzern auch in den USA einsetzte (Abb. 9).[78] Southard faßte 1931 auf Basis einer Marktanalyse von rund 50 in Europa tätigen amerikanischen Unternehmen zusammen, daß im großen und ganzen deren Werbung auf dem Heimatmarkt sehr ähnlich, wenn nicht identisch mit der Werbung im Ausland war.[79]

Die Vorstellung des starken »Kommunikators«, der über politische und kulturelle Grenzen hinweg sein Publikum beeinflußt, dominierte somit eindeutig die Ansätze gegenüber einer interkulturellen Werbearbeit, wie sie aus der beschriebenen Praxis der Marktforschung durchaus auch herleitbar gewesen wäre. Die von den Amerikanern praktizierte und dann in Deutschland eingeführte Marktforschung ist insofern aufschlußreich, als sie deutlich

73 Vgl.: Advertising Abroad, August 1929, S. 14 oder dass., November 1929, S. 7.

74 Eine Befragung amerikanischer Unternehmen wie Singer, Ford oder Gilette, die in Europa tätig waren, ergab 1931, daß man keinerlei Form von Wirtschaftsnationalismus begnet sei. Eher umgekehrt fordere der europäische Konsument die amerikanischen Produkte. Vgl. Southard, Industry, S. 131.

75 Sehr aufschlußreich ist diesbezüglich das Protokoll einer Sitzung der Manager von J. Walter Thompson aus dem Jahre 1927. J. Walter Thompson Archive, Representatives‘ Meeting, 11.10.1927, Staff Meeting Minutes, Box 1, Folder 1a, RB, M, SCL, Duke.

76 Export Advertiser, Mai 1930, S. 12f.

77 Vgl. verschiedene Anzeigen, J. Walter Thompson Archive, 35 mm microfilm, reel 41, RB, M, SCL, Duke.

78 P. Zee (Hg.), Coca-Cola. Mythos in der Flasche. Coca-Cola Cultur im 20. Jahrhundert, Essen 1994, S. 38f.

79 Southard, Industry, S. 157.

macht, daß ein Gefühl für die Fremdheit ausländischer Märkte und für mentale Unterschiede zwischen den Nationen vorhanden war und sogar mit wissenschaftlichen Methoden vertieft wurde. Der frühen Marktforschung ging es aber offensichtlich primär darum, quantitatives Wissen zu produzieren (z.B. über Kaufkraft oder Marktpotentiale) – und wenn einzelne Studien tatsächlich Mentalitätsunterschiede erkundeten, zogen die Werber daraus keine Konsequenzen für ihre konkrete Arbeit. Die Ergebnisse der Marktforschung sind in diesem Sinne manchmal nicht mehr als ein Report über fremde Absonderlichkeiten. Prinzipiell hätte eine Konsequenz aus der Marktforschung etwa eine Dezentralisierung der amerikanischen Werbeorganisationen sein können. Die Manager der Agentur J. Walter Thompson glaubten aber bis in die 1930er Jahre daran, Anzeigen aus Kostengründen zentral von den USA aus gestalten und mit amerikanischem Personal in Ländern wie Deutschland arbeiten zu können. Das hatte Vorteile, weil man im Ausland hauptsächlich mit amerikanischen Firmen zusammenarbeitete, bedeutete aber auch, daß nicht selten sprachlich und grammatisch falsche Werbeslogans publiziert wurden, die die amerikanischen Unternehmen und deren Werbung in den Augen von Kritikern als ignorant gegenüber fremden Kulturen erscheinen ließ. Die Arbeit der amerikanischen Werbeagenturen in Deutschland bezeichnete ein Kritiker schlicht als »Vergewaltigung« der deutschen Sprache.[80]

III. Der Erfolg globaler Marken in der Weimarer Republik und im Nationalsozialismus. Die Frage nach der Interkulturalität der Unternehmenskommunikation wurde dann allerdings aus Sicht der amerikanischen Unternehmen gegen Ende der 1920er Jahre tatsächlich immer wichtiger. Der zunehmende Nationalismus gegen Ende der Republik und erst recht seit 1933 brachte das Ende einer Werbepraxis, die noch Anklänge an die imperiale Rhetorik hatte. Zwar existierte nach wie vor der Anspruch, die Weltmärkte zu erobern, und er wurde auch systematisch umgesetzt. Dem internationalen und dem deutschen Konsumenten wurden daher verstärkt in der westlichen Welt problemlos einsetzbare und geglättete Werbefiguren vorgesetzt, die idealerweise keine Angriffsfläche mehr bieten sollten. Ironischerweise führte also der wachsende Nationalismus der 1930er Jahre zu einer interkulturellen Sensibilisierung in der Werbung weltweit agierender Unternehmen. Ford und General Motors fingen an, vergleichende Werbung, die die Überlegenheit amerikanischer Produkte und die amerikanischen Wurzeln herausstellte, zu unterlassen, und als Werbeargumente lediglich

80 Vgl. hierzu die zeitgenössische Kritik in der deutschen Fachpresse, z.B.: W. Bloch, Hilfe! Man vergewaltigt weiter!, in: Die Reklame 1.1929, S. 5.

Preis und Leistung ihrer Produkte zu nutzen.[81] Exemplarisch steht dafür ein Plakat von Opel aus den 1930er Jahren, das für das Modell »Opel-Blitz« mit den Informationen warb: »Geländefähig und steuerbegünstigt«. Zudem erschien auf dem Plakat der Preis von 5.300 RM und das Angebot einer Beratung (Abb. 10).[82]

Nach 1933 rückten die amerikanischen Firmen selbst von dieser Kommunikationsstrategie ab. Den in Deutschland tätigen Unternehmen erschien jetzt eine deutlichere Stellungnahme bezüglich ihrer »Gesinnung« notwendig. Viele amerikanische Unternehmen betonten deshalb, wie »deutsch« sie seien und was sie für Deutschland leisteten. Manche entzogen sich der Gefahr von Verdächtigungen seitens der neuen Machthaber, indem sie sich neue Unternehmens- und Produktnamen gaben, die jede Assoziation mit den USA verhindern sollten. Auch wurde amerikanisches Personal abgezogen und gegen deutsches ersetzt. Im Berliner Büro der Werbeagentur J. Walter Thompson arbeiteten Ende der 1920er Jahre noch hauptsächlich Amerikaner, Anfang der 1930er Jahre übernahmen dann vermehrt Deutsche die Aufgaben und auch die Geschäftsführung. Ende 1933 benannte der deutsche Geschäftsführer, Fritz Solm, die »Walter Thompson GmbH« aus Wettbewerbsgründen in »Gesellschaft für Wirtschaftswerbung mbH« um; diese blieb aber auch während der NS-Zeit mit der New Yorker Mutteragentur über einen Servicevertrag verbunden.[83] Andere Unternehmen wie der Kaugummiproduzent Wrigley sahen in Deutschland überhaupt keine Marktchancen mehr und zogen sich 1936 zurück.[84] Coca-Cola scheint dagegen eines der wenigen, für den Endverbraucher bestimmten amerikanischen Produkte gewesen zu sein, das auch im Nationalsozialismus erfolgreich vermarktet werden konnte. So gelang es Coca-Cola kurioserweise gerade nach 1933, eine Werbewelt aufzubauen, die ganz nach dem amerikanischen Muster Freizeit und Spaß anpries.[85]

An der hier skizzierten Entwicklung wird letztendlich deutlich, wie verfehlt die Annahme eines beliebig steuerbaren Konsumenten insbesondere im internationalen Kontext war. Die ehemals propagierte Omnipotenz der Unternehmen gegenüber den vermeintlich willenlosen Konsumentenmassen brach sich an den Mentalitätsunterschieden und ihrer politischen Ver-

81 Southard, Industry, S. 158.

82 Vgl. Abb. aus: Lewandowski, Opel, S. 82.

83 Contract between J. Walter Thompson of New York and J. Walter Thompson GmbH, Berlin, in: J. Walter Thompson Treasurer's Office Records, Box 5, RB, M, SCL, Duke; Geschäftsankündigung vom 31.12.1933, in: J. Walter Thompson Treasurer's Office Records, Box 5, RB, M, SCL, Duke.

84 Anon., Deutsche Wrigley. Nurturing the Market for Chewing Gum in Postwar Germany, in: All Around Wrigley (Newsletter), Herbst 1985, S. 8–11.

85 Zee, Coca-Cola.

stärkung sowie an den staatlichen Steuerungsmaßnahmen im Sinne der nationalsozialistischen Autarkiebestrebungen. Trotz großen Werbeaufwands – und auch einzelnen Erfolgen – gelang es im ganzen nicht, die Deutschen für den Kauf amerikanischer Produkte zu begeistern. Der »totale Staat« engte die Freiräume der Wirtschaft zusätzlich ein.

Es wäre jedoch falsch die Vermarktungsprobleme amerikanischer Produkte in Deutschland nach 1933 allein auf den Nationalismus zurückzuführen. Die Beziehungen zwischen Unternehmen und Konsumenten wurden durch den Staat als Lenkungsinstanz mitgestaltet, aber auch die Reichweite der Disziplinierung und Steuerung des einzelnen durch den NS-Staat war bekanntlich begrenzt. Im Hinblick auf die Strategien der Werbung im frühen 20. Jahrhundert erscheint die Autonomie des Individuums immer wieder als unterschätzte Kraft. General Motors hat es beispielsweise vor, während und auch nach dem Nationalsozialismus nicht geschafft, seine traditionellen amerikanischen Automarken wie Cadillac, Buick, Oldsmobile, Pontiac oder Chevrolet in Deutschland oder anderswo in Europa zu etablieren. Erst mit dem Kauf der Adam Opel AG 1929 konnte sich das Großunternehmen ein Standbein in Deutschland aufbauen. Auch der Autokonzern Ford fing in Köln 1930 an, für Deutschland und Europa »europäische Autos« in Design, Ausstattung und Motorenleistung zu bauen und sich damit den europäischen Konsumentenwünschen zu unterwerfen, nachdem der Versuch gescheitert war, amerikanische Ford-Modelle in Europa zu verkaufen.[86] Die nationalen Produktkulturen und Geschmacksprägungen waren also viel tiefer verwurzelt, als es manchem erfolgreich expandierenden Unternehmen in der Welt recht sein konnte. Die politischen Probleme mit Unternehmens- und Produktnamen in der NS-Zeit, die antiamerikanische Propaganda und die Verdrängung ausländischer Unternehmen aus Deutschland waren deshalb nur ein Verstärker, der Produkte des alltäglichen Lebens – Kaugummis, Seifen oder Autos – und die symbolhaft aufgeladenen Marken zu Medien eines interkulturellen Schlagabtausches erhob.

Die Beispiele machen insgesamt deutlich, daß die Vision einer globalen Konsumkultur sich in der ersten Hälfte des 20. Jahrhunderts aufgrund der national unterschiedlichen Mentalitäten, der »Unberechenbarkeit« der Konsumenten und der staatlichen Interventionen nur sehr beschränkt verwirklichen ließ. Ausnahmen bilden nur einige wenige Unternehmen mit großer symbolischer Bedeutung wie Coca-Cola. Die Amerikanisierung erscheint somit als selektiver Aneignungs- und Ablehnungsprozeß, mitnichten also als eine undifferenzierte Kolonisierung deutscher Alltagswelten. Die Vision

86 J. Foreman-Peck, The American Challenge of the Twenties: Multinationals and the European Motor Industry, in: Journal of Economic History 42/4.1982, S. 876.

der globalen Markenkultur nahm – basierend auf den Ereignissen in der Zwischenkriegszeit – nach dem Zweiten Weltkrieg in der westlichen Welt konkretere Gestalt an und wurde dann auch von Unternehmen anderer Industriestaaten zum Leitbild erhoben. Damit kam erneut die Frage nach einer globalen Kommunikation der Unternehmen auf. Die hier vorgestellte imperiale Rhetorik in der Unternehmenskommunikation hatte allerdings ausgedient und wurde durch Strategien ersetzt, die die Wurzeln vieler Unternehmen unerwähnt lassen, eine supra-nationale Identität entwerfen und Produzenten und Konsumenten in den unterschiedlichen Ländern der Welt als globale Familie darstellen. Inwieweit sich hierin nur eine modernisierte imperiale Rhetorik mit lediglich neu etikettierten, alten wirtschafts- und kulturhegemonialen Ansprüchen global operierender Unternehmen äußert, wird heute wieder verstärkt gefragt und muß Gegenstand weiterer Analysen sein.[87]

87 Vgl. z.B.: Klein, Logo.

Abb. 1: Coca-Colonization im 20. Jahrhundert.

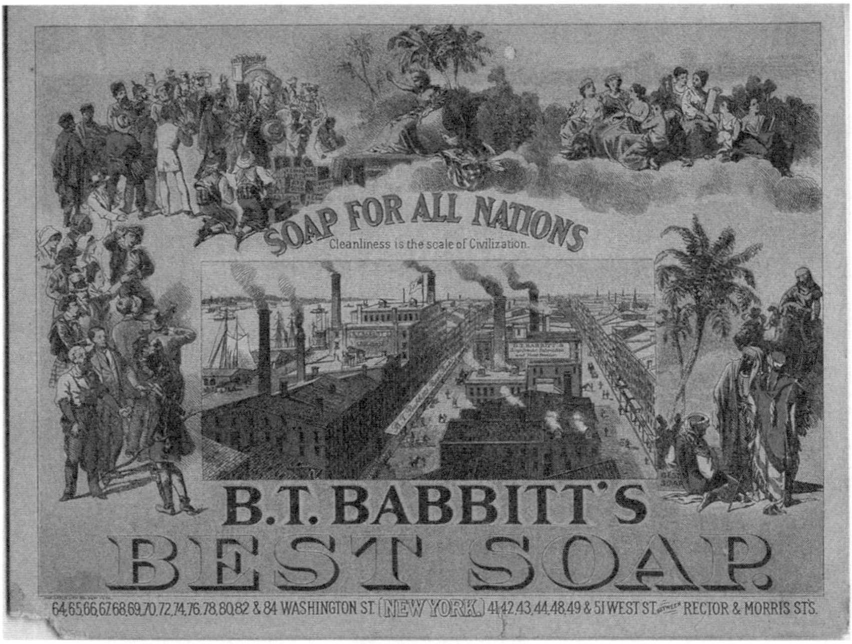

Abb. 2: »Cleanliness is the scale of Civilization«, 1889. National Museum of American History, Smithsonian Institution, Washington, DC.

Abb. 3: »We feed the World«, 1899. Manuscript, & Special Collections Library, Duke University, Durham, North Carolina, USA.

Abb. 4: »Cover the earth«, 1911. Manuscript, & Special Collections Library, Duke University, Durham, North Carolina, USA.

Abb. 5: Sapolio, ca. 1900. National Museum of American History, Smithsonian Institution, Washington, DC.

Abb. 6: »We enlighten the world«, 1908. National Museum of American History, Smithsonian Institution, Washington, DC.

Abb. 7: Das Logo der Werbeagentur J. Walter Thompson, 1897. Manuscript, & Special Collections Library, Duke University, Durham, North Carolina, USA.

Abb. 8: Versionen des J. Walter Thompson Logos, 1897. Manuscript, & Special Collections Library, Duke University, Durham, North Carolina, USA.

Abb. 9: Deutsches Werbeplakat von Coca-Cola, das
ein amerikanisches Motiv übernimmt, 1930.

Abb. 10: Preise und Leistungen: Ein Opel-Plakat von ca. 1930.

Gregor Rinn

Der Kampf um das Subjekt

Politische Mobilisierung der deutschsprachigen Universitätspsychologie zwischen 1918 und 1933

I. Am 16. Oktober 1933 eröffnete der Vorsitzende Felix Krueger den 13. Kongreß der Deutschen Gesellschaft für Psychologie in Leipzig und richtete dabei an seine Kollegen den eindringlichen Appell: »Die Führer unseres neuen Staates, an ihrer Spitze Adolf Hitler, der weitschauende, kühne und gemütstiefe Kanzler, der ein Volksmann ist, schaffen Arbeit. [...] Gehen wir an unsere Arbeit.«[1] Wie ausgeprägt die Bereitschaft der anwesenden Fachvertreter zur Mitarbeit am »neuen Deutschland« war und in welchem Maße sich das Fach mit dem nationalsozialistischen Regime identifizierte, zeigte sich an den drei darauffolgenden Kongreßtagen. Mit dem Leitthema »Charakter und Rasse« geriet die Tagung nicht nur zur Ergebenheitsbekundung an die neuen Machthaber, sondern wurde zugleich zum Zeugnis einer ungebremsten Selbstausrichtung auf das neue System.[2] Jüdische Fachkollegen waren nicht mehr anwesend, denn bereits Wochen zuvor hatte der Vorstand der Deutschen Gesellschaft für Psychologie alle jüdischen Mitglieder unmißverständlich zum freiwilligen Austritt aufgefordert, ohne daß nationalsozialistische Stellen dergleichen gefordert hatten.[3]

Diese Affinität zwischen der Universitätsdisziplin Psychologie und dem Nationalsozialismus, die im Kongreß von 1933 gleichsam ihren symbolischen Auftakt fand, ist bislang primär unter dem Aspekt einer erfolgreichen Ausrichtung fachwissenschaftlicher Fragestellungen und Problemhaushalte auf die militärischen und industriellen Bedürfnisse des »Dritten

1 F. Krueger, Die Lager der Seelenwissenschaft in der deutschen Gegenwart, in: O. Klemm (Hg.), Bericht über den 13. Kongreß der Deutschen Gesellschaft für Psychologie 1933 in Leipzig, Jena 1934, S. 9–36, 35f.

2 Vgl. U. Geuter, Der Leipziger Kongreß der Deutschen Gesellschaft für Psychologie. Ausrichtung, Anbieten und Arrangement einer Wissenschaft im Nationalsozialistischen Staat, in: Psychologie und Gesellschaftskritik 12. 1979, S. 6–25.

3 Zur Entwicklung der Mitgliederzahlen vgl. ders., Mitgliederverluste in der Deutschen Gesellschaft für Psychologie 1928–1932. Ausdruck des Protestes von Experimentalpsychologen oder der Verselbständigung der Disziplin?, in: Psychologische Rundschau 41. 1990, S. 144–154. Zur Selbstgleichschaltung der Psychologie ders., »Gleichschaltung« von oben? Universitätspolitische Strategien und Verhaltensweisen der Psychologie während des Nationalsozialismus, in: Psychologische Rundschau 35. 1984, S. 198–213.

Reichs« betrachtet worden. Im Spannungsfeld von Wissenschaft, Politik und Gesellschaft hat die jüngere wissenschaftshistorische Forschung, entgegen älteren Thesen über die angebliche Wissenschaftsfeindlichkeit des NS, vor allem den funktionalen Aspekt wissenschaftlicher Expertise für den nationalsozialistischen Maßnahmenstaat betont.[4] Dadurch konnte nicht nur die Modernität des Regimes schärfer akzentuiert werden, es wurde auch möglich, das Interaktionsverhältnis von Wissenschaft und Politik neu auszuloten und nach Verflechtungen akademischer und staatlicher Interessen zu fragen.[5] Vor allem Ulfried Geuter hat herausgearbeitet, daß die Nachfrage nach psychologischer Expertise im Bereich der militärischen Personalauslese spätestens ab 1936 sprunghaft anstieg – was einen staatlich geförderten Professionalisierungsschub der Disziplin einleitete, der mit der Diplomprü-fungsordnung von 1941 einen vorläufigen Höhepunkt erreichte.[6] Mit seiner Professionalisierungsthese widersprach Geuter älteren Darstellungen, die in erster Linie von Mißbrauch und Niedergang der Psychologie unter den Nationalsozialisten ausgegangen waren und betonte, daß die Disziplin insbesondere mit der Weiterentwicklung wissenschaftsförmiger Charakterologien ihre praktische Nützlichkeit gegenüber den neuen Machthabern erfolgreich unter Beweis gestellt habe.[7]

Im Folgenden wird der Versuch unternommen, die Geschichte der Psychologie aus dieser unmittelbaren, primär unter Rekurs auf zweckrationale Überlegungen und einen praktischen Disziplinopportunismus begründeten Beziehung zum NS-System herauszulösen. Insbesondere im Hinblick auf die geringe Widerstandskraft der Disziplin gegen den nationalsozialistischen »Einmarsch in die Psyche« soll damit auch für den Bereich der Psychologiegeschichte auf die langfristigen Entwicklungslinien inhaltlich-

4 Für den deutschen Sprachraum zuerst H. Mehrtens u. St. Richter (Hg.), Naturwissenschaft, Technik und NS-Ideologie. Beiträge zur Wissenschaftsgeschichte des Dritten Reiches, Frankfurt/M 1980. Vgl. auch P. Lundgreen (Hg.), Wissenschaft im Dritten Reich, Frankfurt/M 1985; zuletzt M. Szöllösi-Janze (Hg.), Science in the Third Reich, Oxford 2001.

5 Zuletzt R. vom Bruch u. B. Kaderas (Hg.), Wissenschaften und Wissenschaftspolitik. Bestandsaufnahmen zu Formationen, Brüchen und Kontinuitäten im Deutschland des 20. Jahrhunderts, Stuttgart 2002, S. 32–51. Vgl. auch F.-R. Hausmann (Hg.), Die Rolle der Geisteswissenschaften im Dritten Reich 1933–1945, München 2002; und U. Sieg, Strukturwandel der Wissenschaft im Nationalsozialismus, in: Berichte zur Wissenschaftsgeschichte 24. 2001, S. 255–270; sowie Ch. Jansen, Professoren und Politik. Denken und Handeln der Heidelberger Hochschullehrer 1914–1935, Göttingen 1992.

6 U. Geuter, Die Professionalisierung der deutschen Psychologie im Nationalsozialismus, Frankfurt/M 1984. Vgl. dazu auch A. Schorr u. E. G. Wehner (Hg.), Psychologiegeschichte heute, Göttingen 1990; sowie den von M. G. Ash und U. Geuter herausgegebenen Sammelband: Geschichte der Psychologie im 20. Jahrhundert. Ein Überblick, Opladen 1985; und M. G. Ash u. W. R. Woodward (Hg.), Psychology in Twentieth Century Thought and Society, Cambridge 1987.

7 Exemplarisch A. Wellek, Deutsche Psychologie und Nationalsozialismus, in: Psychologie und Praxis 4. 1960, S. 177–182.

ideologischer Übereinstimmungen zwischen nationalsozialistischer Weltanschauung und wissenschaftlicher Theorie verwiesen werden.[8] Dabei soll untersucht werden, ob der Anschlussfähigkeit psychologischer Theorien an die Bedürfnisse und weltanschaulichen Vorgaben des nationalsozialistischen Staates eine Veränderung innerdisziplinärer Wissensbestände und Problemhaushalte vorausging, die eine solche Vereinbarkeit präformierte.[9] Angeleitet durch eine kulturwissenschaftliche Perspektive wird in erster Linie nach dem Einfluß zentraler zeitgenössischer Deutungsmuster und gesellschaftspolitischer Leitbilder auf die fachinternen Debatten der Psychologie gefragt. Eine solche Untersuchung kann an Arbeiten anknüpfen, die sich mit der im 19. und frühen 20. Jahrhundert rasch voranschreitenden »Verwissenschaftlichung des Sozialen« auseinander gesetzt haben.[10] Aufgrund der Doppelbödigkeit des Verhältnisses von Wissenschaft und Politik wurde dabei nicht nur auf eine immer umfassendere Durchdringung aller gesellschaftlichen Bereiche durch wissenschaftliche Expertise reflektiert, es gerieten auch Prozesse einer wissenschaftsförmigen Anverwandlung von Problemkonstellationen aus politischen Kontexten in den Blick.[11] Läßt sich

8 In Anlehnung an den gleichlautenden Titel des Buches von K. Fallend (Hg.), Der Einmarsch in die Psyche. Psychoanalyse, Psychologie und Psychiatrie im Nationalsozialismus und die Folgen, Wien 1989. Allgemein zur Anschlußfähigkeit von Deutungsmustern und Erwartungshaltungen der Humanwissenschaften an die NS-Ideologie sowie an die Handlungsstrategien von Institutionen im NS-System: L. Raphael, Radikales Ordnungsdenken und die Organisation totalitärer Herrschaft. Weltanschauungseliten und Humanwissenschaftler im NS-Regime, in: GG 27. 2001, S. 5–40. Für die Psychologie haben F. Wyatt u. H. L. Teuber, German Psychology under the Nazi System 1933–1940, in: Psychological Review 51. 1944, S. 229–247, den Versuch unternommen, lebensphilosophisches Gedankengut in den psychologischen Theorien der 20er und 30er Jahre aufzuzeigen und Parallelen zur NS-Ideologie zu ziehen. Einzig C. F. Graumann (Hg.), Psychologie im Nationalsozialismus, Berlin 1985, greift diesen Ansatz auf, neigt jedoch dazu, die Selbstmobilisierung als direkte Reaktion auf den politischen Systemwechsel zu interpretieren und überbetont somit den Aspekt der Legitimation der Psychologie gegenüber den neuen Machthabern.

9 Die Psychologiegeschichte hat sich bislang nur exemplarisch mit den theoretischen und methodischen Entwicklungen der Zeit zwischen 1918 und 1933 auseinandergesetzt, wie zum Beispiel M. G. Ash, Gestalt Psychology in German Culture 1890–1967. Holism and the Quest for Objectivity, Cambridge 1995. Eine umfassende Darstellung steht noch aus, da die Forschung bislang auf die Ära des Nationalsozialismus fokussiert war.

10 L. Raphael, Die Verwissenschaftlichung des Sozialen als methodische und konzeptionelle Herausforderung für eine Sozialgeschichte des 20. Jahrhunderts, in: GG 22. 1996, S. 165–193. Zuletzt B. Ziemann, Auf der Suche nach der Wirklichkeit. Soziographie und soziale Schichtung im deutschen Katholizismus 1945–1970, in: GG 29. 2003, S. 409–440.

11 Einen sozialwissenschaftlichen Ansatz bietet beispielsweise P. Weingart, Verwissenschaftlichung der Gesellschaft – Politisierung der Wissenschaft, in: Zeitschrift für Soziologie 12. 1983, S. 225–241. Für die Wissenschaftsgeschichte vgl. R. vom Bruch, Politik durch Wissenschaft und Wissenschaft durch Politik, in: Ch. König u.a. (Hg.), Germanistik – eine politische Wissenschaft?, Göttingen 2002, S. 8–12; und W. Hardtwig, Die Preußische Akademie der Wissenschaften in der Weimarer Republik, in: W. Fischer (Hg.), Die Preußische Akademie der Wissenschaften zu Berlin 1914–1945, Berlin 2000, S. 25–51. Allgemeiner ist S. Marquardt, Polis contra Polemos. Politik als

also eine politische Aufladung psychologischer Fachdiskurse nachweisen, die eine nationalistische Selbstmobilisierung der Disziplin bedingt haben könnte?

Von besonderem Interesse sind dabei Nahtstellen zu bildungsbürgerlichen Krisendiskursen der Weimarer Jahre. Als »Humanwissenschaft« stellte die Psychologie ein Expertenwissen über das menschliche Individuum und die Bedingungen seiner gesellschaftlichen Konstitution bereit. Die Psychologie besetzte damit ein Problemfeld, das im deutschen Bildungsbürgertum seit dem ausgehenden 19. Jahrhundert leidenschaftlich und vielschichtig diskutiert wurde.[12] In der Selbstwahrnehmung der Fachvertreter erwuchs der Psychologie daraus eine Scharnierfunktion zwischen dem Individuum und der Gesellschaft – und zwar umso mehr, je stärker sie individuelle Lebensführung und gesellschaftliche Wertvorstellungen auseinander klaffen sahen.[13] Angesichts der vehementen Kritik der Weimarer Jahre am vermeintlichen Verschwinden des Individuums in der industriellen Massengesellschaft erscheint es durchaus plausibel anzunehmen, daß modernisierungskritische Argumente des Bildungsbürgertums auch Eingang in psychologische Diskurse fanden und dort eine Veränderung fachspezifischer Problemhaushalte provozierten.[14] Gerade die von jüngeren

Kampfbegriff der Weimarer Republik, Köln 1997; und K. Rohe, Politik. Begriff und Wirklichkeit. Eine Einführung in das politische Denken, Stuttgart 1978.

12 Zum Stand der Diskussion über das Bildungsbürgertum vgl. T. Mergel, Die Bürgertumsforschung nach 15 Jahren, in: AfS 41. 2001, S. 515–538. Zuletzt H.-U. Wehler, Deutsche Gesellschaftsgeschichte, Bd.4, München 2003, S. 294ff, 462ff. Vgl. auch H. Mommsen, Die Auflösung des Bürgertums seit dem späten 19. Jahrhundert, in: J. Kocka (Hg.), Bürger und Bürgerlichkeit im 19. Jahrhundert, Göttingen 1987, S. 288–315; und K. Tenfelde u. H.-U. Wehler (Hg.), Wege zur Geschichte des Bürgertums, Göttingen 1994. Zudem K. H. Jarausch, Die Not der geistigen Arbeiter. Akademiker in der Berufskrise 1918–1933, in: W. Abelshauser (Hg.), Die Weimarer Republik als Wohlfahrtsstaat. Zum Verhältnis von Wirtschafts- und Sozialpolitik in der Industriegesellschaft, Stuttgart 1987, S. 280–299; sowie W. Bialas u. G. G. Iggers (Hg.), Intellektuelle in der Weimarer Republik, Frankfurt/M. 1996.

13 Dies verdeutlichen vor allem Studien zur Nachbardisziplin Psychiatrie. Ausgehend von Michel Foucault ist die Rolle der Psychiatrie im Hinblick auf frühneuzeitliche und moderne Formen der Sozialdisziplinierung erforscht worden, wie etwa von K. Dörner, Diagnosen der Psychiatrie. Über die Vermeidung der Psychiatrie und Medizin, Frankfurt 1975. Daß psychiatrische Theorien ins Zentrum gesellschaftspolitischer Diskussionen vorstießen zeigen H.-G. Güse u. N. Schmacke, Psychiatrie zwischen bürgerlicher Revolution und Faschismus, 2 Bde, Kronberg 1976; vgl. auch M. Schwartz, »Euthanasie«-Debatten in Deutschland 1895–1945, in: Vierteljahreshefte für Zeitgeschichte 46. 1988, S. 617–665. Für den englischen Sprachraum vgl. N. Rose, The Psychological Complex. Psychology, Politics and Society in England 1869–1939, London 1985.

14 Auch für die Psychologie wird damit ein Vorgang nachgewiesen, der für »klassische« Geistes- und Sozialwissenschaft in den letzten Jahren mit zunehmender Intensität herausgearbeitet worden ist. Vgl. W. Hardtwig, Die Krise des Geschichtsbewußtseins in Kaiserreich und Weimarer Republik und der Aufstieg des Nationalsozialismus, in: Jahrbuch des Historischen Kollegs 2001, S. 47–75; oder O. G. Oexle, »Zusammenarbeit mit Baal«. Über die Mentalität deutscher Geisteswissenschaftler 1933 und nach 1945, in: Historische Antrophologie 8. 2000, S. 1–27.

Studien immer wieder betonte Ambivalenz der Modernisierungskritik legt es jedoch nahe, die gedankliche Nähe psychologischer Theorien zur nationalsozialistischen Ideologie nicht allzu linear mit den antimodernistischen Abwehrdiskursen eines in seinem Selbstverständnis bedrohten Bildungsbürgertums zu verknüpfen und die gedankliche Anschlußfähigkeit somit primär aus der Unterstellung einer reaktionären Grundhaltung zu begründen.[15] Am Beispiel der Psychologie kann vielmehr gezeigt werden, wie durch spezifisch psychologische Strategien einer Übersetzung kulturkritischer Deutungsraster in wissenschaftlich verdichtete Lösungs- und Handlungsstrategien die Modernisierungskritik in funktionales Wissen transformiert und damit erfolgreich den Bedingungen der Moderne angepaßt werden konnte.

Da die Psychologie einerseits aus der Physiologie der Sinnesorgane hervorgegangen war und andererseits im Gebiet der Philosophie wurzelte und da sie als Disziplin zahlreiche Verbindungen zur Psychiatrie, Psychoanalyse und Psychotherapie hat, läuft eine thematische Abgrenzung des Forschungsgegenstandes immer Gefahr, die Konturen des Faches in den Randbereichen zu verwischen. Durch eine Beschränkung auf Professoren, deren Lehr- und Forschungsgebiet einen eindeutig psychologischen Schwerpunkt aufwies und die Mitglied der Deutschen Gesellschaft für Psychologie waren, soll daher im folgenden eine institutionell fundierte Abgrenzung des Untersuchungsgegenstandes vorgenommen werden. Die Wissensbestände und Problemhaushalte der universitären Psychologie in Deutschland zwischen 1918 und 1933 werden aus der psychologischer Fachliteratur, den Lehrbüchern und Aufsätzen sowie aus Tagungsberichten der Gesellschaft für experimentelle Psychologie (seit 1929 Deutsche Gesellschaft für Psychologie) rekonstruiert.

II. Die Modernisierungsangst zumindest von Teilen des deutschen Bildungsbürgertums bezog sich vor allem auf eine immer schneller voranschreitende wissenschaftlich-technische und ökonomische Rationalisierung der Lebenswelt, wobei im Rahmen einer allgemeinen Kritik des Positivismus vor allem die naturwissenschaftlich angeleitete und begründete Zurichtung des Individuums moniert wurde, die den Menschen der Maschine gleichsetze und somit dessen Teilhabe an den »ewigen Werten« eines »ob-

15 Zu verweisen ist an dieser Stelle auf jüngere Forschungsansätze, welche vor allem die zivilisationskritische Bewegung in Deutschland unter dem Aspekt einer produktiven Aneignung der Moderne betrachten, so zum Beispiel T. Rohkrämer, Eine andere Moderne? Zivilisationskritik, Natur und Technik in Deutschland 1880–1933, Paderborn 1999; oder D. Kerbs u. J. Reulecke (Hg.), Handbuch der deutschen Reformbewegung 1880–1933, Wuppertal 1998.

jektiven Geistes« negiere.[16] Gegen den unterstellten Reduktionismus der Naturwissenschaften avancierte seit dem ausgehenden 19. Jahrhundert der Ganzheitsbegriff zum ideologischen Gegenentwurf.[17] Die Bestimmungsstücke ganzheitlichen Denkens waren die Idee ursprünglicher Geschlossenheit und organischer Einheit. Mit dem »Erleben« als Hauptorganon der Erkenntnis sollte ein alternativer Zugang zur Wirklichkeit eröffnet werden, der jenseits der rationalen Schematik kausalanalytischer Verfahren lag und mit dem das Postulat »das Ganze ist mehr als die Summe seiner Teile« auch praktisch methodische Relevanz erhalten sollte. Klagen über den Verlust von Ganzheit, Gemeinschaft etc. verweisen jedoch darüber hinaus auf die problematisch gewordene Selbstbehauptung bildungsbürgerlicher Individualitätskonzeptionen in der modernen Industrie- und Massengesellschaft. Das kulturkritische Lamento über die »Entzauberung« und Zerstörung einer ursprünglichen »Kohärenz« zwischen Mensch und Welt mündete nicht selten in eine Kritik an der Auflösung des Individuums im Zuge einer immer wieder perhorreszierten Nivellierung des Einzelnen in der Masse. Gegen die befürchtete Reduktion des Menschen auf seine geistigen und körperlichen Funktionen in den Rationalitätszwängen einer immer arbeitsteiligeren und differenzierteren Gesellschaft und einer hochtechnisierten Wirtschaft wurden verstärkt Konzepte eines ganzheitlichen Individualcharakters geltend gemacht, der zur »Rettung der Persönlichkeit im Maschinenzeitalter« mobilisiert werden sollte.[18]

Durch den Eindruck des Ersten Weltkrieges und seiner Folgen verstärkt, griff der bildungsbürgerliche Krisendiskurs schließlich auf die Psychologie über und verursachte eine tiefgreifende Verunsicherung unter den Vertretern des Faches.[19] Karl Bühlers Schrift mit dem Titel: »Die Krise der

16 F. Ringer, Die Gelehrten. Der Niedergang der deutschen Mandarine 1890–1933, München 1987; F. Stern, Kulturpessimismus als politische Gefahr. Eine Analyse nationaler Ideologie in Deutschland, Bern 1963; G. L. Mosse, The Crisis of German Ideology. Intellectual Origins of the Third Reich, New York 1964; K. Sontheimer, Antidemokratisches Denken in der Weimarer Republik. Die politischen Ideen des deutschen Nationalismus zwischen 1918 und 1933, München 1994^4; K. D. Bracher, Zeit der Ideologien. Eine Geschichte politischen Denkens im 20. Jahrhundert, Stuttgart 1982.

17 A. Harrington, Die Suche nach Ganzheit. Die Geschichte biologisch-psychologischer Ganzheitslehren vom Kaiserreich bis zur New Age Bewegung, Reinbeck 2002; P. Gay, Hunger nach Ganzheit?, in: M. Stürmer, Die Weimarer Republik. Belagerte Civitas, Frankfurt/M. 1993^3, S. 224–236. Eine ältere Darstellung der ideengeschichtlichen Tradition des Ganzheitsbegriffs bietet A. Kern, Die Idee der Ganzheit in Philosophie, Psychologie, Pädagogik und Didaktik, Basel 1965.

18 R. vom Bruch u.a. (Hg.), Kultur und Kulturwissenschaften um 1900. Krise der Moderne und Glauben an die Wissenschaft, Stuttgart 1989; oder E. Barlösius, Naturgemäße Lebensführung. Zur Geschichte der Lebensreform um die Jahrhundertwende, Frankfurt/M. 1997.

19 Die einzige Arbeit, die sich explizit mit der Krise der Psychologie auseinandersetzt, ist H. Hildebrandt, Die wissenschaftsgeschichtlichen Ursprünge der Krise der Psychologie in der Weimarer Republik, in: Schorr, Psychologiegeschichte, S. 128–148. Hildebrandt interpretiert die

Psychologie« brachte, wie kaum ein anderes Werk der Weimarer Jahre, die damalige Stimmung unter den Psychologen zum Ausdruck.[20] So befand beispielsweise Eduard Spranger, Pädagoge, Philosoph und Psychologe, die Disziplin befinde sich »in einem Stadium schwerster Erschütterung ihrer Fundamente«, es sei ein »unauflösbarer Knoten« in den »Prinzipien- und Methodenfragen« aufgetreten.[21] Dieser krisenhafte Zustand der Psychologie offenbart nicht nur die Verunsicherung und Unzufriedenheit der Fachvertreter, er verweist zugleich auf zahlreiche diskursive Nahtstellen zur gesellschaftspolitischen Dimension der »Krisenjahre der klassischen Moderne«. Pierre Bourdieus Theorie wissenschaftlicher »Felder« bietet ein leistungsfähiges analytisches Instrumentarium, um an dieser Stelle eine Vermittlung von Text und Kontext vorzunehmen, ohne dabei eindimensionale Abhängigkeitsverhältnisse zu konstruieren.[22] So bemißt sich die Autonomie eines »Feldes« gegenüber dem gesellschaftlichen Makrokosmos Bourdieu zufolge an der »Fähigkeit, äußere Zwänge oder Anforderungen zu brechen, in eine spezifische Form zu bringen.«[23] Die spezifische »Brechungsstärke« der Psychologie ist demnach ein wichtiger Indikator dafür, wie direkt, und damit ungebrochen, politische Deutungsmuster und Argumentationsstrategien in das psychologische »Feld« hineinwirken konnten. Hier zeigt sich nun, daß die zunehmend als problematisch empfundene Selbstbehauptung des Individuums in der Moderne seit dem ausgehenden 19. Jahrhundert

Krise primär als Anpassungskrise und betont politisch motivierte Anforderungen an die Psychologie, welche aus der gesellschaftlichen Modernisierung resultierten.

20 K. Bühler, Die Krise der Psychologie, Original 1927, Frankfurt/M. 19784. Die Krisenerfahrung schlug sich in den Äußerungen nahezu aller Fachvertreter nieder. In einer Einführung in die Psychologie aus der Reihe »Handbücher der Philosophie« findet sich dazu der lakonische Kommentar: »Die gegenwärtige Experimentalpsychologie befindet sich in einem Stadium der Krisis; Ansätze zu einer umfassenden Neuorientierung sind überall zu erkennen.« Vgl. F. Seifert, Psychologie. Metaphysik der Seele, München 1928, S. 89. Ähnlich H. Driesch, Grundprobleme der Psychologie. Ihre Krise in der Gegenwart, Leipzig 1926.

21 E. Spranger, Die Frage nach der Einheit der Psychologie, Original 1926, in: Gesammelte Schriften, Bd. 4, Psychologie und Menschenbildung, Tübingen 1974, S. 1–36. Ähnlich urteilte der Experimentalpsychologe Johannes Lindworsky, der die Krise zum Anlaß nahm, eine Neuformulierung grundlegender theoretischer Annahmen der Psychologie vorzuschlagen. Vgl. J. Lindworsky, Umrißskizze zu einer theoretischen Psychologie, in: Zeitschrift für Psychologie 89. 1922, S. 313–357.

22 Den Begriff des »Feldes« führte Bourdieu 1971 ein, um die Rahmenbedingungen der Wissensproduktion zu erfassen. Vgl. P. Bourdieu, Die Wechselbeziehungen von eingeschränkter Produktion und Großproduktion, in: Ch. Bürger u.a. (Hg.), Zur Dichotomisierung von hoher und niederer Literatur, Frankfurt/M. 1982, S. 81–100, ders., La Spécificité du Champ Scientifique et les Conditions Sociales du Progrès de la Raison, in: Sociologie et Sociétés 7. 1975, S. 91–118, wendet Bourdieu den Feldbegriff auf die Wissenschaften an. Die Handhabung der Theorie Bourdieus stützt sich hier vor allem auf seinen Vortrag: Vom Gebrauch der Wissenschaften. Für eine klinische Soziologie des wissenschaftlichen Feldes, Konstanz 1998, in dem er seine Theorie in komprimierter Form darlegt.

23 Ebd., S. 19.

auch die Psychologie vor neue Herausforderungen stellte, wobei insbesondere der Topos der Entfremdung des Menschen durch eine immer tiefer greifende Rationalisierung und Technisierung der Lebenswelt relativ ungebrochen in den psychologischen Fachdiskurs hineinragte.

Diese Konvergenz von innerwissenschaftlichen und gesellschaftspolitischen Wahrnehmungs- und Argumentationsmustern zeichnete sich vor allem in dem Ineinander von allgemeiner Kulturkritik und fachinterner Methodenkritik ab, die für den psychologischen Krisendiskurs kennzeichnend war. So zum Beispiel bei Felix Krueger, von 1933 bis 1936 Vorsitzender der Deutschen Gesellschaft für Psychologie und Nachfolger von Wilhelm Wundt, dem Nestor der Psychologie, auf dessen Lehrstuhl in Leipzig. Krueger beklagte in seinem bereits erwähnten Eröffnungsvortrag, die »Rationalisierung in Großbetrieben, kommerziell, maschinenmäßig« habe »von der Wirtschaft auf alles menschliche Tun und Lassen, nicht zuletzt auf das Geisteswesen« übergegriffen. Zudem seien alle für das Leben notwendigen »Bindungen äußerer und innerer Art« gelockert oder zerschnitten worden.[24] In diese Kritik bezog Krueger auch die eigene Disziplin ein: »Daß zwischen den Erlebenden und ihrer natürlichen Welt ein Reich von bloßen Mitteln der Daseinsvorsorge emporwuchs zu dämonischer Eigenmacht, diese Umwälzungen spiegeln sich auch in der Theorie des Menschen wider.«[25] Die Psychologie habe, so Krueger, die Unterordnung des Menschen unter mechanistische Naturgesetze nur allzu bereitwillig mitvollzogen und somit wissenschaftlich vollendet, was auf gesellschaftlicher Ebene bereits als rationalistisch-technische Zergliederung des Individuums angelegt war.

Zielscheibe derartiger Kritik war die von Wilhelm Wundt geprägte experimentalpsychologische Methode, die bis dahin maßgebend für die Forschungsarbeit gewesen war.[26] Wundt, Schüler von Helmholtz, hatte 1879 das weltweit erste Institut für Psychologie in Leipzig gegründet und zugleich das Forschungsprogramm der damals noch jungen Disziplin umrissen. »Die ganze Aufgabe der Psychologie« sei, so Wundt, in zwei

24 Krueger, Seelenwissenschaft, S. 32. Ganz ähnlich urteilte der parteipolitisch aktive Psychologe Willy Hellpach über die moderne Gesellschaft. Es sei eine »Epoche des Formzerfalls« angebrochen, denn »der schaffende Mensch schiebt den grübelnden, redenden, dichtenden, schreibenden beiseite, die erwerbende Gesellschaft bedrängt die ›gebildete‹. Es ist eine Krise der abendländischen Kultur, wie sie seit der Renaissance nicht gesehen war.« W. Hellpach, Politische Prognose für Deutschland, Berlin 1928, S. 149.

25 Krueger, Seelenwissenschaft, S. 16. Das Argument erinnert an die von Hans Freyer noch nach 1945 vorgetragene Theorie von der entfremdenden Macht der »sekundären Systeme«. Vgl. H. Freyer, Schwelle der Zeiten, Stuttgart 1965; und K. Jaspers, Die geistige Situation der Zeit, Original 1931, Neunter Abdruck der 5. Auflage von 1932, Berlin 1999.

26 Vgl. E. G. Bohring, A History of Experimental Psychology, Original 1929, New York 19502.

Problemen enthalten: »welches sind die Elemente des Bewußtseins? Welche Verbindungen gehen diese Elemente ein und welche Verbindungsgesetze lassen sich hierbei feststellen?«[27] Auf diese Weise hatte Wundt den Gegenstandsbereich der Psychologie auf die Inhalte des Bewußtseins beschränkt und dieses Bewußtsein als Summe kausaler Zusammenhänge operationalisiert, die vermittels induktiver Hypothesen und experimenteller Prüfung abgebildet werden konnten. Dabei hatte Wundt sich am Vorbild der Chemie orientiert, die mit den chemischen Elementen die Grundbausteine ihrer Wissenschaft definiert hatte. Die Wundt'sche Psychologie ist daher oft als »Elementenpsychologie« oder »Assoziationspsychologie« bezeichnet worden. Faßt man Wundts Grundannahmen in einem Satz zusammen, der seine wichtigsten Begriffe vereint, so lautet dieser: Der Verstand verknüpft Elemente zu Bewußtsein.

Die Gegenbewegung zur Experimentalpsychologie Wundt'scher Prägung, die sich seit dem Ende des Ersten Weltkrieges aus unterschiedlichen Strömungen innerhalb der Disziplin formierte, brach diese Kohärenz der Forschungstradition auf. Die reibungslose Übersetzung der modernisierungsfeindlichen Rationalismuskritik in eine Kritik an der Wundt'schen Methodik, die dabei zu beobachten ist, verdeutlicht die geringe »Brechungsstärke« des psychologischen »Feldes« gegenüber der gesamtgesellschaftlichen Krisendiskussion. Für den krisenhaften Zustand der Disziplin wurde nämlich Wundts Orientierung an induktiven Verfahren verantwortlich gemacht. Diese von den Naturwissenschaften entlehnte Methode könne dort angewandt werden, wo ein Zusammenhang von psychologischen Prozessen und materieller Welt bestehe. So seien elementarpsychologische Prozesse aufgrund ihrer Abhängigkeit von physiologischen Vorgängen dem naturwissenschaftlichen Instrumentarium zugänglich, weshalb zum Beispiel im Bereich der visuellen Wahrnehmung eine Anlehnung an die Ergebnisse der Physiologie des Auges sowie der physikalischen Optik möglich gewesen sei. Die Orientierung an den Naturwissenschaften müsse aber bei der Erforschung komplexer geistiger Prozesse versagen, wo es eine Parallelität von psychischer und physikalischer Welt nicht mehr gebe – so die Kritiker Wundts.[28] In diesem Bereich verliere eine Kausalanalyse elementarer Verknüpfungen jeden Erkenntniswert, da sie die besondere Beschaffenheit des

27 W. Wundt, Einführung in die Psychologie, Leipzig 1911, S. 28.

28 Beispielsweise E. R. Jaensch, Die Lage und die Aufgabe der Psychologie. Ihre Sendung in der deutschen Bewegung und an der Kulturwende, Leipzig 1933, S. 79, der bemängelte, »daß in der Psychologie vor allem solche Tatsachengebiete untersucht wurden, in denen der Mensch einem Mechanismus am ähnlichsten erscheint, und mit Methoden, die sich denen der Physik möglichst eng anlehnen.«

Forschungsgegenstandes vernachlässige.[29] Spranger stellte mit Blick auf die Wundt'sche Psychologie ironisierend fest: »Man kann ihr Verfahren mit der Vivisektion eines Frosches vergleichen. Wer den Frosch zerschneidet, lernt seinen inneren Bau und durch Nachdenken auch die physiologischen Funktionen seiner Organe kennen. Er darf aber nicht erwarten, daß er die Teile wieder zusammensetzen und daraus einen lebendigen Frosch erzeugen könne.«[30]

Die Kritiker der naturwissenschaftlich orientierten Methodik, zu deren einflußreichsten Vertretern neben Krueger und Spranger auch der Marburger Ordinarius Erich Rudolf Jaensch sowie der Lebensphilosoph und Begründer der Charakterkunde Ludwig Klages gehörten, waren sich darüber einig, daß aus der Reduktion des psychischen Geschehens auf die elementare Verknüpfung von Gedächtnisinhalten eine »Psychologie ohne Seele« hervorgegangen sei, die den Menschen lediglich in Analogie zu einem sinn- und bedeutungslosen Mechanismus erfassen könne.[31] Alle Aspekte eines übergeordneten »Seelenlebens« seien durch die Wundt'sche Methode aus dem Gegenstandsbereich der Disziplin ausgeklammert worden. Das psychische Subjekt sei auf seine experimentell zugänglichen Eigenschaften reduziert worden, was zu einer »vollständigen Entpersönlichung und Versachlichung« des Individuums geführt habe.[32] Max Wertheimer, Begründer der Berliner Schule der Gestaltpsychologie, vertrat sogar die Ansicht, das für kausalanalytische Verfahren typische »Zurückgehen auf stückhafte einzelne Beziehungen und gesetzliche Beziehungen zwischen solchen Einzelstücken« zerstöre die »lebendige Eigenart des Seelischen«.[33]

29 So kritisierte E. Spranger, Lebensformen. Ein Entwurf, Halle 1914, S. 3–12, daß eine »Psychologie der Elemente«, lediglich »kausale Objektzusammenhänge« abbilden könne und damit auf das Gebiet der chemisch, physiologisch oder physikalisch bestimmten Körper beschränkt bleibe. E. R. Jaensch, Über psychische Selektion, in: Zeitschrift für Psychologie 98. 1926, S. 129–206, behauptete, man könne mit den derzeitigen Mitteln einer »psychischen oder psychophysischen Mechanik« unmöglich die Bereiche des »höheren Geisteslebens« erforschen. Zitat S. 164.

30 Spranger, Lebensformen, S. 12. Aber zum Beispiel auch Seifert, Psychologie, S. 85–89. Seifert nannte die Forschungsgebiete der traditionellen Psychologie, wie Empfindung, Wahrnehmung, Aufmerksamkeit oder Gedächtnis »psychologisch peripher«.

31 So zum Beispiel bei E. R. Jaensch, Über die subjektiven Anschauungsbilder, in: K. Bühler (Hg.), Bericht über den 7. Kongreß der Gesellschaft für experimentelle Psychologie 1921 in Marburg, Jena 1922, S. 3–49; oder F. Seifert, Das Bild des Menschen in der Psychologie von gestern und heute, in: Süddeutsche Monatshefte 33. 1936, S. 257–263, insb. 257, wo es im Rückblick auf die Weimarer Jahre heißt: »Bedeutet nicht Psychologie überhaupt eine Bedrohung der Lebensursprünglichkeit [...]? Führt nicht alles psychologische Erkennen das Element der Auflösung, Zersetzung, Relativierung mit sich? Nichts ist begreiflicher als diese Frage in einer Epoche, der das Grauen vor dem Psychologismus noch in den Gliedern steckt.«

32 W. L. Stern, Grundgedanken der personalistischen Philosophie, Berlin 1918, S. 24.

33 M. Wertheimer, Über Gestalttheorie, Erlangen 1925, S. 3.

Äußerungen dieser Art bezeugen die psychologische Verdoppelung bildungsbürgerlicher Modernisierungsängste und belegen somit, in welchem Maße die zentrale kulturkritische Argumentationsfigur der Entfremdung und Zersetzung des Subjekts in den innerdisziplinären Diskurs hineinragte. Die gesellschaftspolitischen Deutungsansätze wurden nahezu ungebrochen in das psychologische »Feld« übertragen und dort in der Kritik an der Wundt'schen Psychologie konzeptionell verdichtet und wissenschaftsförmig gebündelt. Durch die gedankliche Gleichsetzung von gesellschaftlicher und wissenschaftlicher Rationalisierung konvergierte das Ziel, auf fachinterner Ebene die naturwissenschaftliche Methodik zu überwinden, mit der gesellschaftspolitischen Forderung, das Individuum aus dem zersetzenden Prozeß technisch-industrieller »Vermassung« zu retten. Wundts Kritiker wandten sich also gegen die naturwissenschaftliche Methode, um in einer Art Kampf um das Subjekt die Einheit und Einzigartigkeit des menschlichen Individuums gegen eine immer umfassendere Kausalanalyse zu behaupten.[34] Damit leisteten sie auf wissenschaftlichem Gebiet genau das, was das bildungsbürgerliche Publikum in der politischen Arena lautstark einforderte. Mit anderen Worten: Der Kampf um das Subjekt erscheint als die psychologische Zuspitzung der bildungsbürgerlichen Auseinandersetzung mit einer als bedrohlich empfundenen Moderne. Der Topos der Rettung und Bewahrung des Subjekts ist dabei die entscheidende Scharnierstelle zwischen Modernisierungsangst und Methodenkritik und stellt die argumentative Verknüpfung von Text und Kontext dar.

III. Die Kritik an der naturwissenschaftlich orientierten Ausrichtung der Disziplin hatte ihre ideengeschichtlichen Wurzeln in Wilhelm Diltheys grundlegender und unter Psychologen breit rezipierter Schrift »Ideen über eine beschreibende und eine zergliedernde Psychologie«.[35] Die Möglichkeit einer Kausalerkenntnis im Bereich des Psychischen bestreitend, hatte Dilthey bereits 1894 für einen methodischen Neuzugang über das »Verstehen« plädiert. »Die Natur«, so heißt es bei Dilthey dazu, »erklären wir, das Seelenleben verstehen wir.« Unter dem Eindruck der innerdisziplinären Krisenerfahrung griffen zahlreiche Psychologen den Dilthey'schen Ansatz auf und befürworteten eine stärkere Berücksichtigung geisteswissenschaft-

34 In Anlehnung an E. R. Jaensch, Der Kampf der deutschen Psychologie, Leipzig 1934, der eine grundlegende Neuorientierung der Wissenschaft forderte und zwar im »Kampf« gegen den »positivistischen Geist«. Vgl. insbesondere S. 3, wo es heißt, das Buch sei »eine Betrachtung aus dem Gesichtspunkt des Kampfes, den die deutsche Psychologie auf ihrem Gebiet um die Selbstverwirklichung des deutschen Geistes seit langem geführt hat.«

35 W. Dilthey, Ideen über eine beschreibende und zergliedernde Psychologie, in: ders., Gesammelte Schriften, 20 Bde., Bd. 5, Abhandlungen zur Grundlegung der Geisteswissenschaften, hg. v. G. Misch, Göttingen 1957[2], S. 139–240.

lich-hermeneutischer Verfahren, um die kritisierte methodische Verkürzung des Untersuchungsgegenstandes aufzubrechen.[36] Mit dieser Forderung wurde eine innerdisziplinäre Neuorientierung vorbereitet und vorangetrieben, die, anknüpfend an Thomas Kuhn, als »wissenschaftliche Revolution« interpretiert werden kann.[37] Der Versuch, das naturwissenschaftliche Bild des Menschen als eine Summe psycho-physischer Funktionen zugunsten einer Sicht auf das Individuum als Träger einer leib-seelischen Einheit aufzugeben, hatte nämlich eine breit angelegte Veränderung methodisch-theoretischer Grundannahmen zur Folge, die letztendlich auf einen Wechsel des Forschungsparadigmas hinauslief. »In der für die gegenwärtige Psychologie entscheidend gewordenen Bewegung, die von der Geisteswissenschaft her einsetzt, stehen von vornherein die prinzipiellen Grundfragen im Vordergrund. Es handelt sich nicht um die Reformierung einzelner Auffassungen, Methoden und Grundsätze innerhalb des psychologischen Wissenschaftsbetriebes, sondern um einen Angriff gegen das Ganze der in der exakten Psychologie herrschenden Betrachtungsweise«, heißt es dazu in einem Lehrbuch von 1928.[38] Ein Meilenstein im Streit um das Forschungsparadigma war die Umbenennung der 1904 gegründeten »Gesellschaft für experimentelle Psychologie« in »Deutsche Gesellschaft für Psychologie«, im Jahre 1929.[39] Die Streichung des Begriffs »experimentell« aus dem

36 Theodor Erismann, seit 1921 nichtbesoldeter Professor in Bonn und später Ordinarius für Psychologie in Innsbruck, galt lange Zeit als überzeugter Verfechter der experimentellen Methode. Erst in den Weimarer Jahren vertrat er die Ansicht, die Assoziationspsychologie Wundts habe sich einseitig auf das »Erklären« psychischer Phänomene beschränkt, wobei Erismann unter »Erklären« ein Zurückführen des Einzelfalles auf bereits bekannte Grundbegriffe, Eigenschaften und Gesetze verstand. Zu seinen wichtigsten Werken gehört das 1924 erschienene Buch: Die Eigenart des Geistigen. Induktive und einsichtige Psychologie, Leipzig. Vgl. auch ders., Verstehen und Erklären in der Psychologie, in: Archiv für die Gesamte Psychologie 55. 1926, S. 111–137.

37 T. Kuhn, Die Struktur wissenschaftlicher Revolutionen, 2. revidierte Auflage, Frankfurt/M. 1976. Die im psychologischen Methodenstreit aggregierte Modernisierungskritik wurde beispielsweise von Karl Bühler als Handlungsaufforderung begriffen, die »eine erneute und vertiefte Besinnung auf die Grundlagen, die gemeinsame Axiomatik und Methodik der vielgestaltigen Forschungsrichtungen, welche den Namen Psychologie für sich in Anspruch nehmen, zu einer der dringendsten Forderungen des Tages« mache. Vgl. ders., Eröffnungsrede, in: G. Kafka (Hg.), Bericht über den 12. Kongreß der Deutschen Gesellschaft für Psychologie 1931 in Hamburg, Jena 1932, S. 3–9, 4.

38 Seifert, Psychologie, S. 92.

39 H. Volkelt (Hg.), Bericht über den 11. Kongreß der Gesellschaft für experimentelle Psychologie 1929 in Wien, Jena 1930, S. V–VII. Im Protokoll ist zur Umbenennung vermerkt: »Man betonte dabei, daß diese Namensänderung der nunmehr 25 Jahre bestehenden Gesellschaft der Tatsache Rechnung trage, daß sich der Arbeitsbereich der Gesellschaft schon seit längerer Zeit auf das Gesamtgebiet der Psychologie und auf die Pflege auch der übrigen wissenschaftlichen Methoden der Psychologie ausgedehnt habe.« Vgl. dazu auch G. Lüer, Psychologie im Spiegel ihrer wissenschaftlichen Gesellschaft. Historische Fakten, Entwicklungen und ihre Konsequenzen, in: D. Frey u. G. M. Köhnken (Hg.), Bericht über den 37. Kongreß der Deutschen Gesellschaft für Psychologie 1990 in Kiel, Göttingen 1991, S. 30–43.

Namen der Gesellschaft war ein auch nach außen deutlich sichtbares Zeichen für die veränderte Ausrichtung des Faches. »Ja es scheint fast, als ob daraus eine Spaltung in zwei Psychologien folgen sollte«, stellte Spranger mit Blick auf den Streit um eine naturwissenschaftliche oder eine geisteswissenschaftliche Ausrichtung der Disziplin fest.[40]

Der heftig geführte Streit um das Forschungsparadigma, der in einigen Fällen auch auf das Niveau persönlicher Attacken abglitt, verdeutlicht das enorme Mobilisierungspotential und den radikalen Veränderungswillen, die mit der Hereinnahme gesellschaftspolitischer Argumente in den innerwissenschaftlichen Kontext freigesetzt wurden.[41] Offenkundig wirkte der kulturkritische Topos der Entfremdung des Subjekts als Handlungsaufforderung, die im psychologischen »Feld« eine theoretische Neuorientierung notwendig erscheinen ließ. Deutlich ist dabei das Bemühen zu erkennen, die Krise des modernen Subjekts im disziplinären »Feld« zu bewältigen und somit eine spezifisch psychologische Antwort auf die Probleme der Moderne zu generieren. Es sind vor allem zwei große Entwicklungslinien, welche die Verschiebung fachinterner Wissensbestände und Problemhaushalte kennzeichnen, mit der die Verfechter eines neuen Paradigmas eine stärkere Ausrichtung der eigenen Disziplin an den gesellschaftspolitischen Herausforderungen der Zwischenkriegszeit erreichen wollten. Zum einen wurde die Suche nach allgemeinen Gesetzen des psychischen Geschehens zugunsten einer stärkeren Berücksichtigung des Einzelfalls und der individuellen Ausprägung unterschiedlicher Persönlichkeitsmerkmale zurückgestellt, zum anderen wurde der elementarpsychologischen Methode ein auf Ganzheit orientiertes methodisches Konzept entgegengesetzt. Beide Richtungen, die zentralen Forderungen der Kulturkritik nach Holismus und Individualität methodisch und theoretisch Rechnung trugen, werden im Folgenden unter dem Begriff »geisteswissenschaftliche Psychologie« subsummiert.

40 Spranger, Einheit, S. 1. Zu den überzeugten Verfechtern der naturwissenschaftlichen Methodik gehörten unter anderen Gustav Kafka, Narziss Ach, Georg Elias Müller, Gustav Störring und Walter Blumenfeld. Ebenso Thomas Ziehen, der monierte, Wundts Kritiker rührten »die Assoziationspsychologie mit einer reichlichen Dosis Materialismus, Sensualismus, (am besten extremem) Mechanismus und psychischem Atomismus an; dann ist das Ungeheuer fertig, und nun wird mit hölzernem Schwert mit einem Schlage (bzw. Schlagwort) der Kopf vom Rumpf getrennt, worauf man die blutig angemalten Schwerter zum Himmel streckt und sich gegenseitig laut als Drachentöter preist und des Monopols der ›verstehenden‹ Psychologie versichert.« Vgl. ders., Die Auffassung der psychischen Strukturen vom Standpunkt der Assoziationspsychologie, in: Zeitschrift für Psychologie 97. 1925, S. 127–144, 127.

41 Vgl. zum Beispiel den öffentlich geführten Schlagabtausch zwischen G. E. Müller u. W. Köhler, in: Zeitschrift für Psychologie und Physiologie der Sinnesorgane 99. 1926, S. 1–16.

Auf dem Gebiet der Psychologie wurde der Ganzheitsansatz zum ersten Mal von Christian von Ehrenfels aufgegriffen.[42] Ehrenfels hatte 1890 am Beispiel einer Melodie den ganzheitlichen Charakter der Wahrnehmung hervorgehoben und argumentiert, daß beim Anhören eines Musikstückes zunächst die Melodie unmittelbar und als geschlossenes Ganzes wahrgenommen werde, während die kausalhypothetische Annahme einer gleichförmigen Verknüpfung einzelner Töne nur sinnlose »Und-Verbindungen« produzieren könne, jedoch keine Erklärung der Melodiewahrnehmung leiste.[43] Eine entscheidende Weiterentwicklung erfuhr der psychologische Ganzheitsansatz in den Jahren zwischen den Weltkriegen. Es waren vor allem die Arbeiten der Leipziger Schule unter Felix Krueger und der Berliner Schule der Gestaltpsychologie um Max Wertheimer, Wolfgang Köhler und Kurt Koffka, die auf der Grundlage des Ganzheitsgedankens eine endgültige Abkehr vom analytischen Instrumentarium der Assoziationspsychologie vollzogen. Begriffe wie »Element« oder »assoziative Verknüpfung« verschwanden, und an ihre Stelle traten Schlüsselbegriffe wie »Struktur«, »Gestalt« oder »Erleben«. Wertheimer beispielsweise experimentierte mit dem sogenannten »Phi-Phänomen«, bei dem zwei schnell aufeinanderfolgende visuelle Reize, etwa zwei Lichtpunkte, als ein einzelnes, sich bewegendes Objekt wahrgenommen werden.[44] Wertheimer folgerte aus dem von ihm entdeckten »Phi-Phänomen«, daß die einzelnen Sinneseindrücke, in diesem Fall die Wahrnehmung von zwei aufleuchtenden Lichtpunkten, dem Bewußtsein nicht getrennt, sondern ursprünglich in der Form eines geschlossenen Gesamteindrucks gegeben seien, bei diesem Beispiel also als Bewegungseindruck. Diese Wahrnehmungsganzheit sei nicht aus der Summe ihrer Teile ableitbar, weshalb ihr gegenüber diesen Teilen der Primat zukomme. In einem Vortrag vor der Kant-Gesellschaft 1924 drückte Wertheimer diesen Sachverhalt folgendermaßen aus: »Es gibt Zusammenhänge, bei denen nicht, was im Ganzen geschieht, sich daraus herleitet, wie die einzelnen Stücke sind und sich zusammensetzten, sondern umgekehrt, wo – im prägnanten Fall – das, was an einem Teil dieses Ganzen geschieht, bestimmt wird von den inneren Strukturgesetzen dieses seines Ganzen.«[45]

42 T. Herrmann, Problem und Begriff der Ganzheit in der Psychologie, Wien 1957; sowie W. Bassler, Ganzheit und Element. Zwei kontroverse Entwürfe einer Gegenstandsbildung in der Psychologie, Göttingen 1988.

43 Ch. Ehrenfels, Über Gestaltqualitäten, in: Vierteljahresschrift für wissenschaftliche Philosophie 14. 1890, S. 249–292.

44 M. Wertheimer, Experimentelle Studien über das Sehen von Bewegungen, in: Zeitschrift für Psychologie 61. 1912, S. 161–265. Beispiel einer Versuchsanordnung, Zwei Bilder werden in kurzem Abstand hintereinander dargeboten. Bild 1 zeigt eine gerade senkrechte Linie, Bild zwei eine gleichlange Linie waagerecht rechts unten. Der entstehende Eindruck ist etwa der eines sich schnell bewegenden Scheibenwischers.

45 Wertheimer, Gestalttheorie, S. 7.

Mit der Berufung von Wertheimers Vertrautem Köhler nach Berlin im Jahre 1922 avancierte die Friedrich-Wilhelms-Universität zum institutionellen Zentrum der Gestaltpsychologie.[46]

Während die Berliner Schule ihre empirische Arbeit auf den Bereich der menschlichen Wahrnehmung beschränkte, ging die Krueger'sche Schule der Ganzheitspsychologie in Leipzig davon aus, daß bei »psychischen Gegebenheiten jeder Art [...] regelmäßig, qualitativ sowie funktional, das psychisch Ganze« überwiege.[47] Die im Bewußtsein erfahrbaren »Wahrnehmungsganzheiten« seien stark strukturiert, verfügten also über eine ausgeprägte innere »Gliederung« und seien daher dem Verstand zugänglich, kommentierte Krueger die Befunde seiner Kollegen aus Berlin. Die tiefer liegenden Schichten der Ganzheit seien aber aufgrund ihrer nur schwach ausgeprägten »Strukturzusammenhänge« lediglich dem Gefühl zugänglich, so Krueger weiter, würden also »erlebt« und nicht »wahrgenommen«.[48] Neben empirischen Arbeiten zur Entwicklungs- und Gefühlspsychologie beschäftigten sich die Leipziger daher vor allem mit dem Erleben als unmittelbarem Zugang zur Ganzheit. Dabei ließen sich Krueger und seine Schüler Friedrich Sander und Albert Welleck von der Annahme leiten, das Ganzheitserlebnis sei unmittelbarer Ausdruck eines hinter der gegebenen Wirklichkeit wirkenden ganzheitlichen Strukturprinzips.[49] Kernpunkt der Krueger'schen Ganzheitsvorstellung war der idealistische Gedanke, daß über den einzelnen Menschen hinausweisende übergeordnete Entitäten existierten und daß der Mensch nur eine Stufe in einer unendlichen Hierarchie von Existenzebenen sei, die alle in sich geschlossene Daseinsformen darstellten und doch nur wieder ein Teil einer höheren Entität seien.

Die theoretischen Neuansätze liefen also im Kern der Sache auf eine erhebliche Erweiterung des psychologischen Gegenstandsbereichs hinaus. Wo zuvor psychische Einzelfunktionen im Zentrum der Forschung gestan-

46 Vgl. S. Jaeger, Entwicklung und Struktur des psychologierelevanten Lehrangebots an der Berliner Universität 1900–1945, in: H. Gundlach (Hg.), Arbeiten zur Psychologiegeschichte, Göttingen 1994, S. 49–73. Publizistisches Organ der Berliner Schule war die 1921 gegründete Zeitschrift »Psychologische Forschung«. Die Zeitschrift erschien bis 1938 und wurde dann eingestellt. Als Herausgeber fungierte zunächst Kurt Koffka, später dann Max Wertheimer und zuletzt Wolfgang Köhler, der die Zeitschrift nach seiner Emigration aus dem amerikanischen Exil weiterführte. Zur Gestaltpsychologie vgl. vor allem Ash, Gestalt Psychology. Für eine kommentierte Bibliografie der wichtigsten Arbeiten der gestaltpsychologischen Schule vgl. Boring, History, S. 616–619.

47 Wichtige Quellen zur Ganzheitspsychologie Felix Kruegers finden sich in dem sehr umsichtig ausgewählten Sammelband: Zur Philosophie und Psychologie der Ganzheit. Schriften aus den Jahren 1918–1940, Göttingen, hg. v. E. Heuss, Zitat ebd., S. 121.

48 Zum Strukturbegriff Kruegers vgl. F. Krueger, Der Strukturbegriff in der Psychologie, in: Bühler, Kongreß, S. 31–56. Die Berliner Schule sprach in diesem Zusammenhang vornehmlich von »Gestaltqualitäten« als hinter den Ganzheiten waltenden Ordnungsprinzipien.

49 Ders., Ganzheit, S. 151–158.

den hatten, setzte sich nun zunehmend eine holistische Betrachtungsweise durch, welche das menschliche Subjekt in seiner Totalität zu umschließen und von seiner ontologischen Beschaffenheit her zu bestimmen suchte.[50] War die Wundt'sche Psychologie eingangs in der Formel »Der Verstand verknüpft Elemente zu Bewußtsein« zusammengefaßt worden, läßt sich für das geisteswissenschaftliche Paradigma formulieren: Die Seele erlebt Ganzheit in Sinn- und Bedeutungszusammenhängen. Damit wurde letztendlich die zentrale Frage Wundts, wie im Bewußtsein des Menschen ein Abbild der materiellen Welt entstehen könne, in Richtung einer philosophischen Kontextualisierung psychischer Phänomene überschritten. Diese Erweiterung erlaubte nun tatsächlich – das muß hier ausdrücklich festgehalten werden – einen völlig neuartigen Zugriff auf das menschliche Subjekt als Gegenstand psychologischer Forschung. Das naturwissenschaftliche Bild des Menschen als Summe psycho-physischer Funktionen wurde dabei zugunsten einer Sicht auf das Individuum als Träger leib-seelischer Einheit aufgegeben. Die dafür benutzten Klassifikationsmerkmale und Deutungskategorien beschränkten sich freilich nicht mehr auf psychologische Konstrukte wie Intelligenz, Gedächtnis oder Kognition, sondern verwiesen bereits auf eine philosophisch-gesellschaftspolitisch orientierte Aufweitung des Untersuchungsgegenstandes. Spranger etwa, der Diltheys Programm einer geisteswissenschaftlichen Psychologie systematisch ausbauen wollte, entwarf bereits 1914 ein individualpsychologisches Typenraster, das er aus einer Analyse historisch gewachsener »Kultursysteme« gewonnen hatte.[51] Die Reduktion dieser Kulturgebiete auf ihr »grundlegendes Prinzip« müsse, so Spranger, »diejenigen geistigen Grundmotive zeigen, die im einzelnen Menschen wirksam sind, insofern er an jedem dieser Gebiete in höherem oder geringerem Grade teil hat und in sie verflochten ist.« Daher könne der »subjektive Geist« nur »in seiner Beziehung zum objektiven Geist« darge-

50 Der Psychiater und Psychologe Robert Sommer verdeutlichte diese Entwicklung am Beispiel thematischer Veränderungen der Vorträge auf Kongressen der Deutschen Gesellschaft für Psychologie: »Die Programme der 12 Kongresse geben einen außerordentlich interessanten Einblick in die Entwicklung der Probleme. Bei dem 1. Kongreß in Gießen stand die Untersuchung der Einzelfunktionen und die Methodik im Vordergrund. ... Vergleicht man damit die Programme der späteren Kongresse, so ist erkennbar, wie sich die Untersuchung der Einzelfunktionen immer mehr zu dem Problem des Gesamtcharakters mit Analyse der Anlagen und äußeren Einflüsse erweitert.« Ders., Zur Geschichte der Kongresse für experimentelle Psychologie, in: Kafka, Kongreß, S. 9–13, 10.

51 E. Spranger, Lebensformen, Halle 1914. Der ersten Auflage folgte 1921 eine völlig neu bearbeitete und erweiterte Auflage. Bereits 1925 erschienen die »Lebensformen« in einer fünften, vielfach verbesserten Auflage. Im Folgenden wird aus: Lebensformen. Ein Entwurf, Halle 1914 zitiert. Zur Person Sprangers vgl. vor allem H.-E. Tenorth, Zur deutschen Bildungsgeschichte 1918 bis 1945. Probleme, Analysen und politisch-pädagogische Perspektiven, Köln 1985; sowie U. Henning u. A. Leschinsky (Hg.), Enttäuschung und Widerspruch. Die konservative Position Eduard Sprangers im Nationalsozialismus, Weinheim 1991.

stellt werden.[52] Der Psychologe sei daher letztlich vergleichbar mit einem »Arzt der Kultur«, befand Erich Rudolf Jaensch zustimmend.[53]

Jaensch, seit 1912 Nachfolger von Hermann Cohen auf dem Marburger Lehrstuhl für Philosophie, war der prominenteste und einflußreichste Vertreter der psychologischen Typenkunde. Diese neben den ganzheitlichen Ansätzen zweite Entwicklungslinie des neuen geisteswissenschaftlichen Paradigmas fragte nicht mehr primär nach den allgemeinpsychologischen Merkmalen, die allen Menschen gemeinsam sind, sondern untersuchte die individuellen Ausprägungen menschlichen Erlebens und Verhaltens. Eng verwandt war der Ansatz der Marburger Schule mit der seit etwa 1910 im Entstehen begriffenen differentiellen Psychologie, die versuchte, die Verschiedenheiten im menschlichen Verhalten mit unterschiedlichen Persönlichkeitsmerkmalen zu korrelieren.[54] Aus dieser individualisierenden Methode entwickelte sich dann die heutige Persönlichkeitspsychologie. Jaensch blieb bis zu seinem Tod 1940 in Marburg tätig und etablierte dort die sogenannte »eidetische« Forschungsmethode, aus der er später die »psychologische Anthropologie« hervorgehen ließ. Die von ihm begründete Marburger Schule war neben dem Leipziger und dem Berliner Institut eines der großen Zentren der deutschen Psychologie der Zwischenkriegszeit, und Jaensch blieb auch im Dritten Reich eine Schlüsselfigur der Disziplin. Die Bedeutung der von ihm praktizierten Typenkunde wurde durch eine Fülle empirischer Einzeluntersuchungen und Buchpublikationen eindrucksvoll untermauert.[55]

Jaensch umschrieb das von ihm als »Eidetik« oder »typologische Forschung« bezeichnete Programm mit folgenden Worten: »Die zu diesem Zweck verwandte experimentell-strukturpsychologische Methode ist gleichsam eine Verbindung der experimentellen mit den [...] geisteswissenschaft-

52 Spranger, Lebensformen, S. 11f.

53 E. R. Jaensch, Wert und Wirklichkeit in der Philosophie und Kultur der Neuzeit, Berlin 1929, S. 185.

54 Grundlegend für die differentielle Psychologie ist W. L. Stern, Die differentielle Psychologie in ihren methodischen Grundlagen, Leipzig 1911. 1907 veröffentlichte Felix Krueger zusammen mit dem Begründer der Korrelationsberechnung Charles Spearman einen der ersten Artikel zu diesem Thema. F. Krueger u. C. Spearman, Die Korrelation zwischen verschiedenen geistigen Leistungsfähigkeiten, in: Zeitschrift für Psychologie 44. 1907, S. 50–114.

55 Nähere Angaben zur Biografie und zum Werk von Jaensch finden sich in einem 1940 erschienen Nachruf von G. H. Fischer, Jaensch zum Gedenken. Sein Werk und Vermächtnis, Leipzig. Eine Auflistung von Jaenschs frühen Schriften zur Typenkunde findet sich in: Psychological Bulletin 25. 1928, S. 69–104. In den zwanziger Jahren wurden von Jaensch und seinen Schülern regelmäßig zahlreiche Forschungsberichte in der wichtigen und angesehenen »Zeitschrift für Psychologie« publiziert. Vgl. auch O. Selz, Über die Persönlichkeitstypen und die Methode ihrer Bestimmung, in: Bühler, Kongreß, S. 3–27. Selz betonte in diesem Sammelreferat die Bedeutung der typologischen Ansätze für die Psychologie und stellte die wichtigsten Vertreter und deren Theorien vor, zu denen er neben Spranger und Jaensch auch Dilthey und Jaspers zählte.

lichen Verfahrensweisen. Sie besteht darin, « so Jaensch weiter, »daß wir den verschiedenen Typen unserer Versuchspersonen an den experimentell hervorrufbaren Wahrnehmungsphänomenen [...] die Sonderart ihres Welterlebens [...] überhaupt erst zu Bewußtsein bringen«.[56] Diese »experimentell hervorrufbaren Wahrnehmungsphänomene« sind nach Jaensch die sogenannten »Anschauungsbilder«. Grob vereinfacht, ist ein »Anschauungsbild« etwa das, was entsteht, wenn man längere Zeit ein Objekt (zum Beispiel einen hellen Lichtpunkt) fixiert und dann die Augen schließt – es bleibt ein gewisses Nachwirken des visuellen Reizes, obwohl dieser Reiz selbst nicht mehr dargeboten wird. Personen mit einer ausgeprägten Fähigkeit, »Anschauungsbilder« zu erzeugen, nannte Jaensch »Eidetiker«. »Der Eidetiker kann ein Bild oder ein anderes anschauliches Objekt nicht nur als Vorstellung, sondern anschaulich mit dem Charakter der Empfindung reproduzieren, also z.B. ein früher dargebotenes Bild später nach der Wegnahme des Bildes nicht nur vorstellen, sondern im buchstäblichen Sinne wiedersehen.«[57] In seiner experimentellen Arbeit versuchte Jaensch, unterschiedliche Ausprägungen dieser »eidetischen Fähigkeit« nachzuweisen. Auf der Grundlage der »eidetischen Fähigkeiten« teilte er seine Probanden daher in zwei Typengruppen ein. Den eidetisch fähigen »B-Typus«, der in der Vorstellung ein Bild des Gesehenen erzeugen kann, sowie den »T-Typus«, der nur »nachbildnahe Anschauungsbilder« erzeugen kann.[58]

Wie aber kommt es zu den unterschiedlichen Ausprägungen der experimentell nachgewiesenen »eidetischen Fähigkeiten«? Jaensch ging davon aus, daß die »Anschauungsbilder« eine Zwischenstellung einnehmen würden, zwischen den Sinnesempfindungen – nach Wundt den Elementen des Bewußtseins – und den Vorstellungen – nach Wundt den Inhalten des Bewußtseins. Die »Anschauungsbilder« waren für Jaensch die ursprüngliche Einheit von Sinnesempfindung und geistiger Vorstellung, ein undifferenziertes Ineins-fließen beider Abläufe. Damit bestritt Jaensch, ebenso wie die Vertreter ganzheitspsychologischer Ansätze, die von Wundt angenommene Trennung von Sinneswahrnehmung und Verstandestätigkeit. Jaensch sprach auch von der »Integration« beider Funktionen, womit er ein »Inein-

56 E. R. Jaensch, Über Methoden der psychologischen Typenforschung, in: Zeitschrift für Psychologie 108. 1928, S. 30.

57 Ders., Anschauungsbilder, S. 3. Eine ausführliche Dokumentation der Versuchsanordnungen und der Ergebnisse findet sich zum Beispiel bei ders., Die Eidetik und die typologische Forschungsmethode, Leipzig 1927, S. 4–29.

58 »B-Typus« ist die Kurzform für »basedowoider Typus«. Nach Jaensch korrelieren die »eidetischen Fähigkeiten« mit körperlichen Merkmalen. Dieser Typus ist durch »leuchtende oder traumhaft umschleierte Augen« charakterisiert und weist eine gesteigerte vegetative Erregbarkeit auf. Der »tetanoide Typus«, kann laut Jaensch an seinen »kleinen, glanzlosen Augen« sowie der gesteigerten Erregbarkeit der motorischen Nerven erkannt werden. Vgl. Jaensch, Eidetik, S. 31–39.

andergreifen und sich wechselseitig Durchdringen« der psychischen Funktionen meinte.[59] Diese Einheit von Vorstellung und Wahrnehmung stifte ein »Kohärenzverhältnis« zwischen Mensch und Welt und überbrücke somit die »Kluft« zwischen wahrnehmendem Subjekt und wahrgenommenem Objekt. Der Zustand der »Integration« ist für Jaensch eine Art Urzustand der menschlichen Wahrnehmung. Erst im Verlauf der Ontogenese gingen die »eidetischen Fähigkeiten« ganz oder teilweise verloren, da die ursprüngliche Einheit von Sinneswahrnehmung und der im Geist gebildeten Vorstellung durch die moderne Lebensweise zerstört werde.[60] Deshalb sei, so Jaensch, die Reinform des »eidetischen Typus«, der »J-Typus«, nur noch unter Kindern und Jugendlichen anzutreffen. Dieser Zerstörungsprozeß, der, so Jaensch, in der Endkonsequenz zur gänzlichen Auflösung des »Kohärenzverhältnisses« und damit zu einer völligen Entfremdung des Menschen von seiner Umwelt führen könne, verlaufe jedoch individuell unterschiedlich, woraus eine verschieden starke Ausprägung des »Integrationsvermögens« resultierte, die durch das typologische Raster abgebildet werde.[61] Das »Integrationsvermögen« hat also den Charakter einer psychischen Grundfunktion, die in individuell unterschiedlicher Ausprägung auftritt und das »Welterleben« präformiert. Damit hatte Jaensch, von der experimentellen Untersuchung eines Wahrnehmungsphänomens ausgehend, eine Bestimmung allgemeiner Kategorien menschlicher Individualität vorgenommen, die nahezu alle Bereiche des psychischen Geschehens umschloß. Das »Integrationsvermögen« diente dabei gleichsam als anthropologische Grundkonstante einer für ursprünglich erklärten Form des Welterlebens, die mit dem Bewußtseinsbegriff der traditionellen Psychologie nicht mehr zur Deckung zu bringen war, sondern als übergeordnete Bestimmungsgröße typenspezifischer Formen und Funktionen des Bewußtseins diente.

Am Beispiel von Jaensch kann somit gezeigt werden, daß die Krise des Subjekts, dessen Verschwinden in der Massengesellschaft immer wieder beklagt wurde, mit der Genese eines psychologischen Fachwissens korrelierte, das in nie gesehener Präzision beanspruchte, die Individualität eines jeden Menschen objektiv zu bestimmen. Mit dem psychologischen Kampf

59 Ders., Der Umbau der Wahrnehmungslehre und die Kantische Weltanschauung, in: Zeitschrift für Psychologie 92. 1923, S. 1–60; später noch einmal in ders., Die biologisch fundierte psychologische Anthropologie, ihre Stellung zur Rassenkunde und Kulturphilosophie, ihr Gegensatz zur unbiologischen Anthropologie, in: Zeitschrift für Psychologie 137. 1936, S. 1–50, insb. 16.

60 Ders., Wirklichkeit und Wert in der Philosophie und Kultur der Neuzeit. Prolegomena zur philosophischen Forschung auf der Grundlage philosophischer Anthropologie nach empirischer Methode, Berlin 1929; und ders., Grundformen des menschlichen Seins, Berlin 1929, S. 43f, wo es heißt, »unlebendige Maschinen oder Maschinelle Verhaltensweisen stellen sich zwischen den Geist und die Dinge und rauben ihm die Kohärenz mit ihnen.«

61 Ders., Selektion, S. 193–205.

um das Subjekt und der Erweiterung des Gegenstandsbereichs um die Konzepte Ganzheit und Individualität geraten daher nicht nur die Tendenzen einer allgemeinen Positivismus- und Rationalismuskritik ins Blickfeld, es läßt sich daran vor allem der Versuch ablesen, in eine offensiv geführte Auseinandersetzung mit gesellschaftlichen Modernisierungsproblemen einzutreten, die nicht in einer bloß reaktionär gefärbten Abwehr der Moderne aufging, sondern betont um Gegenwartsbezug und Zukunftsorientierung bemüht war. Darin offenbart sich nicht zuletzt auch die Ambivalenz der Modernisierungskritik, wurde doch der Topos der Entfremdung des Subjekts von den Psychologen wissenschaftsförmig gebündelt und gerade dadurch den Bedingungen eben jener Moderne und ihrer auf Zweckrationalität angelegten Wissenskultur angepaßt, die zuvor für die krisenhafte Entfremdung verantwortlich gemacht wurde. Die Übersetzung modernisierungskritischer Deutungsmuster in wissenschaftliche Kategorien wirkte hier also insofern modernisierend, als der bildungsbürgerliche Blick auf die leibseelische Einheit des »ganzen Menschen« von einer habitualisierten Wahrnehmungsdisposition zu einem generalisierbaren Wissen um Individualität und Ganzheit objektiviert wurde.

Die Psychologie war keineswegs die einzige Disziplin, die kulturkritische Deutungsbestände in funktionales Wissen über das menschliche Subjekt transformierte – zu erwähnen wäre hier vor allem die Medizin, die Biologie oder die Pädagogik – und sie befand sich, wie all diese Fächer, auch an der Schnittstelle zu Anwendungsfeldern, in denen derartiges Wissen unter den Bedingungen der modernen Massengesellschaft dann produktiv wurde.[62] So begegnete sich der psychologische Versuch, menschliche Individualität durch ein typologisches Raster abzubilden, mit dem Ansatz der Charakterkunde, vom Ausdruck eines Menschen auf die individuelle Ausprägung bestimmter Charaktermerkmale zu schließen.[63] In Abgrenzung von der häufig als »mechanistisch« kritisierten Industriepsychologie bzw. Psychotechnik, die auf dem Gebiet der Reaktionszeitprüfung und der Eig-nungstests mit messenden Verfahren einige Erfolge erzielen konnte, markierte die Charakterkunde den Übergang zu deutenden oder »verstehenden« Verfahren, mit denen die Einzelpersönlichkeit in ihrer Ganzheit erfaßt

62 Der durchschlagende Erfolg typologisierender Ansätze beispielsweise in der Medizin zeigt sich bei E. Kretschmer, Körperbau und Charakter, Berlin 1921; oder für die Rassenkunde: F. K. Günther, Rassenkunde des deutschen Volkes, München 1922; für die Erziehungswissenschaft exemplarisch G. Pfahler, System der Typenlehre. Grundlegung einer pädagogischen Typenlehre, Leipzig 1929.

63 Für die Charakterkunde paradigmatisch ist Ludwig Klages, Prinzipien einer Charakterologie, Leipzig 1910, ab 1926 in der 4. Auflage unter dem Titel: Grundlagen der Charakterkunde; vgl. auch P. Lersch, Der Aufbau des Charakters, Leipzig 1938. Dazu auch C. Schmölders (Hg.), Der exzentrische Blick. Gespräch über Physiognomik, Berlin 1996.

sowie in ihrer individuellen Ausprägungen gewürdigt werden sollte.[64] Es war vor allem diese charakterdiagnostische Herangehensweise, mit der sich die Psychologie neue Anwendungsfelder wie die militärische Eignungs- und Verwendungsprüfung erschließen konnte und die einen maßgeblichen Anteil an der Professionalisierung der Disziplin hatte.[65] Bei der Charakter- wie auch bei der Typenkunde fungierten die wissenschaftlich systematisierten Deutungsbestände von Ganzheit und Individualität gleichsam als soziale Inklusions- bzw. Exklusionsmechanismen. Angesichts eines zunehmenden Funktionsverlusts bürgerlicher Distinktionsmerkmale in der heraufziehenden Massengesellschaft erwiesen sich die in der Semantik des Charakters verdichteten Konzepte individueller Einzigartigkeit aus Sicht der Zeitgenossen als äußerst brauchbar, um verläßliche Aussagen über die charakterliche und persönliche Eignung des jeweiligen Probanden zu erhalten.[66]

Daneben stellte die Psychotherapie ein weiteres Anwendungsfeld dar, in dem sich der Trend zu einer geisteswissenschaftlichen Psychologie durchsetzen konnte. Bereits 1925 kam es zum Zusammenschluß junger Psychotherapeuten, Psychiater und Psychoanalytiker, die vom Gedanken der auch in Deutschland rasch an Popularität gewinnenden Psychische-Hygiene-Bewegung getragen war.[67] In Abgrenzung von einer als veraltet empfundenen Anstaltspsychiatrie wollte diese Strömung psychische Erkrankungen aus ihren individuellen und sozialen Entstehungsbedingungen heraus verstehen, anstatt sie lediglich auf organische Defekte und Vererbung zu redu-

64 Zur Krise der Psychotechnik vgl. A. Métraux, Die angewandte Psychologie vor und nach 1933 in Deutschland, in: Graumann, Psychologie im Nationalsozialismus, S. 221–262; zur Psychotechnik allgemein vgl. H. Gundlach (Hg.), Untersuchungen zur Geschichte der Psychologie und der Psychotechnik, München 1996; und S. Jaeger u. I. Staeuble, Die Psychotechnik und ihre gesellschaftlichen Entwicklungsbedingungen, in: H. H. Balmer (Hg.), Die Psychologie des 20. Jahrhunderts, 16 Bde, Bd.13, Anwendungen im Berufsleben, Zürich 1981, S. 53–95.

65 Vgl. Geuter, Professionalisierung der Psychologie. So stieg beispielsweise die Zahl der Spezialistenuntersuchungen bei Bewerbern des Heeres von 1.748 im Jahre 1933 auf 199.743 im Jahre 1941. Es war vorrangig dieses Entwicklungsfeld, welches der Psychologie zu einem ungeahnten Professionalisierungsschub verhalf, der zur Einrichtung neuer Lehrstühle und zur Schaffung eines eigenständigen Berufsbildes führte, welches 1941 mit der Verabschiedung einer Diplom-Prüfungsordnung institutionalisiert wurde. Für Anwendungsfelder im Rahmen der Industriepsychologie vgl. J. Platz u.a., Anwendungsorientierte Betriebspsychologie und Eignungsdiagnostik. Kontinuitäten und Neuorientierungen (1930–1960), in: v. Bruch, Wissenschaften und Politik, S. 291–309.

66 M. G. Ash u. M. Hau, Der normale Körper, seelisch erblickt, in: C. Schmölders u. S. L. Gilman (Hg.), Gesichter der Weimarer Republik. Eine physiognomische Kulturgeschichte, München 2000, S. 12–31. Die Autoren zeigen am Beispiel von Hans F.K. Günthers »Rassenseelenkunde« die charakterologisch konzipierte und physiognomisch vermittelte Verallgemeinerung bildungsbürgerlicher Deutungsmuster und Wahrnehmungsdispositionen.

67 R. Lockot, Erinnern und Durcharbeiten. Zur Geschichte der Psychoanalyse und Psychotherapie im Nationalsozialismus, Frankfurt/M. 1985; und G. Cocks, Psychotherapy in the Third Reich. The Göring Institute, New York 1985.

zieren. Dabei wurde die Einheit von physischer und psychischer Existenz betont und eine Behandlungsmethode vorgeschlagen, die ihren Ansatzpunkt in einer ganzheitlichen Betrachtung der Biographie des Patienten haben sollte, sich also eng an die Psychoanalyse anlehnte. Die zentrale Stellung von Rasse und Vererbung im ideologischen Koordinatensystem des Nationalsozialismus begünstigte aber das Vordringen der Psychiatrie und setzte die Psychotherapie unter den Zwang, die Nützlichkeit einer Therapieform unter Beweis zu stellen, die gerade nicht auf biologischen Determinismus und die Ausgrenzung psychisch Kranker abzielte. Die 1933 gegründete »Deutsche Gesellschaft für Psychotherapie« (DGP) bemühte sich zunächst öffentlichkeitswirksam um die Etablierung einer »Deutschen Seelenkunde« und faßte unter ihrem institutionellen Dach verschiedene therapeutische Strömungen zusammen. Ihre psychologische Kompetenz konnte die DGP vor allem dort unter Beweis stellen, wo sie unter dem Motto »Brauchbarmachung psychisch Gesunder« dem Regime die Möglichkeit bot, psychisch erkrankte »Volksgenossen« nicht mit dem Stigma »erbbiologischer Minderwertigkeit« zu versehen, sondern nur als vorübergehend »funktionsgestört« zu betrachten.[68] Der von der geisteswissenschaftlichen Psychologie postulierte Blick auf das ganze Individuum wurde also in der therapeutischen und personalbezogenen Anwendung unmittelbar wirksam. Die dabei formulierten Einwände und methodischen Alternativen zu einer rein experimentell ausgerichteten Psychologie prägen zum Teil auch heute noch die Debatten um die Zurichtung des menschlichen Subjekts für den wissenschaftlichen Zugriff.[69]

IV. In der Selbstwahrnehmung der Psychologen kam der Überwindung des naturwissenschaftlichen Paradigmas innerhalb der eigenen Disziplin nicht nur eine entscheidende wissenschaftspolitische, sondern eine gesamtgesellschaftliche Impulswirkung zu. So stellte Krueger voller Zuversicht fest: »Die Kulturkrisis der Gegenwart kann nur überwunden werden, wenn die Hochschulen an ihrem Teil die erkannte Formkraft des Seelischen zu ihrem Recht bringen.«[70] Von Jaensch wurde der fachinterne Kampf um das Subjekt gar zur zentralen Scharnierstelle im Kampf gegen die unterstellten

68 Zur Anpassung der Psychotherapie im NS vgl. vor allem M. H. Göhring (Hg.), Deutsche Seelenheilkunde. Zehn Aufsätze zu den seelenärztlichen Aufgaben unserer Zeit, Leipzig 1934; zudem K. Weber (Hg.), Unterstellte Subjekte. Der Beitrag der deutschen Psychologie zur Faschisierung des Subjekts, Hamburg 1988.

69 Vgl. J. Bruner, Sinn, Kultur und Ich-Identität. Zur Kulturpsychologie des Sinns, Heidelberg 1997; oder G. Jüttemann, Psyche und Subjekt. Für eine Psychologie jenseits von Dogma und Mythos, Hamburg 1992.

70 F. Krueger, Die Aufgabe der Psychologie an den Deutschen Hochschulen, in: Kafka, Kongreß , S. 25–73, 71.

subjektfeindlichen Kräfte der Moderne stilisiert. Die Psychologie sei berufen, so Jaensch, »dem Leben und der Kultur eine Führerin zu sein«.[71] Aus dem Selbstverständnis heraus, eine Antwort auf die zuvor diagnostizierten Probleme der Moderne gefunden zu haben, leiteten zahlreiche Fachvertreter eine gesellschaftspolitische Schlüsselfunktion der Psychologie an der Nahtstelle von gesellschaftlicher Krisenerfahrung und wissenschaftlicher Problemlösungskompetenz ab. Diese Selbstmobilisierung offenbarte sich besonders deutlich in dem Versuch, eine finanzielle und institutionelle Eigenständigkeit der Psychologie durchzusetzen, war diese Wissenschaft doch bis dahin noch nicht als eigenständiges Fach an den Hochschulen etabliert.[72] Seit 1918 traten die Psychologen immer selbstbewußter auf, wenn es im Konkurrenzkampf innerhalb der philosophischen Fakultät um die Verteilung öffentlicher Gelder oder die Besetzung vakanter Lehrstühle ging.[73] Im Streit um die Nachfolge des Experimentalpsychologen Gustav Störring in Bonn wandte sich die Deutsche Gesellschaft für Psychologie 1929 mit dem Manifest »Über die Pflege der Psychologie an den deutschen Hochschulen« an die Öffentlichkeit.[74] Darin heißt es, die Psychologie habe eine »früher nicht abzuschätzende Bedeutung für praktische Kulturgebiete gewonnen«, weshalb eine Umbesetzung zuvor von Psychologen gehaltener Lehrstühle die »Kulturaufgaben der deutschen Wissenschaft sowie des akademischen Unterrichts in unverantwortlicher Weise verletzen« würde. Hier argumentierte die Psychologie bereits explizit mit jener gesamtgesellschaftlichen und gesamtkulturellen Kompetenz, die sie aus der disziplinspezifischen

71 Jaensch, Anschauungsbilder, S. 36.

72 1892 waren von 39 Philosophieprofessuren 3 mit Psychologen besetzt. Dieses Verhältnis betrug 1914 44 zu 10 und 1932 besetzten Psychologen insgesamt 17 philosophische Lehrstühle an deutschen Universitäten. Erst 1923 wurde in Jena die erste ordentliche Professur geschaffen, die allein für Psychologie definiert war und sie sollte auf längere Zeit eine Ausnahme bleiben. Vgl. U. Geuter (Hg.), Daten zur Geschichte der deutschen Psychologie, 2 Bde, Göttingen 1986.

73 Im Vergleich zu den Jahren vor dem Ersten Weltkrieg vertraten die Psychologen nach 1918 viel überzeugter die Meinung, daß die Psychologie Grundlagenwissen für all jene Disziplinen bereitstelle, deren Forschungsgebiet das menschliche Subjekt berühre. In dieser Hinsicht kam dem 12. Kongress der Deutschen Gesellschaft für Psychologie vom 12. bis 16. April 1931 in Hamburg eine besondere Bedeutung zu. Insgesamt 10 Sondervorträge befaßten sich mit dem Verhältnis der Psychologie zu ihren Nachbardisziplinen und der Stellung der Psychologie im Verbund der Wissenschaften. Vgl. Kafka, Kongreß, S. 9–94. Diskutiert wurde unter anderem die Stellung der Psychologie an den Hochschulen, das Verhältnis der Disziplin zur Philosophie, Physiologie, Theologie, Psychiatrie und Geschichtswissenschaft sowie die Bedeutung psychologischer Forschung für das Strafrecht und die bildende Kunst.

74 Das Manifest wandte sich gegen die Besetzung von Störrings Lehrstuhl mit dem Philosophen Erich Rothacker und forderte nachdrücklich einen Psychologen als Nachfolger. Die von allen Vorstandsmitgliedern unterzeichnete Kundgebung erschien in zahlreichen psychologischen Fachzeitschriften. Im Folgenden wird zitiert: Über die Pflege der Psychologie an den deutschen Hochschulen, in: Psychotechnische Zeitschrift 4. 1929, S. 172.

Bearbeitung der umfassenden zeitgenössischen Krisenerfahrung gewonnen zu haben glaubte.

Die Selbstzuschreibung einer erweiterten gesellschaftspolitischen Funktion der Psychologie konnte nahtlos an tradierte Leitbilder akademischer Selbst- und Rollenvergewisserung anknüpfen, wie sie in der Figur des »unpolitischen Professors« ihre Zuspitzung fanden.[75] Nicht wenige Psychologen wähnten sich aller partikularen Interessen enthoben und in der Rolle eines unbestechlichen Hüters des Gemeinwohls. Gerade dieser Habitus des vermeintlich Überpolitischen barg jedoch die Gefahr, die Grenzziehung zwischen Wissenschaft und Politik zu verwischen. Der »unpolitische« Psychologe neigte nur allzu leicht dazu, politische Entscheidungen mit wissenschaftlichen Tatsachen gleichzusetzen und auf diese Weise einer Vermengung demokratisch-diskursiver und nomothetischer Begründungszusammenhänge Vorschub zu leisten. Beispiel für eine solche Politisierung psychologischer Theorien ist die Verallgemeinerung fachwissenschaftlicher Kategorien zu Interpretationsrastern für umfassende Gesellschaftsdeutung, wie sie etwa an Sprangers Beitrag zum geisteswissenschaftlichen Paradigma deutlich wird. Spranger hatte aus kulturhistorischen Vorstudien objektive Werte und Normen gewinnen wollen, die ihm als Bestimmungsfaktoren individualpsychologischer Erscheinungen dienen sollten. Diese kulturhistorische Erweiterung des psychologischen Forschungskontextes tendierte bei Spranger allerdings dazu, sich zu verselbstständigen. Bereits in der zweiten Auflage seiner »Lebensformen« von 1921 ist eine Verabsolutierung dieser kulturhistorischen Komponente zu beobachten, die sich nun nicht mehr lediglich auf das menschliche Subjekt bezog, sondern zur allgemeinen Aussage über einen gesellschaftlichen Soll-Zustand erstarrte.[76] Spranger ging dazu über, ganze historische Epochen anhand der für den Individualcharakter erarbeiteten »Formprinzipien« zu beurteilen.[77] Die Segmentierung der Gesellschaft und die Vereinzelung des Individuums in der Moderne interpretierte Spranger als Auflösung einer zuvor noch ausschließlich für das menschliche Subjekt postulierten Harmonie der »Formprinzipien«, nun allerdings auf gesamtgesellschaftlicher Ebene und mit einer liberalismus- und kapitalismusfeindlichen Stoßrichtung. Der »Erwerbsgeist« habe die

75 Vgl. R. vom Bruch, Wissenschaft, Politik und öffentliche Meinung. Gelehrtenpolitik im Wilhelminischen Deutschland 1890–1914, Husum 1980; und G. Schmidt u. J. Rüsen (Hg.), Gelehrtenpolitik und politische Kultur in Deutschland 1830–1930, Bochum 1986.

76 E. Spranger, Lebensformen, Halle 1921, S. 66–84. An anderer Stelle heißt es bei Spranger: »Zum echten Verstehen ist ein über den Standpunkt des unmittelbaren Lebensbewußtseins hinausgehendes Wissen um objektiv-geistige Zusammenhänge der verschiedensten Art erforderlich.« Zitat in E. Spranger, Die Psychologie des Jugendalters, Original 1925, Leipzig 1929, S. 5f.

77 Ders., Lebensformen, S. 347–365.

anderen Kulturgebiete überlagert und somit die Balance des Normengeflechts zerstört, lautete seine abschließende Diagnose.

Eine solch folgenschwere Vermengung psychologischer und gesellschaftspolitischer Kategorien läßt sich auch bei dem Begründer des Instituts für angewandte Psychologie in Berlin und späteren Hamburger Ordinarius William Louis Stern beobachten. Im Rahmen seiner Studien zur Person, von ihm »Personwissenschaft« genannt, beschäftigte sich Stern mit Wesen und Beschaffenheit des menschlichen Individuums.[78] Dabei polemisierte er gegen das Welt- und Menschenbild der modernen Wissenschaft, welches seiner Ansicht nach durch den Dualismus von Geist und Materie gekennzeichnet sei. Die traditionelle Einteilung der Wissenschaften in solche, die sich vornehmlich mit dem Geist beschäftigten, und solche, deren Forschungsgegenstand die Materie sei, habe letztendlich dazu geführt, so Stern, daß der Mensch als Objekt der Forschung entlang des Geist-Materie-Dualismus aufgespalten und auf die verschiedenen Disziplinen verteilt worden sei. So habe sich beispielsweise die Medizin mit den stofflichen Aspekten des Menschen beschäftigt, während die Psychologie die Inhalte des Bewußtseins untersucht und die Geschichtswissenschaft den Menschen als Träger von Kultur erforscht habe.[79] Stern dagegen wollte die Einheit des Untersuchungsgegenstandes erhalten, indem er die unterschiedlichen Aspekte der menschlichen Existenz in einem zentralen Forschungsbegriff zusammenführte – der »Person«. Die »Person«, so Stern, überwölbe den Gegensatz von Geist und Materie, da sie in ihrer Ganzheit beide Aspekte in sich vereine. Die Ganzheit der Person leitete sich für Stern aus der sinnstiftenden Einheit der Teile ab, eine Qualität, die dem Gegenpol der »Person«, der »Sache«, fehle, da in diesem Fall die Einheit der Teile nicht Selbstzweck sei und keinen teleologischen Zusammenhalt aufweise. Stern ging allerdings noch einen Schritt weiter mit der Annahme, jede Ganzheit könne Teile umfassen, die ihrerseits Ganzheiten seien, und diese somit auf einer übergeordneten Stufe bündeln. Die untergeordneten Ganzheiten würden dann in Bezug auf die übergeordnete Ebene den Charakter von »Sachen« annehmen, also selbst wiederum Mittel zu einem Zweck sein, der nicht in ihnen selbst begründet ist. »Mit anderen Worten: Personen und Sachen sind gar nicht zwei substantiell getrennte Seinsgebiete, sondern zwei Betrach-

78 Zwischen 1906 und 1924 publizierte Stern drei Bände seiner Philosophie unter dem Titel: Person und Sache. System eines kritischen Personalismus, Leipzig. Dieses dreibändige Werk war die Grundlage für Sterns Wissenschaft von der Person, die im Bereich der Psychologie angesiedelt war. Vgl. auch ders., Studien zur Personenwissenschaft, Leipzig 1930. Zu Stern und seiner Theorie vgl. G. Bühring, William Stern oder Streben nach Einheit, Frankfurt/M. 1996; sowie ders., Zur Rezeption William Sterns im Spiegel der Rezensionen, in: Psychologie und Geschichte 8. 2000, S. 189–199.

79 Eine knappe Darstellung dieser Position gibt der Aufsatz Stern, Grundgedanken.

tungsweisen derselben Wesenheit, je nachdem sie nämlich in sich selbst oder in ihrer Zugehörigkeit zu übergeordneten Wesen betrachtet werden.«[80] Diese Aussage ist insofern verblüffend, als Stern zuvor noch die Ganzheit des Subjekts gegen einen naturwissenschaftlichen Zugriff verteidigt hatte, der angeblich den Selbstzweck der »Person« nicht berücksichtige, nun aber das Subjekt bereitwillig dem übergeordneten Zweck einer höher gestellten Ganzheit unterwarf. Stern führte als Beispiel für solch überpersönliche »Person« das Volk an und forderte, das Individuum müsse sich den Zielen dieser übergeordneten Volksganzheit unterordnen und dabei die »Hörigkeit unter den fremden Zweck« in »Zugehörigkeit verwandeln«.[81]

Das Ganzheitskonzept fungierte hier also gleichsam als argumentativer Dreh- und Angelpunkt für eine Übertragung fachwissenschaftlicher Kategorien auf politische Ordnungsgrößen wie Volk, Staat oder Gemeinschaft. Daran wird ein weiteres Merkmal der politischen Mobilisierung der Psychologie deutlich: die zunehmende Psychologisierung sozialer Konstellationen. Krueger postulierte beispielsweise eine ganzheitspsychologische Deutung der bildungsbürgerlichen Entfremdungserfahrung und interpretierte die oftmals beklagte Herauslösung des Menschen aus dessen Wertbezügen als gesamtgesellschaftlichen Verlust von Ganzheit. Das Volk, so betonte Krueger, sei »ein reales Gefüge menschlichen Seins« und unterliege »psychobiologischen Gesetzen, denen nahe verwandt, die wir für die Individualstruktur geltend fanden.«[82] Daraus folgerte Krueger nicht nur die These, die »Maschinentechnik« der modernen Industriegesellschaft habe das Subjekt »vergewaltigt« und aus seinen Bindungen an das »Volksganze« gelöst, sondern, in der Weiterentwicklung dieses Gedankens, auch die Übertragung des ganzheitspsychologischen Satzes von der »Vorherrschaft des Ganzen über seine Glieder« auf das Verhältnis von Individuum und Gemeinschaft.[83] Daher rief Krueger auf, die Krise der Moderne dadurch zu bewältigen, daß der Mensch sich wieder dem zuwende »wo alles Lebendigen Eigentümlichkeit und zugleich alle Wesensgemeinschaft wurzelt, das ist das Ganzheitliche.«[84] An diesen Beispielen zeigt sich, daß es im Kontext der »Krisenjahre der klassischen Moderne« zu einer bis dahin einzigartigen politischen Selbstmobilisierung der Psychologie kam.[85] Die fachspezifischen Lösungsentwürfe für die Krise des Subjekts in der Moderne wurden

80 Ebd., S. 21.
81 Ebd., S. 23.
82 Krueger, Ganzheit, S. 266.
83 Ebd., S. 172–174.
84 Ebd., S. 176.
85 Zur Selbstmobilisierung vgl. K.-H. Ludwig, Technik und Ingenieure im Dritten Reich, Düsseldorf 1974, der diesen Begriff in die wissenschaftshistorische Diskussion einführte und zuletzt für die Humanwissenschaften grundlegend Raphael, Radikales Ordnungsdenken.

nun ebenso mühelos zu politischen Zielvorstellungen verallgemeinert, wie die Modernisierungskritik zuvor noch im innerwissenschaftlichen Diskurs gebündelt worden war. Nahezu allen theoretischen Ansätze des neuen Paradigmas war ein Wille zur gesellschaftlichen Umgestaltung inhärent, der unter Bezugnahme auf psychologische Tatsachenforschung begründet wurde, wobei die psychologisch angeleitete Analyse eines Ist-Zustandes in eine Aussage über einen gesellschaftlichen Soll-Zustand gewendet wurde. Die ganzheitlichen und individualisierenden Neuansätze der Psychologie wurden zu wissenschaftlich gebündelten Gesellschaftsutopien erweitert, in denen sich die Überwindung der Krise des Subjekts als Verwirklichung des jeweiligen theoretischen Anspruchs an die gesellschaftliche Realität abzeichnete.[86]

Die Neuansätze erwiesen sich dabei als hochgradig polyvalent und damit anschlußfähig an unterschiedliche politische Problemkontexte und Leitideen. So verdeutlicht beispielsweise die von Krueger erhobene Forderung nach Einordnung des Subjekts als Teil in die Ganzheit der Gemeinschaft die hohe Anschlußfähigkeit an die politische Bezugsgröße der »Volksgemeinschaft« und an nationalsozialistische Parolen wie »Gemeinnutz geht vor Eigennutz«. Die gedankliche Nähe insbesondere der Krueger'schen Ganzheitskonzeption zum nationalsozialistischen Konzept der »Gemeinschaft« ist von Geuter als »Zerstörung wissenschaftlicher Vernunft« interpretiert worden.[87] Geuter führt an, bei Krueger sei an die Stelle einer Wechselwirkung von Individuum und Gesellschaft eine »überzeitlich verstandene, aber doch in ihre Zeit sehr wohl eingepasste Gemeinschaft als letztlicher Wurzelgrund seelischer Werthaltungen« getreten. Damit opfere Krueger die empirischen Maßstäbe einer kritischen Wissenschaft zugunsten der vorrationalen Mystik nationalsozialistischer Gemeinschaftspropaganda.[88] Auch wenn Geuter den Krueger'schen Ansatz einseitig als »Sackgasse des Fortschritts« interpretiert und ein produktives Moment der Ganzheitspsychologie nicht gelten lassen will, ist ihm doch darin zuzustimmen, daß es eine hohe Affinität zwischen dieser psychologischen Schule und dem Nationalsozialismus gegeben hat. In welchem Maße der Ganzheitsgedanke als Scharnierstelle zwischen psychologischer Theorie und NS-Ideologie firmierte, belegt eine Äußerung des Krueger Schülers Sander, aus dem Jahre 1933. Dort heißt es: »Der ganzheitstheoretische Satz: ›Das Ganze ist

86 Dazu jetzt grundsätzlich, mit Beiträgen u.a. zur Pädagogik, Eugenik und zu den Sozialexperten, W. Hardtwig (Hg.), Utopie und politische Herrschaft im Europa der Zwischenkriegszeit, München 2003.

87 U. Geuter, Die Zerstörung wissenschaftlicher Vernunft. Felix Krueger und die Leipziger Schule der Ganzheitspsychologie, in: Psychologie heute 7. 1980, S. 35–43.

88 Ders., Das Ganze und die Gemeinschaft. Wissenschaftliches und politisches Denken in der Ganzheitspsychologie Felix Kruegers, in: Graumann, Psychologie, S. 55–89, 66.

vor den Teilen‹ und die nationalsozialistische Maxime ›Gemeinnutz geht vor Eigennutz‹ sind Ausdruck der gleichen geistigen Haltung.«[89] Wolfgang Metzger, einer der wenigen nicht-emigrierten Gestaltpsychologen, verglich den seiner Ansicht nach notwendigen Kampf der Nationalsozialisten gegen den liberalen Staatsgedanken mit dem psychologischen Kampf gegen das ganzheitszersetzende »Lustprinzip«.[90] Das »Lustprinzip« wie der Liberalismus würden, so Metzger, den Vorrang des Ganzen vor den Teilen negieren und müßten aus dieser Begründung heraus abgelehnt werden.[91]

In solchen Aussagen vermengte die Psychologie unreflektiert funktionale Bestimmungen und allgemeine Wertaussagen. Dies ist nicht nur ein weiteres Merkmal der Politisierung psychologischer Theorien, es offenbart sich darin auch die hohe Anschlußfähigkeit an die nationalsozialistische Ideologie. So zum Beispiel auch bei Jaensch. Seit dem Ende der zwanziger Jahre übertrug er gezielt seine subjektbezogenen Typenkategorien auf Völker und Rassen, indem er behauptete, die am einzelnen Menschen entdeckten Strukturzusammenhänge ließen sich auf kultureller Ebene als »Stilformen« wiederfinden. »Eine Struktur tritt als Stilform einer völkischen Kultur dann auf, wenn in dem betreffenden Volke der Persönlichkeitstypus vorwaltet, der eben diese Struktur besitzt. Er gibt dann der Kultur das Gepräge und drückt ihr den Stempel seiner eigenen Struktur auf.«[92] Durch diese Erweiterung seiner Persönlichkeitstheorie zu einer Art Nationalcharakterologie konnte Jaensch eine Brücke zu der rasch an Popularität gewinnenden Rassenkunde schlagen. Damit verallgemeinerte Jaensch seine Typenkategorien zu gesellschaftlichen und kulturellen Ordnungsgrößen, die nun nicht mehr nur als Bündelungspunkt für individuelle Unterschiede dienten, sondern auch als allgemeines Merkmal zur Kennzeichnung nationaler und rassischer Eigenarten zur Verfügung standen. Zugleich adaptierte Jaensch den modernitätskritischen Entfremdungstopos und brachte ihn argumentativ gegen die westliche Kultur in Stellung. Er behauptete nämlich, für die rationale Durchformung des kulturellen Lebens sei in erster Linie der in Frankreich vorherrschende Persönlichkeitstypus verantwortlich. Dieser Typus habe

89 F. Sander, Die Idee der Ganzheit in der deutschen Psychologie, in: Der Thüringer Erzieher 1. 1933, S. 10–12, 11.

90 W. Metzger, Der Auftrag der Psychologie in der Auseinandersetzung mit dem Geist des Westens, in: Volk im Werden 10. 1942, S. 133–144; sowie ders., Ganzheit und Gestalt. Ein Blick in die Werkstatt der Psychologie, in: Erzieher im Braunhemd 6. 1938, S. 90–93.

91 Vgl. auch Harrington, Ganzheit, S. 318–331, die zeigen kann, daß die wissenschaftliche Auseinandersetzung mit dem Positivismus und der materialistischen Weltauffassung von den Ganzheitspsychologen häufig mit dem politischen Ringen um die nationale Einheit gleichgesetzt wurde.

92 Unter einer »Stilform« versteht Jaensch die Summe der psychischen Eigenschaften eines Typus. Zuerst in E. R. Jaensch, Grundformen menschlichen Seins, Berlin 1929. Prägnanter dann in ders., Anthropologie, insb. S. 3–21.

»eine Kultur der toten Sachen und des Unterlebendigen; daneben, als Ergänzung, in einem kleinen Kreis tiefer veranlagter Menschen, eine Kultur des Überlebendigen und der reinen Ideen« hervorgebracht. »Ersteres im Positivismus, Materialismus, Technizismus, Kapitalismus, Marxismus, letzteres im philosophischen Idealismus und Humanismus«.[93] Die von Kulturkritikern perhorreszierten Merkmale einer modernen Gesellschaft konnten somit mühelos den westlichen Nationen zugeordnet und als artfremder, schädigender Einfluß dargestellt werden. Zudem bot die Gleichsetzung von französischer Kultur und Moderne die Möglichkeit, vom psychologischen Standpunkt aus die Kulturkritik zum Verteidigungskampf zur Bewahrung des spezifisch deutschen Nationalcharakters gegen die Auswüchse westlicher Zivilisation und Rationalität zu stilisieren. Damit konnte Jaensch nahtlos an die »Ideen von 1914« anknüpfen und den Gedanken einer Bedrohung des Deutschtums von äußeren Feinden in seiner Typologie wissenschaftlich verdichten.[94]

Die dezidiert anti-westliche Stoßrichtung war auch für ganzheitspsychologische Ansätze eine wichtige gedankliche Brücke zum Nationalsozialismus. Vor allem die demokratische Staatsform wurde als »ganzheitsfremd« oder »ganzheitszersetzend« gebrandmarkt, wobei das Konzept der Ganzheit als politisierte Metapher für deutsche Authentizität und Rückkehr zu den Wurzeln des Volkstums zur Verfügung stand. So forderte zum Beispiel Krueger »die von Unheil verfolgten Deutschen« auf, »den Nebel westlicher Phrasen und den eurasiatischen Dunst zu durchdringen.« Das Abendland werde »dem Chaos anheimfallen«, wenn man nicht »zu einer Formwerdung des Ganzen« finde. Das deutsche Volk bedürfe daher einer »Reformation an Haupt und Gliedern.«[95] In diesem Sinne forderte Jaensch bereits 1931 eine »Kulturwende«, um die schädigenden Einflüsse des westlichen, vor allem aber des jüdischen Nationalcharakters vom deutschen Volk fernzuhalten. Die politische Umsetzung dieser Forderung erhoffte Jaensch sich von »der rechtsradikalen Richtung«, habe diese doch ein Programm aufgestellt in welchem »Selbstlosigkeit, Opfersinn, Gemeinschaftsgeist, Tugend; also die eigentümlich vitalen Kräfte anstelle der unleben-

93 Jaensch, Aufgabe, S. 42. Dort heißt es weiter in Anknüpfung an die Kulturkritik von Karl Jaspers, das seit dem 18. Jahrhundert dominierende Kultursystem habe »eine Seelenstruktur und einen Menschentypus begünstigt, ja förmlich gezüchtet, der zum ›Man-Sein‹ und ›Masse-Sein‹ neigt«.

94 Vgl. J. Verhey, Der »Geist von 1914« und die Erfindung der Volksgemeinschaft, Hamburg 2000; zudem K. Flasch, Die geistige Mobilmachung. Die deutschen Intellektuellen und der Erste Weltkrieg, Berlin 2000; und Wehler, Gesellschaftsgeschichte, Bd. 4, S. 14–38; sowie H. Mommsen, Die verspielte Freiheit. Der Weg der Republik von Weimar in den Untergang 1918 bis 1933, Berlin 1989, S. 100ff.

95 Krueger, Ganzheit, S. 175f.

digen« gefordert würden.[96] Der Nationalsozialismus, so betonte Jaensch ab 1933, vollende politisch, was aus psychologischer Notwendigkeit heraus bereits seit langer Zeit zur dringlichen Forderung geworden sei: die Überwindung der »Herrschaft des Gegentypus und des von ihm geschaffenen Kultursystems«.[97] Den Gleichklang psychologischer Zukunftsvisionen mit den ideologischen Zielen des nationalsozialistischen Staates betonend schrieb Jaensch: »In ähnliche Weise wie wir es hier getan haben, würden zahlreiche deutsche Hochschullehrer an der Hand ihrer Arbeitsgebiete nachweisen können, daß es einer äußeren Gleichschaltung dieser Tätigkeitsfelder mit den Zielen der deutschen Bewegung nicht erst bedarf, weil die natürliche Gleichläufigkeit aus dem inneren Geist heraus eben schon seit langer Zeit, manchmal seit Jahrzehnten, vorhanden war und [...]man sollte auch nicht das Zermürbende und oft tief Verwundende jahre- oder jahrzehntelanger Geisteskämpfe unterschätzen, im Vergleich mit denjenigen Kämpfen, die mit Faust und Schlagriemen geführt werden. [...] Gegen wie viele Fronten haben wir in unserem Fach kämpfen müssen!«[98]

V. Das Ineinandergreifen von nationalsozialistischer Ideologie und psychologischer Theorie tritt bei Jaensch in besonderer Deutlichkeit zu Tage. Wie das Beispiel des Berliner Gestaltpsychologen Wolfgang Köhler, der bis 1935 Widerstand gegen eine nationalsozialistische Vereinnahmung seines Instituts leistete, zeigt, darf aber der Aufbruch zu einer geisteswissenschaftlich orientierten Psychologie nicht umstandslos mit einer Anschlussfähigkeit an den Nationalsozialismus gleichgesetzt werden.[99] Die ganzheitliche Gestaltlehre wurde von namenhaften Emigranten in den USA fortgeführt. Vor allem Kurt Lewin hatte mit seinen ganzheitstheoretischen Überlegungen über das Verhältnis von Individuum und Gruppe großen Einfluß auf die entstehende amerikanische Sozialpsychologie.[100] Gleichwohl, und das scheint mir an dieser Stelle zentral, verfügte die Gestaltpsychologie unter den Bedingungen des Exils nicht mehr über das prinzipielle wissenschaftliche Mobilisierungspotential, welches sie in Deutschland aufgebracht hatte. Mitchell G. Ash hat in diesem Zusammenhang zu Recht darauf verwiesen,

96 E. R. Jaensch., Vorfragen der Wirklichkeitsphilosophie, Leipzig 1931, S. 208.

97 In seinem Buch: Der Gegentypus. Psychologisch-anthropologische Grundlagen deutscher Kulturphilosophie ausgehend von dem was wir überwinden wollen, Leipzig 1938, charakterisiert Jaensch den Typus der dem »deutschen Wesen« entgegengesetzt sei ausführlich.

98 Ders., Aufgabe, S. 123f.

99 M. Henle, One Man Against the Nazis – Wolfgang Köhler, in: L. T. Benjamin (Hg.), A History of Psychology. Original Sources and Contemporary Research, Boston 1997^2, S. 538–544.

100 W. Metzger, Der Einfluss von Kurt Lewin auf die Entwicklung der Sozialpsychologie, in: Die Psychologie des 20. Jahrhunderts, Bd. 8, Lewin und die Folgen, hg. v. A. Heigl-Evers, Zürich 1979, S. 1–17.

daß die Gestaltpsychologie nach der Vertreibung ihren eigentümlichen Charakter als »wissenschaftliche Weltanschauung« eingebüßt hatte.[101] Ein ganz ähnlicher Befund läßt sich für die Psychoanalyse festhalten. Auch sie war im Kontext kritischer Modernisierungserfahrung entstanden und vor allem von den Analytikern der zweiten Generation wie Erich Fromm oder Erik Erikson immer auch als eine allgemeine Theorie der Zivilisation mit gesellschaftspolitischen und emanzipatorischen Implikationen interpretiert worden. Der gesellschaftskritische Elan und die weltanschauliche Gestaltungskraft der Psychoanalyse ließen jedoch im gesellschaftspolitischen Umfeld des Exils nach; und selbstverständlich gilt diese Feststellung noch viel mehr für die in Deutschland verbliebenen Psychoanalytiker, die sich antisemitischer Propaganda ausgesetzt sahen.[102]

Demgegenüber entlud sich der gesellschaftliche Gestaltungswille der deutschen Universitätspsychologie ungehemmt in der begeisterten Zustimmung der Psychologenschaft zu Hitlers Machtantritt. In ihren utopischen Gesellschaftsentwürfen begegneten die Psychologen der sozialen Schubkraft der nationalsozialistischen Bewegung, die jene politisierten Metaphern der Ganzheit und des Charakters auf dem Resonanzboden völkischen Gemeinschaftsdenkens in Schwingung zu setzen verstand. Psychologie und Nationalsozialismus hatten ihre Berührungspunkte eben nicht primär in einer reaktionär gefärbten Ablehnung gesellschaftlicher Modernisierung, son-dern in der Verheißung einer anderen, als weniger bedrohlich dargestellten Moderne. Die Eingangs skizzierte Selbstausrichtung und Selbstgleichschaltung der deutschen Psychologie seit 1933 läßt sich also zumindest in Teilen als Ergebnis einer vorangegangenen politischen Selbstmobilisierung darstellen. In Ergänzung zu der namentlich von Ulfried Geuter vertretenen These, die deutsche Psychologie habe sich in erster Linie den Anforderungen des NS-Staates angepaßt und ihre Expertise in den Dienst des Regimes gestellt, wird damit eine Perspektive auf langfristige Kontinuitätslinien eröffnet, in der die ambivalente Dynamik einer subjektiven Krisenwahrnehmung offenbart, daß die Psychologen nicht lediglich auf die politischen Ereignisse reagierten, sondern bereits vor 1933 gesellschaftsgestaltend aktiv zu werden suchten. Sie waren der Überzeugung, eine Lösung für die gesellschaftlichen Probleme ihrer Gegenwart gefunden zu haben, und die Mehrheit unter ihnen sah in der nationalsozialistischen Ideologie zumindest einen Teil ihrer Vorschläge politisch-programmatisch gebündelt. Der Systemwechsel erschien somit zumindest aus Sicht der

101 M. G. Ash, Disziplinentwicklung und Wissenschaftstransfer. Deutschsprachige Psychologen in der Emigration, in: Berichte zur Wissenschaftsgeschichte 7. 1984, S. 207–226.

102 R. Jacoby, Die Verdrängung der Psychoanalyse oder der Triumph des Konformismus, Frankfurt/M. 1985.

geisteswissenschaftlich orientierten Psychologen als staatliche Manifestation dessen, was wissenschaftlich bereits vorgedacht und konzeptionell vorweggenommen worden war. Und so prophezeite der Arbeits- und Betriebspsychologe Walther Poppelreuter 1933: »Sicher werde spätere Geschichtsrückschau einmal erweisen, daß das oft vorausgesagte Jahrhundert der Psychologie, welches das Jahrhundert von Physik, Chemie und Technik abzulösen bestimmt ist, erst mit der Hitler-Bewegung so richtig angefangen habe.«[103]

103 W. Poppelreuter, Probleme der politischen Psychologie, in: Klemm, 13. Kongreß, S. 59–63, 60.

öffentlichungen: Zwischen Klasse und Konfession. Katholisches Bürgertum im Rheinland 1794–1914, Göttingen 1992; Überlegungen zu einer Kulturgeschichte der Politik, in: GG 28 (2002), S. 574–606; Parlamentarische Kultur in der Weimarer Republik. Politische Kommunikation, symbolische Politik und Öffentlichkeit im Reichstag, Düsseldorf 2002, [2]2005; Großbritannien seit 1945, Göttingen 2005.

Sven Reichardt, geboren 1967, Dr. phil., Juniorprofessor für Zeitgeschichte an der Universität Konstanz. *Wichtigste Veröffentlichungen:* Faschistische Kampfbünde. Gewalt und Gemeinschaft im italienischen Squadrismus und in der deutschen SA. Köln/Weimar/Wien 2002; Zivilgesellschaft als Geschichte. Studien zum 19. und 20. Jahrhundert, hg. mit Ralph Jessen und Ansgar Klein, Wiesbaden 2004.

Alexander Schug, geboren 1973, Doktorand am Lehrstuhl von Professor Dr. Wolfgang Hardtwig an der Humboldt-Universität zu Berlin. *Wichtigste Veröffentlichungen:* Werbung im Spannungsfeld von Kunst, Kritik und Marktanspruch, in: Jörg Meißner (Hg.), Strategien der Werbekunst von 1850–1933, Berlin 2004, S. 112–121; Vom newspaper space salesman zur integrierten Kommunikationsagentur. Die 120-jährige Entwicklungsgeschichte der Werbeagentur Dorland, in: Zeitschrift für Unternehmensgeschichte, 49/1 (2004), S. 5–25; »Immer frisch frisiert« – das gestaltete Kopfhaar als Requisite moderner Selbstinszenierung in der Weimarer Republik, in: Christian Janecke (Hg.), Haar tragen. Eine kulturwissenschaftliche Annäherung, Köln 2004, S. 83–98; Moments of Consistency. Eine Geschichte der Werbung, hg. von Stefan Hansen, Bielefeld 2004; Wegbereiter der modernen Absatzwerbung in Deutschland: Advertising Agencies und die Amerikanisierung der deutschen Werbebranche in der Zwischenkriegszeit, in: Werkstatt Geschichte 34/2 (2003), S. 29–52; History Marketing. Ein Leitfaden zum Umgang mit Geschichte in Unternehmen, Bielefeld 2003.

Christian Weiß, geboren 1976, Deutsch-Assistent an der Université de Montréal und Doktorand an der Humboldt-Universität zu Berlin zu »Erzählstrukturen in deutschen und französischen Geschichtsschulbüchern«. *Veröffentlichung:* Roberta Carnevale, Stefan Ihrig, Christian Weiß, Europa am Bosporus (er-)finden? Die Diskussion um den Beitritt der Türkei zur Europäischen Union in den britischen, deutschen, französischen und italienischen Zeitungen. Eine Presseanalyse, Frankfurt a.M. 2005.

Matthias Willing, Dr. phil., geboren 1960, wissenschaftlicher Assistent am Lehrstuhl für Arbeits- und Sozialrecht der Otto-Friedrich-Universität Bamberg, *Arbeitsschwerpunkte:* Sozialgeschichte des 20. Jahrhunderts, Sozialrecht, Wissenschaftsgeschichte. *Veröffentlichungen* u.a.: Das Bewahrungsgesetz (1918–1967), Tübingen 2003; Hilde Eiserhardt (1888–1955), in: Nachrichtendienst des Deutschen Vereins für öffentliche und private Fürsorge 83 (2003); mehrere Beiträge in: Geschichte der Sozialpolitik in Deutschland seit 1945, 2001 ff.; Geschichte des Deutschen Vereins für öffentliche und private Fürsorge 1945–2005, in: Festschrift des Deutschen Vereins zum 125-jährigen Jubiläum (im Erscheinen).

Autorin und Autoren

Frank Becker, geboren 1963, Dr. phil., apl. Professor am Historischen Seminar der Universität Münster. 1983–1989 Studium der Geschichte, Germanistik, Philosophie und Pädagogik in Bochum und Münster, Promotion 1992, Habilitation in Münster 1998. *Arbeitsschwerpunkte:* Weimarer Republik, Nationalismus und Krieg im 19. Jahrhundert, Rassenpolitik im deutschen Kolonialreich, Geschichtswissenschaft und Systemtheorie, Amerikabild und Amerikanisierung im Deutschland des 20. Jahrhunderts. Zur Zeit Arbeit an einer Biographie Carl Diems.

Frank Bösch, geboren 1969, Dr. phil., Juniorprofessor am Historischen Institut der Universität Bochum. *Veröffentlichungen* u.a.: Die Adenauer-CDU. Gründung, Aufstieg und Krise einer Erfolgspartei 1945–1969, Stuttgart/München 2001; Das konservative Milieu. Vereinskultur und lokale Sammlungspolitik in ost- und westdeutschen Regionen (1900–1960), Göttingen 2002; in Vorbereitung: Medialisierung und Demokratie im 20. Jahrhundert, hg. mit Norbert Frei, Göttingen 2006; Medien und Emotionen. Zur Geschichte ihre Beziehung seit dem 19. Jahrhundert, hg. mit Manuel Borutta, Frankfurt 2006.

Wolfgang Hardtwig, geboren 1944, Dr. phil., Professor für Neuere Geschichte (Schwerpunkt 19. Jahrhundert) an der Humboldt-Universität zu Berlin. Studium der Geschichte, Kunstgeschichte, Germanistik und Philosophie in Basel und München. Promotion in München 1972, Habilitation in München 1982. 1985–1991 Professor für Neuere Geschichte in Erlangen 1985 bis 1991. *Veröffentlichungen* u.a.: Geschichtskultur und Wissenschaft, München 1990; Nationalismus und Bürgerkultur in Deutschland 1500–1914. Ausgewählte Aufsätze, Göttingen 1994; Geschichtsschreibung zwischen Alteuropa und moderner Welt. Jacob Burckhardt in seiner Zeit, Göttingen 1974; Genossenschaft, Sekte, Verein in Deutschland, Bd. 1: Vom Spätmittelalter bis zur Französischen Revolution, München 1997; Vormärz: Der monarchische Staat und das Bürgertum, München [4]1997; Hochkultur des bürgerlichen Zeitalters, Göttingen 2005. Zahlreiche Sammelbände und Aufsätze zur Kultur- und Sozialgeschichte Deutschlands vom 18. bis zum 20. Jahrhundert sowie zur Geschichtstheorie und Geschichte der Geschichtsschreibung.

John Horne, geboren 1949, Professor für Modern European History am Trinity College in Dublin. *Arbeitsschwerpunkte*: Französische Geschichte des 20. Jahrhunderts und vergleichende Geschichte des Ersten Weltkriegs. *Wichtigste Veröffentlichung*: (mit Alan Kramer), German Atrocities 1914. A History of Denial, New Haven and London 2001; ausgezeichnet mit dem »Fraenkel Prize for Contemporary History« (London); dt.: Deutsche Kriegsgreuel 1914. Die umstrittene Wahrheit, Hamburg 2004; die französische Ausgabe erscheint im Herbst 2005.

Brigitte Kerchner, geboren 1957, Dr. phil., Privatdozentin und Oberassistentin am Fachbereich Politik- und Sozialwissenschaften der Freien Universität Berlin. *Veröffentlichungen:* Beruf und Geschlecht, Göttingen 1992; Staat und Privatheit, hg. mit Gabriele Wilde, Opladen 1997; Politique et sexualité, in: Claire Demesmay, Hans Stark (Hg.), Qui sont les Allemands?, Paris/Lille 2005.

Thomas Mergel, geboren 1960, Dr. phil., Privatdozent und seit 2001 Leiter des Forschungsprojekts »Kulturgeschichte des Wahlkampfs in der Bundesrepublik 1949–1983« an der Universität Bochum. Studium der Geschichte, Soziologie und Pädagogik in Regensburg und Bielefeld. Promotion 1992, Habilitation 2000. Gastprofessuren in Chicago, Berlin und Prag. *Wichtigste Ver-*